Martina André
Die Rückkehr der Templer

atb aufbau taschenbuch

Martina André lebt in der Nähe von Koblenz. Sie hat mit »Die Gegenpäpstin« und »Das Rätsel der Templer« bisher zwei Bestseller vorlegt. Außerdem sind von ihr die Romane »Schamanenfeuer«, »Die Teufelshure«, »Totentanz« sowie »Das Geheimnis des Templers« lieferbar.

Mehr zur Autorin unter www.martina.andre.com

Ein Jahr ist vergangen, nachdem der Dr. Tom Stevendahl, ein dänischer Wissenschaftler für Quantenphysik, in einer Klosterkatakombe einen sogenannten Timeserver gefunden hat. Damit gelingt es ihm, neben seiner Ex-Verlobten Hannah Schreyber und dem befreundeten Mittelalterexperten Anselm Stein, die im Jahre 1307 verschollen waren, weitere fünf Templer, einen dreizehnjährigen Jungen und zwei Frauen aus den Klauen eines Großinquisitors zu retten, indem er die gesamte Truppe ins Jahr 2005 transferiert. Anhand der im Quanten-Server gespeicherten Informationen findet Tom heraus, dass die ehemaligen Besitzer des Timeservers, zwei junge Frauen, die aus dem Jahr 2150 stammen, im Jerusalem des Jahres 1153 festsitzen. Zudem gibt es Hinweise, die den Untergang der Vereinigten Staaten und Europas in ungefähr dreißig Jahren vorhersagen, Daraufhin kommen Toms amerikanische Auftraggeber zu einem weitreichenden Entschluss. Sie wollen die fünf Templer Gero, Struan, Johan, Stephano und Arnaud ins Jerusalem des Jahres 1153 schicken, damit sie die beiden dort gestrandeten Wissenschaftlerinnen auffinden und sie in Jahr 2005 zurückbringen.

Martina André

Die Rückkehr der Templer

Roman

aufbau taschenbuch

FSC
www.fsc.org
MIX
Papier aus verantwortungsvollen Quellen
FSC® C083411

ISBN 978-3-7466-2951-3

Aufbau Taschenbuch ist eine Marke der Aufbau Verlag GmbH & Co. KG

2. Auflage 2015

Die Originalausgabe erschien 2011 bei Rütten & Loening,
einer Marke der Aufbau Verlag GmbH & Co. KG
Umschlaggestaltung Mediabureau Di Stefano, Berlin
unter Verwendung eines Motivs von Lars Domres/Geocoinshop.de
und zweier Motive von iStockphoto © studioaramita und © UnoPix
Druck und Binden CPI books GmbH, Leck, Germany
Printed in Germany

www.aufbau-verlag.de

Prolog

> Erkenne, was dir vor Augen liegt, und was dir verborgen war, das enthüllt sich dir! Denn nichts ist verdeckt, das nicht entdeckt würde, und nichts liegt begraben, das nicht erweckt würde.
> (Thomasevangelium, 5)

Der Kelch von Askalon

Juni 2005 – Frankreich – Champagne – Lac d'Orient

Beinahe lautlos schnellten die drei Schlauchbote der amerikanischen Streitkräfte in der hereinbrechenden Dämmerung über den spiegelglatten Lac d'Orient.

Den Badestrand und die Hafenanlage für Segelboote hatten sie längst hinter sich gelassen, als sie wie Nachtreiher auf Beutezug in das menschenleere Vogelschutzreservat vorstießen. Kühle Nebelschwaden waberten über der Wasseroberfläche, die Luft war durchzogen mit dem Geruch von Fisch und Moder. Nach Einbruch der Dunkelheit hallten nur noch die Schreie der Käuzchen über die glatte Oberfläche des Sees. Vereinzelte Bäume, die an den unmöglichsten Stellen aus dem Wasser ragten, ließen erahnen, dass an diesem Ort – weit vor der Überflutung im Jahre 1966 – ein von Teichen und Tümpeln durchsetztes Waldgebiet existiert hatte.

Den wenigsten Touristen war bekannt, dass diese Gegend im Mittelalter unter dem Namen »Forêt d'Orient« dem Orden der Templer gehört und als todbringendes Versteck deren Schätze bewahrt hatte. Und als ob eine unsichtbare Magie diesen Ort belegte, war es auch in der Gegenwart nicht erlaubt, in diesem Abschnitt zu schwimmen, zu fischen, und erst recht nicht, die ungestörte Natur mit einem Motorboot zu entweihen.

Es sei denn, man besaß – wie die Spezialtaucher des US-Marines-Corps, die sich nun mit einem Team von wissenschaftlichen Mitarbeitern der National Security Agency, kurz NSA, einer bestimmten Stelle des Sees näherten – eine Ausnahmegenehmigung der allerhöchsten Regierungskreise.

Die Top-Secret-Angelegenheit war als routinemäßige Nato-Übung eingestuft worden, mit dem Makel, dass man noch nicht einmal die Franzosen selbst in die genauen Abläufe der Operation »Seeungeheuer« eingeweiht hatte, geschweige denn andere Nationen hinzugezogen hätte. Offiziell hieß es, man suche nach einem verschollenen Flugzeugwrack, einem amerikanischen Kampfflieger, der im Zweiten Weltkrieg in dieser Gegend von den Deutschen abgeschossen worden war. Und nun habe man einen Hinweis auf den möglichen Verbleib der Leiche des Piloten bekommen. Als Hintergrund musste irgendeine heroische Geschichte herhalten – mit dem Tenor: Amerika bringt seine Soldaten nach Hause, ganz gleich, wie lange sie in welchem Teil der Erde vor sich hin gemodert hatten.

Der Oberbefehlshaber der französischen Streitkräfte, der im Verteidigungsministerium in Paris für die Genehmigung dieser nach außen hin unspektakulären Aktion gegengezeichnet hatte, handelte auf Geheiß seines zuständigen Ministers – und wie in französischen Hierarchien üblich hatte er dessen Befehl nicht hinterfragt.

Die Entscheidung seines Chefs, den Amerikanern in dieser Sache entgegenzukommen, war anlässlich einer Abendeinladung des amerikanischen Präsidenten gefallen, der zu einem kleinen, aber feinen Dinner in der amerikanischen Botschaft in Paris geladen hatte. Ein bekannter französischer Sternekoch hatte die wichtigsten Vertreter des Landes mit ausgesuchten Köstlichkeiten verwöhnt und mit einem 1982er Château Mouton Rothschild 1er Grand Cru Classé Bordeaux, à 1200 Euro die Flasche, dafür gesorgt, dass eine gedeihliche Gesprächsatmosphäre keine lästigen Fragen aufkommen ließ.

In den Tagen danach hatten Schlauchboote mit technischen Spezialisten an Bord – als Ornithologen getarnt – und entsprechendem elektronischem Gerät den Untergrund des relativ flachen Sees vermessen und tatsächlich einen Hohlraum in etwa vier Meter Tiefe, dicht unter dem Schlick ausmachen können. Dessen seitliche Öffnung – ein uraltes Steinportal – schien noch intakt zu sein, und das Sonar ortete mehrere metallische Gegenstände, die jeder Unwissende ohne Argwohn als Kriegsschrott oder Hausmüll der fünfziger Jahre identifiziert hätte.

Unbemerkt hatte man Hebewerkzeug und Absauggerät unter die Wasseroberfläche transportieren lassen und bei ersten Bohrungen tatsächlich ein Labyrinth entdeckt, dessen unterirdische Gänge sich noch ein ganzes Stück unter dem See fortsetzten.

»Dort unten müsste es sein«, bemerkte ein hochbetagter Mann, als die Motoren plötzlich stoppten. Professor Moshe Hertzberg, weltweit anerkannter Historiker und Leiter dieser Untersuchung, trug einen Trenchcoat und einen breitkrempigen Hut, den er die ganze Zeit wegen des Fahrtwindes hatte festhalten müssen. Er saß im hinteren Teil des Bootes und vermittelte den Eindruck, als habe man ihn gegen seinen Willen aus einem Altersheim entführt. Bei näherer Betrachtung jedoch wirkten seine Bewegungen und die Art, wie er sich äußerte, verblüffend jugendlich und agil. Mit der freien Hand hielt er seinem beleibten Nachbarn einen Laptop unter die Nase. Der hochdekorierte Endfünfziger im eng anliegenden Militäroverall, dessen Namensschild ihn als »General Alexander Lafour« auswies, wirkte unbeeindruckt.

»Glauben Sie wirklich, Professor«, wandte der General mit Blick auf die detaillierte Karte des Gebietes um das Jahr 1307 ein, »von all dem Tand ist noch etwas übrig geblieben?«

»Die gesamte Gegend befand sich bis zu jenem verhängnisvollen 13. Oktober 1307 im streng gehüteten Besitz des Templerordens. Nur jemand, der zum inneren Kreis des Ordens gehörte, war in der Lage, in diese Wildnis einzudringen.« Hertzbergs Stimme verriet die unterdrückte Verzückung, die er bei dem Gedanken empfand, zumindest gedanklich in die damalige Geschichte zurückreisen zu dürfen. »Habe ich recht?« Wie um sich zu vergewissern, dass er nichts Falsches sagte, durchdrang sein immer noch geschärfter Blick die Dämmerung und suchte im Lichtkegel einer LED-Leuchte die Zustimmung jener beiden Männer, die es ganz genau wissen mussten.

So unglaublich es klang: Seine beiden verwegen aussehenden Begleiter, die lässig auf dem Bootsrand saßen, waren selbst dabei gewesen, als der Wald im beginnenden 14. Jahrhundert mit seinem undurchdringlichen Dickicht und den gefährlichen Sümpfen jedem Normalsterblichen eine solch höllische Angst eingejagt hatte, dass niemand im Traum daran gedacht hätte, ihn ohne ortskundigen Führer zu durchqueren. Seinerzeit war es nur versierten Fährtensuchern der Templer möglich gewesen, jene trittsicheren Pfade zwischen den todbringenden Sümpfen zu finden.

Einer von ihnen, Gero von Breydenbach, ehemaliger Ordensritter der Templer und Teilnehmer jenes Geleitzuges, der vor knapp siebenhundert Jahren an dieser Stelle den gesamten Besitz der umliegenden Templerkomtureien verborgen hatte, bereitete sich unter Anleitung eines der anwesenden US Marines auf den Tauchgang vor. Niemand sah dem blonden, achtundzwanzigjährigen Hünen mit den auffallend hellblauen Augen an, dass er vor mehr als siebenhundert Jahren im Turmzimmer einer deutschen Lehensburg das Licht der Welt erblickt hatte. Die Geschichte, wie es dazu gekommen war, dass er sich nun – im Juli des Jahres 2005 – gegen seinen Willen in einen hypermodernen Taucheranzug zwängen musste, hätte mühelos jede andere Schlagzeile in der New York Times hinwegfegen können. Doch die Fakten, die dahintersteckten, klangen erstens zu verrückt, um sie einem größeren Publikum als Wahrheit verkaufen zu können, und zweitens zählten sie zu den größten Geheimnissen, die die amerikanische Regierung je gehütet hatte.

Gero von Breydenbach wirkte trotz dieser unglaublichen Tatsache erstaunlich gelassen. Niemand konnte dem dunkelblonden Templer ansehen, dass er sich innerlich verfluchte, weil er den Amis, wie er seine Gastgeber in Gedanken abfällig titulierte, überhaupt einen Hinweis auf dieses Versteck gegeben hatte. Insgeheim hatte er gehofft, dass an dieser Stelle nichts mehr zu finden war oder – falls ihre Peiniger doch etwas fanden – sie sich endlich zufriedengaben und aufhörten, ihn und seine vier Ordensbrüder, die mit ihm in dieser verabscheuungswürdigen Zeit gelandet waren, mit unzähligen weiteren Fragen und endlos erscheinenden Tests zu foltern. Ihn interessierte vor allem die Freiheit, die man ihm und seinen Kameraden bei ihrer unfreiwilligen Ankunft im Herbst 2004 so scheinheilig versprochen hatte. Doch die Wahrheit sah anders aus. Hertzberg und seine Leute hielten sie wie Gefangene, auch wenn das Verlies, in das man sie fortwährend sperrte, verglichen mit früheren Zeiten recht luxuriös war.

Ein Blick auf die dunkle Oberfläche des Sees ließ den ehemaligen Templer ein weiteres Mal erahnen, auf was für einen Wahnsinn er sich hier eingelassen hatte. Das Vorhaben, dort mit solch umständlichem Gerät hinabzutauchen, erschien ihm wie ein Höllenritt. Leider wusste nur er, wie das Labyrinth beschaffen war und wo sich der Schatz vor Hunderten von Jahren befunden hatte. Mit dem nicht unerheblichen Unterschied, dass er damals die engen Gänge zu Fuß bewältigt hatte.

Ein letztes Mal überprüfte sein Tauchlehrer die Atemmasken und gab ihm ein Zeichen. Johan van Elk, sein Freund und Kamerad, zwinkerte ihm aufmunternd zu. Er hatte gut lachen, ihn hatte man nicht auserkoren, den Fisch im Wasser zu spielen. Sein flämischer Bruder würde im Boot auf ihn warten und ein paar Ave-Maria beten, dass er heil vom Grund des Sees zurückkehrte. Todesmutig ließ Gero sich zusammen mit den fünf Agenten der National Security Agency ins nachtschwarze Wasser gleiten. Dann wurde es still.

Der Taucher vor ihm leuchtete den Weg in die Tiefe mit einer Stablampe aus. Schlingpflanzen, Schwebepartikel und aufgescheuchte Fische zogen an Gero vorbei, während er sich darauf konzentrierte, ausreichend Luft in die Lungen zu bekommen. Obwohl er längst wusste, dass nicht Gott ihm die Gabe verlieh, sondern eine moderne Maschine und ein Mundstück, dessen Schlauch zu einem Tank gefüllt mit Sauerstoff auf den Rücken führte, erschien es ihm immer noch wie ein Wunder. Die Geräusche, die er dabei verursachte, erinnerten ihn an einen ledernen Blasebalg zum Anheizen von Holzkohle. Bei jedem Atemzug entwichen unzählige Wasserbläschen, was ihn weit mehr faszinierte als die übrigen Taucher, die ihn wie einen Schutzbefohlenen in ihre Mitte genommen hatten.

Plötzlich bedeutete ihm Agent Jack Tanner, der all ihre Einsätze leitete, dass er an die Spitze des Trupps in ein rechteckiges Loch von einem Quadratmeter Größe tauchen sollte. Wie selbstverständlich drückte Tanner ihm eine dieser modernen Lampen in die Hand.

Die steinerne Einrahmung, die ein Voraustrupp von Schutt und Geröll befreit hatte, war von Fadenalgen bewuchert. Die Furcht, die Gero empfand, als er als Erster hindurchschlüpfte, erinnerte ihn an den Steinmetz des Tempels, der ihn vor siebenhundert Jahren nicht weniger beharrlich dazu aufgefordert hatte, Säcke und Kisten der umliegenden Komtureien von Bar-sur-Aube in das enge, unterirdische Versteck zu tragen.

Geschickt glitt Gero durch die verschlammten Stollen. Dabei versuchte er sich zu konzentrieren, um die Orientierung nicht zu verlieren und vor allem das Atmen nicht zu vergessen. Ein Wink nach links führte die nachfolgende Truppe in eine ehemals mannshohe Vorkammer, die nun so sehr mit Schlamm angefüllt war, dass man noch nicht einmal darin knien konnte.

Drei Männer fanden nebeneinander in der Kammer Platz, die anderen mussten draußen im Stollen bleiben. Im trüben Schein des Lichtkegels hielten sie das Equipment für den Schlammsauger bereit, der oberhalb der Wasseroberfläche per Funk eingeschaltet wurde. Vorsichtig befreiten die Männer um Gero den Grund von jahrhundertealten Ablagerungen. Währenddessen schnitten Gero die abgehackten Stimmen des Funkverkehrs ins Ohr und bezeugten, dass man an der Wasseroberfläche bereits auf erste Ergebnisse wartete. Zu seinem eigenen Erstaunen kamen nach und nach tatsächlich goldglänzende Artefakte zutage. Kreuze, Madonnenfiguren, kostbare Reliquienschreine, übersät mit matt leuchtenden Edelsteinen, deren noch viel kostbarer erscheinender Inhalt aus uralten, geweihten Überresten in Form von Knochen, Haaren und Zähnen angeblicher Heiliger Wasser und Schlamm nicht überdauert hatte. Zudem fand sich eine stattliche Sammlung von Messkelchen.

Die Anspannung unter den Männern schlug in Begeisterung um. Gierig rafften sie alles in ihre mitgeführten Netze, geradeso, als würden sie Pferdeäpfel einsammeln und keine unermesslichen Schätze. Gero beobachtete stumm, wie sie ihre Beute respektlos zusammenbanden. Er verspürte Erleichterung, als Tanner in den Gang deutete und Gero mit einem Nicken aufforderte, allen den Weg nach draußen zu zeigen. Mit einem flauen Gefühl im Magen tauchte er durch die von Einsturz gefährdeten Stollen. Nicht etwa, weil er Angst hatte, am Ende verschüttet zu werden. Vielmehr war es ein harter, unnachgiebiger Schmerz, der ihn immer durchzuckte, wenn ihn etwas an sein früheres Leben erinnerte und ihm aufzeigte, dass diese Zeit auf immer vergangen war. Der Anblick der Burgruine seines Elternhauses oder der verfallenen Abtei von Heisterbach hatten ihn zu Tränen gerührt, weil er das stolze Gebäude noch kannte, als es in mächtiger Größe erstrahlt war. Obwohl das Gefühl von Heimweh seine Brust zu sprengen drohte und eine tiefe Sehnsucht in ihm weckte, eines Tages vielleicht doch wieder nach Hause zurückkehren zu können, würde er mit niemandem darüber sprechen, selbst nicht mit Hannah, die aus der jetzigen Zeit stammte und die er über alles liebte, denn auch sie konnte nichts daran ändern, dass die Verantwortlichen des Center of Accelerated Particles in Universe and Time – kurz C.A.P. U.T. – nicht bereit waren, ihn und seine Gefährten dorthin zurückkehren zu lassen, wo sie hergekommen waren.

Kaum dass sie die Netze mit den Kelchen und Reliquien ins Boot gehievt hatten, inspizierte Hertzberg die heraufgebrachten Gegenstände mit zitternden Fingern. Nicht die Kälte war schuld oder sein nahezu biblisches Alter – vielmehr war es die pure Erregung eines Wissenschaftlers, der etwas ganz Großem auf der Spur zu sein schien. Johan, der als Geros Kampfgenosse und Freund seiner Rückkehr entgegengefiebert hatte, blickte irritiert auf die unglaubliche Menge an Gold und Edelsteinen. Obwohl auch er vor siebenhundert Jahren dabei gewesen war, als man die Schätze in Kisten und Säcken verpackt hierhergebracht hatte, hätte er nicht gedacht, dass sie die lange Zeit nahezu unbeschadet überstanden hatten.

Johan, der wie Gero vor acht Monaten mit einem aufgefundenen Timeserver aus einer noch entfernteren Zukunft in diese Welt transferiert worden war, beobachtete das Treiben des Alten, während der General seinen Männern in den Nachbarbooten eilige Befehle zurief und dabei das Boot gefährlich ins Schwanken brachte.

Das stark vernarbte Gesicht des rothaarigen Ritters, das von einer Verbrennung mit flüssigem Pech herrührte, zeigte im Schein des künstlichen Lichts kaum eine Regung. Dabei interessierte ihn weit weniger die Hektik des Generals als vielmehr die Gier in Hertzbergs braunen Augen. Johan warf seinem deutschen Kameraden einen schrägen Blick zu. Gero fing die Anklage darin auf, nachdem er sich, von seiner Tauchmaske befreit, neben Johan auf den Rand des Schlauchbootes gesetzt hatte. Der Sohn eines flämischen Grafen hatte die ganze Aktion von Beginn an missbilligt. In seinen Augen war Geros Verhalten Verrat. Ganz gleich, wie lange die Besitztümer des Ordens dort unten gelegen hatten, sie gehörten den Templern, und niemand sonst war berechtigt, sich an ihnen zu vergreifen. Diese Ansicht hatte Johan ihm unmissverständlich klargemacht, noch bevor Gero der Einsatz befohlen worden war. Aber auch er sah ein, dass sie weder mit ihrer Lebenserfahrung noch mit ihrer Kampfkraft etwas dagegen hatten ausrichten können. Wohlwollen und Entgegenkommen waren im Moment das Einzige, das ihnen blieb, um darauf zu hoffen, dass Hertzberg und seine Leute endlich ihr Versprechen einlösten und ihnen irgendwo, fernab von jedem wissenschaftlichen Labor, ein freies Leben ermöglichten.

Der General hatte unterdessen befohlen, den Motor anzuwerfen, um so schnell wie möglich zum Ufer zurückzukehren.

Hertzberg konnte es nicht abwarten, an den malerischen Sandstrand zu gelangen, der silbern im Mondlicht schimmerte. Während das Boot beinahe lautlos über die Wasseroberfläche glitt, spülte er einen der vielen Kelche mit Seewasser und betrachtete ihn eingehend im Lichtkegel seiner Forschungsleuchte.

Nach einem Moment des Innehaltens hielt er Gero den Kelch hin und sah ihn auffordernd an. »Hast du eine Ahnung, was das da am Boden bedeuten könnte?«

Gero löste eine Hand von den Stricken, die den Rand des Bootes umgaben und an denen er sich während der Fahrt festhielt. Zögernd nahm er das uralte Artefakt in die Hand, immer noch von Ehrfurcht erfüllt, und schaute hinein.

Am Grund des Kelches schimmerte ein in Gold eingefasster, grünlicher Stein, der von eingravierten, rätselhaften Ornamenten umgeben war.

Plötzlich schwindelte ihn. Hatte er zunächst noch geglaubt, das schwankende Boot trage die Schuld, so musste er bei langsam werdender Fahrt erkennen, dass anscheinend eine höhere Macht von seinem Bewusstsein Besitz ergriff, was ihn offensichtlich in die Lage versetzte, in den willkürlich aufleuchtenden Ornamenten einen Sinn zu erkennen. Bei intensiver Betrachtung formierten sie sich zu einem dreidimensionalen Bild, das frei im Raum stehende griechische Buchstaben sichtbar machte, die eine Inschrift verrieten: »Siehe, dies ist der Kelch Jehudas«, stand dort geschrieben, »finde die Steintafeln des Moses – und die Welt wird Deinen Gesetzen folgen.«

Plötzlich erschienen am Grund des Kelches eine felsige Wüstenlandschaft mit hohen Bergen und ein Kloster auf einem Hügel. Es war heiß, und der Wind fegte den Sand durch die ausgedörrten Schluchten. Gero sah eine Höhle mit seltsamen, eingemeißelten Zeichen und einen schwarz gekleideten Mönch, der ihn am Eingang freundlich empfing. Er folgte dem Mann hin zu einem gewaltigen Licht, das alles an Helligkeit übertraf, was er je zu Gesicht bekommen hatte.

»Hast du etwas gefunden, das von Bedeutung sein könnte?« Hertzbergs krächzende Stimme riss Gero aus seiner Vision. Seine strikte Erziehung zum Krieger verhinderte, dass Hertzberg seine Verblüffung bemerkte. Selbst Johan, der direkt neben ihm saß und auch in den Becher geschaut hatte, schöpfte offenbar keinen Verdacht.

»Darf ich mal sehen?«

Widerwillig gab Gero den Kelch aus der Hand.

Hertzberg betrachtete den Stein am Grunde des Kelchs mit wachsendem Interesse, jedoch ohne abwesend zu wirken. Anscheinend hatte der Kelch auf ihn nicht dieselbe Wirkung wie auf Gero. »Es könnte ein Sphen sein, soweit ich weiß, nennt man ihn auch Stein der Weisheit«, sinnierte er nachdenklich. »Was gewissermaßen zu unserem Timeserver passen würde.« Er lächelte flüchtig, runzelte dann jedoch wieder die Stirn. »Aber soweit ich weiß, wurde das Mineral erst vor rund dreihundert Jahren entdeckt. Was glaubst du?«, fragte Hertzberg weiter, während das Boot mit einem Ruck am Sandstrand zum Stehen kam. »Haben der Stein und die Ornamente, die ihn umgeben, irgendetwas zu bedeuten?«

»Nein«, erwiderte Gero kühn. In seinen blauen Augen lag eine Überzeugung, die jeden Lügendetektor in die Irre geführt hätte. »Mein Komtur war ein leidenschaftlicher Sammler schöner Trinkgefäße. Ich erinnere mich daran, dass er mehrere solcher Kelche aus dem Outremer mitgebracht hat – angeblich veredelt der Stein am Grunde des Gefäßes den Wein, den man hineingibt. Mit der Zeit löst er sich auf. Aber soweit ich weiß, beschwerte Henri d'Our sich immer darüber, dass selbst dieses Prachtexemplar nicht in der Lage war, Fusel in Weihwasser zu verwandeln.« Er lachte kurz und verzog sein Gesicht zu einem amüsierten Schmunzeln. »Das Ding ist eines von vielen, und ich kann mich nicht erinnern, dass Henri d'Our ihm eine besondere Bedeutung beigemessen hätte.«

Sein Blick wanderte zu Johan, und bevor der Flame erstaunt aufblickte, weil die Geschichte mit der Sammlung von Trinkgefäßen an den Haaren herbeigezogen war, hatte Gero sich blitzschnell mit dem Zeigefinger über die Lippe gestrichen, als ob er eine Mücke entfernen wollte. Das geheime Zeichen der Templer für striktes Stillschweigen. Inbrünstig hoffte er, dass Johan mitspielen würde. Die Amerikaner durften keinesfalls erfahren, was es mit diesem Kelch auf sich hatte. Am liebsten hätte Gero ihn an sich genommen und zurück in den See geschleudert. Doch dann hätten Hertzberg und der General erst recht Verdacht geschöpft.

»Und du?«, fragte der Alte und blickte Johan direkt in die Augen. »Hast du eine Ahnung, ob der Kelch über seinen Materialwert hinaus irgendeine Bedeutung hatte?«

»Nein.« Johan schüttelte entschlossen seinen roten Schopf. Sein vernarbtes Gesicht kam ihm zu Hilfe, da es jede Regung verbarg. »Tut mir leid, dich enttäuschen zu müssen, Moshe, aber mein Ordensbruder hat recht, unser Komtur hat Dutzende davon besessen. Die meisten waren verbeult. Vielleicht wollte Henri d'Our wenigstens einen davon unversehrt für den Messwein aufbewahren.«

Hertzberg nickte und schlug den Kelch in ein Tuch ein, bevor er ihn behutsam in eine bereitstehende Styroporkiste legte. Am Strand warteten Soldaten auf sie, die Hertzberg anwies, ihm die Kiste abzunehmen und mit einer elektronischen Plombe zu sichern, so dass kein Unbefugter Zugriff hatte.

Mit einem Zwinkern forderte er Gero und Johan auf, ihm aus dem Boot zu helfen.

Gero atmete auf, als die Kiste mit dem Kelch in einem verdunkelten Van unter einer profanen Militärdecke verschwand.

Blieb zu hoffen, dass das Ding ohne nähere Untersuchung in irgendeinem Tresor der amerikanischen Streitkräfte landete und später allenfalls einem Museum als Ausstellungstück diente – hinter Panzerglas, für alle Zeiten sicher verschlossen.

Er selbst hatte genug gesehen, um zu wissen, worum es in der Vision gegangen war.

Sein Herz schlug so stark, dass er sich fragte, wie er der jungen Ärztin, die sie regelmäßig nach Einsätzen untersuchte, seinen erhöhten Pulsschlag erklären sollte. Zweifellos handelte es sich bei dem Fundstück um den berüchtigten »Kelch von Askalon«. Die Legende besagte, dass die Botschaft in seinem Innern zu einem überirdischen Geheimnis führte, dessen Auflösung sämtliche Glaubensgegensätze der Welt auf ewig miteinander versöhnen werde. Niemals hätte Gero vermutet, dass Henri d'Our diesen Kelch besessen hatte. Ja, dass er sich überhaupt im Besitz des Ordens befand.

Niemand hatte je ein Wort darüber verlauten lassen. Es gab Gerüchte – aber über die Bundeslade zu sprechen oder das, was daraus hervorgegangen sein sollte, war unter den nicht eingeweihten Brüdern ein absolutes Tabu gewesen.

Doch das bedeutete nichts, schließlich hatte Gero auch nicht gewusst, dass die Ordensbrüder des Hohen Rates über das Haupt der Weisheit verfügten. Wobei das Mysterium, das dieser Becher in sich barg, vermutlich tausendmal gewaltiger war, als Toms vermaledeiter Timeserver je hätte sein können. In der Legende hieß es: Wer den Kelch besitzt und das Geheimnis entschlüsselt, wird die Welt in seinem Sinne verändern können und die Rückkehr des einzig wahren Messias einläuten.

Gero überlegte nicht lange. Wenn das Schicksal auf seiner Seite stand und die Zeit reif dafür war, würde er seine Entdeckung zu nutzen wissen.

Kapitel 1

Ein letzter Versuch

2151 November – Illinois – ehemals Amerikanische Föderation

Vielleicht wäre es besser gewesen, dachte Lyn und strich sich hastig eine Strähne ihres glatten, schwarzen Haares zurück, wenn sie wenigstens ein einziges Mal in ihrem Leben selbst jemanden eliminiert hätte. Dann würde sie nun nicht dastehen wie eine Anfängerin, und ihre Hand, die den Fusionslaser hielt, würde nicht so stark zittern, dass sie kaum in der Lage war, ihr Ziel zu fixieren.

Red Collart, Drill-Instructor der Antirevolutionstruppen der Neuen Welt, zuständig für die Ausbildung der Kadetten an den Handfusionswaffen, hatte ihnen bereits im zarten Alter von zehn Jahren beigebracht, wie man damit umging und wie diese Waffe funktionierte. Die unvorstellbare Hitze des Fusionslasers wurde mittels Kavitationsenergie erzeugt, die mit Hilfe natürlich vorkommender Myonen aus der kosmischen Umgebungsstrahlung eine Bläschenfusion erzeugte, die einen pulsierenden Strahl von 5000 Grad Celsius freisetzte. Die ergonomisch angepasste Waffe mit einem 25 Zentimeter langen Lauf bestand aus einer speziell angefertigten Wolfram-Rhenium-Legierung, die dafür sorgte, dass das Material trotz der entstehenden Hitze stabil blieb. Das Ergebnis war beeindruckend. Menschen konnten damit in einer Pikosekunde zu Staub zerblasen werden. Mit einem entsprechend größeren Modell und der richtigen Dosierung des Strahls war es möglich, ganze Hypergleiter verschwinden zu lassen.

Collart hatte bei der Erschießung von Delinquenten gegenüber seinen Zöglingen niemals das geringste Anzeichen von Mitleid gezeigt – im Gegenteil, es schien ihn sogar zu amüsieren, wenn er im Angesicht seiner Rekruten seine uneingeschränkte Macht über Leben und Tod demonstrierte. An manchen Tagen töteten Collarts Schüler auf seine Anweisung hin Hunderte von Verdammten, die alle auf einer sogenannten Abschussliste standen. Entweder weil sie aufgrund genetischer Fehlausstattung als nicht lebenswert beurteilt worden waren oder weil sie im Verdacht standen, zu den National American Rebels zu gehören, einer geheimen Untergrundorganisation, die sich verbotenerweise gegen Regierungsinteressen wandte und die es mit allen zur Verfügung stehenden Mitteln zu vernichten galt.

Nicht selten schloss Collart mit seinen Rekruten vorher Wetten ab, wie viel Asche wohl von einem der Todgeweihten nach dem Beschuss übrig bleiben würde. Besonders, wenn es sich um ältere Gefangene handelte, die mitunter mehr Körperfülle aufwiesen, weil ihnen im Gegensatz zu den jüngeren Opfern das formstabilisierende Fisch-Gen fehlte.

Im Nachhinein erschien es Lyn als merkwürdig, dass sie lediglich Überraschung empfunden hatte, als sie zum ersten Mal Zeugin einer Hinrichtung wurde, bei der ein Delinquent allein aus Demonstrationsgründen pulverisiert worden war. Im Laufe der Zeit gewöhnte sie sich daran, wenn der allgegenwärtige Sturm die gefriergetrockneten Überreste eines Leichnams über den kalten Marmor des Exerzierplatzes hinweg fegte und der immerwährende Regen die kläglichen Reste menschlichen Lebens von den schwarzen Platten wusch. Manchmal dachte sie des Nachts an die Erstarrung in den Pupillen der Opfer kurz vor der Tötung, aber der Chip in ihrem Hirn unterdrückte sofort jegliche emotionale Sensibilität, die zaghaft aus ihrem Inneren emporzusteigen drohte.

Erst viel später, nachdem Lion Ho Chang, der Anführer der National Rebels, sie aus dem Lager befreit und ihr den Chip entfernt hatte, begriff Lyn das ganze Ausmaß von Collarts menschenverachtendem Vorgehen. Regelmäßig dachte er sich während der Schießlektionen kleine Spiele aus. Eines nannte er »Russisch Roulette«, wobei er den Laser in einer Weise auflud, dass nicht jeder Schuss automatisch scharfgemacht wurde. Danach konnte keiner seiner jugendlichen Kadetten wissen, ob der nächste Treffer den Delinquenten eliminierte oder nicht. Lyn hingegen verfügte selbst unter Einflussnahme des Chips über nahezu hellseherische Fähigkeiten. Stets hatte sie den Laser an einen der Jungs weitergereicht, wenn er eine tödliche Bedrohung für die Opfer darstellte. Collart hatte Punkte an jene Rekruten vergeben, die sich freiwillig als Schützen gemeldet hatten und bei denen der Laser auslöste. Wem es auf diese Weise gelang, die meisten Delinquenten zu eliminieren, der durfte Collart nach Hause begleiten. Was immer das auch bedeutete, war ein Geheimnis, und jene, welche in den Genuss kamen, mühten sich, diese Auszeichnung wieder und wieder zu erlangen. Lyn war nicht erpicht darauf, Collarts Gunst zu gewinnen. Ihr Instinkt und seine abweisende Haltung sagten ihr, dass es besser war, ihm nicht zu nahe zu kommen. Ihrer Schwester Rona war es anscheinend ähnlich ergangen, deshalb hatte sie stets auf Lyns Reaktionen geachtet und den Laser nur angenommen, wenn sie ihr mit einem kaum merklichen Zwinkern versichert hatte, dass er nicht schussbereit war. Ganz im Gegensatz zu Mako, ihrem gleichaltrigen Bruder, der aus derselben Brutserie stammte wie sie selbst und der ganz wild darauf war, endlich in den Fokus seines Meisters zu gelangen, was er jedoch bis zum Tag ihrer Befreiung niemals geschafft hatte. Wie durch ein Wunder hatten weder Mako noch Collart bemerkt, dass die beiden jungen Frauen sich davor drückten, den Henker zu spielen. Doch selbst wenn es Mako aufgefallen wäre, hätte er wohl nichts darüber gesagt. Gefühle zu zeigen konnte leicht den eigenen Tod bedeuten oder zog eine neuerliche Hirnoperation nach sich, die ihre Persönlichkeit noch weiter eingeschränkt hätte.

Erst an dem Tag, als Lion und seine Leute unerwartet ins Camp eingedrungen waren und Lyn und ihre beiden Geschwister aus den Klauen der Neuen Welt befreit hatten, war ihnen klargeworden, wie unglaublich stark menschliche Emotionen sein mussten, wenn man sie nicht mit biotechnischen Mitteln unter Kontrolle behielt. Der Hass in Lions braunen Augen, als er bei seinem furiosen Abgang aus dem Camp höchstpersönlich seinen Fusionslaser auf Collart richtete, abdrückte und im Anschluss daran den kläglichen Überrest ihres ehemaligen Drill-Instructors mit den Worten »Asche zu Asche« kommentierte, hatte sie zunächst verwirrt und im höchsten Maß irritiert. Erst recht, als Lions braune Augen sich mit Tränen füllten, weil es ihm nicht gelungen war, noch mehr ihrer Brüder und Schwestern zu befreien. Ein ungewohnter Anblick. Denn dort, wo Lyn, Rona und Mako ihre Jugend verbracht hatten, weinte man nicht. Es war eine zutiefst verabscheuungswürdige Geste, die einen getreuen Söldner der Neuen

Welt von abtrünnigen Rebellen und Spionen unterschied – und diesen nicht selten zum Verhängnis wurde, weil man sie unter der Folter an ihren Gefühlsausbrüchen erkannte. Erst später, nachdem Lion den entführten Rekruten den Chip aus den Hirnen entfernt und sie damit wieder zu empathischen Lebewesen umfunktioniert hatte, erspürte sie seine Gefühle, und das mit geballter Intensität. Ein wunderbarer Zustand, der gleichzeitig unbeschreibliche Schmerzen mit sich brachte, wenn er in Trauer, Angst und Entsetzen umschlug.

Ein Grund, warum Lyn im Augenblick ihre wiedergewonnenen emotionalen Fähigkeiten verfluchte. Sie blinzelte kurz, um ihre genetisch manipulierten Nachtsichtlinsen zu befeuchten, die auch die finsterste Umgebung in gestochen scharfen Graugrünabstufungen erscheinen ließ.

»Du musst ihn beim ersten Schuss treffen«, zischte eine dunkle Stimme unter ihr.

Es war Mako, ihr männliches Ebenbild. Sein Kopf mit den schulterlangen schwarzen Haaren und dem feingeschnittenen asiatischen Gesicht streckte sich an ihr vorbei. Dabei zwängte er seinen schlanken, langen Körper durch den engen Kanalschacht. Offenbar interessierte ihn, warum es nicht wie geplant voranging. Schließlich stand er leicht geduckt hinter ihr und fixierte ihr Opfer mit seinen schmalen, bernsteinfarbenen Katzenaugen, als ob er ein Raubtier auf Beutezug wäre. Weiter unten auf der nicht enden wollenden Titanleiter, die in einen einhundert Meter tiefen Schacht mündete, stand Rona und gab ihnen Deckung, dabei blinzelte sie ungeduldig zu ihnen herauf. Seit Lion sie wieder zu einem echten Menschen umfunktioniert hatte, wurde sie manchmal von aggressiven Emotionen überflutet, die Lyn als ausgesprochen lästig empfand. Nicht zum ersten Mal stellte sie sich die Frage, warum Lion neben Mako ausgerechnet Rona für diese Mission ausgesucht hatte. Sie war mitunter ziemlich aufbrausend, aber möglicherweise schätzte Lion gerade ihre Aggressivität und den damit verbundenen Kampfeswillen.

Rona machte ihrem Ruf alle Ehre, indem sie ungebeten nach oben kletterte und Mako wieder nach unten zerrte. Sie war stärker als er und zwang ihn damit, ihre Position zu übernehmen. Nachdem er einen leisen Fluch über ihr rücksichtsloses Verhalten ausgestoßen hatte, konzentrierte sich Lyn erneut auf das vor ihr liegende Einsatzgebiet.

Rona tauchte neben ihr auf und sondierte die Lage. »Sei vorsichtig«, riet sie ihrer Schwester. »Wenn sie uns entdecken, sind wir erledigt.«

Lyn ließ sich von Ronas Warnungen nicht irritieren. Sie wusste längst, dass sie den Schachtdeckel nur einen Spaltbreit anheben durfte, um von dem patrouillierenden Wachmann nicht bemerkt zu werden.

Über ihnen erstreckte sich eine riesige Halle mit einem beweglichen Glaskuppeldach. In etwa fünfzig Metern Entfernung stand der Hypergleiter, auf den sie es abgesehen hatten, mutterseelenallein im Hangar. Ein silbern glitzernder, länglicher Vogel aus einer Titanlegierung, in dem mindestens sechs Menschen Platz fanden und der schneller war als jede Regierungsmaschine. ONOGEN 11, der Name eines pharmazeutischen Großkonzerns, der mit Wissen der Neuen Welt im illegalen Drogenhandel operierte, stand darauf sowie die Nummer des Gleiters. Offiziell vertrieb man bei ONOGEN alle Sorten von erlaubten neuronalen Nachbrennern, die den Menschen halfen, ihre Arbeitsleistung zu steigern, damit ihre Ausbeutung durch die kapitalfeudalen Machthaber noch effizienter verlief.

In den Containertürmen neben der Halle befanden sich unzählige Depots mit den gängigsten Nanodrogen, wie die Aufschrift verriet und die offensichtlich auf ihren Abtransport warteten. EXO 23 zur Gedächtnisauffrischung bei Hirninfarkt, PED 04 als Trainingsdroge zur Steigerung der Lernfähigkeit, LEX 77 zur Verhinderung vorzeitiger Alterungsprozesse und SN 303, ein Stoff, der exotische Träume versprach, selbst wenn man über ein Hirnimplantat verfügte, das im Normalzustand sämtliche Gefühle unterdrückte. Bis auf die letzte Sorte, die meist in den verbotenen Spelunken verhökert wurde, handelte es sich um legalen Stoff, der in der Regel gestreckt war, aber zu denselben Preisen verkauft wurde wie das kaum zu unterscheidende Original.

Der Vorstand des Konzerns setzte sich überwiegend aus korrupten Regierungsmitgliedern der Neuen Welt zusammen, die seit ihrer Machtübernahme vor gut fünfzig Jahren gegenüber der nichtsahnenden Erdbevölkerung ein doppeltes Spiel trieben. Vordergründig unterwarfen sie sich den strengen moralischen Regeln der Behörden – inoffiziell strichen sie horrende illegale Gewinne ein und teilten sie mit den Mächtigsten.

»Das war schon so, als ich noch ein Kind war«, hatte Lion mit einer wegwerfenden Handbewegung erklärt, als Lyn ihn einmal gefragt hatte, ob diese Zustände erst nach der neuen Kapital-Revolution aufgetreten seien. »Korruption hat in der menschlichen Gesellschaft eine lange Tradition, auch wenn immer halbherzig versucht wurde, sie zu bekämpfen.«

Lion kannte alle Tricks seiner Gegner und hatte es sich zum Ziel gesetzt, die Welt zum Besseren zu verändern. Dass Lyn und ihre Geschwister nun Teil dieses Plans wurden, hatte sie mit Stolz erfüllt, auch wenn ihnen immer noch nicht ganz klar war, wie sie diese Veränderung zustande bringen konnten und wie diese letztendlich aussehen würde.

Dass der zuvor beschlossene Plan nicht einfach durchzuführen war, lag in der Natur der Sache. Lion befand sich ständig auf der Flucht. Schließlich gehörte er zu den meistgesuchten Terroristen der Neuen Welt. Er lebte mal hier. mal dort und verkroch sich an den unwirtlichsten Orten, falls er nicht gerade seine schärfsten Widersacher bekämpfte. Lyn und ihre Geschwister fristeten ihr Dasein derweil unerkannt in den Armutsghettos im mittleren Westen der ehemaligen amerikanischen Föderation.

Lion besaß einen selbstkonstruierten Hypergleiter, der eine außerordentliche Geschwindigkeit erreichte und natürlich nicht der staatlichen Flugüberwachung gemeldet war. Allerdings verfügte er wegen des hohen Energieverbrauchs über eine auffällige Quantensignatur, die ihn bei längerfristigem Einsatz zu einer leichten Beute für die Häscher der Neuen Welt machte. Daher lautete der Auftrag für Lyn, Rona und Mako, zunächst einen Hypergleiter von ONOGEN zu stehlen, um damit unabhängig von Lion zu einem zuvor vereinbarten Treffpunkt zu gelangen, dessen Umgebung durch die dort vorherrschenden Stürme genug Materie-Turbulenzen verursachte, um eine Magnetfeldortung zu erschweren.

Lion selbst durfte es aus Gründen der Tarnung nicht riskieren, sie in ihrem Versteck abzuholen. Hinzu kam, dass die Hypergleiter von ONOGEN wegen der illegalen Geschäfte, zu denen sie genutzt wurden, ebenfalls nicht der staatlichen Flugüberwachung gemeldet waren. Im Falle eines Verdachts würden seine Vorsichtsmaßnahmen bei den in Frage kommenden Verfolgern genug Verwirrung stiften, um ihnen einen ausreichenden Vorsprung für die Durchführung ihres Plans zu sichern.

Nach Lions Berechnungen würden sie auf diese Weise die 8000 Meilen zum Zielort unbehelligt überwinden können.

»Dieser Bande von korrupten Verbrechern wird es nicht wehtun, wenn sie zukünftig auf einen Firmengleiter verzichten müssen«, hatte Lion bei einer geheimen Hypervisionskonferenz augenzwinkernd bemerkt, als Rona ihn danach fragte, ob es nicht zu riskant sei, ausgerechnet dort einen Gleiter zu stehlen.

Ob es ONOGEN auch nichts ausmachte, in Zukunft auf einen oder mehrere Mitarbeiter zu verzichten, durfte bezweifelt werden. Lyn zog unwillkürlich die Stirn in Falten bei dem Gedanken, den in unmittelbarer Entfernung stehenden, stämmigen Aufpasser zu Staub zu zerblasen. Dass sie ihn nicht am Leben lassen konnte, stand außer Frage. Schließlich nannte er eine verhältnismäßig riesige Fusionskanone sein Eigen, die er lässig um die Schulter gegürtet trug. Mit dieser Waffe wäre er durchaus in der Lage, einen ganzen Gleiter mitsamt seiner Besatzung zu eliminieren. Normalerweise waren solche Waffen allein den Sicherheitskräften der Neuen Welt vorbehalten. Aber wer scherte sich schon darum, wenn der Boss eines solchen Unternehmens regelmäßig Unsummen an Bestechungsgeldern an die höchsten Regierungskreise zahlte?

Der Wachhabende wirkte entsprechend entspannt. Sein Dienst war reine Formsache. Eine der üblichen Machtdemonstrationen für angemeldete Besucher. Offenbar rechnete er nicht mit perfekt geschulten Rebellen, die als ehemalige Agenten der Neuen Welt eher unfreiwillig und überraschend die Seite gewechselt hatten. Der Hangar war bei Nacht zwar elektronisch gesichert, aber mit Lions neu konstruiertem Nano-Decoder war es kein Problem gewesen, einen Virus in die computergenerierten Sicherheitssysteme einzuschleusen, der eine dauerhaft unauffällige Lagebeurteilung in die automatisierten Überwachungszentren implizierte.

Mako drängte sich nun auch weiter nach oben, und Rona machte eine unwirsche Bewegung, weil er ihr den ohnehin knappen Platz nahm und im Notfall den Rückzug versperrte. Mako schnaubte verärgert, als sie ihn so heftig zurückstieß, dass er beinahe das Gleichgewicht verloren hätte und in die Tiefe gestürzt wäre. Dieses Geräusch allein reichte aus, um die Aufmerksamkeit des Wachmanns auf sie zu lenken.

Als der Kerl Lyn entdeckte und sie mit kalten, graublauen Augen anpeilte, musste sie einen Entschluss fassen, ob es ihr gefiel oder nicht. Ein kaum hörbares Zischen begleitete den wabernden Fusionsball. Der Mann erstarrte mit überraschter Miene, als er getroffen wurde. Sein Körper wechselte so schnell die Farbe, dass es für das normale menschliche Auge nicht sichtbar war. Das eben noch lebendige Rosa seiner hellen Haut verwandelte sich schlagartig in ein metallisches Kupferbraun. Seine Waffe blieb davon verschont, weil die Energie des Lasers dafür berechnet war, nichtmenschliche Ressourcen zu verschonen. Scheppernd fiel sie zu Boden. Das Geräusch holte Lyn in die Wirklichkeit zurück. Gleich würden weitere Wachleute auftauchen, inzwischen war der Mann zu einem silbernen Häuflein Asche zerfallen.

»Los, kommt voran«, raunte Lyn ihren Geschwistern zu und kletterte mit einer geschmeidigen Bewegung auf den stählernen Hallenboden. Rona und Mako folgten dicht hinter ihr. Gemeinsam rannten sie zum Hangar, wobei Lyn das Herz vor Aufregung bis zum Hals schlug. Eine ebenso unangenehme wie unnötige Begleiterscheinung, die sie ebenfalls der Entfernung des Chips zu verdanken hatte. Den eigenen Fusionslaser fest umklammert, griff sie sich im Vorbeilaufen die Fusionskanone des Getöteten. Dabei hoffte sie, dass Mako und Rona ihr auf den Fersen blieben. Von weitem hörte sie bereits den heulenden Alarm und hektisches Stimmengwirr. Ohne weiter darüber nachzudenken, berührte sie den quantenmechanischen Türöffner, der die von Lion implantierte energetische Generalcodierung in ihren Fingerspitzen ohne Probleme erkannte und ihr einen direkten Zutritt zur Führungskapsel des Gleiters gewährte. Die Seitentüren unter den Stabilisatoren dematerialisierten sich, indem sie unsichtbar wurden und ihnen somit ungestörten Einlass gewährten. Rona schoss im Sprung an ihr vorbei und ließ sich rückwärts in die Steuerungskabine hineinfallen, die Umgebung des Gleiters immer noch fest im Blick. Mako folgte seiner Schwester in kurzem Abstand und hechtete ebenfalls kopfüber in den Gleiter. Lyn sprang als Letzte in die hochtechnisierte Maschine, nachdem sie ihren Geschwistern Feuerschutz gegeben hatte.

Keine Sekunde zu früh landeten sie auf dem gepolsterten, silbergrauen Boden und zogen instinktiv den Kopf ein. Sie waren entdeckt worden. Mindestens zehn Wachleute tauchten am Ende der riesigen Halle auf.

Während Rona mit einer fließenden, kreisförmigen Handbewegung den leuchtend holographischen Terminal heraufbeschwor und den Gleiter allein kraft ihrer Gedanken startete, gerieten sie unter Beschuss. Lyn war es mit einem weiteren Gedankenbefehl gelungen, den Spiegelreflexschutzschild zu aktivieren, der sie zumindest nach außen hin unsichtbar werden ließ. Mako hatte unterdessen die Fusionskanone mit einem summenden Geräusch hochgefahren und feuerte im Abflug durch die offene Tür auf die am Boden stehenden Wachmannschaften. Er zuckte noch nicht einmal mit einer Wimper, als er auf einen Schlag sechs Männer und zwei gepanzerte Fahrzeuge eliminierte.

»Das Hallendach«, schrie Rona, die erkannt hatte, dass irgendjemand im letzten Augenblick das große Haupttor des Hangars geschlossen hatte.

Mako lehnte sich ungesichert über die Außenkante des Gleiters, und während der Fusionsball eines am Boden schießenden Gegners ihn so dicht streifte, dass ein Teil seiner wehenden Mähne verdampfte, richtete er die Kanone auf das gläserne Kuppeldach.

Ein einziger Schuss reichte aus, um einen regelrechten Ascheregen auszulösen, der ihn zum Husten brachte. Der Gleiter kippte für einen Moment nach rechts, weil Rona weiterem Beschuss vom Boden ausweichen musste. Lyn erwischte in letzter Sekunde Makos Arm, bevor er hinauszustürzen drohte. Beinahe hätte er das Gleichgewicht verloren. Dabei war ihm die Fusionskanone aus den Händen geglitten. Tatenlos musste er mit ansehen, wie sie mehrere hundert Meter zu Boden segelte und kurz darauf mit einer gewaltigen Explosion aufprallte. Die nach oben steigende Hitzeblase drückte den Gleiter unvermittelt in die Höhe. Atemlos krallte er sich an einem Holm im Innern des Gleiters fest. Lyn hatte in aller Eile dafür gesorgt, dass sich die geschlossene Tür materialisierte. Zum einen, um Mako vor einem Absturz zu bewahren, zum anderen, um sie vor weiteren Angriffen vom Boden zu schützen. Mit fahrigen Händen sicherte Mako seine Position, indem er das Magnetfeld in seinem Sitz mit einer leichten Berührung der holographischen Steuerungstafel aktivierte. Die künstlich aufgebaute Schwerkraft hielt ihn automatisch an seinem Platz und verhinderte auch bei starken Schwankungen, dass er durch die Kabine stürzte.

»Das war knapp«, bemerkte er leise und lehnte sich erschöpft zurück. Sein Gesicht war immer noch bleich. Für einen Moment senkte er die Lider und hoffte wohl, dass die Mädchen seinen Anflug von

Furcht nicht bemerkt hatten. Lyn setzte sich neben ihn und strich ihm über die Hand, die er ihr sofort mit einem verächtlichen Blick entzog.

Rona erwiderte nichts. Sie blickte stur geradeaus auf den holographischen Steuerbildschirm, der in einer schwebend erleuchteten Abbildung weite Teile des völlig verödeten Südostens Amerikas aufzeigte. Kraft ihrer Gedanken beschleunigte sie den Gleiter und damit auch die Bildabfolge auf dem Schirm.

»Auf nach Corpus Christi«, sagte sie und setzte eine überlegene Miene auf, als sie sich zu ihren Geschwistern umwandte. »Lion erwartet uns in einer Stunde am alten Hafenhangar. Wir dürfen ihn nicht enttäuschen.«

Es regnete immer noch, tagelang, wochenlang, und die Stürme hatten den Höhepunkt ihrer Vernichtungskraft noch lange nicht erreicht. Der Süden der ehemaligen Vereinigten Staaten von Amerika war wegen der zunehmenden Klimaveränderung zur Heimat gigantischer Tornados geworden. Was vor einhundert Jahren ab und an einmal geschehen war, gehörte mittlerweile zur Tagesordnung. Die Gegend, die früher einmal zu Texas gehört hatte, war schon seit langem so gut wie unbewohnbar, weil sie permanent unter Wasser stand. Lion Ho Chang, der von der Neuen Welt am meisten verfolgte Rebellenführer, wusste um den Vorteil der Katastrophe, als er seinen Hypergleiter gut dreißig Meter über den aufpeitschenden Wassermassen in den ehemaligen Hafen von Corpus Christi steuerte. Von den früheren, auf bis zu zwanzig Meter hohe Stelzen gebauten Vorratstanks für Öl und sonstige Chemikalien ragten nur noch die Kuppeln aus den Fluten. Wellen so hoch wie die Ruinen von Manhattan türmten sich auf und stoben unter dem scharfen Wind über die versinkende Speicherstadt. Lions Handfläche strich über das imaginäre holographische Steuerungspult, während die nackten Aluminiumgerüste der ehemaligen Hafenanlagen wie ein stählerner Wald an ihm vorbeisausten.

»Stabilisatoren neu berechnen.« Der automatisierte Befehl aus der Steuerungskanzlei drang lautlos in sein Gehirn. Ein weibliches Gesicht manifestierte sich aus Millionen von tanzenden Lichtpunkten. Es war denen von Lyn und Rona ähnlich. Ihr Konterfei hatte ihm für die Konfiguration der Steuerungskonsole des Gleiters Pate gestanden. Auch die vier Timeserver, die er mit Hilfe längst vergessener Konstruktionspläne reaktiviert hatte, zeigten ihnen ähnlich sehende Konterfeis.

Die Befreiung der drei Geschwister aus einem der berüchtigten Zuchtlager der Neuen Welt war recht unruhig verlaufen. Lion und seine Getreuen hatten nicht zum ersten Mal auf diese Weise ihre jungen Krieger rekrutiert. Wie üblich hatten sie nichts dem Zufall überlassen und den Akt der Entführung als missglückten Fluchtversuch getarnt. Wahrscheinlich glaubten die ehemaligen Bewacher der drei immer noch, dass sie auf ihrer vermeintlichen Flucht ums Leben gekommen waren. Der damals von Lion eingesetzte zweite Gleiter war wie geplant mit einer spektakulären Explosion an einem Felsen zerschellt und aufgrund des berstenden Fusionsantriebes zu kosmischem Staub atomisiert, der jegliche DNA-Überprüfung unmöglich machte.

In Wahrheit hatte man die jungen Leute mit einem anderen Gleiter in die Tiefen des sterbenden amerikanischen Kontinents gebracht, um sie in den Katakomben der brodelnden Armenviertel von Chicago wieder in echte Menschen zu verwandeln. Noch an Bord hatte Lion seinen drei neuen Schützlingen in einer kurzen, schmerzlosen Operation den Überwachungschip entfernt. Lion war nicht nur Physiker, nebenbei war er Humanmediziner und hatte lange genug in der Hirnforschung gearbeitet, um jeden Chip im Körper eines Menschen auffinden und entfernen zu können.

Von diesem Moment an waren die drei sogenannte Nobodys, die nur noch als Schatten existierten. Ihr Dasein konnte fortan nicht mehr von den Überwachungsscannern der Neuen Welt, wie sich das Konsortium aus fünf Pseudostaaten mit ihren Regierungen und den in Wahrheit herrschenden Wirtschaftsunternehmen nannte, überwacht werden. Das bedeutete Freiheit, aber auch, dass ihnen keinerlei staatliche Essensrationen mehr zustanden, geschweige denn staatliche Fürsorge in Form eines Jobs, der ihnen in sklavenhafter Abhängigkeit das Auskommen gesichert hatte.

Relativ rasch begann Lion damit, die drei jungen Leute im Untergrundlager der National Rebels zu dem auszubilden, was man in Regierungskreisen als Terrorist bezeichnete. Von hier aus zogen seine Zöglinge über sämtliche Kontinente, um das Unrechtsregime der Neuen Welt zu destabilisieren. Doch so einfach, wie es sich anhörte, war es nicht. Der Feind verfügte über brillante Abwehrdienste, so dass es zu einem Umsturz bisher noch nicht gereicht hatte.

Vielleicht hatten es die Verlierer dieser letzten Schlacht nicht besser verdient, sinnierte Lion in endlosen Nächten, die ihm auf brutale Weise seine Einsamkeit vor Augen führten. Anstatt die Gefahr zu erkennen und sich zu einer Großmacht zusammenzuschließen, hatten sich die Verfechter der monotheistischen Weltreligionen in einem mehr als hundertjährigen Krieg den Garaus gemacht. Zu lange hatte man sich um Öl, Gas und Territorialansprüche gestritten und das Volk mit hohl klingenden Dogmen betäubt, die jener hirnlosen Herde von Schafen den letzten Rest von Verstand geraubt hatten. Genug, um die einstigen Machthaber Chinas oder den »König des Ostens«, wie der alles vernichtende Feind in der Johannes-Apokalypse genannt wurde, auferstehen zu lassen und zu beflügeln, alles an sich zu reißen, was ihre kalten Herzen schon immer begehrt hatten.

Lion würde es nicht dabei bewenden lassen, das war er seinen Anhängern und vor allem ihren Nachkommen schuldig, die als freigeborene friedliebende Menschen die Erde bevölkern sollten.

Lion gegen Goliath lautete deshalb seine Devise. Spätestens seit ihm vor zwei Jahren in der ehemaligen Area 51 eine versiegelte Datei in die Hände gefallen war, die etwas enthielt, was den Heuschrecken offensichtlich entgangen war, als sie das Land überfallen hatten wie jene biblische Plage. Der geheimnisvolle Fund hatte in ihm die Hoffnung geschürt, dass vielleicht doch noch nicht alles verloren war. Wie er den längst verschollenen Aufzeichnungen, die in mehreren Quantenkartuschen gespeichert waren, entnehmen durfte, handelte es sich um die Konstruktionspläne einer mindestens fünfzig Jahre zurückliegenden Zeitreisetechnik, die anscheinend noch vor dem großen Krieg vorangetrieben worden war. Leider war kein Originalexemplar des darin beschriebenen Timeservers vorhanden gewesen, und so musste sich Lion auf sein eigenes, technisches Geschick verlassen. Bis auf eine Handvoll Wissenschaftler, die bei der Eroberung Amerikas ihr Leben gelassen hatten, wusste anscheinend niemand etwas über die vorangegangenen Experimente, die offenbar Zeitreisen in längst vergangene Epochen ermöglicht hatten. Verwunderlich, wenn man bedachte, dass die Amerikaner in den sechziger Jahren des zwanzigsten Jahrhunderts sogar eine Mondlandung vorgetäuscht hatten, um ihre Gegner zu beeindrucken.

In stetiger, heimlicher Kleinarbeit hatte Lion verschiedene Prototypen jenes Wunderwerks erschaffen und ihre Energiespeicher mit modernster Fusionstechnik ausgerüstet. Wegen des holographischen

Kopfes, der kraft einer Gedankenbrücke erschien, wenn man das automatische Steuerungssystem öffnete, hatte Lion die kleinen unscheinbaren Timeserver auf den Namen CAPUT getauft, was lateinisch »Kopf« bedeutete und die Abkürzung für das US-Forschungsprojekt Center of Accelerated Particles in Universe and Time gewesen war, dessen Betreiber vor mehr als einhundert Jahren mit den Experimenten zu diesem Projekt begonnen hatten. Daneben hatte er die Zahlen eins bis fünf für jede Weiterentwicklung des Prototyps vergeben und eine Acht als Symbol für die Unendlichkeit angehängt. Auf den alten Servern des längst verfallenen, wissenschaftlichen Zentrums hatte er – seltsam genug – inzwischen streng verbotene, historische Dateien gefunden, die ihn über den ehemaligen Orden der Templer informierten. Vielleicht war es kein Zufall, dass man Daten über eine Organisation gesammelt hatte, die als militärischer Ritterorden um das Jahr 1119 in Jerusalem gegründet worden war und der die Bemühungen um Verständigung zwischen den Religionen letztendlich zum Verhängnis geworden war. Der französische König hatte den Orden im Jahre 1307 unter anderem unter dem Verdacht der Häresie – mit Unterstützung des damaligen Papstes – auflösen und seine Mitglieder verhaften und nicht selten hinrichten lassen.

Beinahe augenblicklich wurde Lion von dem Gedanken beseelt, wie die Welt wohl aussehen würde, wenn die Vernichtung des Ordens niemals stattgefunden hätte? Was wäre, wenn es ihm mit Hilfe seiner Rekonstruktion des Timeservers gelingen sollte, in die Vergangenheit zurückzureisen und die Geschichte so zu beeinflussen, dass sämtliche Katastrophen niemals stattfinden würden?

Der Dritte Weltkrieg zwischen Muslimen, Juden und Christen, der zur globalen Katastrophe geführt hatte, konnte seinen eigenen Hochrechnungen zufolge verhindert werden, wenn man bereits vor tausend Jahren einer solchen Entwicklung entgegenwirken würde. Tag und Nacht hatte Lion diese Idee nicht mehr losgelassen, und schließlich hatte er einen Entschluss gefasst, bei dessen Umsetzung ihm Lyn, Rona und Mako nun behilflich sein würden.

Er hatte sich im Rat der Rebellen, dessen Vorsitz er innehatte, bei der Planung des Projekts für die drei Geschwister eingesetzt. Rona trat in seinen Augen stark und unverwundbar auf, was sie zwar nicht war, aber zumindest würde sie den anderen beiden Mut machen, ganz gleich, wie aussichtslos die Lage auch sein würde. Lyn hingegen besaß einen hochsensiblen Charakter, anpassungsfähig wie ein Bambus im Wind. Mako als Dritter brachte seinen draufgängerischen Mut ein, was die Frauen dazu verführte, ihren Bruder zu beschützen und sie davon abhalten würde, selbst zu große Risiken einzugehen. Zusammen bildeten sie ein perfektes Team.

Aber da war noch etwas, das sie besonders geeignet machte. Sie hatten nur sich, niemanden sonst. Wenn ihnen etwas zustoßen sollte oder sie nicht wie geplant zurückkehren konnten, musste keiner um den anderen trauern.

Allein Lion, der für die drei eine gewisse, beinahe väterliche Verantwortung empfand, würde diesen Verlust verkraften müssen.

Der Gleiter schaukelte ungeduldig, als er an den Löschturm andockte, und prallte dabei geräuschvoll an die verrottenden Stützpfeiler.

Der Sturm nahm an Kraft zu, und Lion wurde trotz Gleichgewichtsregelung und Schwerkraftausgleich in seinen Sitz gepresst, als er den magnetisch aufgeladenen Korridor über dem Eingangsportal der ehemaligen Überwachungskapsel zu aktivieren versuchte. Durch das Panoramafenster am Boden der Steuerungskapsel fiel sein Blick auf die graue schäumende See, die ihm wie ein brodelnder Abgrund erschien. Er schaltete auf Handbetrieb, obwohl die Stimme in seinem Kopf ihm immer noch dringend davon abriet, bei diesem Wetter die Schleuse auszufahren. Als er die holographische Tür entmaterialisierte, stob ihm eine scharfe Böe die weißen, glatten Haare ins Gesicht, die er aus Protest nicht in ein sattes Schwarz färbte, wie es in höheren Gesellschaftsschichten üblich war. Man sollte ihm sein Alter ruhig ansehen. Einhundert Jahre entsprachen mittlerweile der unteren durchschnittlichen Lebenserwartung eines Erdenbürgers und waren nichts, weshalb man sich Sorgen machen musste. Er hatte den großen Krieg noch miterlebt und die nachfolgende Invasion der religiös unabhängigen chinesischen Diktatur – oder besser gesagt, er hatte das apokalyptische Chaos als Säugling überlebt, weil seine katholischen Eltern ihn rechtzeitig außer Landes geschafft hatten. Nach Taiwan – von wo aus sie Jahre zuvor in die damals noch bestehende Amerikanische Föderation eingewandert waren.

Während man seine Eltern überraschend zur feindlichen Armee einberufen hatte, sorgte seine Großmutter, eine anerkannte Quantenphysikerin, für seine Ausbildung und brachte ihm in den Wirren der darauffolgenden Eroberungsfeldzüge der Neuen Welt, wie sich die neuen

Machthaber nannten, alles bei, was er für seine unrühmliche Zukunft benötigte. Neben allerlei technischem und wissenschaftlichem Knowhow verdankte er ihr vor allem grundlegende Lektionen in Sachen Menschlichkeit und den Respekt vor der Existenz jeglichen Lebens. Etwas, wovon die neuen globalen Machthaber wenig hielten. Die anhaltenden Gräueltaten an den besiegten Nationen wurden bildlich dokumentiert, und nach der Unterwerfung der ehemals führenden Regionen USA und Europa per Chip in die Hirne der übrig gebliebenen Bevölkerung implantiert, damit niemand an der Macht der neuen Regierung zweifelte. Jegliche Form der Religionsausübung war bei Todesstrafe verboten. Täglich produzierte man unter diesem Vorwand unzählige Leichen, und die Absicht, die Erdbevölkerung auf zehn Milliarden Einwohner zu halbieren, hatte System. Jenen, die den neuen Regeln nicht folgen wollten, gewährte man keine Gnade.

Der Gedanke an all die getöteten und spurlos verschwundenen Menschen ließ Lion erschauern. Mit Beruhigung stellte er fest, dass Rona, Lyn und Mako, wie geplant, einen weiteren Hypergleiter gekapert und kurz nach seinem Eintreffen an der maroden Verladerampe angedockt hatten. Bis hierher hatten sie jeglichen Kontakt über den Hyperraum vermeiden müssen, weil der Feind den telepathischen Austausch per Gedankenscan überwachte.

Rona horchte auf, als ein metallisches Pochen Besuch in ihrem sturmumtosten Versteck ankündigte. Sie machte ein stummes Zeichen und nickte Lyn zu, die angespannt die Aluminiumschleuse observierte. Mako riss sich als Erster aus der Erstarrung und schlich mit einem Fusionslaser in der Hand zur kreisrunden Tür, die dem Einstieg eines Unterseebootes ähnelte. Mit einiger Kraftanstrengung öffnete er die rückständig anmutende Verriegelung, nachdem es noch mal hohl und scheppernd geklopft hatte.

Rona atmete erleichtert auf, als sie das markante Gesicht ihres großen Vorbildes erblickte. Lion taumelte in den leicht wankenden Raum und lächelte sie erschöpft, aber auch zuversichtlich an.

»Lion!« Rona vergaß jeglichen Respekt und fiel ihrem großen Vorbild mit einem erstickten Aufschrei um den Hals.

Lyn begrüßte ihn nicht ganz so stürmisch, aber auch sie spürte seine Wärme und sog seinen Duft in sich ein. Dabei unterdrückte sie ein paar Tränen der Rührung. Es war also so weit. Ihre Geschwister und sie selbst würden die lang angelegte Reise antreten – oder auch nicht; je nachdem ob die Technik hielt, was Lion sich von ihr versprach. Tests hatte man nicht durchführen können, weil es unmöglich gewesen wäre, unbemerkt so viel Energie zu bewegen.

Lion löste sich sanft aus Lyns Umarmung und schaute angespannt in die Runde. »Habt ihr alles erledigt, was ich euch aufgetragen habe?« Sein Blick richtete sich auf den einzigen Mann in der Gruppe.

Mako nickte beflissen, obwohl er die Verantwortung in Einsätzen nicht selten seinen Schwestern überließ.

Falls man sie erwischte, wäre das der sichere Tod. Jedoch für Lion zu sterben, da waren sich alle einig, würde eine Ehre sein.

Kritisch beäugte Lion ihre Aufmachung. »Bleibt zu hoffen, dass ihr euch in der Kleidung des zwölften Jahrhunderts nicht zu sehr von den Menschen der damaligen Zeit unterscheidet.«

Im Augenblick trugen sie anthrazitfarbene Overalls, die sich wie eine zweite Haut an ihre schlanken Körper schmiegten und einmal mehr ihre Gleichheit herausstellten. Mit dem Unterschied, dass Lyns Augen in einem irritierenden Veilchenblau erstrahlten und Ronas in einem satten Waldgrün leuchteten.

Dazu kamen noch die Geschlechtsmerkmale. Die Mädchen waren vollwertige Frauen, obwohl bei ihnen keine herkömmliche Fortpflanzung mehr vorgesehen war. Auch Mako war optisch ein ganz normaler Mann, dem jedoch der Wunsch nach einer Partnerschaft mit einer Frau aberzogen worden war.

»Kommt schon«, bemerkte Lion ungeduldig. »Wir haben keine Zeit, die Ausrüstung zu prüfen. Ihr müsst euch an Bord meines Gleiters umziehen. Außerdem habe ich noch eine Überraschung für euch.« Wortlos folgten sie ihm in seinen Gleiter.

Lion gab das Ziel erst jetzt in den Bordcomputer ein. Sie hatten eine Stunde Zeit, um Jerusalem zu erreichen.

Der von ihm konstruierte Schutzschild würde sie für eine Weile vor der Magnetfeldüberwachung der Neuen Welt schützen. Allerdings nicht ewig. Erst recht nicht, wenn es zum Einsatz des Timeservers kam. Wegen der gewaltigen Ausschläge im Gesamtgefüge des Energiehaushaltes des Planeten war eine rasche Entdeckung durch satellitengestützte Überwachungssysteme zu befürchten.

Nachdem alle ihre Plätze in Lions Gleiter eingenommen hatten, eliminierte er im Abflug mit einer eingebauten Fusionskanone das Ursprungsgefährt seiner jungen Begleiter, um Spuren zu beseitigen.

Unter der ausgewählten Beschleunigungskurve verschwand Corpus Christi im Zeitraffer von den holographischen Bildschirmen. Lion schaltete auf automatische Steuerung und wandte sich mit einem bemühten Lächeln zurück an seine Hoffnungsträger, wie er die drei gerne nannte.

Für einen Moment musste er ihren erwartungsvollen Blicken ausweichen.

Manchmal wünschte er sich, es gäbe tatsächlich einen Gott, der ihm das Vertrauen und die Zuversicht verlieh, dass alles gut ging, und wenn nicht, dass es nicht umsonst geschah. Vielleicht war es der starke Glaube gewesen, der ihn bei den Tempelrittern faszinierte und ihn hoffen ließ, dass alles besser werden würde, wenn sie in Gestalt eines tausendjährigen Ordens wieder auferstehen würden.

»In den Kisten ist alles, was ihr für die Mission benötigt«, sagte Lion und zeigte mit einem knappen Wink auf drei mittelgroße Titanbehältnisse im hinteren Teil des Gleiters. Während er mit einer knappen Handbewegung für die automatische Öffnung der Kisten sorgte, bemühte er sich um einen möglichst neutralen Gesichtsausdruck.

Rona erhob sich als Erste aus ihrem Sitz und ging vor den Behältern auf die Knie.

Die Kostüme, die Lion ihnen beschafft hatte, muteten merkwürdig an. Wallende, farbenfrohe Gewänder, die bis zu den Füßen reichten und der Mode vor exakt tausend Jahren entsprachen. Lyn förderte ein blutrotes, brokatbesticktes Kleid zutage, das ein entzücktes Erstaunen in ihr zartes Gesicht zauberte.

»Wie schön!«, flüsterte Lyn, und Lion schmunzelte amüsiert, weil sämtliche genetische Beeinflussung den weiblichen Anteil ihrer Gefühlswelt nicht hatte zerstören können.

Rona überwand spielend ihr burschikoses Naturell; fasziniert ließ sie ihre Hände über den grün schimmernden Damast gleiten, einen Stoff, der vor rund tausend Jahren wohlhabenden Edeldamen vorbehalten gewesen war.

»Eine taiwanesische Schneiderin, die wie wir im Exil lebt, hat die Kleidung in meinem Auftrag hergestellt«, bemerkte Lion. »Schnitt und

Ausstattung entsprechen – soweit ich das beurteilen kann – exakt den Vorgaben der damaligen Zeit.«

Mit staunender Miene holte Lyn ein Paar einfache Lederstiefel mit einer goldenen Spange hervor. Eine Spezialanfertigung, die sowohl langes Marschieren als auch Klettern ermöglichte und trotzdem mittelalterlichem Schick entsprach.

Mako interessierte sich weniger für sein prächtiges Gewand, das aus einer knielangen, hellblauen Jacke und einer kompliziert verschnürten, schwarzen Hose bestand. Beeindruckt zog er stattdessen einen reich verzierten Gürtel aus dickem, blauem Rindleder aus der Kiste, an dem sich ein Schwert in einer gleichfarbigen Scheide befand. Gekonnt schlang er den Schwertgürtel um seine schmalen Hüften. Die Spitze der Schwertscheide reichte, obwohl er einen Meter neunzig maß, beinahe bis zum Boden.

Gekonnt zog er die archaische Waffe mit einem leicht singenden Geräusch aus ihrer Umhüllung und vollführte trotz der Enge, die im Gleiter herrschte, einige schwungvolle Drehungen. Lyn wich angstvoll zurück, als die Spitze des Schwertes haarscharf an ihrer Nase vorbeifuhr.

»Sieh, Lion, ich habe die letzten Wochen bei Meister Kobe mit einer vergleichbaren Waffe geübt, aber diese schlägt die Übungswaffe in Schönheit und Eleganz um Längen«, bemerkte Mako nicht ohne Stolz. Seine bernsteinfarbenen Augen glänzten mit den im T-Heft des Schwertes eingearbeiteten Edelsteinen um die Wette. Griff und Blutrinne des Schwertes waren vergoldet, und sein Blatt war über und über mit eingravierten, geschwungenen Ornamenten verziert.

»Ein wundervolles Stück«, entfuhr es ihm, und dabei setzte er eine ehrfurchtsvolle Miene auf. »Ich kann es kaum erwarten, bis wir unser Ziel erreichen, damit ich es benutzen kann.«

»Hm«, brummte Lion, während Lyn ein weiteres Mal erschrocken den Kopf einzog, als Mako eine Drehung vollführte. »Aber du setzt das Ding nur im Notfall ein. So wie wir es besprochen haben«, schärfte er seinem Zögling noch einmal ein. »Ich will nicht, dass ihr an eurem Einsatzort in unnötige Kampfhandlungen verwickelt werdet. Sobald ihr in Jerusalem angekommen seid, müsst ihr wie die Adligen dieser Epoche auftreten. Das bedeutet, ihr dürft euch durchaus selbstbewusst geben, aber zurückhaltend, was Konflikte betrifft. Wir wissen kaum etwas über die Kultur dieser Menschen. Das Wenige, was ich den zerstörten Dateien entnehmen konnte, reicht nicht für eine komplette Analyse. Ihr müsst euch also vor Ort kundig machen, wie man korrekt miteinander umgeht.«

Lyn lächelte amüsiert und vollzog eine beiläufige Verbeugung, während sie das Kleid an ihre Brust hielt und geschickt den fließenden Stoff raffte, bis ihr Unterschenkel zum Vorschein kam. »Mylord, zu Euren Diensten.« Ihr Augenaufschlag erschien Lion eine Spur zu aufdringlich, dabei wurde ihm schlagartig klar, dass Lyn und ihre Geschwister nicht die geringste Ahnung von zwischenmenschlichen Beziehungen hatten, wie sie vor der nun herrschenden Diktatur üblich gewesen waren. Liebe und Sex waren schon lange kein öffentliches Thema mehr. Jedenfalls nicht in der gewöhnlichen Bevölkerung. Wie bei den Söldnern der Neuen Welt unterdrückte man auch dort alle gefährlich erscheinenden Gefühlsausbrüche per Chip. Und selbst nach der operativen Entfernung waren körperliche Annäherungen zwischen den Bewohnern der Rebellenlager kein Thema gewesen, weil Kinder schon lange nicht mehr auf natürliche Weise gezeugt wurden und der Umgang zwischen Männern und Frauen weitgehend gleichberechtigt und geschlechtsneutral ablief. Schon alleine deshalb, weil sie sich unter der ständigen Jagd durch Agenten der Neuen Welt keinen Geschlechterkampf leisten konnten. Körperliche Liebe galt als dekadenter Luxus, den sich allenfalls die Privilegierten der Neuen Welt im Verborgenen leisteten.

»Keinerlei geschlechtliche Verbindung«, betonte Lion streng. »Selbst wenn man euch so etwas anträgt. Ihr habt überhaupt keine Erfahrung in solchen Dingen, und es könnte euch im wahrsten Sinne des Wortes in Teufels Küche bringen.«

»Definiere geschlechtliche Verbindungen?« Mako setzte eine ironische Miene auf. »Du meinst doch nicht etwa den Austausch von Körperflüssigkeiten?« Nun konnte er sich ein Grinsen nicht verkneifen. »Schon vergessen? Es wurde uns aberzogen. Verschüttet, vergraben. Und …«, konstatierte er mit erhobenem Zeigefinger und gespielt moralinsaurer Miene: »Es gefährdet die Revolution!« Wieder grinste er breit. »Aber warum eigentlich nicht? Man könnte es ja wenigstens einmal ausprobieren. Schließlich sieht uns ja keiner.« Wieder lachte er und schaute auffordernd in die Runde. »Also wenn ihr mich fragt, ich finde es aufregend, in eine Zeit zu gelangen, in der Menschen noch auf natürliche Weise gezeugt wurden.«

»Das ist kein Spiel«, warnte ihn Lion mit finsterem Blick. »Und ich rate euch dringend, es nicht einmal ansatzweise zu versuchen. Es führt nur zu unnötigen emotionalen Verwicklungen, die ihr nicht einschätzen, geschweige denn beherrschen könnt.« Er schaute abwechselnd in die Runde. »Wenn ihr Jerusalem betretet, gebt ihr euch als adlige Kaufleute aus dem Osten aus, die den Gründern des Templerordens die Ehre erweisen möchten. Ihr werdet ihnen andeuten, dass ihr über ein spezielles Wissen verfügt, das dem Orden zu gewaltigen, finanziellen Mitteln verhelfen kann und zu unbegrenzter Macht und Einfluss.« Lion machte eine kurze Pause. »Das wird in jedem Fall das Interesse der verantwortlichen Würdenträger wecken.«

Rona nickte und schenkte Lion ihre ganze Aufmerksamkeit. Es beruhigte ihn, dass sie diejenige war, die das Unternehmen leiten würde. Auf sie konnte er sich verlassen. Sie kannte den Ablauf aus den geheimen Meetings auswendig. Mehr als einhundert Mal waren sie den geplanten Verlauf ihrer Mission durchgegangen.

Eigentlich war es überflüssig, im Anflug auf die gesperrte Zone noch einmal alles zu besprechen. Aber es verlieh Lion die Sicherheit, an alles gedacht zu haben, und außerdem hielt es ihn davon ab, wieder und wieder zu überlegen, was alles schiefgehen konnte.

»Wie sieht es mit euren Arabisch-, Altfranzösisch- und Hebräischkenntnissen aus?«

Wieder so eine rein rhetorische Frage, die davon ablenken sollte, wie sehr ihn die Aufregung packte, je mehr sie sich dem Zielort näherten. Er hatte ihre Hirne in den letzten Wochen mit biochemisch unterstützten Sprachtools regelrecht überflutet.

Während der Gleiter ohne Probleme die Stratosphäre durchpflügte, rezitierte Mako altfranzösische Gedichte, und Lyn und Rona versuchten sich an arabische Weisheiten aus jener Zeit zu erinnern, in der Emire und Kalifen den Nahen Osten beherrschten und das Leben wie ein einziges Märchen aus Tausendundeiner Nacht abzulaufen schien.

»Es ist anzunehmen, dass man euch nach eurer Ankunft Hugo de Payens vorstellt«, fuhr Lion schließlich fort. »Er war nicht nur der Templer der ersten Stunde. Er war Schatzmeister, Anführer und Architekt des Ordens zugleich. Zu einer Zeit, wo die Übergabe der Unterkünfte im ehemaligen Salomonischen Tempel noch gar nicht abgeschlossen war. Er wird euch vermutlich empfangen. Wenn ihr ihm die Botschaft überbracht habt und ihr meint, dass er den Inhalt verstanden hat, kommt ihr zum Treffpunkt zurück, setzt das Signal, und ich werde euch nach Hause holen. Mit etwas Glück ist die Welt dann nicht mehr die gleiche wie jetzt, sondern hat sich zu einer besseren verändert.«

Rona fasste sich unwillkürlich ins Haar, an jene Stelle des Schädels, wo Lion ihnen Realitätsstabilisatoren in die Nähe des Hypothalamus implantiert hatte. Sie sendeten schwach energetische Impulse aus und sollten dafür sorgen, dass ihr Zeitempfinden stabil blieb. Nur so würden sie sich nach einem weiteren Zeitsprung erinnern, was vorher gewesen war, und registrieren können, was sich verändert hatte.

Zu ihrer Überraschung öffnete Lion mit einem Handzeichen einen weiteren Stauraum und zog neben einer holographischen Infotafel, die alle besprochenen Punkte noch einmal vorführte, eine kleine Aluminiumkiste heraus.

»Hier«, sagte er. »Das habe ich euch als kleinen Vorschuss mitgebracht, damit ihr angespornt seid, die Mission erfolgreich abzuschließen.«

Lyn trat zögernd hervor und ließ den Deckel der Kiste mit einer fahrigen Handbewegung aufspringen. Ihre Augen weiteten sich vor Überraschung, als sie den Inhalt erblickte. Frisches Obst. Rote Erdbeeren leuchteten mit dicken Orangen um die Wette, dazwischen lagen Trauben, so grün wie Ronas Augen. Mako steckte seine Nase in ein paar andere Schachteln, aus denen ein verführerischer Duft emporstieg. Gedünsteter Tofu und echter Basmatireis. Algengemüse und Brot. Frisches, knuspriges Brot.

»O Mann«, sagte er und wich wie betäubt zurück. Wie lange hatten sie keine frisch zubereiteten Lebensmittel mehr zu sich genommen? Dort, wo sie lebten, gab es Nahrung lediglich in Pulverform oder als Trockenoblaten, angereichert mit künstlichen Geschmacksverstärkern.

Rona schaute Lion gerührt an. »Das muss ein Vermögen gekostet haben«, flüsterte sie beinahe ehrfürchtig.

Mako kniete nieder und betrachtete den unverhofften Schatz aus der Nähe, dabei blähten sich seine Nüstern, als ob ihn alleine der Duft schon high werden ließ. »Ist das unsere Henkersmahlzeit?« Er blickte zu Lion auf, und sein Lächeln gefror, als er dessen ernste Miene sah.

»So etwas Ähnliches.« Lion lachte immer noch nicht. »Ich wollte euch mit einer angenehmen Erinnerung in die Ungewissheit schicken und euch gleichzeitig ein Gefühl dafür geben, was geschieht, wenn die Mission gelingt. Dann werden wir jeden Tag solche Köstlichkeiten zu uns nehmen können.« Er war wenigstens ehrlich. Das zeichnete ihn aus.

Mako nahm ein Stück Tofu, das er mit geschlossenen Augen zwischen seinen Lippen verschwinden ließ. Für einen Moment kaute er, und sein Gesicht verzog sich zu einer undefinierbaren Grimasse des vollkommenen Genusses, während er schluckte. Dann grinste er plötzlich.

»Wahnsinn«, hauchte er mit verwaschener Stimme, die Augen immer noch geschlossen.

»Dort, wo wir hingehen, gibt es noch viel mehr davon«, sagte Lyn und lächelte zuversichtlich. »Im Mittelalter gab es keine dehydrierten Nahrungskonzentrate. Die Menschen waren es gewöhnt, die Früchte direkt vom Baum zu pflücken.« Der Ausdruck ihrer Augen verriet, dass sie nicht sicher war, ob der Preis dafür trotzdem weit höher sein würde.

»Wir sind da.« Lions Stimme klang, als ob er einen Sonntagsausflug ankündigen würde. In Wahrheit hatten sie soeben das Tor zur Hölle erreicht.

Innerhalb einer Stunde hatten sie scheinbar unbemerkt die Datumsgrenze überschritten, und der Horizont über dem Gleiter hatte sich von hellem Morgengrau in ein tiefes Nachtschwarz verfärbt. Die hellerleuchtete holographische Anzeige in der Führungskanzel zeigte nervöse Ausschläge, als sie etwa vier Meilen vor dem hügeligen Gelände, das die Umgebung des ehemaligen Jerusalems prägte, zur Landung ansetzten. Mit einem leisen Fauchen setzte der Hypergleiter kaum merklich auf dem verseuchten Wüstenboden auf. Im grünlich schimmernden Scheinwerfer der Landeleuchten wirbelte nuklear verseuchter Staub auf. Die holographische Anzeige bezeugte 98% Kontamination der Erdoberfläche mit einem üblen Gemisch aus Cäsium 137, Stronthium 90, Iridium 192 und Plutonium 238. Die Revolutionstruppen Irans hatten ganze Arbeit geleistet und noch vor der ersten Großoffensive gegen die Vereinigten Staaten von Amerika eine paar hübsche Raketen der Marke »schmutzig und effizient« in Richtung Israel entsandt, wo sie direkt über dem Boden zur Detonation gebracht wurden. Innerhalb von Sekunden hatten sie die gesamte Region unbewohnbar gemacht und damit jegliche Diskussionen über zukünftige Siedlungspolitik beendet.

Das Gebiet war für Menschen schon lange gesperrt, allenfalls Überwachungsroboter tummelten sich hier. Lion wusste, dass ihnen nicht viel Zeit blieb, ihr Vorhaben zu realisieren. Nicht nur wegen der ständigen Gefahr der Entdeckung – auch aus gesundheitlichen Gründen. Selbst wenn ein jeder von ihnen bis zum Anschlag mit Nanoreparatureinheiten geimpft worden war, hieß das noch lange nicht, dass ihre Zellen auf Dauer radioaktiver Strahlung trotzten.

»Los, los, los«, mahnte Lion leise, als ob sie hier draußen irgendjemand hören konnte. Beiläufig verteilte er kleine, metallische Atmungscontroller, die man sich lediglich in die Nasenlöcher einsetzte und die beim Einatmen schädliche Partikel fernhielten. Rona, Lyn und Mako hatten sich unterwegs umgezogen. Ihre mittelalterliche Kleidung erwies sich schon beim Aussteigen als unpraktisch, weil Rona sich in ihrem Kleid verhedderte und Lyn ihren Umhang nach sich zog, als wäre sie ein Schlossgespenst. Lion reichte ihr eine geräumige Ledertasche, die Mako schulterte. Darin befanden sich eine medizinische Notfallausrüstung in moderner Standardausführung und einer der Timeserver, die Lion in mehrfacher Ausfertigung entwickelt hatte.

Caput 58 gab ihnen zum einen die Möglichkeit, jederzeit weiter in die Vergangenheit reisen zu können, zum anderen ermöglichte der Server ihnen, ein Signal im Hyperraum abzusetzen, damit Lion sie orten konnte. Das Zeitreise-Prinzip, das sich Lion so unvermittelt offenbart hatte, wies leider einige unschöne Lücken auf, die er bisher noch nicht hatte schließen können. Der Weg in die Vergangenheit war mit der Nutzung des Timeservers zwar jedem offen, der ihn besaß und die genetischen Voraussetzungen erfüllte, wollte man jedoch zurück in die Zukunft, so musste man jemanden haben, der einen von dort aus abholte, indem er seinen Gegenpart in der Vergangenheit zunächst ortete und dann transferierte.

Dagegen war es nicht möglich, ohne einen solchen Fluchtpunkt in die Zukunft zu reisen. Die Energieversorgung des Servers verhinderte, dass das Gerät selbstständig Personen über den eigenen Ereignishorizont hinaus in die Zukunft transferierte. Das hatten zumindest die wenigen Dateien verraten, die Lion im ehemaligen Forschungsbunker des amerikanischen Militärs vorgefunden hatte. Vielleicht lag es daran, dass die selbstständige Energiesteuerung des einzelnen Individuums zu schwache Impulse in Richtung Zukunft sandte. Ein Nachteil, der sich als Vorteil erweisen konnte, wenn es um die Möglichkeit einer Veränderung zukünftiger Ereignisse ging.

Möglicherweise waren die Strukturen nicht so starr wie befürchtet, und eine Einflussnahme war durchaus möglich, auch wenn es jedweder menschlicher Logik widersprach.

Für diese Hoffnung hatte Lion gelebt, und es war ein Grund, warum er die gefahrvolle Reise nicht selbst angetreten hatte. Ganz gleich was auch geschah, er und seine Vertrauten würden alleine für die Rückkehr der drei verantwortlich sein.

Hastig nahm er den kleinen Titankoffer an sich und öffnete mit einer angedeuteten Beschwörungsformel den Deckel. Die Geräte reagierten allgemein auf akustische Signale, später, wenn der Rechner erst einmal gestartet war und mit seinem User Kontakt aufgenommen hatte, funktionierte es auch über energetisch gesteuerte Telepathie. Kein Hexenwerk, wusste man nun doch schon eine Weile um die exakt berechnete Energieabstrahlung eines Gedankens und wie man ihn rechnerisch so entschlüsselte, dass man mit modernen Computersystemen gedanklich in Verbindung treten konnte und umgekehrt.

Caput 48 würde die drei Probanden direkt ins Jahr 1119 katapultieren. Caput 38, den er ebenfalls mit sich führte, war Lions Versicherung gegen einen Ausfall. Caput 28 und 18 waren in seinem Entwicklungslabor in den Tiefen des amerikanischen Kontinents zurückgeblieben und wurden dort von zwei Vertrauten in einem eigens dafür versiegelten Labor überwacht. Von Beginn an war klar gewesen, dass er die Mission nur mit seinen engsten Weggefährten würde durchführen können. Eine reine Schutzmaßnahme gegen zu viele Mitwisser und die Gefahr, von Agenten der Neuen Welt aufgebracht zu werden. Im Falle einer Entdeckung durch seine Feinde würde er sich und sein Equipment unverzüglich eliminieren müssen. Die wenigen wissenschaftlichen Mitarbeiter seines Teams waren zumindest in die Funktionsweise der Geräte eingeweiht, auch wenn sie selbst nicht in der Lage waren, einen Timeserver zu bauen. Also sollte es möglich sein, Rona, Lyn und Mako zurückzuholen, selbst wenn er nicht mehr existierte.

Ein Zischen klang durch die mondlose Nacht. »Was war das?« Mako sah sich angespannt in der Dunkelheit um. Stück für Stück scannte er mit seiner genetisch manipulierten Nachtsichtfähigkeit den Horizont ab. Doch außer Steinen und Staub war nichts zu sehen. Die anderen hatten das Geräusch auch gehört. Zu viert verharrten sie einen Moment im Schatten des Gleiters, bevor Lion sich aus der Erstarrung löste.

»Keine Ahnung«, bemerkte er mit einem Blick auf die Datenscala im Cockpit des Gleiters, die sich nach wie vor nicht beruhigen wollte.

Mit einem nervösen Zucken um die Mundwinkel verkündete Lion seinen Schützlingen die letzten Anweisungen. »Sobald ihr das Tageslicht seht, marschiert ihr in Richtung Jerusalem.« Entschlossen reckte er seine ausgestreckte Linke in Richtung der östlich liegenden, vollkommen kahlen Hügellandschaft. Die Vorstellung, dass sich hier einst ein blühendes Land mit einer bedeutenden Stadt befunden hatte, wollte sich bei keinem von ihnen einstellen.

»Lasst euch von niemandem aufhalten«, fuhr Lion mit befehlsgewohnter Stimme fort, »und redet nur, wenn euch jemand anspricht. Bei den Stadttoren angekommen, fragt euch nach den Ordensunterkünften von Hugo de Payens und seinen Rittern durch. Ausschließlich überbringt ihr die besprochene Botschaft.«

Rona nickte wie betäubt, während die Kühle der Nacht in ihre schweren Kleider kroch. Mako hatte sich in seiner altertümlichen Kluft zu einer Geste der Entschlossenheit aufgerichtet und starrte suchend ins Nirgendwo, während Lion in aller Eile den flachen Quantenrechner startete, den er vor dem Gleiter auf der Titankiste im Wüstensand wie auf einem Altar aufgebaut hatte. Wenig später erhob sich auf der zunächst dunklen, horizontalen Oberfläche des Servers ein gleißender Lichtbogen aus türkisfarbenen Funken. Mehr und mehr formierte sich daraus eine rotierende Hand, die mit aufleuchtenden Pfeilen bedeutete, was als Nächstes zu tun war.

»Legt eure Hände hier rein!«, befahl Lion mit einer rauen Stimme, die für einen Moment das Aufflackern seiner Emotionen verriet. Die etwa drei Sekunden, die eine DNA-Analyse des Zeitreiseprobanden benötigte, erschienen Lion wie eine halbe Ewigkeit. Mit dieser Prozedur versicherte sich das System der Reisefähigkeit des jeweiligen Kandidaten in die angewählte Zeitperiode. Keine energetisch verschlüsselte Zeiteinheit – und nichts anderes war ein menschlicher Körper – konnte mehrfach in ein und derselben Magnetfelddichte existieren. Die energetischen Muster der Realitätsabbildung eines Menschen bewegten sich in Wellen durch ein Geflecht von elektromagnetischen Netzstrukturen, die sich zum einen an einem universellen Energiefeld orientierten, zum anderen am Kraftfeld des jeweiligen Standortes. Der Prüfmechanismus sorgte dafür, dass ein Aufeinandertreffen zweier gleichgeschalteter Systeme der beteiligten Elementarteilchen und damit eine Kollision des Organismus mit sich selbst ausgeschlossen wurde, da dies eine Vernichtung des Individuums zur Folge gehabt hätte. Sämtliche materiellen Objekte glitten durch Zeit und Raum wie Züge auf Schienen, die jederzeit in der Lage waren, zu kollidieren und zu entgleisen, wenn die erforderlichen Bedingungen zur Stabilisierung der Materie aus dem Gleichgewicht gerieten.

Lion hatte mehr als genug von der Möglichkeit gelesen, dass eine fehlerhafte Programmierung den Zeitreiseprobanden unwiderruflich in seine molekularen Einzelteile zerschießen konnte. Beim Anblick von Lyns gazellenhafter Gestalt, deren Schönheit ihm geradezu vollkommen erschien, überlief ihn ein kalter Schauer, wenn er daran dachte, dass eine falsche Einstellung sie am anderen Ende des Tunnels wohlmöglich zu dampfendem Hackfleisch verarbeiten könnte.

Mako sollte als Erster gehen. Sein schmales Gesicht wirkte im schwachen Schein des aufleuchtenden Hologramms wie versteinert, als er seine Hand in den bläulichen Nebel legte. Ein weiblicher Kopf, der nun über der Oberfläche des Servers schwebte und den drei Zeitreisenden verblüffend ähnlich sah, gab letzte Informationen über Ablauf der Programmierung und die damit verbundene Zieleinwahl.

Jerusalem 1119 a. C. Lion schluckte. Mehr als tausend Jahre, doch was war schon Zeit – angesichts all des Wahnsinns, der seitdem auf der Erde regiert hatte und immer noch regierte.

Wenn seine Berechnungen stimmten, musste sich etwas Gravierendes an den aktuellen Umständen ändern, und zwar schon gleich, nachdem die drei vom niemals versiegenden, universellen Datenstrom verschluckt worden waren. Die Einflussnahme seiner drei Schützlinge in der Vergangenheit musste eine historische und politische Umwälzung hervorrufen, die ihresgleichen suchen würde, andernfalls hätte er ein großes Problem, wie sein allzeit bereites Frühwarnsystem nun erkennen ließ.

Plötzlich war das zischende Geräusch wieder zu hören. Lyn zuckte erschrocken, ließ ihre Hand jedoch lange genug im Nebel, damit alle Daten eingelesen werden konnten.

»Aufklärungsdrohnen.« Mako sprach es als Erster aus. Und dann sah er sie. Wie eine Horde überdimensional großer Heuschrecken erschienen die Flugaufklärer von der Größe eines Adlers am Horizont und verteilten sich über das karge Gelände. Die Formation, die sie dabei einnahmen, ließ vermuten, dass sie den Gleiter und seine Besatzung einzukreisen drohten, um sie danach festsetzen zu können. Ausgerüstet mit komprimierten Fusionskanonen waren sie mühelos in der Lage, Menschen und Maschinen in Staub zu verwandeln.

Der Server hatte Ronas Prüfung abgeschlossen. Die Abstrahlung des Analysetransmitters überzog die drei Zeitreisenden mit einer türkisfarbenen Netzstruktur, die mittlerweile ihre kompletten Gestalten umrahmte.

»Verdammt, geht das nicht schneller!«, fluchte Lion.

Rona verengte ihre Lider. »Sie werden dich töten«, stieß sie aufgeregt hervor. »Du musst mit uns kommen.«

»Ich muss hierbleiben und sicherstellen, dass die Systeme funktionieren«, blaffte Lion. »Oder wollt ihr atomisiert werden?«

Lyn schaltete sich ein. »Rona hat recht, du kommst hier unmöglich lebend raus. Sie werden dich verdampfen, bevor wir verschwunden sind.«

»Dann erledigt gefälligst euren Job«, fluchte Lion. »Es geht hier nicht nur um mich, es geht um den ganzen Planeten. Ich dachte, ihr hättet das begriffen.«

Die Drohnen hatten bereits damit begonnen, in ihre Gedanken einzudringen, und forderten sie zur Aufgabe auf. Als sie nicht reagierten, eröffneten sie das Feuer. Laserblitze zuckten durch die Nacht.

»Deckung!«, schrie Lion und schnappte sich den Server, der den Countdown so quälend langsam herunterbetete, als ob er sich in einem Ruhemodus befände. Im Laufen setzte er zu einem waghalsigen Sprung an, während ein weiterer Blitz zwischen seinen Füßen einschlug. Kurzzeitig fand er Schutz unter dem Gleiter, den Server im Arm wie ein Baby, das von seiner Mutter gestillt werden will. Währenddessen entfernten sich Rona, Lyn und Mako im Zickzackkurs, um hinter dem nächstbesten Felsen Schutz zu finden. Maximal dreißig Yards Feldumgebung durften überschritten werden, damit der Erfassungsradius des Servers noch seine Wirkung entfaltete.

In ihrer Panik hatte Rona zuvor den Fusionslaser aus Lions Oberschenkelholster gezogen. Eine lebensrettende Entscheidung, wie sie befand, weil sich die Drohnen nun ganz auf sie und die beiden anderen hellerleuchteten Gestalten konzentrierten. Mit Lyn im Nacken, die mit ihrem Gepäck hinter ihr Deckung suchte, feuerte Rona unaufhörlich auf die Überzahl ihrer Widersacher. Dass sie erfolgreich war, sah sie an den winzigen Verpuffungsexplosionen. Doch ihre Feinde feuerten erbarmungslos zurück. Plötzlich wurde es taghell, und die Luft roch nach elektrostatischer Aufladung.

Kapitel 2
Assassinen

Juli 1148 – Karawane nach Blanche Garde

Auflösung, war Ronas erster Gedanke, doch dann verdichtete sich die Umgebung und schien erneut nur so zu brodeln. Gleißendes Licht schmerzte in ihren Augen, und unerträgliche Hitze verschlug ihr den Atem. Bei näherem Hinschauen schwante ihr, dass der Transfer trotz der widrigen Umstände geglückt sein musste, denn von Lion und den Drohnen war weit und breit keine Spur.

Bevor sie ein paar Sekunden hatte, um sich zu orientieren, wurde sie von einem harten Gegenstand getroffen. Erschrocken zuckte sie zurück, weil sie glaubte, auf der Stelle zu Staub zu verdampfen. Doch ihr klatschte lediglich eine warme, metallisch riechende Flüssigkeit ins Gesicht. Blut. Kein Zweifel. Es lief warm an ihrer Wange hinunter. Hastig wischte sie es mit dem Handrücken ab und erkannte, dass es sich um das Blut eines Menschen handelte. Der halbe Kopf dieses Menschen fehlte und ein Teil der Schulter. Irgendein scharfer Gegenstand musste die Körperteile abgetrennt haben. Der schwere Rumpf war auf Ronas Bein liegen geblieben. Angewidert kroch sie rückwärts über den Boden und schüttelte den Torso ab, dabei wischte sie sich mit dem Ärmel ihres Kleides noch mal über das Gesicht. Eine merkwürdige Mischung aus Schreien, Blöken und dumpfem Getrappel drang an ihr Ohr. Als sie aufblickte, sah sie zu ihrer Überraschung Dutzende einhöckrige Kamele. Geschmückt mit bunten Troddeln und zum Teil mit Lasten bepackt, jagten diese seltsam anmutenden Tiere, die sie bisher nur aus Computersimulationen kannte, mit heftig schaukelnden Bewegungen durch ein steiniges Wüstental.

Zwischen den Tieren hasteten überall Menschen in langen, hellen Gewändern umher, offenbar auf der Flucht vor einer Horde von mindestens dreißig Reitern in schwarzen Hosen und Jacken, die auf sandfarbenen Pferden dahinpreschten. Die Gesichter der Angreifer waren halb mit schwarzen Tüchern verhüllt, und auf dem Kopf trugen sie silberne Helme. Im Vorbeireiten attackierten sie die Flüchtenden mit Pfeil und Bogen. Aus einem Hinterhalt stürmten weitere Pferde in schwarzweißen Schabracken, deren metallisch vermummte Reiter weiße Umhänge mit auffallend roten Kreuzen auf Brust und Schulter trugen. Templer? Rona hatte genug Kenntnisse über diesen Ritterorden gespeichert, um zu wissen, dass dessen Ordensbrüder, wie man sie nannte, solche Gewänder getragen hatten – aber wie war es möglich, dass sie ausgerechnet hier und jetzt erschienen? Rona versuchte ihrer geistigen Verwirrung Herr zu werden. Im Jahr 1119, in das der Timeserver sie hätte führen sollen, existierten bei den Templern noch keine weißen Gewänder mit roten Kreuzen. Diese hatte Papst Eugen III. dem Orden erst im Sommer 1147 erlaubt. Lyn, die in Lions Auftrag sämtliche illegalen Geschichtsdateien durchforstet hatte, wusste zu berichten, dass die rote Farbe an den Opfertod Christi erinnern sollte und die Bereitschaft zum Martyrium für den Glauben symbolisierte. Und obwohl Rona sich nicht im Geringsten für religiöse Regeln und Gebräuche interessierte, hatte sie diese Information zu ihrem historischen Grundlagenwissen über den Orden in ihren Erinnerungsspeicher einprogrammiert. Aber vielleicht waren diese Männer auch gar keine Templer?

Militärisch gesehen war das, was sich vor ihren Augen abspielte, eher ein Desaster und zeugte nicht von strategischer Überlegenheit, wie man es von echten Templern hätte erwarten dürfen. Unbeholfen versuchten die weißen Reiter mit Lanzen und Schwertern den schwarzen Bogenschützen Einhalt zu gebieten. Die Anzahl der vermeintlichen Templer schien zu gering zu sein, und ihre Waffen waren ungeeignet, um etwas gegen die Angreifer ausrichten zu können.

Was wäre, wenn sie in der falschen Zeit und am falschen Ort gelandet waren? Überwältigt von plötzlich aufkommender Panik schnellte

Ronas Kopf herum. Wo waren Lyn und Mako? »Hey, wo seid ihr?«, brüllte sie durch einen Schwall von Hitze und Staub.

»Hier«, schien eine Stimme zu rufen. Es war Lyn, doch Rona hörte sie nur schwach. Schon glaubte sie, die Silhouette ihrer Schwester durch den gelblichen Nebel sehen zu können. Lyn kauerte nicht weit von ihr entfernt am Boden. Das lederne Gepäck, das Lion ihr anvertraut hatte, schützte sie mit ihrem Körper. Mako stand aufrecht neben ihr, mit wehenden Haaren, in der Linken sein glänzendes Schwert. Vollkommen paralysiert starrte er auf einen herangaloppierenden, schwarz gewandeten Reiter, dessen Kopf bis auf die Augen mit einem schwarzen Turban verhüllt war. Laut schreiend schwang der Angreifer einen Krummsäbel. Aber ihr Bruder rührte sich immer noch nicht und vermittelte auch nicht den Eindruck, Lyn gegen den Fremden verteidigen zu wollen.

»Beweg dich!«, keuchte Rona atemlos und versuchte hastig auf die Füße zu kommen. Doch sie war nicht schnell genug, und Mako schien sie nicht verstanden zu haben. Der Reiter kam rascher heran, als Rona es vermutet hatte. Und während Mako immer noch verharrte, nicht schlüssig, ob er seine neue Waffe zum Einsatz bringen sollte, traf der Angreifer eine Entscheidung. Lyn stieß einen gellenden Schrei aus, als das Schwert des Reiters erbarmungslos auf ihren Bruder herniedersauste.

Makos Kopf löste sich wie eine reife Frucht von seinen Schultern und fiel mit der eingefrorenen Miene verhaltener Überraschung auf den steinigen Boden. Sein schlanker Körper kippte blutüberströmt hinterher, und beinahe hätte er Lyn unter sich begraben, wenn sie sich nicht blitzschnell zur Seite geduckt hätte. Mit einer kurzen Zeitverzögerung erfasste Rona das ganze Ausmaß der Katastrophe. Der Angreifer wendete in einiger Entfernung sein Pferd, in der unzweifelhaften Absicht, Lyn als Nächste zu töten.

Nun erst wurde Rona bewusst, dass ihre Hand immer noch den Fusionslaser umklammerte, den sie Lion kurz vor dem Transfer vom Gürtel gezogen hatte. Zu spät für Mako, aber um Lyn zu retten, würde es reichen. Ein kurzes Justieren, ein entschlossener Blick und ein leises Zischen verwandelten den schwarzen Turbanträger samt seinem Pferd in einer Pikosekunde in ein Bild tödlicher Erstarrung, das fast zeitgleich im heißen Wind zu silberfarbener Asche zerstob. Ohne lange nachzudenken, zielte Rona in die Umgebung und visierte mit der Präzision eines Kriegsroboters gut ein Dutzend gleich uniformierter Männer an, die alle einen Bogen oder einen Säbel trugen, um sie der Reihe nach samt ihren Pferden mit einer gezielten Laserattacken zu Asche zu verdampfen. Erst als sie registrierte, dass die übrig gebliebenen Widersacher in panischer Aufregung die Flucht ergriffen, ließ sie den Laser sinken und erkannte, dass die noch lebenden Opfer der Flüchtenden aus ihrer Deckung hervorkamen und wie gebannt zu ihr hinstarrten. Wie betäubt rannte Rona zu ihrer Schwester, die immer noch am Boden hockte und Makos linke Hand hielt.

»Er ist tot«, schluchzte Lyn, während ihr panischer Blick sich nicht von dem abgetrennten Kopf des Bruders zu lösen vermochte.

Mit einem raschen Rundumblick vergewisserte sich Rona zunächst, dass die Gefahr gebannt war, und kniete sich dann vor ihrer Schwester in den grobkörnigen Sand. Mit einer Hand umklammerte sie Lyns Schulter und rüttelte sie sanft, in der anderen hielt sie immer noch ihre Waffe.

»Komm zu dir, Lyn! Du kannst da nicht hocken bleiben.« Abrupt stand Rona auf und bedeutete ihrer Schwester mit einem Nicken, dass sie sich von dem Leichnam entfernen sollte. »Lass ihn los!«, krächzte sie. »Ich erledige das.«

Lyn kroch auf allen vieren davon, bis sie glaubte, genug Abstand zwischen sich und Makos Leichnam gebracht zu haben. Per Knopfdruck lud Rona erneut den Laser auf. Mako war nicht mehr zu retten, und von Begräbnisritualen hatte Rona noch nie etwas gehalten. Ein gedrosselter Schuss genügte, um ihren Bruder samt seinem abgetrennten Kopf in Staub zu verwandeln. Danach beugte sie sich zu ihrer Schwester hinab und umarmte sie tröstend.

Lyn versuchte vergeblich, sich zu fassen, und schluchzte erneut. Nicht etwa, weil sie eine labile Persönlichkeit besaß, sondern weil sie es nicht gewohnt war, dass Rona sie tröstete, und ihr dadurch erst das ganze Ausmaß des Horrors bewusst wurde. »Sch…«, sagte Rona und streichelte Lyn über den Rücken. Lyn beruhigte sich zögernd, doch ihr Atem bebte immer noch im Takt ihres zitternden Körpers. Ein Blick auf ihr Handgelenk versicherte Rona, dass Lyn sich trotz des Schocks bei bester Gesundheit befand. Das kleine silberfarbene Armband, das alle Rebellen trugen, um jederzeit den eigenen, gesundheitlichen Zustand oder den anderer kontrollieren zu können, hatte Lion ihnen nicht verboten. Ebenso wenig wie einen stattlichen Vorrat an Nanokapseln, die Verletzungen in Sekunden heilten und ihnen Seuchen vom Leibe hielten, gegen die sie sich nicht hatten immunisieren können. Ansonsten hatte er verboten, Ausrüstungsgegenstände aus der Zukunft mitzunehmen, weil er fatale Veränderungen befürchtete, falls sie in die falschen Hände gerieten. Niemals hätte er ihnen erlaubt, einen Fusionslaser mitzunehmen.

Und obwohl auch bei ihr alles in Ordnung zu sein schien, fühlte Rona keine einzige Emotion. Es war beinahe wie vor der Operation, als sie noch den Chip besaß, der jede gefühlsmäßige Regung in ihrem Körper unterdrückt hatte. Keine Trauer, keine Wut und erst recht keine Angst. Manchmal hatte sie sich in diesen Zustand zurückgewünscht, doch nun erschien er ihr unheimlich. Mechanisch glitt ihr Blick über die schroffen, halbhohen Felsen, die vor knallblauem Himmel ein breites, gleißend helles Tal begrenzten, in das der Server sie allem Anschein nach transferiert hatte.

Hier und da lagen blutende, von Pfeilen durchbohrte Körper, aber von den Angreifern war nichts mehr zu sehen. Ein paar unerschrockene Überlebende hatten sich inzwischen erhoben und versuchten, die Tiere einzufangen.

Bereits nach kurzer Zeit kreisten riesige Vögel über der Unglücksstelle. Vermutlich Geier, von deren Existenz Rona zwar wusste, aber noch nie hatte sie einen von ihnen lebendig zu Gesicht bekommen.

Der erneute Hufschlag mehrerer Pferde ließ sie hochfahren. Kehrten die Reiter zurück? Staub wirbelte auf. Rona umklammerte den Laser, versteckt unter ihrem Umhang, den Finger am Auslöser. Wenn nur der leiseste Verdacht aufkeimte, dass die Männer ihnen nicht wohlgesinnt waren, würde sie jeden einzelnen auf der Stelle töten. Aber die beiden halbvermummten Gestalten auf den eleganten, langmähnigen Pferden machten keinerlei Anstalten, sie anzugreifen. Sie waren ganz in weiße Gewänder gehüllt, die auf Höhe der Taille von blutroten Schärpen gehalten wurden. Trotz ihrer ansonsten kriegerischen Aufmachung schienen sie in friedlicher Absicht zu kommen. Jedenfalls schwang der Erste von beiden keinen Säbel, obwohl auch er eine solche Waffe am Gürtel trug. Dazu einen silbern glänzenden Halbschalenhelm über einem weißen Kapuzentuch, das ihm Mund und Nase verhüllte und nur die dunklen, stechenden Augen sichtbar werden ließ.

Beim Anblick seines hellgrau gescheckten Pferdes, geschmückt mit einem silberbestickten Überwurf und unzähligen, lilafarbenen Troddeln, vergaß Rona für einen Moment ihren Argwohn. Anmutig schüttelte das Pferd seine lange dunkle Mähne und schnaubte verdrossen, weil die silberne Stange des Zaumzeugs in sein weiches Maul schnitt. Noch nie hatte sie ein so schönes Tier gesehen. Verblüfft kniff sie die Lider zusammen, als sich die hochstehende Sonne im metallisch glänzenden Brustpanzer des Pferdes spiegelte und sie blendete. Sein Reiter, ein schlanker, hochgewachsener Mann, glitt fließend aus dem Sattel. Mit einer rauen, melodisch klingenden Stimme rief er seinem Begleiter ein paar abgehackte Sätze zu, woraufhin dieser in einigem Abstand zum Stehen kam und eine wartende Position einnahm. Er sprach Arabisch. Und obwohl sie akustisch nicht genau verstanden hatte, was er seinem Kameraden zugerufen hatte, war Rona durch Lions Sprachprogrammierung mit dieser Sprache bestens vertraut.

Khaled al-Mazdaghani Ibn Mahmud verharrte einen Augenblick, nachdem er von seinem Hengst abgestiegen war und noch einmal zu den beiden vermummten Frauen hinübergeblickt hatte, die gut zwanzig Königsellen entfernt auf dem Handelsweg hockten. Er war nicht sicher, ob es besser gewesen wäre, die Flucht zu ergreifen, anstatt dem tödlichen Geheimnis der beiden auf den Grund gehen zu wollen, aber er war nicht der Mann, der seine Neugierde der Furcht opferte. Wenn er seinen Augen trauen konnte, hatte das ganz in Grün gewandete Mädchen etwas in der Hand gehalten, das sie befähigte, mindestens fünf fatimidische Reiter samt ihren Rössern mit der Schnelligkeit eines herabstoßenden Falken in Staub zu verwandeln. Auch die Leiche des jungen Mannes, der mit abgeschlagenem Kopf neben ihr gelegen hatte, war kurz darauf wie von Zauberhand mit dem Sand der Wüste verschmolzen.

Khaled vermutete, dass die Geschwindigkeit dieser ungeheuerlichen Attacke der Grund war, warum er der Einzige in seiner Truppe zu sein schien, der sie beobachtet hatte. Außerdem waren seine Gefährten erst nach ihm auf der Anhöhe erschienen, und die Templer, die zum Schutz der Karawane abgestellt worden waren, konnten nichts gesehen haben, da sie sofort mit wildem Gejohle die Verfolgung der Flüchtenden übernommen hatten. Seine eigenen Leute hatten zunächst das Umfeld gesichert, und dann hatte Khaled ihnen den Befehl erteilt, den Templern zu folgen, weil er zur Sicherheit aller zunächst alleine herausfinden wollte, was das für eine seltsame Waffe war, die ein Pferd samt Reiter im Handumdrehen verschwinden lassen konnte.

Khaleds weißer Umhang, ein Symbol seiner religiösen Zugehörigkeit zur Sekte des einzig wahren Glaubens, flatterte im heißen Wüstenwind. Wenn er herausfinden wollte, was hinter all dem steckte, musste er handeln. Bedacht darauf, weder ängstlich noch zögernd zu wirken, nahm Khaled eine aufrechte Haltung ein, als er auf die beiden am Boden hockenden Gestalten zuging. Azim, seinem Adjutanten, der ebenfalls später hinzugekommen war und nicht ahnte, was hier vor sich ging, hatte er befohlen, in sicherem Abstand bei den Pferden zu bleiben und seine Befehle abzuwarten.

Das Wort Angst gehörte eigentlich nicht zu Khaleds Vokabular. Als Anhänger Nizâris und eingeweihter Fida'i der muslimisch geprägten Bruderschaft verfügte er als sogenannter Streiter Allahs über den zweiten Grad der Einweihung in die Geheimlehren der Ismailiten und war darauf gedrillt, Tod und Verdammnis zu trotzen. Ein gut gehütetes Wissen, das die Bruderschaft selbstverständlich niemandem zugänglich machte, der sich außerhalb des eingeweihten Kreises befand. Was gelegentlich bei ungläubigen Christen und missgünstigen Glaubensbrüdern zu abenteuerlichen Spekulationen führte. Nicht umsonst bezeichneten Sunniten, Schiiten und auch die Christen seinesgleichen als Assassinen, meuchelmordende Haschischfresser, die weder Herz noch Verstand besaßen und jeden töteten, der den Idealen ihres Ordens in die Quere kam. Khaled wehrte sich stets gegen diese Verallgemeinerungen, aber an manchen Tagen, wenn seine Widersacher ihm wegen seines grausamen Rufs furchtsamen Respekt entgegenbrachten, hatte er nichts dagegen einzuwenden.

Im Moment jedoch fühlte er sich nicht wie ein unbesiegbarer Krieger. Khaleds weißes Hemd, das er unter dem engmaschigen, metallischen Kettenüberwurf trug, klebte ihm schweißnass am Körper, ebenso seine Hose, die mit Feuchtigkeit durchzogen in den kniehohen Lederstiefeln steckte. Zusammen mit seinen Nizâri-Brüdern hatte er mit letzter Kraft versucht, die Meute der blutrünstigen fatimidischen Wölfe mit Schwertern und Lanzen in die Flucht zu schlagen. Seine eigenen Leute hatten ihre Pfeile zu Beginn des Angriffs viel zu schnell verschossen. Und den Templern, die vorübergehend unter Khaleds Kommando standen, hatte es bei dieser Mission an Turkopolen gefehlt, ordenseigenen Syrern, die mit Pfeil und Bogen in der Lage gewesen wären, sie zu unterstützen.

Falls er sich das Gesehene nicht eingebildet hatte, verdankten er und seine Leute es dieser Frau, dass sie einer schmachvollen Niederlage entgangen waren. Mit ihrer seltsamen Waffe hatte sie etliche Fatimiden vernichtet und die Übrigen in die Flucht geschlagen. Und obwohl es Tote unter den Mitreisenden gegeben hatte, war über die Hälfte noch am Leben. Lediglich ein Templer war durch einen Pfeil, der ihn ins linke Auge getroffen hatte, so schwer verwundet worden, dass er kurz darauf starb.

Die Überlebenden der Karawane zum unerwarteten Ausgang des Kampfes zu befragen, kam Khaled nicht in den Sinn. Ihnen stand immer noch der Schreck ins Gesicht geschrieben, und außerdem waren sie viel zu sehr mit sich selbst beschäftigt, um eine vernünftige Aussage treffen zu können. Und selbst wenn sie etwas gesehen hatten, das Khaleds Beobachtung bestätigte – wie hätten sie sich dazu äußern sollen? Sofern es sich um etwas Unerklärliches handelte, würde es die Menschen noch mehr ängstigen und nur seine Autorität als Führer untergraben. Einzig Allah stand als Urheber dieses Wunders bereit, aber um ehrlich zu sein, befriedigte Khaled diese Lösung nicht. Im Laufe seiner ismailitischen Unterweisung hatte er weit mehr von den kosmischen Zusammenhängen erfahren als viele andere Menschen, und schon allein deshalb war seine Neugier geweckt.

Während er sich den Frauen näherte, fielen ihm zunächst die makellosen Konturen ihrer Gesichter auf. Dem Aussehen nach waren sie auf den ersten Blick kaum voneinander zu unterscheiden. Ihre mandelförmigen Augen und die elfenbeinfarbene Haut fesselten unverzüglich Khaleds Interesse. Augenscheinlich handelte es sich um wahre Schönheiten, und nichts an ihnen erschien ihm furchteinflößend.

Khaled überlegte einen Moment lang, ob es nicht doch an der Sonne lag, die ihm einen bitteren Streich gespielt hatte und ihm hier in Wahrheit nichts als reine Unschuld entgegenschlug, die in fließende Gewänder aus feinstem Brokat und Seide gehüllt war. Die beiden Frauen konnten kaum älter als siebzehn oder achtzehn sein. Ihre Gestalt wirkte auf den ersten Blick schlank, ja beinahe knabenhaft. Unter dem schweren Stoff waren ihre Brüste nicht einmal zu erahnen. Unter den Kapuzen blitzte pechschwarzes Haar hervor, das den Mädchen bis über die Schultern reichte.

Auf den ersten Blick sahen sie aus wie anmutige Sklavinnen, die dem Harem eines Emirs entkommen waren. Dafür sprach auch, dass weit und breit niemand zu sehen war, der sie bewachte. Andererseits konnte es sich ihrem Aussehen nach ebenso gut um mongolische Prinzessinnen handeln, die sich mit einer Karawane in einer diplomatischen Mission auf dem Weg nach Ägypten befunden hatten und versehentlich von Fatimiden überfallen worden waren. Dagegen sprach, dass weder Reste von Ausrüstungsgegenständen noch die Leichen diverser Beschützer zu sehen waren.

Vielleicht steckte ja auch etwas ganz anderes dahinter. In der Einsamkeit der Wüste existierte weit mehr Übersinnliches, als sich der gemeine Mensch vorzustellen vermochte. Auch wenn Khaled kein Freund von Aberglauben war, wollte er nicht ausschließen, dass es sich bei den beiden Frauen womöglich um mächtige Zauberinnen handelte, deren wandelbare Gestalten einem zuvor verschlossenen Gefäß entschlüpft waren. In den Geschichten der Alten war es immer so, dass irgendein Tollpatsch mitten im Nirgendwo ein kostbares Gefäß fand, es öffnete und damit die uneingeschränkte Macht eines darin wohnenden Dschinns entfesselte. Manchmal erzählten seine Brüder hinter vorgehaltener Hand, dass ihnen diese Sorte mächtiger Dämonen des Nachts in der Wüste erschienen waren und ihnen wollüstige Träume erfüllt hatten, aber nie war jemand zu Schaden gekommen. Gewöhnlich widerfuhr den Männern ein solches Erlebnis nach dem Genuss von indischem Hanf, den sie mithilfe einer Schilfrohrpfeife oder eines kupfernen Räucherkessels inhalierten. Aber Khaled hatte nichts geraucht und auch nicht getrunken, obwohl auch er an manchen Tagen diese Hilfsmittel benutzte, um in den Zustand göttlicher Erkenntnis zu gelangen.

Mit gefurchter Stirn ging er neben dem grün gewandeten Mädchen in die Hocke, um sie näher in Augenschein zu nehmen.

Ihre Haltung war ein wenig aufrechter als die ihrer Gefährtin, die zusammengekauert neben ihr saß und ihn ignorierte.

Ihre Regungslosigkeit verursachte Khaled ein flaues Gefühl im Magen – was wäre, wenn sie ihn mit einer einzigen unbedachten Bewegung zur Hölle schickte?

Zu seiner eigenen Sicherheit legte er seine Linke locker auf seinen Dolch, während seine Rechte mit einer beiläufigen Bewegung den Mundschutz entfernte, der nicht nur sein Äußeres verbarg, sondern ihn darüber hinaus vor Sand und Hitze bewahrte. Er wollte Vertrauen schaffen, indem er sein kantiges Gesicht mit dem kurzgeschorenen, schwarzen Kinnbart entblößte. Melisende behauptete des Öfteren, er sei der schönste Mann des Orients, was er für ziemlich übertrieben hielt. Aber möglicherweise kam ihm sein Äußeres nun zugute. Seiner Erfahrung nach gab es kein einziges Weib, das auf Dauer ein Geheimnis für sich behalten konnte, erst recht, wenn man es mit Charme und gutem Aussehen betörte.

»Mein Name ist Khaled«, begann er mit fester Stimme und setzte eine betont freundliche Miene auf. »Ich bin Anführer dieser Karawane und befugt, im Auftrag der Königin von Jerusalem zu verhandeln.«

Die beiden jungen Frauen schien seine Vorstellung nicht zu beeindrucken. Der prüfende Blick des älter erscheinenden Mädchens bestätigte ihm, dass ihre Iris tatsächlich so grün war wie das Gewand, das sie trug. Ihre schräg stehenden Lider erinnerten ihn an Morgiane, die weiße, persische Katze, die ihm in seinen privaten Gemächern des Nachts die Füße wärmte. Nie zuvor hatte er eine Mongolin mit dunkelgrünen Augen gesehen. Ihre Schwester war nicht weniger aufregend, wie er bemerkte, als sich zum ersten Mal ihre Blicke trafen. Augenblicklich versank er in ihren violettblauen Augen, was ihm ein irritiertes Lächeln entlockte. Doch sie erwiderte es nicht.

Bemüht, möglichst unaufgeregt und zuversichtlich zu klingen, hob er von neuem an: »Bei mir und meinen Leuten dürft Ihr Euch in Sicherheit wähnen. Gesetzt den Fall, dass Ihr Euch unter unseren Schutz stellen wollt.«

Khaled ließ sich nicht anmerken, dass ihm die eigenen Fähigkeiten in Sachen Verteidigung im Verhältnis zu den Möglichkeiten dieser Frauen als eher dürftig erschienen. Aber darüber würde er nicht sprechen. Sollten sie zunächst ruhig glauben, er sei ahnungslos und ausschließlich um ihr Wohlergehen bemüht. Auf diese Weise würde er die Wahrheit über die beiden schon ans Licht bringen.

Die Stimme des Fremden erschien Rona angenehm weich und freundlich. Die feine, zurückhaltende Art, mit der er auf sie einging, erinnerte sie an Lion. Dabei hatte gerade *er* sie gewarnt, dass die Menschen in dieser Zeit mitunter recht grob und blutrünstig sein konnten.

Khaleds lebhafte Augen ließen keinerlei Blutdurst erkennen, sie waren hellbraun und von langen schwarzen Wimpern gesäumt, was seinem Blick trotz der Neugier, die darin funkelte, etwas Tiefgründiges verlieh. Seine leuchtend weißen Zähne standen in einem deutlichen Kontrast zu seiner gebräunten Haut. Obwohl der Mann unmöglich genetisch manipuliert sein konnte, erschien er Rona äußerlich perfekt. Lyn war offenbar der gleichen Meinung, sie starrte ihn wie eine Erscheinung an.

Es dauerte einen Moment, bis Ronas einprogrammiertes Wissen griff und sie sich auf die Sprache des Fremden einstellte. Ein harter, arabischer Singsang, der seine smarte Männlichkeit hinreichend betonte. Vermutlich war er tatsächlich das, was Lion als einen muslimischen Krieger und Macho bezeichnet hatte. Also ein Kerl, der sich aus kultureller Selbstverständlichkeit über das weibliche Geschlecht erhob.

»Keine Sorge, uns geht es gut.« Ihre Antwort kam beinah mechanisch, und sie hätte hinzufügen können: »Andernfalls wärst du längst tot«, was sie sich jedoch angesichts der angespannten Lage verkniff. Dabei wunderte sie sich über sich selbst, wie flüssig ihr diese noch vor kurzem völlig fremde Sprache über die Lippen ging. Lion hatte ganze Arbeit geleistet, indem er sichergestellt hatte, dass sie sich mit jedem verdammten Kreuzritter dieser Zeit unterhalten konnten.

In den Wochen zuvor hatte er ihnen Speicherbeschleuniger verabreicht, nach deren oraler Einnahme man innerhalb einer Stunde eine neue Sprache erlernte. Das Wissen wurde per Gedankentransfer zu den entsprechenden Synapsen transportiert, wo es aufgrund der zuvor erfolgten biochemischen Reaktion weitaus schneller und umfassender in den betreffenden Hirnregionen gesichert werden konnte, als es mit der alten, audiovisuellen Methode möglich gewesen war. Auf diese Weise hatten Rona und ihre Geschwister Arabisch, Latein, Seldschukisch, Altfranzösisch und Hebräisch gelernt sowie Mittelhochdeutsch und Altenglisch.

»Und was ist mit ihr?« Mit einem kurzen Nicken deutete Khaled auf Lyn, die ihre Aufmerksamkeit noch immer an ihn geheftet hatte, als ob sie noch nie einen Mann gesehen hätte.

»Ihr fehlt nichts«, antwortete Rona und versetzte Lyn einen leichten Stoß, damit sie wieder zu sich kam und nicht weiter den Eindruck erweckte, sie sei ein Fisch, der auf dem Trockenen schwimmt. Ohne weiter auf sein Interesse an Lyn einzugehen, stellte sie eine Gegenfrage. »Kannst du mir verraten, wo wir uns befinden?« Nun würde sich zeigen, was Lions Vorbereitungen wert gewesen waren.

Khaled erhob sich zu seiner vollen Größe, was ihn recht beeindruckend erscheinen ließ, und schaute mit einer leichten Verwirrung im Blick auf sie herab. »Wir stehen drei Meilen vor Jerusalem – immer noch.«

Drei Meilen … Rona wusste, dass die mittelalterliche Meile ungefähr zwölf Kilometer und knapp sechs amerikanische Meilen betrug.

»Und welches Jahr schreiben wir?«

»Was meint Ihr damit?« Khaleds Miene spiegelte eine Mischung aus Überraschung und Begriffsstutzigkeit wider.

Rona wiederholte ihre Frage. Doch anstatt zu antworten, rief der Araber seinen Gefolgsmann herbei, der auf seine Anweisungen zu warten schien.

»Azim«, befahl er knapp, »gib den beiden reichlich von unserem Wasser, sie haben es dringend nötig!«

Azim war offenbar ein Krieger wie Khaled, weil er wie sein Befehlshaber ein Krummschwert und ein Messer an einem breiten Ledergürtel trug. Seine Gestalt war etwas kleiner und sein Körperbau schlank und sehnig. Die eng zusammenstehenden Augen des Mannes drückten Misstrauen aus, als er sich mit Neugier und in geduckter Haltung näherte. Rona gewann den Eindruck, als ob er sie zunächst für würdig befinden musste, weil er einen Moment zögerte und sie einer ungenierten Betrachtung unterzog, bevor er ihr den Wasserschlauch aus stinkendem Leder an die Lippen setzte. Sie fühlte sich kein bisschen durstig, wollte aber nicht unhöflich erscheinen. Der strenge Geruch der gegerbten Tierhaut stach ihr unvermittelt in die Nase, und sie musste sich zusammenreißen, um nicht zu würgen. Widerstandslos schluckte sie, obwohl das Wasser leicht bitter schmeckte.

Khaled hatte inzwischen Makos Schwert aufgehoben und betrachtete es eingehend. Die Klinge blitzte in der Sonne, als er es hin und her wendete und dann nachdenklich den reich verzierten Griff bewunderte.

Rona ließ ihn gewähren. Sollte er auf die Idee kommen, es ihr nicht zurückzugeben, wäre es ein Grund, ihn zu töten, dachte sie düster.

»Warum wollen die beiden wissen, welches Jahr wir haben, Khal?« Azim warf Khaled einen lauernden Blick zu, der nicht von Freundlichkeit zeugte. »Glaubst du, sie sitzen schon länger hier, und die Sonne hat ihren Geist verdorren lassen?«

»Verdorren wäre wohl zu viel gesagt«, murmelte Khaled. »Ich denke eher, der Angriff ist schuld. Das hat sie verwirrt, und sie haben zu wenig getrunken.« In seiner Stimme schwang aufrichtiges Bedauern mit. »Kein Wunder nach allem, was die beiden mit ansehen mussten.« Immer noch begutachtete er das Schwert, indem er die Klinge vorsichtig durch seine schwielige Handfläche gleiten ließ.

Rona registrierte interessiert das Spiel seiner sehnigen Unterarme, die von der Sonne tief gebräunt aus dem aufgekrempelten Hemd hervorschauten, und den goldenen Siegelring, den er am rechten Mittelfinger trug. Seine gepflegten, gebräunten Hände waren von kleineren, hellen Narben gezeichnet.

»Eine kostbare Waffe«, stellte Khaled fest und lenkte seinen Blick erneut auf Rona. »Gehört sie Euch?«

»Sie gehörte unserem Bruder«, antwortete sie ehrlich. »Er ist tot. Es ist das Einzige, was uns von ihm geblieben ist.«

»Kann man das glauben, Khal?«, bemerkte Azim, der nun dazu überging, ohne Nachfrage Lyn von dem Wasser einzuflößen. »Zwei Frauen, die ohne einen Beschützer mitten in der Wüste sitzen und das reich verzierte Schwert eines Emirs mit sich führen?«

Khaled strafte seinen Gefolgsmann mit einem finsteren Seitenblick. »Schweig, Azim«, sagte er leise. »Die beiden beherrschen unsere Sprache und können dich verstehen.«

Während Lyn brav aus dem Lederschlauch trank, beobachtete Rona aus dem Augenwinkel, wie der Wind den letzten Rest silbrige Asche von Mako zerstob. Inbrünstig hoffte sie, dass ihr Gegenüber nichts von ihrer Laserattacke mitbekommen und auch die seltsame Farbe der Asche nicht bemerkt hatte.

»Allah sei unseren sündigen Seelen gnädig!« Azims Kopf ruckte hoch, nachdem Lyn seiner Meinung nach genug getrunken hatte. »Was ist, wenn sie zu den Fatimiden gehören?«

Khaled schüttelte bedächtig den Kopf, wobei er Rona und Lyn betrachtete, als ob er allein kraft seiner Gedanken ihr Geheimnis ergründen wollte. »Nein, Azim, das halte ich für ausgeschlossen. Sie sehen nicht aus wie Ägypterinnen, und unsere Feinde hätten sie wohl kaum hier in der Einöde zurückgelassen, wenn sie zu ihnen gehört hätten.«

»Sie sehen mongolisch aus«, gab Azim mit einem abschätzigen Blick zu bedenken. Dann senkte er seine Stimme und grinste, wobei seine ebenmäßigen Zähne zum Vorschein kamen. »Vielleicht sind sie entflohene Konkubinen?«

Khaled hob eine Braue und schmunzelte verhalten. »Dafür erscheinen sie mir nicht verrucht genug.« Mit einem abschließenden Lächeln reichte er das Schwert an Rona zurück. Sie nahm es ohne einen Kommentar entgegen und legte es neben Lyn auf den Boden. Gleichzeitig spürte sie Khaleds wachsamen Blick, mit dem er nicht nur ihr Äußeres, sondern auch ihr Gepäck taxierte.

»Was hältst du von ihm?«, murmelte Rona in Babylon, einer Sprache, die sich aus sämtlichen Weltsprachen zusammensetzte und für die beiden Männer gewiss nicht verständlich war.

»Im Gegensatz zu seinem Kameraden bemüht er sich wenigstens, sein Misstrauen zu verbergen«, erwiderte Lyn leise. »Trotzdem fühle ich mich von seinen dunklen Augen regelrecht durchbohrt. Wobei ich mir sicher bin, dass er keine schlechten Absichten hegt. Aber es wäre wohl falsch, ihm vorbehaltlos zu vertrauen.« Instinktiv hielt sie die ledernen Taschen so fest, als ob ihr Leben davon abhinge.

Khaled schien ihre Unsicherheit zu spüren. »Sagt, was hat Euch ganz allein in diese Einöde verschlagen?« Seine Stimme hatte einen fordernden Unterton angenommen, der keinen Zweifel darüber ließ, dass er eine rasche und aufrichtige Antwort erwartete.

Lyn wusste nicht, was sie ihm antworten sollte. Rona fiel ihr rettend ins Wort. »Bevor wir ins Detail gehen …«, entgegnete sie ihm provokativ. »Zunächst schuldest du uns noch eine Antwort. Welches Jahr schreiben wir?«

Anstatt auf ihre Frage einzugehen, bedachte Khaled sie lediglich mit einem ungläubigen Blick.

»Hast du mich nicht verstanden?« Sie legte den Kopf schief und sah ihn an, als ob sie ein unverständiges Kind vor sich hätte.

Er grinste unsicher, offenbar amüsiert über ihre Frage. »Seid Ihr christlich oder muslimisch?« Bevor Rona antworten konnte, fuhr er fort. »Wenn Ihr muslimisch seid, so schreiben wir den 15. Safar im fünfhundertdreiundvierzigsten Jahr nach der Hidschra.«

Rona dachte an Lion, der zwar die Meinung vertrat, die herrschenden monotheistischen Religionen könnten nur überleben, wenn sie sich zusammenschlössen – aber seine Favoriten waren, warum auch immer, die Christen gewesen. Dabei hatte er selbst keiner Religion angehört, denn nach dem großen Krieg waren sämtliche spirituellen Betätigungen und die damit verbundenen Rituale bei Todesstrafe verboten gewesen.

»Christlich«, erwiderte sie mit Nachdruck in der Stimme, obwohl es nicht zutraf. Auch sie fühlte sich zu keiner bekannten Religion hingezogen, und für das, was ihr anbetungswürdig erschien, gab es ohnehin keinen Namen.

Khaled schenkte ihr einen zweifelnden Blick, bevor er zu einer Antwort anhob. »Wenn es nach den Christen geht, befinden wir uns immer noch im Jahre des Herrn elfhundertachtundvierzig, und heute ist der erste Sonntag im Juli.«

Rona stieß einen verzweifelten Seufzer aus, der von Lyns panischem Blick begleitet wurde. »Bist du sicher?«

»So sicher wie ein Mann sein kann, der zweifelsfrei über all seine Sinne verfügt.« Khaled beäugte sie skeptisch von der Seite, als ob er ihre Zurechnungsfähigkeit ernsthaft in Frage stellte.

»Dreißig Jahre zu spät«, entfuhr es Lyn. »Das kann unmöglich sein. Lions Vorbereitungen waren bis in Detail geplant.«

»Verflucht!«, stieß Rona mit zusammengebissenen Zähnen hervor. »Weder der Angriff der Drohnen noch Makos Tod waren geplant. Vielleicht haben die Drohnen den Server getroffen und dadurch die Programmierung verändert.«

Lyn sah sie an. »Du meinst, der Transfer hat funktioniert, aber das Ziel um dreißig Jahre verfehlt?«

In Anbetracht ihrer Begleiter, die ihren Wortwechsel, ohne ihn zu verstehen, fasziniert verfolgten, ersparte sich Rona eine Antwort. Sie konnte ohnehin Lyns Gedanken lesen. Die ungeplante Zeitverschiebung hatte Mako das Leben gekostet, und auch dieser Hugo de Payens war bereits seit mindestens zehn Jahren tot. Kein Timeserver der Welt würde die beiden im Hier und Jetzt ersetzen können.

Ihre Mission schien gefährdet, obwohl es auch in dieser Zeitebene Templer geben musste.

Noch einmal betrachtete Rona die Aufmachung ihres Gegenübers, dessen Gefolgsmann nun dazu übergegangen war, ihm etwas ins Ohr zu flüstern.

Khaled besaß einen weißen Kapuzenumhang, der dem der Templer durchaus ähnlich sah. Hoffnung keimte in ihr auf, dass ihr Ziel vielleicht näher lag als gedacht.

»Bist du ein Templer?«, fragte sie Khaled, ungeachtet der Tatsache, dass er Azim eine leise Anweisung erteilte.

Khaled ignorierte Azims missmutige Miene und bedeutete ihm, dass er gehen solle, um nach den noch fehlenden Kameraden Ausschau zu halten.

»Ich lasse dich ungern mit diesen Hexen alleine«, zischte Azim, »sie sind mir irgendwie unheimlich.« Als er bemerkte, dass Khaled sich nicht für seine Warnung interessierte, marschierte er kopfschüttelnd davon.

Khaled schenkte Rona erneut seine Aufmerksamkeit. »Beim Barte des Propheten, nein«, erwiderte er spöttisch. »Ich gehöre zum Orden der Nizâri. Sieht man mir das nicht an?«

Nizâri? Rona kramte in den hintersten Windungen ihres Hirns, konnte jedoch nichts mit diesem Begriff anfangen.

»Muss ich doch glatt übersehen haben«, antwortete sie zögernd und warf Lyn, die das Gespräch aufmerksam verfolgte, einen fragenden Blick zu, doch ihre Schwester schüttelte kaum merklich den Kopf. Sie kannte diesen Begriff also auch nicht.

Khaled hob eine Braue. »Wie kommst du darauf, dass ich ein Templer sein soll?«

Er hatte es aufgegeben, sie mit dem notwendigen Respekt anzusprechen, da sie ihn ihrerseits wie einen Diener behandelte.

Rona räusperte sich. »Weil ich dachte, dass die Reiter, die eure Karawane begleitet haben, die Kleidung der Templer trugen.«

»Gut beobachtet.« Sein Blick erschien ihr ein wenig überheblich. »Ich kann dir unsere heldenhaften Begleiter gerne vorstellen, sobald sie von ihrem kleinen Jagdausflug zurückkehren.«

»Ich muss ihren Anführer sprechen«, erwiderte Rona.

Khaled straffte die Schultern und nahm Haltung an. »Der Anführer steht vor dir«, entgegnete er mit erhabener Miene »Jedenfalls solange ich das Kommando über diesen Trupp habe.«

Rona ließ nicht locker. »Wenn ich es richtig verstanden habe, gehörst du aber nicht zu ihnen. Also warten wir, bis die echten Templer hierher zurückkehren.«

»Ich glaube nicht, dass sie etwas für dich tun können, was ich nicht auch könnte«, erwiderte Khaled mit einem ironischen Lächeln. »Die Ritterbrüder, die uns begleiten, besitzen bloß Unteroffiziersränge, niemand von ihnen ist befugt, im Namen des Marschalls, Seneschalls oder gar des Großmeisters zu sprechen!«

»Dann bring uns zu deren Oberhaupt!«

Khaleds Lider verengten sich. »Könnte ich mit Leichtigkeit, aber was macht dich so sicher, dass Everhard de Barres euch empfängt?«

»Es wäre sein eigener Schaden und erst recht der seines Ordens, wenn er es nicht täte«, versicherte ihm Rona mit einem rebellischen Zug um den Mund.

Khaled wandte sich um, weil er anscheinend sichergehen wollte, dass sie niemand belauschte, dann grinste er. »Und du willst mir nicht verraten, in welcher Angelegenheit du Meister Everhardus sprechen willst?«

Rona hielt seinem fragenden Blick stand. »Tut mir leid. Für das, was ich zu offenbaren habe, kommt nur ein echter Templer in Frage, der zudem eine höhere Position bekleidet.«

»Meine Schöne!« Khaled verbeugte sich mit einem honigsüßen Lächeln.

»Zufällig besitze ich das Vertrauen der Königin von Jerusalem«, verkündete er selbstbewusst. »Darüber hinaus auch das des Seneschalls der Templer, Bruder André de Montbard. Mit seiner Zustimmung werdet ihr mühelos den gewünschten Zutritt zum Hauptquartier der Templer erhalten. Dort wird längst nicht jedem Einlass gewährt, schon gar nicht mongolisch aussehenden Frauen, die keinerlei Leumund besitzen.« Seine Augen funkelten listig. »Allein aus diesem Grund solltest du mir zumindest eure Namen und eure Herkunft benennen.«

Rona überging seinen Versuch, mehr über sie zu erfahren. »Wann wäre ein Treffen möglich?«

»Ich sagte doch, zunächst muss ich wissen, wen ich zu einer Audienz anmelden soll. Aber selbst wenn du mir das Geheimnis eurer Herkunft verrätst, werdet ihr euch noch eine Weile gedulden müssen«, erwiderte Khaled. »Großmeister Everhardus weilt zurzeit mit meiner Königin, deren Sohn Balduin III. und anderen hohen Würdenträgern in der Nähe von Akko. Gemeinsam haben sie ein Konzil einberufen und alles an Würdenträgern geladen, was in der christlichen Welt Rang und Namen hat und sich zurzeit im Heiligen Land aufhält. Kaiser Konrad I. von Deutschland und König Ludwig VII. von Frankreich nebst seiner Gemahlin Eleonore, der Patriarch von Jerusalem, dazu Dutzende Herzöge und Markgrafen. Sie beraten dort über die anstehenden Eroberungen muslimischer Ländereien.«

Khaled verschwieg geflissentlich, dass die Königin ihn nicht in ihre Reisepläne mit einbezogen hatte, weil es um die Eroberung von Damaskus ging – ein Vorhaben ihres Sohnes, dem Khaled regelrecht entgegenfieberte, weil seine Familie auf Veranlassung des derzeitigen Emirs beinahe ausgerottet worden war. Khaled sann seit der Ermordung seiner Eltern jeden verdammten Tag auf Rache. Die bevorstehende Eroberung der muslimisch regierten Stadt durch fränkische Verbündete wäre eine glänzende Gelegenheit, all jene zu meucheln, die seine Familie in den Abgrund gestoßen hatten. Melisende wollte wohl nicht riskieren, dass er sich als einer ihrer engsten Vertrauten und zugleich Anführer der Nizâri öffentlich gegen ihre Interessen stellte. Noch dazu vor ihrem eigenen Sohn, der seit kurzem versuchte, ihr den Thron streitig zu machen. Daher hatte sie Khaled mit der Leitung dieser an sich unbedeutenden Karawane betraut und ihm zu allem Übel einen brisanten Auftrag erteilt, der sich ebenfalls gegen ihren Sohn richtete. Niemand durfte wissen, dass er in Blanche Garde einen geheimen Mittelsmann der Fatimiden treffen sollte, dem er im Auftrag der Königin eine erhebliche Summe überlassen sollte. Dafür sollte er eine unscheinbare Holzkiste erhalten, die er unverzüglich Melisendes Schatzmeister zu übergeben hatte. Die Königin hatte es nicht für nötig gehalten, ihm zu sagen, was sich hinter dieser Mission verbarg. Nur dass sie wichtig war und äußerster Geheimhaltung bedurfte.

Als umso brisanter war der Angriff der Fatimiden auf die Karawane zu bewerten. Wenn jemand auf feindlicher Seite herausgefunden hatte, dass Khaled im Auftrag der Königin Verbindungen zu fatimidischen Spionen pflegte und diese Informationen an Melisendes Widersacher im Palast gelangten, konnte man Khaled ohne Umschweife der Untreue gegenüber dem zukünftigen König überführen, was einem Todesurteil gleichkam.

Schon alleine deshalb musste er wissen, wen er mit diesen beiden Frauen vor sich hatte.

»Mein Name ist Rona«, erwiderte die schöne Fremde auf seine Frage nach ihrer Herkunft. Mit einer sparsamen Geste deutete sie auf die junge Frau, die neben ihr auf dem Boden hockte. »Und das ist meine Schwester Lyn.«

Für einen Moment war Khaled wie erstarrt, als Lyn in einer anmutigen Geste ihr Haupt entblößte, um ihr langes, schwarzes Haar zum Vorschein zu bringen. Ihr unschuldiger Augenaufschlag jagte ihm auf der Stelle den Puls in die Höhe. Bei Allah, sie war noch viel schöner, als er auf den ersten Blick geglaubt hatte, ihre Ausstrahlung war so viel lieblicher als die ihrer spröden Schwester. Dabei erwiderte sie noch nicht einmal sein Lächeln. Beim Anblick ihrer vollen Lippen durchzuckte Khaled ein plötzliches Verlangen, sie zu küssen. Was Frauen betraf, so war er – Allah sei ihm gnädig – kein Kind von Traurigkeit. Er stellte sich vor, wie es wäre, sie mit Leib und Seele zu besitzen, ihren schlanken, weißen Körper zu erkunden und ihn mit sanfter Macht zu entweihen, versteckt an einem geheimen Ort, fernab von jeglicher Gefahr und vor allem von den verzehrenden Blicken anderer Männer.

Lyn wirkte auf ihn so rein wie eine muslimische Rose, vollkommen anders als all die grell geschminkten Weiber im Lager der Christen. Eine makellose Verheißung, die einem lange vor der Vermählung versprochen wurde und es allein aufgrund ihrer Unschuld verdiente, die Mutter seiner Kinder zu sein. Dass ihm diese Vorstellung bei einer Frau, die allem Anschein nach ein gefährliches Geheimnis verbarg, im Grunde genommen absurd erschien, verlieh der Sache einen besonderen Reiz. Plötzlich wurde ihm unangenehm bewusst, dass er sich in seinem fragwürdigen Verlangen nach dieser Frau kaum von Melisende, der unbeugsamen, in die Jahre gekommenen Frankenkönigin, unterschied.

Nachdem er unter ihrem Schutz zum Mann herangereift war, hatte die Königin ihn nach seiner Ausbildung zum Nizârị in ihr Gemach gelockt, weil sie es als reizvoll empfand, einen skrupellosen Assassinen zu ihrem Geliebten zu machen, den bis zu jenem Tag noch keine andere Frau berührt hatte.

Als sie ihm die Beweggründe für ihr Zusammensein nach einiger Zeit gestanden hatte, war es zwischen ihnen zu einem heftigen Streit gekommen.

Ja, es traf zu, dass er seit seinem Schwur, den er auf den Orden der

Nizâri geleistet hatte, die Bereitschaft in sich trug, auf heimtückische Weise zu töten, jedoch nur, wenn es das Überleben seiner Gemeinschaft verlangte. Nicht zum Spaß, nicht zum Ruhm und schon gar nicht, um die Geilheit einer in die Jahre gekommenen Königin zu steigern. Später, nachdem Melisende sich bei ihm entschuldigt und ihre Meinung über die Assassinen zumindest ihm gegenüber geändert hatte, war er bereit gewesen, ihrem Verlangen weiterhin nachzugeben, zumal sie trotz ihres Alters eine grazile Schönheit besaß. Wenn er nun dieses Mädchen betrachtete, eine reizvolle Mischung aus körperlicher Anziehungskraft und tödlicher Gefahr, konnte er Melisendes Vorlieben beinahe verstehen.

»Wir wären dir zu großem Dank verpflichtet, wenn du für uns so bald wie möglich einen Kontakt zum Oberhaupt der Templer herstellen könntest.« Lyn holte ihn aus seinen Gedanken zurück. Ihre Stimme war reinstes Kristall und ihr betörender Blick so unglaublich verlockend, dass sein Entschluss, ihr Herz zu erobern, noch drängender wurde.

Auch sie sprach reinstes Arabisch. Bei aller Begeisterung für dieses Juwel mahnte sein Instinkt ihn zur Vorsicht. Mongolinnen, die ein akzentfreies Arabisch sprachen und sich gleichzeitig als Christinnen ausgaben, erschienen ihm äußerst suspekt. Dass hier etwas nicht stimmte, witterte ein Hund auf drei Tagesreisen im Voraus. Khaled musste herausfinden, was es war, wenn er die Königin und seine eigenen Leute vor einem todbringenden Geheimnis schützen wollte. Doch wie sollte er es anstellen, ohne dass die beiden Schönheiten ihm auf die Schliche kamen und im Zweifel ihn und die gesamte Karawane vernichteten? Doch was wäre, wenn er sie dazu brachte, sich ihm anzuvertrauen, und er ihre besondere Kriegskunst einzig für die Interessen der Nizâri gewinnen konnte? Der kurdische Emir Alī bin Wafā al Masyāf, Oberhaupt der syrischen Nizâri und gleichzeitig Verbündeter der fränkischen Könige und Fürsten, würde ihn lobpreisen, wenn er davon erfuhr, und ihn womöglich als Verbindungsoffizier aus Jerusalem abziehen lassen, um ihn als seinen persönlichen Berater einzuberufen. Khaled malte sich bereits aus, wie es sein würde, wenn er die Fähigkeiten der beiden Frauen seinen anderen Brüdern zugänglich machte. Einem Sieg – gegen wen auch immer – würde dann nichts mehr im Wege stehen.

Fieberhaft überlegte er, wie er es beginnen sollte. Als viel geschmähter Assassine war er dazu berufen, seine Feinde zunächst in freundlicher Sicherheit zu wiegen, bevor er zum Angriff überging. Wie eine Schlange, die sich an ihr Opfer heranschlich, bevor sie den tödlichen Biss ausführte. Khaled musste eine möglichst unauffällige List erfinden, um ihre Zungen zu lockern und ihre wahren Absichten zu ergründen.

»Im Übrigen gebührt euch mein Dank«, fügte er höflich hinzu und verbeugte sich leicht, wobei er Lyns Finger ergriff, um einen Kuss auf ihren Handrücken zu hauchen. Er musste in sich hineinlächeln, als er bemerkte, wie sie erschauerte, wie sein Blick sie offensichtlich betörte und sie vor lauter Verwunderung nicht fähig war, etwas zu erwidern.

»Dank?« Rona mischte sich ein. Sie ahnte wohl, worauf er hinauswollte.

»Dafür, dass ihr unsere Karawane vor dem Untergang bewahrt habt.«

»Untergang?« Sie versuchte sich weiter in unschuldiger Ahnungslosigkeit.

Khaled beugte sich zu ihr hinab und grub seine Finger in ihren Oberarm. »Die fatimidischen Reiterhorden hätten uns um Haaresbreite vernichtet«, flüsterte er heiser. »Bei Allah, du und deine Schwester habt uns Glück gebracht, weil sie bei eurem Anblick so plötzlich geflohen sind.« Er ließ von ihr ab, behielt sie jedoch im Auge. »Nur Allah weiß warum …« Sein wissender Blick wechselte zu einem Hügel hin ganz in der Nähe und kehrte dann mit einem Lächeln zu Lyn und Rona zurück.

»Vielleicht hat er euch als Engel zu uns geschickt? Oder habt ihr eine andere Erklärung dafür?«

Rona ahnte, dass eine tiefgehende Furcht den selbstbewusst wirkenden Araber davon abhielt, auszusprechen, was er tatsächlich von ihnen hielt, aber sie dachte gar nicht daran, ihm diese Angst zu nehmen oder irgendetwas zu erklären.

Noch einmal ging er hinter ihr in die Hocke. Seine rechte Hand griff spielerisch in den Sand, wo die letzten Überreste des verwehten Häufchens Asche lagen, das von Mako, dessen Mörder und seinem Pferd übrig geblieben war.

Der Sand glitzerte silbrig, und sie beobachtete, wie Khaled die Reste ihres Bruders andächtig zwischen seinen Fingern zerrieb. Spätestens jetzt wurde klar, dass er wusste, was sie mit den Turbanträgern und ihren Pferden angestellt hatte.

»Wir waren auf dem Weg nach Blanche Garde«, fuhr er in gleichgültigem Ton fort, »einer Festung auf dem Tell es-Safi. Schon mal davon gehört?« Abwechselnd blickte er Lyn und Rona an.

Rona, die sein wechselndes Mienenspiel mit interessierten Blicken verfolgt hatte, schüttelte abermals den Kopf. »Was waren das für Kerle, die euch mit Pfeilen beschossen haben?«

Khaled wandte den Kopf und spuckte aus, bevor er ihr eine Antwort gab. Als er wieder aufschaute, loderte eine gehörige Portion Verachtung in seinen schönen Augen. »Das waren Söldner des gefürchteten Kalifen al-Hafiz. Er ist das elfte Oberhaupt der ägyptischen Fatimiden und lebt mit seinen Vertrauten abwechselnd in Kairo und in der Hafenfestung von Askalon. Die Festung ist der letzte Stützpunkt seines Reiches außerhalb Ägyptens.« Khaled bemerkte Lyns interessierten Blick und setzte nach. »Al-Hafiz rechnet jeden Tag mit einem Angriff der Franken auf Askalon. Mit Sicherheit wusste er, dass wir den Truppen auf Tell es-Safi Nachschub liefern, und hat uns deshalb angegriffen. Wahrscheinlich wusste er auch, dass die meisten Kreuzfahrer zurzeit in Akko weilen und uns deshalb lediglich eine Handvoll Templer zum Schutz zur Verfügung stand.« Seine braunen Augen funkelten düster, und Rona war sich nicht sicher, ob es sein Misstrauen ihr gegenüber war, das seinen Atem schneller werden ließ, oder der augenscheinliche Hass, den er seinen Feinden gegenüber empfand. Vielleicht nahm er an, sie und Lyn könnten Spioninnen eines muslimischen Herrschers sein.

Rona seufzte genervt, während sie fieberhaft um eine Erklärung rang.

»Wir haben von deinem al-Hafiz noch nie was gehört, also können wir nichts mit der Sache zu tun haben. Unser Anführer hat uns lediglich hier ausgesetzt, damit wir nach Jerusalem weiterreisen«, erklärte sie und bedachte ihn mit einem unschuldigen Blick. »Dort haben wir einen Auftrag zu erledigen, der mit deinen Problemen nichts zu tun hat.«

Khaled reagierte mit Unverständnis. »Welcher Dämon bringt es fertig, zwei so schöne, hilflose Frauen mitten in der Wildnis auszusetzen? Dazu ohne Pferde? Zu Fuß benötigt man einige Stunden, um in die Heilige Stadt zu gelangen. Ihr hättet euch verlaufen oder verdursten können. Auch gibt es hier Wölfe, Löwen und Schlangen. Von Räubern und Sklavenhändlern, die abseits der bewachten Wege herumstreifen, ganz zu schweigen.«

Als Rona ihm eine Antwort schuldig blieb, schaute er sie prüfend an. »Oder seid ihr eben diesem grausamen Schicksal entflohen und am Ende froh darüber, eurem Herrn entkommen zu sein?«

»Nenn es, wie du willst«, erwiderte Rona tonlos. »Es ist mit Sicherheit nicht das, was du denkst. Aber ich versichere dir, dass wir deine Gegenwart und die deiner Soldaten zu schätzen wissen und gerne auf eure Unterstützung zählen.« Inbrünstig hoffte sie, dass ihr Gegenüber diesen kleinen Exkurs in Sachen mittelalterlicher Diplomatie zu schätzen wusste.

Für einen Moment vermittelte Khaled den Eindruck, als wäre er enttäuscht, weil sie ihm eine weitere Erklärung schuldig blieb. Dann setzte er ein entwaffnendes Grinsen auf. »Nun gut«, murmelte er. »Dann steht ihr eben ab sofort unter unserem Schutz, schließlich wäre es kein Akt der Gnade, euch hier draußen einfach sitzen zu lassen.«

»Das kommt ganz darauf an, wo es hingeht.«

Khaled blieb gefasst, obwohl Rona ihn offenkundig provozieren wollte. »Zurück nach Jerusalem, was sonst?« Sein Blick war fragend und überlegen zugleich. »Und? Wie ist eure Antwort?«

Khaleds Miene wirkte gleichgültig, aber Rona spürte, wie sehr er wollte, dass sie sich ihm anvertrauten. Nicht weil er sie vor den Gefahren der Wildnis retten wollte, nein – er wollte wissen, wie es ihr gelungen war, seine Feinde zu vernichten.

»Lyn?« Rona schaute ihre Schwester fragend an, obwohl sie nicht annahm, dass sie anders entschied.

Lyns und Khaleds Blicke trafen sich. Sekundenlang schauten sie einander an, dann unterdrückten beide ein Lächeln. Rona wusste nicht, was sie davon zu halten hatte. Das Letzte, was sie gebrauchen konnte, war, dass Lyn dem unverkennbaren Charme dieses Halbwilden erlag.

Ungewohnt demütig schlug sie die Augen nieder. »Wenn du es sagst, Schwester.« Rona schüttelte ungläubig den Kopf und wandte sich Khaled zu.

»Wir kommen mit euch nach Jerusalem. Schließlich verfolgen wir einen Auftrag, bei dem wir allem Anschein nach deine Unterstützung benötigen.«

Khaled seufzte leise und richtete sich auf. »Sehr vernünftig«, bemerkte er.

Einen Moment später traf eine neue Kavalkade ein. Rona zählte achtzehn Männer in verschiedenartiger Kleidung. In ihren verschwitzten Gesichtern zeichnete sich Erschöpfung ab. Manche sahen aus wie Khaled und sein Diener, die meisten von ihnen hatten jedoch hellere, rötlich verbrannte Haut und trugen eiserne Helme mit einem Nasenschutz, dazu langärmelige Unterkleidung und Kettenhemden, die bis zu den Oberschenkeln reichten. Darüber trugen sie weiße Umhänge mit blutroten, aufgenähten Kreuzen auf Brust und Schulter. Templer, wie Khaled sie angekündigt hatte. Elf an der Zahl. Alle hatten verschlossene, strenge Gesichter und trugen kurzgeschorene, meist rote oder blonde Bärte. Zwei von ihnen waren offensichtlich schwerer verletzt, ihre hellen Unterkleider waren auf Höhe der Brust und an der Hüfte mit Blut durchtränkt.

Khaled ging auf einen der Männer zu, der ihm mit durchgedrücktem Rücken und geradem Blick in einer militärischen Haltung entgegentrat. Der Fremde nahm seinen Helm ab. Dem Aussehen nach zu urteilen, war er ein typischer Nordeuropäer. Er besaß breite Schultern, eine staatliche Größe und kurzgeschorenes, rotblondes Haar. Dabei war er mit seiner breiten, nach unten gebogenen Nase, die sein mit Sommersprossen übersätes Gesicht zierte, längst nicht so gutaussehend wie Khaled. Die Kleidung des Mannes sah arg mitgenommen aus. Der Umhang war seitlich eingerissen, und vor lauter Staub hatte das ehemals helle Kleidungsstück seine weiße Farbe eingebüßt.

Khaled umarmte den Ankömmling und küsste ihn zu Ronas Überraschung flüchtig auf den Mund. »Ich bin froh, mein Bruder, dass du mit deiner Truppe halbwegs heil zurückgekehrt bist.«

»Wir haben Bruder Humbert verloren«, antwortete der Templer scheinbar emotionslos. Doch Rona sah seinen hastigen, von Trauer erfüllten Seitenblick auf einen weiter unten am Hügel liegenden Toten, den man in seinen Templerumhang eingerollt hatte, um ihn vor der Sonne oder den Geiern zu schützen, die immer noch über ihnen kreisten.

»Habt ihr noch ein paar von den fatimidischen Hunden erwischt?«, fragte Khaled mit verächtlicher Stimme.

»Nein«, erwiderte der Templer und brach in einen anhaltenden Husten aus, der sich erst wieder beruhigte, nachdem ihm einer von Khaleds Männern etwas zu trinken gereicht hatte. »Sie sind in Richtung Ramla geflohen, dabei schien es mir, als fühlten sie sich vom Teufel persönlich verfolgt, so sehr haben sie ihre Pferde angetrieben.«

Khaled nickte. »Wer weiß?«, sagte er mit einem lakonischen Lächeln, in das er Rona unbemerkt mit einbezog. »Vielleicht ist er ihm ja wahrhaftig begegnet, und wir haben ihn einfach verpasst.« Mit einem Fingerschnippen rief er Azim herbei, der sich mit zwei anderen Kameraden um die verletzten Ordensritter kümmern sollte. Erst danach wandte er sich zu Lyn und Rona um und machte sie mit dem Templer bekannt. »Das ist Berengar von Beirut, ein Unterleutnant des Ordens und zurzeit meinem Kommando unterstellt.«

Berengars eisblaue Augen zeigten keinerlei Regung. Khaled stellte Rona und Lyn als einzige Überlebende einer kleinen Karawane vor, die wie ihr eigener Geleitzug zuvor von Fatimiden überfallen worden war. Angeblich hatte man ihre Begleiter entführt, und bevor man sich an den Frauen hatte vergreifen können, waren die Angreifer aus Feigheit geflohen. Eine ziemlich dreiste Lüge, wie Rona befand, die Berengar jedoch kommentarlos zur Kenntnis nahm. Was vielleicht daran lag, dass Khaled beiläufig hinzufügte, wie tapfer sich Berengar und seine Männer gegen die Übermacht der Fatimiden geschlagen hätten.

Leider ohne durchgreifenden Erfolg, wie Rona im Stillen befand, was man an etlichen toten Zivilisten festmachen konnte, deren Leichen ebenfalls neben dem toten Templer in der Senke schmorten. Nachdem Khaled einige lautstarke Befehle an die verbliebenen Ritter und Überlebenden der Karawane, darunter auch Frauen und Kinder, erteilt hatte, begann man damit, die Toten einzusammeln und auf die inzwischen eingefangenen Kamele zu legen. Gut ein Drittel der knapp fünfzig Mitreisenden war dem Angriff zum Opfer gefallen. Die Kamele, die deren sterbliche Überreste tragen sollten, schienen den Tod zu wittern und sträubten sich heftig gegen das Beladen mit Leichen. Mitunter bissen sie sogar nach ihren Führern. Einige der Templer schnürten den nervösen Tieren kurzerhand das Maul zusammen und schlugen brutal mit Stöcken auf sie ein, woraufhin tatsächlich Ruhe einkehrte. Dabei wäre es so viel einfacher gewesen, die Toten zu Staub werden zu lassen. Aber die religiösen Bedingungen dieser Zeit sahen ausschließlich eine Bestattung in geweihter Erde vor, wie Rona während ihrer Vorbereitungen staunend gelesen hatte.

Den zwei getöteten Angreifern, die vor Ronas Vergeltungsaktion gestorben waren, wurde eine solche Fürsorge nicht zuteil. Man ließ sie auf dem zerklüfteten Wüstenboden zurück, damit die riesigen Vögel sich an ihrem Fleisch gütlich tun konnten. Als ob er das Ganze als unmissverständliche Einladung verstanden hätte, stürzte sich bereits wenig später ein riesenhafter Geier auf das Gesicht eines Toten und pickte dessen Augen heraus. Beim Anblick des hackenden Schnabels drehte sich Rona der Magen um. Wie gerne hätte sie die Beute des Vogels mit einem einzigen Schuss zu Staub zerblasen, damit dieses Gemetzel aufhörte.

Khaled bat Rona und ihre Schwester, ihm zu folgen. Nur mühsam hielt er sein Erstaunen zurück, als die beiden Frauen sich erhoben. Nicht weil sie widerspruchslos seinen Befehlen gehorchten, sondern wegen ihrer Größe. Obwohl er sich nicht eben als Zwerg bezeichnen konnte, befand er sich mit Rona und Lyn beinahe auf Augenhöhe. Er hatte schon einige fränkische Frauen gesehen, die einen Mann überragten, aber nie eine Mongolin, die ihm so riesig erschien. Um seine Gedanken nicht zu verraten, schaute er an Rona und ihrer Schwester vorbei und nahm deren Gepäck vom Boden auf, ganz so, als ob er den beiden helfen wollte. Nachdem er den Rucksack angehoben hatte, versuchte er ihn mit einer beinahe spielerischen Geste zu öffnen, um wenigstens einen kurzen Blick hineinwerfen zu können. Lyn kam ihm jedoch zuvor und griff nach dem Beutel, um ihn Khaled abzunehmen. Khaled aber verstärkte seinen Griff, nicht bereit, einfach loszulassen. Rona zögerte nicht und zog einen Gegenstand unter ihrem Gewand hervor, den nur Khaled zu sehen bekam und den er sofort erkannte. Es war das Ding, mit dem sie die fatimidischen Reiter hatte verschwinden lassen. Mit einem vernichtenden Blick richtete sie die fremdartige Waffe, die an sich ziemlich harmlos aussah, auf Khaled und zischte etwas, dass nur sie beide verstanden.

»Wenn du dich nicht auf der Stelle in Staub auflösen willst wie deine Gegner, legst du jetzt langsam unsere Sachen auf den Boden.« Ihre Stimme war weich, ihre Miene hingegen blieb hart. »Vorsichtig, hörst du?«

Khaled, der keinen Zweifel hegte, dass sie ihre Drohung wahrmachen würde, nickte mit einer zur Schau gestellten, falschen Überlegenheit und tat, was sie von ihm verlangte. Nachdem Lyn den Rucksack wieder an sich genommen hatte, warf Khaled einen besorgten Blick auf die Mitreisenden und versicherte Rona damit, dass er sich, was ihre Bedrohung betraf, mehr um seine Leute sorgte als um sich selbst.

»Wenn du deine Neugier zügeln kannst und uns heil nach Jerusalem bringst, werde ich dir und den anderen kein Haar krümmen. Ich gebe dir mein Wort«, versicherte ihm Rona.

Khaleds Herz pochte hart, und einen Moment lang überlegte er, seinen Dolch zu zücken und dem Mädchen zuvorzukommen, indem er sie mit einem raschen Wurf tötete. Mit dem Messer war er der schnellste in seiner Truppe, aber Ronas Schnelligkeit war nicht zu unterschätzen. Außerdem hätte er bei Erfolg auch ihre Schwester töten müssen, die ihm zu lieblich erschien, um ihr den Hals aufzuschlitzen.

»Wie du befiehlst«, beschwichtigte er die Frauen leise und hob entwaffnend die Hände, obwohl es ihm unglaublich schwerfiel, sich von einem solch anmutigen Geschöpf etwas befehlen zu lassen, zumal er befürchten musste, von seinen Männern beobachtet zu werden. »Es ist euer Gepäck. Meine Männer und ich werden uns davon fernhalten.«

Er würde es wieder versuchen. Rona konnte es förmlich spüren. Rasch steckte sie die Waffe zurück unter ihren Gürtel und drapierte den Umhang darüber.

Khaled schlenderte unterdessen zu seinem Pferd, als wenn nichts geschehen wäre. Er verzichtete sogar darauf, sich noch einmal umzuschauen, als er aufstieg und seinem Hengst die Sporen gab. Noch während er das Pferd antraben ließ, brüllte er in seiner rau klingenden Sprache den umstehenden Männern einen Schwall von Befehlen entgegen.

»Du hast ihm ganz schön Angst eingejagt«, meinte Lyn, die Khaleds Mienenspiel beobachtet hatte. »Jetzt wird er erst recht neugierig sein, was es mit unserer Waffe auf sich hat.« Sie hatte seine Unruhe gespürt, aber auch seine Entschlossenheit, nachdem er kapitulierend davongestapft war.

»Ich kann es nicht ändern«, erwiderte Rona und presste die Lippen zusammen. »Aber wir können nicht zulassen, dass der Timeserver in die falschen Hände gerät. Lions größte Bedenken bei dieser Mission haben darin bestanden, dass wir mit unserem Equipment den Narren in dieser Zeit verfrüht die Zukunft ins Haus liefern und sie noch mehr Unsinn damit anstellen könnten als ihre Nachfahren. Wenn es nach ihm gegangen wäre, hätte ich nicht einmal den Fusionslaser mitnehmen dürfen.«

Lyn sah sie überrascht an. »Glaubst du, die Menschen dieser Zeit wären tatsächlich in der Lage, einen Fusionslaser zu konstruieren?«

»Nein, eher nicht.« Rona wischte sich mit einer ungeduldigen Geste ihr Haar aus dem Gesicht. »Selbst wenn ihnen das Ding in die Hände fallen würde, fehlt ihnen die nötige Infrastruktur, um es nachzubauen. Aber wer weiß, wie schnell sie sich entwickeln, wenn man ihnen die richtigen Impulse liefert?« Ihr Blick fiel erneut auf Khaled, der mit seinem Pferd einen Hang hinunter galoppiert war, um sich um die überlebenden Mitreisenden zu kümmern. »Außerdem halte ich es für wichtig, dass der Kerl Respekt vor uns hat. Er ist der Anführer dieser unberechenbaren Meute, und er wird seine Männer im Zweifel davon abhalten, uns zu nahe zu treten.«

»Glaubst du, sie würden es wagen, uns anzugreifen?« Lyn sah Rona erschrocken an.

»Denkst du ernsthaft, sie sind besser als die Idioten in unserer Zeit?« Ronas Blick fiel auf einen der Templer, der Khaled auf einem rotbraunen Pferd gefolgt war und sich nun daranmachte, mit einer Lanze die Geier zu vertreiben, die sich auf einem der feindlichen Leichname niedergelassen hatten. Allerdings nicht, um die Würde des Toten zu schützen, sondern um ihn seinerseits mit der Lanze in Stücke zu hacken, damit die Vögel leichteres Spiel hatten.

»Nein, wohl eher nicht«, erwiderte Lyn resigniert und schwang ihren Rucksack über die Schulter, um sich Khaled und der restlichen Karawane anzuschließen. Rona, die Makos Schwert in der Hand hielt, betrachtete es kurz, dann steckte sie es in die Schwertscheide, die sie Mako zuvor abgenommen und sich umgegürtet hatte.

»Mach's gut, kleiner Bruder«, flüsterte sie, bevor sie ihrer Schwester in eine ungewisse Vergangenheit folgte.

Kapitel 3
Khaled

Juli 1148 – Jerusalem / Bayt ul-Maqdis

Die Templer auf ihren mit schwarzweißen Schabracken verkleideten Pferden und Khaleds Männer, die über aufwendig geschmückte, langmähnige Araberhengste verfügten, hatten im Galopp die versprengten

Kamele und Maultiere zusammengetrieben. Danach hatten einige der Ritter den verletzten Reisenden medizinische Hilfe geleistet und sich darangemacht, die Kamele mit Stricken zusammenzubinden und den Frauen und Kindern auf die Maultiere zu helfen. Rona zählte fünfzehn Kamele, auf die man zum Teil die Leichen festgezurrt hatte. Ein Gefühl der Unwirklichkeit ergriff sie, als sie sich dem Treck näherte und der Geruch von Dung, Blut und Staub in ihre Nase stach. Zu gerne hätte sie Lion kontaktiert, und sei es, um sicherzugehen, dass sie nicht in einem bizarren Traum gefangen war.

»Wir könnten ihnen helfen.« Lyn deutete auf zwei Verletzte, die sich unterhalb der Straße laut stöhnend zu ihren Tieren schleppten. Die weißen Stoffstreifen, mit denen die offenbar medizinkundigen Kreuzritter die Verletzungen verbunden hatten, waren im Nu durchgeblutet und lockten ganze Heerscharen von Fliegen an. Lyn lenkte den Blick demonstrativ auf ihren Rucksack, den sie über ihrer linken Schulter trug. Neben dem Timeserver befand sich darin die Erste-Hilfe-Ausrüstung, auf die Lion bestanden hatte – entgegen seiner sonstigen Anweisung, so wenige Gegenstände wie möglich mit in die Vergangenheit zu nehmen. Das unscheinbare Päckchen enthielt verschiedene psychogene Drogen, die Lernprozesse beschleunigten, Erinnerungen rekonstruieren oder emotionale Reaktionen dämpfen oder aufputschen konnten, sowie eine spezialgesicherte Titanbox voller Nanokapseln, die durch orale Einnahme in Sekunden Gewebeschäden zu regenerieren und große Wunden zu schließen vermochten.

Rona schüttelte den Kopf. »Besser mischst du dich nicht ein«, flüsterte sie. »Es sei denn, du willst noch mehr Verwirrung stiften.« Während sie Lyns Rucksack betrachtete, beschäftigten sie ganz andere Gedanken. Falls es ihnen nicht gelingen sollte, mit Lion in Kontakt zu treten, um weitere Anweisungen entgegenzunehmen, würde sie den Timeserver erneut aktivieren, um noch tiefer in die Vergangenheit einzudringen und wie beabsichtigt ins Jahr 1119 zu gelangen. Dass Lion sie dann vielleicht nicht mehr orten konnte, um sie zurückzuholen, würden sie in einem solchen Fall in Kauf nehmen müssen. Doch zunächst galt es, abzuwarten, welche Möglichkeiten sich ihnen in Jerusalem boten. Und solange sie permanent unter der Bewachung ihres neuen Anführers standen, durften sie einen solchen Versuch ohnehin nicht wagen, weil es zu viele ungebetene Zeugen geben würde, falls die Sache schiefgehen sollte.

Bis auf weiteres mussten sie sich vor Khaled und seinen Leuten in Acht nehmen. Der Respekt, den er ihrem Fusionslaser entgegenbrachte, war ihm zwar immer noch anzumerken, trauen konnte man ihm deshalb noch lange nicht.

»Sammelt euch!«, befahl der Araber seinen fünf weißgewandeten Kameraden, die auf ihren Pferden die Aufräumarbeiten begleitet hatten. Anschließend rief er die verbliebenen, schwer bewaffneten Templer auf ihren Pferden zur Ordnung. »Rechts und links Aufstellung nehmen!« Sein Befehl wurde unverzüglich ausgeführt. »Wir marschieren zurück in die Stadt.«

Lyn beobachtete stumm, dass alle ohne Widerspruch Khaleds Anweisungen folgten. Bis auf eine Frau mittleren Alters, die ganz in ihrer Nähe am Boden saß und sich gegenüber einem der Templer krampfhaft weigerte, den Jungen loszulassen, den sie im Arm hielt, als wäre er eine übergroße Puppe. Er war kein kleines Kind mehr, vielleicht neun oder zehn Jahre alt. Lyn musste an Mako denken, als sie im Vorbeigehen die bernsteinfarbenen, halb geöffneten Augen und sein lockiges, schwarzes Haar betrachtete, das ihm schweißnass bis auf die mageren Schultern fiel.

Ein Pfeil hatte seine Kehle durchbohrt. Die herzförmig, scharf zulaufende Stahlspitze ragte seitlich aus dem dünnen Hals des Jungen. Anscheinend hatte es niemand gewagt, sie abzubrechen und den hölzernen Schaft herauszuziehen, aus Angst, die drohende Blutung nicht stoppen zu können.

»Er wird sterben, Madame«, sagte der Templer leise. »Ihm ist nicht mehr zu helfen.«

Die Frau schaute hasserfüllt auf. Ihr langes, lockiges Haar flutete wirr über ihre Schultern. Sie hatte ihr Kopftuch benutzt, um die Wunde rund um den Pfeil so gut es ging abzudecken. »Wollt Ihr so grausam sein und ihn einfach sich selbst überlassen?«

Die Frau schaute in wilder Entschlossenheit zu dem Templer auf, bereit, mit ihrem Kind in der Wüste zurückzubleiben, auch wenn es ihren eigenen Tod bedeutete.

Der Junge röchelte schwach. Blutiger, verkrusteter Schaum stand auf seinen Lippen. »Ich kann nicht mit euch gehen«, jammerte die Frau. »Er ist mein einziger Sohn. Wenn er sterben muss, will ich auch nicht mehr sein.«

Beim Anblick des Jungen vergaß Lyn alle Ermahnungen, die Rona ihr zugeflüstert hatte. Mit ein paar gemurmelten, arabischen Worten schob sie den Templer beiseite, der erstaunlicherweise keinerlei Widerstand leistete. Im Gegenteil – ein Hoffnungsschimmer durchfuhr seine zuvor versteinerte Miene, vielleicht dachte er, dass Lyn mit weiblichem Einfühlungsvermögen die Frau davon überzeugen konnte, dem Elend ein Ende zu bereiten.

Lyn kniete nieder und streichelte den Arm der Frau, die in ihrer Panik immer noch stark zitterte. Danach nahm sie den Rucksack von der Schulter, stellte ihn in den Staub und machte sich darin zu schaffen.

»Lyn, was zur Hölle tust du da?« Rona war hinter sie getreten. Mit ihrem Körper schirmte sie ihre Schwester gegen die neugierigen Blicke der übrigen Reisenden und des Templers ab, der ein Stück zurückgetreten war.

»Ich kann ihn nicht sterben lassen«, verteidigte sich Lyn in ihrer eigenen Sprache. »Er erinnert mich an Mako, und schau dir seine Mutter an, wie verzweifelt sie ist! Wenn wir ihm nicht helfen, wird er den Transport in die nächste Stadt nicht überleben.«

»Lyn!« Rona setzte eine beschwörende Miene auf. »Khaled hat bereits Verdacht geschöpft, dass mit uns was nicht stimmt. Auch wenn er tausend Jahre früher geboren wurde als wir, scheint er nicht unbedingt verblödet zu sein. Wie willst du ihm und den anderen die plötzliche Heilung des Jungen erklären?« Mit einem Seitenblick registrierte Rona, dass der Templer hinter ihrem Rücken sich einem Kameraden zugewandt hatte, der ihm etwas zurief. Khaled war damit beschäftigt, hundert Meter entfernt die Reihen abzugehen, wahrscheinlich um den Zustand der ihm anvertrauten Menschen und Tiere ein letztes Mal zu überprüfen, bevor sich der Zug in Bewegung setzte.

Unbeeindruckt von Ronas Einwand beugte Lyn sich vor und wandte sich an den Jungen und dessen Mutter. »Fürchtet euch nicht!«, flüsterte sie in einer archaischen Wortwahl, die den Menschen in dieser Region gewiss vertraut war und diese Frau auf ein Wunder vorbereiten sollte. »Ich helfe deinem Sohn, wieder ganz gesund zu werden.«

Beinahe abwesend beobachtete die Mutter des Jungen, wie Lyn die Verbindung zwischen der am Hals herausragende Pfeilspitze und dem hölzernen Zain, an dem sie befestigt war, blitzschnell mit einer kleinen Laserlanze kappte, die zu ihrem medizinischen Equipment gehörte.

Lion hatte ihnen eine Reihe von unauffälligen, aber nützlichen Tools mit auf die Reise gegeben, denen man ihre hochtechnisierte Wirkungsweise nur ansehen konnte, wenn man darum wusste. Routiniert zog Lyn den verbliebenen Holzstumpf aus der Wunde. Fast gleichzeitig drückte sie dem völlig apathischen Jungen eine winzig erscheinende Nanokapsel zwischen die blutigen Lippen. Die darin enthaltenen Reparaturpartikel zeigten sogleich ihre Wirkung. Unverzüglich drangen sie in die Blutbahn des Jungen ein, um die zerstörten molekularen Strukturen des jeweils verletzen Areals zu analysieren, gesunde Zellen gentechnisch zu kopieren und damit die zerstörten Zellen zu ersetzen. Ein Prozess, der nicht einmal Sekunden in Anspruch nahm.

Die Blutung versiegte sofort. Die Mutter sah mit fassungslosem Erstaunen, wie sich die hässliche Wunde am Hals ihres Kindes zu schließen begann. Ihr ungläubiger Blick wechselte von Lyn zu ihrem Sohn, der offenbar in der Lage war, schmerzfrei zu schlucken. Als der Junge seine Augen vollends öffnete und erstaunt um sich blickte, stieß sie einen Seufzer der Erleichterung aus.

»Wasser«, murmelte der Kleine mit brüchiger Stimme.

Seine Mutter überlegte nicht lange und setzte ihm einen dieser übel riechenden Lederbeutel an die Lippen. Der Junge trank, erst zaghaft, dann immer gieriger. Als er keuchend absetzte, lächelte er Lyn unter seinen dunklen, verschwitzten Locken mit einem Ausdruck vollkommenen Glücks an. »Es tut kein bisschen mehr weh«, flüsterte er selig.

Obwohl kein anderes Ergebnis zu erwarten gewesen war, brach Lyn unvermittelt in Tränen aus. Ihr wurde klar, dass sie nicht um das gerettete Kind weinte, sondern um Mako – dem nicht mehr zu helfen gewesen war.

Die Frau stieß einen zweiten hysterischen Schrei aus, als sie begriff, dass ihr Sohn tatsächlich genesen war, und dann folgte ein Schwall emotionsgeladener, hebräischer Worte, während sie Lyn um den Hals fiel. Allem Anschein nach war sie eine Jüdin. Der Junge erhob sich völlig verwirrt und ging auf Abstand. Unterdessen ließ seine Mutter von Lyn ab und fiel vor ihr mit tränennassem Gesicht auf die Knie, küsste den Saum ihres Gewandes und begann in herzzerreißender Weise, Gott im Himmel mit all seinen Engeln zu preisen.

Lyn, die Mühe hatte, ihre Gefühle wieder unter Kontrolle zu bringen, wischte sich das Gesicht mit dem Ärmel trocken und versuchte die Frau mit sanften Worten zu beruhigen. Was ziemlich vergeblich war, weil die Mutter des Jungen sämtliche Mitreisenden zusammenrief, damit sie das Wunder bestätigen sollten.

»Ich hab's dir doch gesagt«, zischte Rona, die neben ihrer Schwester stand und das Gepäck bewachte. »Sicher denkt sie jetzt, du bist ein höheres, geflügeltes Wesen.«

»Du hättest seinem qualvollen Tod also den Vorzug gegeben?« Lyn warf ihrer Schwester einen verärgerten Blick zu.

»Nein, natürlich nicht.« Rona verdrehte die Augen. »Aber ...«

»Was aber?«

»Das!«, antwortete Rona und schaute in die Richtung, aus der das Donnern der Pferdehufe zu vernehmen war.

Khaled war das Spektakel nicht entgangen. Mit misstrauischem Blick preschte er auf seinem silberfarbenen Pferd heran. Kurz vor den Frauen brachte er sein schnaubendes Tier zum Stehen.

»Was geht hier vor?«, fragte er barsch.

Rona und Lyn ersparten sich eine Antwort, aber die Jüdin war immer noch ganz aus dem Häuschen.

»Ein Wunder, o Herr! Seht, mein Sohn, er lebt und ist unversehrt! Und nicht nur das – die beiden Frauen waren es auch, die unsere Feinde zu Staub zerfallen ließen. Ich habe es mit eigenen Augen gesehen. Sie sind wahrhaftige Engel, von Gott gesandt. Ihnen alleine haben wir es zu verdanken, dass wir noch leben.« Die Frau wollte weiterreden, doch Khaled gebot ihr mit einer unmissverständlichen Geste Einhalt.

»Schweig, Weib«, rief er. »Dir ist die Hitze zu Kopf gestiegen.« Er stieß einen Pfiff aus, und im Nu war jemand zur Stelle, der Mutter und Sohn noch einmal Wasser einflößte. Khaled war allem Anschein nach nicht daran interessiert, dass die Frau vor den anderen Mitreisenden weitere Einzelheiten über Ronas geheimnisvolle Fähigkeiten ausplauderte und die übrigen Männer und Frauen womöglich dazu brachte, in die Diskussion um die getöteten Fatimiden einzusteigen.

Rona war Khaled dankbar dafür, dass er so reagierte, doch sie sprach es nicht aus. Er schien zu ahnen, dass sie ebenso wenig ein Interesse daran hatte, dass man ihr und Lyn auf die Schliche kam, und bedachte sie und ihre Schwester lediglich mit einem schrägen Blick. Dabei verlor er kein Wort über die plötzliche Unversehrtheit des Jungen.

»Genau so etwas hatte ich befürchtet«, raunte Rona, als Khaled sich für einen Moment von ihnen abwandte. Sie packte Lyn am Ärmel und zog sie von der Frau fort, die nun auf Knien zu ihr hin rutschte.

Khaled betrachtete die groteske Situation noch einen Moment, bevor er offenbar eine Entscheidung traf. Er bewegte sein Tier mit einem Schenkeldruck auf Lyn zu und umfasste in einer fließenden Bewegung ihre Taille. Bevor sie sich versah, hob er sie mit ihrem Gepäck auf sein Pferd, wo sie seitlich vor ihm auf seinem breiten, gepolsterten Sattel zu sitzen kam. Khaleds Schenkel drückten sich dabei hart an ihren kleinen, festen Hintern, und Lyn fragte sich, ob sie seine unvermittelte Nähe genießen oder sich davor fürchten sollte. Dann stieß er einen weiteren Pfiff aus und forderte Berengar von Beirut mit einer knappen Geste auf, sich um Rona zu kümmern.

Noch bevor Rona protestieren konnte, saß sie hinter Berengar im Sattel. Allerdings duftete der Templer nicht wie Khaled nach Moschus und Amber, sondern nach einer üblen Mischung aus Knoblauch und ungewaschenem Mann. Auch kümmerte sich Berengar nicht in gleicher Weise um Rona, wie Khaled es bei Lyn tat, der ihr einen Arm um die Taille gelegt hatte, damit sie nicht aus dem Sattel fiel. Der Templer war viel zu sehr mit seinem riesigen, schwarzen Pferd beschäftigt, das sich störrisch gab und nicht in die Richtung lief, die er ihm vorgab. Als er endlich seine Position an der Spitze des Zuges eingenommen hatte, überprüfte er den Sitz seines Schildes, dessen Halterung seitlich am Brusthalfter des Pferdes angebracht war, und der darunter befindlichen Lanze, die er längs am Sattel in drei Lederriemen befestigt hatte. Makos Schwert hatte er mit Ronas Erlaubnis zu seinem eigenen Schwert in eine der ledernen Transporttaschen gesteckt, die rechts und links vom Sattel angebracht waren. So bepackt, gab es für Rona und ihren Beschützer kaum Möglichkeiten, eine andere Sitzposition einzunehmen.

Lyn hatte noch nie auf einem Pferd gesessen. Lebende Tiere hatte man in ihrer Welt weitgehend abgeschafft. Das Fleisch für den täglichen Verbrauch wurde in großangelegten Biofabriken gentechnisch gezüchtet. Sogenannte Haustiere, die man zum reinen Vergnügen hielt, galten als verboten. Nur wer viel Geld hatte, um zuständige Stellen zu bestechen, konnte sich erlauben, einen Hund oder eine Katze zu besitzen. In den meisten Regionen der Welt tummelten sich daher allenfalls Ratten und anderes Ungeziefer, deren Populationen man wohl zu keiner Zeit Herr geworden war.

Khaled hatte rasch bemerkt, wie unsicher sich Lyn auf dem Rücken des Tieres verhielt, und entsprechend fest hielt er sie im Arm. Vielleicht aber auch, um zu verhindern, dass sie auf die Idee kam, einfach abzuspringen und davonzulaufen. Ihr Gepäck hatte er am Sattelknauf befestigt, damit sie die Hände frei hatte, um sich wo auch immer festhalten zu können. Das Tempo, das er einschlug, war eher gemäßigt, weil die Kamele, die ihnen folgten, keinerlei Anstalten machten, sich antreiben zu lassen, und das Fußvolk ohnehin zu erschöpft war, um schneller voranzugehen.

»Wahrscheinlich bist du bisher in Sänften gereist«, mutmaßte er.

»So ist es«, log Lyn.

»Gefällt dir mein Hengst?«

»Ja – wieso nicht?« Vorsichtig streichelte sie die helle Mähne. »Es ist ein wunderbares Tier.«

»Sein Name ist Morgentau.« Khaled beugte sich leicht nach vorn und tätschelte den Hals des Pferdes, dabei kam er Lyn noch näher. Sein Atem streifte ihren Nacken, und sie geriet beinahe in Panik, als ihre Haut mit einem wohligen Prickeln reagierte.

»Seine Eltern entstammen dem besten Arabergestüt Syriens«, erklärte er stolz. »Morgentau ist wendig wie ein Falke, kämpferisch wie ein Löwe, zäh wie ein Kamel und gegenüber seinem Reiter so sanft wie ein Lamm. Siehst du die grauen Flecken auf seinem Fell?« Khaled wartete nicht ab, bis Lyn antwortete, sondern fuhr fort: »Sie gleichen Wassertropfen, in denen die aufgehende Sonne schimmert. Daher sein Name.«

Lyn nickte beeindruckt. Eine seltsame Welt, in die sie da geraten waren, in denen Menschen sogar den Stammbaum ihrer Pferde kannten. Sie kam zu dem Schluss, dass Khaled und seinen Hengst etwas Besonderes verband, was aus ihrer Sicht nicht verwunderlich war, weil sie einiges gemeinsam hatten. Die kraftvolle Eleganz und Schönheit beider hatten sie vom ersten Moment ihrer Begegnung fasziniert.

Khaled beugte sich erneut leicht vor, um dem Tier nochmals den Hals zu tätscheln. Wieder stieg Lyn der eigenartige, herbe Duft ihres Begleiters in die Nase. Es musste eine Art Parfüm sein. Die unvermittelte Nähe zu diesem Mann versetzte ihre Biochemie in Aufruhr. Sie konnte sich nicht erinnern, je etwas Vergleichbares bei einem anderen Menschen empfunden zu haben. Lyn schloss für einen Moment die Lider und konzentrierte sich, um in Khaleds Bewusstsein einzudringen, weil sie wissen wollte, was es war, das ihn so außergewöhnlich erscheinen ließ. Offenbar war er es gewohnt, sein wahres Wesen anderen gegenüber zu verbergen. Es kostete sie einige Anstrengung, bis sie seine gebrochene, energetische Ausstrahlung durchdringen konnte, die auf ein grausames Schicksal schließen ließ, und vielleicht war das der Grund, warum seine Augen niemals zur Ruhe kamen und sein Lächeln nicht selten angespannt blieb. Sie konnte spüren, dass er sich um die verbliebenen Mitreisenden sorgte. Nicht etwa, weil er befürchtete, dass die Angreifer zurückkommen könnten. Er war unruhig, weil er wusste, dass sie und Rona ein Geheimnis hüteten, das das Leben aller bedrohen konnte, und weil er keine Vorstellung davon hatte, wie er ihre Macht einschätzen sollte. Lyn spürte, dass er ihr ebenso misstraute wie Rona. Während er sie auf das Pferd gezogen hatte, hatte er blitzschnell ihren Körper abgetastet. Wahrscheinlich wollte er sichergehen, dass sie nicht auch eine solch unheimliche Waffe besaß wie ihre Schwester.

Gerne hätte sie ihm versichert, dass er ihr vertrauen konnte. Doch so wie sie ihn einschätzte, würde er seinen Argwohn nicht aufgeben, bis er hinter ihre wahren Absichten gekommen war. Sollte ihm das gelingen, würde wahrscheinlich alles nur noch komplizierter werden.

»Bis Bayt ul-Maqdis sind wir noch eine Weile unterwegs«, durchbrach Khaled ihr Schweigen, während er unruhig im Sattel hin und her rutschte, ganz so, als ob er ihren geistigen Angriff gespürt hatte.

»Bayt ul-Maqdis?« Lyn schaute fragend zu ihm hin.

»Jerusalem in meiner Sprache – oder al-Quds – wie die Einheimischen hier sagen.« Khaled lächelte. »Jerusalem nennen es nur die Christen. Du könntest mir etwas von dir und deiner Schwester erzählen. Warum ist eure Herkunft ein solches Geheimnis?«, fragte er, darum bemüht, möglichst entspannt zu klingen.

»Es ist kein Geheimnis«, entgegnete sie. »Ich kann es dir nur nicht erklären, weil du es nicht verstehen würdest.«

»Du denkst also, ich bin so dumm wie ein Schwein?« Seine Stimme klang spöttisch. »Als Sohn eines Großwesirs und Mündel eines fränkischen Königs hatte ich sogar ausländische Lehrer. Also – vielleicht wäre es ja einen Versuch wert.« Er schnalzte mit der Zunge, um sein Pferd anzuspornen, weil es an die Spitze des Trosses aufschließen sollte.

Ohne es zu wollen, hatte sie ihn offenbar beleidigt. Sein leicht verzogener, ausdrucksvoller Mund verriet seine Missbilligung ihr gegenüber. Lyn rang nach einer Erklärung. »Wir kommen von jenseits des Meeres …« Sie hatte diesen Begriff des Öfteren in Lions historischen Beschreibungen gelesen – und wenn sie an die geographische Lage der ehemaligen USA dachte, war es nicht gelogen.

»Ah …«, sagte Khaled und bedachte sie mit einem schrägen Blick. »Und obwohl ihr so weit gereist seid, wisst ihr nicht, wo ihr euch genau befindet?«

»Man kann nicht alles wissen«, erwiderte Lyn hilflos. »Wetten, dass du von meiner Heimat noch nie was gehört hast?« Das war unfair, gestand sie sich ein, aber vielleicht ließ er sie in Ruhe, wenn er zugeben musste, dass er den Ort nicht kannte.

Wie erwartet ließ Khaled nicht locker. »Ich war schon öfter jenseits des Meeres – auch wenn es nicht gerade zu meinen Lieblingsbeschäftigungen gehört, mit einem Schiff zu reisen.« Er nickte stumm, als ob er seine Antwort noch einmal bestätigen müsste. »Nenn mir einen Ort. Marseille, Messina, Limassol, Konstantinopel?«

»Corpus Christi«, erwiderte sie.

»Corpus Christi?«, wiederholte er sichtlich erstaunt. »Tatsächlich, nie gehört. Der Name des Ortes lässt darauf schließen, dass ihr womöglich spanische Christen seid. Hab ich recht?«

Morgentau stolperte leicht, und Lyn spürte, wie Khaled ruckartig seinen Griff um ihre Taille verstärkte und sie dann, als das Pferd wieder in seinen Rhythmus gefunden hatte, sanft an sich drückte, als wolle er sie beruhigen.

Was sollte sie ihm antworten? Dass er mit seiner Vermutung völlig falsch lag. Dass Gott in ihrem Leben nicht vorkam? Dass sie jeglichen Glauben für Humbug hielt? Besser nicht, entschied sie und verließ sich dabei ganz auf ihr Gefühl.

Lion hatte sie eindringlich davor gewarnt, mit Ausnahme gegenüber Hugo de Payens, wo und wem gegenüber auch immer etwas verlauten zu lassen, was dem religiösen Weltbild dieser Zeit widersprach. Es konnte einen das Leben kosten, wenn man wegen einer häretischen Aussage angeklagt und vor ein mittelalterliches Gericht gestellt wurde. Khaled bezeichnete sich zudem als Muslim. Waren die nicht noch fanatischer als die Christen gewesen? Immerhin hatten Islamisten mit dem Überfall auf Israel den Dritten Weltkrieg ausgelöst, auch wenn Lion stets betont hatte, dass die Angreifer durch den Einmarsch westlicher Alliierter im Iran zuvor von der christlichen Welt provoziert worden waren. Seltsam genug, dass Christen und Muslime hier gemeinsame Sache machten. Wie sonst war es zu erklären, dass eine bunte Truppe von Reisenden von einem Muslim angeführt und gleichzeitig von christlichen Templern geschützt wurde? Lyn wusste um die historischen und religiösen Hintergründe in den Zeiten der Kreuzzüge, schließlich hatte sie sämtliche historischen Informationen, die ihr für diese Mission zur Verfügung gestanden hatten, verinnerlicht. Doch ein längerer Aufenthalt in dieser Epoche war nicht vorgesehen gewesen, schon gar nicht dreißig Jahre später als zum geplanten Zeitpunkt, und so wusste sie vieles nicht gut genug, um sich wirklich ein Urteil erlauben zu können.

»Ja, spanische Christen«, antwortete sie. Das war zwar gelogen, aber nicht ganz. Immerhin waren sie gewissermaßen in christlicher Mission unterwegs. Lion glaubte, mit der Auferstehung der Templer würde auch die Auferstehung des christlichen Glaubens wieder ins rechte Licht gerückt. Was er sich davon versprach, war ihr nach wie vor schleierhaft. Immerhin hatten die großen Glaubenskriege des 21. Jahrhunderts zur Katastrophe geführt. Aber die Idee, die Geschichte nachträglich ändern zu können, hatte ihm keine Ruhe gelassen, und er war schließlich das unangefochtene Oberhaupt der National Rebels, dessen wissenschaftliche und politische Thesen jedem Angehörigen der gefürchteten Untergrundorganisation unantastbar erschienen. Niemand wäre auf die Idee gekommen, Lions Pläne als unlogisch zu bezeichnen. Er war auserkoren, sie aus der Knechtschaft der Neuen Welt zu führen, wie Moses sein Volk aus der Knechtschaft der Ägypter geführt hatte. Lyn und ihre Geschwister hatten sich glücklich schätzen dürfen, dass Lion gerade *sie* auserkoren hatte, diese Mission zu erfüllen. Auf kritische Anmerkungen hatten sie dabei stets verzichtet. Es stand außer Frage, dass ihr Einsatz die Welt vor ihrem Untergang retten würde. Vielleicht hatten sich die Bedingungen in der Zukunft bereits verändert. Mako war unerwartet gestorben und mindestens fünf weitere Fatimiden mit ihm, die keine Kinder mehr zeugen konnten und deren Nachfahren nun ausgelöscht waren.

»Spätestens als ich dich auf mein Pferd gehoben habe, hätte ich mir denken können, dass du eine Christin bist«, unterbrach Khaled ihre Gedanken. »Eine Muslima hätte mir die Augen zerkratzt, wenn ich sie auch nur angefasst hätte, ohne ihre Zustimmung oder die ihrer Familie zu erfragen.«

Lyn wandte sich um und schaute ihm ins Gesicht, um beurteilen zu können, wie er seine Bemerkung gemeint haben könnte. Doch in seinen Augen war nichts zu erkennen, außer einer für ihren Geschmack unangebrachten Belustigung.

»Und wie verfährt man mit einer Frau, die keine Familie besitzt?«, fragte sie und dachte an sich selbst. Ihre Eltern hatte sie nie kennengelernt, sie war mit einer Reihe von genetisch verwandten Geschwistern in einer Brutfabrik gezeugt worden. Dass sie überhaupt einen Namen besaß, hatte sie Lion zu verdanken. Zuvor hatte man ihnen lediglich Nummern eintätowiert.

Khaled schien ihren Zweifel zu spüren, seine amüsierte Miene schwand augenblicklich.

»Du hast niemanden, der zu dir gehört?«

»Mit Ausnahme von Rona.« Lyn hatte gleichgültig klingen wollen, aber es gelang ihr nicht.

»Das tut mir leid.« Der Ausdruck in seiner Stimme zeugte von Vorsicht und Mitgefühl. »Meine Eltern sind auch früh gestorben, ich weiß, wie das ist.«

Khaled setzte sich auf und blickte zu Berengar und Rona, die auf gleicher Höhe auf der anderen Seite des Trecks ritten. »Deine Schwester passt gut auf dich auf, da bin ich mir sicher.«

Lyn erwiderte nichts. Die ganze Zeit über beobachtete sie Rona und den Templer, die im Gegensatz zu ihr und Khaled kaum ein Wort miteinander wechselten.

Sie fragte sich, was Rona ihrem Begleiter wohl erzählen würde, wenn er sie auf ähnliche Weise auszuquetschen versuchte, wie Khaled es bei ihr tat. Dummerweise hatte sie sich mit ihrer Schwester nicht abgesprochen, was sie preiszugeben bereit waren. Vielleicht konnte sie Khaleds Fragen entgehen, wenn sie den Spieß einfach umdrehte.

»Was unterscheidet eine muslimische Frau sonst noch von einer Christin?« Lyn ahnte, dass sie jede Chance nutzen musste, um mehr über diese Welt und ihre Sitten zu erfahren, wenn sie die nächste Zeit überleben wollte.

»Ohne dich beleidigen zu wollen, glaube ich, dass es eine Frage der Ehre ist«, gab er zur Antwort.

»Ehre?« Lyn schaffte es nicht, ihre Verwunderung zu unterdrücken. »Was meinst du mit Ehre?«

»Du weißt nicht, was Ehre bedeutet?« Er lachte verhalten. »Nimm's mir nicht übel, aber das ist typisch für eine Christin. Euch scheint es völlig egal zu sein, was andere Menschen über euch denken. Die Männer lassen sich in aller Öffentlichkeit von ihren Frauen herumkommandieren, und die Frauen laufen mit offenen Haaren und ohne männliche Begleitung auf den Märkten herum, besitzen ihr eigenes Geld und kaufen, wonach ihnen der Sinn steht. Mitunter ist es ihren Ehemännern sogar gleichgültig, ob sie mit Fremden ihr Lager teilen.«

Lyn konnte ihr Erstaunen kaum verbergen.

»Was ist so abwegig daran, wenn eine Frau in einer Truppe das Kommando führt oder zusammen mit einem Mann in einem Bett schläft?«

Vieles von dem, was Lion ihnen über diese Zeit beigebracht hatte, war ihr grotesk und unglaubwürdig erschienen. Bereits vor ihrem Start hatte sie sich die Frage gestellt, ob es tatsächlich stimmen konnte, was Historiker über die gesellschaftlichen Hintergründe dieser Zeit berichtet hatten. Von Beginn an hatte sie geahnt, dass ihr die gewaltigen, kulturellen Unterschiede Probleme bereiten könnten. Es kam ihr vor wie in der Mathematik – nur wenn ihr die Formel logisch erschien, war sie in der Lage, sie anzuwenden.

»Du würdest mich also ohne Zögern in dein Bett lassen?« Khaleds Stimme verriet amüsiertes Unverständnis.

Lyn wurde ungeduldig. »Wenn es notwendig wäre, warum nicht?«

Obwohl, wenn sie ehrlich war, fühlte sich der Gedanke, mit Khaled die Nacht zu verbringen, irgendwie abenteuerlich an, obwohl es dazu eigentlich gar keinen Grund gab. »Solange du mir wohlgesinnt bist und keine merkwürdigen Geräusche von dir gibst.«

»Merkwürdige Geräusche«, wiederholte Khaled tonlos, doch dann erbebte sein Körper unter seinem mühsam unterdrückten Gelächter. So sehr, dass er zu husten begann und sich mit abgehackten Worten entschuldigte, weil er nach Atem rang. Gleichzeitig tastete er hastig nach seinem Wasserschlauch, der in einer der Satteltaschen steckte. Als er ihn zu fassen bekam, ließ er die Zügel fahren, öffnete den Schlauch und nahm einen großen Schluck.

»Willst du auch?«, fragte er immer noch atemlos und hielt Lyn den stinkenden Lederbeutel unter die Nase.

Sie schüttelte dankend den Kopf, und Khaled verstaute den Ziegenschlauch dort, wo er ihn hervorgeholt hatte.

»Bedeutet das also«, seine Stimme klang heiser, als er die Zügel erneut straffte und Morgentau mit einem leisen Wiehern protestierte, »dir kommt es, wenn du mit einem Mann im Bett liegen würdest, nur auf Gemütlichkeit an, alles andere interessiert dich nicht?«

Lyn drehte sich halb zu ihm um und konnte einen Rest von Schalk in seinen Augen entdecken. Er lachte sie aus. Kein Zweifel.

»Was heißt hier alles andere?« Sie wusste beim besten Willen nicht, worauf er hinauswollte.

»Na ja, das andere eben.« Khaled grinste schon wieder.

Langsam machte er sie wütend. »Ich verstehe dich nicht. Tut mir leid.« Nachdem sie eine strafende Miene aufgesetzt hatte, hob er eine Hand, als ob er Abbitte leisten wollte.

»Verzeih«, sagte er und sah sie mit treuen Augen an. »Wahrscheinlich hast du recht, wenn du denkst, dass wir eine solche Unterhaltung gar nicht führen sollten.«

«Ich dachte, wir wollten offen zueinander sein«, beschwerte sie sich. »Jetzt bist du es, der in Rätseln spricht.« Eine Zeitlang vernahm sie nur das Klappern der Hufe. Khaled blieb ihr eine Antwort schuldig, aber wenigstens hatte er es aufgegeben, sich über sie lustig zu machen.

»Darf ich dich anfassen?«, fragte er unvermittelt.

Was wollte er jetzt schon wieder? Sie nickte verblüfft und stellte sich einmal mehr die Frage, worauf er hinauswollte, als seine Rechte kaum spürbar von ihrer Taille zu ihren Brüsten hinaufwanderte, einem nutzlosen Überbleibsel ihrer weiblichen Natur, dessen ursprüngliche Bedeutung ihr nur noch vage bekannt war. Wahrscheinlich lag es daran, dass in ihrer Welt menschlicher Nachwuchs per Gesetz nach Quoten begrenzt im Reagenzglas gezeugt und danach in Brutstationen aufgezogen wurde.

Irritiert ließ sie es geschehen, dass Khaled die beiden straffen Erhebungen über ihren Rippen wie unbeabsichtigt streifte, wobei sich sein Atem beinah unmerklich beschleunigte. Die Art, wie er sie berührte, zart und doch forschend, erschien ihr überraschend angenehm.

»Du bist in jedem Fall eine Frau«, stellte er beinahe beruhigt fest, nachdem sich ihre Brustspitzen wie unter einem plötzlichen Kälteschauer aufgestellt hatten. »Eine sehr aufregende dazu. Und glaub mir, es kostet einen Mann einiges an Zurückhaltung, um nicht auf der Stelle ein Bett mit dir teilen zu wollen.«

»Was würde er dort mit mir tun?« In ihrer Stimme lag ein Anflug kindlicher Neugier.

»Das zum Beispiel.« Er küsste ihren Nacken, so sanft, dass sie es kaum spürte, und doch genug, dass sie Mühe hatte, das leichte Beben ihres Körpers zu unterdrücken. Ein bisher unbekanntes, wohliges Frösteln überraschte sie, und am liebsten wäre sie vom Pferd gesprungen und davongelaufen, auch wenn sie sich nach seiner Nähe regelrecht sehnte. Als ob er ihre Unsicherheit gespürt hätte, ließ Khaled seine Hände ganz sacht hinabgleiten und verweilte wie beiläufig einen Moment in ihrem Schoß, bevor er die Zügel erneut aufnahm. Lyn wusste nicht, ob sie erleichtert oder enttäuscht sein sollte, dass er von ihr abließ und sich wieder seinem Pferd zuwandte.

»Und du willst mir tatsächlich weismachen, dass du die Unterschiede zwischen Männern und Frauen nicht kennst.« Wieder grinste Khaled breit. »Selbst in der Christenbibel steht: Das Weib solle dem Manne untertan sein. Auch wenn sich längst nicht alle Christinnen daran halten«, fügte er schmunzelnd hinzu.

Lyn, die nach Atem gerungen hatte, um ihren Verstand zu klären, spürte Widerstand in sich aufkeimen. »Die Sache, dass eine Frau einem Mann untertan sein soll, erscheint mir höchst unlogisch.«

Obwohl sie sich denken konnte, dass Khaleds Vorstellungen dem Einfluss einer anderen, kulturellen Erziehung entsprangen, war sie nicht bereit, seinen Ansichten ohne weiteres zuzustimmen. Lion hatte ihnen den Auftrag erteilt, diese Welt schonend auf das vorzubereiten, was noch folgen sollte. Und obwohl er es auf die Templer und ihren Orden bezogen hatte, konnte es nicht schaden, wenn sie diesem Starrkopf, der nun hinter ihr saß, beibrachte, dass sein Denken rückständig war und eines Tages zur Katastrophe führen würde.

»Erklär mir, warum es einen Unterschied zwischen den Geschlechtern geben sollte. Beide verfügen – wenn auch mit kleinen, völlig unerheblichen Abweichungen – über die gleiche biologische Ausstattung. Alleine die geistigen und körperlichen Fähigkeiten unterscheiden Individuen voneinander – dabei spielt es keine Rolle, ob es sich um einen Mann oder eine Frau handelt.«

Khaled zögerte. »Was mich interessieren würde …« Wieder stockte er. »Allem Anschein nach bist du noch Jungfrau, nicht wahr?«

»Jungfrau?« Lyn wusste beim besten Willen nicht, worauf er hinauswollte. Collart hatte Rekruten als Jungfrauen bezeichnet, die noch nie einen Menschen getötet hatten. Eine Stimme in ihrem Innern riet ihr, dass es besser war, diese Unterhaltung zu beenden, aber Khaled forderte ihren Widerspruch heraus, und diese seltsame Konversation hielt sie davon ab, über Makos Tod und ihre verzweifelte Lage nachzudenken.

»Nein«, erwiderte sie mit Bedauern und dachte an jene Männer, die sie im Hangar von ONOGEN getötet hatte. »Ich bin leider keine Jungfrau mehr. Ich habe bereits mehrere Männer auf dem Gewissen.«

»Oho! Gleich mehrere.« Khaled grinste hintergründig. »Warum zierst du dich dann so? Du musst dich nicht schämen. Den meisten Christenfrauen macht es nichts aus, jeden denkbaren Kerl zur Strecke zu bringen, der auch nur im Geringsten dazu in der Lage ist, sie zu befriedigen.«

Er schafft es tatsächlich, mich vollkommen zu verunsichern, dachte sie. Zumal Khaled sie noch näher zu sich heranzog. Sie konnte seinen schneller werdenden Herzschlag spüren und seine Lippen, die wie zufällig über ihren Nacken strichen.

Was wäre, wenn sein merkwürdiges Verhalten etwas mit Lions gelegentlicher Aufklärungsstunde zu tun hatte? Vereinzelt war er dabei auf die damals übliche, konventionelle Zeugung von Nachkommen eingegangen. Diese archaische Form der Fortpflanzung zwischen Mann und Frau galt in ihrer Zeit als rückständig. Obwohl in Rebellenkreisen in letzter Zeit mehr und mehr Stimmen laut geworden waren, die für die Wiedereinführung natürlicher Zeugung und Elternschaft plädierten, zumal es für sie ohne die regierungsgesteuerten Brutstätten keine Möglichkeit für eigenen Nachwuchs gab.

Inoffiziell hieß es, der damit verbundene Akt sei gar nicht so unangenehm. Warum sonst ließen die Führer der Neuen Welt und ihre dekadenten Befürworter inzwischen Roboter konstruieren, die echten Männern und Frauen verblüffend ähnlich sahen. Über illegale Adressen konnte man sie für horrendes Geld beziehen, um – wie es hieß – mit ihnen den Zeugungsakt gefahrlos und aus reinem Vergnügen nachvollziehen zu können. Angeblich waren solche Maschinen als kleine

Aufmerksamkeit für besondere Leistungen auch an verdiente Unterstützer der Regierung vergeben worden.

Red Collart hatte auch eine solche Maschine besessen. Eines Tages hatte Lyn dieses seltsam anmutende Wesen gesehen. Es hatte völlig nackt in der Küche gesessen, als sie in Collarts Wohnung etwas abholen musste. Zu ihrem Erstaunen war es keine Frau gewesen, sondern ein Mann.

»Spielst du auf die konventionelle Zeugung von Nachkommen an?« Wahrscheinlich hielt er sie für verrückt, aber sie musste einfach wissen, ob es das war, worauf er hinauswollte.

Ihr Beschützer schaute verdutzt. »Konventionelle Zeugung von Nachkommen«, wiederholte er mit einer seltsamen Betonung. Lyn spürte abermals, wie sein Brustkorb erbebte, weil er ein Lachen zu unterdrücken versuchte.

»Jetzt machst du dich über mich lustig«, stellte er mit tadelnder Stimme fest.

»Nein, warum sollte ich?«, erwiderte Lyn.

»Vielleicht, weil du denkst, dass ich ein Narr bin, der seine gute Erziehung vergisst und mit einem christlichen Mädchen eine Unterhaltung führt, die ihn leicht den Kopf kosten könnte, wenn er die gleiche Unterhaltung mit einer Muslima führen würde, besonders wenn sie streitbare Brüder hat.«

»Mein Bruder ist tot, also brauchst du dich nicht mehr vor ihm zu fürchten«, entfuhr es Lyn. Die plötzliche Trauer in ihrer Stimme war unüberhörbar. Khaled schwieg einen Moment, bevor er mit ernster Miene fortfuhr. »Dann war er der Mann mit dem Schwert, der von dem Fatimiden enthauptet wurde?«

Lyn schnellte herum und fixierte Khaleds hellbraune Augen. »Also doch, du hast es gesehen!« Ihre Stimme klang vorwurfsvoll. »Warum bist du uns nicht zu Hilfe gekommen?«

»Ich war zu weit weg, um etwas ausrichten zu können«, gab er bedauernd zu. »Ich bin auf den Hügel geritten, um mir einen Überblick über die Lage zu verschaffen; und dann sah ich, wie dein Bruder von dem Fatimiden getötet wurde und deine Schwester euch offenbar besser schützen konnte, als meine Männer und ich es je vermocht hätten.«

Lyn wurde ärgerlich. »Und warum hast du davon nichts gesagt, als du Makos Schwert inspiziert hast?« Sie spürte, wie er tief durchatmete.

»Weil ich nicht wusste, ob ich meinen Augen trauen konnte, und mir nicht klar war, was deine Schwester mit mir anstellen würde, wenn ich ihr sage, dass ich ihr Geheimnis kenne.«

»Und was bringt dich dazu, mir zu vertrauen? Glaubst du, ich bin weniger gefährlich?«

»Du hast ein gutes Herz, so was kann ich spüren«, bekannte er hastig, wobei seine Stimme vor Aufregung bebte. »Aber vielleicht willst du mir erklären, was das für eine Waffe ist und wie es überhaupt möglich ist, dass sie lebendige Tiere und Menschen in Staub verwandeln kann?«

Lyn schüttelte den Kopf. »Nein, das kann ich nicht. Oder besser – ich darf nicht. Erstens würdest du es sowieso nicht verstehen, und zweitens wäre Rona ziemlich wütend, wenn ich es ohne Absprache täte.« Ihr Blick streifte den Horizont, wo im Westen eine leuchtend rote Sonne in einem lilafarbenen Wolkenmeer versank.

»Seid ihr Zauberinnen?« Khaleds Stimme verriet seine Anspannung.

Lyn ahnte, was er damit meinen konnte. Lion hatte ihnen einiges über den kruden Aberglauben des Mittelalters beigebracht.

»Ich glaube nicht, dass dieser Begriff zutreffend wäre«, antwortete sie diplomatisch, dabei hatte sie weit mehr Angst davor, was er erst von ihr denken würde, wenn sie ihm tatsächlich die Wahrheit präsentierte, als dass er sie in einer Welt des Irrationalismus als Hexe oder Zauberin bezeichnete.

Khaled brachte sein Pferd zum Stehen. Dann sah er sie mit zusammengezogenen Brauen an. »Denkst du, mir ist entgangen, dass du den Jungen geheilt hast? Er wäre elendig verreckt, wenn du ihm nicht geholfen hättest. Wenn man es genau betrachtet, hast du damit gleich drei Menschen das Leben gerettet. Das des Jungen, seiner Mutter und auch das seines Vaters. Er ist Schneider am Königshof in Jerusalem und dort zurückgeblieben. Ihm hättest du ebenso gut ein Grab schaufeln können, wenn seine Frau und sein Sohn in der Wüste gestorben wären.«

Khaleds Lider verengten sich. »Bei Allah, willst du mir nicht sagen, welche übernatürlichen Kräfte dir und deiner Schwester eigen sind?«

Lyn spürte seine Aufregung körperlich. Es hatte ihn einiges an Überwindung gekostet, sie und Rona bisher nicht auf das Geschehene anzusprechen, aber es war ihm wohl zu wichtig, als dass er auf Dauer darauf hätte verzichten können. In jedem Fall war er nicht der überlegene Krieger, den er mit seiner abgeklärten Mimik nach außen darzustellen versuchte. Lyn durchflutete ein unbekanntes, starkes Gefühl der Anziehung beim Anblick dieses beeindruckenden Mannes, der sich ihr gegenüber nicht scheute, seine Furcht zu zeigen.

Verzweifelt suchte Lyn nach einer Erklärung. Es war zu riskant, ihm die Wahrheit zu sagen, abgesehen davon, dass er sie nicht verstand, oder besser – nicht verstehen konnte.

»Es ist kompliziert«, begann sie mit Nachdruck in der Stimme. »Vielleicht würde es dir Angst machen, vielleicht würdest du mich für verrückt erklären.«

»Angst ist ein Luxus, den ich mir im Grunde nicht leisten kann«, erwiderte er bitter. »Es gibt nicht Wenige, die mich als einen Assassinen verfluchen. Womit sie recht haben dürften, wenn es darum geht, mir nachzusagen, dass ich mich wie alle Anhänger unseres Glaubens in den Mysterien auskenne und um kosmische Zusammenhänge weiß, die jedem Nichteingeweihten den Schlaf rauben würden. Also brauchst du weder auf mein Gemüt noch auf meinen Verstand Rücksicht zu nehmen.«

Lyn fühlte sich plötzlich noch unbehaglicher. Hatte Lion sie nicht ausdrücklich vor den Assassinen gewarnt? Hatte er nicht gesagt, mit ihnen hätte alles seinen Anfang genommen? Sie seien die meuchelmordenden Terroristen der Kreuzzüge gewesen, die späteren Generationen vorgelebt hätten, wie man Unruhe stiftet? Also musste sie doppelt vorsichtig sein.

»Die Welt, aus der wir stammen, hat wenig mit deiner Welt zu tun. Selbst ein Ritt nach Jerusalem reicht nicht aus, um alles zu beschreiben.«

Sanft strich er ihr eine schwarze Strähne aus dem Gesicht. »Wenn ich dich so ansehe, stammen zumindest deine Vorfahren aus dem Land der Mongolen. Dort soll ja vieles möglich sein, von dem man hier noch nie etwas gehört hat. Kann es sein, dass man euch entsandt hat, um eine diplomatische Mission zu erfüllen?«

Lyn seufzte leise. Khaled gab nicht auf. Sie drehte sich um und warf einen Blick auf Rona und ihren stoisch wirkenden Templer.

»Du bist nah dran«, räumte sie scheinbar kapitulierend ein. »Unsere Vorfahren stammen aus dem Land der Mongolen. Aber wir sind nicht dort aufgewachsen. Und ja, man könnte unsere Mission durchaus als diplomatisch bezeichnen.«

»Und dabei kann euch ausschließlich der Templerorden behilflich sein ...?«

Khaled schenkte ihr einen zweifelnden Blick, der seine ganze Enttäuschung, aber auch seine Hoffnung ausdrückte, dabei blieb seine Stimme bemerkenswert neutral, obwohl sie seine Ungeduld förmlich spüren konnte.

»Du sagst es.« Lyn hoffte, dass er es dabei endlich bewenden ließ.

Seine Lider verengten sich. »Bei unseren Templerbrüdern sind eure Geheimnisse sicher gut aufgehoben«, bekannte er leise. »Aber nur ein Nizâri vermag euch und euer Wissen vor den Schakalen der Wüste zu schützen, die auch in Jerusalem des Öfteren umherstreifen und sofort alles Geheimnisvolle wittern, um es demjenigen zu entreißen, der es hütet. Ich an eurer Stelle würde mir auch bei den Templern ganz genau aussuchen, wem ich mich anvertraue. Es sei denn, es macht euch nichts aus, für eure Ideale zu sterben.«

Khaleds weiche Stimme hatte sich zu einem harten Tonfall gewandelt. Plötzlich beschlichen Lyn Zweifel, ob er nicht selbst zu jenen Wölfen gehörte, von denen er soeben gesprochen hatte und sich – wie man in alten Sprachen so schön sagte – ohne Zögern einen Schafspelz umlegen konnte. Doch nun war es zu spät. Sie hatte zugegeben, dass es da etwas gab, das höchst interessant für ihn war. Lyn atmete tief durch. Im Augenblick blieb ihr nichts anderes übrig, als das Spiel, das sie mit ihm begonnen hatte, zu Ende zu spielen.

Ihre Frage kam unvermittelt und ein wenig zaghaft. »Ist es nicht ehrenvoll, für etwas zu sterben, an das man glaubt?«

»Oh …«, erwiderte er und lächelte jovial. »Du würdest es also vorziehen, eher zu sterben, als deine Mission zu verraten?«

»Wenn es nötig wäre …« Sie stockte.

»Wir scheinen doch etwas gemeinsam zu haben«, sinnierte er lächelnd. »Ich würde wohl nicht anders handeln. Es tut mir leid, wenn ich dich herausgefordert habe.«

»Mein Bruder ist bereits gestorben. Also warum sollten Rona und ich weniger opferbereit sein?«

»Hat sein Tod etwas mit eurem Geheimnis zu tun? Musste er sterben, weil er seinen christlichen Glauben verteidigt hat?«

»Ja und nein«, erwiderte Lyn und senkte den Kopf »Ich habe gelogen. Wir sind keine Christen. In der Welt, der wir entstammen, gibt es keinen Gott.«

Khaled lächelte unsicher. »Aber eure Mission hat etwas mit Glauben zu tun?«

»Eher mit Hoffen«, fuhr sie fort und seufzte. »Khaled …« Ihr Blick rang um Verständnis.

»Schon gut«, erwiderte er und hob feierlich die rechte Hand wie zu einem Schwur. »Ich versuche weiteren Fragen zu widerstehen. Trotzdem möchte ich dir und deiner Schwester meine Unterstützung anbieten. Ich habe euch mein Leben zu verdanken und das meiner Leute, ganz gleich, wie ihr es angestellt habt.« Khaled sah sie mit seinen unwiderstehlich schönen Augen an, als ob er damit die Aufrichtigkeit seiner Worte unterstreichen wollte. Jedoch weit entfernt vernahm sie die Stimme aus seinem Innern, die ihr versicherte, dass er niemals aufgeben würde, hinter ihr Geheimnis zu kommen.

»Wirst du schweigen?«, fragte sie.

Khaled dachte nicht lange nach und legte zwei Finger auf seine Lippen und die andere Hand auf sein Herz, dann sah er ihr tief in die Augen. »Natürlich, meine Schöne. Ein Nizârikrieger ist verschwiegen wie der Tod. Wer ihn einmal zum Freund gewonnen hat, kann sich bis zu seinem Lebensende auf ihn verlassen.«

»Denkst du, der Großmeister der Templer ist verständig genug, damit wir uns ihm anvertrauen können?« Inbrünstig hoffte Lyn, dass er diese Frage bejahen würde.

Khaled lächelte zuversichtlich und schnalzte mit der Zunge, um sein Pferd anzutreiben. »Selbstverständlich. Die Templer gehören zu meinen besten Freunden, und Everhard de Barres gilt als weitgereister, belesener Mann.«

Rona beobachtete schon eine ganze Weile, wie gut sich ihre Schwester mit Khaled zu unterhalten schien. Mit einem sanften Stoß in die Rippen holte sie Berengar von Beirut aus seinem Halbschlaf zurück. »Sag, was ist dieser Khaled für ein Kerl?«

»Er gilt als gefährlich, Madame«, begann der Templer mit tonloser Stimme. »Trotzdem ist er ein Freund des Ordens. Aber man kann ihm nicht trauen. Er gehört zur Bruderschaft der Nizâri, Assassinen, wenn Euch das etwas sagt. An Eurer Stelle wäre ich vorsichtig. Wenn es ihm nützlich ist, hat er weder Respekt vor dem Leben eines Christen noch vor seiner eigenen Brut und schon gar nicht vor der Unschuld christlicher Frauen.« Berengar schnaubte. »Unsere Königin schätzt seinen Mut und seine Tapferkeit. Sie liest ihm jeden Wunsch von den

Augen ab. Dafür ist er ihr stets zu Diensten. Wenn Ihr versteht, was ich meine …« Ein merkwürdiges Lachen entwich seinem monströsen Brustkorb.

»Wann werden wir in Jerusalem sein?«

»Nach Sonnenuntergang«, erklärte Berengar mit einem suchenden Blick in den dunstigen Abendhimmel.

Rona fieberte darauf, endlich die Stadt zu erreichen, um möglichst rasch einen verborgenen Winkel zu finden. Dann wollte sie versuchen, Lion zu kontaktieren. Sollte das nicht gelingen, würden sie diese unwirtliche Welt noch vor Morgengrauen verlassen, um in jenen Zeitabschnitt zu gelangen, den Lion ursprünglich für sie vorgesehen hatte. Das waren sie ihm und auch Mako schuldig, den sie mit jeder Sekunde schmerzlicher vermisste.

Lyn fühlte sich in Khaleds Armen beinahe geborgen, als sie ihren Ritt durch das karge, nächtliche Land fortsetzten. Er hatte ihr erklärt, dass es neben religiösen auch medizinische Gründe gab, warum sie nicht einfach in der Wüste eine Rast einlegen oder in einem der Dörfer übernachten konnten, die sie mittlerweile passiert hatten. In Jerusalem, so erzählte er ihr, betrieben die Ritterorden mehrere große Hospitäler, in denen die Verletzten weit bessere Überlebenschancen haben würden, und die Toten mussten bei Juden und Muslimen ihrem Glauben gemäß noch vor dem Morgengrauen in der Erde verscharrt sein. Die meisten Toten hätten ohnehin in der Heiligen Stadt begraben werden wollen. Zum einen, weil es ihre Heimat war, zum anderen, weil sie sich dort dem Paradies näher fühlten.

Lyn gefiel es, dass Khaled so viel Rücksicht auf die Wünsche und Belange seiner Schutzbefohlenen nahm. Unbedacht lehnte sie ihren Kopf an seine breite Brust, und für einen Moment beschlich sie das Gefühl, es wäre Mako, der hinter ihr saß. Khaled begann ihre Hand zu streicheln, ganz leicht, als ob ein Windhauch darüber wehen würde, und obwohl sie ahnte, dass sie es eigentlich nicht hätte zulassen dürfen, gab sie sich seiner zärtlichen Berührung mit einem leisen Seufzer hin.

Der kühle Nachtwind blies ihr das glatte Haar aus dem Gesicht, und plötzlich begann Khaled hinter ihr leise zu singen. Voller Andacht lauschte sie seiner rauen, dunklen Stimme, die sie regelrecht in den Schlaf lullte. Als er bemerkte, dass sie die Augen geschlossen hatte, summte er die Melodie in ihr Haar, während Morgentaus Hufschlag auf dem ausgetrampelten Wüstenpfad für den immer gleichen Rhythmus sorgte.

Ein Ruck und das Knarren eines gewaltigen Bronzetores, dessen Flügeltüren beidseitig aufgezogen wurden, holten Lyn aus dem Schlaf zurück. Lautes Stimmengewirr und die kehligen Rufe einiger Männer ließen sie verwirrt hochschrecken. Ihr Kopf ruckte herum, und im ersten Moment glaubte sie in jenen bizarren Traum eingetaucht zu sein, aus dem sie bereits vor Stunden hatte erwachen sollen.

»Wo sind wir?« Lyn schwindelte leicht, als sie sich vor Khaled im Sattel aufrichtete.

»Vor den Toren Jerusalems«, erklärte er ihr und drückte sie noch einmal an sich, weil er bemerkte, dass sie zitterte. »Frierst du?«

»Ja«, antwortete sie, obwohl sie nicht wusste, ob es nicht vielleicht doch eher die Aufregung war.

Im Nu hatte er sich von seinem Umhang befreit und hüllte sie darin ein. Dankbar schmiegte Lyn sich in den warmen Stoff und gab sich dem wohligen Gefühl seiner Zuneigung hin. Atemlos beobachtete sie, was im Schatten der gigantischen Mauern geschah, die ihr im Dunkeln endlos erschienen.

Khaled rief unterdessen einer Gruppe von schwer bewaffneten Soldaten im Licht zahlreicher Fackeln eine lateinische Losung entgegen, was jedoch nicht dazu führte, dass man die gesamte Karawane einließ. Man nahm sie vielmehr noch einmal prüfend in Augenschein. Leise fluchte Khaled über die Soldaten am Tor, die angeblich zu einfältig waren, einer Gesandtschaft der Königin unverzüglich Einlass zu gewähren.

Die Männer vor den Toren trugen wie Khaled und die christlichen Ritter Kettenhemden, die bis zu den Knien reichten. Auf ihren blauen Überwürfen war ein silbern gesticktes Kreuz mit mehreren querliegenden Balken zu erkennen. Lyn wandte sich um, weil sie nach Rona Ausschau hielt, und sah, dass sich hinter ihnen ein regelrechter Stau von Tieren und Menschen gebildet hatte. Am wenigsten gefiel dieser Tumult den Kamelen, die sich heiser blökten und nicht nur die gesamte Reisegesellschaft störten, sondern auch die Kontrollposten, die darüber zu entscheiden hatte, ob mitten in der Nacht so vielen Menschen und Tieren Einlass in die Heilige Stadt gewährt werden durfte. Was, wenn es eine Falle der Fatimiden war?

Khaled konfrontierte den diensthabenden Offizier mit dem goldenen Siegel der Königin, das er unter seinen Gewändern an einer langen Kette hervorgezogen hatte. Nach einem heftigen Hin und Her hatten die Wachen endlich ein Einsehen. Im Nu tauchten etliche andere Söldner auf, und ein jeder nahm eines der Kamele beim Zügel. Nach und nach schleusten sie die gesamte Karawane durch das sogenannte Davidstor, als gelte es, einer Armada von Schiffen die lang ersehnte Einfahrt in den sicheren Hafen zu ermöglichen. Hinter der Stadtmauer am Davidstor vorbei beschrieb die gepflasterte Straße eine scharfe Wendung und führte durch eine enge Gasse zu einem großen Vorplatz. Dort kam die Karawane zwischen mehreren prächtigen Gebäuden zum Stehen.

Musik ertönte. Trommeln, Flöten und ein seltsam quäkendes Instrument, das eine archaische Melodie erklingen ließ. Wohin Lyn auch schaute – überall brannten Feuer in eisernen Körben, flachen Pfannen und gläsernen Laternen und umgaben die vielfältige Kulisse aus Mauern, Türmen und mehrstöckigen Gebäuden mit einem gespenstischen Spiel von Licht und Schatten. Es stank nach fossilen Brennstoffen, wie man sie in ihrer Zeit nur noch aus alten Aufzeichnungen kannte. Zu dieser Zeit lagerten noch Unmengen von Öl und Gas unter der Erdoberfläche, und an manchen Stellen in der Wüste sickerte zwischen den Steinen sogar natürlich austretender Bitumen oder Erdpech hervor.

Eine große Ansammlung von Frauen und Männern in langen Gewändern tanzten ausgelassen um die Feuerstellen herum. Als sie die Karawane bemerkten, scharten sie sich neugierig um Menschen und Tiere. Hier und da brandete Gelächter auf, das jedoch jäh verstummte, als die eingewickelten Leichen auf den Kamelen bemerkt wurden.

Khaled sorgte mit ein paar strengen Befehlen dafür, dass die Kamele mit den Toten sofort zu den jeweiligen Friedhöfen weiterzogen, je nachdem welchem Glauben die Verstorbenen angehört hatten.

Hysterische Frauenschreie hallten über die Köpfe aller Anwesenden hinweg. Khaled blieb mit seinen Schützlingen auf dem Vorplatz zurück und stieg von seinem Hengst. Mit einem Wink bedeutete er Lyn, dass sie auf dem Pferd sitzen bleiben sollte, während er Morgentau in die unruhige Menge hineinführte.

»Gegenüber dem Haus des Patriarchen von Jerusalem befindet sich der Palastbau der Königin«, erklärte er ihr lautstark im Angesicht der aufgeregten Menschen, die den Zugang zu einem hoch emporragenden Gebäudekomplex versperrten. »Das von Wachen geschützte Areal schließt direkt an die Zitadelle an.«

Lyn machte einen Versuch, sich anhand des in ihrem Gehirn einprogrammierten Kartenmaterials zu orientieren. Zweimal war der Palast der Könige während der christlichen Herrschaft umgezogen, wusste ihr Erinnerungsspeicher zu vermelden. Zunächst vom Tempelberg in die Nähe des größten Wehrturms, auch die Zitadelle genannt. Dann etwa zwanzig Jahre später in unmittelbare Nähe zur Stadtmauer in einen neuen, noch größeren Gebäudekomplex, der sich in Teilen bis zum alles vernichtenden Krieg erhalten hatte.

Rasch waren Khaled und seine Männer von Musikanten, spärlich bekleideten Tänzerinnen und ölig glänzenden Feuerschluckern umgeben, die nun zusammen mit aufgebrachten Zuschauern darauf drängten, zu erfahren, was es mit den Toten und Verletzten, die sie begleiteten, auf sich hatte. Khaled und seine Getreuen sahen sich gezwungen, die Menge mit gezogenen Schwertern und gellenden Befehlen zur Seite zu drängen, bis endlich Soldaten des unmittelbar angrenzenden Heiligen Grabes erschienen. Mit brutaler Entschlossenheit forderten diese Männer die aufgebrachte und verängstigte Menge auf, den Platz zu räumen und nach Hause zu gehen. Zielsicher führte Khaled seine verbliebene Truppe vorbei an weiteren Soldaten, die sie zwar kritisch beäugten, aber unbeanstandet passieren ließen, durch ein weiteres Tor des mächtigen Palastes. Obstbäume mit Tamarinden und halbreifen Granatäpfeln sowie gestutzte Zypressenbäume säumten einen freien, mit weißem Marmor ausgelegten Innenhof. In zahlreichen Fenstern auf mehreren Stockwerken brannten Glaslaternen hinter durchscheinenden, ockerfarbenen Gardinen. Innerhalb dieser Mauern herrschte kaum weniger Hektik als draußen auf dem Platz. Auch hier eilten mit Schwertern bewaffnete Männer überall herum, denen Knaben und Frauen in bunten Gewändern folgten.

Die Ankömmlinge wurden mit Obst, Brot und Getränken begrüßt, die auf silbernen Tabletts dargeboten wurden. Lyn wandte sich zum streng bewachten Tor zurück und ließ ihre Blicke über die Menschen schweifen, die nachrückten. Es beruhigte sie, zu sehen, dass auch Rona zugegen war und immer noch auf Berengars riesigem Pferd saß, das der wortkarge Templer mit stoischer Miene am Zügel führte. Das Erstaunen ihrer Schwester über das turbulente Treiben schien nicht geringer zu sein als das von Lyn.

Khaled, der zuvor einem Offizier der Palastwache den Grund ihrer ungeplanten Rückkehr erläutert hatte, bedeutete Lyn, dass er ihr beim Absteigen helfen wollte. Doch Lyn zog es vor, auf diese Hilfe zu verzichten. Nachdem sie abgestiegen war, blickte sie zu einem quadratischen Turm empor, dessen Plattform sich etwa in dreißig Meter Höhe befand. An einer metallischen Stange, die sich darüber emporhob, flatterte das Banner der Könige von Jerusalem. Hinter den breiten Zinnen patrouillierten etliche uniformierte Söldner, die abwechselnd den Blick auf die Stadt und in die Ferne richteten.

Khaled hatte seinen Helm abgesetzt und die weiße Kapuze heruntergezogen. Mit den Fingern kämmte er sein schulterlanges, schwarzes Haar zurück, um es ein wenig zu ordnen. Die Zügel seines Hengstes hatte er Azim überlassen, der wie aus dem Nichts aufgetaucht war, die Anweisungen seines Heerführers entgegenzunehmen. Morgentau forderte Lyns Aufmerksamkeit, indem er leise wieherte und unruhig mit dem Kopf hin und her schlug, als ob er ihre Anspannung spürte. Dabei wurde ihr klar, dass sie ihren Rucksack für einen sträflichen Moment unbeobachtet gelassen hatte. Rasch löste sie ihn vom Sattelknauf und schulterte ihn.

Khaled schenkte ihr einen verständnisvollen Blick. »Keine Sorge«, bemerkte er in beruhigendem Ton. »Dies ist der Königshof von Jerusalem. Taschendiebe sind hier nicht zu befürchten. Man würde ihnen unverzüglich die Hand abschlagen.«

Lyn hob eine Braue und sah ihn zweifelnd an. »Warst du es nicht, der mir etwas von Schakalen der Wüste erzählt hat, die selbst in der Heiligen Stadt zu finden sind?«

»Und ich sagte auch: Solange du einen Nizâri an deiner Seite hast, wird dir nichts geschehen.«

Ein Diener, der eine hölzerne, mit Wasser gefüllte Schüssel balancierte, machte vor ihm halt. Khaled wusch sich gründlich die Hände und trocknete sie anschließend mit einem dargebotenen Leinentuch. Mit einem freundlichen Nicken bedeutete er Lyn, es ihm nachzutun.

Das Wasser duftete schwach nach Jasmin, und Lyn war froh, den

Schmutz der Wüste wenigstens von ihren Händen abwaschen zu können.

»Trotz allem, willkommen in Bayt ul-Maqdis.« In Khaleds Lächeln funkelte ein leiser Anflug von Stolz, erst recht, als er ihr einen silbernen Becher reichte, den er zuvor von einem jungen, ganz in Blau gekleideten Mann erhalten hatte.

»Was ist das?« Lyn nahm den Becher mit einer unbekannten Flüssigkeit aus reiner Höflichkeit entgegen. Schnuppernd hielt sie ihre Nase über das Gefäß. Die helle Flüssigkeit darin duftete schwach nach Milch und Zitronen.

»Koste«, riet Khaled ihr aufmunternd. »Man nennt es Sharbat. Es gibt nichts Besseres, wenn man aus der Wüste zurückkehrt.«

Lyn setzte den Rand des Bechers an ihre Lippen und nahm einen vorsichtigen Schluck. Die säuerlich, süße Mischung mit einer fruchtigen Note schmeckte ziemlich einzigartig.

Khaled betrachtete amüsiert, wie Lyn den Becher in einem Zug leerte.

»Und?« Erwartungsvoll sah er sie an.

»Köstlich.« Lyns breites Lächeln zeugte von ehrlicher Begeisterung. »Meine Schwester sollte es auch probieren, es ist …«

Mit einem Fingerschnippen befahl Khaled einem umherstehenden Diener, aus einer gläsernen Karaffe nachzuschenken.

Allein der Geruch war faszinierend, vom Geschmack ganz zu schweigen. Genießerisch setzte Lyn von neuem an.

»Nicht!« Rona stand plötzlich neben ihr und entriss ihr den Becher mit einer geradezu fanatischen Entschlossenheit. Der Inhalt schwappte über den Rand und platschte zu Boden, doch das kümmerte Rona nicht. Sie streckte den kläglichen Rest Khaled entgegen und sah ihn auffordernd an. »Du solltest als Erster trinken, bevor du meine Schwester dazu verführst!«

»Unter Verführung stelle ich mir etwas anderes vor …« Khaled grinste gelassen, trotzdem konnte Lyn seinen Unmut spüren.

»Rona! Was machst du da?« Lyn gab sich keine Mühe, ihre Missbilligung über das Verhalten ihrer Schwester zu verbergen.

Ronas Augen funkelten argwöhnisch. »Hast du gar keine Angst, dass er dir Drogen einflößen könnte, um dich gefügig zu machen? Oder Gift, um dich zu töten?«

»Das lässt sich recht einfach klären.« Khaled nahm den Becher und trank einen großen Schluck. Danach zwinkerte er Rona aufmunternd zu und schloss genießerisch seine Lider. »Es schmeckt wahrhaftig wunderbar! Du solltest es auch einmal versuchen.« Er setzte ein zufriedenes, wenn auch leicht spöttisches Grinsen auf und hielt Rona einladend den Becher entgegen. »Überzeugt? Oder willst du lieber warten, bis ich tot umfalle?«

Rona wirkte immer noch skeptisch. »Ich will auf der Stelle wissen, was das für ein merkwürdiges Zeug ist!«

Khaled lächelte milde und unterzog den Sharbat demonstrativ einer prüfenden Begutachtung. Lyn kam es vor, als ob er das Getränk durch bloße Betrachtung einer chemischen Analyse unterziehen wollte.

»Sauermilch, Orangensud, Zuckersirup und Eis aus den schneebedeckten Bergen des Libanon. Alles in allem vollkommen harmlos. Wenn du willst, lasse ich dir gerne einen frischen Becher bringen.«

»Nein, danke«, entgegnete Rona einigermaßen unfreundlich.

»Den ich selbstverständlich vorkosten werde«, fügte Khaled mit einem ironischen Unterton hinzu.

Lyn bedachte ihre Schwester mit einem tadelnden Blick. »Bist du übergeschnappt?«, zischte sie in ihrer eigenen Sprache. »Er wollte nur nett sein. Das Getränk schmeckt wirklich großartig. Ich habe selten etwas Köstlicheres getrunken.«

Rona richtete sich auf und nahm gegenüber Lyn eine unmissverständliche Haltung ein. »Und was hättest du getan, wenn ich recht behalten hätte und das Zeug vergiftet gewesen wäre?«

»Denkst du, ich wäre blöd?«, erwiderte Lyn leise und deutete auf ihre Brust, wo sie unter den Kleidern verborgen ein kleines Medikamentendepot mit sich trug. »Selbstverständlich habe ich vorab einen antitoxischen Blocker eingeworfen. Aber wie du siehst, hatte unser Gastgeber nicht die leiseste Absicht, mich umzubringen.«

Khaled hatte nicht verstehen könne, was sie sprachen; aus Höflichkeit hatte er sich seinem angeblichen Templerfreund zugewandt.

Interessiert beobachtete Lyn, wie sich Khaleds Miene verdüsterte, als er Berengar ins Visier nahm, der immer noch gut fünf Meter entfernt bei seinem Pferd verharrte und sich mit einem anderen Templer unterhielt. Abrupt kehrte sein angespannter Blick zu Rona zurück. »Was hat Berengar über mich erzählt?«, fragte er gefährlich leise.

»Er ist der Meinung, dass du ein Mann bist, vor dem man sich in Acht nehmen sollte«, entgegnete Rona barsch.

»Ich dachte, wir vertrauen einander.« Khaled lächelte übertrieben charmant. »Ganz gleich, was man sich über mich erzählt, ich bin ein Mann von Ehre und stehe zu meinem Wort. Aber natürlich weiß ich nicht, wie es dort ist, wo du herkommst.«

Rona ließ sich nicht anmerken, dass sie sich überrumpelt fühlte.

»Danke für das großzügige Angebot.« Sie wich Khaleds Blick aus. »Und wie geht es nun weiter? Ich dachte, du wolltest uns unverzüglich zu den Templern bringen?«

»Ich werde uns beim Hauptmann der Palastwache anmelden«, lenkte er ein. Seine Hand wanderte zu seinem Dolch. »Und dafür sorgen, dass man euch bis zur Rückkehr des Großmeisters aus Akko adäquate Unterkünfte zur Verfügung stellt. Danach müssen wir abwarten, ob er bereit ist, euch zu empfangen.«

Rona überlegte, zu widersprechen, aber gemeinsam mit Lyn entschied sie sich, Khaleds Angebot zu folgen. Allein durch sein majestätisches Auftreten schnitt er eine Schneise in die Menge und verschaffte ihnen den Zugang zum Hauptgebäude. Zielsicher steuerte er auf ein eisenvergittertes Spitzbogentor zu, das von zwei schwerbewaffneten Männern geschützt wurde. Dort sprach er eine weitere Losung, und mit einem leichten Quietschen wurde das verschnörkelte Tor zur Seite gezogen. Als sie den Durchgang passiert hatten, wurde das Gitter unverzüglich hinter ihnen geschlossen.

Lyns mulmiges Gefühl, das sie schon eine Weile begleitete, verstärkte sich, als ein fensterloser, langer Gang folgte, der von lodernden Fackeln illuminiert wurde. Unvermittelt wurde es eng in ihrer Brust, eine undefinierbare Kälte erfasste ihre Glieder. Es musste etwas mit diesem Ort zu tun haben, mit dem, was einst hier geschehen war. Eine brutale Szene flackerte aus ihren Erinnerungsdateien auf, die Ausschnitte der blutigen Eroberung Jerusalems durch die fränkischen Kreuzritter vom 7. Juni bis zum 15. Juli 1099 aufzeigte. Tausende Muslime und auch jüdische Bewohner, ja selbst einheimische Christen hatten wegen der Habgier der christlichen Eroberer auf grausamste Weise ihr Leben lassen müssen. Nach monatelangen Entbehrungen und furchtbarem Leid, das den Invasoren selbst auf dem Weg zur Heiligen Stadt widerfahren war, hatten sie sich von anständigen Christenmenschen in unberechenbare Bestien verwandelt, die alles niedermetzelten, was ihnen in die Quere kam. Seit jenen Tagen herrschten die christlichen Machthaber über diese Stadt und das sie umgebende Land. Lyn war überzeugt, dass die düsteren, energetischen Schwingungen sterbender Menschen, die an diesem Ort immer noch nachhallten, an ihrem plötzlichen Unwohlsein Schuld trugen.

Khaled führte sie unterdessen zu einem weiteren, von Feuerkörben beleuchteten Innenhof, in dem ein plätschernder Springbrunnen stand, der von mannshohen Zypressen umrahmt wurde. Über deren Spitzen war zu Lyns Überraschung ein großer gelber Mond aufgezogen.

Khaled marschierte auf ein dunkles, metallbeschlagenes Tor zu. Ab und an versicherte er sich, dass Rona und Lyn ihm noch folgten. Lyn sah sich fasziniert um.

»Na, wie gefällt es dir, in einer fernen Galaxie gestrandet zu sein?«, fragte Rona mit einer leichten Ironie in der Stimme.

Lyns Blick fiel auf Khaled, der an einer bronzenen Eingangstür stehen geblieben war und auf sie wartete. Im fahlen Mondlicht schimmerte sein glänzend schwarzes Haar bläulich, und seine markanten Gesichtszüge traten deutlich hervor.

»Ich denke, es kommt wie üblich auf die Bewohner an«, antwortete Lyn, ohne eine Miene zu verziehen.

Kapitel 4
Der Plan

August 2005 – Deutschland/Eifel-Forschungszentrum
C.A.P. U.T.

Die Morgendämmerung tauchte das romantisch anmutende Himmelbett in ein verschwommenes Licht, als Gero mit einer zärtlichen Geste nach Hannah tastete, um sicherzugehen, dass sie an seiner Seite lag. Abgestützt auf einen Ellbogen hatte er sich halb aufgerichtet und betrachtete sie mit verträumtem Blick. Dass dieser attraktive Mann mit den einzigartig himmelblauen Augen ausgerechnet sie zu seiner Traumfrau auserkoren hatte, erschien ihr wie ein nicht enden wollendes Wunder. Nur zu gerne wandte sie sich ihm zu und hob ihre Hand, um ihm durch die dunkelblonden, seidigen Strähnen zu fahren, die ihm inzwischen bis zu den Schultern reichten. Ihre Finger glitten weiter nach unten über seinen kurzen, weichen Vollbart, dessen Farbe um einige Nuancen heller wirkte und den er alle paar Tage mit einem Messer auf höchstens einen Zentimeter trimmte.

Gero beugte sich ein wenig zu ihr hinab, und sie kam ihm entgegen, damit sich ihre Lippen in einem leidenschaftlichen Kuss vereinen konnten, dem sie sich einen Moment lang hingab, bis ihr Mund den Weg hinab zu seinem glattrasierten, muskulösen Hals fortsetzte und dann bis zu seiner rechten Schulter. Dort liebkoste sie eine wulstige, langgezogene Narbe, die von einer Verletzung stammte, die ihn beinahe das Leben gekostet hatte.

Mit einem verliebten Blick warf Hannah ihre kastanienbraunen Locken zurück und zog das Laken zur Seite. Lächelnd präsentierte sie ihm vollkommen nackt ihre milchweißen Brüste. Gero hieß ihre Aufforderung mit einem verwegenen Lächeln willkommen und drückte sie kraftvoll zurück in die Kissen. Sanft spreizte er ihre Schenkel und senkte seinen Mund auf ihre anschwellende Knospe. Völlig entrückt spürte sie seinen heißen Atem und seine raue Zunge, mit der er ihr eine tiefe Lust verschaffte.

Ein verräterisches Zittern durchlief ihren Körper, als sie sich ungewollt rasch ihrem Höhepunkt näherte. Als er den Grat ihrer Erregung bemerkte, ließ Gero von ihr ab und glitt mit den Hüften zwischen ihre Beine.

Mit offenen Armen empfing sie seinen muskulösen Körper, indem sie seinen Nacken mit den Händen umschloss und sich ihm so sehr öffnete, dass er mit Leichtigkeit in sie eindrang.

Er keuchte erregt und stützte sich auf den Händen ab, um sie nicht zu erdrücken, während er sich mit Macht in sie hineinschob. Ihre Hände wühlten sich in sein Haar, und sie stöhnte erstickt, als sein harter Schwanz vollends von ihr Besitz ergriff. Während er sich langsam in ihr bewegte, flüsterte er ihr lächelnd altfranzösische Obszönitäten ins Ohr, die sie nicht nur wegen der exotischen Sprache, sondern auch wegen ihrer höchst unanständigen Bedeutung als äußerst stimulierend empfand.

Sein Keuchen wurde lauter, als er mit ihr in einen langsamen, stetigen Rhythmus verfiel und sie mit einer ergreifenden Leidenschaft küsste, die nicht nur seine Lust, sondern auch seine tiefe Liebe zu ihr erahnen ließ. Laut stöhnend hob sie ihm ihre Hüften entgegen, was ihn bei jedem Stoß noch tiefer in ihr versinken ließ und ihr einen himmlischen Höhepunkt versprach, den sie seit ein paar Wochen umso mehr genoss, seit sie beschlossen hatte, dass sie ein Kind von ihm wollte. Der Gedanke, dass er sie jederzeit schwängern konnte, ohne etwas davon zu wissen, gab ihrem Liebesspiel einen besonderen Reiz.

Halb ohnmächtig vor Lust krampfte sich ihr Innerstes um sein pulsierendes Glied, als er gemeinsam mit ihr den Höhepunkt erreichte. Sein Herz schlug hart und schnell in seiner Brust, die er nun schwer atmend an ihren feuchten Busen presste. Mit einem verhangenen Blick küsste er sie dann lange und intensiv auf den Mund, bevor er sich von ihr löste. Vorsichtig glitt er aus ihr hinaus und legte sich dicht neben sie, einen Arm um ihre Hüften gelegt. Mit einem genießerischen Seufzer zog er sie zu sich heran, damit er ihr aus nächster Nähe in die Augen schauen konnte. »Ich liebe dich«, flüsterte er.

»Ich dich auch«, sagte sie leise und erwiderte seine Liebkosungen, indem sie sein dichtes Haar kraulte, so lange, bis er beinahe schon wieder eingeschlafen war.

Als Hannah sich wenig später aus dem Bett erhob, schnarchte Gero leise. Schmerzlich wurde ihr bewusst, dass sie sich nicht in ihrem idyllischen Fachwerkhaus befanden, sondern in einer kalten Betonburg, die auf jeder der drei Etagen eine künstlich erzeugte Gemütlichkeit vermittelte.

Dass es sich dabei um einen Hochsicherheitstrakt der amerikanischen Streitkräfte handelte, ließen die sechs Meter hohen Außenmauern erkennen, die man sah, wenn man aus dem Sicherheitsfenster spähte, und die das gesamte Gelände umringten, gekrönt von Stacheldrahtrollen und Überwachungskameras. Ein kurzer Blick aus dem Fenster verriet, dass Tag und Nacht rund um das Areal schwer bewaffnete Spezialkräfte mit belgischen Schäferhunden patrouillierten.

In der Nacht zuvor hatte Hannah geträumt, dass Gero plötzlich in einem türkisfarbenen Lichtnebel verschwunden war und danach auf immer verschollen blieb. Ein furchtbarer Gedanke, der nicht so weit hergeholt war. Angespannt beobachtete Hannah ihren Mann, der Gott sei Dank immer noch neben ihr lag. Die Fältchen um seine Augen ließen ihn älter wirken, obwohl er erst achtundzwanzig war und damit fünf Jahre jünger als sie selbst. Vielleicht lag es daran, dass er schon in jungen Jahren Dinge erlebt hatte, die sich heutzutage kein Mensch vorstellen konnte. Dabei hätte er gut und gerne ihr Urahn sein können, was sein tatsächliches Geburtsdatum betraf. 25. März – oder genaugenommen Maria Verkündigung – 1280 stand in einem abgegriffenen Stammbuch, das er im Herbst 2004 bei sich trug, als Tom Stevendahl, ihr Exverlobter nach einem Jahr Funkstille ohne Warnung bei ihr zu Hause aufgekreuzt war und den bewusstlosen Kreuzritter wie einen überfahrenen Hirsch in ihr Bett gelegt hatte. Dabei war Gerard von Breydenbach, wie sein voller Name lautete, alles andere als ein gewöhnlicher Sterblicher. Er stammte nicht nur aus einer siebenhundert Jahre entfernten Vergangenheit, sondern war zudem Kommandant der Templer-Commanderie von Bar-sur-Aube gewesen. Ein echter Ritter also und kein abgedrehter Spinner in einem seltsamen Kostüm, wie sie zu Beginn ihrer ersten Begegnung geglaubt hatte. Tom, ein dänischer Quantenphysiker mit der unbestätigten Lizenz für Zeitreisen, wie sein Luxemburgischer Kollege Paul Colbach gerne witzelte, trug eine nicht geringe Schuld daran, dass nicht nur Hannahs und Geros Leben mit einem Schlag aus den Fugen geraten war, sondern auch das des inzwischen dreizehnjährigen Matthäus von Bruch.

Der blond gelockte kleine Kerl, der optisch Geros Sohn hätte sein können, war mit ihm zusammen versehentlich in die Zukunft transferiert worden.

Matthäus war Knappe und bezeichnete Gero als seinen Herrn. Ein Umstand, an den sich Hannah Schreyber erst einmal gewöhnen musste, nachdem sie quasi über Nacht als eingefleischte Singlefrau die Verantwortung für eine mittelalterlich geprägte Familie übernommen hatte.

Dass Gero, dessen zur Ruine verfallene Heimatburg kaum zwanzig Autominuten entfernt lag, bei der ersten sich bietenden Gelegenheit ausgerastet war und Tom als vermeintlich Verantwortlichen für seine Misere beinahe umgebracht hatte, konnte sie im Nachhinein gut verstehen.

Im Zwielicht zeichneten sich unter dem weichen Bart Geros harte Konturen ab, und einmal mehr wurden Hannah die emotionalen Ge-

gensätze bewusst, die seinen Charakter ausmachten und die sie bereits bei ihrer ersten Begegnung magisch angezogen hatten. Schaudernd erinnerte sie sich an seine muskulöse Gestalt, die sie zutiefst verängstigt hatte, und die himmelblauen Augen, die sie regelrecht durchbohrt hatten. Wie ein wildes Tier war er ihr vorgekommen, als er mit seinen großen, kräftigen Händen in ihre langen, kastanienfarbenen Locken gegriffen hatte, um sie daran zu hindern, vor ihm Reißaus zu nehmen. Anschließend hatte er ihr ohne Anzeichen von Mitgefühl seinen sehnigen Unterarm um den Hals gelegt, in der Absicht, ihr unmissverständlich klarzumachen, wer hier das Sagen hatte. Hannah war zum Schein darauf eingegangen, weil sie Tom versprochen hatte, sich um den gestrandeten Templer zu kümmern. Dabei war Gero ihr im Umgang mit Matthäus erstaunlich liebevoll erschienen. Er bedachte seinen Knappen mit äußerster Sorge, und auch sie hatte den Jungen schnell in ihr Herz geschlossen. Verfolgt von König Philipp IV. von Frankreich und aus dem Jahr 1307 auf wundersame Weise in die Zukunft gelangt, waren sie verloren in einer Welt, die sie ohne Hannahs Unterstützung niemals würden verstehen können.

Matthäus zeigte dabei weit weniger Anpassungsschwierigkeiten als sein mitunter äußerst sturer Herr. Hannah liebte den Jungen inzwischen wie ein eigenes Kind. Die Vorstellung, ihn eines Tages wieder verlieren zu können, versetzte sie in Panik.

Ihre Hand wanderte zu Geros Schläfe, und wieder lächelte er mit geschlossenen Lidern wie ein unschuldiger Engel, als sie ihn ganz sacht zu streicheln begann. Dass diese Bezeichnung nicht auf ihn zutraf – obwohl er fünfmal am Tag betete –, wusste sie spätestens, seit er bei einem ebenso unfreiwilligen Ausflug in seine Zeit ihr Leben gerettet hatte. Mit einem Schwert, das ihm sein Vater, Richard von Breydenbach, zur Schwertleite, im Frühjahr 1297 als Geschenk überreicht hatte, hatte er ihrem Entführer die Hand abgeschlagen. Die Erkenntnis, dass er darüber hinaus im Notfall einen Feind mit den bloßen Händen töten konnte, hatte sie zunächst erschreckt. Obwohl sie sich denken konnte, dass seine Erziehung eine vollkommen andere gewesen war und seine Werte sich eindeutig von denen moderner Menschen unterschieden, liebte sie ihn mehr, als sie jemals einen Menschen ihrer Zeit geliebt hatte.

Was vielleicht daran lag, dass er im Gegensatz zu Tom, der während ihrer Verlobungszeit überwiegend seine Forschungsarbeiten im Kopf gehabt hatte, intensiver lebte und als echter Ritter Werte wie Glauben, Ehre und wahrhaftige Liebe vertrat.

Obwohl sie Tom zu Beginn dafür verflucht hatte, dass er mit Wissenschaftlern aller Herren Länder im Auftrag der amerikanischen Regierung an einem spektakulären Raum-Zeit-Forschungsprojekt arbeitete und ihn für den Unfall verantwortlich machte, war sie ihm inzwischen dankbar dafür, dass er ihr auf diese Weise den Mann ihres Lebens beschert hatte.

Danach war viel passiert. Zu viel, um alles begreifen zu können. Hannah fragte sich des Öfteren, was wohl geschehen wäre, wenn sie in den Tagen nach Geros Ankunft nicht den Timeserver in der verfallenen Klosterkatakombe von Heisterbach gefunden hätten, gegen den die von Professor Hagen zuvor konstruierte, riesige Forschungsanlage wie ein Dilettantenstreich wirkte.

Ihr wäre eine Odyssee durch die Welt der Ritter, Gaukler und Henker im Jahr 1307 erspart geblieben. Dabei hatte sie dort weit mehr gefunden als Krankheit, Elend und eine völlig zu Unrecht befürchtete Rückständigkeit. Sie hatte die Liebe kennengelernt, die Treue, die Ehre und echte Freundschaften geschlossen, die sie sogar bis in ihre Zeit begleitet hatten. Dass Tom sie und ihre mittelalterlichen Begleiter nach Verfolgung und Folter unvermittelt aus dem Donjon de Coudray ins Jahr 2004 gerettet hatte, war gewiss ein Segen, aber seitdem wusste keiner von ihnen mehr so richtig, wo er sein Zuhause finden sollte. Nun lebten sie mit Gero, Matthäus und vier weiteren Templern und deren Frauen in einem geheimen Forschungsareal der Amerikaner. Nicht weit von ihrem alten Zuhause und doch in einer völlig anderen Welt. Hatte Hannah zu Beginn noch fest an ihr Glück geglaubt, so wusste sie nun, dass alles anders gekommen war und ein Zurück in die Vergangenheit ohne die Zustimmung der Amerikaner nicht möglich sein würde.

Seit diesem sensationellen Erfolg ließ das Pentagon unentwegt die Champagnerkorken knallen. Acht Menschen aus dem Mittelalter in die Zukunft zu transferieren, das stellte selbst das Klonen eines Dinosauriers in den Schatten. Gero und seine mittelalterlichen Begleiter hatte man nach ihrer Ankunft im Jahr 2004 über Nacht zu menschlichen Versuchskaninchen degradiert – auch wenn das ihnen gegenüber niemand offen aussprach.

Seither kämpfte Hannah verzweifelt um ihre Rechte, ein freies Leben führen zu dürfen, und sie würde nicht eher aufgeben, bis man ihr und den anderen ein eigenes, ungebundenes Dasein jenseits aller Forschungseinrichtungen zugestand.

Bisher hatte sich niemand von den Templern beschwert, obwohl den Männern anzumerken war, dass sie trotz aller Widrigkeiten am liebsten schon morgen in ihre vertraute Umgebung zurückgekehrt wären. Gero machte da keine Ausnahme, aber er gab ihr nie das Gefühl, unglücklich zu sein.

Erst vor wenigen Wochen hatte er ihr in jener achthundert Jahre alten Klosterkapelle, in der er einst getauft worden war, ewige Treue geschworen – wie ein mittelalterlicher Lehensnehmer, der sich seiner Herrin in Liebe verpflichtet.

»Ich, Gero, Edelfreier von Breydenbach«, hatte er mit seiner ernsten, dunklen Stimme verkündet und war dabei in Anwesenheit mehrerer Zeugen vor ihr auf die Knie gefallen, »nehme dich, Hannah Schreyber, zu meinem von Gott angetrauten Eheweib … Bei meinem Herzen und meiner Ehre werde ich dich lieben und schützen – über den Tod hinaus, bis Gott der Herr uns einst im Paradies vereint.«

Mit diesen Erinnerungen stand Hannah leise auf und ging ins Bad. Seit ein paar Tagen verspürte sie ein leises Unwohlsein am Morgen und hegte einen glücklichen Verdacht.

Gero sollte davon noch nichts wissen, deshalb erschrak sie, als er Momente später in der halboffenen Tür auftauchte.

»Was tust du da?« Er zog es vor, an den Rahmen gelehnt stehen zu bleiben, wobei sein Blick irritiert schien, weil sie so erschrocken hochgefahren war.

In ein rosafarbenes, halblanges Nachthemd gehüllt, stand sie im Halbdunkel neben dem Waschbecken, wie ein Dieb, den man auf frischer Tat ertappt hatte. Gero trug nur eine gestreifte Schlafanzughose. Sein muskulöser Oberkörper war nackt und von etlichen Narben gezeichnet, deren Herkunftsgeschichten bei Hannah eine Gänsehaut erzeugt hatten. Sein dunkelblondes Haar war noch von ihrer Liebe zerzaust, aber sein Blick wirkte trotz seines respekteinflößenden Aussehens eindeutig besorgt.

»Nichts«, sagte sie hastig, unsicher, ob sie ihm vielleicht doch sagen sollte, warum sie darauf verzichtet hatte, ihn zu wecken. »Es ist nichts«, bekräftigte sie noch einmal, nachdem sie zu dem Schluss gekommen war, mit dieser Neuigkeit noch warten zu wollen, bis Dr. Baxter ihr bestätigen würde, dass mit dem Kind alles in Ordnung war. Geros erste Frau war unter grausamen Umständen im Kindbett gestorben, und er hatte ihren Tod nie wirklich verwunden.

Allerdings hatte Gero neben seiner Leidenschaftlichkeit noch andere Gaben, die ihn von einem modernen Menschen eklatant unterschieden. Sein Blick war weitaus geschulter, was die Einschätzung der menschlichen Mimik betraf. Eine lebenswichtige Errungenschaft, wenn man in Zeiten aufgewachsen war, in denen das Vertrauen in einen Menschen nicht selten über Leben und Tod entschied.

»Lüg mich nicht an!«, sagte er immer noch freundlich. Sein Schatten löste sich aus der Tür, und er kam auf sie zu. Hannah vermied es zurückzuweichen, während sie das weiße Stäbchen krampfhaft hinter ihrem Rücken verbarg. Eigentlich konnte er gar nicht wissen, welche Bedeutung diesem harmlos erscheinenden Messgerät zukam. Trotzdem ließ sie lieber Vorsicht walten. Gero war hochintelligent und lernte schnell. Er beherrschte fließend Latein, Altfranzösisch, Hebräisch und war mühelos in der Lage, Hunderte von mittelalterlichen Gedichten zu rezitieren. Seit ein paar Wochen sprach er – wenn auch noch mit einem amüsanten Akzent – Hochdeutsch. Er las viel, so dass Hannah nicht einschätzen konnte, ob ihm dieser Gegenstand schon einmal irgendwo begegnet war.

Ohne zu fragen, nahm er sie in seine Arme und drückte sie an sich. Sie spürte seine Wärme und seinen vertrauten Geruch, der sie stets mit Sehnsucht nach seiner Nähe erfüllte. Ehe sie sich versah, hatte er sie geküsst und ganz nebenbei ihr Handgelenk umfasst und es hinter ihrem Rücken hervorgezogen. Willenlos musste sie mit ansehen, wie er ihre rechte Faust mit dem Stäbchen sanft öffnete. Er schaute verdutzt. »Und was haben wir hier?«

Lediglich ein lachendes Smiley war im Display erschienen. Es bedeutete »schwanger«, doch das würde sie ihm nicht erklären.

»Nichts«, wiederholte sie tonlos, dabei sah sie ihm nicht in die Augen und lächelte halbherzig.

»Nichts?« Misstrauisch zog er eine Braue hoch.

Er kannte sie weit besser, als sie wahrhaben wollte; sie musste auf der Hut sein, damit er ihre Unsicherheit nicht bemerkte.

»Es ist nur ein Messinstrument«, bekannte sie zögerlich, »das anzeigt, ob ich schwanger werden könnte oder nicht.« Sie hatte sich ohne sein Wissen das Hormonimplantat entfernen lassen. Sie wollte es darauf ankommen lassen, weil sie sich nichts sehnlicher wünschte als ein gemeinsames Kind. Auch wenn Matthäus ihr noch so viel bedeutete, es würde etwas anderes sein, wenn Gero und sie ein leibliches Kind hätten. Dieses Kind würde beweisen, dass die verschiedenen Epochen, denen sie entstammten, sie nun nicht mehr trennten und es an der Zeit war, endlich zur Normalität überzugehen. Allerdings wollte sie nicht, dass Gero ihr Vorhaben bemerkte und sie womöglich davon abhielt. Und schon gar nicht wollte sie, dass Tom, der nun wissenschaftlicher Leiter des Institutes geworden war und immer noch etwas für sie empfand, von dieser Sache erfuhr. Was allerdings leicht geschehen könnte, wenn sie anfing, mit Gero darüber zu diskutieren. Erfahrungsgemäß durfte sie davon ausgehen, dass sie beinahe rund um die Uhr durch Agenten der amerikanischen Streitkräfte beschattet und selbst in ihren eigenen Unterkünften beobachtet und abgehört wurden. Dass ihre amerikanischen Gastgeber von ihrer Idee ebenso wenig begeistert sein würden wie Tom, lag auf der Hand.

Dr. Karen Baxter, eine schlanke Mittvierzigerin mit blondem Kurzhaarschnitt, die als medizinische Leiterin des Projektes fungierte, hatte ihr dringend von einer Schwangerschaft abgeraten. »Dein Mann stammt aus dem 14. Jahrhundert und war Kreuzritter. Soweit wir es beurteilen können, ist er gesund und hat keine ansteckenden Krankheiten, aber die genaue Situation seiner Antikörper im Blut lässt sich zurzeit nicht entschlüsseln.« Ihr Ton hatte wissenschaftlich nüchtern geklungen. »Es kann als gesichert angesehen werden, dass Geros Immunabwehr bei einigen Krankheitsbildern unserer Zeit hinterherhinkt. Syphilis oder AIDS waren damals noch nicht bekannt. Aber vielleicht gab es auch Seuchen, die uns heute kaum noch beschäftigen – wie etwa die Pocken oder die Pest, gegen deren Erreger er überraschenderweise eine natürliche Immunität entwickelt hat und deren Antikörper er nach wie vor in sich trägt. Und was seine genetische Ausstattung betrifft, so müssen wir noch weitere Tests durchführen. Es könnte durchaus sein, dass Geros Zellentwicklung Brüche aufweist, die in deiner Struktur nicht vorhanden sind und die bei eventuellen Nachkommen zu Komplikationen führen könnten. Schließlich hat unser moderner

Gen-Code eine siebenhundert Jahre länger andauernde Auslese durchlebt.«

Allein schon das Wort »Gentest« war für Hannah ein rotes Tuch. Gleich danach folgte das Wort »Labor«.

Gero fixierte erneut das lachende Gesicht auf dem Display. »Ein Messinstrument«, wiederholte er mit auffallend gleichgültiger Miene. »Ich dachte, du kannst nicht empfangen?«

»Ich habe das Stäbchen, das eine Schwangerschaft verhindert, aus meiner Achsel entfernen lassen. Es dauert allerdings eine Weile, bis ich wieder fruchtbar bin«, log sie. »Ich hätte es dir sagen sollen.«

Sein Blick war unergründlich. »Heißt das, du möchtest ein Kind?«

»Ja«, sagte sie und hob ihre Hand, um ihm mit einer sanften Geste eine Haarsträhne aus dem Gesicht zu streichen. »Aber es ist noch zu früh«, fügte sie rasch hinzu. »Deshalb kontrolliere ich mit diesem Stäbchen meine Hormone im Blut, damit ich erst dann ein Kind von dir empfange, wenn die Zeit reif dafür ist.« Sie hatte ihm die Sache mit den Hormonen erklärt und so gut wie alles, was sie über biologische Abläufe im menschlichen Körper wusste. Was sie nicht wusste, hatte sie im Internet recherchiert. Gero hatte ihr dabei fasziniert über die Schulter geschaut und sich als ziemlich wissbegierig erwiesen. Dabei war herausgekommen, dass er einiges mehr über medizinische Zusammenhänge wusste, als Professor Hertzberg, ein neunzigjähriger jüdischer Geschichtsprofessor und leitender Historiker des Unternehmens C.A.P. U.T., ihm zugetraut hatte. Der Schluss lag nahe, dass der Orden der Templer durch den Besitz des Timeservers weit besser über biologische und medizinische Hintergründe informiert gewesen war als angenommen – seine Erkenntnisse aber wegen der drohenden Inquisition nur an Eingeweihte weitergegeben hatte.

»Meine Liebste«, begann Gero leise und zog sie noch näher an sich heran. Dabei schaute er ihr tief in die Augen, während seine Linke zu ihrem noch flachen Bauch wanderte. »Ich könnte mir nichts Schöneres vorstellen, als mit dir eine Familie zu gründen«, bekannte er rau. »Aber denkst du nicht, wir sollten dafür erst freie Männer und Frauen sein? Ich meine, ich sehe jeden Tag, wie du für unsere Freiheit kämpfst – aber bisher machen Tom und seine Verbündeten keine Anstalten, uns aus ihrer erniedrigenden Leibeigenschaft zu entlassen.«

Hannah schluckte. Also hatte er sich auch schon Gedanken über ihre Familienplanung gemacht. Die unerträgliche Situation, in der sie sich befanden, war ihm ohnehin seit längerem bewusst, obwohl er so gut wie nie darüber sprach.

»Sieh es mal so«, begann er zögernd, »was könnte ich dir und unseren Kindern bieten außer einem Leben in Abhängigkeit?« Seine Stimme war heiser, und er kniff die Lider zusammen, als ob er einen Feind im Visier hätte. »Das ist keine gute Voraussetzung, um stolze, unabhängige Söhne und Töchter zu zeugen, findest du nicht?« Für einen Moment befürchtete sie, er würde wie sie selbst mit den Tränen ringen, doch das war ein Trugschluss. Vielmehr wirkte er überraschend kämpferisch.

»Sei versichert«, fuhr er mit entschlossener Stimme fort und schaute ihr dabei tief in die Augen, »ich denke Tag und Nacht darüber nach, wie ich uns aus dieser bitteren Unterdrückung herausführen kann.« Seine weichen Lippen berührten ihre so zart und vorsichtig, dass Hannah den Kloß in ihrer Kehle noch deutlicher spürte. Sie seufzte und legte ihren Kopf an seine Brust, wobei es ihr nicht mehr gelang, die aufsteigenden Tränen zurückzuhalten. Tropfen um Tropfen rannen ihre Wange hinunter. Er spürte die Nässe auf seiner Haut und strich sie mit zwei Fingern sanft aus ihrem Gesicht. Sein Blick war unendlich traurig, und sie hasste sich dafür, dass sie ihm durch ihre Tränen die Misere, in der sie sich befanden, erst recht vor Augen führte.

Leibeigenschaft – einen treffenderen Begriff hätte er nicht wählen können. Gleichzeitig verspürte sie eine neue, unberechenbare Angst. »Was meinst du mit ›herausführen‹?«, murmelte sie und legte den Kopf in den Nacken, um seinen Blick zu erwidern. »Du wirst doch keine Dummheiten machen, oder? Versprich mir, dass du niemanden umbringst! Auch eine Geiselnahme wäre eine äußerst schlechte Idee.«

»Mach dir keine Sorgen«, raunte er düster und küsste ihre Stirn. »Ich sage dir, was ich vorhabe, wenn es so weit ist.«

Das Stöhnen und Ächzen der großen, durchtrainierten Männer, die sich wenige Meter unterhalb der Tribüne einer modernen Sporthalle einen klassischen Schwertkampf lieferten, ließ Hannah jedes Mal von neuem erzittern. Am liebsten hätte sie gar nicht hingeschaut. Gero und sein schottischer Templerbruder Struan MacDhoughail nan t-eilan Ileach, wie er mit vollem gälischen Namen genannt wurde, gingen wieder und wieder aufeinander los, als ob sie einander tatsächlich umbringen wollten. Nicht nur ihre Waffen waren archaisch – Originalschwerter aus dem 13. Jahrhundert –, auch ihre hölzernen Schilde, schwarzweiß und mit dünnen Eisenplatten verstärkt, machten nicht unbedingt einen vertrauenswürdigen Eindruck. Es war die einzige Deckung, die sie sich gegen den todbringenden Stahl gönnten. Ausgestattet mit Trainingsoveralls und schwarzen Springerstiefeln der amerikanischen Spezialkräfte, hatten sie wie üblich auf Kettenhemden und Ritterhelme verzichtet.

Selbst das Tragen einer modernen Zylon- oder Kevlar-Schutzweste hatten sie abgelehnt. In ihrem Orden war es nur besonders erfahrenen Kämpfern gestattet gewesen, ohne jegliche Sicherung gegeneinander anzutreten.

Dass die beiden zu dieser Elite dazugehörten, stand außer Frage. Wie alle Templer waren sie auf den Burgen ihrer Väter bereits seit ihrer Kindheit im Umgang mit Messern, Schwertern und Lanzen geschult worden. Die Tatsache, dass sie zu den Besten der kämpfenden Truppe des Templerordens gehört hatten, machte für die Wissenschaftler von C.A.P. U.T. jeden ihrer Schritte so interessant wie die Untersuchung eines gestrandeten Außerirdischen in der Area 51.

Johan van Elk, ein rothaariger flandrischer Templer mit auffallend vernarbtem Gesicht, saß zusammen mit seinen Kameraden Stephano de Sapin und Arnaud de Mirepoix vor der Tribüne auf einer Art Ersatzbank. Fachsimpelnd beobachteten sie ihren deutschen Kameraden und den ein wenig größeren Schotten, während sie auf ihren eigenen Einsatz warteten. Stephano, groß, schlank und hellblond, war ebenso wie der dunkelgelockte Arnaud, der das hitzigste Temperament von allen Kameraden besaß, ohne weibliche Begleitung in der Zukunft gelandet. Johan und Struan, die sich in Gesellschaft zweier Frauen befanden, als Tom sie in die Zukunft transferierte, hatten das unerwartete Ereignis genutzt, um sich wie Gero – entgegen den strengen Ordensrichtlinien ihrer Zeit – endlich mit der Dame ihres Herzens zu vermählen. In ihrer Zeit hatten sie dem Orden ewige Keuschheit geschworen, was bedeutete, dass ihnen als weißgewandete Ordensritter eigentlich noch nicht einmal das Küssen einer Frau erlaubt gewesen wäre.

»Ein Zeitsprung relativiert solche Verpflichtungen«, hatte Johan van Elk nach ihrer Ankunft im Jahr 2004 recht nüchtern befunden und seiner Freya unvermittelt einen Antrag gemacht. Der Orden als solcher existierte nicht mehr, und schließlich durchlebten sie gewaltige Umbrüche in ihrem Leben, da kam es bestimmt nicht auf die Einhaltung irgendwelcher achthundert Jahre alter Regeln an.

Freya von Bogenhausen, eine adlige Beginenschwester mit feuerrotem, hüftlangem Haar, und Amelie Bratac, eine langbeinige, blondgelockte Kaufmannstochter aus der Champagne, die dem Schotten in inniger Liebe verbunden war, stammten wie die transferierten Templer aus dem beginnenden 14. Jahrhundert und waren so atemberaubend schön, dass ihnen sämtliche Kerle des C.A.P. U.T.-Teams wie läufige Hunde hinterherhechelten. Freya hatte sich recht schnell an die hier lebenden Menschen und die neue, faszinierende Umgebung gewöhnt, Amelie hingegen wirkte immer noch wie eine feenhafte Erscheinung aus einer anderen Welt, die nicht wahrhaben wollte, dass Gott der Herr ihnen wahrhaftig diese unerklärliche Reise zugemutet hatte. Sie konzentrierte sich ausschließlich auf Struan, der allabendlich ihr Bett wärmte und sie mit seiner hingebungsvollen Liebe vor dieser fremden Welt beschützte. Alles andere ließ sie kommentarlos an sich vorüberziehen. Manchmal befürchtete Hannah, dass sie in Wahrheit depressiv war, weil sie an einer schweren posttraumatischen Belastungsstörung litt. In der Vergangenheit hatte sie schreckliche Dinge erlebt und durch die Flucht aus Bar-sur-Aube ohne Abschied ihren Vater verlassen müssen, dessen einzige Tochter sie war. Wofür sie sich immer noch schuldig fühlte.

Doch bei allem Glück, das hier und da trotz der widrigen Umstände durchschimmerte, würde ihnen unter den vorliegenden Umständen wohl niemals ein normales Familienleben vergönnt sein.

Toms Miene sprach Bände, als Hannah ihn vor Wochen darauf angesprochen hatte, wann damit zu rechnen sei, dass Gero und seine Freunde endlich aus dem Forschungsprogramm entlassen werden würden. Der dänische Quantenphysiker hatte eine Braue hochgezogen und sie angeschaut, als ob sie den Verstand verloren hätte. »C.A.P. U.T. wird unsere Templer und jeden, der ihr Leben teilt, erst wieder wie normale Menschen behandeln, wenn der Präsident der Vereinigten Staaten von Amerika das Interesse an ihnen verloren hat. Was nur geschehen wird, wenn etwas Spektakuläreres auftaucht. Aber wenn du mich fragst, ist mit einer UFO-Landung mitten im Central Park von New York im Moment nicht zu rechnen.«

Toms Mitgefühl für ihre unerträgliche Lage hielt sich in Grenzen. Nachdem er Gero und den Jungen seinerzeit in ihre Obhut gegeben hatte, wollte er Hannahs Liebe tatsächlich zurückerobern. Aber dann war ihm dieser verdammte Kreuzritter in die Quere gekommen und hatte ihm Hannah mit seinem verfluchten Minnegequatsche, wie er es nannte, vor der Nase weggeschnappt.

Auch wenn das im Grunde schwachsinnig und zu kurz gedacht war, weil Hannah sich schon lange vorher nicht mehr für Tom interessiert hatte, hatte er ihre Zurückweisung nicht verkraftet und Gero dafür verantwortlich gemacht. Was zur Folge hatte, dass er am liebsten unverzüglich sämtliche Templer dorthin zurückgeschickt hätte, wo sie hergekommen waren.

»Tut mir leid, wenn ich dir nicht helfen kann. Ich bin Wissenschaftler und kein Sozialarbeiter«, hatte er mit abgeklärter Miene hinzugefügt und Hannah in der Eingangshalle zu seinem Labor stehen gelassen.

»Du enttäuschst mich! Ich dachte immer, du hättest Charakter!«, hatte sie ihm hinterhergeschrien. Danach verweigerte sie Tom für ein paar Wochen jegliche Kommunikation und ging ihm geflissentlich aus dem Weg. Zu tief saß die Wut darüber, dass er ihr offenbar kein persönliches Glück gönnte und dass sie nichts tun konnte, um ihn auf ihre Seite zu ziehen, außer sich bei ihm zu prostituieren.

»Sobald sich die Möglichkeit bietet«, hatte er ihr später am Telefon mit einschmeichelnder Stimme versichert, »werde ich Gero und seine Leute dorthin zurückbringen, wo sie hergekommen sind. Ich könnte es wie einen technischen Unfall aussehen lassen. Allerdings nur, wenn du dich von deinem Templer trennst und versprichst, wieder bei mir einzuziehen.« Bevor sie ihm widersprechen konnte, war er fortgefahren. »Ich kann nicht zulassen, dass du ihm in dieses Elend folgst. Außerdem würde mit deinem vorherigen Umzug zu mir der Verdacht entkräftet, dass ich etwas mit der Sache zu tun habe, weil ich keinen Grund mehr hätte, ihn loszuwerden.«

»Lieber würde ich sterben!«, hatte sie Tom am Telefon entgegengeschleudert. Dummerweise war Tom Stevendahl der Einzige, der sich halbwegs mit der Technik des aufgefundenen Timeservers auskannte, wenn man von Paul Colbach, einem knapp dreißigjährigen Informatiker aus Luxemburg, einmal absah. Paul war für die Software zuständig und assistierte Tom regelmäßig bei der Betreuung der quantenphysisch gesteuerten Verfahrenscomputer. Aber er musste über jeden Schritt, den er eigenständig unternahm, Tom gegenüber Rechenschaft ablegen. Somit gab es außer Tom niemanden, der ihnen einen Weg in die Vergangenheit und damit eine sichere Flucht vor ihren amerikanischen Peinigern hätte ermöglichen können.

Hannah kannte Gero und seine Ordensbrüder mittlerweile gut genug, um zu wissen, wie sehr die Ungeduld über die bestehenden Verhältnisse in ihrem Herzen wuchs. Nach einer anfänglichen Euphorie, dem Tode und den Schwierigkeiten des 14. Jahrhunderts entronnen zu sein, fühlten sie sich nun wie Fische, die in einem Netz auf dem Trocknen lagen. Es gab in dieser Welt keine Aufgaben für sie – außer für eine fremde Zivilisation, deren Beweggründe sie nicht nachvollziehen konnten, den Gaukler zu spielen.

Dabei schien der Schwertkampf kurioserweise im Moment das Einzige zu sein, wodurch sie ihre Aggressionen abreagieren konnten, auch weil es kaum mehr gab, das ihnen aus ihrem alten Leben geblieben war. Jeden zweiten Tag trainierten die ehemaligen Kreuzritter in dieser Halle, die früher, vor der Explosion des Instituts vor knapp einem Jahr, das alte Forschungszentrum beherbergt hatte und fünf Kilometer abseits von Spangdahlem Air Base und den dort stationierten Kampfjets entfernt lag. In unmittelbarer Nachbarschaft hatte man ein von außen modernes und unauffällig aussehendes Wohngebäude hochgezogen, in dessen mittelalterlich anmutenden Räumlichkeiten Hannah und ihre Freunde seit einem Dreivierteljahr ihr Zuhause gefunden hatten. Gleich nebenan hatte man Pferdeställe errichtet, in denen man die speziell gezüchteten Turnierpferde beherbergte, die den ehemaligen Rittern für Turnierübungen zur Verfügung standen. Die Wissenschaftler von C.A.P. U.T. unter Leitung von Professor Hertzberg und Karen Baxter überließen nichts dem Zufall und zeichneten während der Kampfübungen die Bewegungsabläufe von Pferd und Reiter in digitaler 3-D-Qualität auf, um sie später genau analysieren zu können.

Hannah empfand die ganze Angelegenheit immer noch wie einen bizarren Traum, aus dem sie jeden Moment zu erwachen hoffte, und die ständige Frage, was die Weltöffentlichkeit dazu sagen würde, wenn all das hier jemals nach außen drang, raubte ihr manchmal den Schlaf. Mitunter überlegte sie, aus reinem Frust die gesamte Story an die internationale Presse zu verkaufen. Doch damit hätte sie die Probleme nur verschärft. Das Letzte, was sie sich für Gero und seine Leute wünschte, war ein öffentliches Spießrutenlaufen.

Soldaten der Special Activities Division – kurz SAD –, die zu den Spezialeinsatzkräften des Geheimdienstes CIA zählten, hatten seit einem Dreivierteljahr die Bewachung des Geländes übernommen. Die nachrichtendienstlich bestens geschulten Männer stellten sicher, dass kein Unbefugter Zugang zu Labor und Wohntrakt der Templer erhielt und damit das Geheimnis ihrer Herkunft entschlüsseln konnte.

An Flucht war also nicht zu denken, obwohl Hannah in stillen Stunden darüber nachsann, wie es wäre, wenn sie sich aus diesem Überwachungsdschungel befreien könnten.

Auf der Zuschauertribüne saßen wieder einmal Dutzende von hochrangigen Militärs und etliche wissenschaftliche Mitarbeiter, die sich am lebensgefährlichen Spektakel der Ritter ergötzten. Jede Bewegung der Kämpfer wurde mit lautem Gejohle kommentiert und in der anschließenden Auswertung durch Sportmediziner und Waffenhistoriker analysiert.

Es hat etwas von Experimenten mit Affen im Zoo, dachte Hannah verbittert, denn was für Gero, Struan, Johan, Arnaud und Stephano vor Hunderten von Jahren lebensgefährlicher Alltag gewesen war, hatte für die Wissenschaftler nun den Reiz einer Sensation. Sie wollten echtes Blut sehen, von echten Rittern. Und wenn es nur aus Versehen geschah, schoss es Hannah durch den Kopf, als Gero geschickt einem Schlag seines muskulösen, schwarzhaarigen Gegners auswich. Aber diesen Gefallen würden die beiden den Gaffern nicht tun. Der Deutsche und der Schotte waren einst Brüder im Orden der Templer gewesen. Darüber hinaus waren sie Freunde fürs Leben, und das bis in alle Ewigkeit, wie Gero manchmal so treffend formulierte. Struan hatte Gero bereits einmal das Leben gerettet. Ein Gedanke, der Hannah beruhigte.

Ein kurzes, helles Glücksgefühl huschte durch ihr Herz, als Gero seine verschwitzte Mähne zurückstrich, mit seinen klaren blauen Augen zu ihr aufschaute und ihr dabei lächelnd zuzwinkerte. Als wolle er ihr sagen: Mach dir keine Sorgen, es ist alles nur ein Spiel.

Hannah liebte diesen Anblick, jedoch tief in ihrem Innern kehrte sogleich die bleierne Angst zurück, weil dieses Glück kaum von Dauer sein konnte.

Der Schotte, den Hannah inzwischen ebenfalls als Freund schätzte, war Geros Blicken mit einem amüsierten Grinsen gefolgt und hatte dessen kurze Unaufmerksamkeit genutzt, um ihm einen gewaltigen Hieb auf den Schild zu verpassen. »Gare á ta tête!«, rief er auf Französisch – »Pass auf deinen Kopf auf!« –, und dann lachte er sein herzhaftes Lachen, das sein blendend weißes Gebiss zum Vorschein brachte, dessen kräftige Eckzähne Hannah immer an ein Raubtier erinnerten. Gero taumelte kurz, fing sich wieder und stieß einen deftigen Fluch in Altfranzösisch aus, den Hannah um nichts in der Welt hätte übersetzen wollen, falls sie jemand danach fragen würde. Gero parierte indessen den Schlag des Schotten mit gekonnter Souveränität, und ein Raunen ging durch das Publikum, als Struan im hohen Bogen sein Schwert verlor, das gut fünf Meter entfernt auf dem magentafarbenen Tartanbelag landete.

Gero wurde von den Zuschauern angefeuert, als er auf Struan zustürmte und es für einen Moment so aussah, als ob er den Schotten erschlagen wollte.

In einem echten Kampf auf Leben und Tod wäre das vermutlich Struans Ende gewesen, der Schotte war jedoch niemand, der leichtfertig aufgab.

Er bleckte erneut sein eindrucksvolles Gebiss zu einem überlegenen Grinsen, hob seinen Schild und startete einen blitzschnellen Angriff. Schild knallte auf Schild, und Geräusche von splitterndem Holz hallten von den Wänden der Sporthalle wider. Pfiffe und begeisterte Zurufe erschollen wie bei einem Boxkampf, als Struan seinen Schild von sich warf und wie ein gereizter Panther zum Sprung ansetzte, über den Boden abrollte und mit einer geschickten Drehung wieder seines Schwertes habhaft wurde. Dann sprang er auf und packte im Vorbeilaufen seinen Schild, um den Kampf mit nicht nachlassender Intensität fortzusetzen. Seit gut einer Stunde gönnten die beiden sich keine Pause, und wie bei einem ausdauernden Tennismatch war noch kein Ende in Sicht.

Ein dringendes Bedürfnis brachte Hannah dazu, die Zuschauertribüne zu verlassen und nach oben zu den Waschräumen zu gehen. Sie hätte auch in den Wohntrakt gehen können, doch das war ihr zu weit. Hannah hatte ihr Haus ganz in der Nähe auf Drängen der Amerikaner aufgegeben und ihren Buchladen an ihre ehemaligen Mitarbeiterinnen verkauft. Offiziell hatte sie eine Stelle in der Verwaltung der Air Base angenommen. Ihren wenigen Freundinnen hatte sie gesagt, sie habe sich in einen amerikanischen Soldaten verliebt, der als Pilot im Irak eingesetzt sei, und dass sie ihm auf diese Weise nahe sein wolle. Allein ihre Haustiere, ein Pferd, ein paar Hühner und eine Katze, hatten sie hierher begleiten dürfen. Verwandte besaß sie nicht, und sämtliche Außenkontakte hatte sie seither abgebrochen.

Nachdenklich lief sie durch einen hellen Korridor den Hinweisschildern folgend zu den Restrooms für Ladies. Ein Blick durch die breiten, von außen verspiegelten Fensterfronten verriet ihr, dass die Sonne schien und der Himmel so wolkenlos blau glänzte wie Geros Augen. Ein schöner Tag, um einen Ausflug zu planen, doch ohne die ausdrückliche Erlaubnis ihrer Gastgeber durften sie das Gelände nicht verlassen.

Auf dem Rückweg zur Halle nahm sie einen anderen Weg oberhalb der Tribünen. Unten in der Halle hatte Agent Tanner auf dem Übungsplatz Aufstellung bezogen. Tanner, ein hochgewachsener Ex-Marine und Angehöriger der NSA mit blondem Kurzhaarschnitt, befand sich zusammen mit seinem eher gedrungenen Kollegen Mike Tapleton seit geraumer Zeit in einem Trainingsprogramm, das modernen Soldaten mittelalterliche Kampftaktiken vermitteln sollte. Von Kopf bis Fuß in einen modernen Schutzanzug gehüllt, trug er einen schlagfesten Einsatzhelm, um so mit einem mittelalterlichen Anderthalbhänder gegen Johan van Elk anzutreten, der wie Gero und Struan lediglich einen Overall und Stiefel trug. Johan und Stephano de Sapin hatten auf Wunsch ihrer Gastgeber die Ausbildung der beiden NSA-Agenten übernommen.

Aus einem Augenwinkel konnte Hannah beobachten, wie Johan erbarmungslos zum Angriff überging. Eine gehörige Portion Genugtuung lag in den Augen des rothaarigen Templers, als er damit begann, den Agent durch die Halle zu scheuchen. Obwohl Tanner durchtrainiert war, machte es den Eindruck, als ob er ein Kaninchen wäre, das von einem Wolf verfolgt wurde. Tanner zog es vor, auszuweichen, bis Johan ihn so sehr in die Enge getrieben hatte, dass ihm gar nichts anderes übrig blieb, als sich zu verteidigen. Blitzschnell riss er den Schild hoch und fing einen gewaltigen Schlag ab. Dann fasste er seinen ganzen Mut zusammen und schlug sogar zurück; Johans kraftvollen Verteidigungsschlägen hatte er jedoch kaum etwas entgegenzusetzen. Hannah ahnte, was danach kommen würde, weil sie den Hergang dieses Kampfes in den letzten Wochen immer wieder beobachtet hatte.

Johan ließ ihn gnädigerweise aus der Ecke entkommen und gab ihm erneut eine Chance, seinen Rhythmus zu finden. Im Ernstfall wäre Tanner längst tot gewesen. Dann stellte der Templer ihn erneut, wie eine Katze, die mit einer Maus spielt, und die Jagd begann von neuem. Johan führte Tanner regelrecht vor, aber wer hätte es ihm verdenken können? Schließlich war es das Einzige, was ihm an Überlegenheit gegenüber seinen Peinigern geblieben war.

Plötzlich vernahm Hannah zwei männliche Stimmen, die in gedämpftem Ton aus einer der Ehrenlogen drangen. Die beiden Männer schienen in ein intensives Gespräch verwickelt zu sein. Einer von ihnen war Tom. Sie erkannte ihn an seiner dunklen Stimme und dem dänischen Akzent, der sogar aus seinem Englisch herauszuhören war. Auch die andere Stimme, die ziemlich verschwörerisch klang, konnte Hannah mühelos zuordnen. Es handelte sich um General Lafour, den glatzköpfigen Oberbefehlshaber der in Deutschland stationierten NSA-Einheit. Lafours Uniformjackett, das seinen kompakten Oberkörper so eng umspannte, als hätte man es ihm auf den Leib gegossen, war auf Höhe der linken Brust mit unzähligen bunten Ehrennadeln dekoriert. Seinem kritischen Blick nach zu urteilen, führte er mit Tom eine hitzige Diskussion. Dabei wirkten seine Gesichtszüge verkrampft, und die Steilfalte zwischen seinen buschigen Brauen erschien Hannah noch tiefer als sonst. Misstrauen gehörte zu den wichtigsten Eigenschaften des Generals, und in Hannah mit ihrem ausgeprägten Gerechtigkeitssinn sah er ohnehin eine erklärte Feindin.

Auf Zehenspitzen näherte sich Hannah den Zuschauerrängen, die für interne Führungskräfte vorgesehen waren, und spähte vorsichtig hinter einem Pfeiler hervor. Beide Männer schienen von ihrer Gegenwart nichts zu ahnen, als sie ihnen einen raschen Blick vorbei an einer beigefarbenen Abtrennung zuwarf. Toms schlanke, hochgewachsene Gestalt, lässig in einen Businessanzug gekleidet, stand in krassem Unterschied zum hochdekorierten General, dessen physische Präsenz eher einem alternden Wrestlingkämpfer ähnelte.

Durch einen Spalt sah sie Lafour, wie er mit seinen dunkel behaarten Händen wild gestikulierte, als ob er sich gegen einen imaginären Gegner verteidigen müsste. Dabei gefiel ihr ganz und gar nicht, mit welch verächtlichem Gesichtsausdruck er gelegentlich die kämpfenden Männer unten in der Halle beobachtete.

Mit dem Rücken flach an die Säule gedrückt, versuchte Hannah zu verstehen, war er sagte.

»Sie sind Tiere«, bemerkte der General in Toms Richtung. »Gewalttätige Tiere. Schauen Sie sich die verbissene Miene des Flamen an! Er wurde aufs Töten abgerichtet, wie ein Kampfhund. Mann gegen Mann. Er würde Tanner, ohne mit der Wimper zu zucken, einen Kopf kürzer machen, wenn man ihn ließe.«

»Ihre Ledernacken sind auch nicht gerade Unschuldslämmer«, erwiderte Tom und verschränkte die Arme vor der Brust. »Ich sehe da keinen großen Unterschied.«

»Ich schon«, entgegnete Lafour mit einem ironischen Grinsen. »Die Männer dort unten sind tief religiös. Sie glauben, dass ihnen der Himmel offensteht, wenn sie einen Ungläubigen töten. Ich wette mit Ihnen, dass sie keine Gnade kennen, wenn es darum geht, ihren Glauben zu verteidigen. Für diese Männer ist der Krieg erst gewonnen, wenn kein einziger Moslem mehr am Leben ist. Sie sind geborene Fanatiker, die allein ein Ziel haben – die absolute Verbreitung christlichen Glaubens, genau das, woran es unseren Soldaten im Irak und in Afghanistan fehlt.«

Tom ließ die Arme sinken, als ob er vor so viel Schwachsinn kapitulieren müsste, dabei schüttelte er verständnislos seinen braunen Lockenkopf, erwiderte aber nichts. Hannah wäre ihm dafür am liebsten an die Gurgel gesprungen. Feigling, dachte sie wütend. In den vergangenen Monaten hatte sie wieder und wieder versucht, Tom davon zu überzeugen, dass Gero und seine Ritterbrüder kultivierter waren als so mancher Mensch aus der heutigen Zeit und dass man sie sehr wohl auf die moderne Zivilisation loslassen konnte. Professor Hertzberg hatte ihre Meinung dabei in allen Punkten unterstützt. Leider erfolglos. Lafours Aussage zeigte eindeutig, wie sehr es ihm und seinen amerikanischen Auftraggebern an Respekt gegenüber den Zeitreisenden mangelte. Hannahs Wut auf den General steigerte sich so sehr, dass sie ihm am liebsten die Pistole vom Gürtel gerissen hätte, um seine von Orden geschmückte Brust zu zerfetzen.

Lafour und seine Verbündeten hatten nicht die geringste Ahnung von Geros Achtung vor Gott und dem Leben, hatte sie Hertzberg gegenüber immer wieder beteuert. Aus den vielen nächtlichen Gesprächen, die sie manchmal mit Gero führte, wusste sie, wie tiefgreifend die Schuldgefühle waren, die ihn und seine Brüder quälten, wenn sie im Kampf einem Menschen das Leben genommen hatten.

»Wenn du den Tod eines Menschen verschuldest, macht das etwas mit dir«, hatte Gero ihr zu erklären versucht. »Du kannst das Gesicht des Sterbenden nicht mehr vergessen. Selbst wenn es aus Notwehr geschieht und du dich deiner christlichen Mission verpflichtet fühlst. Es ist, als ob deine Seele einen Pakt mit den Seelen der Toten eingeht, die sie für immer miteinander verbindet. Ihre Bilder erscheinen dir in der Nacht und klagen dich an. Du fühlst dich deiner Schuld regelrecht ausgeliefert und kannst nichts dagegen tun.« Danach hatte er sie nachdenklich angesehen. »Warum wohl«, gab Gero gelegentlich zu bedenken, »ist Abbitte in einer Kirche oder Kapelle zu leisten nach dem Atmen die zweithäufigste Tätigkeit eines Templers?«

»Denken Sie nicht, Sie sehen das etwas zu krass?«, wandte Tom ein, als ob er Hannahs Gedanken gespürt hätte.

Lafours Miene blieb unnachgiebig. »Schauen Sie sich die Typen doch an! Bernhard von Clairvaux hat sie nicht umsonst in den Heiligen Krieg geschickt. Hertzberg hat mir erzählt, dass man die Raubritter des elften und zwölften Jahrhunderts zu Kreuzrittern gemacht hat, weil sie von Europa ansonsten nur noch einen Scherbenhaufen übrig gelassen hätten.« Lafour lachte abschätzig. »Nein, Tom, wenn Sie genau hinsehen, werden Sie feststellen, dass diese Männer nicht so sind wie wir. Dieser flämische Querkopf dort unten«, erklärte er und deutete auf Johan, der Tanner erneut mit ausgestrecktem Schwert von einer Ecke zur anderen trieb, »hätte beinahe einen unserer Reaktortechniker getötet, und das nur, weil er es gewagt hat, seine rothaarige Hexe anzusprechen. Und wenn ich mich recht erinnere, haben Sie Ihre Lektion auch schon gehabt.« Der Blick des Generals fiel für einen Moment auf Gero, der am Rande des Tartanfeldes auf einer Bank saß und den ungleichen Kampf zwischen Johan und Tanner mit amüsierter Miene beobachtete. »War es nicht der Ehemann Ihrer Ex, der Ihnen ein Messer an den Hals gesetzt hat und kurz davor war, Ihnen bei lebendigem Leib das Herz herauszureißen?«

»Na ja«, wandte Tom diplomatisch ein. » Er wollte mich nicht umbringen. Ich habe ihn provoziert. Es war meine Schuld. Ich denke, das Ganze war ein Missverständnis.«

»Das dachte ich von meinem Pitbull-Terrier auch, nachdem er mich zunächst nur in den Finger gebissen hatte. Dann ist er mir irgendwann aus heiterem Himmel an die Kehle gesprungen. Ich hatte Glück, dass er ein Schockhalsband trug und ich stark genug war, ihn abzuwehren. Danach habe ich ihn einschläfern lassen müssen. Chronische Aggressivität – die Diagnose des Tierpsychologen. Genetisch veranlagt. Noch nicht einmal Medikamente zur Aggressionsunterdrückung konnten mir Sicherheit bieten, dass es nicht noch einmal passieren würde.« Lafour grinste süffisant und richtete seinen Blick erneut auf Gero und Struan. »Die Kerle sind durchgeknallt«, ergänzte er schlicht. »Sie stammen aus einer vollkommen anderen Welt. Es wäre sträflich, das zu vergessen. Sie haben das Töten bereits mit der Muttermilch eingeflößt bekommen, so etwas bringt man nicht mehr aus ihren Köpfen. Darüber hinaus fehlen ihnen ein paar Jahrhunderte an moralischer und psychischer Entwicklung.« Mit einer theatralischen Geste tippte sich Lafour gegen die Stirn. »Es ist wie mit den arabischen Terroristen. Die ticken auch nicht wie Sie und ich. Ihre geistige Entwicklung ist im Mittelalter stehengeblieben, und wir können das um nichts in der Welt ändern. Wenn Sie mich fragen, sind unsere Tempelherren aus dem gleichen Holz geschnitzt. Mit dem Unterschied, dass wir sie unter Kontrolle halten – noch. Geben Sie mir tausend von dieser Sorte, und im Irak und Afghanistan kehrt unverzüglich Ruhe ein.«

Tom räusperte sich. Ihm war anzusehen, wie abwegig er Lafours Gedankengang fand. »Soweit ich weiß, waren es die Kreuzritter, die Jerusalem verloren haben und nicht die Sarazenen.«

»Papperlapapp.« Lafour wischte Toms Einwand mit einer unwirschen Geste beiseite. »Das lag daran, dass die Christen zerstritten waren und ihnen die richtigen Waffen fehlten. Ich habe Hertzberg dazu befragt, und er muss es schließlich wissen.« Mit einem Nicken deutete er hinunter zu Gero und Struan. »Mit denen da unten ließe sich das vielleicht ändern.«

Tom sah den General begriffsstutzig an. »Wollen Sie mir damit etwa andeuten, dass ich Ihnen eine Horde von Kreuzrittern herbeitransferieren soll, damit wir den Krieg im Irak gewinnen?«

»Nein«, erwiderte Lafour mit ungeduldiger Stimme. »Eher umgekehrt. Der Präsident der Vereinigten Staaten hat sich in unserer gestrigen Videokonferenz klar genug ausgedrückt. Er will, dass Sie diese beiden dort unten zusammen mit ihren drei anderen Kameraden so schnell wie möglich in die Vergangenheit schicken, um einen Dritten Weltkrieg abzuwenden. Wenn wir die Araber vor achthundert Jahren besiegt hätten, müssten wir es heute nicht mehr tun. Wir rüsten unsere Templer mit den richtigen Waffen aus und geben ihnen noch ein paar Agenten der NSA hinzu, und schon ist das Schicksal unserer Erzfeinde besiegelt.«

Tom schüttelte den Kopf. »Sie mögen ja eine Menge Ahnung von Militärstrategien haben, aber die Physik überlassen Sie lieber mir. Warum, denken Sie, hat das Pentagon von der ursprünglichen Idee Abstand nehmen müssen, einen unserer Zeitreisenden ins Jahr 2001 zu entsenden, um den Anschlag auf das World Trade Center zu verhindern? Ich sage es Ihnen: Weil wir zu wenig über die Abläufe im Raum-Zeit-Kontinuum wissen, um ohne weitere Forschungsergebnisse eine Veränderung der Geschichte verantworten zu können. *Das* ist der Hauptgrund, warum wir die beiden Frauen finden und in unsere Zeit transferieren müssen. Sie sind die Einzigen, die uns lückenlos über die Zusammenhänge des Servers und seiner einzelnen Funktionen aufklären können. Solange uns grundlegende Erkenntnisse über die Auswirkung eines solchen Unternehmens fehlen, kann ich nur dringend davon abraten, unseren Templern bei einer möglichen Reise ins zwölfte Jahrhundert moderne Waffen mitzugeben. Hertzberg befürchtet, dass die Jungs wegen Zauberei verurteilt und geköpft oder verbrannt werden könnten. Außerdem weiß niemand, welche Auswirkungen ein solches Handeln auf unsere Zeit hätte. Obendrein steht noch nicht fest, ob ein erneuter Einsatz des Servers gelingt, erst recht nicht, ob er uns den gewünschten Erfolg bringen wird.«

Von unten war ein erneutes Aufstöhnen zu hören, gefolgt von einem angestrengten Keuchen, das von einem rasch aufeinanderfolgenden Klirren des Stahls begleitet wurde.

»Was immer Sie vorhaben«, raunte der General. »Die Schonzeit dieser Männer ist ab sofort zu beenden. Der Präsident drängt zur Eile. Bereits nächste Woche will er genaue Termine für einen Transfer vorliegen haben. Sie müssten es eigentlich besser wissen als ich. Schließlich lassen die Analysen der Timeserver-Dateien vermuten, dass uns in nicht allzu ferner Zukunft Chinesen und Inder überrollen und die USA zu einem versunkenen Atlantis verkommen, für das es keine Rettung gibt. Ohne genaues Wissen über die Gründe, die zu dieser Katastrophe führen werden, sind uns die Hände gebunden.«

Tom stieß einen Seufzer aus. »Meine Exverlobte ist inzwischen mit Gero von Breydenbach verheiratet. Denken Sie ernsthaft, sie würde es zulassen, wenn wir ihren Ehemann und seine Leute wie Ihre tollwütigen Pitbulls in Käfige sperren und in einen achthundert Jahre zurückliegenden Kreuzzug schicken? Immerhin hat sie Hertzberg auf ihrer Seite.«

»Hertzberg hat seine Meinung schon vor Wochen geändert. Der Präsident hat ihn persönlich von der Notwendigkeit dieses Einsatzes überzeugt.« Lafour fasste Tom beim Ärmel seines Jacketts und zog ihn näher zu sich hin, dabei grinste er schmallippig.

»Und was Ihre Exfreundin davon hält, spielt in diesem Fall überhaupt keine Rolle. Sie kann kaum erwarten, dass wir auf diesen Barbaren Rücksicht nehmen, nur weil sie sich von ihm vögeln lässt.«

Tom verzog keine Miene und ließ sich von Lafour nicht aus der Reserve locken.

»So einfach, wie Sie sich das vorstellen, ist es nicht«, erwiderte er barsch. »Die Jungs müssen einverstanden sein. Wir müssen einige Laborchecks mit ihnen durchführen, ob sich ihre DNA in den vorgesehenen Zeitabschnitt einfügt. Dafür benötigen wir Männer, die mit uns kooperieren, sonst wird das nichts.«

Lafour hob eine Braue. Seine Haltung drückte aus, dass ihm Toms plötzliche Loyalität gegenüber den Templern ganz und gar nicht in den Kram passte. »Hertzberg hat sich unsere Kreuzritter vor wenigen Tagen im Auftrag des Präsidenten vorgenommen«, entgegnete der General kalt. »Zunächst Gero von Breydenbach als deren Sprecher und dann jeden Einzelnen von ihnen.«

Hannah glaubte sich verhört zu haben. Gero hatte nichts von einem Gespräch mit dem Professor erwähnt.

»Hertzberg hat unseren Templern gegenüber unmissverständlich klargestellt«, fuhr der General fort, »dass die Mission für die gesamte Menschheit von äußerster Wichtigkeit ist und sie gewissermaßen gezwungen sind, mit uns zu kooperieren, auch weil sie auf diese Weise vielleicht dazu beitragen können, Jerusalem zu retten – wenn auch verspätet. Außerdem habe ich ihm geraten, darauf hinzuweisen, dass wir ihnen im Falle einer Verweigerung diverse Annehmlichkeiten streichen müssen. Schließlich kostet es die Vereinigten Staaten von Amerika einen Haufen Geld, ihnen und ihren Gespielinnen ein Leben im mittelalterlichen Luxus zu bieten. Allerdings scheint es dem alten Juden gelungen zu sein, Breydenbach und seine Brüder auch ohne Gewaltandrohung für unseren Auftrag zu begeistern. Schließlich wollen sie immer noch ihren Orden retten – und nichts anderes hat er ihnen in Aussicht gestellt. Unsere Aufklärungstrupps werden bereits in der nächsten Woche nach Jerusalem reisen und sich mit unseren Mittelsmännern in der amerikanischen Botschaft in Verbindung setzen, um einen Transfer in der Nähe des Tempelbergs vorzubereiten.« Lafour setzte eine abgeklärte Miene auf. »Also worauf warten Sie noch?«

Tom wandte sich genervt von Lafour ab, indem er sich mit starrer Miene auf dem Balkongeländer abstützte und seine Aufmerksamkeit den immer noch kämpfenden Männern widmete. Offenbar hatte er genug von der Unterhaltung mit dem General. Ein kurzer Blick genügte Hannah, um zu sehen, dass er blass geworden war. Lafour hatte sich ebenfalls wieder dem Kampfgeschehen zugewandt und tat so, als ob diese Unterhaltung nie stattgefunden hätte. Als Tom nach einer Weile von der Balustrade zurücktrat, um die Loge wortlos zu verlassen, zog Hannah sich hastig hinter den nächsten Pfeiler zurück.

Also stimmte es doch, dass man Gero und seine Kameraden für ein weiteres Experiment missbrauchen wollte, obwohl Karen Baxter und auch Tom alle Vermutungen in dieser Richtung dementiert hatten.

Hannah musste rasch etwas einfallen, um Gero und die anderen Brüder davon zu überzeugen, dass der geplante Einsatz ihren Tod bedeuten konnte. Sie würde mit Gero reden, sobald sich die passende Gelegenheit ergab. Doch zuvor würde sie Hertzberg aufsuchen. Es musste ihr gelingen, den Professor auf ihre Seite zu ziehen, indem sie ihn davon überzeugte, dass er seine liebsten Studienobjekte verlor, falls ihnen bei diesem Experiment etwas zustoßen sollte. Anstatt zur Tribüne zurückzulaufen, nahm Hannah den Weg nach draußen zu den Flachbauten der leitenden Mitarbeiter. Die Sonne ließ sie blinzeln, und die warme Luft des Nachmittags fuhr unter ihr knielanges Blümchenkleid. Eilig durchquerte sie einen kleinen Park mit Kastanienbäumen und hohen Buchen. Hertzbergs Büro war in einem Seitentrakt des Forschungsareals untergebracht, und erst nachdem er dem wachhabenden Offizier am Eingang die Erlaubnis gegeben hatte, durfte Hannah das Gebäude betreten.

Das buckelige Männchen erhob sich erstaunlich flink aus seinem

Sessel. Seine magere Gestalt versank regelrecht in dem hellgrauen Anzug, als er einen Schritt auf Hannah zuging und sie mit seinen kühlen, knochigen Händen so herzlich begrüßte, dass sie für einen Moment alle Vorwürfe vergaß. Die kleinen, braunen Augen lächelten freundlich, obwohl sich die Muskeln seines hageren, faltigen Gesichtes kaum bewegten. Sein schlohweißes Haar stand ihm unwirsch vom Kopf ab und unterstrich seinen störrischen, ungestümen Geist, der noch rege genug war, um es mit jedem jungen Wissenschaftler aufnehmen zu können.

»Mein liebes Kind«, stieß er mit einer großväterlich anmutenden Geste hervor, »was kann ich für dich tun?«

In den vergangenen Monaten, in denen Hertzberg als weltweit anerkannter Historiker die Templer und deren Frauen im Camp betreute, war man allgemein zu einer vertraulichen Anrede übergegangen, was jedoch nicht bedeutete, dass man sich wirklich nahegekommen war. Hannah war nicht sicher, ob Hertzberg in Wahrheit trotz aller Freundlichkeiten, die er an den Tag legte, lediglich interessante Forschungsobjekte in ihnen sah.

»Wir müssen reden!«, sagte sie, und ihr Ton verriet, dass sie nicht zu einem netten Plausch vorbeigekommen war.

»Setz dich doch«, sagte Hertzberg mit sanfter Stimme und deutete auf einen der beiden braunen Polsterstühle, die vor seinem Schreibtisch standen. »Tee, Kaffee oder ein Glas Wasser?« Seine mitfühlende Miene täuschte Hannah nicht darüber hinweg, dass der Professor offenbar die Seiten gewechselt hatte, wenn sie Lafours Ausführungen Glauben schenken durfte.

»Nur Wasser«, murmelte sie.

Der Professor verzichtete darauf, die Ordonnanz zu rufen, indem er einen einzelnen Knopf an seinem Telefon drückte. Er nahm eine Plastikflasche aus dem Kühlschrank, der neben seinem Schreibtisch stand, und goss stilles Wasser in ein Glas, das er zuvor auf den Tisch gestellt hatte. »Du siehst besorgt aus. Ist etwas vorgefallen?«

Hannah lächelte schwach. »Die Frage ist falsch gestellt«, erwiderte sie und trank rasch einen Schluck. »Sie müsste lauten: Hast du es zufällig herausbekommen, oder hat er dir gegenüber sein Schweigegelübde gebrochen?«

Zunächst reagierte Hertzberg verblüfft, doch dann verstand er anscheinend, worum es ihr ging.

»Es ist nicht so, wie du denkst«, sagte er abwehrend.

»Nein?« Sie lachte hell, doch plötzlich schossen ihr Tränen in die Augen. Sie hatte diesem alten Schuft vertraut, und nun konnte sie ihm mühelos ansehen, dass er ihr Vertrauen nicht wert war.

»Ich durfte soeben mehr zufällig erfahren, dass ein weiterer Einsatz der Templer mit dem Timeserver unmittelbar bevorsteht.« Ihre grünen, katzenhaften Augen funkelten den Professor herausfordernd an. »Und das mit deinem Wissen!« Ihre Stimme zitterte leicht. »Stimmt es, dass Gero und seine Männer bereits ihre Zustimmung zu diesem Einsatz gegeben haben?«

Hertzberg nahm seelenruhig eine Flasche mit einer bernsteinfarbenen Flüssigkeit aus dem Wandschrank und goss sich einen Fingerbreit schottischen Whisky in ein Glas. Nachdem er einen ersten Schluck genommen hatte, schaute er zu ihr auf. »Auch einen?«, fragte er mit bemerkenswert neutraler Miene.

»Nein«, entgegnete sie scharf. »Denkst du wirklich, das würde es besser machen?«

Leicht verstört zog er sich in seinen Chefsessel zurück und nahm einen zweiten Schluck, bevor er zu einer Antwort ansetzte. »Es stimmt, was du sagst, und es hat keinen Sinn, es länger vor dir zu verheimlichen«, gab er unumwunden zu. »Früher oder später wärst du ohnehin dahintergekommen. Dabei herrscht im Moment sogar unter den beteiligten Wissenschaftlern eine strikte Nachrichtensperre. Mich würde interessieren, wer seinen Mund nicht halten konnte.«

»Lafour«, erwiderte Hannah mitleidslos. »Er hat mit Tom darüber geredet. Als ich von der Toilette zurückkam, konnte ich alles mitanhören.«

»Ausgerechnet Lafour?« Der Professor räusperte sich erstaunt. »Betont er nicht fortlaufend, Chef der geheimsten Truppe der Welt zu sein?! Wie kann er dann in aller Öffentlichkeit über solche Projekte sprechen?«

Hannah richtete sich auf. »Lafour ist vielleicht ein hirnloser Idiot«, urteilte sie scharf. »Aber viel schlimmer ist, was ich über dich erfahren musste.« Sie machte eine kleine Pause, als ob sie sich sammeln müsste. »Ich habe dir vertraut, weil ich hoffte, dass du auf unserer Seite stehst. Doch nun muss ich hören, dass du mit Leuten wie Lafour gemeinsame Sache machst.«

»Gero und seine Männer haben dem Vorhaben zugestimmt«, verteidigte sich Hertzberg.

»Und kannst du mir auch verraten, warum?«

»Weil sie darin eine letzte Chance sehen, den Orden endgültig vor seinem Untergang zu bewahren. Dazu kommt die Rettung Jerusalems. Lafour hatte die Idee, dass man die Stadt bei einer erneuten Zeitreise auf ewig von den Muslimen befreien könnte. Ich bin allerdings zusammen mit Gero der Meinung, dass man in einem erneuten Anlauf eine friedliche Allianz zwischen den drei monotheistischen Religionen vorantreiben könnte. Und weil das unser Ziel ist, können wir nicht zulassen, dass Lafour sich in einen Krieg einmischt, der achthundert Jahre zurückliegt, womöglich noch mit modernen Waffen.«

»Das ist purer Wahnsinn. Der General wird sich von dir nichts sagen lassen, und das weißt du auch!« Hannah hielt es nicht mehr auf ihrem Stuhl. »Die Templer von damals wussten um die Zukunft, sie waren im Besitz des Servers«, sie begann vor dem Schreibtisch auf und ab zu wandern, »und doch haben sie nichts daran ändern können. Warum sollte es diesmal gelingen? Das Ganze ist so obskur, dass es von vorneherein zum Scheitern verurteilt ist. Ich werde nicht zulassen, dass man meinen Mann für so eine Sache in den Tod schickt!« Ihr Blick hatte etwas von einer Rachegöttin und bei Gott, sie fühlte sich auch so.

»In erster Linie geht es dem Präsidenten darum, diese beiden Frauen zu finden und zu uns in die Gegenwart zu bringen.« Hertzberg war ehrlich bemüht, zum eigentlichen Ausgangspunkt der Diskussion zurückzukehren. »Das Einzige, was wir über die beiden Wissenschaftlerinnen wissen, ist, dass sie aus dem Jahre 2151 stammen und dass sie zwischen 1148 und 1153 – allem Anschein nach unbeabsichtigt – auf dem Tempelberg in Jerusalem untergebracht waren. Es wird nicht leicht sein, sie dort aufzustöbern. Der Tempelberg galt schon damals als ziemlich unübersichtlich und gut bewacht. Nur Eingeweihte durften das Areal betreten – oder Menschen, die zuvor einen Passierschein vom Orden erhalten hatten. Niemand wäre besser geeignet, als Gero und seine Brüder, den Templerorden zu dieser Zeit zu infiltrieren, um auf diese Weise zum Ziel zu gelangen.«

»Gero und seine Leute gehörten zum Orden, ja, aber sie stammen aus einer völlig anderen Zeit«, erwiderte Hannah zornig, »… sie waren noch nie zuvor im Heiligen Land und kennen sich dort ebenso wenig aus wie du und ich. Sie in einer überaus fragwürdigen Mission zu opfern, bloß weil sie Templer sind, halte ich für barbarisch. Mittlerweile sind Gero und ich verheiratet und leben im einundzwanzigsten Jahrhundert und nicht in Zeiten der Kreuzzüge.« Hannah schlug mit der Faust so hart auf den Tisch, dass es wehtat. »Er ist hier, um an meiner Seite ein normales, menschenwürdiges Leben zu führen. Er ist mein Ehemann und keine Laborratte!« Hertzberg wich erschrocken zurück, doch das störte Hannah nicht. »Er ist kein Ordensritter mehr«, stellte sie klar. »Das war einmal. Wann werdet ihr Amerikaner das endlich kapieren?«

»Hannah«, wandte Hertzberg beschwichtigend ein. »Erstens denkt dein Mann völlig anders. Tief im Herzen wird er immer ein Templer bleiben, ganz gleich, was noch geschieht, und zweitens befinden wir uns in einem Ausnahmezustand. Allem Anschein nach steht der Dritte Weltkrieg vor der Tür. Wenn das geschieht, was die Prophezeiungen des Servers vermitteln, werden auch eure Nachkommen davon betroffen sein. Zu denken, dass diese Zeitreisegeschichte zu keinerlei Konsequenzen führen würde, ist naiv. Du kannst nicht ernsthaft erwarten, dass die amerikanische Regierung die Tatsache ignoriert, dass man fünf Tempelritter mit einem futuristischen Zeitreisesystem in die Gegenwart transferiert hat. Sie wollen wissen, wie es dazu kommen konnte und ob die beiden Frauen in der Vergangenheit noch existieren. Schließlich tragen sie ein gewaltiges Geheimnis mit sich herum! Tom hat immer noch nicht das Energieantriebssystem des Servers vollkommen entschlüsseln können. Falls ihm das irgendwann gelingen sollte, hätte allein das weitreichende Konsequenzen für die zukünftige Energieversorgung unseres gesamten Planeten. Das Abenteuer ist also noch längst nicht vorbei – im Gegenteil, es hat gerade erst begonnen.«

Hertzbergs nüchterner Blick trieb Hannah zur Weißglut. Der Umstand, dass der Professor diesen Wahnsinn als gegeben akzeptierte und mit Argumenten zu Felde zog, denen sie kaum etwas entgegenzusetzen vermochte, zog ihr den Boden unter den Füßen weg.

»Was du ein Abenteuer nennst, bedroht mein Leben und meine zukünftige Familie«, bekannte sie bitter.

»Deine Haltung ist ziemlich egoistisch«, entgegnete Hertzberg erstaunlich ruhig. »Wenn eintrifft, was die Analysen des Servers hergeben, geht es nicht mehr um Einzelschicksale. Es betrifft alle, die das Leben in einer Demokratie zu schätzen wissen.«

»Demokratie?« Hannah lachte schrill auf. »Du wagst es, die Vorgehensweise der Amis uns gegenüber als demokratisch zu bezeichnen?« Sie war fassungslos.

Hertzberg, der ihre Gefühlslage mühelos einschätzen konnte, versuchte gegenzulenken. »Gero und seine Männer werden Jerusalem sehen. Etwas, von dem sie immer geträumt haben, das ihnen aber nie vergönnt war.«

Hannah ließ sich in einen der Sessel fallen und rang nach Atem. »Dieses Vergnügen hätte man ihnen längst bereiten können«, fauchte sie aggressiv. »Dafür reicht ein First Class Flugticket der EL AL und ein Touristenarrangement, das sie zu sämtlichen religiösen Stätten führt, die das Heilige Land zu bieten hat. Dann könnten sie sich selbst davon überzeugen, dass dort heutzutage drei Weltreligionen unter einer Verwaltung leben und es nichts mehr gibt, was noch zu retten wäre.«

»Du verstehst es nicht«, versuchte Hertzberg sie zu überzeugen. »Gerade die heutige Situation ist alles andere als zufriedenstellend. Es vergeht kein Tag, an dem es in Israel keine Auseinandersetzungen zwischen Juden und Muslimen gibt. Was letztendlich zu dem angekündigten Desaster führen wird. Und die Christen spielen faktisch keine Rolle in diesem Land. Von Frieden und Ausgleich kann also kaum die Rede sein. Ich denke, wenn Gero in der Zeit zurückreist und den richtigen Männern im Orden erklärt, wie die Zukunft tatsächlich aussieht, kann die Eroberung der Stadt durch die Sarazenen verhindert und eine friedliche Einigung zwischen Christen, Muslimen und Juden erzielt werden, die das Gleichgewicht der Kräfte auf ewig herstellen wird.«

»Das sind völlig ungesicherte Erkenntnisse«, entgegnete Hannah. »Niemand weiß, ob und wie sich etwas verändern wird. Ich aber weiß, dass dort, wo man sie hinschicken will, reines Chaos herrscht. Menschen schlachten sich gegenseitig mit archaischen Waffen ab, es gibt Seuchen, aber kaum ernstzunehmende medizinische Hilfe. Ich habe das alles im vierzehnten Jahrhundert selbst erlebt. Von Toms unausgegorener Technik, die alles andere als zuverlässig ist und die Probanden ebenfalls töten kann, ganz zu schweigen.«

»Die Amerikaner haben an alles gedacht.« Hertzberg schaute für einen Moment zu Boden. »Der Einsatz wird von einem Sicherheitsteam begleitet, das jederzeit medizinische Hilfe auf höchstem Niveau leisten kann. Lafour hat dabei an Tanner und Tapleton gedacht. Sie besitzen eine fundierte Sanitätsausbildung, und er will sie zudem mit modernen Waffen ausstatten, damit sie sich adäquat verteidigen können, falls es zu einer aussichtslosen Situation kommen sollte.«

»Das bedeutet, es gibt tatsächlich niemanden, der diesen Wahnsinn verhindern will?« Hannah stand auf und ging zur Tür. Sie fürchtete, sich jeden Moment übergeben zu müssen, so elend fühlte sie sich.

»Es tut mir leid«, erwiderte Hertzberg mit ausdruckslosem Gesicht. »Die Maschine ist längst angelaufen, und nur ein Wunder könnte sie stoppen.«

Kapitel 5
Davidspalast

Juli 1148 – Jerusalem

Vor einem hohen, mit silbernen Ornamenten geschmückten Tor zog Khaled an einer dünnen Kette, die von einem steinernen Überstand hing, und brachte ein helles Glöckchen zum Läuten. Kurz darauf öffnete sich das Tor einen Spaltbreit, und eine junge Frau erschien, eine leuchtende Glaslaterne in der Hand. Im Schein der Kerze sah Lyn ihr puppenhaftes Gesicht, das von großen, dunklen Augen dominiert wurde. Ihre vollen Lippen verzogen sich zu einem missmutigen Ausdruck, als ob sie durch das Läuten gestört worden wäre. Ihre kleine, schlanke Gestalt war in ein langes, rotes Kleid gehüllt, das sich eng an ihre üppigen Brüste schmiegte. Das braune Haar flutete in weichen Wellen bis zu den Hüften und wurde von einem feinen Goldreif gehalten, an dem ein durchscheinender, goldfarbener Schleier befestigt war.

»Gepriesen sei Fatima, du bist noch wach.« Khaleds Begrüßungsformel fiel kurz und förmlich aus. »Nesha, ich benötige deine Hilfe.«

Die Frau schien verwirrt, sie hob die Lampe und leuchtete Khaled zunächst ins Gesicht, als ob sie sich vergewissern müsste, dass er es auch wirklich war, dabei wechselte ihr Mienenspiel von stirnrunzelnder Besorgnis zu überraschter Erleichterung. Ein Seufzer entfuhr ihr, als sie sicher war, wen sie vor sich hatte. Ungeachtet seiner fremden Begleitung legte sie Khaled einen Arm um den Hals, zog ihn zu sich herab und küsste ihn stürmisch auf den Mund. Merkwürdig steif ließ er sich diese eindeutige Geste der Zuneigung gefallen.

»Der heiligen Jungfrau sei Dank, du lebst«, stieß Nesha mit einer hohen, atemlosen Stimme hervor.

Khaled hatte eine leicht abweisende Haltung angenommen und nickte beiläufig. Ihr Gefühlsausbruch schien ihm unangenehm zu sein. Nach einem Moment erwartungsvoller Stille schob er sie sanft von sich weg, um ihr in die vor Freude glänzenden Augen zu schauen, wobei er eine Hand auf ihrer Schulter ruhen ließ. »Woher weißt du, was geschehen ist? Wir sind doch eben erst angekommen.«

»Ahmed war schon hier und hat uns Bericht erstattet«, erklärte die Frau. Die Aufregung in ihrer Stimme wollte nicht weichen. »Er sagte, ihr seid von Fatimiden angegriffen worden und dass einer der Templer durch einen Pfeil mitten ins Auge getötet wurde. Auch sagte er, es habe fünfzehn Leibeigene des Heiligen Grabes erwischt und Hakims jüngster Sohn sei ebenfalls von einem Pfeil durchbohrt worden, aber dann auf wundersame Weise von einer Fremden gerettet worden? Stimmt das?«

Khaled beantwortete ihre Frage nicht, sondern wandte sich kurz zu seinen Begleiterinnen um. »Ich habe jemanden mitgebracht.« Sein Blick fiel erneut auf Nesha. »Das sind Lyn und Rona. Ihre Karawane wurde durch den Angriff vollständig aufgerieben. Sie benötigen ein Lager für mehrere Nächte.«

Nesha taxierte die beiden so misstrauisch, als hätte sie wahrhaftige Hexen vor sich. »Können die beiden nicht in einer Herberge unterkommen?«

Khaled setzte eine ungeduldige Miene auf. »Nein. Sie besitzen nichts, womit sie eine Herberge bezahlen könnten. Außerdem sind sie adliger Herkunft«, log er. »Also, willst du uns nicht einlassen?«,

»Natürlich«, entschuldigte sie sich und trat mit vor Enttäuschung geschürzten Lippen zurück. Widerwillig öffnete sie das Tor, damit Khaled und seine Begleiterinnen in das Innere des Palastes gelangen konnten. In einem breiten, mit beigefarbenem Marmor verkleideten Vorraum, von dem aus ein Weg geradeaus in eine hohe, hellerleuchtete Halle führte, blieben sie stehen.

Nesha hatte sie unter einen bedrohlich wirkenden Silberkranz geführt, der tonnenschwer, an Ketten befestigt, von der Decke baumelte. Auf den darauf angebrachten Spitzen steckten vierundzwanzig dicke Kerzen, die alle entzündet worden waren und damit eine beinah taghelle Umgebung schafften.

Lyn ließ ihren Blick schweifen und stellte fest, dass im weiteren Verlauf der Halle noch mehr Deckenleuchter zu finden waren, deren Kerzen jedoch nicht brannten. Lion hatte sie anhand holographischer Aufzeichnungen auf diese archaische Beleuchtung vorbereitet. Tatsächlich hatte sie nie zuvor eine brennende Kerze gesehen, deren Duft sie als ziemlich intensiv empfand.

Boden und Wände hatte man mit weichen, bunten Teppichen ausgelegt, und die vielen Ecken und Winkel füllten verschiedenartige Pflanzen in kunstvoll behauenen Steintöpfen. Rechts und links von der Vorhalle führten zwei blankpolierte, bernsteinfarbene Marmortreppen in weitere Obergeschosse.

Von weitem war leise Musik zu hören, irgendwer spielte auf einer Flöte. Neben dem Kerzengeruch lagen andere, verwirrend fremdartige Düfte in der Luft, süß und herb zugleich.

»Fantastisch«, murmelte Lyn und warf Rona einen begeisterten Blick zu. »Frag mich, warum ich gedacht habe, wir landen in der Steinzeit.«

»Zumindest was die Gebäude angeht, trifft es zu«, gab Rona stoisch zurück.

Im 22. Jahrhundert verwendete niemand mehr Steine. Carbon, Glas und Kunststoffe, die UV-Strahlung aus Sonnenlicht filterten und sie in Alltagsenergie umwandelten, waren das Mittel der Wahl.

Nesha war die Neugier ihrer Gäste nicht entgangen, auch sie selbst nutzte den Augenblick, um die beiden Frauen intensiv zu betrachten. Dabei hatte sie Mühe, ihre offensichtliche Missbilligung zu unterdrücken.

Kleines Luder, dachte Khaled. Wahrscheinlich glaubte sie, er habe die beiden aus rein körperlichem Interesse mitgebracht. Das hübsche, braunhaarige Mädchen war die erste Kammerdienerin der Königin. Neben der Tatsache, dass sie ebenso wie ihre Herrin recht schnell Gefallen an Khaled gefunden hatte und ihn von Zeit zu Zeit in seinen

Gemächern besuchte, um ihn zu einer sündigen Nacht zu verführen, war sie ein gerissenes Miststück, das es mit jedem adligen Kerl trieb, der ihr einen Aufstieg in der Jerusalemer Gesellschaft versprach.

Ihre Vorfahren gehörten zur zweiten Generation von Einwanderern aus dem Abendland, die sich mit den hier lebenden Einheimischen vermischt hatten, was ihr ein arabisches Äußeres verlieh, obwohl sie christlichen Glaubens war. Aus einem Grund, den Khaled nur erahnen konnte, hatte die Königin darauf verzichtet, sie mit nach Akko zu nehmen, und eine wesentlich unscheinbarere Zofe ausgewählt, die dort für die Instandhaltung ihrer Garderobe sorgte.

»Nun«, bemerkte Nesha spitz und rückte ganz nah an Khaled heran, dabei stellte sie sich auf die Zehenspitzen und verfiel in einen unhöflichen Flüsterton. »Sie müssen ziemlich hochgestellte Persönlichkeiten sein, wenn du meinst, dass Melisende sie empfängt.«

»Bei den beiden handelt es sich um mongolische Prinzessinnen«, log Khaled dreist. »Sie sind einzige Überlebende einer mongolischen Gesandtschaft, die sich auf dem Weg nach Ägypten befand.«

»Aber das würde ja bedeuten, dass sie Verbündete der Fatimiden sind – warum wurden sie dann angegriffen?« Nesha schaute ihn mit unschuldiger Miene an und schien zu ahnen, dass sie ihn mit ihren Fragen in Verlegenheit brachte.

»Wahrscheinlich ein tragisches Missverständnis«, erwiderte Khaled ungerührt. »Wenn man bedenkt, dass die Fatimiden offenbar alle ihre Begleiter getötet haben. Ich sah es als meine Verpflichtung an, diesen unschuldigen Frauen beizustehen, bis eine Karawane gegen Osten aufbricht, die sie nach Hause zurückbringen kann.« Dass in Wahrheit er und seine Leute den beiden Frauen ihr Leben zu verdanken hatten, würde er Nesha nicht preisgeben.

»Aber«, zischte sie, »was ist, wenn sie den Franken feindlich gesinnt sind? Ich meine, wenn die Mongolen gemeinsame Sache mit dem ägyptischen Kalifen machen, wäre das doch nicht so abwegig, oder?«

»Zügle deine Zunge«, gab Khaled ärgerlich zurück. »Du kannst ihnen nichts unterstellen, nur wegen einer Vermutung, die du nicht beweisen kannst.«

»Wie du meinst«, entgegnete Nesha knapp. »Schließlich trägst du die Verantwortung für die beiden, was bedeutet, dass du der Königin Rechenschaft ablegen musst, falls sie auf dumme Gedanken kommen.«

Khaled behielt ein ungutes Gefühl. Die Zofe würde zuverlässig dafür sorgen, dass die Neuankömmlinge im Davidpalast schon bald so bekannt wie der Papst sein würden.

Nesha nickte Lyn und Rona mit einem katzenhaften Lächeln zu. »Na dann«, presste sie wenig überzeugend hervor. »Willkommen im königlichen Palast.« Im Vorbeigehen wandte sie sich noch mal an Khaled und rümpfte kaum merklich ihr feines Näschen. »Die beiden sehen recht anziehend aus«, bekannte sie leise. »Unser junger Prinz wird begeistert sein, wenn er zurückkehrt und sie hier vorfindet.«

Khaled schnaubte verächtlich. Balduin III. war jung und ungestüm und an so ziemlich allem interessiert, was Brüste hatte und nicht als hässlich galt. Auch Nesha kroch regelmäßig in sein Bett, obwohl er sich mit seinen achtzehn Jahren manchmal noch wie ein unreifer Knabe benahm.

»Ich glaube kaum, dass die beiden an einem unerfahrenen Jüngling interessiert sind«, erwiderte Khaled. »Also, was ist jetzt mit der Kammer?« Seine dunklen Brauen hoben sich ungeduldig, und Nesha schien zu ahnen, dass er keinen weiteren Widerspruch duldete.

»Soll ich sie neben dir einquartieren? Das Gästezimmer von Manasses ist zurzeit verwaist.« Nesha warf Khaled einen zweideutigen Blick zu, während sie ihn und seine beiden Begleiterinnen die breite Treppe hinaufführte. »Du könntest die beiden Tag und Nacht besuchen, ohne dass es jemand bemerkt.«

Khaled ahnte bereits, wen sie mit »jemand« meinte. Die Königin verfolgte eifersüchtig jeden Kontakt, den er zu anderen Frauen unterhielt.

»Was denkst du?«, fuhr Nesha munter fort, ohne darauf zu achten, dass Lyn und Rona alles mithören konnten. »Auf dem großen Bett würdet ihr alle drei eine Menge Spaß haben, und du könntest dich bei unserer Königin endlich einmal revanchieren. Schließlich hält sie dich auch ständig zum Narren.« Ihr Lächeln war unverschämt, vor allem vor dem Hintergrund, dass Manasses von Hierges als inoffizieller Liebhaber der Königin galt, obwohl er ihr Cousin dritten Grades war, und jeder wusste, dass Khaled bei Melisende nur dann zum Zuge kam, wenn der Konstabler auf seiner Burg Mirabel oder im Feld weilte. Weil Khaleds Zimmer tatsächlich neben dem des Konstablers lag, wurde er nicht selten Zeuge, wenn sich die Königin wieder einmal hemmungslos und ziemlich geräuschvoll mit ihrem Heerführer vergnügte. Khaled kniff die Lippen zusammen. »Ich hätte nicht vermutet, dass du so mitfühlend bist«, spottete er. »Nachdem die beiden Frauen knapp dem Tod entronnen sind und alles verloren haben, geht ihnen sicher etwas anderes im Kopf herum, als ausgerechnet das Lager mit mir zu teilen.«

Nesha ersparte ihm eine Antwort. Im zweiten Stock blieb sie stehen und bog dann in einen langen Flur ab, dessen Boden von einem dicken, roten Läufer bedeckt war, der sämtliche Schritte dämpfte. Mehrere verschlossene, silberbeschlagene Türen führten zu verschiedenen Zimmern. Auch hier wurde alles von kleinen Glaslampen beleuchtet, die man mit silbernen Halterungen an den Wänden befestigt hatte.

Lyn gewann den Eindruck, dass sich der stetige Duft nach Kerzen, Kräutern und Gewürzen aus dem Parterre, je höher sie stiegen, noch verstärkte. Nesha blieb vor einer der Türen stehen und öffnete sie. Dann nahm sie eine der Lampen aus der Halterung und bat Khaled und die beiden Frauen mit einem Nicken, ihr zu folgen.

Als Lyn das prunkvoll ausgestattete Zimmer betrat, fiel ihr als Erstes ein nach oben spitz zulaufendes Fenster auf, das bis zum Boden reichte und von einer in der Mitte geteilten, kunstvoll geschnitzten hölzernen Tür verschlossen wurde, die Nesha nun schwungvoll aufklappte. Ein süßer, leichter Wind flutete herein und milderte den schweren Duft nach Holz und Ambra, der nicht nur über den samtigen Kissen und Decken des prächtigen Himmelbettes lag, sondern auch den bunten Teppichen auf dem Boden und an den Wänden entströmte. Während Nesha sich um das Aufschütteln der Kissen kümmerte und Rona darüber in Kenntnis setzte, wo sie läuten musste, wenn sie etwas zu essen oder zu trinken wünschte, oder wo man ein Bad nehmen konnte und seine Notdurft verrichtete, trat Lyn an das geöffnete Fenster heran und warf einen neugierigen Blick hinaus auf einen kleinen Balkon. In schwindelnder Höhe präsentierte er die Aussicht auf die darunterliegenden Dächer und die mit Fackeln und Feuerkörben erleuchteten Stadtmauern. Dahinter lag die Wüste, dunkel und unergründlich – aus der sie gekommen waren. Nur hier und da erhob sich ein Lichtschein über den Hügeln Jerusalems, die sie in der Düsternis erahnen konnte, und zeugte von Behausungen außerhalb der schützenden Mauern.

Rona trat an Lyns Seite, um sich ebenfalls einen Überblick zu verschaffen. Im nächsten Moment blies der aufkommende Wind die hellen Seidengardinen zur Seite und ließ die dunkelroten Schabracken eines riesig anmutenden Baldachins über dem ebenso riesigen Bett geräuschvoll flattern. Auf der dicken, dunkelroten Seidenmatratze hatten leicht vier Menschen Platz. Nesha hatte die gesteppte Decke einladend aufgeschlagen und die zahllosen, gleichfarbigen Kissen auf dem Laken drapiert. Lyn hatte Mühe, ihr Erstaunen über all diese Pracht nicht allzu euphorisch zu zeigen. Ein verschwenderischer Luxus, wenn sie an die schmucklosen Pritschen in Lions Hauptquartier dachte – oder daran, wie sie früher Bett an Bett, mit steinharten Liegen und automatischer Weckfunktion in den Söldnerkasernen der Neuen Welt untergebracht gewesen waren.

Auf der gegenüberliegenden Seite des Bettes stand eine breite, kniehohe hölzerne Truhe, reich verziert mit Schnitzereien, deren Deckel mit einem beeindruckenden Eisenschloss versehen war. Darauf befand sich ein Waschgeschirr samt Seifenschale aus reinstem, poliertem Silber, ein Stapel dunkelroter Leinentücher lag einladend daneben.

Nesha deutete auf verschiedenfarbige Glasflaschen mit unterschiedlichen Duftölen, die ihnen zur Verfügung standen.

»Der silberne Nachttopf steht unter dem Bett«, erklärte sie. »Er wird dreimal täglich geleert. Das Hammam für die Frauen ist unten im Kellergeschoss, getrennt von den Männern. In direkter Nachbarschaft findet man einen weiteren Abort, ebenfalls nach Männern und Frauen getrennt.«

»Ich hoffe, es ist euch genehm?« Khaled war die Anspannung anzusehen, als er sich an Rona und Lyn wandte.

»Geht schon in Ordnung«, erwiderte Rona mit gewohnt gleichgültiger Miene.

»Es tut mir leid, wenn ihr Besseres gewohnt seid«, begann Khaled von neuem sich zu entschuldigen. »Es ist eines der komfortabelsten Zimmer im Palast. Normalerweise ist es für den Konstabler der Königin reserviert, wenn er in Jerusalem weilt.«

»Und wo ist er jetzt?« Lyns Frage kam unvermittelt, ihr Blick wanderte von Khaled zu Nesha.

»Wer?« Nesha sah sie aufgeschreckt an.

»Na – dieser Konstabler. Er ist hoffentlich nicht verärgert, wenn wir in seinem Bett schlafen und seine Seife benutzen?«

Lyn fragte sich, ob es die merkwürdige energetische Spannung dieses Raumes war, die sie verunsicherte. Sie empfing die verwirrenden Signale menschlicher Emotionen recht deutlich, und im Gegensatz zu den tödlichen Schwingungen zuvor konnte sie das Ganze nicht in gespeicherte Dateibilder einordnen. Die zögernde Haltung des Mädchens und ihr aufgeschreckter Blick ließen vermuten, dass mit dem Zimmer irgendetwas nicht stimmte.

»Der Graf von Hierges ist ein enger Vertrauter der Königin«, erklärte Khaled sachlich, »der nur ab und an hier nächtigt. Im Moment weilt er mit dem Gefolge der Königin in Akko. Nach allem, was ich weiß, wird er in den nächsten Wochen nicht hierher zurückkehren. Ihr braucht euch also keine Sorgen zu machen, hier nicht willkommen zu sein.«

»Danke … für alles«, bemerkte Lyn mit einem zaghaften Lächeln.

»Wir werden eure Gastfreundschaft ohnehin nicht lange in Anspruch nehmen«, bemerkte Rona kühl. »Sobald sich die Gelegenheit dazu ergibt, werden wir weiterziehen.«

Khaled schaute fragend auf, und Lyn zuckte ihm gegenüber leicht mit den Schultern, was bedeuten sollte, dass sie keine Ahnung hatte, worauf Rona hinauswollte.

Eine Dienerin huschte ins Zimmer und trug eine große Kanne mit Wasser herbei, damit sie sich waschen konnten. Eine weitere brachte eine Kristall-Karaffe mit Wein, dazu einen Teller mit Obst, Nüssen und frisch gebackenem Fladenbrot.

Lyn betrachtete stumm das reichhaltige Nahrungsangebot und kämpfte dabei mit ihren Emotionen. Melonen, Trauben, Orangen, Feigen, Aprikosen, Kirschpflaumen. Alles frisch gepflückt und so makellos wie ein genmanipulierter Apfel, den es in ihrer Zeit nur zu besonderen Anlässen gab.

»Das ist …« Ihr fehlten die Worte.

»Außerordentlich freundlich«, beendete Rona den Satz und ließ sich nicht anmerken, dass sie angesichts dieses ungewohnten Luxus genauso überwältigt war wie ihre Schwester. »Aber wäre es möglich, dass ihr uns nun alleine lasst? Es war ein anstrengender Tag, und angesichts dieses wunderbaren Betts fallen mir gleich die Augen zu.« Sie lächelte zuckersüß.

Khaled scheuchte die Dienerinnen mit einer knappen Handbewegung hinaus, und auch Nesha bedeutete er, dass ihre Anwesenheit nicht länger benötigt wurde. Bevor er selbst den Rückzug antrat, verneigte er sich höflich, indem er die rechte Hand auf sein Herz legte und Rona sowie Lyn einen verbindlichen Blick zuwarf, der ihnen versichern sollte, dass sie sich jederzeit auf ihn verlassen konnten. »Allah sei mit euch und wache über eure Träume«, sagte er mit samtiger Stimme. Anschließend straffte er sich und warf Lyn einen letzten feurigen Blick zu, den sie offenbar nicht verstand und leider auch nicht erwiderte. Bei Allah, war sie schön! Der Gedanke, dass sie wenige Schritte entfernt von ihm schlief, würde ihn selbst den Schlaf kosten. Wenigstens lächelte sie zum Abschied so sanft, dass sich sein Pulsschlag beschleunigte. Khaled hoffte inbrünstig, dass seine Rechnung aufging und es ihm in den nächsten Tagen gelang, ihr Herz zu erobern, damit sie ihn vollends in die Geheimnisse ihrer Herkunft und ihrer Fähigkeiten einweihen würde.

Dabei musste er sich vor ihrer Schwester in Acht nehmen, sie war ein weitaus härterer Brocken, und wenn tatsächlich von den beiden eine Gefahr ausging, dann eher von ihr als von Lyn.

»Verriegle die Tür und schließ das Fenster.« Ronas Befehlston, nachdem Khaled den Raum verlassen hatte, verwunderte Lyn nicht weiter. Sie war es gewohnt, dass ihre Schwester das Kommando an sich riss.

»Was hast du vor?« Lyn kam ihrer Aufforderung ohne Protest nach und schloss neben der Zimmertür, die sich von innen verriegeln ließ, die beiden Flügel der Balkontür, so dass sie niemand von draußen beobachten konnte.

»Gib mir den Server.« Rona klang forsch, und als Lyn nicht tat, was sie sagte, sondern sie nur befremdet anschaute, fügte sie hinzu: »Ich will versuchen, einen Kontakt zu Lion oder seinen Helfern herzustellen. Es macht mich wahnsinnig, nicht zu wissen, ob er den Drohnen entkommen konnte. Sollte es ihm gelungen sein, muss er erfahren, dass unsere Mission nicht so verlaufen ist, wie gedacht, auch damit er uns weitere Anweisungen geben kann.«

»Glaubst du ernsthaft, der Versuch einer Kontaktaufnahme hat Erfolg? Die Koordinaten stimmen nicht mehr, und wir wissen nicht, was nach unserem Verschwinden geschehen ist.« Der Zweifel stand allzu deutlich in Lyns blauen Augen, als sie den Server aus ihrem Rucksack holte und auf der Kommode abstellte.

»Er sagte, es sei jederzeit möglich«, erwiderte Rona.

Lyn hoffte, dass ihre Schwester recht behielt. Rona war schließlich die technische Spezialistin in ihrem Team, während sie selbst hauptsächlich das historische Wissen abdeckte und für den Eröffnungscode des Servers zuständig war.

Rona kniete vor dem unscheinbaren Quantencomputer und sah Lyn auffordernd an. »Na los, worauf wartest du?«

Möglichst leise begann Lyn eine unkoordiniert erscheinende Abfolge von Tönen zu singen. Dass sie dabei exakt die richtige Tonlage traf, bewies das plötzliche Aufspringen des Titandeckels, der den Server vor Hitze, Kälte und Verunreinigungen schützte. Unmittelbar danach entströmte der glatten, zum Vorschein gekommenen Oberfläche ein türkisfarbenes Licht, das dem Zimmer sogleich eine gespenstische Atmosphäre verlieh.

Eine holographische Befehlskonsole baute sich Stück für Stück über dem Server auf, und Rona begann kraft ihrer Gedanken dem hochtechnisierten Gerät einen zweiten Code zu vermitteln, der einen Kontakt mit Lions Basis ermöglichen sollte.

»SG1 ruft Basis«, formulierte sie in Gedanken. Als keine Rückmeldung kam, versuchte sie es noch einmal.

Der Server wandelte ihre Stimme in reine Energie und schleuste sie mit Überlichtgeschwindigkeit in den benachbarten Hyperraum, der zwischen ihnen und einer tausendjährigen Zukunft stand.

Lyn beobachtete angespannt die leuchtende Voice-Control-Anzeige, doch der darin befindliche Graph blieb ohne Ausschlag. »Vielleicht ist der Server defekt«, meinte sie und hoffte gleichzeitig, dass sie unrecht haben möge. »Oder wir haben bereits alles verändert, und die Basis existiert gar nicht mehr.«

Rona bedachte sie mit einem düsteren Blick. »Wenn du dauernd dazwischenredest, kann es nicht funktionieren.« Noch einmal konzentrierte sie sich mit geschlossenen Augen und rief Lion in einem verzweifelten Appell, sich endlich zu melden.

Lyn schwieg betroffen. Als der Ausschlag sich dann doch unvermittelt zu einem dauerhaften Signal verdichtete, zuckte sie regelrecht zusammen. Aber es war nicht Lion am anderen Ende der Leitung, sondern Patrick McGee, Lions Vertreter im Hauptquartier.

»Wo seid ihr?«, dröhnte die Stimme in Lyns Kopf.

»1148, Jerusalem«, hallte es mit Ronas Stimme zurück. »Was ist mit Lion? Geht es ihm gut?«

»Ganz gleich, wo ihr seid, ihr müsst euren Auftrag erfüllen«, schallte es blechern zurück. »Sonst haben wir keine Chance, ihn je lebend wiederzusehen!«

»Nicht bevor ich weiß, was mit Lion geschehen ist!« Ronas Stimme war unerbittlich.

»Die Agenten der Neuen Welt haben ihn erwischt und uns ein Ultimatum gestellt«, bekannte McGee mit krächzender Stimme, die im Rauschen der Verschlüsselung beinahe unterging.

»Geht es ihm gut, oder ist er schon tot?« Rona stand der Schrecken über diese Nachricht ins Gesicht geschrieben. Lyn wusste nicht, was besser sein sollte. Wenn Lion Gefangener der Neuen Welt sein würde, war sein Schicksal besiegelt. Deren Foltermethoden waren unvorstellbar grausam, und am Ende würde man ihn ohnehin eliminieren.

»Er lebt wohl noch«, erwiderte die Stimme zögernd in ihrem Kopf. »Man hat uns eine holographische Nachricht übermittelt …«

Es dauerte einen Moment, bis das hereinkommende Bild in den Köpfen der beiden Frauen Gestalt annahm. Auf dem Bild fehlte Lion der rechte Arm. Oberhalb des Ellbogens war er sauber abgetrennt und versiegelt worden: die präzise Arbeit eines herabgedrosselten Fusionslasers.

Lyn hielt den Atem an.

»Wenn wir nicht bis morgen früh um sechs unseren Standort verraten und uns alle ergeben haben, werden sie ihn Stück für Stück in seine Einzelteile zerlegen, bis er stirbt.«

»Das ist Wahnsinn.« Rona warf Lyn einen verzweifelten Blick zu. »Er würde nicht wollen, dass wir uns ergeben!«

»Die einzige Möglichkeit, ihm zu helfen«, stieß McGee keuchend hervor, »besteht darin, dass ihr wie verabredet den Lauf der Geschichte beeinflusst.«

»Heißt das, bisher ist noch nichts dergleichen geschehen?« Rona konnte kaum fassen, dass der Tod der fatimidischen Angreifer und das Überleben ihrer Opfer so gar keinen Einfluss auf den weiteren Verlauf der Zeit genommen haben sollte.

»Bisher konnten wir leider keinerlei Änderung feststellen.« McGee stieß einen Seufzer aus.

»Wir sind irgendwie …« Rona wollte ihm erklären, dass das Experiment leider nicht so verlaufen war, wie zunächst beabsichtigt. Doch ebenso plötzlich, wie der Graph sich aufgebaut hatte, fiel er zusammen.

»McGee? Kannst du mich noch hören?«

Nichts.

»… falsch abgebogen«, führte Rona den Satz für sich selbst zu Ende. Verzweifelt versuchte sie die Verbindung wiederherzustellen, doch sie scheiterte.

Khaled hatte sich von seinen Kleidern und Waffen befreit. Nur mit einer weißen Hose bekleidet, hatte er sich Gesicht und Oberkörper gewaschen und sich dann erschöpft auf sein Bett geworfen. Morgiane kuschelte sich an seine breite Brust und ließ sich genüsslich ihr schneeweißes Fell kraulen, während Khaled mit geschlossenen Augen darüber nachdachte, was ihm im Laufe des Tages für unglaubliche Dinge widerfahren waren. In den nächsten Tagen würde er erneut eine Karawane nach Blanche Garde auf den Weg bringen müssen, weil die Ritter dort dringend Proviant benötigten. Darüber hinaus blieb abzuwarten, wie die Königin auf seinen misslungenen Auftrag reagierte und ob sie auch einen Zusammenhang zwischen dem Überfall und seiner geheimen Mission vermuten würde. Außerdem stellte er sich die Frage, wie er mit den beiden Frauen verfahren sollte.

Morgianes Fauchen und ein schmerzhafter Krallenhieb holten ihn aus seinen Gedanken.

»He, meine Morgenblume, was ist denn in dich gefahren?« Khaled packte die Katze mit zärtlicher Entschlossenheit und drückte sie an sich. Dabei streichelte er unaufhörlich über ihren buckelnden Rücken und sprach beruhigend auf sie ein. Gleichzeitig lauschte er aufmerksam.

Da Morgiane sich offenbar nicht beruhigen ließ, setzte er sie mit einem entschuldigenden Flüstern zurück aufs Bett und schlich zur Tür.

Irgendetwas ging hier vor sich, das die Katze in Unruhe versetzte. Vorsichtig spähte er in den halbdunklen Flur. In einiger Entfernung sah er eine Gestalt, die am Boden vor der Kammer seiner Schützlinge hockte und versuchte, durch den unteren Türspalt zu spähen. Kinn, Mund und Nase des Spions wurden von einem unnatürlichen, blauen Licht beleuchtet. Nesha! Was in Allahs Namen tat sie da?

Lautlos schlich Khaled an sie heran, schnellte hinab und packte sie, wobei er ihr gleichzeitig den Mund fest mit seiner großen Hand verschloss. Er spürte, wie ihr panischer Schrei an seinen Fingern erstickte. Dann zwang er die strampelnde Frau ein Stück zurück auf den Flur. Erst als sie sich halbwegs beruhigt hatte, ließ er sie frei.

»Khaled!«, stieß Nesha heiser hervor. »Beim heiligen Georg, wie kannst du mir eine solche Angst einjagen?« Sie starrte ihn mit weit aufgerissenen Augen an, als ob er der Teufel persönlich wäre.

»Kannst du mir verraten, was in Allahs Namen du hier gemacht hast?« Khaled klang streng.

Nesha schluckte aufgeregt und antwortete danach in einem verschwörerischen Flüsterton: »Ich wollte noch mal nach dem Rechten schauen, bevor ich mich zur Nachtruhe begebe. Doch dann …« Sie stockte, um nach Atem zu ringen. »… sah ich ein seltsames, blaues Licht unter der Tür hervorscheinen.« Sie schaute noch einmal zur Tür, hinter der sich Rona und Lyn befanden, als ob es eines Beweises benötigte, doch nun war der Lichtschein verschwunden.

Verwirrt schüttelte die Zofe den Kopf. »Es war unglaublich leuchtend, so wie ich mir einen Heiligenschein vorstelle. Ich habe es gesehen, ich schwöre es!«

Khaled erkannte, dass sie vor lauter Verzweiflung den Tränen nahe war, und er fühlte sich an sein Erlebnis vom Nachmittag erinnert, als er gesehen hatte, wie Rona die Fatimiden samt ihrer Pferde hatte verschwinden lassen. In einem Anflug ehrlichen Mitgefühls nahm er Nesha in den Arm und drückte sie sanft. Sogleich schmiegte sie sich wie Morgiane willfährig an seine Brust. »Ich wusste, dass du mir glauben würdest.« Mit dem Augenaufschlag einer waidwunden Gazelle sah sie zu ihm auf, und er war versucht, sie auf den Mund zu küssen, tat es aber nicht, weil er sich denken konnte, wo dieser Freundschaftsdienst enden würde. Außerdem interessierte ihn brennend, was hinter Neshas Beobachtung steckte, doch um dem nachzugehen, konnte er sie nicht an seiner Seite gebrauchen.

»Beruhige dich wieder«, erwiderte er und strich wie ein besorgter Vater über ihr weiches Haar. »Wahrscheinlich bist du übermüdet und hast das alles nur geträumt.«

Nesha sah ihn entgeistert an, dann stieß sie ihn von sich, wobei sich ihr zuvor sanfter Blick in den einer Furie verwandelte. »Du denkst, ich spinne?«, zischte sie aufgebracht und schaute zur Tür. »Dann gehen wir beide jetzt da hinein und schauen nach.« Sie drehte sich auf dem Absatz um, mit der festen Absicht, Manasses' Zimmer im Sturm zu erobern. Khaled war jedoch schneller und hielt sie mit eisernem Griff zurück.

»Das wäre ziemlich unhöflich«, sagte er und führte Nesha wie eine Gefangene ein ganzes Stück weiter den Flur, bevor er von ihr abließ.

»Die beiden Frauen haben einiges durchgemacht«, erklärte er mit gedämpfter Stimme, »und stehen unter meinem Schutz. Alleine ich habe das Recht, deinen Beobachtungen nachzugehen. Wenn du sie zudem in aller Öffentlichkeit dem Verdacht der Unredlichkeit aussetzt, würde das auf mich zurückfallen. Und ich lasse mir meinen Ruf nicht ruinieren, weil du irgendwelche Lichter herbeifantasierst.«

»Nun gut«, erwiderte Nesha beleidigt. »Aber ich weiß, was ich gesehen habe, und Hiorda hat auch erzählt, dass es eine von ihnen war, die Hakims Sohn auf wundersame Weise vor dem Tode bewahrt hat.«

Einen Moment lang wusste Khaled nicht, was er darauf antworten sollte. Ja, es stimmte, Lyn hatte den Jungen auf eine Art gerettet, die niemand verstand, und das Licht hatte Khaled auch gesehen.

»Vielleicht sind sie Dschinns«, gab Nesha mit einem fatalistischen Grinsen zu bedenken. »Was ist, wenn sie am Ende den ganzen Palast verhexen, bevor wir etwas dagegen unternehmen können?«

»Red keinen solchen Unsinn!« Khaled überlegte krampfhaft, wie er das Weib zum Schweigen bringen sollte. »Vergiss nicht, du bist eine getaufte Christin! Wenn du nicht Acht gibst und überall so einen Blödsinn erzählst, könnte es sein, dass dich der Patriarch wegen Häresie aus der römischen Kirche verdammt.« Er ging einen Schritt auf Nesha zu und packte ihren linken Arm so hart, dass sie schmerzerfüllt zusammenzuckte.

»Lass mich sofort los«, protestierte sie. »Du tust mir weh!«

Khaled dachte nicht daran, ihrer Aufforderung zu folgen. »Also, wenn du etwas für mich übrig hast«, stieß er kraftvoll hervor, »wirst du schweigen, und wenn du etwas für dich selbst übrig hast, erst recht!« Seine Stimme war dunkel und bedrohlich.

»Und wenn ich mich dir widersetze und tue, was ich will?«

»Ich muss dir nicht erklären, wen oder was du vor dir hast, oder?«

Nesha zuckte zurück, als er seinen goldglänzenden Dolch hervorzog und ihr die geschliffene Schneide vor Augen führte, die so scharf war, dass man den Schnitt nicht einmal spürte.

»Das würdest du nicht tun, oder?«

»Da wäre ich mir an deiner Stelle nicht so sicher«, knurrte er düster.

Nesha wusste, dass sich hinter Khaleds scheinbar sanftem Gemüt mitunter ein unbarmherziger Wolf verbarg, der zu so ziemlich allem fähig war, wenn er es für nötig hielt. Seine skrupellose Bruderschaft hatte nicht nur arabische Adlige auf dem Gewissen, sondern auch christliche Heerführer, und für die Königin waren Khaled und seine Leute ein finsteres Unterpfand, um notfalls ihre Macht mit hinterhältiger Gewalt durchzusetzen. Gerne vergaß Nesha, dass Khaled zu jenem Kreis kaltblütiger Mörder gehörte, die für ihre Interessen und die ihrer Auftraggeber über Leichen gingen. Und allem Anschein nach war sie soeben zu weit gegangen. Sie nickte ergeben. »Du kannst dich auf mich verlassen«, flüsterte sie ungewohnt demütig.

»Dann sieh zu, dass du in deine Kammer kommst«, befahl er ihr kalt. »Ich will dich erst wieder hier oben sehen, wenn ich dich habe rufen lassen. Verstanden?«

Wieder nickte sie. Als er sie freigab, drehte sie auf dem Absatz um und eilte die nächstgelegene Treppe hinab.

Khaled atmete tief durch und begab sich nun selbst vor das Gemach der Frauen. Vorsichtig legte er ein Ohr an die Tür. Im Moment war alles still, und er wagte es nicht, diese Ruhe zu stören, andererseits war er zu neugierig, als dass er die Sache mit dem Licht auf sich beruhen lassen konnte. Und so fasste er einen Entschluss.

Ronas Blick lag wie versteinert auf dem Server. Nun hing nicht mehr nur die Zukunft der Menschheit von ihrem Erfolg ab, sondern ganz konkret das Leben Lions. Vor einem solchen Augenblick hatte sie sich stets gefürchtet. Ein erster Impuls war der Wunsch, Lion zu warnen, indem sie eine Nachricht in die Zeit vor ihrer Abreise entsandte. Doch das war nicht möglich, weil sie zu diesem Zeitpunkt selbst Teil der angewählten Epoche gewesen waren. Ein Schutzmechanismus des universellen Energiekontinuums verhinderte offenbar, dass die energetischen Schwingungen ihrer Stimmen in Form von bekannten Frequenzmustern in einen parallelen Raum gelangten, wo sie bereits vorhanden waren.

Lyn hatte den Mantel abgelegt, weil es ihr zu warm geworden war. »Glaubst du, dass wir noch nichts in der Zukunft verändern konnten, weil wir in der falschen Zeitebene gelandet sind?«, fragte sie ihre Schwester.

Rona blickte ins Leere. »Wenn ich das wüsste, wäre ich Gott – und da ich an keinen Gott glaube, geschweige denn einer bin, muss die Frage wohl unbeantwortet bleiben.« Sie senkte den Blick auf den Server und strahlte plötzlich Entschlossenheit aus. »Wir werden einfach tun, was uns aufgetragen wurde«, verkündete sie beinahe feierlich. «Wenn Lion uns nicht zur Verfügung steht, müssen wir eben selbst eine Entscheidung treffen und den Versuch wie geplant zu Ende führen.«

»Was hast du vor?« Lyn kniete neben Rona nieder und sah sie an.

»Wir starten den Server und gehen dann zurück ins Jahr 1119, dorthin, wo Lion uns hinhaben wollte. Schließlich hat er alles genau berechnet. Wenn wir erst dort angelangt sind, werden wir auch den entsprechenden Erfolg haben.«

»Sofort?« Lyn ließ sich auf den Teppich sinken und schlug die Beine übereinander zu einem Schneidersitz. Eine erneute Zeitreise war das Letzte, was sie im Moment wollte. Weg von Khaled, dem freundlichen Assassinen, weg von Mako, dessen sterbliche Überreste in dieser menschenfeindlichen, fremden Wüste verstreut lagen. Hin zu einer Zeit, die ihnen ebenso wenig Erlösung versprach. Leider hatte Rona vollkommen recht. Sie durften sich Lions Befehlen nicht widersetzen.

»Also gut«, stimmte sie zu. »Soweit ich weiß, müssen wir noch nicht einmal das Zimmer verlassen, das Gebäude hat sich in den letzten dreißig Jahren kaum verändert. Das Einzige, was passieren könnte, ist, dass wir wieder im Schlafzimmer irgendeines Konstablers landen.«

Khaled schwang sich mutig über den Fenstersims und warf einen Blick hinunter über die Dächer der Stadt. Danach inspizierte er den recht nahen, sich auf gleicher Höhe befindenden Vorbau, über den Manasses von Hierges hin und wieder verbotenerweise seinen Nachttopf ausleerte. Dazwischen lag eine Kluft von gut fünfzehn Königsellen Tiefe und vielleicht vier Königsellen Breite, die es zu überwinden galt. Khaled war ein geübter Kletterer, der keinerlei Angst kannte, wenn es um luftige Höhen ging. Auf Masyaf, der Stammburg seiner Bruderschaft, hatte er ein paar Jahre lang eine strenge Schule durchlaufen, bevor er als

Verbindungsoffizier der Nizâri an den königlichen Hof von Jerusalem zurückgekehrt war. Diese Ausbildung hatte ihn nicht nur körperlich, sondern auch geistig bis an die äußersten Grenzen des Menschenmöglichen geführt. Ein Blick nach oben versicherte ihm, dass es genug Mauervorsprünge gab, an denen er sich festhalten konnte, bis er die richtige Höhe erreicht hatte, um einen Sprung hinüber zum Vorbau wagen zu können. Im fahlen Mondlicht streckte er einen nackten Fuß aus, um den ersten Überstand zu erreichen, auf dem er Halt finden konnte.

Nachdem ihm das gelungen war, langte er nach oben und zog sich mit den Fingerspitzen an einem zweiten Stein in die Höhe. Auf diese Weise gelang es ihm, sich Zug um Zug von seinem eigenen Fenster zu entfernen und an der steinernen Fassade entlang in Richtung Balkon zu klettern. Unter ihm fand soeben eine Wachablösung statt. Lautstark gerufene Befehle hallten zu ihm hinauf, und er hoffte, dass die Männer zu abgelenkt waren, um sein Treiben beobachten zu können. Wie eine Spinne hangelte er sich höher und höher, bis er fast das dritte Stockwerk erreicht hatte, in dem Prinz Balduins Schlafgemächer lagen.

Ab und an erwischte Khaled eine bröselige Kante, die sich als tückisch erwies, weil er keinen sicheren Halt finden konnte. Nachdem er ein weiteres Mal beinahe abgerutscht war, entschied er, dass er sein Schicksal genug herausgefordert hatte. Einmal noch drehte er den Kopf, weil er die Entfernung taxieren musste, dann drückte er sich ab. Einen Atemzug lang schwebte er in freiem Fall, wie ein Flughund, bevor seine Hände zuverlässig das hölzerne Obergeländer des Vorbaus zu fassen bekamen. Der Schlag, den seine sehnigen Arme und Hände beim Aufprall abfangen mussten, war ziemlich schmerzvoll, doch Khaled überwand das Brennen in seinen Muskeln und Handflächen und zog seinen drahtigen Körper mit einer routinierten Bewegung blitzschnell über die Brüstung. Auf der inneren Plattform des Vorbaus angekommen, durfte er erleichtert feststellen, dass die Frauen die Tür zum Balkon geschlossen hatten. So würde es ihm in jedem Fall leichter fallen, sie auszuspionieren. Ja, vielleicht konnte er sogar, wenn sie schliefen, an ihr Gepäck herankommen und alles in Seelenruhe durchsuchen.

Rona wartete geduldig, bis sich das Hologramm einer türkisfarbenen Hand, bestehend aus Millionen kleiner rotierender Lichtpunkte über dem flachen Display, aufgebaut hatte. Erst dann bat sie Lyn, näher heranzutreten und ihre Finger an den markierten Stellen in den wabernden Lichtnebel zu tauchen.

Zuvor hatte sie per Gedankenaustausch Ort und Zeit des Transfers bestimmt.

18. Juni 1119, ein Datum, das – aus welchen Gründen auch immer – von Lion ausgesucht worden war. Möglicherweise das Gründungsdatum des Templerordens, aber dafür war Lyn zuständig. Hauptsache, sie würden Hugo de Payens oder einen würdigen Vertreter vorfinden.

»DNA-Analyse läuft!«, sagte eine weiche, weibliche Stimme, die Lion aus reiner Sentimentalität der ihren nachempfunden hatte. Lyns Gesicht zeigte keinerlei Regung, obwohl der Test darüber Auskunft geben würde, ob sie überhaupt eine Zeitreise in diesen Abschnitt antreten konnte. Vor jedem Einsatz entsendete der Suchstrahler des Servers das Energiemuster einer molekularbiologisch kopierten Körperzelle des jeweiligen Probanden in einem Quantenimpuls in die angegebene Zeitebene und glich sie dort mit den Schwingungsfrequenzen bereits vorhandener Moleküle ab. Ergab sich kein Echo, wurde damit sichergestellt, dass der betroffene Organismus in der angewählten Ebene noch nicht existierte. Stellte sich ein Echo ein, wurde der Transfer automatisch abgebrochen, da ansonsten das universelle Kontinuum beim Aufeinandertreffen zweier gleich schwingender Frequenzen die Energie in den doppelt vorhandenen Molekülen so weit ansteigen ließ, dass sie miteinander reagierten. Als Hackfleisch hatte Lion den Zustand nach einer solchen Reaktion unfein bezeichnet.

Rona rechnete jedoch nicht mit einer solchen Komplikation, niemand von ihnen war schon einmal so weit in die Vergangenheit gereist, es sei denn, sie würden es zu einem späteren Zeitpunkt noch einmal tun, doch davon ging sie im Moment nicht aus.

Khaled schrak zurück, als er den Lichtschein sah, und dann hörte er Stimmen. Auf allen vieren kroch er an die Tür heran und spähte durch die unzähligen kleinen Aussparungen in den Raum.

Was sich ihm dort offenbarte, ließ ihn zunächst zurückschrecken, doch die Faszination, so angsteinflößend sie auch sein mochte, siegte am Ende. Fassungslos beobachtete er, wie Lyn ihre Hand in einen türkisfarbenen Nebel steckte. Alles verlief lautlos, und sie vermittelte ihm nicht den Eindruck, als ob sie sich fürchtete. Gewaltsam zwang er sich zur Ruhe. Was, wenn sie doch eine Zauberin war und ihn verhexte, sobald sie ihn als ungebetenen Zeugen dieses unheimlichen Vorgangs bemerkte? Mutlos gestand er sich ein, dass es wohl kaum eine andere Wahrheit geben konnte. In seiner Brust kämpften Zuneigung und Enttäuschung, als er daran dachte, wie schonend Lyn ihn davon hatte überzeugen wollen, dass er ihre Welt gewiss nicht verstand. Atemlos verfolgte er den weiteren Fortgang der Ereignisse.

»DNA-Analyse positiv«, verkündete die Stimme tonlos, »Transfer nicht gestattet.«

Lyn benötigte ein paar Sekunden, bevor sie begriff, was das zu bedeuten hatte. Ihr Blick löste sich von der Plattform, und ihr Kopf ruckte hoch. Verstört sah sie ihre Schwester an. »Heißt das, du müsstest ohne mich ins Jahr 1119 reisen?«

»Kommt gar nicht in Frage«, erwiderte Rona nervös und startete den Rechner erneut. »Wer weiß, vielleicht sind die Dateien gestört. Wir versuchen es noch mal.«

»Oder ich war schon mal dort?«

»Das halte ich für ausgeschlossen, denn dann hättest du etwas verändert, und das hast du nicht.«

»Rona …« Lyn warf ihr einen besorgten Blick zu. »Was ist, wenn sich gar nichts verändern lässt? Ganz gleich, wer wo und wann wohin reist. Hast du daran schon einmal gedacht?«

»Hör auf damit! Davon will ich nichts wissen. Lion war überzeugt, dass es möglich ist, etwas zu verändern, also sind wir es auch.« Rona biss sich auf die Unterlippe und wandte sich wieder dem Server zu. »Wir probieren es einfach noch mal, vielleicht klappt es ja, wenn wir Januar 1120 eingeben.«

Lyn hob eine Braue und stieß einen Seufzer aus. »In Ordnung, du bist der Boss.«

Geduldig ließ sie die ganze Prozedur noch einmal über sich ergehen.

Wieder keine Freigabe zum Transfer.

»Versuch es selbst einmal. Wenn es bei dir auch nicht funktioniert, liegt es vielleicht am Server.«

Rona machte den Test und ging ohne Beanstandung durch. Transfer gestattet.

»Verdammt!«, fluchte sie und packte sich grübelnd ans Kinn.

Offenbar gab es Streit zwischen den Frauen, doch Khaled konnte ihre Sprache nicht verstehen. Er richtete sich ein wenig auf, um besser sehen zu können, als plötzlich eine Fanfare weiter oben auf der streng bewachten Zitadelle erklang. Vor Schreck zuckte er zusammen. Im selben Augenblick glitt etwas Helles, Heißes donnernd über ihn hinweg und schleuderte die Holztür komplett ins Innere der Kammer. Brandpfeile, so groß wie eine mittlere Lanze, unterhalb der Spitze getränkt mit griechischem Feuer! Eine unselige Mischung aus Schwefel, Pech, Salpeter und Petroleum, die sich nicht mit Wasser, sondern nur mit einer speziellen Mischung aus Sand, Essig und Wein löschen ließ.

Noch einmal blies die Fanfare, eine drängende Aufforderung an alle waffenfähigen Einwohner Jerusalems, sich unverzüglich zur Verteidigung der Stadt bereitzuhalten.

Die beiden Frauen schreckten jäh zurück, als der riesige Pfeil samt Tür an ihnen vorbeisauste und sich in die nächste Tür bohrte, die er damit verschloss. Ein zweiter Pfeil blieb in der Matratze stecken. Im Nu stand die halbe Kammer in Flammen.

Khaled sprang in das lichterloh brennende Zimmer und versuchte das Feuer, das rasch auf Teppiche und Bettdecken übergriff, mit einem Kissen zu ersticken. Eher beiläufig sah er, wie Lyns Rucksack ein Raub der Flammen wurde.

Rona stand da wie gelähmt und hielt das seltsame, schwarze Kästchen, das nunmehr keinen Laut von sich gab, so fest in den Armen, als ob sie damit verschmolzen wäre. Lyn nahm es ihr ab und sammelte in panischer Verzweiflung etwas vom Boden auf. Das ganze Bett brannte inzwischen, und Khaled schob die beiden Frauen zur offenen Balkontür hinaus. »Wir werden mit Brandpfeilen beschossen!«, brüllte er. »Wir müssen sofort hier weg!«

Mit all seiner Kraft versuchte er die beiden Frauen hinaus auf den geräumigen Balkon zu drängen.

»Wo ist der Fusionslaser?«, brüllte Rona wie von Sinnen und widersetzte sich ihrem Retter mit einer Kraft, die ihn verblüffte.

»Du hast ihn in meinen Rucksack gesteckt«, schrie Lyn gegen die prasselnden Flammen.

»Wo ist er?«

»Ich hatte ihn aufs Bett gelegt, aber dort stand schon alles in Flammen!« Lyn zuckte verzweifelt mit den Schultern. Sie hatte die Tasche noch retten wollen, aber das Feuer hatte bis auf ihre medizinische Ausrüstung, die sie zuvor samt der Nanokapseln in ihren Brustbeutel umgefüllt hatte, bereits alles verschlungen.

Rona streckte Lyn den Server entgegen und verschwand im dichten Qualm.

»Ist sie wahnsinnig?« Khaled packte Lyn bei den Armen. »Geh du auf den Balkon und warte, bis ich euch helfen kann hinunterzuklettern. Ich muss mich um deine verrückte Schwester kümmern.« Mit diesen Worten ließ er Lyn an der Balkontür stehen und stürzte sich zurück in die Flammen.

»Rona!« Lyn stieß einen markerschütternden Schrei aus, und dann sah sie Khaled, wie er Rona zu ihr nach draußen zerrte.

»Den Rucksack«, protestierte sie, »ich brauche meinen Rucksack!«

Khaled stürzte sich hustend in die Rauchschwaden, um ihren Rucksack zu suchen. Plötzlich erhob sich ein ohrenbetäubender Knall. Die Druckwelle katapultierte Rona und Lyn hinaus auf den Balkon, und auch Khaled landete unvermittelt vor ihren Füßen. Dann wurde es mit einem Mal stockfinster, und schlagartig war es still. Irgendwie roch es nach verbranntem Fleisch. Rasch verbarg Lyn den Server in einer Innentasche ihres Mantels, erst dann leuchtete sie Khaled in die weit aufgerissenen Augen. Die Pupillen reagierten normal. Beiläufig registrierte sie, dass sein Gesicht und seine Hände bis hinauf zu den Ellbogen tiefgehende Verbrennungen aufwiesen.

»Wie ist das passiert?«, wollte er mit krächzender Stimme wissen.

»Ich weiß es nicht«, sagte Lyn und machte sich an ihrem Brustbeutel zu schaffen. Er benötigte Hilfe, und zwar schnell.

Unterdessen überprüfte Lyn die Vitalfunktionen ihrer Schwester und stellte beruhigt fest, dass sie zwar zu viel Kohlenmonoxid inhaliert hatte, ihre Atmung aber inzwischen normal verlief. Rasch verpasste sie ihr eine Injektion, die nicht nur Blutergüsse und Knochenbrüche heilte, sondern auch Kreislauf und Psyche stabilisierte.

Khaleds schmerzverzerrter Blick fiel auf Rona, die keinerlei Verbrennungen davongetragen hatte.

»Ich habe versucht, sie davon abzuhalten, deinen Beutel aus den Flammen zu retten. Griechisches Feuer kannst du nicht so einfach löschen. Wenn es deine Haut benetzt, frisst es sich bis auf die Knochen.«

Ihr fragender Blick fiel auf Khaled, der wohl glaubte, sich für das, was geschehen war, entschuldigen zu müssen. »Sie wollte nicht auf mich hören«, stöhnte er leise. »Mir blieb nichts anderes übrig, als sie zur Räson zu bringen. Erst danach konnte ich versuchen, den Beutel zu retten, dabei ist das Bett über mir zusammengebrochen. Was danach geschehen ist, weiß ich nicht mehr.«

»Und das alles wegen meines Rucksacks.« Lyn sah ihn kopfschüttelnd an. »Ihr hättet sterben können, alle beide.«

»Was mich betrifft«, ächzte er mit trübem Blick auf seine verheerenden Wunden, »ist wahrscheinlich ohnehin nicht mehr viel zu machen. Die Wunden sind zu tief. Selbst die Ärzte im Maristan von Damaskus könnten da nichts mehr tun.«

»Hier!« Lyn beleuchtete unbeeindruckt von seinem Gerede eine kleine, silberne Kapsel, die sie zwischen Daumen und Zeigefinger hielt und Khaled entgegenstreckte. »Nimm das in den Mund und beiß darauf.«

Sie musste sich beeilen. Zum einen, weil es Khaled so schlecht ging, dass er jeden Augenblick kollabieren und sterben konnte, zum anderen weil es nicht lange dauern würde, bis Hilfe aus dem Palast herbeieilen würde. Bei dem, was sie mit den beiden vorhatte, konnte sie keine Zeugen gebrauchen, schon gar nicht, wenn diese ihren Einsatz für pure Zauberei halten würden.

»Wie bist du überhaupt hier hereingekommen?«, fragte sie ihn beiläufig. »Ich hatte die Tür verriegelt.«

Khaleds Mund zuckte vor Schmerz. »Deine Augen«, murmelte er und starrte sie an wie unter Schock. Die Antwort auf ihre Frage blieb er ihr schuldig.

»Was ist mit meinen Augen?« Lyn versuchte den Schein der Gleichgültigkeit zu wahren, obwohl sie sich denken konnte, was in ihm vorging.

»Sie leuchten wie die einer Katze. Liegt es an dem merkwürdigen Licht, das du in deinen Händen hältst? Bist du doch eine Zauberin? Sag es mir, bitte!«, stöhnte er. »Wahrscheinlich willst du mich töten, weil ich Dinge gesehen habe, die ich nicht hätte sehen dürfen?« Trotz seiner Schmerzen beäugte er misstrauisch die Kapsel, die sie immer noch auffordernd zwischen ihren Fingern hielt.

Lyn seufzte ergeben. »Bitte nicht jetzt, Khaled. Vertrau mir ein einziges Mal. Ich werde dir später alles erklären. Ich werde dich heilen. Ich schwöre es dir, bei …« Ja, bei was? »Beim Leben meines Anführers!«

Ihre Worte schienen ihn zu beeindrucken, jedenfalls öffnete er die Lippen und biss auf die Kapsel. »Du bist die schönste Frau, die ich je gesehen habe«, murmelte er. »Oder vielleicht bist du ein Engel?« Seine Lider flatterten. Ein normaler Vorgang, wenn der Heilungsprozess über die Nanokapseln einsetzte.

»Ach, Khaled«, raunte sie und strich ihm über sein dichtes schwarzes Haar, das von den Flammen verschont geblieben war, »du redest ziemlichen Unsinn. Ich will nur, dass du morgen noch genauso perfekt aussiehst wie heute Mittag, als ich dich zum ersten Mal sah.« Sie versuchte sich an einem Lächeln. Er schlug verwundert seine schönen braunen Augen auf, und sein gehetzter Atem beruhigte sich.

Lyn kam es vor wie eine Ewigkeit, bis sich all seine Wunden geschlossen hatten. Eine plötzliche, ungekannte Hitze durchflutete ihren Körper, als sein Gesicht in der gewohnten Schönheit erstrahlte und seine Augen grenzenloses Erstaunen widerspiegelten.

»Es tut nicht mehr weh«, murmelte er mit heiserer Stimme. Fassungslos betrachtete er seine unversehrten Arme und Hände. »Wenn man von meiner verbrannten Kleidung einmal absieht, könnte man denken, dass gar nichts geschehen wäre!«

Sein strahlendes Lächeln war Lyn Grund genug, dass sie das erste Mal nach langer Zeit so etwas wie Glück spürte.

»Danke«, krächzte er. Von Rührung ergriffen, zog er Lyn in seine Arme und drückte ihr einen Kuss auf den Mund.

Plötzlich fühlte sie sich wie gelähmt, während gleichzeitig ihr Herzschlag davongaloppierte. »Khaled …« Ihre Stimme war belegt. Sie hätte ihm so viel sagen wollen, aber ihr fehlten die Worte.

»Kümmere dich um deine Schwester«, sagte er. Sein Blick wanderte zu Rona, die sich stöhnend neben ihm aufsetzte und verstört um sich schaute. Als sie Khaled bemerkte, der sich neugierig über sie beugte, zuckte sie verärgert zurück.

»Wenn du es noch einmal wagen solltest, mich zu schlagen, bist du tot!«, herrschte sie ihn an. Dann stieß sie ihn mit merklicher Kraft zur Seite. »Und überhaupt …was ist geschehen?« Ihr Blick wanderte an Lyn vorbei, hinauf zur Zitadelle, wo in schwindelnder Höhe zum vierten Mal die Fanfare ertönte und damit anzeigte, dass die Bedrohung durch den unbekannten Angreifer noch nicht vorüber war. Im Hintergrund läuteten unzählige Glocken in einem wild durcheinanderlaufenden Rhythmus. Offenbar herrschte überall ein allgemeiner Alarmzustand. Unter dem Balkon hatte sich die Stadt in ein tosendes Wespennest verwandelt. Gleichzeitig zog ein wahrer Feuerregen über die Dächer der Stadt hinweg.

»Wir sollten uns ins Innere des Palastes zurückziehen«, riet ihnen Khaled, der inzwischen ohne Hilfe auf die Füße gekommen war. »Wenigstens so lange, bis die Gefahr vorüber ist.«

Rona versuchte unter einem Ächzen, das so gar nicht zu ihr passen wollte, aufzustehen. Khaled wollte ihr helfen, doch sie schlug sein Angebot mit einer missmutigen Geste aus und schaffte es schließlich alleine. Anscheinend dachte sie nicht daran, ihm zu verzeihen, dass er ihr einen Schlag unters Kinn verpasst hatte, um ihre Unvernunft zu bezwingen. Als sie in Manasses' Zimmer zurückkehrten, bot sich ihnen ein Bild merkwürdiger Leere.

»Wo sind unsere Sachen?« Rona schnellte herum und sah Khaled anklagend an, als ob er Schuld daran trug, dass sich ihre Ausrüstung im wahrsten Sinne des Wortes in Luft ausgelöst hatte. Das Zimmer war vollkommen leer, dafür lag eine dicke Staubschicht auf dem Boden.

»Das musst du nicht mich fragen«, schleuderte er verständnislos zurück. »All das hier ist bestimmt nicht allein wegen des Feuers passiert.«

»Den Server habe ich hier«, beruhigte Lyn sie und deutete auf ihren Mantel, wo sie das kleine Gerät vor Khaleds neugierigen Blicken verborgen hielt. »… und das hier…« Sie schaute dorthin, wo vorher das prachtvolle Bett gestanden hatte und nun bloß noch Asche zu sehen war. »Ich nehme an, das war unser Fusionslaser, der sich selbst und alles, was sich an organischen Gegenständen in der Nähe befand, ins Nirwana gepustet hat«, fügte Lyn hinzu.

»Wie kann das sein?«, fragte Rona aufgebracht. »Sein Gehäuse ist hitzebeständig bis 5600 Grad Celsius!«

Plötzlich waren Schritte zu hören. Lyn schaltete das futuristische Licht aus und versteckte es in einer Falte ihres Kleides.

Zwei Wachleute stürmten mit brachialer Gewalt durch die Tür, die ebenfalls verschwunden war. Eine Fackel voran blieben sie abrupt mitten im Zimmer stehen, als sie sich mit drei völlig unversehrten Überlebenden inmitten eines verheerenden Brandschadens konfrontiert sahen. Einer der Männer hatte zwei Holzeimer in der Hand, bis zum Rand mit einer Sand-Essig-Mischung gefüllt, wie man am Geruch erraten konnte.

»Alles in Ordnung«, versuchte Khaled mit erhobenen Händen die Situation zu klären, »das Feuer ist gelöscht, und uns ist nichts geschehen.«

»Gelöscht?«, wiederholte einer der beiden und betrachtete Khaleds verbrannte Kleidung, als ob man ihn zum Narren halten wollte. »Wie hast du das denn geschafft?« Während die Männer immer noch wie angewurzelt dastanden und Khaled anstarrten, drängte sich eine viel kleinere Gestalt herein. Nesha schienen lediglich zwei Dinge zu interessieren. Khaled, der allem Anschein nach unverletzt geblieben war, und …

»Wo ist das vermaledeite Bett?« Ihr Blick streifte fassungslos durch das leere Zimmer.

»So wie es aussieht«, erwiderte Khaled, wobei er sich ein Grinsen verkniff, »wird die Königin ihrem Heerführer nicht nur ein paar neue Türen und Teppiche, sondern auch ein neues Lager spendieren müssen, es sei denn, sie möchte zukünftig auf seine Gesellschaft verzichten.«

Kapitel 6

Die Templer

1148 – Jerusalem

Khaled reagierte prompt auf Neshas fragenden Blick. »Du kannst die Frauen in meinem Zimmer einquartieren.«

Er schaute kurz auf, um bei Lyn und Rona deren Zustimmung einzuholen, aber sie hatten gar nicht zugehört. Der Schrecken über den Verlust ihrer Habe stand ihnen noch immer ins Gesicht geschrieben.

Nesha verzog protestierend ihre kleine Nase und setzte zu einer

Antwort an, doch Khaled brachte sie mit einer Handbewegung zum Schweigen.

Eine andere Lösung bot sich im Moment nicht. Es sei denn, man brächte die beiden Frauen in den Gemeinschaftsräumen des Gesindes im Untergeschoss oder in einer der unzähligen Herbergen Jerusalems unter, aber das wollte Khaled unbedingt vermeiden. Er würde das, was er kurz vor dem Angriff der Brandpfeile gesehen hatte, den Rest seines Lebens nicht mehr vergessen, und seine Absicht, alles über die beiden Frauen zu erfahren, war nun drängender als je zuvor. Auch wenn sie augenscheinlich ihre furchteinflößende Waffe im griechischen Feuer verloren hatten – das geheimnisvolle, leuchtende Kästchen besaßen sie noch. Sobald sie unter sich waren, würde er Lyn zur Rede stellen, was ihre Gabe betraf, unheilbar erscheinende Verletzungen zu heilen.

Khaled hatte seine Furcht vor ihren Fähigkeiten mit seiner eigenen Heilung verloren. Lyn hätte ihn mit Sicherheit nicht von den schrecklichsten Brandwunden erlöst, um ihn danach zur Hölle zu schicken.

Zielstrebig steuerte er auf seine Gemächer zu, in der Hoffnung, dass die anderen ihm folgten. Er musste sich zunächst etwas anderes überziehen.

»Wo willst du hin?« Ronas Stimme knallte hinter ihm wie ein Peitschenhieb.

Khaled blieb mitten auf dem Gang stehen und drehte sich langsam zu ihr um. Dafür wurde er von Nesha mit einem Blick bedacht, als ob er den Verstand verloren hätte, weil sie wusste, dass er mit Ausnahme der Königin keiner Frau das Recht einräumen würde, so mit ihm zu sprechen.

»Ich will mir etwas anziehen«, erklärte er. »Ich habe Nesha angewiesen«, fuhr er fort und strich sich eine Haarsträhne aus dem Gesicht, »dass sie mein Gemach für euch richten soll, bis wir eine bessere Lösung gefunden haben.« Er ging weiter, ohne Lyn aus den Augen zu lassen. An der offenen Tür seines Zimmers blieb er stehen und riskierte einen kurzen Blick hinein. Seine eigene Bleibe war vom Feuer unbehelligt geblieben, und was das Mobiliar betraf, hatte der stattliche Raum nicht weniger zu bieten als die Gemächer eines Manasses de Hierges. Unglücklicherweise vermittelte seine Bleibe den Eindruck, als wäre eben erst eine Horde Fatimiden hindurchgeritten. Kleider, Strümpfe, Stiefel und Kettenhemd lagen verstreut auf dem Boden, das

Bett befand sich in zweideutiger Unordnung, und ein Teller mit den Resten einer kürzlich eingenommenen Mahlzeit stand auf dem Teppich. Mitten in all dem Durcheinander saß Morgiane und maunzte so herzzerreißend, dass es einem das Wasser in die Augen trieb. Als sie Khaled bemerkte, machte sie einen Buckel und fauchte, dabei war ihr blauer Blick zutiefst anklagend, als wollte sie sagen: Wie konntest du mich einfach im Stich lassen!

Rona war an Nesha vorbei hinter ihm her geeilt. Als sie die Katze sah, blieb sie interessiert stehen. »Eine Katze?«, stellte sie verblüfft fest, als handele es sich um ein seltenes Tier.

Lyn war ihr gefolgt, auch sie schien ganz fasziniert von Morgiane. »Kann man sie anfassen?«

»Wenn man nicht Khaled heißt und sie ständig vernachlässigt …« Nesha lehnte mit überkreuzten Armen im Türrahmen und fragte sich offensichtlich, was hier gespielt wurde. Sie bückte sich und machte eine Bewegung mit den Fingern, als ob sie einen Leckerbissen bereithielt. »Morgiane, mein Schätzchen, komm her, du Arme … Hat dein Herrchen dich wieder mal einfach zurückgelassen?«

Die Katze reagierte sofort und lief zu ihr hin. Ohne Gegenwehr ließ sie sich von Nesha auf den Arm nehmen und streicheln.

Nach einem kurzen Moment des Erstaunens erwachte Rona aus ihrer Erstarrung. »Khaled, wir müssen reden«, sagte sie und näherte sich ihm so weit, dass sie sich Auge in Auge gegenüberstanden. »Du musst uns unverzüglich zu jemandem bringen, der bei den Templern etwas zu sagen hat.«

»Jetzt?« Khaled, der damit begonnen hatte, sich vor den Frauen zu entkleiden und sich nun ein weißes, knielanges Hemd überzog, sah sie ungläubig an. »Sagte ich nicht, dass der Templermeister mit dem königlichen Gefolge in Palmaria es-Safi weilt?« Seelenruhig wechselte er unter dem Hemd seine Hose und stieg dann barfuß in seine hellen Stiefel. »Es dauert mindestens noch eine halbe Woche, bis Bruder Everhard und seine Leute nach Jerusalem zurückkehren. Und auch danach werden sie sich nicht lange in der Stadt aufhalten.«

»Es ist dringend.« Ronas Stimme klang schneidend. »Wir können nicht warten.« Sie dachte an Lion und dass er knapp tausend Jahre entfernt einen grausamen Tod starb, wenn es ihnen nicht gelang, die Geschichte zu verändern. Nach Lions Theorie liefen die verschiedenen Zeitzonen parallel und horizontal – nicht vertikal, wie so gerne vermutet. Da es Lyn offenbar nicht möglich war, in die ursprüngliche angewählte Zeitebene zu reisen, blieb ihnen gar nichts anderes übrig, als ihr Glück im Hier und Jetzt zu versuchen.

Khaled reagierte nicht sofort. Während er durch sie hindurch schaute, schien er gedanklich nach einer Lösung zu suchen.

Rona verlor die Geduld. »Gibt es denn niemanden in diesem verdammten Orden, der in Jerusalem geblieben ist und etwas zu sagen hat?«

Nesha blickte betroffen auf. »Das Wort ›verdammt‹ im Zusammenhang mit den Templern würde ich nicht als schicklich bezeichnen«, mischte sie sich ein. »Der Seneschall ist im Hause.« Ihr Blick galt Khaled, der damit begonnen hatte, sein Bett in Ordnung zu bringen. »Es ist zwar schon spät, aber vielleicht ist Montbard wegen des Überfalls noch wach und wird euch empfangen.«

»Montbard?«, klang es zweistimmig. Lyn und Khaled hatten gleichzeitig gesprochen und schauten sich nun verdutzt an.

»Du kennst ihn?« Khaled wusste nicht, worüber er sich mehr wundern sollte, darüber, dass der stellvertretende Großmeister der Templer nicht nach Palmaria gereist war – oder darüber, dass Lyn den zweithöchsten Mann im Orden kannte, aber bei ihrer ersten Begegnung nicht gewusst hatte, wie weit entfernt Jerusalem lag.

»Kennen wäre zu viel gesagt«, erklärte sie. »Ich weiß, dass er zu den Gründungsmitgliedern der Templer gehört, deshalb sagt mir sein Name etwas.«

»Denkst du, er könnte euch helfen?« Khaled sah sie auffordernd an. Bruder André gehörte zu den Gründern der Templer, ähnlich wie Bernhard von Clairvaux, ein rühriger Zisterzienserprior, dessen Onkel er war und der den Orden in seinen Gründungsjahren beim Papst unterstützt hatte. Zum Seneschall – ein Amt, das dem höchsten, königlichen Kanzleibeamten entsprach – war André de Montbard erst vor kurzem gewählt worden. Khaled konnte mit Stolz sagen, dass dieser Mann – neben der Königin – zu seinen zuverlässigsten Gönnern zählte.

Lyn blieb ihm eine Antwort schuldig. Rona sah jedoch hoffnungsvoll zu ihm auf. »Immerhin muss er Hugo de Payens gekannt haben! Das könnte uns weiterhelfen.«

»Payens ist längst tot«, bemerkte Khaled mit einem leicht verwirrten Blick. »Wie sollte er euch helfen können?«

»Nicht Payens«, antwortete Rona ungeduldig. »Wenn er noch leben würde und anwesend wäre, hätten wir weit weniger Probleme. Zurzeit ist für uns nur wichtig, ob jemand in dieser Stadt existiert, der ihn würdig vertreten kann.«

Khaled bedachte Rona mit einem kritischen Blick. »Vielleicht solltet ihr mir, bevor ich euch zu ihm führe, erst einmal erklären, worum es überhaupt geht.«

Rona funkelte ihn verärgert an. »Ich habe dir bereits in der Wüste gesagt, warum das nicht möglich ist. Schon gar nicht in Gegenwart einer unbekannten Zeugin.«

»Schon gut«, winkte er ab. »Dann vertagen wir das auf später.« Wohl oder übel musste Khaled es hinnehmen, dass die beiden ihn über ihre Absichten weiterhin im Unklaren ließen. Zumal er verstehen konnte, dass sie Nesha nicht einweihen wollten. Wenn es jedoch etwas von großer Bedeutung wäre, so würde er es ohnehin noch erfahren – entweder von Bruder André oder von Königin Melisende. Der Seneschall der Templer würde Melisende nicht im Unklaren lassen, wenn es da etwas gab, das ihre Regentschaft oder das Königreich gefährdete.

Montbard befand sich jedoch nicht wie vermutet in seinen Gemächern, weil man ihn mit dem Alarm zum Hauptquartier des Ordens gerufen hatte. Er unterhielt dort im Dormitorium von al-Aqsa, einer früheren Moschee der muslimischen Glaubensbrüder, die seit der Eroberung von Jerusalem von Christen besetzt war, eine zweite, weitaus bescheidenere Klause. Königin Melisende hatte darauf bestanden, dass dem fünfundvierzigjährigen Templer, der nach dem plötzlichen Ableben ihres verunglückten Gatten zu ihren treusten Beratern zählte, eine luxuriöse Unterkunft im Palast zugewiesen wurde, wo er Tag und Nacht für sie erreichbar war. Hatte der Orden diese Entwicklung zu Beginn noch befürwortet, so war man sich inzwischen nicht mehr einig, ob es so bleiben sollte, weil der Machtkampf zwischen der Königin und ihrem Sohn Balduin III. um die Thronnachfolge auch die Führungsriege der Templer erfasst hatte. Montbard zählte eindeutig zu den Befürwortern der Königinmutter, die eine Machtübergabe an ihren jugendlichen Sohn zum gegenwärtigen Zeitpunkt strikt ablehnte. Khaled vermutete, dass dies der Grund sein könnte, warum die Verbündeten des Prinzen dafür gesorgt hatten, dass Montbard keine Erlaubnis erhalten hatte, zusammen mit der Königin zum Konzil zu reisen. Der bevorstehende Angriff gegen Damaskus, den es dort zu verhandeln galt, war Balduins Idee gewesen. Er war ein junger Heißsporn, der Erfolge benötigte, um sich bei den umliegenden Grafschaften und Baronien gegenüber seiner Mutter durchsetzen zu können. Melisende war von der geplanten Belagerung alles andere als begeistert gewesen. Abgesehen davon, dass Emir Mu'in ad-Din Unur der Königin und auch dem Templerorden Tribut zahlte und für den Fall, dass die Stadt der Eroberung nicht standhalten konnte, sämtliche Schätze an Balduin und seine Verbündeten fielen, hatte André de Montbard dringend von einem Angriff gegen Damaskus abgeraten, angeblich weil er eine Niederlage mit verheerenden Verlusten auf Seiten der Christen befürchtete. Eine brisante Geschichte, die auch Khaled beschäftigte, ging unter der Hand doch die Kunde, dass Montbard – wie sein Neffe Bernhard von Clairvaux – über seherische Fähigkeiten verfügte.

Khaled, der bereits wusste, dass dieser Krieg auch an ihm nicht vorübergehen würde, rechnete schon in wenigen Tagen mit seiner Einberufung in das königliche Heer. Doch zunächst galt es, mit Lyn und Rona mitten in der Nacht zum Tempelberg zu pilgern, damit sie – warum auch immer – Bruder André treffen konnten.

Zusammen mit den beiden Frauen, die Fackel immer voran, eilte Khaled, mit Dolch und Krummsäbel bewaffnet, wenig später vorbei am Teich des Patriarchen, in dem sich glitzernd das Mondlicht spiegelte, zum Hauptquartier der Hospitaliter, wo alles hell erleuchtet war und ein paar aufgeregte Knappen auf der Straße herumlungerten, um auf die Rückkehr ihrer Ritter zu warten. Danach bog er mit seinen Begleiterinnen auf die Davidstraße ab. Unterwegs begegneten ihnen etliche Angehörige der Stadtmiliz, Männer unterschiedlichen Alters, die offenbar nicht zum Einsatz gekommen waren und sich nun entweder auf dem Weg zu ihren Familien oder in eine der Tavernen befanden, um den abendlichen Schreck mit einem Krug Bier oder Wein herunterzuspülen.

Auch zahlreiche Pilger strömten auf die Straßen; sie hatten sich auf Anraten ihrer Herbergswirte in Kellern verkrochen und blickten nun unsicher zum Himmel auf.

Allem Anschein nach hatten sich die Angreifer – Fatimiden, die der

Stadt seit ihrer Eroberung keine Ruhe gönnten – nach dem Beschuss ins Hinterland zurückgezogen, um einer nächtlichen Verfolgung durch Templer und Hospitaliter zu entgehen. Beim Anblick der nun fest verbarrikadierten Devotionalienläden, die den christlichen Pilgern gewöhnlich selbst um diese Zeit noch allerhand Unsinn verkauften, stellte sich Khaled die Frage, wie er die beiden Frauen an den Templerwachen am sogenannten Tor der Ketten vorbeibringen sollte. Für ihn selbst war es kein Problem, um diese Zeit an die Pforten der Ordensritter zu klopfen, aber in Begleitung zweier Frauen, die so schön waren wie die Sünde, sah die Sache schon anders aus. Frauen waren im Hauptquartier der Templer ohnehin nur im Ausnahmefall zugelassen. Normalerweise lagen die meisten Ordensbrüder um diese Zeit längst auf ihren Pritschen und schnarchten ein letztes Ave-Maria. Durch den Brandanschlag aus dem Schlaf gerissen, waren sie mit Sicherheit in maximaler Stärke ausgerückt. Irgendwann in nächster Zeit würden sie zu ihrem Quartier zurückkehren, wahrscheinlich erfolglos, und noch vor der Nachtruhe von ihrem Kommandanten einen Becher Wein genehmigt bekommen. Ein bewährtes Mittel gegen den Frust, weil dieser hinterhältigen ägyptischen Brut selbst mit himmlischen Heerscharen nicht beizukommen war. Aber sehr wahrscheinlich würde auch das nicht dazu beitragen, die Laune der Ordensbrüder zu heben, um mitten in der Nacht irgendwelchen Ausnahmegenehmigungen zuzustimmen.

Als sie die untere Templergasse durchquerten, vorbei an Goldschmieden, Geldwechslern und den Läden der Gerber, waren die Feuerkörbe, die das große eisenvergitterte Spitzbogentor zum Templum Domini beleuchteten, bereits zu sehen. Die zwei hünenhaften Sergeanten des Ordens, die es bewachten, waren hingegen kaum zu erkennen. Da sie als Templer auf Zeit –im Gegensatz zu den lebenslänglich verpflichteten weißgewandeten Rittern – schwarze Gewänder trugen, leuchteten nur ihre roten Brustkreuze im Schein der Flammen hell auf.

Lyn wich Khaled nicht von der Seite. »Was erwartet uns, wenn wir die Wachen passiert haben?«

Khaled holte tief Luft, bevor er zu einer Erklärung ansetzte. »Das Areal der ehemaligen Plattform des salomonischen Tempels ist ziemlich gewaltig«, eröffnete er seiner Begleiterin mit einer allumfassenden Geste. »Es liegt auf einer Anhöhe und macht mindestens ein Drittel der Fläche innerhalb der gesamten Stadtmauer aus.« Er schaute sie von der Seite an. »Wie du wahrscheinlich weißt, verdankt der Orden diesem Ort unter anderem seinen Namen. Die Templer und die Chorherren des Felsendoms teilen sich die Plattform in brüderlichem Einvernehmen«, erklärte er weiter, während sie voranschritten. »Nordwestlich befindet sich der sogenannte Felsendom. Der Qubbet as-sakra, wie wir Muslime das achteckige Gebäude nennen. Es ist unfassbar schön, mit bunten Kacheln und Marmorfliesen verkleidet. Wenn wir Gelegenheit dazu haben, solltet ihr euch die Säulentore am Ende der Treppen anschauen. Sie wurden aus grün gesprenkeltem Marmor gehauen, der aussieht wie eine Blumenwiese.« In Khaleds Gesicht spiegelte sich die Begeisterung, die er angesichts der architektonischen Meisterleistungen seiner Mitbrüder empfand. »Kalif Abdalmalik hat die Moschee in den Jahren 691 bis 692 nach Christus erbauen lassen, und mit der blutigen Erstürmung Jerusalems am 15. Juli 1099 wurde sie von den christlichen Chorherren besetzt.« Seine Stimme verlor an Enthusiasmus. »Danach hat man die ehemalige Stätte Mohammeds gnadenlos zu einer Kirche erklärt und in Templum Domini umbenannt. Seither thront auf der goldenen Kuppel statt einer grünen Flagge ein riesiges Kreuz, dessen silberne Kopie in den Schlachten des Königreiches stets vor dem königlichen Heer vorangetragen wird.«

»Wenn ich das alles höre«, bemerkte Rona mit einem ironischen Zug um den Mund, »kommt mir der Verdacht, dass es besser wäre, alle Religionen einfach abzuschaffen. Dann gibt es auch kein Blutvergießen mehr.«

Khaled beschloss, auf eine solche Ungeheuerlichkeit nicht zu antworten, und da Lyn offenbar auch nichts dazu sagen wollte, fuhr er in seinen Erläuterungen fort und deutete nach rechts über die flachen Dächer des armenischen Viertels hinweg. »Weiter im Südosten befinden sich neben ein paar eher unspektakulären Versorgungsgebäuden die Unterkünfte der Templer. Sie haben nach der Gründung des Ordens vor ungefähr zwanzig Jahren in der ehemaligen al-Aqsa-Moschee im Südosten Quartier bezogen. Einen Teil der Moschee haben sie zum Refektorium umgebaut, der Rest der alten Moschee teilt sich in ein Dormitorium und eine Kapelle, die nachträglich von den Christen geweiht wurde. Seitlich daran anschließend findet man die frühere, provisorische Unterkunft der Könige von Jerusalem. Der erste Herrscher der Stadt, Godefroy de Bouillon, hat eine Weile darin logiert, und später, nach seinem Tod hat sein Bruder Balduin, der erste König von Jerusalem, die Gemächer bewohnt, bis der Palast neben dem Patriarchen von Balduin II. fertiggestellt wurde. Die alten Räumlichkeiten werden inzwischen von den Templern als Gästehaus genutzt.«

»Und wie viele Templer leben dort für gewöhnlich?«

»In guten Zeiten sind dort etwa dreihundert Männer stationiert.«

»Was meinst du mit ›guten Zeiten‹?«

»Das hängt ganz davon ab, wie viele Ritterbrüder in den unzähligen Scharmützeln, die sie sich ständig mit muslimischen Kriegern liefern, zu Tode kommen. Und ob es Nachschub aus dem Abendland gibt.«

Die drei hatten die Wachen beinahe erreicht. Eine steinerne Brücke führte das letzte Stück des gepflasterten Weges über einen breiten Graben, in den das Mondlicht tiefe Schatten zeichnete. Rechts davon konnte man eine gewaltige Mauer erspähen, die aus der Schlucht aufstieg und deren Krone auf Seiten des Tempelberges von flacheren Häusern und einem gewaltigen Turm überschattet wurde.

»Das ist die Westmauer«, erläuterte Khaled. »Direkt dahinter befindet sich der Friedhof für ihre Würdenträger. Die anderen, gewöhnlichen Brüder beerdigt man im Ostteil der Plattform. Dieser Friedhof zählt zu den größten in der ganzen Stadt.« Mit einem zweideutigen Lächeln kehrte er zu seinen letzten Ausführungen über das übliche Schicksal der Templerbrüder zurück. »Je nachdem, wie unfähig ihre Vorgesetzten sind, sterben sie wie die Fliegen. Manche sind einfach zu schlecht ausgebildet, und manche sind so töricht, dass sie glauben, nur weil sie Christus an ihrer Seite haben, seien sie unverwundbar. Wenigstens garantiert man ihnen eine letzte Ruhestätte, wo die Christen die Rückkehr ihres Messias erwarten, damit sie ihm ins Paradies folgen können.«

Beinahe hatten sie die Wachen erreicht, aber weil Lyn ihn ermunterte, ihr noch mehr zu erzählen, sprach er weiter, wobei er Rona ignorierte. »Der Tempelberg ist gewissermaßen eine Stadt in der Stadt. Er ist von hohen Mauern umgeben und verfügt über mehrere riesige, unterirdische Wasserspeicher, die seine Bewohner bei einer Belagerung unabhängig von der Versorgung Jerusalems machen. Sie werden durch große, unterirdische Aquädukte aus den umliegenden Hügeln in Herbst und Winter mit ausreichend Regenwasser geflutet. Außerdem besitzen Templer wie Chorherren eigene Weizen- und Tierfutterspeicher, die ebenfalls für ein ganzes Jahr ausreichen. Unterhalb der Plattform, in den ehemaligen unterirdischen Hallen des Salomo haben die Templer weiträumige Stallungen eingerichtet, die in guten Zeiten mehr als zweitausend Reittiere aufnehmen können. Der Dung, der anfällt, beheizt einen Backofen. Die Stallungen besitzen drei eigens bewachte südöstliche Zugänge, die, wenn genug Personal vorhanden ist, das rasche Ausrücken regelrechter Reiterhorden ermöglichen.«

Lyn nickte verständig, und Khaled, der sich über ihre ungeteilte Aufmerksamkeit freute, zwinkerte ihr aufmunternd zu. »Aber wahrscheinlich wird dir am besten der wunderbare Obst- und Gemüsegarten gefallen, den sie oberhalb der Stallungen angelegt haben. Dort findest du so ziemlich alle Obstsorten, die sich in der Schale befanden, die Neshas Dienerinnen euch serviert haben – bevor eure seltsame Waffe alles zu Asche hat zerfallen lassen.«

Khaled konnte den Funken Ironie, der aus seiner Bemerkung herauszuhören war, schwerlich unterdrücken. Natürlich war es jammerschade, dass er die Waffe nun nicht mehr inspizieren und für seine Zwecke verwenden konnte, aber immerhin war Rona auch nicht mehr in der Lage, die Waffe gegen ihn oder jemand anderen einzusetzen.

Die beiden Sergeanten, die Tag und Nacht das vergitterte Portal in Richtung Templergasse bewachten, präsentierten die üblichen finsteren Mienen, wie man sie von einem Wachsoldaten erwarten durfte. Als sie Khaleds Aufmachung sahen und ihn als Vertreter der Nizâri erkannten, entspannte sich ihr Blick ein wenig, erst recht nachdem er die lateinische Losung »Gelobt sei die Unschuld der heiligen Muttergottes Maria« gemurmelt hatte.

Der rechte Sergeant, ein blonder Recke, von Aussehen und Größe vermutlich normannischer Abstammung, grinste dreist. »Um diese Zeit haben Frauen hier keinen Zutritt. Das solltest du wissen, mein muslimischer Bruder. Es sei denn, du willst sie gar nicht mitnehmen, sondern uns eine unverhoffte Freude bereiten.« Er sprach Altfranzösisch, und allem Anschein nach ging er tatsächlich davon aus, dass Khaled die Frauen bei ihm zurücklassen würde, bis er seine Geschäfte oben im Hauptquartier erledigt hatte. Auch der andere Sergeant, schwarzlockig und etwas kleiner, schien sich zu freuen.

»Es tut mir leid, euch enttäuschen zu müssen«, raunte Khaled und lächelte süffisant, »aber die beiden sind der Grund, warum ich zu so später Stunde noch hier bin. Es handelt sich um mongolische Prinzessinnen, die dringend mit André de Montbard sprechen müssen. Die Angelegenheit duldet keinen Aufschub.«

Der kleinere von beiden, der mit seinem struppigen Bart aussah wie ein Wüstenräuber, lachte schallend. »Das ist nicht dein Ernst, Assassine, oder?«, prustete er.

Während Khaled sich über die Abfuhr ärgerte, drängte sich Rona mit verkniffenem Blick in den Vordergrund.

»So ernst wie die unwiederbringliche Vernichtung Eures Ordens, wenn Ihr uns nicht zu Eurem Vorgesetzten vorlasst.« Rona hatte zwar leise, aber eindringlich gesprochen und vor allem in glasklarem Französisch.

Das Lächeln des Templers erstarb, und Khaleds Kopf ruckte herum. Die Frau musste verrückt sein.

»Bist du von Sinnen?«, zischte er Rona auf Arabisch zu. »Mit deiner düsteren Prophezeiung hast du jegliche Chance auf Einlass vertan.«

Dass er recht behalten sollte, bedurfte keines weiteren Beweises, weil einer der Männer sein Schwert zog und nicht nur ihn und Rona, sondern auch Lyn bedrohte.

»Ist sie vom Teufel besessen?« Der Normanne schnaubte verärgert und fixierte Khaled mit angriffslustiger Miene. »Du denkst doch nicht wirklich, dass ich so einer vorlauten Hexe mitten in der Nacht Einlass gewähre, noch dazu ohne Passierschein? Seht zu, dass ihr Land gewinnt.«

»Wenn du die beiden Damen nicht einlassen möchtest«, versuchte Khaled es noch ein letztes Mal, »könntest du wenigstens mich einlassen.« Er gab sich der Hoffnung hin, dass man ihm doch noch Gelegenheit gab, Bruder André persönlich von der Rechtschaffenheit der beiden Frauen zu überzeugen.

»Vergiss es, mein muslimischer Freund«, raunte der Blonde. »Von mir aus amüsiere dich mit den beiden bis Morgen früh. Denn vorher wirst du kaum einen Antrag an die Kommandantur stellen können, damit man sie vielleicht bei Bruder André vorsprechen lässt. Oder du versuchst dein Glück, wenn unser Seneschall in den Palast zurückkehrt, was aber vor Dienstag nicht der Fall sein wird, weil weder Komtur noch Großmeister anwesend sind.« Der Normanne steckte sein

Schwert zurück in die Scheide. Danach nahmen die Männer Haltung an und kreuzten die Lanzen, wobei ihre Mienen so verschlossen blieben wie das Tor, das sie bewachten.

»Na wunderbar!«, stieß Khaled fluchend hervor und schob die beiden Frauen zurück in die Gasse.

»Was hat das zu bedeuten?«, fragte Lyn.

»Was wohl?«, knurrte er. »Vor morgen früh werden wir André de Montbard nicht aufsuchen können.«

»Was sind das für Idioten!«, rief Rona ungehalten. »Ich frage mich ernsthaft, warum Lion wollte, dass wir ausgerechnet diesen Haufen von Spinnern vor dem Untergang retten!« Sie hatte in Babylon gesprochen, um Khaleds lästige Nachfragen zu vermeiden. Bevor Lyn etwas antworten konnte, wandte Rona sich erneut an Khaled, wobei sie ins Arabische wechselte.

»Und uns erzählst du, du hättest Beziehungen!«, erklärte sie barsch.

Khaled blieb stehen, ohne eine Antwort zu geben. Allein sein finsterer Blick verriet seinen Ärger. Lyn befürchtete schon, dass er jeden Moment auf Rona losgehen würde. Um den harten Ton ihrer Schwester zu beschwichtigen, versuchte sie, ihrer Stimme eine versöhnliche Note zu verleihen. »Gibt es keinen anderen Eingang, der weniger streng kontrolliert wird?« Hoffnungsvoll sah sie zu ihm auf.

Khaled schüttelte missmutig seine schwarze Mähne. »Dazu müssten wir aus der Stadt heraus, um von außen entweder zu einer der Kamelpforten zu gelangen oder zum Haupttor der Templer, das am Südwall in direkter Verbindung zur Stadtmauer steht. Beides ist um diese Zeit nicht mehr möglich, weil die Stadttore bereits geschlossen sind und nur noch geöffnet werden, um die einrückenden Ritter wieder einzulassen. Überdies ist es gefährlich. Selbst wenn wir versuchen sollten, an den Wachen vorbeizuschlüpfen, kann es passieren, dass man uns erwischt, was im besten Fall zur Folge hätte, dass wir die Nacht schutzlos vor der Stadt verbringen müssten. Wenn es jedoch schlecht läuft, stecken uns die Brüder in einen ihrer Kerker zu Ratten und Fledermäusen. Wir wären nicht die Ersten, die man dort für eine Weile vergessen hätte.«

»Vertrauter der Königin, dass ich nicht lache«, spottete Rona. »Anscheinend reicht dein Einfluss längst nicht so weit, wie du weismachen wolltest, abgesehen davon, dass sie von Zeit zu Zeit deine Gesellschaft in ihrem Bett verlangt, wie ich von deinem Templerfreund erfahren durfte.« Sie sah ihn herausfordernd an. Offenbar waren die Verhältnisse der Menschen untereinander in dieser Epoche von ihren Schlafgewohnheiten geprägt, was ihr geradezu banal erschien, um es überhaupt zu erwähnen. Aber so wie es aussah, spielte es eine Rolle, und anscheinend erzürnte es ihn.

Khaled glaubte, sich verhört zu haben. Was fiel diesem Weib noch alles an Unverschämtheiten ein? Dachte sie tatsächlich, sie dürfte ihn ungestraft demütigen? Er hob die Fackel und trat einen Schritt auf sie zu. Am liebsten hätte er sie gepackt und für ihr loses Mundwerk mit einer Tracht Prügel bestraft, aber Lyn stand daneben … und sie würde es nicht zulassen, dass er ihrer Schwester ein Leid zufügte. Abgesehen davon, dass er nicht wusste, ob Rona sich nicht selbst wehren würde, und eine Schlägerei mit einer Frau, hier mitten auf der Gasse war so ziemlich das Letzte, was er sich vorstellen wollte. Ach, verdammt! Er biss die Zähne zusammen und zwang sich zur Ruhe. Rona war nur eine Frau … eine dumme dazu. Wie war es sonst zu erklären, dass sie bei all ihren Zauberkünsten ausgerechnet auf seine Hilfe angewiesen war?

»Weißt du was?«, erwiderte er, an Rona gewandt. »Sieh zu, wie du eure Probleme alleine löst. Das wolltest du doch ohnehin von Beginn an.«

Khaled drehte sich um, ohne noch einmal zurückzuschauen, und warf die Fackel zu Boden. Wie ein trotziger Junge, den man nicht mitspielen ließ, marschierte er davon.

Frauen mit Führungsansprüchen waren etwas, das ihm zu seinem Glück noch gefehlt hatte. Es reichte vollkommen, wenn Melisende ihn mit ihren Machtkämpfen traktierte, die sie regelmäßig mit ihrem Sohn und seinen Anhängern austrug und damit das halbe Königreich an den Rand eines Bürgerkriegs führte.

Sollten die beiden doch sehen, wie sie ihre Mission alleine erledigten! So gerne er Lyn und deren Schwester zu Verbündeten gehabt hätte, sie waren mächtig genug, um auch ohne ihn nicht unterzugehen. Waren sie es nicht, hätte er ohnehin nichts gewonnen. Sein Instinkt hatte ihn von Beginn an gewarnt, dass man sich mit solchen Frauen höchstens eine Menge Ärger einhandeln konnte.

»Khaled!«, erklang Lyns flehende Stimme, und die raschen Schritte, die immer schneller wurden, gehörten zweifellos zu ihr. »So warte doch!«

Khaled rang mit sich, ob er stehen bleiben sollte. Wenn er es tat, würde er ihren schönen Augen kaum widerstehen können, und die ganze Geschichte würde von vorn beginnen.

Sie fasste ihn sanft am Arm und sah zu ihm auf. Ihr katzenhafter Blick fesselte ihn, und ihre Pupillen leuchteten auf die gleiche unnatürliche Weise wie vorhin, als sie seine Wunden geheilt hatte.

»Beim Barte des Propheten, was willst du von mir?«, keuchte er.

»Rona hat es nicht so gemeint.« Im Mondlicht schimmerte ihr schönes Gesicht wie Elfenbein. »Wir benötigen deine Hilfe, Khaled. Ich benötige deine Hilfe. Wenn du es nicht für Rona tust, dann tu es für mich!«

Ihre Hand lag an seiner unrasierten Wange, er spürte sie so deutlich, als ob ein Feuer durch sie hindurchfahren würde.

»Lyn …« Es war das erste Mal, dass er ihren Namen aussprach. »Man muss kein blinder Prophet sein, um zu spüren, dass mit dir und deiner Schwester etwas nicht stimmt. Trotzdem verweigert Allah mir die Weisheit, es zu verstehen.« Er räusperte sich. »Ich würde euch gerne helfen, aber ich weiß nicht einmal wobei. Deine Schwester verhöhnt mich, und du ziehst es vor, die Geheimnisvolle zu spielen. Dabei …« Er zögerte und schaute zu Boden. »Du bist gewiss ein wunderbares Mädchen und besitzt mindestens hundertmal mehr Herz als deine Schwester, aber solange auch du mir nicht vertraust, kann ich nichts für euch tun.«

Nun war er es, der über Lyns Wange streichelte. Ihre Haut war unglaublich zart – als ob er Seide berührte. Aus dem Augenwinkel sah er, dass Rona mit verschränkten Armen an einer Mauer lehnte und sie beobachtete, aber nicht daran dachte, näher zu kommen, geschweige denn sich bei ihm zu entschuldigen. Lyn hielt hingegen die Augen geschlossen, sie schien seine Liebkosungen zu genießen. Er verwarf alle Vorbehalte, die er gegen sie gehegt hatte. Er sehnte sich danach, sie zu küssen, ihren geschmeidigen Leib an sich zu pressen, sie zu überreden, mit ihm in den Palast zurückzukehren und in seinen Armen einzuschlafen – ohne ihre vermaledeite Schwester, die er am liebsten zur Hölle gejagt hätte.

Lyn schlug die Augen auf und seufzte leise, als ob sie seine Gedanken erraten hätte. »Wir stehen ziemlich unter Druck«, gestand sie flüsternd, »wenn wir unseren Auftrag nicht erfüllen und nicht unverzüglich Kontakt zu den Templern aufnehmen, muss ein Mann, den wir durchaus als unseren Vater bezeichnen können, sterben. Er – Lion – befindet sich in der Gewalt unserer Feinde. Sie haben ihm bereits einen Arm abgeschnitten und werden ihn auf grausame Weise töten, wenn wir die Bedingungen, unter denen er gefangen gehalten wird, nicht in den nächsten vierundzwanzig Stunden verändern.«

Mit dieser Erklärung konnte Khaled etwas anfangen. Sein Vater war auch in Stücke zerteilt worden, und man hatte seine Leichenteile an den Außenmauern von Damaskus aufgehängt, damit das Volk sie zur Abschreckung bestaunen konnte und die Geier sich nach und nach daran gütlich taten. »Ich weiß, was du meinst«, bekannte er leise. »Mein Vater wurde auch auf eine ähnlich furchtbare Weise getötet, mit dem Unterschied …« Khaled senkte seine Stimme. »… dass ihm niemand mehr helfen konnte.«

Knapp fünf Jahre war Khaled alt gewesen, als die Hyänen des Emirs von Damaskus seinen Vater nach einer Regierungssitzung kaltblütig mit Säbeln getötet hatten, weil sie ihrem Wesir eine verräterische Verbindung zum syrischen Oberhaupt der Nizâri nachsagten. Khaled erinnerte sich gerne an das gütige Lächeln seines Vaters, wenn er voller Stolz auf ihn herabgeblickt hatte.

»Gepriesen sei Allah und all seine Propheten, wenn er mir die Möglichkeit gäbe, in der Zeit zurückgehen zu können, um seinen grausamen Tod zu verhindern«, bemerkte er rau.

Lyn stand dicht vor ihm und schaute ihn an. Er spürte, wie sie fröstelte.

»Ist dir kalt?« Rasch entledigte er sich seines Mantels und legte ihn um ihre Schultern.

»Glaub mir, es gibt vielleicht einen Weg«, flüsterte sie. Ihre Hand lag plötzlich auf seiner Schulter. Eine sachte, federleichte Berührung, die ihn trösten sollte, und das tat sie auch. Khaled spürte, wie sein Herz schneller schlug, als etwas in ihm beschloss, sich hinabzubeugen, um sie zu küssen. Ihre Lippen berührten sich, erst leicht und dann immer drängender.

Lyn empfing seinen Kuss wie erstarrt, und doch war es das Schönste, was sie je erlebt hatte. Das Gefühl wurde stärker, als er sie umarmte und mit einem tiefen Seufzer an sich zog. Wie von selbst öffnete sich ihr Mund. Seine Zunge berührte ihre. Ihr Herz raste, und die Hitze, die sie plötzlich in ihrem Innern empfand, setzte sich fort und schoss direkt zwischen ihre Schenkel. Erschrocken wich sie zurück.

»Was soll das werden, wenn es fertig ist?« Ronas schneidende Stimme war dicht hinter ihr erklungen. Sie betrachtete Lyn mit einem merkwürdigen Blick, von dem man nicht sagen konnte, ob er strafend oder mahnend war.

Hastig wollte Lyn sich aus Khaleds Umarmung befreien. Er aber hielt sie immer noch fest und entließ sie nur zögernd.

Lyn nahm ihrer Schwester gegenüber eine kämpferische Haltung ein. Sie durfte nicht länger zulassen, dass sie Khaled wie einen Trottel behandelte. »Er hat dir das Leben gerettet«, bemerkte sie hart. »Wenn er dich nicht auf den Balkon gestoßen hätte, wärst du verbrannt. Soweit ich mich erinnere, hast du dich noch nicht einmal bei ihm bedankt!«

»Das hast du ja gerade erledigt«, entfuhr es Rona, und bevor Lyn etwas erwidern konnte, schickte sie ein knappes, unfreundliches »Danke!« in Khaleds Richtung.

»Was soll das heißen?« Lyn kniff die Lider zusammen.

»Vergiss es!« Rona fuhr herum. »Wir müssen auf der Stelle etwas für Lion tun, sonst werde ich noch verrückt.«

»Also gut.« Khaled begegnete Ronas störrischer Miene mit scheinbar stoischem Gleichmut. »Es gibt noch einen anderen Weg, um unerkannt auf das Gelände der Templer zu gelangen.«

»Aber?« Obwohl Lyn ihn noch nicht lange genug kannte, konnte sie heraushören, dass es bei der Sache einen Haken gab.

»Wir müssen die Westmauer überwinden. Seid ihr schwindelfrei?«

Ronas Pupillen leuchteten in der gleichen unwirklichen Weise auf wie die ihrer Schwester. »Worauf du dich verlassen kannst.«

Khaled hob die erloschene Fackel auf und ging zu den Feuerkörben der Templer zurück, wo er den Stecken von neuem entzündete. Wobei er die beiden Sergeanten nicht weiter beachtete. Auf seine Weise würde er ihnen ihre Sturheit schon heimzahlen, spätestens, wenn er das nächste Oberkommando über einen königlichen Zug erhielt und sie Teil seines Trupps sein sollten. Mit einem Wink bedeutete er Lyn und ihrer Schwester, ihm eine schmale, steinerne Treppe hinabzufolgen, die über drei Etagen hinunter zu den ärmlichen Hütten des arabischen Viertels führte. Obwohl nun christlich, war der Felsendom das einzige verbliebene Gebetshaus, das auch den muslimischen Mitbewohnern Jerusalems zugänglich war und in dem es erlaubt war, auf muslimische Weise zu Allah zu beten. Es war einer der Gründe, warum sich die Nachkommen der Überlebenden der Eroberung Jerusalems hier unten angesiedelt hatten. Ein anderer war die außerordentliche Großzügigkeit des Templerordens, die sich neben den Hospitalitern der Armenspeisung verschrieben hatten und täglich größere Mengen an übrig gebliebenen Lebensmitteln in Bastkörben die Mauer hinunterließen.

Khaled versicherte sich seines Krummschwertes und seines Dolches, die er beide wie immer am Gürtel trug, als sie in die engen, dunklen Gassen eintauchten, die wie leergefegt wirkten. Muslimische Frauen hatten um diese Zeit ohnehin nichts mehr auf der Straße zu suchen, und die Männer hatten sich offenbar wegen des Angriffs der Fatimiden in ihre Häuser zurückgezogen. Es kam nicht selten vor, dass sie in solchen Momenten Opfer von Übergriffen durch Christen wurden, weil man sie insgeheim der Mittäterschaft und Kollaboration mit den muslimischen Angreifern verdächtigte. Auch Khaled hatte solche Angriffe vor allem durch unwissende Pilger schon erlebt; wegen seiner Kampfkraft und seiner Zugehörigkeit zum Orden der Nizâri wurde er jedoch von Einheimischen in Frieden gelassen.

Ein warmer Wind wirbelte den Gestank von Dung, Staub und Urin auf. Rona wickelte sich ihr Tuch um die Nase. Auch Lyn versuchte, möglichst flach zu atmen. Irgendwo weinte ein Kind, und eine Tür wurde verschlossen, als sie an einer der vielen strohgedeckten Hütten vorbeikamen. Lyn dachte darüber nach, wie viel mehr Schaden ein Brandpfeil in solchen Behausungen anrichten konnte, und mit einem Mal kam sie sich schäbig vor, weil sie in einem Palast untergebracht waren, während hier Familien mit ihren Kindern in unvorstellbarer Armut lebten. Was war an dieser Welt so viel besser als an der, die sie verlassen hatten? Warum glaubte Lion, ausgerechnet hier etwas Entscheidendes für die Zukunft ändern zu können?

Khaled blieb immer wieder stehen und vergewisserte sich, dass sie noch beisammen waren. Lyn konnte seine erhöhte Wachsamkeit spüren. Irgendetwas schien ihn zu beunruhigen.

»Wir sind gleich da.« Er flüsterte beinahe, als er mit der Fackel einen schmalen Weg direkt an der Mauer entlang einschlug und die mächtigen Kalksandsteinblöcke beleuchtete, die tatsächlich für die Ewigkeit gebaut zu sein schienen. Direkt an der Mauer erhoben sich mehrere steinerne Gebäude mit spitz zulaufenden Fenstern und rundlichen Giebeln.

»Wir müssen hier hinauf«, bestätigte er Ronas Vermutungen, indem er auf die Mauer zeigte, die seitlich zu einem hohen Turm mit einem Kuppeldach hinaufführte. »Und wir müssen die Fackel löschen, sonst können uns die Wachen oben auf den Zinnen sehen.«

Rona und Lyn protestierten nicht, sondern zogen sich ihre Umhänge aus und banden sich die Kleider hoch. Darunter trugen sie Strumpfhosen aus einem hochwertigen schmutz- und bakterienabweisenden Material, das einzige Kleidungsstück, das sie aus ihrer Zeit anbehalten hatten. Auch ihre hellen Lederschuhe waren eine Spezialanfertigung. Nach außen mittelalterlich angepasst, wiesen sie innen allen Komfort auf, den ein moderner Schuh zu bieten hatte. Vom trittsicheren Klettern bis hin zu tagelangen Wanderungen konnte man mit diesem Equipment ohne Schaden fast jede Strapaze überstehen.

»Na dann mal los«, sagte Rona zu einem völlig verdutzten Khaled, der wohl davon ausging, jegliche Hilfestellung leisten zu müssen. Dabei lieferten die Steine genug Überstände, um auch ungeübte Kletterer heil nach oben zu bringen – vorausgesetzt, man war schwindelfrei.

»Und ihr seid sicher, dass ihr das könnt? Vielleicht ist es besser, wenn ich als Erster hinaufgehe und euch von oben mit einem Seil sichere.«

»Und wenn du keines findest?«, spöttelte Rona und schüttelte grinsend den Kopf. »Mach dir keine Sorgen, mein Freund. Klettern ist eine unserer leichtesten Übungen, und wenn du es genau wissen willst, wir können auch bei Nacht ganz gut sehen.«

Khaled blinzelte verwundert und löschte schließlich die Fackel, als Lyn ihm zunickte.

Während Rona die Trittsicherheit eines vorstehenden Quaders prüfte, glaubte Lyn, ein Geräusch gehört zu haben. Khaled beobachtete Ronas Vorankommen, bevor er Lyn einen Wink gab, dass sie folgen sollte. Aber sie hatte sich in die Richtung abgewandt, aus der Schritte herüberdrangen. Zwischen den Hütten sah sie einen Schatten. Ihre gentechnisch verbesserte Sehfähigkeit tauchte die Umgebung in ein helleres Grüngrau und ermöglichte es ihr, Konturen und Bewegungen relativ scharf zu erkennen.

»Da ist jemand«, zischte sie Khaled zu, der sofort seine Hand an den Säbel legte.

Sie waren schnell, und sie waren zu dritt. Ihrer Größe nach und Breite der Schultern zu urteilen, waren es Männer. Sie trugen schwarze Umhänge und Turbane, ähnlich den Angreifern in der Wüste. Mit raubtierhaften Bewegungen verteilten sie sich hinter den verwinkelten Häusern. Lyn glaubte, gesehen zu haben, wie sie ihre länglichen archaischen Waffen zogen. Mit einer Kopfbewegung bestätigte Khaled, dass Gefahr im Anmarsch war. Rona blickte nach unten, und anstatt voranzuklettern, sprang sie mit katzenhafter Geschmeidigkeit auf das Pflaster zurück.

Im nächsten Moment schnellte einer der Angreifer mit erhobener Waffe hinter einer Häuserecke hervor. Lyn dachte an Mako und wie gelähmt sie gewesen war, als sie zum ersten Mal gesehen hatte, wie ein Schwert einen Menschen tötete. Diesmal war es Khaled, der Gefahr lief, geköpft zu werden, weil er sich dem Schattenmann ohne Zögern entgegenstellte. Gleichzeitig näherten sich die anderen Männer, um den Angreifer zu unterstützen. Lyn setzte zum Sprung an. Im Flug entriss sie dem Mann, der Khaled zu töten drohte, das Schwert und schleuderte es in die Luft. Auf allen vieren landete sie neben Khaled und schützte seinen Rücken. Khaled schnellte herum und registrierte, dass der Mann ohne Schwert nicht der Einzige war, von dem eine Gefahr ausging, zwei weitere bedrohten nun Rona. Während Khaled seinen Dolch in dessen Richtung schleuderte, zog er mit einer fließenden Bewegung sein Krummschwert und holte zu einem Schlag aus. Der zweite Gegner packte sich röchelnd an den blutenden Hals und ging laut aufstöhnend zu Boden. Der erste hatte Glück, weil das vom Himmel sausende, eigene Schwert ihn knapp verfehlt hatte. Er erkannte die Gelegenheit und stürzte zu Boden, um es erneut aufzunehmen.

Khaled stellte ihn augenblicklich zum Kampf, gleichzeitig versuchte er, den dritten Mann mit abwechselnden Hieben auf Abstand zu halten. Rona aktivierte mühelos alte chinesische Kampftechniken, die ihnen Collart ohne Erbarmen so lange eingetrichtert hatte, bis sie sogar im Schlaf abrufbar gewesen waren. Außerdem verlieh ihnen das Katzen-Gen, das man bei der Zeugung hinzugefügt hatte, eine besonders geschmeidige Beweglichkeit. Rona nahm Anlauf und trat den Mann, der Khaled als Nächster bedrängte, ins Kreuz. Stöhnend ging er zu Boden, und Khaled fackelte nicht lange und versetzte auch ihm einen Hieb, der seinen Bauch der Länge nach aufschlitzte. Der Mann fiel lautlos auf das Pflaster und starb auf der Stelle.

Khaled duckte sich keinen Moment zu früh. Die Klinge des dritten Gegners sauste an seinem Kopf vorbei und streifte sein Haar.

Lyn attackierte den Angreifer, indem sie ihn von der Seite ansprang und ihn mit einem gezielten Schlag gegen die Kehle außer Gefecht setzte. Der Mann ging keuchend zu Boden und ließ sein Schwert fallen. Der Druck auf den Hals war so kraftvoll gewesen, dass er rot anlief und seine Augen hervorquollen. Vergeblich versuchte er, sich Luft zu verschaffen. Khaleds Blick war erstaunt, als er sah, was Lyn geleistet hatte, dann genügte ein einziger zielgerichteter Streich, und er schlitzte dem Kerl trotz des Kettenhemdes den Bauch auf. Im Mondlicht quoll Blut hervor und rann durch die Finger, die der Angreifer stöhnend auf die Wunde drückte. Lyn wich angeekelt zurück. Sie war den Anblick des frischen Blutes nicht gewöhnt. Ein Fusionslaser sorgte dafür, dass es entweder verdampfte oder die Wunde durch die entstehende Hitze versiegelt wurde.

Khaled ging neben dem Kerl auf die Knie und entwaffnete ihn.

»Was sind das für Leute?« Rona atmete immer noch heftig und sah sich hastig um, weil sie sicherstellen wollte, dass nicht noch mehr Turbanträger im Anmarsch waren.

»Das werden wir gleich herausfinden«, presste Khaled hervor und widmete sich erneut seinem Opfer. Der Mann lebte noch und röchelte leise. Khaled durchsuchte ihn rasch nach Herkunftsnachweisen, und als er nicht fündig wurde, riss er seinem Gegner den Turban vom Kopf und das Gesichtstuch von Mund und Nase. Lyn konnte sehen, dass der Mann ein Europäer sein musste. Er war blond und blauäugig, sein Gesicht war von der Sonne verbrannt. Araber waren zumeist gebräunt, dunkelhaarig und besaßen feurige, braune oder bernsteinfarbene Augen.

»Sprich, du Hund!«, fuhr Khaled in an. »Wer hat euch geschickt?«

Der Mann röchelte immer noch, nur etwas lauter, aber verstehen konnten sie ihn nicht.

Khaled ergriff das Ohr des Mannes und zog daran. »Wenn du das Maul nicht aufmachst, schneide ich dir ein Ohr ab!«

Lyn beobachtete atemlos, ob Khaled seine Drohung wahr machen würde.

»Khaled, ich fürchte, er kann nicht mehr sprechen …«, wandte sie ein.

Sie musste nicht lange warten, um zu erkennen, dass der vermeintliche Assassine im Begriff war, seinem schlechten Ruf alle Ehre zu machen. Ein rascher Schnitt, dann hielt Khaled tatsächlich ein Ohr zwischen den Fingern. Achtlos warf er es auf das Pflaster und machte sich nun zu Lyns schierem Entsetzen an der Nase seines Opfers zu schaffen.

Rona stand mit verschränkten Armen da und verfolgte interessiert, was Khaled in Sachen Foltermethoden noch so alles auf Lager hatte. »Ich sagte es doch«, bemerkte sie tonlos. »An der Grausamkeit von Foltermethoden hat sich selbst in tausend Jahren nichts geändert. Wenn du mich fragst, ich finde das ernüchternd.«

»Ein letztes Wort«, zischte Khaled, der sich an Ronas Bemerkung nicht störte. Seine Stimme war so düster, dass es Lyn eine Gänsehaut bereitete. »Oder willst du als Krüppel zur Hölle fahren?«

»Khaled«, wandte Lyn ein und packte ihn sacht bei der Schulter, »denkst du wirklich, deine Drohung nützt etwas?«

Khaled schaute auf, seine sonst so schönen Augen spiegelten etwas Dämonisches wider, das sie erschauern ließ.

»Dies sind keine gewöhnlichen Diebe und keine Muslime«, erklärte er leise. »Es muss einen Grund haben, dass sie uns als Araber verkleidet ausgerechnet im arabischen Viertel angreifen. Entweder sind sie uns gefolgt – oder, was mir allerdings ziemlich abwegig erscheint, sie haben hier auf uns gewartet.«

Lyn blickte ihm starr in die Augen. »Und du glaubst, wenn du dem armen Kerl auch noch die Nase abschneidest, findest du es heraus?«

»Hast du eine bessere Idee?«

»Ich könnte ihn heilen.«

»Und dann?« Mit einer Hand hielt Khaled immer noch den Hals des Mannes umklammert, während er mit der anderen die Klinge seines

Dolches an dessen Nasenwurzel angesetzt hatte. »Denkst du tatsächlich, wenn er gesund und munter ist, wird er dir freiwillig sagen, warum er uns in diesem Aufzug zu nachtschlafender Zeit abstechen wollte?« Khaled schnaubte verächtlich. »Oder zweifelst du daran, dass er das wollte?«

»Nein«, gab Lyn ernüchtert zurück.

»Also …« Khaled wandte sich erneut seinem Opfer zu, in der festen Absicht, es so lange zu foltern, bis es sein Geheimnis preisgeben würde. Doch die Seele des Mannes hatte sich längst davongemacht.

»Er ist tot!«, sagte Lyn, als Khaled den Mann nochmals mit einem deftigen Fluch auf den Lippen schüttelte.

»Denke, du hast recht«, brummte er ungehalten, doch dann sah er hoffnungsvoll auf. »Es sei denn, du kannst nicht nur heilen, sondern auch Tote zum Leben erwecken?«

Lyn kniff die Lippen zusammen und schüttelte den Kopf. Rona meldete sich unvermittelt aus dem Hintergrund. »Denkst du nicht, wenn wir das könnten, hätten wir unseren Bruder gerettet?«

Khaled erhob sich langsam neben der Leiche und schaute betreten auf Lyn und ihre Schwester herab. »Tut mir leid«, sagte er leise.

Trittsicher begannen die beiden Frauen wenig später den Aufstieg und hangelten sich im silbernen Mondlicht die steile Mauer hinauf. Dabei legten sie eine Geschicklichkeit an den Tag, die derjenigen von Khaled in nichts nachstand. Wenn er ehrlich war, hatte er sogar Mühe, ihnen in ihrem Tempo zu folgen.

Einmal noch blickte er hinab zu jener Stelle, wo sie die drei Leichen hinter einen Mauervorsprung geschafft hatten, der zu einem Erkerhaus gehörte. Er würde Bruder André bitten, die Toten fortschaffen zu lassen, bevor Kinder sie entdecken konnten oder sie in der Hitze zu stinken begannen.

Ein Blick nach oben versicherte ihm, dass zumindest Rona die Zinnen bereits erreicht hatte und sich an der Brüstung hochzog. Lyn war dicht hinter ihr, und Khaled verdoppelte seine Anstrengungen, um zu den Schwestern aufzuschließen, weil hinter den Mauern mit patrouillierenden Templern zu rechnen war, denen er zuvorkommen wollte.

Er gelangte noch vor Lyn zum Abschluss der Mauer und schwang sich behände hinüber. Galant streckte er ihr die Hand entgegen, um ihr das letzte Stück hinaufzuhelfen, obwohl es einer solchen Geste gar nicht bedurft hätte. Sie aber nahm sein Angebot dankbar an, während er rittlings auf der Mauer hockte. Hand in Hand sprangen sie zwei Meter hinab.

Unten angekommen, wurden sie von aggressivem Hundegebell begrüßt. Lyn kannte dieses Geräusch. Lion hielt sich im Hauptquartier auch ein paar illegale Bestien, um das Gelände zu sichern. Ihm waren sie zuverlässiger als elektronische Detektoren erschienen, die von außen manipuliert werden konnten. Leider konnte man die Tiere nicht anfassen, geschweige denn streicheln, weil sie so bissig waren. Khaleds Warnungen zufolge schien es mit diesen Hunden nicht anders zu sein.

Mit einem raschen Blick in die Ferne vergewisserte sich Khaled, dass die Bestien nicht frei herumliefen und die drei großen Zypressen am Friedhofseingang sie vor den Blicken möglicher Wachen schützten.

Rona warf ihm einen kritischen Blick zu, als er immer noch Lyns Hand hielt. Für einen Moment lächelte er seine Begleiterin an. »Jetzt müssen wir es nur noch schaffen, Bruder André zu finden, aber das ist keine Kunst, ich weiß, wo sich seine Klause befindet.« Abwechselnd schaute er die beiden Schwestern an und nickte schließlich in Richtung eines parkähnlichen Geländes. »Ihr beiden bleibt hier zurück und versteckt euch hinter den Kreuzen und Steinsarkophagen, bis ich Bruder André in Kenntnis gesetzt habe. Der Friedhof erscheint mir einigermaßen sicher, damit man euch in der Zwischenzeit nicht entdeckt.«

Rona setzte eine missmutige Miene auf. Sie schien seine Entscheidung nicht unbedingt zu begrüßen, doch auch sie musste einsehen, dass manchmal durchaus ein wenig Geduld angebracht war, um ein Ziel zu erreichen.

Khaled drückte Lyns Hand und zwinkerte ihr aufmunternd zu, dann verschwand er lautlos in der Dunkelheit.

Lyn schaute Khaled nachdenklich hinterher. Im Mondlicht erhaschte sie zwischen den Bäumen einen Blick auf die übrige Plattform und konnte sich davon überzeugen, dass Khaled in seinen Beschreibungen von diesem Ort nicht übertrieben hatte. Im Abstand von hundert Metern erhoben sich unzählige kleinere und größere Gebäude mit schimmernden Kuppeln, dazwischen befanden sich Treppen, Pforten und Arkaden, die zum Teil von hohen Zypressen verdeckt wurden. Danach streifte ihr Blick nach rechts über gut zwanzig Gräber, mal prächtig mit kunstvoll gearbeiteten Steinsärgen aus Marmor, mal einfach mit simplen Holzkreuzen versehen, die im Mondlicht ihre Schatten warfen. Der Platz ringsumher war gepflegt, die Wege zwischen den Gräbern waren mit Kies ausgelegt. Hier und da hatte man kleinblättrige Bäume gepflanzt und zu kunstvollen Pyramiden oder Kugeln beschnitten.

Am Ende des Feldes, dicht an der Mauer, stach eines der Holzkreuze besonders heraus. Die in Holz geschnitzten Lettern hatte man mit schimmerndem Blattgold ausgelegt. Lyn ging ein Stück näher heran und las die erste Zeile der Inschrift:

»NON NOBIS DOMINE, NON NOBIS, SED NOMINI TUO DA GLORIAM!«

Das war Latein und bedeutete übersetzt: »Nicht uns, o Herr, nicht uns, sondern Deinem Namen sei Ehre.«

Während sie noch darüber nachdachte, was damit gemeint sein könnte, las sie die darunterstehenden Zeilen in Altfranzösisch:

IM NAMEN GOTTES RUHT HIER DER EHRENVOLLE HUGO DE PAYENS,
HERR VON MONTIGNY-LAGESSE UND TONNERRE - ERSTER MEISTER
DES ORDENS DER ARMEN RITTERSCHAFT VOM SALOMONISCHEN TEMPEL
ZU JERUSALEM. GESTORBEN AM TAG DER SELIGEN JOHANNA
IM JAHRE 1136 NACH DER FLEISCHWERDUNG DES HERRN IN
DER SCHLACHT VON MONSFERRANDUS IM TREUEN DIENSTE UNSERES
HERRN UND ERLOESERS UND UNSERES GELIEBTEN KOENIGS FULKO V.
VON ANJOU
DIE HEILIGE JUNGFRAU WACHE UEBER UNSEREN TREUEN BRUDER,
AUF DASS GOTT DER HERR SEINER SEELE GNAEDIG SEI!
IM NAMEN DES VATERS, DES SOHNES UND DES HEILIGEN GEISTES.
AMEN.

Ein Moment seltsamer Einkehr brach über Lyn herein, und sie spürte die Liebe, die von diesem einfachen Kreuz ausging, und den Respekt, den man diesem Mann zu Lebzeiten offenbar entgegengebracht hatte. Als Rona neben sie trat, erschrak sie beinahe.

»Das wäre der Preis gewesen«, murmelte ihre Schwester reichlich respektlos.

»Wenn wir zur rechten Zeit an diesem Ort eingetroffen wären.«

Plötzlich raschelte es hinter ihr, und als beide herumfuhren, sah Rona zunächst einen Mann in weißen Gewändern, der Khaleds Vater hätte sein können, so ähnlich sah er ihm. Er war beinahe so groß wie Khaled. Anders als er trug er einen kurzgeschorenen, silbern durchwirkten Bart, und sein ebenfalls kurzes braunes Haar wurde von silbernen Fäden durchzogen. Seine dunklen, freundlichen Augen wurden von Lachfältchen umrahmt, und als er Arabisch zu sprechen begann, tat er dies zwar perfekt, aber mit einem weichen, französischen Akzent. Er besaß eine gerade, große Nase, die Lyn an die Büsten römischer Feldherren erinnerte, die Lion in seinen Geschichtsdateien aufbewahrt hatte. Sein Gesicht erschien ihr leicht asymmetrisch, und sie konnte darin lesen wie in einem offenen Buch. Er hatte einiges an Entbehrungen hinnehmen müssen und eine harte Schule durchlaufen, bevor er in diese Position aufgerückt war, dabei strahlte er Loyalität und Zuverlässigkeit aus.

Er war ganz sicher kein Barbar wie Berengar, der es offenbar liebte, ungewaschen, schlecht riechend mit zotteligem Bart herumzulaufen. Der helle Umhang mit dem blutroten Kreuz auf Schulter und Rücken ließ seine hagere Gestalt weitaus breiter erscheinen, als sie tatsächlich war.

»Sind sie das?« Der Mann blickte zurück, um sich bei Khaled, der ihm dicht folgte, zu vergewissern.

»Ja, *das* sind sie«, antwortete Khaled, und für Lyn hörte es sich beinahe an, als ob er einen besonders wertvollen Schatz offenbarte.

»André de Montbard«, stellte der Mann sich vor und vermochte dabei kaum seine Aufregung zu verbergen. »Friede sei mit Euch!« Er verbeugte sich formvollendet, wie es in seinen Kreisen wohl üblich war, wobei er seine Rechte aufs Herz legte.

Sein interessierter Blick richtete sich auf Lyn – und ihr kam es vor, als ob er sie von irgendwoher kannte. Sie empfing eine merkwürdige Schwingung, die davon zeugte, dass er ihr nicht unvoreingenommen entgegentrat.

Montbard hüstelte nervös. »Madame, zu Euren Diensten.«

Lyn wich kaum merklich zurück, als er auf sie zuging und sie unvermittelt bei den Oberarmen fasste, als ob er verhindern wollte, dass sie ihm davonlief. Sein Griff war nicht fest, aber sein Blick war auf seltsame Weise forschend, obwohl er sich gleich darauf an einem Lächeln versuchte und eine Reihe nicht mehr ganz so weißer Zähne zum Vorschein brachte. »Lyn«, sagte er seltsam vertraut, »hab ich recht?«

»Kennen wir uns?« Lyn konnte sich über sein Auftreten nur wundern.

»Nein«, beeilte er sich zu sagen. »Khaled hat mir eben erst von euch beiden berichtet und erklärt, dass ihr meine Hilfe benötigt.«

»Ihr seid also der stellvertretende Kommandeur dieses Ordens?« Rona war hervorgetreten und sah ihn herausfordernd an.

Montbard löste sich von Lyn und wandte sich Rona zu. »Ich bin der Seneschall und befugt, den Großmeister in allen wichtigen Angelegenheiten zu vertreten.«

»Dann sollten wir unser Treffen besser in eine Räumlichkeit verlagern, wo wir ungestört und vertraut miteinander sprechen können«, erwiderte Rona. Montbard lächelte verständig. »Natürlich. Wenn Ihr mir bitte folgen wollt?«

Nicht nur die raumgreifenden Schritte und die aufrechte Haltung Montbards bezeugten seine ranghohe Stellung innerhalb des Ordens. Auf dem Weg zur anliegenden al-Aqsa-Moschee salutierten sämtliche Ritter, die ihnen begegneten mit sichtbarem Respekt. Lyn registrierte beiläufig, dass ein gewaltiges Schwert an Montbards Gürtel baumelte, das leise, klirrende Geräusche von sich gab.

Vor dem Gebäude erstreckte sich ein langgezogener Arkadengang mit unzähligen Bögen. Gemeinsam durchschritten sie ein Spitzbogentor, dessen bronzene Flügeltür halbseitig offen stand. Auch hier salutierten bewaffnete Wachleute. Die Wände am Eingang waren mit bunt schimmernden Kacheln verkleidet, der Boden mit mehrfarbigem Marmor ausgelegt. Dieses Bauwerk hatte nichts mit dem gemein, was Lyn sich unter einer Soldatenunterkunft vorstellte. Dieser Eindruck setzte sich in der Empfangshalle des Gebäudes fort, wo die Pracht an orientalischen Ornamenten, goldenen arabischen Schriften und Mustern geradezu überhandnahm. Von dort aus führten mehrere Portale zu weiteren Abschnitten des Gebäudes, die allesamt recht belebt zu sein schienen. Ständig passierten verwegen aussehende Männer in langen weißen Gewändern ihren Weg zwischen den einzelnen Räumen und grüßten ihren Anführer im Vorübergehen mit unterwürfiger Ehrerbietung.

Rona grüßte lässig zurück, als eine Horde Ritter eine Treppe hochstürmte, während Montbard sich anschickte, mit seinem Besuch in eines der Obergeschosse auszuweichen. Unter den schwer gerüsteten Männern, die offenbar soeben von ihrem nächtlichen Einsatz zurückkehrten, befand sich Berengar von Beirut, den sie sogleich erkannt hatte. Er schaute erstaunt auf, als sie ihm ins Gesicht grinste und ihm ein »Verdammt langer Tag, was?« entgegenrief.

Berengar wollte stehen bleiben und etwas erwidern, doch dann sah er Montbard und zog es vor, lediglich zu salutieren, bevor er seinen Kameraden in einen der zahlreichen Gänge folgte.

Rona sah den Männern noch einen Moment hinterher. Khaled, dem ihre Faszination nicht entgangen war, zog sie am Ellbogen gefasst die Treppe hinauf. »Ich dachte, es ist dringend?«, raunte er, und Rona besann sich unverzüglich, um ihm zu folgen.

Montbard führte sie in die von Fackeln hellerleuchtete Kommandozentrale der Templer von Jerusalem, einen großen, quadratischen Raum, der exakt dem Grundriss des darunter befindlichen Turms entsprach und über zwei große, halbrunde, hellgrün verglaste Fenster verfügte. Eines zeigte nach Norden und gewährte einen unverstellten Blick auf den Felsendom, das andere wies nach Westen und präsentierte die übrigen Viertel der Stadt in silbriges Mondlicht getaucht. Nach Süden hatte man ein weitaus kleineres Fenster eingelassen, das eher wie ein Ausguck wirkte. Montbard nahm an einem vergleichsweise riesigen Eichenholztisch Platz, der in der Mitte des Raumes stand und der von zwölf Scherenstühlen umringt wurde. Darüber hing ein eiserner, kreisrunder Leuchter, auf dem zwölf Kerzen entzündet worden waren.

»So setzt euch doch!«, empfahl Montbard seinen Gästen und deutete mit einer knappen Geste auf die Stühle.

Rona blieb stehen und warf Khaled, der als Letzter die Tür hinter ihnen geschlossen hatte, einen missbilligenden Blick zu. Dann wandte sie sich wieder an André de Montbard, der sie bereits erwartungsvoll anschaute. »Vertraut Ihr ihm?« Fragend schaute sie zu Khaled hin, dessen Anwesenheit sie offenbar nicht schätzte.

»Wie meinem eigenen Sohn.«

Da war es wieder, dachte Lyn, dieses gütige Lächeln, das Montbard gepachtet zu haben schien und mit dem er nun Khaled bedachte, der mitten im Zimmer stand und Rona angriffslustig musterte.

»Ich kenne unseren muslimischen Bruder seit seinen Kindertagen«, fügte Montbard milde hinzu. »Ich würde ihm bedenkenlos mein Leben anvertrauen. Nachdem er Euch zu mir gebracht hat, sehe ich erst recht keinen Grund, warum er bei dem, was Ihr mir zu sagen habt, nicht dabei sein sollte.«

»Nun gut«, bestimmte Rona, wobei sie ihre Aufmerksamkeit noch einmal auf Khaled lenkte. »Sperr die Tür zu, so dass uns gewiss niemand stört, und dann setz dich zu uns.«

Montbard hob eine Braue und nickte Khaled zu. »Tu, was sie sagt, mein Sohn, ich kann kaum erwarten, was sie uns mitzuteilen hat.«

Rona warf Lyn einen wissenden Blick zu. »Den Server bitte.«

Lyn kramte in der Innentasche ihres Gewandes, die in ihren Unterkleidern verborgen lag, und holte den flachen Quantencomputer hervor. Sie spürte die Aufregung, welche die anderen empfanden. Was Khaled wohl von ihr denken mochte, wenn er die Wahrheit erfuhr? Sie zitterte leicht, als sie das schwarze, flache Kästchen vor Rona und in sicherem Abstand zu Khaled und dem Templer auf die Tischplatte stellte.

Lyn räusperte sich, bevor sie ihre fremdartige Melodie zu singen begann. Dabei wechselte sie einen raschen Blick mit Montbard, der sie so begierig anschaute, als wisse er schon, was nun auf ihn zukommen würde. Mit glockenheller Stimme sang sie die Tonabfolge, die exakt die Frequenzen enthielt, die den Server zu öffnen vermochten.

Der Deckel schnappte mit einem klickenden Geräusch auf, und der Einzige, der zurückschreckte, als sich der Nebel aus türkisfarbenen Lichtmolekülen hob, war Khaled. Seine Augen wurden für einen Moment so groß, dass seine bernsteinfarbene Iris komplett weiß umrahmt war. Ein panischer Seitenblick auf Montbard versicherte ihm, dass der Seneschall angesichts dieses unglaublichen Ereignisses eine erstaunliche Ruhe bewahrte.

Über der flachen Kiste baute sich Zug um Zug eine schwebende Bildfläche auf, und nach einer Weile bemerkte Khaled, wie etwas Fremdes von seinem Geist Besitz ergriff und sein Denken von beängstigenden Szenen überflutet wurde, die – wie Lyn ihm in unaufgeregtem Ton erklärte – in ferner Zukunft geschahen. Darunter auch Bilder der bevorstehenden Vernichtung der Templer durch einen französischen König, der noch gar nicht geboren war, sowie Bilder von den sich daran anschließenden, verheerenden Hungersnöten, weil das perfekt organisierte Versorgungssystem der Templer mit einem Schlag zusammengebrochen war. Bilder von Leibeigenschaft und Sklavenhaltung, weil der Orden nicht mehr regulierend in eine menschenverachtende Gesetzgebung eingreifen konnte. Und nicht zuletzt Bilder der brutalen Verfolgung Andersgläubiger durch die Inquisition, die mit der Auflösung des Ordens erst ihren wahren Anfang annehmen würde.

Es folgten weitere Szenen von einer grauenhaften Seuche, von Feuer und Tod, von hungernden, schwer verletzten Menschen und von tödlichen Maschinen, wie Khaled sie sich selbst in seinen finstersten Träumen nicht vorzustellen gewagt hätte. Unendlich grausame Religionskriege folgten in mehreren Sequenzen, Hexenverbrennung, sterbende Soldaten in sumpfigen Gräben, deren Innerstes durch ein Gas zersetzt wurde, das ihnen den Atem nahm und Khaled in dem Gefühl zurückließ, selbst auf der Stelle ersticken zu müssen. Danach folgten Bilder von Flaggen mit riesigen, schwarzen Hakenkreuzen, von Judenpogromen, Flugmaschinen, einstürzenden, gigantischen Türmen und von einem Bombenkrieg, der die Überlebenden zu unmenschlichen Dämonen degradierte, die sich nicht davor scheuten, ihren wehrlosen Mitmenschen die intimsten Gedanken zu stehlen und sie zugleich über Generationen hin zu versklaven.

Wenn Khaled je gedacht hatte, die Hölle zu kennen, so hatte er sich angesichts dieser Vorführung gründlich geirrt.

Auch Bruder André erschien ihm nun wie gebannt, und Khaled fragte sich, ob er auch die Stimmen und Geschehnisse in seinem Innern vernahm, die diese unerträgliche Apokalypse in einer erschreckend bildhaften Sprache erklärte und dabei keinen einzigen seiner Sinne schonte.

Zwischendurch fiel sein Blick auf Lyn, die nicht die furchteinflößenden Bilder fixierte, sondern ihn die ganze Zeit über zu beobachten schien und beruhigend ihre Hand auf seinen Arm legte, vielleicht weil sie wissen wollte, ob er die Wahrheit tatsächlich vertrug oder gelogen hatte, als er sagte, es würde ihm nichts ausmachen, wenn sie ihn in ihre Geheimnisse einweihte. Bei Allah, was war er für ein Narr gewesen! Sie stammte tatsächlich aus einer tausend Jahre entfernten Zukunft, hatte allem Anschein nach Raum und Zeit überwunden und schickte mit einem für sie simpel anmutenden Auftritt nicht nur sein Herz in einen tosenden Orkan, sondern stürzte mit einem einzigen Schlag alles in Zweifel, woran er je geglaubt hatte. O Allah, schoss es ihm durch den Kopf, und all seine Propheten, Eure Gnade kennt keine Grenzen, erbarmt Euch meiner ungläubigen Seele!

Als das Licht sich unvermittelt ins Innere des geheimnisvollen Kästchens zurückzog und mit ihm die Bilder erloschen, herrschte für einen Moment absolutes Schweigen.

»Das«, erklärte Montbard, der sich überraschend schnell gefasst hatte, beinahe feierlich, »darf nur einem winzig kleinen Kreis von Eingeweihten zugänglich gemacht werden.« Sein Blick fiel auf Rona und Lyn. »Solltet ihr und euer Geheimnis in die falschen Hände geraten, kommen wir im wahrsten Sinne des Wortes in Satans Küche, und exakt das Gegenteil dessen, was euer Freund in der Zukunft beabsichtigt hat, wird eintreten.

Es ehrt mich, meine Töchter, dass ihr mich auserkoren habt, um euch bei eurer Mission zu helfen. Das bedeutet aber auch, ich muss unverzüglich für eure Sicherheit sorgen und den Hohen Rat einberufen«, bekannte er bedächtig. »Ohne ihn kann ich keine Entscheidung treffen, was weiter zu geschehen hat. Unter den momentanen Umständen kann es leider eine Weile dauern. Wir stehen kurz vor einem weiteren Versuch, Damaskus zu erobern.«

»Das wird nicht gelingen.« Lyns Stimme hallte quer durch den Raum. »Ich habe eine Menge Informationen über Euren Orden studiert, bevor ich auf diese Mission geschickt wurde, und ich glaube mich erinnern zu können, dass dieser Einsatz misslingt und zudem hohe Verluste fordern wird, besonders unter Euren Ordensrittern.«

Sie konnte Khaleds entsetzten Blick auf sich spüren. Wahrscheinlich fragte er sich gerade, warum er ihr alles auf dem Gelände des Tempelberges so ausführlich erklärt hatte, wo sie doch ohnehin das meiste schon wusste.

Montbard sah sie durchdringend an. »Danke, meine Tochter, dass du uns diesen Hinweis gibst«, sagte er. »Aber mir sind leider die Hände gebunden. Ich habe bereits ohne eure Maschine alles an Argumenten vorgelegt, die ich ersinnen konnte, um eine solche Operation zu verhindern. Doch weder unser junger König noch seine Verbündeten waren bereit, auf meine Einwände zu hören. Ich bin ohnehin ein Gegner unnützer Kriege, besonders wenn sie aus reiner Habgier geschehen. Uns wird nichts anderes übrig bleiben, als zu versuchen, Schadensbegrenzung zu betreiben und unsere Truppen, so gut es geht, aus der Sache herauszuhalten.« Wieder blickte er zu Rona auf. »Ab heute steht ihr unter meinem persönlichen Schutz. Ich werde euch ein sicheres Quartier in unserem Gästehaus einrichten lassen. Hier haben vor kurzem noch Kaiser Konrad und König Ludwig nebst Gemahlin übernachtet. Ich werde euch Tag und Nacht von meinen besten Leuten bewachen lassen. Allerdings muss ich euch bitten, zu niemandem ein Wort über eure wahre Herkunft verlauten zu lassen. Mir wird schon etwas einfallen, wie ich eure Anwesenheit gegenüber unseren obersten Würdenträgern erkläre.«

»Und was ist mit dem Überfall heute Abend?« Khaled schaute den Templer aufgebracht an. »Denkst du nicht, Bruder André, dass schon jemand Verdacht geschöpft hat? Ich habe dir vorhin von dem Jungen berichtet. Den Rittern und Mitreisenden in unserer Karawane kann nicht entgangen sein, dass Lyn ihn geheilt hat. Und Nesha hat das grüne Licht gesehen, als es noch vor dem Überfall der Fatimiden unter der Zimmertür der beiden hervorleuchtete.«

Montbard kniff die Lippen zusammen. »Hör zu, mein Freund ...«, begann er raunend, »die Welt ist voll mit Spionen. Und wie wir gerade gesehen haben, wird sich das auch in tausend Jahren nicht ändern. Es sei denn, es stünde in unserer Macht, dies zu verhindern.« Mit einer väterlichen Geste klopfte er Khaled auf die Schulter. »Sei gewiss, dass meine eingeweihten Brüder und ich alles tun werden, um dieses Geheimnis und seine Hüter zu schützen.«

Dann schaute Montbard auf und blickte noch einmal in die Runde. »Gott hat uns eine einmalige Chance gegeben, die Welt endgültig zum Besseren zu wenden. Wir sollen zur Hölle fahren, wenn wir sie nicht nutzen.«

Kapitel 7

Kreuzzüge

August 2005 – Deutschland/Eifel – Air Base Spangdahlem – Forschungsareal C.A.P. U.T.

Disneyland, dachte Hannah, als sie am Abend in ihr Domizil zurückkehrte. Nach Ankunft der Zeitreisenden hatten die Amerikaner alles darangesetzt, ihnen eine möglichst realistische mittelalterliche Umgebung zu schaffen. Aus Gründen der Tarnung hatte man nach längerem Hin und Her darauf verzichtet, außerhalb des Forschungsgeländes eine Burg anzumieten oder gar zu bauen. Stattdessen errichtete man neben der wiederhergestellten Transferhalle eine klobige Betonkonstruktion auf drei Etagen, die mittelalterlich eingerichtete Wohn- und Schlafräume für die acht Zeitreisenden und ihre Freunde bereithielt. Ein paar Kulissenbauer großer Filmgesellschaften hatten mächtige offene Kamine und massive Eichenholzdecken in die Empfangshalle eingebaut, ohne zu wissen, wofür das Pentagon ein solches Kasperletheater benötigte. Flämische Bodenfliesen, Scherenstühle, hölzerne Klapptische, orientalische Teppiche an den Wänden und auf dem Boden komplettierten das Bild eines angeblich mittelalterlichen Feudalsitzes aus dem beginnenden 14. Jahrhundert.

Dass sie dabei mit ihren Hollywoodfantasien weit übers Ziel hinausgeschossen waren, konnten nur diejenigen beurteilen, die schon einmal im Mittelalter gewesen waren.

Auf Elektrizität hatte man, zumindest was die Beleuchtung betraf, weitgehend verzichtet und kreisförmige Eisenkandelaber anbringen lassen, die an langen Ketten von der Decke baumelten und mit Kerzen aus echtem Bienenwachs bestückt waren. Gegen Abend wurde regelmäßig ein Feuer im Kamin der Haupthalle entzündet.

Alles in allem war das Interieur viel zu düster. Fehlten nur noch die irischen Wolfshunde und der obligatorische Schlossgeist, und die Szenerie eines Gruselschockers wäre perfekt gewesen. Hannah war das Lachen darüber längst vergangen, vor allem, weil man das Ganze nicht etwa geschaffen hatte, um es den mittelalterlichen Bewohnern so gemütlich wie möglich zu machen, sondern um deren Lebensweise in vermeintlich authentischer Umgebung studieren zu können.

Bis ins kleinste Detail analysierte das Pentagon, wie sie aßen, tranken, sangen, lachten, stritten und debattierten und – da war sich Hannah sicher – welche sexuellen Präferenzen sie hatten. Immerhin lebten drei Paare in diesem Haus und zwei Junggesellen, die allesamt ewige Keuschheit geschworen hatten. Dass manche mit ihren Gelübden gebrochen hatten, war ein offenes Geheimnis, das von ihren Gastgebern zwar nicht thematisiert, aber mit Interesse zur Kenntnis genommen wurde.

Doch ganz gleich, wie sich die Beziehungen unter den Templern und ihren Mitmenschen auch entwickelten, was hier ablief, war weit schlimmer als das Leben in einem Affenkäfig. Hannah spürte erneut Wut über ihre Lage in sich aufsteigen. Mit einem Seufzer und dem innigen Wunsch, dieser Alptraum möge bald beendet sein, machte sie sich auf den Weg in die Küche. Als sie den Empfangsraum vor der Wohnhalle durchquerte, wurde sie von Gero abgefangen. Er trug immer noch den schwarzen Overall und zog sie so leidenschaftlich in seine starken Arme, dass ihr schwindlig wurde. Genießerisch küsste er sie auf den Mund und vergrub dann seine Nase in ihrem kastanienfarbenen Haar. »Du riechst wunderbar«, murmelte er. Seine Lippen bahnten sich einen Weg zu ihrem Ohr und dann zu ihrem Nacken, den er hingebungsvoll liebkoste. Hannah gab sich seiner Zuwendung seufzend hin, obwohl sie ihn am liebsten sofort zur Rede gestellt hätte. Das Gespräch mit Hertzberg ging ihr nicht mehr aus dem Kopf, und die Tatsache, dass Gero nichts darüber hatte verlauten lassen, hätte sie eigentlich wütend machen sollen, doch stattdessen genoss sie die Kraft, mit der er sie hielt. Der Gedanke, diesen Mann eines Tages verlieren zu können, war weitaus furchterregender als ein Sprung in einen tiefschwarzen Abgrund und sorgte dafür, dass der Groll, den sie gegen ihn hegte, auf der Stelle verflog.

»Ich liebe dich«, flüsterte sie.

»Ich weiß«, erwiderte er. Dann ließ er sie so plötzlich los, wie er sie umarmt hatte, schenkte ihr ein atemberaubendes Lächeln und schlenderte ohne ein weiteres Wort in Richtung ihrer Privatunterkünfte, um zu duschen. Hannah folgte ihm mit Blicken. Er wechselte noch ein paar Worte mit Johan und Arnaud, bevor er in einem Gang verschwand.

Die anderen Templer saßen bereits am Tisch. Arnaud de Mirepaux, der ihr wie so oft zuzwinkerte, und Stephano des Sapin, den sie in seiner freundlich zurückhaltenden Art nicht recht zu durchschauen vermochte, spielten Schach. Matthäus hockte daneben, den kindlich blonden Lockenschopf in ein Buch versenkt. Nebenbei kraulte der Dreizehnjährige Heisenberg, Hannahs schwarzen Kater. Johan, der Agent Jack Tanner im nachmittäglichen Zweikampf in einen Schwächeanfall getrieben hatte, schäkerte mit der Miene eines unterwürfigen Ehemannes mit Freya von Bogenhausen, die ihm aus einem neumodischen Magazin vorlas und sich offenbar über die Bilder diverser Stars und Sternchen amüsierte. Nur Struan, der wie immer nach Feierabend den Overall gegen Jeans und T-Shirt gewechselt hatte, starrte nachdenklich ins Kaminfeuer. Der melancholische Blick des Schotten wollte so gar nicht zu seinem kantigen Gesicht und seiner mächtigen Erscheinung passen. Über seiner breiten Brust spannte sich ein orangefarbenes Shirt mit der Aufschrift »Highlander«, das ihm Paul Colbach anlässlich seiner Genesung vor Wochen geschenkt hatte. Nach den schweren Folterungen, die Struan kurz vor seinem Zeitsprung in die Zukunft im Herbst 1307 hatte erdulden müssen, wäre er beinahe gestorben.

Dass der Schotte wieder kämpfen konnte, grenzte an ein Wunder. Die Schergen des französischen Königs hatten ihm gnadenlos zugesetzt, nachdem sie ihm Anfang November 1307 im Wald von Parily aufgelauert und mit einer Armbrust aus nächster Nähe auf ihn geschossen hatten. Der fingerdicke Pfeil hatte ihm das Schlüsselbein zersplittert, und die anschließende Spezialbehandlung der Gens du Roi, bei dem man ihm trotz seiner Ohnmacht auf einer Streckbank mehrere Rippen gebrochen und einen Lendenwirbel so stark ausgerenkt hatte, dass er einen Bruch erlitt, hatte ihm vorübergehend die Beine gelähmt. In seiner Zeit wäre er gestorben – oder zumindest ein Krüppel geblieben. Aber nach der Rettung durch Toms Timeserver ins Jahr 2004 hatten die Neurochirurgen im US-Klinikum Landstuhl ganze Arbeit geleistet. Die amerikanischen Militärärzte waren auf schwerste Kriegsverwundungen spezialisiert und flickten sogar Soldaten zusammen, denen Granaten den gesamten Unterkörper zerfetzt hatten.

Somit hatte der Transfer, den Tom initiiert hatte, um Hannah aus dem 14. Jahrhundert zu retten, auch etwas Gutes gehabt. Zudem konnte Amelie, Struans feenhaft schöne Frau, nach einer Fehlgeburt und dem Trauma der Ereignisse im Jahr 1307 durch den Zeittransfer ins Jahr 2004 geholt und nicht nur körperlich, sondern auch psychisch einigermaßen stabilisiert werden. Aber wer sie aus früheren Zeiten kannte, wusste, dass sie nie mehr so fröhlich und unbeschwert sein würde, wie sie gewesen war, als sie den Schotten kennengelernt hatte.

Amelie kompensierte ihre Ängste, indem sie Struan nicht von der

Seite wich – und wenn er beschäftigt war, hielt sie sich in der Küche auf, um bei der Zubereitung mittelalterlicher Speisen zu helfen, oder sie ging in die Kapelle, um zu beten. Die Amis, wie Hannah die Mitarbeiter des Pentagon und der NSA nannte, hatten sogar für eine Kapelle gesorgt und einen katholischen Militärkaplan engagiert, der bei der Abendmesse stets ein mittelalterliches Ordensgewand trug. Danach stellte die Ordonnanz der NSA – in lächerliche Pagenkostüme gekleidet – mittelalterlich anmutende Klapptische auf und deckte sie mit Steinguttellern, glasierten Tonkrügen und bunten Gläsern. Pünktlich um neunzehn Uhr begann man, Speisen und Getränke aufzutragen.

Hannah hasste dieses Theater und hätte weiß Gott was dafür gegeben, in ihr altes Haus nach Binsfeld zurückkehren zu können, um schlicht den Pizza-Service anzurufen, den Gero zwar nicht besonders schätzte, aber Matthäus wäre damit in jedem Fall eher zu begeistern gewesen als mit glasiertem Neunauge oder gefülltem Schwan.

Amelie stand in der Küche und prüfte, ob das Fleisch auf dem Spieß durchgebraten war. Dem Küchenchef, der wegen einer Verschwiegenheitsverpflichtung, die er gegenüber der amerikanischen Regierung abgegeben hatte, niemals mehr ein normales Leben würde führen können, gab sie einen Wink, dass er den Braten zum Anschneiden freigeben durfte.

Beschäftigungstherapie, schoss es Hannah durch den Kopf. Die engelblonde Französin besaß auch einen Stickrahmen und eine Spindel zur Herstellung von Garn, das niemand benötigte, außer sie selbst, um Brüsseler Spitze zu klöppeln, die sie dann zur Herstellung ihrer hochmittelalterlichen Accessoires benötigte, die sie grundsätzlich nicht ablegen wollte.

Hertzberg hatte einige versierte Kostümschneiderinnen engagiert, damit Amelie sich auch weiterhin aus einem entsprechenden Fundus bedienen konnte. Hannah rechnete es dem Professor hoch an, dass er die psychologische und kulturelle Komponente einer Zeitreise früh erkannt hatte und wusste, dass das Festhalten an Traditionen Amelie eine gewisse Sicherheit in der Fremde vermittelte.

Freya, die im 14. Jahrhundert in einem Beginenkonvent gelebt hatte, reagierte völlig anders als Amelie. Sie besaß einen robusten Charakter und war nach einer Eingewöhnungsphase auf alles neugierig, was ihr an

Neuem widerfuhr, auch wenn es Johan den letzten Nerv kostete, dass sie am liebsten in engen Jeans oder in einem Minikleid herumlief. Hannah konnte ihm ansehen, wie sehr er litt, wenn die männlichen Forschungsmitarbeiter seiner Frau hinterherstarrten, als ob es sich um Miss Universum persönlich handelte.

Hannah umarmte die rothaarige Begine zur Begrüßung, nachdem sie vom Tisch aufgestanden und ihr entgegengekommen war, um sie willkommen zu heißen.

Freya runzelte die Stirn, während sie Hannah näher betrachtete. »Geht's dir nicht gut?«

Der Begine konnte man nichts vormachen. Sie besaß ein natürliches Verständnis für die Gefühle der Menschen in ihrer Umgebung und wusste, dass Hannah sich mitschuldig fühlte, weil sie nicht tun und lassen konnten, wonach ihnen der Sinn stand.

»Mir geht es einigermaßen«, antwortete Hannah und fasste sich an die Stirn. »Ich habe nur ein wenig Kopfweh.«

»Du siehst blass aus. Soll ich dir einen Weidenrindentee zubereiten lassen?«

»Danke, nein …« Hannah musste erneut lächeln. Freyas Hilfsbereitschaft war ein echter Lichtblick. »Ich fürchte, ich schlafe zu wenig.«

»Johan schläft auch fast keine Nacht.« Freya setzte einen mitfühlenden Blick auf. »Er grübelt immerzu, wo das alles noch hinführen soll. Aber ich bin froh, dass wir hier gelandet sind. Wir könnten das Paradies auf Erden haben, wenn wir es schaffen, uns selbst genug zu sein. Wir haben ausreichend zu essen und wohnen wie die Könige. Es gibt keine französischen Truppen, die uns nach dem Leben trachten, und kein Papst und kein Orden kann uns zu unsinniger Keuschheit zwingen.«

Freya warf einen Blick auf Johan, den sie trotz seiner entstellenden Brandnarben im Gesicht so abgöttisch liebte, dass sie ihm bis in die Hölle gefolgt wäre.

Ihr Kopf schnellte herum, und sie lächelte, als ihr Blick zu Hannah zurückkehrte. »Nicht zu vergessen der elektrische Föhn, mehrmals warm duschen am Tag und die Toilette mit Wasserspülung! Also wenn du mich fragst, ich find's herrlich.« Dann nickte sie Richtung Eingangsportal, und ihr Blick wurde melancholisch. »Allerdings würde ich gern noch viel mehr darüber erfahren, was auf uns dort draußen wartet.«

»Johan und die anderen werden niemals mit dem zufrieden sein, was ihnen das Leben innerhalb dieser Mauern bietet«, gab Hannah zu bedenken. »Ich kann ihren Schmerz spüren und leide mit ihnen. In ihrem alten Leben waren sie stolze, aufrichtige Krieger, und nun sind sie nur noch Lafours Marionetten. – Diese Scheißamerikaner«, zischte sie, »nehmen unseren Männern jede Würde.«

»Die Würde kann einem niemand nehmen«, erwiderte Freya und schaute Hannah fest in die Augen. »Es sei denn, man nimmt sie sich selbst.«

Am liebsten hätte Hannah von dem Gespräch zwischen Tom und Lafour und dem geplanten Einsatz der Männer erzählt, um Freya davon zu überzeugen, dass ihre Gastgeber es ganz und gar nicht gut mit ihnen meinten. Doch sie wollte die Beginenschwester nicht beunruhigen, schon gar nicht, bevor sie nicht selbst mit Gero über die Angelegenheit gesprochen hatte.

Als sie in die Eingangshalle zurückkehrte, begegnete ihr Anselm Stein, der mit einem zufriedenen Grinsen zur Tür hereinschlenderte. Seit ihrem unfreiwilligen Abstecher ins 14. Jahrhundert gehörte der dunkelhaarige Mittelalterexperte, dessen abgeschnittener Zopf inzwischen auf Schulterlänge nachgewachsen war, zu den Mitarbeitern des Instituts C.A.P. U.T. Er war der einzige Außenstehende, der vom amerikanischen Geheimdienst die Erlaubnis erhalten hatte, außerhalb des Camps zu leben. Etwas anderes war Lafour und den Sicherheitsexperten der NSA auch gar nicht übrig geblieben. Selbst wenn Anselm über die hier laufenden Forschungen bestens Bescheid wusste, war und blieb er deutscher Staatsangehöriger, und man konnte ihn nicht zwingen, etwas zu tun, das er nicht wollte. Es sei denn, man hätte ihn einfach verschwinden lassen wollen, doch das hätte lange Schatten auf das Verhältnis zwischen Gästen und Gastgebern geworfen, deren Wirkung nicht abzusehen gewesen wäre. Und so weit schien selbst Lafour nicht gehen zu wollen, zumindest solange Anselm den amerikanischen Geheimdiensten bei ihrer Arbeit keine Schwierigkeiten bereitete. Dafür hatte man ihm zugesichert, ihn in die weitere Entwicklung einzubinden, was er allein aus Freundschaft gegenüber Hannah und Gero und den übrigen Templern unmöglich ablehnen konnte.

Neben Freya war er der Zweite, der die ganze Angelegenheit nach wie vor positiv bewertete. Obwohl sein Zeitreiseabenteuer auf der Festung Chinon mit dem gewaltsamen Tod von Templerkomtur Henri d'Our einen grausigen Abschluss genommen hatte, empfand Anselm es als Gnade, echten Templern begegnet zu sein und einen Blick in die Welt des Mittelalters geworfen zu haben.

Die braunen Augen zu Schlitzen verengt, ging er lachend auf Hannah zu und streckte ihr eine Flasche besten französischen Rotwein entgegen.

»Uralt, ein echtes Schätzchen aus der Provence«, bemerkte er mit einem gewichtigen Ausdruck in der Stimme. »Sagen wir, ich habe keine Kosten und Mühen gescheut.«

»Ich wüsste nicht, dass es etwas zu feiern gäbe.« Hannah nahm ihm mit einer unwirschen Geste die Flasche aus der Hand und betrachtete das Etikett. Beiläufig registrierte sie, dass der edle Tropfen gut und gerne 500 Euro gekostet hatte. »Aber vielleicht hast du recht, und es ist genau das richtige Gesöff, um mich zur Abwechslung mal hemmungslos zu betrinken.«

In der anderen Hand hielt er ihr die gut gefüllte Tüte eines bekannten Fastfood-Restaurants entgegen, auf dem ein gut sichtbares M prangte.

»Ist Matthäus schon da?« Anselm grinste entwaffnend. Er konnte sich denken, was Hannah beim Anblick dieses Mitbringsels erwidern würde.

»So was nennt man Kulturschock.« Hannah warf ihm einen ärgerlichen Blick zu. »Bis vor einem halben Jahr hat Matthäus ausschließlich natürlich zubereitete Lebensmittel gegessen. Mit dem Zeug verdirbst du seinen empfindlichen Geschmack. Hast du daran schon einmal gedacht?«

Anselm lächelte versöhnlich. »Aber du gibst zu, dass ich damit weit mehr Erfolg habe als mit Brot, Käse und Haferbrei?« Er drehte die Tüte und las den Analysebericht eines bekannten Lebensmittellabors vor. »Das hier wird wenigstens permanent untersucht. Im Gegensatz zu ungekühltem Fleisch, auf dem schon tagelang die Fliegen gesessen haben …«

»Ach, verdammt …« Hannah schaute an ihm vorbei in Richtung Matthäus, der in der Halle saß und Anselm längst entdeckt hatte. Beim

Anblick von Anselm und der Tüte huschte dem Knappen ein Strahlen übers Gesicht.

»Ich finde es erschreckend«, fuhr Hannah fort, »wie schnell er seine Herkunft vergessen hat. Er ist kaum ein halbes Jahr hier und spricht Deutsch ohne Akzent und ein lupenreines amerikanisches Englisch. Er schiebt sich einen Hamburger nach dem anderen rein und schaltet ständig den Fernseher an – wenn man ihn lässt.« Sie nahm noch einen Schluck Rotwein, den sie sich kurz zuvor in ein Glas gegossen hatte. »Inzwischen bin ich mir sicher, dass es ein gewaltiger Fehler war, Tom und seinen Leuten zu vertrauen ...«

Anselm, der wusste, dass Hannah selten vor dem Essen Alkohol zu sich nahm, warf ihr einen entgeisterten Blick zu und zog sie hinter eine gewaltige Eichentür, die normalerweise den Zugang zur Küche versperrte. »Da stimmt doch was nicht?«

»Du hast Nerven.« Hannah stieß einen Seufzer aus und gab ihm die Flasche zurück. Dann ließ sie die Schultern sinken. »Hat hier je was gestimmt?« Krampfhaft schluckte sie ihre Tränen hinunter.

Anselm legte einen Arm um ihre Schultern und zog sie sanft zu sich heran. »Hey, Baby ... du wirst doch deshalb nicht weinen, oder? Nimm es, wie es ist. Du kannst ohnehin nichts daran ändern.«

»Und ob!«, stieß sie mit heiserer Stimme hervor. »Ich habe es geahnt, und ich hätte es verhindern können – wenn ich damals auf Gero gehört hätte und wir nicht nach Chinon zurückgeritten wären.«

»Und dann? Du weißt nicht, was geschehen wäre, wenn wir ... du ... ich ... seinen Befehl befolgt hätten. Vielleicht wären wir alle längst tot. Von französischen Söldnern zu Tode gefoltert, von Diebesbanden erschlagen oder an einer Seuche gestorben. Wer weiß das schon?«

»Natürlich wären wir tot ...« Hannah lachte gereizt und verdrängte die Tränen. »Kein Mensch kann siebenhundert Jahre überleben. Aber womöglich hätten wenigstens Gero und seine Kameraden ein menschenwürdiges Dasein gehabt.«

»Ja – vielleicht«, erwiderte Anselm. »Oder einen ziemlich menschenunwürdigen Tod – wenn ihnen die Flucht nicht gelungen wäre. Aber du vergisst, dass es Struan und Amelie in jedem Fall erwischt hätte, falls wir nicht mit Toms Unterstützung zurückgekehrt wären.«

»Ja ...« Hannah warf einen Blick auf den schwarzgelockten schottischen Templer, der eher aussah wie ein feuriger Spanier oder ein Sarazene und der inzwischen aufgestanden war, vermutlich, um nach seiner Frau zu suchen.

»Von den schweren Verletzungen ist ihm nichts mehr anzusehen. Vielleicht hast du recht«, murmelte sie. »Ich sollte dankbarer sein.«

Anselm lächelte wehmütig. »Bevor ich nach Chinon gekommen bin, hätte ich nichts dagegen gehabt, auf der Breydenburg als Waffenmeister in Pension zu gehen oder dem Deutschen Orden als Ritter beizutreten …« Anselm sah sie mit aufrichtigem Bedauern an. »Aber nach dem, was wir dort erlebt haben, ist von meiner Ritterromantik nicht viel übrig geblieben, und das Schicksal wollte anscheinend, dass wir hierher zurückkehren. Dabei hatte ich gehofft, dass man Gero und seine Leute nach unserer Rückkehr nicht wie Außerirdische behandelt. Aber schon als Lafour und seine Männer uns im Donjon von Coudray entgegenstürmten, war mir klar, dass man unseren Templern kein Leben als Normalbürger ermöglichen würde.«

»Die Amis haben sie allesamt zu Laborratten degradiert«, erwiderte Hannah verbittert. »Mich würde es nicht wundern, wenn Lafour sogar ihr Verhalten auf dem Klo studieren lässt, weil er wissen will, ob sie im Sitzen oder im Stehen pinkeln.« Sie wandte sich ab und schlug mit der Faust gegen die Tür. »Es ist grauenhaft und entwürdigend, und ich kann nichts dagegen tun!«

Anselm setzte ein halbherziges Lächeln auf. »Denkst du, er würde tatsächlich so weit gehen, euch auf der Toilette zu beobachten?«

»Lafour kennt keine Grenzen.« Hannah schnaubte verächtlich. »Seitdem ich weiß, dass er damals sogar Kameras in meinem Schlafzimmer hat installieren lassen, stöhne ich immer noch ein bisschen lauter, wenn es zur Sache geht. Aber das ist nicht das Schlimmste«, stieß sie leise hervor und zog Anselm noch weiter hinter die Tür. »Ich habe durch Zufall erfahren, dass die Amerikaner ihre Drohung wahrmachen wollen und eine Expedition in die Zeit des Zweiten Kreuzzuges planen, um die beiden dort verschollenen Wissenschaftlerinnen aus der Zukunft in unsere Zeit zu retten. Gero und seine Leute sollen ihnen dabei helfen, indem sie die beiden aus dem Jerusalem des Jahres 1153 evakuieren.«

»Bist du sicher?« Anselm sah sie überrascht an. »Warum rekrutieren sie nicht jemand anderen für diese Aufgabe? Lafour könnte doch seine eigenen Kettenhunde in ein Ritterkostüm stecken, ins mittelalterliche Jerusalem einschleusen und die Mädels dort herausholen.«

»Fehlanzeige.« Hannahs Stimme klang resigniert. »Die Analyse des Timeservers hat ergeben, dass die Nachricht der beiden Frauen, die Hagen in einer Metallplombe übermittelt wurde, tatsächlich im Jahr 1148 auf dem Tempelberg abgesetzt wurde. In den Dateien des Servers gibt es jedoch Anzeichen, dass die beiden bis 1153 im Heiligen Land gelebt haben. Allerdings ist dort nichts über die Umstände zu finden. Wir wissen nicht, ob sie als Gefangene gehalten wurden oder ob man sie wie Königinnen verehrt hat. In Geschichtsbüchern und Aufzeichnungen tauchen sie freilich nicht auf. Die Templer haben ihre Anwesenheit allem Anschein nach geheim gehalten. Danach verliert sich ihre Spur. Niemand weiß, ob sie sich bis zum Tag ihres Verschwindens in Jerusalem aufgehalten haben. Hertzberg ist der Überzeugung, dass im Jahr 1153 ausschließlich autorisierten Personen Zugang zum Hauptquartier der Templer oder zum Königspalast gewährt wurde. Das bedeutet, nur ein echter Ordensritter ist vor Fehlern gefeit. Wo Templer draufsteht, muss auch Templer drin sein. Ich muss dir nicht erzählen, dass der Orden tausende komplizierte Losungen nutzt, an denen sich die Eingeweihten erkennen. Du musst die Regeln beherrschen und wissen, wann und wie man grüßt, wie man sich verbeugt und wer welchem Dienstgrad Befehle zu erteilen hat, sonst fliegst du sofort auf. Wer als Betrüger entlarvt wird und den Verdacht der Spionage auf sich zieht, muss mit schweren Folterungen rechnen und wird anschließend gehängt. Und weil man nicht weiß, wo sich die beiden Frauen aufhalten und in welcher Verfassung sie sich befinden, müssen Profis ran, die bei der Bevölkerung keinerlei Zweifel aufkommen lassen. Gero und seine Brüder sollen als initiierte Ordensbrüder das Auffinden der beiden Frauen garantieren und zugleich ihren Transfer in die Zukunft sichern. Wobei ich mich frage, was Lafour dort mit Tanner und Tapleton anfangen will.«

»Heißt das, er will, dass unsere beiden untalentierten NSA-Agenten den Trip begleiten?« Anselm schaute überrascht auf. »Aber die beiden sind weit davon entfernt, mit einem Schwert umgehen zu können, von ritterlichem Benehmen ganz zu schweigen.« Die Vorstellung, dass man die beiden Ex-Marines ins Mittelalter transferieren wollte, entlockte ihm ein Grinsen. »Man könnte ihnen eine Pappnase aufsetzen und sie als Gaukler engagieren. So etwas war damals ziemlich beliebt.«

»Offiziell sollen sie das Sanitätsteam stellen, aber ich bin mir nicht sicher, ob Lafour sie nicht aus anderen Gründen einsetzt«, erklärte Hannah mit spöttischem Blick. »Wenn ich richtig gehört habe, denkt er daran, sie mit modernen Waffen auszustatten, damit sie eingreifen können, falls es ernst wird. Vielleicht sollen sie auch nur sicherstellen, dass Gero und seine Kameraden nicht aus der Reihe tanzen.«

Anselm schüttelte verständnislos den Kopf. »Das passt doch nicht. Einerseits legt er Wert auf den Einsatz echter Templer, andererseits will er Agenten der NSA am Einsatz beteiligen und sie mit modernen Waffen ausstatten, die bei jeder Durchsuchung sofort auffallen würden.«

»Wer weiß«, entgegnete Hannah, »was ihm sonst noch alles im Kopf herumschwirrt. Vielleicht will er die Kämpfe in Afghanistan und im Irak kurzerhand ins zwölfte Jahrhundert verlegen.«

Anselm hob ungläubig die Brauen. »Und was sagt Tom dazu? Ich kann mir kaum vorstellen, dass man ein solches Risiko für die weitere Raum-Zeit-Entwicklung eingehen kann, ohne zu wissen, welche Auswirkungen es haben wird?«

»Ich weiß es nicht. Ich habe wahnsinnige Angst, Gero für immer zu verlieren.«

»1153?« Anselm stieß ein kurzes fatalistisches Lachen aus. »Das ist 150 Jahre früher als 1307 ...« Plötzlich verstummte er. Hannah konnte sich denken, warum. Hatte man das Jahr 1307 schon als eine Zeit bezeichnen können, in der man leicht eines grausamen Todes sterben konnte, so galt dies für 1153 erst recht.

Hannahs Blick wurde zusehends mutloser. »Mein Gott ... ich werde wahnsinnig, wenn der Präsident auf dem Einsatz besteht.«

»Hast du mit Gero darüber gesprochen?«

»Nein.«

»Warum nicht?« Anselm sah sie erstaunt an.

»Weil *er* noch nicht mit *mir* darüber gesprochen hat.« Hannah warf einen hastigen Blick in die Halle, wo Gero inzwischen frisch geduscht und umgezogen, in beigefarbener Trekkinghose und Kurzarmhemd auf der hölzernen Bank neben Matthäus Platz genommen hatte. Zusammen mit dem Jungen studierte er ein bunt bebildertes Wissenschaftsbuch für Jugendliche, das Matthäus sich im Bibliothekszimmer ausgesucht hatte.

»Was soll das bedeuten?« Anselm folgte verständnislos ihrem Blick.

»Ich weiß es nicht von ihm«, gestand Hannah, wobei ihr die Verärgerung immer noch anzusehen war. »Allerdings haben er und die anderen bereits mit Hertzberg über den Einsatz beraten und den Plänen der Amerikaner zugestimmt – zu abenteuerlichen Konditionen. Hertzberg hat sie mit der Errettung des Ordens und der Erhaltung Jerusalems für die Christen geködert. Ich kann kaum glauben, dass Gero so denkt, aber solange er schweigt, kann ich keine besseren Argumente für einen solchen Unsinn vorbringen.«

»Jerusalem ...«, wiederholte Anselm nachdenklich. »Das ist ein ziemlich starkes Argument. Nichts könnte einen Templer mehr berühren als die Errettung jener Stadt, die die Herkunft des Ordens begründet.« Er sah sie zweifelnd an. »Ich bin mir nicht sicher, ob du Erfolg haben wirst.«

Beim Abendessen wurde kein Wort gesprochen. Die fünf Templer pflegten diese Tradition des Schweigens während der Nahrungsaufnahme, die ihr Orden vor neunhundert Jahren vom Orden der Benediktiner übernommen hatte, und alle Mitbewohner und Gäste respektierten diese Regel, die man auch aus gewöhnlichen Klöstern kannte.

Hannah beobachtete, wie Matthäus als einzig anwesender Knappe das Tischgebet eröffnete, wie immer feierlich und voller Ernsthaftigkeit, als säße er nicht in einem modernen Gebäude der amerikanischen Streitkräfte im Jahr 2005, sondern noch immer im Jahr 1307 im Refektorium der Templerkomturei von Bar-sur-Aube.

Der Junge hatte seinen blonden Lockenkopf gesenkt, so dass seine schulterlangen Haare sein Gesicht verdeckten, und hielt die Hände exakt gefaltet wie Michelangelos Engel. Die Litanei, die er, ohne abzulesen, in Latein verkündete, dauerte gut fünf Minuten, die Hannah jedes Mal wie eine Ewigkeit erschienen. Erst als Matthäus geendet hatte, durfte man mit dem ersten Gang beginnen. Dem Jungen war die Freude über seinen aufgewärmten Super-Burger anzusehen, den er statt des üblichen Menüs mit großem Appetit vertilgte.

Hannah schaute in die Runde, die neben den Templern und ihren Frauen auch aus Mitarbeitern der NSA und des wissenschaftlichen Teams bestand, denen ein mittelalterliches Candlelight-Dinner mit echten Rittern offenbar attraktiver erschien als ein hastig heruntergeschlungenes Fast-Food-Menü mit Neonbeleuchtung in der benachbarten Mitarbeiterkantine. Hannah vermisste Paul Colbach und Kate Baxter. Der luxemburgische Computerspezialist und die schottische Medizinwissenschaftlerin waren seit Monaten ein Paar und gesellten sich des Öfteren zum Abendessen hinzu, um ein wenig über den Forschungsalltag und allgemeine Dinge zu plaudern. Tom hatte sich seit der letzten Auseinandersetzung mit Hannah nicht mehr blicken lassen, und Lafour wusste offenbar, dass er an dieser Tafel nicht willkommen war. Lediglich Tanner und Tapleton tauchten ab und an zum anschließenden allabendlichen Beisammensein auf, um mehr über das Zusammenleben in einem Ritterorden zu erfahren. An diesem Tag jedoch war Johan im Training wohl etwas zu weit gegangen, jedenfalls hatte Tanner sich nach den gemeinsamen Schwertkampfübungen kaum noch auf den Beinen halten können, weil sein Kreislauf verrückt gespielt hatte und er anschließend kollabiert war – was Johan eine Beschwerde Lafours wegen Gefährdung der allgemeinen Sicherheit eingebracht hatte und Tanner einen Kurzaufenthalt in der Krankenstation.

Arnaud, der dunkelhaarige Südfranzose am Tisch gegenüber, zwinkerte Hannah abermals zu, als er bemerkte, dass sie selbstvergessen durch ihn hindurchschaute. Sie erwiderte seine Geste nicht wie gewöhnlich mit einem Lächeln, sondern schaute auf den Tisch, wo sie in ihrer Gemüsesuppe herumrührte, in der Hoffnung, dass ihr niemand anmerkte, wie wütend und gleichzeitig besorgt sie war.

Verdammte Heuchler, ging es ihr durch den Kopf, als sie abwechselnd von Gero zu Struan schaute, die sich nicht das Geringste anmerken ließen. Anschließend beobachtete sie verstohlen Johan van Elk, dessen vernarbtes Gesicht sie Tag für Tag an die Schrecken eines mittelalterlichen Feldzuges erinnerten, aber auch ihm war nichts anzumerken. Danach wanderte ihr Blick zu Freya und Amelie, die nichtsahnend bei Tisch saßen und wie üblich nicht mit ins Kalkül gezogen wurden, wenn es darum ging, in einen Kampf zu ziehen. Hannah hatte eine ähnliche Situation schon einmal erlebt, als Gero auf der Burg seines Vaters beschlossen hatte, dass man ohne Frauen nach Frankreich ziehen wollte, um Henri d'Our aus den Folterkammern des französischen Königs zu befreien. Hertzberg hatte recht, wenn er behauptete, dass das Keuschheitsgelübde früherer Ritterorden seinen Sinn gehabt hatte. Templer und Frauen, das passte nicht zusammen. Jedenfalls nicht, wenn es sich um Ehefrauen handelte, denen etwas am Leben ihrer Männer lag.

Erst nachdem die letzten Teller abgeräumt waren, erhob sich ein Murmeln. Hannah hielt es nicht länger bei Tisch. Die ganze Zeit über hatte sie darüber nachgedacht, wie sie Gero zur Rede stellen konnte, ohne dass es jemand bemerkte. Sie hätte bis heute Nacht warten können, wenn sie alleine im Bett lagen, doch das dauerte ihr zu lange. Außerdem befürchtete sie, dass die Wände in ihren Unterkünften Ohren hatten und Lafours Leute sie belauschten.

Hinter der Halle hatten die Amerikaner einen Garten mit einer Laube und einem Lagerfeuerplatz anlegen lassen. Selbst dort konnte man vor einem Lauschangriff nicht sicher sein, aber vielleicht gab es eine Möglichkeit, sich irgendwohin abzusetzen, wo sie ungestört waren. Die Luft war warm, und obwohl die Sonne schon tief stand, verzichtete Hannah darauf, eine Strickjacke über ihr rückenfreies Kleid zu ziehen. Gero hatte es zu Beginn ihrer Ehe missbilligt, wenn sie so freizügig herumlief. Darin hatte er ähnliche Ansichten wie Johan und Struan. Aber sie hatte ihm erklärt, dass sie trotz aller Rücksichtnahme auf ihn nicht bereit war, auf ein selbstbestimmtes Leben zu verzichten, selbst dann nicht, wenn sie ihn liebte und in mittelalterlich geprägter Demut als ihren Herrn und Meister akzeptierte, wie er sich mitunter scherzhaft auszudrücken pflegte.

Im Augenblick hätte sie sein Machogehabe nur zu gerne akzeptiert, wenn er ihr dafür versprochen hätte, Lafours Jerusalemtrip zu boykottieren.

Arnaud und Stephano, denen solche Auseinandersetzungen fremd waren, standen vom Tisch auf und folgten ihr, während Gero noch auf sich warten ließ. Aus den Augenwinkeln konnte sie sehen, wie er mit Matthäus sprach. Die Augen des Jungen glänzten jedes Mal, wenn sich sein Herr mit ihm beschäftigte. Gero war dem Jungen mehr als der eigene Vater, den er kaum kennengelernt hatte, weil der kurz nach der Geburt in einer der vielen Schlachten gefallen war, die damals noch Mann gegen Mann ausgefochten wurden. Matthäus' Onkel, der getötete Templerkomtur Henri d'Our, hatte seinen Neffen bei Geros Rückkehr aus Zypern im Jahre 1303 als Knappe in dessen Obhut gegeben, und seitdem waren die beiden unzertrennlich.

Um den Jungen tat es ihr am meisten leid. Die Amerikaner hatten selbst vor dem Jungen nicht haltgemacht und begleiteten seine Ausbildung zum Ritter, die von Gero und seinen Kameraden wie selbstverständlich weiter betrieben wurde, auf Schritt und Tritt mit einer Highspeed-Kamera. Der Gedanke, was aus Matthäus werden sollte, wenn Gero etwas zustoßen würde, quälte Hannah nicht erst, seit sie um die Pläne der Amerikaner wusste.

»Ma Chérie? Alles gut?« Arnaud grinste sie an, seine Hand streifte wie unbeabsichtigt ihren Arm. Der Sohn eines Markgrafen aus dem Languedoc besaß einen unverwechselbaren südländischen Charme, und mit seinen dunkelbraunen Locken und dem verwegenen Dreitagebart war er der Prototyp eines Gigolos. Mit Sicherheit hatte er den Damen seinerzeit reihenweise die Köpfe verdreht. Sein Vater stammte aus der Provence, und seine Mutter war eine Poulani gewesen. Sie war einer Ehe zwischen einem fränkischen Ritter und der Tochter eines Emirs im Heiligen Land entsprungen. Daher beherrschte Arnaud neben Altfranzösisch und Latein ein einwandfreies Arabisch, das seine Großmutter ihm beigebracht hatte. Ein Grund, warum man ihn im Jahre 1305 ohne Zögern bei den Templern von Bar-sur-Aube aufgenommen hatte. Hannah hatte er in einer stillen Stunde einmal erzählt, dass seine Familie zu den frühen Unterstützern des Ordens zählte und schon immer die jüngsten Söhne dem Templerorden überantwortet hatte. Niemand hatte ihn gefragt, ob er lieber ein Troubadour werden wollte oder ob es ein Mädchen gab, an dem sein Herz hing. Im Mittelalter hatte man keine Rücksicht auf die Wünsche junger, männlicher Adliger genommen, die zu Ehren der Familie einem Orden beitreten mussten. Davon war nun kaum noch etwas zu ahnen. In Jeans und kurzärmeligem Hemd sah Arnaud aus wie jeder andere gutaussehende Kerl auf der Straße. Niemand, der die Umstände nicht kannte, würde vermuten, dass er noch vor einigen Monaten in einer siebenhundert Jahre entfernten Welt die Chlamys eines Templers getragen hatte.

Arnaud nahm seine Laute mit nach draußen und setzte sich auf einen abgesägten Baumstamm, wo er das Instrument zu stimmen begann. Jemand hatte ein Lagerfeuer entfacht, und von den knisternden Tannenholzblöcken stiegen Funken und wohlriechender Rauch auf. Gedankenversunken widmete sich Arnaud seiner Musik. Hannah liebte die sanften, orientalischen Klänge, die der ehemalige Kreuzritter mit seinen geschickten Fingern den Saiten dieses uralten Instruments entlockte, aber noch betörender war seine dunkle, eindringliche Stimme, die bei den meisten, die ihm zuhörten, für eine Gänsehaut sorgte. Nicht wenige seiner Stücke waren der Feder Thibaults de Champagne entsprungen, gleichzeitig König von Navarra und berühmtester Minnesänger des 13. Jahrhunderts. Thibaults leidenschaftliche Liebe zu Blanche von Kastilien hatte ihn zu unzähligen Liebesliedern inspiriert. Hannah mochte deren archaischen Klang und den herben Charme der Texte. Sie erzählten von der unerfüllten Sehnsucht wartender Frauen, die einsam auf Burgzinnen saßen und vergeblich auf die Rückkehr ihres Geliebten hofften, der Monate zuvor ins Heilige Land aufgebrochen war, um es von den Heiden zu befreien. Doch im Augenblick konnte Hannah sich nicht auf die Musik konzentrieren. Ihr Blick fiel auf Arnauds Brandnarben, die man ihm vor siebenhundert Jahren bei schwersten Folterungen im Donjon du Coudray zugefügt hatte und die immer noch auf seinen sehnigen Unterarmen schimmerten. Wie die anderen Templer wäre er wohl lieber gestorben, als seinen Orden zu verraten, und dass er vor seiner Rettung durch den Timeserver dem Tod näher gewesen war als dem Leben, hatte Hannah mit eigenen Augen gesehen. Ob er und Stephano, dem es in den Kerkern König Philipps IV. kaum besser ergangen war, ein Trauma zurückbehalten hatten, wusste Hannah nicht zu sagen. Ihr Innerstes vor anderen zu verschließen gehörte zu den Grundlagen ihrer Ausbildung als Templer. Wahrscheinlich würde niemand je erfahren, wie es wirklich in den Herzen dieser ehemaligen Ordensritter aussah und was in ihnen vorging, seit man sie so unvermittelt in die Zukunft transferiert hatte.

Hannah kannte die Angst, die nach ihren schrecklichen Erlebnissen im Kerker von Chinon geblieben war und die sie manchmal schweißgebadet aus entsprechenden Alpträumen hochfahren ließ. Dann entspannte sie sich erst wieder, wenn Gero sie mit seiner Zärtlichkeit beruhigte.

Als Arnaud von seiner Laute zu Hannah aufsah, trafen sich ihre Blicke. Er lächelte sie an, aber in seinen braunen Augen lag unendlich viel Melancholie. Er sehnte sich zurück ins Languedoc des 14. Jahrhunderts. Er wollte nach Hause, wie die anderen, dorthin, wo man seine Sprache kannte und seine Ansichten akzeptierte.

Gero hockte sich neben Hannah auf den durchgesägten Baumstamm und nahm ihre Hand. Er sagte nichts, küsste ihre Finger und starrte abwesend ins Feuer. Als Struan und Amelie hinzukamen, schaute er kurz auf und lächelte.

Hannah schluckte, als sie an die Miene vollkommenen Glücks dachte, die sich trotz der unsäglichen Schmerzen auf dem Gesicht des Schotten abgezeichnet hatte, als er eines Morgens die schlafende Amelie Bratac im Bett neben sich entdeckte. Gero hatte Tom so lange bekniet, bis er und seine Techniker die Freigabe für einen weiteren Einsatz des Timeservers erhalten hatten, um das Mädchen aus der Vergangenheit zu holen. Gero hatte sich trotz des Risikos, die eine Zeitreise mit sich brachte, bereit erklärt, Amelie aus der Burg seiner Eltern in die Gegenwart zu holen. Amelie hatte dort auf Struans Rückkehr aus Franzien gewartet, und als selbst nach Wochen jedes Lebenszeichen von ihm und seinen Kameraden ausgeblieben war, hatte sie das Kind, das sie von ihm erwartete, im siebten Monat verloren. Aber das Einzige, was für den Schotten gezählt hatte, war, dass sie lebte und ihn immer noch liebte, obwohl er ihr Flehen, nicht nach Frankreich zurückzugehen, in den Wind geschlagen hatte. Ihre pure Anwesenheit hatte ihm nach ihrer Ankunft in der Zukunft Kraft und Zuversicht verliehen, wieder gesund zu werden.

Freya von Bogenhausen nahm mit einer geschmeidigen Bewegung neben Johan Platz, der sie umarmte und küsste. In Gegenwart der Wissenschaftler, Techniker und NSA-Agenten bewachte er sie wie ein Kampfhund, weil er ihnen noch mehr misstraute als seinen Geschlechtsgenossen vor siebenhundert Jahren.

»Der größte Nachteil in eurer Zeit ist«, hatte er einmal zu Hannah gesagt, »dass man seine Konkurrenten nicht zum Kampf herausfordern und töten darf.« Als Templer und Nonne hätten sie im 14. Jahrhundert kaum eine Chance gehabt, sich ihre Liebe einzugestehen.

Stephano, ein ruhiger, blonder Ritter, bei dem Hannah hätte wetten mögen, dass er sich eher für Männer interessierte, stimmte in einem klaren Tenor in das Lied des Troubadours ein, und auch die anderen Kameraden sangen nach und nach leise mit. Gero spielte sanft mit Hannahs Fingern, und sie spürte seinen Blick auf sich ruhen, ohne ihn zu erwidern. Wenn sie ihn ansah, würde sie ihre Gedanken verraten, wenn sie es ohnehin nicht schon längst getan hatte.

Amelie und Freya saßen wie hypnotisiert neben ihren Männern und wippten leise mit den Füßen, als Anselm, der eben erst hinzugekommen war, ein Tamburin zückte und es im Takt gegen sein Handgelenk schlug. Irgendwo am Abendhimmel zog ein runder, blasser Mond auf, und eine Nachtigall sang, als ob sie Arnaud Konkurrenz machen wollte. Alles hätte so unglaublich schön sein können.

Hannah ertrug diese scheinbare Idylle nicht länger. Ohne ein Wort erhob sie sich und ging in Richtung der Parkplätze. Von hier aus konnte sie das große Rolltor und die Wachkabine sehen, vor dem ein bewaffneter Marinesoldat in Schutzweste, die Maschinenpistole im Anschlag, patrouillierte.

Plötzlich hörte sie Schritte hinter sich und spürte, wie eine warme Hand sie an ihrer bloßen Schulter zurückhielt.

»Warte«, sagte eine vertraute, dunkle Stimme. »Was ist mit dir?«

Gero war ihr lautlos gefolgt. »Willst du mir nicht sagen, was mit dir los ist?« Seine Stimme war heiser. »Du benimmst dich schon den ganzen Tag so merkwürdig.«

»Nicht hier«, erwiderte sie leise.

»Und wo willst du hin?«

»Wir können zur Burg fahren. Ich werde Hertzberg anrufen«, erwiderte sie und zückte ihr Mobiltelefon.

Das Gespräch dauerte nicht lange. Der Professor hatte ein Einsehen, dass sie mit Gero eine Weile allein sein wollte. Wahrscheinlich ahnte er, dass sie mit ihm über das bevorstehende Projekt reden wollte. Die Ruine der Breydenburg lag nur ein paar Autominuten entfernt.

Hannah besaß einen Passierschein und eine Ausnahmegenehmigung, die es ihr erlaubte, nach mündlicher Ankündigung auch mit Gero das Areal der Forschungseinrichtung zu verlassen. Manchmal meldeten sie einen gemeinsamen Ausritt zu Pferd an, und ab und an nahmen sie den Wagen, um zum ehemaligen Stammsitz seiner Familie zu fahren. Für einen Ausritt war es mittlerweile zu spät. Ihr Golf, den sie sich nach dem Umzug hierher gekauft hatte, stand auf einem Parkplatz nicht weit vom Einfahrtstor entfernt. Ihre Tasche mit den Schlüsseln lag auf der unverschlossenen Beifahrerseite. Sie hatte vergessen, sie herauszunehmen, nachdem sie am Vormittag auf der Air Base zu tun gehabt hatte. Wer sollte hier schon etwas stehlen, wo jede kleinste Regung von Kameras überwacht wurde?

Gero stieg ohne Murren ein, obwohl es ihm nicht gut dabei ging. Er ritt zwar wie der Teufel, wechselte aber die Farbe, sobald er in einem Wagen saß und der Motor gestartet wurde.

Die Fahrt würde nicht lange dauern. Gero ahnte, dass Hannah zu seinem früheren Zuhause fahren wollte. Vor siebenhundert Jahren ein stolzer Adelssitz, war die Burg dieser Tage nur noch eine Ruine.

Hannah zeigte kurz ihren Ausweis, als sie die sechs Meter hohe Betonabgrenzung erreichte. Der Wachhabende war informiert und ließ sie ohne Einwand passieren. Nach zwanzig Minuten erreichten sie das Liesertal. Hannah parkte den Wagen unweit des Flusses an einem Waldweg, der hinauf zur ehemaligen Breydenburg führte. Wortlos stieg Gero aus. Er brauchte jedes Mal einen Moment, um die Trauer, die er beim Anblick dieser menschenleeren Gegend empfand, zu bewältigen. Früher hatten hier Hunderte von Knechten und Mägden ihren Frondienst geleistet, und das ganze Tal war von Gerüchen nach verbranntem Holz, frisch gebackenem Brot und einer Gerstenbrauerei erfüllt gewesen, die seine Eltern unterhalb der Burg betrieben hatten.

Gero fasste Hannah bei der Hand, als sie gemeinsam den Anstieg zur Burg antraten. Er sagte es nicht, aber er benötigte ihren Beistand, das Gefühl, ihr nahe zu sein, und es machte ihn glücklich zu wissen, dass Hannah selbst dort gewesen war, vor Hunderten von Jahren, als die Burg noch in voller Blüte gestanden hatte. Gero erinnerte sich noch gut an Hannahs Erstaunen, als er sie in das Innere der Burg geführt hatte. Ihre Begeisterung für das gediegene Ambiente, die prachtvollen Möbel und die Tatsache, dass es in seiner Zeit mitnichten so erbärmlich und schmutzig zugegangen war, wie es in modernen Geschichtsbüchern verbreitet wurde. Geros Mutter hatte den Haushalt mitsamt dem Gesinde straff organisiert, und das Gebäude mit seinen Türmen, Erkern und den zwanzig Metern hohen Wehrmauern war in einem einwandfreien Zustand gewesen.

Hannah hatte das Gebäude als Märchenschloss bezeichnet und sich in den Kleidern, die seine Mutter für sie hatte anfertigen lassen, wie eine Prinzessin gefühlt.

Natürlich hatte es auch Momente gegeben, in denen sie ihm und seinen Leuten Barbarei vorgeworfen hatte – wegen abgeschnittener Zungen, Nasen und Ohren, Strafen, die ihm für Vergehen wie üble

Nachrede, Diebstahl und Schnüffelei ganz selbstverständlich erschienen, sicherten sie doch dem Volk ein ruhiges, ungestörtes Dasein. Gero versuchte immer noch vergeblich zu verstehen, warum sie sich so sehr über gefolterte Raubmörder in Käfigen aufgeregt hatte, die man selbstverständlich zum Tode verurteilt auf der Burg seines Onkels gehängt hatte. Was war so abwegig daran, deren Köpfe zur Abschreckung des Gesindels auf Spieße zu stecken und auf den Außenmauern der Burg verschrumpeln zu lassen?

Beim Anblick einer knorrigen Eiche erinnerte Gero sich noch lebhaft an Hannahs grenzenlose Erleichterung, weil die Obstbäume rund um die Breydenburg frei von baumelnden Skeletten waren. Sie hatte sich regelrecht davor gegruselt, und das nur, weil sie auf dem Weg vom Rhein zum Haus seiner Eltern an einem Gehängten vorbeigeritten waren, den man als Mahnung an einem Baum aufgeknüpft und den Raben überlassen hatte, die – zugegeben – gründliche Arbeit geleistet hatten.

Im Nachhinein war Gero froh, dass er ihr einiges mehr hatte bieten können als Folterkammern, Schwertkämpfe und Hungersnöte, die offenbar immerzu in den Köpfen moderner Historiker herumgeisterten. Er dachte dabei an sein Schlafgemach, das kunstvoll geschnitzte Bett, die nach Rosenblüten duftenden Seidenkissen und wie glücklich sie darin gewesen waren.

Als ob sie diese Erinnerung zurückholen wollte, schaute Hannah zu ihm auf. »Ich frage mich«, sagte sie leise, während sie die ersten Mauerreste erreichten, »was wohl geschehen wäre, wenn wir nicht nach Chinon gegangen wären, um Henri d'Our zu retten? Glaubst du, wir hätten hier glücklich werden können?«

Gero überlegte nicht lange. »Nicht solange meine Kameraden im Donjon du Coudray zu Tode gequält worden wären. Ich … wir mussten nach Franzien zurückgehen und sie dort herausholen. Es blieb uns keine andere Wahl.«

»Und was würdest du tun, wenn wir zu deinen Eltern zurückkehren könnten?« Die Frage war absurd, weil es nicht danach aussah, dass die Amerikaner sie in diesem Wunsch unterstützen würden.

»Wenn Tom mitspielen würde«, setzte er hoffnungsvoll an, »ginge ich auf der Stelle zurück – mit dir und Matthäus. Ich würde es gerne versuchen, mit euch beiden in unserer Zeit zurechtzukommen. Manchmal denke ich, mein Vater hätte uns helfen können, einen Weg in die Freiheit zu finden.«

»Das heißt, du würdest mich tatsächlich mitnehmen?« Sie sah ihn erwartungsvoll an, doch sein Gesicht blieb unbewegt.

»Es ist nur ein Traum. Solange ich der zweitgeborene Sohn und ein verfolgter Templer bin, würden wir meine Familie in Gefahr bringen und könnten keine eigene Familie gründen. Aber was erzähle ich dir? Schließlich warst du selbst dort.« Er seufzte und blickte sehnsüchtig in die Ferne. »Tom würde uns den Gefallen ohnehin nicht tun. Na ja, er schon«, er lachte bitter, »weil er mich hasst und am liebsten gleich morgen loswerden würde, aber die Amerikaner werden ihn hart bestrafen, wenn er sich von seinen Gefühlen leiten lässt.« Mit schmerzverzerrter Miene schaute er Hannah in die Augen. »So leid es mir tut, du hast einen Unfreien geheiratet, einen Entrechteten, der dir niemals die Aussicht auf ein selbstbestimmtes Leben geben kann. Jedenfalls nicht solange wir hier bleiben«, er blickte auf die Ruinen, als ob dort ein Fenster in die Vergangenheit existierte, » und selbst dort nicht. Wenn ich es mir recht überlege, war ich noch nie wirklich frei.« Er packte sie bei den Schultern und sah ihr tief in die Augen. »Unter solchen Umständen ist es wohl besser, auf Nachkommen zu verzichten. Ich möchte mir nicht vorstellen, dass unsere Kinder unter Aufsicht von General Lafours Sklaventreiber aufwachsen.«

Hannah spürte den Stich in ihrem Herzen. Was wäre, wenn Gero erfuhr, dass sie bereits schwanger war?

»Vielleicht wäre es besser gewesen, wenn wir uns niemals getroffen hätten«, wandte sie kaum hörbar ein. »So müssen wir zeitlebens von etwas träumen, das wir uns beide sehnlich wünschen, aber trotzdem nicht haben können.«

Ihr Blick fiel auf die Ruinen, die nichts mehr von der Erhabenheit dieses ehemals stolzen Gemäuers preisgaben.

»Es vergeht kein Tag, an dem ich nicht zur Heiligen Jungfrau bete und sie um Erbarmen bitte.« Gero strich Hannah das kastanienfarbene, schulterlange Haar aus dem Gesicht und sah sie an, als ob er *sie* mit »der Heiligen Jungfrau« gemeint hätte.

Er sprach nicht weiter, sondern zog sie ein Stück unterhalb des Felsens zum Fundament des ehemaligen Bergfrieds. An einem aufragenden Mauerrest machten sie halt. In der halb verschütteten Katakombe, deren Einstieg sich hinter einem Berg von Schutt verbarg, waren seine Eltern bestattet worden. Siebenhundert Jahre in Stein gehauene Trauer. Gero faltete die Hände und betete mit gesenktem Kopf ein stilles »Gegrüßt seiest du, Maria«.

Es war ein Ort, der nach Ehrlichkeit verlangte. Ein Ort, der alles in Gero, aber auch in Hannah bloßlegte, was sie vor anderen mühsam hinter einer Fassade der Überlegenheit zu verstecken versuchten. Hier hatte er seine erste Frau zu Grabe getragen, und hier hatte er – siebenhundert Jahre später – um Hannahs Hand angehalten. Sie sah die Tränen in seinen Augenwinkeln und wandte sich ab, um nicht selbst weinen zu müssen.

»Vermisst du Elisabeth?« Hannah hatte bisher vermieden, nach seiner verstorbenen Frau zu fragen, aber plötzlich beschlich sie ein Gefühl der Unsicherheit. Was hätte er getan, wenn Elisabeth am Leben geblieben wäre? Was würde er tun, wenn es Tom möglich sein würde, jemanden in deren Zeit zu schicken, um seine erste Frau zu retten?

Im Augenblick wusste niemand, ob eine solche Veränderung möglich war, aber schließlich forschte man in diese Richtung.

Gero besiegelte sein Gebet mit einem lauten »Amen«. Plötzlich wollte Hannah wissen, ob er – falls der Zeitablauf sich verändern ließe – lieber mit Elisabeth leben würde als mit ihr.

»Natürlich vermisse ich sie«, gab er unumwunden zu, »so wie ich dich auch vermissen würde, wenn ich dich – was Gott verhüten möge – dem Allmächtigen zurückgeben müsste.«

Hannah schluckte nervös. »Kannst du verstehen, dass ich manchmal ein bisschen eifersüchtig auf sie bin? Ich meine, sie nimmt immer noch ein Teil deines Herzens ein.«

»Ja, das tut sie«, sagte er dumpf und wich ihrem prüfenden Blick aus. »Aber mein Herz ist groß genug, damit ihr beide euch darin nicht ins Gehege kommt.«

»Würdest du zu ihr zurückgehen, wenn Tom es möglich machen könnte?«

»Er kann es nicht«, antwortete Gero diplomatisch. »Die Wissenschaftler sagen, dass niemand mit dem C.A.P. U.T. 58 dorthin zurückgehen kann, wo er schon einmal gewesen ist.«

»Ich könnte gehen«, forderte Hannah ihn heraus. »Ich war noch nicht in dieser Zeit. Ich könnte sie warnen, dass es besser für sie ist, kein Kind mit dir zu bekommen.«

»Und dann?« Gero sah sie herausfordernd an. »Willst du ihr auch gleich ein Verhütungsimplantat verpassen oder ihr ausreden, mit mir ins Heu zu gehen?« Sein Blick war leicht ironisch. »Was wäre, wenn wir beide uns dort über den Weg laufen. Denkst du, ich würde dir glauben, dass du aus der Zukunft kommst und uns warnen willst? Ich würde denken, du bist eine Verrückte …«

Vielleicht hätte man sie tatsächlich als Irre vom Hof gejagt. Oder sogar der Inquisition übergeben.

»Ja, du hast recht«, bemerkte sie resigniert. »Wahrscheinlich würdest du mich als Hexe verbrennen lassen.« Sie verfluchte sich selbst, weil sie das Thema überhaupt angesprochen hatte.

Die Umstände, die zu Elisabeths Tod geführt hatten, waren nicht weniger grausam gewesen als eine Verbrennung auf dem Scheiterhaufen. Ein völlig falsch gesetzter Kaiserschnitt, der nicht Mutter und Kind retten sollte, sondern der ausgeführt worden war, damit man das Kind bei lebendigem Leib taufen konnte, was ein christliches Begräbnis möglich machte.

»Glaubst du«, fuhr Gero genervt fort, »ich hätte auch nur eine Nacht bei Elisabeth gelegen, wenn ich gewusst hätte, was danach geschieht?«

Hannah bemerkte, dass seine Stimme zitterte. Unwillkürlich war sie auf gefährlichem Terrain gelandet.

Wenn es nicht mehr möglich war, Gero oder Elisabeth zu warnen, weil das Geschehene längst eingetreten war, warum versuchte man dann überhaupt in der Zeit zurückzugehen?

Sie brachte es kaum über sich, seinen Blick zu erwidern, geschweige denn, ihn wegen Hertzbergs Aussage zur Rede zu stellen. Doch sie musste es tun, weil ihr die Frage zu wichtig war.

»Wenn alles so aussichtslos ist, warum habt ihr den Amerikanern nachgegeben? Glaubst du tatsächlich an die Rettung Jerusalems vor Saladins Truppen? Oder steckt etwas anderes dahinter?«

Gero sah sie verblüfft an. »Woher weißt du davon?«

»Sag mir lieber, warum ich nicht davon wissen sollte.«

»Ich wollte dich nicht beunruhigen«, erwiderte er diplomatisch und senkte den Blick. »Du hättest es früher oder später ohnehin erfahren.«

»Ach ja? Denkst du? Und wenn nicht?« Hannah hob ihre feingeschwungenen Brauen, und in ihrer Stimme war die Ironie kaum zu überhören. »Du wolltest diesen Höllentrip also unternehmen, ohne dich von mir zu verabschieden.« Am liebsten hätte sie ihn gepackt und geschüttelt, doch eher hätte sie einen kapitalen Felsen in Bewegung bringen können. »Ich will nicht, dass du diesem Wahnsinn nachgibst! Jeder Einsatz des Timeservers birgt ein tödliches Risiko, und niemand weiß, was euch im Jahr 1153 erwartet. Soweit mir bekannt ist, waren die Zeiten damals weitaus miserabler als 1307. Im Heiligen Land wimmelte es von blutrünstigen Sarazenen, und die politische Situation war mindestens so undurchsichtig und unberechenbar, wie sie es heute im Irak oder in Afghanistan ist.«

Gero begegnete ihrem fordernden Blick mit kalter Berechnung. »Und trotzdem können es eure Soldaten nicht lassen, neue Kreuzzüge anzuzetteln? Offenbar hat niemand etwas dazugelernt.«

Sein verächtliches Grinsen verriet ihr, dass sie soeben den falschen Weg eingeschlagen hatte.

»Ich finde die heutige Politik der Amis genauso beschissen wie die der sogenannten christlichen Herrscher damals«, entgegnete Hannah. »Sag mir, wie man diesen Wahnsinn stoppen kann, und ich werde ihn stoppen!«

»Die Amerikaner haben uns vor vollendete Tatsachen gestellt.« Gero nahm eine angriffslustige Haltung ein. »Entweder gehen wir in der Zeit zurück und evakuieren diese unbekannten Frauen in die Zukunft, oder wir werden empfindliche Einbußen hinnehmen müssen, was unser Privatleben betrifft. Allem Anschein nach sind diese beiden Frauen ziemlich wichtig. Hertzberg meinte, sie müssten etwas wissen, das für den Fortbestand der Menschheit entscheidend sein könnte.«

»Lafour hat euch erpresst, und Hertzberg hat es zugelassen?« Hannah starrte ihn ungläubig an. Natürlich würde sie dem General und dessen hochverehrten Präsidenten eine solche Schweinerei zutrauen. Aber dass Hertzberg eine solche Drohung zuließ, machte sie fassungslos.

»Ich weiß nicht, wer diese Entscheidung getroffen hat. Sie wurde uns durch Agent Tanner übermittelt. Nach dem Gespräch mit Hertzberg habe ich mich mit Johan, Struan, Arnaud und Stephano beraten, und wir sind zu dem Schluss gekommen, dass es besser ist, Lafours Befehl zu folgen.« Gero stöhnte leise auf. »Was bleibt uns schon anderes übrig?«

»Dann ist es also wahr. Sie wollen euch also tatsächlich zu diesem Einsatz zwingen.«

»Sieht ganz so aus«, erklärte Gero mit starrer Miene.

»Aber was ist mit Hertzberg? Er hat mir erzählt, du – ihr – hättet der Sache aus Überzeugung zugestimmt. Also hat er mich angelogen?«

»Verflucht!«, fauchte Gero verärgert. »Er war es, der uns zu manipulieren versucht hat, indem er uns erklärte, wir könnten auf diese Weise nicht nur den Orden, sondern auch gleich noch Jerusalem retten, indem wir eine Friedensbotschaft an die Templer überbrächten, mit der Empfehlung, sich den richtigen Prinzipien zu verschreiben und alles daranzusetzen, dass die drei großen Religionen friedlich miteinander kooperierten.«

Hannah sah ihn bestürzt an. »Hertzberg hat mir erklärt, das sei deine Idee gewesen.«

»Man kann ihm nicht trauen. Er arbeitet für Leute wie Lafour – das solltest du nie vergessen.« Gero zitterte leicht, als er weitersprach. Am liebsten hätte sie ihn in den Arm genommen, doch Mitleid und Trost von einer Frau waren im Moment das Letzte, was er gebrauchen konnte, um nicht noch mehr von seinem Stolz zu verlieren.

»Ich habe zugestimmt, so verrückt mir die Sache auch erscheint. Denkst du, es fällt mir leicht, mich einer solchen Übermacht nicht widersetzen zu können?« Seine Finger umfassten ihre Schultern ungewollt hart. Hannah hielt still, obwohl er ihr wehtat. »Ich habe mit den Jungs darüber gesprochen. Wir alle hegen die verzweifelte Hoffnung, dass man uns endlich in Ruhe lässt, wenn wir diesen Auftrag hinter uns gebracht haben. Vielleicht eröffnet man uns dann endlich den Weg zurück nach Hause. Hertzberg hat in unserer Unterredung so eine Andeutung gemacht, als ob er ein gutes Wort für uns einlegen könnte, wenn wir tun, was man von uns erwartet.«

»Du hast vollkommen recht, Hertzberg ist ein Lügner!«, stieß Hannah mit erstickter Stimme hervor. »Genau wie Lafour. Ich hätte ihm nicht vertrauen dürfen.« Ihre Stimme wurde leiser. »Es ist alles meine Schuld. Wenn ich damals in Chinon Anselm und die anderen nicht zur Rückkehr gedrängt hätte …«

»Hätten wir uns vielleicht nie wiedergesehen«, sagte Gero leise.

»Was hier und jetzt geschieht, haben wir alleine den Amerikanern zu verdanken. Erinnerst du dich daran, was ich dir damals an dieser Stelle über die Verhältnisse in deiner Zeit gesagt habe? Dass sie sich offenbar nicht so sehr von den unseren unterscheiden.«

»Ja«, gestand Hannah und nickte mutlos. »Es hatte Gründe, warum ich dich und Matthäus vor ihnen verstecken wollte.«

Gero setzte eine nachdenkliche Miene auf. »Ich wollte es anfangs nicht glauben, aber Lafour und seine Leute sind weitaus gefährlicher, als Philipp IV. von Franzien es jemals sein konnte. Zuerst, als sie Struan und mich vor dem Tode bewahrt haben, dachte ich noch, wir wären im Himmel – aber in Wahrheit ist alles schlimmer geworden.«

»Und was willst du jetzt tun?«

»Jerusalem sehen und am Grab Jesu Christi für bessere Zeiten beten – und vielleicht noch ein bisschen mehr …«

Er schaute auf, und seine blauen Augen leuchteten unwirklich in der untergehenden Sonne.

»Was soll das heißen … ein bisschen mehr?«

»Ich kann und will nicht darüber reden …« Gero räusperte sich. »Aber es gibt da etwas, das uns möglicherweise von allen Übeln erlösen kann.«

»Und du willst mir nicht sagen, was das zu bedeuten hat?«

»Nicht, solange ich nicht weiß, ob es gelingt.«

»Werdet ihr zurückkehren?« Hannahs Herz hatte wild zu klopfen begonnen. Irgendetwas gab ihr das Gefühl, dass Gero eine Dummheit im Schilde führte.

»Warum sollten wir nicht zurückkehren wollen?«

»Na ja«, begann Hannah zögernd. »Immerhin könntet ihr 1153 wieder wie echte Templer leben. Vielleicht ist der Kampf gegen die Ungläubigen weitaus verlockender als ein Haufen korrupter Amerikaner, die euch hinter Mauern mit euren keifenden Ehefrauen einsperren, die nur an sich selbst denken?«

»He«, raunte Gero dumpf, »ich würde dich und Matthäus niemals aus freien Stücken im Stich lassen.« Er küsste sie zärtlich. »Natürlich komme ich zurück. Vorausgesetzt, Tom und seine Leute beherrschen ihr Handwerk, woran gewisse Zweifel erlaubt sein dürfen.«

Gero misstraute Tom auf ganzer Linie, zumal er wusste, dass der Däne den CAPUT 58, wie man den Timeserver zu seiner Zeit genannt hatte, in einer Klosterkatakombe gefunden und nicht selbst konstruiert hatte. Sogar als anerkannter Quantenphysiker wusste Tom kaum mehr über dessen Wirkungsweise als jene Templer, die das Artefakt aus einer noch ferneren Zukunft über Jahrhunderte in einem Versteck verborgen gehalten hatten.

»Ich habe Angst«, sagte Hannah und umarmte Gero.

Er drückte sie an sich. »Das brauchst du nicht, Gott wird uns schützen. Und – ich liebe dich«, flüsterte er in ihr Haar. »Ganz gleich, was geschieht. Vergiss das nie.«

»Nein, tue ich nicht«, hauchte Hannah und schmiegte sich an seine breite Brust. Von weitem glaubte sie immer noch das Lachen der Kinder zu hören, denen sie an derselben Stelle vor siebenhundert Jahren beim Versteckspielen auf dem Burghof zugesehen hatte.

Kapitel 8
André de Montbard

1148 – Jerusalem

Lyn spürte, dass Khaled nach Erklärungen dürstete, und während André de Montbard mit Rona in eine intensive Diskussion vertieft war, suchte sie nach einer Möglichkeit, mit ihm für einen Moment ungestört sein zu können. Ihr fiel nichts Besseres ein, als ein dringendes Bedürfnis anzudeuten, und nachdem André de Montbard mit einem Nicken seine Zustimmung gegeben hatte, bat er Khaled, sie zur Sicherheit bis zur Latrine des Großmeisters zu begleiten.

Rona warf ihrer Schwester einen verdutzten Blick zu. Ihre Genetik war von den Laboratorien der Neuen Welt so manipuliert worden, dass der Organismus das Wenige, das sie aßen und tranken, weitaus gründlicher verwertete und sie somit seltener ihrer Natur folgen mussten als gewöhnliche Menschen, die man nicht zu Söldnern herangezüchtet hatte.

Dass Lyn etwas anderes beabsichtigte, bemerkte auch Khaled, als sie im Parterre, anstatt ihm in Richtung Latrine zu folgen, geradewegs nach draußen drängte in Richtung Vorplatz der ehemaligen Omar-Moschee, wo außer ein paar Wachleuten, die sie nicht beachteten, niemand zu sehen war. Auf dem Weg zur Westmauer, den Lyn wie selbstverständlich eingeschlagen hatte, begegnete ihnen ein weiteres Mal Berengar von Beirut. Er und fünf andere Templer hatten ihre Chlamys, wie der weiße Umhang der Templer genannt wurde, gegen schwarze Kutten getauscht und schleppten, von einer Fackel erleuchtet, drei Säcke, aus grobem Stoff gearbeitet und mit Blut durchtränkt, zu einem Nebengebäude. Die Ordensbrüder mühten sich mit der schweren Last zu einer Hintertür, direkt neben dem Friedhof.

Berengar würdigte Lyn keines Blickes, als sich ihre Wege kreuzten. Auch Khaled bedachte er nur mit einem leichten Verziehen der Mundwinkel. Seltsamerweise fragte er nicht nach, was Lyn und ihre Schwester hier zu suchen hatten.

»Sie haben die Toten von der Mauer geborgen, nicht wahr?«, fragte Lyn an Khaled gerichtet, als die Ritterbrüder nicht mehr zu sehen waren.

»Bruder André hat Anweisung erteilt, deren sterbliche Überreste in die geheime Halle zu bringen. Dort lässt der Orden regelmäßig Leichen auf die Gründe ihres Todes hin untersuchen. Später werden sie wieder zusammengeflickt, um ihnen ein christliches Begräbnis zu ermöglichen.«

Khaled spähte in die Umgebung, als ob er etwas suchen würde, bevor er Lyn aus schmalen Lidern ansah. »Ob unsere Angreifer überhaupt ein solches verdient haben, muss das Ordenskapitel der Templer am nächsten Sonntag entscheiden. Allem Anschein nach handelt es sich um Christen, und in jedem Fall wird sie irgendwo jemand vermissen – und wir sollten herausfinden, wer sie geschickt hat, bevor neue Angreifer aufkreuzen.«

»Denkst du, es waren keine gewöhnlichen Verbrecher?« Lyn sah ihn fragend an, doch Khaled zuckte nur mit den Schultern.

»Ich weiß nicht mehr, was ich noch denken soll, aber irgendetwas erscheint mir an der Sache merkwürdig«, murmelte er abwesend. »In Jerusalem kannst du niemandem trauen, außer den Menschen vielleicht, die ihre Verlässlichkeit bereits unter Beweis gestellt haben.«

Lyn setzte ein halbherziges Lächeln auf. »Nach dem, was wir euch vorhin gezeigt haben, glaubst du mir vielleicht, dass Vertrauen nicht unbedingt zu unseren grundlegenden Eigenschaften gehört.« Ohne noch etwas hinzuzufügen, ging sie weiter bis zu jener Mauer, die sie kurz zuvor hinaufgeklettert waren. Offenbar hatte Montbard nach ihrem Eindringen die Wachen verstärkt. Jedenfalls patrouillierten nun zwei bewaffnete Templer unweit entfernt mit zwei beeindruckend großen Hunden an der Mauer entlang. Als sie Khaled und seine weibliche Begleitung erkannten, drehten sie unvermittelt ab und verschwanden im Schatten eines mehrstöckigen Turms. Anscheinend hatte sich bereits herumgesprochen, dass sie Gäste des Seneschalls waren.

Lyn wandte sich dem Friedhof zu, und Khaled folgte ihr, blieb aber ein Stück zurück, als sie stehen blieb, um über die Mauerkrone hinweg auf die gespenstisch ruhig erscheinende Stadt zu schauen. Hier und da flackerten Feuer im steinernen Häusermeer. Und wie überall an diesem seltsamen Ort lag ein Geruch nach getrocknetem Kameldung, Holz und fossilen Brennstoffen in der Luft.

Lyn spürte Khaleds Blicke im Nacken, aber sie reagierte nicht. Sie wollte abwarten, ob er von sich aus etwas sagte. Als er weiterhin schwieg und auch sonst keinerlei Anstalten machte, sich ihr zu nähern, wandte sie sich ihm zu und sah, dass er mit verschränkten Armen an einem Grabstein lehnte und sie im Mondlicht betrachtete.

Lyn versuchte sich an einem Lächeln. »Zweifelst du etwa daran, dass ich ein normaler Mensch bin und das, was wir euch gezeigt haben, wahr ist?«

Khaled brachte es nicht über sich zurückzulächeln. Wenn sie nur ahnte, wie nah sie mit ihrer Vermutung der Wahrheit kam. Nach allem, was geschehen war, wunderte es ihn nicht, dass ihm mit einem Mal nicht nur Lyn und ihre Schwester, sondern auch André de Montbard und die ganze Umgebung unwirklich erschienen. Ein einziger Blick auf Lyn reichte aus, um zu wissen, dass sich sein eigenes Leben, das bisher in Bedeutungslosigkeit zu versinken drohte, in nur einem Herzschlag geändert hatte – wegen einer Frau, die so schön war wie ein Engel und gleichzeitig so geheimnisvoll wie Fatima selbst. Spätestens seit er einen Blick in ihr seltsames Kästchen werfen durfte, schwirrten ihm tausend und ein Gedanke durch den Kopf. Angesichts ihres überwältigenden Wissens fühlte er sich plötzlich minderwertig und einfältig und stellte sich unentwegt die Frage, ob er überhaupt würdig war, weiterhin mit ihr sprechen zu dürfen.

Und nun hatte sie ihn unter einem Vorwand nach draußen gelockt – offenbar, weil *sie* mit ihm reden wollte.

»Ich frage mich die ganze Zeit, wie es dort ist, wo du herkommst, und wie du dort gelebt hast?« Seine Stimme war leise und rau, aber sie zitterte nicht mehr. Khaled hatte seine Furcht überwunden, spätestens nachdem Bruder André so besonnen auf das Erscheinen und die Vorführung der beiden Frauen reagiert hatte.

Merkwürdigerweise war der Seneschall der Templer überhaupt nicht überrascht gewesen.

»Also trifft es zu«, hatte Montbard geraunt und sogleich wieder geschwiegen, als er Khaleds fragende Blicke bemerkt hatte. Ohne nähere Erklärungen abzugeben, hatte er Khaled beiseitegenommen und ihm mit verschwörerischer Miene den Eid abverlangt, über alles zu schweigen, was er im Zusammenhang mit den beiden Frauen gesehen oder gehört hatte, selbst gegenüber der Königin. »Niemand«, hatte er mit heiserer Stimme geflüstert, als er mit Khaled nach draußen gegangen war, »niemand darf je erfahren, wer sie in Wahrheit sind und woher sie stammen.«

Khaled hatte – obwohl er sich über Montbards Verhalten wunderte – noch im Gehen die Rechte auf sein Herz gelegt und auf Allah geschworen, dabei hatte er bedauert, dass er – wenn er sich an den Eid hielt – selbst seinem eigenen Emir, Alī bīn Wafā, nicht von dieser außergewöhnlichen Geschichte berichten durfte. Der Meister der Nizâri würde vielleicht wissen, wie man das Phänomen der Zeitreise und die Fähigkeiten der beiden Frauen vor dem Hintergrund der geheimen Lehren erklären könnte.

Nach dem Glauben der Isma'iliten existierten in der verborgenen, unvergänglichen Wahrheit sieben Epochen, die bis zum heutigen Tag jeweils von einem Sprecher, dem Natiq, eingeleitet worden waren – Adam, Noah, Abraham, Moses, Jesus und Mohammad.

Der kommende Natiq würde Muhammad Ibn Ismai'il sein. Bei seinem Erscheinen würde die weltliche Ordnung auf den Kopf gestellt. Er würde eine völlig neue Herrschaft errichten, und alle Religionen, selbst der Islam, würden abgeschafft werden. In der Welt dieser beiden Frauen gab es weder Juden noch Christen, noch Muslime. So wie es aussah, hatte ein überirdisches Feuer sie in nicht ganz tausend Jahren von der Erde gefegt.

Ein verrückter Gedanke ließ Khaled trotz der nächtlichen Hitze das Blut in den Adern gefrieren. Was wäre, wenn die beiden Frauen aus einer Zeit kamen, in der Muhammad Ibn Ismai'il längst erschienen war? Nein, das konnte nicht sein. Der verborgene Imam würde den Frieden bringen, und das, was er in dem merkwürdigen Kasten gesehen hatte, war vom Frieden weiter entfernt als das Ende der Welt. Kein Wunder, dass der Seneschall der Templer ihn zur Verschwiegenheit verpflichtete. Wie hätte er das, was er gesehen hatte, je einem gottesfürchtigen Menschen erklären sollen, ohne dafür mit dem Tode bestraft zu werden?

»Selbst den Königshof müssen wir aus der Sache heraushalten«, hatte Montbard mit verbissener Miene hinzugefügt.

Khaled fragte sich, wie das gehen sollte, vor allem weil Nesha die beiden Frauen schon gesehen hatte und auch alle anderen, die zu der Karawane gehört hatten. Aber am dringlichsten erschien ihm die Frage, warum André de Montbard so besonnen und überlegt reagierte, obwohl er zu diesem Zeitpunkt – mit Ausnahme dessen, was Khaled ihm von den bisherigen Geschehnissen erzählt hatte – doch noch gar nichts über die beiden Frauen wissen konnte. Ja, natürlich war er einer der Eingeweihten und Mitbegründer des Templerordens. Und hinter vorgehaltener Hand munkelte man, die Templer wüssten sogar, wo sich König Salomos Bundeslade verbarg, aber Bruder André hatte nie auch nur ein Sterbenswörtchen über dieses Thema verlauten lassen und sich in Khaleds Gegenwart nicht ein einziges Mal als Hellseher und Visionär hervorgetan, wie manch Außenstehende gern von ihm behaupteten.

»Ist es wahr«, Khaled bedachte Lyn mit einem ungewohnt scheuen Blick, »dass du wirklich alles über unsere Zukunft weißt? Welche Schlachten wir noch führen werden, ob wir gewinnen und wer von uns welchen Tod sterben wird?« Trotz der Dunkelheit suchte er in ihren funkelnden Augen nach einer Antwort. »Wenn du weißt, dass der Angriff auf Damaskus scheitert, weißt du vielleicht auch, ob ich dabei ins Paradies auffahren werde?«

Lyn wich seinem fragenden Blick nicht aus, sondern sah ihn geradewegs an. »Ich fürchte, ich muss dich enttäuschen.« Ihre Stimme war voller Bedauern. »Ich habe keine Ahnung vom deinem Paradies. Wie du sehen konntest, entstamme ich einem Ort, den deinesgleichen eher als Hölle bezeichnen würden, und was in Damaskus geschieht, weiß ich lediglich aus Geschichtsdateien. Trotzdem wäre es mir lieber, du würdest diesem Wahnsinn so weit wie möglich aus dem Weg gehen.«

»Und was ist, wenn ich keine Wahl habe?«, erwiderte er trotzig.

König Balduin III. würde ihm und seinen Leuten nicht erlauben, sich aus dem geplanten Feldzug herauszuhalten, und wenn er ehrlich war, wollte er es auch gar nicht. Und auch Melisende würde sich wohl kaum gegen ihren Sohn stellen, falls Balduin und seine Verbündeten nach Khaleds Truppe verlangten. Er und seine Brüder waren als Vermittler zwischen Muslimen und Christen, aber auch als Kundschafter in feindlichen Gebieten einfach zu wichtig, um auf sie verzichten zu können.

»Meine Nizâri-Krieger und ich unterstehen dem Königreich Jerusalem«, erklärte Khaled mit düsterer Miene. »Melisende und ihr vermaledeiter Sohn zahlen all unsere Rechnungen, dafür verlangen sie Loyalität.«

Lyn warf ihm einen schrägen Blick zu. »Ich kann nur allen raten, die noch etwas Verstand besitzen, von dieser Damaskus-Geschichte die Finger zu lassen – so wie von vielen anderen Unternehmungen, die noch in der Zukunft liegen und auch scheitern werden.«

Khaled wusste nicht, was er darauf erwidern sollte. Schließlich seufzte er. »Was nützt eine Prophetin, wenn sie einem nicht verrät, auf welche Weise man sich dem bevorstehenden Unheil entziehen kann?«

»Ich bin keine Prophetin, denn das würde bedeuten, dass sich nichts mehr ändern ließe, aber genau das ist das Ziel. Ich kann euch allenfalls berichten, was laut den Geschichtsdateien, die mir zur Verfügung stehen, bereits geschehen ist, aber ich kann es nicht analysieren oder voraussagen, was man besser machen könnte. Dafür weiß ich zu wenig über die politischen Verhältnisse und die Menschen, die hier leben.« Lyn tippte sich mit dem Finger an die Stirn. »Meine erlernten Erinnerungen an eure Zeit kommen mir vor wie ein lückenhaftes, uraltes Buch, in dem ich nachschlage und hier und da ein paar Seiten fehlen. Unsere Informationen sind nicht vollständig, weil die historischen Quellen unserer Vergangenheit nach dem dritten Krieg zerstört und deren Überreste von den neuen Machthabern beschlagnahmt worden sind. Es war ein glücklicher Zufall, dass unser Anführer illegales Material gefunden hat, mit dem wir diese Mission vorbereiten konnten.«

Khaled drückte sich von dem Stein ab und ging langsam auf sie zu. Das Verlangen, sie anzufassen, um sich selbst zu beweisen, dass sie aus Fleisch und Blut bestand wie jede andere Frau, die er bisher begehrt hatte, wurde übermächtig. »Wenn du keine Prophetin bist, was bist du dann?«, flüsterte er. »Ein Engel? Eine Zauberin? Eine Hexe?«

»Da, wo wir herkommen, glaubt niemand mehr an Zauberei«, erwiderte Lyn nüchtern. »Rona und ich sind ehemalige Söldner der Neuen Welt. Unser Anführer ist ausgezogen, um uns aus der Knechtschaft einer grausamen Diktatur zu befreien. Wir sollen ihm dabei helfen, die Geschichte zu verändern. Er hat uns auserwählt, diese Mission zu bestreiten, weil wir ausgebildete Kämpferinnen sind und weil wir außer unserem Leben und der Hoffnung auf eine bessere Zukunft nichts besitzen, das es wert wäre, die damit verbundenen Risiken nicht einzugehen. Lion hat uns das Schicksal der gesamten Menschheit anvertraut – alleine deshalb müssen wir erfolgreich sein.«

»Und das Kästchen, mit dem du und deine Schwester die Bilder in unsere Köpfe …«, er zögerte, weil ihm kein anderes Wort dafür einfiel… »gezaubert habt … könnte euch dabei helfen?«

Lyn kniff die Lippen zusammen. Dann seufzte sie leise. Khaled schloss daraus, dass sie langsam die Geduld verlor, ihm alles aufs Neue erklären zu müssen. Aber, in Allahs Namen, wie sollte man so etwas auch verstehen?

»Nicht das Kästchen kann uns dabei helfen. Der Timeserver hat uns lediglich die Zeitreise ermöglicht und liefert die dafür notwendigen Aufzeichnungen, um Entscheidungsträger wie André de Montbard zum Umdenken zu bewegen, damit sie die bereits geschriebene Zukunft zum Besseren wenden.«

Er nickte verständig, froh darüber, ihr einigermaßen folgen zu können.

»Ansonsten wäre die endgültige Vernichtung unserer Zivilisation in ferner Zukunft nicht mehr aufzuhalten.« Sie machte eine kleine Pause und begann dann von neuem, wobei sie mit ihrer Hand sein Gesicht berührte, leicht und zart wie eine Feder. »All das ist erklärbar …« Sie stockte und sah ihn an, als ob sie verzweifelt nach Worten suchte. »Wir nennen es Quantenphysik.«

Khaled hatte das Wort noch nie in seinem Leben gehört, und doch nickte er.

»Quantenphysik«, wiederholte er mit einem fragenden Unterton. Sie stand so dicht vor ihm, dass er ihren Atem spüren konnte. Er fasste all seinen Mut zusammen, um ihr eine Haarsträhne aus dem Gesicht zu streichen, damit er ihr direkt in die Augen schauen konnte. Als sie seinem Blick nicht auswich, ergriff er ihre Hand und zog sie mit sanfter Gewalt in den Schatten einer großen Zypresse. Hier fühlte er sich nicht so beobachtet wie auf der Plattform, und die Atmosphäre um sie herum war mit einem Mal intimer als draußen in der Stadt, wo er sie zum ersten Mal geküsst hatte.

»Ich werde dir alles erklären, was du wissen möchtest«, flüsterte sie. »Wenn du mich dafür noch einmal mit deinen Lippen berührst.« Wie selbstverständlich strich sie ihm das Haar aus dem Gesicht und zeichnete anschließend die Kontur seines Mundes mit ihren Fingerspitzen nach.

Khaled zuckte nicht zurück, obwohl er glaubte zu träumen. Nach allem, was er inzwischen über sie erfahren hatte, erschien sie ihm wie eine unberührbare Heilige und nicht wie eine gewöhnliche Frau, bei der man darauf vertraute, dass sie willig genug war, dem eigenen Werben ohne Widerspruch nachzugeben. Nein, Lyn – ganz gleich, was sie war – stammte gewiss nicht aus dieser Welt. Wieder kam ihm der Gedanke an die geheimen Lehren seiner Glaubensbrüder, die auch er seit seiner Aufnahme bei den Nizâri verinnerlicht hatte. Dort war im Buch der Einzelheiten von der Ankunft gläubiger Frauen die Rede, die es zu prüfen galt und deren geheimes Wissen schwer und schwierig sei, so dass niemand dieses Wissen zu ertragen vermochte, es sei denn, er war ein Engel oder ein Rechtschaffener oder ein geprüfter Bekenner des Gottesreiches.

»Khaled?« Lyn setzte ein Lächeln auf, für das er notfalls gestorben wäre, und drängte sich näher an ihn heran.

Bei Allah, dachte er nur, bewahre mich vor einer weiteren Torheit. Doch es war schon zu spät, um vernünftig zu sein.

»Ja?«, erwiderte er mit belegter Stimme. Alles hatte er erwartet, aber nicht, dass eine solch unglaubliche Frau ihn so offensichtlich begehrte. Seine Mundwinkel verzogen sich zu einem unsicheren Lächeln, doch bevor er sich abwenden konnte, zog sie seinen Kopf zu sich herab und küsste ihn mit leicht geöffneten Lippen direkt auf den Mund.

Khaled konnte nicht widerstehen. Er umarmte Lyn mit behutsamer Entschlossenheit, dabei intensivierte er seinen Kuss, indem er vorsichtig seine Zunge zwischen ihre Lippen schob, um ihren Mund zu erforschen. Obwohl sie ohne Zweifel aus verschiedenen Welten stammten, erwiderte sie sein Verlangen in einer Weise, die Khaled ganz schwindelig werden ließ, und er musste unmerklich Abstand nehmen, damit sie nicht spürte, wie sehr ihn ihre Gegenwart erregte.

Als sie sich voneinander lösten, bemerkte er Lyns verzückten Blick und sah, wie ihre rosige Zungenspitze noch einmal genüsslich über ihre leicht geschwollenen Lippen fuhr, als ob sie soeben eine Köstlichkeit verzehrt habe.

»Ist das auch …« Er räusperte sich. »… Quantenphysik?«

»Nein, *das* muss Zauberei sein.« Sie lächelte. »Nie zuvor habe ich so etwas erlebt. Es ist einfach wunderbar.«

Khaled schüttelte schmunzelnd den Kopf. »Bedeutet das, du wurdest noch nie von einem Mann in dieser Weise berührt?«

Lyn spürte, wie sie errötete. »Ich fürchte, nein. So etwas tut man bei uns nicht.«

»Und wie kommen eure Nachkommen zustande, wenn man so etwas … nicht tut?«

Sie wich seinem forschenden Blick aus. »Dazu bedarf es keiner intensiveren Berührung. Jedenfalls nicht so, wie es in dieser Zeit offenbar üblich ist.«

»Bei Fatima«, raunte Khaled und beugte sich noch einmal zu ihr hinunter. »Das ist keine Welt, in der ich leben wollte.«

Sein drängender Mund vermittelte ihr das Gefühl, mit ihm zu verschmelzen. Seine Energie vermischte sich mit ihrer zu einem warmen Gefühl unglaublicher Geborgenheit. Etwas, das sie niemals zuvor erlebt hatte. Sie schmiegte sich tiefer in seine Arme, und die Zeit schien tatsächlich stillzustehen.

Dass sie es nicht tat, hörte man am dumpfen Läuten einer Glocke, und plötzlich wurde die Umgebung lebendig. Harte Schritte und das Klirren von Kettenhemden und Schwertern hallten über den Hof.

Khaled entließ Lyn augenblicklich in die Kühle der Nacht und schaute alarmiert auf.

»Wir haben im wahrsten Sinne des Wortes die Zeit vergessen«, murmelte er. »Sie läuten bereits zu den Vigilien. Bruder André wird sich fragen, wo wir abgeblieben sind.«

»Vigilien?« Lyn schaute fragend zu ihm auf.

»Templer sind Mönche«, erklärte er. »Sie beten mehrmals am Tag zu Christus und auch in der Nacht, falls sie nicht wegen irgendwelcher Aufträge davon befreit sind. Außerdem haben sie etwas mit deinem Volk gemeinsam – sie berühren keine Frauen und zeugen somit gewöhnlich keine Nachkommen. Meistens jedenfalls.« Er grinste. »Bei ihrer Aufnahme in den Orden müssen sie ein Keuschheitsgelübde ablegen, das ihnen den direkten Kontakt zu Frauen verbietet. Deshalb mögen sie es auch nicht, wenn man hier auf dem Gelände eine Frau in den Arm nimmt und küsst. Ich denke, es führt ihnen schmerzhaft vor Augen, worauf sie verzichten müssen.«

»Hört sich ähnlich an wie bei uns«, sagte Lyn leichthin. »Den Söldnern der neuen Welt ist enger Körperkontakt zu anderen Menschen verboten, ganz gleich, welches Geschlecht sie besitzen. Es sei denn, man muss eine Person töten und kann dies nicht aus der Ferne erledigen.«

Khaleds Blick verriet seine Fassungslosigkeit. »Wenn all das stimmt, was ich in eurem Kästchen gesehen habe, erscheint mir eure Welt unendlich grausam. Ich kann kaum glauben, dass man dort, wo ihr herstammt, ein glückliches Leben führt.«

»Glück ist ein weit gefasster Begriff«, entgegnete Lyn leise und sah ihm abermals tief in die Augen. »Nach allem, was ich bisher über diese Zeit erfahren durfte, geht es hier kaum besser zu. Es gibt scheußliche Krankheiten, schwere Verletzungen und wenige, wenn nicht gar keine Heilungsmöglichkeiten, was euch dazu verurteilt, nicht selten bereits in jungen Jahren grausam zu sterben.«

»Und du denkst, ihr könntet das ändern?« Der Ausdruck in Khaleds Stimme schwankte zwischen Hoffnung und Spott.

»Vielleicht … aber ich bin mir nicht sicher.«

»Ich denke an die Wunde des Jungen«, sagte Khaled mit gedämpfter Stimme. »Mit eurem Wissen ist allem Anschein nach so einiges möglich, das selbst die Fähigkeiten der Ärzte im Maristan von Damaskus übertrifft. Aber André de Montbard spricht die Wahrheit, wenn er sagt, dass man eure Existenz und eure Erkenntnisse unbedingt vor Uneingeweihten verbergen muss.«

Er machte eine Pause, wobei er sie mit einem Wink aufforderte, zum Hauptportal von al-Aqsa zurückzukehren.

»Es ist gefährlich, wenn machthungrige Dummköpfe etwas über eure Möglichkeiten erfahren – oder christliche Fanatiker, die mit einem gnadenlosen ›Gott will es‹ jeden lynchen, dessen Meinung nicht mit ihren christlichen Evangelien übereinstimmt.«

Sie gingen dicht nebeneinander, und Khaled war versucht, zu Lyns Schutz einen Arm um ihre Schultern zu legen, worauf er aber im Angesicht mehrerer Templer verzichtete, die im Halbdunkel zur Kapelle eilten.

»Dort, wo ich herstamme«, fuhr er mit verhaltener Stimme fort, »sind die Gelehrten weitaus besser ausgebildet als die einfältigen Christen, die in der Medizin vieles als Teufelszeug bezeichnen, was wir Muslime längst praktizieren. Aber vielleicht weißt du das ja bereits.«

»Ehrlich gesagt«, bekannte Lyn freimütig, »spätestens seit ich dich kennengelernt habe, bin ich mir nicht mehr sicher, ob meine Studien über eure Kultur und eure Lebensweise mit der Realität übereinstimmen.« Sie lächelte. »Aber ganz gleich, was noch kommt – ich glaube, André de Montbard ist ein echter Glücksgriff. Er ist ehrlich gewillt, uns zu helfen. Es ist gut, dass du uns zu ihm geführt hast.«

»Ja«, bestätigte Khaled in bedächtigem Tonfall. »Ich kenne keinen ehrenvolleren Menschen als ihn. Er war sofort bereit, mir zu glauben, als ich ihm von euch und von den Toten vor der Mauer erzählt habe. Jeder andere christliche Führer hätte mich unter dem Verdacht gefangen genommen, die Männer im Auftrag der Nizâri getötet zu haben, und euch hätten sie wahrscheinlich als mongolische Spioninnen angeklagt. Aber André hat keinen Herzschlag lang gezweifelt, dass ich die Wahrheit sage.«

Lyn wurde mit einem Mal bewusst, dass Khaled ein ziemliches Risiko für sie eingegangen war, als er nach dem Tod der Männer mit ihr und Rona die Mauer hochgeklettert war. Wenn Montbard nicht anwesend gewesen wäre, hätte ihn jeder andere, uneinsichtige Zeitgenosse leichtfertig des Mordes an den drei Christen beschuldigen können.

»Vielleicht haben die Toten schon etwas in eurer Zukunft verändert«, bemerkte Khaled mit einem beiläufigen Blick in den Sternenhimmel. »Unabhängig von eurem Gespräch mit Bruder André«, fuhr er fort und sah ihr tief in die Augen, als ob dort die Bestätigung für seine Theorien zu finden sei. »Ich meine, die getöteten Männer können keine Nachkommen mehr zeugen und keine weiteren Menschen töten, die dann keine Nachkommen mehr zeugen könnten. Habe ich recht?«

»Das stimmt.« Lyn sah ihn überrascht an. Daran hatte sie in all der Hektik noch gar nicht gedacht. »Aber wir können es nicht prüfen – weil wir kurz vor dem Angriff auf die Stadt jeglichen Kontakt zu unserer Basisstation in der Zukunft verloren haben.«

»Vielleicht ist der Kontakt nur abgebrochen«, sinnierte Khaled, »weil die Zukunft, wie ihr sie verlassen habt, gar nicht mehr existiert.«

»O Khaled!« Ihr Gesicht verzog sich zu einer freudigen Miene. »Du bist unglaublich! Daran habe selbst ich nicht gedacht. Ich muss sofort mit Rona sprechen. Sie denkt die ganze Zeit an nichts anderes, als die Templer zu retten, dabei könnte der Flügelschlag eines Vogels schon etwas zum Guten verändert haben.«

Ihre Augen erstrahlten im Angesicht des Mondes, der die Umgebung in ein gespenstisches Spiel von Licht und Schatten hüllte. Khaled fuhr ihr mit den Fingern ins Haar. Auf einmal kam sie ihm nicht mehr so überlegen vor. »Es beruhigt mich, dass ich auch etwas zu deinem Glück beitragen kann«, flüsterte er. Seine Hand ruhte immer noch auf ihrer Wange. »Ich hatte schon Angst, dass mein Herz für einen Dschinn entflammt wäre. Aber wenn André de Montbard an euch und eure Maschine glauben kann, ohne dem Wahnsinn zu verfallen, werde ich es auch können.«

Khaled spürte, wie sein Herz plötzlich heftiger pochte. Er räusperte sich, dann brach es aus ihm heraus.

»Könnte man mit dem Kasten auch meine Vergangenheit ändern?«, fragte er beinahe schüchtern. »Ich meine, könnte ich mit eurer Hilfe in der Zeit zurückgehen und meinen Vater retten.« Seit sie den Versammlungssaal mit Rona und Montbard hinter sich gelassen hatten, geisterte Khaled nichts anderes im Kopf herum als die Frage, ob man das Leben seines Vaters und seiner Familie mit einer solchen Höllengabe zum Guten verändern könnte – ja, ob man deren Leben noch retten könnte.

»O Khaled!« Lyns Stimme brach, weil sie spürte, wie sehr er mit den Tränen kämpfte. Eine Welle negativer Energie schwappte zu ihr herüber, die aus einer diffusen Mischung aus seelischem Leid und körperlichem Schmerz bestand, den sie schon auf dem Weg nach Jerusalem gespürt hatte.

Mit erstickter Stimme erklärte er ihr, was damals mit seiner Familie geschehen war.

»Es tut mir so leid«, flüsterte sie, während sie beinahe durch ihn hindurch schaute, als vor ihrem geistigen Auge ein kleiner, hilfloser Junge erschien, nur mit einer fadenscheinigen Decke bekleidet, der im vollen Galopp bei Nacht mit einer Gruppe von Reitern eine von Feinden brodelnde Stadt hinter sich ließ.

Sie konnte das Grauen in seinen Augen erkennen, als er im Vorbeireiten realisierte, wie die hässlichen Vögel das Fleisch von den Knochen seines zerstückelten Vaters rissen, dessen sterbliche Überreste man an die Stadtmauer genagelt hatte. Sie spürte Khaleds rasenden Puls, als er mit dem Rest seiner Familie samt ihren Verbündeten hinaus aus Damaskus verfolgt wurde, und sein Entsetzen, als seine Mutter, die hinter einem der Reiter gesessen hatte, in einem Hagel von Pfeilen starb, die ihren schlanken Körper wie Butter durchbohrten. Außer seiner jüngeren Schwester, die wie er im Haushalt der Könige von Jerusalem aufgenommen worden war, hatte er mit einem Schlag niemanden mehr, der ihm wirklich nahestand.

»Ja«, brachte Lyn nach einigem Zögern hervor. »Es wäre möglich, dass du zurückgehst und deinen Vater vor seinen Feinden warnst, aber nicht zu jener Zeit, in der du selbst bereits auf dieser Welt existiert hast – die Schwangerschaft deiner Mutter eingeschlossen. Weil es aus Gründen, die im Moment zu umfassend sind, um sie dir erklären zu können, nicht möglich ist, auf einer Zeitebene doppelt zu existieren. Aber selbst wenn du in die Zeit vor deiner Geburt reisen würdest, bleibt die Frage, ob dein Vater dir glauben könnte, wenn du ihm die Umstände erklärst, und wenn ja, ob du je gezeugt werden würdest, um ihn auf diese Weise zu warnen. Das alles sind Dinge, die wir selbst erst herausfinden müssen.«

»Ich befürchte, gegen dich bin ich ein einfältiger Narr, der nichts von der Welt weiß«, bekannte Khaled resigniert.

»Du bist nicht mal halb so einfältig wie ich.« Ihre Stimme klang amüsiert. »Denkst du wirklich, Weisheit hat etwas mit Wissen zu tun?« Sanft zog sie ihn zu sich herab, um ihn noch einmal zu küssen. »Ich glaube eher, es hat etwas mit dem Herzen zu tun, und da bist du eindeutig im Vorteil.«

Montbard sprang von seinem Stuhl auf, als Lyn und Khaled nach gut einer halben Stunde ins Obergeschoss des Hauptquartiers zurückkehrten. Er hatte zusätzliche Wachen vor den Türen aufstellen lassen und selbst auf eine Teilnahme an der nächtlichen Messe verzichtet. Sein strenger Blick verriet, dass er sich Sorgen gemacht hatte, weil die beiden so lange ausgeblieben waren, aber als er Lyns leicht gerötete Wangen registrierte, verzichtete er auf einen Kommentar und lächelte milde, bevor er halbwegs entspannt wieder Platz nahm.

Rona war da weit weniger rücksichtsvoll und stemmte anklagend die Hände in die Hüften. »Wo wart ihr so lange? Wir haben uns Sorgen gemacht.«

Lyn überging ihren Einwand. »Khaled hatte eine Menge Fragen«, erwiderte sie, »die ich ihm nicht unbeantwortet lassen wollte.«

Ihr Blick fiel auf den langen Holztisch. Montbard hatte in ihrer Abwesenheit Brot, Käse und einen Teller mit aufgeschnittenem Obst servieren lassen. Dazu zwei weitere Glaskaraffen – eine mit rotem Wein und eine mit heller Limonade, wie er hilfreich erklärte.

»Greift zu!«, forderte der Seneschall mit einer jovialen Geste auf. »Die Nacht könnte länger werden als gedacht. Es gibt da noch viele Dinge zu klären.«

Khaled hatte sich zunächst gewundert, warum Montbard keinen Schreiber hinzugebeten hatte und auch sonst auf die Gesellschaft seiner Offiziere verzichtete. Doch inzwischen war klar, dass er keine Zeugen bei dieser außergewöhnlichen Unterredung dabeihaben wollte.

Natürlich würde er irgendwann das geheime Konzil der Eingeweihten einberufen werden, doch Khaled hatte bisher nicht herausfinden können, wer dazugehörte. Nur so viel war ihm bekannt, dass mitunter noch nicht einmal der Großmeister der Templer über geheime Absprachen unter den Mitgliedern des hohen Rates informiert wurde – schon gar nicht, dass er selbstverständlich dazugehörte.

Khaled ließ sich nicht lange bitten, etwas zu trinken, doch anstatt für Wein entschied er sich für die schmackhafte Mischung aus Wasser, dem Saft des Zuckerrohrs und von grünen Limonen.

Als Nizâri griff er ohnehin selten zu Alkohol, und nun war schon gar nicht der richtige Zeitpunkt, um sich die Sinne zu vernebeln. Zuerst bediente er Lyn, die glaubte, dass dieses Getränk an Geschmack sogar den Begrüßungstrunk übertraf. Schluck für Schluck ließ sie die fruchtige Säure auf ihrer Zunge zergehen und probierte dann das exotisch anmutende Angebot aus Feigen, Pfirsichen und Bananen.

Rona trank ein Glas Wein und genehmigte sich ein kleines Stück Käse.

Montbard beobachtete seine Gäste in scheinbarer Ruhe, wobei er den beiden Frauen weit mehr Aufmerksamkeit schenkte als seinem muslimischen Freund.

Lyn spürte, wie der Blick des Templers auf ihren Händen ruhte und dann wieder ihr Gesicht erforschte. Als es ihr zu viel wurde, schaute sie ihn unverwandt an und erwiderte seinen überraschten Blick.

»Warum starrt Ihr mich so an?« Im gleichen Moment, als sie es gesagt hatte, bereute sie ihren unfreundlichen Ton. »Sieht man mir an, dass ich hier fremd bin?«

»Verzeiht meine Neugier«, erwiderte Montbard. »Mir begegnen nicht alle Tage so außergewöhnlich schöne Frauen, die dazu noch aus einer weit entfernten Zukunft stammen.« Mühelos hielt er ihrem prüfenden Blick stand, was nichts weiter bedeutete, als dass er nichts zu verbergen hatte. Seine freundlichen, braunen Augen weckten in Lyn spontanes Vertrauen, und sie schämte sich, ihn so angefahren zu haben. Er war ganz sicher kein Mann, von dem sie etwas zu befürchten hatten.

»Ich bewundere euren Mut«, bekannte er, abwechselnd an Lyn und Rona gerichtet. »Es ist sicherlich eine große Ehre für euch, für eine solche Reise auserwählt worden zu sein, und beweist den hohen Grad eurer Fähigkeiten.« Montbard schwieg einen Moment, bevor er fortfuhr. Vielleicht, um ihnen Gelegenheit zu einer Antwort zu geben, doch nicht einmal Rona ergriff das Wort.

»Um euch und euer Wissen zu schützen, wird uns nichts anderes übrig bleiben, als zu einer List zu greifen. Nach allem, was Rona mir berichtet hat und was ich sehen durfte, müssen wir euch unter einem Vorwand hier verstecken.« Sein Blick wendete sich an Khaled, der angespannt auf einem Stück Fladenbrot kaute.

»Sosehr ich Königin Melisende auch schätze, aber nicht einmal sie darf erfahren, wer diese Frauen in Wahrheit sind.« Montbard hob eine Braue, um sich Khaleds Zustimmung zu versichern.

»Worauf ihr euch verlassen könnt, Seigneur – bei Allah, seinen Propheten und beim Leben meiner Schwester.«

»Wir werden die von dir erdachte Legende weiter verbreiten, dass es sich bei den beiden um gestrandete, mongolische Prinzessinnen handelt«, fuhr Montbard fort. »Ich werde sie dem Orden und dem Königshaus als privilegierte Geiseln präsentieren, die wir uns für einen Gefangenenaustausch auf allerhöchster Ebene vorbehalten. Dass sie bis dahin mit allem Komfort bedacht werden, die der Orden zu bieten hat, ist eine Selbstverständlichkeit. Wir werden sie in den Königsgemächern unterbringen und ihnen nicht nur eine doppelte Wache zuteilen. Ich werde die Königin darüber hinaus bitten, dich als Anführer der örtlichen Nizâri-Krieger zu ihrem persönlichen Schutz abzustellen, um ein Defizit an Bewachung in unseren eigenen Reihen aufzufangen – wenigstens so lange, bis der Hohe Rat einen Termin gefunden hat, um über die weitere Vorgehensweise zu beraten.«

»Heißt das, Lyn und Rona sind ab sofort Geiseln des Ordens?« Khaled, der sich zwar geschmeichelt fühlte, dass Montbard ihn als Schutz für die Frauen sogar den eigenen Leuten vorzog, konnte dem Sinn dieser Entscheidung nicht folgen. Die beiden Frauen würden unter strenger Bewachung keinen Schritt außerhalb des Geländes tun können – genaugenommen waren sie ab sofort Gefangene des Tempels. Daran würde selbst seine Anwesenheit kaum etwas ändern können.

»Nur zum Schein. Auch wenn es wenig komfortabel klingt«, bekannte Montbard entschuldigend. »Wir benötigen einen triftigen Grund, warum wir sie hierbehalten und nicht dem Gewahrsam des Königshauses überantworten.« Er deutete auf das Westfenster, von wo aus man die Stadt überblicken konnte. »Ihr seid heute Abend bereits angegriffen worden, und wir wissen nicht von wem. Es kann Zufall gewesen sein, oder man hat euch bereits verfolgt, weil nicht nur dir aufgefallen ist, dass die beiden etwas Besonderes sind. Vielleicht waren es Sklavenhändler, die einen Tipp bekommen haben, dass zwei Schönheiten in der Stadt aufgetaucht sind, die zu niemandem gehören. Solange wir nicht wissen, ob es da noch jemanden gibt, der an ihnen interessiert ist, können wir die beiden jungen Frauen nicht einfach ihrem Schicksal überlassen.«

Rona und Lyn blieb im Moment nichts anderes übrig, als zuzustimmen. Eigentlich war ihre Mission so gut wie erledigt. Die Templer wussten in Person von Montbard über ihr zweifelhaftes Schicksal Bescheid, und dass Montbard die Geschicke des Ordens in die richtige Richtung zu lenken vermochte, stand für die beiden außer Frage.

»Werdet ihr nun in eure Zeit zurückkehren können?« Khaled schien ihre Gedanken zu erraten, und er war sich nicht sicher, ob ihm diese Option gefiel, als er die beiden Frauen in Gesellschaft von Montbard und zwei hünenhaften normannischen Templern zu den vornehmen Gastgemächern begleitete, in denen sie bis auf weiteres untergebracht werden sollten.

»Diese Option steht uns zurzeit nicht offen«, bemerkte Rona beiläufig. »Wir haben ein Problem mit unserer Maschine. Nach dem Brandanschlag funktioniert sie nicht so, wie sie sollte.«

Damit schien alles gesagt zu sein. Lyn, die das wertvolle Kästchen am Körper trug, warf Khaled einen Blick zu, der alles bedeuten konnte.

Das majestätisch wirkende Gebäude, das Jahrzehnte nach der blutigen Eroberung Jerusalems den christlichen Königen eine luxuriöse Zuflucht geboten hatte und dessen Erbauung direkt an der Westmauer noch von Gottfried von Boullion vorangetrieben worden war, ließ keinerlei Wünsche offen. Marmorböden, Stofftapeten, offene Feuerstätten und beheizbare Bäder im Untergeschoss boten jeglichen Komfort, den man sich vorstellen konnte. Wie Montbard nicht ohne Stolz versicherte, hatten diese Räumlichkeiten noch vor knapp zwei Wochen den deutschen Kaiser und den französischen König nebst seiner anspruchsvollen Gemahlin und deren Gefolge beherbergt.

Tag und Nacht stand den Gästen die Ordonnanz der Templer zur Verfügung, die aus nichtkämpfenden Brüdern des Ordens bestand.

Montbard hatte ein paar dieser Männer, die braune Gewänder trugen, herbeigerufen, um die Frauen in ihre Suite einzuweisen, die aus zwei ineinander übergehenden Räumen bestanden und in denen sie nun auf unbekannte Zeit hinaus ihr Lager aufschlagen würden. Die glänzenden Böden waren mit Mosaiken versehen, und darüber hatte man dicke, handgeknüpfte Beduinenteppiche mit schillernden Mustern ausgelegt. Kleine Sitzecken und einladende Ruhestätten mit bunten, seidenen Kissen und golddurchwirkten Decken luden zum Verweilen ein. Der Duft von Rosenblüten und Sandelholz lag in der Luft. Der Luxus hier hatte so gar nichts mit den spartanischen Unterkünften der kämpfenden Truppe gemein.

Montbard ließ Obst und frisches Wasser in Krügen bringen und versprach den beiden Frauen sogar ein heißes Bad, sobald die Küchenmägde ihren Dienst angetreten hatten.

Khaled verabschiedete sich ungern von Lyn, er versprach aber, am nächsten Morgen wiederzukommen. Sobald er die Erlaubnis seiner Königin hatte, über einen längeren Zeitraum in die Dienste des Templerordens zu treten, um Lyn und Rona zu beschützen, beabsichtigte er, ganz in ihrer Nähe ein Quartier zu beziehen. Damaskus und seine Rachegelüste waren auf einmal so weit weg wie das Ende der Welt, und Khaled hoffte, dass es Montbard gelingen möge, Melisende und Balduin davon zu überzeugen, auf ihn und den Einsatz seiner Truppe bei der bevorstehenden Eroberung zu verzichten. Nicht nur wegen Lyn, sondern vor allem, um seine Männer vor einem wahrscheinlichen Tod zu bewahren. Er wartete, bis Montbard nach draußen gegangen war und den beiden streng dreinschauenden Templern letzte Anweisungen gab.

Bis zur Ablösung im Morgengrauen würden die Ordensbrüder sich nicht wegrühren dürfen, nicht einmal zum Pinkeln.

Bevor Khaled dem Seneschall folgte, verabschiedete er sich von Lyn, indem er sie in eine Nische zog und sie kurz und leidenschaftlich küsste, dabei kümmerte es ihn nicht, dass Rona sie sehen konnte. »Ich wäre enttäuscht«, raunte er an ihre Lippen, »wenn du einfach in deine Zeit verschwinden würdest, ohne dich in aller Form von mir zu verabschieden.« Lyn wirkte verblüfft, und Khaled zwinkerte ihr zu, dann ging er hinaus, ohne auf eine Antwort zu warten.

Rona saß noch eine Weile schweigend auf einem der pompösen Betten, nachdem sich Montbard mit der Ankündigung verabschiedet hatte, gleich am nächsten Morgen nach ihnen sehen zu wollen, um die weitere Vorgehensweise zu klären.

Im Kamin hatte einer der braungekleideten Templer ein Feuer entzündet und ihnen eine Kanne mit heißem Wasser zubereitet, in das er wohlriechende, getrocknete Blätter einrührte. Dazu brachte er Fladenbrot und Zuckersirup – dann war er lautlos verschwunden, während draußen vor der Tür zwei riesige Templer aufgezogen waren, um die Nacht über auf sie aufzupassen.

Lyn vermisste Khaled schon jetzt, obwohl Montbard ihnen versichert hatte, dass er und seine muslimischen Krieger schon bald die Männer vor der Tür ablösen würden. Allem Anschein nach hielt Montbard Khaled und seine Assassinen für fähiger, was den Schutz ihres Lebens und ihrer Geheimnisse anging, als seine eigenen Leute.

»Gib mir den Server.« Rona streckte die Hand aus und forderte Lyn unmissverständlich auf, den unscheinbaren Quantencomputer aus ihrem Rucksack zu nehmen.

»Was hast du vor?«, fragte Lyn. »Wir haben unsere Mission erfüllt. Warum sollten wir noch mal versuchen, ins Jahr 1119 zu kommen?«

Rona stellte den Server auf eines der roten Polsterbetten und ließ sich in die Kissen sinken. »Ich will nicht ins Jahr 1119. Ich will nach Hause, um zu sehen, ob wir erfolgreich waren.«

Lyn war nicht sicher, ob sie das, was Rona vorhatte, gutheißen sollte. Trotzdem sang sie den Öffnungs-Code, und Rona steuerte das holographische Programm kraft ihrer Gedanken in Richtung des Jahres 2151, dorthin, wo es ihr vor Stunden noch gelungen war, jemanden aus dem Hauptquartier zu kontaktieren. Außer einem atmosphärischen Rauschen war nichts zu hören. Sie versuchte sich an mehreren Frequenzen, doch nichts geschah.

»Vielleicht hat sich wirklich schon etwas zum Guten verändert«, vermutete Lyn, »und der Kontakt kann gar nicht mehr hergestellt werden.«

Rona warf ihr einen angriffslustigen Blick zu. »Lion hat für zeitunabhängige Bojen gesorgt, die uns nach Hause holen können, ganz gleich, was geschieht«, fauchte sie und versuchte es im blau aufleuchtenden Licht der Holographie noch einmal, ohne aufzuschauen. Ihr düsterer Blick bewies Lyn, wie verzweifelt sie war. Als nichts geschah, schlug sie mit den Fäusten auf die Kissen. »Verfluchte Scheiße! Wir haben getan, was er von uns verlangt hat. Warum lässt er uns jetzt im Stich?«

Lyn ging zu ihrer Schwester und legte ihr die Hand auf die Schulter, um sie zu beruhigen, doch Rona entzog sich ihr mit einem unwirschen Schnauben.

»Er wird uns nach Hause holen«, flüsterte Lyn und versuchte es noch einmal, indem sie Rona gegen deren Willen umarmte. »Er hat es versprochen.«

»Und was ist, wenn er gar nicht mehr lebt?« Die Stimme ihrer Schwester war tonlos, während sie stur auf den Server schaute.

»Er hat gesagt, alles wird gut«, erklärte ihr Lyn mit der Zuversicht einer Mutter, die ihr Kind tröstet, »wenn wir den Templerorden vor seiner Vernichtung warnen. Also – das haben wir heute Abend getan.«

Rona schien sich zu beruhigen. Sie war aufgestanden und hatte sich aus Lyns Umarmung gelöst, dann kehrte sie ihr den Rücken zu und ging langsam zu dem kleinen, rundverglasten Fenster, das gen Westen zeigte. Gedankenverloren schaute sie auf die erwachende Stadt. »Er wollte, dass wir ins Jahr 1119 reisen.« Abrupt drehte sie sich um und sah Lyn mit funkelnden Augen an. »Und was ist, wenn es falsch war, hierzubleiben, und Lion deshalb niemals geboren wurde und dadurch alles noch schlimmer geworden ist?«

Kapitel 9

Der Fürst der Zeit

1148 – Jerusalem

Der Klang der Fanfaren und die begeisterten Rufe zahlreicher Menschen rissen Khaled aus einem kurzen, traumlosen Schlaf. Verdammt, er war tatsächlich eingenickt. Dabei hatte er sich nach seiner Rückkehr aus den Stallungen nur etwas ausruhen wollen, während er sich auf ein weiteres Treffen mit Lyn am späten Nachmittag im Schatten von al-Aqsa freute.

Seit einer Woche folgten Lyn und er stets dem gleichen Ritual. Während Khaled am Morgen die Pflicht im Palast rief, wo er mit seinen Männern regelmäßig militärische Übungen absolvierte, verbrachte er den späten Nachmittag bis in die Nacht hinein mit Montbards ausdrücklicher Erlaubnis auf dem gut bewachten Gelände des Templerhauptquartiers. Im Augenblick war dies die einzige Möglichkeit, Lyn regelmäßig treffen zu können. Zumindest bis die Genehmigung des Königspalastes vorlag, dass Khaled sich fortan mit Zustimmung des Hofes des Schutzes der beiden Frauen annehmen durfte.

Wankend erhob er sich von seinem Lager und rieb sich die Müdigkeit aus dem Gesicht, bevor er auf den Balkon trat, um zu sehen, was unten im Palasthof vor sich ging. Der Nachmittag war heiß, und der Wüstenstaub, der bis in die engen Gassen Jerusalems wehte, drohte die Stadt zu ersticken. Nach einem Blick über die steinerne Brüstung sah Khaled, woher der Jubel kam, den der Wind über die Dächer trug.

Etliche Reiter auf Pferden und an die dreißig bepackte Kamele schritten nacheinander durch das Davidstor. Mitten in der Karawane erkannte Khaled die Königin auf einer aufwändig geschmückten hellbraunen Araberstute sowie ihren zwölfjährigen Sohn Aimery, der einen weißen Hengst ritt. Aimery war ein beleibter Bursche mit dunklen Locken, der weder seiner schlanken Mutter noch seinem stattlichen Vater glich und schon gar nicht Balduin III., seinem blendend aussehenden, älteren Bruder. Mit hoch erhobenem Haupt lenkte Aimery das Pferd an Melisende vorbei in den Hof. Schon früh hatte sich der Kleine die Arroganz seiner Mutter angeeignet, die sie immer an den Tag legte, wenn sie sich von einer größeren Menschenansammlung bedrängt fühlte. Den beiden folgte der greise Patriarch Fulcher von Angoulême. Der beinahe Hundertjährige kehrte erschöpft von den Verhandlungen mit dem deutschen Kaiser und dem französischen König Ludwig zum Chor des Heiligen Grabes zurück. Die Königin und ihr Sohn wurden von einem Heer königlicher Ritter umringt. An deren Spitze ritt der designierte Templergroßmeister Everhard de Barres auf einem schwarzglänzenden Hengst, dessen weiße Schabracke wie der Umhang seines Reiters das rote Kreuz des Ordens trug. Es hieß, de Barres habe aus Frankreich rund einhundert Ordensritter mit in den Zweiten Kreuzzug geführt. Auf Wunsch des Papstes und des Kapitels in Paris sollte er den todkranken Robert de Craon vertreten und ihn ersetzen, wenn dieser starb, was nur noch eine Frage der Zeit war. Lyn und Rona hatten das Todesdatum des Großmeisters sogar schon benannt; demnach konnte es nicht mehr lange dauern, bis de Barres die Macht über den Orden in Händen hielt.

Auf dem Weg durch das Gebiet der Seldschuken hatten der zukünftige Großmeister und seine Getreuen eine erste Feuerprobe bestanden, indem sie König Ludwig VII. und seiner Gemahlin Eleonore von Aquitanien bei einem Überfall einheimischer Krieger in Antalya durch ihr beherztes Eingreifen das Leben gerettet hatten. Damit hatten sie neben dem französischen König den gesamten Hofstaat der Heiligen

Stadt so sehr beeindruckt, dass man sie in Akko und Jerusalem tagelang als die wahren Helden des Outremers feierte – sehr zum Missfallen anderer Ritterorden.

De Barres verstärkte zudem mit jener glorreichen Truppe die dreihundert zurzeit in Jerusalem stationierten Templer, die wegen permanenter Einsätze mit vielen Verlusten unter chronischem Personalmangel litten. Offenbar hatte er es sich nicht nehmen lassen, die Königin und ihren Jüngsten sicher nach Hause zu geleiten, dabei hatte er jedoch nur etwa sechzig seiner Gefolgsleute mit aus Akko hierhergeführt. Der Rest war allem Anschein nach mit Prinz Balduin und seinen hochrangigen Vertretern in Akko zurückgeblieben, um dort den Feldzug auf Damaskus vorzubereiten.

Khaled beobachtete, wie die Templerkavallerie mit Ausnahme von de Barres und zwei Offizieren noch vor dem Stadttor ihre mächtigen Rösser nach Süden lenkten. Die schwarzweißen Schabracken der Pferde flatterten im aufwirbelnden Staub mit den weißen Umhängen der Templer um die Wette, als sie an der Stadtmauer entlang ins Kidrontal stürmten. Allem Anschein nach wollten die Ritter so rasch wie möglich zu den Ställen des Salomo gelangen, um ihre verschwitzten Tiere von den Knappen versorgen zu lassen und sich selbst endlich einem kühlenden Trunk hingeben zu können. Everhard de Barres und ein paar seiner Leibwachen begleiteten die Königin indes in den Palasthof.

Von seinem Fenster aus sah Khaled, wie Melisende, prachtvoll gekleidet in einen kostbaren Umhang aus blau schimmernder Seide, ihre Kapuze herunterzog und den hellen Seidenturban entblößte, der ihr langes, rotes Haar gegen Sand und Staub schützte. Noch im Sattel sitzend, erhielten Melisende und Aimery von einer Dienerin den traditionellen Begrüßungstrunk. Es war Nesha, wie Khaled erst erkannte, als sie sich in seine Richtung drehte. Nachdem Melisende den Becher in einem Zug geleert hatte, führten Pagen in bunten Gewändern ihre Stute zu einem gepolsterten Schemel, damit die Königin bequem absteigen konnte. Melisende glitt vom Rücken ihres Pferdes und unterhielt sich noch eine Weile angeregt mit Nesha, bis sie ihrer ersten Leibdienerin mit einer knappen Geste zu verstehen gab, dass sie sich um Aimery kümmern sollte und sich mit ihm entfernen durfte. Danach wandte sich die Königin dem zukünftigen Oberhaupt der Templer zu, der auf ihre weiteren Befehle zu warten schien. Pflichtschuldig wechselte Melisende ein paar Worte mit dem verschlossen wirkenden Ritter. Obwohl de Barres durch seine Größe und seine weiße Chlamys aus der Masse hervorstach, schien die Königin nicht sonderlich an ihm interessiert zu sein, was wohl nicht allein an seinem nichtssagenden Aussehen lag. Eher war dessen bedingungslose Treue zu ihrem älteren Sohn ein Hinderungsgrund auf dem Weg zu einer Art Freundschaft, die es in den Reihen des Königshauses ohnehin selten gab.

Melisendes Instinkt schien zu funktionieren, denn nach allem, was Khaled inzwischen über den angehenden Templergroßmeister gehört hatte, war er zwar ein strategischer, aber kein leidenschaftlicher Kämpfer, sondern eher ein langweiliger, frömmelnder Mönch, der die Gesellschaft des noch jungen Königs gegenüber seiner Mutter bevorzugte. Wahrscheinlich hatte er Melisende begleitet, um den Schein der Loyalität zu wahren, weil sie, was die Eroberung von Damaskus betraf, eine ernstzunehmende Stimme besaß. Sein nervöser Blick bestätigte Khaled, dass de Barres die Nähe einer Frau – erst recht, wenn es die eigene Königin war – nicht behagte.

Kurz darauf verbeugte sich de Barres in höfischer Manier und küsste der Königin zum Abschied – mehr angedeutet, als mit Hingabe – den Ring, den sie als königliche Insignie am rechten Mittelfinger trug. Dann salutierte er kurz, drehte sich um und gab seinen Männern das Zeichen zum Abmarsch. Mit wehender Chlamys schritten sie gemeinsam zu ihren Pferden.

Melisende war unterdessen, begleitet von ihren eigenen Soldaten, im Palast verschwunden.

Manasses von Hierges, Melisendes Konstabler und Cousin dritten Grades, war offenbar nicht mit ihr aus Akko zurückgekehrt, was Khaled einen berechtigten Anlass zur Unruhe gab. Die Königin würde sich nicht lange bitten lassen, Khaleds regelmäßigen Tribut für ihre reichen Zuwendungen an ihn und seine Männer einzufordern, was sie immer tat, wenn Manasses nicht zugegen war. Es bedeutete nichts anderes, als dass sie mit Khaled das Lager teilen wollte, und zwar unverzüglich und nicht erst zur Nacht. Seit Fulko V. von Anjou vor fünf Jahren bei einem tragischen Jagdunfall tödlich verunglückt war und sie damit zur Witwe gemacht hatte, war sie wie ausgewechselt. Vor dessen Tod war sie eine fröhliche Frau gewesen, die keinen einzigen Gedanken an einen anderen Mann verschwendet hatte. Danach war sie verbittert und, was das männliche Geschlecht betraf, unersättlich.

König Fulko war ein Vertrauter von Khaleds Vater gewesen. Nach der Ermordung des Wesirs in den Regierungsgemächern des Emirs von Damaskus hatte sich der Frankenkönig nicht nur unverzüglich um das weitere Schicksal von Khaled und seiner Schwester gekümmert. Zudem hatte er den aus Syrien vertriebenen Nizâri-Kriegern sogleich eine Zuflucht im Palast von Jerusalem angeboten. Nachdem die Männer zugestimmt hatten, sich fortan in den Dienst des fränkischen Königs zu stellen, überantwortete Fulko den fünfjährigen Khaled deren Anführer, weil er der Meinung war, dass es dem letzten Wunsch des Wesirs entsprach, den einzigen Sohn im Sinne der Nizâri zu einem ismailitischen Anführer erziehen zu lassen. Ein Akt des Vertrauens, das Fulko den als Mörder und Giftmischer verschrienen Assassinen auf diese Weise entgegenbringen wollte. Nicht allein deshalb hatte Khaled sich König Fulko verbunden gefühlt. In seiner fürsorglichen Art hatte der König ihm den schmerzlich vermissten Vater ersetzt. Hinzu kam, dass der König Khaleds kleine Schwester, im rechten Alter mit einer üppigen Mitgift ausgestattet, an einen betuchten Baron seines Reiches verheiratet hatte. Was Khaled verwunderlich fand, weil der König ein Christ und sie selbst Muslimen waren. Später, nach Fulkos Tod hatte Khaled sein Pflichtgefühl und die Dankbarkeit, die er seinem König gegenüber empfunden hatte, auf dessen Frau Melisende übertragen. Doch sie hatte ihre eigenen Vorstellungen, wie sich Khaled für die ihm erwiesene Gunst erkenntlich zeigen konnte. Seit seiner Ernennung zum Ritter nutzte sie jede Gelegenheit, um ihn in ihr Bett zu locken, wenn Manasses nicht im Palast weilte. Khaled hasste die unerbittliche Gier, mit der sie ihn forderte. Besonders, wenn sie sich längere Zeit nicht gesehen hatten, benahm sie sich wie eine läufige Hündin.

Doch diesmal würde es anders sein. Er wollte nicht länger den willigen Liebhaber spielen. Nun gab es Lyn, und obwohl er noch keine fleischliche Verbindung mit ihr eingegangen war, kam es ihm wie Betrug vor, wenn er es weiterhin mit anderen Frauen trieb, selbst wenn es die Königin war. Leider hatte er keine Idee, wie er Melisende diesen Sinneswandel beibringen sollte. Zumal er und seine Männer weiterhin auf ihre Gunst angewiesen waren.

Nervös prüfte er den Sitz seines langen, weißen Baumwollgewandes.

Dann ging er zu seiner Truhe und tränkte die kleine, weiße Duftkordel, die er gewöhnlich wie eine Kette um den Hals trug, mit einem Duftwasser aus Rosen und Sandelholz, das er wie noch andere Düfte in kunstvoll gearbeiteten, syrischen Glasflaschen aufbewahrte. Danach spülte er sich den Mund mit einem Sud aus Naneminze und tauchte die Fingerspitzen in angewärmtes Duftöl. Damit fuhr er sich durch sein halblanges, pechschwarzes Haar, bis es streng zurückgelegt in seinen Nacken fiel. Das Ergebnis betrachtete er mehr oder weniger zufrieden in einem blank polierten Silberspiegel, dem er zum Abschluss respektlos die Zunge entgegenstreckte.

Auch wenn er sich dabei vorkam wie ein eitler Eunuch, so musste alles perfekt sitzen, wenn er bei der Königin Gehör finden wollte. Sie war unzweifelhaft ein Kind des Morgenlandes. Als Tochter Balduins II. und seiner armenischen Frau, Prinzessin Morphia von Melitene, hatte Melisende in Jerusalem das Licht der Welt erblickt. Somit war sie mit den hygienischen Vorschriften der Muslime bestens vertraut, und obwohl einige ihrer Vorfahren aus Europa stammten, wo man es mit der Körperpflege nicht so genau nahm, verabscheute sie nichts mehr als einen ungewaschenen, übel riechenden Mann. Khaled und seine Kameraden gingen regelmäßig in den palasteigenen Hamam, um zu baden und die Körperbehaarung entfernen zu lassen.

Ob sein tadelloses Auftreten etwas nützen würde, um Melisende milde zu stimmen, stand in den Sternen. Und die waren ihm zurzeit nicht gerade wohlgesinnt, wie ihm ein muslimischer Astrologe vor seiner Abreise nach Blanche Garde versichert hatte.

Dabei fühlte Khaled sich trotz aller Unwägbarkeiten zurzeit wie in jenem Paradies, das den jungen Fida'i versprochen wurde, wenn sie bei der Vernichtung eines Feindes den Tod fanden. Er hatte sich in Lyn verliebt, ein seltsames, irrsinniges Gefühl, das ihm in seiner Intensität geradezu furchteinflößend erschien.

In den letzten drei Tagen waren Lyn und er sich auf ihren Spaziergängen ziemlich nahegekommen. Während Rona sich nicht sonderlich für ihn interessierte, lauschte Lyn seinen Worten. Khaleds Erläuterungen zur Ebene von as-Sahira, jenem Flecken Land hinter der östlichen Tempelmauer, das sowohl für die Muslime als auch für die Christen eine große Rolle spielte, hatte sie hingebungsvoll zugehört.

»Man sagt, dieser Ort werde eines unbestimmten Tages die Stätte des Jüngsten Gerichts sein«, hatte er ihr erklärt, »dort, wo die Toten auferstehen, wenn Gottes Reich zu den Menschen zurückkehrt. Die Ungläubigen werden von dort aus über eine Brücke aus Eisen zum Tempelberg gehen und mit ihr ins Verderben stürzen, die Gläubigen jedoch gehen über ein Gespinst aus Seide, und allein ihr Glaube wird sie in das Reich Gottes tragen. Nicht wenige Pilger kommen nach Jerusalem, um dort zu sterben, weil sie im Augenblick des Todes dem Paradies so nahe wie möglich sein wollen.«

Lyn war fasziniert. In ihrer Welt hatte man von solchen Dingen nicht die geringste Ahnung, und sie fand es merkwürdig, dass man die Toten unter der Erde bestattete. In ihrem Reich wurden die Leichen zu Staub zerblasen, und die Toten ehrte man – wenn überhaupt – in einem Friedhof, den sie »World Wide Web« nannte. Khaled war nicht klar, was sie damit meinte. Viele Ausdrücke, die sie benutzte, konnte man beim besten Willen nicht ins Arabische übersetzen. Geduldig hatte er Lyn von den muslimischen Heiligtümern erzählt und ihr erläutert, welche davon im Schatten des Felsendoms lagen. Aber am meisten war sie an seiner Herkunft interessiert. Sie wollte alles über sein Leben und seine geheimnisvoll erscheinenden Traditionen wissen. Nicht ohne Stolz hatte Khaled ihr vom Stamm seiner Vorväter erzählt, einem anerkannten Adelsgeschlecht in Syrien, das sich nach dem Tod seines Vaters in alle Winde verstreut hatte. Mit wenigen Worten berichtete er von seiner Rettung durch König Fulko und vermied dabei jede Anspielung auf die verwitwete Königin, weil er fürchtete, Lyn könnte ahnen, welche Rolle er nach Fulkos Tod in deren Leben eingenommen hatte.

Später, als es bereits dämmerte, hatte er mit ihr ein zweites Mal in aller Heimlichkeit die Mauer hinunter zur Stadt überwunden und sie hinter dem Salomosportal zum Teich von Bethesda – oder auch Schafsteich – geführt. Eine beeindruckende, aus hellem Stein gemauerte Zisterne, an deren tiefster Stelle das glasklare Quellwasser sieben Königsellen hinab bis zum Grund reichte. Ein unterirdischer Zulauf sorgte dafür, dass das ausgedehnte Becken stets gefüllt war und an heißen Tagen zum Baden einlud. Bereits zu Jesu Zeiten sagte man dem Wasser heilkräftige Wirkung nach. Tagsüber tummelten sich dort Hunderte Pilger, doch am Abend wurde es ruhig unter den uralten Zypressen. Spätestens bei Einbruch der Dunkelheit verirrte sich niemand mehr zu der von antiken Säulen umrankten Gebetsstätte. Trotz des hellen Mondlichtes hatte Khaled besondere Vorsicht walten lassen, als er mit Lyn im Schatten der neu erbauten Sankt-Anna-Kirche ein erfrischendes Bad nahm. Vollkommen nackt waren sie ins Wasser gestiegen, nachdem Khaled sichergestellt hatte, dass niemand in der Nähe war, der sie beobachten oder ihre Kleider stehlen konnte. Lyns kleine pralle Brüste glichen frisch gepflückten Äpfeln, und ihre haarlose Scham war verlockend wie der Schoß einer Jungfrau, die sie nach eigenem Bekunden noch war. Beim Barte des Propheten – nie zuvor hatte er es als eine solche Qual empfunden, sich bei einer Frau zurückhalten zu müssen. Seine Erregung hatte er vor Lyn nicht verbergen können. Irgendwann war sie ihm so nahe gekommen, dass sie mehr unbeabsichtigt sein aufragendes Geschlecht berührt hatte. Atemlos hatte er es zugelassen, dass sie es streichelte und sich mit unschuldigem Blick erkundigte, ob ihm dieser Zustand Schmerzen bereitete. Es hatte Khaled beinahe übermenschliche Kräfte gekostet, sie nicht einfach an den Beckenrand zu drängen, ihre Beine zu spreizen und sie im lauwarmen Wasser zu nehmen.

Doch er wusste, dass ein solches Verhalten nicht nur verantwortungslos, sondern auch ungehörig gewesen wäre. Deshalb war er einfach abgetaucht, um sich abzukühlen, aber Lyn war ihm lachend gefolgt und hatte keine Gelegenheit verstreichen lassen, ihn zu necken und kleine Zärtlichkeiten mit ihm auszutauschen. Allem Anschein nach hatte sie nicht die geringste Ahnung, was ihr Verhalten bei ihm bewirkte. Aber gerade das war es, was sie neben ihrer Klugheit, ihrer Schönheit und ihrer außergewöhnlichen Herkunft begehrenswerter machte als jede Frau zuvor.

Khaled hegte die Hoffnung, Lyn mit der Zeit beibringen zu können, was echte Liebe zwischen einem Mann und einer Frau ausmachte und wie viel er für sie empfand. Zeit, die er allerdings nicht haben würde, wenn man ihn und seine Männer gegen die Empfehlungen des Seneschalls in einen aussichtslosen Krieg schickte.

André de Montbard, der wohl ahnte, was in Khaled vorging, hatte noch im Morgengrauen nach seiner ersten Begegnung mit Lyn und Rona zwei Boten mit einer geheimen Depesche im Auftrag des Ordens nach Akko entsandt. In dem Brief hatte er Melisende und ihren Sohn gebeten, Khaled und seine Krieger zur Verstärkung dem Hauptquartier der Templer in Jerusalem zu entleihen. Als Argument brachte er vor, dass zu viele Templer in anderen Einsätzen gebunden seien.

Natürlich hatte Montbard der Königin den wahren Grund seiner Anfrage verschwiegen und nichts über das zu erwartende Desaster im bevorstehenden Krieg von Damaskus geschrieben. Denn er schmiedete bereits einen Plan, wie er die eigenen Leute möglichst ungeschoren aus der Sache heraushalten konnte. Vielmehr hatte er zu einer Notlüge gegriffen. Man habe besonders wichtige Gefangene zu beaufsichtigen, die einer bevorzugten Betreuung bedurften, weil sie bei einem zukünftigen Bündnis mit den Mongolen als Unterpfand eine wichtige Rolle spielen könnten.

Khaled hoffte, dass Balduin unter dem Einfluss seiner Mutter bereit war, diese Kröte zu schlucken, setzte er doch bei Kämpfen gegen sunnitische Herrscher hauptsächlich auf die Erfahrung der unerschrockenen Nizâri.

Eine Antwort Melisendes war jedoch – so weit Khaled wusste – bisher ausgeblieben.

Umso mehr interessierte ihn, was die Königin ihm nach ihrer Rückkehr aus Akko zu sagen hatte.

Als nach einer Weile die Tür zu Khaleds Gemach aufflog und die Königin in ihrem unermüdlichen Temperament auf ihn zustürmte, ahnte er bereits, dass seine Chancen, sie abzuweisen, gering standen. Sie trug ein rotes, eng anliegendes Seidengewand, das unter den Achseln geschnürt war und ihre immer noch festen Brüste betonte. Die Lippen mit Purpur gerötet, das rostrote hüftlange Haar so lange gekämmt, bis es glänzend über ihren wohlgeformten Hintern hinabflutete, sah sie nicht aus wie eine alternde Frau, die das Leben verhärmt hatte, sondern eher wie ein junges Mädchen auf der Suche nach einem Bräutigam. Ihre Haut war hell wie ein lichter Tag, nur ein paar Fältchen umspielten ihre graugrünen Augen und ihren schmalen Mund, der ihre Unerbittlichkeit erahnen ließ. Khaled fragte sich stets, wie Melisende es fertigbrachte, selbst nach einem langen Ritt so erholt auszusehen.

Sie bedachte ihn mit einem anzüglichen Lachen und entblößte dabei eine Reihe makelloser Zähne. Ihre gute Laune jedoch wirkte aufgesetzt, und Khaled fragte sich, ob sie bereits über die Attacke der Fatimiden auf die Karawane nach Blanche Garde informiert worden war.

Bisher war es ihm nicht gelungen, eine neue Karawane zusammenzustellen. Die einfachen Händler und Bauern, die für den Verkauf der Lebensmittelvorräte verantwortlich zeichneten, hatten sich geweigert, ohne ausreichenden Schutz noch einmal nach Blanche Garde aufzubrechen.

Auch die Sache mit dem fatimidischen Spion, den Khaled im Auftrag der Königin treffen sollte, hatte sich damit zerschlagen, gab es doch keinen erkennbaren Grund, mit dem er einen Alleingang zur abgelegenen Templerfestung hätte rechtfertigen können. Wegen der Geheimhaltung, die Melisende ihm auferlegt hatte, kam auch kein Bote in Frage, den er mit dieser heiklen Mission hätte beauftragen können.

Melisende schloss die Tür hinter sich und fiel ihm sogleich um den Hals. »Ma Chérie, wie sehr ich dich vermisst habe«, säuselte sie und stellte sich auf Zehenspitzen, während sie seinen Kopf mit der Duftkordel zu sich herabzog, als wäre er ein Hund, um ihn ungeniert auf den Mund zu küssen.

»Nach allem, was ich erfahren durfte, bin ich froh, dass du samt meiner Habe heil und in einem Stück zum Palast zurückgekehrt bist. Auch wenn ich es bedauere, dass das Treffen zwischen dir und meinem Vertrauensmann nicht stattfinden konnte.« Respektlos zerrte sie an seiner Kleidung und zog ihn mit einem verschwörerischen Blick zu seinem Bett. Morgiane, die bis vor ein paar Augenblicken eingerollt auf seinem Kopfkissen geschlafen hatte, ahnte die drohende Gefahr und sprang fauchend zur Seite, als die Königin ihrem Herrchen mit einem sanften Stoß zu verstehen gab, dass er ihr schon einmal die Matratze wärmen sollte, während sie sich entkleidete. Allein von ihrem wallenden, roten Haar bedeckt, stand sie schließlich vor ihm. Die Scham blank gezupft, die Brustwarzen mit rotem Ocker geschminkt, wie es bei muslimischen Konkubinen und asiatischen Lustsklavinnen üblich war, lockte sie ihn mit verzehrenden Blicken.

Als er jedoch stehen blieb, bemüht, ihre Nacktheit zu ignorieren, ging sie erneut auf ihn zu. Ihre Hände erforschten seinen halbsteifen Schritt, den er unter seinem dünnen Gewand kaum zu verbergen vermochte. Zum Teufel! Schließlich war er auch nur ein Mann, und er hatte es oft genug mit ihr getan, um zu wissen, dass sie über ausreichend Erfahrung verfügte, um selbst einen nichtsahnenden Trottel ins Paradies zu entführen.

»Was ist mit dir?«, gurrte sie und massierte durch den Stoff sein stattliches Glied. »Bedrückt dich der Zwischenfall mit den Fatimiden immer noch so sehr, dass du noch nicht einmal Verlangen nach deiner Königin verspürst? Oder hat es einen anderen Grund, dass du nicht gerade erwartungsfroh erscheinst?«

Khaled wagte es kaum, Melisende in die Augen zu schauen. »Während Eurer Abwesenheit habe ich nachgedacht …«, begann er zögernd und ließ es gleichzeitig zu, dass sie weiterhin mit ihren geschickten Fingern verwöhnte.

»Nachgedacht?« Sie stieß ein kokettes, helles Lachen aus. »Ein Assassine ist am gefährlichsten, wenn er denkt, und am verletzlichsten, wenn er sich von den Verlockungen einer willigen Frau verführen lässt. Wusstest du das?«

»Meine Königin«, begann er stockend, während sie ihm ungeniert das Gewand hochzog. Als sie Anstalten machte niederzuknien, um ihn mit dem Mund zu befriedigen, entwand er sich ihr und stieß sie zurück.

Melisendes Lächeln erstarb. »Was ist?«, fauchte sie. »Hat dir während meiner Abwesenheit eine andere Frau den Kopf verdreht, oder ist dir die Zuwendung deiner Königin auf einmal nicht mehr gut genug?«

»Nein«, hörte Khaled sich selbst sagen. »Es ist nur … ich … finde, es ist nicht recht, dass Ihr Manasses mit mir hintergeht. Was ist, wenn Euer Cousin erfährt, dass Ihr ausgerechnet mit einem Anführer der Nizâri das Lager teilt, wenn er abwesend ist?«

Melisende riss vor Überraschung die Augen auf, dann brach sie in schallendes Gelächter aus. Als sie wieder zu Atem kam, machte sie einen Schritt auf ihn zu, und bevor er ahnte, was sie vorhatte, packte sie sein Gewand und zerriss es.

»Was ist mit dir los?«, zischte sie. »Erst war es Fulko, dem du dich verpflichtet fühltest, nun ist es Manasses. Und was ist mit mir? Zähle ich nicht?«

Halbnackt stand er vor ihr und unterdrückte den Impuls, die plötzliche Blöße vor ihr zu verhüllen. Melisende ignorierte seinen verhaltenen Zorn und taxierte respektlos seinen muskulösen Körper. Abermals packte sie ihn bei seiner Duftkordel und zog ihn ohne Widerstand zu sich heran. »Glaubst du ernsthaft, Manasses weiß nichts von unserem Verhältnis? Er hat sich längst damit abgefunden, dass er nicht der Einzige ist, den ich in mein Bett lasse und nennt dich ungalant ›meinen jungen Assassinenbock‹ – womit er nicht unrecht hat, denn wenn es nach der Ausdauer geht, erfreust du mich weitaus öfter und länger als er es vermag.«

Verfluchtes Luder, schoss es Khaled durch den Kopf, ich sollte dich lehren, was es heißt, einen Assassinen zu demütigen. Seine Hände zitterten, weil es ihn einiges an Kraft kostete, seinem Bedürfnis nach Rache nicht sofort nachzugeben.

Melisende bemerkte seinen Unmut und wurde mit einem Schlag ernst. »Denkst du wirklich, dass ich nicht über sämtliche Entwicklungen während meiner Abwesenheit im Bilde bin?«, verkündete sie kühl.

Sämtliche? Khaled vergaß beinahe zu atmen. Nesha kam ihm in den Sinn. Natürlich, sie hatte Melisende alles über die beiden fremden Frauen berichtet. Fragte sich nur, ob sie der Königin auch von dem mysteriösen, blauen Licht und dem merkwürdigen Unfall nach dem nächtlichen Überfall der Fatimiden erzählt hatte.

»Mir ist zu Ohren gekommen« begann Melisende mit einem durchbohrenden Blick, »dass du auf dem Weg nach Blanche Garde zwei mongolische Frauen vor den Fatimiden gerettet hast, deren Herkunft ein wahres Geheimnis zu sein scheint. Auch wird von einer wundersamen Heilung berichtet, die eine der Frauen dem Sohn meines Schneiders zuteilwerden ließ. Außerdem erzählt man sich, dass du diese seltsamen Mongolinnen unter den Schutz des Palastes gestellt hast, wo sie auf wundersame Weise einem verheerenden Feuer in Manasses Gemächern entkommen sind.« Ihr Blick war entwaffnend. »Und dann erfahre ich von André de Montbard, dass er die beiden Frauen nun für den Templerorden in Anspruch nimmt, als Unterpfand bei eventuellen Verhandlungen mit mongolischen Herrschern – obendrein hat er mir mitteilen lassen, dass ich dich und ein paar deiner Leute zu deren Bewachung abstellen soll.« Sie schwieg einen Moment und sah ihn angriffslustig an. »Glaubst du etwa, ich merke nicht, dass hier etwas im Gange ist, über das ich unterrichtet sein sollte?« Ihre Lider verengten sich.

»Von all diesen Rätseln einmal abgesehen, kann ich mir nach der Entscheidung von Akko, wo ich von den meisten Würdenträgern überstimmt wurde, schwer vorstellen, dass der Prinz auf die Teilnahme deiner Truppe beim Feldzug auf Damaskus verzichten will.«

Khaled war auf einmal so wütend über ihre herablassende Art, dass er nahe daran war, seine Erkenntnisse aus Lyns und Ronas Zauberkasten auszuspielen. Demnach würde Melisende im weiteren Verlauf der Geschichte mit dem Vorwurf des Verrats konfrontiert werden, den sie gegenüber ihrem eigenen Sohn und dessen Untertanen erst noch begehen musste, indem sie mit ihren getreuen Baronen und dem Emir von Damaskus ein Komplott gegen die fränkischen Eroberer schmiedete. Doch mit einer solchen Aussage würde Khaled die beiden Frauen erst recht gefährden.

Die Königin lächelte überlegen, als sie seine Sprachlosigkeit gewahrte, und zog ihn an der Kordel in Richtung Bett. »In jedem Fall kommt es auf mich an, ob mein Sohn dich und deine Männer vom Kriegsdienst befreit oder nicht.« Ihre Stimme klang bittersüß, und Khaled konnte sich denken, dass seine Chancen gering standen, diesem Krieg zu entgehen, weil Balduin grundsätzlich nicht tat, was sie von ihm verlangte.

Vielleicht aber war sie nur schlau und versuchte es mit einer List, indem sie ihrem Sohn Montbards Vorschlag als schlechte Idee verkaufte, was den jungen König durchaus veranlassen konnte, genau deshalb die Bitte des Seneschalls zu erhören.

Was die Manipulation von Menschen betraf, war sie ein Biest, genau genommen eins von der übelsten Sorte. Mit einem federleichten Streich ihres Zeigefingers berührte sie sein halbsteifes Glied. Khaled konnte nicht verhindern, dass es sich wieder aufrichtete.

»Eins kann ich dir in jedem Fall garantieren«, raunte Melisende gefährlich leise. »Wenn du nicht auf der Stelle mit mir schläfst, werde ich dich und Bruder André enttäuschen müssen.«

Ohne ein weiteres Wort ging sie auf die Knie. Er ließ es zu, dass ihre Lippen seine Eichel berührten, und als sie emsig fortfuhr, um ihn in Stimmung zu versetzen, stöhnte er ungewollt auf. Ihm gelang es nicht, seine aufkeimende Lust zu unterdrücken, auch wenn er die Fäuste ballte und sich wünschte, er hätte die Kraft, sie zu erschlagen. Die Königin kannte ihn einfach zu gut. Willenlos ließ er sich von ihr auf sein Lager ziehen, wo sie vor ihm auf die Knie ging und ihm einen auffordernden Blick zuwarf. Mehr widerwillig legte er seine Handflächen auf ihren Hintern und spreizte ihre makellosen Rundungen, als ob sie eine rossige Stute wäre. Dann verharrte er für einen Moment, immer noch mit sich kämpfend, weil er wusste, dass er besser aufstehen und das

Zimmer verlassen sollte. Lyn zuliebe. Sich selbst zuliebe. Doch er konnte es nicht. Weil er an seine Männer dachte und das grausame Schicksal, das ihnen bevorstand, wenn er Melisende verärgerte.

Der Kopf der Königin schnellte abermals zu ihm herum.

»Worauf wartest du?«, blaffte sie ungeduldig.

Khaled erwachte wie aus einer Trance und stieß sein hartes Glied in ihr Geschlecht, ohne Rücksicht darauf, ob sie wirklich bereit war. Während er sie erbarmungslos nahm, keuchte er wie ein Sklave, der ohne einen Laut der Klage seine Auspeitschung erduldet. Melisende schrie wie von Sinnen, als sie den Höhepunkt erreichten. Hastig hielt er ihr den Mund zu, während er sich in ihr ergoss, damit man seine Schwäche nicht in halb Jerusalem zu hören bekam.

Völlig erschöpft ließ er von ihr ab und fiel neben ihr in die Kissen und starrte an die Decke des Baldachins, bemüht, ihr nicht in die Augen zu sehen, weil er den Abscheu vor ihr und sich selbst verbergen wollte.

Blieb zu hoffen, dass sie nicht noch weitere Dienste von ihm verlangte, sonst würde er sich vergessen und ihr am Ende doch noch den Hals aufschlitzen.

Nie zuvor hatte jemand so sehr seinen Stolz verletzt.

»Du warst gut«, flötete sie und spielte respektlos mit seinem erschlafften Geschlecht. »Noch besser als sonst. Eigentlich hätte ich mir denken können, dass ein wütender Assassine ein weitaus besserer Liebhaber ist als das Lamm, das du sonst vorgibst zu sein.«

Er widerstand dem Bedürfnis, einfach aufzuspringen und sie rauszuschmeißen, so wie sie war.

»Du schuldest mir noch etwas«, sagte sie tonlos.

»Ich wüsste nicht was«, raunte Khaled verärgert.

»Unser Spion in Blanche Garde hat vergebens auf dich gewartet. Ich will, dass du ihn noch einmal aufsuchst und ihn fragst, ob er noch an dem Geschäft interessiert ist.«

»Um welches Geschäft geht es hier eigentlich?«, erwiderte Khaled tonlos.

»Das geht dich nichts an. Du sollst lediglich den Handel einfädeln und das Geld überbringen.«

Mit einem Ruck erhob Khaled sich und schwang sich mit einer fließenden Bewegung über Melisendes immer noch erhitzten Leib. Breitbeinig saß er nun auf ihren zuckenden Hüften, während er ihre

Handgelenke packte und sie über ihren Kopf zog. Unzweifelhaft war sie nun seine Gefangene und ihrem verzückten Gesichtsausdruck nach zu urteilen, schien sie diesen Zustand sogar noch zu genießen. Auffordernd streckte sie ihm ihre Brüste entgegen.

»Tu mit mir, was du willst«, keuchte sie mit geschlossenen Augen, doch als sie die kalte Klinge eines Dolches an ihrer Kehle spürte, riss sie entsetzt die Lider auf.

»Khaled!«, entfuhr es ihr mit panischer Stimme. »Bist du nicht ganz bei Trost?«

Mit der frei gewordenen Hand umklammerte sie Khaleds Handgelenk und versuchte, die tödliche Waffe auf Abstand zu bringen. Plötzlich schien ihr bewusst zu werden, wie stark er in Wirklichkeit war und dass sie keinerlei Chance gegen ihn hatte, falls er sie töten wollte.

»Wenn du mich schon vor aller Welt als deinen Hurenbock bezeichnest«, raunte er böse, »und mein Leben in einer undurchsichtigen Mission aufs Spiel setzen willst, sollte ich wenigstens wissen, worum es dir geht!« Er verstärkte den Druck der Klinge auf ihren Hals.

»Der Kelch der Wahrheit«, krächzte sie heiser.

»Der Kelch der Wahrheit?« Khaled ging mit der Klinge auf Abstand, damit sie lauter sprechen konnte. »Was soll das sein?«

»In seinem Innern befindet sich ein Ornament«, flüsterte Melisende und versuchte noch einmal vergeblich, den Dolch auf Abstand zu bringen, »das den Verbleib der Bundeslade bekundet.«

»Du lügst.« Die Klinge ritzte beinahe ihre makellos weiße Haut. »Die Templer haben das Geheimnis der Lade längst gelüftet.«

»Nimm endlich das Messer weg!«, bettelte sie laut. »Dann will ich es dir erklären.«

Khaled gehorchte, wenn auch widerwillig.

Melisende atmete auf und brach in ein spöttisches Lachen aus. »Als die Byzantiner Askalon im Jahr 636 an die Araber verloren, mussten sie einen gewaltigen Schatz zurücklassen, darunter soll sich auch jener Kelch befunden haben, der den tatsächlichen Verbleib der Lade dokumentiert. Montbard und seine Leute haben zwar jahrelang unter dem Tempelberg danach gegraben, aber nichts von Bedeutung finden können. Ich habe mehr zufällig durch Montbard selbst erfahren, dass Hugo des Payens und seine Gefolgsleute nur ein paar eher unwichtige Reliquien entdeckt haben.«

»Das glaubst du doch selbst nicht«, erwiderte Khaled mit hochgezogenen Brauen. »Warum sollten Montbard und die Templer dich in seine ihre tiefsten Geheimnisse einweihen?«

»Sie haben nicht mich eingeweiht.« Melisende lächelte selbstzufrieden. »Sondern meinen herzallerliebsten Vater, der mir die ganze Geschichte kurz vor seinem Tod anvertraut hat. Es war nichts weiter als eine peinliche Angelegenheit. Um den Schein gegenüber der christlichen Welt zu wahren und weiterhin Kreuzritter ins Königreich Jerusalem zu locken, wurden allerlei Geheimnisse um den Orden der Templer und die Heilige Stadt kreiert.« Melisende setzte eine resignierte Miene auf. »Demnach ist die Frage nach dem Verbleib des guten Stücks heute so aktuell wie eh und je.«

Khaled zog den Dolch zurück und richtete sich auf. »Und woher weißt du, ob dieser Kelch überhaupt existiert?«

Melisende rutschte unruhig hin und her. »Kannst du freundlicherweise von mir absteigen?«, maulte sie. »Auch wenn ich deine Muskeln zu schätzen weiß, schnürst du mir langsam die Luft ab.«

Ihr entwaffnendes Lächeln und ihre plötzliche Offenheit verwirrten ihn und ließen ihn schnaubend zur Seite rücken. Mit fragendem Blick blieb er zwischen den Kissen hocken, wobei er den Dolch weiter in Händen hielt. Als er spürte, dass die Königin immer noch lüstern auf seine Blöße starrte, zog er sich rasch das weiße Laken darüber.

»Kalif al-Hafiz müsste doch wissen, welchen Schatz er in Händen hält?«, argwöhnte er.

»Augenscheinlich weiß er nicht, was sich genau in seinen Schatzkammern befindet, wie meine Spione mir versicherten«, erklärte Melisende und räkelte sich lasziv in den Kissen. »Glaubst du tatsächlich, Askalon ist für die Christen bloß interessant, weil dort ein fatimidischer Herrscher hockt und die letzte muslimische Bastion in diesem Land zur offenen See blockiert?«

»Willst du mir tatsächlich weismachen, die Christen wissen um diesen Schatz und al-Hafiz weiß es nicht?« Khaled sah sie ungläubig an. »Auch bei den Muslimen sagt man, dass der lang ersehnte Erlöser am Besitz der Bundeslade zu erkennen sein wird.«

Melisendes Hand kroch wie eine Schlange seine Schenkel hinauf und versuchte vergeblich, das Laken beiseitezuziehen. »Ich weiß«, sagte sie und sah ihn von unten herauf an, als könnte sie kein Wässerchen trüben. »Glaubst du, *wenn* al-Hafiz wüsste, welchen Schatz er in seinen Kammern beherbergt, dass er ihn noch nicht genutzt hätte, um die Bundeslade zu finden und sich als Herrscher der Welt aufzuspielen?«

»Schon möglich«, murmelte Khaled, während sein Kopf schwirrte. »Aber vielleicht ist der Besitz des Kelches auch bloß ein Gerücht.«

»Dann wäre mein Sohn nicht hinter diesem Gerücht her wie der Teufel hinter der armen Seele«, erwiderte Melisende mit einem unschuldigen Augenaufschlag. »Ich habe einen seiner engsten Berater bestochen, weil ich wissen wollte, warum Askalon so wichtig für uns ist. Von ihm weiß ich, dass Balduin über einen geheimen Zuträger aus Konstantinopel verfügt, der ihn in das Geheimnis eingeweiht hat. Die Griechen sind genauso interessiert wie wir, an den Schatz zu gelangen, aber ihnen fehlen die Möglichkeiten, al-Hafiz aus seiner Festung zu vertreiben. Sie benötigen die Unterstützung der Lateiner. Das ist der Grund, warum Balduin zehnmal lieber Askalon eingenommen hätte als Damaskus. Dummerweise ist dort außer dem Kelch nicht viel zu holen. Im Gegensatz zu Damaskus, das allen Beteiligten reiche Beute verspricht. Aber Balduin kann ja schlecht mit seinem Wissen bei seinen Verbündeten hausieren gehen und kundtun, was sich wahrhaftig hinter den Mauern von Askalon verbirgt. Damit würde er nicht nur die Griechen brüskieren, sondern auch die Templer und noch etliche andere Hyänen, die ihn zum Schweigen verpflichtet haben. Ehe er sich versieht, planen sie einen eigenen Angriff auf Askalon, mit dem Risiko, kläglich zu scheitern, wenn al-Hafiz ihre Pläne vorzeitig durchschaut.«

Khaled sah sie scharf an. Wenn sie recht behalten sollte, was er im Moment noch bezweifelte, konnten die Folgen weit schlimmer ausfallen als gedacht.

»Wenn dieser Hund von einem Kalifen ahnt, was sich hinter seinen Mauern verbirgt«, sagte er, » und die Bundeslade tatsächlich auf diese Weise findet, wird er keine Skrupel haben, sich selbst zum verborgenen Imam Mahdi oder sahib-ul-zaman – dem Fürsten der Zeit – ausrufen zu lassen. Zu den Insignien seiner Wiederkunft gehört, dass er das Schwert Dhu'l Figar und die Bundeslade mit sich führt und damit zahlreiche Wunder vollbringen wird. Und für die Christen würde es ebenso viel bedeuten – eine Rückkehr der Bundeslade ist mit der sehnsüchtig erwarteten Wiederauferstehung Jesu verbunden.«

Khaled stockte einen Moment, während ihn die Vorstellung, dass al-Hafiz so unvermittelt eine solche Macht zufallen könnte, erschauern ließ. »Wenn die Bundeslade in die Hände des ägyptischen Kalifen fällt, ist die Katastrophe perfekt. Seine Macht würde die Christen aus dem Land fegen – und auch ein großer Teil jener Muslime wäre betroffen, die eine abweichende Glaubensauslegung verfolgen.« Sein nachdenklicher Blick blieb an Melisendes schmalen Lippen haften. »Bedeutet das, der Unbekannte in Blanche Garde weiß, wie du an den Kelch kommen könntest?«

»Ich wollte den Kelch über einen Mittelsmann von ihm kaufen«, führte die Königin scheinbar unbeeindruckt aus, »bevor jemand anderes auf die Idee kommt, die Stadt zu erobern und ihn an sich zu reißen.«

»Und woher wusstest du, dass der Mann vertrauenswürdig genug sein würde, ein solches Risiko zu rechtfertigen?«

»Er ist ein Nizâri wie du und spioniert im Dienste des Kalifen. In Wahrheit steht er auf unserer Seite. Meine Agenten arbeiten schon länger mit ihm zusammen.«

»Weiß er, um was es geht?« Khaled konnte sich kaum vorstellen, dass es so war, weil ein Nizâri sich eine Gelegenheit, die Bundeslade zu finden und sie seinem eigenen Großmeister zu übergeben, gewiss nicht entgehen lassen würde. Die Ismailiten waren die Letzten, die sich ausgerechnet einen Fatimiden wie al-Hafiz als verborgenen Imam vorstellen wollten.

»Natürlich nicht«, erwiderte Melisende. » Ihm wurde gesagt, der Kelch sei ein Andenken an meine Mutter, Gott hab sie selig. Sie hat ihn von meinem Vater zu meiner Geburt geschenkt bekommen – später wurde er bei einem Überfall von al-Hafiz-Räubern auf eine unserer Karawanen zusammen mit jeder Menge Hausrat erbeutet. Ich hänge eben immer noch sehr an meiner verstorbenen Mutter, deshalb will ich den Kelch zurückhaben.« Ihr naiver Augenaufschlag war der reinste Betrug. »Ihm wurde gesagt, solange ich den Kelch in al-Hafiz' Besitz wähne, werde ich jede Nacht von ihrem Geist heimgesucht. Das abzustellen, ist mir das Gold wert.«

»Ich vermag es mir kaum vorzustellen «, bemerkte Khaled spöttisch. »Aber allem Anschein nach hat er diese Geschichte geglaubt. Immerhin war er so dumm, sein Leben aufs Spiel zu setzen, um mir den Kelch zu übergeben. Es sei denn, es war eine Falle und er hatte es bloß auf das Gold abgesehen.«

»Das hätte ich gerne herausgefunden, aber das Treffen zwischen dir und ihm wurde ja durch den Angriff der Fatimiden vereitelt. Seitdem hat man bedauerlicherweise nichts mehr von ihm gehört.«

Khaled ließ sich seine Entrüstung darüber, dass Melisende ihn nicht in ihre Pläne eingeweiht hatte, sondern wie einen Lakaien lediglich zur Geldübergabe geschickt hatte, nicht anmerken. Dabei wären die wahren Hintergründe zur Einschätzung eines Risikos wichtig gewesen. Vielleicht war der Mann bei seinem Aufbruch nach Blanche Garde entdeckt worden und hatte unter der Folter verraten, dass mitten in der Wüste eine Unmenge an Gold auf ihn wartete. Gut möglich, dass er längst nicht vertrauenswürdig war, wie sich Melisende erhoffte, und das Gold für sich haben wollte, ohne eine Gegenleistung zu erbringen.

Nachdem die Königin sein Zimmer unter Androhung weiterer Pläne, in die sie ihn einbinden wollte, verlassen hatte, fühlte er sich wie nach einer durchzechten Nacht. Rasch zog er sich ein frisches Gewand über, wobei ihm Melisendes Offenbarung nicht mehr aus dem Kopf gehen wollte.

Abgesehen davon, dass er die Königin mit einem Mal abgrundtief hasste, weil ihm unvermittelt klar geworden war, wie gnadenlos sie sein Schicksal beherrschte, blieb die Frage, ob er ihre Vermutung zu dem Kelch und der Bundeslade wirklich ernst nehmen konnte. Beim Propheten, er würde die Wahrheit auch ohne ihre Hilfe ans Licht bringen.

Es klopfte und Azim steckte den Kopf zur Tür herein. Bevor Khaled ihn davon abhalten konnte, huschte er ins Zimmer hinein und schloss die Tür hinter sich. Sein braungelockter Waffenbruder grinste wissend, als er das Durcheinander in Khaleds Gemach betrachtete. Das Bett war zerwühlt, und Khaleds zerrissene Kleidung lag auf dem Boden. Gierig sog Azim den Geruch von Sex und teurem Parfum ein. »Sollte ich dich beneiden oder bedauern?«, fragte er, als er Khaleds finstere Miene erblickte.

Khaled stand auf und schnaubte verächtlich. »Allah straft mich«, stieß er hervor und wandte sich ab. »Ich hätte mich niemals von dieser Hündin verführen lassen dürfen.«

»Bisher hat es dir genützt«, bemerkte Azim. Ohne zu fragen, ließ er sich auf Khaleds kunstvoll geschnitzter Kleiderkiste nieder. Beiläufig nahm er eines der vielen Kristallfläschchen in die Hand, entfernte den Glaspfropfen und schnupperte genießerisch an der Mischung aus Moschus und Ambra. »Oder sagen wir besser, uns hat es genützt.« Schmunzelnd stellte er das Fläschchen zurück an seinen Platz. »Schließlich ist unser Orden nicht nur auf die finanziellen Zuwendungen der Königin angewiesen. Auch ihre Verbindungen und ihre Loyalität sind uns von Nutzen. Wenn wir allein von Alī bīn Wafās Unterstützung leben müssten, bliebe uns nichts anderes übrig, als Karawanen auszurauben, wie es die verfluchten Fatimiden tun.«

Khaled setzte sich aufs Bett, den Kopf in die Hände gestützt. Sein schwarzes Haar fiel ihm ins Gesicht. »Ich bin euer Anführer, nicht eure Hure«, stellte er mit einem verärgerten Seitenblick unmissverständlich klar. »Ich kann das nicht mehr. Ganz gleich, durch welche Hölle wir ziehen müssen.«

»Die beiden Frauen, die wir in der Wüste gefunden haben, sind schuld, nicht wahr?« Azim sah ihn herausfordernd an. »Besonders die sanfte mit dem anmutigen Gang hat es dir angetan. Es vergeht kein Tag, den du nicht mit ihr verbracht hast, seit die Templer sie für sich beansprucht haben.«

Khaled schaute zu Boden und antwortete nicht. Er dachte nicht daran, Azim in die wahre Geschichte einzuweihen, es hätte nichts leichter gemacht, und auch den Überfall an der Westmauer hatte er seinem persönlichen Adjutanten verschwiegen. Montbard hatte ihn zum Schweigen verpflichtet, und nichts erschien ihm abwegiger, als das Vertrauen eines Mitgliedes des hohen Rates der Templer zu missbrauchen.

»Hast du sie inzwischen zu deiner Konkubine gemacht?« Azim grinste herausfordernd. »Man sagt, dass du sogar die Nächte mit ihr verbringst.« Khaled sprang auf und wollte Azim am Kragen seines Gewandes packen, doch sein Waffenbruder war schneller und sprang zur Seite, dabei zückte er seinen Dolch von seinem purpurfarbenen Gürtel. Khaled packte das Handgelenk seines Gefährten. Mit einer schnellen Drehung entwand er ihm die Waffe. Azim verzog sein Gesicht zu einer schmerzerfüllten Grimasse, während Khaled ihm den Arm auf den Rücken drehte und so festhielt, dass er sich nicht mehr rühren konnte.

»Es hat einen Grund, warum ich euer Anführer bin«, stieß Khaled grimmig hervor. »Wenn du noch einmal dieses Mädchen erwähnst, bist du des Todes.« Mit einem Ruck ließ er ihn los. Azim hob entwaffnend die Hände und ging auf Abstand.

»Schon gut, schon gut«, murmelte er verstört. »Allah sei mein Zeuge.« Khaled atmete tief durch und goss sich einen Becher mit Wasser ein, dann trank er einen gewaltigen Schluck und ließ seinen Blick hinaus zum Fenster über das steinige Gelände vor der Stadt schweifen. »Warum bist du hier?«, fragte er schroff. Im nächsten Augenblick tat es ihm leid. Azim war nicht nur sein Kampfgefährte, sondern auch ein guter Freund, der sich mit den übrigen dreißig Brüdern der Nizâri im unteren Teil des Palastes eine Mannschaftsunterkunft teilte.

»Unsere Männer wollen wissen, wann wir mit den Christen nach Damaskus aufbrechen«, erklärte Azim.

»Wenn wir Glück haben, überhaupt nicht«, erwiderte Khaled, ohne sich umzudrehen.

»Was heißt, wenn wir Glück haben?« Azims Stimme klang ungläubig. »Ich dachte, wir wollten die Gelegenheit nutzen, um an der Stadt und ihren Bewohnern Blutrache zu üben? Außerdem winkt reiche Beute. Wir könnten unser eigenes Geld und Gut verwalten, wenn wir unseren Anteil erhalten haben, und wären nicht länger auf die Almosen dieser Hure und ihres vermaledeiten Sohnes angewiesen.«

»Ich habe es mir anders überlegt«, antwortete Khaled und drehte sich halb zu Azim um. »Der Seneschall der Templer wünscht, dass wir seine Truppen hier in Jerusalem ersetzen, während die Templer auf dem Weg nach Damaskus den König schützen.«

Azim sah ihn an, als ob er den Verstand verloren hätte. »Heißt das etwa, die Templer wollen die übrig gebliebenen Schätze nach der Eroberung unter sich verteilen und wir sind draußen?«

»Es gibt keine Schätze«, entgegnete Khaled tonlos. »Dieser Krieg ist nicht zu gewinnen.« Er überlegte einen Moment, ob er sein geheimes Wissen über die hinterlistigen Abmachungen der Königin mit Mugir ad-Din Abaq, dem Herrn von Damaskus, mit Azim teilen sollte. Nach allem, was Montbard mithilfe der Maschine aus der Zukunft herausgefunden hatte, waren inzwischen rund einhunderttausend Golddinar Bestechungsgelder geflossen, die Melisende und einige ihrer Barone hinter dem Rücken ihrer Verbündeten für eine Art Nichtangriffspakt von den Damaszenern erhalten hatten.

Heerführer Mu'in ad-Din Unur, ein einflussreicher Verwandter des

Emirs, der dessen Truppen führte und daher die eigentliche Macht über die Stadt besaß, durfte also getrost damit rechnen, dass sich große Teile des fränkischen Heeres zwar aufstellen, aber geflissentlich zurückhalten würden, wenn es um die Eroberung der Stadt ginge.

»Hast du schon einmal darüber nachgedacht, wer an diesem Krieg ein Interesse hat?«, fragte Khaled.

Azim schaute ihn verständnislos an. »Balduin und seine Verbündeten – und wir, weil wir noch eine Rechnung mit den Machthabern der Stadt offen haben.«

»Melisende und ihre Verbündeten sind gegen die Eroberung«, erklärte Khaled offen, »weil sie handfeste finanzielle Interessen haben. Damaskus zahlt seit Jahren Schutzgeld an Melisende, damit es von den Franken verschont bleibt und in Frieden Handel betreiben kann. Der Königin und ihren Verbündeten kann nichts daran liegen, dass am Ende Kaiser Konrad I. Herrscher von Damaskus wird. Denn dann würde er die Gewinne von Damaskus kassieren, und die Königin und ihre Barone würden leer ausgehen. Außerdem wollen die hiesigen Barone keinen deutschen Befehlshaber, der ihnen am Ende auch noch die Königin ersetzt.«

Azim schüttelte verständnislos den Kopf. »Wieso sollte der deutsche Kaiser das Königreich übernehmen? Ich dachte, Dietrich von Flandern und Guido von Beirut seien im Gespräch für eine eventuelle Herrschaft in Damaskus.«

»Denk doch mal nach, Azim! Konrad führt ein mächtiges Heer.

Die Deutschen sind bekannt für ihre Unerbittlichkeit. Melisende ist eine Frau, und gegen Konrad wird sie nicht viel ausrichten können. Balduin hingegen ist noch viel zu jung und zu unerfahren, als dass er sich gegen einen solch erfahrenen Machthaber behaupten könnte. Dass Balduin sich von König Ludwig und dem deutschen Kaiser blenden lässt und die Gefahr nicht sieht, im Falle eines Sieges über Damaskus nicht deren Anerkennung zu gewinnen, sondern vielmehr seinen Thron zu verlieren, ist das beste Beispiel dafür. Lā maqām – die Theorie des mangelnden Platzes – ist in dieser Gegend in aller Munde. Dieses Land verträgt keinesfalls noch mehr fränkische Herrscher, die sich auf Augenhöhe gegenüberstehen. Konrad I. wird seinen Anspruch auf Jerusalem erheben, wenn er erst Herrscher von Damaskus ist – und seine eigenen Leute in die Baronien einsetzen. Das kann niemand von den bereits vorhandenen fränkischen Führern wollen.«

»Wer sagt das?« Azim blickte ihn misstrauisch an. »Montbard?«

Khaled nickte schwach. »Frag mich nicht warum, aber ich weiß, dass er recht hat. Wir werden zu den Verlierern gehören, ganz gleich, wie es kommt.« Natürlich konnte er Azim nichts von Lyns geheimnisvoller Maschine erzählen und dass die Zukunft womöglich bereits geschrieben war und sie des Todes waren, falls sie an der Schlacht um Damaskus teilnehmen würden.

»Und wie willst du das unseren Leuten beibringen?« Azims Blick zeigte einen Anflug von Verzweiflung. »Sie fiebern ihrer Genugtuung entgegen. Fast alle haben Familienangehörige in den Wirren der Verfolgung verloren. Sie sind mittellos und auf das Wohlwollen einer fränkischen Königin angewiesen. Allein ihr Stolz ist ihnen geblieben. Soll ich ihnen sagen, dass all ihre Hoffnungen auf Vergeltung, Reichtum und Macht nun wegen der Visionen eines alternden Templers hinfällig sind?«

»Sag ihnen vorerst gar nichts«, erwiderte Khaled mit bitterer Miene. »Die Entscheidung wird ohnehin von der Meinung des Prinzen abhängen und ob es seiner Mutter gelingt, ihn entsprechend zu beeinflussen.«

»Auf welcher Seite stehst du eigentlich?« Azim sah ihn ungläubig an. »Auf der Seite der Königin, auf der Seite des Prinzen – oder etwa der Templer?«

»Auf der Seite unseres Glaubens und auf der Seite der Vernunft.«

Khaled fühlte sich mit einem Mal, als wäre er um Jahre gealtert.

»Bei Allah«, bemerkte Azim resigniert. Bevor er fortfuhr, kniff er die Lippen zusammen. »So soll es sein.«

Als er hinausging, drehte er sich noch einmal zu Khaled um. »Du solltest es wirklich nicht mehr mit dieser alten Hexe treiben. Sie ist weit schlimmer als ein Opiumrausch. Wenn du nicht Acht gibst, saugt sie dir noch den letzten Funken Verstand aus den Knochen.«

Drei Tage später war Khaled sicher, dass er seit drei Tagen beobachtet wurde, und er wusste sogar von wem. Als Nizâri war er auf das Ausspähen von Verfolgern geschult. Ein einziges Mal hatte er in letzter Zeit seine Achtsamkeit vernachlässigt – als er mit Lyn und Rona durch das marokkanische Viertel geschlichen war, mit dem Ergebnis, dass sie dafür beinahe mit dem Leben bezahlt hatten.

Auf dem Weg zu Lyn überlegte er, wie er seine Verfolger loswerden konnte. Der Kerl im grauen Habit eines Bruders vom Heiligen Kreuz, der ihm am helllichten Nachmittag in den engen Gassen Jerusalems durch das Gewimmel der Pilger folgte, machte seine Sache noch nicht einmal gut. Er blieb stehen, wenn Khaled stehen blieb, und gab sich unnötig geschäftig, wenn Khaled sich nach ihm umschaute. Khaled machte sich einen Spaß aus der Sache, indem er abwechselnd davoneilte und dann wieder langsamer wurde, was seinen Verfolger in arge Schwierigkeiten brachte. Nachdem er einen menschenleeren Hohlweg unterhalb der Basilika des Heiligen Grabes passiert hatte, versteckte Khaled sich hinter einem der vielen Baukräne, die man wegen der Neugestaltung des Gotteshauses aufgestellt hatte, und duckte sich hinter einer gewaltigen Marmorsäule. Die fränkischen Maurer, die noch kurz zuvor daran gearbeitet hatten, beäugten ihn misstrauisch, da ihm seine muslimische Herkunft anzusehen war, doch dann besannen sie sich darauf, die Säule mit armdicken Stricken zu versehen, damit sie mittels eines Flaschenzuges aufgerichtet werden konnte.

Der falsche Bruder blieb vor einem Haufen Sand stehen, der zum Anrühren des Kalkmörtels benötigt wurde. Verstört sah er sich um und schlug nervös seine Kapuze zurück. Zum Vorschein kam ein pockennarbiger Kerl mit kurz geschorenem, blondem Haar. Khaled hatte den Mann schon in den Ställen der Königin bemerkt. Mittlerweile sollte er wissen, dass Khaled um diese Zeit zum Tempelberg ging, und dass er dabei jeden Tag einen anderen Weg nahm, gehörte inzwischen zum Spiel.

Khaled versteckte sich hinter einem Laufrad, in dem zwei halbnackte, schweißgebadete Männer unaufhörlich voranmarschierten, um den Flaschenzug zu bedienen.

Der Mann in der Kutte lief daran vorbei, und Khaled schnellte hinter seinem Versteck hervor. Sein Verfolger erstarrte vor Angst, als er von hinten gepackt wurde und einen Krummdolch an seiner Kehle spürte.

Khaled zog ihn hinter der Grabeskirche unter einen blühenden Busch. Dahinter verbarg sich eine Nische, die eine schattige Stille bot und sie ungesehen von der Betriebsamkeit der Stadt abschirmte. »Wohin des Wegs, mein Freund? Und vor allem – wer schickt dich?«, flüsterte Khaled düster. Blitzschnell tastete er den Verfolger nach Waffen ab. Als der Mann nicht antwortete, verstärkte Khaled seinen Griff. »Du weißt, wen du vor dir hast. Also, wenn du nicht willst, dass deine Leiche hinter dem Grab Jesu verrottet, sag, wer dich beauftragt hat und was das Ganze soll.«

Als immer noch keine Antwort kam, ritzte Khaled die Haut des Mannes. Der Kerl geriet in Panik und bat wimmernd um Gnade.

Khaled erfuhr, was er schon geahnt hatte. Melisende ließ ihn ausspionieren – allem Anschein nach aus Eifersucht.

»Bestell deiner Königin einen schönen Gruß von mir«, raunte Khaled und entließ sein Opfer mit einem Stoß. »Sie soll sich bessere Spitzel zulegen, ansonsten muss sie sich nicht wundern, wenn ihre Tage gezählt sind.«

Der Kerl packte sich angsterfüllt an den Hals und eilte fluchend davon. Wahrscheinlich lief er auf kürzestem Weg zum Hospital des Heiligen Johannes, um seine Wunde versorgen zu lassen.

Nachdem Khaled unbehelligt die Wachen an der Hauptpforte des Templerhauptquartiers passiert hatte, führte sein Weg zu den Gastunterkünften der Könige. Eine Anweisung Montbards erlaubte es ihm, den Gästetrakt, in dem Rona und Lyn untergebracht waren, ohne weitere Kontrollen betreten zu dürfen.

Als Lyn ihm die Tür öffnete, konnte er ihr ansehen, dass irgendetwas vorgefallen war.

»Was ist geschehen?«, flüsterte Khaled und überraschte sie mit einem Beutel kandierter Aprikosen.

Lyn lächelte schwach und bedankte sich mit einem flüchtigen Kuss. »Komm herein«, sagte sie und schloss die Tür hinter ihm, nachdem er die Schuhe ausgezogen hatte, um den kostbaren persischen Teppich zu betreten.

Rona stand am offenen Fenster und schaute sich noch nicht einmal um, als er sie mit seinem obligatorischen »Allah sei mit euch« grüßte.

Lyn zerrte ihn ungeduldig zu ihrem ausladenden Baldachinbett und forderte ihn auf, Platz zu nehmen. Stumm reichte sie ihm einen Becher mit Wein, und dann setzte sie sich mit einem Seufzer neben ihn.

Khaled nahm einen Schluck, obwohl ihm ein Becher mit Wasser lieber gewesen wäre. Er benötigte einen klaren Kopf, um in Lyns betörender Gegenwart keine Schwäche zu zeigen. Seit Tagen beschäftigte ihn der Gedanke, wie es wäre, in diesen Kissen einmal mit ihr allein zu sein, doch eine solche Gelegenheit hatte sich bisher weder geboten, noch hatte Lyn Anstalten gemacht, ihre Schwester hinauszuschicken, damit sie ungestört sein konnten.

»Wir sitzen hier fest«, sagte sie düster. »Wir haben nun mehrmals versucht, mit unserer Welt Kontakt aufzunehmen. Es tut sich nichts. Das bedeutet, wir werden vielleicht auf immer hierbleiben müssen.«

Khaled konnte nicht nachvollziehen, was genau daran so furchtbar sein sollte, hier gestrandet zu sein. Schließlich waren Lyn und ihre Geschwister einer kaum vorstellbaren Hölle entkommen, und ihm leuchtete auch nicht ein, warum es ein Segen sein sollte, dorthin zurückzukehren.

»Bruder André versorgt euch doch gut?« Mitfühlend legte er Lyn eine Hand auf die Schulter. »Oder fehlt euch etwas, das ich euch beschaffen könnte?«

Rona schnellte herum und schaute ihn wütend an. »Denkst du ernsthaft, eure chaotische Stadt ist der Nabel der Welt?« Auf der Zedernholztruhe neben ihr ruhte das geheimnisvolle Kästchen. »Wir haben unseren Auftrag erfüllt«, erklärte sie bitter. »Und auch wenn es nicht so gelaufen ist wie beabsichtigt, haben wir getan, was wir tun sollten. Und …« Ihre Stimme erstarb.

»Und?« Khaled bedachte sie mit einem verstörten Blick. »Euer Gebieter in der Zukunft wird stolz auf euch sein, dass ihr seinen Auftrag erfüllt habt, glaubst du nicht?« Er schaute Lyn an, die mit gesenkten Lidern neben ihm saß.

»Wir wissen es nicht.« Rona wandte sich um. Ihr Gesicht war wie versteinert. Khaled hoffte, dass sie nicht in Tränen ausbrach. Doch sie fing sich wieder, und ihr leerer Blick ging an ihm vorbei. »Die ganze Nacht habe ich vergeblich versucht, mit unserer Basis Kontakt aufzunehmen«, erklärte sie tonlos. Sie fuchtelte mit den Armen herum, und Khaled glaubte schon, dass sie ihm den Kasten entgegenschleudern wollte. »Niemand dort draußen ist an unserer Rückkehr interessiert!«, schrie sie ihn an. »Niemand! – Verstehst du?«

»Glaubst du deshalb, eure Mission ist gescheitert?« Khaled begann zu ahnen, worauf es hinauslief. Sie waren ausgezogen, die Zukunft zu verändern, indem sie die Vergangenheit beeinflussten, und weil sie keine Rückmeldung bekommen hatten, blieb ungewiss, ob ihre Bemühungen zum Erfolg geführt hatten.

»Rona hat Angst, dass wir auf ewig in eurer Welt bleiben müssen«, erklärte Lyn leise.

Seine Miene hellte sich auf. »Das heißt, ihr geht nicht zurück? Nie?«

»Es sieht so aus«, entgegnete Rona zornig.

Khaled lächelte schief. »Und was wäre so furchtbar daran?« Der Gedanke, mit Lyn hier in Jerusalem alt zu werden, war so unrealistisch wie die Rückkehr seines Vaters zu den Lebenden. Nichtsdestotrotz gefiel es ihm, sich vorzustellen, dass sie seine Frau werden könnte und er mit ihr Nachkommen zeugte, die sein Erbe antreten würden. Abgesehen von der Tatsache, dass Lyn in seiner Nähe bleiben würde, verfügte sie über ein unglaubliches Wissen, das sich nicht nur die Eingeweihten des Tempels zunutze machen konnten, auch er selbst würde davon profitieren. Wenn sie es geschickt anstellten, konnten sie unermesslich reich werden

»Alles!«, schleuderte ihm Rona entgegen.

»Vielleicht gehen wir ein wenig nach draußen«, schlug Lyn vor und war schon aufgestanden, um Khaleds Hand zu ergreifen. »Dann erkläre ich es dir.«

Auf der Plattform erschien Khaled das Sonnenlicht weitaus heller als zuvor. Alles schien auf einmal leichter und schöner zu sein, als er Hand in Hand mit Lyn den Arkadengang vor al-Aqsa erreichte. Wäre da nicht der alternde Templer gewesen, der sich trotz seines grauen Bartes so geschmeidig bewegte wie ein Jüngling und mit seiner weißen, flatternden Chlamys direkt auf sie zulief. André de Montbard.

»Wir müssen reden«, erklärte der Seneschall und machte vor Khaled halt.

»Allein?« Khaled warf einen fragenden Blick auf Lyn.

»Sie darf ruhig mitkommen« erwiderte Montbard und nickte ihr freundlich zu. »Im weitesten Sinne betrifft es sie auch.«

André de Montbard schloss die Tür seines Sprechzimmers und bot ihnen beiden einen Platz an. Dann nahm er drei Becher und schenkte sich selbst und seinen Gästen von dem kostbaren Roten ein. Ohne ein Wort stürzte er einen halben Becher hinunter und seufzte erschöpft, bevor er ihn absetzte.

»Ich habe meinen Antrag nicht durchbekommen«, erklärte er mit belegter Stimme. »Prinz Balduin ist der Meinung, dass er bei der Eroberung von Damaskus nicht auf ortskundige Sarazenen verzichten kann. Wortwörtlich sagte er – man benötige dich und deine Leute als arabische Übersetzer, aber in erster Linie als Waffe gegen den muslimischen Widerstand. «

»Und was ist mit Melisende?«, fragte Khaled, wobei er sich denken konnte, dass es falsch war, sich an unstillbare Hoffnungen zu klammern.

»Sie wurde noch nicht mal erwähnt. Entweder treibt sie ein falsches Spiel – oder sie ist mittlerweile so sehr in der Gunst ihres Sohnes gefallen, dass sie sagen kann, was sie will – er hört einfach nicht mehr auf sie.«

»Sie ist eine Hexe.« Khaled schnaubte wütend. »Man kann ihr nicht trauen. Sie lässt mich seit Tagen bespitzeln. Ich würde mich nicht wundern, wenn sie persönlich dafür gesorgt hat, dass ihr Sohn unsere Unterstützung für unerlässlich hält.«

Die Sache mit der Bundeslade fiel ihm ein, und für einen Moment überlegte er, Montbard davon zu erzählen, doch dann verwarf er den Gedanken. Erstens, weil Melisendes Mutmaßungen nicht gesichert waren, zweitens, weil André de Montbard nie mit ihm über dieses Thema gesprochen hatte, und drittens, weil er der Sache zunächst selbst auf den Grund gehen wollte, bevor er sich vor dem alten Fuchs womöglich lächerlich machte.

»Was hat das alles zu bedeuten?« Lyn sah ihn mit ihren großen Augen an.

»Ich werde in den nächsten Tagen in einen Krieg ziehen, den ihr, du und deine Schwester, bereits für verloren erklärt habt«, sagte er dumpf.

Sein mutloser Gesichtsausdruck beunruhigte sie. »Mit unserem Wissen lässt er sich vielleicht gewinnen? Ich meine, ich könnte versuchen herauszufinden, welche Strategien verwendet wurden und warum alles schiefgelaufen ist.«

»Das Problem ist nicht das Wissen um mögliche Fehler«, entgegnete Montbard mürrisch. »Das Problem ist die Umsetzung. Ich habe alles versucht, was in meiner Macht stand, diesen Angriff zu verhindern. Aber ich kann nicht hingehen und sagen: Schaut her, meine Hoheiten, wir haben da zwei Zeitreisende, die Gott uns entsandt hat, um uns auf unsere Fehler aufmerksam zu machen. Haltet Euch daran und verzichtet auf die Eroberung von Damaskus.« Er schüttelte müde den Kopf. »Sie würden uns nicht glauben, und wir wären gezwungen, die Karten komplett auf den Tisch zu legen. Nicht auszudenken, wenn wir ihnen erzählen, dass die Erde keine Scheibe ist, sondern rund und sich um die Sonne dreht, dass es jenseits der Meere noch andere Länder gibt und die Welt hinter dem Mond und den Sternen nicht aufhört, sondern weitergeht und der Weg zu Gott nicht über den Horizont hinaus führt, sondern allenfalls in unseren Herzen zu finden ist.« Er seufzte. »Sie würden uns wegen Gotteslästerung töten.« Er schwieg einen Moment und dachte wohl darüber nach, ob er selbst in der Lage war, alles zu verstehen, was Rona ihm geschildert hatte. »Deshalb habe ich meine Strategie umgestellt und zusammen mit Everhard de Barres – den ich nicht in das eigentliche Geheimnis von Rona und Lyn eingeweiht habe – ein Konzept entwickelt, das uns aus dem Geschehen weitgehend heraushält. Ich habe ihm gegenüber mit der Überlegenheit unserer Feinde argumentiert. Ich habe behauptet, dass die Sarazenen uns eine gehörige Summe an Geld angeboten haben, falls wir von einer Eroberung absehen – und wenn wir dieses Angebot ablehnen, werden sich die muslimischen Stadtväter von den Christen abwenden und auf Nūr ad-Dīn Zankī setzen. Dieser Hurensohn des ehemaligen Alabegs von Aleppo und Mosul ist die neue Lichtgestalt der muslimischen Welt.« Montbard nahm einen Schluck Wein und räusperte sich. »Sein eigentlich verfeindeter Bruder Saif ad-Dīn Gazī lauert bereits im Norden von Mosul mit einem Heer auf die Franken, und soweit wir aus Ronas Maschine wissen, wird er angreifen, so bald wie möglich.« Montbard sah müde aus. Wahrscheinlich waren die Erkenntnisse der letzten Tage und die Sorge darum, dass das Schicksal bereits geschrieben war, selbst für einen Mann wie ihn zu anstrengend gewesen.

»Wenn zutrifft, was Ronas Maschine vorausgesagt hat«, fügte er angespannt hinzu, »werden Nūr ad-Dīn und seine unselige Sippschaft uns noch ernsthafte Schwierigkeiten bereiten.« Sein Blick traf Khaled, der durch ihn hindurchzuschauen schien.

»Und was meint de Barres dazu?«, fragte der Assassine. »Hat er verstanden, was du gesagt hast?«

»Meister Everhard teilt meine Meinung, dass Melisende uns seit dem Tod ihres Gatten immer reich beschenkt hat, und damit sie dies auch in Zukunft tun kann, dürfen wir ihr nicht in den Rücken fallen.«

»Wie tröstlich!« Khaled warf ihm einen seltsamen Blick zu. »Demnach hält sie die Fäden in der Hand. Nicht nur was unser Schicksal als Nizâri betrifft – auch die Templer sind offenbar auf sie angewiesen.«

»Was heißt hier angewiesen ...?« Montbard unterstrich seinen Unmut mit einer wegwerfenden Geste.

Lyn ahnte, dass ihr Erscheinen genau jenen Wirbel erzeugt hatte, den Lion sich erhofft hatte. Doch das bewies noch lange nicht, dass seine Theorie einer Veränderung der Geschichte, sobald der Orden über zukünftige Katastrophen informiert war, zutreffend sein würde. Im Moment spürte Lyn die Gefahr, die im Raum stand, und plötzlich hatte sie Angst. »Und was wird mit Khaled und seinen Männern, wenn es zu einem Kampf kommt? Die historischen Aufzeichnungen sprechen von tausenden Toten auf Seiten der Christen, die beim Rückzug aus Damaskus im Pfeilhagel der Sarazenen ihr Leben lassen.«

Montbard hob eine Braue. Dann schüttelte er den Kopf mit einer Miene höchsten Bedauerns. »Khaled und seinen Kriegern wird nichts anderes übrig bleiben, als vorsichtig zu sein, wenn er sich selbst und seine Truppe nicht diesem Schwachsinn opfern will.« Der Templer sah sie entschuldigend an, dann wanderte sein besorgter Blick zu Khaled, dessen Miene keine Regung zeigte.

»Und was ist, wenn er und seine Leute fliehen – irgendwohin, wo sie keiner findet?« Ihre Stimme war verzweifelt.

»Wenn ich mit meinen Männern vor diesem Krieg fliehe, würden wir nicht nur unsere Ehre verlieren, sondern auch unsere Seelen«, erklärte Khaled niedergeschlagen. »Wir könnten uns selbst nicht mehr in die Augen schauen, geschweige denn unserem geistigen Führer.«

André de Montbard, der wusste, was diese Feststellung bedeutete, klopfte seinem Schützling väterlich auf die Schulter. »Ihr solltet euch vernünftig voneinander verabschieden«, riet er ihnen. »Niemand weiß, ob es dem Allmächtigen gefällt, euch wieder zusammenzuführen.« Er sah sie abwechselnd an. »Seid gewiss, ich werde für euch beten.«

»Das kann doch unmöglich Euer Ernst sein?« Lyn warf dem graubärtigen Templer einen ungläubigen Blick zu.

»Es tut mir leid«, fügte er entschieden sanfter hinzu, als er Lyns Verzweiflung bemerkte. »Mir sind die Hände gebunden. Khaled hat recht – eine Flucht wäre sein sicherer Tod. Nicht nur Balduin würde ihn und seine Leute hinrichten lassen, wenn er ihrer habhaft würde. Auch seine eigenen Vorgesetzten in Masyāf würden eine solche Schande mit einem ehrlosen Tod bestrafen.«

»Rona und ich könnten mit ihm gehen und ihn schützen!« Lyn wollte keine Möglichkeit auslassen, um Khaled zu retten, ganz gleich, ob die beiden Männer sie für verrückt erklärten.

Montbard schüttelte entschieden den Kopf. »Was deine Schwester und dich betrifft, so ist es meine höchste Aufgabe, euer Geheimnis zu bewahren, damit ihr nicht in die Klauen dieser Wölfe geratet, die euch gnadenlos als Gotteslästerinnen verfolgen würden, sobald sie etwas über eure wahre Herkunft erfahren. Euer Leben ist mir ebenso wichtig wie der Fortbestand unseres Ordens.« Er berührte sanft ihren Arm. »Ihr seid zu wertvoll, als dass wir euer Leben in einem sinnlosen Krieg aufs Spiel setzen können.«

»Kommt gar nicht in Frage, dass ihr uns in diese Hölle begleitet«, fügte Khaled entschlossen hinzu. »Jedenfalls nicht, solange ich noch etwas zu sagen habe.«

Lyn wurde schlagartig klar, dass die beiden Männer ihr keine Wahl lassen würden. Khaleds Teilnahme an diesem Krieg und die seiner Männer war beschlossene Sache.

Als sie mit Khaled auf den weitläufigen Hof zurückkehrte, fröstelte sie trotz der warmen Nachmittagssonne und des purpurfarbenen Umhangs, den sie enger um ihre Schultern gezogen hatte. Tief in sich spürte sie Khaleds Verzweiflung.

»Es ist unsere Schuld, nicht wahr?« Lyn überlegte, ob es nicht besser gewesen wäre, wenn Khaled nichts von der bevorstehenden Katastrophe gewusst hätte.

Er sah sie überrascht an. »Wie kommst du denn darauf? Wir müssen euch dankbar sein. Ohne euch wüssten wir nicht, was uns erwartet, und würden mit Freude ins Verderben stürzen.«

»Vielleicht kommt es auch anders«, sagte sie hoffnungsvoll. »Was ist, wenn sich schon etwas im Ablauf der Zeit verändert hat?«

»Allahs Wille – er sei über allem erhaben – geschehe«, sagte Khaled. Entschlossen schaute er auf den Felsendom, dessen glänzende Kuppel die tiefstehende Sonne reflektierte.

»Ich muss beten«, murmelte er mehr zu sich selbst.

»Darf ich dich begleiten?« Lyn konnte sich denken, dass er in dem altehrwürdigen Gebäude die tröstliche Gegenwart seines Gottes suchte, auch wenn die mürrisch dreinblickenden Mönche vom Chor des Heiligen Grabes seinesgleichen grundsätzlich ablehnten. Khaled hatte ihr erklärt, dass die christlichen Priester, denen der Felsendom mit der Eroberung Jerusalems überantwortet worden war, nur zähneknirschend der Forderung der Templer gefolgt waren, den Sarazenen den Zutritt zur heiligen Grotte zu gestatten.

»Wenn Allah dich schon an meine Seite gestellt hat«, bekannte er lächelnd, »warum solltest du nicht dabei sein, wenn ich mit ihm spreche?«

Hand in Hand gingen sie eine der vielen Freitreppen mit dem klingenden Namen Maquam un-Nabi hinauf, was »Friede sei mit ihm« bedeutete, wie Khaled ihr erklärte. »In der Nacht seiner Himmelfahrt ist der Prophet über diese Treppe zum Freiplatz hochgestiegen.«

Lyn bewunderte den Eingang zur Moschee, der von smaragdgrünen Marmorsäulen gesäumt wurde. Zögernd folgte sie Khaled ins Innere des Gotteshauses. Es war kühl und still. Zwischen den prunkvollen Marmorsäulen und kunstvollen Mosaiken roch es nach Weihrauch und Kerzenwachs.

Zwei christliche Ordensmänner, die an einem nachträglich errichteten, christlichen Altar knieten, warfen ihnen misstrauische Blicke zu, als sie auf die Treppe hinunter zur Grotte zusteuerten. Lyn konnte den Männern ansehen, dass deren ablehnende Haltung auch ihre Person betraf. Sie hassten alles, was anders war als sie selbst. In Wahrheit fühlten sie sich als die wahren Herren dieses Hauses, obwohl das Blut tausender unschuldiger Sarazenen an ihren Händen klebte.

Lyn versuchte deren negative Schwingungen zu ignorieren und zog vor dem Zugang zur Grotte wie Khaled ihre Schuhe aus, wusch sich an einer mit Wasser gefüllten Marmorschale Gesicht, Hände und Füße und folgte ihm hinab zu einer niedrigen, mit dicken, bunten Teppichen ausgelegten Krypta. Hier unten waren sie allein, eingehüllt von vollkommener Stille. An den Felswänden baumelten rote Glasampeln mit brennenden Kerzen, deren spärliches Licht den Eindruck von blutendem Felsen erweckte.

Khaled bot ihr an, sich zu setzen. Sie fühlte sich auf seltsame Art befangen, während sie sich vorsichtig umschaute. All das hier hatte sie sich nicht vorstellen können, obwohl Lion in der Vorbereitung auf diesen Einsatz so viel von den religiösen Gebräuchen dieser Zeit erzählt hatte. Khaled kniete sich in einiger Entfernung von ihr mit Blick nach

Südosten nieder, dort, wo er Mekka vermutete, und schlug die Hände vors Gesicht. Lyn beobachtete, wie er sich scheinbar selbstvergessen immer wieder zu Boden beugte und unaufhörlich etwas murmelte. Er hatte ihr erklärt, dass ein Gebet an diesem heiligen Ort fünfundzwanzigtausendmal mehr galt als an einer gewöhnlichen Stelle und dass man nicht darüber sprechen durfte, was man erbeten hatte.

Auch wenn Lyn nicht verstand, was er tat, so hoffte sie doch, dass er Trost dabei fand – aber am liebsten hätte sie ihm mit einer Umarmung zu verstehen gegeben, dass sie seine Trauer und seine Angst mühelos mit ihm teilte.

Nachdem er sein Gebet beendet hatte, setzte Khaled sich an ihre Seite und sah ihr in die Augen. Obwohl sie bereits gelernt hatte, dass man sich in Gotteshäusern mit Intimitäten zurückhielt, legte sie unvermittelt ihre Arme um seinen Hals und drückte ihre Lippen sanft auf seinen weichen Mund. Khaled erwiderte ihren Kuss und ihre Umarmung mit einem langen Seufzer.

»Ich … ich …«, stotterte sie. Dann überfiel es sie, als ob es die selbstverständlichste Sache der Welt wäre, so etwas zu sagen, noch dazu in einer fremden Sprache. »… Ana behibak – ich liebe dich!«

Khaled spürte, wie ihm Tränen in die Augen schossen. Verdammt, er wollte nicht weinen. Was sollte sie bloß von ihm denken? Dabei war ihm längst klar, dass sie eine tiefe Zuneigung für einander verspürten – und das, obwohl sie sich kaum kannten und aus völlig verschiedenen Welten stammten. Jedoch, dass Lyn so weit gehen würde, ihm offen ihre Liebe zu bezeugen, damit hatte er nicht gerechnet und am allerwenigsten an diesem Ort, der ihm so heilig war wie die Liebe selbst. »Ich dich auch …«, stammelte er und strich über ihr seidiges Haar.

»Du bist so schön und so edel wie dein Hengst«, hauchte Lyn mit einem Lächeln an seine Wange. Ihre Finger fuhren zärtlich über seinen stoppeligen Bart und durch sein schulterlanges, schwarzes Haar, das sie gerne mit der Mähne seines Pferdes verglich.

Khaled lächelte selig, dabei konnte er kaum atmen, und sein Herz raste wie wild, so sehr verlangte es ihn nach diesem Mädchen. Mit sanfter Gewalt drückte er sie auf den Teppich, so dass sie unter ihm zu liegen kam. Sie küssten sich wild, ganz ausgedörrt von all den Jahren, in denen ihnen die wahre Liebe eines anderen Menschen gefehlt hatte.

Lyn zerrte an seiner Kleidung, ohne zu bedenken, dass sie sich in einer Moschee befanden.

»Warte!« Khaled wehrte sie mit sanftem Widerstand ab und schaute ihr tief in die Augen. »Möchtest du, dass ich dich im Angesicht Allahs zu meiner Frau nehme?«

Ihr Blick zeigte Erstaunen. »Ja«, flüsterte sie atemlos. »Ja, ganz gleich, was es auch bedeutet, ich will es!« Doch einen Moment später hielt sie inne und musterte ihn fragend. »Was müssen wir tun?«

»Nicht viel«, erklärte er schmunzelnd. »Wir Muslime benötigen für eine Hochzeit nichts außer unseren Glauben und den Segen Allahs – und zwei Zeugen, auf die wir im Notfall verzichten können.«

»Dies scheint mir ein solcher Notfall zu sein«, wisperte sie und ihr süßes Lächeln ließ ihn vor Freude dahinschmelzen.

Als sie ihre Arme um seinen Hals schlang und ihr Mund von seinem Besitz ergriff, glaubte er sich im Paradies.

»Vor Allah will ich dich zu meiner Frau nehmen«, flüsterte er mit erstickter Stimme, als er wieder zu Atem kam und verschluckte sich dabei beinahe vor Rührung, weil er noch nie etwas Aufrichtigeres gesagt hatte. »Ich will dich lieben, ehren und schützen, bis ans Ende unserer Tage.«

»Ich möchte es ebenso«, hauchte Lyn. »Bis in alle Ewigkeit.« Ihre Augen glänzten wie reine Magie.

Für einen Moment lag er halb über ihr und lauschte ihrem bebenden Atem. Sein faszinierter Blick wanderte über ihr schönes, ebenmäßiges Gesicht. Lyn lächelte schüchtern, und im gleichen Moment pulsierte reines Glück durch seine Adern. Ein berauschendes Gefühl, von dem er sich wünschte, dass es niemals enden möge.

Unvermittelt vernahm Khaled Schritte. Einer der Priester schlurfte die Treppen hinab, um nach dem Rechten zu sehen.

Khaled küsste Lyn ein hastiges, letztes Mal und löste sich widerwillig von ihr. »Komm, lass uns von hier verschwinden«, raunte er heiser. Verstört folgte Lyn ihm die Treppe hinauf, an dem finster dreinblickenden Ordensbruder vorbei.

»Das hier ist kein Freudenhaus, Heide«, schimpfte der Christ auf Latein.

»O doch, das ist es«, rief Khaled auf Arabisch zurück und lachte leise.

Hand in Hand geleitete er Lyn zur Westtreppe, und tauchte mit ihr in das goldene Nachmittagslicht ein.

»Was ist mit der Hochzeitsnacht?« Lyn blieb stehen und schaute ihn mit einer rührenden Unsicherheit an. »Gehört sie nicht dazu?«

»Komm«, sagte Khaled und grinste verlegen. »Ich weiß, wo wir ungestört sein können.«

Im Laufschritt erreichten sie im Schatten der Mandelbäume einen kleinen, steinernen Rundbau mit einer Kuppel, der zu Zeiten der Sarazenen den Pilgern als Ruhestätte gedient hatte. Nun bewahrten die christlichen Herren darin wertvolle Teppiche auf, die zu Ehren von königlichem Besuch ausgerollt wurden.

Ein idealer Platz für ein heimliches Rendezvous: weich, dunkel, kühl und verschwiegen.

Nachdem Khaled den Riegel an der geschnitzten Zedernholztür beiseitegeschoben hatte, sah er sich rasch um, ob sie niemand beobachtet hatte, und zog Lyn ins Innere hinein. Der Raum bot wenig Platz, aber für das, was er vorhatte, war er ideal. Die Elfenbeingitter vor den runden Fenstern dämpften das schrägstehende Sonnenlicht und versetzten den Raum in ein schummeriges Halbdunkel. Auf dem Boden lagerten kniehoch mehrere Lagen kostbare persische Läufer und feines Seidenknüpfwerk aus Samarkand. Auch an den Wänden stapelten sich aufgerollte Kostbarkeiten, die dem Ort eine zusätzliche Gemütlichkeit verliehen. Khaled verriegelte die Tür, und ein Blick auf Lyn, die sich bereits auf dem weichen Boden ausgestreckt hatte und ihn anlächelte, reichte aus, um ihn in einen wahren Rausch zu versetzen.

»Es ist kein Himmelbett«, bemerkte er bedauernd. »Ich …«

»Mit dir ist es überall schön …« Sie streckte ihre Hand nach ihm aus.

Sein Herz pochte unruhig, als er ihr aus dem Kleid half. Rasch zog er sich den weißen Kaftan über den Kopf und ließ sich halbnackt neben ihr nieder. Seine Hände fanden wie von selbst zu ihren straffen, kleinen Brüsten, die er sanft berührte und dann abwechselnd küsste.

Lyns Blick ruhte auf seinem gebräunten, muskulösen Oberkörper. Ihre schlanken Hände ertasteten die festen Wölbungen seiner Brust und den flachen, harten Bauch. Khaled schloss die Augen und atmete konzentriert, als Lyn die Schnüre seiner Hose löste. Ihre Hand schlüpfte unter den Stoff und über sein samtiges Glied, das sich längst hart und bereit zeigte.

»Was tust du mit mir?«, raunte er mit halbgeschlossenen Augen, als er spürte, wie sie sein hartes Prachtstück umfasste.

»Ich tue das, was ich denke, das in einer solchen Situation von der Braut erwartet wird.« Sie hielt inne und lächelte unsicher.

»Wenn unsere … Hochzeitsnacht … länger dauern sollte«, erklärte er mit einer abwehrenden Bewegung, »müssen wir es langsamer angehen.«

Seine Hände strichen über Lyns makellose, leicht gebräunte Haut, ihren runden Po und immer wieder über ihre Brüste. Er beugte sich über sie und bedeckte jede Stelle ihres Körpers mit seinen Küssen. Zunächst kicherte sie, doch das Kichern mündete schon bald in ein hemmungsloses Aufstöhnen, erst recht, als er ihre Schenkel spreizte und seine Zunge in ihr leicht feuchtes Inneres fuhr.

»Khaled«, presste sie atemlos hervor, ihre schmalen Finger in seinen Haarschopf gekrallt. Aus ihrem Mund klang sein Name wie ein sanfter Windhauch. »Ich will endlich mit dir tun, was Männer und Frauen in deiner Zeit tun, wenn sie sich lieben.«

»Fatima steh mir bei«, stieß Khaled hervor und richtete sich halb auf. Gehorsam kam er ihr mit den Hüften entgegen. Sein Geschlecht pochte, als es die Innenseite ihrer Schenkel berührte und sie es ohne Widerstand zuließ, dass er ihre empfindlichste Stelle weiter mit den Fingerspitzen verwöhnte. Sanft und gleichzeitig drängend küsste er ihre Brüste bis hin zu ihrem gebogenen Hals und dann ihren Mund, der sich ihm bereitwillig öffnete.

Lyn schnurrte wie ein Kätzchen. »Es ist wunderbar«, flüsterte sie. »Aber das kann doch noch nicht alles sein …?«

Khaled lachte amüsiert. »Allah hat mir offenbar ein ungeduldiges Weib geschenkt.« Mit Kraft hob er sie spielerisch in die richtige Position. Mit einer einzigen Bewegung drang er gefühlvoll in sie ein. Er wollte ihr nicht wehtun, doch sie war es, die sich ihm regelrecht entgegenschob. Er berauschte sich an dem Gefühl, sie endlich mit Haut und Haaren besitzen zu dürfen, und er spürte, wie ihr Herz unter seiner warmen Handfläche hämmerte.

»Ist es gut?«, flüsterte er mit erstickter Stimme und hielt für einen Moment inne, um sein Verlangen ein wenig zu zügeln.

Lyn öffnete ihre Lider, gerade so viel, dass er den eigentümlichen Glanz in ihren Augen erkennen konnte. Vorsichtig nahm er den gleichmäßigen Takt seiner Bewegungen wieder auf, wobei er sich auf einer Hand abstützte und die andere dazu nutzte, ihr noch mehr Vergnügen zu bereiten. Lyns ganzer Körper vibrierte und war auf einmal mit Schweiß bedeckt. Ihre Brustwarzen wurden hart und stellten sich auf. Khaled neigte den Kopf und saugte daran wie ein Säugling, der nach der ersten Nahrung sucht. Lyn stieß einen kehligen Laut aus, und Khaled legte sacht eine Hand über ihre Lippen, damit man sie draußen nicht hörte. Fasziniert spürte er, wie sich die Spannung in ihrem Körper dem Höhepunkt näherte. Gerne wäre er noch einen Schritt weitergegangen, so wie er es manchmal mit Melisende getan hatte, die ihn an manchen Tagen dazu getrieben hatte, sie zum Ende hin noch härter zu nehmen. Doch bei Lyn wollte und konnte er so etwas nicht tun. Das hier war etwas anderes, etwas Heiliges und mit nichts, was er bisher erlebt hatte, zu vergleichen. Mit aller Kraft hielt sie ihn fest, und ihr Innerstes trieb ihn zu einem nicht enden wollenden, pulsierenden Beben, das sie beide gleichermaßen erfasste und ihnen die ersehnte Erlösung brachte.

Schwer atmend, hielt er sie im Arm und küsste sie voller Leidenschaft, bemüht darum, sie nicht zu erdrücken.

»Ein Bett mit einem Baldachin wäre mir trotzdem lieber gewesen als ein Teppichlager der Christen«, stieß er heiser hervor, als er sich mit einem Blick des Bedauerns von ihr löste.

»Es war gigantisch«, bemerkte sie entzückt. Ihr verklärter Gesichtsausdruck wurde von einem seligen Lächeln gekrönt. »Ich könnte das immer wieder mit dir tun, ganz gleich, wo wir uns befinden.«

Khaled strich ihr eine Strähne aus dem Gesicht und küsste noch einmal ihre Lippen, doch diesmal zärtlicher und nicht so erhitzt. »Schade, dass wir so bald keine Gelegenheit dazu haben werden«, bemerkte er resigniert.

Abrupt setzte Lyn sich auf und schaute umher, als ob sie etwas suchen würde. Unter ihren abgelegten Kleidern fand sie schließlich ihren Brustbeutel aus metallischem Garn, den sie stets unter der Kleidung verborgen um den Hals trug.

Einen Moment lang trafen sich ihre verwirrten Blicke. Dann legte sie die Schnur des Brustbeutels sorgsam um seinen Hals. »Das ist für dich«, sagte Lyn ernst.

Khaled setzte sich ebenfalls auf und bedachte sie mit einem fragenden Blick.

»Darin findest du eine größere Anzahl von Nanokapseln«, erklärte sie ihm mit immer noch leicht geröteten Wangen. »Wenn du oder einer deiner Männer verletzt werden, lasst ihr einfach eine dieser Perlen unter der Zunge zergehen. Mit einer solchen Kapsel habe ich auch den Jungen in der Wüste geheilt. Und deine Brandwunden, auf dem Balkon.«

Er nickte. »Wie könnte ich das vergessen!«

»Allerdings hält die Wirkung leider nicht an. Es reicht für eine frische Verletzung. Wenn du nach einiger Zeit noch einmal verletzt wirst, benötigst du eine neue Kapsel. Aber bei dem Vorrat, den ich dir überlasse, dürfte es schon für einige Schwerthiebe reichen. «

Voller Ehrfurcht legte Khaled eine Hand auf den Brustbeutel und hielt für einen Moment inne. Dann fiel er ihr stumm um den Hals, und während er sie mit einer Inbrunst an sich drückte, als ob er sie nie wieder loslassen wollte, dankte er ihr in einem Schwall höchst gut gemeinter, arabischer Worte.

Als er sich wieder beruhigt hatte, löste Lyn sich von ihm. Ihre Augen waren mit einem Mal voller Trauer.

»Dort wo du hingehst, werden viele Menschen sterben.« Ihre Stimme klang rau. »Eine einzige Kapsel kann eine frische Wunde in Sekunden heilen, aber keine Gliedmaßen an- oder nachwachsen lassen und erst recht keinen Kopf. Also tu mir einen Gefallen und versprich mir, dass du im Kampf auf dich Acht gibst.«

Sie lächelte wehmütig und strich ihm mit ihrer Hand über die Wange.

»Das verspreche ich«, flüsterte er heiser, während sein Blick die unergründliche Liebe bezeugte, die er für sie empfand, den Brustbeutel so fest an sich gepresst, als ob es sich um ihr Herz handeln würde. »Allah sei mein Zeuge.«

Kapitel 10

Mit Blut bedeckt

Juli 1148 – Jerusalem

Am 25. Safar – dem 14. Juli im Kalender der Christen – ritt Khaled unter Fanfarenklängen zusammen mit seinen Brüdern hinter einer Schwadron von sechzig Templern zum Davidstor hinaus.

Der Patriarch von Jerusalem hatte zuvor zu Ehren des Heiligen Aquila, eines christlichen Märtyrers, dessen Gedenken man an diesem Tag beging, eine Messe unter freiem Himmel abgehalten. Danach hatte er die Ritter, die von Jerusalem aus nach Damaskus zogen, mit Unmengen von Weihwasser gesegnet und Khaled mit seinen dreißig muslimischen Kämpfern geflissentlich ignoriert.

Königin Melisende hingegen ließ es sich nicht nehmen, jedem einzelnen Kommandeur des königlichen Gefolges höchstpersönlich eine blaue Seidenbanderole mit ihrem Wappen zum Zeichen ihrer Verbundenheit an das Halfter seines Pferdes zu binden. Khaled war versucht, diese Geste zu ignorieren, brachte es aber nicht über sich, als Melisende ausgerechnet bei ihm länger stehen blieb. »Es tut mir leid, dass ich nichts für euch tun konnte«, flüsterte sie hastig. Und während er noch überlegte, ob dieses späte Bekenntnis der Wahrheit entsprach, raunte sie ihm etwas zu, das jede Hoffnung auf Reue zerstörte. »Du hast mich ziemlich vernachlässigt in den letzten Tagen. Ich werde täglich zur Heiligen Jungfrau beten, damit sie dich unversehrt zu mir zurückbringt, auf dass du künftig weißt, wo dein Platz ist.« Ihr fordernder Blick war Khaled Bestätigung genug, dass sie sich nicht die geringste Mühe gegeben hatte, ihn und seine Männer aus diesem Konflikt herauszuhalten.

Khaled erwiderte nichts. Was hätte er auch sagen sollen? Sie hatte in der vergangenen Woche mehrmals nach ihm schicken lassen, zunächst freundlich, dann fordernd und schließlich unter der Drohung, dass er es bitter bereuen sollte, wenn er dem Ruf seiner Königin nicht zu folgen gedachte. Khaled hatte die Boten stets kommentarlos abgewiesen, selbst auf die Gefahr hin, dass Melisende ihn vom Hof verbannte oder ihm die regelmäßigen Zahlungen strich, die ihm und seinen Männern einen respektablen Lebensunterhalt sicherten.

Alī bīn Wafā, ihr kurdischer Heerführer, den sie regelmäßig mit Informationen über die Christen und ihre Absichten versorgten, würde eine solche Nachricht nicht eben freuen. Ebenso wenig Muhammad I., der als Großda'i noch über bin Wafa stand und von der Burg Alamuṭ im Herzen des Elburs-Gebirges das gesamte Reich ḍer Isma'ilijja regierte. Sollte Khaled lebend aus diesem Krieg zurückkehren, wäre sein Schicksal weiterhin ungewiss. Aber selbst wenn er nach Alamut zurückberufen würde und es im Adlerhorst ihres höchsten Oberhauptes wesentlich strenger und gefahrvoller zuginge als in Jerusalem, wollte Khaled sich keinen Tag länger dieser Art von Hurerei hingeben. Königin hin oder her – kein Weib würde ihn je wieder so herablassend behandeln.

Falls er den Angriff auf Damaskus überlebte, würde er seinen Großda'i um die Erlaubnis ersuchen, mit seinen Männern ins Hauptquartier nach Alamut zurückkehren zu dürfen. Lyn würde er bitten, mit ihm zu kommen. Dort war sie in jedem Fall sicherer als in diesem fränkischen Schlangennest. Irgendwie würde er seinem geistigen Führer schon beibringen, dass er sie inzwischen zur Frau genommen hatte. Auch wenn er keine Gelegenheit gehabt hatte, seinen Großda'i um Zustimmung zu bitten.

Sein Großvater hatte als konservativer Muslim noch vier Frauen und etliche Konkubinen gehabt. Khaled reichte eine einzige Frau, und das nicht nur, weil es bei den Nizâri durchaus so üblich war, sondern weil er Lyn mehr als alles andere auf der Welt liebte.

Als er mit seinen Männern die Stadtmauer am Hauptquartier der Templer in östlicher Richtung passierte, richtete sich sein Blick auf den Turm neben al-Aqsa, in dem er Lyn und ihre Schwester vermutete.

André de Montbard hatte Lyn davon abgeraten, zum Abschied ihre Gemächer zu verlassen, damit sie Khaled ein letztes Mal zuwinken konnte. Er wollte kein unnötiges Aufsehen erregen. Khaled hatte sich vorher von Lyn verabschiedet, und nun war ihm, als ob sie dort oben am Fenster stand und ihm noch ein letztes Mal zulächelte. Unwillkürlich griff er sich an den Brustbeutel, den er unter seinem eisengepanzerten Lederharnisch trug.

Lyn stand am Fenster. Am liebsten wäre sie Khaled auf der Stelle gefolgt, als er mit seiner Truppe am Haupttor der Templer vorbeiritt. Das Gefühl, nichts für ihn und seine Leute tun zu können, brachte sie schier um den Verstand.

»Ich hätte ihn aufhalten müssen.« Ihr verzweifelter Blick glitt zu Rona, die sich abermals an einer neuen Programmierung des Timeservers versuchte. Bislang ohne Erfolg.

»Viel schlimmer ist«, erwiderte ihre Schwester, ohne aufzuschauen, »dass wir offensichtlich keine Alternativen haben, diesem Wahnsinn zu entkommen.«

»Wenn Khaled diesen Krieg überlebt, gehe ich nicht zurück. Ich werde bei ihm bleiben. Wenn er es will.«

»Wenn alles exakt so abläuft, wie in den Dateien gespeichert«, murmelte Rona ungerührt, »sieht es nicht nur für Khaled und seine Leute schlecht aus, sondern auch für uns.«

Vor Khaleds Mannschaft ritt Berengar von Beirut mit seinen Männern, den schwarzweißen Baucent als Erkennungszeichen der Templer an einer aufgerichteten Lanze befestigt. Seit dem Erscheinen der Frauen und dem Vorfall an der Mauer hatte Berengar mit Khaled kein Wort mehr gewechselt. Vielleicht lag es daran, dass er Khaled das Vertrauen neidete, das André de Montbard ihm offensichtlich entgegenbrachte.

Als Seneschall nahm Bruder André nicht an der Schlacht teil, weil ja jemand die Geschäfte des Ordens regeln musste. Allerdings hatte er Khaled bei seiner Ehre versprochen, in der Zeit der Abwesenheit das Leben von Lyn und Rona zu hüten wie seinen eigenen Augapfel.

Nicht bei ihr sein zu können war schlimmer als alles andere. Khaled tätschelte Morgentau stellvertretend den Hals. Vor dem Abrücken nach Damaskus hatte er seinen treuen Hengst mit ausreichend Hafer und Wasser versorgt. Auch seine Kameraden hatte er angewiesen, die Verpflegung der Pferde nicht den königlichen Knappen zu überlassen, sondern selbst zu übernehmen, damit sie nicht vernachlässigt wurden. Die Rücken der mitgeführten Maultiere bogen sich unter Säcken von Hafer und Heu.

Auch die Sicherstellung ihrer eigenen Vorräte hatte er diesmal ernster genommen als bei anderen Feldzügen. Ihre Bestände an Fladenbrot, getrockneten Feigen und Trauben sowie Nüssen und Dörrfleisch waren auf seinen Befehl hin weitaus umfangreicher ausgefallen, als von den königlichen Proviantmeistern empfohlen. Darüber hinaus trugen sie die doppelte Ration Wasser in festverzurrten Holzkalebassen mit sich. Auch ohne Ronas düstere Prophezeiungen war nicht anzunehmen, dass die Heerführer während ihrer mehrtägigen Reise nach Damaskus genügend Wasserstellen vorfanden. Unübersehbar, wie die Masse an Tieren und Menschen war, würden feindliche Späher dafür sorgen, dass sämtliche Tümpel und Brunnen, auf welche die vorwiegend muslimische Landbevölkerung nicht zwingend angewiesen war, ungenießbar gemacht, wenn nicht gar vergiftet wurden.

Schon alleine deshalb benötigten sie einen Vorrat an Medikamenten. Gegenmittel bei Vergiftungen und Durchfällen. Dazu ausreichend Verbandmaterial – selbst wenn Lyn ihm versprochen hatte, dass ihre seltsamen Kapseln fast jede Verletzung auf der Stelle heilen konnten.

Außerdem war es unmöglich, seinen Männern die magische Wirkung dieser Kapseln im Vorfeld zu erklären. Sie würden Fragen stellen, die er nicht beantworten konnte – oder ihn schlichtweg für verrückt halten, wenn nicht gar der Zauberei bezichtigen.

Hinzu kam, dass er nicht genug von den Kapseln besaß, um einer größeren Anzahl von Kriegern helfen zu können. Zwanzig enthielt der Beutel, wenn er richtig gezählt hatte. Also würde er im Ernstfall nicht für jeden seiner Männer eine erübrigen können.

Azim und seine Brüder hatten ihn angesichts der Tatsache, dass selbst Balduins Truppen weit weniger Aufwand mit ihren Vorbereitungen betrieben, bereits für verrückt erklärt. Auch weil das alles ein kleines Vermögen verschlungen hatte, das sie eigentlich gar nicht besaßen. Doch Khaled hatte ihnen zur Erklärung nur ein »Tut, was ich euch sage« hingeworfen. Wie hätte er seinen Leuten auch offenbaren sollen, dass dieser angeblich vielversprechende Beutezug aller Wahrscheinlichkeit nach in einer Katastrophe von biblischem Ausmaß enden würde?

Auf Höhe von Nablus trafen sie auf die deutschen und französischen Ritter, die von Akko aus zu Tausenden aufgebrochen waren. Begleitet wurden sie von einer Unzahl von Pilgern, die das Heer der Könige von Deutschland und Frankreich als Fußvolk verstärken wollten. Meile um Meile gesellten sich die Mannschaften der einzelnen Baronien des Königreiches von Jerusalem hinzu.

Die dichte Staubwolke über dem Tal von Nablus kündigte das wahre Ausmaß der christlichen Truppen an, die neben dem stattlichen Reiterheer inzwischen auf fünfzigtausend Fußsoldaten angeschwollen waren. Aus der Ferne sah es aus wie ein dicker, gelber Sandsturm, der die Stadt zu ersticken drohte.

Nach fünf Tagen, in denen sie sich kaum eine Pause gönnten, erreichten die Truppen das Gebiet um Damaskus – oder wie die Alten sagten, die »mit Blut bedeckte« Stadt. Eine Bezeichnung, die sich schon bald von neuem bewahrheiten sollte, wenn die Prophezeiungen zutreffen würden, dachte Khaled und spürte, wie er trotz der Hitze erschauerte. Von weitem schon sah man den Dschabal Quasyun, einen hohen Berg, an dessen Fuß angeblich Abel von seinem Bruder Kain erschlagen worden war. Es konnte kein Zufall sein, dass Allah – er war groß und erhaben – ausgerechnet diesen Ort auserkoren hatte, um Khaled und seinen Männern vor Augen zu führen, wie wenig Bruderliebe die Christen untereinander hegten. Besonders der Zustand der christlichen Pilger, die sich fast ausnahmslos als Fußsoldaten verdingten, war erbärmlich. Die meisten von ihnen waren nur mit brüchigen Lanzen, schlechten Schwertern oder lediglich mit einem mit Nägeln besetzten Knüppel bewaffnet. Außerdem fehlte ihnen die entsprechende Kleidung, die sie vor Hitze und Kälte schützte, und ohne festes Schuhwerk hatten sich nicht wenige bereits die Füße blutig gelaufen, von einem lebensrettenden Harnisch gar nicht zu sprechen. Zum Essen hatten sie bloß trockenes Brot und lungerten schon nach wenigen Tagen mit dürstender Zunge um Khaleds mitgeführte Wasserkalebassen herum. Kaum jemand kümmerte sich um ihre Not, am allerwenigsten ihre christlichen Anführer. Auf Khaleds Anraten hin war die Heerleitung endlich so klug gewesen, das Lager von Manazil al'Asakir aufzugeben und nach al-Mizza umzuziehen, einem Ort nicht weit vor den Stadtmauern von Damaskus, an dem es immerhin ausreichende Wasserquellen gab, so dass eine längere Belagerung seitens der christlichen Heere überhaupt erst möglich wurde. Vom Durst befreit fiel das hungernde Fußvolk wie Heuschrecken über die Obstplantagen her und verspeiste die meisten Früchte noch im halbreifen Zustand. Was in Zusammenhang mit dem nun vorhandenen Wasser zahlreiche Durchfallerkrankungen auslöste, die mitunter tödlich verliefen.

Bevor Khaled sich jedoch die Frage stellte, wie man mit solchen Menschen eine Stadt erstürmen wollte, galoppierte ein Bote Balduins heran und befahl ihm und seinen Männer, unverzüglich beim König vorzusprechen.

Melisendes Ältester erwartete Khaled auf einem weißen Hengst, dessen himmelblaue Seidenschabracke über und über mit den goldenen Kreuzzugsinsignien Jerusalems bestickt war. Der junge Königssohn selbst, in die gleichen Farben gekleidet und umringt von seinen angeblich getreuen Baronen, hatte den mit Silber beschlagenen Normannenhelm abgesetzt. Sein mittelblondes, glattes Haar klebte schweißnass an seiner Stirn. Seine sonst so wachen Augen wirkten müde. Unwirsch fuhr er sich mit dem Saum seines Umhangs über Hals und Gesicht, um den hellen Bart zu trocknen. Aber nicht er erteilte Khaled in kühlem Ton den Tagesbefehl. Manasses von Hierges, der grauhaarige Konstabler der Königin, hatte ebenfalls seinen Helm abgesetzt und übernahm diesen Dienst mit sichtlicher Genugtuung. Hager, das strenge, bärtige Gesicht von der Sonne gegerbt, saß er aufrecht auf einem prachtvoll ausgestatteten Araberhengst, der aus derselben Zucht stammte wie Morgentau. Khaled spürte die Eiseskälte in Manasses' abschätzigem Blick, trotz der unbändigen Hitze, die zwischen ihnen stand. Dabei dachte er an Melisendes Ausspruch: »Er nennt dich etwas ungalant ›meinen jungen Assassinenbock‹.« Die Mimik des Konstablers verriet mühelos, wie sehr er Khaled verachtete.

»Du und deine Männer«, begann Manasses ohne Respekt in der Stimme, »ihr werdet als unsere Vorreiter und Kundschafter fungieren. König Ludwig und die Barone haben vorgeschlagen, zunächst die Gärten des Maidan al-Ahda vor Damaskus mitsamt dem dazugehörigen Flussabschnitt zu erobern, damit wir dort den Proviantnachschub und die Wasserzufuhr für die Stadt abschneiden können. Deine Leute sind erfahrene Kämpfer, sie kennen sich in der Umgebung gut genug aus, um die Vorhut zu bilden. Außerdem beherrschen sie die Waffenkünste der Sarazenen und sprechen die Sprache der Einheimischen.«

Khaled erwiderte nichts – er ignorierte den Konstabler und verbeugte sich vor dem erschöpft wirkenden Balduin, wobei er entgegen seiner Überzeugung die Rechte auf sein Herz legte. »Allah – er ist allwissend und gütig – sei mit Euch und den Unseren«, murmelte er mehr zu sich selbst. Auch dem Dümmsten musste klar sein, dass der Konstabler ihn und seine Leute mit Balduins Einvernehmen geradewegs in den Tod schickte. Mu'in ad-Din Unur al-Atabeg – der Statthalter von Damaskus – hatte nach Lyns Erkenntnis längst seine Bogenschützen mobilisiert.

»Ihr habt den Auftrag, die Westflanke der Gärten von Feinden zu säubern, damit unsere Leute gefahrlos dort eindringen können«, erklärte Balduin mit unduldsamer Miene. »Wenn du der Meinung bist, die Zeit ist reif, dass wir euch folgen können, entzünde ein Feuer, und ich lasse zum Angriff blasen.«

Khaled nickte und lenkte Morgentau zu seinen Kriegern zurück, um ihnen die nicht unbedingt frohe Botschaft zu überbringen.

»Die Idee König Ludwigs, über die Gärten anzugreifen, ist nur in

Teilen logisch«, erwiderte Azim, als Khaled seinem Bruder und Adjutanten die Absichten der Franken erklärte.

»Das Gebiet ist absolut unübersichtlich, und ja, man kann sich dort hervorragend verstecken, um einem Pfeilhagel zu entgehen, aber erstens bringt es nichts, die Feinde unsererseits mit Pfeilen anzugreifen, weil uns die nötige Distanz fehlt, und zum Zweiten möchte ich wetten, dass die Damaszener sich aus dem gleichen Grund längst dort verschanzt haben.«

»Wem sagst du das?«, erwiderte Khaled. Er schaute in die versteinerten Mienen seiner Männer. »Allerdings ist ein Angriff zu Pferd, bevor man die Gegend von Feinden befreit, ein direkter Ritt ins Verderben.«

»Ich frage mich«, murrte Mahmud, ein bulliger Kerl mit struppigem Bart, »warum ausgerechnet wir die Drecksarbeit erledigen müssen?«

Aus den Augenwinkeln sah Khaled in dreihundert Königsellen Entfernung Everhard de Barres, der mit seinen Templern viel weiter hinten, in den Reihen von König Konrad Aufstellung genommen hatte, der – so hieß es – den sicheren Nachtrab führte.

Offenbar hatte Montbard seinem Großmeister gesteckt, dass die Aussichten auf einen Sieg eher gering sein würden und ein Auftreten an vorderster Front somit nicht empfehlenswert war.

»Man hat uns die Aufgabe erteilt, weil niemand so rasch und gründlich töten kann wie ein Nizâri«, entgegnete Khaled leise und wandte sich wieder seinen Männern zu. »Selbst die Templer nicht.«

Sein Blick schweifte zum französischen König, dessen schwarzer Hengst in einiger Entfernung mit den Hufen scharrte. Um ihn herum hatte sich seine normannische Leibgarde versammelt, der die reine Blutgier in den vernarbten Gesichtern geschrieben stand. Dahinter lauerten Genueser, Lombarden, Pisaner, Provenzalen, Lothringer und etliche andere Nationen in seltener Eintracht. Offenbar konnten sie es kaum erwarten, all das Gold zu erbeuten, das man ihnen bei Eroberung der Stadt versprochen hatte.

Ungefähr sechshundert Königsellen vor der zu erobernden Oase befahl Khaled seinen Kriegern, von den Pferden abzusteigen. Unbemerkt für seine Feinde und die in sicherer Entfernung wartenden christlichen Truppen, gab er seinen Brüdern die letzte Gelegenheit für ein stummes Gebet zu Allah, damit sie sich würdig auf einen möglichen Tod vorbereiten konnten.

»Den Rest des Weges schleichen wir uns zu Fuß zu den Lehmeinfassungen der Gärten«, befahl er leise. »Von dort aus schlagen wir uns zu den Häusern und Mauerkronen durch und töten jeden, der uns über den Weg läuft. Haltet Pfeil und Bogen, aber auch eure Säbel und Dolche bereit!«

Ronas Zaubermaschine hatte nicht zu viel versprochen, als sie von einem Desaster kündete, das losbrach, als Khaled und seine Männer sich im Zuge der Dämmerung den Gärten der Oase von Ghuta näherten, die genährt durch das Flüsschen Barada mit ihren blühenden Sträuchern und Bäumen voller Früchte den Eindruck eines Paradiesgartens machte.

»Schilde hoch«, zischte Khaled, als ein wahrer Pfeilhagel auf sie herniederprasselte, während sie hinter dem üppigen Blattwerk Schutz suchten. Als der Beschuss für einen Moment aufhörte, gab er seinen Männern ein Zeichen, bis zu einer der Lehmmauern vorzurücken, die sich wie ein Labyrinth durch die gesamten Gärten schlängelten. Lautlos überwanden sie in der hereinbrechenden Dunkelheit die brüchigen Einfassungen, mit denen die Bauern ihre Parzellen abgrenzten.

An ihrem Gürtel hielten Khaled und seine Leute die Dolche bereit, deren Schneide so scharf war, dass ein Schnitt im ersten Moment nicht zu spüren war. Ihre Gegner auf der anderen Seite stießen noch nicht einmal einen Laut der Überraschung aus, bevor sie mit aufgeschlitzten Kehlen zu Boden gingen. Khaled und seine Männer arbeiteten sich Stück für Stück zu den Häusern und Scheunen vor und töteten jeden, der ihnen in die Quere kam.

»Es sind zu viele, um sie alle auf diese Weise erledigen zu können«, flüsterte Azim und meinte damit die Übermacht ihrer Gegner, die sich gut bewaffnet in den Plantagen herumtrieben und auch für Balduins Heer eine ernsthafte Gefahr darstellten.

»Wir müssen einen Späher zum Lager der Christen schicken«, befand Khaled nüchtern, »der ihnen sagt, dass sie sich einen anderen Plan ausdenken sollen, falls sie nicht sterben wollen wie die Fliegen.«

Als eine größere Gruppe von Damaszenern ihren Weg zu kreuzen drohte, versteckten Khaled und seine Männer sich in einem ummauerten Hof. Die Tür des Hauses stand offen, und ein spärliches Licht brannte im Obergeschoss. Doch niemand war zu sehen.

Ihre Frauen und Kinder hatten die Anwohner allem Anschein nach an geheimen Orten versteckt, was bei einem solchen Angriff nicht ungewöhnlich erschien und Khaled durchaus entgegenkam.

Er befahl, das Gebäude in Augenschein zu nehmen und jeden zu töten, der ihnen über den Weg lief.

Lautlos wie Raubtiere überwanden sie Treppen und Vorsprünge und entledigten sich ebenso lautlos zweier Damaszener, die an einem offenen Fenster gestanden hatten, um in die Nacht hinauszuspähen.

Als Khaled nach Azim das oberste Geschoss des Flachbaus erreichte, glaubte er, das Jammern eines Säuglings zu hören. Als er das schwach erleuchtete Zimmer betrat, sah er, wie Azim sich über das Kind beugte, offenbar in der Absicht, ihm den Garaus zu machen.

»Nein! Azim! Nicht!« Khaled blickte auf das wimmernde Bündel und dann zu Azim, dessen Dolch noch mit dem Blut anderer Opfer besudelt war. Plötzlich stand Khaled das Schicksal seiner eigenen Familie vor Augen, damals in Damaskus, als Jusuf Ibn Firuz, der Militärgouverneur der Stadt, sogar die Kinder der Nizâri hatte hinmetzeln lassen.

Azim warf Khaled einen verwirrten Blick zu, den Dolch immer noch gezückt, als ob er die Unentschlossenheit seines Anführers nur für eine vorübergehende Verirrung hielt.

»Ein Junge«, erklärte er düster. »Noch ein paar Jahre und er wird selbst zum Mörder.«

»Nein!«, keuchte Khaled und stürzte vor, um Azim am Ärmel seines Gewandes festzuhalten. »Bei Allah, lass das Kind leben. Im Zweifel nehmen wir es mit.«

»Bist du von Sinnen?« Azim sah ihn ungläubig an, während sich hinter ihm die anderen Männer versammelten.

»Das Haus ist von allen abgründigen Seelen gereinigt«, rief Mahmud in die Runde hinein. Zum Beweis hielt er den abgeschnittenen Kopf eines männlichen Bewohners an dessen schwarzem Haarschopf gepackt in die Höhe.

»Dieser hier hat gestanden, dass er uns mit Pfeilen beschossen hat!«

»Wir haben ihn und seine Brüder in die Hölle geschickt«, erklärte Raul, ein schlanker Jüngling mit lockigem Haar.

»Bis auf einen.« Azim blickte zu dem immer noch schluchzenden Kind. Khaled hingegen sah, wie das Blut aus dem abgeschlagenen Kopf auf den Boden tropfte. Vielleicht war dieser Mann der Vater des Kindes gewesen. Als Nizâri hatte man kein Mitleid mit seinen Feinden, aber seit er Lyn und ihr Geheimnis kannte, hatte sich etwas in ihm geändert. Ihr Mitgefühl mit seinem eigenen Schicksal und die vielen Gespräche mit ihr über den Unsinn des Krieges und ihre Sehnsucht nach einer besseren Welt hatten ihn zum Nachdenken gebracht.

»Niemand rührt den Kleinen an«, wandte er sich unmissverständlich an seine Kameraden.

»Verlangst du etwa auch noch, dass wir ihm die Brust geben?« Azim grinste. »Ohne eine Amme muss er ohnehin bald sterben.«

Khaled schaute ihn wütend an. »Wir nehmen den Jungen mit und überlassen ihn der nächstbesten Frau, die für ihn sorgen kann.« Er hob das Kind aus der Wiege und drückte es mit einer solchen Zärtlichkeit gegen seine breite Brust, dass es sofort aufhörte zu weinen.

»... und töten beide ...« Azim warf ihm einen finsteren Blick zu.

»Red keinen Unsinn. So lange, bis wir jemanden gefunden haben, spielst du die Amme«, bestimmte Khaled ungerührt. Mit diesen Worten reichte er den kleinen Damaszener, der nichts als eine Windel trug, an seinen verdutzten Adjutanten weiter.

»Er stinkt.« Azim hielt den Säugling demonstrativ auf Abstand.

»Kinderscheiße bringt Glück«, erwiderte Mahmud mit einem Grinsen.

»Von Hunden habe ich so was gehört«, erklärte der dürre Djamal, der zu Khaleds besten Kämpfern zählte. »Aber von Kindern ...«

»Schaut mal, was ich hier gefunden hab«, rief Ahmed, der die Treppe heraufgestampft kam, eine zierliche, unverschleierte Frau am Arm gefasst, der er einen Dolch an die Kehle hielt.

Die Frau war beinahe ohnmächtig vor Angst. Khaled sah sofort, dass ihre panisch geweiteten Augen auf das Kind starrten, das Azim weit von sich gestreckt in den Händen hielt – und dass ihr Gewand an den Brüsten von Milch durchnässt war, die durch das dünne Leinen sickerte. Sie musste also die Mutter oder zumindest die Amme sein.

»Gehört das Bürschchen zu dir?« Khaled sah sie auffordernd an.

Wegen des Dolches an ihrer Kehle getraute sie sich kaum zu nicken.

»Gib ihr das Kind!«, befahl er Azim.

Die Frau schluchzte vor Freude, als sie den Säugling wieder in ihren Armen hielt. Aber ihr Blick war immer noch ängstlich, und erst als sich Khaled ein Lächeln abrang und ihr zunickte, öffnete sie ihr Gewand und gab dem schreienden Jungen die Brust, um ihn zu beruhigen.

Für einen Moment waren die Männer von dem Anblick ganz gefangen, wie das mollige Kerlchen schmatzend an der langgezogenen Zitze nuckelte und alles Elend um sich herum zu vergessen schien.

»Sie wird uns verraten«, zischte Djamal und holte Khaled in die Realität zurück. Was das bedeutete, war allen klar. Djamal hatte recht, wenn ihre Feinde nicht auf sie aufmerksam werden sollten, musste man die Frau und das Kind zum Schweigen bringen. Doch was Khaled bei dem Kind schon nicht möglich gewesen war, erschien ihm bei der Frau noch unmöglicher. Sie ähnelte Lyn, obwohl sie viel kleiner war. Ohne Zweifel war sie mongolischer Abstammung, wahrscheinlich eine Sklavin, die ihrem Herrn einen Bastard geboren hatte.

»Hört ihr das auch?«, fragte Mahmud und lenkte die Aufmerksamkeit aller ins Treppenhaus.

Von draußen war ein lautes Knistern zu hören. Wenig später quoll Rauch die Treppe empor.

»Jemand hat das Haus angezündet«, stellte Azim ungerührt fest.

»Gibt es einen Hinterausgang?« Khaled warf Ahmed, der zuvor im Untergeschoss Wache gestanden hatte, einen suchenden Blick zu.

»Ja, aber das Haus scheint umstellt zu sein.«

»Wir verschwinden über das Dach«, bestimmte Khaled.

»Und was ist mit denen?« Azim sah zu der Frau und dem Kind hinüber.

»Wir lassen sie gehen.«

»Aber sie wird uns ihre Brüder hinterherschicken.«

»Das spielt jetzt sowieso keine Rolle mehr«, bemerkte Khaled tonlos. »Wenn das Haus brennt, denkt Balduin, das wäre das Zeichen. Wir müssen unverzüglich einen Boten entsenden, der ihm meldet, dass er und seine Ritter sich einen anderen Weg zur Stadt suchen müssen.«

Während seine Männer die Leiter zum Dach hinaufkletterten, wandte sich Khaled an die Frau.

»Du wirst uns nicht verraten, nicht wahr?«

Sie nickte hastig und schaute zu Boden.

»Allah, er ist groß und erhaben, schütze dich und dein Kind«, sagte er leise und hob ihr Kinn, um ihr noch einmal in die Augen zu schauen. Doch er hatte sich getäuscht, sie waren nicht so hell und klar wie Lyns Augen, sondern beinahe schwarz, und statt Zuneigung loderte Verachtung in ihnen.

Als Khaled oben auf dem Dach stand, hörte er ihren markerschütternden Warnschrei und wusste, dass sie keine Zeit verlieren durften, den herannahenden Damaszenern zu entkommen.

Zum Glück hatte sich bereits die Nacht über die Oase gesenkt. Auf der Flucht würde die Dunkelheit ihr Verbündeter sein. Khaled suchte Djamal aus, um Balduin die schlechte Nachricht zu überbringen, dass ein Angriff über die Gärten zu riskant sein würde. Der Junge bewegte sich wie eine Schlange und würde allein viel schneller zu den Truppen gelangen.

Während Khaled und seine Brüder die Mauern entlanghasteten, hagelte es weiterhin Brandpfeile, die ihre Gegner systematisch nach Gehör abschossen. Khaled hatte sein Schwert eingesteckt und seinen Schild auf den Rücken gebunden, um dem dauernden Beschuss von oben zu entgehen. Beim Sprung über einen mit Wasser gefüllten Kanal erwischte es Azim. Ein Pfeil durchbohrte von vorn seine Brust. Röchelnd stürzte er zu Boden. Mahmud war gleich bei ihm, doch auch er wurde getroffen.

Eine Fackel war zu Boden gefallen, und Khaled nahm sie auf, bevor sie verglühen konnte. Am Boden hockend untersuchte er die Verwundungen seiner Kameraden. Mahmud biss die Zähne zusammen, der Pfeil hatte ihn oberhalb der Hüfte getroffen und sich in sein Gedärm vorgeschoben.

Er übergab sich vor Schmerz, und Khaled suchte verzweifelt nach einem Ort, wo er sich mit den beiden verstecken konnte. Im spärlichen Lichtkegel der Fackel ließ sich eine Hütte erahnen, die ihnen wenigstens Zuflucht vor weiteren Pfeilen bieten konnte. Er half Azim, auf die Beine zu kommen, und ermunterte Mahmud, die wenigen Schritte noch auszuhalten. Von den anderen Kameraden war unterdessen nichts mehr zu sehen. Khaled stieß ein stummes Gebet aus, in der Hoffnung, dass sie unversehrt zu den Pferden gelangt waren.

Erleichtert stellte Khaled fest, dass die Tür der Hüte sich öffnen ließ, und schob Mahmud und Azim hinein. Im Innern roch es nach gegorenen Früchten und abgestandenem Wein. Khaled verbarrikadierte die Tür mit einem Obstkarren und ein paar Leitern.

»Lass mich mal sehen«, forderte er Azim auf und beleuchtete mit seiner Fackel die Stelle, wo der Pfeil noch im Fleisch steckte.

»Ich werde sterben«, stieß Azim keuchend hervor. »Da gibt es nichts mehr zu retten.«

Mahmud hockte neben ihm am Boden und übergab sich mit einem tierisch anmutenden Laut.

»Vertrau mir«, sagte Khaled und schnitt mit einer Hand die Riemen entzwei, die den Harnisch seines Adjutanten an den Seiten zusammenhielten. Der Pfeil hatte sich auf Höhe der rechten Brust durch die Lunge gebohrt. Azim spuckte bei jedem Atemzug Blut. Khaled legte die Fackel so ab, dass sie nicht ausbrennen konnte. Dann packte er das Ende des Pfeils und stieß den hölzernen Zain mit aller Wucht in Azim hinein, nach hinten durch die Rippen und unter dem Schulterblatt hindurch, so dass die Spitze am Rücken hinausragte. Azim riss vor Panik die Augen auf und stieß einen markerschütternden Schrei aus, der ihn das letzte Quäntchen Atem kostete. Röchelnd versuchte er zurückzuweichen, doch Khaled ließ sich nicht beirren und brach den hölzernen Zain oberhalb der blattförmigen Klinge so geschickt ab, dass er den restlichen Pfeil anschließend mit einem Ruck hinausziehen konnte.

Wie tot lag Azim auf dem Rücken und starrte mit vor Panik aufgerissenen Augen zum Dach.

Mahmud, dem vor Schmerz und Übelkeit der Schweiß aus allen Poren rann, sah entsetzt zu, wie Khaled sich scheinbar ungerührt an seinem Brustbeutel zu schaffen machte.

»Du hast ihn umgebracht«, stieß er voller Entsetzen hervor.

»Wart's ab«, sagte Khaled und schob Azim eine der Kapseln unter die Zunge, die Lyn ihm gegeben hatte, und zerquetschte sie mit den Fingern. Dann hielt er dem immer noch leise röchelnden Kameraden den Mund zu.

Bange Momente vergingen, bis Khaled sah, wie Azim die Augen bewegte und erstaunt um sich blickte. Sein Atem setzte ruckartig ein und ging ruhig und regelmäßig.

Mahmud schaute ungläubig auf die schartenartige Wunde in der Brust, die sich rasch zu schließen begann. »Bei Allah«, murmelte er.

»Komm her!«, befahl Khaled ihm knapp. »Jetzt zu dir.«

»Was hast du vor?« Mahmud schrak ängstlich zurück, während Azim sich ungläubig aufrichtete.

Khaled hielt seinem misstrauisch dreinblickenden Bruder eine der silbern schimmernden Perlen zwischen Daumen und Zeigefinger entgegen. »Die neueste Medizin aus dem Maristan von Chorasan«, log er ungeniert. »Sie kann keine Toten zum Leben erwecken, aber sie kann jede Verwundung im Handumdrehen heilen.«

»Das glaubst du doch selber nicht«, keuchte Mahmud voller Zweifel.

»Willst du leben oder sterben?« Khaled bedachte ihn mit einem ungeduldigen Blick.

»Ich will … leben.«

Mahmud biss die Zähne aufeinander und sackte, nachdem Khaled den Pfeil aus seinem Körper gezogen hatte, halb ohnmächtig in die Knie. Doch auch ihm konnte geholfen werden. Der Schmerz verschwand so schnell wie die hässliche Wunde, und schon bald stand er unversehrt da, frisch wie ein neugeborener Knabe, unfähig zu begreifen, was soeben mit ihm geschehen war.

Khaled drückte seinen völlig verdutzten Kameraden die Schwerter in die Hand. Azim zitterte immer noch leicht, als er Khaled ermahnte, dass das Paradies trotz dieses Wunders noch nicht erreicht sei und draußen Dutzende von Damaszenern darauf warteten, sie in Stücke zu zerhacken. Khaled fasste den Beschluss, den beiden Kameraden zwei seiner Kapseln in die Hand zu drücken. »Wenn es euch noch einmal erwischt und ich nicht dabei bin, zerbeißt eine Perle und lasst den Inhalt unter der Zunge zergehen«, mahnte er sie.

»Diese Perlen stammen nicht aus dem Maristan«, entgegnete Azim mit einer verschwörerischen Miene. »Gib's zu, du hast die Pillen von den beiden Frauen bekommen, die wir in der Wüste aufgefunden haben, nicht wahr?«

»Ich habe auch von ihnen gehört«, murmelte Mahmud, der beim Auffinden von Rona und Lyn nicht dabei gewesen war. »Man erzählt sich merkwürdige Dinge über sie. Angeblich haben sie Zauberkräfte.«

Khaled kniff die Lider zusammen. »Ganz gleich, von wem ich die Pillen bekommen habe, Hauptsache, sie zeigen eine Wirkung.«

»Beim Propheten«, stöhnte Mahmut, »solange sie nicht dem Hort des Satan entstammen …«

Die Tür flog auf, und plötzlich sahen sie sich einer Übermacht von Kriegern gegenüber, die die Kleidung muslimischer Fürsten trugen.

Khaled schaffte es gerade noch, zu Schwert und Schild zu greifen, bevor er sich im Schein mehrerer Fackeln auf einen aussichtslosen Kampf einließ.

Wie ein Berserker schlug er um sich und versuchte sich zusammen mit Azim und Mahmut der eindringenden Übermacht zu erwehren.

Sein Körper funktionierte wie von selbst, während er spürte, wie seine Waffe in festes Fleisch eindrang, seine geschickte Drehung einen Kopf vom Rumpf trennte. Es war wie ein blutrünstiger Tanz, den er tausendmal einstudiert hatte und der doch immer einem anderen Rhythmus folgte.

Der Schlag, der ihn stoppte, kam so unvermittelt wie die Pfeile zuvor. Khaled spürte, wie ihm warmes Blut die Hüfte hinablief, zu seinem Bein und den Stiefel füllte. Er verlor schlagartig die Kraft in den Armen und stürzte zu Boden. Dabei büßte er nicht nur seinen Schild, sondern auch seinen Säbel ein.

Die feindlichen Krieger rauschten wie eine Welle über ihn hinweg, und sein einziger Gedanke galt dem Brustbeutel, den er um den Hals trug. Mit letzter Kraft schaffte er es, den Beutel zu öffnen, dabei fielen die restlichen Perlen zu Boden. Khaled tastete in dem Tumult nach den Kapseln. Er versuchte sich unter der Masse an Menschen, die auf ihn einstachen, zu drehen, was ihm aber nicht gelang, und so war es ein weiteres Wunder, dass er mit seiner durchstochenen Hand eine Perle erwischte, die auf seiner blutüberströmten Brust kleben geblieben war. Mit tauben Fingern steckte er sie in den Mund. Plötzlich glaubte er, Lyn vor sich zu sehen, mit einem Lächeln auf den Lippen. Dabei hatte er die Worte, um ins Paradies zu gelangen, noch gar nicht gesagt. »Es gibt keinen Gott außer Allah«, flüsterte er, bevor es schwarz um ihn wurde.

Als Khaled wieder zu sich kam, war er zwar unverletzt, aber gefesselt. Nichts war so, wie er sich das Paradies vorgestellt hatte. Eher schien er in den Vorhof der Hölle geraten zu sein.

Der dunkelhäutige Anführer der Angreifer, dessen stattliche Gestalt in feinstes Ziegenleder gehüllt war, sah ihn hasserfüllt an. Abu Aziz Maulā, wie er von seinen Leuten genannt wurde, war eindeutig ein Fatimide. In seinem ägyptischen Akzent rollte er jeden Buchstaben auf der Zunge, als könnte man diese Sprache förmlich schmecken.

Irgendwann einmal hatten die Ismailiten und die Fatimiden gemeinsame Wurzeln gehabt, doch dann hatten sie sich in blutigen Fehden entzweit und bekämpften sich seitdem bis auf den Tod. Khaled konnte sich denken, was man mit ihnen anstellen würde. Häuten und Vierteilen bei lebendigem Leib erschien ihm durchaus als gängige Methode der Demütigung.

»Wie hast du das gemacht?«, fragte Abu Aziz und stieß Khaled mit einem Stock in die Rippen. »Kein normaler Mensch hätte eine solche Attacke überlebt, aber du hast nicht einmal eine Schramme.«

Khaled sah in die Runde von aufgebrachten Gesichtern. Erleichtert stellte er fest, dass Mahmut den Angriff ebenso unverletzt überlebt hatte. Er saß gefesselt in einer Ecke, bleich wie Kalk. Azim war nirgendwo zu entdecken.

»Suchst du diesen hier?«, fragte sein Peiniger spöttisch und hob etwas in die Höhe, das Khaled als das Haupt seines Bruders und besten Freundes ausmachen konnte. Nein! Der kaum zu ertragende Schmerz über Azims Tod schoss Khaled wie ein Blitz durch die Eingeweide. Das durfte nicht sein! Azim hatte kurz zuvor die Kapsel geschluckt. Doch was hatte Lyn gesagt? Gliedmaßen konnte das Mittel nicht nachwachsen lassen.

»Wir wollten herausfinden, ob ihr wirklich unverletzlich seid«, erklärte Abu beinahe amüsiert. »Aber anscheinend kennt selbst der Satan, mit dem ihr im Bunde seid, seine Grenzen.«

Khaled begann wie wild an seinen Fesseln zu zerren, weil ihn die Wut und die Trauer um Azim übermannten. »Ich schwöre dir, du fatimidischer Wurm«, zischte er, »eines Tages werden dich die Nizâri im Staub zermalmen.«

Abu grinste und hielt nochmals Azims Kopf in die Höhe, wobei er ihm direkt in die gebrochenen Augen schaute. »Reinrassige Isma'iljja«, erklärte er mit getragener Stimme, »gesegnet mit ganz besonderen Gaben. Daneben waghalsige Späher im Gefolge der Frankenkönige.« Er ließ das Haupt sinken und warf es Khaled vor die Füße. »Und was wirst du erst tun, wenn du erfährst, dass euch eure eigenen Leute ins Verderben geführt haben?«

»Was willst du damit sagen?« Khaled blickte starr geradeaus, weil er sich sein Misstrauen keinesfalls anmerken lassen wollte.

»Es bedeutet, dass der Krieg für euch vorbei war, schon bevor er begonnen hat«, schnarrte Abu. »Er kann ohnehin nicht gewonnen werden, weil ihr mehr verräterische Schlangen in euren Reihen habt, als eure Könige Hofschranzen besitzen.« Er kam ihm so nahe, dass Khaled sein aufdringlich süßes Parfum riechen konnte.

»Der Königssohn ist dümmer als Schweinescheiße. Die Schergen seines Befehlshabers haben uns den Hinweis gegeben, dass Khaled al-Mazdaghani Ibn Mahmud mit seinen Leuten als Erster in die Gärten geschickt wird.« Abu, dem auffiel, wie Khaled die Farbe aus dem Gesicht wich, lachte gehässig auf.

»Manasses von Hierges, von dem man sagt, dass er mit Melisende das Bett teilt, hat uns in ihrem Auftrag eine Warnung überbringen lassen.«

Khaled glaubte für einen Moment zu ersticken. Es war also tatsächlich, wie Ronas Aufzeichnungen vermuten ließen. Die Königin steckte mit den Baronen und den Damaszenern unter einer Decke. Keiner von ihnen war an einer Eroberung der Stadt interessiert. Nur dass in Wirklichkeit alles noch viel schlimmer war. Melisendes Konstabler hatte den verrückten Coup, über die Gärten anzugreifen, von Beginn an geplant und den übrigen Heerführen mitsamt dem jungen König schmackhaft gemacht. Khaled und seine Leute vorauszuschicken war ein kluger Schachzug, weil auf diese Weise keinerlei Verdacht auf die Königin und ihren Heerführer fiel. Melisende würde wohl kaum mit Absicht ihre treuen Assassinen ins Verderben schicken.

Dass sie es sehr wohl konnte, traf Khaled härter als das Schicksal, das ihm in Kürze bevorstehen würde. Aber da gab es noch etwas, das ihm weit mehr zusetzte als alles andere.

Es war anzunehmen, dass Manasses nicht davor zurückschreckte, Khaleds restliche Mannschaft, falls ihnen der Rückzug gelungen war, als Verräter hinrichten zu lassen, weil sie Balduin und seine Ritter nicht rechtzeitig gewarnt hatten.

Abu weidete sich an Khaleds Entsetzen. »Keine Angst«, sagte er in beschwichtigendem Ton. »Wir werden dich und deinen Gefährten nicht töten. Falls eure falschen Herren auf die Idee kommen sollten, gegen Askalon zu ziehen, werden wir euch zum Gefangenenaustausch zurückbehalten. Und falls man euch nicht haben möchte, wird uns schon etwas Hübsches einfallen, wie wir uns die Zeit mit euch vertreiben können.«

Verschnürt wie gebändigte Löwen, festgezurrt im Bauch eines ägyptischen Schiffes, gelangten Khaled und sein Bruder Mahmud eine Woche später in den Hafen von Askalon. Trotz der Schmerzen, die Khaled in seinen Gliedern verspürte, als man ihn gefesselt und geknebelt über eine Rampe ins Innere der Festung trieb, tat er einen letzten tiefen Atemzug, bevor er im Reich des Blutes und des Todes verschwand.

Der Kerker, in den Abu Aziz Maulā sie werfen ließ, war schlimmer, als man sich die Hölle in seinen schrecklichsten Fantasien vorstellen konnte.

Vier bullige Schergen zerrten Khaled, dem die Kleidung in Fetzen herabhing, in ein felsiges Verlies. Ausgedörrt und vom Hunger gepeinigt, musste er sich gefallen lassen, dass die fatimidischen Söldner ihn mit dem Gesicht zur Wand an den ausgestreckten Armen an einen Felsen ketteten.

Einer der Kerle riss ihm die restliche Kleidung vom Körper.

Khaled ahnte, dass er von nun an verloren sein würde. Schon die Tage zuvor hatte man bei jedem falschen Blick auf ihn eingedroschen, aber als er die groben Hände des Folterknechts an seinem Geschlecht zu spüren bekam, entwickelte er beinahe überirdische Kräfte. Man wollte ihn entmannen, gar keine Frage. Er trat um sich und riss so sehr an den Ketten, dass er für einen Moment das Gefühl hatte, sie würden nachgeben, dabei waren es seine Arme, die sich schmerzhaft in ihren Gelenken dehnten. Seine Peiniger blieben unbeeindruckt, und einer quetschte ihm erbarmungslos den Hoden. Khaled schrie vor Schmerz und sackte in sich zusammen.

Die beiden Folterknechte nutzten seine Schwäche und ketteten seine Füße so eng an zwei in den Boden getriebene Eisenringe, dass er breitbeinig zu stehen kam. Eine Peitsche sauste ihm mehrmals über den Rücken und schnitt ihm ins rohe Fleisch. Ab und an traf ihn ein gezielter Schlag zwischen die Beine, der ihn am ganzen Körper erzittern ließ. Khaled biss sich die Lippen blutig, um nicht noch mal zu schreien. Offenbar wollte man ihn lediglich demütigen und nicht zum Eunuchen machen.

Doch es gelang ihm nicht, ein Stöhnen zu unterdrücken, als zwei kräftige Hände seinen Hintern packten und brutal auseinanderzogen. Das Geräusch, wie jemand Speichel durch den Schlund zog, hätte ihn warnen können, erst recht, als der Wächter den Auswurf gezielt auf Khaleds Anus platzierte.

Mit dem Ausspruch »Ich hatte noch nie eine nizârische Jungfrau« rammte der Scherge seine stattliche Rute tief in Khaleds Eingeweide.

Khaled glaubte vor Hass zu vergehen, als sein Peiniger sich unter rhythmischem Grunzen in ihm entleerte. Für einen Moment schloss er gequält die Augen und schickte ein Gebet zum Erhabenen, das dem Mann der Schwanz abfaulen und ihn anschließend der Blitz treffen möge, doch nichts geschah. Vielmehr war zu befürchten, dass die fatimidischen Schweine es nicht dabei bewenden ließen und es noch Jahre dauern konnte, bis der Tod ihn von solchen Qualen erlöste. Plötzlich dachte er an Lyn, dass er sie wohl nie mehr wiedersehen würde. Es sei denn, es gelänge ihm, eine List zu ersinnen und irgendwie des Kelches habhaft zu werden, von dem Melisende gesprochen hatte.

Lyn wusste instinktiv, dass André de Montbard nichts Positives zu vermelden hatte, als er nach Wochen des vergeblichen Wartens ihre Gemächer aufsuchte. In seinem Gefolge befand sich Godefroy Bisol, ein hagerer, grauhaariger Mann mit schmalem Gesicht und einer viel zu großen Nase, den Montbard aus den Anfängen des Ordens kannte und dem er – wie er sagte – jederzeit sein Leben anvertrauen würde.

Montbard hatte ihn kurz nach dem Erscheinen von Rona und Lyn in deren Geheimnisse eingeweiht. Bisol gehörte zum inneren Kreis des Hohen Rates, und Lyn hatte sich gewundert, dass der Mann beim Anblick des Servers vollkommen ruhig geblieben war. Dabei war durchaus verständlich, dass Montbard, was den Timeserver betraf, andere Brüder, denen er vertraute, zu Rate zog. Es mussten mehrere sein, mit denen er sich regelmäßig beriet, weil Montbard stets in der Mehrzahl sprach, wenn er Lyn und Rona von den Versammlungen berichtete, die er seit ihrer Ankunft auf dem Tempelberg einberufen hatte. Dass es besonders vertrauenswürdige Männer sein mussten, konnte Lyn daran ersehen, dass er Rona und ihr den Schwur abgenommen hatte, mit niemandem außer ihm und Godefroy über ihre Herkunft und ihre Absichten zu sprechen.

Instinktiv spürte Lyn, dass Montbards Besuch mit Khaled zu tun haben musste. »Ist er tot?«, stieß sie ängstlich hervor. Seit Khaleds Abzug hatte sie keine Nacht mehr ruhig schlafen können, so sehr vermisste sie ihn. Am Tag hatte sie ständig versucht, wenigstens einen mentalen Kontakt zu ihm aufzubauen, was ihr jedoch nicht gelungen war und ihre Angst um ihn nur noch mehr gesteigert hatte.

Montbard kniff seine Lippen zusammen und schwieg einen quälend langen Moment. Bisol stand neben ihm und verzog keine Miene.

»Laut königlichem Register ist er nach einem Angriff einfach verschwunden, und allem Anschein nach gibt es bis zum heutigen Tag keine Leiche. Also könnte er durchaus noch leben.« Montbard sah sie hoffnungsvoll an.

Lächerlich! Als ob sie das trösten würde. Lyn konnte in den Augen des Templers lesen, dass die Wahrheit womöglich weitaus schlimmer war.

Er beugte sich vor und umarmte sie sanft, doch diese Geste konnte Lyn nicht darüber hinwegtäuschen, dass er ihr etwas verschwieg.

Als der Seneschall sich von ihr löste, sah er Lyn fest in die Augen. »Khaled ist nicht tot.« Montbard gab sich alle Mühe, seiner Stimme einen überzeugenden Klang zu verleihen. »Ihr werdet ihn wiedersehen. Da bin ich mir sicher.«

Offenbar verfluchte er sich inzwischen selbst, dass er Khaled so einfach hatte ziehen lassen.

Lyn wurde schwindlig. Sie musste sich aufs Bett setzen. »Verdammt«, fluchte sie. »Was macht Euch so sicher?«

»Glaub ihnen nicht!«, rief Rona. Ihr Gesicht hatte einen feindseligen Ausdruck. »Die Templer machen sowieso nicht, was wir ihnen sagen.« Sie hockte vor dem Server. Mit einem provozierenden Lächeln blickte sie auf und schaute Montbard direkt in die Augen. »Liegt es daran, dass wir Frauen sind?«

»Nein, natürlich nicht«, beeilte sich Montbard zu erwidern.

»Woran liegt es dann?« Rona richtete ihren Blick auf Godefroy Bisol, dessen Miene im selben Moment gefror. »Der Krieg ist verloren, ganz so, wie wir es vorhergesagt haben. Khaled gehört zu den Opfern wie viele tausend andere auch.« Ronas bodenlanges, rosafarbenes Seidenkleid raschelte leise, als sie aufstand und mit verbittertem Blick auf die beiden eingeweihten Templer zuging. »Wir hätten es verhindern können. Warum habt ihr nicht auf uns gehört?« Ihr Ton war respektlos.

»Es ist nicht so leicht, wie Ihr glaubt, Madame.« In Montbards Stimme lag eine gehörige Portion Ironie. Bisol hielt die Arme vor seinem weißen Mantel verschränkt, ganz so, als ob er sich vor Ronas Angriff in Sicherheit bringen wollte.

»Ich glaube nicht, dass ihr eine Ahnung von dem habt, was hier gerade geschieht«, meinte Bisol. »In Eurer Welt dreht sich alles um Maschinen. Ihr habt nicht die geringste Verbindung zu Gott. Er herrscht über allem. Euer kleiner schwarzer Kasten kann ihm noch nicht mal das Wasser reichen, geschweige denn ihn ersetzen.«

»Warum fragt ihr dann nicht Gott, wie man einen solchen Krieg verhindern kann, oder hat euch Gott gesagt, ob der Assassine noch lebt?«

»Ja«, erwiderte Montbard ohne einen Funken Zweifel im Blick. »ER hat es mir gesagt. Hier drin!« Er deutete auf seine Brust, dort, wo das Herz saß. Lyn wusste nicht, was sie von dieser Aussage halten sollte, erst recht, als Godefroy Bisol ihm einen verschwörerischen Blick zuwarf, den Montbard nicht weniger verschwörerisch erwiderte. »Er ist ein intelligenter Bursche und ein guter Kämpfer.« Für einen Moment wich er ihrem forschenden Blick aus, als ob er spürte, dass Lyn darin lesen konnte, wenn er nahe genug an sie herantrat. »Inzwischen hat man die sterblichen Überreste von einigen seiner Getreuen gefunden«, erklärte er und versuchte nicht nur Lyn, sondern auch Rona damit abzulenken. »Khaleds Leiche war nicht dabei.« Sein Blick fiel auf Bisol, als ob er von dort eine Bestätigung erwartete, der daraufhin zögerlich nickte. »Was uns die Hoffnung gibt, dass er fliehen konnte. Aber was viel schlimmer ist – Manasses de Hierges hat Khaled und seinen Leuten die Schuld am misslungenen Auftakt des Angriffs in die Schuhe geschoben. Er sagt, sie hätten vom König den Auftrag erhalten, die Lage in den Gärten zu erkunden und den Angriff der übrigen Truppen vorzubereiten, indem sie ein Zeichen geben sollten, wenn die richtige Zeit zum Angriff gekommen wäre. Manasses wirft ihnen vor, König Balduin mit falschen Informationen versorgt zu haben, weil das Feuer zu einem Zeitpunkt erfolgte, als es in den Gärten nur so von Damaszenern wimmelte. Als Muslime hätten sie angeblich mit dem Emir von Damaskus kollaboriert. Balduin hat dem Konstabler geglaubt und die überlebenden Assassinen aus Khaleds Truppe noch vor Ort köpfen lassen.«

Lyn wandte sich mit einem Aufschrei ab. »Nein!« Sie konnte sich an einige der Männer erinnern. Khaled wäre für seine Gefolgsleute durch jedes Feuer gegangen. Es waren allesamt aufrichtige Männer, die gewiss keinen solchen Tod verdient hatten. Tränen schossen ihr in die Augen.

»Das darf nicht sein! Ihr wart es, der das alles zugelassen hat. Es waren gute Männer. Für Khaled waren es seine Brüder!« Tränen traten in ihre Augen.

»Damit ist der Verlauf des Kampfes also tatsächlich so eingetreten, wie wir befürchtet hatten«, bemerkte Rona kühl. »Damaskus wurde verloren, und die Christen haben nicht nur Tausende von Opfern hinzunehmen, sondern die Stadt an Nūr ad-Dīn verloren, was weitaus schlimmer sein dürfte als der Verlust von einem Haufen gutgläubiger Assassinen.«

»Wie kannst du so etwas sagen?« Lyn starrte sie entsetzt an. »Khaled und seine Männer waren nicht gutgläubig. Es blieb ihnen nichts anderes übrig, als in diesen Wahnsinn zu ziehen.«

Einzelne, dicke Tränen kullerten über ihre Wangen. »Ich liebe ihn«, flüsterte sie und ließ ihr Kinn auf die Brust sinken. »Ich kann den Gedanken nicht ertragen, dass er tot sein soll.« Als sie zu Montbard und Bisol aufblickte, sammelte sich ihre ganze Hoffnungslosigkeit in ihrem Blick. »Sagt eurem verdammten Gott, er soll ihn zu mir zurückbringen, koste es, was es wolle.«

»Er wird unsere Gebete erhören«, versicherte ihr Montbard und nahm ihre Hand.

Lyn wich seinem Blick aus, um nicht schon wieder weinen zu müssen.

»Eure Prophezeiung ist eingetroffen«, erwiderte Montbard mit betrübtem Blick, an Rona gerichtet. »Und Ihr müsst mir – uns – glauben, wenn ich sage, dass wir alles in unserer Macht Stehende getan haben, um das Ereignis zu verhindern. Denkt ihr, wir wären glücklich darüber, dass Everhard de Barres sich nun die Behauptung gefallen lassen muss, die Templer hätten die Sache verraten. Zumal wir ihm noch nicht einmal sagen konnten, warum wir diesen Krieg ablehnen. Ich habe lediglich ihn und unseren Komtur von Jerusalem warnen können, indem ich ihnen versichert habe, dass dieser Krieg nicht zu gewinnen sei, weil eine Verschwörung dahintersteckt. Dabei habe ich meine wahre Quelle verschwiegen und ihnen stattdessen gesagt, ich hätte die Information von muslimischen Spionen erhalten, dass der Feind vorbereitet und Verstärkung durch Nūr ad-Dīns Truppen aus dem Norden beschlossene Sache sei. Abgesehen davon, dass es eine Notlüge war, hätte dies aber auch jeder andere strategisch denkende Anführer vorhersehen können.«

»Wie wahr«, bemerkte Rona spitzfindig. »Und warum ist es dann trotzdem schiefgegangen?«

Montbard stieß einen tiefen Seufzer aus. »Bruder Godefroy hat recht, wenn er sagt, dass Gottes Wege unergründlich sind und Er sich nun mal nicht an Gesetzmäßigkeiten hält, die der Mensch erschaffen hat. Allem Anschein nach gehen unsere Macht und unser Wissen nicht weit genug, um Gottes Willen zu beeinflussen.«

Lyn sprang auf und war mit drei Schritten bei Rona, die neben dem Server kniete und überrascht aufschaute.

»Ich will, dass du den Server startest!« Solange sie noch eine Chance sah, das Ruder herumzureißen, würde sie sie nutzen, um Khaled zu retten.

Ronas Brauen schnellten hoch, wie zu einer Frage, doch Lyn nahm eine entschlossene Haltung an. »Sofort.«

Montbard und Bisol warfen sich verstörte Blicke zu, wagten es aber nicht, sich in den Schwesterdisput einzumischen.

»Und du verrätst mir auch, was du vorhast?« Ronas Stimme klang ungläubig.

»Ich will zurück. Drei Wochen. Ich will es versuchen. Ich werde Khaled vor diesem Wahnsinn bewahren und ihm sagen, dass er uns warnen soll, noch bevor die Fatimiden Mako erschlagen können.«

»Du bist wahnsinnig«, erklärte Rona. »Selbst wenn es funktioniert, was ist, wenn ich dich nicht zurückholen kann? Dann kollidierst du mit deinem eigenen Energiestrom und wirst vernichtet.«

»Ihr könnt Gott nicht ins Handwerk pfuschen, wenn er andere Pläne hat«, gab Montbard merkwürdig ruhig zu bedenken.

»Woher wollt Ihr das wissen?« Lyn warf ihm einen prüfenden Blick zu.

»Ich weiß es«, sagte Montbard.

Rona hatte inzwischen den Server gestartet, auch wenn sie von der Sache wenig überzeugt war. Aber das Argument, es noch einmal zu versuchen und Mako im Nachhinein retten zu können, zog weit mehr als die Rettung von Khaled.

Montbard und Bisol wirkten im Gegensatz zu Lyn, die vor Ungeduld nicht ruhig stehen konnte, geradezu andächtig, als das holographische Bild von Ronas Zwilling erschien.

»Eingangsdaten kalibrieren«, sagte die sanfte Stimme. Lyn legte ihre Hand in den türkisfarbenen Nebel. Das Ergebnis ließ indes nicht lange auf sich warten. Zielort verweigert.

Rona stieß einen Seufzer aus. »Das System lässt es nicht zu, weiß der Teufel warum.«

Lyn warf einen Blick auf die beiden Templer, bevor sie Rona anschaute. »Was ist«, sagte sie mit erstickter Stimme, »wenn Lion sich geirrt hat und nichts mehr verändert werden kann, weil sich alles wie in einem zeitlich vorbestimmten Vakuum abspielt, zu dem kein Mensch einen Zugang hat, ganz gleich, was er noch erfindet?«

Kapitel 11
Sprung ins Ungewisse

Juli 2005 – Deutschland – Israel

»Lafour will was?« Paul Colbach, der bereits ahnte, dass ihm nicht alles bekannt war, was in den Köpfen seiner Auftraggeber herumspukte, warf seinem Kollegen Tom Stevendahl einen angespannten Blick zu. »Ist er nun vollends verrückt geworden?« Nervös fuhr sich der Informatiker durch seine rotblonden Haare, mit dem Ergebnis, dass sie ihm zu Berge standen, was seinen Gemütszustand eindrucksvoll widerspiegelte. Der Luxemburger fühlte sich alles andere als wohl bei dem Gedanken, als Erfüllungsgehilfe des amerikanischen Präsidenten ein weiteres Zeitreiseexperiment zu wagen, das genug Risiken barg, um im Zweifelsfall die gesamte Menschheit zu vernichten. Seit Tagen versuchten er, Tom und Karen im unterirdischen Hochsicherheitstrakt des Forschungszentrums C.A.P. U.T., das in einem ehemaligen Atombunker der US-Streitkräfte in der Südeifel stationiert war, ein Experiment vorzubereiten, das wohl zu den waghalsigsten Unternehmungen gehörte, für die der amerikanische Präsident je eine Genehmigung erteilt hatte.

»Nicht so laut«, zischte Tom und sah sich suchend um, als ob er befürchtete, abgehört zu werden. Nachdem er tief durchgeatmet hatte, weihte er seine Kollegen in gedämpftem Tonfall in Lafours haltlose Idee ein, den Kreuzzug mit modernen Waffen endgültig für die Christen zu entscheiden.

Paul wich die Farbe aus dem Gesicht. »Wir haben nicht die leiseste Ahnung, was passiert, wenn wir auch nur eine Laborratte dorthin schicken, geschweige denn eine ganze Armee mit modernen Waffen.«

»Lafour meint, dass bisher nichts Gravierendes passiert ist, selbst nachdem wir die Templer ins Jahr 2004 transferiert haben. Also sagt er sich, man könnte durchaus bewusst eingreifen, indem wir versuchen die Geschichte durch gezielte Tötungsmaßnahmen zu verändern.«

Auf Pauls Gesicht spiegelte sich Entsetzen. »Wen hat er denn im Visier? Die Könige von Jerusalem oder die Vorfahren Bin Ladens?«

»Keine Ahnung«, bekannte Tom. »Ich habe versucht, ihm die Sache auszureden, aber er hat mir mit harten Konsequenzen gedroht, wenn ich seine Absichten dem Präsidenten vortrage.«

»Der General ist komplett inkompetent!«, ereiferte sich Karen Baxter. »Möglicherweise haben wir bisher nur Glück gehabt, dass das Raum-Zeit-Kontinuum nicht aus dem Gleichgewicht geraten ist.«

»Und wer garantiert uns, dass wir nach diesem Trip überhaupt noch existieren?« Paul rang nach Luft. »Du musst Lafour von diesem absurden Gedanken unbedingt abbringen. Das ist einfach zu gefährlich!«

»Ich habe es schon versucht«, erwiderte Tom. »Ohne Lafour zu unterrichten, habe ich dem Pentagon einen Bericht vorgelegt, der aus quantenphysikalischer Sicht von direkten Manipulationen im Ablauf der Geschichte abrät.

Ich habe darauf verwiesen, dass wir nicht umsonst das Ansinnen ablehnen mussten, ersatzweise für einen Probanden aus unserer Zeit einen der Templer ins Jahr 2001 zu entsenden, um den Anschlag des 11. September zu verhindern. Wir wissen zu wenig, um die Konsequenzen einer solchen Mission absehen zu können. Ich habe mich auf die Untersuchungen von Professor Hagerty berufen. Vielleicht kannst du dich erinnern. Er ist ein anerkannter Physikphilosoph und hält Eingriffe in die Zeitgeschichte mittels eines Zeitreisemechanismus für schlichtweg unmöglich.«

Paul lächelte schwach. »Aber dieser Hagerty hat nicht die leiseste Ahnung, wie nah wir seinen Theorien bereits gekommen sind, oder irre ich mich?«

Tom schüttelte den Kopf. »Das ist auch gar nicht nötig. Nach allem, was ich von ihm gelesen habe, teile ich seine Meinung und habe dem Präsidenten ein entsprechendes Dossier vorgelegt. Darin habe ich dargelegt, dass ich dem Transfer der beiden Frauen aus dem Jahr 1153 in die heutige Zeit trotz einiger Bedenken zustimmen kann. Sie stammen, soweit uns bekannt ist, aus dem Jahr 2151, gehören also nicht von Geburt an in diesen Zeitabschnitt. Somit stehen die Chancen für einen erfolgreichen Transfer meiner Einschätzung nach besser, als wenn sie schon immer dort gelebt hätten. Ich habe die hohen Herren in Washington bereits darauf hingewiesen, dass wir eine Einflussnahme auf das Zeitgefüge erst planen können, wenn wir mithilfe der beiden Frauen mehr über die technischen und physikalischen Zusammenhänge erfahren haben.«

Toms Augenmerk fiel auf den ersten Quantencomputer, den Professor Hagen vor zwei Jahren entwickelt hatte. In dem steril wirkenden Labor erschien er den beiden jungen Wissenschaftlern wie ein Mahnmal, dass es nichts gab, was unmöglich bleiben musste. Obwohl Tom nie ein gutes Verhältnis zu seinem verstorbenen Chef gehabt hatte, wünschte er sich im Moment nichts sehnlicher, als dass Hagen von den Toten auferstand, um wie früher das Ruder an sich zu reißen. Nicht nur wegen seines Knowhows über quantenphysikalische Vorgänge – sondern auch, weil er die Rolle des Ungeheuers, das Tom in Hannahs Augen unweigerlich sein würde, falls das Experiment misslingen sollte, klaglos übernommen hätte. Sie hatte den grauhaarigen Professor regelrecht gehasst, weil er es gewesen war, der Gero und seinen Knappen aus reiner Profilierungssucht ihrer Zeit entrissen hatte. Aber es half nichts. Tom musste da durch, selbst wenn er sich mit dieser Aktion bei Hannah bis in alle Ewigkeit ins Aus schießen würde. Immerhin war der viel kleinere Quantenlaptop, den sein Kollege und er mit Geros Hilfe in den unterirdischen Klostergängen von Heisterbach entdeckt hatten, weitaus intelligenter konstruiert als Hagens improvisiertes Ursprungsmodell – trotzdem konnte der futuristische Server aus einer weit entfernten Zukunft allem Anschein nach keine Toten zum Leben erwecken und auch niemanden einem Zeitstrom entreißen, in dem er aus verschiedenen Gründen energetisch fest verankert gewesen war. Tom stieß einen Seufzer aus.

»Es wäre sicher besser«, wandte Paul ein, »wenn man uns ein wenig mehr Zeit ließe, um den Server und seinen komplexen Mechanismus eingehender erforschen zu können, bevor wir einen so umfangreichen Versuch starten.«

»Der Präsident und seine Kettenhunde wollen dieses Experiment aber sofort«, erwiderte Tom, »und wir haben nicht die geringste Chance, etwas dagegen zu unternehmen. Es sei denn, du willst deine Karriere an den Nagel hängen und spurlos im Nirgendwo verschwinden.«

Dr. Karen Baxter, die in einem figurbetonten Laborkittel vor einem der vielen Computerbildschirme saß, blickte erschrocken auf. Sie hatten nie darüber gesprochen, aber allen dreien war klar, dass sie schon viel zu tief in der Sache drinsteckten, um sich einfach ausklinken zu können. Wenn auch nur einer von ihnen seinen Dienst verweigerte, würde das unabsehbare Konsequenzen für ihre eigene Sicherheit haben.

»Lafours Leute sind bereits seit zwei Wochen in Israel, um alles für den Transfer vorzubereiten«, bemerkte Tom tonlos. »Außer uns stellt sich offenbar niemand mehr die Frage, ob es überhaupt gelingen kann, acht Menschen mit Pferden und mittelalterlicher Ausrüstung in eine achthundert Jahre entfernte Vergangenheit zu entsenden.«

Tom blickte von seinen Laborergebnissen auf, die ihm der Drucker soeben in Papierform ausgespuckt hatte. Abwesend griff er zu seiner Kaffeetasse und führte sie an die Lippen. Der abgestandene Inhalt war eiskalt. Angewidert stellte er die Tasse zurück.

Vor seinem geistigen Auge liefen die Aufzeichnungen ab, die sich auf dem Server befunden und von denen auch die Templer nach ihrer Ankunft im Herbst 2004 berichtet hatten. Erschreckende Bilder von einem Dritten Weltkrieg, der in knapp fünfzig Jahren die drei großen Weltreligionen für immer von der Erde hinwegfegen würde. Vielmehr jedoch beunruhigte den amerikanischen Präsidenten die Tatsache, dass laut dieser düsteren Vision danach chinesische Großkonzerne die Herrschaft über den Planeten übernehmen würden. Amerika und Europa spielten in den Expansionsfantasien diverser Handelskonsortien dann nur noch insofern eine Rolle, als man deren Bevölkerung in Milliarden ferngesteuerter Bioroboter umwandelte, indem man deren Gehirne mit einem von Geburt an eingebauten Chip manipulierte.

Karen war hinter Paul getreten. Gemeinsam hatten sie den ganzen Abend in der hermetisch abgeschotteten Laborhalle verbracht und einen erneuten Check an dem Timeserver durchgeführt. Das Ergebnis war niederschmetternd. Nur zwei von acht Zeitreise-Durchgängen waren im Tierversuch erfolgreich gewesen. Vier weiße Kaninchen hatte man heil in die Vergangenheit und wieder zurück transferieren können. Sechs weitere waren nach einem kurzen Verschwinden als nicht identifizierbares blutiges Etwas zurück auf dem Versuchstisch gelandet, und bei dem Rest hatte der Server die Annahme der DNA für einen Zeitsprung verweigert. »Ich finde, das Ganze entwickelt sich zunehmend zu einer makabren Zaubershow.« Karen schaute ihre beiden Wissenschaftskollegen resigniert an. »Oder habt ihr eine Ahnung, was uns das sagen will.« Als Molekularbiologin und Medizinerin war sie im Team für alles Lebendige zuständig, ganz gleich, ob mit oder ohne Fell. »Im Klartext würde es bedeuten«, sie hielt ein braunes Fellbündel am Genick gepackt in die Höhe, »dass es die Tiere in der angewählten Epoche schon gab – was wenig wahrscheinlich ist, weil unsere Kaninchen noch gar nicht geboren waren, um innerhalb des ausgewählten Zeitstroms mit sich selbst konfrontiert werden zu können.«

»Außerdem gehen sie wohl kaum selbstständig auf Zeitreise?« Paul hob eine Braue, während er dem strampelnden Versuchsteilnehmer streng in die Augen schaute. »Oder etwa doch?« Er nahm Karen das verängstigte Tier ab und barg es in seinen Armen. Karen schenkte ihm ein warmherziges Lächeln. Die Art, wie Paul das Kaninchen streichelte, erinnerte sie daran, dass er ein zärtlicher Liebhaber war und als Vater ihrer zukünftigen Kinder ernsthaft in Frage kam.

Paul hatte jedoch für solche Gedanken im Moment wenig Sinn. Er brachte das Tier zurück in den Käfig und seufzte. »Die Ablehnung des Servers hatte vielleicht andere Gründe, die wir bisher nicht nachvollziehen können.«

»Unter diesen Umständen ist es eigentlich Wahnsinn, weiterhin Menschen zu transferieren, zumindest so lange, bis wir die genauen Hintergründe kennen«, fügte Karen mit besorgter Miene hinzu. »Wir dürfen den Präsidenten darüber nicht im Unklaren lassen.«

»Keine Chance«, widersprach Tom. »Ich habe Lafour und seine Vorgesetzten bereits ausreichend darauf vorbereitet, dass es Probleme geben könnte. In der Führungsetage des Pentagons hat man nur abgewinkt und gesagt: ‚Stevendahl, Sie schaffen das schon.'«

Tom schwieg für einen Moment, bevor er von neuem ansetzte. »Na ja …«, sagte er leise, »vielleicht sollte es mir auch egal sein, wie die Sache ausgeht. Hauptsache, es ist nicht unsere Schuld, wenn sich die ganze Geschichte am Ende zu einem Desaster entwickelt.«

»Spekulierst du etwa darauf, dass die Missionsteilnehmer nicht heil zurückkehren?« Paul sah seinen dänischen Kollegen aus schmalen Lidern an. Jeder hier konnte zumindest ahnen, dass Tom seinem Erzrivalen Gero von Breydenbach am liebsten die Pest an den Hals gewünscht hätte, weil Hannah vielleicht zu ihm zurückgekehrt wäre, wenn dieser verdammte Templer sich nicht an sie herangemacht hätte.

»Und wenn es so wäre?« Trotz lag in Toms Blick. »Zumindest könnte Hannah mir nicht den Vorwurf machen, dass ich ihn absichtlich hätte verschwinden lassen.« Die Tatsache, dass er den damals bewusstlosen Ritter aus dem Mittelalter nach dem missglückten Zeitreiseexperiment selbst in das Bett seiner Exverlobten gelegt hatte, machte die Angelegenheit für ihn nicht eben verträglicher. Herrgott, wie hätte er auch ahnen können, dass Hannah sich in diesen Barbaren verliebte.

»Das kannst du nicht bringen«, ermahnte ihn Karen. »Sie vergöttert Gero – sie ist mit ihm verheiratet, möchte mit ihm eine Familie gründen. Seit sie weiß, dass die Amis ihn und seine Kameraden für ein weiteres Zeitreiseexperiment einsetzen wollen, ist sie ganz verrückt vor Angst. Erst gestern war sie bei mir und hat mich gebeten, die geplante Mission aus humanitären Gründen abzulehnen.«

»Sie wusste von Beginn an, was mit dem Kerl los ist«, raunte Tom, ohne von seinem Bildschirm aufzusehen. »Im Mittelalter hätte sie mit ihm auch kein normales Leben führen können. Und dass unsere amerikanischen Freunde auf diese Barbaren und ihr Wissen um die Vergangenheit nicht einfach verzichten wollen, versteht sich von selbst.«

»Er ist kein Barbar, Tom«, erwiderte Karen missbilligend. »Nach allem, was ich über diese Männer herausfinden konnte, halte ich sie für weitaus kultivierter als manchen Kerl hier auf der Air Base. Nur weil jemand siebenhundert Jahre zuvor aufgewachsen ist, heißt das noch lange nicht, dass er kein Herz und keinen Verstand hat. Außerdem sind diese Leute sehr gebildet, mehrsprachig erzogen und für ihre Zeit erstaunlich weit herumgekommen.«

»Muss Paul sich Sorgen machen?« Tom grinste. »Immerhin sind noch zwei der Templer zu haben.«

Karen schüttelte den Kopf. »Du kannst es nicht lassen, oder?«

Tom tat so, als habe er die Frage nicht gehört.

»Und was ist mit Hannah?« Karen sah ihn fragend an. »Willst du ihr die Sache nicht persönlich erklären, damit sie das Projekt akzeptiert?«

»Das habe ich schon getan. Ich bin Wissenschaftler und kein Monster«, bemerkte Tom erstaunlich gelassen. »Deshalb habe ich ihr in Absprache mit Professor Hertzberg versprochen, dass sie und die anderen Frauen mit nach Israel reisen dürfen und den Transfer beobachten können. Was Lafour betrifft, so hoffe ich, dass der Präsident ihm die Weisung erteilt, seine Expansionsideen im Mittelalter zunächst noch auf Eis zu legen.«

Paul nickte. »Ich muss dir ein Lob aussprechen. Hätte nicht gedacht, dass sich die Amerikaner von dir bequatschen lassen, was diverse Vorsichtsmaßnahmen betrifft. Geschweige denn, dass sie unbeteiligte Beobachter beim Transfer dulden. Bleibt zu hoffen, dass wir die Aufbruchsstimmung im Weißen Haus nicht enttäuschen müssen.«

»Das hoffe ich auch.« Tom machte sich daran, die seitlichen Energiekammern des Servers zu öffnen. »Die Brennstoffzellen machen mir ebenfalls Sorgen«, erklärte er und fuhr mit dem Finger über jene Stelle, wo der Kernfusionsreaktor untergebracht war, der in etwa so groß war wie eine Streichholzschachtel. Ein blaugrünes Leuchten erhob sich aus dem flachen Gerät, das in Größe und Form einer anthrazitfarbenen Zigarrenkiste glich. Die Energie, die das winzige Kraftwerk produzierte, würde ausreichen, um eine Stadt wie München dem Erdboden gleichzumachen – falls etwas schiefllief. Dabei nutzte der Transfermechanismus diese künstlich hergestellte Energie lediglich als Türöffner, um die Kraft der schier unerschöpflichen Umgebungsmaterie anzuzapfen. Nur ein Fingerhut voll destilliertes Wasser, das von jeglichen DNA-Spuren befreit war, reichte aus, um eine gewaltige Kettenreaktion in Gang zu setzen.

Die labortechnische Herstellung dieses reinen Wassers gestaltete sich am aufwändigsten, weil man es von jeglichem menschlichen und tierischen Gen-Material befreien musste. Hertzberg hatte herausgefunden, dass es zu Moses' Zeiten bereits ein Gerät gegeben haben musste, das man Attik Jommim nannte und das mittels eines komplizierten Glaskolbens in der Lage war, sogar aus Wüstenluft Wasser zu destillieren. Wer dieses Gerät erfunden und wozu man es genau benutzt hatte, war allerdings bisher ein Rätsel geblieben.

»Das Wasser unter absolut sterilen Bedingungen herzustellen ist nicht alleine das Problem«, bemerkte Karen. »Den Tank zu öffnen und es dort dekontaminiert einzufüllen, erscheint mir wesentlich schwieriger.«

»Lafour hat uns bis nächsten Dienstag Zeit gegeben«, erinnerte Paul, »das Problem zu lösen, dann will er erste Testläufe mit größeren Objekten fahren.«

»Den Berechnungen zufolge sind zumindest einige der Kaninchen in den angewählten Epochen angekommen, aber sie können ja leider nicht sprechen, um genau zu sagen, ob sie tatsächlich in der richtigen Zeit gelandet sind«, meinte Tom mit einem gewissen Bedauern.

Karen schaute von ihrem Monitor auf. »Im Moment erscheint es mir nicht weniger wichtig, zu wissen, ob die Frauen, die Lafour in die Zukunft transferiert haben möchte, sich dort aufhalten, wo sie allem Anschein nach zuletzt gewesen sind.« Auf dem Bildschirm erschien ein Tagebuchauszug der beiden Wissenschaftlerinnen, die sich laut Eintrag Lyn und Rona nannten. Sie hatten vor nicht ganz achthundert Jahren vom Tempelberg in Jerusalem einen Notruf abgesetzt, indem sie eine auf Pergament geschriebene Nachricht in einer fremdländisch anmutenden Sprache in eine Aluminiumplombe gesteckt und sie als Grabbeigabe in eine Gruft mit sechs gefallenen Templern versenkt hatten. Die Botschaft hatte der verstorbene Quantenphysiker Professor Dr. Hagen von einem befreundeten Architekten aus dem Libanon erhalten, der sie bei Bauarbeiten am Tempelberg in Jerusalem gefunden hatte. Sie enthielt neben ein paar Koordinaten, die den Aufenthalt der beiden Frauen auf dem Tempelberg in Jerusalem beschrieben, auch eine mehr oder weniger vollständige Beschreibung eines sogenannten Timeservers, eines Gerätes, mit dem man in den unendlich erscheinenden Zeitstrom eindringen konnte. Allerdings ging es damit zunächst nur in die Vergangenheit. Wollte man zurück, so musste man sich aus der Zukunft wieder abholen lassen.

Tom erinnerte sich jedes Mal daran, wenn er die Videosequenz über das Entschlüsseln der Schrift auf dem Bildschirm sah, wie viele Stunden Professor Hagen in das Projekt investiert hatte, um aus den bruchstückhaften Beschreibungen eine halbwegs funktionierende Zeitmaschine zu bauen, die am Ende tausendfach größer war als der anthrazitfarbene Kasten, der nun vor ihnen lag.

Die Gewissheit, dass es sich dabei um das in der Plombe beschriebene Objekt handeln musste, stellte sich ein, nachdem sie den Überraschungsfund aus dem geheimen Gang der alten Klosterruine von Heisterbach geborgen und analysiert hatten. Doch nichts deutete darauf hin, wo die ehemaligen Besitzerinnen, die augenscheinlich einer mehr als einhundert Jahre entfernten Zukunft entstammten, am Ende geblieben waren.

»1153«, sagte Karen und inspizierte die Daten, die sie auf dem Rechner gefunden hatten. »Das ist der letzte Eintrag, den wir entdeckt haben.«

Bisher hatte man auf dem Server nur diesen holographischen Film über eine schreckliche Zukunft entdeckt und mehrere Protokolldaten, die von den vergeblichen Versuchen der beiden Frauen kündeten, Kontakt mit einer für sie mehr als tausend Jahre entfernten Zukunft aufzunehmen. Demnach waren die beiden Wissenschaftlerinnen aus dem Jahre 2151 im Jerusalem von 1148 gestrandet und hatten fünf Jahre in der heiligen Stadt zugebracht, wie den Zeittafeln und Koordinaten der Kontaktprotokolle zu entnehmen war. Was sie in dieser Zeit dort erlebt hatten, konnte anhand der lückenhaften Aufzeichnungen nicht bestimmt werden.

»Was bleibt uns anderes übrig, als nach ihnen zu suchen und zu hoffen, dass bei dem Transfer alles glattgeht?« Tom setzte ein müdes Lächeln auf.

»Also gut«, bemerkte Karen resigniert, »dann liegt es also allein an uns, dass bei der Sache möglichst alles funktioniert.«

»Struan?« Amelies Stimme klang zaghaft im Halbdunkel des fürstlich eingerichteten Schlafzimmers. Der schottische Templer zog seine Frau unter der leichten Daunendecke instinktiv näher zu sich heran. Seit mehr als acht Monaten lebten sie nun in einer Zukunft, die sie nicht verstanden. Seit die Amerikaner Struan mit fünf weiteren Kameraden in die Gegenwart transferiert und gesund gepflegt hatten, betete er jeden Tag zu Gott und bedankte sich dafür, wenigstens Amelie an seiner Seite zu haben. Hier in dieser fremden Welt hielten sie sich gegenseitig fest, wie zwei Ertrinkende, die sich aneinanderklammerten.

Seine zierliche Frau zitterte, als ob sie spürte, was in ihm vorging. Erst vor ein paar Tagen hatte er erfahren, dass General Lafour ihn und seine Kameraden noch einmal Hunderte von Jahren in der Zeit zurückschicken würde. Eine angeblich unaufschiebbare Mission, die weitaus gefährlicher zu sein schien als die Befreiung von Henri d'Ours aus einem Kerker des französischen Königs. Wenn er jedoch Gero vertraute, würde die Reise ihnen eine Möglichkeit eröffnen, sich dem Martyrium der Amerikaner zu entziehen. Gero hatte im Lac d'Orient etwas entdeckt, über das er vor Hertzberg und ihren Auftraggebern eisern geschwiegen hatte. Seitdem hatten er und die Kameraden wieder Mut gefasst, in der bevorstehenden Mission an geheime Erkenntnisse des Templerordens zu gelangen, die es ihnen ermöglichten, mit ihren Frauen dieser Knechtschaft zu entfliehen.

»Du brauchst keine Angst zu haben, Lassie«, flüsterte er und ließ seine große Hand unter die Bettdecke gleiten, um sie zärtlich über Amelies nackte Brüste wandern zu lassen. »Die heilige Jungfrau wird uns beschützen.« Er versuchte sie von ihren trüben Gedanken abzulenken, indem er sie küsste und ihr lächelnd das Nachthemd hochzog, um sie zwischen den Schenkeln zu liebkosen. Für gewöhnlich liebte sie das, doch nun begann sie plötzlich zu weinen. Verdammt, Struan war ratlos, was er noch tun sollte, um sie auf leichtere Gedanken zu bringen, wenn nicht einmal das half. Vielleicht lag ihre trübe Stimmung auch daran, dass sie immer noch hoffte, endlich ein Kind von ihm zu empfangen, aber bisher hatte der Herr ihren Leib nicht gesegnet, obwohl sie während des Beischlafs immer einen geweihten Rosenkranz um den Hals trug. Dabei war Struan längst nicht sicher, ob sie nach ihrer Fehlgeburt überhaupt noch schwanger werden konnte. Karen Baxter, eine außerordentlich gute Heilerin, hatte diese Frage durchaus bejaht, aber Struan überlegte schon seit geraumer Zeit, ob es unter den gegebenen Umständen nicht besser war, auf Nachkommen zu verzichten.

»Struan?« Amelie kam ihm so nahe, dass er ihren nach Minze duftenden Atem riechen konnte. »Wie ist das, wenn man mit einem Flugzeug fliegt?«

»Wie kommst du ausgerechnet jetzt auf diese Fragen?« Struan konnte sein Erstaunen nicht unterdrücken.

»Hannah hat mir erzählt, dass die Amerikaner mit euch ins Heilige Land fliegen wollen und dass wir euch im Flugzeug begleiten dürfen, um – wie sagte sie noch – diesem Versuch beizuwohnen.«

»Woher weiß sie das?« Struan spürte einen Stich im Herzen. Er hatte es so lange wie möglich vor Amelie verschweigen wollen, und am liebsten hätte er es ihr gar nicht erzählt, weil es hieß, sie seien in drei Tagen sowieso wieder zurück. Gemeinsam hatte er mit seinen Kameraden daher beschlossen, die Frauen im Unklaren zu lassen. Heimlich ärgerte es ihn, dass Gero offenbar vor Hannah geplaudert hatte.

»Sie weiß es von Tom.«

Aha, also doch nicht Gero, sondern Tom – dieser fragwürdige Maleficus, dem er überhaupt nicht vertraute.

»Struan?«, fragte Amelie leise. Ihre Hand fuhr in seine schulterlangen, schwarzen Locken. »Wusstest du davon?«

Struan überlegte einen Moment. »Ja«, gab er zögernd zu. »Ich wusste davon, aber ich wollte es dir nicht sagen, bevor es nicht feststehen würde.«

»Ich fürchte mich«, bekannte sie und schmiegte sich an ihn.

»Vor dem Fliegen?« Er lächelte unbeholfen. »Es ist gewiss nicht so schlimm, wie du glaubst«, sagte er beschwichtigend, obwohl er selbst großen Respekt davor hatte, in einen solchen eisernen Vogel zu steigen. Jeden Tag sah er sie, wenn sie mit ohrenbetäubendem Krach über den Himmel donnerten.

Er selbst war erst ein einziges Mal geflogen. Man hatte ihm erzählt, dass die amerikanischen Soldaten ihn während seiner tiefen Bewusstlosigkeit mit einem Helikopter von Franzien aus in die deutschen Lande transportiert hatten. Aber er konnte sich nicht daran erinnern und hatte es seitdem nicht noch einmal versucht. Ihm reichte es vollkommen, in einem Auto zu fahren.

»Es ist nicht das Fliegen. Wirst du aus der Vergangenheit zu mir zurückkehren?« Amelies Stimme klang unschuldig, aber Struan traf die Frage wie ein Schlag in den Magen.

Seit er sie im Herbst 1307 auf der Breydenburg hatte zurücklassen müssen, hatte er sich geschworen, nie mehr von ihr getrennt zu sein. »Wer sagt denn, dass wir nicht zurückkehren werden?« Struan nahm ihr Gesicht in seine Hände und küsste ihre Stirn.

»Ich weiß von Freya, dass Hannah alles versucht hat, um eure Reise in die Vergangenheit zu verhindern. Daraus schließe ich, dass an der Geschichte etwas nicht stimmt. Ich finde es nicht recht, wenn dieser Tom schon wieder Gott ins Handwerk pfuschen will und ihr dafür büßen sollt.«

Struan strich ihr über die blonden Locken, als er spürte, wie ihr die Stimme versagte. »Ich habe furchtbare Angst, dass ihr nicht lebend zurückkommen werdet.«

Zur Hölle, sie war also längst nicht so unbedarft, wie er gedacht hatte.

Er hielt sie an sich gedrückt. »Ich bin doch bei dir«, flüsterte er, dabei war ihm selbst zum Heulen zumute. Alles, was hier geschah, war irgendwie gottlos und falsch. Sie hätten niemals in diese Zeit gelangen dürfen.

»Mach dir keine Sorgen«, fuhr er leise fort. »Wir haben uns untereinander beraten. Gero weiß, was er tut, und ich kann mir nicht vorstellen, dass er auf Hannah und Matthäus einfach verzichten wird.«

»Ja, du hast recht«, wisperte sie. »Sie lieben sich genauso sehr wie wir. Gero würde Hannah und den Jungen niemals im Stich lassen.«

Oder sie ihn, dachte Struan, aber das sagte er nicht.

»Schlaf jetzt, Lassie«, ermahnte er sie leise und küsste sie auf den Scheitel. »Gott wird mit uns sein. Ich werde für uns beten.«

Gedankenverloren beobachtete Johan, wie Freya an ihrem Frisiertisch die roten, hüftlangen Haare kämmte. Sie waren das Erste gewesen, das ihm in einem Wald in der Nähe von St. Mihiel an ihr aufgefallen war. Mit ihren olivfarbenen, leicht schräg stehenden Augen und den vollen Lippen hatte sie ihn so sehr in ihren Bann gezogen, dass sein Keuschheitsgelübde noch am gleichen Abend in Vergessenheit geraten war. Niemals hätte er geglaubt, dass diese Frau ihn für sich erwählen würde. Schon alleine wegen seiner entstellenden Brandnarben im Gesicht, die er einer Ladung heißem Pech zu verdanken hatte, die bei der Eroberung einer Räuberfestung auf ihn herabgekippt war.

Freya aber liebte ihn, auch wenn seine Lippen verbrannt waren und sein roter Bart wegen der Narben eher einem mottenzerfressenen Teppich glich. Damals, vor siebenhundert Jahren hätten sie keine Zukunft gehabt – er als verfolgter Templer und sie als verarmte Beginenschwester. Trotzdem war sie ihm gefolgt und hatte für ihn und seine Sache ihr Leben riskiert.

Seit sie seine Frau geworden war, fragte er sich, ob sie unter diesen merkwürdigen Umständen ein besseres Leben haben würden.

Nachts, wenn er nicht schlafen konnte, glaubte er darüber den Verstand zu verlieren, doch dann war es Freya, die ihm Zuversicht gab.

»Willst du mir etwas sagen?« Mit einem Lächeln hatte sie sich zu ihm umgedreht und beobachtete interessiert, wie er unter einem Seidenlaken verborgen auf sie zu warten schien.

»Du weißt es«, sagte er und gab sich keine Mühe, überrascht zu wirken.

»Ja«, antwortete sie, und ihr Lächeln verlosch. »Hannah hat es mir heute Abend gesagt.« Freya stand auf und bewegte sich mit wiegenden Hüften auf sein Bett zu. Sie trug ein lavendelfarbenes Seidenhemd, das bis zum Boden reichte und ihre vollen Brüste betonte. Er rutschte ein Stück beiseite, als sie sich neben ihn setzte, seine Hand nahm und ihm prüfend in die Augen sah. »Wolltest du einfach verschwinden, ohne dich von mir zu verabschieden?«

»Nein«, sagte er mit stockender Stimme. »Ich wollte es nur nicht schlimmer machen.« Seine blaugrünen Augen nahmen einen verzweifelten Ausdruck an. »Obwohl uns alles genau erklärt wurde, habe ich meine Zweifel, ob Tom und seine Schergen wissen, was sie da mit uns anstellen.«

»Gott wird euch schützen.« Freya hätte fragen könne, warum er diesem Unternehmen überhaupt seine Zustimmung gegeben hatte, aber sie war eine kluge Frau. Sie wusste, dass er kaum eine Wahl hatte und sie seinen Stolz noch mehr verletzen würde, wenn sie ihn mit dieser Frage konfrontierte.

»Gero glaubt, eine Lösung für unser Problem gefunden zu haben«, erklärte er müde, »aber ich kann nicht vor dir darüber sprechen. So absurd es klingen mag – doch so, wie es aussieht, müssen wir erst ins Jahr 1153 abtauchen, um wieder nach Hause kommen zu können.«

Freya sah ihn eine Weile an und erwiderte nichts, dann strich sie ihm über die roten Stoppeln auf seinem Kopf und lächelte wehmütig. »Ich bin überall zu Hause, wo du bist«, flüsterte sie. »Allein deshalb musst du wieder zu mir zurückkommen, ganz gleich, was geschieht. Ich könnte in der Hölle leben, aber nicht ohne dich.«

Johan hielt den Atem an, während er sich für einen Moment von ihr abwandte, weil ihm Tränen in die Augen schossen. Dann fasste er sich und zog ihren Kopf zu sich herab. »Ich liebe dich, Freya van Elk«, murmelte er an ihren Lippen. »Ich habe dich zu meiner Gräfin gemacht, und ich werde dich eines Tages nach Hause auf die Burg meiner Väter führen, und wenn ich dafür einen Pakt mit dem Teufel eingehen muss.«

Hannah beschlich ein Gefühl der Unwirklichkeit, als die israelische Wüste an dem kleinen Flugzeugfenster vorbeirauschte. Gero drückte ihre Hand ein wenig fester, als die Boeing 727 der amerikanischen Streitkräfte zur Landung ansetzte. Auf der israelischen Hatserim Military Air Base am Rande der Negev-Wüste erwartete sie am Ende der Landebahn ein Spalier von Sicherheitsfahrzeugen, das die Maschine zum Hangar geleitete.

In den Blicken von Geros Kameraden lag eine gewisse Lethargie, die keinen Rückschluss darauf zuließ, ob sie Angst vor dem empfanden, was hier auf sie zukommen würde. Amelie und Freya schienen nervös zu sein, aber offenbar hatten auch sie sich in ihr Schicksal gefügt. Allein Matthäus wirkte aufgedreht und debattierte hinter ihnen mit Anselm Stein, der die Reise nach Israel als einziger Außenstehender begleiten durfte, über den Flug. Für die Frauen und den Jungen hatte man zivile amerikanische Pässe ausgestellt. Matthäus beschäftigte hauptsächlich die Frage, warum Gott es zuließ, dass ein Flugzeug nicht einfach vom Himmel fiel, sondern sich wie ein Vogel verhielt. In seiner kindlich anmutenden Neugier hatte er den Hintergrund dieser Reise kaum hinterfragt, und aus verschiedenen Gründen war niemand auf die Idee gekommen, ihn einzuweihen, um was es hier wirklich ging.

Tom, Karen und Paul waren schon seit Dienstag vor Ort und hatten mit hochrangigen Vertretern der NSA letzte Feldversuche mit dem Timeserver durchgeführt. Anlässlich des Transfers würde sogar Senator K. J. Dekker mit einem Stab von Beratern in geheimer Mission anreisen; als außerordentliche Vertreter des amerikanischen Präsidenten wollten er und seine Leute dem Verlauf des Experimentes direkt beiwohnen. Der Präsident hatte davon Abstand genommen, den einzigartigen Versuchsablauf vor Ort zu verfolgen. Erstens wollte man den israelischen Geheimdienst durch die Einreise des amerikanischen Präsidenten nicht auf die Fährte bringen. Zum anderen barg das Experiment verschiedene, nicht vorhersehbare Gefahren, die nicht nur das Leben des Staatsoberhauptes gefährden konnten. Sollte es trotz aller Vorsichtsmaßnahmen zu Verschiebungen im Raum-Zeit-Gefüge kommen oder zu sonstigen Anomalien, würde der Präsident dort sein, wo er hingehörte – in seinem Land, an der Seite seines Volkes.

Gero und seine Kameraden hatte man gegenüber den Israelis offiziell als Sicherheitspersonal der amerikanischen Botschaft deklariert. Durchtrainiert, mit kurzgeschorenen Haaren und exakt getrimmten Bärten, wie es bei den Templern zu allen Zeiten üblich gewesen war, hätte wohl auch kaum jemand vermutet, dass es sich bei ihnen nicht um die üblichen Marinesoldaten handelte, die man zu solchen Aufgaben heranzog. Zumal sie noch keine mittelalterliche Chlamys, sondern Jeans und T-Shirt trugen. Auch die Frauen hatte man neu eingekleidet. Es hatte Karen Baxter einiges an Überredungskunst gekostet, Amelie davon zu überzeugen, dass sie ausnahmsweise auf ihre traditionelle, bodenlange Gewandung zu verzichten hatte. Stattdessen trug sie ein wadenlanges, hellblau geblümtes Sommerkleid und flache, weiße Schuhe. Damit sah sie noch hinreißender aus. Struan gefiel es nicht sonderlich, dass Lafours Männer das Mädchen unentwegt anstarrten. Die schwarzen Augen des Schotten funkelten finster, und Hannah befürchtete schon, dass er irgendwann ausrasten und einem von Lafours Leuten das Genick brechen würde.

Die eigentliche Zeitreise der Männer sollte etwa drei Tage dauern. In erster Linie galt es, die beiden Frauen aus der Zukunft im Jerusalem des Jahres 1153 aufzuspüren und in die jetzige Zeit zurückzubringen.

Die Israelis durften auf keinen Fall Verdacht schöpfen, was hier geschah, und bevor sie dahinterkommen konnten, wollte man im wahrsten Sinne des Wortes schon längst wieder über alle Berge sein. General Lafour hatte als Einziger des Trupps eine gesunde Gesichtsfarbe, was wahrscheinlich an seinem überhöhten Blutdruck lag – oder daran, dass er sich während des vierstündigen Fluges mindestens vier Gläser Whisky gegönnt hatte.

Der Wüstenwind schlug Hannah unangenehm heiß ins Gesicht, als sie ohne Gepäck die Gangway zum Vorfeld hinuntergingen. Freya bändigte mit Mühe ihre lange, rote Mähne und blinzelte ins tiefstehende Sonnenlicht, während sie den sich drehenden Radarschirm beobachtete. Amelie setzte sich rasch eine große Sonnenbrille auf, die Hannah ihr geschenkt hatte und die ihre verweinten Augen verbarg.

Hannah fühlte sich kaum besser, als sie Gero und den übrigen Männern zu den bereitstehenden Vans folgte. Bis zuletzt hatte sie einen aussichtslosen Kampf gekämpft – gegen Tom, gegen Lafour und gegen Hertzberg und seine krude Idee, die fünf Templer auf ihrer Reise begleiten zu wollen.

Hannah fürchtete, dass, wenn nun auch noch Hertzberg von der Bildfläche verschwand, niemand mehr da sein würde, der ihre und die Interessen der Templer im Ernstfall vertrat.

Lafour, der früher einmal bei den Ledernacken gewesen war, übernahm die kurze Begrüßung des israelischen Kommandanten der Air Base mit der gewohnten Souveränität. Die Augen verdeckt von einer nachtschwarzen Oakley-Black-Iridium-Sonnenbrille, tischte er dem hochrangigen Offizier der israelischen Air Force irgendeine Geschichte auf, warum man überhaupt nach Israel gekommen war. Dann regelten er und sein Adjutant Colonel Decks Humphrey, der mit seinen breiten Schultern und der Glatze aussah wie Lafours jüngere Ausgabe, alle notwendigen Formalitäten. Der Rest der Crew erhielt einen Wink, dass alles in Ordnung war, und stieg in mehrere dunkle, gepanzerte Vans, die am Rande des Flugfeldes bereits auf sie gewartet hatten, um sie unverzüglich zur amerikanischen Botschaft nach Tel Aviv zu bringen.

Gero und seinen Kameraden war die Anspannung, aber auch die Neugier anzusehen. Struan sog die Luft des Heiligen Landes ein, die ganz unheilig stark nach Kerosin roch. Amelie schmiegte sich an den schwarzhaarigen Hünen, als ob sie sich in seinem Schatten verstecken wollte, und Hannah fragte sich, wie es wohl für sie werden würde, wenn ihr Geliebter im unberechenbaren Universum der Zeit verschwand. Johan wirkte angespannt, und auch Freya, die ihre rote Haarpracht inzwischen zu einem Knoten geschlungen hatte, setzte eine ungewohnt ernste Miene auf, als sie an Be'er Sheva vorbei in Richtung Tel Aviv davonrasten. »Asheklon« stand wenig später auf einem Schild, das auf eine Abfahrt hinwies.

»Askalon«, murmelte Arnaud, der ihnen im Fond des Fahrzeugs gegenübersaß. Er blickte Gero bedeutungsvoll an, und Hannah spürte, dass es zwischen den beiden ein Geheimnis gab.

Die braunen Locken ungewohnt kurz, hatte Arnaud sich seinen dunklen Bart auf Drei-Tage-Niveau geschoren und war damit kaum von den modebewussten Einheimischen zu unterscheiden, die ihr in den vorbeifahrenden Sportwagen ins Auge fielen. Hannah konnte ihn sich gut in einem weißen, langen Gewand vorstellen, als attraktiven, orientalischen Prinzen mit einem weißen Tuch auf dem Kopf.

In einer Templerchlamys, wie er sie beim Transfer tragen sollte, hatte sie ihn noch nie gesehen. Als sie ihm zum ersten Mal im Kerker von Chinon begegnet war, hatte er völlig zerfetzte Lumpen getragen und später die bunte Kleidung eines Spielmanns.

»Jerusalem«, erwiderte Gero leise, als die nächste Abfahrt in Sicht kam. Wieder wechselte er einen Blick mit Arnaud, als ob es ein geheimnisvoller Code wäre, den er ihm mitteilte.

Hannah hätte wetten mögen, dass seine blauen Augen einen merkwürdigen Glanz angenommen hatten. Matthäus zappelte ungeduldig auf seinem Sitz herum, während Anselm, der neben Arnaud Platz genommen hatte, in Erklärungen schwelgte, die das Heilige Land der Kreuzfahrer mit dem verglichen, was davon übrig geblieben war.

Hannah hätte am liebsten ihren MP3-Player aufgesetzt, um sich mit beruhigender Musik berieseln zu lassen. Aber sie war zu aufgeregt, um irgendetwas anderes zu tun, als Geros Hand zu halten.

Die nächste Nacht verbrachten sie in einem grauen, mehrstöckigen Gebäude in Tel Aviv das – streng bewacht – die Vereinigten Staaten von Amerika in Israel repräsentierte. Gegen Mittag des nächsten Tages wollte man in die Gegend von Ubaidya aufbrechen, gut dreißig Kilometer südöstlich von Jerusalem entfernt, auf dem halben Weg zum Toten Meer. Dort hielten sich Tom und das Team der NSA in mehreren, großen Beduinenzelten auf, von denen es im arabischen Teil Israels eine Menge gab. Niemandem würde es seltsam erscheinen, wenn ein Van mit Allradantrieb inmitten von Schafen und Kamelen in dem baumlosen, hügeligen Gelände parkte. Keiner würde auf die Idee kommen, dass sich hinter einer Fassade aus Trinkwassertanks, Gasflaschen, Wäscheleinen und blauen Müllsäcken, wie sie bei Wüstencamps ohne kommunale Versorgungsanbindung obligatorisch waren, ein spektakuläres Zeitreiseexperiment verbarg. Aus diesem Grund hatte man dieses Areal für den geplanten Transfer gewählt und nicht den Keller des amerikanischen Konsulats in Jerusalem. Zudem wäre es kaum möglich gewesen, acht Pferde nach Jerusalem zu bringen, ohne das Aufsehen der zuständigen Behörden zu erregen.

Weder Hannah noch Gero konnten in der Nacht schlafen. Es war heiß, draußen zirpten ein paar Grillen. Von Ferne brandete das Rauschen des Meeres gegen die Fenster. Ab und an war Musik zu hören, die aus den Strandbars und Diskotheken zu ihnen herüberschwappte. Irgendjemand sang im Vorbeigehen etwas auf Hebräisch, und eine Frau brach in schrilles Gelächter aus. Die Klimaanlage summte leise, und Hannah hatte ihren Kopf auf Geros nackte Brust gebettet. Er hatte einen Arm um sie gelegt und kraulte ihr den Rücken.

»Es ist nicht nur«, begann sie mit belegter Stimme, »dass mich der Gedanke, es könnte dir etwas zustoßen, völlig fertigmacht. Ich frage mich, was geschieht, wenn es euch doch gelingt, die Geschichte zu verändern.«

»Es tut mir leid«, gestand Gero heiser. »Ich habe nicht die geringste Ahnung, was da auf uns zukommt. Es bleibt uns nichts anderes übrig, als uns auf Gottes Güte zu verlassen.«

»Wir würden uns vielleicht nie wiedersehen.« Hannahs Stimme brach für einen Moment. »Ja – vielleicht werden wir beide nie geboren.«

»Wenn wir nicht geboren werden, kann das alles hier gar nicht stattfinden, und dann können wir auch nichts verändern.« Gero drehte sich mit einem Seufzer zu ihr hin, nahm sie in die Arme und zog sie noch näher zu sich heran. »Das Einzige, was mich an der Sache wirklich beunruhigt, ist, dass mein Leben von den Fähigkeiten deines früheren Verlobten abhängt. Tom hätte sicher nichts dagegen, wenn er mich dort lassen könnte, wo der Pfeffer wächst.« Er lächelte schwach.

»Sollte mir der Eindruck entstehen, dass er dich nicht zurückholen will«, erklärte Hannah in grimmigem Ton, »werde ich ihn eigenhändig zum Eunuchen machen.«

»Das wird nicht nötig sein«, meinte Gero amüsiert. »er ist ohnehin kein richtiger Kerl.« Dann wurde er ernst und näherte sich mit seinem Mund ihrem Ohr. »Wenn ich dort finde, was ich suche«, flüsterte er und jagte Hannah mit jedem Atemzug einen Kälteschauer über den Rücken, »werden wir nicht mehr auf Tom, die Amerikaner und ihre waghalsigen Versuche angewiesen sein.«

Überrascht hob sie den Kopf. »Du willst mir immer noch nicht sagen, um was es geht, oder?«

Gero antwortete nicht, sondern küsste ihren Hals. »Vertrau mir«, murmelte er schließlich. »Es ist besser, wenn du nichts davon weißt, und wenn es funktioniert, wirst du es als Erste bemerken.«

Sanft legte sie eine Hand auf ihren noch flachen Bauch. Bis zuletzt hatte sie mit sich gerungen, ob sie ihm von ihrer Schwangerschaft erzählen sollte, doch das hätte die Angelegenheit noch komplizierter gemacht.

Am nächsten Morgen stiegen sie in aller Frühe in zwei abgedunkelte Vans, die sie von Tel Aviv über eine Schnellstraße in Richtung Süden brachten. Der Himmel war überraschend verhangen, und die Sonnenstrahlen durchbrachen die Wolken wie Speere aus Licht, was für diese Gegend typisch zu sein schien und Hannah an das Heiligenbild über dem Bett ihrer Großeltern erinnerte. Bei dem Motiv – einem Schafe hütenden Jesus, der mit verklärter Miene auf den Betrachter herabschaute – hatte sie sich immer gefragt hatte, welchen Einfluss dieser Anblick wohl auf das Liebesleben der beiden genommen hatte. Ihre Großeltern waren vor Jahren gestorben, als sie noch mit Tom zusammen gewesen war. 1995 war ihr Vater, ein Radartechniker der Bundeswehr, einem seltenen Krebsleiden erlegen. Ihre Mutter war zuvor mit einem italienischen Pizzabäcker nach Australien verschwunden, und seitdem hatten sie sich ab und an geschrieben und ein paar Mal telefoniert und dabei heftig gestritten, das letzte Mal vor zwei Jahren. Andere Verwandte hatte sie nicht. Faktisch waren also Gero und Matthäus ihre einzigen Angehörigen.

Ihr Blick fiel auf Struan und Amelie, die Händchen hielten und kleine zärtliche Gesten austauschten. Beide sprachen kein Wort, und auch Gero blieb stumm. Matthäus saß mit Anselm in einem anderen Van.

An Jerusalem waren sie in greifbarer Nähe vorbeigefahren, und den Templern war die Ungeduld anzumerken gewesen, die sie beim Anblick der heiligsten aller Städte ergriffen hatte, obwohl äußerlich kaum noch etwas so war wie vor achthundert Jahren. Im alten Stadtkern jedoch würde sich ein Pilger des Jahres 1153 durchaus noch zurechtfinden, wie Hertzberg mehrfach versichert hatte.

Nach zwei Stunden Fahrt passierten sie den Checkpoint an der acht Meter hohen Sperranlage, die das israelische Kernland vom Westjordanland abschirmte. Überall patrouillierten israelische Soldaten in Kampfanzügen, Gewehre im Anschlag.

Der Fahrer des Vans zeigte einen Passierschein, und sie wurden ohne weitere Nachfragen durchgewinkt. Offiziell hieß es, der Zaun sei errichtet worden, um zukünftig islamistische Selbstmordattentäter abzuhalten.

Nachdem sie von der Straße abgefahren und in ein schmales Tal gelangt waren, sahen sie die grauen Zelte eines Camps. Sie hatten ihr Ziel erreicht.

Hinter den Zelten parkten vier größere Wohnmobile mit Satellitenschüsseln, die zur codierten Übertragung digitaler Videosignale auf der Rückseite der Fahrzeuge Richtung Felsen versteckt angebracht waren.

Tom hatte Hannah versprochen, dass sie mit Matthäus, Anselm und den Frauen hier ausharren durfte, bis man die Templer und – hoffentlich – die beiden Frauen aus der Zukunft zurück in die Gegenwart transferiert hatte.

Nachdem sie ausgestiegen waren, schaute sich Hannah gründlich um. Zwischen Gesteinsbrocken suchten braune Fettschwanzschafe im ausgetrockneten Gestrüpp mühselig nach Nahrung. Auch sie waren nichts weiter als Tarnung. Männer mit Palästinensertüchern und abgetragenen Armeejacken hockten auf den umliegenden Felsen und spähten mit hypermodernen Ferngläsern in die steinige Landschaft, um nach ungebetenen Gästen Ausschau zu halten. Ihre Gesichter waren sonnengebräunt, und die meisten trugen neben rabenschwarzen Sonnenbrillen verwegene Bärte, die Hannah das Gefühl vermittelten, im Lager von Ali Baba und den vierzig Räubern angekommen zu sein.

In einer Koppel fielen ihr mehrere Pferde auf, die sich unruhig in ihrem viel zu engen Gefängnis drängten.

Hertzberg und seine Crew waren zu der Überzeugung gelangt, dass es besser wäre, wenn man die Templer zusammen mit Pferden in die Vergangenheit transferierte. Allein schon, weil ein Templer ohne Pferd undenkbar war und man nach der Ankunft im Jahr 1153 keine Zeit für den Ankauf von Tieren verschwenden wollte. Hertzberg hatte zudem zu bedenken gegeben, dass zu dieser Zeit im Königreich Jerusalem Ausnahmezustand herrschte und es schwierig sein könnte, überhaupt ein Pferd zu beschaffen. Seiner historischen Recherche nach hatte die Belagerung von Askalon von Januar bis zum späten August angedauert. Tausende christliche Kämpfer waren mit ihren Pferden im Einsatz, was den Mangel an Tieren noch wahrscheinlicher machte. Unter der Beratung von Stephano und Arnaud hatten Hertzbergs Leute vor Ort die benötigten Pferde beschafft. Drei Araberhengste, drei Friesen und zwei Percheron – wahre Schönheiten, deren Kauf ein kleines Vermögen verschlungen hatte. Man würde es darauf ankommen lassen müssen, ob sie sich als Schlachtrösser eigneten. Der Befehl des Weißen Hauses, endlich den Countdown zu starten, war so rasch gekommen, dass keine Zeit geblieben war, sie zu testen.

Von Karen wusste Hannah, dass Tom mehrere Telefonate mit dem Präsidenten geführt hatte, die den mächtigsten Mann der Erde davon überzeugen sollten, dass keine modernen Waffen mitgeführt werden durften. Schnellfeuergewehre, Handgranaten und Raketenwerfer erschienen Tom nicht als geeignetes Mittel der Verteidigung, bevor man nicht sicher sein konnte, ob das empfindliche Zeitgefüge durch einen solchen Einsatz vielleicht durcheinandergeriet. Allem Anschein nach hatte Tom sich mit seiner Meinung durchsetzen können. General Lafour und seine engsten Berater waren durch den Leiter des Pentagons zurückgepfiffen worden, was wohl einigen Ärger zwischen der militärischen und der wissenschaftlichen Ebene dieses Projekts verursacht hatte.

Hannah traute ihren Augen kaum, als ihnen Tom in einem traditionellen Beduinengewand aus einem der Zelte entgegenmarschierte. Genervt nahm er den Turban ab und fuhr sich mit einer Hand durch die verschwitzten Locken, bevor er zunächst Lafour begrüßte, der seinen Handschlag mit einer steifen Miene entgegennahm, und dann Major Dan Simmons, den offiziellen Vertreter des Pentagon.

»Geht's Ihnen gut, Sir? Merkwürdiges Wetter heute. Wie war die Fahrt?« Tom beherrschte den amerikanischen Smalltalk perfekt und setzte ein Lächeln auf, das Hannah sofort als unecht entlarvte.

Mit keiner Silbe ließ Tom sich anmerken, ob er aufgeregt war. Doch Hannah kannte ihn gut genug, um das nervöse Zucken in seinem Gesicht zu bemerken und zu wissen, dass er im Grunde ein kleiner Junge geblieben war, der es nicht lassen konnte, Dinge auseinanderzubauen, ohne zu wissen, ob er sie hinterher wieder zusammensetzen konnte.

Tom begrüßte jeden persönlich – sogar Gero und seine Kameraden. Bei Hannah zögerte er einen Moment, er spürte wohl instinktiv ihre ablehnende Haltung und verzichtete darauf, sie wie früher zu umarmen.

Das Hauptzelt war groß genug, um eine halbe Armee darin zu beherbergen. Im Inneren versahen etliche finster dreinblickende Soldaten in Beduinenkleidung ihren Dienst.

»Der Countdown läuft«, meldete Tom mit Blick auf eine große, digitale Uhr, die sogar die Sekunden rückwärts zählte.

Noch zwei Stunden, dann würde das Experiment gestartet werden.

»Tanner und Tapleton gehen zuletzt«, bestimmte Major Simmons mit entschlossener Miene. Damit meinte er die beiden NSA-Agenten, die sich mit den echten Rittern seit ein paar Wochen auf diesen Einsatz vorbereitet hatten. Tanner legte, Kaugummi kauend, die übliche

Coolness an den Tag. Sein Kollege Agent Tapleton, ein schwarzhaariger Texaner mit heller Haut, sah noch blasser aus als gewöhnlich und erschien Hannah weitaus nervöser. Er schaute ständig auf seine Armbanduhr, bei der sich Hannah fragte, ob er sie wohl anbehalten durfte, wenn man ihn in eine achthundert Jahre zurückliegende Vergangenheit katapultierte.

Karen hatte berichtet, dass Tom vorhatte, vor dem Transfer sogar das Gepäck der Pferde auf verbotenes Material kontrollieren zu lassen.

Senator Dekker, ein weißhaariger Endfünfziger, stapfte auf Tom zu und drückte ihm die Hand. »Good luck, Mr. Stevendahl«, rief er mit einem Seitenblick auf Lafour und klopfte Tom auf die Schulter.

Hannah kam der Gedanke, dass er nicht Tom alles Gute wünschen sollte, sondern seinen menschlichen Versuchskaninchen, die weitaus mehr Glück gebrauchen konnten. Aber der Senator hatte kein Auge für Gero und die anderen Templer. Anscheinend waren ihm die zeitreisenden Ritter immer noch suspekt. Wenn er sie erwähnte, sprach er von ihnen in der dritten Person, als ob sie Statisten in einem Film wären.

»Ich hoffe, Professor, es hat niemand etwas dagegen, wenn ich, bevor es losgehen kann, eine kurze Ansprache im Namen unseres Präsidenten halte.« Dekkers Blick fiel auf Hertzberg, der zu ihnen gestoßen war, und dann auf Karen Baxter, die hinter einem Computer hervorlugte und einen hellen Militäroverall trug.

Hertzberg nickte, und auch Lafour, der neben ihm stand, ließ sich ein zustimmendes Grunzen entlocken. In seiner Rechten hielt er ein gegrilltes Hähnchenbein, von dem er zuvor herzhaft abgebissen hatte. Vor dem Zelt hatte man eilig ein üppiges Buffet errichtet, das mit einem Berg von gebratenem Fleisch und einer Batterie von verschiedenen Hamburgern und Cheeseburgern ganz dem amerikanischen Geschmack von einem guten Barbecue entsprach. Matthäus war ehrlich begeistert und hatte bereits kräftig zugelangt.

Lafour bat alle Anwesenden zu Tisch. »Es geht doch nichts über eine vernünftige Henkersmahlzeit«, scherzte er kauend, während sein verstohlener Blick Major Simmons galt.

Nicht zu fassen, dachte Hannah. Er schien sich lustig zu machen, während den anderen vor Angst der Appetit verging. Sie schnaubte vor Wut. Auf dieses feuchtfröhliche Bankett konnte sie gerne verzichten.

Gero und seine Kameraden blieben ruhig und nahmen Lafours Einladung kommentarlos an, indem sie sich am Buffet bedienten und sich zum Essen auf den bereitgestellten Bänken niederließen. Gero winkte Hannah zu sich heran, doch sie schüttelte wortlos den Kopf und ging zu Tom, um von ihm zu erfahren, ob er überhaupt wusste, was er hier tat.

Im Inneren des Techniker-Zeltes herrschte regelrecht Chaos. Paul und Karen nahmen zusammen mit einigen Wissenschaftsassistenten letzte Untersuchungen vor. Sie programmierten das Gewicht der Tiere, die Beschaffenheit des Materials und die Maße der zu transferierenden Menschen. Den Gesundheitszustand der Templer hatte Karen noch vor ein paar Tagen gecheckt; sie war zu dem Schluss gekommen, dass zumindest, was ihren körperlichen Zustand betraf, einem Transferversuch nichts entgegenstand. Bei Professor Hertzberg, der in den letzten Tagen äußerst hartnäckig darauf bestanden hatte, die Mission begleiten zu dürfen, sah die Sache allerdings ein wenig anders aus. Hannah beobachtete, wie Karen dem Neunzigjährigen ein kreislaufstabilisierendes Mittel spritzte, und sie fragte sich, wie der alte Mann eine solche Tortur überstehen sollte.

In der Mitte des Zeltes befand sich ein freier Platz, der einer Zirkusmanege glich. »Dies wird die Plattform sein, von der wir Pferde und Männer in den Zeitstrom transferieren«, erklärte Paul Colbach den anwesenden Ehrengästen.

Man konnte die Nervosität, die er empfand, an den hektischen Flecken an seinem Hals erkennen. Seit man Gero vor zehn Monaten mit dem Timeserver in die Vergangenheit geschickt hatte, um Amelie zu holen, hatte kein weiterer Transfer mit einem Menschen stattgefunden.

Hertzberg hatte für die Teilnehmer der Mission einige Helfer aus den militärischen Ordonanzen organisiert, die ihnen beim Ankleiden helfen sollten.

Mit einem mulmigen Gefühl verfolgte Hannah, wie Gero und seine Kameraden in einem Seitentrakt zuerst in ihre wattierte Unterwäsche und dann in Lederhosen, Stiefel und Kettenhemden stiegen. Danach legten sie in einem beinahe andächtigen Akt die weiße Templerchlamys von 1153 an. Der knielange, ärmellose Kapuzenumhang trug das rote Kreuz des Ordens. Darüber befestigten die Männer ihre Schwertscheide mit einem doppelten Ledergurt, den sie über dem Waffenrock um die Hüften anlegten, sowie drei verschieden lange Messerscheiden, in die sie die passenden Dolche steckten. Ein Kampfhammer sowie eine Streitaxt komplettierten ihre Ausstattung. Hannah gruselte sich bei der Vorstellung, dass Gero mit solchen Mordwerkzeugen hantieren würde.

Lafour ließ es sich nicht nehmen, den Männern ihre Schwerter aus wertvollem Damaszenerstahl zu überreichen, eine Sonderanfertigung einer deutschen Schwertschmiede, die sich auf echte Kampfschwerter spezialisiert hatte.

Agent Tanner nahm die eindrucksvolle Waffe kommentarlos entgegen. Tapleton war hingegen anzusehen, dass er sich in seiner neuen Rolle als Ritter unwohl fühlte. Warum er bei dieser Mission dabei sein musste, war Hannah ein Rätsel. Nach allem, was sie in den Trainingseinheiten gesehen hatte, machte er ihr nicht den Eindruck, als ob er einem Auftritt als Templer unter Echtzeitbedingungen gewachsen wäre.

Professor Hertzberg dagegen schien es Spaß zu bereiten, in das farbenfrohe Gewand eines Kaufmanns zu schlüpfen. Sein faltiges Gesicht glühte vor Vorfreude.

Anselm stand hinter ihm und legte ihm eine Hand auf die Schulter. »Ich darf sagen, dass ich Sie beinahe beneide«, bemerkte er in perfektem Altfranzösisch. »Aber Ihnen ist hoffentlich klar, dass dies kein Spaziergang wird, vor allem nicht in Ihrem Alter.«

Arnaud, der sich in seiner Templerchlamys nicht weniger wohlzufühlen schien als Hertzberg, blickte grinsend auf den Professor herab. »In meiner Zeit gab es kaum Menschen, die ein solches Alter erreicht haben.«

»In meiner Zeit auch nicht«, erwiderte Hertzberg mit einem süffisanten Schmunzeln.

»Jerusalem sehen und sterben, so heißt es doch, nicht wahr?« Dann drehte er sich um und breitete vor versammelter Mannschaft die Arme aus, so dass die Ärmel seines nachtblauen Brokatumhangs wie Flügel zu Boden wallten. »Perfekt.« Er strahlte wie ein Kind vor dem Weihnachtsbaum.

Fehlten nur noch ein spitzer Hut und ein Zauberstock, dachte Hannah, und ihre Vorstellung von Merlin wäre komplett.

Lafour baute sich vor ihnen auf und schaute missmutig in die Runde. »Wenn die Modenschau vorbei ist, möchte ich Sie zu einer kurzen Besprechung ins Nachbarzelt bitten. Dort beginnt in zehn Minuten die Videokonferenz mit dem Weißen Haus. Danach kann es losgehen.«

Gero ging auf Hannah zu und nahm sie in den Arm. Er küsste sie lange. »Ich liebe dich«, murmelte er, als er sich von ihr löste. »Vergiss das nicht.«

Hannah verschluckte sich fast, als sie etwas erwidern wollte. »Das hast du schon einmal zu mir gesagt, und wir wären beinahe alle gestorben.«

Ihre Finger krallten sich in den festen Stoff seiner Chlamys. Dann ließ sie ihn los und unterdrückte ihre Tränen, als er sich zu Matthäus beugte und den Dreizehnjährigen in den Arm nahm, wie ein Vater, der sich von seinem Sohn in den Krieg verabschiedet. Anselm hatte den Jungen zwischenzeitlich über alles, was hier vor sich ging, aufgeklärt.

»Es ist nicht gut«, sagte Matthäus zu Gero, der ihn seit einiger Zeit schon nicht mehr in der dritten Person ansprach, wie es zu früheren Zeiten üblich gewesen war, »wenn du ohne deinen Knappen in einen Kampf ziehst.«

»Das wird kein Krieg«, beruhigte ihn Gero. »Und einer von uns muss ja hierbleiben, um auf Hannah achtzugeben, nicht wahr?«

Er fuhr dem Jungen durch die blonden Locken und wandte sich ab, ohne Hannah noch einmal in die Augen zu schauen.

Am Zelteingang traf Hannah auf Arnaud. Ohne Scheu nutzte er die Gelegenheit, sie endlich einmal in den Arm zu nehmen.

Sie sträubte sich nicht, sondern ließ ihren Gefühlen freien Lauf, indem sie ihn auf die bärtige Wange küsste. »Pass auf dich auf«, sagte sie leise.

»Ich bringe ihn dir zurück«, erwiderte er mit einem Lächeln.

Stephano de Sapin blieb ihr gegenüber bei seinem Abschied eher förmlich und hielt sie mit einem angedeuteten Handkuss auf Abstand. Ganz im Gegensatz zu Anselm, den er beinahe stürmisch umarmte. Anschließend umfasste er Anselms Linke mit einer Hand zum überkreuzten Gruß der Templer und grinste ihn wehmütig an.

»Denk dran«, raunte Anselm ihm zu: »Non nobis Domine, non nobis, sed nomini tuo da gloriam!«

Nicht uns, o Herr, nicht uns, sondern Deinem Namen sei Ehre. Der Schlachtruf der Templer. Hannah hatte ihn von Anselm schon dutzende Mal gehört, aber noch nie aus dem Mund eines Templers.

Anselm war anzusehen, dass er die Männer am liebsten begleitet hätte. Doch das hatten Lafour und seine Vorgesetzen konsequent abgelehnt. Allein seiner unbeabsichtigten Mitwisserschaft hatte Anselm es zu verdanken, dass man ihn von amerikanischer Seite als Sprachexperten eingestellt hatte – und als »Vermittler zwischen den Welten«, wie Lafour seinen Job als Betreuer der Zeitreisenden bezeichnete.

Aus einem Augenwinkel sah Hannah, wie sich Johan und Freya still und zärtlich verabschiedeten, als sie plötzlich einen verhaltenen Schrei hörte. Voller Panik drehte sie sich um. Amelie hatte das Bewusstsein verloren, und Struan hatte sie gerade noch auffangen können. Völlig verstört hockte er mit ihr am Boden und hielt nach Hilfe Ausschau. Karen Baxter war sofort zur Stelle. »Ich nehme an, eine Hyperventilationstetanie«, sagte sie zu dem Schotten, den das nicht unbedingt zu beruhigen schien. »Ich muss ihr eine Injektion geben, und dann ist sie schnell wieder auf den Beinen.«

Hannah setzte sich neben den Schotten, um ihn zu trösten, während Karen am Arm des Mädchens eine Infusionsnadel anlegte und zwei Sanitäter anwies, Amelie ins Lazarettzelt zu bringen.

»Bevor ich nicht weiß, wie es ihr geht«, sagte Struan, der sich erhoben hatte, »gehe ich nirgendwohin.«

»Fuck«, zischte Lafour, umrahmt von einem Pulk militärischer Beobachter, »der Countdown läuft, wir können nicht einfach hier abbrechen. Schließlich gibt es Vorgaben des Pentagons, die wir einhalten müssen.«

»Ihren Countdown können Sie sich in den Hintern stecken«, erwiderte Gero scharf. Ihm war anzusehen, dass er sich nur mühsam beherrschen konnte, Lafour nicht an den Hals zu gehen. »Solange Struan nicht sicher sein kann, dass es seiner Frau gutgeht, können wir nicht starten.«

Hertzberg kam herbeigeeilt, weil er sich wunderte, dass noch niemand im Zelt erschienen war.

»Das wird schon wieder«, versuchte er mit einem Blick auf Amelies flatternde Lider zu beschwichtigen, die auf der Trage bereits wieder zu sich kam.

Lafour setzte indes eine verärgerte Miene auf. »Ich habe doch gleich gesagt, dass man die Frauen besser in Spangdahlem gelassen hätte«, erklärte er hart.

Tom hatte die Szene aus sicherem Abstand beobachtet und näherte sich Hannah mit der gebotenen Vorsicht.

»Hannah … ich«, stotterte er. »Ich verspreche euch, dass alles glattgehen wird. Wir haben in den letzten Wochen unzählige Experimente mit Kaninchen durchgeführt. Die Fehlerquote lag am Ende unter fünf Prozent. Es gibt also keinen Grund, sich Sorgen zu machen.«

»Fünf Prozent … Kaninchen?« Sie schaute ihn an, als ob er den Verstand verloren hätte. » Ist dir eigentlich klar, dass du dich und euer Projekt gerade um Kopf und Kragen redest?«

Amelie schien es indes wieder besser zu gehen. Auf Karens Anweisung hin hatten die Sanitäter noch damit gewartet, sie in eines der Wohnmobile zu transportieren. Sie hob den Kopf, und als sie Struan erblickte, der besorgt neben ihr stand, bat sie ihn, sich zu ihr hinunterzubeugen. »Geh«, sagte sie schwach. »Du kannst die anderen nicht im Stich lassen. Aber versprich mir, dass du heil zu mir zurückkehrst.«

»Versprochen«, sagte er rau und küsste ein letztes Mal ihre Stirn, während die Sanitäter sich mit ihr in Bewegung setzten. Mit schweren Schritten ging er zurück zu den anderen, die ihn mit verständnisvollen Blicken in Empfang nahmen.

Hannah beschloss, den Transfer nicht persönlich zu verfolgen. Sie lächelte Gero ein letztes Mal zu, nahm Matthäus, der neben ihr ausgeharrt hatte, bei der Schulter und bedeutete ihm, mit ihr in einem der Wohnmobile zu verschwinden, wo man Amelie weiter behandelte.

Im Inneren des Wagens befanden sich zwei Krankenbetten mit Notfallausstattung, OP-Lampen, Beatmungsgerät und Defibrillator.

»Warum können wir Gero und die anderen nicht begleiten«, fragte der Junge naiv.

»Dort, wo die Männer hingehen, gibt es wilde Tiere«, antwortete Hannah ausweichend. »Das wäre zu gefährlich für uns.«

Ihr Blick aus dem Fenster fiel auf die kahlen Berge, die sich in der Dämmerung wie riesige, schwarze Schatten vor einem grauen Himmel absetzten. Vor achthundert Jahren hatte es hier in der Umgebung Pinienwälder gegeben, in denen Löwen und Hyänen umherstreiften. Malaria, Cholera, Typhus, rote Ruhr hatten in den Wintermonaten in den Sümpfen grassiert. Karen hatte die Templer und ihre Begleiter zuvor entsprechend zur Impfung gebeten und für Krankheiten, wo das nicht möglich war, mit Notfallmedikamenten versorgt.

»Sie tragen Waffen und könnten sich und uns schützen«, erwiderte der Junge. »Hertzberg wird ihnen sogar Lanzen mitgeben.«

»Gero ist in ein paar Tagen wieder hier«, versuchte Hannah seine Einwände zu übergehen. »Wir würden nur stören.«

Sie verscheuchte die wilden Tiere aus ihrem Kopf, und dachte an Gero und die anderen, die in wenigen Minuten in einer anderen Welt sein würden.

Tom glaubte vor Nervosität nicht mehr atmen zu können. Er und seine Mitarbeiter starrten auf die freie Fläche in der Mitte des Zeltes, auf der sich Zug um Zug Menschen und Tiere versammelten. Dann fixierte er den Timeserver, der wie eine wertvolle Trophäe auf einer leeren Munitionskiste platziert worden war.

Lafour hatte sich mit dem Senator und einigen anderen ranghohen Militärs in ein benachbartes Zelt begeben, um in sicherem Abstand den Transfer auf einer Großleinwand zu verfolgen. Achtzehn Hochgeschwindigkeitskameras sollten die Geschehnisse direkt vor Ort aufzeichnen und deren Bilder verschlüsselt über eine Standleitung direkt nach Washington ins Oval Office übermitteln.

Die Luft knisterte förmlich vor Spannung, als Tom unter Anleitung von Paul den Server hochfuhr. Der gregorianische Choral, der mittlerweile von einer eigens dafür geschaffenen Datenbank abgespielt wurde, öffnete wie von Zauberhand den Deckel des Servers und präsentierte das bekannte Hologramm eines asiatisch anmutenden Frauenkopfes. Die perfekt aussehende Dame übermittelte ihre Anweisungen per Gedankentransfer, der an alle jene gesandt wurde, die sich in einem Radius von dreißig Metern um den Server befanden. Danach wechselte die Figur in einen türkisfarbenen Nebel, der sich zu einer rotierenden Hand formte und den Beginn des eigentlichen Transferprogramms markierte. Durch direkte Berührung des Nebels wurde die DNA der Zeitreisenden zur Überprüfung eingelesen und ein Check vorgenommen, ob ein Transfer in die angegebene Zeitebene überhaupt möglich war. Niemand durfte zweimal im gleichen Zeitstromabschnitt existieren, dafür sorgte das Programm mit seinen eingebauten Kontrollfunktionen, die einen Abgleich des menschlichen Energiefeldes per DNA-Test vornahmen. Arnaud hatte sich offenbar als Erster freiwillig gemeldet, und Tom beobachtete sichtlich angespannt, wie er seine Hand ohne Zögern in den holographischen Nebel tauchte.

Hannah, die neben Freya an Amelies Bett stand, musste den Jungen zurückhalten, damit er nicht zu Toms Zelt lief, um den Transfer direkt zu beobachten. »Bleib hier«, sagte sie und fasste ihn am Arm. »Das ist zu gefährlich, und außerdem würden sie dich sowieso nicht zu ihm lassen.« In Wahrheit fürchtete sie, dass Matthäus in Panik geriet, wenn Gero so unvermittelt verschwand.

»Und wann kommen sie zurück?« Der Blick des Jungen verriet seine Angst.

»Sie kommen doch zurück, oder?«

»Tom sorgt dafür, dass sie in drei Tagen wieder bei uns sind.« Hannah versuchte ihrer Stimme einen zuversichtlichen Tonfall zu verleihen. »Er holt sie an genau dieser Stelle wieder ab. Jedenfalls hat er das versprochen.«

»Und was ist, wenn er die Sache vermasselt?« Matthäus wusste, was Gero von Tom hielt. Er hatte ihn schon oft genug in Gegenwart des Jungen als glücklosen Maleficus bezeichnet.

»So was darfst du nicht einmal denken.« Während Hannah den Jungen drohend anschaute, hoben sich Freyas Mundwinkel zu einem ironischen Lächeln. Sie saß neben Amelie auf einem Stuhl und hielt ihr die Hand. Matthäus stand neben ihr auf Augenhöhe. Er runzelte beunruhigt die Stirn. »Du hast dich schneller in dieser Zeit eingelebt als jeder andere von uns«, sagte sie zu Matthäus, dann blickte sie zu Hannah auf, die hinter dem Jungen stand. »Er spricht eure Sprache, als ob er hier aufgewachsen wäre, und er weiß ziemlich genau, was er von wem zu halten hat.«

»Wenn Tom es vermasselt«, beantwortete Hannah die Frage des Jungen mit düsterer Miene, »werden wir ihn vierteilen und seine Überreste an der Außenmauer der Air Base aufhängen.«

Matthäus nickte zufrieden. »Nichts anderes hätte er in so einem Fall verdient.« Hannah biss sich auf die Lippe, anstatt etwas zu erwidern. Trotz aller Fortschritte hatte der Junge eine immer noch vergleichsweise archaische Weltanschauung, die ihm so schnell wohl niemand abgewöhnen würde.

Tom atmete auf, als er begriff, dass Arnaud tatsächlich im Nichts verschwunden war. Also funktionierte das Ding wenigstens, und er konnte die Geschichte gegenüber dem Senator als Erfolg verbuchen. Als Nächster folgte Stephano, und auch er löste sich, nachdem der Nebel ein leuchtendes Gitternetz über seinen gesamten Körper gezogen hatte, unter einem Sturm von türkisfarbenen Funken in Nichts auf. Es folgten zwei Pferde, die man nahe genug heranführte, um ihr Maul in den Nebel halten zu können. Karen hatte den Tieren ein leichtes Beruhigungsmittel verabreicht, und eine schwarze Augenbinde aufgesetzt, damit sie nicht in Panik gerieten.

Tom atmete sichtbar auf, als die Pferde wie in einem Science-Fiction-Film unter einem bläulichen Flimmern dematerialisierten. Mit ihnen verschwand auch das Gepäck auf ihrem Rücken, das unter anderem keimfreies Wasser in Kalebassen enthielt und getrocknetes Fleisch und Studentenfutter.

Hertzberg verschwand ebenfalls ohne Probleme und mit ihm Johan van Elk, der einen Rucksack voller verschiedener Goldmünzen mit sich trug. Als Nächster kamen Gero und Tanner an die Reihe. Auch sie führten mehrere Pferde mit sich.

Tapleton war der Letzte in der Truppe, und so wie es aussah, war seine Bereitschaft, diese Reise in ein unberechenbares Nirwana anzutreten, nicht unbedingt größer geworden.

Als Karen ihn aufforderte, seine Hand in den Nebel zu legen, verkrampfte sich sein Körper. Seine Hände zitterten leicht, und sein Blick war zu Panik erstarrt. Doch das Gerät verweigerte überraschend den Transfer.

Tapleton entspannte sich, und für einen Moment huschte Erleichterung über sein Gesicht. Nur zu gern trat er zur Seite, als sich ein Techniker an ihm vorbeidrängte, um zusammen mit Tom die Fehlerquelle zu analysieren.

»Was soll denn das werden?«, schaltete sich General Lafour über Lautsprecher ein.

»Gehen Sie gefälligst zurück an Ihren Platz, Soldat!«, brüllte er, als Tapleton den Anschein erweckte, das Gelände verlassen zu wollen.

»Vielleicht liegt es an der Energiezufuhr?«, rätselte Paul, während er die Technik des Gerätes untersuchte. »Der Transfer von Menschen und Tieren hat möglicherweise ein paar Schaltkreise überlastet.«

»Versuchen Sie es erneut, Stevendahl«, befahl der amerikanische Präsident aus Washington über eine Videodirektschaltung.

Tapleton schien kurz vor dem Kollaps zu stehen, als Tom sich anschickte, den Transfer erneut zu starten. Die Maschine fuhr erwartungsgemäß hoch, und Tapleton wurde von dem Nebel erfasst. Plötzlich jedoch erfüllte ein türkisblauer Lichtblitz das Zelt, und eine ohrenbetäubende Detonation erklang. Der Server schaltete sich selbstständig ab, und mit ihm fiel die gesamte Lagerbeleuchtung aus. Erst als die Notstromversorgung ansprang und ein paar Reserveleuchten zum Leben erwachten, schien es, als habe man Tapleton erfolgreich ins Jahr 1153 transferiert. Doch dann roch es plötzlich nach verbranntem Fleisch.

»Mike!« Irgendjemand schrie entsetzt auf. Es war Major Decks Humphrey, den Lafour zur Überwachung des Vorgangs ins Transferzelt beordert hatte. Er stürzte zu Boden, wo Tapleton bis zur Unkenntlichkeit entstellt lag und sich nicht mehr rührte.

»Sanitäter!«, brüllte er. Mit weit aufgerissenen Augen suchte er nach Karen Baxter.

Doch Karen konnte nur noch Tapletons Tod feststellen. Neben seinem Leichnam befanden sich eine verbeulte Splittergranate und ein unversehrtes Maschinengewehr mit mehreren Hundert Schuss Munition.

»Verdammt!«, fluchte Tom und sprang mit einem gewaltigen Satz über die Kontroll-Konsole. »Wie konnte das geschehen?« Fassungslos deutete er auf die Granate. »Das stand mit Gewissheit nicht auf der Transferliste.«

»Wir müssen hier raus«, murmelte Humphrey. Entschlossen packte er Tom am Arm.

Als Tom ihn immer noch begriffsstutzig ansah, wurde er lauter. »Die Granate kann jeden Moment hochgehen. Wir müssen das gesamte Gelände evakuieren und einen Entschärfer holen! Sofort!«

Kapitel 12
Die unheilige Stadt

Juli 1153 – Jerusalem

Nach dem Transfer hätte die Nacht nicht dunkler sein können und die Verwirrung nicht größer. Gero prallte mit einem der Pferde zusammen, das sich angsterfüllt aufbäumte und mit fletschenden Zähnen um sich schnappte. Fluchend sprang er zur Seite und brachte den Professor zu Fall. Irgendwo stieß jemand ein »Shit« hervor. Das panische Wiehern der übrigen Pferde erfüllte die Luft. Staub wirbelte auf, der Gero erbarmungslos in Mund und Nase drang. Wie vom Himmel geschickt, flackerte ein Licht in der Dunkelheit auf und blendete ihn. Tanner hatte eine Mag-Light gezückt – eines der wenigen futuristischen Equipments, die Tom in Absprache mit dem Pentagon zugelassen hatte. Der fünfhundert Meter große Radius des Lichtkegels ließ Tiere und Menschen für einen Moment gleichermaßen erstarren.

»Wo ist Tapleton?« Tanner klang gehetzt.

»Keine Ahnung!« Hertzberg, der mit Geros Hilfe wieder auf die Beine kam, reckte suchend den faltigen Hals, wie eine Schildkröte, die aus ihrem Panzer hervorschaut.

Johan sammelte sich als Erster und lief los, um die nervösen Hengste einzufangen. Stephano zog zwei von den Fackeln, die sie zur Tarnung eingesteckt hatten, aus einem der Kamelrucksäcke und entzündete sie mit einem modernen Sturm-Feuerzeug. Auch eine Vorrichtung, die Tom ihnen gelassen hatte, weil es unauffällig war und schneller funktionierte als ein archaischer Feuerschläger. Eine der Fackeln übergab er Gero. Mit der anderen folgte er Johan, um ihm beim Einfangen der Pferde zu helfen.

Struan straffte sich, ohne sich von Tanners Hektik anstecken zu lassen, und wies Arnaud im Vorbeilaufen an, die Waffen zu überprüfen und die am Boden liegenden Lanzen in die vorgesehenen Halterungen an den Sätteln zu befestigen.

»Mike«, brüllte Tanner wie von Sinnen und rannte ziellos umher.

Wie auf Knopfdruck setzten die Geräusche der Nacht ein. Ein kollerndes Brummen. Der Schrei einer Eule. Irgendwo heulte ein Wolf.

»Was sind das für Laute?« Stephano, der nie zuvor den europäischen Kontinent verlassen hatte, versuchte mit Blicken die Finsternis hinter dem Lichtkegel zu durchdringen. Ihm war es ohne Schwierigkeit gelungen, zwei der Pferde einzufangen, weil sie in ihrer Furcht offenbar die Nähe des Menschen suchten.

»Hört sich an wie ein Löwe«, meinte Struan und hob eine Braue. »Vielleicht hat er Tapleton gefressen.«

»In jedem Fall ist an unserem ›Mon Ami‹ genug dran, dass es sich lohnt«, witzelte Arnaud.

»Mal den Teufel nicht an die Wand«, bemerkte Johan und band die Tiere zusammen. Deren Nervosität war ein sicheres Indiz dafür, dass sich etwas Gefährliches in ihrer Nähe befand.

»Fuck!«, fluchte Tanner und spuckte auf den Boden. »Auf was habe ich mich hier bloß eingelassen?«

Immer wieder rief er den Namen seines Kollegen. Doch Tapleton blieb verschwunden. Einzig das Heulen und Knurren verstärkte sich.

Struan nahm eine der Lanzen und drehte sich einmal um seine Achse. »Hey«, rief er. »Komm raus, du Bestie!«

Stephano hatte sein Schwert gezogen und beäugte wachsam die Umgebung. Aber weder von einem Ungeheuer noch von Tapleton war die leiseste Spur zu entdecken. Ein warmer, feuchter Wüstenwind fegte über das Land, und im Lichtkegel der Lampe konnten sie in ihrer Nähe ein paar uralte Olivenbäume und eine riesige Dattelpalme ausmachen, deren ausgedörrte Blätter in einem Windstoß zu rascheln begannen.

Gero beschloss, weitere Fackeln zu entzünden.

»Vielleicht hat der Server am Ende nicht einwandfrei funktioniert, und Tapleton konnte nicht transferiert werden«, krächzte Hertzberg, der mühsam zu Atem kam. »Tom hatte in den letzten paar Tagen einige Schwierigkeiten, weil ein paar seiner Tests missglückt sind.«

»Und das sagst du uns erst jetzt, Alter?« Arnaud schüttelte mit spöttischer Miene den Kopf

»Na prima«, kommentierte Struan den Einwand seines Kameraden. »Man schickt uns ohne jegliche Ahnung in diese Einöde, und unser Maleficus beherrscht seinen Zauber nicht. Was wird, wenn er uns nicht zurückholen kann?«

»Warum überrascht mich das nicht?«, erklärte Johan. »Sag bloß, du hast etwas anderes erwartet?«

»Wir werden hier nicht weggehen, bis Tapleton erscheint«, bestimmte Tanner in einem befehlsmäßigen Tonfall.

»Was soll der Blödsinn?« Arnaud nahm einen der Hengste beim Zügel und sah Tanner verständnislos an. »Um unseren Auftrag zu erfüllen, brauchen wir ihn nicht. Ebenso wenig wie dich. Ihr beide seid sowieso nur ein Klotz am Bein! Frag mich, was sich euer General dabei gedacht hat, euch überhaupt mitzuschicken.«

»Wer weiß«, blaffte Tanner zurück. »Vielleicht wirst du mir noch mal danken.«

»Und warum?« Gero warf ihm einen erwartungsvollen Blick zu.

Tanner fasste in die Seitentasche seiner Templerchlamys und brachte eine moderne Handfeuerwaffe zum Vorschein. »Das ist eine Heckler & Koch USP Tactical, die selbst bei extremster Hitze und in Sandstürmen keine Ausfallerscheinungen zeigt und auf die ebenso bei Feuchtigkeit Verlass ist.«

»Jesus«, entfuhr es Arnaud. »Ich dachte, man hätte sich darauf geeinigt, dass dieses Teufelszeug verboten ist und wir nur unsere Waffen einsetzen?«

»Das dachte ich auch«, bemerkte Hertzberg verärgert. »Tom und ich hatten Absprachen mit dem Weißen Haus, dass es nicht ratsam ist, in dieser Zeit mit modernen Waffen aufzutauchen, weil wir nicht wissen, was geschieht, falls sie hier jemand findet und ihr Prinzip entschlüsselt. Wenn wir Pech haben, könnte die Welt dadurch wesentlich schneller am Abgrund stehen als vermutet.«

»Keine Panik, Professor«, stieß Tanner gereizt hervor. »Erstens besitze ich nur ein einziges Ersatzmagazin, weil Tapleton den Rest bei sich hat, und zweitens verstehe ich die ganze Aufregung nicht. Unsere Templer fuchteln hier mit Lanzen und Schwertern herum, die mir in der Wirkung nicht eben humaner erscheinen. Und die beiden Damen, die wir suchen, bringen einen kompletten Timeserver in diese Zeit. Jetzt kommen Sie und machen uns Stress wegen einer einzigen Pistole. Wenn Lafour sich gegen Ihre Bedenken durchgesetzt hätte, würden wir jetzt mit einer ganzen Armee hier stehen und hätten ein paar Probleme weniger!«

Gero tauschte einen schnellen Blick mit Hertzberg.

»Also gut«, befand er, ohne noch einmal auf die Waffe einzugehen, »warten wir noch eine Weile auf deinen Kameraden.«

Mit seinem Schwert ging er auf eine der Palmen zu und markierte mit zwei heftigen überkreuzten Schlägen den Stamm. Holzfasern flogen im hohen Bogen in den Sand. »Ich habe die Stelle markiert, damit wir in drei Tagen wissen, wo wir uns positionieren müssen, um von Tom wieder abgeholt zu werden«, erklärte Gero sein Verhalten.

»Clever!« Tanner sah ihn an. »Daran hätte ich jetzt wirklich nicht gedacht. Und was ist, wenn sie die Palme inzwischen fällen? Laufen wir dann vorbei? Genaues Kartenmaterial wäre wesentlich besser gewesen.«

»Wir wären keine Templer« erwiderte Gero gepresst, »wenn wir nicht ohne Karten und GPS herausfinden könnten, wo es langgeht.«

Tanner schluckte einen Fluch hinunter und stieg auf sein Pferd. Er hielt nicht viel von diesen Barbaren. Nur ungern fand er sich damit ab, ohne Tapleton nun ganz allein diesen Schwert schwingenden Supermännern ausgeliefert zu sein. Mit Hertzberg konnte er nicht rechnen. Der Professor war ein alter Mann, der sich offenbar vorgenommen hatte, in dieser Mission alles wunderbar zu finden. Warum sonst hätte er freiwillig diese Strapaze auf sich nehmen sollen? In Tanners Augen war er nicht weniger verrückt als diese durchgeknallten Typen im weißen Gewand, die für jeden Blödsinn ein Gebet sprachen und deren Interessen mehr im Himmel zu liegen schienen als auf Erden. Nicht nur deshalb hatte Lafour ihn und Tapleton beauftragt, die Mission zu überwachen und dafür zu sorgen, dass die glorreichen Ritter taten, was man ihnen aufgetragen hatte. Um sicherzustellen, dass sie erfolgreich waren, hatte Lafour ihn und Tapleton gegen den offiziellen Befehl des Präsidenten mit ein paar kleinen, aber feinen Waffen ausgestattet, von denen sie ohne Frage Gebrauch machen sollten, wenn sich die Gelegenheit dazu bot.

»Tötet Saladin, wenn er euch über den Weg läuft – oder Nūr ad-Dīn, seinen Vorgänger.« Lafour hatte keinen Zweifel über seine Absichten gelassen. Entgegen der Weisung des Präsidenten hoffte er, die Vorfahren des einen oder anderen Top-Terroristen zu vernichten und damit deren Existenz im Jahr 2005 auszulöschen.

Tanner lag es fern, sich über diese Vorgehensweise Gedanken zu machen. Er war ein Soldat, und er befolgte einen Befehl.

Eine Leibesvisitation hatte vor dem Transfer nicht stattgefunden, weil Lafour sich beim Präsident dagegen verwahrt hatte. Die Gepäckstücke hingegen waren vom CIA durchsucht worden. Anscheinend hatte man Toms Warnungen im Weißen Haus ernst genommen.

»Was glaubt ihr?«, fragte Arnaud in die Runde. »Sind wir dort gelandet, wo man uns hinhaben wollte?«

»Das werden wir erst noch herausfinden müssen.« Gero überprüfte den Sitz seines Schwertgehänges und seiner Lanze. Dann schaute er zum Himmel in ein beeindruckendes Sternenmeer. »Dort ist das Kreuz des Südens«, sagte er und zückte ein kunstvoll geschmiedetes Astrolabium, das bei den Templern bereits in Gebrauch gewesen war, und einen arabischen Wasserkompass. Beides hatte er sich für die Reise ausdrücklich erbeten. Unter dem Licht einer Fackel, die Stephano ihm entgegenhielt, stellte er ein paar eilige Berechnungen an.

Zwischendurch wanderte sein Blick immer wieder gen Himmel. Nach einer Weile streckte er seine Rechte nach Nordosten.

»Dort liegt Jerusalem«, sagte Gero und schwang sich auf den Rücken seines schnaubenden Percherons, der in ihm die wehmütige Erinnerung an seinen Atlas weckte, jenen klugen Hengst, den er damals bei seinen Eltern hatte zurücklassen müssen. Aber auch dieses grauweiß gescheckte Tier gehorchte erstaunlich gut seinen Anweisungen. Ein einziger Schenkeldruck brachte es in die richtige Richtung. Die Zügel von Tapeltons Pferd, das nun unbesetzt blieb, band er am Geschirr seines eigenen Pferdes fest.

Struan half dem Professor auf einen der beiden Friesen. »Halte dich am Vorderzwiesel fest, Alter«, riet er dem Neunzigjährigen in seiner vertraulichen Art. »Und lass ja die Zügel nicht fahren, ganz gleich, was uns über den Weg läuft und ob der Gaul daraufhin unruhig wird. Verstanden?«

Hertzberg nickte gehorsam. In den letzten Tagen hatte ihm Gero ein paar Reitlektionen erteilt, aber ob das etwas genutzt hatte, würde sich erst noch zeigen. Danach setzte der hünenhafte Schotte seinen Hengst in Gang und führte ihn zum Ende der Truppe, wo er wie üblich die Nachhut übernehmen würde.

Den anderen Friesen nahm Arnaud für sich in Anspruch. Mühelos schwang er sich in den aufwändig verarbeiteten, breiten Sattel, mit einem aufragenden Vorderzwiesel und einer Hinterlehne, auf dem mühelos zwei Reiter sitzen konnten.

Tanner war ein guter Reiter. Wie selbstverständlich hatte er sich auf einen der Araber geschwungen.

Johan und Stephano hatten die Zügel ihrer Hengste gestrafft und gaben ihnen mit einem Schnalzen zu verstehen, dass es endlich losgehen konnte.

Nach ungefähr zwei mittelalterlichen Meilen, was in etwa vierundzwanzig Kilometern entsprach, erreichten sie ein verschlafenes Dorf. Aus der Dämmerung erhoben sich einzelne, fensterlose Gebäude mit flachen Dächern, die meisten davon mit nur einem Tor versehen, das zu einem ummauerten Innenhof führte. Menschen waren so früh am Morgen noch nicht zu sehen, aber Gero wollte, sobald sich eine Gelegenheit dazu ergab, wissen, wo sie genau gelandet waren, und vor allen Dingen in welchem Jahr sie sich befanden. Tom hatte von Beginn an die Möglichkeit eingeräumt, dass der Transfer schiefgehen konnte und sie nicht die angegebene Zeitebene erreichten – immerhin war es den beiden Frauen ihrem Tagebuch nach, das Hagen entschlüsselt hatte, ganz ähnlich ergangen.

Ein Hund bellte warnend, als der Tross stoppte und Gero als Einziger vom Pferd absprang. In alter Gewohnheit zückte er sein Schwert, als er eine Gestalt über den Dorfplatz huschen sah. Wenn ihn nicht alles täuschte und er den alten Karten vertrauen konnte, befanden sie sich unweit von Bethanien, jenem Ort auf dem Weg zum Jordan, in dem Königin Melisende einen Nonnenkonvent mit dem Namen Sankt Lazarus gegründet hatte, in dem man Leprakranke behandelte und der auch ehemalige, von der Krankheit betroffene Ordensritter beherbergte.

»Struan«, zischte Gero und befahl seinen Kameraden mit einem Wink an seine Seite. Ein merkwürdiges Gefühl beschlich ihn, und er konnte sich keinen besseren Schutzengel vorstellen als den Schotten, der ihm schon einmal das Leben gerettet hatte.

Geduckt schlichen sie zu einer größeren Hütte, aus der das Bellen drang.

Wieder hörten sie ein Trappeln und gewisperte arabische Worte.

»Arnaud!« Mit einem Fingerzeig beorderte Gero den Provenzalen, ihnen zu folgen, weil er die Sprache der Sarazenen beherrschte.

Im Laufschritt eilte Arnaud an seine Seite, ebenfalls das Schwert in Händen.

»Womit kann ich dienen?«, murmelte er und sah sich angespannt um.

»Irgendwas geht hier vor«, raunte Gero. »Ich meine, ich hätte vor den Häusern arabische Stimmen gehört, bin mir aber nicht sicher.«

»Vielleicht sollten wir einfach an eine der Türen klopfen?«, riet ihm Arnaud.

Verhalten hämmerte Gero auf das Holz. Seine Kettenhandschuhe hatte er bei seinem Pferd zurückgelassen.

Niemand im Innern der Hütte reagierte. Und doch glaubte Gero, wieder ein Flüstern zu hören.

Nun hatte Struan die Stimmen auch vernommen. Seine Augen verengten sich zu Schlitzen, und er gab Gero ein Zeichen, dass er sich einmal hinter der Hütte umschauen wollte.

»Pass auf dich auf, Stru«, rief Arnaud ihm mit gedämpfter Stimme hinterher.

Der Schotte hob seine Hand zu einer beschwichtigenden Geste und war schon hinter der nächsten Mauer verschwunden.

Im Grunde fühlte Struan sich großartig. Das erste Mal seit Monaten, dass er sich unbeobachtet in einer archaischen Wildnis aufhielt, in die ihm nur jemand folgen konnte, der ihm ebenbürtig war.

Erst als er ein leises Aufstöhnen vernahm, erlosch seine Begeisterung, und die alte Wachsamkeit, die ihm schon oft das Leben gerettet hatte, kehrte zurück.

Leichtfüßig überwand Struan eine hüfthohe Mauer, hinter der sich ein Olivenhain befand, und wäre beinahe auf etwas Weiches getreten, als er auf der anderen Seite aufkam.

Dort lag jemand leise röchelnd am Boden. Kein Mann, aber als Kind konnte man den wimmernden Jungen auch nicht mehr bezeichnen. Ohne Zögern fiel der Schotte auf die Knie und nahm den Knaben in seine Arme. Aus dessen schwarzen Augen war jeglicher Glanz gewichen. Das Gesicht so bleich wie der Mond, sickerte ihm etwas Dunkles aus den Mundwinkeln. Struan fühlte die Nässe im Rücken des Jungen, und schon der metallische Geruch verriet ihm, dass es sich um Blut handeln musste. Viel Blut.

Er packte den Jungen und nahm ihn ungeachtet seiner Verletzungen in seine Arme. Dann er rannte mit ihm zu Hertzberg und Tanner. Er hatte genug von den Vorbereitungen zum Transfer mitbekommen, um zu wissen, dass sie über Verbandzeug und Nähmaterial verfügten. Außerdem hatte Karen sie mit einem äußerst wirksamen Schmerzmittel versorgt. Und wenn Struans Reise in die Zukunft einen Vorteil gehabt hatte, so war dies sein eigener Fortschritt in der Kenntnis der menschlichen Anatomie. Karen Baxter hatte ihn und seine Kameraden gründlich in ihr Wissen über den menschlichen Körper eingeweiht.

»Gero«, keuchte Struan laut, als er im Vorbeilaufen seinen deutschen Kameraden vor einer der Hütten erblickte. »Ich habe einen schwer verletzten Jungen gefunden. Allem Anschein nach hat an diesem Ort ein Massaker stattgefunden.«

Gero wechselte einen raschen Blick mit Arnaud. Dann trat er gnadenlos das Holztor ein, das den Zugang zum Innenhof des Hauses versperrte. Der kleine Platz war übersät mit Toten. Alles Männer, die sich anscheinend erbittert gegen ihre Peiniger zur Wehr gesetzt hatten.

Fieberhaft durchkämmten Gero und Arnaud die übrigen Räume, das Schwert fortwährend gezückt, um sich jederzeit verteidigen zu können.

Struan war inzwischen bei Hertzberg angekommen. Johan und Stephano waren auf dem Weg hierher an ihm vorbeigeprescht, um Gero und Arnaud zur Seite zu stehen.

»Du musst mir helfen, Alter«, keuchte Struan und begann damit, den Jungen von seiner blutgetränkten Kleidung zu befreien. Während der Professor sich von seinem Pferd heruntergleiten ließ, war Tanner neben Struan in die Knie gegangen, um ihm Licht zu spenden.

»Ein Stich in den Bauch«, erklärte Struan nüchtern, als der Strahl der Lampe über die stark blutende Einstichstelle unterhalb des Magens glitt. »Ziemlich tief. Wahrscheinlich sind die Därme verletzt.« Mit regungsloser Miene schaute er zu Tanner auf. »Denkst du, er hat eine Chance?«

Der Special Agent schüttelte unmerklich den Kopf. »Trotzdem werde ich versuchen, die Blutung zu stillen.«

Tanner erhob sich rasch und zückte eine Erste-Hilfe-Ausrüstung aus seiner Satteltasche. Mit einer Infusionsflasche kehrte er zu dem Jungen zurück und suchte dessen Arm nach einer Vene ab, um eine Nadel einzuführen. Danach übergab er Struan die Flasche und versuchte mit Kompressen die Blutung zu stoppen. »Das wird ihm zumindest die Schmerzen nehmen und seinen Kreislauf für eine Weile stabil halten.«

Hertzberg sprach den Jungen derweil auf Hebräisch an. »Wie ist dein Name, mein Sohn? Was ist geschehen?«

»Isaak«, murmelte der Junge zu ihrem Erstaunen. »Sklavenhändler … Binah … meine Schwester …«

Die braunen Augen starr auf Hertzberg gerichtet, versuchte er weiterzusprechen. Doch plötzlich entspannte sich sein Gesicht und nahm einen fast friedlichen Ausdruck an.

»Er verliert das Bewusstsein«, sagte Hertzberg.

»Liegt vielleicht an dem Schmerzmittel«, bemerkte Tanner.

Doch Struan, der in solchen Situationen über weit mehr Erfahrung verfügte, drückte dem Kind die gebrochenen Augen zu. »Er ist tot«, sagte er leise.

Ein Poltern und der Ruf von Johan, dass die Angreifer soeben das Weite suchten, ließen Gero und Arnaud zurück auf den Hof stürmen. Zwischen den Häusern stand eine Staubwolke, aufgewirbelt von den Hufen fliehender Pferde. Johan und Stephano übernahmen ohne ein Wort der Erklärung die Verfolgung der Angreifer und jagten ihnen im vollen Galopp hinterher. Gero hetzte zu seinem Percheron und sprang in den Sattel. Arnaud folgte ihm mit seinem Friesen und rief Struan den Stand der Dinge zu, bevor auch er wie von Furien gejagt davongaloppierte.

»Es sind Sklavenhändler, seht euch vor«, brüllte Struan ihm hinterher.

»Was macht solche Typen gefährlicher als andere?« Tanner war aufgesprungen und warf dem Schotten einen fragenden Blick zu.

»Sie sind ziemlich skrupellos und töten alles, was sie nicht für den Markt gebrauchen können, außerdem jeden, der einen Beweis liefern könnte, dass sie ihre Ware nicht ordnungsgemäß erworben haben.«

»Ordnungsgemäß?« Tanner schaute ihn ungläubig an.

Ein surrendes Geräusch ließ Struan den Kopf einziehen. Nicht jedoch Hertzberg, dessen Sinne ohnehin alles andere als geschärft waren.

Seinen schmächtigen Körper durchlief ein heftiger Ruck, und sein plötzliches Aufstöhnen ließ Schlimmes befürchten. Tanner ging in die Hocke und zog augenblicklich seine Heckler & Koch.

»In Deckung!«, schrie Struan. Hertzbergs rechte Schulter hatte ein Pfeil durchbohrt. Der alte Mann zitterte am ganzen Leib, und Struan befürchtete, er könne am Schock sterben. Während er den laut stöhnenden Professor aus der Gefahrenzone hinter einen gut tausend Jahre alten Olivenbaum zog, lugte Tanner um den Stamm herum und sah, wie ein bewaffneter Reiter in Richtung Süden entkam.

»Er trug einen Turban«, bemerkte er.

»Gar nicht gut!«, zischte Struan. »Bin mir nicht sicher, ob Gero daran gedacht hat, dass die Sarazenen beinahe immer Bogenschützen einsetzen. Was ist, wenn der Kerl ihnen folgt und einen von uns aus dem Hinterhalt erwischt?«

Tanner schüttelte den Kopf. »Sklavenhändler«, wiederholte er zynisch, und bevor Struan noch ein Wort dazu sagen konnte, war Jack schon im Sattel und gab seinem Araber die Sporen.

»Jack! Wo willst du hin?«, krächzte ihm Hertzberg hinterher, bekam jedoch nur noch dessen Staubwolke zu sehen.

Jack Tanner wusste nicht, was er sich dabei gedacht hatte, als er die Verfolgung des Bogenschützen auf sich nahm, der den vier Templern hinterhergaloppierte. Das Reiten hatte Jack von seinem Großvater, dem Besitzer einer Rinderfarm, gelernt, der ihn schon von Kindesbeinen an mit zum Rodeo genommen hatte. Später auf dem College hatte er sich auf der Farm seines Vaters mit den Preisgeldern für das Zureiten von Pferden sein Taschengeld aufgebessert – auch wenn er dafür häufig Blutergüsse an Hüften und Knien hatte in Kauf nehmen müssen. Das Schießen war erst später hinzugekommen, als er nach der Highschool beim U.S. Marines-Corps angeheuert hatte. Beide Fähigkeiten verliehen ihm eine gewisse Sicherheit, während er wie ein Geisteskranker in den aufsteigenden Morgennebel ritt.

Dass diese Sicherheit trügerisch war, erkannte er, als er sich dem vorausreitenden Bogenschützen so weit genähert hatte, dass er sehen konnte, wie dieser auf Gero und Johan zielte. Offenbar bemerkten sie in ihrem Jagdfieber gar nicht, dass sie von einem gefährlichen Feind verfolgt wurden.

In etwa zweihundert Meter Entfernung konnte er acht weitere Reiter ausmachen, von denen zwei mit je einer weiteren Person auf dem Pferd saßen. Johan und Stephano hatten vorgelegt und kreisten die Verfolgten ein. Wie aus dem Nichts sauste ein Pfeil zwischen Gero und Arnaud hindurch und bohrte sich durch die schwarz-weiße Schabracke in den Hals von Stephanos Araber. Der graue Hengst strauchelte in vollem Galopp und überschlug sich, dabei wurde der blonde Templer aus dem Sattel geschleudert, doch anders als sein Pferd kam er sofort wieder auf die Beine.

Johan verlangsamte sein Tempo. Auch er erkannte die Gefahr, an die augenscheinlich niemand gedacht hatte. Gero und Arnaud schienen ebenfalls zu begreifen, dass der Kerl aus dem Hinterhalt sie ohne weiteres das Leben kosten konnte. Jack war sich bewusst, dass er ein hohes Risiko einging, wenn er auf den Mann schoss. Nicht nur weil er ihn damit auf sich aufmerksam machte, falls er nicht traf, sondern auch weil die Templer die Schusslinie durchqueren konnten. Trotzdem gab er seinem Araber die Sporen und legte die Waffe an, nachdem er sich auf akzeptable Reichweite dem Bogenschützen genähert hatte. Bereits der erste Schuss fand sein Ziel, so dass der Mann sofort aus dem Sattel kippte. Dann rollte er noch ein, zwei Meter über den Boden, bevor er tödlich getroffen liegen blieb. Von Ferne sah Jack einen weiteren Bogenschützen, der aus einem Winkel von neunzig Grad auf Johan zielte.

Tanner drückte ab. Der Schuss ging im Geräusch der Hufe unter. Den Bogen noch in der Hand haltend, stürzte der Bogenschütze im vollen Galopp von seinem Pferd.

Tanner überlegte nicht lange und gab seinem Hengst die Sporen. In rasendem Tempo zielte auf den nächsten Turbanträger. Auch diesmal traf er sofort. Im Übermut trieb er sein Pferd weiter an und näherte sich dem verbliebenen Rest der Meute bis auf gut fünfzig Meter. Um die übrigen sechs Flüchtenden vollends aufzuhalten, musste er drastischere Maßnahmen ergreifen, wenn er die hinter den Entführern sitzenden Geiseln nicht gefährden wollte. Also tat er etwas, das ihm im tiefsten Sinne widerstrebte. Er schoss auf die Pferde. Drei knickten auf der Stelle ein und warfen noch im Fallen ihre Reiter ab.

Inzwischen waren auch Gero und Arnaud so weit herangekommen, dass sie ihre Lanzen zücken konnten, um den am Boden liegenden Gejagten den Garaus zu machen. Noch im Anritt holte Gero aus und schleuderte die Lanze einem der zu Fuß fliehenden Sklavenhändler in den Rücken. Die Wucht des Aufpralls katapultierte den großgewachsenen Mann nach vorne in den Sand, wobei die Lanze seinen Brustkorb durchbohrte und, selbst nachdem er gefallen war, aufrecht in ihm stecken blieb. Fasziniert beobachtete Jack Tanner, wie Gero seinen Hengst in eine scharfe Kurve zwang und von neuem an den Getöteten herangaloppierte. Im Vorbeireiten zog er schwungvoll die Lanze aus dem Toten und steckte sie geschickt in die seitliche Halterung.

Arnaud hatte den zweiten gestürzten Reiter auf eine ähnliche Weise erledigt, und Johan hatte sich einen anderen der Flüchtlinge vorgenommen. Dafür war er vom Pferd gesprungen und lieferte sich mit dem Mann einen gnadenlosen Zweikampf mit dem Schwert. Tanner versuchte den beiden anderen zu folgen, doch ihre Spur verlor sich im Dunst der Wüste.

Arnaud hatte den dritten Mann inzwischen erledigt.

Erst da fiel Jack auf, dass die Schlächter der Dorfbevölkerung ausnahmslos schwarze Turbane trugen und sich außer mit Pfeil und Bogen mit Krummsäbeln verteidigt hatten.

Sarazenen also, mutmaßte er. Er sprang vom Pferd und ersparte sich einen Kommentar zum offensichtlichen Leichtsinn der Ordensbrüder. Gemeinsam ging er mit ihnen die am Boden liegenden Leichen ab, um sicherzustellen, dass sie auch wirklich tot waren.

Nicht allzu weit entfernt sah er, wie Johan dem noch etwas wackeligen Stephano des Sapin dabei half, sein halbtotes Pferd von den Qualen zu erlösen. Das Tier hatte nicht nur einen Pfeil in der Brust, sondern auch die Beine gebrochen. Bevor Jack einen Gnadenschuss anbieten konnte, hatte der Flame dem Hengst bereits die Kehle durchschnitten.

Aus einem der übrig gebliebenen Häufchen Kleider, die im Sand lagen und im ersten Morgenlicht spärliche Schatten warfen, erhob sich ein Wimmern. Jack näherte sich mit angespannten Muskeln einer am Boden kauernden Gestalt und fasste sie am Arm, um sie zu sich hochzuziehen. Dabei löste sich ihr dunkler Schleier, und ein langer, brünetter Zopf kam zum Vorschein. Unschwer zu erkennen, handelte es sich um eine Frau, und als sie angsterfüllt zu ihm aufschaute, blickte er in die wunderschönen, schwarzen Augen eines vielleicht siebzehnjährigen Mädchens. Der von ihren Tränen verschmierte, schwarze Khol rund um die Lider ließ sie noch verzweifelter aussehen. Als sie Jacks

Chlamys mit dem roten Kreuz bemerkte, schrie sie vor Entsetzen und versuchte sich mit aller Kraft seinem Griff zu entwinden.

»Lasst mich!«, flehte sie. »Ihr seid doch heilige Männer, wie könnt Ihr so etwas tun?«

Gero brachte eine weitere schwarzhaarige Frau hinzu, die er in einer ähnlichen Verfassung vorgefunden hatte. Sie war um einiges älter als das weinende Mädchen und verhielt sich eher wie scheues Wild, das vor Angst erstarrt vor seinem Jäger steht. Anscheinend war sie eine Verwandte, weil sie die gleiche hübsch geformte Nase besaß.

Jack bemerkte, wie sie der Jüngeren mit einem stummen Zeichen zu verstehen gab, dass sie besser den Mund halten sollte.

»Pass auf, dass sie nicht wegläuft!«, forderte Gero ihn auf und überließ ihm die Ältere der beiden. Im Gegenzug führte er das jüngere Mädchen in den Schatten eines hohen Wüstenstrauches.

»Setz dich!«, befahl ihr Gero so freundlich wie möglich, wobei er das Mädchen immer noch festhielt, weil er spürte, dass sie davonlaufen würde, wenn er seinen Griff lockerte. Der abgewandte Blick des Mädchens war total verängstigt. Offenbar dachte sie, er wolle sie vergewaltigen. Sein Verdacht bestätigte sich, als sie ihre Stimme zu einem herzzerreißenden Flehen erhob und ihm wider Erwarten in die Augen schaute. »Nehmt mir lieber das Leben als meine Ehre.«

Arnaud war hinzugetreten und wechselte einen überraschten Blick mit Gero. »Soll ich mal meinen französischen Charme spielen lassen? Vielleicht begreift sie dann, dass wir nichts von ihr wollen, was sie uns nicht freiwillig gibt.«

»Lass den Quatsch, Arnaud.« Gero schaute ihn ärgerlich an. »Sie hat höllische Angst, merkst du das nicht?«

»Vor uns? Warum denn? Schließlich haben wir gerade unsere Ärsche riskiert, um sie vor dem Sklavenmarkt zu bewahren.«

Das Mädchen fixierte Arnauds rotes Kreuz auf der Brust und begann von neuem zu wimmern. Gero kam ein böser Verdacht. »Geh, und sag Johan und Stephano, sie sollen die Leichen gründlicher untersuchen.«

»Die Leichen?« Arnaud sah ihn verständnislos an. »Das sind Sarazenen. Was gibt es da zu untersuchen?«

»Tu, was ich dir sage, verdammt!« Geros Geduld kannte Grenzen, die nun auch das Mädchen einschüchterten. Als Arnaud davongegangen war, forderte er sie erneut in Hebräisch auf zu sprechen. »Wer waren diese Männer, und warum haben sie euer Dorf überfallen?«

»Ich weiß es nicht«, stammelte sie und wagte nicht, ihm in die Augen zu schauen.

Er beugte sich zu ihr hinab, fasste sie unsanft bei den Oberarmen und zwang sie, ihm ins Gesicht zu sehen. »Hör zu, Mädchen, ich hatte ein Eheweib, sie war auch eine Jüdin und ist viel zu früh von mir gegangen. Bei der Unversehrtheit ihrer unsterblichen Seele, schwöre ich, dass meine Kameraden und ich dir kein Leid zufügen werden, ganz gleich, wie deine Antwort lautet, Hauptsache, du sagst die Wahrheit.« Er lockerte den Griff, in der Hoffnung, dass sie ihm nun endlich vertraute.

Sie schluckte und leckte sich die vollen Lippen, bevor sie zu einer Antwort ansetzte.

»Ich weiß nicht, was hier vor sich geht und warum unsere Entführer so plötzlich zu Tode gekommen sind.« Sie flüsterte fast, und Gero konnte sich denken, dass ihr selbst in der ganzen Hektik aufgefallen war, dass kaum ein Kampf stattgefunden hatte und ihre Entführer trotzdem scheinbar ohne Grund zu Boden gestürzt waren. »Vielleicht sind diese Männer gar keine Menschen, sondern Dämonen«, überlegte sie laut. »Sie sehen aus wie Sarazenen, aber sie sind es nicht.«

»Was meinst du damit?« Gero hatte eine Ahnung, worauf sie hinauswollte, aber er hoffte um des heiligen Christophorus und des heiligen Georgs willen, dass sie unrecht behielt.

»Unter ihren Gewändern tragen sie das Zeichen Eures Ordens. Sie verbreiten überall Angst und Schrecken, indem sie die Männer meines Volkes ermorden und uns Frauen verschleppen und schänden. Wir sollen denken, es sind Sarazenen …« Sie stockte und sah ihn noch einmal an. »… aber in Wahrheit sind sie christliche Ritter.«

Gero hoffte immer noch, sich verhört zu haben, aus geheimen Überlieferungen wusste er jedoch, dass sich im Orden der Templer auch schwarze Schafe befunden hatten.

»Was macht dich so sicher?«, fragte er.

»Mein Oheim … sagte … König Balduin will mit solchen getarnten Übergriffen die Bevölkerung Jerusalems auf den Krieg gegen die Fatimiden einschwören. Doch sind es fast immer nur Juden, die dabei zu Schaden kommen.«

»Heilige Maria, bete für die Vergebung unserer Sünden«, murmelte

Gero und bekreuzigte sich. »Kannst du mir sagen, welches Datum wir heute haben? Ich meine, Tag, Monat, Jahr?«

Das Mädchen sah ihn unsicher an. »Wenn Ihr den christlichen Kalender meint … heute ist der Tag des heiligen Jakobus, des Älteren, ich weiß es, weil eine meiner Verwandten für das Kloster in Bethlehem arbeitet.«

25. Juli nach dem Julianischen Kalender, also hatte Toms Maschine wenigstens, was die Genauigkeit des Datums betraf, ganze Arbeit geleistet –aber stimmte auch der Rest?

»Und das Jahr?«

Sie sah ihn merkwürdig an. »Elfhundertdreiundfünfzig, nach der Fleischwerdung des Herrn.«

»Gut«, erwiderte Gero geistesabwesend. »Das heißt … ich hoffe, du kannst mir mein grobes Benehmen verzeihen?« Ihm tat es leid, dass er sie so hart angefasst hatte, zumal sie als Jüdin im Krieg zwischen den Fronten stand und von keiner Seite Schutz erwarten durfte. »Dann ist euresgleichen also nirgendwo in Sicherheit?«

Sie nickte schwach. Gero ließ für einen Moment den Kopf sinken. Gab es denn keinen verdammten Fleck auf Erden, ganz gleich, zu welcher Zeit, wo Gerechtigkeit herrschte?

Seufzend blickte er auf, als sich Schritte näherten. Johan ging neben ihm in die Hocke und flüsterte ihm etwas ins Ohr.

»Die Pferde tragen unter ihren Sätteln ausnahmslos das Zeichen der Templer, und die Toten haben silberne und bronzene Kreuze des Ordens um ihre Hälse hängen.«

Mit einem stummen Nicken nahm Gero seinen flämischen Kameraden zur Seite und erklärte ihm leise seinen Verdacht. »Sag den anderen, was an der Sache faul ist. Wir dürfen mit niemandem darüber sprechen, sonst haben wir ein ernstes Problem, falls jemand erfährt, dass wir an der Geschichte beteiligt waren.«

»Und was ist mit den beiden Frauen? Sie haben alles gesehen. Wo willst du mit ihnen hin?« Johan schien ebenso ratlos wie er selbst, was die Unterbringung der Frauen betraf. Durch deren Wissen schwebten sie in höchster Gefahr. »Was ist, wenn sie irgendwo plaudern? Ich meine, wir wollen nach Jerusalem und sollen uns dort als Templer zu erkennen geben. Was wird aus uns und unserem Auftrag, wenn man im Hauptquartier erfährt, dass wir sieben Ordensritter versehentlich in den Tod geschickt haben? Zumal zwei der Mörder entkommen konnten.«

»Das war kein Versehen«, betonte Gero ungewohnt scharf. »Sie haben ein Massaker an mindestens fünfzehn Menschen verursacht, und ich möchte nicht wissen, was sie mit ihren beiden Gefangenen angestellt hätten, wenn wir sie nicht aufgehalten hätten.«

»Denkst du, Montbard und seine Leute wissen Bescheid?« Johan wollte nicht glauben, dass eine solche Geschichte mit Wissen des späteren Großmeisters oder des Hohen Rates geschah. »Wie könnten wir einem Mann vertrauen, der solche Machenschaften billigt, zumal wenn wir ihn auf den Kelch und das, was dahintersteckt, ansprechen wollen?«

»Keine Ahnung.« Gero senkte den Blick. »Es bleibt uns nichts anderes übrig, als vorher herauszufinden, ob wir auf den Falschen gesetzt haben. Aber für einen Rückzug ist es nun zu spät. Sollte es so sein, bleibt uns nur, die Frauen aus der Zukunft baldmöglichst zu finden und dorthin zu schaffen, wo man sie haben will. Das ist alles, was zählt.«

Sie hatten Deutsch gesprochen, und das Mädchen hatte sie allem Anschein nach nicht verstanden. Trotzdem schien sie zu spüren, dass sie sich nicht weniger Sorgen machten als sie selbst.

»Wir haben eine Cousine im Lazarus-Konvent in Bethanien«, fügte sie hastig hinzu. »Sie dient dort Äbtissin Ioveta, der Schwester von Königin Melisende. Deshalb steht das gesamte Areal unter ihrem Schutz. Obwohl Melisende den Kampf um die Krone verloren und ihre Macht eingebüßt hat, wird niemand von den Verbündeten ihres Sohnes es wagen, das Kloster anzugreifen.«

»Gut.« Gero sprang auf die Beine. Um ihr zu helfen, hielt er dem Mädchen die Hand hin und zog sie auf die Füße.

Als sie ein wenig schwankte, gab Johan ihr Halt, indem er einen Arm um ihre Taille legte. »Wir werden dich und deine Gefährtin sicher dorthin bringen.«

Der Flame drückte sie sanft, als sie ihm in die Augen schaute.

»Ihr habt mir den Glauben an Gott und die Menschen wiedergegeben«, bekannte sie leise. »Ich weiß nicht, wie ich euch danken kann.«

»Indem du mir versprichst, über das, was hier geschehen ist, Stillschweigen zu bewahren«, antwortete Gero mit Nachdruck in der Stimme.

Das Mädchen nickte zaghaft. »Dann wart Ihr es, der die Männer getötet hat?«

»Es war Gottes Werk«, erwiderte Gero diplomatisch. »ER hatte ein Einsehen, dass sie des Teufels waren. Und ich hoffe, du glaubst mir, dass wir mit solchen Irreführungen nichts zu tun haben.«

»Danke, Bruder«, sagte Gero zu Tanner, als sie sich zusammen mit den beiden Frauen und Stephano, der hinter Arnaud Platz genommen hatte, auf dem schnellsten Weg zurück zum Dorf begaben, um nach Hertzberg zu schauen.

»Jack«, erwiderte Tanner und hielt dem verblüfften Templer die Hand hin. Doch dann wurde Gero plötzlich klar, worauf der Amerikaner hinauswollte. Er hoffte, endlich einer von ihnen sein zu können und kein zwielichtiger NSA-Agent, dem sie nicht vertrauen konnten.

Gero ergriff Tanners Rechte und drückte zu. »Na gut, Bruder Jack, ab heute bist du einer von uns.«

Struan hatte inzwischen bei Hertzberg ausgeharrt und ihm mit einigem Geschick den Pfeil aus der Schulter entfernt. Es war ein glatter Durchschuss, daher konnte er die Stahlspitze vom oberen Zain abschneiden und den Rest mit einem Ruck aus dem Fleisch des Alten herausziehen. Eine schartenartige Wunde blieb, die kaum blutete.

Hertzberg biss die Zähne zusammen, während Struan die Wunde mit einer Jodlösung desinfizierte, die Karen ihnen in kleinen Plastikampullen mitgegeben hatte, und danach einen Druckverband anlegte. Im Stillen hoffte er, dass die Verletzung nicht den Tod des Alten herbeiführen würde. Umso erleichterter war er, als er von weitem sah, wie sich Gero und seine Kameraden zusammen mit Tanner unverletzt näherten. Doch die Freude trübte sich sogleich, als der erstickte Aufschrei eines Mädchens die Ruhe zerschnitt. Sie saß hinter Gero im Sattel und sprang vom Rücken des gewaltigen Hengstes. Vollkommen außer sich rannte sie auf den toten Jungen zu. Struan hatte ihn unter dem nächsten Baum in eine Decke gerollt abgelegt. Laut schluchzend warf sie sich über den Leichnam, vergrub ihr Gesicht an seiner Brust und schrie ihre Trauer hinaus. Auch ihre Gefährtin stand noch immer unter Schock. Arnaud besann sich auf seine erprobte Fähigkeit, Verzweifelte zu trösten. Stumm setzte er sich an die Seite des Mädchens und strich ihr sanft über den Rücken, während Johan deren Gefährtin im Arm hielt, die sich hemmungslos an seiner Brust ausweinte.

Gero kümmerte sich unterdessen mit Stephano um den Professor.

»Wir müssen ihn in ein Hospital bringen«, bemerkte Stephano mit mitleidigem Blick.

»Hospital?« Jack sah ihn an, als ob er den Verstand verloren hätte. »Machst du Witze? Dann kann ich ihn ja gleich erschießen. Baxter hat ihm noch kurz vor unserem Abmarsch eine Tetanusspritze verpasst, und soweit ich weiß, ist er auch sonst gegen so ziemlich alles geimpft, was ihm gefährlich werden könnte.«

»Der Pfeil könnte vergiftet sein«, bemerkte Stephano düster.

Hertzbergs Blick wirkte gequält. »Ich wäre schon mit einer Schmerztablette zufrieden.«

Jack wandte sich seinem Sattel zu. »Und ich denke, es ist nicht verkehrt, wenn ich Ihnen zuerst eine Penicillin-Spritze in den Hintern jage und dann eine kleine Portion Morphin.« Jack zog sich mit Hertzberg hinter einen Baum zurück, damit ihn die beiden Frauen nicht beobachten konnten. Derweil ordnete Gero die unverzügliche Bestattung der Toten an, was im jüdischen Glauben unabdingbar war und einige Zeit in Anspruch nehmen würde.

Arnaud kümmerte sich weiterhin um die Frauen, indem er ihnen ein paar Pillen aufgelöst in einem Becher mit Wasser zu trinken gab, von denen Jack behauptete, diese Medikamente würden sie unverzüglich beruhigen.

Tatsächlich war es, als ob man ihnen ein Pfeifchen Opium verabreicht hätte.

Selbst als sie Stunden später in der heißen Mittagssonne vor dem Lazarus-Kloster haltmachten, hatten die Männer Mühe, die Frauen zu wecken.

»Templer!« Der Ausruf von Schwester Agatha, der Gero und seinen Männern draußen vor den Toren nicht entgangen war, klang wie eine Drohung.

»Kennst du die Männer?«, rief Äbtissin Ioveta von unten herauf. »Sind es Montbards Leute?«

»Wie soll ich das wissen?«, rief Agatha zurück.

»Sie kommen direkt auf uns zu!«, berichtete eine andere Frau, die durch die Fenster in der Wehrmauer starrte und angespannt beobachtete, wie sich der Trupp von sechs stattlich aussehenden Rittern und ihren Begleittieren dem Kloster näherte.

»Was ist, wenn sie Einlass verlangen?«

Rona sah beunruhigt auf, als eine der jungen Nonnen auf sie zugelaufen kam, um sie und Lyn von der Küche in Richtung Kellerloch zu schieben. Die hellblauen Augen weit geöffnet, stand im blassen Gesicht des Mädchens die reinste Panik.

»Hey!«, protestierte Rona und nahm eine Abwehrhaltung ein. »Was habt ihr Graukittel jetzt schon wieder mit uns vor? Reicht es nicht, dass wir hier seit Wochen in diesen schrecklichen Nonnenkostümen umherlaufen müssen? Will eure Äbtissin uns jetzt auch noch in eine finstere Grotte sperren?«

»Es muss sein«, rief Schwester Veronica verzweifelt. »Draußen stehen sechs Templer. Der Teufel weiß, wer sie gerufen hat! Es könnten Tramelays Leute sein. Ihm ist alles zuzutrauen.«

»Woher wisst ihr, dass Montbard sie nicht selbst geschickt hat?« Lyn legte eine Hand auf den Arm der Nonne, um sie zu beruhigen. Seit fünf Jahren befanden sie sich nun schon in diesem Desaster, von einem Ort zu einem anderen fliehen zu müssen, weil niemand ihre wahre Herkunft erfahren durfte. Und nun spitzte sich die Lage zu. Erst vor vierzehn Tagen waren sie aus einem Versteck in Nablus von André de Montbard, dem in Ungnade gefallenen ehemaligen Seneschall der Templer, hierher in Sicherheit gebracht worden. Für Bernard von Tramelay, den amtierenden Großmeister des Templerordens, der nichts über die wahre Herkunft der beiden Frauen wusste, waren sie nichts weiter als gewinnbringende Geiseln mongolischer Abstammung, die seit Jahren in der Obhut und auf Kosten der Templer lebten. Da ein Krieg mit den Mongolen nicht abzusehen war, wo man sie gegen wertvolle Gefangene hätte austauschen können, kam ihm das Angebot eines Emirs gerade recht, der die beiden als überirdisch schön beschriebenen Sklavinnen für einhunderttausend Golddinare für seinen Harem haben wollte. Geld, welches der Orden gut gebrauchen konnte, weil die Belagerung von Askalon sämtliche finanziellen Reserven aufgebraucht hatte. Mit einer Unterstützung König Balduins war nicht zu rechnen. Die Krone hatte bereits sämtliche Gold- und Silberbestände des Hofes verbraucht, um ihre Söldner nicht nur zu bezahlen, sondern zunächst zu verpflegen. Die Belagerung von Askalon dauerte bereits über ein halbes Jahr, was dazu geführt hatte, dass die Lebensmittelpreise in unangenehme Höhen geschossen waren.

Angesichts dieser Gefahr hatte Montbard seine beiden Schützlinge in Absprache mit der Königin und deren Schwester bei Nacht und Nebel in Iovetas Kloster verschwinden lassen und behauptet, sie seien zum Christentum konvertiert und zu Nonnen geweiht worden. Melisende, die nicht wusste, welches unglaubliche Geheimnis die beiden hüteten, schuldete Montbard noch etwas, weil er in der gut ein Jahr zurückliegenden, blutigen Auseinandersetzung mit ihrem Sohn auf ihrer Seite gestanden hatte.

Ob der amtierende Templergroßmeister Bernard von Tramelay diese Verpflichtung und den Verlust seiner Geiseln jedoch einfach hinnehmen würde, stand in den Sternen.

»Montbard schickt keine Templer«, antwortete die junge Ordensschwester zuversichtlich. »Die Königin hat mit ihm ausgemacht, dass er niemals einen seiner Ordensritter entsenden würde, um Kontakt zu euch aufzunehmen und euch womöglich irgendwo hinführen zu lassen. Wenn überhaupt, kommt er persönlich, um euch zu besuchen. Niemand von der Ordensleitung der Templer ist befugt, euch ohne die Erlaubnis der Königin fortbringen zu lassen.«

»O Mann!« Lyn warf Rona einen genervten Blick zu. »Ich weiß nicht, wie lange ich diesen Blödsinn noch aushalten soll. Wenn nicht bald etwas geschieht, das uns aus dieser Misere erlöst, ist es mir vollkommen gleichgültig, ob ich in die Hände irgendeines Emirs falle. Schlimmer als in einem Kloster voller geifernder Weiber kann es kaum kommen.«

»Sag deiner Äbtissin, wir gehen in keinen Keller! Das kann sie auch gerne der Königin ausrichten. Denn das würde bedeuten, dass wir bis an unser Lebensende dort gefangen säßen, nur damit uns niemand entführt.«

»Anstatt in den Keller könntet Ihr Euch in die Einsiedlerklause zurückziehen«, schlug Veronica vor. »Dorthin, wo die Schwestern in Klausur gehen.«

»Ich fasse es nicht!«, erwiderte Rona mit angriffslustiger Miene. »Entweder du und deine Sippschaft bekommen es hin, dass wir als ein Teil eurer Gemeinschaft anerkannt werden und im Tageslicht leben, oder ihr könnt die Geschichte vergessen.«

»Nun gut.« Das Mädchen gab sich geschlagen. »Dann bleibt wenigstens hier in der Küche, bis die Luft wieder rein ist. Ich werde die Äbtissin von Eurem Unmut in Kenntnis setzen.«

Nachdem die Schwester gegangen war, ließ sich Rona mit einem Seufzer auf einem der Stühle nieder. Hartnäckig versuchte sie vor Lyn ihre Tränen zu verbergen, indem sie ihr Gesicht abwandte. Sie war alles andere als weinerlich, aber wenn nicht bald ein Wunder geschah, war sie mit ihren Nerven am Ende.

Lyn war bestürzt und nahm ihre Schwester schützend in die Arme. Etwas, das noch niemals vonnöten gewesen war und Rona erst recht dazu brachte, den Kopf auf ihre Knie sinken und hemmungslos ihren Gefühlen freien Lauf zu lassen.

»Du wirst doch jetzt nicht aufgeben?«, stammelte Lyn hilflos. »Schließlich warst du es, die immer stark war und mir Mut gemacht hat, dass wir eines Tages diese Zeit wieder verlassen können. Selbst über den Verlust von Khaled hast du mir mit deiner Sturheit hinweghelfen können.«

Rona schluckte den Kloß in ihrer Kehle hinunter und entwand sich dem fürsorglichen Griff ihrer Schwester. Hastig wischte sie sich die Tränen aus den Augen.

»Du hattest wenigstens Khaled, mit dem du die wahre Liebe erleben durftest. Ich will nicht glauben, dass ich tausend Jahre durch die Zeit gereist bin, bloß um die nächsten zweihundert Jahre meines Lebens keusch und religiös verblendet als christliche Nonne in einem Kloster zu verbringen!«

Schnaubend stand sie auf und wanderte auf den glatten Steinfliesen umher. Dabei nahm sie alles Mögliche in die Hand, Obst, Gemüse oder Werkzeug, betrachtete es mit Widerwillen und warf es an jenen Platz zurück, wo sie es gefunden hatte. Ein Scheppern drang durch die Halle, als eine gusseiserne Pfanne zu Boden fiel und der hölzerne Stiel abbrach.

»Rona …« Lyn kam näher und legte ihr eine Hand auf die Schulter, um sie zu beruhigen. »Hier können wir wenigstens etwas tun, indem wir den Brüdern und Schwestern Ratschläge erteilen, wie sie am besten mit ansteckenden Krankheiten umgehen. André de Montbard betont immer wieder, welche Fortschritte der Orden erzielt hat, seit er unsere medizinischen Erkenntnisse einbringen konnte.«

Rona hielt inne, blickte jedoch verärgert auf und schüttelte die Hand ihrer Schwester ab, als ob sie ein lästiges Insekt wäre.

»Ob du es glaubst oder nicht – es ist mir egal«, sagte sie barsch. »Jedenfalls solange ich nicht weiß, ob es Lion und unserer Zukunft helfen wird.« Sie schaute auf. »Lass mich einen Moment alleine. Sieh nach, was die Graukutten da draußen aushecken und ob es nicht doch vielleicht eine Eskorte Montbards ist, die uns von diesem Schwachsinn erlöst.«

Lyn kniff die Lippen zusammen. »Wie du willst«, sagte sie.

Gero stand unter dem prachtvoll verzierten Granitbogen und klopfte auf das harte Holz des Tores. Ein paar große, alte Olivenbäume spendeten Schatten. Von einem Glockenturm, der sich im Innern des ummauerten Areals erhob und über die Mauerkrone hinausragte, drang ein helles Läuten.

»Wenn ich an unsere Komturei in Bar-sur-Aube denke«, murmelte Johan, »erscheint mir das Klostergelände des Lazarus-Ordens vergleichsweise riesig.«

»Kein Wunder«, bemerkte Arnaud, »Königin Melisende hat den Orden immer tatkräftig unterstützt. Es hieß, sie habe dem Kloster ganz Jericho als Besitz überschrieben.«

Gero warf einen Blick auf die Mauer, die mindestens drei Meter hoch war und mehrere große Gebäude umschloss.

Eine Luke am rechten Rand des Tores sprang auf, und ein junges, ebenmäßiges Gesicht schob sich zaghaft hervor. Ein paar große, helle Augen beäugten den Besucher mit unverhohlener Neugier.

»Womit können wir Euch dienen?«

Gero setzte sein charmantestes Lächeln auf, von dem Hannah immer behauptete, es gäbe wohl kaum eine Frau, die diesem Lächeln nicht erliegen könnte, und grüßte freundlich. »Gott sei mit Euch, ehrwürdige Dame«, sagte er in fehlerfreiem Latein. »Wir benötigen Eure Hilfe bei der Unterbringung dieser beiden Frauen. Ihr Dorf wurde von Fremden überfallen, es gab mehrere Tote, und nun suchen sie Schutz.«

»Das ist eine Falle«, zischte es hinter den Mauern. »Als ob sie nicht wüssten, wer solche Überfälle zu verantworten hat.«

Das Gesicht verschwand für einen Moment, und Gero schaute sich nach seinen ratlos dreinblickenden Kameraden um – und nach Hertzberg, dem es seinem schmerzverzerrten Gesicht nach anscheinend nicht gutging. Von Tanner gestützt, konnte der Professor sich kaum noch im Sattel halten.

Schon wollte Gero noch einmal klopfen, als sich zögernd das Tor öffnete.

Eine etwas ältere, jedoch auffallend schöne Schwester trat, eingehüllt in ein langes graues Gewand, hinaus. Das zarte Gesicht, von einem straffen, weißen Gebände umhüllt, wurde von großen, hellgrünen Augen beherrscht, einer spitzen Nase und einem üppigen, rosigen Mund. Ihr hocherhobenes Haupt wurde von einem langen, schwarzen Schleier bedeckt.

Schlank und hochgewachsen bewegte sie sich wie eine Adlige.

»Ich bin Ioveta«, verkündete die Nonne mit höflicher Zurückhaltung, »die Äbtissin dieses Ordens. Ich glaube, wir sind uns noch nicht vorgestellt worden?« Ihr forscher, selbstbewusster Blick bestätigte Gero, dass sie tatsächlich die Schwester der Königin sein musste.

Eine rötliche Strähne hatte sich aus dem Gebände gestohlen und verlieh ihrem aristokratischen Aussehen eine überraschend verruchte Note.

»Gero von Breydenbach«, stellte er sich vor und absolvierte einen formvollendeten Kniefall, dabei ergriff er ihre Hand und küsste den goldenen Siegelring an ihrem rechten Mittelfinger, so wie es Sitte war, wenn man einer Äbtissin gegenüberstand.

Auch die anderen taten es ihm nach, wobei sie auf das Küssen des Rings verzichteten, selbst Tanner, der nicht verstanden hatte, worum es hier ging und was an dieser Frau so Besonderes sein sollte.

»Wer schickt Euch?«, fragte die Äbtissin misstrauisch. »Von Tramelay oder Bruder André de Montbard?«

»Mit Verlaub, Madame«, erwiderte Gero. »Eurem Blick nach zu urteilen, komme ich mir vor wie der Anführer einer sarazenischen Räuberbande. Dabei sind wir gerade einer solchen entkommen. Und ja, wir können uns noch nicht vorgestellt worden sein, weil wir erst jüngst im Heiligen Land eingetroffen sind und noch nicht in Jerusalem waren.«

»Montbard? Tramelay?« Hertzbergs spröde Stimme erklang aus dem Hintergrund. Fließend war er ins Lateinische gewechselt. »Das heißt, wir sind tatsächlich richtig!«, frohlockte der Alte trotz seiner Verletzung.

Die Äbtissin stand immer noch abwartend am Toreingang und sah ihn verwirrt an. »Richtig wofür?«

Gero ergriff das Wort, um dem Alten zuvorzukommen. »Um diese beiden armen Frauen Eurer Obhut zu überantworten.« Mit bedauerndem Blick wies er auf die geschwächt aussehenden Jüdinnen, denen Arnaud nun von den Pferden half.

»In Gottes Namen«, rief die Äbtissin aus, als sie sah, wie die beiden Frauen, gestützt von Arnaud und Stephano, Richtung Klostertor staksten.

»Binah!« Eine kleine dunkelhaarige Frau in Alltagskleidung und ohne Schleier drängte sich an der Äbtissin vorbei und rannte der jüngeren der beiden Frauen entgegen, die behauptet hatte, ihre Cousine lebe bei den ehrwürdigen Schwestern als Hilfsarbeiterin. Sofort kam die zweite Frau hinzu, und zwischen den Weibern begann ein leidenschaftlicher Austausch, der in bittere Tränen mündete. Augenscheinlich erzählten sie von dem Überfall, und Gero konnte nur hoffen, dass die beiden Wort hielten und sich nicht verplapperten.

Auch die Äbtissin schien zu verstehen, dass Gero und seine Gefolgsleute nichts Böses im Schilde führten, und bat die Männer zögernd hinein, um ihnen eine Erfrischung anzubieten. Während die Tore geschlossen wurden, verschwanden die beiden geretteten Jüdinnen ohne Abschied mit ihrer Cousine in einem der zahlreichen Häuser der Klosteranlage

Als der Blick der Äbtissin auf Hertzberg fiel, fragte sie nach der Ursache seines schlechten Zustands, und Gero vermittelte ihr glaubwürdig, dass der alte Mann selbst ein Opfer des Überfalls geworden war.

Ohne Hertzberg zu fragen, wies die Äbtissin eine Schwester an, die Wunde des Professors zu versorgen.

Gero kam ihr zuvor und bat, den Alten in Ruhe zu lassen, weil man ihn bereits versorgt habe und sich später in Jerusalem dem Hospital des heiligen Johann anvertrauen wolle. Wie hätte er der Frau auch sonst Klebepflaster und Sprühverband erklären sollen, mit denen Tanner Struans Erste Hilfe komplettiert hatte.

Der NSA-Agent half unterdessen, die Pferde im Innenhof anzubinden. Fasziniert sah er sich um.

»Ob du es nun glauben willst oder nicht«, raunte er Arnaud zu. »In den abgelegenen Dörfern Afghanistans oder des Irak sieht es in meiner Zeit kaum anders aus, selbst die Menschen dort sind ähnlich gekleidet.«

»Gehört ihr zum Nachschub für Askalon?«, fragte Ioveta, nachdem sie Gero und seine Männer zu einer hölzernen Bank unter freiem Himmel geführt hatte. Eine Dienerin verteilte unterdessen Becher auf dem davorstehenden Tisch. Mit einem angedeuteten Lächeln reichte die Äbtissin Gero einen Krug mit Wasser und einen mit Wein.

»Womöglich könnte man es so nennen«, log er diplomatisch und goss sich von dem Wasser etwas in einen Becher, bevor er den Krug an die anderen weiterreichte.

Iovetas Mitschwestern versorgten sie unaufgefordert mit Fladenbrot und Olivenöl. Dazu reichten sie getrocknete Datteln.

Hertzberg musste wohl oder übel zulassen, dass man ihm einen schmerzstillenden Kräutersud zubereitet hatte, den er kaum ablehnen konnte und der offenbar scheußlich schmeckte. »Nachschub, um die Pfeile der Fatimiden abzufangen«, bemerkte Ioveta mit einem ironischen Lächeln und zog eine ihrer fein geschnittenen Brauen hoch. »Balduin und seine Barone versuchen seit dem Frühjahr erfolglos, die Festung zu erobern. Die Hospitaliter plädieren in seltener Einigkeit mit dem Patriarchen von Jerusalem dafür, die Sache endlich aufzugeben. Lediglich der Templerorden hält dagegen, aber wegen der hohen Verluste aus vorherigen Schlachten ist er arg dezimiert. Also warum solltet Ihr sonst hier sein, außer zu seiner Verstärkung?«

Gero überlegte einen Moment und stellte dann eine Gegenfrage.

»Und was denkt Ihr?« Er trank einen Schluck und schaute die Äbtissin mit seinen beeindruckend blauen Augen von unten herauf an. »Sollte man diesen Feldzug nicht lieber beenden? Oder gibt es einen Grund, warum ausgerechnet die Templer daran festhalten wollen?«

»Ich kenne mich, was die Absichten der Templer in dieser Sache betrifft, leider nicht gut genug aus, um das beantworten zu können«, antwortete sie ausweichend. »Allerdings bleibt zu vermuten, dass mehr dahintersteckt als bloßer Eroberungswille. In den meisten Fällen ging es Euren Brüdern immer ums Geld. Also muss es auch dort etwas geben, wovon sie sich satte Gewinne versprechen.«

»Gut möglich«, beendete Gero das Thema und schenkte sich nach, doch diesmal vom Wein. Die anderen hatten ihrer Unterhaltung angespannt zugehört, und Gero ahnte, was seine Männer von ihm erwarteten.

»Wisst Ihr, wo sich André des Montbard im Moment aufhält?«

Wieder sah er die Äbtissin durchdringend an.

Dass Montbard seit der Auseinandersetzung zwischen Königin Melisende und ihrem Sohn Balduin seines Amtes als Seneschall des Ordens enthoben worden war, wusste er nicht nur von Hertzberg, der sich zur Vorbereitung dieser Reise intensiv mit Personen und Hierarchien des Ordens in dieser Zeit auseinandergesetzt hatte. Auch in Bar-sur-Aube hatte zu Beginn des 14. Jahrhunderts eine Schrift im Skriptorium der Komturei existiert, die eine lückenlose Nachfolge der einzelnen Ämter im Orden mit Jahr und Tag wiedergegeben hatte. Trotzdem hatte keine der Schriften erklärt, wo Montbard seine Zeit nach dem blutigen Zwist zwischen Mutter und Sohn zugebracht hatte. Gut möglich, dass sich die beiden Frauen aus der Zukunft in seiner Obhut befanden. Deshalb blieb ihnen nichts anderes übrig, als zunächst im Hauptquartier der Templer mit der Suche zu beginnen. Es sei denn, Ioveta wies ihnen einen anderen Weg, um den zukünftigen Großmeister der Templer zu finden.

»Mit Montbard haben wir nichts zu schaffen«, antwortete Ioveta schroff.

»Ach«, erwiderte Hertzberg erstaunt. Er hatte das Gespräch trotz heftiger Beschwerden in seiner Schulter mit Interesse verfolgt. »Soweit mir bekannt ist, hat er Euch und Eurer Schwester die Gründung von St. Lazarus als Zeuge bestätigt, oder irre ich mich?«

Ioveta kniff die Lippen zusammen, und auch ihre kleine Gefolgschaft aus drei weiteren Schwestern, die sich teils aus Neugierde, teils aus Sorge hinzugesellt hatten, schwieg mit betretener Miene.

»Das stimmt«, bestätigte Ioveta den Einwand des Professors. »Allerdings wundert es mich, dass Ihr davon wisst, denn soweit ich weiß, liegt das genannte Papier in der königlichen Kanzlei von Jerusalem. Wir besitzen lediglich eine Abschrift, die außer mir und einer weiteren Schwester, die sich um unsere Buchhaltung kümmert, noch niemand zu Gesicht bekommen hat. Sagtet Ihr nicht, Ihr wäret noch gar nicht in der heiligen Stadt gewesen?«

Nun entgegnete niemand etwas. Hertzberg fing Geros eindringlichen Blick auf und schwieg. Die plötzliche Ruhe war beinahe unerträglich.

»Könnt Ihr mir verraten, wo ich die Latrinen finde?« Typisch Arnaud, wenn es brenzlig wurde, stellte er immer die unmöglichsten Fragen.

Ioveta schien erleichtert über Arnauds unerwarteten Einwurf und erklärte ihm den Weg zum Abort in einer solchen Überschwänglichkeit, als wollte sie ihn geradezu ins Paradies führen.

Arnaud wiederum war froh, dass er sein drängendes Bedürfnis nicht hinter irgendeinem Busch oder einer Mauer verrichten musste. Wenn er sich an etwas in der Zukunft gewöhnt hatte, dann war es die angenehme Art, sich erleichtern zu können. Mit weichem Papier, feuchten Toilettentüchern und einer Wasserspülung, die nicht nur das Geschäft unvermittelt zum Teufel schickte, sondern auch jegliche Gerüche. Arnaud grinste in sich hinein. Es fehlte nicht viel, und er dachte schon wie Stephano, für den es nichts Schlimmeres gab, als sich nicht ordentlich den Hintern abwischen zu können. Die Realität der veränderten Verhältnisse holte Arnaud gnadenlos ein, als er hinter einem hölzernen Verschlag landete, hinter dem sich lediglich ein Balken und eine Grube befanden. Von Papier keine Spur, lediglich etwas verrottetes Stroh und ein paar verdorrte Palmblätter hatte sein Vorgänger übrig gelassen. »Willkommen zu Hause«, murmelte er und löste den Gurt seiner Hose.

Nachdem er seine Notdurft erledigt hatte, suchte er nach einem Brunnen, um sich wenigstens die Hände waschen zu können. Als er nichts fand, zog es ihn in das Innere des Klosters. Spätestens in der Küche würde er auf einen Eimer mit Wasser, Seife und Tücher stoßen, hoffte er.

Niemand hielt ihn auf, als er dem Geruch nach frischem Haferbrei folgend durch lange Gänge schlich und in einer Halle, in der ein offenes Feuer brannte, auf eine Frau stieß, die ihn anstarrte, als wäre er der heilige Michael. Sie war groß, schlank und so schön, dass Arnaud es schlicht den Atem verschlug. Ihre Augen standen schräg, wie die Augen des Mädchens, das ihnen in der Holographie des Timeservers erschienen war. Aber sie trug ein Nonnengewand, und somit verwarf er den Gedanken an jegliche Ähnlichkeit. Außerdem war ihr Teint dunkler. Hertzberg hatte ihnen eingebläut, dass die Gesichter der gesuchten Frauen von makelloser Helligkeit sein würden – ähnlich wie bei einem Engel.

»Hallo, schönes Wesen«, säuselte Arnaud auf Arabisch, weil er vermutete, dass es sich eher um eine Einheimische mit arabischen Wurzeln handeln musste. »Gibt's hier irgendwo Wasser?« Suchend sah er sich um, und bevor die Nonne zu einer Antwort ansetzen konnte, fand er hinter der offenen Feuerstelle einen halbvollen Eimer mit einer eisernen Kelle darin. Er schöpfte das Wasser heraus und goss es sich über die Finger. Dann nahm er das kleine Stück gelbliche Seife, das in einem irdenen Tellerchen lag, und wusch sich die Hände.

Als er aufblickte, um nach einem Leintuch Ausschau zu halten, verlor er sich in den großen, dunkelgrünen Augen der Frau, die sein Tun interessiert beobachtete.

»Wenn ich's nicht sehen würde, könnt ich's nicht glauben«, murmelte sie und grinste spöttisch. Während er sich die Finger trocken wischte, kam sie näher heran und beäugte ihn, als ob er ein seltenes Tier wäre. »Ein Templer mit Manieren. So etwas ist ziemlich selten. Oder bist du vielleicht ein Sodomit? Die zeichnen sich meistens durch übertriebene Reinlichkeit aus. Oder etwa ein Assassine? Aber nein«, spöttelte sie, »du trägst eine Chlamys, und obwohl deine braunen Locken und der kurze, dunkle Bart darauf hinweisen könnten …« Sie hob ihre schmale Nase und schnupperte. »Außerdem fehlt das Parfum.«

»Hey«, protestierte Arnaud, »nur weil man sich die Hände wäscht und nach einem Freudenhaus riecht, muss man noch längst nicht anderen Leuten die Kehle durchschneiden.« Den Sodomiten hatte er geflissentlich überhört, aber dass sie ihn für einen Assassinen halten konnte, ging ihm entschieden zu weit. Er verringerte den Abstand zwischen ihnen beiden und amüsierte sich heimlich, als die Frau ein Stück zurückwich. Gott, war sie schön! Schlank wie eine Birke und beinahe so groß wie er selbst, die leicht gebräunte Haut so fein wie geschliffener Marmor. Ganz zu schweigen von ihren vollen Lippen, die ihm so verlockend erschienen, dass ihm schwindlig wurde.

Arnaud wurde von einem unvorhergesehenen Verlangen gepackt, die Frau einfach an sich zu ziehen und zu küssen, ganz gleich, ob sie eine Nonne war.

»Ich komme aus dem Langue d'Oc«, erklärte er mit belegter Stimme und betonte jedes Wort mit seinem provenzalischen Akzent, der jedem hier lebenden Sarazenen sofort seine Herkunft verriet. Arnaud war durchaus in der Lage, alle Sprachen, die er beherrschte, akzentfrei zu sprechen, aber das hätte ihm im Moment nur halb so viel Spaß bereitet, auch weil er wusste, dass die Weiber in manchen Gegenden ganz vernarrt darauf waren, einen Ausländer kennenzulernen.

»In jedem Fall bist du amüsant«, erwiderte die Frau mit scheinbarer Gleichgültigkeit. »Anders als die meisten Templer, die ich bisher kennengelernt habe. Normalerweise benehmen sie sich, als ob sie einen Stock verschluckt hätten, es sei denn, sie sind betrunken, dann wird es meist unangenehm.«

»Offenbar verfügst du über reichlich Erfahrung?« Er lachte. »Ich denke, du bist eine Nonne und hast den Männern abgeschworen?«

»Bisher waren sie mir gleichgültig«, verriet sie ihm mit funkelnden Augen »Erst recht, wenn es Templer waren, die vor Selbstbewusstsein strotzten.« Beiläufig taxierte sie sein Äußeres – den weißen Mantel, das Kettenhemd darunter, seine Waffen.

»Schade.« Arnaud gab sich enttäuscht und beugte sich suchend über eine Apfelkiste. Kurz darauf wandte er sich kauend an die Frau und hielt ihr auffordernd eine rote Frucht entgegen. »Auch einen?«

»Bin ich etwa Eva?«, meinte sie und lächelte spöttisch.

Arnaud zuckte grinsend die Schultern. »Wenn ich Adam sein darf, warum nicht?« Wieder grinste er und biss herzhaft in seinen Apfel.

»Das kommt ganz darauf an«, erwiderte sie und näherte sich ihm unvermittelt so weit, dass ihre Brust die seine berührte. Arnaud ließ vor Überraschung den Apfel fallen, als sie ihn unvermittelt am Kragen seiner Chlamys packte und nahe genug zu sich heranzog, um ihre Lippen auf seinen Mund zu pressen.

Arnaud reagierte, wie wohl jeder Mann reagiert hätte, dem so etwas Unglaubliches widerfuhr. Instinktiv packte er die Frau, hungrig wie ein wildes Tier, das seiner Natur gehorcht, allerdings weitaus sanfter, und küsste sie mit einer Intensität, die er sich selbst in einer solchen Situation kaum zugetraut hätte. Mit Genugtuung spürte er, wie ihre Knie nachgaben, ihr Körper die Anspannung verlor und wie sie unter dem Druck seiner Lippen den Mund öffnete und ihre Zungen sich fanden. Alles schmeckte nach Apfel, aber das machte nichts, es war genau die richtige Note, um sie beide in einen wahren Rausch zu versetzen. Ihre Hände erforschten seinen Körper, fuhren über das Kettenhemd, und während Arnaud mutig seine Rechte auf ihre zarte Brust legte, hielt er sie nicht davon ab, als ihre Finger zu seinem Schritt wanderten. Es kam ihm vor wie eine Ewigkeit, als er zum letzten Mal auf diese Weise von einer Frau berührt worden war. In einer geradezu animalischen Gier drängte er sie gegen die nächste Wand und sog begierig ihren Duft ein. Mit schlafwandlerischer Sicherheit löste er ihren breiten Ledergürtel, in der atemlosen Hoffnung, dass sie unter ihrem schlichten Gewand nackt sein würde.

»Was machst du da?« Die Stimme war laut und kam von einer anderen Frau, die in seinem Rücken stand. Arnaud glaubte zu träumen, als er neben seiner Nonne eine zweite erblickte, die der Frau in seinen Armen so ähnlich sah wie eine gut gemalte Kopie.

Seine Nonne löste sich hastig aus seinen Armen und zog den Gürtel wieder zu. Dann ordnete sie hastig ihre Kleidung und ging auf Abstand, wobei sie sich schuldbewusst über die rotgeschwollenen Lippen leckte.

Ihr verwirrter Blick wanderte zu ihrer plötzlich aufgetauchten Betschwester. »Ich … keine Ahnung … ich weiß auch nicht, was in mich gefahren ist«, stotterte sie. Dann fiel ihr Blick auf Arnaud. »Tut mir leid«, entschuldigte sie sich hastig, »vergesst, was zwischen uns geschehen ist.« Ohne ein weiteres Wort packte sie ihre Begleiterin am Arm und zog sie aus der Küche hinaus.

Arnaud blieb noch eine Weile stehen und schaute den beiden hinterher, als ob er eine Erscheinung gehabt hätte. Dann fiel sein Blick auf den Apfel, der angebissen am Boden lag. *Vergesst, was zwischen uns geschehen ist,* hallte es in ihm nach. War sie verrückt? Wie sollte man so was vergessen?

Oder hatte Gott ihm soeben eine Lektion erteilt, indem er ihm zeigte, wie es war, aus dem Paradies vertrieben zu werden?

Immer noch ungläubig schüttelte er den Kopf und beschloss, niemandem etwas von diesem Erlebnis zu erzählen.

Gero trieb zur Eile, nachdem sie das Kloster verlassen hatten. Erstens ging es Hertzberg nicht gut, er benötigte dringend Ruhe, und zweitens wollten sie vor Einbruch der Dunkelheit in Jerusalem einziehen.

Gero und seine Kameraden waren ganz gefangen von dem Gedanken, endlich die Heiligtümer der Stadt besuchen zu können.

»Eine Pilgerfahrt der besonderen Art«, sagte Johan und wäre am liebsten auf die Knie gefallen, als er von weitem den Davidsturm jenseits der gewaltigen Mauern ausmachen konnte.

»Wir benötigen eine Losung«, gab Hertzberg zu bedenken, als das Stadttor sich näherte.

»Oder einen Batzen Gold«, erklärte Struan mit ironischer Miene.

Hertzberg schien inzwischen dem Herzanfall nahe, so rasch atmete er. Nicht wegen seiner Verletzung, sondern aus purer Begeisterung, die ihn alles vergessen ließ.

»Diese Stadt ist ein Wahnsinn«, flüsterte er heiser. »Alles sauber verputzt und farbig bemalt. Keine einzige Stromleitung, kein Auto, keine Satellitenschüssel. Ich werde noch verrückt. Und da, die Ritter am Stadttor, sie tragen tatsächlich das Wappen von Jerusalem auf ihren blauen Waffenröcken.« Er deutete mit zitternder Hand auf ein golden gesticktes größeres Kreuz, in dessen vier Winkel je ein Kleineres gestickt worden war.

Johan schüttelte angesichts dieser Euphorie über ein simples Stück Stoff den Kopf. Der Alte musste tatsächlich von Sinnen sein, aber er war auch schon neunzig, da durfte er sich getrost manchmal seltsam benehmen.

Vor dem Stadttor musterten die Wachmannschaften ihre Aufmachung und schickten sie zurück, hinunter ins Kidrontal. »Ihr müsst außen herumreiten«, rief einer der Wachleute, »wenn Ihr Euch bei den Pforten der Templer anmelden wollt.«

Gero lenkte die Truppe am Zionstor entlang, vorbei an der Kirche von Sankt Maria bis hinunter ins Kidrontal, wo eine Quelle den gleichnamigen Bach speiste, der zurzeit kaum mehr als ein Rinnsal war. Auch wenn er die Strecke noch nie absolviert hatte, kam sie ihm vollkommen vertraut vor. Immer wieder waren ihre Lehrmeister im Orden mit ihnen die Karte von Jerusalem und Umgebung durchgegangen. Für den Fall, dass ein erneuter Kreuzzug angeordnet worden wäre, der die Eroberung der Stadt mit einbezogen hätte. Obwohl auch sein Herz beim leibhaftigen Anblick all dieser Pracht gegen die Brust hämmerte, beschlich ihn doch ein mulmiges Gefühl. Was, wenn der Orden, den er hier in dieser Zeit erwartete, nicht das war, was man ihm einst so stolz verkündet hatte: ein Bund von Idealisten, die einem großen Geheimnis auf der Spur waren und dabei immer die Verbesserung der Welt fest im Blick gehabt hatten? Was, wenn die Templer in dieser Zeit nur ein Haufen ungehobelter Söldner waren, die sich zwar zur Ehre der Heiligen Jungfrau bekannten, ihr aber nicht zur Ehre gereichten?

Im Vorbeireiten registrierte Gero unzählige heilige Stätten, die sich an die umliegenden Hügel schmiegten.

»Süßer Jesus«, jauchzte Stephano, als der Ölberg in Sichtweite kam. »Dort wollte ich immer schon niederknien und beten!«

Außer ein paar knorrigen Olivenhainen war weit und breit kein Baum zu sehen, und die Sonne brannte erbarmungslos auf die steinigen Hügel, die den Berg Moriah mit dem Tempelberg umgaben, wo einst Abraham seinen Sohn Gott zum Opfer dargeboten hatte.

Die wachhabenden Brüder von al-Aqsa wirkten nicht sonderlich erstaunt, als Gero beim Haupttor des Templerhauptquartiers unter dem Vorwand Einlass verlangte, man müsse dringend André de Montbard sprechen.

»Befindet er sich hier vor Ort?« Gero war von seinem Hengst gestiegen und nahm eine militärische Haltung ein.

»Seid ihr eingeschrieben oder wenigstens angekündigt?«, fragte der andere Wachhabende und schaute ihm direkt in die Augen.

»Eingeschrieben?« Gero sah ihn verständnislos an.

»In den hiesigen Büchern«, antwortete der Bruder. Der Schweiß rann ihm aus den kurz geschorenen Haaren hinein in den schwarzen Bart und weiter in den Kragen seines wollweißen Habits, während er die Papiere der Männer kontrollierte. »Oder gehört ihr zum angemeldeten Nachschub?«

»Nachschub«, verkündete Gero und dachte an Schwester Iovetas Bemerkung. Wahrscheinlich war das der sicherste Weg, um lästige Fragen zu vermeiden.

»Nachschub muss sich erst beim Kommandanten melden«, erklärte der Wachhabende. »Ohne in die Bestandsliste des Hauptquartiers eingeschrieben zu sein, könnt ihr niemanden sprechen, der zum Orden gehört. Also auch nicht André de Montbard.«

»Nun gut«, entgegnete Gero mit gespielter Gelassenheit, die den anderen nicht erahnen ließ, wie überaus wichtig ihm diese Begegnung war. Mit einem raschen Seitenblick bedachte er seine Männer. »Dann wollen wir uns einschreiben lassen.«

»Was ist mit dem Alten?«, fragte der Wachhabende, als Gero zusammen mit Hertzberg passieren wollte.

»Er gehört zu uns«, sagte Gero, ohne sich seine Aufregung anmerken zu lassen. »Ein Veteran des Ordens – er wurde uns auf dem Weg hierher von Kameraden anvertraut, weil er bei einem Überfall verletzt wurde. Wir sollten uns um seinen sicheren Transport in die Heilige Stadt kümmern.«

Der Mann zog eine Braue hoch. »Unser Hospital ist zurzeit geschlossen, weil die Pfleger wegen der Belagerung alle nach Gaza und Blanche Garde versetzt worden sind.« Er schien einen Moment nach einer Lösung zu suchen, dann schüttelte er den Kopf und nickte Richtung Eingang. »Fragt oben nach, was mit ihm geschehen soll. Im Moment schicken wir alle Kranken ins Ordensstift der Hospitaliter, oben an der Davidsstraße, direkt gegenüber vom Heiligen Grab.« Beiläufig wies er einen anderen Bruder an, die Neuankömmlinge zum Schreibzimmer des stellvertretenden Marschalls zu bringen. Ein anderer Bruder brachte die Tiere in die Ställe des Salomo, nachdem Gero und Struan ihnen die Packtaschen abgenommen hatten.

Danach traten sie einzeln in das Kommandeurszimmer des Seneschalls Peter de Vezelay, der den Großmeister Bernhard von Tramelay sowie den zurzeit in Gaza weilenden Templer-Marschall Hugo Salomonis de Quily ersetzte. Somit war er vor Ort für Waffen, militärtaktische Planung und die Einteilung der Truppen zuständig. Tanners Herkunft schien den hageren, mittelblonden de Vezelay nicht sonderlich zu interessieren. Er gönnte dem Herkunftsbuch eines gewissen Jacob von Tannenberg, das Jacks Geburt als adliger Ritter katholischen Glaubens bescheinigte, lediglich einen flüchtigen Blick. Gero stand neben den beiden und übersetzte Tanner die Fragen des stellvertretenden Marschalls auf Deutsch, weil er das Altfranzösische nur mäßig beherrschte und auch in Latein nicht sonderlich sattelfest war. Mehr scherzhaft überprüfte de Vezelay, der sich über dessen seltsame Aussprache wunderte, Tanners Bizeps, um den sich eindrucksvoll das Kettenhemd spannte. »Hauptsache, du kannst reiten und eine Lanze halten. Mehr brauchen wir im Moment nicht. Drei Tage Ausbildung, und dann geht's ab an die Front.« De Vezelay lachte und entblößte dabei ein paar fleckige Zähne.

Tanner, der kein Wort verstanden hatte, vergewisserte sich mit einem

Seitenblick auf Struan und Johan, dass ihnen die Art des Mannes ebenso merkwürdig erschien wie ihm selbst. Überhaupt sahen die Typen, die ihnen auf dem Weg zu al-Aqsa begegnet waren, mit ihren wilden Bärten und ihren struppigen Haaren eher aus wie Piraten und nicht wie vertrauenswürdige Ordensritter.

Jack beruhigte sich damit, dass es ihm selbst im Irakkrieg kaum anders ergangen war. Schon nach wenigen Wochen hatte seine Mutter ihn auf Fotos nicht wiedererkannt und für einen arabischen Freischärler gehalten, weil er sich zur Tarnung einen langen Bart hatte wachsen lassen und ständig eine nachtschwarze Sonnenbrille trug.

Während de Vezelay sein Buch durchblätterte und sich immer wieder die rußigen Finger leckte, um auf die nächste Seite zu gelangen, hatte Arnaud plötzlich ein klares Bild vor Augen, warum die schöne Nonne in Bethanien so außergewöhnlich heftig darauf reagiert hatte, als er Wasser und Seife benutzte, um seine Hände zu waschen.

»Was ist mit dem Alten?« De Vezelay warf Hertzberg einen ungnädigen Blick zu. »Er kann hier nicht bleiben. Es ist niemand da, der ihn versorgen könnte. Ich schlage vor, ihr bringt ihn zum Hospital des Heiligen Johannes.«

»Wir können seine Behandlung selbst übernehmen«, erklärte Gero. »In ein paar Tagen ist er wieder auf den Beinen und kann sich eine eigene Unterkunft suchen.«

»Hast du nicht gehört, was ich gesagt habe?«, fragte de Vezelay ruppig. »Hier herrscht Ausnahmezustand. Wir haben weder Geld noch Platz für Alte und Kranke. Außerdem werdet ihr schon morgen ins Feld ziehen. Bringt ihn zu den Hospitalitern!«

Verdammt, dachte Gero. Er hatte nicht vor, mit irgendwelchen Neulingen nach Ramla oder Blanche Garde auszurücken. Er wollte lediglich seinen Auftrag erfüllen. Bis dahin musste Hertzberg in einem sicheren Lager auf sie warten. »In Ordnung«, stieß Gero wenig begeistert hervor. »Dann werden wir ihn eben dem Hospital anvertrauen.«

»Vernünftig«, brummte de Vezelay und kritzelte mit seiner Feder eine lateinische Notiz aufs Papier. »Bezieht eure Quartiere, geht beten, und dann habt ihr einen letzten Ausgang bis zur hereinbrechenden Nacht. Genug Zeit, um euren Freund in sichere Obhut zu bringen, bevor ihr selbst der Fratze des Todes ins Angesicht schaut.« Wieder lachte er – grob und wenig humorvoll.

Gero ließ sich die Abscheu, die er gegenüber de Vezelays grobem Benehmen empfand, nicht anmerken. Ein kurzes Nicken, und seine Leute folgten ihm schweigend.

Die Unterkünfte der Templer in al-Aqsa waren im wahrsten Sinne des Wortes lausig. Tanner drehte eines der mit Baumwolle gefüllten Kissen von links nach rechts, wobei er die braunen Schweißränder zu übersehen versuchte.

Wie mechanisch strich er die graue Filzdecke auf der ihm zugewiesenen Pritsche glatt. »Das erinnert mich an meine übelste Zeit in Camp Lejuene«, sagte er zu seinen Begleitern, »als ich meine Ausbildung zum U.S. Marine begonnen habe und man uns in einem Mangrovensumpf ausgesetzt hat, wo wir eine Woche in einem ehemaligen Sträflingscamp übernachten mussten. Flöhe und Läuse inklusive. Wenn ihr mich fragt, ziehe ich es vor, unter freiem Himmel zu schlafen.« Zögernd sah er sich um. Das Dormitorium der Ritter befand sich in einem Seitentrakt der ehemaligen Moschee. Der mit zahlreichen Säulen versehene Raum bot Platz für mehr als einhundert Betten. Einfache Holzgestelle, aus alten Eichenbalken gezimmert mit fleckigen Palmstrohmatratzen versehen. Die meisten davon unberührt. Entweder waren ihre ehemaligen Besitzer tot, oder sie befanden sich draußen in der Wüste im Krieg.

»Tut mir leid, dass du nicht hierbleiben kannst.« Gero warf Hertzberg einen Blick des Bedauerns zu.

Der Alte schüttelte abwehrend den Kopf. »Kein Problem, vielleicht, wenn es gemütlicher wäre …« Er versuchte zu lächeln, seine Augen leuchteten fiebrig auf. Gero befand, dass es höchste Zeit war, dass sich jemand um seine Verwundung kümmerte.

»Wir schauen uns in der Zwischenzeit ein wenig hier um«, sagte Struan und klopfte Stephano auf die Schulter, der sogleich verstand, was der Schotte damit meinte. Während die anderen den Professor ins Hospital brachten, würden sie sich auf dem Gelände des Tempelbergs unauffällig auf die Suche nach den beiden Frauen begeben. Die Botschaft, in Form eines lückenhaften Tagebuchs, das die beiden in einer Metallplombe in das Grab eines Ordensritters gelegt hatten, und die Erkenntnisse, die Tom in den Dateien gefunden hatte, waren Beweis genug, dass sie sich noch vor kurzem an diesem Ort aufgehalten haben mussten.

Wie ein greiser Monarch, der sich sein Reich zeigen lässt, thronte

Hertzberg auf seiner Trage, die ihnen der Orden für seinen Transport ins Hospital des heiligen Johann zur Verfügung gestellt hatte. Zahllose Menschen in langen Gewändern eilten ihnen entgegen, die auf dem Weg zu einer Taverne oder zu einem der Bethäuser waren. Gero, Johan, Arnaud und Tanner trugen jeder eine Stange der Trage und beförderten den Professor wie auf einer Sänfte durch die engen Gassen.

»Das sind Quantensprünge in der Historien-Forschung, Tanner«, krächzte Hertzberg heiser vor Glück. »Wenn es uns möglich wird, solche Reisen regelmäßig zu unternehmen, bleiben keine Rätsel mehr offen.«

Gero, Johan und Struan schlugen hastig ein Kreuz, als sie an der neu errichteten Basilika des Heiligen Grabes entlang marschierten, in dem festen Willen, hier einzukehren, sobald sie den Alten sicher untergebracht hatten.

Ioveta hatte ihnen erzählt, dass die Stadt im Moment weit weniger Pilger beherbergte als sonst, weil die meisten von ihnen bereits in den Hafenstädten am mittelländischen Meer von Balduins Rekrutierungstrupps regelrecht abgefangen wurden, um sie zum Zwangsdienst für die Belagerung von Askalon zu verpflichten.

Seit Januar stand König Balduin mit seinen Verbündeten vor den Toren der Festung, und Ende August, also in knapp vier Wochen würde er die letzte Bastion der Ägypter im Heiligen Land vollends einnehmen. Unter hohen Verlusten der Templer würde es in ungefähr zwei Wochen zum alles entscheidenden Kampf kommen. Askalon würde an die Christen fallen, und die Templer bekämen ein neues Oberhaupt, weil dem momentanen Großmeister bei der Einnahme der Stadt von den Fatimiden nicht nur der Kopf abgeschlagen werden würde. Man würde ihn und seine Männer vierteilen und an den Außenmauern der Stadt aufhängen. Ein grausamer Akt, der die Eroberung durch die Christen nicht würde verhindern können, aber Montbard den Weg zu seinem neuen Amt als Großmeister der Templer ebnen sollte. Gero fragte sich, ob Montbard davon wusste, welche Zukunft ihm bevorstand, was anzunehmen war, wenn er den beiden Frauen begegnet war und die Informationen des Timeservers besaß.

Brisant war, dass de Vezelay und die momentane Führungsriege der Templer offenbar nichts davon wusste, denn sonst hätten sie längst ihre Strategien geändert.

Von weitem kam das Hospital des heiligen Johannes in Sicht, das aus mehreren hohen Sandsteingebäuden bestand, die miteinander zu einem Karree verbunden waren. Die gemauerte Einfassung, die das weitläufige Areal an der Davidsstraße umgab, wurde von spitz zulaufenden, maurischen Bogentoren durchbrochen. Dahinter verbargen sich die Kirchen zu Ehren der heiligen Maria und des heiligen Johannes des Täufers und ein kleines Badehaus. Ganz in der Nähe schloss sich der erst vor einem Jahr erbaute, überdachte Markt an, der einer langgezogenen, abwärtsführenden Röhre glich, mit Oberfenstern in der gemauerten Überdachung, durch die das Tageslicht hereinfiel.

Zweitausend Menschen wurden nach Hertzbergs Studien täglich durch Jerusalems Hospitäler durchgeschleust. In jeder Nacht schaffte man Dutzende Tote hinaus und begrub sie noch vor Tagesanbruch auf dem benachbarten Friedhof.

Am Haupteingang des Hospitals wimmelte es von Leuten auf Krücken und von Kranken und Verletzten, die wie Hertzberg auf Tragen transportiert wurden. Die Tatsache, dass seine Begleiter die Templerchlamys der Ritter trugen, ersparte ihnen lästige Wartezeiten.

Im Innern des Hauses begegneten ihnen Männer in weißen Gewändern, die bei den Kranken saßen, ihnen den Puls fühlten oder sie zur Ader ließen. Einer betrachtete in einem Glas eine trübe gelbliche Flüssigkeit, und nachdem er das Glas zur Seite gestellt hatte, schrieb er etwas in ein Buch, das er an einem Band befestigt am Gürtel trug. Allem Anschein nach handelte es sich ausnahmslos um Griechisch, Arabisch und Hebräisch sprechende Ärzte, deren Helfer dafür sorgten, dass die Patienten zur Anmeldung gelangten, bevor sie ein frisch bezogenes Bett zugeteilt bekamen.

Zunächst wurde jeder Patient mit einem frischen grauen Übergewand und Filzpantoffeln versorgt, die ihm eine unbeschwerte Benutzung der Latrinen ermöglichten.

Hertzberg ließ alles in fassungslosem Erstaunen an sich vorbeitreiben und vergaß dabei glatt seine Schmerzen. Am Eingang mussten sie den Professor zunächst registrieren lassen und mit einem Goldbyzantiner, der in der Zukunft etwa tausend US-Dollar entsprechen würde, in Vorleistung treten, damit er einen eigenen Verschlag erhielt, der ihn mit langen, blauen Tüchern von den anderen Kranken trennte und ihm ein Mindestmaß an Privatsphäre versprach. Was angesichts all der ungeklärten Krankheitsfälle sicher eine gute Entscheidung war. Auch die Verpflegung schien in seinem abgetrennten Verschlag besser zu sein als bei den übrigen Patienten, die zumeist auf die Zuwendungen ihrer Angehörigen angewiesen waren.

Nun machte sich Hertzbergs gute Vorbereitung bezahlt. Obwohl die Wertigkeit des Geldes zu dieser Zeit nicht klar zu ermitteln gewesen war, hatte er in speziellen Labors alles an Münzen herstellen lassen, was in diesen Tagen üblich gewesen war. Dinare, Byzantiner, Mark, Groschen – Gold, Silber und Kupfer, rund drei Kilo; das meiste davon hatten sie in eine Satteltasche eingenäht und nun auf die Brusttaschen der Männer verteilt, damit es ihnen nicht gestohlen werden konnte.

Gero und seine Kameraden staunten, als sich unvermittelt ein engelhaftes Wesen im nachtblauen Gewand, das auf den Namen Nesha hörte, mit einem Körbchen frischer Granatäpfel vorstellte und ein Federbett aus feinem, dunkelgrünem Brokat für den Professor aufschüttelte. Die langen brünetten Haare unter einem durchsichtigen Schleier verborgen, lächelte sie Tanner von der Seite an und zwinkerte ihm zu, als er zurücklächelte.

Ein beleibter, griechischer Medikus mit schwarzem Bart begutachtete unterdessen die rotgeschwollene Wunde an der Schulter des Professors, die Gero selbst freigelegt hatte, damit der Arzt nicht auf die Reste von Gaze und Pflaster stieß, die nur unnötige Fragen aufgeworfen hätten. Wenig später ließ sich der Medikus nicht davon abhalten, die Wunde mit einer grünlichen Paste zu bestreichen, bevor Nesha einen neuen Verband anlegte. »Er wird eine Weile hierbleiben müssen«, sagte der Arzt mit Blick auf den prallgefüllten Geldbeutel, den Gero in Händen hielt.

»Wir werden unseren Kameraden in ein paar Tagen wieder abholen«, versicherte Gero und drückte dem Griechen ein Säckchen mit weiteren Silbermünzen in die Hand. »Das ist für seine Verpflegung. Bis dahin habt Ihr ihn hoffentlich wieder auf die Beine gebracht.«

»Worauf Ihr Euch verlassen könnt, Seigneurs«, erwiderte der Arzt unter einer tiefen Verbeugung in Altfranzösisch.

»Das restliche Geld für die Behandlung bekommt Ihr bei entsprechendem Erfolg«, fügte Gero hinzu. Eine im Mittelalter durchaus übliche Abmachung – für Tote zahlte man schließlich nicht.

Auch dem Mädchen gab er noch eine Münze. Sie verbeugte sich artig, und Tanner hätte wetten mögen, dass sie Gero daraufhin ebenso unverschämt zuzwinkerte, wie sie es zuvor bei ihm getan hatte.

»Wir werden so bald wie möglich nach dir schauen, Moshe«, versicherte Gero und klopfte Hertzberg sacht auf die unversehrte Schulter. »Unsere wichtigste Aufgabe ist es nun, so schnell wie möglich die Frauen zu finden.«

Nesha, die sich bisher auffällig geschäftig gegeben hatte, sah ihm unvermittelt ins Gesicht. »Sucht Ihr jemanden, wenn ich fragen darf?«

»Wir sind soeben erst in der Stadt angekommen«, bekannte Gero, verblüfft darüber, dass das Mädchen die hebräische Sprache beherrschte. »Vielleicht könnt Ihr uns sagen, wo André de Montbard zu finden ist?«

Sie kam näher, und ihr Gesicht nahm einen verschwörerischen Ausdruck an. »Er lebt die meiste Zeit im Palast, dort, wo die Königin ihre Gemächer hat. König und Orden haben ihn sozusagen ins Exil geschickt. Man munkelt, er habe im Orden keinen großen Einfluss mehr. Aber ich kann nicht glauben, dass er das auf sich sitzen lässt. «

»Woher weißt du das?«, fragte Gero verblüfft.

»Ich gehöre zu jenen, denen der Dienst im Palast untersagt wurde, weil ich wie Montbard auf der falschen Seite stand, mit dem Unterschied, dass ich nicht bedeutend genug war, um weiter dort wohnen zu dürfen.«

»Weißt du etwas darüber, ob die Templer im Hauptquartier zwei Frauen beherbergen?«

Ihre Lider verengten sich. »Was wollt Ihr von ihnen?«

Gero musterte sie argwöhnisch. »Kannst du uns etwas darüber sagen oder nicht?«

»Weil du ein Templer bist«, flüsterte sie, »und deine blauen Augen jede Frau geradewegs zur Sünde verführen.« Sie schenkte ihm ein aufreizendes Lächeln, während sie mit einer Hand ihren Mund schützte, so als könne jemand, der sie beobachtete, allein durch die Bewegung ihrer Lippen die Worte lesen. »Man munkelt, dass Montbard sie an einen geheimen Ort verschleppt hat, um sie ganz allein für sich zu haben. Wenn Ihr also wissen wollt, wo sie sind, wird Euch nichts anderes übrig bleiben, als ihn persönlich zu befragen.«

Kapitel 13

Unselige Allianzen

Juli 1153 – Jerusalem

Gero verabschiedete sich von Hertzberg mit dem Versprechen, gleich morgen früh nach ihm zu sehen. Danach eilte er durch ein hohes Spitzbogenportal in den staubigen Innenhof des Hospitals und nahm von dort aus den direkten Weg zur Davidsstraße, wo Johan, Tanner und Arnaud, die bereits vorausgegangen waren, im Schatten eines Tamarindenbaumes auf ihn warteten. Schweigend beobachteten sie das bunte Treiben auf den Gassen. Menschen allen Alters und beiderlei Geschlechts eilten in einfachen wie in kostbaren Gewändern an ihnen vorbei. Viele von ihnen bepackt mit Holz, Brot, Büchern, Stoffen und nicht selten Waffen, zumindest wenn es sich um Ordensritter, Wachleute oder Abenteurer handelte. Die Luft war erfüllt von feinem, gelblichem Staub und einer exotischen Mischung aus Blumendüften, Gewürzen, Räucherwerk, Kamelmist und ungewaschenen Menschen.

Hier und da sah Gero Sarazenen, die man an ihren gestreiften Stoffen und einem Turban erkennen konnte oder zumindest einem Tuch, das sie von einem Strick gehalten auf dem Kopf trugen.

Arnaud lächelte einer Frau hinterher, deren große, dunkle Augen ihn im Vorbeigehen anstrahlten. Mund und Nase waren von einem dunklen Schleier bedeckt; ihr Körper wurde ganz und gar von einem schwarzen, mit silbernen Fäden bestickten Umhang verhüllt.

»Diese Kleidung nennt man Jilbab«, erklärte Arnaud immer noch ganz fasziniert, als er an Tanners Grinsen bemerkte, dass sein flüchtiger Flirt nicht unbemerkt geblieben war. »Meine Großmutter trug außerhalb des Hauses immer ein solches Gewand. Sie war die Tochter eines syrischen Wesirs«, sprach er weiter, als Tanner fragend eine Braue hob. »Mein Großvater Baron Roger de Mirepaux war Katharer und hat sie im Jahre des Herrn 1246, von König und Klerus in Franzien verfolgt, nachdem er Zuflucht im Haus ihres Vaters gefunden hatte, zur Frau genommen.«

»Kein Wunder, dass du aussiehst wie ein Einheimischer und fließend deren Sprache beherrschst«, bemerkte Jack anerkennend.

»Die Frauen hier sind unglaublich«, murmelte Arnaud und starrte der nächsten hinterher. »Allein der Anblick ihrer Augen ist eine Sünde wert. Was würde erst mit einem Mann geschehen, wenn er den Rest zu sehen bekäme?«

»Arnaud kann nicht verleugnen, dass in seinen Adern Sarazenenblut fließt«, spöttelte Johan amüsiert. »Diese Heiden sind so heißblütig, dass sie sogar die Gesichter ihrer Weiber verbergen müssen, weil sie ansonsten bereits auf der Straße über sie herfallen würden.«

»Was weißt du schon!«, grollte Arnaud verärgert, obwohl er wusste, dass Johan seine Bemerkung scherzhaft gemeint hatte. Trotzdem verpasste er seinem flämischen Bruder einen Stoß in die Seite, den dieser mit erhobenen Händen und einem entwaffnenden Lachen kommentierte. Es war nicht das erste Mal, dass Arnaud sich wegen seiner levantinischen Abstammung gehänselt fühlte. Seine Familie hatte in Franzien jahrelang um die Wiederanerkennung als provenzalische Adlige kämpfen müssen. Selbst Arnaud hatte das noch zu spüren bekommen und allein deshalb um Aufnahme bei den Templern ersucht. Dort hatte man ihm jene Anerkennung und Akzeptanz entgegengebracht, die seine wunde Seele so dringend benötigte.

»An dieser Tradition wird sich auch in Zukunft nicht viel ändern«, bemerkte Jack grinsend. Er richtete seine Aufmerksamkeit auf Gero. »Und? Hast du mithilfe der kleinen Brünetten herausfinden können, wo sich euer geheimnisvoller Templerbruder versteckt?«

»Sie sagte, dass Montbard sich seit der Enthebung aus allen Ämtern die meiste Zeit im Königspalast aufhält«, konstatierte Gero und straffte seine beeindruckenden Schultern. »Angeblich hat die Königin ihm eine Art Exil gewährt. Und er scheint tatsächlich etwas über den Verbleib der Frauen zu wissen.«

»Wer sagt das?« Johan, der nichts von dem Gespräch mitbekommen hatte, sah ihn überrascht an.

»Die blaugewandete Dienerin, die dem griechischen Medikus bei seiner Arbeit behilflich ist.«

Arnaud lächelte milde. Er kannte diese Sorte von Frauen, und er hatte gesehen, wie sie Geros stolze Erscheinung regelrecht mit den Augen verschlungen hatte. »Und du denkst nicht, dass sie dir einfach imponieren wollte?«

»Warum sollte sie?« Gero verzog den Mund zu einem ironischen Grinsen. »Ich habe ihr weder Geld noch sonst was versprochen.«

Tanner blickte in Richtung Königspalast, der direkt hinter dem Hospital an den Garten des Patriarchen von Jerusalem angrenzte. »Kommen wir da einfach hinein, oder müssen wir eine Einladung vorweisen?« Das Gebäude, in dem die Könige von Jerusalem seit einem knappen halben Jahrhundert residierten, erschien ihm ziemlich gewaltig.

Es handelte sich um ein gemauertes, mehrstöckiges Labyrinth von Stiegen, Gängen, Türmchen und Balkonen, gekrönt von goldenen Kuppeln und glänzenden Dächern, die von einer mächtigen Zitadelle überschattet wurden. Noch relativ jung und hellblau getüncht, hatte der mit bunten Ornamenten bemalte Prachtbau nichts mit der verfallenen Ruine im einundzwanzigsten Jahrhundert zu tun, von der man noch nicht einmal wusste, ob dort je christliche Könige residiert hatten.

Dass der Palast gut bewacht war, konnte sich jeder denken, der die blaugewandeten Soldaten beobachtete, die, mit Lanzen und Armbrüsten bestückt, unter dem Banner des Königs von Jerusalem auf dem Turm ihren Dienst versahen.

»Wir müssen es wagen, bevor sie uns im Hauptquartier zu irgendeinem Einsatz einteilen«, überlegte Gero laut, wobei sein Blick zum Davidsturm glitt, hinter dem die rotgoldene Sonne versank. »Warum sollte es uns als Templer verwehrt sein, André de Montbard aufzusuchen?« Entschlossen richtete er seinen Blick auf Arnaud. »Komm, Poulani«, sagte er knapp. »Du sprichst als Einziger alle hier gebräuchlichen Sprachen, du wirst mich begleiten.«

»Und was ist mit uns?« Johan sah ihn beinahe vorwurfsvoll an.

»Du gehst mit Jack zurück nach al-Aqsa und berichtest den anderen, was wir herausgefunden haben. Sie sollen die Suche nach den Frauen im Hauptquartier vorerst einstellen. Irgendetwas ist faul an der Geschichte. Deshalb erscheint es mir nicht von Vorteil, wenn wir bei Peter de Vezelay und seinen Leuten den Verdacht erwecken, an etwas anderem interessiert zu sein als an der Verstärkung ihrer Truppen. Vielleicht sind wir nach unserem Besuch bei Montbard schlauer und wissen, wo und wie wir am besten vorgehen können.«

Tanner verspürte eine ungeheure Neugier, als er mit Johan die Davidsstraße zurück zum Tempelberg ging. Wann würde er noch mal Gelegenheit haben, das mittelalterliche Jerusalem zu durchqueren? Während Johan interessiert das Angebot auf den blanken Holzläden studierte, stieß Jack der Geruch von Kot, Blut und nassen Federn in die Nase. Der nächste Stand bot allem Anschein nach frisch geschlachtetes Geflügel an. Ein Huhn, das von einer korpulenten Frau aus einem Bastkäfig ausgewählt worden war, wehrte sich nach Leibeskräften, als sein Kopf unversehens auf einem Holzblock landete. Wenig später wurde das Tier von einem hageren Händler mit dem gezielten Schlag einer Axt geköpft. Beine und Flügel zuckten noch im Todeskampf, als der blutende Kadaver in einen Jutesack gesteckt und an seine neue Besitzerin übergeben wurde. Ein Stück weiter röstete eine Händlerin Hühnerkämme auf Holzspießen über einem offenen Feuer. Die Frau fing Jacks interessierten Blick auf und zeigte ein zahnloses Lächeln. Auffordernd hielt sie ihm einen der Spieße vor die Nase. Dabei brabbelte sie irgendwas in Arabisch. Jack hatte während des Überlebenstrainings beim US Marines Corps schon einiges gegessen, was für gewöhnlich nicht auf den Tisch gehörte, aber beim Anblick der halbverkohlten, purpurfarbenen Hahnenkämme schüttelte er dankend den Kopf.

Johan hob seine Nase und zog ihn weiter abwärts zu einem Laden, von dem ihnen der Duft frisch gebackenen Brotes entgegenwaberte. »Wir sollten uns was zu essen kaufen«, erklärte er. Dann richtete er seinen Blick auf den Tempelberg. »Später möchte ich noch im Felsendom beten. Es ist schon eine Ewigkeit her, dass ich eine anständige Kirche von innen gesehen habe.«

»Denkst du, dieser Montbard könnte uns helfen?« Jack interessierte diese Frage mehr als ein anständiges Essen. Schließlich hing davon ab, ob ihre Mission erfolgreich sein würde.

»Keine Ahnung«, brach es aus Johan hervor. »Aber ganz gleich, was noch wird, in jedem Fall kann der Beistand des Allmächtigen nicht schaden, und in Jerusalem sind wir ihm näher als irgendwo sonst auf der Welt.«

Obwohl Jack nicht religiös war, wagte er nicht, dem Templer zu widersprechen.

Johan blieb an einem Stand mit Brot stehen. Mit kritischem Blick prüfte er die Ware und nickte erst zufrieden, nachdem ihm die Händlerin verschiedene Brote gezeigt und er eines davon gekostet hatte. Dann entschied er sich, sechs Laibe zu kaufen, und zählte der Frau das ausgehandelte Geld in die Hand.

»Ich weiß nicht viel von Montbard«, erklärte er, während er vier Laibe Brot in einen kleinen Jutesack steckte, den die Frau ihm überlassen hatte. Einen der Laibe behielt er für sich und den anderen gab er Jack, bevor sie sich anschickten, den Weg fortzusetzen.

»Er hat den Orden mit einigen anderen berühmten Namen gegründet«, fuhr Johan kauend fort, während er in Richtung Tempelberg marschierte. »Für uns alle war und ist er ein Held und ein Heiliger zugleich. Er hat den Orden mit gegründet, und er hat ihm nach der Niederlage von Askalon zu neuem Glanz verholfen. Keiner weiß so genau, warum er zuvor seiner Ämter enthoben wurde. An seinen Fähigkeiten als Ordensritter liegt es sicher nicht. Man sagte, er habe der falschen Herrin gedient. Die spannende Frage ist, ob er weiterhin Oberhaupt des Hohen Rates geblieben ist, einer geheimen Bruderschaft des Ordens, die es sogar zu unserer Zeit noch gegeben hat, über die man allerdings als gewöhnlicher Ordensritter nicht einmal sprechen durfte. Wenn die beiden Frauen sich noch in der Obhut der Templer befinden, muss Montbard wissen, wo sie sich aufhalten.«

Jack biss ein Stück von seinem Brot ab, das eine Füllung mit Schafskäse und Kräutern enthielt. Für einen Moment glaubte er, nie etwas Köstlicheres gegessen zu haben. Gemeinsam durchquerten sie ein Spitzbogentor, von denen es in den verwinkelten Gassen von Jerusalem Hunderte zu geben schien. Johan blieb vor einer Taverne stehen und orderte zwei Krüge mit rotem Wein, ziemlich süß und wie üblich mit Wasser verdünnt, den sie im Stehen und vor den Augen des Wirtes hastig hinunterkippten.

Nachdem Johan die leeren Becher zurück auf den Tresen gestellt hatte, entdeckte er eine Schale mit frisch geschnittenen, kleinen Zweigen, von denen er zwei erwarb.

Jack schaute verblüfft, als Johan eines der dünnen Holzstäbchen an ihn weiterreichte und ihm erläuterte, es sei ein Miswak, mit dem man sich nach dem Essen die Zähne putzen konnte.

Im weiteren Verlauf der Straße, die zum Hauptquartier der Templer führte, wehrte Johan mit einem müden Lächeln die gierigen Hände mehrerer Mädchen ab, die sich ihnen grell geschminkt, halbnackt und mit offenem Haar in den Weg stellten. Nachdem sie vorbeigegangen waren, drehte sich Jack noch einmal um, weil die letzte von ihnen wirklich hübsch gewesen war, wenn auch nicht unbedingt sauber. Dabei entblößte sie ihre großen Brüste, wippte sie mit den Fingern und streckte ihm frech die Zunge heraus.

Jack grinste zurück. Anscheinend gab es eine Menge mehr Dinge, die sich in Hunderten von Jahren nicht änderten.

Am Tor der Kette, das zum Felsendom führte, sagte Johan bei den Wachen die ihnen von de Vezelay anvertraute Losung auf. Die Männer ließen sie ohne Probleme passieren, und sie marschierten zunächst in Richtung al-Aqsa, weil die Glocken zum Vespergebet in der Kapelle des Ordens läuteten. Johan wollte auf keinen Fall die Messe verpassen. Jack folgte ihm kopfschüttelnd. Dieses ewige Beten ging ihm, nicht erst seit sie hier angekommen waren, auf die Nerven.

Bereits in der Vorhalle der Kapelle wartete eine böse Überraschung. Struan und Stephano saßen gefesselt am Boden. Dem Schotten hatte irgendjemand ein heftiges Veilchen verpasst. Aus seiner großen Nase sickerte Blut. Stephano war nicht ganz so übel zugerichtet und sah im Gegensatz zu Struan, der vor Wut schnaubte, eher verstört aus. Um die beiden hatten sich zwanzig Ordensritter versammelt, deren Lanzen sich auf den Schotten richteten. Vier weitere Brüder, die Johan und Jack bisher noch nicht zu Gesicht bekommen hatten, standen nicht weniger ramponiert daneben, doch sie hatte man nicht gefesselt. Ihre Wunden an Armen und Beinen wurden von einem Sanitätsbruder mit Essigwasser und Verbandsmaterial versorgt. Doch bevor Jack und Johan herausfinden konnten, was sich in ihrer Abwesenheit zugetragen hatte, waren sie ebenfalls von finster dreinblickenden Templern umzingelt.

»Legt sofort eure Waffen nieder!«, befahl einer von den Männern mit strenger Stimme. Seiner stämmigen Statur, seines groben Gesichts und seiner rötlichen Haarfarbe nach zu urteilen, handelte es sich um einen Normannen. Er hatte offenbar vor einiger Zeit die Hälfte seines rechten Ohres eingebüßt, was ihn zusammen mit dem breiten Kiefer wie einen römischen Kampfhund aussehen ließ.

Dass der Kerl die Befehlsgewalt hatte, verrieten neben der unterwürfigen Haltung seiner Truppe seine Chlamys, die besser verarbeitet war, sowie die halbhohen Stiefel aus feinstem Ziegenleder.

»Was wirft man uns vor?«, fragte Johan in bestem levantinischem Alltagslatein, wobei er sein Augenmerk auf Peter de Vezelay richtete, der just hinzugekommen war. »Und warum wurden unsere Kameraden so zugerichtet?« Seine Stimme zitterte vor Empörung. Doch bevor er eine Antwort erhielt, stürmten auf ein Zeichen des normannischen Templers zwei jüngere Ordensritter herbei und packten den breitschultrigen Flamen derb bei den Oberarmen, um ihn zur Herausgabe seiner Waffen zu zwingen.

Im Gegensatz zu Johan, der ohne Gegenwehr seinen Waffengurt ablegte, hatte Jack seine Reflexe nicht unter Kontrolle und warf den erstbesten Angreifer mit einem geschulten Griff zu Boden. In seiner Not besann er sich auf seine Heckler & Koch, doch sie steckte zu tief unter seinem Wappenrock, um schnell genug an sie heranzukommen.

De Vezelay und der Normanne zogen blitzschnell ihre langen Klingen und bedrohten Jack, indem sie die Schwertspitzen auf dessen Herz und dessen Kehle richteten.

Einen Moment lang überlegte Jack, sich in gleicher Weise zu wehren, doch dann dachte er an seine Lektionen mit Struan und Johan, und die Vernunft siegte. Bevor er mit der Wimper zuckte, würde er tot sein. Also erhob er die Hände.

»Ganz ruhig bleiben, Jungs«, erwiderte er in bestem Texanisch, obwohl er sich denken konnte, dass ihn niemand verstand.

»Nehmt ihm die Waffen ab und durchsucht ihn!«, befahl der Normanne in harschem Ton.

Johan ließ ohne weiteren Protest zu, dass man ihm die Hände auf den Rücken band. Jack hoffte inständig, dass man die Pistole nicht fand. Aber diese Typen waren längst nicht so dumm, wie er dachte. Es reichte nicht, dass er sein Schwert hergab, und so förderten sie wenig später die Heckler & Koch zu Tage, die er zum Glück nicht entsichert hatte.

De Vezelay betrachtete den fremden Gegenstand wie ein Rieseninsekt, von dem eine unheimliche Bedrohung ausging. Trotzdem fand er den Mut, die Pistole anzufassen, und reichte sie an den Normannen weiter. Sein Anführer drehte und wendete den ihm unbekannten Gegenstand, ohne zu einem Ergebnis zu gelangen. Als Jack seinen fragenden Blick auffing und nichts erwiderte, legte der Anführer die Pistole mit einem misstrauischen Ausdruck in den Augen auf de Vezelays Schreibpult zurück.

Johan wagte etwas zu sagen und konzentrierte sich dabei auf den Anführer. »Darf ich erfahren, Seigneur, wer Ihr seid und worum es hier geht?«

»Selbstverständlich«, erwiderte der rotblonde Templer mit einem falschen Lächeln. Er verbeugte sich theatralisch, und als er sich wieder aufrichtete, war sein Blick so eiskalt wie seine grimmige Ausstrahlung. »Berengar von Beirut, Bruder des Guido von Beirut und Komtur von Jerusalem und damit Herr dieses Hauses.«

Johan nickte und verbeugte sich ebenfalls, soweit es seine Fesseln zuließen, dabei hielt er seinen Blick die ganze Zeit auf sein Gegenüber gerichtet. »Gott sei mit Euch, Beau Seigneur«, erwiderte er mit erstaunlich fester Stimme. »Hier muss ein Irrtum vorliegen. Wir sind Templer wie Ihr und haben eine solche Behandlung gewiss nicht verdient.«

Jack überlegte einen Moment, ob auch er sich vor dem Idioten verbeugen sollte, und kam zu dem Schluss, dass es schließlich nicht schaden konnte.

Berengar von Beirut blieb davon vollkommen unberührt. Ohne nähere Erklärung gab er ein Zeichen. Kurz darauf trugen zwei weitere Ritter einen Mann auf einer Trage durch die offene Tür herein.

Die Lippen blutleer, die Haut beinahe weiß, die Augen von tiefen Ringen umschattet, erinnerte der Kranke Jack an einen erlegten Pandabären. Allem Anschein nach war der Mann schwer verletzt. Die Templer hatten ihn so gut es ging versorgt, indem sie seinen Kopf und seine Brust mit weißem Leinen verbunden hatten. Jack hätte ihm aus seinem Equipment eine kreislaufstabilisierende Infusion verpassen und ihn mit Sauerstoff beatmen können, aber hier musste eine fachmännisch angelegte Bandage ausreichen. Plötzlich dämmerte ihm, was hier gespielt wurde. Der Typ sah aus wie einer der Männer, auf die er in der Wüste jenseits von Bethanien geschossen hatte. Sie hatten geglaubt, dass niemand überlebt hatte, und Gero hatte befohlen, die Leichname der verkleideten Templer in der weiten Geröllebene den Wölfen und Löwen zu überlassen.

»Sie sind es«, hauchte der Verletzte. »Diese Männer haben das Dorf der Juden überfallen und unsere Brüder auf dem Gewissen.« Dann richtete er seinen matten Blick auf Jack Tanner und dessen Pistole, die immer noch auf dem Schreibpult lag. »Er ist der Dämon«, flüsterte der Todgeweihte beinahe andächtig. »Ihr müsst mir Glauben schenken! Mit diesem Ding da ...« Der Mann schluckte krampfhaft, bevor er atemlos weitersprach und schwach auf die Pistole deutete. »... hat er die anderen lautlos und ohne Anstrengung in den Tod geschickt. Sogar vor den Pferden hat er nicht haltgemacht.«

Berengar von Beirut hob den Kopf. »Ist das wahr?«, fragte er gefährlich leise und richtete seinen stechenden Blick auf Tanner.

Jack blieb stumm und versuchte das Gesagte für sich zu übersetzen. Einiges konnte er verstehen, schließlich hatte er auf der Highschool Latein und Französisch gelernt. Aber Altfranzösisch verstehen und reden war nicht das Gleiche, und ein simples »non« wollte ihm einfach nicht über die Lippen kommen.

»Ist das wahr, Soldat?« Berengar brüllte so laut, das Jack zusammenzuckte, während er sich augenblicklich an Staff Sergeant Alex Daltry erinnert fühlte, der ihn während seiner Ausbildung bei den U.S. Marines mindestens genauso unmissverständlich um Aufmerksamkeit gebeten hatte.

Es fehlte nicht viel, und er hätte »Sir, Yes, Sir!« zurückgebrüllt. »Keine Ahnung, Sir«, presste er mühsam auf Französisch hervor. »Ich könnte Ihnen zeigen, wie es funktioniert.« Hoffnung keimte in ihm auf. Er streckte seine Hand vorsichtig nach der Pistole aus. Der Kerl würde doch nicht so blöd sein und ihm ... die Waffe geben?

Berengar zögerte nicht lange und zückte einen eisernen Kampfhammer, der, mit einem Lederband versehen, an der Wand gehangen hatte, und schlug zu.

Reflexartig schloss Jack die Augen, doch statt *ihn* zu erschlagen, hatte Berengar die Pistole zertrümmert, samt Peter de Vezelays Schreibpult, was diesen nicht gerade zu erfreuen schien.

Jack starrte ungläubig auf das, was der Kampfhammer von der Heckler & Koch übrig gelassen hatte. Die Waffe sah aus, als wäre sie durch eine Schrottpresse gegangen.

»Bringt sie in den Kerker!«, presste Berengar hervor. »Das Kapitel am Sonntag wird entscheiden, ob sie geköpft, gevierteilt, gehängt oder verbrannt werden.«

Arnaud stand staunend in der Empfangshalle des Königspalastes. Überall wallten Seidenvorhänge entlang der bleiverglasten, hohen Fenster. Große Teile der glatt gemauerten Wände waren mit kunstvollen orientalischen Teppichen verkleidet. Auf den Böden hatte man kostbaren italienischen Marmor verlegt. Von der Decke baumelten gigantische Silberampeln, über und über mit gläsernen Öllichtern bestückt.

Hohe, mit Schnitzereien und silbernen Beschlägen verzierte Holztüren, die zum Teil offen standen, führten in weitere, prunkvoll ausgestattete Gemächer.

Geros Miene ließ darauf schließen, dass ihn diese Pracht genauso beeindruckte, obwohl er schon einige Königshäuser von innen gesehen hatte.

»Ich muss Euch erst bei Meister André anmelden, bevor ich Euch zu ihm führen darf«, wisperte ein Diener in Pluderhosen, dessen Stimme vermuten ließ, dass er zur Kaste der Eunuchen gehörte.

Arnaud verkniff sich ein breites Grinsen. Mit seinen seidenen Pantöffelchen hastete der Diener mit kurzen Schritten die breiten Stufen ins Obergeschoss hinauf.

Dass sie bis zu seiner Rückkehr keine Erlaubnis hatten, sich von der Stelle zu rühren, verstand sich von selbst. Und dass sie sich daran hielten, dafür sorgten die martialisch aussehenden Wachen am Eingangstor, die ihnen ab und an prüfende Blicke zuwarfen. Ansonsten schien der Palast ziemlich ausgestorben. Bis auf eine kleine Reserve an Männern befanden sich sämtliche Soldaten vor der Festung Gaza, unweit von Askalon.

Hier und da huschte eine Kammerfrau vorbei oder ein Page.

»Was willst du Montbard zuerst fragen?«, flüsterte Arnaud. »Ob er das Geheimnis des Kelches kennt oder ob er vielmehr weiß, wo die Frauen stecken?«

Gero lächelte matt. »Denkst du ernsthaft, weil wir es sind, wird Montbard uns auf Anhieb seine tiefsten Geheimnisse offenbaren?« Dann schüttelte er den Kopf. »Nein, Arnaud. Trotz aller Hoffnung, die ich in diesen Mann setzte, bleibt uns auch bei ihm nichts anderes übrig, als strategisch vorzugehen. Ich frage mich die ganze Zeit, wie er reagieren wird, wenn wir ihm sagen, wo wir herkommen und wer wir sind. Wir müssen in jedem Fall besonnen vorgehen und dürfen ihn nicht verschrecken.«

Montbard war längst nicht mehr das, was er in den Köpfen zahlloser zukünftiger Templer verkörpert hatte, die ihn nur vom Hörensagen kannten und als strahlenden Helden verehrt hatten. Er wirkte zwar immer noch stolz und erhaben, aber längst nicht so jung und dynamisch wie erwartet. Und auch die Klause, in denen der ehemalige Templerseneschall seine Gäste empfing, erschien Gero zwar geräumig, war aber ansonsten recht spartanisch.

Montbards Haar war graumeliert, ebenso wie der dichte Bart, und ein wenig erinnerte seine hagere Gestalt an Henri d'Our.

»Was verschafft mir die Ehre?« Montbard streckte sich, um größer zu wirken, und Gero glaubte Misstrauen in seinem Blick zu erkennen.

»Gott sei mit Euch, Beau Seigneur!« Der deutsche Ordensritter verbeugte sich ehrerbietig und küsste Montbard den Siegelring an der rechten Hand. Dann sah er auf und blickte ihm direkt in die wachsamen Augen.

»Gero von Breydenbach«, stellte er sich vor und trat zurück, um Arnaud Platz zu machen, der nun auch den vorgeschriebenen Kniefall vollführte, bevor er ebenfalls die Hand des Mannes ergriff und den Ring mit zitternden Lippen berührte.

Als Älterer übernahm Gero die Vorstellung. »Das ist mein provenzalischer Bruder, Arnaud de Mirepaux.«

»Gott sei mit Euch, Beau Seigneur!« Arnauds Stimme bebte ein wenig. Schließlich stand man nicht tagtäglich einer lebenden Templer-Legende gegenüber.

Schlagartig wurde Gero bewusst, wie bedeutungsvoll das alles war. Es übertraf sogar seine Erlebnisse in der Zukunft. Nun lag es alleine in seiner Hand, dieser einzigartigen Begegnung einen tieferen Sinn zu verleihen.

Vielleicht war es tatsächlich möglich, den Orden zu retten und darüber hinaus sein eigenes Schicksal und das jener, die ihm anvertraut waren, in erlösende Bahnen zu lenken.

»Habt Ihr einen Moment Zeit für uns?« Gero schaute Montbard immer noch an.

»Selbstverständlich, ich habe immer Zeit, wenn es um Angelegenheiten des Ordens geht«, erwiderte der ehemalige Seneschall mit angespannt freundlicher Miene und deutete auf einen Tisch an dem mehrere Scherenstühle standen. Durch die hohen, verglasten Spitzbogenfenster fielen die letzten Strahlen der Abendsonne. Montbard setzte sich und wies ihnen einen Platz zu.

»Seid Ihr eben erst angekommen?« Montbards Blick huschte über Geros leicht verstaubte Chlamys. »Schickt Euch Bernard von Tramelay?«

»Nein«, begann Gero zögernd. »Ich weiß nicht, wo ich beginnen soll. Wir kommen von weit her und sind auf der Suche nach zwei Frauen, die sich in Eurer Obhut befinden sollen. Ihre Namen lauten Rona und Lyn. Könnt Ihr uns sagen, wo sie sich zurzeit aufhalten?«

Montbard sah ihn mit undurchsichtiger Miene an. »Warum wollt Ihr das wissen?«, murmelte er.

»Wir müssen dringend mit ihnen sprechen und dachten, Ihr könnt uns vielleicht zu ihnen bringen.«

Montbard lächelte spöttisch und schüttelte den Kopf. »Tut mir leid, da seid Ihr bei mir an den Falschen geraten. Das ist eine interne Angelegenheit des Ordens, und unser verehrter Großmeister weiß genau, dass ich – wenn überhaupt – nur mit ihm persönlich darüber spreche.«

»Es ist nicht so, wie Ihr denkt«, warf Arnaud ein, ohne von Montbard die Erlaubnis zum Sprechen erhalten zu haben. »Wir sind von weit hergereist. Wir haben einen äußerst wichtigen Auftrag zu erfüllen.«

»Aha?« Montbard hob eine Braue. »Und wie lautet dieser Auftrag? Bringt uns die beiden Frauen, damit wir sie so schnell wie möglich an den Statthalter von Damaskus verkaufen können?«

»Damaskus?« Gero schaute ihn fragend an.

»Wir kommen aus der Zukunft«, erklärte Arnaud leidenschaftlich, dem das offensichtlich alles zu lange dauerte.

»Arnaud!« Gero hob eine Hand, um ihn zum Schweigen zu bringen.

»Wir wollen die beiden dorthin zurückbringen, wo sie hergekommen sind.« Arnaud schien es gleichgültig zu sein, ob er sich lächerlich machte. »Wir kommen aus dem Jahr des Herrn 2005. Auch wenn das vollkommen absonderlich klingt. Ihr müsst uns einfach glauben!«

»Ehem …« Montbard warf ihm einen quälend langen Blick zu, der durchaus den Anschein erweckte, dass er ihn für verrückt hielt.

Gero wagte es nicht, etwas dazu zu sagen. Aber der Blick, den er Arnaud zuwarf, sprach Bände. Er hatte es vermasselt.

Montbard klatschte, anstatt etwas zu erwidern, zweimal in die Hände, und ein hochgewachsener Diener kam herbeigeeilt.

»Bring die beiden Ordensbrüder zum Ausgang, Fayed.« Mit einer knappen Geste gab er Gero und Arnaud zu verstehen, dass das Gespräch beendet war, indem er sich selbst erhob und mit der rechten Hand zur Tür zeigte. »Sagt Tramelay, es hat keinen Sinn, mir irgendwelche Narren zu schicken, die mir seltsame Märchen auftischen, um mich zu einem Kompromiss zu bewegen. Die beiden Frauen gehören nun der Mutterkirche, und daran wird sich nichts ändern, selbst wenn er mir den Teufel persönlich schickt.« Er schaute Gero durchdringend an. »Habe ich mich deutlich genug ausgedrückt?«

»Aber …« Arnaud wollte protestieren, doch Gero legte ihm eine Hand auf die Schulter.

»Das habt Ihr«, bestätigte er tonlos.

Während sie hinausgingen, machte Arnaud einen weiteren Versuch. »Wir kennen die Zukunft, auch wenn Ihr es nicht glauben wollt«, rief er mit trotziger Stimme. »Ich kenne sogar Euer Todesdatum. Wollt Ihr es wissen?«

»Eure Gaben erscheinen mir durchaus erstaunlich, aber ich hoffe, Ihr werdet Gnade walten lassen«, sagte Montbard mit einem gefälligen Lächeln, das lediglich verriet, dass er ihn für einen Narren hielt, »und es mir nicht verraten.«

Gero warf Arnaud einen strengen Blick zu. »Halt endlich die Klappe«, raunte er ihm zu. »Oder ich mache dich einen Kopf kürzer, spätestens, wenn wir draußen sind.«

Arnaud schwieg, weil er begriff, dass er zu weit gegangen war. Beschämt beugte er den Kopf und kniff die Lippen zusammen.

»Dachte ich es mir doch«, entgegnete Montbard. »Und nun geht, bevor ich die Wachen rufe.«

Nachdem die beiden gegangen waren, löste sich eine schlanke Gestalt aus dem Schatten eines steinernen Pfeilers und ging zu Montbards Gemach.

Sie trug einen blauen Kapuzenumhang, aus dem hennagefärbtes Haar herausloderte. Einen Moment lang sah sie den beiden stattlichen

Templern nach, bevor sie von einem Diener die Treppe hinab zum Ausgang geführt wurden.

Nicht, dass sie Montbard und seine Gäste belauscht hätte, aber neugierig war sie schon. Denn wer würde – außer Bernard von Tramelay – zwei Brüder des Tempels in den Palast entsenden, wenn nichts geschehen wäre, das einer sofortigen Mitteilung bedurfte? Normalerweise korrespondierte der amtierende Templergroßmeister in offiziellen Angelegenheiten mit Montbard per Depesche.

Als die Templer außer Sichtweite waren, huschte sie in das Gemach ihres Vertrauten hinein. Montbard stand am Fenster und schaute hinaus, als ob er vor den Toren Jerusalems nach irgendetwas Ausschau halten würde.

»Wer war das, und was wollten die beiden von dir?«

»Melisende?« Montbard fuhr herum. »Spionierst du mir hinterher?«

»Nein.« Sie lächelte wie eine Katze, die um einen Rahmtopf herumschlich. »Mich interessiert alles, was dich und dein Verhältnis zu Bernard von Tramelay betrifft.«

»Die Templer wollten wissen, ob ich ihnen eine Audienz mit meinen beiden Schutzbefohlenen verschaffen kann.«

»Und? Hast du es ihnen gesagt, wo sie zu finden sind?«

»Warum sollte ich? Tramelay weiß längst, wo sie sich aufhalten. Die Frage ist, ob er es wagen wird, sie von dort fortzuholen. Immerhin gehören sie nun offiziell dem Nonnenkonvent von Sankt Lazarus an. Er hätte nur eine Chance, diese Tatsache zu übergehen, wenn sie gegen die Regeln verstoßen und ihren Habit niederlegen müssten.«

»Denkst du, Tramelay hat etwas mit dem Besuch der beiden Templer zu tun? So, wie sie aussahen, könnte man ja glatt sein Keuschheitsgelübde vergessen.« Sie lachte spöttisch auf. »Vielleicht hat er sie entsandt, um die beiden Frauen in Versuchung zu führen und dann der Unkeuschheit zu bezichtigen?«

Melisende schlug die Augen nieder, und als sie Montbard von unten herauf anschaute, hatte sie diesen gewissen Blick, dem kaum ein Mann widerstehen konnte.

»Unsinn«, schnaubte Montbard. »Ich habe diese Männer nie zuvor gesehen. Es muss etwas anderes dahinterstecken. Ich weiß nur noch nicht was.«

»Du hast mir nie gesagt, warum diese beiden Mongolinnen für dich etwas so Besonderes sind, abgesehen von ihrer außergewöhnlichen Schönheit. Allerdings kenne ich dich inzwischen gut genug, um zu wissen, dass es bestimmt nicht an deiner Begierde liegt, dass du dich so sehr für sie einsetzt.«

»Sie sind mir zu Freundinnen geworden, in all den Jahren, in denen wir sie als Geiseln gehalten haben. Genauso wie du, meine Liebe. Vielleicht liegt es an meinem Faible für in Not geratene Frauen, dass ich sie auf keinen Fall Tramelay und deinem kriegslüsternen Sohn überlassen möchte, um sie für ein paar Golddinare an irgendeinen dahergelaufenen Emir zu verscherbeln.«

Melisende hob eine Braue und nahm Montbards bärtiges Gesicht zwischen ihre schmalen Hände. Ohne Rücksicht auf sein Gelübde küsste sie ihn zart auf die Lippen. Er stand wie erstarrt und ließ sie gewähren. »Du bist ein wahrhaftiger Ehrenmann«, flüsterte sie. »Schade, dass du niemals für mich zu haben warst.«

»Das nennt man einen Rausschmiss«, sinnierte Gero betrübt, als sie sich unvermittelt im Palasthof wiederfanden.

»Es ist meine Schuld«, bekannte Arnaud und ließ den Kopf hängen.

Gero warf ihm einen verärgerten Blick zu. »Diplomatie war ja noch nie deine Stärke, aber musstest du gleich wieder mit der Tür ins Haus fallen? Kein Wunder, dass er so reagiert hat. Wir kommen aus der Zukunft«, äffte er Arnaud nach. »2005. Wirklich wunderbar. Du kannst froh sein, dass er nicht nach seinen Wachen gerufen hat, um uns wegen gefährlichen Irrsinns einsperren zu lassen.«

»Er weiß etwas«, brummte Arnaud, als sie in die Davidsstraße einbogen. »Ich konnte es spüren. Er wollte nur nicht damit herausrücken.« Die Dämmerung war hereingebrochen, und an den Toren wurden Fackeln und Feuerkörbe entzündet. »Er hätte alles Mögliche dazu sagen können. Sein Schweigen hat ihn verraten.«

Gero stieß einen Seufzer aus und schaute sich um, als ob zwischen umhereilenden Händlern und Kirchgängern die Antwort zu finden sei. »Aber wir können ihn nicht zwingen, mit der Wahrheit herauszurücken. Solange er uns nicht vertraut, kannst du ihm sämtliche Begebenheiten auftischen, die dir in den letzten Monaten in der Zukunft widerfahren sind, er wird von seiner Haltung nicht abweichen.«

»Und was hast du jetzt vor?« Arnauds braune Augen spiegelten seine

Ratlosigkeit wider. »Wie willst du nun das Geheimnis des Kelches lösen, wenn Montbard dich noch nicht einmal mehr vorsprechen lässt?«

»Lass uns erst einmal beten und dann zu den anderen zurückkehren. Mit Gottes Hilfe werden wir eine Lösung finden.«

Schweigend gingen sie über die Marmorplatten vor dem erst kürzlich errichteten Kuppelbau der Basilika zu Ehren des Heiligen Grabes durch ein zweitüriges Portal ins Innere der Kirche. Ihre Schritte hallten von den bunt bemalten Wänden wider, als sie den direkten Weg zum Allerheiligsten nahmen, das jeder Ordensbruder kannte, auch wenn er noch nie hier gewesen war.

Beinahe gierig sog Arnaud den Duft des Weihrauchs ein, der in schwingenden Kesseln unter der riesigen Kuppel verteilt wurde und dessen Schwaden hinauf zu einem offenen Rundkreis zogen, durch den man bei Nacht die Sterne sehen konnte und bei Tag die Sonnenstrahlen, die wie himmlische Speere auf den Altar herabfielen. Im Zwielicht der brennenden Kerzen kniete er an Geros Seite am Grab Jesu nieder.

Im Hintergrund sang ein gregorianischer Chor mit sonoren Stimmen einen Psalm.

Arnaud glaubte zu spüren, wie ihn die Kraft dieses Platzes durchströmte und ihm Jesus samt seiner Mutter erschien. Mit diesen beiden an seiner Seite würde er jede Hürde zu nehmen wissen.

Gero betete zunächst für Hannah und dann für Matthäus, auf dass es ihnen gut erging. Erst dann bat er um Erleuchtung, was den Kelch betraf, die ihm weit wichtiger erschien als das Auffinden der beiden Frauen. Als er die Hände vom Gesicht nahm und sich erhob, stand Arnaud neben ihm. Ohne sich zu bekreuzigen, gingen sie gemeinsam in den Abend hinaus.

Die Wachen, die sie am schönen Tor empfingen, hatten einen seltsam distanzierten Ausdruck in den Augen, als sie Gero die Losung aufsagen ließen, um Einlass zu erlangen. Arnaud schob das Flackern in ihren Pupillen auf das Feuer, das in Eisenkörben neben dem Eingangsportal loderte. Dabei stellte er sich die Frage, ob es ein Willkommensdienst sein sollte, dass sie die Treppe hinauf zu al-Aqsa von zwei weiteren Brüdern mit Fackeln begleitet wurden.

Einer von ihnen hatte einen Bluthund an der Leine, der einen Maulkorb aus einem mit Leder umhüllten Stahlgeflecht trug und unentwegt knurrende Laute von sich gab. Niemand sprach ein Wort, was unter Ordensbrüdern nicht ungewöhnlich erschien. Trotzdem konnte auch Gero die Spannung zwischen ihnen und den beiden anderen Brüdern beinahe körperlich spüren.

Oben angekommen, gesellten sich im Halbdunkel immer mehr uniformierte Gestalten hinzu, und Gero wurde das Gefühl nicht los, dass man sie einkreiste. Unwillkürlich griff er zu seiner Waffe, obwohl es ihm absurd erschien, gegen die eigenen Brüder zu kämpfen. Arnaud hatte seine Schritte verlangsamt und beobachtete aufmerksam die Umgebung. Dass hier etwas nicht stimmte, sah sogar jemand, der gründlich geblendet worden war.

Sein Verdacht bestätigte sich, als sie auf einen Schlag von zwölf Fackelträgern umringt wurden, die sie zum Ablegen ihrer Waffen aufforderten.

Mit einem singenden Metallgeräusch zog Gero seinen Anderthalbhänder aus der Scheide und sah sich kampflustig um. Arnaud stand mit dem Rücken zu ihm, sein Schwert mit beiden Händen gefasst, und während sie sich langsam Schritt für Schritt um die eigene Achse bewegten, mussten sie erkennen, dass man ihnen eine Falle gestellt hatte.

»Gebt auf!«, rief eine schneidende Stimme aus dem Dunkel. »Eure Brüder sitzen bereits im Kerker.«

»Nicht, bevor man uns sagt, was man uns vorwirft!« Geros dunkle Stimme signalisierte Entschlossenheit.

»Auf Eurem Weg hierher habt Ihr ein jüdisches Dorf überfallen, alle Einwohner getötet und ein ganzes Bataillon Templer, das ihnen zur Hilfe eilen wollte, in den Tod geschickt. Außerdem seid Ihr mit dem Teufel im Bunde, weil Ihr eine seltsame Waffe mit Euch geführt habt, die Ihr nur vom Satan empfangen haben könnt. Das sollte ausreichen, um Euch am Sonntag im Kapitel zum Tode zu verurteilen.«

Verdammt, dachte Arnaud, irgendjemand wusste um das, was in der Nähe von Bethanien geschehen war. Doch wie war es zu Tage gekommen? Vielleicht hatten die Ordensschwestern von Sankt Lazarus den Templern von ihrem plötzlichen Auftauchen berichtet. Oder die beiden Jüdinnen, die ihnen ihre Rettung verdankten, hatten sie entgegen aller Beteuerungen verraten. Oder die beiden Geflüchteten waren zurückgekehrt und hatten sie erkannt.

»Wir sind unschuldig«, erklärte Gero mit Nachdruck in der Stimme.

»Und das wisst Ihr selbst am besten. Wenn Ihr uns also verurteilen wollt, müsst Ihr es zunächst mit uns aufnehmen. Wir werden uns nicht freiwillig für etwas ergeben, was wir nicht zu verantworten haben.«

Der offensichtliche Anführer der Templer trat vor. Im Schein der Fackel kam ein grobschlächtiges Gesicht mit einem rötlichblonden Bart zu Tage. »Ergreift sie!«, rief er mit sich überschlagender Stimme. Sofort stürzten sich zehn Ritterbrüder auf Gero und Arnaud, um sie in Ketten zu legen. Die Klingen der Männer blitzten im Schein des Feuers auf. Stahl prallte auf Stahl. Gero und Arnauds Bewegungen kamen beinahe synchron, als sie nach allen Seiten ausschlugen. Ihre Waffen waren dank Hertzbergs Einsatz stabiler und weitaus flexibler als die ihrer Gegner. Seine Hoffnung, dass wenigstens einer von ihnen beiden fliehen konnte, stieg, als ein paar Klingen der Angreifer unter seinen Hieben zu Bruch gingen.

Während Gero eine Attacke nach der anderen abwehrte, gab er Arnaud kurze Anweisungen. »Sieh zu, dass du verschwindest«, rief er ihm zu und wirbelte herum, dabei zerteilte er einem seiner Gegner mit einem Streich den Kettenhandschuh. Blut spritzte, und um Haaresbreite hätte es Gero in der Flanke erwischt, weil ein anderer Ritterbruder seine Unaufmerksamkeit zu nutzen wusste, doch er rollte sich im letzten Moment zur Seite, so dass die Klinge des Gegners lediglich sein Kettenhemd streifte.

Arnaud war es inzwischen vollkommen gleichgültig, ob er Tote zurückließ, so verzweifelt fühlte er sich in die Enge getrieben. Wie ein Berserker drosch er auf seine Gegner ein und hielt sie damit auf Abstand. Zug um Zug versuchte er sich der Westmauer zu nähern, der einzigen Stelle, die einen Ausweg versprach. Die Angreifer ahnten, was er vorhatte, und setzten zu einer weiteren Attacke an, indem sich der Kreis der Schwertkämpfer öffnete und einige Lanzenträger herbeigeeilt kamen. Arnaud sprang aus dem Stand auf einen hüfthohen Mauervorsprung, von wo aus er sich besser zu verteidigen glaubte, doch damit hatte er Gero den Rückhalt genommen, und im Nu war sein deutscher Bruder von Lanzen umzingelt, die ihn wie einen wilden Eber abzustechen drohten.

Mit einem Blick erkannte Arnaud, wie aussichtslos ihre Situation geworden war. Todesmutig steckte er seine Waffe zurück in die Scheide und sprang mit einem gewaltigen Satz auf den nächsthöheren Wall, wo er sich an einem hervorstehenden Balken festhielt und geschickt daran emporhangelte. Unter ihm brach derweil das Chaos aus. Man hatte die Bluthunde von der Leine gelassen, und nun sprangen sie wie von Sinnen in die Höhe und schnappten nach Arnauds freihängenden Stiefelspitzen. Es gelang ihm, sich auf das Dach der Kapelle hochzuziehen. Sein Herz hämmerte wie wild, als er von oben auf die keifenden Bestien blickte, doch die Tiere waren zu schwer und zu ungelenk, um wie Katzen auf die Dächer zu springen.

Unzählige Stimmen brüllten aufgebracht durcheinander. »Schnappt ihn euch endlich! Lasst ihn nicht entkommen! Besser tot als lebendig!«, schallte es ihm hinterher. Im Hintergrund tauchten zwei Turkopolen auf und spannten ihre Bögen. Bogenschützen hatten ihm gerade noch gefehlt.

Arnaud kam auf die Füße und rannte über die wackligen Tonschindeln zum Ende der Westmauer hin. Mit ausgestreckten Armen balancierte er einen Moment auf der Mauerkrone, während die Turkopolen aus dem Stand auf ihn zielten. Panisch suchte er nach einem Ausweg. Unter ihm gähnte ein mindestens fünfzehn Meter tiefer Abgrund. Einen Moment stockte er, doch als der erste Pfeil haarscharf an ihm vorübersauste, sah er inmitten des tobenden Mobs Gero, der halb niedergerungen am Boden verharrte. »Spring endlich!«, brüllte der ihm atemlos zu. »Du musst es zum Treffpunkt schaffen!«

Arnaud wusste, was Gero damit meinte. Es kam einer Kapitulation gleich. Er sollte zurückkehren, dorthin, wo Tom sie mit seinem Timeserver in zwei Tagen abholen wollte. Aber was dann? Sollte er etwa bei Lafour eine neuzeitliche Armee anfordern, die ihn in diese Zeit begleiten würde und ihm half, Gero und seine Kameraden zu befreien? Fieberhaft versuchte Arnaud seine Gedanken zu ordnen. »Na und?«, sagte er zu sich selbst. »Wenn es die einzige Möglichkeit ist, in diesem Chaos Ordnung zu schaffen, soll es eben so sein.« Ein zweiter Pfeil sauste an ihm vorbei, so knapp, dass er den Luftzug an seiner Nase hatte spüren können.

»Heilige Maria Muttergottes, verleihe mir Flügel«, betete er stumm und stürzte sich mit leicht angewinkelten Knien ins scheinbare Nichts. Dass ihm die Muttergottes keine Flügel beschert hatte, bemerkte er spätestens, als er ungebremst durch das nächstbeste Strohdach raste und mit seinem rechten Oberschenkel auf einen morschen Holzbalken prallte, der gnädigerweise nachgab, statt ihm den Knochen zu zerschmettern.

Unvermittelt blickte er in die erschrockenen Augen eines zahnlosen Sarazenen. Geistesgegenwärtig rappelte sich Arnaud auf die Beine und stürmte im spärlichen Schein eines flackernden Öllichts zur einzigen Tür. Dabei stolperte er über einen dreibeinigen Schemel, stieß Krüge und Töpfe zur Seite und gelangte, nachdem er das hölzerne Portal aufgerissen hatte, in eine enge, menschenleere Gasse. Hastig schaute er nach allen Seiten. Über ihm erklang ein Signalhorn, und auf den Zinnen der Westmauer erschienen zahlreiche Fackelträger, die nach ihm Ausschau hielten. Es würde nicht lange dauern, bis die Templer hier unten auftauchen und nach ihm suchen würden. Soweit er wusste, lebten an diesem ärmlichen Ort ausschließlich Sarazenen, die in den Diensten der Christen standen und weder über Vermögen noch über Bürgerrechte verfügten. Arnaud konnte sich denken, dass er kaum Chancen hatte, unversehrt aus diesem Schlamassel herauszukommen. Erst jetzt dämmerte ihm, was die Anschuldigungen, die man ihnen im Hauptquartier entgegengeschleudert hatte, bedeuteten. Die Ordensleitung hatte den Spieß einfach umgedreht. Bevor Gero und seine Männer auf die Idee kommen konnten, ihre grausame Entdeckung in der Wüste publik zu machen, beschuldigte man sie kurzerhand, die Tat selbst begangen zu haben.

Vielleicht war es sogar André de Montbard, der ein solches Verhalten deckte und – vielleicht war er es, der sie am Ende verraten hatte, weil er Gero und seine Mitstreiter als Gefahr für seine Interessen empfand.

Schlagartig wurde Arnaud bewusst, wie blauäugig sie an die Geschichte herangegangen waren und dass auch ihre Auftraggeber bei der Suche nach den Frauen keine größeren Schwierigkeiten einkalkuliert hatten, weil der Zeitraum bis zu ihrer eventuellen Rückreise im Verhältnis zu den hier herrschenden Bedingungen äußerst kurz gefasst worden war. Was, wenn es den Frauen aus der Zukunft ähnlich ergangen war wie ihnen selbst, nachdem sie im Jahr 2004 gestrandet waren und von den Amerikanern regelrecht versklavt worden waren? Vielleicht hatte man sie irgendwo in einem finsteren Loch verschwinden lassen, damit niemand ihr Wissen und ihre Fähigkeiten nutzen konnte. Kein Wunder, wenn Montbard angesichts eines solchen Vorgehens nicht darüber sprechen wollte, wo die Frauen zu finden waren.

Plötzlich huschte eine verhüllte Gestalt in gut zwanzig Fuß Entfernung über die Gasse und verschwand wie eine entfliehende Küchenschabe hinter einer hölzernen Tür. Das Geräusch herannahender Stiefel gab Arnaud den Impuls, ihr zu folgen. Als er die Tür öffnen wollte, verspürte er einen Widerstand, weil von innen jemand dagegenhielt. Arnaud stemmte sich mit der Schulter gegen das Holz, bis es nachgab. Im Innern der Hütte stieß er auf eine schwarz verschleierte Frau, deren aufgerissene Augen ihn im rotglühenden Licht eines Ofenfeuers panisch anstarrten. Sie stieß einen unterdrückten Schrei aus, als sie Arnauds Templerchlamys und die Waffen an seinem Gürtel erblickte. Arnaud überlegte nicht lange, er schloss die Tür und packte das Weib. Seine schwielige Hand legte sich über ihren Mund und brachte sie augenblicklich zum Schweigen.

»Zieh deinen Jilbab aus«, raunte er ihr auf Arabisch zu.

Plötzlich stand eine viel kleinere Gestalt vor ihm, mit dämonischem Blick und erhobenem Krummsäbel und starrte ihn bösartig an.

»Im Namen des Dschihad, du elender Christ. Lass sofort meine Schwester los, oder ich werde dich töten!« Das schwarzgelockte Kerlchen erinnerte Arnaud an sich selbst, wie er etwa im Alter von acht Jahren ausgesehen hatte. Arnaud, der die Frau mit nur einem Arm umklammert vor sich hielt, zückte seinen Anderthalbhänder und hielt ihn dem Jungen entgegen. »Und jetzt, du Rebell? Was machst du jetzt? Sag bloß, du willst mit mir kämpfen?«

Unsicherheit keimte im Blick des Jungen auf, während die Frau in Arnauds Armen zu wimmern begann. »Ich bitte Euch, mein Bruder ist noch ein Kind, und Ihr seid ein Ordensritter, der vor Gott und all seinen Heiligen ein Gelübde abgelegt hat! In Allahs Namen, was wollt Ihr von uns?«

»Ich bin kein Ordensritter«, log Arnaud in perfektem Arabisch. »Ich sehe vielleicht so aus, aber in Wahrheit bin ich ein fatimidischer Spion, der von Templern verfolgt dringend Eure Hilfe benötigt.«

»Was soll ich tun?«, wisperte die Frau, immer noch am ganzen Körper zitternd.

Arnaud steckte sein Schwert in die Scheide, wobei er den Jungen im Blick behielt, und lockerte ein wenig den Griff, damit die Frau durchatmen konnte.

»Allah ist groß und erhaben, ich bin ganz gewiss nicht hier, um dich zu entehren«, versuchte er sie zu beruhigen. »Gib mir deinen Jilbab, damit ich die Stadt unerkannt als muslimische Frau verlassen kann, und ich werde dich reichlich entlohnen.«

»Samira, glaub ihm kein Wort!«, schleuderte ihm ihr kleiner Bruder entgegen. »Er ist ein Templer. Er will dich auf die Probe stellen.«

Arnaud löste seinen Griff und entließ die Frau zum Beweis seiner ehrlichen Absichten in die Freiheit, dabei schaute er ihr tief in die Augen und setzte sein charmantestes Lächeln auf.

»Ich bitte Euch«, flüsterte er. »Allah ist mein Zeuge, und mit ihm all seine Propheten, dass ich dir die Wahrheit gesagt habe. Wenn die Ordensbrüder mich schnappen, bin ich ein toter Mann. Mein Leben liegt also in deiner Hand.«

»Jusuf, nimm den Säbel herunter!«, befahl sie dem Jungen, der sofort tat, was sie verlangte, auch wenn sein Blick auf Arnaud weiterhin höchst argwöhnisch blieb.

Wortlos schälte sich die Frau aus ihrem schwarzen Umhang. Darunter kam ihr hüftlanges, blauschwarzes Haar zum Vorschein und ein bodenlanges, türkisfarbenes Seidengewand, das ihren biegsamen Körper betonte. Arnaud staunte nicht schlecht, als er realisierte, wie unglaublich jung und gleichzeitig hübsch sie war.

»Nehmt ihn« sagte sie und drückte ihm das zusammengelegte Stück Stoff in die Hand. »Ich will nicht die Schuld daran tragen, dass man Euch hängt.«

Arnaud zückte aus seinem Lederbeutel einen Goldbyzantiner, von dem sie sich gut zwanzig solcher Gewänder schneidern lassen konnte. Sie vollführte mit der Rechten eine abwehrende Geste, aber der Kleine war schneller und schnappte sich die Münze. Fachmännisch biss er auf den Rand, um den Goldgehalt zu prüfen. »Die ist wirklich echt!«, frohlockte er.

»Gib ihm das Geld zurück«, rief die Frau. »Denkst du, ich will, dass der Orden es bei uns findet. Vielleicht hat er es gestohlen?«

»Es ist nicht gestohlen«, bekundete Arnaud mit beleidigtem Blick, während er versuchte, sich in den schwarzen Jilbab zu wickeln. »Und ihr bekommt noch eine, wenn Ihr mir etwas Proviant überlasst und mir den sichersten Weg hinaus aus der Stadt aufzeigt.«

Samira betrachtete ihn amüsiert. »Du siehst aus wie eine zu groß geratene Raupe in einem Seidenkokon.«

Arnaud hatte den Jilbab viel zu straff um seine Uniform gezogen. Das Gewand saß nicht nur zu knapp, sondern war auch zu kurz. Seine derben Lederstiefel schauten bis zu den Waden heraus und hatten nichts von den feinen Seidenpantöffelchen so mancher sarazenischen Schönheit. Samira seufzte und nahm ein ähnlich aussehendes Kleidungsstück von einem Haken. Es war länger und wesentlich weiter geschnitten. »Das ist der Jilbab meiner Mutter«, erklärte sie mit belegter Stimme. »Sie ist vor ein paar Wochen von uns gegangen, Allah möge ihr den Weg ins Paradies weisen und Fatima an ihrer Seite sein.«

«Das kann ich nicht annehmen«, erwiderte Arnaud, der sich denken konnte, wie sehr sie an dieser Erinnerung hing.

«Doch, du musst, wenn du leben willst.« Ihr Blick ließ keinen Zweifel zu, und mit einer gebieterischen Geste forderte sie ihn auf, das viel größere Kleidungsstück so anzulegen, damit die Templerchlamys samt seinen Stiefeln unter dem Stoff verschwand. Selbst von seinen Waffen war nichts mehr zu erahnen. Nicht einmal Arnauds kurzgeschorener Bart war zu sehen, nachdem sie ihm den schwarzen Gesichtsschleier mit einer Schnur hinter den Ohren befestigt und ihm den Kopfschleier darüber mit Haarnadeln festgesteckt hatte. Nur seine braunen Augen leuchteten heraus.

»Setz dich!«, befahl sie und dirigierte Arnaud auf einen Hocker. Kaum, dass er saß, umrandete sie seine Lider mit schwarzem Khol, was ihm die Tränen in die Augen trieb. Als er sie wegwischen wollte, fing sie sein Handgelenk ab und hielt es fest. »Du darfst den Khol nicht verreiben, sonst sieht es zum Fürchten aus. Du hast wunderschöne Augen«, bemerkte sie lächelnd und wischte mit dem Zeigefinger ein paar verlaufene Stellen hinweg, » und Wimpern wie ein Mädchen. Mit einer solchen Maskerade wird niemand ahnen, dass du in Wahrheit ein Mann bist. Aber denk daran, deinen Blick zu senken, sobald dich ein Kerl anschaut, ansonsten könnte er es als ein Angebot verstehen und dir zu nahe treten.«

Im nächsten Moment krachte es, und die Tür flog auf. »Im Namen des Königs!« Zwei Stadtwachen standen im Rahmen und ließen ihre ungehaltenen Blicke durch die kleine Hütte schweifen, die nur einen einzigen Raum besaß. Samira und Arnaud zuckten zusammen. Instinktiv klammerte sie sich mit beiden Armen an Arnauds breite Schultern und schützte mit ihrem Kopf sein Gesicht.

»Habt ihr einen schwarzbärtigen Templer gesehen, der sich auf der Flucht befindet?«, rief der größere der beiden Soldaten. »Er ist bewaffnet und ziemlich gefährlich.«

»Nein«, stieß Samira mit ängstlicher Stimme hervor, und auch Arnaud schüttelte unter seiner schwarzen Verkleidung hastig den Kopf.

Die Männer sahen sich weiter in der Hütte um und entdeckten Jussuf, der sich hinter Samira und Arnaud versteckte, wie ein Lämmchen, das Schutz bei seiner Herde sucht. »Und du?«, fragten sie barsch.

»Nein«, sagte der Junge und kam zögernd hervor. Dabei schlotterte er so überzeugend, dass die beiden Wachleute unmöglich auf die Idee kommen konnten, dass er sie anlog.

»Meldet es den Spähern des Stadtkommandanten, sobald ihr etwas Verdächtiges feststellt!«

Samira nickte eifrig und schloss die Tür, nachdem die beiden Soldaten kehrtgemacht hatten.

Arnaud stieß einen Seufzer der Erleichterung aus. »Allah wird dir für deine Güte einen Platz im Paradies frei halten.« Am liebsten wäre er aufgesprungen und hätte sie vor lauter Dankbarkeit geküsst. Doch er hatte ihre Geduld und ihr Entgegenkommen schon genug strapaziert.

»Solange mir dort keine falschen Templer in Frauenkleidung begegnen«, spöttelte sie, »bin ich einverstanden.«

Jussuf führte Arnaud im Dunkeln durch die engen Gassen zu einem nicht weit entfernten Kamelhändler. Der schmierig aussehende Kerl war bereit, ihnen für einen Goldbyzantiner eine junge Stute samt Sattel für die nächsten Tage zu vermieten. Auf die Frage, wo der Junge so viel Geld herhatte, erklärte Jussuf recht überzeugend, Arnaud sei seine vermögende Tante, die anlässlich der Beerdigung seiner Mutter auf Besuch gekommen sei und die er nun ins benachbarte Dorf zurückbringen müsse, damit sie sich dort einer Karawane nach Damaskus anschließen könne. Ohne Eile entfernten sich die beiden mit dem Kamel, und erst als sie außer Reichweite des Händlers waren, legten sie an Geschwindigkeit zu, um über verschlungene Wege zum südlich gelegenen Zionstor zu gelangen.

Arnaud hatte Mühe, nicht über den Jilbab zu stolpern.

»Bei Allah!«, herrschte Jussuf ihn an, als sie sich den Stadtwachen näherten. »Halte deine Füße bedeckt und senke den Blick, sonst wird noch einer der Kerle auf dich aufmerksam, und wir landen gemeinsam in der Hölle!«

Beim Läuten der Nachtglocke, die um zehn vom Heiligen Grab über die ganze Stadt hinweg zu hören war, würden alle Tore der Stadt zur selben Zeit geschlossen werden. Dann konnte man Jerusalem nur noch mit einer Sondergenehmigung betreten oder verlassen. Viel Zeit blieb ihnen also nicht, Arnaud in die Freiheit zu bringen. In den Straßen waren inzwischen etliche Soldaten aufgezogen, die wahllos Passanten kontrollierten, ohne zu erklären, dass sie nach einem Templer fahndeten. Allem Anschein nach hatte man sich darauf besonnen, das Ansehen der weißgewandeten Ordensbrüder nicht unnötig in den Schmutz zu ziehen.

Als Jussuf und Arnaud mit dem Kamel zum Tor hinausziehen wollten, wurden sie von einem Wachsoldaten angehalten. »Wo soll's denn hingehen?«, fragte der Soldat und fixierte nicht nur die etwas zu groß geratene, verschleierte Frau, sondern auch das gesattelte Kamel.

Jussuf nannte den Namen eines südlich gelegenen Berberlagers. Als sich der Soldat Arnaud zuwandte, um ihn nach seinem Namen zu fragen, kam ihm Jussuf zuvor. »Meine Tante ist seit dem Tod ihres Ehemannes taub und stumm. Verzeiht ihr, wenn sie nicht antworten kann. Ich werde es gerne an ihrer Stelle tun.«

Arnaud hielt den Blick die ganze Zeit über sittsam gesenkt, wie Jussuf es ihm befohlen hatte.

Während es hinter ihnen immer lauter wurde, schüttelte der Wachhabende ungeduldig den Kopf. »Macht euch davon!«, grummelte er und gab ihnen mit einem Wink zu verstehen, dass sie entlassen waren.

Arnaud atmete erleichtert auf, als sie sich endlich ein Stück weit jenseits der Stadtmauern befanden.

Ein kühlender Nachtwind fuhr ihm durchs Gewand. Außer Sichtweite der Wachen fasste Arnaud unter den seidenen Umhang und gab dem Jungen zwei weitere Münzen. »Sag deiner Schwester, sie ist ein Juwel!«

Im Schein der Fackel setzte Jussuf ein diabolisches Grinsen auf. »Sag es ihr selbst, wenn du eines Tages in diese Stadt zurückkehrst und die Christen zum Teufel jagst!«

Arnaud konnte sich denken, wie die Zukunft des Jungen verlaufen würde, sobald er das Alter hatte, sich einem fatimidischen Heer anzuschließen.

»Du wirst sicher einmal ein tapferer Soldat«, sagte er und klopfte dem Jungen zum Abschied anerkennend auf die Schulter.

Obwohl Arnaud keinerlei Erfahrung im Reiten von Kamelen besaß, kam er erstaunlich gut voran. Es würde knapp zwei Tage dauern, bis Tom den ersten Rückholversuch startete. Arnaud gingen die wildesten Gedanken durch den Kopf, während ihn sein Kamel durch die mondhelle Wüstenlandschaft wiegte. Er wusste, zu welchen Gräueltaten sein eigener Orden fähig war, und hoffte, dass seine Brüder durchhalten würden, bis er deren Rettung organisiert hatte.

Arnaud orientierte sich an den Sternen. Seit Gero ihre genaue Position berechnet hatte, war es für ihn kein Problem zu wissen, wo er sich genau befand. Bethanien und das Kloster der schönen Frauen, wie er für sich Sankt Lazarus nannte, ließ er links liegen. Von dort aus war das Übel wahrscheinlich gekommen, und er würde nicht den Fehler begehen, noch mal dort anzuklopfen, damit man ihn kurze Zeit später an Montbard und seine Verbündeten auslieferte.

Beinahe lautlos erreichte er gegen Morgen sein Ziel. Schon von weitem sah er die Dattelpalme mit dem eingeritzten Kreuz. Jetzt musste er nur noch eine Nacht und zwei Tage warten, dann würde Tom ihn in die Zukunft zurückholen.

Arnaud band das Kamel an den Stamm und setzte sich zu seinen Füßen. In der Hast hatte er vergessen, Wasser zu kaufen, und so blieb ihm nur die kleine Flasche, die ihm Samira mit auf den Weg gegeben hatte.

Er nahm einen Schluck und gab auch der Kamelstute etwas zu trinken. Der Wind blähte seinen Jilbab auf, in dem er sich auf eine seltsame Weise geborgen fühlte. Als der Morgen anbrach, dachte er an Hannah, Freya und Amelie und was sie wohl dazu sagen würden, wenn er solch schlechte Nachrichten überbrachte. Den Tag über verkroch er sich hinter einem halbhohen Dornenstrauch vor der sengenden Hitze und auch vor möglichen Reisenden, die ihm Fragen stellen konnten. Doch in dieser Einöde ließ sich niemand freiwillig blicken.

In der darauffolgenden Nacht hallten unheimliche Tierlaute durch die Ebene. Vorsichtshalber entzündete Arnaud ein Feuer, das ihn wärmte, aber nicht tröstete. Der Gedanke, als Einziger in die Zukunft zurückkehren zu müssen und dabei seine Freunde einem ungewissen Schicksal zu überlassen, machte ihn halb wahnsinnig.

Daran änderte auch der beeindruckende Sternenhimmel nichts, der über ihm aufgezogen war. Lediglich die leuchtend helle Mondsichel erinnerte ihn an die Muttergottes, die darauf bei manchen Heiligendarstellungen balancierte. In seiner Verzweiflung begann er wieder zu beten. Stunde um Stunde wechselten das Ave-Maria mit dem Vaterunser. Die Zeit verrann in unerträglicher Langsamkeit, und der Tag wechselte erneut zur Nacht. Arnaud versuchte möglichst nicht einzuschlafen, weil er nicht wissen konnte, ob ihm Ordensritter und Stadtsoldaten nicht doch auf die Spur gekommen waren. Jedoch als eigentlicher Feind entpuppte sich seine zunehmende Mutlosigkeit, die immer stärker wurde, als zum vereinbarten Zeitpunkt kein Zeichen von Toms Teufelsmaschine zu entdecken war. Seine Zunge klebte am Gaumen, weil ihm das Wasser inzwischen ausgegangen war.

Bei Anbruch der Dunkelheit beschloss Arnaud, noch eine weitere Nacht in dieser Einöde zu verbringen, auch wenn er kaum noch Hoffnung hatte und fast umkam vor Durst. Die Kamelstute schien den Wassermangel nicht im Geringsten zu spüren, sie knabberte munter an dem trockenen Dornenbusch. Arnaud tätschelte, von Müdigkeit gezeichnet, ihren Hals, dabei spürte er unter dem Fell das sanfte Pulsieren ihres Blutes. Wie in Trance zog er sein Messer und schabte die kurzen, braunen Härchen an ihrem gebogenen Hals ein wenig ab und ritzte die schwach darunter hervorstehende Ader nach einer alten Ordensempfehlung. Das Tier zuckte ein wenig, beruhigte sich dann jedoch wieder, als Arnaud gierig das herausrinnende Blut zu lecken begann. Es schmeckte warm und metallisch.

Als der Strom langsam versiegte, strich er mit der flachen Hand über die Wunde und dankte dem Tier mit ein paar beschwichtigenden Worten für seine Großzügigkeit. Vollkommen erschöpft setzte er sich an seinen angestammten Platz unter die Palme und betete noch inbrünstiger als in den Tagen zuvor, dass endlich etwas geschehen möge. Vor seinem geistigen Auge manifestierte sich der türkisfarbene Nebel, der ihn an jenen Ort zurückbringen würde, der ihm einzig Rettung versprach. Aber als er sich mühsam erhob, um ihn zu berühren, musste er sich eingestehen, dass ihm sein Geist einen bösen Streich gespielt hatte.

Ein dumpfes, grollendes Geräusch ließ ihn zusammenfahren. Leider war es nicht Toms Maschine, die ihn erlöste, sondern das Fauchen eines wilden Tieres, das auch sein Kamel in Unruhe versetzte. Sofort war Arnaud hellwach und sprang auf die Füße. Er zog sein Schwert und musterte aufmerksam seine Umgebung. Das Feuer war beinahe heruntergebrannt. Die unklare Situation ließ es ratsam erscheinen, mehr Holz aufzulegen und einen Stecken in eine brennende Fackel umzufunktionieren. Währenddessen riss die Kamelstute wie von Sinnen an ihren Stricken. Arnaud registrierte zwei umherlaufende Schatten, die nicht nur sein Kamel in Panik versetzten, sondern auch ihn selbst. Löwen! Es waren zwei – mindestens –, und sie besaßen ein buschiges, braungoldenes Fell. Er hatte schon einiges über die Löwen von Judäa gehört, sich aber nie vorstellen können, dass sie so gewaltig sein würden. Die beiden Löwen begannen ihre Kreise um ihn und das Kamel immer enger zu ziehen. Ihre knurrenden Laute ließen keinen Zweifel darüber aufkommen, dass sie ebenso hungrig waren wie er selbst. Wobei diese Bestien bestimmt keinen Unterschied zwischen Kamelfleisch und Menschenfleisch machen würden, wenn sich ihnen die Gelegenheit dazu bot.

Arnaud hatte noch nie gegen ein Tier gekämpft. Gewiss waren ihm in seiner Heimat Wölfe und Bären begegnet, aber entweder hatten er und seine Kameraden sie mit Lanzen und Steinschleudern verscheuchen können, oder sie hatten sie mit einer Armbrust erlegt.

Doch diesmal würde der Kampf ein anderer sein, weil er allein war und außer einem vier Fuß langen Schwert und einem Dolch nichts besaß, womit er sich hätte verteidigen können. In einer Hand den Anderthalbhänder, in der anderen einen brennenden Stock, stellte sich Arnaud vor die Kamelstute, die zu spüren schien, dass er sie schützen wollte. Doch die Löwen zeigten sich wenig beeindruckt. Inzwischen war das Knurren in ein bedrohliches Brüllen übergegangen, und plötzlich konnte Arnaud den größeren sehen, wie er geduckt vor ihm saß und fauchend sein Maul aufriss. Sein verstorbener Komtur Henri d'Our hatte nicht untertrieben, wenn er ihnen des Öfteren von seinen seltenen Begegnungen mit dieser Art von Dämonen berichtet hatte, denen es angeblich nichts ausmachte, einen Ritter samt Rüstung zu verschlingen. Unter den rosigen Lefzen des Löwen blitzten elfenbeinfarbene Dolche, die darauf brannten, sich in Muskeln, Knochen und Sehnen eines Opfers zu bohren.

Arnaud nahm all seinen Mut zusammen und streckte der Bestie die Schwertspitze entgegen. Aber der Löwe hatte augenscheinlich Blut gewittert. Er setzte zu einem Sprung an. Arnaud duckte sich, um den ausgefahrenen Krallen zu entgehen. Als die monströse Katze direkt über ihm war, rammte er seine Klinge tief in ihren Leib hinein. Warmes Blut regnete auf ihn herab, und es stank übel nach fauligen Verdauungssäften. Das Tier überschlug sich hinter ihm und brüllte vor Wut. Mit seinen Tatzen hatte es im Fallen Arnauds linke Hand gestreift und ihn ins Straucheln gebracht. Er fiel auf die Knie, versuchte aber schnell wieder auf die Beine zu gelangen. Dabei ignorierte er die tiefe Fleischwunde auf seinem Handrücken. Er machte einen Satz nach vorn und stach wie von Sinnen auf den im Todeskampf strampelnden Löwen ein, bis dieser alle vier Tatzen von sich streckte und leblos liegen blieb.

Arnaud war im Eifer des Gefechts die Fackel in den Sand gefallen, und er betete zu Gott, dass es ihm gelang, sie in den spärlichen Flammen des Lagerfeuers abermals zu entzünden.

Aus den Augenwinkeln erspähte er, wie der zweite Löwe in einiger Entfernung lauernd zum Sprung auf die völlig verängstigte Kamelstute ansetzte. Die Raubkatze schlug ihr die Krallen in die Flanken und biss sich in ihrem schmalen Hinterteil fest. Das Kamel bäumte sich auf vor Schmerz und versuchte vergeblich zu entkommen. Arnaud sprang herbei und stach auf den Rücken des Löwen ein. Es überraschte ihn, als er mit einem wütenden Fauchen sogleich von der Stute abließ, herumschnellte und ihm seitlich entwischte. Einen Moment lang verlor Arnaud im Halbdunkel die Orientierung. Keuchend vor Anstrengung und am ganzen Körper zitternd, taumelte er zum Feuer, um mehr Holz aufzulegen. Der Löwe war immer noch in der Nähe, und es blieb abzuwarten, ob Arnaud ihn schwer genug verletzt hatte.

Plötzlich wurde es hell. Türkisfarbenes Licht flammte auf. Gebannt starrte Arnaud auf den Schein, der sich ein paar Schritte vor ihm zu einer kleinen, metallischen Kiste formte und dann zu seiner großen Enttäuschung wieder erlosch.

Mit rasendem Herz näherte sich Arnaud dem aus dem Nichts aufgetauchten Gegenstand, und obwohl er ahnte, dass es nur eine Botschaft seiner Auftraggeber sein konnte, dauerte es eine ganze Weile, bis er sich überwand, die Kiste zu öffnen. Darin lag ein Papier – keine Pistole, wie er sie im Augenblick so dringend hätte gebrauchen können. Mit zitternden Händen nahm er das Papier, bemüht darum, den Text nicht mit Blut zu beschmutzen. Darauf stand eine Botschaft.

Paul, schoss es ihm spontan in den Sinn.

Warum hatte man ihn nicht zurückgeholt, sondern nur eine Nachricht übersandt? Als er sich hinunterbückte und die Glut des Feuers mit einem trockenen Ast befeuerte, um die Botschaft besser entziffern zu können, ließ ihn ein Lufthauch hochfahren. Ein plötzlicher Aufprall hob ihn regelrecht von den Füßen. Der Löwe hatte ihn aus dem Dunkeln angesprungen. Arnaud landete auf dem Bauch und versuchte sogleich, seinen Dolch zu ziehen und sich zu drehen, was dazu führte, dass das Raubtier sich nicht in sein Genick verbiss, sondern in seiner linken Schulter. Trotz des Kettenhemdes rammten sich die spitzen Zähne bis auf die Knochen in sein Fleisch. Es gelang ihm noch, seinen Hirschfänger zu ziehen und sich mitsamt der gut eineinhalb Zentner schweren Katze auf die Seite zu rollen. Der Löwe rammte derweil seine Krallen in Arnauds rechten Arm und sein linkes Bein. Arnaud spürte kaum einen Schmerz, nur ein Gefühl warmer Nässe von dem Blut, das sich in seiner Hose ausbreitete. In blinder Panik, den Kampf zu verlieren, stach er zu. Wieder und wieder. Der Löwe schlug fauchend nach ihm. Verzweifelt wehrte Arnaud den Kopf des Tieres mit den bloßen Händen ab. Wie eine Sturmkugel rollte er mit der Katze herum, und für einen Moment verlor er die Orientierung für oben und unten. Arnaud stach weiter zu, ohne darauf zu achten, wo er die Bestie traf. Hauptsache, sie ließ von ihm ab. Ihm selbst erschien es wie eine Ewigkeit, bis es endlich still um ihn herum wurde und kein Muskel des Tieres mehr zuckte.

Mühsam richtete er sich auf. Die Umgebung verschwamm vor seinen Augen, und er schwankte, dabei ahnte er, dass er eine Menge Blut verloren haben musste.

Samiras Jilbab hatte er gleich zu Beginn des Kampfes eingebüßt. Doch auch die Templerchlamys hing in Fetzen an seinem geschundenen Körper, über und über mit Blut besudelt. Er spürte, wie seine Knie nachgaben. Die Kamelstute blökte kläglich, und von irgendwoher sagte ihm eine Stimme, dass noch mehr wilde Tiere kommen würden, wenn sie all das Blut witterten. Nicht weit von ihm lag die Botschaft, blutig, schmutzig und nur mit Mühe zu entziffern. Doch er musste ihrer habhaft werden, um zu erfahren, warum man sie so jämmerlich im Stich gelassen hatte. Nun war er der Einzige, der seinen Kameraden zur Flucht verhelfen konnte.

Als er sich, mühsam auf seine Waffe gestützt, aufrichtete, übermannte ihn das Gefühl, sich übergeben zu müssen. Vor Schwäche halb ohnmächtig überwand er die wenigen Schritte, bis hin zu der Stelle, wo die Botschaft lag, hob sie auf und steckte sie an seinen Gürtel. Dann humpelte er zur Palme und band mit blutnassen Fingern die Zügel des Kamels vom Baum. Heiser und kaum hörbar gab er dem Tier den gleichen Befehl, den ihm sein Besitzer in der Karawanserei gegeben hatte. Trotz der Furcht, die der Stute immer noch in den Augen stand, und der Schmerzen, die ihr die klaffenden Wunden am Hinterteil bereiteten, gehorchte sie und ging auf die Knie.

Mit letzter Kraft kroch Arnaud auf ihren Rücken und trieb sie, nachdem sie sich mit ihm erhoben hatte, in die gleiche Richtung, aus der sie gekommen waren. Ihr Instinkt schien zu wissen, dass es endlich nach Hause ging. Völlig erschlafft hing er im Sattel, und seine Hände krallten sich wie von selbst in das Fell des Tieres, als es sich in Bewegung setzte. Der wiegende Schritt des Kamels tat sein Übriges, und Arnaud bemerkte nicht, wie er das Bewusstsein verlor.

»Zieh ihn aus!«, rief eine hektische Frauenstimme. Wie durch einen Nebel hindurch vernahm Arnaud die aufgeregten Anweisungen. »Wir müssen ihn mit kaltem Wasser waschen.« Jemand zerrte an seiner Kleidung, Stoff zerriss, und seine Muskeln krampften sich zusammen, als kaltes Wasser auf seinen nackten, von tiefen Wunden übersäten Körper traf. Unfähig, die Augen zu öffnen, spürte er, wie man ihn trocken rieb und verschiedene Stellen seines Körpers mit einem beißenden Alaunpulver bestreute, dann pressten zahlreiche Hände Stoff auf die schmerzenden Stellen und versahen ihn mit einem Verband.

»Bin gespannt, ob die Opiumdosis ausreichend ist«, meinte eine weibliche Stimme direkt über ihm. »Hier, Schwester Lyanna, halt das für mich. Einige Wunden sind zu groß, ich muss sie nähen, nachdem du sie mit Alkohol ausgewaschen hast. Aber erst musst du ihm noch etwas von dem Mohnsaft einflößen.«

Jemand führte einen metallischen Tubus zwischen seine Lippen bis in den Schlund. Er hätte würgen mögen, doch ihm fehlte selbst dafür die Kraft. Eine Flüssigkeit lief ihm in den Rachen, ohne dass Arnaud schlucken musste.

Nach dem Entfernen des Tubus pinselte jemand seinen Körper ein.

Es brannte fürchterlich. Anschließend spürte Arnaud jeden einzelnen Stich. Aber er konnte nicht schreien. Offenbar war er in einer Art Vorhölle gelandet, und man quälte ihn, weil er zu viel Schuld auf seine Seele geladen hatte, um direkt ins Paradies einzugehen. Herr, vergib mir meine Sünden, betete er und dachte an die vielen Widerworte, die er als Junge seiner Mutter gegeben hatte. Oder an das Fass mit teurem, rotem Wein, das er dem Küfer seines Vaters bis heute schuldig geblieben war und für dessen Verlust man den armen Mann anschließend ausgepeitscht hatte. Oder an Alix, eine hübsche Magd, die er als vierzehnjähriger Knabe mehrmals zur Fleischeslust verführt hatte – nicht irgendwo im Heu, sondern im Schlafgemach seiner Eltern. Außerdem dachte er an eine Reihe flüchtiger Liebschaften, denen er noch nach seinem Eintritt in den Orden gehuldigt hatte, kaum der Rede wert, aber immerhin hatte er gegen die heilige Regel verstoßen. Ein wenig Unsicherheit befiel ihn bei jenen Toten, die er im Kampf auf sein Gewissen geladen hatte.

Wahrscheinlich erhielt er nun die Rechnung für all seine Verfehlungen.

»Das hat doch keinen Sinn«, krächzte eine ältere Stimme. »Er wird sterben. Er wurde von einem Tier angefallen. Vielleicht war es ein Gepard oder ein Löwe. Der Speichel der Tiere wird sein restliches Blut vergiften. Außerdem hat er viel zu viel Blut verloren, um je wieder auf die Beine zu kommen.«

»Das werden wir sehen«, erwiderte eine weitere Stimme energisch. »Schwester Lyanna, ich will, dass du ihm stündlich tiefroten Traubensaft einflößt und seine Verbände kontrollierst. Haben wir uns verstanden?«

»Natürlich, Äbtissin«, gab eine feste Stimme zurück.

Arnaud spürte noch, wie ihm jemand erneut den Tubus tief in den Rachen führte. Kurz darauf driftete er in eine andere Welt.

Flugzeuge, Autos, gigantische Schiffe tosten an ihm vorbei. C.A.P. U.T. stand in großen Lettern auf einem glatten, rechtwinkeligen Betongebäude geschrieben. Er sah Tom, wie er verzweifelt versuchte, die merkwürdige Maschine in Gang zu setzen, um ihn und die anderen zurückzuholen, aber es gelang ihm nicht. Aus dem durchscheinenden Frauenkopf schlugen Flammen, und Tom und seine Helfershelfer gingen in Deckung, als ein heller Blitz die gesamte Szenerie mit einem gleißend blaugrünen Licht erfüllte. Caput 58, das Wort hallte in seinem Geist nach.

»Was redet der Kerl?« Eine wohlklingende, weibliche Stimme erhob sich neben ihm. Ihr Tonfall drückte Erstaunen aus.

»Ich kann mich täuschen«, sagte eine andere, ähnlich klingende Stimme. »Aber für mich hörte es sich tatsächlich so an wie Caput 58.« Die Frau schien überrascht, ganz so, als ob sie mit dem Begriff etwas anfangen konnte. »Es würde zu dem merkwürdigen Zettel passen, den du an seinem Gürtel gefunden hast.«

»Das bedeutet, er kennt unseren Server?« Das Erstaunen steigerte sich.

Obwohl er nichts außer dem Wort »Server« verstanden hatte, wurde Arnaud von der irrwitzigen Hoffnung ergriffen, dass die Rückreise mit der Höllenmaschine vielleicht doch geklappt hatte.

»Wo ist Tom?«, flüsterte er mit geschlossenen Augen. »Der Heiligen Jungfrau sei Dank ... ich dachte schon, das blaue Licht hätte mich verfehlt. Es tut mir leid, wir haben ... Frauen ... nicht gefunden. Der Professor liegt verwundet im Hospital ... und Gero und die anderen wurden einige ...« Seine Stimme versagte.

»Lyn?« Die Stimme über ihm klang aufgeregt. » Hast du das gehört? Was will er damit sagen?«

»Keine Ahnung, er redet ganz bestimmt nicht das, was ich von einem schwer verletzten Templer erwarten würde. Warte!« Die Stimme hielt inne. »Ist das nicht der Kerl, den du vor ein paar Tagen in der Küche ...«

»Ja, das ist er«, sagte die andere, und für einen Moment klang sie unsicher. Eine Hand berührte sein Gesicht und strich ihm zärtlich über die Wange. »Wir müssen sein Leben retten, sonst erfahren wir weder, was das mit dem Zettel zu bedeuten hat, noch, was er uns sagen will. Lyn, hast du noch eine von den Nanokapseln?«

»Noch zwei, eine für dich und eine für mich.«

»Gib ihm meine! Ich will, dass er geheilt wird.«

»Rona, bitte sei vernünftig! Wenn uns beiden etwas zustößt, können wir uns selbst nicht mehr helfen.«

»Als ob das noch etwas ausmachen würde«, sagte die andere. »So, wie es aussieht, sind wir bis an unser Lebensende in diesem Zeitabschnitt gefangen. Und so viele Kapseln kann man gar nicht besitzen, um allen Gefahren in diesem Wahnsinn zu entgehen.«

»Er könnte einer von Tramelays Spionen sein.«

»Unsinn, er gehörte zu dieser Truppe, die Birah und ihre Tante bei dem Überfall vor ein paar Tagen gerettet haben«, stellte Rona in scharfem Ton klar. »Außerdem – Khaled hast du gleich einen ganzen Beutel unserer Kapseln überlassen.«

»Er war etwas Besonderes.«

»Genau deshalb benötige ich jetzt eine Kapsel. Mein Gefühl sagt mir, dass dieser Mann auch etwas Besonderes ist. Also beeil dich und gib mir eine, bevor jemand kommt und es bemerkt.«

Arnaud ahnte nicht einmal, worüber sich die beiden unterhielten. Aber was er deutlich heraushören konnte, waren ihre Namen. Rona und Lyn.

Genauso hießen die beiden Frauen, die sie finden und ins Jahr 2005 bringen sollten. Das konnte kein Zufall sein. Es sei denn, er halluzinierte. O heiliger Gott, betete er stumm. Lass nicht zu, dass ich meinen Verstand verliere.

Zwei Finger schoben sich zwischen seine Lippen, um ihm eine kleine Perle zwischen die Zahnreihen zu legen. In einem Reflex wollte er das Ding ausspucken, doch jemand presste ihm mit Gewalt Ober- und Unterkiefer aufeinander und zwang ihn, die Kapsel zu zerbeißen. Er wollte sich wehren, war aber zu kraftlos. Die Kapsel zerplatzte in seinem Mund, und ein angenehmes Kribbeln stellte sich ein, das sich von der Zunge aus über seinen gesamten Körper ausbreitete. Ein Ruck ging durch seine Eingeweide, wie ein leichtes Erdbeben. Glühende Hitze und eisige Kälte folgten in raschem Wechsel. Plötzlich war es ihm, als schwappte eine Welle über ihn hinweg und füllte jede Faser seines Körpers mit Kraft. Gleichzeitig spülte sie sämtliche Schmerzen hinweg. Von weitem blickte er in ein gleißendes Licht, und als er die Augen vollends öffnete, schaute er in die angespannten Gesichter zweier Engel, die schöner nicht hätten sein können. Himmel, sie sahen sich verdammt ähnlich, und er hatte sie schon einmal gesehen. Bei seiner Ankunft im Sankt-Lazarus-Kloster. Es waren die beiden merkwürdigen Nonnen, die er in der Küche getroffen hatte. Wie vor ein paar Tagen trugen sie eine Schwesterntracht. Beim Heiligen Christophorus, warum war er nicht schon damals darauf gekommen, dass sie die Gesuchten waren? Ihre außergewöhnliche Schönheit, die der Frau im Hologramm so verblüffend ähnlich schien, war weiß Gott nicht von dieser Welt.

»Seid ihr Rona und Lyn?«, flüsterte Arnaud heiser. An die Frau mit den grünen Augen, die rechts von ihm stand, erinnerte er sich noch ziemlich genau. Ihr Kuss war ihm nicht aus dem Kopf gegangen. Also musste er sich tatsächlich wieder im Sankt-Lazarus-Kloster befinden. Mit einem raschen Seitenblick versuchte er sich zu orientieren. Er lag in einer winzigen Klause, auf einer harten Pritsche. Durch den schmalen Schacht, der das einzige Fenster bildete, fiel goldenes Abendlicht herein.

Vorsichtig richtete Arnaud sich auf. Während er an sich herabschaute, weil sein Körper keine einzige Verletzung mehr aufwies, stellte er fest, dass er bis auf ein Lendentuch vollkommen nackt war.

»Du bist geheilt«, sagt die junge Frau mit den grünen Augen. Staunend beobachtete Arnaud, wie ihre makellosen Hände ihn von den nun überflüssigen Leinenstreifen befreiten. Und obwohl er augenscheinlich nicht in der Zukunft gelandet war, fühlte er sich großartig.

»Woher kennst du unsere Namen, und was weißt du über den Caput 58?« Die grünen Augen fixierten ihn wie bei einem Verhör. Dass sie eine Katze war, die nicht nur fauchen, sondern auch kratzen konnte, wusste er schon aus ihrer Begegnung in der Küche.

»Das ist eine längere Geschichte«, erwiderte er. »Und ich hoffe, dass ihr sie mir glaubt.«

Kapitel 14

Falsche Versprechungen

2005 – Israel/Tel Aviv

»Der Timeserver hat bei der Explosion einen womöglich irreparablen Schaden erlitten«, erklärte Tom so leichthin, als ob es sich dabei um einen defekten Rasenmäher handelte. »Um feststellen zu können, warum ein Rücktransfer nicht möglich ist, müssen wir zurück nach Deutschland. Nur im Labor kann ich feststellen, ob es Möglichkeiten gibt, eine Reparatur vorzunehmen.« Er hockte vor einer der vielen Metallkisten, die Stück für Stück von Lafours Männern in die Vans verladen wurden, und schaute mit betont unschuldigem Blick zu Hannah auf. Sie war erst vor wenigen Sekunden in dem fast leeren Forschungszelt aufgetaucht, um zu erfahren, was er nach dem Unfall zu tun gedachte.

»Der Energieumwandler, der den parallel verlaufenden Zeitstrom unterbricht, um die entsprechenden Moleküle an der codierten Stelle herauszuschneiden und in der gegenwärtigen Zeit wieder einzusetzen, ist durch große Hitzeeinwirkung beschädigt worden«, erklärte Tom nüchtern. »Leider fehlen uns entsprechende Ersatzteile. Es sieht ganz danach aus, als ob einer der aus der Zukunft stammenden Frequenz-Quarze etwas abbekommen hätte. Dumm ist, dass die Steine in ihrer molekularen Zusammensetzung auf der Erde nicht vorkommen, und bisher waren wir nicht in der Lage, sie künstlich herzustellen. Anscheinend handelt es sich um extraterrestrisches Material. NASA-Experten vermuten, dass das Gestein vom Mars stammt, aber bis wir das herausfinden können, dauert es noch eine ganze Weile. Es sei denn, das Problem liegt woanders, und wir finden Alternativen.«

»Lafour behauptet«, entgegnete Hannah hoffnungsvoll, »dass eine erste Analyse nach dem Unfall ergeben hat, dass man trotz des misslungenen Rückholversuchs nach wie vor etwas in die Vergangenheit transferieren kann. Also ist das Gerät nicht völlig zerstört.«

»Ja«, antwortete Tom, »er hat recht. Wir haben gleich im Anschluss an unseren gestrigen Fehlschlag etwas Derartiges unternommen. Paul hat eine Nachricht verfasst, die unseren Leuten vor Ort mitteilt, was geschehen ist und warum es nun länger dauert, bis wir sie zurücktransferieren können. Wir haben sie in eine Plombe gesteckt und an jenen Ort transferiert, wo die Männer auf uns warten sollten. Es scheint funktioniert zu haben, aber genau wissen wir es natürlich nicht, weil es kein Feedback gibt.«

»Mehr hast du dazu nicht zu sagen?« Hannahs Stimme zitterte.

Mit einem Seufzer erhob er sich und ging auf sie zu.

»Reg dich nicht auf! Ich werde alles in meiner Macht Stehende tun, um Gero und die anderen so bald wie möglich zurückzuholen. Sie sind mit ausreichend Geldmitteln versorgt und kennen sich in der Epoche gut genug aus, um eine Weile dort leben zu können.« Wie zum Trost breitete er seine Arme aus und wagte es sogar zu lächeln.

»Du redest, als ob der Heimflug nach einem Urlaub ausgefallen wäre.« Hannah dachte nicht einmal im Traum daran, auf sein Angebot, sie zu umarmen, einzugehen, und nahm eine abwehrende Haltung ein. »Ist dir eigentlich klar, wie absurd das ist?«

Tom blieb vor ihr stehen und schaute auf sie herab. Er war immer schon groß und sportlich gewesen, aber nun kam er ihr noch größer vor, ja geradezu bedrohlich.

»Ich verspreche dir, wir tun unser Bestes, um eine Lösung zu finden. Glaubst du, ich bin mit dieser Entwicklung glücklich? Ganz zu schweigen von den amerikanischen Behörden, die dem Präsidenten rasche Ergebnisse versprochen haben. Wenigstens tragen ich und mein Team keine Schuld, dass es so gekommen ist. «

Die Art, wie er es sagte, selbstgefällig und ohne jeden Anflug von Bedauern, trieb sie zur Weißglut. Angewidert wich sie zurück. »Warum beschleicht mich das Gefühl, dass dir der Unfall gerade recht kommt?«

Seine braunen Augen zeigten keine Regung. »Ich weiß, was dir im Kopf herumspukt«, erwiderte er kühl. »Aber so ist es nicht. Ich konnte schließlich nicht voraussehen, dass Lafour sich nicht an die Spielregeln hält. Von unserer Seite war alles geklärt. Ich habe getan, was ich konnte, um die Risiken so gering wie möglich zu halten.«

»Und was soll jetzt werden? Werdet ihr wenigstens weitere Soldaten entsenden, um sie zu schützen, bis das Teufelsding wieder funktioniert und man die gesamte Mannschaft wieder zurückholen kann?«

»Aus gegebenem Anlass hat das Pentagon auf Befehl des Präsidenten untersagt, weitere Menschen und Gegenstände in die Vergangenheit zu transferieren«, erwiderte Tom mit tonloser Stimme.

»Gibt es denn wirklich gar keine Möglichkeit, wenigstens Kontakt aufzunehmen?«, entgegnete Hannah aufgebracht. »Vielleicht könnte man einen Ort ausmachen, an dem sie Botschaften hinterlegen. Ich meine, dann wüsste man wenigstens, ob es ihnen gutgeht.«

Tom wich ihrem fordernden Blick aus. »Paul hatte für die Rückmeldung auf unsere Botschaft einen toten Briefkasten vorgeschlagen. Mitten in Jerusalem, in der Basilika des Heiligen Grabes. Teile davon befanden sich damals noch im Bau. Dort hätte man die Information, wie wir den speziellen Quarz herstellen können, den wir für die Reparatur so dringend benötigen, ohne Probleme in einer Metallplombe deponieren können.«

»Was bedeutet ›können‹ oder ›hätten‹?« Hannahs Stimme bebte vor Aufregung. »Sag nur, ihr habt schon nachschauen lassen? Ich meine, selbst ich weiß, dass Zeit relativ ist, und wenn ihr den Hinweis gestern transferiert habt, müsste schon heute etwas in dem Depot zu finden sein. Vorausgesetzt, eure Botschaft wurde von den Richtigen entdeckt.«

»Die NSA hat in einer Nacht-und-Nebel-Aktion jeden Stein an besagter Stelle umdrehen lassen …« Er zögerte einen Moment und senkte den Blick, bevor er den Satz zu Ende brachte. »Leider negativ.«

Hannah packte Tom am Kragen seiner Jacke und zog ihn zu sich hin, so nahe, dass sich beinahe ihre Nasenspitzen berührten.

»Heißt das im Klartext, ich werde Gero niemals wiedersehen?«

»Hannah …« Tom fasste sie bei den Handgelenken und versuchte vergeblich ihre Finger von seinem Overall zu lösen. »Ich kann nichts tun. Die Sache ist gründlich schiefgegangen, keine Frage. Und nun müssen wir sehen, wie wir das wieder geradebiegen.«

»Wird er zu mir zurückkommen?« Nun schrie sie ihn an, während ihr das Herz bis zum Hals schlug. »Wird Gero zu mir zurückkehren?«

»Keine Ahnung«, flüsterte er.

Abrupt ließ sie ihn los. »Ich bin schwanger, Tom! Von Gero! Was soll ich meinem Kind erzählen, wenn es seinen Vater niemals zu sehen bekommt? Soll ich etwa sagen: Er ist verschollen – in der Vergangenheit?« Ihre Stimme überschlug sich vor Zorn.

Tom richtete sich auf und blickte sie aus schmalen Lidern an. »Du wusstest von Beginn an, auf was du dich einlässt. Du wusstest, dass unsere Auftraggeber deinen Templern niemals die Chance geben würden, ein normales Leben zu führen. Du wusstest, dass Gero kein Mann sein würde, der abends um fünf von der Arbeit nach Hause kommt, damit du das begeisterte Hausmütterchen geben kannst. Karen hat dir aus genetischen Gesichtspunkten dringend davon abgeraten, mit ihm ein Kind zu zeugen. Und ich habe dich von Beginn an davor gewarnt. Er kommt aus einer anderen Zeit, das wäre sowieso niemals gutgegangen. Außerdem wusstest du, dass man seit Wochen beabsichtigt, ihn in einen weiteren Einsatz zu schicken.«

Hannah schwankte in dem Gefühl, nicht nur ihre Sprache zu verlieren, sondern auch ihren Verstand.

Tom schien zu spüren, dass er zu weit gegangen war, als Hannah lautlos zu weinen begann.

»Mein Gott, Hannah«, sagte er leise, wagte es aber nicht, sie zu berühren. »Es tut mir leid. Ich hätte das nicht sagen dürfen.«

»Es tut dir leid?«, flüsterte Hannah fassungslos und sah zu Boden. In das Gesicht des Mannes zu blicken, der mit gespielter Anteilnahme auf sie herabschaute, hätte bedeutet, dass sie sich augenblicklich vergessen würde: ihm die Augen auskratzen, ihm an den Hals springen und ihn erwürgen würde. So hob sie lediglich ihr Knie und rammte es ihm in die Weichteile.

Tom blieb kaum Zeit zu einem erstickten Schrei, bevor er zusammenklappte wie ein Schweizer Taschenmesser und zu Boden ging. Die braunen Locken verdeckten sein Gesicht, und Hannah konnte nicht sehen, ob er nur die Augen geschlossen hielt oder tatsächlich bewusstlos war.

Sofort liefen einige der Soldaten herbei, die zuvor mit den Kisten beschäftigt gewesen waren. Sie zogen Hannah von dem am Boden liegenden Tom weg. Dann kamen jene Sanitäter, die sich am Tage zuvor vergeblich um Mike Tapleton gekümmert hatten, und scharten sich in nahezu rührender Anteilnahme um Dr. Tom Stevendahl, der allem Anschein nach tatsächlich das Bewusstsein verloren hatte.

»Was haben Sie sich dabei gedacht?« Die gefährlich leise Stimme des Generals riss Hannah wenige Minuten später aus ihren Gedanken.

Anstandslos hatte sie sich von zwei schwer bewaffneten Soldaten in Lafours persönlichen Überwachungs-Van führen lassen, um ihm wegen ihrer brutalen Attacke gegen den Chef-Physiker von C.A.P. U.T. Rede und Antwort zu stehen.

»Ihren Exverlobten trifft keine Schuld«, verteidigte er Tom. »Er hat mir selbst erklärt, warum ein Rücktransport aus der Vergangenheit zurzeit nicht möglich ist.«

»Meine Auseinandersetzung mit Tom hat andere Gründe, die Sie nichts angehen«, erwiderte sie betont gleichmütig. »Was den Rest betrifft, so war mir von Beginn an klar, dass ganz allein Sie die Verantwortung für den vorhandenen Schaden tragen.«

Ihr undurchsichtiger Blick glitt an ihm vorbei und ging weiter durch das abgedunkelte Fenster des Vans, irgendwohin, nach draußen in die Wüste, zu den steinigen Hügeln, die Zeitzeugen einer mehr als achthundert Jahre währenden Vergangenheit waren. Wenn es doch nur eine Spur geben würde, die ihr verraten konnte, ob Gero den Trip heil überstanden hatte! Die Angst um ihn drehte ihr den Magen um und nahm ihr jegliche Kraft. Obwohl sie erst im zweiten Monat schwanger war, glaubte sie, das winzige Wesen bereits in ihrem Innern zu spüren. Tom hatte recht, sie hätte nicht schwanger werden dürfen, aber die Sehnsucht nach einem normalen Familienleben war einfach zu groß gewesen. Haltsuchend stand sie im Mittelgang des geräumigen Transporters und klammerte sich an einen Aufbau für Videoequipment, um nicht das Gleichgewicht zu verlieren.

»Sie konnten es nicht lassen«, zischte sie anklagend. »Sie mussten Tanner und Tapleton bewaffnen, obwohl der Befehl des Pentagons gegenteilig lautete und Hertzberg dringend davon abgeraten hatte, explosives Material mitzunehmen.«

»Ich kann Sie nur warnen, junge Lady«, erwiderte der General und stand auf. Er packte ihr Handgelenk und zog sie von ihrem Drehsessel, auf dem sie zuvor seinen Anweisungen gemäß Platz genommen hatte, respektlos auf die Füße. »Niemand kann beweisen, dass ich entsprechende Befehle erteilt habe, und ich werde nicht zulassen, dass Sie mir solche Absichten unterstellen.«

Hannah entzog sich ihm mit einiger Kraftanstrengung. »Leider können die Betroffenen nichts mehr dazu sagen«, erklärte sie mit einer gehörigen Portion Ironie in der Stimme. »Tapleton ist tot und Tanner auf immer verschwunden. Wie ich Sie einschätze, werden Sie alles unternehmen, damit eine Aufklärung des Unfalls unterbleibt. Wahrscheinlich wollen Sie gar nicht, dass die Männer gerettet werden.«

»Ob wir die Mission abbrechen, liegt alleine in der Verantwortung des Pentagon und des Präsidenten«, rechtfertigte sich Lafour. »Die Vermutung, wir hätten kein Interesse an der Rückkehr dieser Männer, ist absurd. Schließlich sollten sie eine wichtige Mission erfüllen. Nach allem, was die Dateien des Servers hergegeben haben, steht der Dritte Weltkrieg bevor. China und Indien werden uns in wenigen Jahren überrollen wie die neun Plagen des Alten Testaments, und niemand weiß, was genau wir dagegen unternehmen können, weil uns wichtige Fakten fehlen.«

Lafour versuchte überzeugend zu wirken, indem er zum Fenster ging und die Arme vor seiner breiten Brust verschränkte, während er hinausstarrte. Die meisten Zelte waren bereits im Abbau begriffen. Der Platz mitten in der Wüste, auf dem am Tag zuvor noch ein geheimes wissenschaftliches Lage-Zentrum existierte, sah so jungfräulich aus wie eine Woche zuvor. Fettschwanzschafe nagten an ausgetrockneten Sträuchern, und der Wind fegte über die kahle Landschaft. Der Himmel hatte sich zugezogen. Allein ein paar Fahrzeuge der amerikanischen Botschaft mit Diplomatenkennzeichen deuteten auf ein amerikanisches Kommandounternehmen hin.

»Fakt ist«, erwiderte Hannah, »dass die Welt endlich all ihre sinnlosen Kriege beenden sollte. Eine solche Gewissheit benötigt keine Frauen aus der Zukunft. Daran sollte Ihre Nation arbeiten, anstatt weiterhin weltweit Frauen und Kinder zu unschuldigen Witwen und Waisen zu machen.«

Hannah näherte sich Lafour, bis sie seinen Atem auf ihrem Gesicht spüren konnte. Er roch nach Whisky und Zigarren.

»Als wenn es so einfach wäre«, sagte er mit einem ironischen Grinsen. »Um Frieden in die Welt zu bringen, braucht es ein Opfer. Das hat schon Jesus Christus gewusst.«

»Mit dem Unterschied, dass Christus sich selbst geopfert hat und nicht andere«, entgegnete ihm Hannah verbittert.

Lafour wich ihr irritiert aus. Umso besser, du Schwein, dachte sie. Das zeigt, dass du ein Gewissen hast, selbst wenn es verkümmert ist.

»Sie haben mir *meinen* Mann genommen«, flüsterte sie und unterdrückte ihre Tränen. »Und meinem Kind seinen Vater. Sie haben unser aller Leben zerstört, und das nicht erst seit gestern.«

Sie würde nicht weinen. Nicht jetzt und nicht hier, obwohl Angst und Trauer sie zu überwältigen drohten. Die Frage, wie sie das alles Matthäus und Freya und Amelie beibringen sollte, wollte sie sich gar nicht erst stellen.

»Und was soll ich Ihrer Meinung nach tun?« Lafour zuckte mit den Schultern. Sein Gesicht war plötzlich bleich. »Ich weiß wirklich nicht, was Sie von mir erwarten.« Mit hochgezogenen Brauen wandte er sich ab, ging ein paar Schritte durch den Van, vorbei an Überwachungsbildschirmen und roten Telefonen. Wahrscheinlich um Abstand zu gewinnen, vielleicht aber auch, um sich eine weitere Zigarre anzuzünden. Nein, er rief eine Soldatin, die Hannah hinausbegleiten sollte. Einen Moment unbeobachtet, traf Hannah eine Entscheidung und griff blitzschnell nach einer Pistole, die unter einer Konsole gelegen hatte. Einen Moment lang dachte sie darüber nach, den General in ihre Gewalt zu bringen, um den von ihr gewünschten Fortgang der Ereignisse zu erzwingen. Aber das wäre angesichts all der Sicherheitskräfte töricht gewesen. Hastig versteckte sie daher die Waffe in ihrem Rucksack. Keine Sekunde zu früh.

»Sie können gehen«, sagte Lafour und wandte den Kopf. »Sergeant Blake wird Sie zu Ihrem Transporter begleiten.«

Hannah nickte und gab sich alle Mühe, nicht ertappt zu wirken. Hastig drängte sie sich an ihm vorbei zum Ausgang, wo die blonde Soldatin auf sie wartete. Dabei presste sie ihren Lederrucksack eng an ihren Körper. Ohne ein Wort geleitete die Soldatin Hannah zu einem abgedunkelten Kleinbus, der sie und die anderen Zivilisten nach Tel Aviv zur amerikanischen Botschaft bringen würde.

»Und? Was hat er gesagt?« Freya stand in Jeans und gelbem T-Shirt an einem der Kleinbusse.

Anselm war mit Matthäus bereits gestern Abend zur Botschaft zurückgekehrt, nachdem festgestanden hatte, dass Gero und seine Kameraden nicht wie geplant zurückkehren würden. Der Junge hatte verrückt gespielt und hemmungslos zu weinen begonnen, als der Server das nötige Signal verweigert hatte. Hannah wollte ihm nicht zumuten, die Anspannung und den Zweifel der Anwesenden vor Ort ertragen zu müssen, ob es doch noch gelingen konnte, einen erfolgreichen Transfer hinzubekommen.

Freya bändigte mit Mühe ihre hüftlange, rote Mähne, die der Wind in alle Richtungen fegte. Ihr von Sommersprossen übersätes Gesicht glühte vor Aufregung. Fast versteckt hinter ihr tauchte Amelie auf, die ihre blonden Haare wie immer zu einem Zopf geflochten hatte. Sie trug immer noch das Kleid, das sie am Tag ihres Zusammenbruchs angehabt hatte.

»Werden sie dich bestrafen, weil du Tom angegriffen hast?«, wisperte sie ängstlich.

Hannah war bemüht, ein ironisches Lächeln zu unterdrücken.

»Wenn hier jemand bestraft werden müsste, dann bestimmt nicht ich«, erwiderte sie tonlos. »Aber leider gibt es keine gerechte Strafe für das Verschwindenlassen von Menschen, jedenfalls nicht, wenn es auf diese Weise geschieht.«

»Soll das etwa heißen …« Amelie wirkte mit einem Mal noch bleicher. »… ich werde Struan nie wiedersehen?«

Freya blickte sie erschrocken an. »Kann er nichts tun, um sie zurückzuholen?«

»Es gibt noch Hoffnung …«, beeilte sich Hannah zu sagen. »Aber …« Sie stockte und nahm die zierliche Französin mütterlich in den Arm. »Ich werde dafür sorgen, dass du Struan wiedersiehst. Ich verspreche es dir.«

»Sag uns die Wahrheit«, forderte Freya sie auf. »Denkst du ernsthaft, wir wissen nicht, was hier gespielt wird?«

Vorsichtig legte Hannah die Fakten dar, immer darauf bedacht, dass sie keine ungebetenen Zuhörer hatten.

Amelies Augen füllten sich mit Tränen. »Sag mir, dass das nicht wahr ist«, flüsterte sie, als Hannah geendet hatte. »Die Heilige Muttergottes ist meine Zeugin, ich kann ihn nicht noch einmal verlieren. Dann will ich endgültig nicht mehr leben.« Sie hatte Struan schon zweimal tot geglaubt. Dass sie dies kein drittes Mal verkraften konnte, glaubte Hannah ihr aufs Wort. Dicke Tropfen kullerten über Amelies perfekt gerundete Wangen. Verzweifelt versuchte sie des Ansturms ihrer Trauer Herr zu werden, indem sie die Tränen wegblinzelte. »Tom hat's doch versprochen«, stammelte sie in gebrochenem Deutsch, als ob sie noch immer nicht begreifen konnte, dass er keine Macht hatte, an dieser Misere etwas zu ändern. »Er hat gesagt, dass wir uns keine Sorgen zu machen brauchten. Struan hat sich darauf verlassen, sonst wäre er nicht mit den anderen in diese Hölle gezogen. Er würde mich nicht noch einmal im Stich lassen.« Schluchzend vergrub sie ihr Gesicht in den Händen.

Hannah wusste von Gero, dass die Männer nicht so viel Vertrauen in Toms Fähigkeiten gesetzt hatten, wie Amelie vermutete. Aber sie hatten andere Gründe gehabt, diesen Schritt zu gehen. Geheime Gründe, die jegliches Risiko rechtfertigten.

»Was ist mit dem Professor und Tanner?« Freya konnte sich allem Anschein nach nicht vorstellen, dass man den einflussreichen alten Gelehrten und den smarten Soldaten aus Lafours Armee so einfach verloren gab.

»Du hast es doch bei Tapleton gesehen«, erklärte Hannah. »Sie haben seine sterblichen Überreste noch am selben Tag in die USA ausgeflogen, um sie zu untersuchen. Wahrscheinlich hat man seiner Mutter erzählt, er habe einen Autounfall gehabt und sei vollkommen verbrannt.«

»Kann man denn wirklich nichts tun?«, bemerkte Amelie mit Verzweiflung in der Stimme.

»Doch, man kann etwas hin transferieren. Wenige Stunden nach dem Unfall haben sie eine Botschaft in die Vergangenheit geschickt, aber es gab keine Antwort.« Hannah fasste kurz zusammen, was Tom ihr über Pauls Idee und das unbefriedigende Ergebnis erzählt hatte. »Der Präsident hat nunmehr alle weiteren Experimente mit sofortiger Wirkung einstellen lassen.«

»Aber wenn du sagst, dass man etwas hintransferieren kann …?« Freya sah sie hoffnungsvoll an. »Ich kann mir zusammenreimen, was du meinst …« Ihre Miene war verschwörerisch.

»Darüber habe ich auch schon nachgedacht. Wir sollten uns beraten, bevor es zu spät ist«, erklärte Hannah.

Am Abend würden sie zusammen mit dem Delegationsstab, zu dem auch Tom, Paul und Karen gehörten, in der Botschaft von Tel Aviv übernachten. Gleich an nächsten Morgen würden sie zusammen mit Tom und seinem Laborteam mit einer amerikanischen Militärmaschine von Hatserim nach Spangdahlem zurückfliegen.

All dies trieb Hannah zur Eile. Sie öffnete ihren Rucksack und ließ Freya einen Blick hineinwerfen. Augenblicklich verlor die ansonsten unerschütterliche Begine ihre Fassung. »Wo hast du die denn her?«, fragte sie atemlos, als sie die Beretta zwischen Bürste, Papiertaschentüchern und Ausweispapieren entdeckte. Ihre Augen weiteten sich ängstlich. Johan hatte ihr erklärt, dass die modernen Waffen eine weitaus gnadenlosere Bedrohung darstellten als jedes Schwert und jede Lanze.

»Während du in unserer Zeit noch eine Chance hast zu überleben«, hatte er einmal zu ihr gesagt, »weil Gott der Herr dich mit Können und einem kostbaren Schwert gesegnet hat, so kann dich in dieser Zeit jedes Kind mit einem einzigen Schuss selbst aus großer Entfernung töten.«

Amelie stellte sich auf Zehenspitzen, um in die Tasche zu blicken, doch Hannah entzog ihr jäh die Sicht, indem sie den Rucksack mit einer Klappe verschloss und ihn schulterte, als wäre nichts Besonderes darin.

»Was hast du vor?«, wisperte Amelie. Ihre großen blauen Augen spiegelten Freyas Entsetzen wider. »Willst du den General töten? Oder Tom?«

»Nicht, wenn es nicht sein muss«, entgegnete Hannah. »Aber ich benötige euer Vertrauen, eure Verschwiegenheit und eure Mithilfe, wenn mein Plan zum Erfolg führen soll.«

Hannah hatte sich informiert, welcher Teil der amerikanischen Botschaft Karen und Paul zugewiesen worden war. Er lag nur einen Sprung von ihren eigenen Unterkünften entfernt. Tom, der normalerweise auch dort untergebracht war, gastierte zurzeit mehr unfreiwillig auf der hauseigenen Krankenstation. Zwei Flure weiter hatte man vorübergehend ein provisorisches Labor eingerichtet, in dem der Timeserver bis zu seinem Abtransport am nächsten Tag unter sicherem Verschluss aufbewahrt wurde. Tom, Paul und Karen besaßen eine Chip-Karte, mit der sie die streng gesicherten Räume jederzeit betreten konnten.

Gegen Mitternacht machte sich Hannah mit Freya, Amelie und dem Jungen auf den Weg zu Karen Baxter. Unter dem Vorwand, sich von Dr. Karen Baxter wegen ihrer Schwangerschaft untersuchen lassen zu wollen, hatte sie Private Jim Roalence, einem jungen Sicherheitsmitarbeiter der Botschaft, den Zugang zu deren Unterkunft abgerungen. Für ihn schien einzig wichtig, dass die Frauen und der Junge zum Team von C.A.P. U.T. gehörten.

Karen war für Hannah im wahrsten Sinne des Wortes eine Schlüsselperson. Nur sie würde ihr helfen können, ihren waghalsigen Plan zu realisieren.

Roalence schien zu wissen, wo sich Karen im Moment aufhielt, jedenfalls brachte er Hannah und ihre Begleitung direkt zum Labor.

Freya, Amelie und der Junge blieben vor der letzten Schleuse stehen, weil Roalence darum gebeten hatte, einzeln einzutreten. Danach entfernte er sich kommentarlos.

Karen blickte überrascht auf und lächelte freundlich. Sie hatte einen Haufen Papier vor sich liegen, offenbar Protokolle, die den gestrigen Unfall beschrieben. Hannah konnte das Mitleid in ihren graugrünen Augen erkennen, als sie von ihrem Schreibtisch zu ihr aufschaute.

»So setz dich doch«, sagte sie und bot ihr eine Tasse schwarzen Tee an, der in einer weißen Thermoskanne bereitstand.

»Ich benötige deine Hilfe.« Hannah nahm Platz und hielt ihren halb geöffneten Rucksack auf dem Schoß. Karen, die über ihrem dunkelblauen Kostüm wie üblich einen weißen Laborkittel trug, wirkte noch bleicher als in den Tagen zuvor. Normalerweise konnte man ihr die sechsundvierzig Jahre nicht ansehen, aber die dunklen Schatten unter ihren Augen verrieten, dass auch an ihr die Geschehnisse der vergangenen achtundvierzig Stunden nicht spurlos vorübergegangen waren.

»Ich habe schon von Tom gehört, dass du schwanger bist. Hast du dir überlegt, einen Abbruch vornehmen zu lassen?« Ihr Blick schwankte zwischen Mitgefühl und Unsicherheit.

Hannah hatte nicht vermutet, dass Karen ihr vor Freude um den Hals fallen würde, aber dass sie die Taktlosigkeit besaß, von Abtreibung zu sprechen, ließ erneut Zorn in ihr aufsteigen und gab ihr gleichzeitig die Gewissheit, dass sie das Richtige tat.

»Nein«, sagte sie kühl. »An Abtreibung habe ich bestimmt nicht gedacht.« Plötzlich hatte sie die Beretta in der Hand, deren Diebstahl in Lafours Van überraschenderweise noch niemandem aufgefallen zu sein schien.

Karen öffnete den Mund, um zu schreien, doch Hannah entsicherte die Pistole so gekonnt, dass sie sofort verstummte.

Tanner hatte Gero vor Monaten die Funktionsweise dieser Pistole erklärt, und Hannah hatte zufällig danebengesessen.

»Sag nur, du willst uns aus Rache alle erschießen?«, flüsterte Karen und sah sie eindringlich an. »Ich meine, es ist nicht meine Schuld, dass …«

»Ich bin nicht hier, um mich für das Verhalten des Pentagon an dir oder Paul zu rächen. Ich will, dass ihr beide mir einen Gefallen tut.«

Karen sah sie aus schmalen Lidern an. »Was hast du vor?«

»Es scheint ziemlich aussichtslos zu sein, dass Gero und seine Kameraden jemals zu uns zurückkehren. Deshalb haben die Frauen und ich einen Entschluss gefasst. Wir wollen, dass Paul und du uns dorthin bringen, wo unsere Männer gestrandet sind. Das ist schon alles.«

»Hast du den Verstand verloren?« Karen sah sie entgeistert an. »Wenn Paul und Tom es nicht schaffen, Alternativen zu finden, die den Rückholmechanismus des Servers wieder in Gang setzen, werdet ihr keine Chance haben, jemals zurückzukehren. Ist euch das klar?«

»Und wenn wir es nicht wagen, unseren Männern zu folgen«, erwiderte Hannah entschlossen, »bleibt uns noch nicht einmal das.«

»Und was wird aus dem Kind? Es könnte Schaden nehmen, und was wird sein, wenn du es unter achthundert Jahre zurückliegenden Bedingungen zur Welt bringen musst? Ihr könntet beide sterben.«

»Das ist es mir wert. Denn ohne den Mann, den ich liebe, bin ich schon so gut wie tot.«

»Warum könnt ihr nicht noch ein paar Tage verstreichen lassen. Vielleicht findet Tom schneller eine Lösung des Problems, als ihr denkt?« Karen versuchte, Zeit zu schinden.

»Weil wir ab morgen keine Chance mehr haben werden, an den Server heranzukommen, und wenn Tom erst wieder auf den Beinen ist, wird er mich wohl kaum in dieser Absicht unterstützen.« Hannah hielt die Pistole auf Karen gerichtet und verdrängte die Vorstellung, was geschehen würde, wenn das Ding plötzlich von alleine losging.

»Jesus!« Karen stand auf und ging langsam auf sie zu. »Du weißt nicht, was du da von uns verlangst. Ihr seid nicht vorbereitet, und wir wissen nicht, ob es funktioniert, ob der Server eure DNA akzeptiert oder ob ihr in jener Zeit ankommt, die ihr gewählt habt.« Karen machte einen weiteren Schritt auf sie zu.

Hannah reagierte sofort, indem sie die Pistole hochriss und auf Karens Kopf zielte. »Bleib stehen, oder ich schieße. Bei Gott, ich mache keine Scherze! Entweder du tust, was ich sage – oder es geschieht ein weiteres Unglück!«

Karen blieb stehen. Hannah konnte erkennen, dass die sonst so hartgesottene Ärztin es offenbar nun doch mit der Angst zu tun bekam.

»Ich bin schwanger«, stieß Hannah mit zusammengebissenen Zähnen hervor, »und in diesem Zustand ist man bekanntlich zu allem fähig. Ich will, dass mein Kind seinen Vater kennenlernt. Und wenn er nicht zu mir kommen kann, will ich zu ihm. So einfach ist das.«

Karen strich sich nervös die kurzen, blonden Locken aus dem Gesicht und befeuchtete ihre Lippen, bevor sie antwortete. »Also gut. Dein Entschluss steht fest. Und was ist mit den anderen?«

»Natürlich wollen die anderen mitkommen.«

»Sicher?« Karens Blick offenbarte ihren Zweifel. »Ins zwölfte Jahrhundert?«

»Was wäre, wenn Paul dort unten wäre?«, fragte Hannah. »Achthundert Stufen hinab in einem unendlich weit entfernten Abgrund, und du wüsstest, er kommt nie mehr zurück?«

»Es ist kein Abgrund«, belehrte Karen sie. »1153 ist hier, direkt dort, wo wir stehen, aber wir können es nicht sehen, weil es in einer benachbarten Zeitdimension stattfindet.«

»Ebene oder Abgrund«, erwiderte Hannah gereizt. »Was spielt das jetzt für eine Rolle? Gero, Struan und Johan sind nicht bei uns, und wenn wir mit ihnen reden, leben oder lachen wollen, bleibt uns nichts anderes übrig, als ihnen zu folgen.« Wieder hob sie die Waffe. Sie wollte die Sache erledigt wissen, und zwar bevor Lafour hier aufkreuzte und sie festnehmen ließ, weil sie seine Waffe gestohlen hatte und die Verantwortung für eine Geiselnahme in der amerikanischen Botschaft in Tel Aviv trug.

»Und wo sind die anderen?« Karen spähte durch eine Glaswand in einen benachbarten Flur, der aus Sicherheitsgründen durch eine Lichtschranke versperrt wurde.

»Sie stehen abmarschbereit vor der Tür«, erklärte Hannah nüchtern.

Karen zögerte einen Moment.

»Denk an Paul«, half Hannah ihr nochmals auf die Sprünge. »Glaubst du ernsthaft, du könntest dich so leicht damit abfinden, ihn nie wiederzusehen? Zumal wenn du ein Kind von ihm erwartest?«

Karen seufzte entnervt und zückte ihre Chipkarte, die ihr Zugang zu allen gesicherten Privaträumlichkeiten gewährte und gleichzeitig die Lichtschranke zum Tresorraum aufheben konnte. »Okay, dann lass uns nach nebenan gehen.«

Sie öffnete die Schleuse, und Hannah staunte nicht schlecht, als sich außer Freya, Amelie und Matthäus plötzlich auch Anselm unter den Wartenden eingefunden hatte.

»Matthäus hat sich vollständig angezogen aus unserem Zimmer geschlichen«, erklärte ihr Anselm, »und als ich fragte, wo er hinwolle, und er mir sagte, er müsste dringend zu dir, wusste ich, dass du irgendetwas Verrücktes vorhast.« Sein Blick auf die Pistole verriet, wie verrückt ihr Vorhaben tatsächlich sein musste. Er sah genauso verschlafen aus wie der Junge, war aber in Lederhose, Boots und knielangem Schnürhemd abmarschbereiter als jeder andere hier im Raum. Den Bart frisch gestutzt, hatte er seine schulterlangen braunen Haare im Nacken zu einem Zopf gebunden.

Der Blick seiner sonst so warmen, braunen Augen wurde noch härter, als Hannah die Waffe auf ihn richtete. »Niemand wird uns davon abbringen können, auch du nicht, verstanden?«

»Ich hoffe, du weißt, was du hier tust«, sagte er ernst. »Die Amis spaßen mit solchen Geschichten nicht. In Alabama wird man für Geiselnahme gehängt.«

»Na und?« Sie lachte unecht. »Schon vergessen? Dort, wo Gero sich aufhält, kannst du wegen eines gestohlenen Apfels gehängt werden.«

»Also liege ich richtig. Du und die anderen wollt ihm und seinen Männern folgen?« Sein Blick schweifte über ihre unzureichende Kleidung für dieses Vorhaben. »Habt ihr Geld?«

Hannah schüttelte den Kopf.

»Waffen?«

»Nur diese hier.« Demonstrativ hob sie die Beretta, wie ein Bankräuber, der die Kassierer beeindrucken will. »Und die können wir nicht mitnehmen. Du hast gesehen, was Mike damit angerichtet hat.«

»Tolle Geschichte – und was machst du, wenn du von einem Heer feindlicher Reiter angegriffen wirst?«

»Abhauen«, erwiderte sie ärgerlich.

»Du hast also nicht den geringsten Plan?« Anselm verzog den Mund zu einem halbherzigen Grinsen.

»Nein«, entgegnete Hannah. »Wir wollen Gero und die anderen finden, und dann werden wir sehen, was weiter passiert.«

Er schüttelte den Kopf, und sein Blick wanderte von Hannah zu Karen.

»Ihr wollt also …« Sein Blick traf Amelie. Sie war die Einzige der drei Frauen, die sich umgezogen hatte und nun mit einem bodenlangen, hellblauen Surcot und einer weißen Cotte ein halbwegs brauchbares Outfit trug. Dann wanderte sein Blick zu Matthäus, der sich – ähnlich wie Freya – begeistert der aktuellen Mode angepasst hatte. »Superman«, stand in rotgelben Lettern auf seinem knallblauen T-Shirt. »… in Jeans und T-Shirt mal eben ins zwölfte Jahrhundert reisen«, vollendete er den Satz.

»Als ob wir auch das nicht schon längst hinter uns hätten. Notfalls klauen wir uns ein paar Klamotten von irgendeinem Basar«, hielt Hannah ihm entgegen.

»Worauf Handabhacken steht, falls man erwischt wird«, erwiderte Anselm und spielte auf ihren beinahe tödlich verlaufenen Trip ins Jahr 1307 an. »Diesmal wird uns niemand zurückholen können.«

»Uns?« Hannahs Augen weiteten sich vor Erstaunen. »Heißt das, du willst uns begleiten?«

»Auf keinen Fall werde ich euch alleine ziehen lassen. Zumal wir nicht in Jerusalem herauskommen werden, wenn wir hier starten. Wir werden außerhalb des mittelalterlichen Jaffa landen. Danach werden wir durch eine feindliche Wüste nach Jerusalem reisen müssen. Niemand von uns kennt sich dort aus.«

Damit hatte er recht, wie Hannah zugeben musste. Selbst Freya und Amelie waren gut einhundertfünfzig Jahre später geboren und niemals im Outremer gewesen.

»Macht es dir nichts aus«, Freya warf Anselm einen fragenden Blick zu, »wenn wir niemals hierher zurückkehren können. Und du dein Leben dort fristen musst?«

»Wieso fristen?« Anselm grinste ironisch, dann schaute er Matthäus an, der den sprachlichen Schlagabtausch in Mittelhochdeutsch ebenso fasziniert verfolgte wie Karen. »Unser Auskommen wäre gesichert. Wir könnten eine McDonalds-Kette eröffnen und unsere Burger an Pilger verkaufen. Ich bin sicher, wir wären im Nu gemachte Leute.«

Matthäus nickte begeistert. Der Gedanke, selbst nach einem Zeitsprung nicht auf sein heißgeliebtes Fast Food verzichten zu müssen, schien ihm zu gefallen.

»Meinst du wirklich«, fuhr Anselm an Freya gerichtet fort, »ich könnte mir, nach allem, was wir zusammen durchgemacht haben, ein Leben ohne euch vorstellen?«

Unvermittelt waren Schritte zu hören. Plötzlich stand ein Soldat vor der Tür, und Hannah ließ blitzschnell die Waffe hinter ihrem Rücken verschwinden.

Es war einer von Lafours Männern.

»Alles in Ordnung hier unten?«, fragte er beiläufig, den Blick auf Dr. Baxter gerichtet.

Karen zögerte keinen Moment und nickte entspannt. »Ja, alles klar«, sagte sie, ohne mit der Wimper zu zucken. »Lediglich Blutdruckmessen und Herztöne abhören, spätestens in einer halben Stunde sind wir durch.«

Der Mann verschwand so schnell, wie er gekommen war.

»Mich hast du überzeugt«, murmelte Karen, als sie gemeinsam mit Hannah und ihrem Gefolge den Weg zu den Gästesuiten fortsetzte. »Aber an deiner Stelle würde ich die Pistole bereithalten, am besten auf mich gerichtet, wenn du willst, dass Paul bei eurer Nummer tatsächlich mitspielt. Er wird nicht gerade begeistert sein – und ohne ihn geht es nicht. Er hat neben Tom den zweiten Chip-Code, der nötig ist, um den defekten Server zu starten.«

»Houere Schäiss!« Paul stieß einen saftigen luxemburgischen Fluch aus, als er sah, dass Karen von Hannah mit einer Pistole bedroht wurde. »Sind jetzt alle wahnsinnig geworden, oder was ist hier los?« Er hatte sich schon bettfertig gemacht und stand halbnackt, lediglich mit einer Jogginghose bekleidet im Eingang zum Bad.

Karen trat an ihn heran und nahm ihn, von Hannah beobachtet, beiseite. Flüsternd erklärte sie ihm die Umstände. Zwischendurch schüttelte er immer wieder fassungslos den Kopf.

»Also gut«, sagte er schließlich. »Es ist eure Entscheidung.« Hastig zog er ein schwarzes Sweatshirt über seinen drahtigen Oberkörper. Seine helle, von Sommersprossen übersäte Haut hatte vor Aufregung eine Rosatönung angenommen. Unter den Augen von sechs angespannten Menschen schlüpfte er in seine Turnschuhe und nahm seinen weißen Laborkittel vom Haken, in dessen Taschen sich ein elektronischer Schlüssel zu einem weiteren Tresor befand, in dem er seine Chipkarte während der Nacht aufbewahrte. »Ich kann verstehen, was in euch vorgeht«, sagte er leise, als sie zurück auf den langen, beleuchteten Flur gingen. »Aber ich bin mir sicher, dass es keine gute Idee ist, euch in dem zu unterstützen, was ihr vorhabt.«

Ob man den Timeserver jemals reparieren konnte, war ungewiss, es sei denn, man gelangte in den Besitz einer brauchbaren Arbeitsanleitung.

»Ihr müsst mir etwas versprechen.« Paul hielt kurz inne, bevor er zusammen mit seinen Begleitern die nächste Schleuse durchquerte. »Wenn ihr tatsächlich auf die gesuchten Frauen trefft«, fuhr er mit gedämpfter Stimme fort, »sagt ihnen, sie sollen mir eine Arbeitsanweisung schicken, wie man den Server wieder in Gang bringen kann. Dann wäre es mir möglich, euch alle zurückzuholen. Gesetzt den Fall, ihr wollt es so.«

Hannah warf ihm einen fragenden Blick zu. »Wäre die Nachricht nicht längst dort, wenn ich dir jetzt einen Ort nenne und wir dort nachschauen würden?«

»Das ist die spannende Frage«, erwiderte Paul und lächelte schwach.

»Quantenphysikalisch gesehen, spielt Zeit keine Rolle«, erklärte Karen, während sie den mit Notlicht beleuchteten Flur entlangliefen. »Wir wissen noch nicht genug, um sicher sagen zu können, wie die einzelnen Phänomene sich verhalten. Vielleicht liegt morgen ein Zettel im Depot am Heiligen Grab, der gestern noch nicht dort gewesen ist. Vielleicht aber auch nicht.«

Von weitem tauchten zwei Wachmänner auf, die, mit MPs bewaffnet, den Gang entlangmarschierten. Auf Anweisung Lafours schoben sie eine Sonderschicht, um den Aufbewahrungsraum des Servers bis zum Abflug nach Deutschland zu bewachen. Kerzengerade standen sie vor der Tür und schauten verdutzt, als plötzlich Karen vor ihnen auftauchte und mit ihr eine Gruppe von unangemeldeten Besuchern.

Hannah verlor jeglichen Mut. Paul und Karen würden es angesichts der beiden bulligen Aufpasser niemals schaffen, sie in den Tresorraum zu schleusen. Vielleicht ließ Paul deshalb Karen den Vortritt, damit sie die beiden wie auch immer becircte.

»Guten Abend, meine Herren«, sagte sie lächelnd, und bevor auch nur einer der beiden etwas erwidern konnte, hatte sie zwei Injektionspistolen aus ihrer Laborkitteltasche gezogen und sie den Männern an die Halsschlagader gesetzt. Im Reflex ließen sie die MPs fallen und fassten sich an die Einstichstelle. Noch bevor sie zu einer weiteren Reaktion fähig waren, sackten sie zu Boden.

Paul öffnete scheinbar ungerührt die unbewachte Tür mit seinem Chip-Code und wandte sich an Anselm. »Hilf mir, die beiden in den Serverraum zu schaffen. Sie werden eine Weile schlafen und sich praktischerweise hinterher an nichts mehr erinnern, nicht wahr, Schatz?« Er schenkte Karen ein unsicheres Lächeln und machte sich dann mit Anselm daran, die beiden Soldaten aus dem Sichtfeld der Überwachungskameras zu räumen.

Hannah drängte ihre Freundinnen zur Eile. »Los, geht schon hinein. Wir müssen aus dem Flur raus, bevor noch jemand kommt.«

Karen schloss als Letzte die Tür und verriegelte sie elektronisch.

Paul hatte zuvor eine Verbindung ins Netzwerk des amerikanischen Botschaftsgebäudes hergestellt und sämtliche Kameras, die diesen Raum überwachten auf Standbild geschaltet, so dass niemand in der Überwachungszentrale sehen konnte, wie viele Menschen sich plötzlich darin aufhielten. Der Metallkoffer, den Paul mit Karens Hilfe aus einem Stahlschrank holte, sah harmlos aus. Der Server darin, schwarz und so groß wie eine Zigarrenkiste, machte keinen besonders spektakulären Eindruck. Auch war ihm nicht anzusehen, dass er beschädigt war. Das änderte sich auch nicht, als Karen einen gregorianischen Gesang von einem speziellen Band abspielte

Türkisfarbene Funken sprühten und sammelten sich zu einer nebligen Lichterwolke.

»Wie wäre es mit einer geheimen Stelle am Tempelberg?« Hannah zog fragend eine Braue hoch, während sie erleichtert beobachtete, wie der Server die grünblauen Lichtmoleküle zu einer Hand verdichtete. »Dort gibt es bestimmt einen Ort, wo wir eine Information hinterlegen könnten.«

»Es ist nicht leicht, ein sicheres Versteck zu finden, an dem sich die nächsten achthundert Jahre garantiert niemand vergreifen wird«, gab Anselm zu bedenken. »Gerade der Tempelberg ist nach der Rückeroberung Jerusalems durch Saladin 1187 Dutzende Male umgebaut worden. Außerdem ist es in der heutigen Zeit schwierig, dorthinzugelangen. Die Gegend gehört zum arabischen Teil der Stadt und wird ständig von Unruhen erschüttert. Ohne Taschenkontrolle kommt niemand an den palästinensischen Polizisten vorbei. Und auf dem Plateau werden Besucher ständig auf Waffen und Bomben kontrolliert.«

»Die Amerikaner verfügen über palästinensische Spitzel, die ihnen aushelfen können, aber ob sie solche Leute in die Sache mit reinziehen wollen, ist fraglich.« Karen sah ihn an, während Paul weitere Einstellungen vornahm.

»Aber es gibt da eine möglicherweise interessante Stelle«, fuhr Anselm fort, »dort, wo früher das deutsche Hospital von Sankt Maria gestanden hat. Es wurde lange vor der Eroberung durch die Christen erbaut und später zerstört. Soweit ich weiß, wurde es nicht mehr aufgebaut. Die Reste davon findet man südwestlich der Klagemauer, unterhalb einer steinernen Treppe, die hoch in die Stadt führt. Dort steht noch ein gotischer Torbogen von lilafarbenen Glyzinien umrankt. Am Fuße des Torbogens befindet sich ein gepflasterter Weg. Am rechten Pfeiler könnten wir eine Plombe unter den Steinen vergraben.«

Anselm war so sehr in den Vorstellungen von einem sicheren Nachrichtenweg versunken, dass er gar nicht bemerkte, wie Paul Hannah aufforderte, ihre Hand in den rotierenden Nebel zu legen. »Falls wir etwas zu vergraben haben«, fügte er hinzu. »schließlich kann zurzeit niemand mit Sicherheit sagen, ob die beiden gesuchten Frauen sich überhaupt noch in der Stadt befinden.«

»Wenn wir eine Nachricht erhalten, die uns in die Lage versetzt, die Reparatur durchzuführen, könnten wir euch innerhalb weniger Tage zurückholen. Ihr müsstet uns bloß Zeit und Ort nennen, von wo aus wir euch zurücktransferieren sollen.«

»Falls ihr es schafft, das Ding je wieder in Gang zu setzen.« Anselm sah Paul zweifelnd an.

»Wissenschaft lebt vom Experimentieren«, erwiderte Paul. »Nicht vom Lamentieren, pflegte mein Professor zu sagen.«

Er blickte mit ernster Miene auf, als der Server begann, Hannahs DNA zu checken, und offenbar keine Einwände bestanden. »Bist du sicher, dass du das wirklich willst?«

»Ja«, sagte sie mit gepresster Stimme. »Wir gehören zu unseren Männern. Selbst wenn sie sich in der Hölle befinden.«

Karen konnte man ansehen, dass sie Hannahs Entschlossenheit berührte. Sie schluckte, als Matthäus wie selbstverständlich neben Hannah trat und seine eigene Hand in den Nebel legte. Der Junge hatte anscheinend nicht den geringsten Zweifel, ihr wohin auch immer zu folgen.

25. Juli 1153 – dieses Datum hatte als Ankunftszeit für Geros Transfer gestanden.

Karen kramte rasch einen Beutel aus ihrer Laborkitteltasche hervor und reichte ihn an Hannah weiter, während der Server den Countdown begann. »Schmerztabletten, Penicillin und was gegen Durchfall«, erklärte sie beinahe entschuldigend. »Ich dachte, vielleicht kann es euch helfen, auch wenn ihr nicht weit damit kommen werdet, sollte es uns nicht gelingen, euch baldmöglichst zurückzuholen.«

Hannah nahm ihre bescheidene Gabe dankbar entgegen. »Wir haben das Know-How, und das ist das Wichtigste. Oder?«

Karen nickte mit gespielter Zuversicht.

»Danke«, sagte Hannah, ohne Karen in die Augen zu sehen. Sie wollte nicht über Risiken nachdenken und erst recht nicht über Vernunft und Unvernunft. Was hier ablief, war mit beidem nicht zu erklären.

Dann kamen Amelie und Freya an die Reihe. Auch sie ließen sich keinerlei Zweifel anmerken. Anselm atmete noch einmal tief durch, als er seine Hand in den Nebel tauchte und der Countdown zur DNA-Prüfung von einer Frauenstimme zum fünften Mal heruntergebetet wurde.

»Transfer gestattet«, sagte die Stimme, und für einen Moment sah es so aus, als ob Jubel ausbrechen würde, doch die Gesichter wurden gleich wieder ernst.

»Good luck«, sagte Paul, und das Einzige, was ihm blieb, war, sich mit Karen in eine Ecke des Tresorraums zurückzuziehen und darauf zu hoffen, dass alles glattlief.

Nachdem die anderen verschwunden waren, griff Karen zu Pauls Erstaunen zum Telefon. »Was hast du vor?«

»Den General anrufen.«

»Damit er uns suspendieren lässt?«

»Nicht doch.« Sie lächelte wissend. »Damit er uns weiterhin protegiert.«

Erst als Karen zu sprechen begann, verstand er zögernd, was hier vorging.

»General«, sagte Karen mit gedämpfter Stimme. »Ihre Einschätzung war richtig. Hannah Schreyber hat genauso reagiert, wie Sie es vorausgesehen haben. Sie war es, die ihre Pistole genommen hat, und sie war es auch, die mich damit zum Transfer der Truppe gezwungen hat. Wenn wir Glück haben, werden sie und die anderen Zeitreisenden einen Weg finden, uns die notwendigen Informationen zukommen zu lassen. Und wegen eines erzwungenen Transfers kann uns das Pentagon nicht belangen.«

Paul klappte die Kinnlade herab, nachdem sie aufgelegt hatte. »Er hat davon gewusst?«

»Meinst du wirklich, die NSA hätte nicht bemerkt, wenn in diesem Gebäude Geiseln genommen werden? Lafour hat mich gleich nach dem Verschwinden der Waffe angerufen, weil er so etwas vermutete, und es schien ihm nicht ungelegen, dass Hannah einen Transfer erzwingen wollte.«

»Und ich dachte, wir können einander vertrauen?«

»Mach dir nichts draus«, erwiderte Karen. »Wir haben beiden Seiten geholfen.«

Paul schüttelte ungläubig den Kopf. »Und was wird, wenn sie nicht wiederkehren und dort unten sterben?«

Kapitel 15

Heiliges Land

Juli 1153 – Jaffa

Das Erste, was Hannah nach dem Transfer spürte, war der frische Wind, der von der See her die Wogen des Meeres aufschäumen ließ und ihr die Gischt bis fast vor die Füße spritzte. Begleitet von einem ohrenbetäubenden Rauschen traf gleißendes Licht auf azurblaues Kristall und schmerzte in ihren Augen. Das Zusammenspiel der Elemente hatte etwas Paradiesisches, und der frische, würzige Duft, der ihre Lungen erfüllte, gab ihr die Gewissheit, dass sie den Transfer lebend überstanden hatte. Aber lebten die anderen auch?

»Haben wir es geschafft?« Matthäus rüttelte an ihrem Arm und sah sie beinahe auf Augenhöhe an. Ein dreizehnjähriger Teenager, in dessen Hirn es zugehen musste wie in einem Kettenkarussell, wenn man bedachte, dass er nun zum vierten Mal die Zeiten gewechselt hatte.

Hannah fiel ihm vor Dankbarkeit um den Hals, so heftig, dass sich der Junge erschrocken gegen sie stemmte und nach Atem rang. Unbeeindruckt davon, dass er sich zierte, küsste Hannah seine blonden Locken. Gleichzeitig schossen ihr Tränen in die Augen, weil er den Transfer heil überstanden hatte. Als sie aufblickte, stellte sie dankbar fest, dass niemand von ihnen zurückgeblieben war.

»Dort hinten ist eine Festung«, rief Freya erstaunt und deutete auf ein Felsenplateau gut fünfhundert Meter entfernt, mit einer stattlichen Burg, die von hohen Mauern umgeben war. Amelie war neben ihr auf die Knie gefallen, direkt in den heißen Sand und betete mit geschlossenen Augen und verklärter Miene zur Heiligen Jungfrau.

»Jaffa«, erklärte Anselm mit dem gleichen lakonischen Unterton in der Stimme, den Hannah das erste Mal gehört hatte, als sie gemeinsam im Jahr 1307 gelandet waren. »Das Gebäude sieht kaum anders aus als zu unserer Zeit.«

Er erkundete die Umgebung, indem er sich einmal um seine eigene Achse drehte. Die Hochhäuser von Tel Aviv waren definitiv verschwunden, und dort, wo einst die Botschaft stehen würde, weideten Schafe auf einer felsigen Ebene.

Jaffa verfügte bereits über einen ummauerten Hafen. Von weitem waren die weißen Segel der Kreuzfahrerschiffe zu sehen. Rund um die Hafeneinfassung brachen sich die hohen Wellen, und die Schiffe tanzten wie Nussschalen auf ihnen. Vor der Stadt herrschte Bewegung. Menschen in hellen Gewändern liefen über eine breite, steinige Straße, manche begleitet von Kamelen oder Eseln. Riesige Dattelpalmen spendeten Schatten, und das Meckern von Ziegen schien allgegenwärtig.

»Und wo sollen wir jetzt hin?«, fragte Hannah in einer unvermittelt aufwallenden Panik. »Wir haben gar kein Geld!«

Anselm grinste überlegen und hob seine Hand, in der er ein kleines Ledersäckchen hielt, in dem etwas klimperte. »Wenn ihr mich nicht hättet!«

»Wo hast du das her?« Hannah schaute ihn verblüfft an.

»Hertzberg hat mir einen Beutel Goldbyzantiner geschenkt, bevor er mit Gero und seinen Leuten abgereist ist.« Er grinste vielsagend. »Zehn Münzen. Sie entsprechen einem Gegenwert von ungefähr fünfzehntausend Euro. Kommt auf die momentane Inflationsrate an, wie weit wir damit kommen werden und ob man uns in den Wechselstuben nicht über den Tisch zieht. Aber für unser kleines Abenteuer, als Pilgergruppe getarnt nach Jerusalem reisen zu wollen, müsste es reichen.« Rasch erklärte er Amelie, die sich inzwischen erhoben hatte, auf Altfranzösisch, dass er ihre Beratung benötigte, weil er auf den Markt gehen wollte, um für die anderen Frauen passende Kleidung zu kaufen. Schließlich konnten sie unmöglich in Jeans und T-Shirt herumlaufen. Auch Matthäus würde sich umziehen müssen.

Anselm blickte auf das T-Shirt des Jungen. »Superman passt definitiv nicht in die Zeit, selbst wenn es hier von selbsternannten Helden nur so wimmelt.«

Hannah, Freya und Matthäus warteten geduldig im Schatten eines Granatapfelbaums und schauten den beiden hinterher, als sie den Weg zum Wasser nahmen, um nach Jaffa zu gelangen.

»Wir haben es tatsächlich geschafft«, murmelte Hannah und blickte ungläubig über die sandige Ebene. »Kannst du dir vorstellen«, fragte sie an Freya gerichtet, »wie sehr sich das alles einmal verändern wird?«

Freya ließ sich warmen Sand durch die Finger rieseln, während sie nachdenklich in die Ferne schaute.

»Nein«, erwiderte sie leise. »Ich kann noch nicht einmal fassen, dass Gott zulässt, dass so etwas möglich ist.«

Hannah strich ihre kastanienbraunen Locken aus dem Gesicht. »Stimmt. Wenn man nicht wüsste, dass es möglich ist, könnte man glatt verrückt werden.«

»Du hast uns gar nicht gesagt, dass du schwanger bist«, gab Freya unvermittelt zurück.

Hannah glaubte die Spur eines Vorwurfes herauszuhören. »Ich dachte, du hättest es gewusst?« Sie war davon ausgegangen, dass Freya es als Erste bemerken würde. Die rothaarige Begine war in ihrer Zeit für die Heilung von Frauenleiden zuständig gewesen. Bereits im Frühstadium einer Schwangerschaft sah sie den Frauen an den Augen ab, in welchem Zustand sie sich befanden. Auch was Abtreibungen betraf, kannte sie sich bestens aus. Aus ein paar Kräutern mischte sie die zuverlässigsten Verhütungsmittel – oder einen Trunk, nach dessen Genuss die Mutter den vorzeitigen Abbruch der Schwangerschaft überlebte, nicht aber das noch ungeborene Kind.

»Ich hab's mir gedacht«, gab sie zu. »Umso verwunderter war ich, dass Gero dieser Mission zugestimmt hat.«

»Er weiß es nicht.« Hannah versuchte ihre Schuldgefühle zu verdrängen. »Ich habe versucht es ihm auszureden, aber er meinte, es müsste sein. Er muss irgendetwas anderes im Sinn gehabt haben, das mit den beiden Frauen nichts zu tun hat.«

»Johan hat auch eine Andeutung gemacht«, ließ Freya sie mit einem geheimnisvollen Lächeln wissen. »Er sagte, es könnte uns vielleicht helfen, der Gefangenschaft der Amerikaner zu entfliehen.«

»Hat Johan dir erzählt, worum es dabei geht?«

»Nein«, antwortete Freya. Sie schaute Matthäus hinterher, der zum Meer gelaufen war und seine Füße in der Brandung badete. »Aber ich konnte spüren, dass es etwas sehr Wichtiges gewesen sein muss, das es wert war, ein solches Risiko einzugehen.«

Als sie aufblickte, stob der Wind ihr die Haare aus dem Gesicht. Hannah konnte ihr direkt in ihre schräg stehenden, olivgrünen Augen schauen. »Glaubst du, wir werden sie finden?«

»Vielleicht sollten wir beten.« Unwillkürlich griff Freya zu ihrem Malachitrosenkranz, der im Ausschnitt zwischen ihren üppigen Brüsten baumelte und den sie selbst zum Schlafen nicht ablegte.

Hannah hob den Kopf und schaute zum Meer. »Unsere Männer würden es in jedem Fall tun, wenn sie in einer vergleichbaren Situation wären.«

Nach mehr als zwei Stunden tauchte Anselm mit einem Haufen neuer, bunter Kleider auf, die er auf einem struppigen Esel transportierte, der Hannah alles andere als willig erschien.

»Das Taxi«, verkündete er trocken.

Das Tier war so störrisch, dass Anselm und Amelie beinahe die doppelte Zeit benötigt hatten, um zum Ausgangspunkt zurückzukehren. Allerdings wäre es ohne den Esel äußerst schwierig gewesen, all die Wasserkalebassen und Proviantsäcke, die Anselm erworben hatte, auf fünf Leute verteilt durch eine glühende Wüste zu schleppen.

»Gab es keine Pferde?«, nörgelte Matthäus, der mitbekommen hatte, wie viel Geld sie zur Verfügung hatten.

»Pferde waren zu teuer«, erwiderte Anselm mit missmutiger Miene.

»Und warum hast du dir kein Schwert gekauft?«

Matthäus setzte klare Prioritäten, so, wie er sie von Gero gewöhnt war.

»Weil ein anständiges Schwert noch mehr kostet als ein Pferd und wir mit unserem Geld haushalten müssen. Allerdings habe ich mir einen Dolch gekauft, falls dich das zufriedenstellt.«

Beiläufig stellte er ein größeres, schmuckloses Küchenmesser zur Schau, das längst nicht mit den gewaltigen Exemplaren zu vergleichen war, die ein Templer gewöhnlich am Gürtel trug. Dementsprechend mitleidig fiel Matthäus' Blick aus.

»Man hat mir geraten«, verkündete Anselm mit Überzeugung in der Stimme, »dass wir uns einer Karawane anschließen sollen, um sicher nach Jerusalem zu kommen.«

»Wer ist ‚man'?« Hannah schaute ihn zweifelnd an.

»Er hat mit den Leuten in der Festung fließend in der Langue d'Oil gesprochen«, erklärte Amelie begeistert. »Noch heute Mittag haben wir die Möglichkeit, mit einem Geleitzug von Händlern in die Heilige Stadt aufzubrechen.«

»Aber das Beste hat sie vergessen«, fügte Anselm sichtlich geschmeichelt hinzu. »Trotz des vermuteten Fehlers hat der Timeserver hervorragende Arbeit geleistet. Heute ist nach dem julianischen Kalender der 25. Juli. Der Tag, an dem auch Gero und die anderen hier angekommen sind. Nun müssen wir nur noch nach Jerusalem reisen, um pünktlich mit ihnen zusammenzutreffen.«

»Es ist merkwürdig, zu wissen, dass sie so nah sind, und doch nicht sicher sein zu können, ob und wo wir sie treffen werden«, bekannte Hannah nachdenklich.

»Mach dir keine Sorgen.« Anselm lächelte zuversichtlich. »Es wird schon irgendwie funktionieren. Jedenfalls ist der Anfang gemacht.«

Interessiert beobachtete er, wie Freya und Hannah ihre neue Kleidung inspizierten. Im Schutz des Granatapfelstrauches zogen sie sich rasch um. Hannah wählte in Absprache mit Freya eine rosafarbene Cotte, ein langärmeliges Kleid aus festgewebtem Seidendamast, das bis zu den Füßen reichte und um die Taille ein wenig zu groß erschien. Allerdings bot der glatte, mit gleichfarbigen Ornamenten verzierte Stoff in der Hitze des Tages einen ungeahnten Tragekomfort. Kühlend und wärmend zugleich umschmeichelte er Hannahs erhitzten Körper. Freya entschied sich für ein grünes Kleid, das gut zu ihrer Augenfarbe passte.

Anselm hatte zu den Kleidern noch goldfarbene, engmaschig gewebte Bindegürtel gekauft, die man wohl, wie er sagte, um diese Zeit auf Hüfte trug. Nun ja – schließlich war er studierter Spezialist für mittelalterliche Waffen und Kleidung. Selbst Freya wollte ihm nicht widersprechen, was modische Details betraf, weil sie erst 1286, also knapp einhundertdreißig Jahre später, das Licht der Welt erblickt hatte.

Wenigstens hatten sie ihre Lederstiefel nicht gegen irgendwelche orientalischen Pantoffeln eintauschen müssen, dachte Hannah und bändigte ihr langes Haar mit einem hellblau gefärbten Tuch, das auch gegen den allgegenwärtigen Staub schützen würde. Amelie hatte ihr Kleid anbehalten können und verhüllte nur ihre Haare mit einem hübschen, goldfarbenen Tuch. Freya band sich die roten, hüftlangen Locken zu einem Zopf und steckte ihn oben auf dem Kopf zu einer Schnecke zusammen, die sie unter einem grünen Seidenschal verbarg, den sie mit einigen geschickten Handgriffen in einen Turban verwandelte.

Matthäus gab sich mit einem beigefarbenen Kapuzenkaftan zufrieden, den er murrend gegen das T-Shirt tauschte.

»Wir sollten uns beeilen, damit wir unsere Männer nicht verpassen«, bemerkte Hannah, nachdem sie ihre alten Sachen zusammengerollt und auf dem Esel verschnürt hatte.

Anselm hatte ihnen angekündigt, dass die vier Männer, denen sie sich anschließen wollten, zwar ein bisschen merkwürdig aussahen, aber offenbar seriöse Händler waren, denen man durchaus vertrauen konnte. Wer das behauptet hatte, sagte er jedoch nicht.

Als Hannah die Gruppe von angeblichen Händlern erblickte, war klar, dass Anselm stark untertrieben hatte. Die verwegen wirkenden Kerle führten vier Kamele mit sich, deren bunte Aufmachung mit Troddeln und farbigem Zaumzeug genau dem entsprach, was Hertzberg für Karawanen in dieser Zeit beschrieben hatte. Hannah beäugte verhalten die vernarbten Gesichter und die struppigen Bärte ihrer Besitzer. Mit ungenierten Blicken taxierten sie Freya und Amelie. Dabei führten sie selbst zwei Frauen mit sich, die, auf den Kamelen sitzend, anmutige Gewänder aus bunt schillerndem Damast trugen, aber so sehr verschleiert waren, dass man nur die Augen erkannte.

Die Männer kamen bis auf einen, der auf einem Maultier saß, mit ausladenden Schritten zu Fuß daher. Gekleidet in beigefarbene, wadenlange Umhänge, geschnürte Hosen und kniehohe Lederstiefel, wirkten sie eher wie muslimische Krieger. Hannah waren sofort die Krummschwerter aufgefallen, die ihre neuen Begleiter hinter ihre engen, schwarzen Leibgürtel gesteckt hatten und die gewiss nicht zur Zierde dienten.

Irgendetwas stimmte mit den Typen nicht. Jedenfalls glaubte Hannah ein undefinierbares Glitzern in den dunklen Pupillen des Anführers gesehen zu haben, bevor er sich überraschend anmutig vor ihr verbeugte.

»Tarek von Aleppo«, stellte er sich vor.

Hannah registrierte, dass er bereits älter war und ihm ein paar Zähne fehlten. Sie verstand kein Wort, als er weitersprach, nur dass er in Altfranzösisch mit einem starken arabischen Akzent redete.

Anselm schien jedoch zu wissen, was der Araber von ihr wollte, und übersetzte ins Deutsche. »Er fragt nach deiner Herkunft und dem Grund, warum eine so schöne Frau, anstatt ihre Zeit in der Annehmlichkeit eines Harems zu verbringen, die Strapazen einer solch langen Reise auf sich nimmt.«

»Aber du hast nicht vor, ihm die Wahrheit zu sagen?« Hannah

lächelte ironisch. »Es würde ihn sicher schockieren, meine Meinung zu seinem Harem zu erfahren.«

Anselm überging ihre Antwort und räusperte sich verlegen, bevor er dem Mann erklärte, dass sie Christen waren, aus den deutschen Landen stammten und eine Pilgerfahrt nach Jerusalem unternahmen.

»Pilger?«, rief Tarek erstaunt. »Und dann kämpfst du nicht für die Franken?«

»Ich halte nichts vom Krieg«, antwortete Anselm mit einem diplomatischen Lächeln.

»Halb Jerusalem steht mit König Balduin III. vor Askalon«, erwiderte der Araber, » und wartet nur darauf, dass der Statthalter des Kalifen az-Zafir endlich die Festung herausrückt – normalerweise wäre es deine oberste Pilgerpflicht, deinen christlichen Brüdern zur Hilfe zu eilen.«

»Ich bin kein Ritter«, stellte Anselm klar. »Ich besitze kein Pferd und kein Schwert. Außerdem habe ich die Verantwortung für meine Schwestern zu tragen. Denkt Ihr, ich bin scharf darauf, mit bloßen Händen zu kämpfen?«

»Nein, sicher nicht.« Tarek grinste gefällig und blickte auf Anselms armseligen Esel herab, dann schüttelte er den Kopf und klopfte Anselm vertraulich auf die Schulter, bevor er sich wieder seinen Gefährten zuwandte.

»Frag mich nicht warum, aber Anselms neuer Kumpan ist mir unsympathisch«, sagte Hannah leise zu ihren beiden Freundinnen.

Freya schien die Sache ebenfalls nicht geheuer zu sein. »Warum rät er Anselm zum Kampf? Der Kerl ist unzweifelhaft selbst ein Sarazene«, flüsterte sie hinter vorgehaltener Hand. »Er spricht die Sprache der Sarazenen und trägt einen Turban. Und obwohl Krieg zwischen Franken und Sarazenen herrscht, bewegt er sich frei in der Gegend. Ich frage mich, wie in aller Welt hatte er es geschafft, mit einem solch teuflischen Grinsen das Vertrauen der Christen zu erlangen?«

»Keine Ahnung«, erwiderte Hannah. »Geh und sag Anselm, dass hier was nicht stimmt. Mir wird er nicht glauben.«

Anselm ließ sich auch durch Freyas Bedenken nicht überzeugen, selbst nachdem sie ihn beiseitegenommen und ihn leise beschworen hatte, dass es hundertmal besser sein würde, alleine nach Jerusalem zu reisen, als sich diesem Gesindel anzuvertrauen.

»Die Wüste wimmelt nicht nur von angriffslustigen Fatimiden«, verteidigte er seine Entscheidung gegenüber der Begine. »In Jaffa sind uns ganze Heerscharen von sturzbetrunkenen, christlichen Rittern über den Weg gelaufen, die sich auf dem Weg nach Gaza befanden. Die sind bestimmt keine Alternative, wenn es darum geht, sich einen Geleitschutz zu organisieren. Ich hatte Mühe, Amelie heil aus der Stadt zu bringen. Vor unseren Augen wurde ein Mann erstochen, am helllichten Tag mitten auf der Straße wegen eines Betrugs beim Würfeln, und niemand kam auf die Idee, den Mörder zu verhaften, weil alle Umstehenden meinten, er sei im Recht! Mag ja sein, dass dir das vollkommen normal vorkommt, aber ich habe weder eine Ahnung, wie wir uns gegen solche Typen verteidigen sollten, geschweige denn, welchen Weg wir nehmen müssen, um solche Komplikationen zu vermeiden. Dieser Tarek hat wohl bemerkt, dass wir Fremde sind, und sich spontan bereit erklärt, uns zu helfen. Er kennt sich hier aus und wir nicht.«

»Was ist, wenn er nur an dein Geld will und uns auf halber Strecke ausraubt?« Freya ließ nicht locker.

»Ich konnte mich selbst davon überzeugen, wie er neben der Spelunke, wo es den Toten gab, einen Handel abgeschlossen hat. Er verfügt über ein ziemliches Vermögen und machte mir nicht den Eindruck, als ob er auf unser Geld angewiesen ist.« Anselms Brauen zogen sich ungeduldig zusammen. »Außerdem hat er mir etwas von Treibsandfeldern zwischen Jerusalem und Akko erzählt, die man nur sicher umgeht, wenn man das Gelände kennt.«

Freya seufzte entnervt.

»Kommt schon«, sagte Anselm und setzte sich in Bewegung, um ihren selbsternannten Beschützern zu folgen.

»Also wenn du mich fragst«, begann Freya von neuem, »der Anführer lächelt zu oft. Normalerweise müsste er als Oberhaupt der Truppe respekteinflößender auftreten. Es sei denn, er hat es nicht nötig, weil er etwas im Schilde führt, von dem auch die anderen wissen.«

Als Freya noch einmal ansetzen wollte, schnitt Anselm ihr das Wort ab. »Wollt ihr eure Männer nun wiedersehen oder nicht? Es war eure Idee, hierherzukommen«, keifte er angriffslustig. »Also beschwert euch jetzt nicht, dass es hier keine Autobahnen und keinen Leihwagen gibt und wir uns einer Karawane anschließen müssen.«

»Also gut«, erwiderte Hannah und ließ es zu, dass Anselm den Esel antrieb, weil die Karawane sich bereits in Bewegung gesetzt hatte.

Matthäus hatte die Auseinandersetzung mit einiger Unruhe verfolgt, aber Hannah konnte sich denken, warum er nichts sagte. Geros ritterliche Erziehung, deren Einfluss der Junge nicht leugnen konnte, sah nicht vor, dass Frauen und Kinder einer männlichen Respektsperson widersprachen und sie sich deshalb ohne Ausnahme Anselms Willen unterzuordnen hatten.

Es war heiß und stickig, und nach Jerusalem waren es noch mindestens fünfzig Kilometer zu laufen. Daher blieb es fraglich, ob sie die Strecke an einem Tag schaffen würden. Ihre Stimmung war ziemlich düster, während sie schweigsam den Arabern hinterherstapften, die ein recht hohes Tempo vorlegten.

Bereits nach kurzer Zeit geriet Hannah ins Schwitzen, und sie begriff, auf was sie sich eingelassen hatten. Weit und breit waren nur Sand und Steine zu sehen – ab und an eine Palme oder ein verlassenes Dorf mit kleinen Lehmhäusern. Über allem flimmerte die Hitze.

Sie waren über zwei Stunden unterwegs, als sie die erste Rast einlegten. Anselm verteilte Wasser und Brot aus dem Proviantbeutel, und Hannah dachte an die Medikamente, die Karen ihr mit auf den Weg gegeben hatte. Vielleicht war auch etwas gegen Mineralverlust dabei. Dann dachte sie daran, was Gero sagen würde, wenn sie unvermittelt in Jerusalem auftauchten. Wahrscheinlich würde er sie zur Hölle jagen, erst recht, wenn er erfahren würde, dass sie schwanger war und keine Aussicht auf Rückkehr bestand. Nicht, dass er ihr gegenüber jemals grob geworden wäre, schließlich war er von Kopf bis Fuß ein Ehrenmann. Aber seine physische Präsenz, wenn er wütend wurde, war ziemlich beeindruckend.

Während sie noch nachdenklich auf ihrem Fladen kaute, bemerkte sie, wie Tarek mehrere Brieftauben aus einem kleinen Bastkäfig aufsteigen ließ, die er zuvor offenbar mit einer Nachricht versehen hatte. Im Nu hatten die Tiere an Höhe gewonnen und flogen der Sonne entgegen. Unwillkürlich musste Hannah schmunzeln. Ob er seiner Frau mitteilte, dass er sich zum Abendessen verspäten würde? Wie gerne hätte sie in den nächsten Tagen auch ein paar dieser Vögel in die Freiheit entlassen, um Gero zu warnen, damit sein Zorn nicht ganz so fürchterlich ausfiel, wenn er feststellte, dass sie und die anderen ihm gefolgt waren. Oder waren sie ihm sogar zuvorgekommen?

Verwirrt wandte sie sich Matthäus zu, der an ihrem Ärmel zupfte.

»Wie lange dauert es noch, bis wir angekommen sind?«, fragte der Junge.

Hannah legte die Stirn in Falten. »Wenn du Langeweile hast, gebe ich dir eine kleine Rechenaufgabe. Wir haben fünfzig Kilometer zu bewältigen und schaffen bei dem Tempo vielleicht fünf Kilometer in der Stunde. Na, wie lange wird es wohl dauern?«

Matthäus verzog beleidigt die Nase. »Etwa zehn Stunden. Mit einem Pferd hätten wir es in der halben Zeit geschafft.«

»Ja«, blaffte Anselm, der die Unterhaltung mitbekommen hatte. »Und mit einem Auto in einer halben Stunde.«

Hannah schaute den Jungen zärtlich an. Matthäus würde erst zufrieden sein, wenn Gero wieder in seiner Nähe war.

»Ich habe keine Ahnung, wo wir sind«, gestand Anselm, der nach der fünften Palme und dem dreißigsten Olivenhain, an dem sie vorbeigezogen waren, vollkommen die Orientierung verloren hatte. »Aber ich kann mir nicht vorstellen, dass wir nicht irgendwo übernachten können. Schließlich wird es bald Abend, und die Silhouette von Jerusalem ist noch nicht zu erkennen.«

Das Einzige, was nach einer weiteren Stunde am Horizont auftauchte, war eine Horde von ungefähr zwanzig Reitern, die Tarek offenbar recht gut kannte. Jedenfalls begrüßten sie sich mit Küssen und Handschlägen wie lang vermisste Verwandte.

»Die Männer machen mir Angst«, flüsterte Amelie, als sie die neu hinzugekommenen Krieger betrachtete, die, allesamt mit Pfeil und Bogen ausgestattet, muslimischer Herkunft waren.

Tarek überraschte Anselm wenig später mit der Information, dass sich ihre Wege nun leider trennen müssten. Sein Bruder im Geiste, Omar al-Mumkin, der als Späher in Diensten der Christen stünde, würde sie mit in die Heilige Stadt nehmen. Er selbst müsse noch einen Zwischenstopp in Nazareth einlegen und deshalb eine andere Route einschlagen.

Da davon nie zuvor die Rede gewesen war, forderte Anselm den Araber zu einer Erklärung auf.

»Macht euch keine Gedanken«, erklärte Tarek mit seinem gleichmütigen Lächeln. »Sie werden euch dorthin bringen, wo ihr zu sein wünscht.«

Hannah wurde das Gefühl nicht los, dass er dabei die zufriedene

Miene eines Mannes aufsetzte, der soeben das Geschäft seines Lebens getätigt hatte. Zumal der Anführer der fremden Reiter ihm einen gut gefüllten Lederbeutel in die Hand drückte.

Ohne sich für Anselms Protest zu interessieren, entfernten sich Tarek und seine Leute schließlich mitsamt ihren Begleiterinnen in die entgegengesetzte Richtung.

Wie aus heiterem Himmel befand sich Hannah hinter einem der Männer auf einem temperamentvollen Araberpferd, und ihr blieb nichts anderes übrig, als sich an dem Reiter festzuhalten, der ihr mit einer penetranten Duftmischung aus ungewaschener Kleidung und schwerem, süßlichem Parfum den Atem nahm.

Freya, Amelie und Matthäus erging es ebenso. Auch sie landeten auf einem Pferderücken, vor ihnen jeweils ein Reiter, der mit seinem schwarzen Turban und einem halb verhüllten Gesicht so vertrauenswürdig wirkte wie ein flüchtender Bankräuber. Anselm war unterdessen gezwungen, auf seinen Esel zu steigen. Niemand hatte Erbarmen, dass er offensichtlich zu schwer für das Tier war und dass es das Tempo der Pferde kaum würde mithalten können.

»Anselm!«, schrie Hannah, als ihre Begleiter sich in Bewegung setzten. »Was ist hier los?«

»Wir werden entführt!«, rief Freya in Mittehochdeutsch, als ihr Reiter mit einem übermütigen Freudengeschrei an Hannah vorbeistob und dabei seinen Krummsäbel schwang.

Doch was hätte Anselm tun sollen? Umzingelt von einer Horde schwer bewaffneter Krieger, war es entschieden zu spät zu handeln. Der Anführer, der sich nicht die Mühe machte, ein Wort der Erklärung an sie zu richten, nahm die Zügel des Esels in die Hand und zog Anselm auf seinem lautstark protestierenden Grautier hinter sich her.

Nach einer guten Stunde erreichten sie eine Oase, wo man sie mit dünnen Stricken an drei hohen Palmen fesselte. Stumm beobachtete Hannah, wie die wenigen Dorfbewohner die Reiter ehrfurchtsvoll mit einem dampfenden Getränk und Datteln verköstigten. Auf Geheiß des Anführers wurden auch die Geiseln mit Wasser versorgt.

Hannah war sich plötzlich sicher, dass sie sterben mussten. Sie hatte von Geiselnahmen in Afghanistan oder im Jemen gehört, aber das hier war etwas völlig anderes. Es würde keine Lösegeldforderung geben – an wen auch? Und auch keine Spezialeinheiten, die sie in einer

Nacht-und-Nebel-Aktion hätten befreien können. Außer den Templern gab es niemanden, der ihr einfiel, der sie aus dieser Hölle würde befreien können. Doch dazu hätte man sie erst einmal alarmieren müssen.

Der Junge, der ihr den übel riechenden Lederschlauch an den Mund setzte, achtete nicht darauf, ob sie tatsächlich trank, und so ging das meiste daneben. Das Wasser schmeckte ohnehin abgestanden. Wahrscheinlich kam es direkt aus irgendeinem verdreckten Brunnen. Selbst wenn man sie also am Leben ließ, würde sie spätestens in einer Woche an Cholera sterben, oder irgendein Fieber würde sie hinwegraffen. Karen hatte ihr und den anderen nach ihrer Rückkehr aus dem Jahr 1307 Unmengen von Impfstoffen verabreicht, aber Hannah erinnerte sich nicht mehr, was es genau gewesen war und ob es hier etwas nützen konnte.

Ein Blick zu ihren Geiselnehmern verriet ihr, dass al-Mumkin mit seinen Kameraden und der halben Dorfbevölkerung ein Stück entfernt an einem Feuer hockte. Ihre Stimmen hallten herüber, und im Schein der Flammen blitzten hier und da eine Reihe weißer Zähne auf, wenn jemand lachte. Allem Anschein nach waren die Typen bester Laune. Sie rauchten irgendein Kraut in langgezogenen Pfeifen, die reihum gingen, oder kauten etwas, das ihre Augen glasig werden ließ. Die reinste Lagerfeuerromantik, wenn man davon absah, dass ihr Anführer rund um das Dorf hatte Wachen aufstellen lassen. Offenbar rechnete er weniger damit, dass seine Gefangenen abhauen konnten, sondern eher mit einem Angriff.

Hannah blickte in die schwach beleuchteten Gesichter ihrer Mitgefangenen. Bisher hatte niemand ein Wort gesagt. Sie standen alle unter einem Schock.

»Was wird das werden?«, fragte Hannah schließlich, ohne wirklich auf eine Antwort zu hoffen.

»Sie werden uns als Sklaven verkaufen«, brach es aus Freya hervor. Sie wusste, wovon sie sprach. In ihrem Leben vor dem Transfer in die Zukunft hatte sie schon einiges mehr an üblen Geschichten aus nächster Nähe erfahren als jeder andere von ihnen. Im Jahr 1307 hatte es noch die Leibeigenschaft gegeben, die einen Menschen zum persönlichen Besitz eines anderen machte, von schnell und ungerecht verhängter Todesstrafe und Ketzerverbrennung ganz zu schweigen.

»Ich muss pinkeln«, jammerte Matthäus, der verschnürt wie ein Paket am Fuß einer Palme lehnte.

»Lass laufen«, riet ihm Anselm mit resigniertem Blick. »Ist jetzt auch schon egal.«

»Wahrscheinlich werden wir Frauen im Bett irgendeines lüsternen Emirs landen«, mutmaßte Freya tonlos, ohne dabei Rücksicht auf die Gemütslage ihrer Leidensgenossinnen zu nehmen. Dann sah sie Anselm an und grinste schwach. »Und das Einzige, was mich dabei tröstet, ist, dass du für deine Dummheit mit deinem Schwanz bezahlen wirst. Sie werden dich zum Eunuchen machen. Nur für den Jungen tut es mir leid, ich kann mir nicht vorstellen, dass diese Dreckskerle ihn verschonen.«

»Freya!« Hannah warf ihr einen strafenden Blick zu. »Matthäus fürchtet sich sowieso schon genug!«

»Ich habe keine Angst«, stellte Matthäus unmissverständlich klar. »Sobald ich die Gelegenheit dazu bekommen sollte, werde ich sie alle töten.«

»Um Himmels willen«, stöhnte Hannah, »Komm bloß nicht auf dumme Gedanken.«

Nachdem sich die Nacht über das Dorf gesenkt hatte und eine schmale, horizontale Mondsichel aufgezogen war, befahl al-Mumkin plötzlich seinen Leuten aufzusitzen. Hannah und die anderen wurden ebenfalls auf die Pferde gezerrt. Ihr Gepäck und der Esel blieben jedoch im Dorf zurück und wurden gegen einen Muli eingetauscht, auf den man Anselm mit gefesselten Händen setzte, offenbar um schnell voranzukommen. Damit waren auch die Medikamente verloren, die Karen ihnen mit auf den Weg gegeben hatte. Die Goldmünzen hatte der Anführer ohnehin konfisziert, als man Anselm durchsucht hatte.

Die Männer setzten ihre Route auf Schleichwegen fort. Deshalb machten sie sich auch daran, ihre Geiseln zu knebeln. Mehrmals warteten sie im Schatten einer Düne den Vorbeimarsch bewaffneter Reiter ab, wobei sie sogar den Pferden das Maul zuhielten. Wahrscheinlich waren es Christen, vor denen sie sich so sehr fürchteten, dass sie keinerlei Angriff wagten. Anzunehmen, dass die Vorbeireitenden Kreuzritter waren, die zur Sicherung des Landes sogar des Nachts auf Patrouillen ritten.

Nach ungefähr drei Stunden erreichten sie einen Hügel, bei dem man von Ferne wieder das Meer rauschen hörte. Direkt an der Küste erhob sich in der Ferne die schwarze Silhouette einer riesigen Festung, auf deren Mauerkronen ein paar Feuer flackerten. Menschen waren auf diese Distanz nicht zu sehen. Wahrscheinlich hatten sie sich hinter den Zinnen versteckt und lauerten darauf, Brandpfeile in die feindliche Nacht zu schießen. Blieb zu hoffen, dass ihre Geiselnehmer nicht vorhatten, sich mit den Bewohnern in welcher Weise auch immer anzulegen. Hannah fand den Gedanken nicht besonders tröstlich, anstatt auf einem Sklavenmarkt verkauft, von Dutzenden Pfeilen durchlöchert zu werden.

Jedoch im Moment litt sie Durst, der sie kaum noch einen klaren Gedanken fassen ließ, und an dem Gefühl, jeden Augenblick alles unter sich gehen lassen zu müssen, weil ihr so elend zumute war.

Al-Mumkin hatte einen Späher losgeschickt, wahrscheinlich um sicherzugehen, dass auf dem Weg zum Meer keine Christen lauerten. Als der Mann zurückkehrte und Meldung machte, gab sein Anführer kurz darauf das Zeichen, zur Festung vorzurücken. In einem atemberaubenden Tempo ging es den Hang hinunter. Hannah hielt sich krampfhaft an ihrem Vordermann fest, obwohl ihr der Kerl zuwider war.

An der Festung wurde in aller Eile ein mächtiges Bronzetor aufgezogen, in dem die zwanzig Reiter und ihre Gefangenen wie durch ein aufgesperrtes Maul verschwanden.

Grobe Hände zerrten sie von den Pferden, kaum dass sie im Innern der Festung angelangt waren, wo es selbst zu dieser späten Stunde von Menschen nur so wimmelte. Hannah geriet in Panik, als sich zahllose Hände nach ihr ausstreckten und Gesicht und Haare berührten. Der Schwall orientalischer Gerüche, der sie unvermittelt umhüllte, machte sie benommen. Ein kurzer Blick in die Runde verriet ihr, dass sie in einer Felsenstadt gelandet war. Mit Türmen und Erkern, Gassen und Plätzen. Über den Stadthäusern erhob sich ein beeindruckender Palast mit Spitzbogenarkaden, die einen langen Wandelgang überdachten. Unzählige Kuppeln schimmerten in schwindelnder Höhe silbern im Mondlicht.

Irgendjemand fasste sie schmerzhaft am Oberarm und führte sie von der Menge weg hin zu einem bewachten Aufgang.

Panisch drehte Hannah sich nach Matthäus um und schrie seinen Namen.

Der Junge war mit Anselm zurückgeblieben und suchte ängstlich ihren Blick. Hannah konnte noch sehen, wie die beiden abgeführt wurden. Ihr Herz drohte vor Entsetzen zu zerbersten, als der Abstand zwischen ihnen immer größer wurde und die brodelnde Menge die beiden schließlich verschlang.

Doch bevor sie lange darüber nachdenken konnte, was als Nächstes geschah, fand sie sich mit Amelie und Freya in einem abgeschlossenen Trakt des Palastes wieder, der die Unruhe der Stadt vollkommen abschirmte. Wachmänner mit schwarzen Schärpen nahmen sie in ihre Obhut. Von al-Mumkin und seinen Schergen war nichts mehr zu sehen. Die Wachmänner schoben sie mit routinemäßiger Respektlosigkeit vor sich her. Zum Glück waren Amelie und Freya noch an ihrer Seite, als eine weitere Garde von seltsam aussehenden Männern sie im nächsten Gang in Empfang nahm. Stark geschminkt mit weißer, roter und schwarzer Farbe und in Pluderhosen wirkten sie beinahe wie Frauen.

Die Ausstattung des Palastes war märchenhaft: weißer Marmor, schwere Damastvorhänge in gedeckten Farben und feingewebte Teppiche, so weit das Auge reichte. Gläserne Öllichter in bunt schillernden Farben illuminierten die Räume. Eine Flügeltür aus geschnitztem Holz wurde aufgezogen und gab den Blick in einen begrünten Innenhof frei. Mit einem Mal roch es intensiv nach Jasmin, was sicherlich den vielen, blühenden Bäumen zu verdanken war, die einen apricotfarbenen Marmorbrunnen umringten. Über dessen Rand plätscherte Wasser in einen rechteckigen Teich. Darin schwammen weiße Seerosen und bunte Fische. Mit allem hatte Hannah in dieser archaischen Welt gerechnet, aber nicht mit einer solchen Pracht.

Ihre weibischen Aufpasser überantworteten sie einer verhärmt aussehenden Frau. Deren langärmeliges, bodenlanges Kleid aus bunt schimmernder Seide, das mit Hunderten von in Gold gestickten Ornamenten versehen war, wirkte überaus kostbar. Ihr aufgestecktes, langes schwarzes Haar zeigte die ersten silbernen Fäden, die sie offenbar mit Henna zu überdecken suchte.

»Mein Name ist Adiba. Willkommen im Hause des Statthalters von Askalon«, sagte sie auf Latein. Hannah wunderte sich, dass sie die Frau recht gut verstehen konnte. »Dass Ihr nicht freiwillig hier seid, darüber müssen wir nicht reden. Aber seid beruhigt. Der Emir bevorzugt fränkische Frauen. Ich bin überzeugt, er wird sich an Eurem Anblick erfreuen. Ihr habt die Wahl, ihm zu dienen oder zu sterben. Ich hoffe für Euch, Ihr entscheidet Euch für Ersteres.«

Anselm war von vorneherein klar gewesen, dass der Transfer eine Menge Probleme mit sich bringen konnte. Deshalb hatte er auch darauf bestanden, Hannah und ihre Freundinnen zu begleiten. Allerdings hatte er sich in seinen kühnsten Träumen nicht ausgemalt, dass es so schlecht laufen würde.

Eskortiert von Soldaten, die ihn mit finsterer Miene und bis an die Zähne bewaffnet durch eine Gasse von Neugierigen stießen, wurde er bespuckt, geschlagen und getreten. Die Schreie und Beschimpfungen steigerten sich in eine regelrechte Hysterie. Als wäre er in Trance, zogen die wutverzerrten Gesichter an Anselm vorbei. Offenbar waren sie in einer muslimischen Festung gelandet, deren Bewohner auf fränkisch aussehende Gefangene nicht gut zu sprechen waren. Das Einzige, das ihn nicht einfach zusammenbrechen ließ, nachdem er Hannah, Freya und Amelie aus den Augen verloren hatte, war Matthäus, der sich völlig apathisch an ihn drängte.

Die schwer bewaffneten Schergen brachten sie zu einem schmalen Spitzbogentor, von wo aus eine in Stein gehauene Treppe in einen stinkenden Untergrund führte. Unten eröffnete sich ihnen ein düsteres Labyrinth, das hier und da von einer Fackel erleuchtet wurde. Anselm erinnerte sich zu gut daran, wie er im Herbst 1307 nicht mehr damit gerechnet hatte, aus einem solchen Verlies lebend herauszukommen. Er und die anderen hatten es einem glücklichen Zufall zu verdanken, dass Tom sie mit dem Timeserver in letzter Minute herausgeholt hatte. Ob er diesmal ebenso viel Glück haben würde, bezweifelte er.

Erst recht, als sie, eskortiert von Kerkerwächtern, noch tiefer in den Untergrund vordrangen. Dabei ging es an zahlreichen vergitterten Verschlägen vorbei, in denen kaum noch als solche zu erkennende menschliche Gestalten an Ketten hängend vor sich hin vegetierten. Anselm stockte vor Grauen der Herzschlag, als Matthäus einen jähen Schrei ausstieß. An einem von Öllichtern spärlich erhellten Mauervorsprung baumelte ein bleiches, halb mumifiziertes Skelett, dessen Kleidung in Fetzen herabhing.

So, wie es aussah, war der arme Teufel entweder als Einschüchterungsobjekt für frisch angekommene Christen gedacht, oder man hatte es einfach nicht für nötig gehalten, seinen Kadaver im naheliegenden Meer zu versenken, geschweige denn, ihn in geweihter Erde zu bestatten. An Nachschub von armen Seelen fehlte es unterdessen nicht. Aus allen Ecken und Enden drangen Stöhnen und Klagen. Offenbar hatte man vorwiegend fränkische Gefangene in dieses Loch geworfen und war sich noch nicht im Klaren darüber, was man mit ihnen anstellen wollte. Deren verfilztes blondes Haar, die mitunter trüben, hellblauen Augen, bis auf die Brust reichende rötliche Bärte und nicht zuletzt ihre völlig abgemagerten Gestalten ließen erahnen, dass sie schon länger hier einsaßen. Aus allen Ecken waren Schreie zu hören, Schreie des Schmerzes, Schreie des Wahnsinns und Schreie der Wut. Dazwischen der Klang eines Hammers, der auf Eisen schlug, sowie das scharfe zischende Geräusch einer Peitsche und das Platschen von Wasser sowie das verzweifelte Röcheln eines Ertrinkenden.

Ein Verschlag wurde aufgesperrt, und ihre Fesseln wurden gelöst, dann stieß man Anselm und den Jungen wortlos in einen kaum mannshohen Käfig und verriegelte hinter ihnen das Gitter. Das Stroh, das auf dem Boden lag, war völlig verrottet und stank so entsetzlich nach menschlichen Exkrementen, dass Anselm sich spontan übergeben musste. Nur mühsam beruhigte er seinen krampfenden Magen, indem er sich gut zuredete und zu einer Art Flachatmung durch den offenen Mund überging. Matthäus war anscheinend weniger empfindlich. Vergeblich suchte der Junge im Halbdunkel nach einer Stelle, wo er sich vorerst niederlassen konnte. »Es ist widerlich«, brachte er mühsam in Altfranzösisch hervor und dabei schaute er hilflos umher. »Überall.«

Das Rasseln einer Kette schreckte sie auf. Matthäus wich ängstlich zurück, als eine gebückte Gestalt mit schwarzer, strähniger Mähne, die bis zu den Hüften reichte, aus der Finsternis hervortrat. Der Mann war vollkommen nackt und abgemagert. Seine sehnige Gestalt ließ erkennen, dass er selbst in dieser Hölle alles daransetzte, seine körperliche Kraft zu erhalten. Der lange Bart, der ihm bis zum Bauchnabel reichte, machte es schwer, sein Alter zu schätzen. Die hellbraune Haut und die immer noch feurigen Augen erinnerten Anselm an einen ausgemergelten Yogi. Dass dieser Mann jedoch nicht freiwillig hungerte, war an den dicken wulstigen Narben auf Bauch und Rücken zu erkennen, die von schwersten Misshandlungen zeugten.

»Willkommen in Askalon«, sagte der Mann in tadellosem Altfranzösisch. »Ist lange her, dass ich mein Gemach mit Gästen teilen musste.«

Anselm versuchte, ihn nicht allzu schamlos anzustarren.

»Wie ist Euer Name?«, fragte er mehr aus Verlegenheit.

Der Kerl lächelte schwach, und obwohl er von oben bis unten mit Dreck beschmiert war, leuchteten seine weißen Zähne regelrecht in der Dunkelheit. In höfischer Manier verbeugte er sich vor Anselm, indem er seine Hand aufs Herz legte und den Kopf leicht neigte.

»Khaled«, sagte er mit einem Anflug von Spott in der Stimme. »Khaled al- Mazdaghani Ibn Mahmud, Sohn des ehemaligen Wesirs von Damaskus.«

»Anselmo«, erwiderte Anselm und wählte die mittelalterliche Form seines Namens. »Anselmo de Caillou.« Auch er verbeugte sich und deutete auf Matthäus, der den nackten, schrecklich zugerichteten Kerl mit offenem Mund anglotzte, als ob es sich um einen Geist handelte. »Und das ist mein junger Begleiter, Matthäus von Bruch. Es ist uns eine Ehre, Eure Bekanntschaft machen zu dürfen.«

»Ganz meinerseits«, antwortete der Ausgemergelte. »Du magst mich Khaled nennen, schließlich sind wir von nun an Leidensgenossen.«

»Seit wann sitzt du schon hier unten?«, fragte Anselm.

»Fünf Jahre.« Khaled kniff die Lippen zusammen. »Obwohl es Tage gibt, an denen ich denke, dass es auch fünfzig sein könnten.«

»Aber …« Anselm zögerte einen Moment, nicht wissend, ob er das Richtige annahm. »… du bist doch einer von denen da oben, oder sehe ich das falsch?«

Khaled hob eine Braue und lächelte schräg. »Es mag an deiner Einfältigkeit liegen, Franke«, betonte er mit einer leichten Ironie in der Stimme, »dass du uns Muslime alle in einen Topf wirfst. Ich bin kein Fatimide – auch wenn ich so aussehe und unsere religiösen Wurzeln derselben Quelle entstammen. Ich bin ein Angehöriger der Nizâri.«

»Nizâri?« Anselm stutzte einen Moment. »Sind das nicht …?«

»Assassinen?« Khaled verzog das Gesicht. »Das wolltest du doch sagen, oder?«

Das Wort stand im Raum wie eine Bedrohung, und Anselm spürte selbst, wie er auf Abstand ging.

Khaled störte sich nicht daran, offensichtlich war er diese Reaktion gewöhnt.

»Es beruhigt mich«, sagte er, »dass meinesgleichen auch nach Jahren noch einen so schlechten Ruf genießt. Meine Leute und ich gehörten zur Leibgarde der fränkischen Königin. Wir gerieten bei der Schlacht von Damaskus in einen Hinterhalt und danach in fatimidische Gefangenschaft. Es war Verrat «, fügte er mit einem müden Lächeln hinzu. »Ich habe all meine Männer verloren. Später vertraute mir irgendjemand an, König Balduin habe sie der Untreue beschuldigt und köpfen lassen. Im ersten Jahr wollte man mich noch gegen fatimidische Krieger austauschen, die den Christen ins Netz gegangen waren. Als die Christen sich nicht für mich interessierten, hat man versucht, mir und einem Mitbruder unter der Folter unsinnige Geständnisse abzuringen. Ich habe mitansehen müssen, wie er gestorben ist. Aber nachdem Kalif al-Hafiz von seinen eigenen Vertrauten ermordet wurde, verlor man das Interesse an mir. Sein Nachfolger az-Zafir hat mich wohl hier unten vergessen.« Er verstummte abrupt, fing sich jedoch wieder. »Und Ihr? Woher stammt Ihr?« Sein Blick fiel auf Matthäus, der unwillkürlich zur Seite rutschte, als Khaled einen Schritt auf ihn zuging.

Anselm überlegte nicht lange. Er würde einfach die Wahrheit sagen, sollte der Kerl ihn ruhig für verrückt halten.

»Wir kommen aus der Zukunft«, erklärte er. »Aus dem Jahr 2005.«

Matthäus' Augen weiteten sich ungläubig, als er zu Anselm aufschaute. Was insofern zu verstehen war, dass es bisher immer geheißen hatte, sie sollten ihre wahre Herkunft verschweigen. Aber in dieser Situation war ohnehin schon alles egal.

»Aus der Zukunft?« Khaleds Blick wirkte plötzlich wach und ganz und gar nicht verstört. »Ich kannte einmal ein Mädchen aus der Zukunft«, erwiderte er mit einer verblüffenden Selbstverständlichkeit. »Sie kam aus dem Jahr 2151. Einer Zeit, als die Menschen aufgehört hatten, sich zu paaren und nur noch auf widernatürliche Weise in Gläsern gezeugt wurden.« Er begann zu kichern. »Ich durfte ihr zeigen, wie man es richtig macht. Aber leider war es mir nicht vergönnt, sie zu fragen, ob es geglückt ist.«

Seine Mimik änderte sich abrupt. Plötzlich sah er unendlich traurig aus.

Anselm stockte der Atem. Hatte er sich verhört? Aus dem Jahr 2151? Oder war das alles ein wahnwitziger Zufall, dass sein irrsinniger Kerkergenosse von einer In-Vitro-Fertilisation faselte?

»Hatte …« Er zögerte. »… Eure Freundin einen Namen?«

Einen Moment lang sah ihn Khaled aus schmalen Lidern an, als ob er befürchtete, allein mit ihrem Namen unselige Geister heraufzubeschwören.

»Lyn«, murmelte er heiser und sank auf den Boden, wo er gedankenverloren hocken blieb und auf seine geschundenen Hände schaute. »Ihr Name war Lyn. Sie war ein Engel … aus einer fernen Zeit, und ich habe …« Er räusperte sich. »… sie sehr geliebt.«

Nach einem kurzen Zögern blickte er auf. »Ich weiß nicht, ob sie noch lebt«, sagte er nachdenklich. »Ich würde alles dafür tun, wenn ich sie noch einmal in meinen Armen halten könnte. Sie ist der einzige Grund, warum ich nicht tot bin. Ich werde nicht eher sterben, bevor ich weiß, ob sie im Paradies auf mich wartet. Verstehst du das, Mann?« Khaleds Augen flackerten, als wäre er von Dämonen besessen.

»Ja, ich verstehe«, erwiderte Anselm noch ganz gefangen von dieser überraschenden Wendung.

»Nein, das tust du nicht«, flüsterte Khaled mit Nachdruck in der Stimme. »Ich kann dir ansehen, dass du nicht weißt, was es bedeutet, diese Hölle zu überstehen, und das nur, weil du eine einzige Frau liebst, von der du noch nicht einmal weißt, ob sie dich noch will, falls das Schicksal dir wohlgesinnt ist und du ihr noch einmal begegnen darfst.«

Anselm zögerte einen Moment. »Es könnte sein, dass wir dieselbe Frau suchen. Hatte sie vielleicht eine Schwester, die Rona hieß?«

»Wie kannst du das wissen?« Khaled sprang auf und sah ihn feindselig an.

»Wenn du mir vertraust«, sagte Anselm, »und mir versprichst, alles für dich zu behalten, erzähle ich dir eine wahre, wenn auch unglaubliche Geschichte …«

»Was redest du da, Mann?« Khaled schaute Anselm an, als ob er den Verstand verloren hätte. Vielleicht war der bärtige Franke tatsächlich benebelt oder genauso verrückt wie er selbst. Allerdings hatte er noch keine fünf Jahre in diesem Loch gesessen und seine fehlenden Fleischrationen – so, wie seine füllige Statur es verriet – bisher durch regelmäßige Jagd auf Ratten ersetzen müssen.

»Wenn ich es dir sage«, wiederholte Anselm. »Unsere Verbündeten stammen wie wir aus der Zukunft und sind auf der Suche nach den beiden Frauen. Ihre Schwester heißt Rona. Ist es nicht so?«

Khaled nickte wie betäubt. Hatte er den Kerl tatsächlich richtig verstanden?

Sein Altfranzösisch klang merkwürdig, aber verständlich. Plötzlich kam ihm ein fataler Gedanke. Die Agenten des Wesirs hatten seine Träume belauscht.

Nachts wenn er schweißgebadet wach wurde und die Namen der Frauen in die Dunkelheit schrie. Vielleicht hatte er auch anderes verraten, ohne es zu wissen. Wie konnte er nur so dumm sein, zu glauben, die beiden neuen Gefangenen seien harmlose Gestalten, denen es nicht besser erging als ihm? »Du gehörst zu ihnen«, sagte Khaled mit schneidender Stimme.

»Zu wem?« Anselm schaute ihn verständnislos an.

»Zu den Spionen des Wesirs. Ihr wollt mein Geheimnis auf diese Weise erfahren.«

»Aber nein«, beschwichtigte ihn der Franke und hob die Hände zu einer beruhigenden Geste. »Warum sollte ich dich belügen? Was für einen Grund hätte ich dazu? Dass wir keine Spione sind, müsstest du alleine am Verhalten des Jungen erkennen.«

Khaleds Blick wanderte zu Matthäus, der ihn bleich und verunsichert beobachtete, als wäre er ein wildes Tier, das man nicht aus den Augen lassen durfte.

»In welchem Jahr wurdest du geboren?«, fragte Khaled ihn hart.

»Im Jahre nach der Fleischwerdung unseres Herrn 1295«, antwortete der Junge schüchtern.

Ein hastiger Blick zu seinem Herrn bestätigte Khaled, dass er nicht gelogen hatte. Khaled beherrschte es wie kein anderer, aus den Gesichtern seiner Gegner ihre wahren Beweggründe herauszulesen. Und dieser verängstigte Knappe sprach die Wahrheit.

»Und wie bist du hierhergekommen?«, fragte Khaled mit einem provozierenden Lächeln. »Mit einem fliegenden Teppich?«

Der Blick des Jungen huschte verunsichert zu seinem Begleiter hin.

»Sag's ihm ruhig«, erklärte der Ältere.

Stockend begann Matthäus von seinen Erfahrungen in der Zukunft zu berichten, in denen er eine Maschine erwähnte, die exakt jenen Beobachtungen entsprach, die Khaled Jahre zuvor im Beisein von André de Montbard auf dem Tempelberg in Jerusalem gemacht hatte. Der Junge schien all das völlig normal zu finden und umschrieb dieses Wunder in blumigen Worten.

Khaled erinnerte sich gut daran, dass es Lyn nicht anders ergangen war, als sie ihm vor Jahren von ihrer Herkunft erzählt hatte. Matthäus fabulierte – ähnlich wie sie damals – immer flüssiger von seinen merkwürdigen Erlebnissen.

Khaled begriff, dass Lyn noch leben musste und sie die ganze Zeit, in der er Folter, Hunger und Hoffnungslosigkeit über sich hatte ergehen lassen müssen, in Jerusalem gelebt hatte. In seinen Gedanken erhob sich ein Sturm, den er seit Jahren zu unterdrücken versuchte. Warum hatte Lyn niemals nach ihm gesucht, warum hatte Montbard nichts unternommen, um ihn freizukaufen? Dass er von Melisende keine Unterstützung erwarten konnte, war klar – aber die Templer verfügten über genug Geld und Verbindungen, um herauszufinden, dass er noch lebte, und ihn aus dieser Hölle herauszuholen. Verdammt, lag es daran, dass man ihn für tot hielt? Oder hatte man ihn einfach vergessen? Oder liebte Lyn ihn nicht mehr genug und war froh, dass er verschwunden blieb?

Plötzlich schossen Khaled Tränen in die Augen. Es half nichts, er musste sich setzen und schlug die Hände vors Gesicht.

Anselm fragte sich, was den plötzlichen Gefühlsausbruch des Mannes verursacht hatte. Man benötigte kein gesteigertes Vorstellungsvermögen, um zu wissen, dass man hier unten schon nach kurzer Zeit ein bösartiges, irreparables Trauma entwickelte, erst recht, wenn man Jahre in diesem Loch zugebracht hatte. Khaled hatte in dieser Zeit eine Strichliste geführt, deren ellenlange Einkerbungen im flackernden Feuer an der gegenüberliegenden Wand zu sehen waren. Anselm ahnte, dass er selbst eine so lange Zeit wahrscheinlich nicht lebend überstanden hätte. Der Fraß aus verdorbenen Fischabfällen, den man ihnen hingestellt hatte, war schlichtweg nicht genießbar, und das Wasser, das ihnen in einem abgenutzten Holzeimer zur Verfügung gestellt wurde, war mit Sicherheit die reinste Bakterienschleuder. Gar nicht zu erwähnen, dass sie gezwungen waren, ihre Notdurft in einer Rinne vor den Gitterstäben zu verrichten, deren Ablauf nach draußen auf den Gang führte, von wo aus die Exkremente direkt über einen offenen Zugang ins Meer fielen.

Falls sie hier nicht bald wieder herauskamen, würden sie in Kürze an Durchfall und Auszehrung sterben. Anselm überwand seinen Ekel und hockte sich neben Khaled, dessen Gestank ihm beinahe den Atem nahm. Sein langes Haar war verfilzt, und die Tatsache, dass es voller Läuse war, schreckte ihn ab. Trotzdem legte er vorsichtig einen Arm um dessen knochige Schulter. »Könnte es sein, dass du Rona und Lyn, die wir suchen, gekannt hast?«

Khaled seufzte erschöpft. »Ich kenne keine anderen Frauen, die solche Namen tragen. Es müssen also dieselben sein. Bleibt die einzig wichtige Frage ... Wird es einen Dritten Weltkrieg geben – oder ist er dort, wo ihr herkommt, bereits verhindert worden?«

Anselm schaute ihn überrascht an. »Hast du etwa den Inhalt des Servers gesehen?«

»Ich verrat dir was, Franke.« Khaled verfiel in einen vertraulichen Ton. »Weil unser Schicksal auf ewig besiegelt scheint.« Er räusperte sich mit Blick auf den Jungen und senkte seine Stimme. »Wenn das alles stimmt, was du sagst, weißt du auch, dass man uns in spätestens zwei Wochen töten wird. Weil die Templer über die Stadt herfallen und dabei von den Bewohnern der Festung gelyncht werden. Ich vermag mir kaum vorzustellen, dass man die Franken, die hier eingesperrt sind, nach einem solchen Geschehnis am Leben lässt.«

Anselm nickte betroffen. Er wusste, dass Khaleds Vermutung alles andere als abwegig war.

»Von Lyn weiß ich auch, dass ihr Franken am Ende die Schlacht gegen die Muslime verlieren werdet. Nūr ad-Dīn und sein Nachfolger Saladin, wird euch in wenigen Jahren mit Schimpf und Schande aus all euren Besitztümern vertreiben.« Khaled setzte ein müdes Lächeln auf. »Allein Allah vermag uns noch zu helfen«, erklärte er mit verschwörerischer Stimme und dachte daran, dass es ihm irgendwie gelingen musste, an den Kelch von Askalon zu kommen, um auf das Schicksal der Welt Einfluss nehmen zu können. Dass dieses unglaublich kostbare Artefakt immer noch in der Zitadelle dieser Festung, tief unten in der Schatzkammer, verborgen war, hatte ihm ein Abtrünniger des Wesirs berichtet, den man wegen eines Einbruchs in die Goldkammern geschnappt und nach kurzer Gefangenschaft hingerichtet hatte. Zuvor hatte er noch eine Weile mit Khaled in einer Zelle verbracht und ihm die Existenz des Kelches bestätigt, jedoch ohne zu wissen, was es damit in Wahrheit auf sich haben sollte. Das Geheimnis des Kelches würde Khaled zum einzig wahren Imam führen, dem Fürsten der Zeit und

Herrscher über das Universum, nur er vermochte die Menschheit vor dem, was ihr noch bevorstand, zu retten.

Aber das konnte nur gelingen, wenn er endlich einen Weg fand, dieser Hölle zu entkommen.

Kapitel 16

Und führe mich nicht in Versuchung …

Juli 1153 – Jerusalem

Arnaud hatte die ganze verrückte Geschichte, so gut es ging, in Worte gefasst. Rona und Lyn hatten ihm aufmerksam zugehört und dabei offenbar den Entschluss gefasst, ihm zu helfen.

»Wenn das alles wahr ist, was du sagst«, bemerkte Rona entschlossen, »müssen wir schnellstens von hier verschwinden.«

»Das Jahr 2005 wäre eine Alternative«, erklärte Lyn, da nun gewiss war, dass die Plombe mit den verschlüsselten Informationen über den Server, die sie bereits 1148 auf dem Tempelberg in einem Massengrab versenkt hatte, tatsächlich bei Ausgrabungen im Jahr 2004 gefunden worden war.

»Man könnte es immerhin als Teilerfolg bezeichnen«, bestätigte Rona ernüchtert, »dass die Plombe achthundert Jahre später von Wissenschaftlern gefunden und der Inhalt von den dortigen Spezialisten gewürdigt wurde.« Sie musterte Arnaud mit einer gewissen Selbstgefälligkeit. »Ansonsten wärst du ja nicht hier. Aber es bestätigt nicht, dass wir mit unserer Mission den Templerorden gerettet und die Geschichte verändert haben. Um herauszufinden, ob wir das grausame Regime der Neuen Welt trotzdem verhindern konnten, müssten wir wissen, was hundert Jahre später geschehen ist.«

»Wir könnten selbst versuchen, die Dinge ab 2005 zu verändern«, bemerkte Lyn. »Falls es den Wissenschaftlern dort gelingt, uns in ihre Zeit zu transferieren.«

»Dafür müssen sie erst einmal den Server in den Griff bekommen«, sagte Rona und richtete ihren Blick auf Arnaud, der sie soeben daran erinnert hatte, dass es auch im Jahr 2005 offensichtlich ein Problem mit der Technik gegeben hatte.

Arnaud nahm dankbar die graue Kutte mit dem grünen Kreuz entgegen, die ihm Lyn besorgt hatte. Das Gewand eines vom Aussatz befallenen Ritters würde ihn vor neugierigen Blicken schützen. Immer wieder schaute Lyn auf den Gang, um sicherzugehen, dass keine weiteren Nonnen im Anmarsch waren. Die beiden Schwestern hatten ihm noch nicht erzählt, warum sie ausgerechnet im Kloster Sankt Lazarus zu finden gewesen waren und welche Rolle ihr Gönner André de Montbard spielte. Doch dass sie bereit waren, mit Arnaud zusammen nach Jerusalem zu fliehen, um ihm zu helfen, seine Kameraden zu befreien, stand fest.

»Ioveta und ihre Mitschwestern dürfen auf keinen Fall erfahren, dass du geheilt bist«, flüsterte Rona und warf Arnaud einen verschwörerischen Blick zu. »Schon allein deshalb musst du hier weg. Für diese Leute ist das ein Wunder, und du wärst eine Berühmtheit, die sich im gesamten Heiligen Land herumspricht. Das können wir in unserer Situation wirklich nicht gebrauchen.«

»Und was schlagt ihr vor?« Arnaud zog eine Braue hoch. »Ich bin allein, und ihr beiden seid Frauen. Wie sollen wir meine Brüder aus dem Kerker der Templer befreien?«

»Uns wird schon was einfallen«, beruhigte ihn Rona. »Wir warten, bis es dunkel wird. Dann machen wir uns davon.«

Bei Anbruch der Nacht schlich Rona zu den Verschlägen, wo die Pferde standen.

»Was hast du vor?«, raunte Arnaud, während er jede ihrer Bewegung mit Blicken verfolgte. Beide Frauen sahen nicht nur umwerfend gut aus, sie waren auch außergewöhnlich mutig. »Sag nur, du willst diese Klepper stehlen? Damit kommen wir keine drei Fuß weit!«

»Es sind die einzigen ohne Brandzeichen«, belehrte ihn Rona. »Bei den anderen Tieren könnte man uns im Nu nachweisen, dass sie gestohlen sind. Auf Pferdediebstahl steht hier der Tod. Das solltest du eigentlich wissen.«

Arnaud grinste. »Erstens muss man erwischt werden, und zweitens glaube ich nicht, dass das bei mir noch ins Gewicht fallen würde. Wenn die Templer und ihr Großmeister meiner habhaft geworden sind, wird es nicht mehr lange dauern, bis ich die Blumen von unten betrachten kann.«

»Denkst du eigentlich immer nur an dich?«, entgegnete Rona verärgert. »Bernard de Tramelay ist ein übler Hund, der zu allem fähig ist. Er wollte uns in den Harem eines Emirs verkaufen, um die leeren Kassen seines Ordens zu füllen. Wenn Ioveta uns nicht auf Geheiß ihrer Schwester aufgenommen und Zuflucht gewährt hätte, säßen wir nun in einem schummerigen Frauenhaus in Damaskus und müssten irgendeinem arroganten Kerl zu Willen sein.«

»Haremsdamen?« Arnaud schmunzelte verblüfft. »Ich habe von Frauen und Mädchen gehört, die es als eine Ehre empfinden, einem solchen Mann zu dienen.«

Ronas Gesichtsausdruck verriet, dass sie sich wohl kaum etwas Schlimmeres vorstellen konnte. »Ich frage mich, wie diese Frauen eine solche Behandlung ertragen, ohne schreiend davonzulaufen.«

Er würde es nicht sagen, aber bei Ronas Anblick hielt er die Vorstellung, mit ihr auf kostbaren Kissen zu liegen und bei duftendem Räucherwerk von ihr verwöhnt zu werden, für ziemlich verlockend. Irgendwie waren diese Kalifen und Emire zu beneiden – selbst wenn sie eines Tages dafür in der Hölle schmoren würden. Plötzlich huschte ein Lächeln über sein bärtiges Gesicht, und er sah Rona ohne Scheu in die Augen. »Warum hast du mich eigentlich geküsst, als wir uns in der Küche begegnet sind? Ich meine, wenn dir das alles so zuwider ist?«

Abrupt wandte Rona sich ab, so dass er ihr Mienenspiel nicht mehr sehen konnte. »Ich wollte wissen, ob eine solche Berührung von einem Mann wirklich so außerordentlich ist, wie meine Schwester behauptet.«

»Das heißt, du hast es noch nie getan?« Arnaud versuchte vergeblich, nicht allzu verwundert zu klingen.

»Nein«, sagte sie knapp und vermied es immer noch, ihn anzuschauen.

»Und«, fragte er neugierig. »War es … außerordentlich?« Arnaud trat näher an sie heran und half ihr beim Aufzäumen der Tiere. Wobei er sie von der Seite betrachtete und ihre vollen Lippen fixierte. Eine merkwürdige Spannung entstand zwischen ihnen, die ihn reizte, noch weiterzugehen.

»Nein«, antwortete sie barsch, hob den Kopf und sah ihm angriffslustig in die Augen. »Vergiss es und sieh zu, dass wir vorankommen.«

»Es tut mir leid, wenn ich dir zu nahe getreten bin«, antwortete er mit Blick auf ihre nicht weniger schöne Schwester, die sich geschäftig gab, indem sie mit Leichtigkeit zwei Sättel gleichzeitig herantrug.

»Schon gut«, erwiderte Rona, und damit schien die Sache für sie erledigt zu sein.

Arnaud überlegte fieberhaft, wie es möglich sein sollte, mit solchen Schönheiten unbemerkt in die Heilige Stadt zu gelangen, erst recht, wenn sie – wie er – von den Templern gesucht wurden. Vielleicht war es möglich, die Wachen zu bezahlen, damit man sie auch ohne lästige Fragen in die Stadt einziehen ließ.

»Ich habe mein Geld in der Kammer vergessen«, bemerkte er in einer plötzlichen Eingebung. Nervös strich er über seine neue Kutte, unter der er zwar sein Schwert an einem Gürtel verborgen hielt, aber nicht den kleinen Lederbeutel mit Goldmünzen, den Gero ihm gegeben hatte. Ohne jegliche Mittel würden sie kaum eine Chance haben, jemanden zu bestechen oder sich Pferde und Waffen zu besorgen, mit denen er und seine eingekerkerten Kameraden nach einer möglichen Befreiungsaktion fliehen konnten.

»Ich habe nicht nur dein Geld gerettet«, erwiderte Rona und zog einen länglichen Lederbeutel mit Schnur aus der Tasche ihres hellen Nonnengewandes, »sondern auch deine Papiere.«

»Hab Dank!« Arnaud blickte sie erstaunt an, dann folgte ein breites Lächeln. »Du bist ein Engel. Wie kann ich das gutmachen?«

Rona blickte auf, auch weil sich plötzlich Stimmen näherten. »Darüber reden wir später.«

Arnauds Naturell ließ es nicht zu, dass er seine Meinung für sich behielt.

»Also wenn du mich fragst, haben wir keine Zeit mehr, diese Viecher aufzuzäumen, es wäre besser, wenn wir zu Fuß gehen.«

»Dann gehen wir eben zu Fuß«, bestimmte Rona mit einem Funkeln in den Augen. »Dann haben wir wenigstens Zeit genug, eine Strategie zu entwickeln, wie wir deine Freunde befreien können.«

Gero kratzte sich beunruhigt den Bart. Drei Nächte und drei Tage waren vergangen, und noch immer saßen sie in diesem Rattenloch. Inständig hoffte er, dass Arnaud noch am Leben war. Missmutig zerrte er an seinen Ketten. Es war unerträglich, nichts tun zu können, was ihre

Situation verbesserte. Eines musste er seinen Templerbrüdern aus dieser Zeit lassen. Sie machten ihre Sache äußerst gründlich. Keiner von ihnen hatte den Hauch einer Chance zu entfliehen. An Hand- und Fußgelenken trugen sie Ketten, die nur mit Hammer und Meißel aufgeschlagen werden konnten, und der Käfig, in den man sie gesteckt hatte, bestand aus fingerdicken Eisenstäben. Die Tür war zudem mit einem gewaltigen Schloss verriegelt worden. Den Schlüssel trug einer der wachhabenden Templer, die abwechselnd durch die Gänge patrouillierten.

Die einzelnen Zellen waren so angebracht, dass sämtliche Gefangenen einen Ausblick auf die Folterkammer hatten, und obwohl hier unten schon genug vergessene Seelen schmorten, hatte man vor zwei Tagen einundzwanzig Sarazenen von der Festung Blanche Garde hierher überführt. Die armen Teufel hatte es bei einem Kampf im offenen Feld erwischt.

Tanner hockte apathisch in einer Ecke und beobachtete mit glanzlosen Augen, wie ein bulliger Kerkermeister in einem Lederschurz einen dieser Sarazenen mit glühenden Eisen traktierte. Das Geschrei und der Gestank von verbranntem Fleisch waren kaum zu ertragen. Immer wieder wurde der Gefolterte mit dem Kopf in einen vollen Eimer mit Wasser gesteckt. Lange genug, dass er zu ertrinken drohte. Aber nicht lange genug, dass er es tat. Inmitten seines Gewinsels und seiner atemlosen Bekenntnisse, dass er nichts wisse, flehte er zu Allah, dass er ihn endlich sterben ließ.

Aus den Forderungen der Folterknechte konnte Gero heraushören, dass es nicht darum ging, dass die Sarazenen ihrem Glauben abschworen. Offenbar wollte man spezielle Dinge von ihnen wissen. Immer wieder fielen die Worte »Askalon«, »Schatzkammer« und »Gold«.

Niemanden schien der Lageplan der Festung zu interessieren, welche Angriffsstrategien der befehlshabende Wesir der Fatimiden verfolgte und wie viele Krieger unter seinem Kommando standen. Einzig das Vermögen des ägyptischen Kalifen stand in Frage, ob es sich noch in der Festung befand oder ob es inzwischen über den noch offenen Hafen nach Damiette abtransportiert worden war.

Zwischendurch erschien Berengar von Beirut in seiner Templerchlamys und beobachtete mit einem siegessicheren Grinsen, wie seine Leute einen Gefangenen an den Zehen aufhängten, nachdem die Torturen zuvor nichts ergeben hatten, und damit begannen, ihn zu häuten. Die unmenschlichen Laute, die der Kerl von sich gab, als der erste Peiniger einen Dolch ansetzte, ließen Berengar gänzlich unbeeindruckt.

Aus den Augenwinkeln sah Gero, wie Tanner sich geräuschlos übergab, als die Folterknechte ungerührt fortfuhren. Seine eigenen Männer hockten mit regloser Miene am Boden und ließen sich nicht anmerken, wie sehr sie das Verhalten der Templerbrüder entsetzte. Natürlich wussten Gero und die anderen von der Folter. Sie gehörte zum unseligen Repertoire eines jeden Krieges. Aber jedem von ihnen war bewusst, dass es ein Werk des Satans war, das selbst den standhaftesten Christen an den Rand des Verderbens führen konnte. Henri d'Our hatte sie stets davor gewarnt und beschworen, dieses Instrument der Wahrheitsfindung nur im äußersten Notfall anzuwenden. »Weil man dabei Gefahr läuft, dass die eigene Seele von der Hölle verschlungen wird, und das lange, bevor man selbst das Zeitliche segnet«, hallte es in Gero nach.

Stephano geisterten wohl ähnliche Erinnerungen durch den Kopf, denn er bekreuzigte sich hastig.

Eine Geste, die Berengar nicht entging. Mit hämischer Miene trat er an das Gitter heran, das sie von ihm trennte.

»Schaut euch gut an, was mit Verrätern geschieht«, sagte er. »Morgen, nach dem Kapitel ist euer Leben keinen Kupferpfennig mehr wert als das dieser gottlosen Heiden.«

»Ihr macht einen Fehler«, entgegnete Gero düster. »Wir sind reinen Herzens und können jederzeit ohne schlechtes Gewissen vors Jüngste Gericht treten. Ganz im Gegensatz zu Euch selbst. Allein an dieser Prozedur wird deutlich, dass Ihr Eure Seele mit Freuden beschmutzt, indem Ihr Euch benehmt wie ein wildes Tier, das kein Gewissen hat. Denkt Ihr ernsthaft, es ist recht, dass Ihr Euch in den Kleidern Eurer Feinde zeigt und unschuldige Männer, Frauen und Kinder mordet? Und das nur, um Eurem König ein paar kriegswillige Untertanen in die Arme zu treiben, die ihn bei seinem aussichtslosen Kampf unterstützen?«

»Halt's Maul, du Hund«, erwiderte Berengar in breitem Altfranzösisch. »Sonst werde ich es dir stopfen, weil du unseren König beleidigst und unseren Glauben.«

»Es ist ein falsch verstandener Glauben«, erwiderte Gero unbeeindruckt, »wenn Ihr denkt, dass er einzig mit Blutvergießen zu verteidigen ist. Aber das werdet Ihr noch lernen, auch wenn Ihr bitter dafür bezahlen müsst.«

Dass der Kampf der Christen gegen die Sarazenen gegen Ende dieses Jahrhunderts bei den Hörnern von Hattin in einem furchtbaren Desaster enden würde, wusste Gero bereits, ebenso, dass die Templer für die bevorstehende Besetzung von Askalon in ähnlicher Weise bezahlen würden, wenn auch nicht mit ganz so hohen Verlusten. Aber es würde ein Anfang sein – der schließlich zum Ende führte.

»Was fällt Euch ein …« Berengar richtete sich auf und zückte sein Schwert.

»Ihr werdet sterben«, erklärte Struan mit Gleichmut in der Stimme. Er hockte da – wie ein Fels in der Brandung, den Rücken an die Wand gelehnt, die Beine ausgestreckt und die mächtigen Arme lässig vor der Brust überkreuzt. Seine schwarzen Pupillen fixierten Berengar wie die eines unseligen Sehers, der die Zukunft längst kennt. Der Schotte wusste wie alle seine inhaftierten Brüder, was in den nächsten Wochen geschehen würde, wenn es nicht gelingen sollte, den Orden und seine Führung zur Vernunft zu bringen. »Und nicht nur Ihr, sondern auch Euer Großmeister und seine Getreuen«, fügte er mit seiner rauen Stimme hinzu. »Die Sarazenen von Askalon werden Euch köpfen und Eure Leiber an den Festungsmauern aufhängen – in kaum zwei Wochen. Aber so, wie es aussieht, werdet Ihr verdient zur Hölle fahren.«

»Stru!«, zischte Johan entsetzt. »Du redest dich um Kopf und Kragen.«

Berengars Augen weiteten sich vor Wut. »Wenn hier jemand stirbt, dann wirst du es sein, und zwar schon übermorgen. Du siehst aus wie ein Sarazene, und du benimmst dich auch so. Ich werde unserem Meister von deinen Weissagungen berichten, auf dass man dich morgen im Kapitel wegen Gotteslästerung und Ketzerei anklagt. Was dich nicht nur den Mantel kostet, sondern deinen öffentlichen Tod durch Verbrennen zur Folge haben wird. Eine kostspielige Angelegenheit in einem Land, dem es chronisch an Brennholz mangelt. Aber das sollte es uns wert sein. Ich bin mir sicher, dass die ganze Angelegenheit bei einem solch stattlichen Kerl wie dir ein ziemliches Spektakel werden wird.«

Struan schaute ihm regungslos in die Augen, seine Miene nahm einen gelangweilten Ausdruck an. »Mach's dir doch selbst«, erwiderte er lapidar. »An mir haben sich schon andere die Zähne ausgebissen.«

»Warts ab, sarazenischer Bastard«, zischte Berengar heiser und spielte dabei auf Struans nachtschwarze Augen und das ebenso schwarze Haar an. »Ich freue mich jetzt schon darauf, dich um Gnade winseln zu hören.«

Arnaud und seine Begleiterinnen waren mit dem Gedanken losgezogen, möglichst rasch Abstand zu diesem vermaledeiten Kloster zu gewinnen. Aber je schneller sie vorankamen, umso mehr bedauerte er, doch kein Pferd genommen zu haben. Die Frauen legten ein Tempo vor, bei dem er kaum mithalten konnte. Sein Herz schlug wie wild, als sie zu fortgeschrittener Stunde ein Dorf erreichten, das von Jerusalem angeblich eine halbe Stunde Fußweg entfernt lag.

»Wo sind wir?«, fragte Arnaud mit bebender Stimme, bemüht, nicht zu atemlos zu klingen, zumal Rona und ihre Schwester nicht die geringste Anstrengung zeigten.

»Das ist Faradis«, erklärte Rona. »Wahrscheinlich hat man den Ort so genannt, weil er wie das Paradies der Muslime und Christen über zahlreiche Obst- und Olivengärten verfügt, die allesamt wild wachsen und keinerlei Pflege bedürfen.« Zielsicher führte sie ihn und ihre Schwester durch die Nacht, und während Arnaud kaum etwas erkennen konnte, pflückte Lyn hier und da wilde Äpfel und Pflaumen. Auf Anhieb fand sie eine ummauerte Quelle mit reinem, wohlschmeckendem Wasser. Arnaud kniete vor dem steinernen Becken nieder, in dem sich knietief klares Wasser staute, wie er im Mondlicht erkennen konnte. Nachdem sich Rona und Lyn nur zögernd an dem kühlenden Nass bedient hatten, steckte Arnaud gierig seinen Kopf in das Wasser und trank in großen Zügen. Danach ließ er sich keuchend neben dem Becken nieder und trocknete Gesicht und Haare mit dem Ärmel seines Gewands. Weil weit und breit kein anderer Dorfbewohner zu sehen war, entschloss er sich, den beiden Schwestern ein paar intimere Fragen zu stellen, die ihn ernsthaft beschäftigten.

»Wie kommt es, dass ihr auch bei Nacht sehen könnt und so kräftige Beine und Lungen habt, dass selbst ich euch kaum folgen kann?«

»Dort, wo wir herstammen, kann man die Statur und die Ausstattung eines Menschen künstlich bestimmen«, erwiderte Rona. »Noch vor der Geburt fügte man den Samenzellen, die das Ei befruchten sollen, Anteile von Katze, Fisch oder Hund hinzu. Was dazu führt, dass der daraus entstehende Mensch ein Teil dieser Eigenschaften übernimmt.«

»Hört sich an wie schwarze Magie«, erwiderte er vorsichtig. »Obwohl ich bei meinem Ausflug in die Zukunft schon einiges gehört und gesehen habe, was ich mir zuvor in meinen kühnsten Träumen nicht vorstellen konnte, wundere ich mich langsam über nichts mehr, außer darüber, wie Gott es so gleichmütig zulässt, dass man ihm ständig ins Handwerk pfuscht.«

»Dem, was du schwarze Magie nennst, hast du deine Heilung zu verdanken.« Ronas Stimme klang angriffslustig. »Und es hat weder etwas mit irgendeinem Gott noch mit Zauberei zu tun. Es handelt sich dabei um fundierte wissenschaftliche Erkenntnisse, die ein Teil der Natur sind.«

»Und?«, entgegnete Arnaud. »Ist eure Welt ohne Gott besser geworden?« Er schnaubte verdrossen. »Anscheinend nicht, denn sonst würden wir jetzt nicht hier sitzen und rätseln, wie es weitergehen soll.«

»Davon verstehst du nichts«, gab Rona barsch zurück. »Erst durch die religiöse Verblendung in dieser Zeit wurde der Samen des Bösen gelegt. Hätte es unter Christen und Muslimen nicht ständig diese verdammten Glaubenskriege gegeben, säßen wir jetzt nicht hier. Die Menschheit kann nicht mit dem Glauben gerettet werden, sondern ausschließlich mit seriösem Wissen. Man muss klar unterscheiden können, was Fortschritt und was Rückschritt ist. Mit gegenseitigem Blutvergießen ist es jedenfalls nicht getan.«.

»Rona«, warf Lyn beschwichtigend ein, »du wirst ungerecht. Er ist ein Templer und kein moderner Historiker. Wie soll er eine Ahnung davon haben, was richtig und was falsch ist, wenn ihm mehr als tausend Jahre Erfahrung fehlen?«

»Ich bin nicht blöd«, verteidigte sich Arnaud, der nicht wusste, ob er sich für Lyns Verständnis begeistern oder beleidigt sein sollte, weil sie ihn seiner Ansicht nach als einen Trottel hinstellte. »Ich habe inzwischen einiges gesehen und gehört, von dem ich vorher nichts wusste: Zeitreisen, Kaffeemaschinen, Wasserspülungen, Glühbirnen, Flugzeuge, Autos – Pistolen und Bomben nicht zu vergessen. Aber allem Anschein nach hat nichts davon bei den Menschen zu mehr Vernunft geführt. Oder wie erklärt es sich, dass sie in achthundert Jahren die gleichen Fehler begehen wie in dieser Zeit? Es liegt nicht am Glauben«, fuhr er leidenschaftlich fort. »Auch nicht an den Menschen, die hier leben. Die Leute in der Zukunft sind keinen Deut besser als wir. Ich würde sogar so weit gehen und sagen, von Jahr zu Jahr wird es schlimmer. Nein«, er schüttelte energisch den Kopf, »es geht um Macht und um Reichtum. Heute und in tausend Jahren. *Daran* wird sich nichts ändern – ganz gleich, wie viele Zeitreisen noch unternommen werden. Solange sich die Menschen in ihrem Egoismus, ihrem Neid und in ihrer Missgunst nicht ändern, werdet ihr keinen Erfolg haben, etwas zum Besseren zu führen.«

»Vielleicht hast du recht«, bestätigte Rona mit einem Stirnrunzeln. »Möglicherweise hat Lion einen Fehler gemacht, als er bei den Templern ansetzen wollte, um die Geschichte zu verändern. Vielleicht hätten wir in 2005 eine neue Chance, die Menschheit zur Vernunft zu bringen. Ich meine, wenn wir ihnen zeigen könnten, dass sie in jeder Beziehung am Abgrund stehen.« Sie schwieg für einen Moment. »Na ja«, sagte sie leise. »Falls es uns gelingt, dorthin zu gelangen, wäre es immer noch besser als nichts.«

»Falls sich überhaupt etwas verändern lässt«, fügte Arnaud hinzu, »und unser Maleficus es schafft, diese vermaledeite Maschine in Ordnung zu bringen.«

Rona seufzte. »Dieser verfluchte Timeserver hat von Beginn an nicht das getan, was er sollte. Ich befürchte, nicht euer Maleficus in der Zukunft trägt Schuld daran, sondern Lion – unser Verbindungsmann im Jahr 2151. Schließlich war er es, der die Anleitung zur Technik in einem stillgelegten Bunker gefunden und weiterentwickelt hat.«

»Vielleicht sind sie beide verantwortlich«, kam es Arnaud in den Sinn, »es könnte gut sein, dass die Pläne, die euer Lion dort gefunden hat, von seiner eigenen Erfindung stammten. Schließlich war es eure Maschine, die unser Maleficus im Jahr 2005 benutzt hat. Was wäre, wenn sie bei der Eroberung durch eure Feinde vernichtet wurde und die Pläne im besagten Bunker versteckt wurden?«

»Ein interessanter Gedanke.« Lyn blickte überrascht auf.

Fasziniert registrierte Arnaud ihre leuchtenden Pupillen, die im schwachen Mondlicht aufblitzten. »Das würde bedeuten«, führte er weiter aus, »der Timeserver hätte sich faktisch selbst erfunden.«

»Du hast recht«, sagte Lyn und warf ihm einen bewundernden Blick zu. »Das Auffinden der fragmentierten Pläne wurde nur möglich, weil Lion den Server mit uns in die Vergangenheit transferiert hat. Und die davon erhaltenen Pläne brachten ihn auf die Idee, das Gerät weiterzuentwickeln, ohne dass er bemerkte, dass die Handschrift dazu aus seiner eigenen Feder stammte.«

Rona nickte anerkennend. »Nimm's mir nicht übel«, sagte sie zu Arnaud und rang sich ein Lächeln ab. »Ich hätte nicht erwartet, dass ein Kerl, der achthundert Jahre früher geboren wurde, einen solchen Zusammenhang eher erkennt als wir selbst.«

»Sollte das jetzt ein Kompliment sein, oder was?« Wieder einmal wusste Arnaud nicht, was er von Ronas Äußerungen halten sollte.

Sie grinste ihn an und verpasste ihm einen sanften Stoß in die Seite. »Hey, ich meine es ernst. Du bist wirklich gut. Wenn das stimmt, was du sagst, wäre es nicht nur ein Paradoxon, sondern würde auch bedeuten, dass die Amerikaner sich weiter mit der Technik beschäftigt und trotzdem nichts erreicht haben. Was befürchten lässt, dass es ihnen nicht gelungen ist, uns von hier fortzuholen.«

»Könntet ihr die Maschine reparieren, wenn ihr Zugang zu ihr hättet?« Arnaud sah sie hoffnungsvoll an. »Paul, der die Botschaft geschrieben hat, von dem ich euch erzählt habe, hat darin um eine Rückmeldung gebeten. Falls wir euch finden und ihr beschreiben könntet, wie eine Reparatur vonstattengehen könnte, sollten wir eine Nachricht an einer bestimmten Stelle in Jerusalem hinterlegen.«

»Abgesehen davon, dass wir erst mal dorthin kommen müssen«, antwortete Lyn für ihre Schwester, »kennen wir die Funktionsweise des Quantenmodulators nicht bis ins Detail, und alles, was mit dem Energieumwandler zu tun hat, kann leicht zur Katastrophe führen, wenn man die falschen Entscheidungen trifft.«

»Lion hat uns lediglich in die elementaren Abläufe und Formeln eingeweiht. Normalerweise gab es sogar eine Möglichkeit zur Kontaktaufnahme in die Zukunft, aber sie ist in unserem Server bereits ausgefallen, kurz nachdem wir hier gelandet waren. Es war – wie bei euch – nicht vorgesehen, dass wir uns längere Zeit in der Vergangenheit aufhalten, schon gar nicht, dass wir selbstständig an der Programmierung herumspielen.«

»Vielleicht gibt es doch eine Möglichkeit?« Arnaud spürte plötzlich

Zuversicht. »So, wie es aussieht, ist die Maschine, die mein deutscher Bruder im Jahr 2004 gefunden hat, genau jene, die sich nun in Montbards Obhut befindet. Das heißt, irgendwann landet sie in der Zukunft, und sei es nur, weil die Zeit verstreicht und der Orden sie in Gewahrsam hält. Wäre es nicht möglich, sie mit einer Botschaft zu versehen, die Tom erklärt, was er tun muss, um die Reparatur der Maschine vorzunehmen?«

»Wenn wir tun würden, was du sagst«, erwiderte Rona genervt, »hätte er die Botschaft dann nicht längst finden müssen? Ich meine, er hält sie achthundert Jahre später in Händen und findet nichts. Entweder ist er zu dumm, oder wir werden keine Gelegenheit mehr bekommen, das Programm zu beeinflussen.«

»Vielleicht hat er etwas darin übersehen, das ihm die Lösung bringt?« Arnaud gab sich alle Mühe, hoffnungsvoll zu klingen.

»Ich befürchte«, erklärte Rona mit angespannter Miene, »selbst wenn es uns gelingen würde, eine Botschaft zu schreiben und er etwas damit anfangen könnte, hätten wir keinen Erfolg. Soweit ich es der Mitteilung entnommen habe, die du nachträglich per Transfer erhalten hast, fehlt eurem Tom und seinen Leuten ein bestimmter pyroelektrischer Kristall, der bei der Explosion zerstört wurde.«

Arnaud konnte im Halbschatten des Mondes sehen, wie sie konzentriert ihre ansonsten makellos glatte Stirn runzelte. »Das entsprechende Mineral mit einer ganz speziellen Gitternetzstruktur, das Lion für den Energiewandlungsprozess benutzt hat, ist nicht irdischer Natur«, fuhr sie fort. »Es wurde erst um 2050 auf dem Mars entdeckt und sorgt dafür, dass die Energieausbeute bei einem Rücktransfer aus der Vergangenheit erheblich größer ist als beim Transfer *in* die Vergangenheit. Die Abläufe verhalten sich vergleichbar mit der Schwerkraft. Ein Apfel, den man fallen lässt, benötigt ja auch weniger Kraftanstrengung als einer, den man aufheben muss. Das heiß, man benötigt für das Herauslösen eines Objektes aus einer parallelen Zeitdimension weit mehr Energie als für das Einfügen.

Das hängt damit zusammen, dass die molekulare Struktur auf der Vergangenheitsebene nicht im gleichen, sondern in einem parallelen System verankert ist, in das man zunächst einmal eindringen muss, bevor man etwas herauslösen kann. Dadurch wird eine größere Energiemenge benötigt als in der Gegenwart, wo der Server selbst Teil dieses

Netzwerkes ist und deshalb die abgehenden Strukturen leichter aus dem Gesamtsystem herausschneiden kann. Die jeweilige Re-Integration des Objektes verbraucht in beiden Systemen etwa gleich viel Energie. Die unterschiedlichen Erfordernisse auf den verschiedenen Ebenen sind der Grund, warum der Energiewandler mit zwei getrennten Kammern angelegt wurde und nun offenbar nur noch auf der abgebenden Ebene funktioniert.«

»Du verzeihst«, erklärte Arnaud mit einem gewissen Bedauern in der Stimme, »wenn ich dir nun wirklich nicht mehr folgen kann.«

»Kein Problem.« Rona schenkte ihm ein versöhnliches Lächeln, das sein Herz höher schlagen ließ. »Das Dumme ist, dass man es selbst 2005 nicht automatisch verstehen wird. Mit diesem Kristall hat man später eine Form der Energiegewinnung wiederbelebt, von der man damals nicht überzeugt war, dass so etwas überhaupt je funktionieren könnte.«

»Aber sagtest du nicht, Lion, euer Meister, hätte die Pläne zum Bau der Maschine gefunden? Dann müssen die Vorbesitzer doch zumindest eine Ahnung davon gehabt haben, wie der Mechanismus funktioniert?«

Rona zuckte mit den Schultern. »Es waren nur Pläne. Vielleicht ist man erst nach der Mars-Mission darauf gekommen, dass der zerstörte Kristall der Schlüssel zu einer höheren Energieausbeute ist. Bis dahin hätte man ja ohnehin keine Möglichkeit gehabt, den Frequenzquarz zu ersetzen.«

Einen Moment lang war es still, bis Arnaud wieder das Wort ergriff. »Wenn wir in der Sache nichts anderes tun können, als abzuwarten, sollten wir wenigstens versuchen, jenen zu helfen, bei denen uns noch Hoffnung bleibt.«

»Ja«, sagte Rona und erhob sich vom Rand des Beckens. »Oberhalb des Dorfes gibt es einen Lagerplatz, wo wir unbehelligt rasten können – zumindest so lange, bis in Jerusalem die Stadttore geöffnet werden. Morgen früh beschaffen wir uns im Dorf ein paar Kleider und verwandeln uns in das, was Großmeister Tramelay gerne aus uns machen würde – muslimische Haremsdamen, die ihren syrischen Pascha begleiten.«

»Eine wunderbare Idee.« Arnaud konnte sich ein Grinsen nicht verkneifen und folgte den beiden zu einer kleinen Anhöhe, wo sich eine

Schafshöhle befand, deren Eingang von Bäumen und Büschen getarnt wurde.

»Wir werden Meister André aufsuchen und ihn bitten, bei der Befreiung deiner Kameraden zu helfen«, versicherte ihm Rona. »Ich kenne niemanden sonst, der eine Ahnung davon hat, wie man auf die Führungsriege der Templer Einfluss nehmen könnte.«

Nachdem Arnaud Zweige und vertrocknete Grasbüschel gesammelt hatte, entfachte er mit zwei Steinen ein heimeliges Feuer. Trotz der Tageshitze war die Nacht kühl, und die Frauen hatten nichts dagegen, dass Arnaud sich dicht neben sie setzte, um sie zu wärmen.

»Ich kann jetzt schon sagen, dass es Montbard nicht gutheißen wird, wenn er erfährt, auf welche Weise wir Sankt Lazarus den Rücken gekehrt haben«, sagte Rona und ließ es zu, dass Arnaud seinen Arm um ihre Taille legte.

Lyn ließ ihre Bemerkung unkommentiert und verteilte das Obst, das sie gesammelt hatte. Schweigend kauten sie vor sich hin. »Bernard de Tramelay«, begann Rona nach einer Weile, »hat den jungen König gegen André de Montbard aufgehetzt, weil der noch immer zu dessen Mutter steht. Obwohl ich weiß, dass Montbard seine Einstellung zur Königin ein wenig geändert hat, seit er die Gewissheit hat, dass sie bei der misslungenen Eroberung von Damaskus ihre Finger im Spiel hatte. Allerdings blieb ihm nicht viel anderes übrig, als weiterhin zu ihr zu stehen. Mit den Machenschaften von König Balduin und seinen Getreuen wollte er schon gar nichts zu tun haben. Vor zwei Jahren hat man Montbard wegen seiner Treue zur Königin von seinem Posten als Seneschall enthoben, und damit war die Konkurrenz für Tramelay als Großmeister aus dem Weg geräumt, nachdem Everhard de Barres sich kurzfristig und ohne erkennbaren Grund entschlossen hatte, sein Kreuz niederzulegen, um sich in einem Kloster in Frankreich zu verkriechen.«

»Das mit Montbard ist im Orden bekannt«, erwiderte Arnaud. »Wir wissen es aus unseren Chroniken. Außerdem war ich vor drei Tagen mit Gero, meinem Ordensbruder und Kommandeur, selbst bei Meister André, weil wir dachten, er könne uns einen Hinweis auf euren Verbleib liefern. Aber er hat uns gnadenlos vor die Tür gesetzt, was den Verdacht in uns schürte, dass er auch von den Übergriffen auf die jüdische Siedlung weiß.«

»Ausgeschlossen«, warf Lyn dazwischen. »Mit solchen Machenschaften hat er nichts zu tun, im Gegenteil. Sie sind der Grund, warum er mit dem jungen König gebrochen hat.«

»Habt ihr André gesagt, wer ihr seid und woher ihr kommt?« Rona sah ihn überrascht an.

»Ich habe es versucht.« Arnaud wandte den Blick ab und lächelte bitter. »Er hat mich behandelt wie einen Idioten.«

»Ich denke, er versucht verzweifelt, uns und unser Geheimnis zu schützen«, erklärte Lyn. »Er hat zwar die Weisen des Hohen Rates, die ihn unterstützen, aber auch ihm sind die Hände gebunden, was mögliche Veränderungen im Orden betrifft. Denn obwohl er um die Geschehnisse in der Zukunft weiß, ist es ihm und seinen Vertrauten bisher nicht gelungen, einen entscheidenden Einfluss auf den Fortlauf der Dinge zu nehmen. Es liegt daran, dass er mit diesen Informationen nicht offen umgehen kann. Du kannst dir bestimmt denken, dass man jeden, der es wagt, das geheime Wissen und dessen Herkunft offenzulegen, als Ketzer verbrennen würde. Montbard hat in der Vergangenheit versucht, mit kleinen, apokalyptisch anmutenden Weissagungen Einfluss zu nehmen, doch das hat ihm den Verdacht eingebracht, mit teuflischen Mächten im Bunde zu stehen. Königin Melisende hat ihren ehemals treuen Freund Montbard schon mehrmals vor einer Anklage des kirchlichen Gerichts gerettet, weil sie ihr Vermögen unter anderem dazu nutzt, die verantwortlichen Pfaffen bei Laune zu halten. Denn solange die beiden die Kirche auf ihrer Seite haben, sind sie faktisch unangreifbar.«

»Kennt Melisende euer Geheimnis?« Arnaud sah sie fragend an.

»Wo denkst du hin?« Rona schüttelte energisch den Kopf. »André würde sie niemals einweihen. Er sagt, sie sei zu schwatzhaft und zu machtbesessen, als dass man ihr ein solches Mysterium anvertrauen könnte. Trotzdem ist sie Meister André mit Leib und Seele ergeben. Obwohl – eher nur mit der Seele. Die beiden sind kein Liebespaar. Sie berühren sich noch nicht einmal zur Begrüßung. Aber Melisende schätzt seine Treue und respektiert seine Unterstützung für uns. Aber zu mehr reicht es nicht. Vielleicht hat sie auch andere Beweggründe, die wir nicht kennen und deshalb nicht ausreichend verstehen.«

Arnaud zog seine dunklen Brauen zusammen. »Was meinst du mit anderen Beweggründen?«

»Lyn und ich sind uns einig, dass sie uns längst vernichtet hätte, wenn sie keinen Vorteil darin sähe, Montbard zu unterstützen. Sie hat uns vor einer Verfolgung Tramelays bewahrt. Allerdings war sie von Beginn an nicht gut auf uns zu sprechen, was in ihrer weiblichen Eifersucht begründet sein mag. Sie bezichtigte Lyn, ihr den Liebhaber genommen zu haben. Ein Mann namens Khaled war es, der uns nach dem Transfer in der Wüste aufgelesen hat. Er war Sarazene und bis dahin treuer Vasall der Königin, wenn du verstehst, was ich meine. Er war der Anführer eines Kontingents von Assassinen, das dem Königshof zu verschiedenen Zwecken diente. Lyn und er haben …« Sie stockte einen Moment und warf ihrer Schwester einen mitfühlenden Blick zu. »Er hat sie zu seiner Gefährtin gemacht.«

Arnaud sah Lyn erstaunt an. »Du warst mit einem Assassinen zusammen?« Er war nie zuvor einem Assassinen begegnet. Angeblich waren sie noch gefährlicher als die Mameluken, deren Blutrünstigkeit kaum zu überbieten war.

»Ich bin … nein – ich war seine Frau«, erklärte Lyn leise und starrte in die Nacht. »Kurz nach unserer Ankunft im Juli 1148 hat er mir im Felsendom vor Allah sein Wort gegeben, mich zu lieben bis ans Ende seiner Tage. Dass dieses Ende schon so bald eintreten würde, habe ich allenfalls geahnt.«

Arnaud schluckte ergriffen. »Selbst in meiner Zeit, also gut einhundertfünfzig Jahre später, wurde noch darüber gesprochen, dass die Eroberung von Damaskus für den Orden das reinste Desaster gewesen sei. Dreieinhalbtausend tote Fußsoldaten, nicht wenige davon unerfahrene Pilger. Unser Orden wurde noch hundert Jahre danach beschuldigt, mit den Sarazenen gemeinsame Sache gemacht zu haben.«

»Was nicht ganz falsch sein dürfte. Zumindest war ihnen unter Montbards Führung als Seneschall bekannt, dass die Chancen auf einen Sieg eher gering sein würden. Deshalb haben sie sich aus den Angriffen weitestgehend zurückgehalten und unter Kaiser Konrad die Nachhut gebildet. Dennoch wollten sie nicht auf eine Teilnahme an diesem Feldzug verzichten, falls es doch noch etwas zu holen gegeben hätte. Den Templern ist für solche Spielchen inzwischen das Geld ausgegangen«, erklärte Rona. »Ebenso wie König Balduin III. Die Belagerung von Askalon läuft seit dem Frühjahr ähnlich enttäuschend wie beim ersten Versuch im Jahr 1148. Nur dass sie diesmal gewinnen werden, auch wenn es noch einige Tote geben wird. Sieben Monate lauern Adlige und Klerus wie die Katzen vor der Festung und warten, dass die Mäuse herauskommen. Aber die Sarazenen denken nicht daran, ihnen diesen Gefallen zu tun. Jedenfalls nicht, solange sie eine gut funktionierende Anbindung zum Meer haben. Von Ägypten aus werden sie mit Lebensmitteln, Pferden und Waffen versorgt. Während der Statthalter von Askalon und sein Gefolge noch aus goldenen Bechern trinken, geht den Christen nicht nur regelmäßig das Wasser aus, sondern auch das Brot. Dabei müssen der König und seine Barone ganze Armeen verköstigen. Seit Monaten treibt der Mangel an Weizen und Gerste die Brotpreise in die Höhe, von Fleisch und Obst ganz zu schweigen. Außerdem befinden sich fast alle Christen im Kampf, ganz gleich, ob sie Bauern oder ausgebildete Soldaten sind. Es gibt kaum noch Männer, die säen und ernten. Deshalb sind nun verstärkt die Frauen gefragt, was bäuerliche Qualitäten angeht. Auch als Geldgeber werden sie gerne gesehen. Königin Melisende verfügt immer noch über beachtliche Mittel, deren Versteck sie ihrem Sohn allerdings bisher vorenthalten hat und die sie niemals freiwillig herausrücken wird. Allein deshalb sollte man ihren Einfluss nicht unterschätzen, auch wenn ihr das offiziell niemand mehr zugestehen will.«

»Wenn du aus der Zukunft kommst«, bemerkte Lyn, »weißt du vielleicht, dass der Konflikt zwischen Mutter und Sohn die Christen hier vor einem Jahr an den Rand eines Bürgerkrieges getrieben hat. Seitdem ist die politische Lage in dieser Gegend instabil. Es ist erschreckend, aber alles ist genauso geschehen, wie es die Geschichtsdateien vorgegeben haben. Nichts konnte durch unsere Anwesenheit zum Positiven verändert werden.«

»Das mit Khaled tut mir aufrichtig leid«, sagte Arnaud aus voller Überzeugung, weil es ihn mehr berührte als alles andere. Ein rascher Blick zu Lyn bestätigte ihm, dass die junge Frau das Verschwinden des Mannes noch immer nicht verwunden hatte.

»Die Königin selbst trägt die Verantwortung für Khaleds Tod«, fügte Lyn leise hinzu. »Wie ich später herausfinden konnte, hat sie ihn damals nicht nur als Liebhaber benutzt, sondern auch dafür, ihre Unschuld an einer Bestechungsaffäre in diesem Krieg zu untermauern.« Ihre sonst so sanften Züge versteinerten. »Ich hasse Melisende«, sagte sie tonlos. »Und ich hasse alle, ganz gleich ob Muslime oder Christen, die Menschen so etwas antun und ihre Gier hinter ihrem Glauben verstecken.«

»Also habt ihr das Gelübde im Lazarus-Orden gar nicht aus Überzeugung abgelegt?« Arnauds Augen suchten Ronas funkelnden Blick.

»Nein. Wir haben einfach das nachgesprochen, was man uns gesagt hat – und das war's. Dort, wo wir herkommen, gibt es keinen Gott.«

Arnaud akzeptierte wortlos die Ungeheuerlichkeit, die sich hinter dieser simplen Erklärung verbarg. Toleranz gegenüber Andersgläubigen war etwas, das er unter der Führung von Henri d'Our gelernt hatte, aber dass jemand an gar nichts glaubte, hielt er für ziemlich bedauerlich. Somit würde sie niemals in den Genuss eines wie auch immer gearteten Paradieses gelangen.

»Das bedeutet, dass weder der Königshof noch Tramelay wissen, wo eure Wiege stand – und welche Fähigkeiten ihr besitzt?« Arnauds Frage war mehr eine Feststellung, die Rona mit einem Schmunzeln bestätigte.

»Montbard würde niemals jemanden ins Vertrauen ziehen, der seiner Meinung nach nicht würdig ist. Außer ihm und dem Hohen Rat wusste nur Khaled davon. Er genoss Montbards volles Vertrauen, und schließlich war er es, der uns zu ihm gebracht hat.«

Arnauds Blick glitt zu Lyn, die nachdenklich ins Feuer starrte und dann zu Rona. Gerne hätte er mehr über sie und ihre Schwester erfahren. Warum sie sich für einen solch gewagten Transfer gemeldet hatten, und wie es wohl dort aussah, wo sie ursprünglich herstammten.

Gero hatte in der Nacht kaum Schlaf gefunden. Und in den wenigen Stunden, die er schlief, hatte er von Hannah geträumt. Sie war ihm als Engel erschienen und hatte ihm offenbart, dass er sich keine Sorgen zu machen brauchte.

»Ich werde dir verziehen haben, wenn wir uns im Jenseits treffen«, hatte sie ihm mit einem Lächeln versichert und ihn zum Abschied zärtlich geküsst.

Im richtigen Leben würde sie anders reagieren. Eine Ohrfeige war das mindeste, was ihn erwartete, sollte er ihr jemals wieder unter die Augen treten. Wahrscheinlicher war, dass sie selbst im Paradies nichts mehr von ihm wissen wollte. Und recht hatte sie. Wie hatte er so einfältig sein können, zu glauben, er würde ausgerechnet hier eine Lösung finden, um in der Zukunft in Frieden miteinander leben zu können?

Im Moment sah es ganz danach aus, als ob seine Kameraden und er ein unehrenhaftes und viel zu frühes Ende finden würden.

Ein Wächter rüttelte an den Gitterstäben, und ein anderer schlug mit einem Kampfhammer auf einen Eimer aus Eisen, damit auch der Letzte wusste, dass eine weitere Nacht zwischen stinkendem Stroh und furchtlosen Ratten zu Ende gegangen war. Struan warf Gero ein ermutigendes Lächeln zu, was äußerst selten vorkam und die Aussichtslosigkeit ihrer Situation nur noch mehr unterstrich. Heute war Sonntag, der Tag, an dem sie dem Generalkapitel vorgeführt werden sollten, das in diesen Zeiten noch in Jerusalem abgehalten wurde und in dem Berengar von Beirut als Komtur des Hauses den Vorsitz innehatte. Außerdem hatte sich hoher Besuch angekündigt, wie einer der Kerkerwächter mit einiger Häme verraten hatte. Bernard von Tramelay höchstselbst hatte seine Teilnahme zugesagt, obwohl er sich mitten im Krieg befand. Er wurde noch am Vormittag aus Gaza erwartet. Ralph von Bethlehem, den offiziellen Vertreter des Patriarchen, hatte man eingeladen, damit er als kirchlicher Advokat und Vertreter des Papstes die Verhandlung führte.

Das Ganze war ein Schauprozess, indem man sie vor Generalkapitel und Papst für all die Missetaten verantwortlich machte, die Tramelays verirrte Seelen in den vergangenen Monaten begangen hatten.

Deshalb lauteten die Anklagepunkte auch auf Verrat an die Sarazenen, Mord an den eigenen Brüdern und Häresie, da sie sich satanischer Mittel bedient hatten, um ihre Verbrechen durchzuführen. Dass die Ordensführung einen solchen Prozess dazu nutzte, um ihre Hände vor Papst und Klerus in Unschuld zu waschen und gleichzeitig zu beweisen, dass man sich für die lückenlose Aufklärung von solchen Anschuldigungen einsetzte, stand außer Frage.

»Du kannst mich mal«, murmelte Johan, als einer der wachhabenden Brüder Büßerhemden durch die Gitterstäbe warf, damit sie diese gegen ihre Templeruniformen tauschten. Schnaubend zog er sich die Hose herunter und streckte dem Bruder seinen nackten Hintern entgegen. Dann zog er sich mit halb herabgelassener Hose in eine Nische zurück, wo er sein Morgengeschäft auf einem stinkenden Holzeimer erledigte.

»Könnte sein, dass sie dir gleich deinen hübschen Allerwertesten mit der Peitsche verschönern«, rief ihm der wachhabende Bruder verärgert zu. »Wenn du nicht gehorsam bist.«

Johan war sich darüber im Klaren, dass ihn vermutlich etwas weit Schlimmeres erwarten würde als die Rute des Meisters, die im Orden bei den üblichen Bagatellvergehen gerne vor dem gesamten Kapitel zum Einsatz kam.

»Wir werden unsere Chlamys nicht ablegen, solange wir nicht schuldig gesprochen sind«, fuhr Gero den Wachmann an. »Niemand hat das Recht, uns vorzuverurteilen.«

Bis auf Tanner, der offenbar gar nicht wusste, worum es hier eigentlich ging, und Johan, der immer noch auf dem Eimer hockte, traten Gero und seine Kameraden mit finsteren Blicken an das Gitter heran. Der wachhabende Bruder wich instinktiv zurück. Allein die physische Präsenz der Männer hielt ihn davon ab, auf dem Kleiderwechsel zu bestehen.

Einige Zeit später, nachdem er ihnen hastig Brot und Wasser durch die Gitterstäbe gereicht hatte, wurde es laut in den verzweigten Gängen. Eine Eskorte von zwanzig Brüdern – alle schwerbewaffnet und mit verschlossenen Gesichtern – blieb vor ihrem Käfig stehen.

»Aufmachen!«, hallte es hart von den Wänden wider.

Der Kommandeur, ein hagerer Kerl mit einem sonnenverbrannten Gesicht, hatte den Befehl erteilt, und prompt eilte ein Wächter herbei. Offenbar gehörte der junge Befehlshaber zu Tramelays Eskorte, die man wegen des anstehenden Prozesses vor Askalon abgezogen hatte. Ein Beweis dafür, wie wichtig dem Orden ihre Verurteilung war.

Gero sah angesichts dieser Übermacht keine Chance zu entkommen.

Von schwerbewaffneten Brüdern eskortiert, wurden sie aus dem Kerker an die Oberfläche des Tempelbergs geführt. Gero kniff die Lider zusammen, als er die Plattform erreichte. Der Morgen war heiß, und der helle Marmor reflektierte gnadenlos das gleißende Tageslicht.

Ihr Weg führte in die nachträglich angebaute Kapelle, die sich an das Refektorium von al-Aqsa anschloss und als Ort der Weihe und als Versammlungshalle diente.

Vor der Kapelle hatten sich etliche Männer im Templerhabit versammelt, aber auch kirchliche Würdenträger, die aufgrund ihrer Gewandung durchaus dem Orden zugeordnet werden konnten. Tramelay und seine Leute würden den Anlass gründlich zu nutzen wissen, um mit Gerüchten aufzuräumen, dass er und seine Leute hinter den Überfällen der vergangenen Wochen und Monate steckten.

Ein Seitenblick zu Johan und Stephano versicherte Gero, dass er nicht der Einzige war, der still zu beten begonnen hatte.

Falls, wie zu erwarten war, ein Todesurteil fiel, würde man sich mit der Umsetzung nicht viel Zeit lassen. Nur mit einem harten Durchgreifen konnte man eine solche Sache aus der Welt schaffen und die aufgebrachten Gemüter beruhigen.

Am meisten ärgerte Gero sich über sich selbst und die mangelnde Planung, der sie trotz gewisser Einblicke in diese Zeit und ihres Wissens um vergangene Ordensangelegenheiten zum Opfer gefallen waren.

Gestorben aus Dummheit, müsste auf ihren Grabsteinen stehen – wenn man ihnen überhaupt ein ordentliches Begräbnis gewährte und sie nicht exkommuniziert in einem ungeweihten Loch verscharrt würden. Der Gedanke, dass ihnen dann das Paradies verwehrt sein und er Hannah nie wiedersehen würde, quälte Gero mehr als die Aussicht auf einen grausamen Tod.

Einzig erleichterte ihn, dass seine Männer trotz allem Haltung bewahrten. Lediglich Tanner taumelte umher wie ein Narr, was wohl daran lag, dass er sich ein Magenleiden eingefangen und sich die ganze Nacht lang übergeben hatte. Blieb zu hoffen, dass er nicht schon während der Verhandlung verstarb. So etwas konnte leicht als ein Gottesurteil ausgelegt werden und erschien deshalb nicht von Vorteil.

Ihre Wachen stießen sie an den Wartenden vorbei in die große, mit Licht durchflutete Halle, deren quadratische Glasfester ausschließlich im oberen Drittel der hell verputzten Wände eingelassen worden waren, damit von draußen niemand hereinschauen konnte.

Gnädigerweise wurde es Gero und seinen Mitangeklagten sogar erlaubt, sich auf einer hölzernen Bank niederzulassen, die seitlich zu den Tischen und Stühlen der Kapitelvorsitzenden aufgestellt worden war. Überhaupt schien Berengar von Beirut, der als Komtur neben dem Großmeister und Marschall Hugo Salomonis de Quily saß, alles darangesetzt zu haben, dass die Verhandlung ihres Verbrechens als ordentliche Versammlung des örtlichen Kapitels daherkam. Ein Protokollführer im braunen Habit saß zur Linken von Peter de Vezelay, der als Seneschall nicht fehlen durfte, und zeichnete mit Tinte und Federkiel alles urkundlich gesiegelt auf einem Stapel von Pergament auf, damit hinterher niemand sagen konnte, es sei bei dem Prozess nicht mit rechten Dingen zugegangen.

Mit einem mulmigen Gefühl nahmen die fünf Angeklagten Platz, direkt gegenüber von Bischof Ralph, der sie mit mürrischer Miene taxierte.

Der hochdekorierte Kleriker und autorisierte Vertreter des Papstes im Heiligen Land war für den Anklagepunkt Häresie hinzugebeten worden. Der Bischof, ein glatzköpfiger, hagerer Mann, war ohne Zweifel ein überzeugter Asket. Solche Männer waren bekannt für ihre disziplinierte Haltung auch bei der Begehung von Sünden und entsprechend gnadenlos in ihrem Urteil.

Während den anderen Angeklagten die Unruhe anzusehen war, knurrte Struan gut hörbar der Magen.

»Himmel, Arsch und Zwirn«, zischte Johan, »ich könnte kotzen, und der Schotte denkt schon wieder ans Essen.«

»Ruhe da«, tönte Berengar von Beirut vom Richterpult aus. »Sonst sorge ich dafür, dass man euch umgehend die Zunge herausschneidet.«

Gero beobachtete, wie die übrigen Bänke sich mit Ordensrittern füllten. Gewöhnliche Brüder oder Brüder auf Zeit waren bis auf den Schreiber nicht zugelassen. Mit etwa fünfzig Teilnehmern war es fast eine intime Verhandlung, aber schließlich befand man sich mitten in einer Belagerung, was die Entscheidung, nur die ranghöchsten Brüder teilnehmen zu lassen, erklärte.

Kapitelversammlungen verliefen immer unter Ausschluss ordensfremder Personen. Normalerweise hatte der Orden kein Interesse daran, dass die Verfehlungen der Ritter nach außen drangen, und auch in diesem Fall ging es wohl eher darum, sich gegenüber dem Königshaus und seinen Verbündeten zu rechtfertigen. Wahrscheinlich würde man diesmal sogar so weit gehen, dafür zu sorgen, dass die Verhandlung und deren Ergebnis unter den Bewohnern Jerusalems bekannt wurden. Somit konnten alle Zweifel, der Orden würde seine eigenen Sünder nicht adäquat bestrafen, mit einem Schlag ausgeräumt werden.

Als der Letzte das eiserne Portal der Kapelle hinter sich geschlossen hatte, erhoben sich alle und sprachen ein Vaterunser. Dann folgte ein ellenlanger lateinischer Text, der die Vorsitzenden und zwölf Geschworenen, die das Ordenskapitel bei der Wahrheitsfindung unterstützen, auf das einstimmte, was von offizieller Seite erwartet wurde: eine Verhandlung nach dem Strafrecht des Ordens und damit im Namen des Herrn.

Eine Farce – wie Gero befand. Sein Blick wanderte entlang der vielen unterschiedlichen Gesichter und landete in der letzten Reihe bei einem Mann, der ihm bestimmt nicht mehr aus dem Gedächtnis gehen würde: André de Montbard.

Der grauhaarige Templer schaute ihn von weitem durchdringend an. Die braunen Augen des Mannes schienen ihn regelrecht zu durchbohren, als ob er ihn kennen würde, dabei hatten sie einander nur einmal gesehen. Gero fragte sich immer noch, ob sie es womöglich sogar Montbard zu verdanken hatten, dass sie nun gewaltig in der Klemme saßen.

Einzeln wurden sie mit ihrem offiziellen Namen aufgerufen, damit sie sich in Demut erhoben.

Mit geneigtem Haupt und gefalteten Händen standen sie da und rührten sich nicht. Lediglich Tanner trat unruhig von einem Bein auf das andere, weil ihm immer noch speiübel war.

Dann erklärte der Beigeordnete anhand der von Anselm gefälschten Unterlagen, dass sie adliger Herkunft und vor zwei Jahren in einem Haus in Lothringen zur Aufnahme in den Orden gelangt waren. Dass die besagte Komturei völlig unbekannt war, schien niemandem aufzufallen.

»Bruder Gerard«, begann Berengar von Beirut leutselig, »bekennt Ihr Euch schuldig, vor vier Tagen am Fest des heiligen Benedikt auf dem Weg nach Jerusalem als Sarazene verkleidet ein jüdisches Dorf überfallen zu haben und dessen Bewohner sowie sechs unserer tapferen Brüder getötet zu haben?«

»Bei Gott dem Herrn«, erwiderte Gero mit fester Stimme, »ich bekenne mich nicht schuldig. Es war vielmehr umgekehrt. Eure Leute schreckten nicht davor zurück, sogar Kinder zu meucheln.«

Berengar verzog keine Miene und antwortete auch nicht, sondern wiederholte die Frage noch viermal, indem er sie den übrigen Angeklagten stellte, wobei er immer die gleiche Antwort erhielt.

Großmeister Tramelay, ein vierschrötiger Kerl mit rotem Gesicht und weißblondem Bart, hielt es nicht mehr auf seinem Stuhl. »Elende Verräter«, brüllte er mit erhobener Faust. »Man sollte euch hängen, und das ohne Prozess!«

Der Bischof zog ihn mit sanfter Gewalt zurück auf den Stuhl, doch jeder Anwesende konnte dem Großmeister ansehen, wie es weiter in ihm brodelte.

Berengar ließ sich davon nicht beeindrucken und führte die Aussage von zwei Zeuginnen ins Feld, die man angeblich unter Anwesenheit der ehrenwerten Priorin Ioveta in der Abtei Sankt Lazarus verhört hatte. Die Priorin hatte das Verhör als Beisitzerin gegengezeichnet. Gero schwante nichts Gutes, als ihm klarwurde, dass es sich bei der Vernehmung um die beiden entführten Frauen gehandelt haben musste, die sie nach dem Überfall gerettet hatten. Dass die beiden nicht leibhaftig auf den Tempelberg vorgeladen worden waren, lag in der Tatsache, dass Kapitelversammlungen einer strengen Geheimhaltung unterlagen und die Anwesenheit von Frauen undenkbar war.

Wahrheitsgemäß hatten die beiden Jüdinnen dem Schreiber von dem Überfall berichtet, wobei der Ablauf des Verhörs so geschickt gestaltet worden war, dass sie die Frage, ob sie von Templern gerettet worden waren, ebenso mit Ja beantworten mussten wie die Frage, ob sie durch als Sarazenen verkleidete Templer zu Schaden gekommen waren.

Da weder Namen noch einzelne Personenbeschreibungen von ihnen verlangt wurden, konnte sich jeder der anwesenden Geschworenen die Sache nach seinem eigenen Gutdünken auslegen.

Bei der Frage, wie die Templer getötet worden waren, hatten die Frauen passen müssen.

Plötzlich stand der Begriff »schadhafte schwarze Magie« im Raum.

»Die Männer sind einfach von ihren Pferden gefallen«, hatte eine der Frauen berichtet. Auch dass Pferde auf der Stelle tot umgefallen seien, hatte sie ausgesagt.

Am Ende sprach sie von einem seltsamen Stock, mit dem einer der Männer auf ihre Beschützer gezielt hatte. Dann erzählte die Jüngere von Gero, der aus heiterem Himmel in einer Chlamys vor ihr gestanden und sie nach dem Datum gefragt hatte. Offenbar wusste er nicht, welchen Tag und welches Jahr man schrieb. Ein Indiz dafür, dass es sich trotz seiner himmelblauen Augen um einen Sarazenen gehandelt haben konnte, der sich nicht im christlichen Kalender auskannte. Die Männer seien ihr merkwürdig vorgekommen, allen voran derjenige, der den seltsamen Stock bedient hatte.

Die Überreste jenes merkwürdigen Stocks, jene Heckler & Koch, die den Angriff von Berengars Kampfhammer nicht überstanden hatte, lag nun zum Beweis in Einzelteilen aufgelöst vor Bischof Ralph, der sich wohl nicht getraute, das Teufelswerk anzufassen, sondern nur einen kurzen Blick darauf warf.

»Die junge Frau«, bemerkte Berengar mit dozierender Stimme, »bezeichnete unsere hier anwesenden Brüder als Söhne des Ha-Satan, die sich hinter einer weißen Templerchlamys verstecken, aber in Wahrheit den Sarazenen zugetan sind.«

Ein Raunen ging durch den Saal, als kurz darauf ein einbalsamierter Leichnam hereingetragen wurde, der sich als einer der getöteten Templer erwies, den Tanner erschossen hatte.

Der Bischof erhob sich und inspizierte die winzige Wunde unterhalb der linken Brustwarze.

»Habt ihr so etwas schon einmal gesehen?« Der Bischof schaute in die neugierige Menge. Kopfschütteln machte die Runde.

»Es war kein Pfeil und auch keine Lanze, dafür ist die Wunde zu klein. Und ein Schwert war es auch nicht. Also was war es dann?«

Sein bohrender Blick richtete sich auf Agent Tanner, der einfach dasaß und ihn anstarrte, als hätte man ihm eine Opiumpille verabreicht.

Ralph hatte in Latein gesprochen, was Tanner zwar verstand, doch er war immer noch grün im Gesicht und blieb ihm wegen eines heftigen Würgereizes eine Antwort schuldig.

»Seid ihr mit den Mächten des Bösen im Bunde?«, rief Ralph mit schneidender Stimme.

Als Tanner immer noch nicht antwortete, nahm der Bischof all seinen Mut zusammen und ging zum Pult, um die hölzerne Kiste mit den Überresten des merkwürdigen Gegenstandes an sich zu nehmen und Bruder Jacob von Tannenberg, wie Tanner hier offiziell hieß, unter die Nase zu halten. »Was ist das?«, fragte er forsch.

Tanner besann sich einen Moment. »Eine Heckler & Koch«, antwortete er mit verwaschener Stimme.

»Eine was?« Ralph schaute ihn begriffsstutzig an.

»Eine Pistole.« Tanner machte sich nicht die Mühe, das Wort zu übersetzen.

»Und du willst mir nicht verraten, was das bedeutet?«

»Es bedeutet«, erklärte Tanner entnervt, »damit kannst du … jemanden über den Haufen schießen.«

Ralph legte den Kopf schief und sah ihn prüfend an. »Bedeutet das«, er zögerte einen Moment lang, seines wichtigen Auftrittes durchaus bewusst, »du hast den Bruder mit dieser seltsamen Waffe getötet?«

»Überleg dir genau, was du sagst«, zischte Gero.

»Ruhe im Saal!«, brüllte Berengar.

»Ja, verdammt«, keuchte Tanner verzweifelt. »Er hat es nicht anders verdient. Er hat Frauen und Kinder abgeschlachtet, genauso wie die restliche Bande.« Im nächsten Moment musste er sich vollends übergeben. Ralph sprang angewidert zurück, obwohl Tanner nur ein letzter Rest Galle aus dem Mund tropfte, was den Eindruck, dass er von einem Dämon besessen war, noch verstärkte.

Während Tanner sich stöhnend krümmte, fasste der Bischof offenbar einen Entschluss. »Wie Ihr alle sehen könnt, steckt der Teufel in ihm«, konstatierte er zufrieden. »Er gibt zu, mit diesem Teufelsstock unsere Brüder getötet zu haben – außerdem behauptet er, sie hätten an seiner Stelle das Dorf überfallen. Eine ungeheuerliche Beschuldigung, die wir keinesfalls dulden dürfen. Denn nicht nur der Ruf des Templerordens steht auf dem Spiel, auch der des Königs und seiner Barone. Deshalb erbitte ich das Ordenskapitel von Jerusalem, im Namen des Großmeisters ein gerechtes Urteil über diese Männer zu fällen, auf dass sie ihr schändliches Maul nie mehr gegen uns und die Ehre des Ordens erheben können.«

Gero und seine Kameraden wurden streng bewacht in einen Nebenraum geführt, während sich die zwölf Geschworenen, deren Vorsitz Tramelay übernommen hatte, zur Beratung zurückzogen. Zu Geros Überraschung war auch Montbard mit von der Partie. Gero ließ den graubärtigen Mann nicht aus den Augen, bis sich die Tür hinter ihm geschlossen hatte. Dabei hatte er abermals Montbards durchdringenden Blick aufgefangen.

Nach einer Stunde kehrten die Templer zur Urteilsverkündung zurück in den Saal. Tramelay und seine Getreuen hatten mit den anderen Geschworenen ihre angestammten Plätze eingenommen, bis auf Montbard, der verschwunden blieb.

Berengar von Beirut ergriff mit einem kühlen, abgeklärten Gesichtsausdruck das Wort. »Im Namen des Vaters, des Sohnes und des Heiligen Geistes, im Angesicht unserer Muttergottes Maria«, begann er mit einem raschen Blick zu einer in Stein gemeißelten Muttergottesfigur. »In der Zeugenschaft der hier anwesenden Brüder obliegt es unserem Vater und Großmeister Bernard von Tramelay, Gott steh ihm allseits bei, folgendes Urteil zu sprechen.«

Nun war es an Tramelay fortzufahren, der sich mit bitterböser Miene erhob.

»Die Geschworenen haben die hier Anwesenden mit einer Stimmenthaltung für schuldig befunden, im Auftrag der Sarazenen ein jüdisches Dorf überfallen und anschließend unsere zur Hilfe eilenden Brüder unter Anrufung des Teufels getötet zu haben. Ab sofort haben die Beschuldigten ihre Chlamys abzulegen und als reuige Sünder im Kerker auf die Vollstreckung ihrer Strafe zu warten, die morgen in aller Frühe bei Sonnenaufgang und ohne Zeugen in den Ställen des Salomo erfolgen wird, um das Ansehen des Ordens nicht weiter zu schädigen.«

Einen quälend langen Moment kostete Tramelay seine Überlegenheit aus.

»Tod durch Erhängen«, verkündete er überlegen. Dann fiel sein Blick der Reihe nach auf Gero, Johan, Stephano, Struan und Tanner, denen das Entsetzen durchaus anzusehen war. »Gott sei eurer sündigen Seele gnädig.«

Bei Sonnenaufgang schreckte Arnaud aus einem Alptraum hoch, als er ein plötzliches Rascheln vernahm. Aber kein Löwe stand vor ihm, wie er befürchtet hatte, sondern Rona, die ihn anlächelte und ihm ein paar Kleider zuwarf, die er überziehen sollte.

Verschlafen betrachtete Arnaud den bunten Kaftan, einen blauen Turban, ein Paar helle Stiefel sowie einen mit Nieten besetzten Gürtel, an dem er sein Schwert befestigen konnte. Für sich und Lyn hatte Rona ein hellblaues und granatapfelrotes Gewand mitgebracht und einen Gesichtsschleier, der alles verhüllte, bis auf ihre wunderschön schräg stehenden Augen. Mit einem freudigen Lächeln reichte sie ein paar zierliche Schuhe aus hellem Ziegenleder an ihre Schwester weiter. »Sind die nicht schön?«, fragte sie.

Lyn nickte und nahm sie mit einem Lächeln entgegen.

Bevor Arnaud fragen konnte, wo und mit welchen Mitteln sie die Sachen erstanden hatte, hatte sich Rona ihres bescheidenen Nonnengewandes entledigt und stand splitternackt vor ihm. »Ich habe mir einen Goldbesant aus deinem Beutel genommen«, sagte sie mit einem unschuldigen Augenaufschlag und begann sich ungeniert vor ihm umzuziehen.

Arnaud schluckte heftig, als sie sich neben ihn kniete und das restliche Geld in seine Taschen steckte. Ihre Brüste waren ihm so nah wie zwei saftige Äpfel, in die er nur noch hineinbeißen musste. »Bist du von Sinnen?«, stieß er keuchend hervor und wich panisch zurück.

»Was ist mit dir los?«, fragte Rona mit verständnislosem Blick. »Es ist doch nur Geld, und ich wollte die Sachen nicht stehlen, um nicht noch mehr Aufmerksamkeit auf uns zu lenken.«

Arnaud wusste beim besten Willen nicht, wo er hinschauen sollte. »Es geht nicht ums Geld«, stellte er unmissverständlich klar. »Dass du einen Mann mit deinem Anblick in Verlegenheit bringen könntest, fällt dir nicht ein, oder?«

»Was heißt hier Verlegenheit?« Mit einem unsicheren Lächeln nahm Rona ihr Unterkleid in die Hand, um es auf die richtige Seite zu drehen.

Arnaud starrte auf ihren makellosen Körper, die langen Beine, die leicht gerundeten Hüften und ihre haarlose Scham. Sein Herz raste, und in seinem Schoß erhob sich ein Dämon.

»Ich … ich …«, stotterte er. »Hast du überhaupt eine Ahnung, wie unglaublich schön du bist?«

»Nein«, antwortete sie schlicht und fuhr fort, sich anzukleiden. »Und du? Wie steht's mit dir?«

»Was hat das mit mir zu tun?« Ein Grinsen flog über seine Lippen. »Ich glaube nicht, dass man mich schön nennen könnte.«

»Zieh dich aus!«

»Was?«

»Na los, zieh dich aus! Ich will dich anschauen.«

Arnaud schüttelte ungläubig seinen braunen Lockenkopf. »Das meinst du nicht ernst, oder?«

»Nichts ernster als das.« Ihr Blick war tatsächlich ernst, und Arnaud begann zögernd, sich des grauschwarzen Mönchskittels zu entledigen.

»Du siehst aus wie Adonis«, bemerkte sie schlicht, als er vollkommen nackt vor ihr stand.

Arnaud senkte den Kopf und sah an sich hinab. Die festen, leicht hervorstehenden Brustmuskeln, auf denen sich ein paar braune Härchen kringelten, die starken, sehnigen Arme, denen der Angriff der Löwen zu seiner eigenen Überraschung nicht mehr anzusehen war, der flache, muskulöse Bauch und ein ziemlich imposantes Geschlecht, das sich nicht unbedingt im Zustand der Ruhe befand, mussten ihrem interessierten Blick standhalten. Auch seine Beine waren wohlgeformt und kräftig. Als er fragend und leicht verschämt aufschaute, lachte Rona befreit.

»Irgendwann würde ich das alles gerne einmal genauer betrachten. Aber nicht jetzt. Wir haben zu tun.« Dann verschwand sie aus der Höhle und ließ einen wie vom Donner gerührten Arnaud zurück, der sich zum zweiten Mal fragte, ob er soeben eine Erscheinung gehabt hatte.

Als er wenig später, als syrischer Kaufmann verkleidet, hinaustrat, sah er sich zwei perfekten Schönheiten gegenüber, die jedem Harem zur Ehre gereicht hätten. Lyn hatte sich bereits mit dem Kamel beschäftigt, das Rona in einem Mietstall geliehen hatte.

Am frühen Vormittag erreichten sie Jerusalem und wurden zu Arnauds großer Überraschung ohne Nachfragen eingelassen. Allein ihre prunkvolle Aufmachung schien die Wachhabenden von ihrer Rechtschaffenheit zu überzeugen. Doch anstatt sofort zum Palast zu gehen, suchten sie sich zunächst eine Herberge an der Kadhiya-Gasse, mit einem Hinterhof, der direkt an das arabische Viertel angrenzte, wo man für einen kleinen Aufschlag das Kamel in einem Mietstall abgeben konnte.

Nachdem sie ein geräumiges Zimmer bezogen hatten, in dem sich ein einziges großes Bett befand, das Onur, ein geschwätziger Syrer, ihnen mit ein paar anzüglichen Bemerkungen anpries, wandten sie sich wieder dem Gastraum zu, um etwas zu trinken. Ein paar arabische Pilger saßen an den Tischen bei einem späten Frühessen, bestehend aus Fladenbrot, Ziegenkäse und grünem Pfefferminzsud.

»Dreimal das Gleiche«, rief Arnaud dem beleibten Wirt zu.

Nachdem der Mann das Bestellte serviert hatte, setzte er sich wie selbstverständlich neben die Frauen und plauderte die neuesten Neuigkeiten aus. Es war durchgesickert, dass am Morgen auf dem Tempelberg eine Kapitel-Versammlung stattgefunden hatte, bei der mehrere vermeintliche Templer zum Tode verurteilt worden waren, wobei man munkelte, dass es sich bei den Männern in Wahrheit um Sarazenen gehandelt habe, die den Orden unterwandert hätten. »Allah sei ihren armen Seelen gnädig«, murmelte Onur mit verschwörerischem Blick. »Seitdem die Königin ihr Amt an ihren Sohn abgeben musste«, brummte er ärgerlich, »hat man als Muslim in dieser Stadt nichts mehr zu lachen. Erst recht, seit bekannt ist, dass Nur ad-Din unsere Befreiung von den Franken vorantreibt. Also seht Euch vor«, empfahl er Arnaud.

»Wann ist die Hinrichtung?«, fragte Arnaud scheinbar beiläufig. Konzentriert nippte er an seinem heißen Sud und hörte entsetzt, dass das Todesurteil schon am nächsten Morgen vollstreckt werden sollte. Er gab sich jedoch gleichgültig, und auch den Frauen, die ihren Schleier zum Trinken gelockert hatten, konnte man keinerlei Gefühle ansehen.

Erst nachdem Onur in die Küche entschwunden war, ergriff Rona das Wort. »Wir müssen einen Boten zu Montbard schicken«, flüsterte sie, »der ihn hierherlockt. Im Palast können wir uns nicht blicken lassen, sonst laufen wir noch Melisende über den Weg.«

»Und wer sollte dieser Bote sein?«, fragte Arnaud.

»Hast du niemanden in dieser Stadt, dem du vertraust?« Lyn schaute ihn aus sanften blauen Augen an.

»Wie sollte ich?«, antwortete er ungeduldig. »Wir sind erst vor kurzem hier angekommen. Ich stamme selbst nicht aus dieser Zeit, und die Einzigen von uns, die nicht eingekerkert wurden, sind der Professor und ich.«

»Der Professor?« Rona warf ihm einen überraschten Blick zu.

»Hertzberg«, erklärte Arnaud und trank noch einen hastigen Schluck, in der Hoffnung, dass ihn dieses Gebräu beruhigte. »Er ist ein uralter Gelehrter. Bei meiner Flucht aus Jerusalem lag er schwerverletzt im Hospital. Vielleicht ist er schon tot. Ich habe keine Ahnung.«

»Wenn er noch lebt, müssen wir ihn dort herausholen, und zwar schnell.« Rona blickte beunruhigt zur Tür, wo ein paar Ritter vom Heiligen Grab erschienen waren, um beim Wirt die Pacht einzutreiben. »Wenn sich irgendjemand auf dem Templerberg an euren Professor erinnert, wird man ihm eine Mitschuld ankreiden, und spätestens dann ist er so gut wie tot.«

»Lediglich Montbard ist in der Lage, ein Veto beim Großmeister und seinen Verbündeten einzulegen«, fügte Lyn hinzu, »zumindest was das Strafmaß deiner Brüder betrifft. Er gehört zu den zwölf Geschworenen der Kapitelversammlung, und über Melisendes Vermögen besitzt er einen gewissen Einfluss, die Dinge zum Guten zu wenden.«

»Vielleicht«, sagte Arnaud unvermittelt, »gibt es doch jemanden, den ich als Boten dorthinschicken könnte.« Er dachte an Jussuf, den kleinen Bruder von Samira. Er und seine Schwester hatten ihm schließlich zur Flucht aus dieser Stadt geholfen. Warum sollten sie es nicht noch einmal tun?

Kapitel 17

Rattenjagd

Juli 1153 – Askalon

Zwei lange Tage und Nächte hatten Anselm und Matthäus nun in diesem Loch verbracht, was ihnen wie eine Ewigkeit erschien. In Gegenwart von Khaled, der fünfmal am Tag auf einer zerlöcherten Strohmatte zu Allah betete und danach mitunter in eine meditative Sprachlosigkeit verfiel, hatte Anselm sich aussichtslosen Fluchtplänen hingegeben, die der Assassine als idiotisch verwarf, kaum dass Anselm sie ausgesprochen hatte.

Und so hockte Anselm die meiste Zeit frustriert auf dem stinkenden Boden und starrte in ein stinkendes Nichts.

Plötzlich waren Schritte zu hören, und ein Schatten senkte sich über die verwaiste Tür ihres Gefängnisses. Anselm sah auf und entdeckte zwei Kerkerwächter, die sich an dem Schloss zu schaffen machten.

Einer der beiden Soldaten fixierte Matthäus mit einem Grinsen. Anselm verstand nicht, was der Wachmann seinem Kameraden zuraunte, aber Khaled, der nicht weit von ihm entfernt unvorsichtigen Ratten auflauerte, schien im Bilde zu sein. Der Assassine hob kaum merklich den Kopf, und Anselm beobachtete, wie sich seine sehnigen Muskeln anspannten, als der Schlüssel im Schloss gedreht wurde. Der zweite Wachsoldat hatte seinen Krummsäbel gezückt und warf einen misstrauischen Blick in die Zelle.

Khaled hatte Anselm erzählt, dass manche Gefangene aufgrund ihrer Verzweiflung enorme Kräfte entwickelten. Sein Vorgänger hatte einer unvorsichtigen Wache das Genick gebrochen, als der Mann bei der Essensverteilung den Gitterstäben zu nahe gekommen war. Natürlich hatte der Mitgefangene dafür mit dem Leben bezahlt. Angeblich hatte man ihm bei lebendigem Leib den Hoden abgeschnitten und ihm dann den Bauch aufgeschlitzt und seine Eingeweide an die Hunde verfüttert. Zur Abschreckung all jener, die gedachten, etwas Ähnliches zu versuchen.

Anselm fragte sich, was die Soldaten von ihnen wollten und was Khaled vorhatte. Denn dass der Assassine etwas im Schilde führte, konnte er förmlich spüren.

»Was wollen die hier?«, flüsterte Anselm. Nervös schaute er zu den beiden Soldaten hin, als der Erste die Tür öffnete, und der andere ihn sicherte.

»Wahrscheinlich kommen sie, um den Jungen zu holen«, murmelte Khaled ohne sichtbare Regung. »Der Leibdiener des Wesirs bevorzugt junges Geflügel, besonders wenn es blond und männlich ist und aussieht wie ein Engel. Wundert mich sowieso, warum man den Burschen in dieses Verlies gesteckt hat. Normalerweise findet sofort bei Ankunft der Gefangenen eine Auslese statt. Frauen und Kinder werden gewöhnlich als Sklaven gehalten, um im Palast zu dienen, aber die Aufgaben, die sie dort erhalten, bringen sie in der Regel nicht um …«

Anselm hielt den Atem an. Nicht zu wissen, was Hannah, Freya und Amelie widerfahren war, quälte ihn schon genug, aber dass der Junge wegen ihm seine Unschuld verlor, war nicht zu ertragen. Noch lag Matthäus auf der anderen Seite des Käfigs und verschlief eingerollt wie eine Katze den Tag.

Anselm wollte aufspringen und kämpfen, doch sein arabischer Bruder hielt ihn mit erstaunlicher Kraft zurück.

»Warte«, flüsterte er. »Lass sie näher herankommen. Wenn der Junge wach wird und sich wehrt, haben wir eine Chance, sie zu überwältigen.«

Ohnmächtig beobachtete Anselm, wie Matthäus instinktiv erschrak, als eine Hand grob nach seinem Arm packte. Bevor er mit einem erstickten Schrei aufsprang, um zwischen Anselm und Khaled eine trügerische Sicherheit zu suchen, hatte ihn der fatimidische Soldat schon um die Taille gepackt und hielt ihn fest. Doch Matthäus hatte seine Lektionen in der Templer-Komturei von Bar-sur-Aube gründlich gelernt. Er trat den Angreifer vor das Schienbein und schnappte mit den Zähnen nach seiner Hand, wobei er dessen Daumen erwischte und mit einer solchen Wucht zubiss, dass der Soldat ihn fluchend losließ. Matthäus rannte panisch in den hinteren Teil des Verlieses, um sich den Blicken der Soldaten zu entziehen. Während der erste Soldat noch mit seiner Wunde beschäftigt war, trat der zweite hinzu, um Matthäus mit erhobenem Säbel zu folgen.

Khaled stellte ihm ein Bein. Der Mann ging zu Boden und verlor dabei seine Waffe. »Jetzt!«, zischte er Anselm ins Ohr. Ohne Vorwarnung wurde er von Khaled am Arm gepackt und in eine Schlacht mitgerissen, deren Verlauf ihn völlig überrollte. In einer unmenschlichen Geschwindigkeit, die er seinem nackten, total abgemagerten Leidensgenossen niemals zugetraut hätte, ergriff Khaled den am Boden liegenden Säbel und enthauptete die beiden überraschten Wachen in zwei blitzschnellen Drehungen mit einer solchen Wucht, dass deren Blut gegen die Kerkerwände spritzte.

All das geschah in beinahe völliger Lautlosigkeit, und bevor Anselm sich die Frage stellte, was als Nächstes passieren würde, vernahm er ein: «Fass mit an!«

Gemeinsam zogen sie die Leichen in den hinteren Teil der Kammer, wo sie für einen Moment in der Düsternis verschwanden. Matthäus war am ganzen Leib zitternd hervorgetreten und versuchte zu helfen, indem er auf Khaleds Befehl die Köpfe der beiden Söldner nach einem Moment des Zögerns mit spitzen Fingern an den Haaren fasste und dem Assassinen hinterhertrug.

Anselm schaute sich aufgeschreckt um, während Khaled ihn anwies, den Säbel des zweiten Toten an sich zu nehmen.

Danach riss Khaled einer der Wachen Hose und Hemd vom Leib und schlüpfte hinein. Beide Kleidungsstücke waren zu groß, so dass er sie mit einem ledernen Gürtel auf Taille fixieren musste, den er einem der Kerle als Erstes genommen hatte. Die halbhohen Stiefel des Mannes zog er nicht an, sondern schnürte sie an den Riemen zusammen und band sie an den Gürtel. In einer fließenden Bewegung entledigte er sich mit dem Dolch des zweiten Soldaten seiner viel zu langen Barttracht, indem er die Haare zwei Finger breit vom Kinn entfernt kappte. Auch seine langen, verfilzten Haupthaare stutzte er mit wenigen Handgriffen bis auf Schulterlänge.

»Ich denke, ich bin hübsch genug, damit wir ausgehen können.« Mit einem Augenzwinkern klopfte Khaled dem immer noch völlig paralysierten Matthäus auf die Schulter und drückte ihm einen Dolch in die

Hand. »Zu deinem Schutz«, raunte er und fügte hinzu: »Gut gemacht, Junge.«

Dann wandte er sich, ohne zurückzuschauen, dem Ausgang des Käfigs zu, dessen Gittertor weit offen stand. »Kommt«, sagte er und bedeutete Anselm und Matthäus, ihm zu folgen.

»Wohin?« Anselm zögerte einen Moment und horchte auf das Stöhnen und Jammern aus den anderen Verliesen, das den Kampf und die Gegenwehr der Wachen übertönt hatte. Obwohl sich nun eine Chance auftat, diesem Rattenloch zu entkommen, packte ihn die Angst, dass man sie erwischen könnte, und an das, was danach geschah, wollte er lieber gar nicht denken. Draußen vor dem Gefängnis patrouillierten Dutzende von blutrünstigen Fatimiden. Die Männer zu überwältigen wäre mit Khaleds Talenten vielleicht möglich gewesen, aber die Festung zu verlassen erschien angesichts der hohen Mauern und verschlossenen Tore illusorisch.

»Vertrau mir, Anselm.« Khaled warf ihm einen verschwörerischen Blick zu. »Kannst du schwimmen?«

»Klar.«

»Und der Junge?«

»Ich denke schon?« Anselms Blick wanderte zu Matthäus, der zögernd nickte.

»Allah wird uns helfen.« Khaled blickte kurz zur Decke des Verlieses und deutete dann auf den Latrinenschacht, in dem ein blaugrünes Licht schimmerte. Für den Bruchteil einer Sekunde fühlte sich Anselm an den Timeserver erinnert. Bevor er verstand, was Khaled vorhatte, begann der Assassine mit bloßen Händen das Gitter am Boden aufzustemmen.

»Hilf mir«, befahl Khaled, der das schwere, kreisförmige Gitter an einer Seite bereits angehoben hatte, es jedoch alleine nicht schaffte, das schwere Teil vollständig zur Seite zu hieven.

Anselm zögerte nicht, aber augenblicklich wurde ihm bewusst, dass er mit seiner Flucht die Frauen nicht nur im Stich lassen, sondern sie auch in Gefahr bringen würde. »Ich kann nicht«, stieß er hervor, wobei er gleichzeitig mit Khaled das Gitter aus einer Verankerung katapultierte. Unter ihnen brodelte in etwa drei Meter Tiefe der Zulauf zum Meer.

»Was willst du denn? Es geht doch«, bemerkte der Assassine zufrieden.

»Das meine ich nicht«, erwiderte Anselm nervös. »Was wird aus meinen drei Begleiterinnen? Ich kann sie doch nicht einfach hier zurücklassen.«

»Sind sie schön?« Khaled blickte kurz auf, während er das Gitter so weit zur Seite schob, dass sie ohne Probleme durch den Zugang passten.

»Mehr als das.« Anselm schüttelte es bei dem Gedanken, die Frauen könnten für ihre Flucht mit Folter und Tod büßen.

»Dann mach dir keine Gedanken«, beruhigte ihn Khaled mit einem Grinsen. »Das Schlimmste, was ihnen passieren kann, ist, dass sie von Wesir al-Russak oder seinen Lakaien gevögelt werden. Kein vernünftiger Mann würde eine schöne Frau töten, die ihm die Befriedigung seiner Lust verspricht.«

Anselm hatte nicht das Gefühl, dass ihn dieser Gedanke beruhigte.

»Wenn wir jetzt nicht verschwinden«, beschwor ihn Khaled, »werden sie uns schnappen und auf der Stelle töten.« Mit einem Blick auf Matthäus, der vor Aufregung schlotterte, bedurfte es keiner weiteren Argumente mehr, Khaled zu folgen.

Nacheinander tauchten sie in das warme, salzhaltige Wasser, das von einer Landzunge her durch einen unterirdischen Zufluss rauschte. Prustend kam Anselm zu Tage, wegen des umherschwimmenden Unrats bemüht, kein Wasser zu schlucken. Im Zwielicht der Höhle erfasste ihn Erleichterung, als er den Kopf des Jungen erblickte, der sich paddelnd wie ein Hund über Wasser hielt. Matthäus hatte den Sprung ebenfalls ohne Probleme überstanden. Er schwamm auf Anselm zu und klammerte sich mit einer Hand an dessen Schulter. Khaled tauchte neben ihnen auf und sah mit einem Mal viel jünger aus, nachdem er sich den Dreck aus dem Gesicht gewaschen und die Haare zurückstrichen hatte. »Folgt mir!«, befahl er ihnen und war schon wieder unter der Wasseroberfläche verschwunden, um sich mit einem kraftvollen Stoß, Richtung Höhlenausgang zu bewegen.

Anselm sah noch einmal nach oben, zu dem breiten Loch hinauf, wo sich düster der Kerker erstreckte.

»Halt dich an mir fest!«, empfahl er Matthäus, und dann schwamm er, den Jungen im Schlepptau, dem Assassinen hinterher.

Freya hatte das Unglück früh genug kommen sehen, obwohl auch sie die Geschichten aus den Frauenhäusern der Heiden nur vom Hörensagen kannte.

Seit zwei Tagen waren sie nun in dieser Festung gefangen, und nachdem man sie zu Beginn untersucht und nach ihrer Herkunft befragt hatte, führte man sie wenig später in einen prunkvoll ausgestatteten Palast, in dem ausschließlich Frauen ihr Dasein fristeten – oder Männer, die nach einer Kastration keine richtigen Männer mehr waren. Zunächst hatte man ihnen aufgetragen, sich zu waschen, und ihnen neue, saubere Kleidung zugeteilt. Erst am Abend des darauffolgenden Tages führte sie die ältere Frau, die sie im Palasthof in Empfang genommen hatte, in einen dampfenden Hamam, wo man sie aufforderte, ihre Kleider wieder abzulegen und ausschweifend zu baden. Freya staunte, als sie an den Wänden der Badestube die türkis leuchtenden Mosaiken erblickte, die über und über mit Goldplättchen besetzt waren.

Auch Hannah schaute sich um und war wie gebannt. Überall lagen halbnackte Schönheiten, in dünne Tücher gehüllt, und betrachteten sie mit einer unverhohlenen Neugier, als wären sie seltene Tiere. Das Gefühl, sich in einer Menagerie zu befinden, verstärkte sich noch durch die kunstvoll geschmiedeten Käfige, die von der Decke baumelten und in denen allerlei Vögel zwitscherten. Erst als Amelie sich laut protestierend weigerte, ihre Kleider abzulegen, löste Hannah sich aus ihrer Erstarrung. Erschrocken registrierte sie, wie der Eunuch zu einer ledernen Knute griff und drohte, damit zuzuschlagen, falls Amelie ihren Widerstand nicht aufgab.

»Widerstand macht die ganze Angelegenheit nur noch schlimmer«, flüsterte Freya ihr zu. Mit einem Blick auf Hannah, die trotz der Hitze am ganzen Körper zitterte, fügte sie hinzu: »Seid stark, meine Freundinnen. Was immer auch folgt, ihr werdet es überleben, und das ist im Augenblick das Wichtigste.«

Ein paar kindliche Diener, ausnahmslos dunkelhäutig, in weiße Hosen gekleidet und mit freiem Oberkörper, führten sie zu einem Waschbecken, das etwas tiefer gelegen war. Man bedeutete ihnen, die schmale Marmortreppe hinabzusteigen, deren Stufen mit Rillen versehen waren, damit man nicht ausrutschte. Nackt und vor Aufregung bebend, standen Freya, Hannah und Amelie in dieser Mulde, während die Knaben leicht erhöht außerhalb warteten, um ihnen Körper und Haare mit Schwämmen und einer wohlriechenden Olivenseife zu waschen.

»Großer Gott«, flüsterte Hannah, »ich glaube, mir wird schlecht.«

»Heilige Jungfrau«, wimmerte Amelie leise. »Ich ertrage das nicht!«

»Bleibt besonnen, Schwestern«, raunte Freya. »Solange es nicht schlimmer kommt, solltet ihr zufrieden sein.«

»Schlimmer kommt?« In Hannahs Stimme war die Panik nicht zu überhören.

»Was meinst du damit?«, fragte Amelie schrill.

»Dass man uns umbringt«, zischte Freya. »Oder hast du schon einmal gehört, dass man jemanden wäscht, bevor man ihn tötet?«

»Leichen werden gewaschen«, erwiderte Amelie wenig hilfreich. »Vielleicht ist es ihnen hinterher zu mühsam.«

Schließlich wurden sie von den Knaben mit lauwarmem Wasser übergossen, das genau die richtige Temperatur hatte, um ihre gerötete Haut auf angenehme Weise zu erfrischen. Als auch der letzte Seifenrest entfernt worden war, traten drei junge Mädchen in rosafarbenen Seidenkleidern hinzu. Nur wenig älter als die Knaben, trockneten sie die drei erwachsenen Frauen mit samtweichen Handtüchern und salbten sie anschließend von Kopf bis Fuß mit Jasminöl ein. Danach führten sie die drei in einen größeren Nebenraum, der nicht weniger prachtvoll mit Palmen in Töpfen und gepolsterten Liegen ausgestattet war. Ihnen wurde befohlen, sich auf eine Liege zu legen und auf den Barbier zu warten. Ein halbnackter Mann erschien, mit weichen Muskeln und mädchenhaftem Gesicht, schrill geschminkt, mit schwarzem Khol um die Augen, das lackschwarze Haar mit Öl in den Nacken gekämmt – augenscheinlich ein Eunuch.

Freya schluckte, als er sich mit einem höllisch scharfen Rasiermesser an ihrer Scham zu schaffen machte. Und als wäre dies noch nicht genug, bemalte er ihre nun völlig enthaarten Wölbungen mit zierlichen Hennablumen.

Als der Eunuch sein Werk vollendet hatte, wurden Freya und ihre Leidensgenossinnen noch einmal von den jungen Mädchen parfümiert und ihre feuchten Haare mit groben Kämmen geordnet. Eines der Mädchen tupfte ihnen mit einem Finger ockerfarbenes Lippenrot auf und umrandete mit einem Khol-Pinsel geschickt die Augen. Ein anderes Mädchen brachte ihnen drei fast durchsichtige hellblaue, bodenlange Seidengewänder. Die Farbe des Stoffes würde ihre helle Haut noch porzellanfarbener erscheinen lassen.

Freya hatte längst bemerkt, dass nur wenige von den etwa fünfzig weiblichen Haremsbewohnerinnen, die sich in den verschiedenen Räumen auf seidenen Kissen räkelten oder sich in laszivev Trägheit dem Bade und der Schönheitspflege hingaben, europäischen Ursprungs waren. Die meisten hatten schräg stehende, dunkle Augen und schwarzes Haar. Bei manchen war auch die Haut beinahe schwarz. Aber ganz gleich, über welche besonderen Vorzüge sie auch verfügten, alle starrten mit einer gewissen Bewunderung zu ihnen herüber.

Plötzlich war Adiba, die alternde Haremswächterin, wieder zugegen, die sie hierhergeführt hatte. Sie ging auf Amelie zu, die mit ihren hellblonden, hüftlangen Locken am meisten auffiel. Ohne Erklärung griff sie nach ihrem Handgelenk und wollte sie fortführen. Amelie wehrte sich heftig, indem sie zu schreien begann und sich in ihrer Panik versteifte. Adiba rief ihr in gebrochenem Altfranzösisch zu, dass sie auserwählt sei, und deutete auf einen kunstvoll verbrämten Arkadengang oberhalb der Halle. Dort saß angeblich der Wesir hinter einem Paravent und hatte ihr den Vorzug gegeben. Die Haremswächterin war offenbar der Ansicht, dass Amelie sich glücklich schätzen dürfe, weil manche der Frauen jahrelang darauf warteten, von ihm beachtet zu werden. Amelie schien wenig beeindruckt, und je mehr die Frau sie zwingen wollte, mit ihr zu kommen, desto mehr Widerstand entwickelte sie.

Als die Frau nach ihr schlug und sie als störrische Kamelstute beschimpfte, begann Amelie heftig nach Atem zu ringen und verlor schließlich das Bewusstsein. Freya und Hannah eilten ihrer Freundin zu Hilfe und beugten sich über sie, ohne auf die hysterisch zeternde Alte zu achten, die sich gar nicht mehr beruhigen wollte. Freya überprüfte Amelies Atmung, und Hannah half ihr, deren Beine auf ein Kissen zu legen. Nur langsam kam Amelie wieder zu sich. Vor lauter Aufregung erbrach sie. Die Alte stieß einen unverständlichen Fluch aus, weil sie Amelie in diesem Zustand unmöglich dem Wesir vorführen konnte

Von der verdeckten Balustrade erklang eine männliche Stimme und gab einen Befehl. Einen Moment später wandte die Alte sich Freya zu.

»Hey, du!« Ihre Stimme klang aufgebracht. Wahrscheinlich fürchtete sie ernsthafte Konsequenzen, wenn sich Freya nun auch noch verweigern würde. Doch die liebeskundige Begine dankte stumm der Heiligen Jungfrau, dass die Wahl des Wesirs nun auf sie gefallen war.

Amelie war fürs Erste zu nichts zu gebrauchen, und Hannah machte ihr auch nicht den Eindruck, als ob sie mit einer solchen Situation vertraut wäre.

»Freya?«, rief Hannah ihr aufgewühlt hinterher, als sie hocherhobenen Hauptes ihrer nervösen Anführerin folgte.

»Macht euch keine Sorgen!«, rief Freya zurück. »Ich weiß, was zu tun ist.«

Ohne Protest ließ sie sich bis vor die Gemächer des Wesirs begleiten. Zwei finster dreinblickende Wachen vor dem majestätisch anmutenden Spitzbogenportal riskierten noch nicht einmal einen Blick, als man sie durch die halb geöffnete Tür in die Gemächer ihres Herrn und Gebieters führte.

Komm, Mädchen! machte Freya sich Mut. Sechs Monate in einem Kölner Freudenhaus sollten ausreichen, damit einem kein männliches Bedürfnis fremd war. Sie erinnerte sich an nach Schnaps und Schweiß stinkende Freier, denen es nicht selten bereits gekommen war, bevor sie sich entkleidet hatte – oder sie hatten schlichtweg versagt, weil sie zu betrunken waren. Gelegentlich waren es auch stattliche Burschen gewesen, mit denen sie unverhofft die Freuden des Beischlafs genossen hatte. Gedanken an perverse Kerle, die schmerzhafte oder abartige Liebespraktiken gefordert hatten, verdrängte sie lieber. Noch einmal atmete Freya tief durch. Für das Leben ihrer Freundinnen würde sie alles ertragen, ganz gleich, wie schlimm es auch sein würde.

Der Raum, den sie betrat, war wie alle Kammern in diesem Palast großzügig mit glänzendem Marmor ausgelegt. Dicke, seidige Teppiche mit eindeutig erotischen Darstellungen schmückten Boden und Wände und wurden von Öllichtern in bunten Glasampeln illuminiert, die an langen Silberketten von der Decke herab baumelten. Räucherpfannen verbreiteten einen süßlichen Geruch. Freya schnupperte kurz. Kein Zweifel, es waren Opiumdämpfe sowie Düfte von Moschus und Ambra. Sie sah sich vorsichtig um und suchte in all der Pracht nach dem Mann, der sie erwartete. Doch das Einzige, das sie entdeckte, waren zwei kleine Mohren, die einem riesigen, cremefarbenen Baldachinbett, in dem niemand verweilte, mit einem gefiederten Wedel zufächelten.

»Schließt die Tür!« Die Stimme kam von irgendwoher, und Freya erschrak. Die Stimme war angenehm dunkel und sprach ein perfektes

Französisch. Freya tat, was man ihr gesagt hatte, und wartete auf weitere Befehle.

»Leg dich ins Bett.«

Schritt für Schritt näherte sie sich dem prunkvollen Aufbau, dessen Seiten von goldfarbenen Seidenschabracken umhüllt waren, die man mit einem Zug herunterlassen konnte, wie sie wegen der seitlich gedrehten Kordeln vermuten durfte. Von den halb geschlossenen Balkonfenstern wehte kühle Abendluft herein. Ihr rotes langes Haar strich im Gehen sanft über ihren kräftigen, fast nackten Po.

Beinahe schüchtern blieb sie vor den mit goldfarbener Seide ausgelegten Laken stehen. Ihre Anspannung darüber, wie ihr Freier wohl aussah, wuchs.

Abrupt zuckte sie zusammen, als plötzlich eine hochgewachsene Gestalt hinter sie trat und mit großen, gepflegten Händen ihre Brüste massierte. Der Mann war ungemein sanft und roch fantastisch nach Sandelholz. Beinahe andächtig schob er ihr rotes Haar zur Seite und küsste ihr Nacken und Ohren. In Nu überzog eine Gänsehaut ihren gesamten Körper. Freya wagte es nicht, etwas zu sagen, geschweige denn, sich zu bewegen.

Die mit ihren Fächern wedelnden Mohren ließen sich nicht das Geringste anmerken und schauten stur geradeaus. Langsam ging der Mann um sie herum, wie einer der vielen Geparden, die ihr bei ihrer Ankunft in einem Gehege im Palasthof aufgefallen waren. Beinahe verstohlen blickte sie an ihm hoch, als er direkt vor ihr stehen blieb, und war überrascht, wie attraktiv er war. Er trug einen halboffenen, weißen Seidenmantel. Sein kurzer, gepflegter grauer Bart umrahmte das kantige Gesicht eines Anführers, aus dem die schwarzen Augen regelrecht herausleuchteten. Das tiefbraune, halblange Haar war bereits mit einigen Silberfäden durchsetzt und mit Duftöl durchtränkt. Straff zurückgekämmt, ließ es sein Profil mit der langen, leicht gebogenen Nase und dem breiten Mund noch markanter erscheinen. Immer noch lag eine Hand auf ihren Brüsten, die bezeugte, dass seine Haut um einiges dunkler war als ihre, aber nicht schwarz, sondern eher ein helles Nussbraun.

Ihr Freier lächelte, wohl auch, weil ihre vor Staunen leicht geöffneten Lippen ein größeres Kompliment für ihn waren, als es Worte hätten sein können. Selbst seine elfenbeinfarbenen Zähne schimmerten makellos, und sein Atem roch nach Pfefferminze.

»Oh!« Freya schnappte nach Luft, als er seine kräftige Hand zwischen ihre Schenkel wandern ließ. Mit halb geöffneten Lidern ließ sie es geschehen, dass der Mann sie an ihrer empfindlichsten Stelle berührte und sie mit der anderen Hand völlig entkleidete. Anschließend erforschte er ihren Körper mit seinen Händen. Dabei verweilte er an den intimsten Stellen und massierte sie sanft. Als er sich näher an sie heranschob, spürte sie, dass sein Mantel aufgesprungen war und sein erigiertes Glied ihren Bauchnabel streifte.

»Du bist die wundervollste Stute in meinem Palast«, raunte der Mann schwer atmend und küsste sie auf den Mund. »Es wäre mir eine Ehre, dir einen hübschen, kleinen Hengst zeugen zu dürfen.«

Bloß das nicht!, dachte Freya und war froh, dass sie wusste, wie sie eine Schwangerschaft verhindern konnte.

Die Hand glitt über ihren Hintern, und er zog sie näher zu sich heran. Sie öffnete stöhnend die Lippen und ließ es zu, dass seine Zunge ihre liebkoste. Um seinen Hals baumelte eine Seidenkordel, die einen intensiven Duft nach edlen Hölzern verströmte. Freya legte ihre Arme um seinen Nacken und schmiegte sich eng an ihn. Er umfasste sie ganz und dirigierte sie mit einer eindeutigen Geste auf das Bett.

Als er neben ihr lag, löste er mit einer beiläufigen Bewegung seiner Hand die Kordel, die den Vorhang gehalten hatte. Der kostbare Damast fiel herab und tauchte das Lager in ein Licht gedämpfter Intimität.

»Ich will, dass du dich mir mit Freuden hingibst«, hauchte er. »Und dass du mich Malik nennst, mein feuriges Mädchen.«

Nichts leichter als das, dachte Freya, doch in ihrer Vorstellung verwandelte sich der Heide in Johan. Mit einem Seufzer ließ sie sich zurück in die seidigen Kissen sinken und protestierte nicht, als der Kopf des Mannes zwischen ihren gespreizten Schenkeln verschwand. Seine raue Zunge entfachte in ihr ein wohliges Feuer der Lust und sorgte dafür, dass sie ihre Bedenken vergaß. Malik war ein Meister der Liebeskünste. Er führte sie in die indische Liebe ein, indem er sie aufforderte, ihr hennagefärbtes Geschlecht auf sein hartes Glied aufzupflanzen und an ihm hinunterzurutschen bis zum Ende des Schafts. Die schlanken Beine mit den seinen ineinander verhakt, drang er tief in sie ein und versetzte sie in einen regelrechten Rausch. Keuchend kam ihm Freya entgegen, als er den Rhythmus verstärkte und sie gleichzeitig küsste und streichelte.

Wie benommen lag sie später neben ihm in den Kissen. Zögernd kehrte ihr klares Bewusstsein zurück, das sie an Hannah und Amelie erinnerte – und auch an Anselm und den Jungen, deren Schicksal sie vielleicht auch günstig stimmen konnte, indem sie dem Wesir zu Willen war. Ganz nebenbei dachte sie wieder an Johan, der wohl kaum gutheißen würde, dass sie auf diese Weise versuchte, Malik al-Russak bei Laune zu halten.

Maliks Lippen wanderten küssend über ihre Brüste.

»Ich werde dich zu meiner Hauptkonkubine ernennen«, flüsterte er. »Deine beiden Begleiterinnen werde ich dem Kalifen von Kairo zum Geschenk machen. Az-Zafir bi Dinillah besitzt einen wunderbaren Harem und ist immer an schönen Frauen interessiert. Deinen Gefährtinnen wird es an nichts fehlen, und sie müssen nicht fürchten, um seine Gunst kämpfen zu müssen.«

Freya erstarrte. Solche Aussichten würden Hannah und Amelie mit Sicherheit nicht gefallen. Ihr Einsatz war also noch nicht beendet. Genau genommen fing er erst an.

Anselm kämpfte gegen den Sog, den die Brandung verursachte. Die Flut hatte eingesetzt. Der Zufluss war zwar recht breit, aber der Abstand zur Höhlendecke betrug nicht mehr als eine Armlänge. Khaled schwamm voran und wurde immer wieder gegen Anselm und den Jungen zurückgeworfen, wenn die nächste Welle ins Innere der Höhle drängte. Erst beim anschließenden Sog hatten sie eine reelle Chance, wieder ein Stück vorwärtszukommen. Obwohl ihnen der Höhleneingang von Ferne schon entgegenleuchtete, konnte Anselm kaum abschätzen, wie viele Meter sie überwinden mussten, bis sie endlich die offene See erreichten. Immer wieder schluckte Matthäus Wasser, und Anselm hatte Mühe, ihn über der Oberfläche zu halten, zumal ausladende Schwimmbewegungen nicht möglich waren und die rauen Höhlenwände keine Überstände boten, um sich festhalten zu können. Khaled wandte sich zu ihnen um und bot Matthäus mit einem Nicken an, dass er sich an ihm festhalten durfte. »Los, Franke!«, keuchte er. »Du wirst doch jetzt nicht schlappmachen. Denk an den Jungen und daran, dass wir alle jemanden haben, für den es sich lohnt, hier herauszukommen.«

Anselm hatte nicht mehr die Kraft zu antworten, und als Matthäus bei seinem Wechsel zu Khaled für einen Moment untertauchte, fuhr ihm der Schreck durch die Glieder. Khaled tauchte und hob den Kopf des Jungen schließlich über Wasser. Danach half er dem panisch röchelnden Jungen, bis sie endlich ihr Ziel erreicht hatten. Die Brandung wurde immer heftiger und beim Herausschwimmen aus der Höhle mussten sie noch einmal achtgeben, dass die aufschäumende Gischt sie nicht gegen die scharfkantigen Felsen warf. Wie drei Katzen, die dem Ersäufen in einem verschnürten Jutesack entkommen waren, schleppten sie sich mit letzter Kraft an einen menschenleeren, winzigen Sandstrand. Über ihnen ragten knapp hundert Meter Küstenfelsen steil in die Höhe, auf deren Plateau die Festung und der Palast thronten. Im Schatten eines Felsvorsprungs fielen sie auf die Knie und blieben schweratmend liegen. Nach längerer Zeit in der Dunkelheit stach die gleißende Sonne von einem azurblauen Himmel in ihre Augen, aber sie wärmte auch auf angenehme Weise die nasse Kleidung.

»Ah, tut das gut«, murmelte Khaled mit halbgeschlossenen Lidern und hob genießerisch seine Nase in die feuchte Meeresluft, die von der tosenden Brandung herangetragen wurde. »Ich hätte nicht gedacht, dass ich das noch mal erleben würde.«

Anselm stemmte sich rücklings auf die Ellbogen und spähte in die Ferne. Von weitem sah man die aufgebauschten Segel der Schiffe, die den Hafen von Askalon ansteuerten, um die seit Monaten von Christen belagerte Festungsbesatzung mit Weizen, Obst, Frischfleisch und Süßwasser zu versorgen. Als Lohn erhielten sie erbeutete Sklaven, wie Khaled ihm erklärt hatte. Von Frauen hatte er vorsorglich nicht gesprochen, aber Anselm konnte sich denken, dass es nicht total abwegig war, wenn auch Hannah und ihre Freundinnen im Handumdrehen zur Handelsware wurden, falls es Interessenten für sie gab, woran kaum ein Zweifel bestehen konnte.

Allein deshalb musste er es schaffen, schnellstmöglich Gero und seine Brüder zu finden. Die fünf Templer waren die Einzigen, die sie retten konnten. Von der Festung erklang dreimal der langgezogene Ruf eines Horns, der ihn aus seinen Gedanken riss.

Khaled rollte sich herum und setzte sich auf. »Das ging ja schneller als gedacht«, stieß er grimmig hervor. Auf Anselms fragenden Blick hin erklärte er: »Das ist der Ruf für entkommene Häftlinge. Er verpflichtet die vor der Festung patrouillierenden Truppen zur Wachsamkeit.«

»Bedeutet das, wir sind zwar nicht ertrunken, aber trotzdem erledigt?« Anselm strich sich die nassen Strähnen aus dem Gesicht und zog die Brauen zusammen.

»Mach dir keine Sorgen«, beruhigte Khaled ihn. »In der Umgebung wimmelt es von Franken, deshalb ist es unwahrscheinlich, dass man uns lange verfolgen wird. Ganz in der Nähe gibt es einen alten Handelsweg, den nur noch wenige nutzen. Aber um dorthin zu gelangen, müssen wir ein wenig klettern, und am besten wäre es, wenn wir uns hier irgendwo verstecken und die Dämmerung abwarten.«

»Die Sache hat doch mit Sicherheit noch einen weiteren Haken?« Anselm warf dem Assassinen einen misstrauischen Blick zu.

»Schon mal was von Treibsand gehört? Auf dem Weg nach Blanche Garde gibt es ein Wadi, dessen Wasserzufuhr von unterirdischen Quellen gespeist wird. Ich habe mal erlebt, wie einer meiner Männer samt Pferd darin verschwunden ist. Wobei es nicht so ist, dass man ertrinkt. Kopf und Rumpf bleiben zumeist an der Oberfläche. Aber sich alleine daraus zu befreien ist beinahe unmöglich.«

Anselm seufzte, und sein Blick wanderte zu Matthäus, dessen blonde Locken bereits zu trocknen begannen. Der Junge vertraute ihm, und Anselm durfte es nicht zulassen, dass ihm auch nur ein Härchen gekrümmt wurde.

»Wir müssen es lediglich schaffen, den ersten Belagerungsring der Christen zu erreichen. Spätestens dort trauen sich keine Fatimiden mehr hin«, erklärte Khaled.

Anselm blinzelte in die Sonne. »Mir und Matthäus werden sie abkaufen, dass wir Franken sind. Aber was ist mit dir? Werden sie dich nicht für einen Feind halten? Zumal du mir erzählt hast, dass die königlichen Truppen vor Jahren deine Leute geköpft haben.«

»Ganz recht, Franke«, stieß der Assassine hervor. »Ich sollte auf beiden Seiten vorsichtig sein. Aber bei mir gibt es eine ganze Menge Gründe, dorthin zurückzukehren, wo man mich so schändlich behandelt hat. Deshalb werden sich unsere Wege auch trennen, sobald ich euch in Sicherheit weiß. Was danach geschehen wird, ist sowieso nicht für deine unschuldigen Augen bestimmt.«

Anselm sah den Assassinen alarmiert an. »Willst du jemanden umbringen?«

»Ich will meine Ehre zurück, Franke«, knurrte Khaled gefährlich leise. »Und jene, die sie mir genommen haben, werde ich nicht ungeschoren davonkommen lassen.«

Khaled führte sie im Schutz der Felsen zu einem schmalen Aufstieg, der in eine schwindelerregende Höhe führte. »Wenn wir die Ebene von Bir esh Shekier erreichen wollen, bleibt uns gar nichts anderes übrig, als uns an den Nestern der Möwen entlangzuhangeln«, erklärte er Anselm, der einen kritischen Blick hinab in die zerklüftete Tiefe warf. Was folgte, war eine abenteuerliche Klettertour, die Anselm an den Rand der Verzweiflung trieb. Mit waghalsigen Schritten suchte er den unebenen Boden nach Halt ab, während seine Finger sich in minimale Felsvorsprünge krallten. Vor ihm ging Matthäus, der eine verblüffende Trittsicherheit an den Tag legte.

Unter ihnen rauschte immer noch das Meer, als sie eine enge Felsnische erreichten, die gerade groß genug war, dass sie sich zu dritt hineinquetschen konnten, als plötzlich oberhalb des Felsens feindliche Reiter auftauchten, die suchend in den Abgrund spähten.

Anselm schlug das Herz bis zum Hals, als er hörte, wie nahe ihnen die arabisch sprechenden Stimmen kamen. Khaled bedeutete ihm mit einem Handzeichen, dass sie noch eine Weile hier ausharren mussten, um unbehelligt nach oben gelangen zu können. Trotz der Aufregung knurrte Anselm der Magen. Seit Tagen hatten sie nichts Anständiges gegessen, und die Aussicht auf Freiheit hatte ihn neuen Mut schöpfen lassen. Matthäus war äußerst tapfer. Kein Wort der Klage kam über seine Lippen.

Bis zur Dämmerung verharrten sie in diesem Felsspalt, was Anselm wie eine Ewigkeit erschien, zumal ihnen Khaled verboten hatte, auch nur ein einziges Wort zu sprechen. Aber solange sie nicht sicher sein konnten, dass ihre Feinde sich verzogen hatten, war es einfach zu gefährlich, die Flucht fortzusetzen.

Erst als die glutrote Sonne über dem Meer in den violett schimmernden Horizont abtauchte, konnten sie annehmen, dass ihre Verfolger verschwunden waren. Khaled gab das Zeichen zum Aufbruch. Am Kamm der Klippe angelangt, orientierte er sich noch einmal.

»Die Luft ist rein«, flüsterte er und gab ihnen ein Zeichen, ihm zu folgen.

Anselm klebte die Zunge am Hals. Zum Glück schien der Assassine trotz der hereinbrechenden Dunkelheit genau zu wissen, wohin er wollte.

»Wir marschieren Richtung Blanche Garde«, sagte er, als Anselm ihn nach seinem Ziel fragte.

»Die Templerburg?«

Khaled nickte. »Wobei wir uns an den von mir beschriebenen Weg halten werden.«

Anselm fragte sich, wie es sein würde, wenn er König Balduin III. begegnete oder dem uralten Patriarchen von Jerusalem, der, wenn man historischen Quellen Glauben schenken konnte, fast hundertjährig an der Belagerung von Askalon teilgenommen hatte.

Gut eine Stunde liefen sie durch zerklüftetes Land und über ein paar mit knorrigen Bäumen bewaldete Hügel, bis sie eine karge Wüstenlandschaft erreichten und von Ferne schon wieder Stimmen zu hören waren.

Im faden Mondlicht schimmerte etwas Helles, und als sie näher herankamen, sahen sie, dass es das Skelett einer verendeten Kuh war. Um das mulmige Gefühl zu unterdrücken, das er beim Anblick dieser gespenstisch wirkenden Kulisse empfand, konzentrierte sich Anselm auf seine Schritte und auf den Jungen, der ihm dicht folgte. Ab und an gab der Untergrund nach, und Anselm spürte panikartige Hitze in sich aufsteigen, weil er befürchtete zu versinken. Aber noch mehr trieb ihn der unbändige Durst und die Hoffnung auf Wasser.

»Ich habe Hunger«, murmelte Matthäus, und im nächsten Moment wehte ihnen der Geruch von gebratenem Fleisch durch die Dunkelheit entgegen. Khaled verlangsamte seine Schritte und horchte in die Nacht. Mit einer Hand befahl er seinen Schützlingen, langsamer zu gehen. Er selbst schlich sich an den Kamm eines sandigen Hügels heran und verharrte dort, bis er Anselm das Zeichen gab, dass sie ihm kriechend bis an die Kante folgen sollten.

Anselm hielt den Atem an, als er in ungefähr zweihundert Metern ein Zeltlager erblickte. In direkter Nachbarschaft zu ein paar Palmen und einem Wasserloch hatte jemand vier Rundzelte errichtet. Bei näherer Betrachtung zählten sie achtzehn Kreuzritter, die es sich an einem hell lodernden Lagerfeuer gutgehen ließen. Den Wappen nach zu urteilen, die man auf Röcken und Schildern der Männer ausmachen konnte, handelte es sich um eine bunte Mischung aus Templern, Hospitalitern, Rittern vom Heiligen Grab und einer versprengten Anzahl von angeheuerten Söldnern aus den umgebenden Baronien.

Ein Lamm und zwei Hasen brieten auf einem Spieß. Weinschläuche und Räucherpfannen machten die Runde. Hier und da war ein kehliges Lachen zu hören oder ein deftiger Fluch.

»Haschisch«, flüsterte Khaled mit einer gewissen Genugtuung in der Stimme. »Allah ist groß! Das Kraut hat ihre Sinne betäubt. Besser könnten wir es nicht antreffen.«

Anselm sah ihn verständnislos an. »Sag bloß, du willst Matthäus und mich bei diesen bekifften Säufern zurücklassen?«

Khaled setzte ein breites Grinsen auf, das seine weißen Zähne im schwachen Schein des Feuers aufleuchten ließ. »Ich habe keine Ahnung, was du mit ›bekifft‹ meinst, aber offenbar hältst du nicht viel von deinesgleichen.«

»Das sind nicht meinesgleichen«, stellte Anselm unmissverständlich klar. »Zwischen denen und mir liegen achthundert Jahre.«

Khaled sah ihn verwundert an. »Was willst du mir damit sagen, Franke? Zwischen uns liegen auch achthundert Jahre, und bisher konnte ich noch nicht feststellen, dass du irgendwelche Eigenschaften besitzt, die meinen voraus wären.«

»Nein«, murmelte Anselm zerknirscht. »Uns trennt der kleine, aber feine Unterschied, dass du mühelos in der Lage bist, Kehlen durchzuschneiden und Köpfe abzuhacken, ohne eine Spur von Reue zu zeigen, geschweige denn Angst.«

Khaled gab ein leises, spöttisches Lachen von sich. »Erzähl mir nichts, Franke, gegen eure Kriegsmaschinen sind unsere Schwerter und Lanzen das reinste Engelswerkzeug. Ich habe es selbst gesehen. In der merkwürdigen Maschine, die Lyn mir gezeigt hat.« Der Assassine sah ihn aus schmalen Lidern an. »Bei euch tötet zwar keiner mehr Mann gegen Mann, aber dafür vernichtet ihr mit einem einzigen Schlag Tausende Leben – und dabei ist es euch ganz gleich, ob sich darunter Frauen, Kinder oder Alte befinden. Danach feiert ihr eure Feste und überlegt, was es morgen zu essen gibt.«

Anselm kniff die Lippen zusammen. »Ein Grund mehr« gab er reumütig zu, »so schnell wie möglich deine Freundin zu finden. Nur sie und ihre Schwester können uns in der Sache helfen.«

»Da magst du recht haben«, lenkte Khaled ein. »Aber ich halte es für besser, wenn ihr bei diesen Ordensrittern zurückbleibt. Selbst wenn sie zu tief in den Becher geschaut haben. Ich habe mir überlegt, dass ich zurück zur Festung gehe.«

»Was?« Anselm konnte es kaum glauben. »Bist du verrückt? Ich denke, in Jerusalem wartet ein Mädchen auf dich. Warum willst du Gefahr laufen, dass sie dir in Askalon die Eier abschneiden und dich einen Kopf kürzer machen?«

»Das ist meine Sache«, erwiderte Khaled ruhig. »Ich hatte von Beginn an einen anderen Plan.«

Anselm sah ihn aufgebracht an. »Willst du die Festung nun ganz alleine erobern? Und was wird dann aus uns? Du glaubst doch nicht im Ernst, dass wir uns darauf einlassen?«

Khaled schüttelte missmutig den Kopf. »Mein Vater hat immer gesagt: Zum Teufel mit den Franken. Er hatte recht, sie sind ziemlich stur, und ihr Handeln ist nicht nachvollziehbar.« Er hob eine Braue. »Übrigens nicht nur was die Männer betrifft – auch die Frauen …«

Mit einem Nicken bedeutete er Anselm, dass sie sich geduckt zurückziehen sollten, bis sie außer Sichtweite der Kreuzritter waren. Als sie sicher wären, dass sie nicht mehr gesehen werden konnten, richtete Khaled sich auf und marschierte in südliche Richtung.

»Wo willst du hin?« Anselm ergriff eine leichte Panik, dass der Assassine sie einfach sitzen ließ.

»Zum Lager«, antwortete Khaled, als ob das die selbstverständlichste Sache der Welt wäre. »Ich werde mich von Süden anschleichen. Wenn wir unseren Weg nach Jerusalem gemeinsam fortsetzen wollen, benötigen wir Pferde und was zu trinken.«

»Sie werden dich erwischen.«

»Sie sind bekifft.« Er grinste amüsiert. »Das Wort gefällt mir.« Im blassen Mondlicht unterschied er sich in nichts von den Räubern, die sie zuvor nach Askalon entführt hatten.

»Trotzdem ist es gefährlich«, erwiderte Anselm.

Khaled hob eine Braue. »Langsam solltest du dich entscheiden, was du willst, Franke.«

»Von mir aus tu, was du nicht lassen kannst.« Anselm fragte sich, wie der Assassine einem Haufen von schwer bewaffneten Templern und Hospitalitern Tiere und Proviant stehlen wollte. Zumal er auf Anhieb als Feind zu erkennen war.

»Ihr beiden werdet hier auf mich warten«, befahl Khaled leise. Dann wandte er sich ohne ein weiteres Wort ab und entschwand lautlos in die Nacht.

»Komm, Mattes«, flüsterte Anselm und gab dem Jungen einen Wink, dass er mit ihm zum Rand der Düne kriechen sollte, damit sie verfolgen konnten, ob Khaled entweder erfolgreich oder ihr Schicksal besiegelt war.

Zunächst passierte gar nichts, bis Anselm plötzlich einen Schatten sah, der sich in geduckter Haltung den Pferden näherte. Atemlos beobachtete er, wie sich eine Hand hinter einem Strauch erhob und nach einem der gut gefüllten Weinschläuche tastete, die darunterlagen. Wenige Schritte davon entfernt stritten zwei Hospitaliter darüber, wer das größere Stück Fleisch erhielt. Einer der Männer stand auf, offenbar in der Absicht seinen Anteil an dem gebratenen Lamm in Sicherheit zu bringen. Dabei torkelte er in Khaleds Richtung, stolperte, geriet ins Wanken und landete mit dem Kopf direkt neben dem Weinschlauch.

Die Hand war verschwunden. Anselm spürte die Enttäuschung darüber beinahe körperlich. Seine Kehle war so ausgetrocknet, dass ihn das Schlucken schmerzte.

Der Ritter, mit Kettenhemd und Schwert ausgerüstet, lag am Boden, das Gesicht nach unten, und rührte sich nicht. Anstatt ihm zu helfen, ließ sein Kamerad ihn liegen und machte sich im Weggehen bei den anderen darüber lustig, dass der Kerl auf der Stelle eingeschlafen war. Nach einer Weile sah Anselm, wie sich der Schlauch erneut bewegte, vorsichtig an der Nase des reglosen Betrunkenen vorbei in Richtung Gebüsch. Mit einem Mal war der Schlauch gar nicht mehr zu sehen, doch es schien niemandem aufzufallen. Die Männer, die um das Lagerfeuer herum saßen, waren viel zu sehr mit sich selbst beschäftigt. Knappen hatten sie keine. So, wie es sich darstellte, handelte es sich um einen berittenen Vorposten der Hauptarmee, die, wie Khaled erklärt hatte, vorwiegend in Blanche Garde und der neu errichteten Templerfestung in Gaza zu finden war.

Anselm fiel ein Stein vom Herzen, als Khaled nach einer kleinen Ewigkeit mit zwei Pferden zurückkehrte. »Ich danke Gott dem Herrn«, raunte er und nahm den prall gefüllten Weinschlauch entgegen.

»Trinkt, so viel ihr mögt«, sagte Khaled.

Anselm reichte den Schlauch zunächst an Matthäus weiter, der in gierigen Zügen trank. Doch dann hielt der Junge plötzlich schuldbewusst inne und reichte den Schlauch an Anselm weiter.

»Nur einen Schluck«, sagte Anselm und kippte den Rotwein hinunter, als wäre es Traubensaft. Als er Matthäus' Blick bemerkte, setzte er ab und gab dem Jungen den Rest, nachdem Khaled abgewinkt hatte.

Khaled hatte noch eine weitere Überraschung auf Lager, die er, in ein Tuch eingewickelt, mit sich trug. Gebratenes Lamm und ein üppiges Fladenbrot, so groß wie drei Handteller. Mit schmutzigen Fingern teilte er Brot und Fleisch, das der Ritter im Fallen verloren hatte, in drei gerechte Portionen, die sie gierig hinunterschlangen, bevor Khaled sie zur Weiterreise antrieb.

Anselm ließ seine Hand über den Rücken eines der Pferde gleiten.

»Die haben doch bestimmt ein Brandzeichen? Was ist, wenn man uns in Jerusalem als Diebe entlarvt?«

»Es sind Sarazenenpferde. Die Hospitaliter haben die Gäule selbst geklaut. Jedenfalls sind die Insignien des Emirs von Damaskus am Hals eines der Tiere zu finden. Vielleicht war es auch ein Geschenk. Aber das soll uns jetzt nicht kümmern. Hauptsache, wir kommen so schnell wie möglich von hier weg, ohne jemandem in die Arme zu laufen.«

Khaled spielte auf einen Überwachungsring von ungefähr dreißig Kilometer an, der die Festung von Askalon umgab. Ein Mitgefangener hatte ihm im Kerker berichtet, dass König Balduin und seine Männer mithilfe der Ritterorden und der Barone seines Königreiches schon seit dem Frühjahr die Festung eingekreist hatten und seitdem die Umgebung kontrollierten. Zu jeder Tages- und Nachtzeit patrouillierten christliche Reiter in dieser Gegend.

Khaled half Matthäus auf eines der Pferde. Anselm stieg hinter dem Jungen auf die Araberstute, die schon ein paar Jahre auf dem Buckel hatte. Khaled übernahm auf dem zweiten Pferd, einem temperamentvollen Hengst, die Spitze.

Eigentlich hatte Khaled nach Askalon zurückkehren wollen, um als Dieb verkleidet den Kelch zu stehlen, aber Anselm hatte recht. Seine Liebe zu Lyn war mindestens genauso stark wie die Sehnsucht nach Ruhm, Rache und Ehre. Dachte sie überhaupt noch an ihn?

Wenn er Anselm und den Jungen bis nach Jerusalem brachte, würden alte Wunden aufbrechen und den Dämonen, die sich seit seiner Gefangennahme in seinem Herzen versteckten, zum Ausbruch verhelfen. Was wäre, wenn er seinen Groll auf Melisende nicht im Zaum halten konnte? Was, wenn Montbard ihm längst den Rücken gekehrt hatte und er feststellen musste, dass der alte Templer eine Mitschuld an seiner Gefangennahme und am grausamen Schicksal seiner Kameraden trug? Und was wäre, wenn Lyn nicht mehr an ihm interessiert war, ja vielleicht sogar inzwischen einem anderen gehörte?

Es wäre schlimmer als Folter und der Tod. Aber das ging den Franken nichts an. Er würde ihm helfen, die Heilige Stadt zu erreichen. Nicht mehr und nicht weniger.

Kapitel 18
Vertrauenssache

Juli 1153 – Jerusalem

Anselm wusste nicht, wie Khaled es angestellt hatte, dass ihnen auf dem ganzen langen Weg nach Jerusalem zwischen all den Hügeln und Felsen kein einziger Kreuzritter und kein räuberischer Angreifer begegnet waren.

Außer ein paar Ziegenhirten und einer Truppe von drei Kaufleuten auf ihren Kamelen, die zwei Maulesel mit Teppichen mit sich führten, hatten sie niemanden gesehen.

Vielleicht lag es daran, dass Khaled darauf bestanden hatte, bei Nacht zu reiten, und er sich in den Kopf gesetzt hatte, sie so rasch wie möglich in die Heilige Stadt zu bringen. In der ersten Dämmerung erreichten sie ein verschlafenes Dorf mit mehreren weiß getünchten Flachbauten, die hinter einer gut zwei Meter hohen Mauer verborgen lagen. Südlich davon erhob sich in der Morgenröte die schwarze Silhouette der Festung Bayt Jibrin, die Königin Melisendes verstorbener Mann Fulko vor mehr als zwanzig Jahren den Hospitalitern geschenkt hatte, wie Khaled ihnen erklärte. Bis nach Jerusalem waren es noch ungefähr vier Meilen, was in der Neuzeit knapp fünfzig Kilometer bedeutete.

Ein Hund schlug an, als Khaled unvermittelt innehielt und vom Pferd sprang. Im Schutz eines riesigen Feigenbaumes befahl er ihnen zu warten.

»Es dauert nicht lange«, sagte er und nahm etwas aus seiner Satteltasche. Dann rannte er in geduckter Haltung zu einem Hinterhof. Das Bellen verstummte sofort, als er dem angeketteten Hund einen Lammknochen hinwarf. Khaled verschwand hinter ein paar Büschen und kehrte wenig später äußerlich verändert zurück.

Statt der Uniform eines Fatimidenkriegers trug er nun einen weißen Kaftan und eine verwaschene schwarze Hose, deren Oberschenkel noch die Spuren der Wäscheleine zeigten, auf der sie zum Trocknen gehangen hatte. Von der abgelegten Uniform hatte er nur den Gürtel behalten, um Schwert und Dolch dahinterstecken zu können.

»Na?«, fragte er. »Wie sehe ich aus?«

»Keine Ahnung«, erwiderte Anselm verwundert. »Wie willst du denn aussehen?«

»So, dass mich in Jerusalem niemand auf Anhieb erkennt.« Sein Haar hatte er unter einem weißen Turban verborgen. »Als ich die Stadt vor fünf Jahren verließ, hatte ich weder einen struppigen Bart, noch hätte man mich für einen verhungerten Bettler halten können.«

»Denkst du, Balduins Truppen jagen dich immer noch?« Anselm beobachtete, wie der Assassine sich in den Sattel schwang.

»Sicher ist sicher«, erwiderte er und schnalzte kurz mit der Zunge, worauf sich sein Pferd gehorsam in Bewegung setzte.

Anselm und Matthäus blieb nichts weiter übrig, als ihren störrischen Gaul anzutreiben, um ihm folgen zu können.

»Also willst du uns doch bis in die Stadt begleiten?«, fragte Anselm hoffnungsvoll, als er sich Khaled näherte. In dessen Gesellschaft fühlte er sich auf eigentümliche Weise geborgen, auch wenn dieser wild aussehende Kerl durchaus skrupellose Seiten an den Tag legen konnte. Glücklicherweise tötete er nach eigenen Angaben nur, wenn es keinen anderen Ausweg gab oder er einen entsprechenden Auftrag von seinem höchsten Meister erhielt.

»Was bleibt mir anderes übrig?«, erwiderte Khaled grinsend, »Ohne mich scheint ihr ja vollkommen aufgeschmissen zu sein.«

Mit einem Schenkeldruck lenkte er seine Stute an Anselms Pferd heran. Wie aus dem Nichts übergab er Matthäus, der sich hinter Anselm an dessen Rücken klammerte, einen halben Weizenfladen, den der Junge dankbar entgegennahm, sowie die Hälfte eines Leinentuches, das er in zwei Stücke gerissen hatte.

»Binde dir das um den Kopf«, riet er Matthäus, »spätestens, wenn die Sonne brennt, weißt du warum.«

Den Rest des Brotes und die andere Hälfte des Tuches übergab er Anselm, der dankend nickte. »Du denkst wirklich an alles.«

Ein Sonnenstich war im Moment das Geringste, wovor Anselm sich fürchtete, trotzdem band er das Tuch um den Kopf.

Khaled bediente sich unterdessen mit spitzen Fingern aus einem Leinensäckchen, das er sich an den Gürtel gebunden hatte.

»Datteln«, erklärte er kauend, als er sah, dass Anselm ihn neugierig beobachtete. »Willst du auch eine?«

Als Anselm abermals nickte, fischte er zwei Datteln heraus, eine für Anselm und eine für Matthäus. »Ohne mich würdet ihr euch verirren, verdursten und verhungern.« Khaled spuckte den Kern in den Wüstensand. »Siehst du«, fuhr er fort. »Und wenn Allah, er ist groß und erhaben, es will, wird eine Palme daraus. Denn er nährt alles, was ihm würdig erscheint, genährt zu werden.«

»Dann muss es also Allahs Wille sein, dass wir dir über den Weg gelaufen sind«, sagte Matthäus mit altkluger Miene.

Khaled nickte lächelnd. »Du bist ein schlaues Kerlchen.«

»Und was wäre, wenn es doch reiner Zufall war?« Anselm sah Khaled herausfordernd an.

»An Zufälle glaube ich nicht«, widersprach Khaled kopfschüttelnd, »schon gar nicht, seit ich Lyn und ihrer Schwester begegnet bin.«

Gegen Mittag tauchte in der Ferne eine Hügelkette auf, hinter der sich die imposanten, mit Ocker verputzten Stadtmauern Jerusalems erhoben. Auf den Hochebenen rund um die Stadt flirrte die Gluthitze des Tages und spiegelte winzig erscheinende, umherziehende Karawanen wider, die lange Staubfahnen hinter sich her zogen, und dazu weit entfernte Palmenhaine, die eine Oase in unmittelbarer Nähe vorgaukelten.

In der Nähe der Stadtmauern herrschte reges Treiben, besonders auf den Straßen zwischen den unzähligen Kirchtürmen oder ehemaligen

Minaretten vor der Stadt, die seit der Eroberung vor gut fünfzig Jahren in christliche Hände gefallen waren. Alle Türme waren mit Glocken versehen, deren Klang zur Mittagszeit durch die heiße Luft vibrierte.

Anselm erschauerte bei dem Gedanken, in wenigen Minuten etwas zu sehen, was außer ein paar Eingeweihten noch kein Mensch seiner Epoche zu sehen bekommen hatte. Auch Khaleds Blick nahm mit einem Mal einen nachdenklichen, wenn nicht verletzlichen Ausdruck an. Offenbar beschäftigte den Assassinen schon seit längerem etwas, worüber er nicht reden wollte. Dabei vermied er es standhaft, Anselm ins Gesicht zu schauen.

»Denkst du, Franke …«, begann er zögernd und richtete sein Augenmerk auf das imposante Stadttor. »Glaubst du … sie wird sich freuen, wenn sie erfährt, dass ich noch lebe? Oder glaubst du, sie wird mich verfluchen, zumal ich nicht mehr der stolze Krieger bin, den sie einmal gekannt hat?«

Anselm konnte sich denken, dass er das Mädchen aus der Zukunft meinte, von der er genug erzählt hatte, um zu wissen, dass diese Verbindung mehr als eine Liebelei gewesen war.

»Natürlich wird sie sich freuen«, antwortete er mit einem diplomatischen Lächeln. »Und wenn sie's nicht tut, war sie's nicht wert.«

»Du bist ein weiser Mann, Franke«, erwiderte Khaled. Ein trauriges Lächeln huschte über sein von Hunger und Entbehrung gezeichnetes Gesicht. »Allah sei Dank für deine Worte.«

Bevor Arnaud nach Jussuf Ausschau hielt, um ihn mit einem Botengang in den Palast zu betrauen, galt es, Hertzberg aufzusuchen und ihn unbemerkt aus dem Hospital zu entführen. Ob der Alte jedoch in der Lage sein würde, sein Krankenbett zu verlassen, lag alleine in Gottes Hand.

Rona und Lyn bestanden darauf, Arnaud zu begleiten. Davon, dass sie weit mehr medizinische Kenntnisse hatten als er selbst, brauchten sie ihn nicht zu überzeugen. Schließlich hätte er seine Verletzungen nach dem Angriff der Löwen niemals ohne ihre Hilfe überlebt.

Als sie in den Innenhof des Hospitals einbogen, packte Rona Arnaud unvermittelt am Arm und zog ihn hinter einen buntbemalten Pfeiler.

»Was ist?«, raunte er und drehte sich ungehalten zu ihr um.

»Das Mädchen dort«, flüsterte sie und nickte in dieselbe Richtung wie Lyn, die mit zusammengekniffenen Lidern eine junge Frau mit brünetten, hüftlangen Haaren beobachtete, die Wasser aus einem Brunnen schöpfte.

»Ihr Name ist Nesha«, erinnerte sich Arnaud. »Ich habe sie schon einmal gesehen, als wir den Professor ins Hospital eingeliefert haben. Sie arbeitet für die Ritter des heiligen Johann. Was ist mit ihr?«

»Sie ist keine Ordenshelferin, sondern eine Spionin des Königs«, bemerkte Lyn mit Argwohn im Blick. »Melisende hat sie vor zwei Jahren aus dem Palast geworfen, angeblich, weil sie auf der Seite ihres Sohnes stand und gegen sie intrigiert hat. Sie hat mit so ziemlich allen Männern des Hofes geschlafen, die etwas zu sagen hatten.« Sie schaute Arnaud an und zog eine ihrer fein geschnittenen Brauen hoch. »Selbst der junge König soll ihr Liebhaber gewesen sein. Ihre Arbeit im Hospital ist vermutlich nur Tarnung. Bei Nacht führt sie das Leben einer Konkubine, die sich jedem hingibt, der bereit ist, genug dafür zu zahlen. Dabei handelt sie mit brisanten Informationen, die sie auf diese Weise erlangt. Damals hatte sie es auch auf Khaled abgesehen. Das war, bevor er in die Schlacht zog, aber er hatte sich von ihr losgesagt und sie hat es ihm übel genommen, genau wie die Königin.«

»Dein Khaled muss ja etwas ganz Besonderes an sich gehabt haben «, meinte Arnaud, und es tat ihm sogleich wieder leid, als er sich daran erinnerte, dass der Assassine für seine komplizierten Liebschaften vermutlich mit dem Tode bezahlt hatte.

»Um es mit einem Satz zu sagen«, erklärte Rona. »Man kann diesen Geschöpfen, die ihr Geschlecht dazu benutzen, den Verstand von nichtsahnenden Männern zu manipulieren, nicht trauen.« Sie zog sich den Schleier so tief über Nase und Mund, dass allein ihre Augen zu sehen waren. »Am besten bleibst du hier, damit sie dich gar nicht erst sieht. Lyn und ich gehen hinein und halten nach deinem Professor Ausschau. Hier laufen so viele verschleierte Frauen herum, die sich um ihre kranken Angehörigen kümmern, dass wir kaum auffallen werden.«

Arnaud gehorchte und blieb mit der Frage zurück, ob die beiden ihn soeben zu einem Kerl ohne Verstand degradiert hatten, der sich haltlos verführen ließ.

Rona bahnte sich zwischen den einfachen Pritschen einen Weg durch die Massen von Besuchern und Kranken. Lyn folgte ihr auf dem Fuß und sprach im Vorbeigehen einen Medikus auf Arabisch an, ob er wisse, wo sich der hochbetagte Patient mit der Schulterverletzung befand.

»Irgendwo dahinten«, sagte der Grieche und schaute noch nicht einmal auf, weil er sich zwei Ordensrittern widmen musste, die unter schwersten Knochenbrüchen und offenen Wunden litten.

Lyn hatte vergessen, ihr Armband zu deaktivieren, mit dem sie ihre eigenen und die Lebensfunktionen anderer Menschen überprüfen konnte. Im Vorbeigehen schlug es an und übertrug die Daten der Männer, die an ihr vorbeigetragen wurden, sofort per Datentransfer in ihr Hirn. Komplizierter Schlüsselbeinbruch, durch das massive Eindringen eines spitzen, metallischen Gegenstandes. Ein Knochensplitter hatte Ausläufer der Lunge verletzt, durch eindringende Bakterien wurde die Wunde entzündet. Die Toxine, die sich über sein Blut verbreiteten, erzeugten ein höllisches Fieber. Der Schmerz, der in seinem Körper wütete, war furchtbarer als alles, was dieser Mann je erlebt hatte, und zwang ihn zu einer flachen, heiseren Atmung.

Er würde sterben; wenn er Glück hatte, noch heute Abend. Wenn es schlecht lief, erst in einigen Tagen.

Lyn seufzte angespannt, weil sie die Schmerzen der Männer beinahe körperlich spürte und genau wusste, wie sehr sie litten. In jedem dieser blutenden Kerle sah sie Khaled, dem sie mit all ihren Kapseln nicht hatte helfen können. Nur noch eine Kapsel zu besitzen und dieses Elend nicht abwenden zu können, nahm ihr den Atem.

Rona zog sie durch die Reihen bis hin zu einem Paravent, hinter dem sich ein leises Stöhnen erhob. Ein kurzer Blick hinter den Vorhang verriet ihr, dass sie den von Arnaud beschriebenen Mann gefunden hatten. Er sah uralt, schmal und gebrechlich aus. Die lederne Haut mit den zahlreichen Altersflecken erinnerte an eine Mumie.

»Pass auf, dass uns niemand sieht und auch nicht belauscht«, flüsterte Rona ihr zu.

Lyn postierte sich wie ein Wachsoldat vor dem Eingang. An ihr würde niemand vorbeikommen, wenn sie es nicht zuließ.

Der weißhaarige Mann war für Ronas Verständnis nicht wirklich alt, aber er gehörte noch zu einer früheren Generation von Menschen, die mit hundert Jahren klapprige Greise gewesen waren, wenn sie dieses Alter überhaupt erreichten.

»Halluziniere ich?«, murmelte der Alte und ergriff ihre Hand. Die seine war heiß und knochig, und eine rasche, verstohlene Prüfung seines Zustands mit Hilfe ihres Armbandes zeigte Rona, dass er im Sterben lag.

Auch er hatte Wundbrand. Fortgeschrittenes Stadium. Als sie den Verband anhob, schlug ihr ein übler Geruch entgegen. Seine Schulter war dunkelblau verfärbt, und die Wunde war von Eiter geschwollen.

»Du bist eine von ihnen, nicht wahr?«, flüsterte er schwach.

»Mein Name ist Rona«, erwiderte sie leise und begann, den Verband zu entfernen. Danach nahm sie den Becher, der auf einem Tischchen neben dem Bett stand, und schnupperte daran. Es war süßer Wein, unverdünnt, ohne Wasser, aber mit einem guten Schuss Limonensaft. Nachdem sie die Flüssigkeit für unbedenklich erachtet hatte, hob sie mit einer Hand vorsichtig den Kopf des Mannes an und gab ihm zu trinken. Dann blickte sie auf und sah sich suchend um. »Lyn, ich brauche dich hier.« Als ihre Schwester an das Lager des Alten trat, nickte Rona ihr wissend zu. »Ich benötige deine Kapsel.«

»Warum?«

»Weil er sonst stirbt.«

»Denkst du, er kann uns helfen?«

»Wenn wir Arnaud Glauben schenken, stammt er aus jener Zukunft, in der unser Timeserver durch Zufall wiederentdeckt wurde. Er ist der Einzige, der uns über das aufklären kann, was man dort mit uns vorhat und welche politischen Überlegungen dahinterstecken. Wenn er stirbt, erfahren wir nichts über die wahren Hintergründe des Projektes in dieser Zeit. Er ist mit Sicherheit ein intelligenter Mann, der uns die Situation seiner Zeit umfassender darstellen kann als Arnaud und seine Leute. Ich will, dass er mit Montbard spricht und ihm aufzeigt, wie wichtig unsere Mission ist und dass wir nicht aufgeben dürfen.«

Lyn warf einen Blick auf den Sterbenden. »Auch schon egal«, erwiderte sie resigniert und übergab Rona die Nanokapsel. »Schließlich ist er so gut wie jeder andere.«

»Ich gebe Ihnen jetzt eine Medizin, die Sie umgehend heilen wird«, erklärte Rona in modernem Hebräisch, weil er diese Sprache gesprochen hatte. »Sie dürfen sie nicht unzerkaut schlucken. Am besten beißt man die Kapsel auf und lässt sie einen Moment unter der Zunge zergehen, dann gelangen die Wirkstoffe schneller ins Blut. Haben Sie verstanden?«

Der Alte nickte und öffnete die ausgetrockneten Lippen. Rona schob ihm die Kapsel unter die Zunge. Sie wartete einen Augenblick, dann gab sie ihm noch etwas zu trinken. Wenig später blühte er regelrecht auf. Seine Wangen füllten sich mit Blut, und seine zuvor schleppende Atmung stabilisierte sich. Kein Röcheln mehr, kein Stöhnen, und auf seinem Mund zeigte sich ein Lächeln. »Oh«, sagte er überrascht. »Ich fühle mich wunderbar!« Unsicher stützte er sich auf seinen Ellbogen und setzte sich auf. »Zur Hölle«, rief er mit aufgerissenen Augen. »Ist das jetzt ein biblisches Wunder oder eher die Vision eines Verdammten?«

»Die Firma, die das herstellt, heißt NanoRepair«, erklärte Rona. »Schon mal davon gehört?«

»Nein … nein«, stammelte er immer noch ungläubig. »O mein Gott, ihr beiden seid Rona und Lyn, nicht wahr?« Sein Blick wanderte zu Rona, dann zu Lyn. »Moshe Hertzberg, wenn ich mich vorstellen darf. Wir haben eure Botschaft gefunden. Ich gehöre jener Mission an, die euch ins Jahr 2005 evakuieren soll.« Mit Skepsis im Blick bewegte er Arme und Beine. »Wie kann das sein?«, frohlockte er mit ehrlicher Begeisterung. »Das letzte Mal, dass ich mich so gut gefühlt habe, war an meinem fünfzehnten Geburtstag – und das ist schon eine ganze Weile her.«

»Wir müssen gehen.« Rona packte Hertzberg an der Schulter und half ihm auf die Füße.

Lyn klärte ihn kurz darüber auf, dass es neben seiner Heilung keinen weiteren Grund zur Freude gab, weil Arnaud der einzige seiner Begleiter war, der draußen auf ihn wartete, während alle anderen Mitstreiter zum Tode verurteilt im Kerker der Templer saßen. Rona empfand es als Vorteil, dass der Wirkstoff auch vor einem Herzinfarkt schützte, denn diese Nachricht schien Hertzberg ziemlich zuzusetzen.

Hastig führte Rona den kleinen Mann durch die geschäftige Menge und stieß prompt mit Nesha zusammen. »Hey, wo wollt Ihr mit dem Kranken hin? Er ist noch nicht so weit, dass er als geheilt gelten könnte!«

Rona antwortete nicht, sondern schob Nesha entschieden zur Seite. Lyn hielt ihren Gesichtsschleier bis fast vor die Augen, damit ihr Gegenüber die seltene Farbe ihrer Iris nicht sah.

»Wartet!«, rief Nesha und sah sich bereits nach tatkräftiger Hilfe um. »Ich kenne euch doch? Seid ihr nicht …?« Ihre Frage verhallte im Gewirr der zahllosen Stimmen. Hastig drängte Lyn sich an Melisendes ehemaliger Dienerin vorbei. Doch so einfach ließ Nesha sich nicht abwimmeln. Im Nu hatte sie die halbe Hospitalbesatzung auf den fliehenden Alten aufmerksam gemacht. Ein griechischer Medikus verfolgte sie mit hochgerissenen Armen, ihm eilten ein paar rasch herbeigerufene Ordensritter des heiligen Johann nach.

Arnaud beobachtete von seinem Versteck aus, wie Rona und Lyn mit einem äußerst agil wirkenden Hertzberg auf ihn zustürmten, verfolgt von einer Truppe bewaffneter Hospitaliter.

»Nimm ihn und bring ihn zur Herberge«, zischte Rona und stieß den leicht verstörten Hertzberg in Arnauds Richtung. Sie und Lyn setzten ihre Flucht in Richtung Zionsstraße fort, wo sie im bunten Gemenge der Pilger verschwanden.

»Sie haben mir … eine Pille … gegeben«, stotterte Hertzberg, um seinen Zustand zu erklären.

»Hauptsache, es wirkt, Alter.« Arnaud grinste ihn an und zerrte ihn die Davidsstraße hinunter in Richtung Tempelberg, wo ein Laden sich neben den anderen reihte. Ein Vorteil war, dass unzählige Bettler ein Abtauchen in der Menge erleichterten. Arnaud fragte den ersten dahergelaufenen Kerl, warum es plötzlich so viele waren.

»Der Großmeister der Templer ist nach langer Zeit mal wieder im Hause«, lispelte der ältere Mann, der nur noch einen Zahn besaß. »Da fallen die Rationen zur Armenspeisung weitaus großzügiger aus.« Mit einem misstrauischen Blick taxierte er Arnaud und seinen weißhaarigen Begleiter. »Ihr seid wohl nicht von hier?«

Arnaud antwortete nicht, sondern zog weiter, indem er Hertzberg am Ärmel seines Gewandes fasste und mit ihm zusammen auf das Tor der Kette zusteuerte, wo die braungewandeten Verwaltungsbrüder des Tempels Brot und Käse austeilten. Unter all den klapprigen Gestalten fiel Hertzberg mit seinem fadenscheinigen Nachthemd gar nicht auf. Trotzdem hatten ihre Verfolger noch nicht aufgegeben, und Arnaud entschied sich, den Alten, barfuß, wie er war, auf halber Strecke in einen christlichen Devotionalienladen hineinzuziehen, wo sie beide sofort verärgerte Blicke ernteten, als sie sich hinter einem Aufbau mit geschnitzten Madonnenfiguren und Schreinen mit heiligen Knochen und Zähnen versteckten.

Erst als die Luft rein schien, wagten sie sich wieder auf die Straße.

Nicht weit entfernt erstand Arnaud in einem Laden für Pilger- und Bußgewänder eine schwarze Hose und ein graues Obergewand, dazu eine schwarze Filzkappe, wollene Strümpfe und knöchelhohe Stiefel, die Hertzberg eindeutig zu groß waren, trotzdem zog er sie an. Der Alte war es nicht gewöhnt, ohne Schuhe zu laufen.

Während Arnaud dem Professor in seine neue Ausstattung half, klärte er ihn über sämtliche Katastrophen auf, die sich seit ihrer Ankunft ereignet hatten.

»Und was hast du jetzt vor?« Hertzbergs Augen hatten sich vor Entsetzen geweitet.

»Wir müssen André de Montbard davon überzeugen, dass er uns hilft, die Jungs aus dem Kerker zu holen«, erklärte Arnaud mit Nachdruck. »Er ist unsere einzige Chance, Gero und die anderen vor dem Tod zu bewahren.«

»Montbard? Ist das nicht der zukünftige Großmeister? Warum gehen wir dann nicht einfach zu ihm hin und reden mit ihm?«

Arnaud blieb in einer Seitengasse stehen, wo sie niemand belauschen konnte. »Ob er Großmeister wird, steht noch nicht fest. Noch ist er aller Ämter enthoben, schon vergessen?« Verärgert kniff er die Lippen zusammen und packte Hertzberg am Kragen. »Für einen Mann, der die Geschichte dieser Zeit studiert hat und uns eigentlich sagen sollte, was wir hier zu tun haben, zeigst du erstaunlich wenig Fingerspitzengefühl. Jerusalem ist in diesen Tagen ein Moloch. Es herrscht Krieg. Keiner vertraut dem anderen. Und die Lage zwischen Christen und Sarazenen ist angespannter denn je. Die Angriffe verkleideter Templer, die in Gestalt von Sarazenen jüdische Dörfer überfallen, sind längst keine Einzeltaten verirrter christlicher Seelen. Solche Gräuel werden von ganz oben angeordnet, da hängen alle mit drin, die irgendetwas zu sagen haben. König Balduin und seinen Verbündeten ist es völlig egal, woher das Geld für ihre Feldzüge stammt. Sie berauben muslimische Karawanen, denen sie vorher Schutzbriefe verkauft haben, sie zerstören jüdische Dörfer, töten die männlichen Bewohner, entführen die Frauen, schänden sie und verkaufen sie auf dem nächstbesten Sklavenmarkt, um Kasse für den Orden zu machen. Sie würden sogar dem Teufel bereitwillig ihre sündige Seele überlassen, um über die Sarazenen zu siegen. Und nur wer ihnen gehorsam folgt, hat Aussicht auf Reichtum und Ruhm. Bernard von

Tramelay will König und Papst gefallen. Er hat sich in den Kopf gesetzt, den Orden zu unermesslichem Reichtum zu führen. Die Geschichte hat uns gelehrt, dass ihm dafür jedes Mittel recht ist. Und – dass er dafür in wenigen Wochen bitter bezahlen wird, wenn alles so bleibt, wie vorhergesagt. Aber bis dahin können er und der König keine kritischen Stimmen gebrauchen. Das ist der Grund, warum Gero und die anderen morgen früh sterben sollen.«

»Und was können wir angesichts solch katastrophaler Aussichten tun?« Hertzberg war der Schock anzusehen, den Arnauds Worte in ihm entfacht hatten. »Glaubst du etwa, Montbard gehört auch zur Achse des Bösen? «

»Das wüsste ich gerne«, entgegnete Arnaud mit erschöpfter Miene. »Solange wir das nicht wissen, können wir nicht einfach in den Palast hineinspazieren und Gefahr laufen, dass uns jemand vom Königshof oder Angehörige des Ordens begegnen – am Ende sogar Tramelay selbst.«

»Und was hast du jetzt vor?«

»Ich suche uns einen vertrauenswürdigen Boten, der im Palast kein Aufsehen erregt und Montbard in unserem Auftrag eine Botschaft überbringt.«

Arnaud führte Hertzberg direkt ins mauretanische Viertel, dorthin, wo die Hütte von Samira und Jussuf zu finden war. Dabei erklärte er ihm, dass der junge Sarazene ihm schon einmal geholfen hatte.

»Der Junge glaubt, ich gehöre zu seinen Leuten«, gestand Arnaud mit schuldbewusster Miene. »Ich wollte ihn nicht belügen, aber nun gibt es kein Zurück, und solange er glaubt, er dient der Sache der Sarazenen, indem er mir hilft, kann ich mich auf ihn verlassen.«

»Das ist das Einzige, was zählt«, bestätigte Hertzberg und nahm ihm damit jeglichen Zweifel.

Bei Tag sah es unter den Hütten jenseits der Westmauer noch ärmlicher aus als in der Nacht. Hertzberg machte sich offenbar nichts aus bettelnden Kindern und hinkenden Kranken. Er lächelte allen freundlich zu. Obwohl die Vorzeichen denkbar schlecht waren, sog er die Atmosphäre der Stadt regelrecht in sich auf. Besonders interessiert war er an der Architektur und daran, dass vieles nicht mit den Plänen übereinstimmte, die seine honorigen Kollegen von verschiedenen namhaften Universitäten in den USA als unumstößliche Wahrheiten verfasst hatten. Das Verhalten des Professors rief in dieser Gegend, wo Armut und Unterdrückung die Tagesordnung beherrschten, Misstrauen hervor.

»Auffälliger geht's wohl nicht«, schimpfte Arnaud, der längst die missbilligenden Blicke der Bewohner bemerkt hatte. »Sie werden denken, du gehörst zur Kanzlei von Jerusalem und schaust, was demnächst hier alles abgerissen werden kann, um im Auftrag des Königs neue Ladenstraßen zu errichten.« Von Rona wusste Arnaud, dass Jerusalem seit Jahren eine einzige Baustelle war und ständig Altes Neuem weichen musste, wobei viele arme Bewohner im wahrsten Sinne des Wortes auf der Strecke blieben, weil der König oder seine Mutter es so wollten.

»Tut mir leid«, sagte Hertzberg und zog den Kopf zwischen die Schultern, wie eine Schildkröte, die sich in ihrem Panzer verkriecht. »Es ist alles so neu und faszinierend. Und obwohl mein Herz vor Furcht rast, möchte ich nirgendwo anders sein.«

»Wir sind da«, sagte Arnaud unbeeindruckt und klopfte auf die hölzerne Pforte.

Zunächst ließ sich niemand blicken, doch dann wurde die Tür einen zaghaften Spalt geöffnet.

»Samira?« Arnaud versuchte einen Blick auf das Gesicht hinter der Tür zu erhaschen.

Vor Schreck ließ die junge Frau den Schleier fallen, den sie sich vor Mund und Nase gehalten hatte. Als sie gewiss sein konnte, dass der Mann, der vor ihr stand, derjenige war, dem sie vor Tagen den Jilbab ihrer Mutter gegeben hatte, huschte ein Lächeln über ihre Lippen.

»Du lebst«, sagte sie mit Zuneigung im Blick und zog den vermeintlichen Templer am Ärmel seines Gewandes ins Innere der Hütte. Erst da entdeckte sie Hertzberg. »Wer ist das?«, fragte sie argwöhnisch.

»Mein Großvater«, log Arnaud, dem keine bessere Erklärung einfiel.

»Allah sei mit Euch«, begrüßte Samira den Professor und verbeugte sich, während sie gleichzeitig zurückwich, um dem alten Mann die gebührende Ehre zu erweisen. Dann machte sie eine ausladende Geste und bat ihn hinein.

Im Innern der guten Stube bemerkte Arnaud sofort, dass sich seit seiner überhasteten Flucht einiges verändert hatte. Anstatt des kahlen Kalksandsteins bedeckten nun bunte Teppiche aus Samarkand den grob gepflasterten Boden, und eine neue, große Zedernholztruhe stand unter dem einzigen Fenster. Daneben befand sich ein neues, wenn auch einfaches Bett mit einer teuren Kamelhaardecke und einem Federkissen darauf. Wahrscheinlich hatte das Geld, das er den beiden gegeben hatte, all dies möglich gemacht. Nur Jussuf konnte er nirgends entdecken.

»Wo ist dein Bruder?« Arnaud gab sich alle Mühe, entspannt zu wirken.

»In der Schule«, sagte Samira und lächelte. »Jetzt, wo wir das Geld für Papier und Stifte wieder bezahlen können.«

Hertzbergs Blicke schweiften durch den Raum. Es war, als ob er jeden Winkel studieren wollte.

»Setzt Euch doch«, forderte Samira den Alten auf und bot ihm eines der drei Kissen an, die um den niedrigen Tisch lagen. Dann stellte sie eine Karaffe mit dampfendem Minzesud, zwei Becher und ein paar frische Brotfladen darauf und bat in ihrer typisch arabischen Gastfreundlichkeit darum, kräftig zuzulangen. Hertzberg interessierte sich weder für Tee noch für Brote. Er hatte damit begonnen, sich einem Stapel Papier zu widmen, der achtlos am Ende des Tischs lag.

Unentwegt murmelte er etwas vor sich hin, während er ungeniert die Papiere begaffte und sie schließlich zur Seite schob, um das Geschriebene zu entziffern.

»Arbeitet dein Großvater auch als Spion für die Sarazenen?«, fragte Samira spöttisch.

»Nein. Er ist Jude. Sieht man das nicht?«

»Wenn das der Grund ist, warum er sich für meine unbezahlten Rechnungen interessiert?«

»Er ist alt und ein bisschen verrückt«, entschuldigte sich Arnaud für Hertzbergs Verhalten. »Sieh es ihm nach.«

Ihr erstaunter Blick war eine offene Frage. »Sag bloß, er weiß nichts von deinen Problemen. Man erzählt sich, heute Morgen wurden ein paar Sarazenen zum Tode verurteilt, die sich angeblich als Templer verkleidet haben und erwischt wurden. Sind das deine Leute? Und wieso bist du zurückgekommen, wenn es hier für dich so gefährlich ist?« Ihr prüfender Blick wanderte über seine Aufmachung, den dunklen, kurzen Bart, die leicht nach unten gebogene Nase und verweilte bei seinen rehbraunen Augen.

Sie misstraute ihm immer noch, er konnte es ihr ansehen.

Arnaud zuckte mit den Schultern. »Es tut mir leid, wenn ich dir dazu nichts Näheres sagen darf. Wir sind furchtbar in Eile. Wann kommt Jussuf zurück?«

Ihr eben noch fröhlicher Gesichtsausdruck verdüsterte sich. »Ich weiß nicht …«

Arnaud konnte sich denken, was in ihr vorging. Sie hatte Angst, dass er den halbwüchsigen Jungen in etwas hineinzog, das ihn womöglich den Kopf kosten konnte. »Was hast du eigentlich mit dem Gewand meiner Mutter gemacht?«, fragte sie skeptisch. »Besitzt du es noch?«

»Ich befürchte, es wurde von Löwen zerfetzt.« Als er ihren merkwürdigen Blick bemerkte, fügte er hinzu: »Zwei von diesen teuflischen Kreaturen haben mich und das Kamel in der Wüste angefallen. Ich konnte mich gerade noch retten, aber den Umhang und das Kamel musste ich zurücklassen.«

»Und du wurdest gar nicht verletzt? Noch nicht einmal einen Kratzer?« Sie glaubte ihm nicht, und Arnaud konnte es ihr nicht einmal verdenken.

Unvermittelt sprang die Tür auf, und Jussuf stand mitten im Raum. Als er Arnaud erblickte, begannen seine Augen zu leuchten.

»Du bist es«, sagte der Junge und lächelte ihn strahlend an. »Ich hatte schon befürchtet, sie hätten dich mit den anderen erwischt und du würdest morgen gehängt werden.«

»Euer Nachrichtendienst in eurem Viertel scheint besser zu funktionieren als die strikte Geheimhaltung der Templer«, bemerkte Arnaud mit einem freudlosen Lächeln. »Und stell dir vor, du allein kannst den Verurteilten helfen.« Arnaud erklärte dem Jungen, dass er dringend mit André de Montbard sprechen müsse.

»Er ist ein wichtiger Templer. Steckt er nicht mit deinen Verfolgern unter einer Decke?«, wollte der Junge wissen.

»Er ist ein heimlicher Freund der Sarazenen«, klärte Arnaud ihn auf. »Das ist einer der Gründe, warum er beim König in Ungnade gefallen ist.«

»Und warum kannst du dann nicht selbst zu ihm gehen?«

»Du bist aber ein harter Brocken, eh?« Arnaud seufzte entnervt. »Vielleicht wohnt die Königin in direkter Nachbarschaft, und ihr Sohn besucht sie manchmal? Was wäre, wenn ich den anderen Templern über den Weg laufe, die meine Brüder verhaftet haben? Ich werde immer noch verfolgt und kann deshalb nicht einfach in den Palast spazieren.«

»Was soll ich tun?« In der Stimme des Jungen lag die Bereitschaft, notfalls für Arnaud durch einen brennenden Reifen zu springen.

»Deshalb möchte ich«, fuhr Arnaud ruhig fort, »dass du Montbard in meinem Namen eine mündliche Botschaft überbringst. Die Losung heißt ›Timeserver‹.« Er ließ den Jungen das ungewohnte Wort nachsprechen, was Jussuf spielend gelang. Dann flüsterte er ihm zu, was er Montbard zu sagen habe. »Kannst du dir das alles merken?«

»Ja, klar«, rief Jussuf und warf sich stolz in die Brust. »Schließlich bin ich kein Dummkopf.«

»Geh am besten gleich zu ihm hin und sag ihm, dass ich ihn heute Nachmittag noch vor der Non in der syrischen Herberge in der Khadija-Gasse erwarte. Und vergiss nicht, ihm zu sagen, dass es äußerst dringend ist und niemand sonst davon erfahren darf.« Arnaud zückte einen weiteren Goldbezant und hielt ihn dem Jungen entgegen. Als er danach schnappen wollte, zog er ihn weg und hob eine Braue. »Kann ich mich auf dich verlassen? Und wirst du schweigen?«

»Ich schwöre bei Allah und all seinen Propheten«, erklärte der dunkelgelockte Junge mit feierlicher Miene. Arnaud schnippte das Goldstück in die Luft, und Jussuf fing es geschickt mit einer Hand auf.

»Nur noch dieses eine Mal«, sagte Samira mit angsterfüllter Stimme. Sie hatte die ganze Zeit dagestanden und Hertzberg beobachtet, wie er sich auf ihren Papieren Notizen machte. Ihr Blick gegenüber Arnaud war vorwurfsvoll. »Wenn dem Jungen etwas geschieht, werde ich dich dafür büßen lassen, ganz gleich, was es kostet.«

»Ich bürge mit meinem Leben.« Arnauds Stimme klang sanft. »Ihm wird nichts geschehen. Er ist meine einzige Hoffnung in einer Stadt, in der man niemandem vertrauen kann.«

Jussuf lächelte überlegen. »Allah hat mich auserwählt, deine Brüder vor dem Tod zu bewahren. Denn er lässt uns leben, solange er weiß, dass Leben gut für uns ist, und er lässt uns sterben, wenn er weiß, dass der Tod gut für uns ist.«

»Dann wollen wir hoffen, dass Allah mit deiner Hilfe eine weise Entscheidung trifft«, sagte Arnaud und gab Hertzberg einen Wink, dass es an der Zeit war, zu gehen, bevor der Alte auf die Idee kam, in seinem Forscherdrang noch das ganze Haus auf den Kopf zu stellen.

Anselm beobachtete nervös, wie Khaled mit dem Soldaten am Davidstor um ihren Einlass feilschte, dabei deutete er mehrmals auf ihn und den Jungen. Es war nicht Khaleds Aufmachung, die den Soldaten störte, oder dass sie keine Papiere besaßen. Anselm hörte, wie Khaled erklärte, sie seien in der Wüste überfallen worden und mildtätige Bewohner hätten ihnen auf dem Weg hierher die Pferde, Kleidung und Waffen überlassen. Doch der Wachhabende schien immer noch nicht zufrieden zu sein. Er wollte Geld, das sie nicht hatten. Dabei war es ihm gleichgültig, dass hinter Khaled Dutzende von Menschen warteten und sich Stimmen erhoben, die eine zügigere Abfertigung verlangten.

Anselm dachte darüber nach, was wäre, wenn man sie nicht einlassen würde, und hatte schon zwei geflochtene Körbe im Visier, die auf beiden Seiten eines Kamelrückens baumelten. Matthäus würde dort in jedem Fall hineinpassen. Jedoch verwarf er den Gedanken sofort wieder, als er sah, wie einer der Wachleute mit seinem Säbel mehrmals in die Körbe hineinstach, um sicherzustellen, dass sich darin keine Lebewesen versteckten.

Plötzlich hörte er seinen Namen. »Wir können passieren«, rief Khaled ihm zu, »aber wir müssen ihm die Pferde überlassen.«

Anselm sah ihn entgeistert an. »Dann haben wir nichts mehr, was wir zu Geld machen könnten.«

»Genau das ist das Problem«, raunte Khaled. »Wir können die Einfuhrzölle für die Tiere nicht bezahlen, also müssen wir sie der Kanzlei der Könige von Jerusalem überlassen, die sie verkaufen und das Geld für die entgangenen Zölle umsetzen werden.« Er schüttelte missmutig den Kopf. »Es waren sowieso nur Mähren«, sagte er schließlich, weil er einsehen musste, dass nichts in dieser Sache zu machen war und sie es sich nicht leisten konnten, noch größeres Aufsehen zu erregen.

»Verdammt«, zischte Anselm und überließ dem Soldaten die Zügel. Nun ja – wenn sie Gero und die anderen finden würden, wäre Mittellosigkeit sicher ihr letztes Problem. Hertzberg hatte genug Geld mitgenommen, um im Notfall auf Jahre hin ein feudales Leben führen zu können.

»Was ist, wenn wir Gero nicht finden und Hunger haben? Müssen wir dann betteln gehen?« Matthäus schien seine Gedanken erraten zu haben, und sein Blick verriet ernsthafte Sorge.

»Ich hab's dir doch gesagt. Wenn gar nichts mehr geht, machen wir eine Hamburger-Bude auf«, erklärte Anselm und grinste den Jungen an. Humor half, auch seine eigenen Ängste zu unterdrücken.

»Damit hätten wir sicher Erfolg«, bestätigte Matthäus mit einem Grinsen.

Der Assassine schaute irritiert, weil er dem Sinn ihres Gesprächs nicht hatte folgen können. In seiner Gesellschaft würden sie ohnehin keinen Hunger leiden. Er war nicht nur schnell mit dem Messer, sondern auch mit den Händen. Sofort nach Eintritt in die Stadt hatte er einen beleibten, venezianischen Kaufmann unbemerkt um mehrere Goldbezant erleichtert.

Daher wanderten sie kurz darauf mit ausreichend Barmitteln versorgt durch die Gassen, mit der Aussicht auf ein üppiges Mahl in einer der Garküchen, und sogar ein Zimmer in einer Herberge war drin, wo sie weitere Pläne schmieden konnten.

Khaled zupfte nervös an seinem Turban herum, als sie die Davidsstraße zum Tempelberg hinunterschlenderten, weil er wohl befürchtete, von jemandem erkannt zu werden. Vielleicht lag es auch daran, dass er sie zum Hauptquartier der Templer bringen wollte, um zu erfahren, ob sich dort Anselms Gefährten oder sogar die beiden Frauen aus der Zukunft aufhielten.

Doch zunächst zog Khaled seine beiden Begleiter in die überdachte Marktstraße, die er selbst noch nicht gesehen hatte, weil Königin Melisende sie erst vor zwei Jahren hatte erbauen lassen. Anselm schwindelte beim Anblick der vielen Läden, die ein unglaubliches Angebot an Kräutern, Seifen und Stoffen darboten. Dafür mangelte es an Lebensmitteln, wie Khaled ihm glaubhaft versicherte. Die Metzger hatten ihr Fleisch längst verkauft, wenn man von ein paar gewaltigen Stierlungen einmal absah, die an einer Luftröhre aufgehängt an einem Haken von der steinernen Decke baumelten.

»Zu teuer«, befand Khaled und gab damit den Grund, warum die »Köstlichkeit« noch keinen Käufer gefunden hatte. Die syrische Wechselstube gegenüber der Basilika des Heiligen Grabes war dagegen total überfüllt und stickig. In einem einzigen großen Raum mit wenigen, von innen vergitterten Fenstern eilten zwölf arabisch aussehende Geldhändler hinter einem hölzernen Tresen von einem Kunden zum nächsten. Zwei schwarzhäutige Söldner bewachten mit grimmiger Miene den Eingang, während ihre Auftraggeber mit Münzwaagen und

Handabakus bestückt in einer unglaublichen Geschwindigkeit Münzen wogen und Wechselbriefe gegen Bares eintauschten. Dabei schrieben sie immer wieder neue Kurse auf Schiefer- und Wachstäfelchen und präsentierten sie ihrer wartenden Kundschaft mal in arabischen, mal in römischen Zahlen. Auch Khaled wechselte einen Goldbezant in zweihundertzwanzig Silberdenare und eine Handvoll Kupfermünzen, frisch geprägt mit dem Konterfei Balduins III. darauf.

Matthäus war wie gefangen in seinem Erstaunen, als sie aus der Wechselstube hinaustraten, um zurück in die Davidsstraße zu gelangen. Mit großen Augen verfolgte er, wie ein Händler gebratenes Hühnchenfleisch auf einem Holztisch in Stücke hackte und mit einer Mischung aus Öl, Knoblauch und Kräutern beträufelte, bevor er es in einen aufgeschnittenen, frisch gebackenen Fladen stopfte und an wartende Kundschaft verkaufte.

Khaled war der sehnsüchtige Blick des Jungen nicht entgangen.

»Hast du Hunger?«, fragte er. Matthäus nickte, und auch Anselm interessierte sich für diese archaische Form des Döner Kebab.

Der Assassine blieb stehen und erstand zwei Portionen, eine für Anselm und eine für den Jungen. Er selbst winkte ab, als der Händler ihn nach seinen Wünschen fragte.

»Bist du nicht hungrig?«, wollte Anselm von ihm wissen.

»Mir ist nicht nach Essen«, erklärte Khaled und zuckte entschuldigend mit den Schultern. »Ich habe so lange von Ratten und schlechtem Wasser gelebt. Mein Magen muss sich langsam wieder an all den Luxus gewöhnen, bevor ich lebe wie ein Fürst.«

Dass er nicht die Wahrheit sagte, konnte Anselm an seinem angespannten Blick erkennen. Aber er wollte den Assassinen nicht noch einmal in Verlegenheit bringen.

»Anscheinend ist der Großmeister der Templer in der Stadt«, sagte Khaled und führte sie an einer Schlange wartender Bettler vorbei zum Tor der Kette. »So, wie es aussieht, gibt es heute eine besondere Armenspeisung, sonst stünden nicht so viele Leute hier.«

Mit schmalen Lidern beobachtete er die beiden Templer, die schwer bewaffnet hinter den beiden braungewandeten Brüdern der Verwaltung die Fladenbrote mit einem Stück Hartkäse austeilten und dafür sorgten, dass kein Tumult aufkam und niemand die Schwelle zum Tempelberg übertrat.

»Von jetzt an müsst ihr alleine weiterkommen«, erklärte Khaled. »Du wirst verstehen, dass ich euch nicht ins Hauptquartier meiner Widersacher begleiten kann.«

»Und was sollen wir denen sagen?« Anselm blickte fragend zu den beiden martialisch aussehenden Tempelrittern hin. Obwohl die meisten der Bittsteller heruntergekommene, grausam zugerichtete Kreaturen waren, ließen die bewaffneten Ordensbrüder sie nicht aus den Augen.

Wie um Himmels willen sollte Anselm begründen, dass er Einlass verlangte?

Würden sie ihm glauben, wenn er einfach nach Gero fragte?

»Erzähl ihnen, ihr wäret Knappen, die unterwegs durch einen Angriff der Fatimiden von ihren Tempelherren getrennt wurden, und sagt, man habe euch eurer gesamten Habe beraubt. Das klingt ehrlich, weil es recht häufig vorkommt. Dann nennt die Namen eurer Ritter, und man wird euch schon sagen, ob sie zum Templercorps gehören oder nicht.«

»Und du?«, fragte Anselm, »Was hast du vor? Können wir uns hinterher nicht irgendwo treffen?«

»Ich weiß noch nicht«, murmelte Khaled und schaute sich unsicher nach allen Seiten um. »Ich habe noch etwas zu erledigen, bevor ich an andere Dinge denke.«

»Ich dachte, du willst nach dem Mädchen suchen?«

»Du bist entschieden zu neugierig«, raunte Khaled.

»Egal, was du vorhast«, entgegnete Anselm leise. »Ich muss mich für deine Hilfe bedanken und wünsche dir Glück.«

»Allah sei mit dir«, sagte der Assassine und zog Anselm zu sich heran, um ihn auf den Mund zu küssen. Dann bückte er sich und tat das Gleiche mit Matthäus. »Es war mir eine Ehre, euch zur Flucht verhelfen zu dürfen.« Mit einer Hand strich er dem Jungen eine der vielen blonden Locken aus der Stirn. Dann reichte er Anselm zum Abschied noch einmal die Hand.

Anselm spürte, wie Khaled ihm zwei Goldmünzen in die Hand drückte. »Nimm das und bestich die beiden Templer damit, falls es nötig wird. Auch wenn sie offiziell nichts besitzen dürfen, sichert ihnen eine einzige Münze ein Jahr lang den regelmäßigen Besuch in einem verschwiegenen Freudenhaus.« Khaled zwinkerte ihm noch einmal zu, drehte sich auf dem Absatz um und schlenderte davon.

Matthäus am Arm gefasst, wandte Anselm sich den finster dreinblickenden Templern zu, und nachdem sie ihn eine Weile standhaft ignoriert hatten, ließ er das Gold in seiner Hand aufblitzen.

»He, du!«, rief der Größere von ihnen, ein vernarbter, blonder Kerl mit stechend hellen Augen. »Stehst du für Essen an, dann stell dich hinten in die Reihe.«

»Nein«, presste Anselm in Altfranzösisch hervor. »Ich möchte ins Hauptquartier, weil ich denke, dass mein Herr dort auf mich wartet.«

»Kommt her!«, sagte der Ritter, und als sie endlich vor ihm standen, begutachtete er sie von oben bis unten. »Gewöhnliche Ordensritter verfügen nicht über Diener, oder hat man euch irgendwo vergessen?«

»Wir sind Schildknappen, mein Herr.« Anselm verbeugte sich artig. Er hatte nicht die geringste Ahnung, ob diese Geste überzeugend ausfiel, aber aus seiner Erfahrung im Jahr 1307 wusste er, dass man sich damals in adligen Kreisen mindestens so häufig verbeugt hatte wie ein japanischer Manager im Umgang mit seinen Vorgesetzten.

Es schien zu funktionieren, denn das Interesse des Mannes blieb geweckt. »Habt ihr Papiere, Herkunftsnachweise, Stundenbücher?«

»Wir wurden von Fatimiden überfallen«, log Anselm. »Deshalb haben wir auch die Verbindung zu unserem Herrn verloren.«

»Wie lautet der Name eures Herrn? Vielleicht kenne ich ihn?«

»Es waren mehrere«, erwiderte Anselm, weil er nicht wissen konnte, ob alle den Transfer unbeschadet überstanden hatten.

»Gerard von Breydenbach, Jacob von Tannenberg, Johan van Elk, Arnaud de Mirepaux …«

»Ja«, fiel ihm der Templer überraschend ins Wort. »Ich glaube, ich weiß, wen du meinst. Fürwahr«, sagte er und atmete tief durch. »Sie sind hier.« Dann wandte er sich an seinen Kameraden und flüsterte ihm etwas ins Ohr. Die Augen des gedrungenen Mannes weiteten sich.

»Hier stimmt was nicht«, flüsterte Matthäus. »Wir sollten nicht bleiben.«

»Was soll der Unsinn?«, raunte Anselm ihm ungehalten zu, als der Junge an seinem Ärmel zerrte. »Wir sind doch nicht durch die Zeit gereist, dem übelsten aller Kerker entkommen und danach durch eine Wüste geflohen, um jetzt einfach umzukehren. Wir wissen doch noch nicht mal wohin.«

Die beiden Templer schienen einiges zu besprechen zu haben und ließen Anselm und den Jungen dabei nicht aus den Augen.

»Ich glaube nicht, dass wir ihnen vertrauen können«, klagte Matthäus. »Lass uns lieber gehen.«

Anselm ignorierte die Worte des Jungen und konzentrierte sich ganz auf die beiden Templer.

»Kommt mit!«, sagte der Ritter mit den hellen Augen schließlich und führte sie über eine steinerne Treppe zu einem überdachten Torweg auf die Plattform, so dass sie unmittelbar vor den Felsendom gelangten. Anselm fiel es schwer, seine Gefühle unter Kontrolle zu bringen, als er die vergoldete Kuppel sah, mit dem mannshohen vergoldeten Kreuz darauf, in dessen glattem Metall sich die gleißenden Strahlen der Mittagssonne spiegelten. Am liebsten wäre er stehen geblieben und hätte sich erst einmal alles in Ruhe angeschaut. Er war schon einmal auf dem Tempelberg gewesen – gut achthundert Jahre später – auf einer Studienreise. Und seitdem hatte sich einiges verändert. Hinter dem Felsendom sah man zahlreiche Aufbauten, die offenbar zu einem christlichen Kloster gehörten, sowie viele muslimische Heiligtümer, die auch in der Neuzeit noch zu sehen waren, aber nun hatte man ihre Dächer mit christlichen Kreuzen versehen.

Am Rand der Plattform zum Garten Gethsemane hin waren Obstplantagen mit Spalierbäumen zu erkennen, an denen Äpfel und Pfirsiche reiften, und uralte Walnussbäume. Dazu ein Friedhof, auf dem zahlreiche, steinerne Kreuze in Form des bekannten Croix Pateé zu finden waren.

Der blonde Templer forderte sie mehrmals auf, nicht stehen zu bleiben, sondern ihm auf dem Fuß zu folgen, dabei wurde sein Tonfall von Mal zu Mal aggressiver. Als sie auf al-Aqsa zumarschierten, verschlug es Anselm vollkommen den Atem. Knapp dreihundert Marmorpfeiler, je zwei gekrönt von einem steinernen Bogen, vereinten sich zu einem überdachten Arkadengang, der die West- mit der Ostmauer verband. Das riesige Kuppeldach über der ehemaligen Moschee war mit bunten Keramikkacheln verkleidet. Aber auch hier hatte man ein silbernes Kreuz auf die höchste Stelle der Kuppel gepflanzt. Rechts davor befand sich ein mehrstöckiges, quadratisches Gebäude aus großen Sandsteinquadern gemauert, daran anschließend eine weitere Kapelle, ein kleinerer Friedhof und zwei mehrstöckige Wohngebäude, mit Türmen und Erkern verziert und von Mauern aus buntem Marmor umgeben. Vor dem Eingang plätscherte ein riesiger Rundbrunnen, der wegen der

Hitze Mensch und Tier gleichermaßen anzog. Auf dem Vorplatz der ehemaligen Moschee löste sich offenbar eine Versammlung auf, wie Anselm an den vielen Ritterbrüdern in weißen Mänteln und mit den roten Kreuzen erkennen konnte. Etliche standen vor dem Brunnen schweigend in einer Reihe und warteten geduldig, bis der Nächste ihnen Wasser aus einer Schöpfkelle reichte, das aus einem der oberen Becken entnommen wurde. Der überschwappende Rest fiel in ein flaches, am Boden befindliches Becken, in dem ein paar Sergeanten ihre Füße badeten und Hunde und Katzen ihren Durst stillten. Vor der Kapelle standen weitere Ritterbrüder und unterhielten sich in gedämpftem Tonfall.

Als Matthäus sich auch etwas zu trinken holen wollte, wurde er von ihrem Begleiter jäh zurückgepfiffen, was Anselms anfängliche Euphorie weiter dämpfte. Was war so tragisch daran, dass es den Jungen zum Brunnen zog, weil er Durst hatte? Ihm klebte selbst die Zunge am Gaumen.

Als sie das Spitzbogentor zum Hauptraum der ehemaligen Moschee passierten, in dem nun die Räume der Ordensobrigkeit und das Refektorium untergebracht waren, wurde Anselm mulmig zumute.

Ihr Begleiter führte sie durch einen weiteren Spitzbogeneingang zum Zimmer des Komturs, der offenbar ausnahmsweise zugegen war. Zwischen einem Bett, zwei Stühlen und einem Tisch, auf dem ein silberner Kandelaber mit einer Stundenkerze stand, wurden sie angehalten zu warten, dabei wurde ein junger Templer mit gezogenem Schwert abgestellt, der sie unentwegt im Auge behielt.

»Verdammt, was ist hier los?«, raunte Anselm dem Jungen zu.

»Ich sagte doch, dass hier etwas nicht in der Ordnung ist«, zischte Matthäus beunruhigt. »Ich konnte es am Gesicht des Mannes sehen, als du die Namen aufgesagt hast.«

Plötzlich stand ein rothaariger Ritter vor ihnen, dessen bärtiges Gesicht eine senkrechte Narbe zeichnete, und auf der rechten Seite fehlte ihm das halbe Ohr. Sein Blick war finster und höhnisch zugleich. Ihre Bewacher standen stramm, als er den Raum betrat, und begrüßten ihn mit »Gott sei mit Euch, Beau Seigneur«, was entweder bedeutete, dass er der Hauskomtur von Jerusalem oder der Großmeister war.

»Ihr seid also die Knappen von Gero von Breydenbach und seinen Brüdern«, fragte der breitschultrige, gedrungene Kerl, ohne sich vorzustellen.

»Ja«, antwortete Anselm. »Sind er und die anderen Brüder wohlauf?«

»Schweig!«, erwiderte der andere barsch. »Du sprichst nur, wenn ich es dir erlaube, oder willst du deine Zunge verlieren?«

Anselm spürte Panik in sich aufsteigen und die Gewissheit, dass Matthäus offenbar den richtigen Riecher gehabt hatte.

»Ist es wahr, dass ihr von Fatimiden überfallen wurdet und dass ihr dabei eure Herkunftsnachweise verloren habt?«

»Ja, es ist wahr«, entgegnete Anselm, unsicher, ob er das Richtige sagte.

»Fand der Überfall draußen vor Bethanien statt?«

Wieder antwortete Anselm mit »Ja«. wobei er nicht die geringste Ahnung hatte, welche Rolle das spielen sollte.

»Sind Templer zu Tode gekommen?«

»Nein«, antwortete Anselm, weil er vermutete, dass der Tod von Rittern womöglich am Image des Ordens kratzte. »Ausschließlich Fatimiden, diese dreckigen Hunde«, erklärte er mit bebender Stimme, in der Absicht, den richtigen Eindruck zu hinterlassen.

»Wie sind die Männer gestorben?«

»Durch die Hand der Templer«, sagte Anselm leise, in der Hoffnung, dass die Antwort den Ordensmann zufriedenstellte.

»Und wie kam es, dass ihr euch aus den Augen verloren habt?«

»Mein Herr und seine Brüder haben die Feinde verfolgt, und dann haben mein junger Freund und ich uns verirrt.« Er warf einen bestätigungsheischenden Blick auf Matthäus, doch der Junge hielt den Kopf gesenkt. Er wagte nicht, dem Narbengesicht in die Augen zu schauen.

»Haben die Fatimiden ein Dorf überfallen und Frauen entführt?« Die Stimme des Mannes war kalt und berechnend.

»Ich weiß es nicht«, sagte Anselm ausweichend, weil er nicht wusste, worauf der Mann hinauswollte. »Es ging alles so schnell.«

Der Templer hob eine seiner rotbuschigen Brauen und nickte in Richtung der Wachen. »Bringt sie zu den anderen. Tramelay soll entscheiden, ob ihnen das gleiche Schicksal wie ihren Herren bestimmt ist.«

Anselm wagte nicht zu fragen, wohin man sie brachte, und eine Antwort erübrigte sich, als man den Jungen und ihn kurze Zeit später die Stufen hinab zu den Ställen des Salomo führte, zu einem ähnlich labyrinthartigen Verlies wie in Askalon. Überall hingen brennende Fackeln in den Wandhaltern, und das aus dem Fels gehauene Deckengewölbe war schon ganz schwarz vor Ruß.

Vereinzelte Schreie und lautes Stöhnen hallten von der Decke wider. Matthäus fasste nach seiner Hand und drückte sie so fest, dass es wehtat. »Sie sperren uns ein«, bemerkte er mit bebender Stimme. »Denkst du, sie wollen uns zu lebenslanger Kerkerhaft verbannen?«

»Warum sollten sie das tun?«, murmelte Anselm. »Wir haben nichts Unrechtes getan. Das wird sich alles aufklären.«

Ihre Bewacher führten sie zu einem vergitterten Loch am hinteren Ende des Ganges, vorbei an anderen, düsteren Grotten, aus denen sich schauriges Wehklagen erhob. »Hier geht's rein«, bestimmte einer der Männer und schloss die Gitter auf.

Im Halbschatten der Fackel sah Anselm, dass sie ihr weiteres Dasein an diesem stinkenden Ort nicht alleine fristen mussten. Auf den ersten Blick erschrak er, als er fünf kräftige Männer in grauen Gewändern wahrnahm, die schliefen und oder einfach dasaßen und vor sich hin starrten. Als er ihre Gesichter erkannte, glaubte er, sein Herz würde stehen bleiben.

»Herr im Himmel!«, ließ einer der Männer ungläubig verlauten. »Ich möchte wetten, sie haben uns etwas ins Wasser getan! Seht ihr das auch?« Es war Struan, der sich die schwarzen Augen rieb, als ob er einen Geist sehen würde.

»Gero!«, stieß Matthäus hervor und brach sogleich den Bann. Mit einem Aufschrei landete er auf dem schlafenden Mann, der im Reflex herumwirbelte und ihn unter sich begrub, dabei eine Hand so fest an seinen Hals legte, als wolle er ihn ersticken. Als Matthäus lauthals zu röcheln begann, ließ er ihn los und sprang taumelnd auf, als ob er sich verbrannt hätte. »Heilige Mutter!«, rief Gero, und sein entsetzter Blick ruhte nicht nur auf dem Jungen, sondern auf dessen Begleiter. »Sag, dass ich schlecht träume!«

»Nein«, erwiderte Anselm und sah aus den Augenwinkeln, dass die Tür hinter ihnen wieder verschlossen wurde. »Das ist kein Traum. Eher ein Alptraum, aber davon erzähle ich dir erst, wenn du schwörst, mich nicht umzubringen.«

Ein Blick in den Spiegel an der Wand bestätigte Melisende, dass die vergangenen Jahre des unentwegten Machtkampfes mit ihrem Sohn Spuren hinterlassen hatten. Sie war längst nicht mehr das junge Mädchen, das jedem gut aussehenden Kerl mit einem einzigen Lächeln den Kopf verdrehte. Selbst die helle Schminke, die ihr die Zofe am Morgen auflegte, konnte nicht darüber hinwegtäuschen, dass sie in knapp zwei Jahren ihren fünfzigsten Geburtstag begehen würde. Mit Sorge betrachtete sie die Mischung aus Reispuder und gehärtetem Rosenöl, die überall dort bröselte, wo sich hartnäckige Fältchen bildeten.

»As-salāmu 'alaikum, schöne Frau«, flüsterte eine dunkle Männerstimme hinter ihr.

Melisende wich irritiert zurück, weil ihr im ersten Moment war, als habe der Spiegel zu ihr gesprochen, doch dann spürte sie die Klinge eines Dolches an ihrer Kehle, was sie augenblicklich in helle Panik versetzte.

»Es gibt mir eine gewisse Befriedigung«, raunte der Unbekannte seltsam vertraut, »dass du nach all der Zeit trotz deines Luxus kaum besser aussiehst als ich.«

»Was?« Ihre Stimme klang ungewollt schrill. Der Mann hinter ihr, der lautlos in ihr Gemach eingedrungen war, hatte sie so eisern im Griff, dass sie keinen Muskel mehr rühren konnte. Sein Atem streifte ihren Nacken, und der moschusartige Geruch seines überhitzten Körpers rief Erinnerungen in ihr wach.

Er schob ihr angstverzerrtes Gesicht noch näher an den Spiegel, so nah, dass sie lediglich sich selbst, aber nicht ihn sehen konnte.

»Schau noch einmal in deine verlogene Fratze«, presste der Mann hasserfüllt hervor, »denn es wird das Letzte sein, was du in deinem sündigen Leben zu sehen bekommst.«

»Wartet«, krächzte sie beinahe ohnmächtig vor Angst. »Wenn Ihr Geld wollt, ich kann es Euch geben, aber Ihr müsst mein Leben verschonen.«

»So viel Geld kannst du gar nicht besitzen«, bemerkte der Mann dunkel, »als dass es das Leben all meiner unschuldigen Brüder und fünf Jahre Folter in einem fatimidischen Kerker aufwiegen könnte. Allein dein Tod kann mir jene Genugtuung geben, nach der es mich dürstet.«

Melisende spürte einen scharfen Schmerz unterhalb ihrer Kehle und sah das Blut, das an ihrem Dekolleté herunterrann. Sie hatte nur einen Mann gekannt, der es so perfekt verstanden hatte, die zarte Haut am

Hals eines Menschen zu ritzen, bis Blut floss, ohne ihn jedoch zu töten. Dieses Ritual wurde ausschließlich von Assassinen vollzogen.

»Khaled?«, flüsterte sie atemlos. »Bist du es?«

»Und wenn es so wäre? Denkst du, ich lasse dich leben, weil ich dich einst besteigen durfte?« Spielerisch fuhr er mit seinem Dolch hinab und schnitt den Gürtel ihres seidigen Morgenmantels auf, bis sie entblößt vor dem Spiegel stand und beobachten durfte, wie das Blut sich seinen Weg zwischen ihren Brüsten suchte. »Das hat dich nicht davon abgehalten, mich in den Tod zu schicken, also warum sollte es mich davon abhalten, das Gleiche mit dir zu tun?«, raunte er. »Du hast sie alle auf dem Gewissen, Azim, Mahmud und all die anderen, die dir immer treu ergeben waren und deine Befehle befolgten, ganz gleich, wie sündhaft sie auch sein mochten. Ich erinnere nur an Hugo de Le Puiset, dessen Mörder sie in deinem Auftrag erledigt haben. Und ich bin mir sicher, dass du auf diese Weise auch den Tod deines Schwagers Raimund von Tripolis angeordnet hast. Bis in den Kerker von Askalon war zu hören, dass er von Assassinen getötet worden sein soll, als du deiner Schwester zur Flucht vor ihrem ungeliebten Gemahl nach Jerusalem verholfen hast. Er ist euch wutentbrannt nachgeritten, wie ich gehört habe – und wurde aus dem Hinterhalt mit Pfeilen durchbohrt. Was glaubst du, wird geschehen, wenn seine Mörder erfahren, dass du es warst, die den Tod ihrer Brüder in Damaskus verschuldet hat, und dein ehrgeiziger Sohn, der nichts weiter getan hat, als auf die Lügengeschichten eines Manasses de Hierges zu vertrauen, unschuldig ist? Denkst du wirklich, die syrischen Nizâri würden dich verschonen? Sie werden meine Entscheidung, dich zu töten, verstehen, wenn ich ihnen berichte, was für eine finstere Magie du damals betrieben hast und allem Anschein nach immer noch betreibst.«

Melisende hatte zu zittern begonnen. Plötzlich wurde ihr klar, dass sie diesen Tag nicht überleben würde. Weil Khaled mit allem recht hatte, was er sagte, und weil er verzweifelt genug war, seine Wut und seine Trauer mit ihrem Blut zu betäuben.

»Ich bekenne mich schuldig«, flüsterte sie, »und es tut mir aufrichtig leid.« Sie spürte, wie ihr die Tränen in die Augen stiegen. Überraschend lockerte Khaled den Griff. »Ich muss dir zustimmen«, fuhr sie mit heiserer Stimme fort, »ich habe es nicht anders verdient. Und ich will auch nicht um Gnade winseln. Das wäre einer Königin nicht würdig. Aber eins sollst du wissen: Ich habe dich wahrhaftig geliebt. Mit meinem ganzen Herzen. Ich konnte es nicht ertragen, dass du dich einer anderen zugewendet hast. Ich war unglaublich eifersüchtig auf dieses Mädchen, weil ich spürte, dass du sie mit Haut und Haaren wolltest. Du hast sie geliebt. Ich konnte es an deinen Augen sehen. Ich konnte sehen, wie glücklich du mit ihr warst. Und da wusste ich, dass ich niemals etwas anderes für dich sein würde als eine alternde Hure, die nur deine Lust befriedigt.« Ihre Stimme klang bitter, und eine einzelne Träne tropfte herab und mischte sich mit dem Blut auf ihrer Brust.

»Eine wunderbare Vorstellung«, sagte Khaled mit belegter Stimme, »und du glaubst tatsächlich, ich falle darauf herein?«

»Du kannst mich liebend gern töten«, erwiderte sie schwach und spürte, wie ihre Knie versagten. »Aber lass mich wenigstens ein letztes Bußgebet zur Heiligen Jungfrau sprechen, und dann mach es schnell und schmerzlos, so, wie es den Nizâri von Kindesbeinen an gelehrt wird.«

Dass sie Nizâri und nicht Assassinen gesagt hatte, war reine Taktik; sie wusste genau, dass er das Wort Assassine als Beleidigung empfand und es ihm dadurch noch leichter fallen würde, sie auf der Stelle zu meucheln.

Khaled atmete tief durch, es war eine Sache, Melisende mit dem Tod zu bedrohen und sich an ihrer Angst zu weiden, eine andere jedoch, ihr tatsächlich das Leben zu nehmen.

Plötzlich klopfte es an der Tür, und sie schrak in seinen Armen zusammen. Khaled zog sie sogleich hinter das Bett und hielt ihr den Mund zu. Wenn er nicht dastehen wollte wie ein elender Trottel, musste er handeln, und zwar sofort. Sollten ihn die Wachen doch ruhig auf frischer Tat ertappen. Er wäre längst nicht der erste Nizâri, der sich selbst für seine Überzeugung als Fida'i opferte.

Melisende hing kraftlos in seinen Armen, die Augen angstvoll geweitet, das Herz rasend vor Angst. Seine große Hand bedeckte ihren Mund und ihre Nase. Vielleicht sollte er sie einfach ersticken oder ihr das Genick brechen, das ging schneller und machte keine solche Schweinerei.

Als sie nichts erwiderte, klopfte es noch einmal, und die Tür wurde geöffnet. Plötzlich stand André de Montbard im Zimmer. Khaled hatte mit jedem gerechnet, aber nicht mit dem Templer. Hinter ihm wartete ein dunkel gelockter Knabe.

»Beim heiligen Georg«, rief Montbard und starrte auf die reglose Königin und den großen Schatten, der sie augenscheinlich bedrohte. Instinktiv zog der Templer sein Schwert und machte einen entschlossenen Schritt nach vorn.

»Lass sofort den Dolch fallen, oder du bist des Todes!«, schrie Montbard, offenbar ohne zu erkennen, wer sein Gegner war.

»Bleib, wo du bist, oder sie ist tot!« Khaled machte mit der Königin im Arm einen Schritt zurück und wäre beinah über etwas Weiches gestolpert. Ein kurzer Blick zur Seite gab ihm die verblüffende Gewissheit, dass es sich um seine weiße, persische Katze handelte, die er beim Abmarsch nach Damaskus hatte zurücklassen müssen. »Verdammt, Morgiane!«, zischte er. Irritiert glitt sein Blick zwischen dem maunzenden Kätzchen, das an seinen mageren Beinen entlangstrich, und Montbard hin und her, der ihn immer noch bedrohte. Dessen Ausdruck hatte die Mordlust verloren und war der Überraschung gewichen.

»Lass die Waffe fallen und sei vernünftig, mein Junge«, forderte der Templer ihn auf. »Wir sollten reden.«

»Da gibt es nichts zu reden. Sie hat mich und meine Leute kaltblütig verraten«, schleuderte ihm Khaled entgegen. »Ich kann sie nicht am Leben lassen. Der Tod meiner Brüder verlangt nach Rache!«

»Sie ist immer noch deine Königin«, versuchte Montbard ihn zu beschwichtigen, »auch wenn sie damals einen schweren Fehler gemacht hat. In den vergangenen Jahren hat sie hundertfach dafür büßen müssen.«

Unvermittelt spürte Khaled den tiefen Schmerz in der Brust, den ihre Hinterhältigkeit bis heute bei ihm hinterlassen hatte. Aber auch Montbard trug in seinen Augen Schuld an der ganzen Misere. Er hätte sich mehr für ihn und seine Leute einsetzen müssen.

»Warum habt ihr nie nach mir suchen lassen?«, fragte er Montbard rau. »Warum musste ich fünf Jahre in einem Höllenloch zubringen, ohne dass auch nur ein Bezant Lösegeld für mich gezahlt worden wäre?«

»Wir waren sicher, dass du gefallen bist«, entgegnete Montbard sachte. »Es gab niemanden, der uns Nachricht gegeben hat, dass du noch lebst. Und wenn du vor Balduin und seinen Verbündeten geflohen wärst, hättest du dich früher oder später wenigstens bei Lyn gemeldet. Sie hat all die Jahre auf ein Lebenszeichen gewartet, und ich bin sicher, sie tut es noch. Es vergeht kein Tag, an dem sie nicht von dir spricht.«

Khaled spürte, wie seine Brust sich vor Angst und Freude zusammenzog. »Du weißt, wo sie ist?«, fragte er und ließ den Dolch sinken.

Melisende nutzte die Chance, um sich ihm zu entwinden. Hastig entschlüpfte sie seinen Armen und raffte den Mantel vor ihre Blöße. Dann versteckte sie sich schutzsuchend hinter Montbard.

Khaled protestierte nicht einmal. »Geht es Lyn gut?«, fragte er atemlos.

»Sie lebt in Sankt Lazarus«, erklärte Montbard und ging einen Schritt auf ihn zu. »Ioveta war so freundlich und hat die beiden Schwestern in den Orden aufgenommen.«

»Was?« Khaled riss entrüstet die Augen auf. »Ihr habt die Dreistigkeit besessen, sie zu einer Nonne zu machen? Ich habe sie vor Allah zu meiner Frau genommen. Mit meiner Seele *und* meinem Körper. Sie ist keine Christin und wird es niemals sein!«

Melisende entwich ein vieldeutiges »Oh!«. Anscheinend hatte sie nicht gewusst, wie intensiv diese Verbindung schon fortgeschritten war.

»So beruhige dich doch.« Montbard war anzusehen, dass er mit ihm fühlte. »Sie dachte, du wärst tot.« Auch er hatte das Schwert sinken lassen und kam näher an ihn heran, wobei Melisende an der Tür stehen blieb, offenbar unschlüssig, ob sie nach Wachen rufen sollte.

»Es ging nicht anders«, erklärte Montbard. »Offiziell waren sie und Rona immer noch Geiseln des Ordens. Tramelay wollte sie und ihre Schwester für eine Million Goldbezanten an den Harem des Emirs von Damaskus verkaufen. Der Großmeister und König Balduin benötigen das Geld dringend für die Finanzierung des Krieges gegen die Fatimiden. Wir haben ihnen einen Strich durch die Rechnung machen können, indem Rona und Lyn sich haben taufen lassen und als freie Frauen einem christlichen Orden beigetreten sind. Fortan ist es Tramelay und seinen Verbündeten verboten, sie als Sklavinnen in die Vielweiberei zu verkaufen. Allerdings können wir nicht sicher sein, ob er sich daran hält und sie nicht irgendwann einfach entführen lässt.«

»Ich bring ihn um«, entfuhr es Khaled. »Ich werde beide töten, Balduin und Bernard, so wahr ich hier stehe. Und wenn es das Letzte ist, was ich tue.«

»Khaled – ich bitte dich! Das wird sich alles regeln lassen.« Mit einer raschen Drehung wandte André de Montbard sich Melisende zu, die noch immer leichenblass hinter ihm stand. »Nicht wahr, meine Liebe?«

Sie nickte zaghaft, den Blick immer noch wie unter Zwang auf Khaled gerichtet.

Dann huschte sie auf die andere Seite ihres Baldachinbettes, wo ihre Truhe stand, und zog ein Kleid hervor.

»Wenn die Herrn mich entschuldigen würden.«

Montbard gab Khaled einen Wink, dass er ihm nach draußen folgen sollte. Der abschätzige Blick, den Khaled Melisende beim Hinausgehen zuwarf, zeugte davon, dass sie noch längst nicht miteinander fertig waren.

»Wir reden später«, rief Montbard der Königin zu, während er Khaled den Flur entlang in Richtung seiner eigenen Gemächer schob.

Jussuf, der kleine Sarazene, hatte die ganze Situation mit aufgerissenem Mund verfolgt und vor der Tür auf Montbard gewartet. Der alte Templermeister übergab ihm bereitwillig eine Münze für seinen Dienst. »Sag deinem Auftraggeber, dass wir bei ihm sein werden, noch bevor die Sonne versinkt.«

Der Junge beäugte kritisch das Geldstück. »Das ist eine silberne Münze«, erklärte er forsch. »Mein Auftraggeber hat mir eine goldene gegeben, damit ich schweige. Was ist mit Euch?«

Montbard fasste in seinen Lederbeutel, den er am Gürtel trug, und schüttelte bedächtig den Kopf. »Die Jugend von heute …«, sagte er bedauernd. »Ich hoffe, du weißt, dass du mit dem Feuer spielst.« Er warf dem Jungen eine goldene Münze zu.

»Ihr könnt Euch auf mich verlassen, edler Herr«, sagte Jussuf und verbeugte sich artig. Dann verschwand er im Treppenabgang.

»Wer war das?«, fragte Khaled, als Montbard seinen Weg zu seinen Gemächern fortsetzte. »Und was wollte er von dir?«

»Nur ein Bote.« Montbard lächelte milde. »Und was seine Nachricht betrifft …« Er zögerte einen Moment. »Wir beiden unternehmen gleich einen kleinen Besuch.«

»Besuche interessieren mich nicht.« Khaled schaute auf Montbard herab, während der Templer die Tür zu seinen Gemächern aufschloss. »Das Einzige, was mich interessiert, ist Lyn und dass Melisende nicht ungeschoren davonkommt für das, was sie mir angetan hat.«

»Ich verstehe deine Gründe sehr gut«, sagte Montbard und bat ihn mit einer freundlichen Geste in seine Gemächer, »aber bevor wir uns mit Rache beschäftigen, haben wir noch ein paar andere Probleme zu lösen.«

Er schloss die Tür und bot Khaled einen Platz an seinem ovalen Versammlungstisch an, den dieser jedoch dankend ablehnte. Khaled nahm den Becher mit Wein, den Montbard ihm anbot, und trank ihn in einem Zug aus, weil ihn ein höllischer Durst quälte und es ihn nach etwas verlangte, das seine angespannten Sinne betäubte.

»Tramelay will morgen früh im Einvernehmen mit Balduin fünf ehemalige Ordensritter hinrichten lassen«, erklärte Montbard, »weil man sie des Mordes an den Bewohnern eines jüdischen Dorfes und den eigenen Brüdern bezichtigt – fälschlicherweise.«

»Das ist ja gut und schön«, raunte Khaled und nahm einen weiteren Schluck.

»Aber was hat das mit mir zu tun?«

»Vielleicht mehr, als du denkst«, erwiderte Montbard. »Das Ganze ist eine Farce. Ich war selbst bei der Verhandlung dabei. Aber wie du weißt, kann ich als Einzelner gegen Tramelay nicht viel ausrichten. Wir können nicht zulassen, dass sie diese Männer hängen. Erstens, weil es jammerschade wäre, in diesen unsicheren Zeiten auf fünf stattliche Krieger zu verzichten, und zweitens, weil wir sie für unsere eigenen Zwecke bestens gebrauchen können.«

»Was soll das bedeuten?« Khaled sah ihn mit zusammengekniffenen Augen an.

»Hast du schon mal von dem Kelch von Askalon gehört?«

»Ich war dort … in Askalon. Dort weiß man nichts von einem solchen Schatz.«

Montbard sah ihn mit einem geheimnisvollen Lächeln an. »Du weißt genau, wovon ich spreche. Wir alle wollen ihn haben, aber nur einer wird ihn bekommen.« Er wanderte an den drei Fenstern entlang, die ihm einen Blick in den paradiesisch anmutenden Garten des Patriarchen ermöglichten. »Allein, wer den Kelch besitzt, weiß, wo das Geheimnis der Bundeslade zu finden ist. Melisende hat mir verraten, dass es ihr mithilfe ihrer Spione gelungen ist, herauszufinden, dass ihr Sohn mit Bernard de Tramelay einen geheimen Pakt geschlossen hat, den Kelch aus Askalon herauszuholen, bevor er jemand anderem in die Finger fällt. Sie hat mir auch verraten, dass sie dich schon vor fünf Jahren damit beauftragt hat, in dieser Angelegenheit einen Mittelsmann der Fatimiden zu treffen, was sich dann aber wegen des Überfalls auf die Karawane nach Blanche Garde zerschlagen hat. Dass beide, Balduin und Melisende, den Kelch besitzen wollen, steht außer Frage. Und dann ist da noch Tramelay, auch er hat seine Ansprüche bereits angemeldet. Oder warum sonst belagern sie alle diese kleine unbedeutende Festung?«

»Wer den Kelch findet, wird auch den Weg zur Bundeslade finden«, sinnierte Khaled halblaut, »und wer die Lade mit den Steintafeln des Moses findet, wird den Messias wiederauferstehen lassen, den Fürsten der Zeit, den Herrscher der Welt, oder …« Er warf Montbard einen vielsagenden Blick zu – »den Imam Mahdi, den Erlöser der Welt, der erst kurz vor deren Ende wieder erscheint.«

Bei den letzten Worten war Montbard so nahe an Khaled herangetreten, dass der Templer nur noch flüstern musste, damit er ihn verstand. »Wir wollen doch nicht, dass dieses Geheimnis in die Hände von Leuten wie Bernard de Tramelay fällt oder dass Balduin es herausfindet – schon gar nicht Melisende, nicht wahr?«

»Oder in die Hände der Fatimiden.« Khaled sah ihn aus schmalen Lidern an. »Aber ist die Zeit, wenn wir den Aufzeichnungen von Rona und Lyn glauben wollen, nicht längst schon geschrieben? Tramelays Tod steht bereits fest, nicht wahr? Und du wirst Großmeister werden und Balduin stirbt einen frühen Tod?«

Khaled schaute Montbard prüfend in die Augen. »Fünf Jahre sind vergangen, und alles, was die Prophezeiungen vorhergesagt haben, ist eingetreten – also was bleibt noch zu hoffen?«

»Wir wissen, dass Tramelay fällt«, entgegnete Montbard leise. »Wir wissen auch, dass es später heißen wird, dass Balduin seine Heere bei der Erstürmung von Askalon zurückgehalten hat, als Tramelay und seine Männer die Bresche in den Mauern erstürmten. Aber wir wissen nicht, was danach geschah. Wir wissen lediglich, dass ich Großmeister werde. Aber was mit dem Kelch geschieht, ist nirgendwo dokumentiert. Ergo kann er in die Hand eines jeden fallen – und das wollen wir doch nicht, oder?« Montbard hielt kurz inne. »Man sagt nicht umsonst, der Inhalt der Lade könne alles verändern, Wasser in Wein und Steine in Brot verwandeln, Tische decken, auf denen vorher gähnende Leere herrschte, Meere teilen, Blitze entsenden, Tote von den Lebenden auferstehen lassen. Also warum nicht die Zeit und die Geschichten verändern, die sie schreibt?« Montbards Blick war mit einem Mal berauschend klar und gleichzeitig entrückt. »Glaub mir, Khaled, dieses Geheimnis ist mächtiger als alles auf der Welt, weil es die Welten teilt und sie zugleich zu einer einzigen vereint.«

»Verzeih, ich kann dir nicht folgen.« Khaled zog eine Braue hoch.

»Das macht nichts«, sagte Montbard. »Du musst nichts verstehen. Du musst mir helfen, den Kelch zu finden, und dabei müssen wir allen, die es auf den Kelch abgesehen haben, zuvorkommen. Danach wirst du es nicht bereuen, mir geholfen zu haben. Dein Lohn wird die himmlische Wahrheit sein und ein Leben voller Glück und Harmonie. Ich verspreche es dir! Aber du darfst mit niemandem darüber reden, außer mit denen, die dich in deiner Mission unterstützen werden.«

Khaled sah ihn verwundert an. »Wer sollte das sein?«

»Lass dich überraschen. Aber kein Wort davon zu Melisende. Um die Mission zu einem glücklichen Ende führen zu können, benötigen wir ihre Gunst, ihr Geld und den Segen Gottes. Ich bin mir sicher, dass die Königin uns Ersteres gewähren wird. Besonders wenn ich sie mit dem Besitz des Kelches locken kann. Sie wird darauf hereinfallen, aber wir müssen dafür sorgen, dass nicht *sie* ihn am Ende bekommt und schon gar nicht Tramelay oder Balduin, sondern der Hohe Rat der Templer, dessen Oberhaupt ich bin. Verstanden?«

Khaled nickte mit entschlossener Miene.

»Und nun lass uns gehen.«

»Wohin?« Er schaute Montbard mit großen Augen an.

»Das wirst du schon sehen. Vertrau mir! Aber vielleicht«, fügte er mit leicht gerümpfter Nase hinzu, »solltest du vorher noch in einem Badehaus einkehren und dir was Anständiges anziehen.«

Wie betäubt folgte Khaled dem Templer durch das Gemenge in der Davidsstraße hinunter ins arabische Viertel, das er bestens kannte. An der Straße der Kürschner machten sie halt, und Khaled verschwand kurz in einer der vielen Hamams, in denen sich Reisende und Stadtbewohner für wenig Geld erfrischen konnten. Montbard hatte ihm eine schwarze Hose und einen dunkelgrün schimmernden Kaftan aus seinem Fundus überlassen, dazu ein paar weiche, dunkelbraune Lederstiefel.

Als Khaled nach einer knappen halben Stunde wieder zum Vorschein kam, mit manikürten Händen, einem schmalen, ausrasierten Kinnbart und schulterlangen geölten Haaren, war er wieder das Abbild eines syrischen Edelmannes.

Montbard stieß einen anerkennenden Pfiff aus, als er Khaled Säbel und Dolch übergab. Rasch verbarg Khaled das noch feuchte Haar unter einem schwarzen Turban und schickte sich an, dem Templermeister zu folgen.

Tausend Gedanken rauschten ihm durch den Kopf. Dass Montbard es auf den Kelch abgesehen hatte, überraschte ihn. Vor allem, weil Melisende recht behalten hatte, als sie vor Jahren erklärt hatte, es sei nur ein Gerücht, dass die Templer die Bundeslade in den Ställen des Salomo gefunden hätten. Khaled fragte sich, wie der alte Templer es anstellen wollte, in die Festung der Fatimiden zu gelangen, und wie er Tramelay zuvorkommen wollte, ohne dass ihn das gleiche, prophezeite Schicksal des Großmeisters ereilte. Aber wie er es auch drehte, wenn er dabei sein sollte, würde er seinem alten Templerbruder André ein ordentliches Schnippchen schlagen. Denn sollte Khaled tatsächlich in den Besitz des Kelches gelangen, würde er ihn für sich und die Nizâri retten und ihn so rasch wie möglich zur Festung Masyāf bringen. Dort würde er ihn dem Sohn und Erben Alī bin Wafās zu Füßen legen, dessen Vater ein Jahr nach Khaleds Gefangennahme in Damaskus bei einer Schlacht gegen die Seldschuken gefallen war. Khaled wusste aus eigener Erfahrung, was es hieß, den Vater viel zu früh auf grausame Weise zu verlieren, und wenn man mit dem Inhalt der Bundeslade sogar Tote zum Leben erwecken konnte, würde er dem Jungen, aber auch sich selbst einen ganz besonderen Dienst erweisen.

Montbard blieb vor einer syrischen Herberge stehen und forderte ihn auf, vor ihm einzutreten.

Im Schankraum begrüßte sie der syrische Wirt, der für Khaled kein Unbekannter war, mit einer Verbeugung. Auch er war vor Jahren aus Damaskus hierher geflohen. Als er Khaled ins Gesicht sah, spürte der dessen Unsicherheit, weil ihm offenbar nicht einfiel, woher er ihn kannte. In guten Zeiten war Khaled manchmal mit Azim und Mahmud hier eingekehrt, um sich in einem geheimen Nebenzimmer eine kleine Räucherpfanne mit Opium zu gönnen. Dabei hatten sie mit Zucker gesüßten Minzesud getrunken und sich hemmungslos mit gekauften Weibern amüsiert.

Montbard blieb nicht im Schankraum stehen, sondern führte Khaled die Treppe hinauf zu jenen Zimmern, die man für eine ganze Nacht mieten konnte, falls man sich ausgiebiger amüsieren wollte.

Der Templer klopfte an eine der vielen Türen, und der Mann, der ihm öffnete, sah mit seinen braunen Locken und dem dunklen Teint zwar aus wie ein Sarazene, aber er war nicht von hier, wie sein akkonesischer Dialekt verriet.

Offenbar war er sogar ein Templer, was Khaled am Begrüßungsritual erkannte und an der Tatsache, dass Montbard ihn als Bruder Arnaud vorstellte. Nachdem er sich bei Montbard vergewissert hatte, dass Khaled zu ihm gehörte, winkte er ihn in das Zimmer hinein, in dem eine größere Ansammlung Menschen saß und auf sie wartete.

Khaled musste sich ein wenig ducken, um nicht an den Türrahmen zu stoßen, aber als er aufblickte, verlor er beinahe das Gleichgewicht.

In Reichweite vor ihm war Lyn – so schön und anmutig, wie er sie selbst in seinen kühnsten Erinnerungen niemals gesehen hatte. Sie trug ein bezauberndes Kleid aus indischer Seide und saß neben ihrer ähnlich gewandeten Schwester auf einem breiten Bett. Als sie zu ihm aufschaute, trafen sich ihre Blicke, und die Gewissheit, dass sie keine Vision war, raste wie ein Blitz durch seinen Körper. Dass es ihr nicht anders erging, konnte er daran sehen, wie beängstigend schnell sie erbleichte.

»Khaled?« Ihre sonst so angenehm weiche Stimme war ein krächzendes Flüstern.

Montbard lächelte weise. »Damit hättet ihr jetzt nicht gerechnet, oder?«

Khaled blieb stocksteif im Türrahmen stehen, aus Angst, zu stolpern, wenn er einen einzigen Schritt machte. Das Gefühl, dass ihn alle anstarrten, ignorierte er hartnäckig. Lyn erhob sich rasch. Schwankend kam sie ihm entgegen und fasste ihn bei der Hand. Sanft zog sie ihn hinaus aus dem Zimmer und schloss die Tür hinter sich, damit sie allein waren. Tränen schimmerten in ihren großen, veilchenblauen

Augen, und ihre Hände berührten sein Gesicht so sacht, als habe sie Angst, es könnte unter ihren Fingern zerbrechen. Dann befreite sie ihn von dem Turban und fuhr durch sein feuchtes Haar. »Du lebst«, hauchte sie.

Khaled konnte sich nicht länger zurückhalten und zog sie in seine Arme, wobei er sein Gesicht an ihren Hals presste und hemmungslos zu schluchzen begann. Er spürte, wie ihr Körper erbebte und ihr Atem über seinen Nacken strich. Sie weinte auch. Es kam ihm vor, als ob sich bei beiden eine Schleuse geöffnet hätte. Der Stoff an seiner Schulter war schon ganz durchnässt, als er voller Zärtlichkeit ihren Hals küsste. »Ich hab dich so vermisst«, flüsterte er an ihr Ohr. »Allein die Hoffnung, dich wiederzusehen, hat mich am Leben erhalten.«

»Ich dachte, du wärst tot«, stammelte Lyn. Sie zog den Kopf zurück, um einen Blick in seine Augen zu wagen. »Deine Leiche wurde nicht gefunden, und auch auf der Exekutionsliste, die von Balduin persönlich unterzeichnet worden ist, warst du nicht zu finden.« Sie seufzte erleichtert und küsste ihn auf den Mund. Ihre Hand strich liebevoll über seinen kurzen Bart. »Hätte ich gewusst, dass du lebst, ich hätte alles getan, um dich zu retten.«

»Du hast mich gerettet«, sagte er rau. »Indem du Nacht für Nacht in meinen Träumen erschienen bist.«

»Ich liebe dich«, bekannte sie und schmiegte sich eng an ihn. »Ich habe keinen einzigen Tag aufgehört, dich zu lieben.« Ihre Hände fuhren suchend über seinen viel zu weiten Kaftan und strichen über seinen knochigen Rücken, wobei sie trotz des fest gewebten Stoffs jede einzelne der wulstigen Narben ertastete, die er dem Kerkermeister von Askalon zu verdanken hatte.

»Ich habe mich verändert«, sagte Khaled beinahe entschuldigend. »Äußerlich, aber auch innerlich. Ich habe die letzten fünf Jahre in einem Kerker verbracht. Da ist nichts mehr, worauf du stolz sein könntest. Ich bin ein gebrochener Krieger.«

»Trifft das nicht auf uns alle zu?«, tröstete sie ihn. »Wir verändern uns mit jedem Tag, den wir erleben. Alles, was uns an Üblem widerfährt, hinterlässt Narben. Aber wie sollten wir nach vorne schauen, wenn wir nur noch die Narben im Blick haben? Du wirst immer mein Held bleiben, weil du denen getrotzt hast, die dir das zugefügt haben, und es ihnen nicht gelungen ist, deinen Überlebenswillen zu brechen.

Das ist alles, was zählt.« Lyn lächelte sanft. »Neben der nicht ganz unbedeutenden Tatsache, dass du mich trotzdem noch liebst.«

»Warum sollte ich nicht? Du bist … so … unbeschreiblich«, flüsterte er. Dann küsste er sie wieder und wieder. »Du bist meine Frau?«, hauchte er leise an ihren Mund, ohne ihr in die Augen zu schauen.

»Ja, das bin ich«, erwiderte sie und strich ihm zärtlich über die Wange. »Für immer und ewig. Ich hoffe, das hast du nicht vergessen?«

»Nein«, flüsterte er. »Wie könnte ich das?«

Arnaud hatte interessiert die Wiedersehensszene zwischen dem Sarazenen und Lyn verfolgt. Wahrscheinlich war er der Mann, von dem sie immer wieder gesprochen hatte. Als die beiden nach einer Weile zu ihnen zurückkehrten, zwinkerte Montbard ihnen zu, als ob sie zu seiner Familie gehörten. Lyns Gesicht war gerötet vor Aufregung. Sie hatte geweint, und trotzdem strahlte sie pures Glück aus. Als sie ohne ein Wort wieder neben ihrer Schwester auf dem Bett Platz nahm, stellte sich der Assassine hinter sie und legte ihr besitzergreifend eine Hand auf die Schulter. Montbard stand mit überkreuzten Armen neben Hertzberg und ließ sich geduldig darüber aufklären, in welcher Mission sie hier angetreten waren.

»Ihr müsst Gero von Breydenbach und seine Leute aus dem Kerker herausholen«, beschwor ihn der Professor. »Sie sind Templer wie Ihr und haben nichts getan, was nicht rechtens wäre. Im Gegenteil – Tramelay und seine Bande morden und brandschatzen, und niemand kümmert sich darum. Das entspricht so gar nicht dem Bild, das uns in der Zukunft vom Orden der Templer vermittelt wird.« Die Stimme des Professors klang vorwurfsvoll.

Montbard seufzte leise. »Wie Ihr Euch vielleicht denken könnt«, begann er mit seiner ruhigen, dunklen Stimme, »ist es nicht in meinem Interesse, dass der Orden zu einem Haufen von Verbrechern verkommt. Ich bin Vorsitzender des Hohen Rates, zu dem nur eingeweihte Brüder Zugang haben, deren Gewissen so rein ist wie eine Bergquelle nach der Schneeschmelze. Dass Tramelay und seine Leute nicht dazugehören, bedarf keiner Erwähnung. Seit Lyn und Rona hier erschienen sind, wissen wir, dass die Zukunft des Ordens besiegelt ist, wenn es uns nicht gelingt, unsere moralischen Ziele zu festigen und die Dinge zum Besseren zu wenden.

Allerdings mussten wir in den vergangenen Jahren schmerzlich zur Kenntnis nehmen, dass sich bisher weder Gott noch der Teufel haben ins Handwerk pfuschen lassen.«

»Soll das bedeuten, die fünf Ordensbrüder werden morgen gehängt, und das war's?« Arnaud schäumte vor Wut. »Ordensvertreter wie Euresgleichen waren immer mein großes Vorbild! Es kann doch nicht sein, dass Ihr gar nichts tun könnt, um sie aus diesem Loch herauszuholen?« Er sah aus, als wolle er vor Montbard auf den Boden spucken, tat es aber nicht.

»Es ist schwierig, sie aus dem Kerker herauszuholen, aber nicht unmöglich«, lenkte Montbard ein. »Schließlich können wir nicht einfach hingehen und den Großmeister und sein Gefolge in die Tragweite unseres Wissens einweihen. Allein die geheimnisvolle Waffe, mit der Tramelays Leute getötet wurden, reichte aus, um Eure Brüder der Häresie und Zauberei zu überführen.« Er räusperte sich, bevor er fortfuhr. »Es mag Euch einfältig erscheinen, aber wir leben in einer Zeit, in der wir nicht jedem Dahergelaufenen unsere tiefsten Geheimnisse preisgeben können. Denkt Ihr ernsthaft, die Kirche würde uns durchgehen lassen, dass die Erde eine Kugel ist und sich wie selbstverständlich um die Sonne dreht?« Er lächelte wehmütig. »Habt Ihr eine Vorstellung davon, was es heißt, wenn man gegen alle Vernunft mit seinem Wissen um die wahren Begebenheiten dieser Welt hinter dem Berg halten muss, um nicht den eigenen Kopf zu riskieren?« Er sah fragend in die Runde.

Arnaud nickte verständig, er schien zu wissen, was der Templer mit seinen Ausführungen sagen wollte.

»Wir wurden im dreizehnten Jahrhundert nach der Auferstehung unseres Herrn geboren«, gab Arnaud freimütig zu. »Für uns war das alles ebenso neu und unfassbar.«

Montbard begann ruhelos umherzuwandern. »Dann könnt Ihr sicher verstehen, dass es einem mitten ins Herz sticht, wenn man weiß, was geschehen wird, aber nicht in der Lage ist, etwas daran zu ändern. Man zweifelt an sich selbst und am Ende sogar an Gott«, erklärte er bitter und warf Hertzberg einen verständnisheischenden Blick zu. »Und das ist wohl das Schlimmste, das einem Templer passieren kann.«

»Und wie soll es jetzt weitergehen?« Hertzberg fixierte ihn ungeduldig. »Morgen früh ist die Zeit abgelaufen, und nicht einmal wir besitzen eine Maschine, die Tote zum Leben erwecken könnte, oder irre ich mich?« Sein fragender Blick ruhte auf Rona.

»Nein«, bestätigte sie mit einem müden Lächeln.

»Ich werde noch heute Abend meine Kontakte zu Königin Melisende nutzen«, fuhr Montbard fort. »Es gibt im Strafrecht des Ordens einen Paragraphen, der es im Kriegsfall ermöglicht, von der Vollstreckung des Urteils abzusehen. Wir werden Tramelay und dem König die Zahlung einer hohen Summe anbieten, die sie unmöglich abschlagen können, damit die Brüder wieder in den Rang eines kämpfenden Ritters versetzt werden.«

»Und Ihr denkt, dass er dem so einfach zustimmen wird?« Arnaud schaute ihn ungläubig an. »Und wenn es so ist, warum kann man sie dann nicht gleich freikaufen?«

»Das müsstest du doch am besten wissen, mein provenzalischer Bruder.« Montbard blieb vor Arnaud stehen. »Tramelay kann den Brüdern nicht einfach gegen Geld die Freiheit schenken. Er wäre gezwungen, sie aus dem Orden auszuschließen, doch dann müssten sie einem anderen Orden beitreten. Und das würde uns nicht helfen. Deshalb müssen wir ein Argument liefern, das verlangt, dass sie im Orden verbleiben. Auch weil ich eine gewisse Strategie verfolge, um Königin Melisende das nötige Geld aus der Tasche zu locken.«

»Was für eine Strategie?« Hertzberg sah ihn argwöhnisch an.

»Das kann ich erst verraten, wenn ich mit der Königin darüber gesprochen habe. Zunächst muss ich ihr die Angelegenheit schmackhaft machen. Wenn alles so verläuft, wie ich es mir vorstelle, werde ich noch heute Abend ein Gespräch zwischen ihr und Tramelay arrangieren. Bis dahin bleibt uns leider nichts anderes übrig, als zu warten.« Er nickte in die Runde, als ob alles gesagt sei. Dann begab er sich zur Tür und warf Khaled einen fragenden Blick zu. »Bleibst du hier, bis die Entscheidung gefallen ist?«

»Ich denke schon, schließlich kann ich nicht davon ausgehen, dass Melisende mich in ihrem Palast wohnen lässt, nach allem, was sie von mir erdulden musste.« Ein Grinsen huschte über seine Lippen. »Außerdem weiß sie anscheinend noch nicht, dass Lyn und Rona aus Sankt Lazarus geflohen sind. Also nutzen wir die Ruhe vor dem Sturm, um ein wenig zu verschnaufen.« Sein Blick traf Lyn, die ihn liebevoll erwiderte. »Ich werde mir mit meiner Frau heute Nacht eine gemeinsame Kammer nehmen. Seit fünf Jahren waren wir nicht mehr vereint.«

Montbard lächelte wohlwollend und warf Khaled einen Beutel mit Münzen zu. »Sorge dafür, dass es dir und den anderen an nichts fehlt. Ich melde mich spätestens zur Nacht, um Euch auf den neusten Stand der Dinge zu bringen.«

»Da wäre noch etwas, das Euch vielleicht interessiert«, sagte Khaled. Sein Blick wanderte zu Arnaud, der ihm der Anführer dieser seltsamen Truppe zu sein schien. »Ich weiß nicht, ob es wichtig ist, aber im Kerker von Askalon ist mir ein Franke begegnet, der behauptete, Euch und Eure Brüder zu kennen. Er sprach davon, aus der Zukunft zu kommen, und auch er suchte nach Rona und Lyn. Ich wusste, von wem er sprach, ansonsten hätte ich ihm wohl keinen Glauben geschenkt. Er hatte einen blond gelockten Jungen bei sich. Nachdem wir vertrauter miteinander waren, ist es uns gemeinsam gelungen, die Kerkerwachen zu überwältigen. Zusammen konnten wir fliehen. Er erzählte mir, dass er außer dem Jungen noch drei Frauen bei sich hatte, die wie er auf dem Weg von Jaffa nach Jerusalem in die Gewalt von Sklavenhändlern geraten waren, die sie schließlich den Fatimiden in der Festung verkauften. Angeblich wurden sie nach dem Eintreffen in Askalon getrennt. Wahrscheinlich sind die Frauen im Harem des Wesirs von Askalon gelandet. Leider war es uns nicht möglich, sie zu befreien.«

Hertzberg schaute erschrocken auf. »Wie war der Name des Mannes?«

»Er nannte sich Anselm de Caillou, sein jüngerer Begleiter war Matthäus von Bruch. Sie machten mir nicht den Eindruck, als ob sie mit unseren Sitten vertraut wären.«

Arnaud stöhnte entsetzt auf. »Sie dürften gar nicht hier sein! Und wo sind die beiden jetzt?«

»Keine Ahnung.« Khaled zuckte mit den Schultern. »Ich habe sie heute Vormittag am Tor der Kette abgeliefert, weil sie im Hautquartier der Templer nach ihren Gefährten suchen wollten. Nach allem, was ich nun weiß, mache ich mir ein wenig Sorgen, was mit den beiden geschehen sein könnte.«

Kapitel 19

Kriegsopfer

1153 – Jerusalem

Struan MacDhoughaill hatte sich bisher immer für einen hartgesottenen Kämpfer gehalten, einen schottischen Fels in der Brandung, den so gut wie nichts aus der Ruhe brachte. Jedoch spätestens seit er im Herbst 1307 beinahe zu Tode gefoltert worden war und undurchsichtige Kräfte ihn mit seiner Gefährtin ins Jahr 2004 katapultiert hatten, war seine Welt aus den Fugen geraten. Dass es Gott dem Herrn gefiel, ihn und die Seinen in der Zukunft mit Kühlschränken, Fernsehern, Autos und Flugzeugen zu konfrontieren, wäre ja noch verzeihlich gewesen, aber mit Zeitmaschinen hatte der Allmächtige zu viel des Guten getan. Und wenn Struan geglaubt hatte, der Rücktransfer aus dem Jahr 2005 ins Jahr 1153 könne die Angelegenheit nicht schlimmer machen, so hatte er sich gründlich getäuscht.

Sein dunkler, unergründlicher Blick lag auf Matthäus, der sich weinend an Gero klammerte. Allein die Verzweiflung in Geros Blick, dass nicht nur er und seine Männer, sondern nun auch der Junge dem Tode geweiht sein würde, ließ den Schotten erschauern.

Noch katastrophaler waren die Ausführungen dieses Möchtegerntemplers Anselm Stein, der wie ein verlorenes Schaf inmitten einer Herde von Verdammten hockte und irgendetwas von einem misslungenen Einsatz faselte. Misslungen war so ziemlich alles in den letzten paar Tagen, und wenn kein Wunder geschah, würde auch in den nächsten Stunden alles misslingen.

Johan sprang schließlich auf und kniete sich vor Anselm hin, packte ihn bei den Schultern und richtete den Mann so weit auf, dass er ihm in die Augen blicken musste. »Hör zu, Anselm«, sagte er mit gedämpfter Stimme. »Jetzt noch mal ganz von vorne. Wieso seid ihr plötzlich hier, und was genau ist geschehen?« Struan glaubte seinen Ohren nicht zu trauen, als Anselm in altfranzösischer Sprache die ganze Misere offenlegte.

Dass vielleicht keine Rückkehr mehr möglich war, wäre noch zu verkraften gewesen, aber dass ihre Frauen sich nun auch in dieser Zeit, keinen Tagesritt von Jerusalem entfernt in Askalon befanden und dort von irgendeinem schmierigen Sarazenen in einem Harem gefangen gehalten wurden, war ein kaum zu überbietendes Übel.

Der Schotte war ehrlich entsetzt. »Sag bloß, Amelie ist auch dabei?«, entwich es ihm ungläubig. Das Liebste, was er je besessen hatte, der einzige Engel, nach dem er sich jede verdammte Nacht sehnte, hier in diesem Chaos? Eine grauenhafte Vorstellung!

»Es tut mir leid«, stotterte Anselm. »Eure Frauen wollten sich nach dem Unfall nicht mit dem Gedanken zufriedengeben, euch nie wiederzusehen. Ich konnte Hannah nicht einmal davon abhalten, Karen Baxter mit einer Pistole in ihre Gewalt zu bringen. Nachdem Paul den Server gestartet hatte, blieb mir nichts anderes übrig, als die drei und Matthäus zu begleiten, weil ich dachte, dass sie ohne einen Mann in dieser Zeit unmöglich zurechtkommen würden.«

»Gut gemacht!«, stieß Gero völlig außer sich hervor. »Wie kann man sich so sehr überschätzen? Mein Gott, Anselm!« Wutentbrannt schüttelte er den Kopf. »Du hast schon immer gemeint, alles besser zu wissen. Dabei hast du nicht die geringste Ahnung, wie sehr sich diese Welt von der euren unterscheidet.«

»Entführungen durch islamistische Terroristen in der Wüste sind auch zu meiner Zeit keine Seltenheit«, gab Anselm entschieden zurück.

»Umso schlimmer«, erwiderte Gero schmallippig. »Du hättest Hannah davon abhalten müssen, hierherzukommen, allein schon wegen Mattes.« Immer noch hielt er den schluchzenden Jungen im Arm. »Genauso hatte ich mir mein Familienleben vorgestellt«, fluchte er höhnisch. »Ich am Galgen und mein Weib im Harem eines fatimidischen Hurensohnes! Und Mattes muss das alles mitansehen, in Erwartung eines furchtbaren Schicksals.«

»Hannah hat sich nicht abhalten lassen«, erwiderte Anselm mit verzweifeltem Blick. »Du weißt doch besser als ich, wie sie ist!«

»Du kannst Anselm nicht dafür verantwortlich machen, dass die ganze Geschichte gründlich in die Hose gegangen ist«, tönte es aus dem Hintergrund. Jack Tanner war zu neuem Leben erwacht. »Ihr Templer habt es auch nicht besser hinbekommen. Schließlich haben wir es eurem verdammten Gottvertrauen in eurem ach so ehrvollen Orden zu verdanken, dass wir jetzt in der Scheiße sitzen. Diese verkorksten Typen da oben in ihren weißen Mänteln sind nichts weiter als eine gottlose Bande von Mördern und Verbrechern. Von wegen heiliger Gral!«

»Halt dein schmutziges Maul!«, blaffte Gero zurück. »Deine US-Armee hat mit einer einzigen Bombe Hunderttausende unschuldige Menschen getötet, das ist mehr als alle Kreuzritter in zweihundert Jahren auf ihr Gewissen geladen haben.«

»Der Unterschied ist, dass wir die Welt zu einem besseren Ort machen wollen«, erwiderte Jack aufgebracht, »ohne in Anspruch zu nehmen, in Gottes Namen zu handeln.«

»Hört, hört!« Gero lachte grimmig. »Abgesehen davon, dass euer Präsident nicht weniger häufig die Bibel bemüht, um seine fragwürdigen Pläne zu rechtfertigen, frage ich mich, warum wir erst hierherkommen mussten, um die angekündigte Apokalypse zu verhindern? Hättet ihr aus all dem Elend, das eure Vorfahren gesät haben, nicht schon längst etwas lernen können.«

»Hey, Kameraden.« Johan hob seine Hände, wobei demonstrativ die Ketten an seinen Handgelenken rasselten. »Wenn wir uns gegenseitig zerfleischen, bleibt nichts mehr, was Tramelay und seine Verbündeten an den Galgen bringen könnte. Also denkt nach, wie wir am besten hier rauskommen können, und wenn euch nichts einfällt, sollten wir wenigstens für ein Wunder beten.«

Stephano de Sapin, der an Anselms Seite gekrochen war, um seinem treuen Freund aus der Zukunft beizustehen, indem er ihm eine Hand auf die Schulter gelegt hatte, hob mit seiner klaren, hohen Stimme zu einem gregorianischen Choral an, in den alle einfielen, bis auf Anselm und Tanner, die beide den Text nicht kannten. Auch Struan hielt sich zurück, weil ihn wegen seiner schottischen Reibeisenstimme alle für einen lausigen Sänger hielten.

Vielleicht war das der Grund, warum dem Schotten als Erstes auffiel, wie es im Gang plötzlich heller wurde und eine von Templern eskortierte, verschleierte Gestalt erschien, die den Gang entlang auf sie zumarschierte. Struan spannte sämtliche Muskeln an, bereit, bis auf den letzten Atemzug um sein Leben und das seiner Brüder zu kämpfen, falls sie in wenigen Augenblicken zum Galgen geführt werden sollten. Zu seiner Überraschung kam aber niemand in den Käfig hinein, und es zerrte sie auch niemand heraus.

Die kostbar in Samt und Seide gekleidete Frau, deren Gesicht er wegen des Schleiers nicht sah, blieb direkt vor ihm stehen. Umringt von sechs martialisch auftretenden Brüdern löste sie den cremefarbenen Schleier erst, als Peter de Vezelay, der sie begleitete, ihr ein Zeichen gab, dass sie vor der richtigen Zelle stand. Die Frau war schon älter, aber immer noch ungewöhnlich schön. Ein langer roter Zopf, mit Perlen und Juwelen bestückt, flutete aus ihrem hellblauen Samtumhang hinab bis zu den Hüften, die von einem goldfarbenen Gürtel betont wurden, der ihr fließendes, langes Kleid auf Figur brachte.

Aussehen und Haltung erinnerte Struan an die Heilige Muttergottes. Dass sie keine Heilige war, erkannte er an ihrem anzüglichen Blick, mit dem sie ihn taxierte.

»Verneigt euch vor eurer Königin«, rief Vezelay, der nun nach vorne trat.

Der Schotte blieb sitzen, senkte aber – wie die anderen auch – sein Haupt. Von Melisende, der temperamentvollen Königin, hatte er auch in seiner Zeit schon einige Legenden gehört. Angeblich hatte sie zahlreiche Liebhaber gehabt, die nach und nach alle eines seltsamen Todes gestorben waren.

»Sind das die zum Tode verurteilten Männer?«, fragte sie laut. Mit abgespreiztem kleinem Finger hielt sie sich ein parfümiertes Tüchlein vor die Nase, während sie auf den Schotten herabblickte. Ihr lüsterner Blick streifte jede Stelle seines muskulösen Körpers, und auch seine Kameraden betrachtete sie mit dem Interesse einer Pferdehändlerin bei der Auswahl junger Zuchthengste. Einen Moment verweilte sie bei Gero, der sich schützend vor den Jungen gestellt hatte.

»Bruder André hat vollkommen recht«, bemerkte sie schneidend. »Es wäre ein Jammer, ihre Leichen den Geiern zum Fraß vorzuwerfen. Sagt meinem Sohn, ich zahle einen angemessenen Preis, wenn Ihr sie begnadigt und in den Rang eines kämpfenden Ritters zurück versetzt.

Einzige Bedingung ist, dass sie bei der Eroberung von Askalon zum Einsatz kommen.« Sie warf dem Seneschall einen berechnenden Blick zu. »Fünfhunderttausend Goldbezant sollten reichen, denkt Ihr nicht?«

Vezelay begann zu husten, wahrscheinlich weil er sich wegen der unglaublichen Summe verschluckt hatte. »Sehr wohl, Eure Hoheit. Aber Ihr könnt dem Großmeister die frohe Botschaft gerne persönlich überbringen, er lädt Euch und Bruder André nachher zu einem bescheidenen Mahl in seine Gemächer ein.«

»Ich faste zurzeit zu Ehren der Heiligen Mutter«, erwiderte Melisende. »Außerdem schuldet Euer Meister mir keinen Dank. Wenn überhaupt, dann ist es mein Sohn, der sich mir verpflichtet fühlen müsste. Er kann es wohl kaum erwarten, seinem kleinen Bruder eine Fatimidenfestung zu schenken.«

Sie wollte sich schon abwenden, als sie noch einmal innehielt und ihren Blick über die Kerkerinsassen schweifen ließ. Bei Struan machte sie halt.

»Dieser eine hier«, sagte sie und vollführte mit einer eleganten Handbewegung eine herrische Geste, »soll fortan als mein Leibwächter dienen. Sagt Tramelay, er soll ihn bis auf weiteres in den Palast abkommandieren, nachdem Ihr ihm die Chlamys zurückgegeben habt.«

Ihr kokett fragender Blick streifte den hageren Seneschall. »Denkt Ihr, das ließe sich einrichten?«

Vezelay leckte sich lüstern die Lippen. »Aber natürlich, meine Königin«, raunte er hinter vorgehaltener Hand. »Es geht doch nichts über einen stattlichen Bruder des Tempels vor dem eigenen Schlafgemach. Er wird Euch garantiert eine sorgenfreie Nachtruhe bescheren.«

Nachdem Melisende samt ihrem Gefolge davongerauscht war, kehrte Vezelay noch einmal zu den Gefangenen zurück. »Denkt nicht, weil euch die Königin euren Habit zurückkaufen will, könnt ihr Hosianna singen. Wenn auch nur einer von euch sich dem Befehl des Marschalls widersetzt, wird er sterben wie ein Hund. Habt ihr mich verstanden?«

»In Gottes Namen, Beau Sire«, entgegnete Gero mit gespielter Demut.

»Erst wenn die Verhandlungen zwischen der Königin und dem Großmeister endgültig abgeschlossen sind«, fuhr Vezelay in jovialem Ton fort, »werdet ihr diesen Kerker als freie Brüder verlassen. Und erst dann wird man euch Kleider, Pferde und Waffen zurückgeben.«

Nachdem Vezelay gegangen war, stieß Gero einen verhaltenen Schrei der Erleichterung aus.

»Es gibt einen Gott«, rief er, den Tränen nahe. Dann traf sein Blick Matthäus, der sich immer noch an ihm festhielt. Mit Schwung küsste er den Scheitel des Knaben. »Und er liebt uns!«

Als Melisende die Gemächer des Großmeisters der Templer in der ersten Etage des Refektoriums betrat, wartete André de Montbard bereits mit verschränkten Armen an ein Stehpult gelehnt auf sie.

Bernard de Tramelay, Peter de Vezelay und Berengar von Beirut lauerten am ovalen Eichenholztisch, um den sich immer noch die gleichen zwölf Stühle scharten wie vor gut dreißig Jahren, als der Orden in Jerusalem eingeführt worden war.

Melisende erinnerte sich noch gut daran, dass Graf Hugo de Payens das Holz einer tausendjährigen Eiche für die Herstellung des Tisches und der Stühle extra aus der Champagne ins Heilige Land hatte einschiffen lassen. Als Symbol für die Unvergänglichkeit der Bruderschaft der Templer und ihre darauf eingeschworene Treue.

Als Melisendes Vater, König Balduin II. von Jerusalem, die Ansprache zur Einführung des Ordens im engsten Kreis seiner Vasallen gehalten hatte, war sie selbst noch ein junges Ding von fünfzehn Jahren gewesen. Sie hatte nicht weit entfernt von ihrem Vater in der Apsis der Basilika vom Heiligen Grabe gestanden, neben den ranghöchsten Vertretern des Hofstaates, und aufmerksam zugehört, als ihr Vater vor seinen Untertanen von den neun edlen Rittern geschwärmt hatte. Der König hatte sogar davon gesprochen, dass sie mit von Gott gesandten Heiligen zu vergleichen wären, die dem Christentum in diesem Land zum endgültigen Sieg verhelfen würden.

André de Montbard, damals neunzehnjährig, hatte auch dazugehört und Melisende nach dieser ersten Begegnung so manche schlaflose Nacht bereitet. Allerdings nur in ihren Träumen. Bereits als junger Bruder war er ein Ausbund an Keuschheit gewesen. Und das hatte sich leider niemals geändert.

Gegenüber Tramelay und dessen Mitstreitern wirkte er jedenfalls wie ein erhabener Falke unter Geiern. Leicht gebräunt, männlich, kraftvoll und mit seinen graubraunen, leuchtenden Augen entsprach der alternde Templer jenem Ideal von einem Mann, dessen Charisma sich Melisende nicht entziehen konnte.

Tramelay, der ungeduldig darauf wartete, dass sie endlich auf einem der Stühle Platz nahm, war nicht mit Männern wie Montbard und seinen Gründungsbrüdern zu vergleichen. Melisende bereitete es eine diebische Freude, den rotgesichtigen Hitzkopf mit dem weißblonden Bart nervös zu machen, und so wanderte sie zunächst am Tisch vorbei, um zum Südfenster zu gehen, von wo aus sie einen Blick über das sonnenüberflutete Kidrontal werfen konnte.

Der Großmeister schien ihre Gelassenheit wenig zu schätzen. Als sie sich nach ihm umwandte, trat er fahrig von einem Bein aufs andere, wie ein Knappe, dem es während der Messe verboten war, seine volle Blase zu erleichtern.

Vezelay, der alberne Galan, dem Eingeweihte nachsagten, dass er vorzugsweise junge, zarte Knappen für spezielle Dienste in seine Gemächer lockte, verfolgte jede ihrer Bewegungen wie ein Schakal, der seine Beute fixiert.

Lächelnd wandte sie sich Montbard zu, der vor Jahren selbst als Seneschall in diesen Gemächern residiert hatte. Ihr Sohn Balduin III. hatte nach seiner Machtübernahme auf der Ernennung Bernard von Tramelays als Großmeister bestanden. Und die Führungsoffiziere des Templerordens waren seiner Empfehlung gefolgt, anstatt – wie es der Reihenfolge nach richtig gewesen wäre – André de Montbard in dieses Amt zu erheben. Selbst die Barone hatten dieser Entscheidung jubelnd zugestimmt, nur um Melisende zu schwächen. Mit Montbard als Großmeister und seinem Heer folgsamer Ordensritter in der Hinterhand hätten sich ihr Sohn und die geifernden Hyänen, die ihn umgaben, wohl kaum getraut, der amtierenden Königin den Thron streitig zu machen. Seitdem waren Unvernunft und Habgier in diese ehrwürdigen Hallen eingezogen, und Melisende war überzeugt, dass all dies noch mal ein schlimmes Ende nehmen würde, wenn sie nichts unternahm.

»Ihr und die Euren dürft gerne Platz nehmen, Meister Bernard«, bemerkte sie mit hochgezogenen Brauen gegenüber Tramelay, damit er endlich zur Ruhe kam.

Tramelay folgte ihrer Aufforderung mit sauertöpfischer Miene und ließ sich am Kopf des Tisches nieder, dort, wo der Stuhl mit der erhöhten Lehne des Meisters auf ihn wartete. Seine zwei Brüder folgten ihm, indem sie sich auf die gewöhnlichen Stühle rechts und links neben ihm setzten.

»Ist es das viele Geld, das Euch so erregt?«, spöttelte Melisende und schaute dem Großmeister von oben herab in die leicht vorstehenden Augen. »Oder der Umstand, dass die Münzen aus den Truhen einer einflussreichen Frau stammen?«

»Eure Günstlinge sind Mörder«, erwiderte Tramelay scharf. »Und Ketzer, die mit dem Satan im Bunde stehen.« Sein tadelnder Blick streifte Montbard. »Die Frage darf erlaubt sein, warum Euch diese Männer so viel bedeuten? Niemand hat sie je zuvor gesehen, und keiner weiß, unter welchem Stein sie hervorgekrochen sind.«

»Soweit ich weiß«, warf Montbard dazwischen, »verfügen sie über ordentliche Wappenbücher, die ihre adlige Herkunft und die Aufnahme in den Orden nachweisen, oder irre ich mich?«

Tramelay brummte etwas Unverständliches, das Montbard und die Königin als Zustimmung werten durften. »Aber das gibt ihnen nicht das Recht, unsere Männer zu töten.«

»Sofern ich das beurteilen kann«, begann Montbard mit undurchsichtiger Miene, »war die Geschichte eher ein tragischer Unfall. Eure Männer waren nicht als Templer zu erkennen. Wer mit dem Teufel reitet, kann durchaus in der Hölle landen. Ihr solltet Euch also nicht zu weit aus dem Fenster lehnen.«

»Was wollt Ihr damit andeuten?«, zischte Tramelay wütend.

Montbard ließ die Frage unbeantwortet, und Melisende hob ungeduldig ihre rechte Hand, um Einspruch zu erheben.

»Bruder André hat mich darauf aufmerksam gemacht, dass in letzter Zeit unverhältnismäßig viele Ritter in Kämpfen mit überraschend angreifenden Sarazenen ihr Leben gelassen haben«, bemerkte sie mit einem bedauernden Lächeln. »Versprengte, kleine Truppen, die Versorgungszüge angreifen oder vorwiegend nachts zuschlagen, wenn es an Wachen fehlt. Ich stimme Bruder André zu, dass es sinnvoller ist, die verurteilten Brüder im Krieg gegen die Sarazenen ihre Sünden sühnen zu lassen, als sie an einen sinnlosen Tod zu verschwenden. Jeder macht einmal einen Fehler, und hat unser süßer Herr Jesus nicht selbst gesagt: Wer ohne Sünde ist, werfe den ersten Stein?«

Sie bedachte Tramelay mit einem ruchlosen Blick, während sie mit einem Ende ihres durchsichtigen Schleiers spielte.

»Und warum wollt Ihr dann ausgerechnet den Schotten für Euch haben?«, fragte er mit einem zweideutigen Lächeln. »Soll er Euch etwa im Schwertkampf unterrichten?«

»Ich benötige einen Leibwächter«, antwortete sie. »Die Zeiten sind gefährlich, und ich bin eine vermögende Frau. Niemand weiß, was geschieht, wenn sich herumspricht, dass ich über gewisse Mittel verfüge. Bruder Struan ist eine imposante Erscheinung. Alleine durch seinen Anblick wird er etwaige Attentäter und Entführer von mir fernhalten.«

In Wahrheit dachte sie eher an Khaled. Sie würde nicht zulassen, dass der Assassine ihr nochmals den Dolch an den Hals setzte. Allerdings war auch Balduin zuzutrauen, dass er seine ungeliebte Mutter von seinen Schergen in einen ungemütlichen Kerker entführen ließ und sie so lange bedrängte, bis sie ihm ihre Geldverstecke verriet. Struan MacDhoughaill hingegen war ein Ritter von Ehre. Sein stolzer, unnahbarer Blick hatte ihr verraten, dass er eherne Grundsätze in sich trug, die mit Geld nicht zu kaufen waren. Darüber hinaus war er auch nur ein Mann, was nichts anderes bedeutete, als dass er in einsamen Stunden durchaus fürs Bett zu gebrauchen war.

»Wollt Ihr mir nichts zu trinken anbieten?«, fragte sie Tramelay scheinheilig. Während der Großmeister lautstark nach einer Ordonnanz rief, nutzte Melisende die Zeit, um sich zu sammeln. Sie zwinkerte Montbard unauffällig zu. Keinesfalls wollte sie sich gegenüber Tramelay und seinen Getreuen anmerken lassen, dass sie mit Bruder André in dieser Sache ein Geschäft eingegangen war. Er hatte schließlich die grandiose Idee entwickelt, die fremden Templer in Tramelays Truppe einzuschleusen, damit sie im Falle der Eroberung der Festung und der Erstürmung der Schatzkammer den von ihr lang ersehnten Kelch für sie in Sicherheit brachten.

Als Tramelay kurz darauf einen verschwenderischen, apulischen Rotwein in filigranen, syrischen Gläsern servieren ließ, erhob Melisende ihren Kelch mit einem übertriebenen Lächeln. »Auf Askalon und meinen jüngeren Sohn Amalric«, hob sie an, »der – so hoffe ich – die letzte Bastion der Fatamiden in wenigen Wochen als Grafschaft übernehmen wird.«

Als Montbard am frühen Morgen in den Stallungen des Salomo erschien, hatten die Knechte des Ordens im hinteren Kerker die täglichen Folterungen bereits wieder aufgenommen. Es beruhigte ihn, zu sehen, dass die von Melisende freigekauften Ritter nicht gezüchtigt worden waren.

Gero von Breydenbach saß am Boden und schaute wenig hoffnungsvoll, bis er Montbards Gesicht erblickte.

»Bringt Ihr uns nun eine frohe Botschaft, Beau Seigneur«, fragte er mit einem leicht ironischen Unterton, »oder kündet Ihr uns vom bevorstehenden Jüngsten Gericht?«

»Keines von beidem«, erwiderte Montbard mit einem zuversichtlichen Lächeln. Sein Blick fiel auf den blonden Jungen und dann auf Anselm. »Hat hier eine wunderbare Vermehrung stattgefunden?«

»Sie gehören zu uns«, sagte Gero mit fester Stimme. »Sie sind uns gefolgt und wurden wie wir zu Unrecht von Tramelay und seinen Schergen in diesen Kerker geworfen.«

Montbard schnippte mit den Fingern. Eine der Wachen eilte herbei und öffnete auf seine Anweisung hin die Kerkertür. Er trat unbewaffnet hinein und befahl dem Bruder, den Käfig offen stehen zu lassen und die Anwesenden von den Ketten zu befreien.

Johan van Elk reagierte als Erster und sprang verblüfft auf. Mit großen Schritten kam er auf ihn zu. Trotz des härenen Hemds lag in seinem Gang die Würde eines Grafen.

»Bedeutet das, die Königin hat gezahlt, und der Orden lässt uns einfach ziehen?«

»Euch einfach ziehen zu lassen wäre zu viel gesagt.« Montbard lächelte schwach. »Dem Herzen nach seid Ihr immer noch Templer, oder irre ich mich?«

Als er sah, dass alle bis auf zwei und der Junge nickten, fuhr er mit bedächtiger Stimme fort: »Das sollt Ihr bleiben. Auch wenn Ihr mehrmals die Zeiten gewechselt habt, entbindet Euch das nicht von Eurem Gelübde als Ordensbrüder.«

»Woher wisst Ihr …« Bruder Gero warf ihm einen verwunderten Blick zu.

»In der syrischen Herberge wartet ein gewisser Moshe Hertzberg auf Euch und Euer Bruder Arnaud de Mirepaux, der mich nach der Kapitelversammlung aufgesucht und über alles aufgeklärt hat. Dazu die beiden Frauen, nach denen Ihr sucht. Soweit man mir sagte, der Grund, weshalb Ihr diese absonderliche Reise auf Euch genommen habt.«

»Ich glaub's nicht«, stammelte Johan. Wie vom Donner gerührt, schaute er in die Runde, als ob er sich vergewissern wollte, sich nicht verhört zu haben.

»Was ist mit unserem Bruder und dem Alten. Geht's ihnen gut?«

»Ja, es geht ihnen gut. Bleibt zu hoffen, dass sich Tramelay nicht an sie erinnert. Falls nötig, werde ich ihnen eine neue Identität geben müssen, so lange, bis Ihr Eure Pflichten erfüllt habt.«

Gero war aufgesprungen und näherte sich ungläubig. »Was meint Ihr mit Pflichten?«

»Kraft meines Amtes entlasse ich Euch unverzüglich in die Freiheit und entbinde Euch auf alle Zeiten von den Verpflichtungen des Ordens, wenn Ihr zuvor eine Mission erfüllt.«

Nun war auch Struan hinzugekommen und schaute Montbard prüfend an. »Was kommt denn jetzt?«, fragte er mit rauer Stimme. »Ein Pakt mit dem Teufel?«

»Nein«, widersprach Montbard und hielt nach der Wache Ausschau. Mit einem kurzen »Hey« rief er den jungen Bruder herbei. »Hast du nichts anderes zu tun?« Allein sein Blick duldete keinen Widerspruch, und der Mann verschwand augenblicklich hinter dem nächsten Pfeiler.

»Ein Pakt mit dem Himmelreich«, flüsterte Montbard. »Habt Ihr schon einmal etwas vom Kelch von Askalon gehört?«

»Alleine deshalb sind wir hier«, gestand Gero.

Montbard gab sich erstaunt über diese Offenbarung. »Und ich dachte, Ihr seid wegen der beiden Frauen hier? Hertzberg hat jedenfalls nichts von einem Kelch gesagt.«

»Hertzberg und seine Auftraggeber wissen nichts von dem Kelch.«

In kurzen Zügen berichtete Gero, was er im Jahr 2005 im Lac d'Orient gefunden hatte, und sprach von ihrer Hoffnung, im Hier und Jetzt nicht nur Antworten, sondern auch die Erlösung aus ihrer Knechtschaft in der Zukunft zu finden, so, wie es die Legende um den Kelch versprach.

»Ihr habt den Kelch tatsächlich in Händen gehalten?« Montbard hielt mit seiner Überraschung nicht hinter dem Berg. »Das bedeutet, er wird in den Besitz des Ordens gelangen. Und warum seid Ihr seiner Botschaft nicht gefolgt?«

»Wie hätte das geschehen sollen?«, fragte Gero. »Erstens hatte ich keine Gelegenheit, die Vision zu vertiefen, und zweitens hätte man uns nicht lange genug aus den Augen gelassen, um unbeobachtet vom Ort unserer Knechtschaft fliehen zu können. Ihr habt offensichtlich keine Ahnung, über welche Möglichkeiten die Menschen zu Beginn des zweiten Jahrtausends verfügen.«

Montbard nickte bedächtig. »Doch, ich ahne es – Rona und Lyn haben mir so viel Wissen vermittelt, dass meine Vertrauten und ich uns eine Vorstellung davon machen konnten. Schade, dass wir diese Kenntnisse nicht so ohne weiteres für unsere Zeit anwenden können.«

»Nun – dann wisst Ihr auch, dass sie tausend unsichtbare Augen haben und sogar vom Himmel aus alles überwachen, was sich bewegt. Der Gedanke, dass ihnen die Wirkungsweise des Kelches durch mein unbedachtes Handeln zuteilwerden könnte, hat mich von einem Alleingang in der Zukunft abgehalten. Deshalb haben meine Kameraden und ich unsere ganze Hoffnung in diese Reise und nicht zuletzt in Euch gesetzt, in dem festen Glauben, dass Ihr und der Hohe Rat uns helfen könntet, unsere missliche Lage zu verbessern, in die wir nach unserer Ankunft im Jahr 2004 geraten sind.«

»Ich muss Euch leider enttäuschen«, antwortete Montbard mit Bedauern im Blick. »Ich befürchte, Gott der Herr hat Euch entsandt, damit wir das Geheimnis des Kelches zusammen lüften. Ohne unser gemeinsames Handeln, mein junger Bruder, wird es kaum möglich sein, den Kelch eines Tages in einem See in der Champagne zu entdecken.«

»Soll das heißen«, Johan sah Montbard fassungslos an, »erst wir sollen den Kelch für Euch finden?«

»Nicht finden«, verbesserte Montbard ihn. »Wir wissen aus sicheren Quellen, dass der Kelch in der Schatzkammer des Wesirs von Askalon verborgen sein soll. Die Fatimiden haben bei all ihrem Tand, den sie besitzen, anscheinend nicht die geringste Ahnung, welcher Schatz sich hinter ihren Mauern verbirgt. Deshalb wäre ›in Sicherheit bringen‹ die bessere Formulierung. Bisher hatten wir keine Gelegenheit, dorthin vorzudringen. Aber durch die Belagerung von Askalon mit Balduin und seinen Verbündeten spitzt sich die Lage langsam zu. Wir müssen dafür sorgen, dass der Kelch während der Kampfhandlungen weder in christliche noch in fatimidische Hände gerät, und wenn man berücksichtigt, dass Ihr den Kelch schon in Händen gehalten habt, müsste es wohl zu schaffen sein, ihn zu sichern und herauszuholen.«

Montbard hüstelte und vergewisserte sich noch einmal, dass er mit den Gefangenen alleine war. »Man sagt, er habe magische Kräfte und seine Weisungen führen direkt zum Geheimnis der Bundeslade. Ich muss Euch nicht sagen, dass dies das Zentrum der göttlichen Macht bedeutet.«

»Bei allem Respekt, Meister André, wir wissen, um was es hier geht«, erklärte Gero und schaute in die Runde seiner Kameraden, die ihm mit einem Nicken zustimmten.

»Dann wisst Ihr vielleicht auch, dass wir mit unserem Interesse an dem Kelch nicht alleine dastehen. König Balduin, der Großmeister der Templer und Königin Melisende sind seit Jahren daran interessiert, dieses Geheimnis zu lüften. Dafür ist ihnen jedes Mittel recht. Unsere Aufgabe ist es, am Ende die Bundeslade und deren Inhalt vor diesen machthungrigen Narren in Sicherheit zu bringen, denn ihr Auffinden könnte, wenn wir den Überlieferungen Glauben schenken wollen, ebenso gut den Weltuntergang bedeuten, wenn sie in falsche Hände gerät«, erklärte Montbard.

»Das heißt, wir müssen Tramelay und den Rittern des Königs zuvorkommen?« Gero taxierte ihn aus schmalen Lidern.

»Aber wenn die historischen Aufzeichnungen in der Zukunft wahr sind, werden Tramelay und seine Leute beim Angriff auf die Festung sterben«, fügte Struan tonlos hinzu. »In noch nicht einmal zwei Wochen. Die Fatimiden werden sie köpfen und an der Wehrmauer aufhängen.«

»Und wir werden mit ihnen draufgehen, wenn Tramelay uns zwingt, ihm zu folgen.« Johan schüttelte missmutig den Kopf. »Oder denkt Ihr, wir sollten Tramelay und seine vierzig Brüder vor dem Angriff warnen, indem wir eine geheimnisvolle Weissagung vornehmen und ihnen von dem Sturm abraten?« Der Flame grinste fatalistisch, was seine Brandnarben noch furchterregender aussehen ließ.

»Gott bewahre«, erwiderte Montbard. »Das würde ihn in seinem Glauben, dass Ihr Ketzer und Zauberer seid, erst recht bestärken.« Er schüttelte den Kopf. »Nein, im Gegenteil. Ihr werdet Tramelay und den König darin bestärken, die Festung zu nehmen. Auch wenn es sich nicht gerade brüderlich anhört, es ist die einzige Chance für Euch, unerkannt dort hineinzugelangen und den Kelch vor allen anderen an Euch zu nehmen. Und es ist meine einzige Chance, mit Eurer Unterstützung zukünftig als Großmeister zu regieren. Ohne diese Wendung wüsste ich nicht, wie ich die Welt tatsächlich zu einem besseren Ort machen könnte, so, wie es Rona und Lyn von Beginn an geplant hatten.«

»Denkt Ihr nicht, das alles sei bereits vorherbestimmt?« Geros Blick verriet seine Verwunderung darüber, dass Montbard den bevorstehenden Tod des jetzigen Großmeisters und seiner Kameraden offensichtlich eiskalt ins Kalkül zog, um seine eigenen Karriereüberlegungen voranzutreiben. Und dass er es für möglich hielt, dass es anders kommen könnte, falls sie nicht eingreifen würden.

»Ich ahne, was Ihr und die anderen Brüder von mir denkt«, fuhr Montbard unbeeindruckt fort. »Aber ich halte die Zukunft für veränderbar, auch wenn es bisher keine Anzeichen dafür gibt. Deshalb wähle ich lieber den sicheren Weg, wenn er sich bietet. Ich sehe keine andere Möglichkeit, zu verhindern, dass Tramelay und König Balduin in den Besitz des Kelches gelangen. Was durchaus geschehen könnte, wenn den beiden der erste Angriff entgegen allen Prophezeiungen gelingt.«

Gero gab seine Zustimmung, indem er kaum merklich nickte.

»Und was ist, wenn wir den Kelch in Händen halten? Hat Melisende uns nicht freigekauft, weil sie den Kelch und das damit verbundene Geheimnis für sich gewinnen möchte?«

»Melisende ist ein reizvolles, kluges, aber auch herrschsüchtiges Weib. Sie hat nicht begriffen, dass die alten Zeiten nie wiederkehren.« Montbard lächelte freudlos. »In früheren Zeiten ging es ihr um die Zukunft Jerusalems und der Menschen, die in ihrem Königreich leben. Dabei kam es ihr nicht darauf an, ob es Christen, Juden, Sarazenen oder Mischlinge waren. Nun will sie sich am liebsten an all jenen rächen, die ihrem Sohn geholfen haben, sie so schändlich zu entmachten. Sosehr ich sie früher als Königin verehrt habe …« Er zögerte einen Moment, bevor er weitersprach. »Ich halte nichts davon, sie unter dieser Voraussetzung in Gottes größte Geheimnisse einzuweihen. Sollten wir Erfolg haben, werden wir ihr sagen, die Mission sei misslungen, der Kelch auf nicht nachvollziehbare Weise verschwunden. So einfach ist das.«

Gero schlug zögernd in Montbards geöffnete Hand ein – mit überkreuzten Armen, so wie es bei den Templern noch in den nächsten einhundertfünfzig Jahren Sitte sein würde, wenn man einen brüderlichen Pakt besiegeln wollte.

»Noch eins«, sagte der angehende Großmeister, und seine Augen nahmen einen verschwörerischen Ausdruck an. »Melisende vertraut mir, oder sagen wir, sie tut jedenfalls so. Sie weiß nichts über Ronas und Lyns Herkunft, geschweige denn über deren Auftrag und deren Fähigkeiten. Sie denkt immer noch, dass sie mongolische Prinzessinnen sind, die sie und ich vor dem Harem des Emirs von Damaskus gerettet haben. Also kein Wort über die wahren Hintergründe. Auch was Euch betrifft. Zu niemandem.«

»Worauf ich Euch mein Wort und das meiner Männer gebe«, erklärte Gero feierlich.

»Habt Ihr eine Ahnung, Beau Sire, was sich – über die biblischen Prophezeiungen hinaus – wahrhaftig hinter der Lade verbirgt?«

Struan ehrte Montbard überraschend mit der Anrede des Großmeisters, schrammte jedoch mit seiner Frage knapp an der Häresie vorbei.

Montbard reagierte mit Nachsicht. »Tut mir leid, mein schottischer Bruder, Euch enttäuschen zu müssen«, sagte er leise. »Es handelt sich um ein unvergleichliches Mysterium, für das es keine Sprache gibt. Aber glaubt Ihr ernsthaft, ich würde Euch in eine beinahe aussichtslose Schlacht schicken, wenn ich mir nicht absolut sicher wäre, dass es sich lohnt, diesen Schatz zu erbeuten, weil uns allein damit Gottes Güte und Größe offenbar werden kann?«

Gero hatte sich hinter Matthäus gestellt und ihm eine Hand auf die Schulter gelegt. »Und wie soll es jetzt weitergehen? Heißt das, wir erhalten unsere Chlamys zurück und tun, als wäre nichts geschehen?«

»Ich werde den Kerkermeister beauftragen, zunächst Eure Ketten aufzuschlagen. Danach nehmt ein Bad und lasst Euch vom Drapier Eure Chlamys und Eure Ausrüstung zurückgeben«, sagte Montbard. »Nach der Frühmesse treffen wir uns am bronzenen Haupttor von al-Aqsa. Danach haben wir in den Gemächern des Großmeisters eine Zusammenkunft mit Tramelay. Nur er kann Euch offiziell wieder in den Stand eines Ordensritters erheben.«

Gero hatte ganz andere Sorgen, als von Tramelay wieder als Templer akzeptiert zu werden. Seit Anselm von seiner Flucht aus Askalon berichtet hatte, dachte er an nichts anderes mehr als an Hannah. Die Angst, dass ihr etwas Grausames zugestoßen sein könnte, machte ihn schier verrückt. Dass es Struan und Johan nicht anders erging, war ihnen anzusehen. Aber niemand sprach mit Montbard darüber. Wie hätte man dem alten Templer auch erklären sollen, dass sie inzwischen aufgrund all der seltsamen Umstände ihr Gelübde gebrochen und geheiratet hatten? Umso mehr lockte die Aussicht darauf, schon bald von höchster Stelle aus dem Orden entlassen zu werden, und zwar sobald sie Montbards Auftrag erfüllt hatten. Vom Kelch, der ihnen vielleicht neue, unergründliche Möglichkeiten würde bieten können, einmal ganz abgesehen.

Es musste Gottes Fügung sein, dachte Gero, als er sich vergegenwärtigte, dass sie nun ausgerechnet jene Festung angreifen sollten, in denen Hannah, Freya und Amelie gefangen gehalten wurden. An den fahrigen Blicken seiner Brüder erkannte er, dass sie wie er vor Aufregung vergingen, noch bevor man sie von ihren Ketten befreit hatte.

Nach einem kurzen, eiskalten Bad übergab der Gehilfe des Drapiers jedem von ihnen Unterwäsche, Hosen und einen gestärkten, weißen Habit. Auch ihre Stiefel erhielten sie zurück, dazu die von Staub und Schmutz gereinigte Chlamys mit dem roten Kreuz auf Rücken und Schulter. Kettenhemden und Waffen würde man ihnen später geben.

Anselm und Matthäus lehnten dankend ab, als man sie in die braunen Einheitsgewänder der Knappen stecken wollte. Ihnen war durchaus erlaubt, ihre eigene Kleidung zu tragen.

Berengar von Beirut warf den ungeliebten Ankömmlingen missbilligende Blicke zu, als sie mit Montbard die Treppen zum ersten Stock im Refektorium neben al-Aqsa hinaufstiegen.

Gemeinsam mit dem Großmeister betraten sie wenig später dessen persönliche Gemächer. Dass Anselm und der Junge immer noch bei ihnen waren, beunruhigte Gero. Am liebsten hätte er die beiden zu Arnaud in die Herberge geschickt, doch Montbard hatte angedeutet, dass sie leider Teil der Verhandlungen gewesen waren und somit nicht einfach verschwinden konnten.

Tramelay und seinem Seneschall, Peter de Vezelay, war anzusehen, dass ihnen die Entwicklung der letzten Stunden gehörig die Laune verdorben hatte. Die bereits zum Tode verurteilten Brüder nun mit dem in Templerkreisen umstrittenen André de Montbard empfangen zu müssen, anstatt sie am Galgen baumeln zu sehen, widersprach ihrem Verständnis von den ordenseigenen Statuten. Das Urteil des Kapitels konnte nur in absoluten Ausnahmefällen zurückgenommen werden, schon gar nicht gegen Geld.

Die Begrüßung durch Gero, der für seine Männer als Sprecher fungierte, fiel korrekt, aber frostig aus.

Tramelay reagierte nicht weniger eisig. »Ihr habt gehört, was André de Montbard Euch zu sagen hatte. Ihr habt es der Großzügigkeit unserer Königin zu verdanken, dass Ihr vorerst am Leben bleibt. Dafür werdet Ihr uns in die Belagerung von Askalon folgen. In der kommenden Woche ist eine Großoffensive geplant, in der ich Euch an vorderster Front sehen möchte.«

Gero entging nicht, dass Tanner unruhig wurde, und auch Anselm schien sich zu fragen, was die Aussage des Großmeisters für ihn bedeutete.

»Ist es möglich, dass ich meinen jungen Knappen bei André de Montbard zurücklassen kann?«, fragte Gero und strich Matthäus über die blonden Locken. »Er ist den Krieg noch nicht gewöhnt. Ebenso wie mein treuer Waffenknecht, der noch nie im Outremer gekämpft hat und sich zunächst einmal an das Klima gewöhnen muss.«

»Oh …«, frozzelte Tramelay mit höhnischem Lächeln und sah sich bestätigungsheischend nach seinen zwei Mitstreitern um. »Hat man so etwas schon gehört. Seit wann befinden wir uns hier in einem Hospital?« Plötzlich zog er wütend die Brauen zusammen. Mit einem unterkühlten Blick zu Montbard fuhr er fort: »Melisende hat einen Haufen Geld für diese Männer bezahlt, angeblich, weil sie das Wohl ihres Sohnes im Blick hat. Von verzärtelten Waffenknechten und bockigen Knappen war nie die Rede!« Er schnaubte verdrossen. »Entweder alle oder keiner!« Mit einem düsteren Blick streifte er Struan, der breitbeinig dastand.

»Bevor ich's vergesse«, sagte Tramelay und bedachte Struan mit einem süffisanten Grinsen. »Auf den da müssen wir ja auch schon verzichten, weil die Königin sich für ihr vieles Gold einen stattlichen neuen Bettvorleger gewünscht hat.«

»Was soll das bedeuten?« Struan zog seine schwarzen Brauen zusammen und ergriff ohne Erlaubnis das Wort.

»Du wirst in den Palast abkommandiert«, erwiderte Tramelay scharf. »Und dort unterstehst du bis auf weiteres dem Befehl der Offiziere des Heiligen Grabes, die die Palastwache stellen. Verstanden?«

Montbard, der sah, dass der Schotte kurz davor war, sich zu vergessen, fasste Struan am Arm und nickte versöhnlich. »Es tut mir leid«, sagte er schlicht. »die Abmachungen gelten als getroffen und sind von den Schreibern bereits vertraglich festgehalten worden. Die Königin ist bekannt dafür, dass sie bereits geschlossene Verträge niemals revidiert. Wir können es uns nicht erlauben, sie zu verärgern.«

Gero sah, wie Struan schluckte. Ihm ging es um die Rettung von Amelie, und dafür würde er notfalls fahnenflüchtig werden.

»Und was ist mit dem Jungen?« Gero versuchte, nicht allzu verzweifelt zu klingen. »Er könnte bei Struan bleiben und ihm als Knappe dienen.«

Er wollte sich nicht vorstellen, Matthäus in eine Schlacht mitzunehmen, bei der bereits feststand, dass sie mindestens vierzig tote Templer fordern würde.

»Den Jungen behalten wir hier in unserer Obhut«, erklärte Tramelay. »Als Unterpfand, auf dass Ihr Eure Pflichten uns und dem Orden gegenüber anständig erfüllt.«

Montbard trat hervor und fasste Matthäus bei der Schulter. Dann zog er den verängstigt dreinblickenden Jungen an sich und hielt ihn fest. »Wenn du erlaubst, Bruder, werde ich mich um ihn kümmern, bis Ihr Euren Sieg errungen habt. Sollte die Geschichte nicht zu Eurer Zufriedenheit verlaufen, bekommt ihr ihn wieder und könnt mit ihm verfahren, wie es Euch beliebt. Ich gebe Euch mein Wort als Bruder und Templer.«

»Was gilt das Wort eines Mannes, der schon mehreren Gefangenen des Ordens zur Flucht verholfen hat?«

»Tut mir leid, Bruder« erwiderte Montbard mit Unschuldsmiene. »Ich kann dir nicht folgen.«

»Denke nicht, ich wäre ein Idiot.« Tramelay hob warnend die Hand und wanderte langsam um Gero und seine Leute herum. »Ein Vöglein aus dem Hospital hat mir gezwitschert, dass dem alternden Begleiter, den die Brüder bei ihrer Ankunft dabeihatten, die Flucht von seinem luxuriösen Krankenlager gelungen ist, noch bevor er geheilt werden und das Kapitel über ihn Gericht halten konnte. Schließlich war er bei den ungeheuerlichen Taten der Ritter dabei.« Tramelay kniff die Augen zusammen. »Ein anderes Vögelchen berichtete, dass die beiden falschen Nonnen, die in Wahrheit immer noch mongolische Prinzessinnen sind, gar nicht mehr in Sankt Lazarus weilen, sondern dem Alten zur Flucht verholfen haben.« Sein Tonfall war schneidend.

Montbard hingegen setzte die reinste Spielermaske auf.

»Davon weiß ich nichts«, log er. »Was den Alten betrifft, so werde ich auch ihn gerne für dich im Palast aufnehmen, sobald er mir über den Weg laufen sollte. Zu den beiden Frauen habe ich, seit sie in Sankt

Lazarus ihr Gelübde als fromme und keusche Schwestern abgelegt haben, keine Verbindung mehr. Ich ...«

»Ich kann dich nur warnen«, fuhr Tramelay ihm zynisch ins Wort. »Unser Orden und ich stehen mit dem jungen König im Bunde. Er besitzt mehr Macht über die Barone, als das Geld seiner Mutter je kaufen könnte. Solltet ihr uns täuschen, landen nicht nur diese fünf hier am Galgen, auch deine Tage wären gezählt.«

»Ich kümmere mich um den Jungen, es wird ihm an nichts fehlen«, versprach Montbard und klopfte Gero auf die Schulter, als er sich von ihm und seinen Männern vor al-Aqsa verabschiedete. »Und auch Eure Freunde werde ich unter meinen Schutz nehmen.« Gero und seine Brüder waren zu ihren Unterkünften befohlen worden, um sich auf die Abreise mit dem Hauptcorps nach Gaza vorzubereiten. Der Gedanke, den Jungen und den Schotten einem ungewissen Schicksal überlassen zu müssen, beunruhigte ihn.

Matthäus klammerte sich zum Abschied mit Tränen in den Augen an seinen Herrn. Gero küsste den Jungen auf die Stirn und sprach ihm leise Mut zu. Montbard hatte ihn gewiss nicht aus Mitleid zu sich genommen, sondern auch weil er befürchtete, Tramelay und seine Leute könnten ihn nach der Herkunft seiner Herren ausfragen, was bisher Gott sei Dank noch nicht geschehen war.

»Macht Euch keine Sorgen, Bruder Gerard«, fügte Montbard leise hinzu. »Ich werde Hertzberg, den Jungen und auch die beiden Frauen mit Melisendes Hilfe nach Nablus bringen und sie dort in deren Palast verstecken, bis ich Großmeister bin.«

Schließlich ließ Montbard die Brüder auf dem Tempelberg zurück. Mit Struan MacDhoughaill, der sich als Melisendes persönlicher Beschützer beim Kommandeur vom Orden des Heiligen Grabes melden sollte, und dem eingeschüchterten Jungen eilte er auf Schleichwegen zur Herberge, immer darauf bedacht, dass ihnen niemand folgte.

Als sie gemeinsam die Kammer betraten, in der Khaled und die anderen auf sie gewartet hatten, brandete Montbard mit der Nachricht »Sie sind vorerst gerettet« eine Woge der Erleichterung entgegen. Nachdem Arnaud de Mirepaux den Schotten mit einer überschwänglichen Umarmung begrüßt hatte, fiel sein Blick auf Matthäus. »In Gottes Namen, wie kommst du denn hierher?«, rief er ihm entgegen und kniete sofort vor ihm nieder. Dann herzte er den Jungen so sehr, dass dieser nach Atem rang.

Unterdessen erzählte Struan die ganze Geschichte. Wie gewöhnlich verzog der Schotte keine Miene, als er von Anselms und Matthäus' Schicksal berichtete und erzählte, warum und wie sie hierhergekommen waren und was womöglich ihren drei Frauen widerfahren war.

Montbard begriff, dass die Ritterbrüder ihm nicht alles erzählt hatten. Anscheinend hatten sie in der Zukunft mit dem Orden längst abgeschlossen, ansonsten wären sie nicht gegen die Regeln eine Ehe eingegangen. Der Anblick von Khaled und Lyn, die immer noch eng umschlungen neben der Tür standen, stimmte den alten Templerrecken milde, bei dem Gedanken, dass die Liebe sich nicht selten gegen die Ordensregel ihre eigenen Wege bahnte. Er kam zu dem Schluss, dass es ihm ohnehin nicht zustand, über die moralischen Qualitäten von Brüdern zu urteilen, die offiziell noch nicht einmal geboren waren.

»Also gibt es hier noch ein weiteres Problem«, bemerkte er knapp und kniff seine Lippen zusammen, als er in die Runde schaute.

»Und wie soll es jetzt weitergehen?« Rona war die Unruhe anzusehen, die sie angesichts der Tatsache empfand, dass Tramelay über ihre Flucht informiert war. In dieser Beziehung passte sie gut zu dem provenzalischen Templerbruder, der immer noch bei dem Jungen hockte und den sie kaum aus den Augen ließ.

»Es war die Grundlage ihrer Freilassung, dass Gero von Breydenbach und seine Brüder für Tramelay und den König bei der Eroberung von Askalon kämpfen«, erklärte Montbard und ließ die Geschichte mit dem Kelch zunächst unerwähnt. »Ansonsten hätte der Großmeister der Aufhebung des Urteils nicht zustimmen können.«

»Das bedeutet – das Todesurteil wurde abgewendet, um durch ein neues ersetzt zu werden?« Arnaud de Mirepaux schaute ihn ungläubig an. »Was ist, wenn sie den Angriff nicht überleben? Oder Balduin den Templern zuvorkommt? Und was wird aus Hertzberg und dem Jungen?«

»Hertzberg und Matthäus sind sozusagen Geiseln des Ordens«, warf Struan unvermittelt ein. »Wenn unsere Brüder Tramelay den Gehorsam verweigern oder er sie der Spionage überführt, wird er an den beiden Rache üben.« Sein Blick streifte Montbard. »Oder habe ich den Großmeister und Euch falsch verstanden?«

»Und was ist mit uns?« Arnaud war aufgesprungen. Seiner kämpferischen Haltung war anzusehen, dass auch seine Geduld am Ende war.

»Macht Euch keine Sorgen!«, versuchte Montbard zu beschwichtigen. »Lasst uns unsere Beratungen in meine Gemächer im Palast verlegen. Dort sind wir auf jeden Fall vor Tramelays Spionen sicher, und ich kann Euch die Hintergründe meiner Pläne in Ruhe erklären.«

Eine Stunde später fanden sie sich in Montbards Gemächern wieder.

Hertzberg und der Junge sollten an der Besprechung nicht teilnehmen, weil Montbard befürchtete, dass Tramelay sie unter der Folter nach Einzelheiten befragen könnte. Der Professor protestierte zunächst, als er von einem Diener zusammen mit Matthäus in ein Nachbarzimmer komplimentiert wurde, doch Montbard hatte den längeren Atem und schloss hinter ihm die schwere Zedernholztür. Im Besprechungszimmer forderte er die Anwesenden auf, an dem großen Tisch Platz zu nehmen, und klärte sie über seine Pläne auf, die er mit Gero abgesprochen hatte, mit der strikten Auflage, auch gegenüber der Königin zu schweigen.

»Ich hätte nicht gedacht«, bemerkte Arnaud am Ende der Unterredung, »dass es in Wahrheit Euch und all den anderen nur um den Kelch geht. Dann war sozusagen alle Hoffnung umsonst, dass Ihr uns weiterhelfen könnt, die Bundeslade zu finden.«

»Nein«, sagte Montbard. »Wir werden uns verbünden und nach dem Auffinden des Kelches das Geheimnis gemeinsam enträtseln.«

Der graubärtige Templer hatte indessen noch einen ganz anderen Plan, in den er auch Melisende zum Teil einweihen musste, weil sie in der ganzen Angelegenheit eine zu wichtige Rolle spielte.

Melisende zeigte sich überrascht, als sie hinzukam, so viele Menschen und neben Khaled vor allem Rona und Lyn unter den Anwesenden vorzufinden.

Montbard erklärte ihr die Zusammenhänge unter Auslassung aller spektakulären Hintergründe. Dass Arnaud jener Bruder war, dem die Flucht vor der unrechtmäßigen Verhaftung gelungen war und dass er dabei eher zufällig auf Lyn und Rona gestoßen war, die ihn in seiner Not zu Montbard geführt hatten. Dass Ioveta davon ebenso wenig Kenntnis erlangen durfte wie Tramelay, verstand sich von selbst. Leicht hätte man den Lazarus-Orden der Mithilfe beschuldigen können, wenn herauskam, dass sie Arnaud gepflegt und ihm zur Flucht verholfen hatten. Das klang selbst für Melisende logisch und hielt sie von weiteren Fragen ab.

»Am besten verschweigst du deiner Schwester unsere kleine Unterredung, falls sie sich in der Sache überhaupt an dich wendet«, schlug Montbard diplomatisch vor.

Melisende schien im Moment sowieso vollkommen andere Prioritäten zu setzen. In erster Linie interessierte sie der Kelch. Deshalb reagierte sie wie erwartet aufgeschlossen, als Khaled im Auftrag Montbards vorschlug, zusammen mit Arnaud und Struan eine eigene Truppe, getarnt als sarazenische Sklavenhändler, nach Askalon zu führen, um möglichst noch vor Gero und Tramelay an den Kelch zu gelangen.

»Ganz nebenbei«, erklärte er harmlos, »müssen wir die Schwestern der hier anwesenden Templer aus den Klauen Malik al-Russaks retten.«

Melisende warf ihm einen misstrauischen Blick zu. »Wie kommt es, dass ausgerechnet deren Schwestern in die Gewalt des Wesirs geraten sind und warum hat al-Russak noch kein Lösegeld verlangt?«

Khaled zuckte mit den Schultern. »Wahrscheinlich weiß er gar nicht, wen er da beherbergt.«

»Sie waren auf einer Pilgerfahrt nach Jerusalem, wo sie mit ihren Verwandten zusammentreffen wollten. Unterwegs sind sie von Sarazenen geraubt und als Sklavinnen an die Fatimiden verkauft worden«, fügte Montbard mit treuem Blick hinzu.

Du sollst kein falsches Zeugnis ablegen wider deinen Nächsten, dachte Khaled und lächelte insgeheim, als er in Melisendes grünen Augen erkannte, wie sie ins Grübeln kam, ob sie den Ausführungen der Männer vertrauen konnte.

»Es beruhigt mich mein Freund«, sagte sie schließlich zu Khaled »dass du nicht allein reisen willst.« Sie rang sich ein Lächeln ab, das in Wahrheit nichts anderes besagte, als dass sie ihm von Grund auf misstraute. »Bruder André und ich müssten uns ansonsten sorgen, dass du den Kelch am Ende alleine für dich beanspruchen würdest. Immerhin könnten Muhammad Ibn Buzurg und deine Brüder in Masyāf auch etwas damit anfangen. Oder?« Ihr provozierender Blick wanderte zu Montbard, der sich nicht anmerken ließ, ob er ähnliche Befürchtungen hegte.

»Gut möglich«, erwiderte der Templer mit einem Lächeln. »Damit niemand von uns übervorteilt wird, möchte ich unserem jungen Nizâri eben jene zwei Templer an die Seite stellen, die uns treu ergeben sind und zudem ihre ganz eigenen Interessen hegen, indem sie ihre Schwestern befreien möchten. Wir sollten dieser bewährten Allianz vertrauen.« Er schaute von Khaled zu Melisende, dann von Struan zu Arnaud. »Ohne Khaled wäre ein solcher Einsatz nicht durchführbar. Nur er kennt sich in Askalon und Umgebung aus und beherrscht die Sprache der Fatimiden wie ein Einheimischer. Und die anderen beiden werden ihm jenen Geleitschutz bieten, den er für eine solch gefahrvolle Reise benötigt. «

»Wenn das so ist …« Melisende zwinkerte dem gewaltigen, schwarzhaarigen Schotten lächelnd zu. »… habt ihr meinen Segen.«

»Unser Dank sei Euch gewiss, Hoheit.« Struan war bemüht, seine Erleichterung zu unterdrücken. Khaled entgingen die Tränen der Rührung nicht, die er in seinen schwarzen Augen wegblinzelte. Dem Schotten und seinem provenzalischen Gefährten würde die Rettung der Frauen tatsächlich weitaus wichtiger sein als der Kelch. Also hatte Khaled alle Zeit der Welt, seine Beute, wenn sie ihm denn in die Hände fiel, unauffällig verschwinden zu lassen.

»Und wer sollte Euch als Ware dienen, wenn Ihr als Sklavenhändler auftreten wollt?«, fragte Rona – wie immer leicht aggressiv und nicht gerade unterwürfig.

»Was wollt Ihr damit sagen, meine Liebe?« Melisende zog verärgert die Stirn in Falten. Sie ließ sich nicht gern in ihre Pläne hineinreden, schon gar nicht von diesen beiden Mongolinnen, die sich nicht demütig an einmal getroffene Abmachungen hielten und ihr von Beginn an suspekt erschienen waren.

»Ich will damit sagen, dass Lyn und ich uns als Sklavinnen anbieten werden.

Wir sind auch die Einzigen, die dadurch freien Zugang in den Harem erhalten, und somit werden wir Khaled und die beiden Templer bei ihrem Vorhaben, in die Festung zu gelangen, um die drei Frauen zu retten, eine strategisch überzeugende Unterstützung bieten können.«

»Seid ihr verrückt?«, entfuhr es Khaled. »Das ist viel zu gefährlich!« Verdammt, die beiden Schwestern konnte er bei dieser Geschichte nun wirklich nicht gebrauchen. Sosehr er Lyn liebte und sie nur ungern zurückließ, bis er seine Mission erfüllt hatte. Natürlich wollte er nach dem Diebstahl des Kelches hierher zurückkehren, jedoch nicht, bevor er das Geheimnis um die Lade gelüftet hatte. Erst danach würde er Lyn zu sich holen und sie und ihre Schwester davon überzeugen, dass es besser war, nach Masyaf zu den Nizâri-Brüdern zu fliehen, um den Ruhm ihrer Entdeckung zu ernten, als weiterhin auf das Wohlwollen eines alternden Templers und einer launischen Königin angewiesen zu sein.

»Ach ja?« Rona warf ihm ein provozierendes Lächeln zu. »Und du denkst, die Wachen von Askalon lassen euch so einfach in ihre Festung marschieren.«

»Das kann niemand im Voraus sagen«, gab Khaled vorsichtig zurück.

»Was ist, wenn man euch gefangen nimmt und zu den anderen Frauen sperrt oder nach Ägypten verkauft?« Natürlich wusste er, über welch übernatürliche Kräfte die beiden verfügten und dass sie, was Kampfgeist und Schnelligkeit betraf, es leicht mit jedem Krieger aufnehmen konnten. Trotzdem hatte er Angst, dass Lyn bei der Sache etwas zustoßen konnte. Wenn ihre Absichten von den Fatimiden entdeckt würden und man sie schnappte, stünde ihnen eine grausame Bestrafung bevor. Allein der Gedanke, sich innerhalb der Festung von den beiden Frauen trennen zu müssen, verursachte ihm Herzklopfen.

Melisende, die nichts von den geheimnisvollen Kräften der beiden wusste, sah die Sache mit einem Mal offenbar in einem ganz neuen Licht. Ihr zustimmendes Lächeln zeugte von ihren boshaften Gedanken. Ihre Sorge um Rona und Lyn hielt sich in Grenzen – dagegen war ihr Interesse, vor allem Lyn irgendwie loszuwerden, nicht von der Hand zu weisen.

»Im Grunde habt ihr recht«, bestätigte sie Ronas Einwand, ohne Khaled Beachtung zu schenken. »Sklavenhändler ohne Sklaven wirken äußerst unglaubwürdig, und mit Eurem Aussehen öffnet Ihr den dreien garantiert sämtliche Tore.«

Khaleds Miene verfinsterte sich, aber wenn er ehrlich war, musste auch er Ronas Überlegungen zustimmen.

»Gut«, beschied Rona. »Wann brechen wir auf?«

Montbard wurde plötzlich das Gefühl nicht los, dass Melisende und er nicht die Einzigen waren, die es auf den Kelch abgesehen hatten. Neben Khaled war nun auch noch Rona hinzugekommen, die darin ihre ganz eigenen Möglichkeiten erkannte, eine Veränderung ihres Schicksals herbeizuführen. Montbard hatte sich oft genug anhören müssen, dass die beiden nicht länger in dieser Abhängigkeit leben wollten, und dann war da noch Lion, ihr Auftraggeber in der Zukunft, den sie nicht vergessen hatten und der irgendwo in unglaublichen tausend Jahren Entfernung auf seine Erlösung hoffte.

Melisendes Augen glitzerten verräterisch. »Ich werde Euch eine Karawane zusammenstellen lassen«, erklärte sie großzügig. »In spätestens drei Tagen seid Ihr abmarschbereit. Bis dahin erteile ich Euch Ausgangsverbot und ordne von nun ab absolutes Stillschweigen an. Tramelay und Balduin dürfen von diesem Unternehmen auf keinen Fall erfahren.«

»Um was geht es hier eigentlich?« Hertzberg schaute konfus in die Runde, als Montbard ihn nach der Besprechung im Nebenzimmer aufsuchte.

»Um unsere und eure Zukunft«, antwortete er dem Alten und lächelte vieldeutig. »Ihr bleibt mit dem Jungen in meiner Obhut, bis die anderen zu uns zurückkehren«, beruhigte er ihn.

Plötzlich war sich Arnaud nicht mehr sicher, ob hinter Montbards lauteren Absichten nicht in Wahrheit kühle Berechnung stand. Vielleicht wusste er längst, was sich hinter dem Kelch verbarg, und schickte alle, die ahnten, dass es da etwas gab, das den göttlichen Charakter in seiner Reinheit offenbarte, absichtlich in die Hölle, um das Geheimnis ganz alleine für sich zu behalten.

Die letzte Nacht im Jerusalemer Hauptquartier der Templer war überaus hart gewesen. Zum einen waren sie dreimal geweckt worden, um an der Messe teilzunehmen. Zum anderen brachte Gero die Sorge um Hannah und den Jungen um den Schlaf.

Johan hatte im Traum nach Freya gerufen, auch ihm war anzumerken, dass er sich große Sorgen um ihr Wohlergehen machte.

Zudem stand Anselm und Tanner die Unruhe über das, was ihnen bevorstand, ins Gesicht geschrieben und beunruhigte sie. Die ganze Nacht über hatten sie sich auf dem Eimer abgewechselt, um sich zu erleichtern.

Tramelay und seine Kommandeure hatten angeordnet, dass sämtliche Templer, die unter Waffen standen, am nächsten Morgen bei Sonnenaufgang das Haupthaus in Richtung Blanche Garde verlassen mussten. Um sechs saßen Gero und seine Männer vollständig angekleidet in einem wattierten Unterwams, Kettenhemd, Lederhose und Überrock im Refektorium, wo sie mit dreißig anderen Brüdern schweigend das Frühessen einnahmen. Tanner fluchte leise, weil ihm schon beim ersten Bissen Brot der Schweiß auf der Stirn stand, und kassierte prompt den bösen Blick eines Kaplans, der während des Essens aus der Heiligen Schrift las. Diener servierten den üblichen Haferbrei, dazu reichten sie Datteln, getrocknete Feigen und Ziegenkäse.

Kurz bevor Gero, Johan, Tanner und Stephano ihre Pferde besteigen durften, erhielten sie Kettenhose, Schuhe und Sporen. Am Ärmelabschluss baumelten Fäustlinge aus feinen Kettenringen, und jeder vernünftige Mensch konnte sich vorstellen, dass der Stahl bei vierzig Grad im Schatten und fünfzig in der Sonne, wenn man keine Lederhandschuhe darunterzog, Brandblasen verursachte. Zuletzt legten sie die weiße Chlamys an, um das Kettenhemd vor der Sonne zu schützen. Erst danach erhielten sie ihre Waffen. Für jeden einen Schwertgurt und einen Anderthalbhänder sowie einen Streitkolben, eine Axt, einen schwarzweiß bemalten Schild aus Eichenholz und eine Lanze.

Anselm wurde angewiesen, als Waffenknecht seinen Herren zur Hand zu gehen.

Tanner kämpfte mit seinem Equipment und mit seinem rabenschwarzen Hengst, auf den sich die Unruhe des Reiters übertrug, der es nicht einmal schaffte, seine Lanze in die Halterung am Sattel zu schieben. Noch bevor sie zum Haupttor hinausgeritten waren, hatte er mit der Stange drei Brüder beinahe aus dem Sattel gehoben.

»He, pass doch auf, du Trottel!«, zeterte Tramelay und drohte Tanner einen zehn Meilen langen Fußmarsch an, wenn er Pferd und Lanze nicht umgehend in den Griff bekommen sollte.

Anselm hatte mehr Glück. Als Knecht hatte man ihm eine sanftmütige Stute gegeben. Trotzdem war ihm die Anstrengung anzusehen, und es dauerte keine fünfhundert Meter, bis ihm der Schweiß in Strömen übers Gesicht rann. Er musste sich einer Handvoll älterer Knappen anschließen, die einige schwerbeladene Maultiere beaufsichtigten.

Tramelay legte trotz der Hitze ein hohes Tempo vor. Bereits am Nachmittag wollte er Blanche Garde erreichen und am Tag darauf bis Gaza weiterziehen, weil dort König Balduin mit seinen Baronen und den Rittern des Patriarchen auf ihn wartete.

Auch Anselm zog einen weiteren Maulesel hinter sich her, auf dem sich Schwerter, Helme und Schilde befanden. In Blanche Garde würden sie auf weitere Knappen und Pferdeknechte treffen, mit denen er die Verantwortung für die Ausrüstung teilen musste.

»Prächtige Aussichten«, murmelte Anselm, als er zu Gero aufschloss.

»Maul halten und zurück in die Reihe«, rief jemand hinter ihm.

Xavier de la Trenta, ein portugiesischer Untermarschall, erinnerte ihn an das Redeverbot und daran, dass man selbst in der niederen Reiterei eine klare hierarchische Ordnung einhielt. Das bedeutete, dass die Ritter zuerst in Zweierreihenaufstellung zu reiten hatten, dann folgten die Sergeanten im schwarzen Ornat, insgesamt waren es vier, gefolgt von den Knappen und Waffenknechten.

Stephano de Sapin zwinkerte Anselm aufmunternd zu, während sich Johan van Elk hoch erhobenen Hauptes an die Regeln hielt. Auch Tanner hatte sein Gleichgewicht wiedergefunden und sich an Geros Seite eingeordnet, obwohl man dem Amerikaner ansehen konnte, dass er am liebsten fahnenflüchtig geworden wäre.

Gegen Mittag erreichten sie Blanche Garde, eine trutzige Festung mit vier Rundtürmen, die sich farblich kaum von der karstigen Wüstenlandschaft abhob und erst vor wenigen Jahren von den Templern erbaut worden war.

Ein breites Tor führte ins Innere der Burg. Dass längst nicht alle hier lagernden Soldaten in die Festung passten, sah man an dem riesigen Feldlager, das die Burg mit unzähligen Rundzelten umgab. Überall waren die unterschiedlichsten Banner zu sehen, und der heiße Wind, der sie bewegte, trug den Gestank von Kot, Urin und Fäulnis über die Ebene.

»Absitzen!«, brüllte de la Trenta stellvertretend für seinen Großmeister, als sie den Hauptzugang des Lagers erreichten. Zugleich machte er klar, dass sie an diesem Ort nur eine Nacht verbringen würden, bevor es weiterging in Richtung Gaza, wo die Templer eine weitere Burg besaßen und von wo aus man den Hauptangriff auf Askalon plante. Mit wenigen Worten wies er die Neuankömmlinge in die örtlichen Gegebenheiten ein. Rechts vom Hauptpfad lagen die Mannschaftsunterkünfte der Templer. Ein ortskundiger Bruder würde ihnen ein Feldbett zuweisen. Die heilige Messe fand sonntags in der Festungskapelle statt, doch das würde sie nicht mehr betreffen, weil sie vorher nach Gaza aufbrechen mussten. Die übrige Zeit hatte ein jeder Ritter selbst dafür zu sorgen, dass er die Stundengebete einhielt.

»Sieh zu, dass deine Männer ausreichend zu trinken bekommen«, mahnte der Portugiese Gero. Tramelay hatte ihm gegenüber behauptet, sie seien blutige Anfänger, erst vor wenigen Wochen aus der kalten Heimat gekommen. »Die Neuen sind immer die Ersten, die uns hier umkippen.«

Geros Kameraden hingen längst an den Wasserschläuchen, auch wenn der Inhalt alles andere als schmackhaft war.

»Denk dran«, erinnerte Tanner, als er sah, wie gierig Anselm die bitter schmeckende Brühe schluckte, »wir besitzen kein Antibiotikum mehr.«

»Was bleibt mir übrig«, erwiderte Anselm resigniert. »Entweder sterbe ich an der roten Ruhr oder an Austrocknung. Wundert mich, dass ich überhaupt pissen muss.« Suchend sah er sich nach den Latrinen um.

»Der Abort ist dort drüben«, erklärte ihm Gero und zeigte zwischen den Zelten auf eine Grube, wo bereits andere hockten und ihr Geschäft unter dem Ansturm unzähliger Fliegen im Freien erledigten.

»Ich sehe schon«, murrte Anselm, »mit größeren Geschichten warte ich lieber, bis es Abend wird.«

De la Trenta wies ihnen den Weg zum Verpflegungszelt, wo Knappen unter einer Zeltüberdachung gelbe Kichererbsensuppe aus großen Eisenkesseln und ein Stück Brot in Holzschalen an Ordensritter, aber auch an andere Bedürftige verteilten. Doch zunächst mussten die Neuangekommenen ihre Pferde und Maultiere füttern und tränken. »Das Tier steht immer an erster Stelle«, mahnte de la Trenta, bevor er sich zu den Offiziersunterkünften verabschiedete.

Auf dem Weg zurück von den Stallungen, wo sie ihre Pferde zur Nacht eingestellt hatten, kamen sie an den Lazarettzelten vorbei.

Der Anblick der Schwerverletzten setzte ihnen gehörig zu. Obwohl die von Balduin III. organisierte Versorgung durch griechische, jüdische und arabische Ärzte ungleich besser war als die von den üblichen christlichen Scharlatanen, sorgten die aufgeplatzten, eiternden Wunden und die unter reichlich Opiumgabe amputierten Gliedmaßen sogar bei Gero für Übelkeit. Wohin er auch blickte, sah er abgetrennte Arme und Beine, aufgeschlitzte Leiber, zertrümmerte Gesichter.

Tanner kommentierte hier und da die Möglichkeiten zur Heilung, die eine zukünftige Medizin ihnen bieten würde, wenn ein Sanitätsteam seiner Armee zur Verfügung stünde.

Johan reagierte entnervt. »Wir befinden uns aber nicht in deiner Zeit«, stieß er verärgert hervor. »Falls wir jemals zurückgelangen, kannst du Tom anweisen, dass er moderne Ärzte und entsprechende Gerätschaften schickt.« Gero spürte, wie sehr der Zustand der Verwundeten seinen Brüdern ans Herz ging. Ein markerschütternder Schrei riss ihn aus seinen Gedanken.

Fast gleichzeitig schauten er und die anderen in eine weiter entfernte Gasse des Lagers. Von einem Freiplatz, umgeben von den aufgepflanzten Bannern des Heiligen Grabes, wehte ihnen der unangenehm süßliche Geruch von verbranntem Fleisch entgegen. Ein Haufen augenscheinlich betrunkener Ritter des Patriarchen hatten einen nackten Sarazenen an Armen und Beinen gefesselt zwischen zwei hohen Pfählen aufgespannt, als wäre er eine abgezogene Tierhaut, die man zum Trocknen aufhängt. Bei näherer Betrachtung wurde klar, dass die Peiniger den Wehrlosen mit glühenden Eisen traktierten. Bevor der Geschundene sich von der letzten Attacke erholte, näherte sich sein Folterknecht mit dem glühenden Metall einer Lanze und befragte ihn auf Latein. Doch der Mann reagierte nicht auf dessen Befragung. Entweder weil er nichts verstanden hatte oder weil er vor Schmerzen beinahe ohnmächtig war. Den Folterknecht interessierte das jedoch nicht. Gezielt berührte er den Hoden des Mannes mit der glühenden Spitze einer Lanze. Ein weiterer, markerschütternder Schrei hallte von den Festungsmauern wider, quer über das riesige Lager und mischte sich mit dem Gemecker von Ziegen, dem Blöken von Kamelen, dem Gewieher von Pferden, gebrüllten Befehlen, fränkischen Saufliedern und dem Keifen von Marketenderinnen. Außer dem Folterknecht schien sich niemand für die Leiden des Sterbenden zu interessieren.

Anselm, der Gero nicht von der Seite wich, war ganz bleich im Gesicht. »Wir sind da in eine verdammte Scheiße reingeraten? Habe ich recht?«

»Wenn es nicht um Hannah und die Frauen ginge«, raunte Gero ärgerlich, »würde ich Montbard und seinen Kelch zum Teufel jagen und sofort hier verschwinden.«

Plötzlich tauchte Tramelay vor ihnen auf und stellte sich ihnen in den Weg. Stiernacken und Stirn trieften vor Schweiß. Die kalten, graugrünen Augen des Großmeisters fixierten Gero und seine Männer. »Ich beobachte Euch«, raunte er böse. »Niemand kann mir weismachen, dass Ihr nicht doch mit dem Teufel im Bunde seid. Ebenso wie Euer Beschützer Montbard und seine Bande von Namenlosen, die keiner von uns je zu Gesicht bekommen hat. Fühlt Euch nur nicht zu sicher, jetzt, wo er weit genug weg ist«, knurrte er, die rechte Hand demonstrativ auf den Knauf seines Schwertes gelegt. »Niemand hat von uns verlangt, dass Ihr diese Schlacht überleben müsst.«

»Dann sind wir ja ausnahmsweise einer Meinung«, erwiderte Gero kühl. »Denn das Gleiche möchte ich auch von Euch behaupten.«

Gero wollte einen Bogen um Tramelay und seine zwei Bewacher machen, die wie zwei Kettenhunde in ihrer weißen Chlamys neben ihm standen, doch der Großmeister packte ihn beim Arm und hielt ihn auf.

»Nehmt Euch in Acht, Bruder Gerard!«, zischte er. »Sonst sorge ich dafür, dass Euer Gerippe schon bald in der Sonne bleicht.«

»Ihr habt da etwas falsch verstanden«, erwiderte Gero mit einem boshaften Grinsen. »So, wie ich gehört habe, wird die vollständige Summe von Königin Melisende erst gezahlt, wenn wir heil zu ihr zurückgekehrt sind.«

»Was nicht bedeutet, dass Ihr nicht durch die Hand eines Sarazenen fallen dürft«, erwiderte Tramelay mit einem gehässigen Grinsen.

Gero setzte seinen Weg fort und gab den anderen ein Zeichen, dass sie ihm zu den Mannschaftsunterkünften folgen sollten.

»Hundesohn!«, rief Tramelay ihm nach. »Wenn das alles vorbei ist, werde ich dich persönlich zur Strecke bringen!«

Stephano sah Gero fragend an, nachdem Tramelay hinter der nächsten Biegung verschwunden war.

»Wen meint er mit Bande von Namenlosen?«

»Ich denke«, führte Gero vorsichtig aus, »es ist seine Bezeichnung für den Hohen Rat des Tempels, dem Montbard auch nach seiner Entmachtung immer noch vorsteht. Anscheinend hat selbst Tramelay diesen elitären Kreis der ältesten Templer bisher noch nicht zu Gesicht bekommen.«

»Denkst du, sie existieren tatsächlich?« Auch Johan interessierte sich für die Hintermänner des Ordens.

»Natürlich, Henri d'Our war schließlich auch einer von ihnen«, versicherte ihm Gero mit einem spöttischen Lächeln. »Oder glaubst du tatsächlich, Montbard will den Kelch für sich selbst?«

André de Montbard hatte persönlich dafür gesorgt, dass Melisendes Vorbereitungen so unauffällig wie möglich verliefen. Als die Karawane aus zwei Kamelen und drei Araberhengsten am späten Nachmittag des nächsten Tages abmarschbereit in der Nähe des Davidstors stand, hätte niemand vermutet, dass ihre fünf Reiter keine arabischen Kaufleute waren. Schon gar nicht, dass sich zwei Frauen unter ihnen befanden. Rona und Lyn hatten sich als Männer verkleidet, und diese Verkleidung wollten sie so lange aufrechterhalten, bis sie in der Nähe von Askalon angelangt waren.

»Ihr müsst nicht nur Räubern und wilden Tieren trotzen«, gab Montbard den beiden Frauen mit seinen letzten Instruktionen zu bedenken, die er der ungleichen Truppe in Anwesenheit der Königin in seinen Gemächern erteilte. »Im Umkreis von mehreren Meilen um Askalon patrouillieren Balduins Kreuzritter auf der Jagd nach Heckenschützen und versprengten Kampftruppen des Wesirs. Sie foltern und töten jeden, der in den Verdacht gerät, zu Malik al-Russaks Verbündeten zu gehören.«

»Hinzu gesellen sich die eigentlichen Sklavenhändler«, bemerkte Khaled leise, »die wie Wolfsrudel aus dem Nichts auftauchen und bei ihren Beutezügen die Unterstützung der muslimischen Bevölkerung nutzen, wie Anselm uns anschaulich berichtet hat.«

»Ohne deren Hilfe wäre es den Schurken wohl kaum möglich gewesen, den Belagerungsring der Franken zu durchbrechen«, erklärte Melisende, durchaus von mütterlichem Stolz erfüllt, was die Leistung der Heere ihres Sohnes betraf.

»Ihr werdet euch absolut unauffällig bewegen müssen«, mahnte Montbard mit Blick auf Khaled, der die Truppe anführen sollte, »damit ihr bei der pro-fatimidischen Landbevölkerung im Grenzgebiet zwischen Ägypten und der Grafschaft von Gaza kein Misstrauen erregt.«

»Die Fatimiden besitzen wie alle Sarazenen ein gutes System von Spähern«, bestätigte Khaled die Überlegungen des alten Templers. »Sowohl die Männer al-Russaks als auch die Banden der Sklavenhändler und Diebe sind durchaus in der Lage, jede noch so kleine Bewegung der Franken zu registrieren. Außerdem sind ihre Brieftauben exzellent darauf abgerichtet, jede auch noch so heikle Nachricht an den richtigen Ort zu überbringen.« Khaled schaute prüfend in die Runde. »Bis hierher alles verstanden?«

Arnaud und die anderen nickten stumm.

»Gut«, sagte Montbard und erhob sich. Damit gab er das Zeichen zum Aufbruch. »Khaled übernimmt das Kommando, Bruder Struan bildet die Nachhut. Ich habe dafür gesorgt, dass euch Äxte, Streitkolben und Schwerter in ausreichender Zahl zur Verfügung stehen. Darüber hinaus erhält jeder von euch den schnellen Bogen eines Turkopolen mit Pfeilen für zweihundert Schuss.« Er lächelte zuversichtlich. »Wenn ihr gut seid, könnt ihr damit schon einigen Schaden anrichten, bevor euch jemand zu nahe tritt, der euch ans Leben will.«

Auf dem Weg hinaus fragte sich Arnaud, ob er dem Assassinen wirklich über den Weg trauen konnte. Die Königin tat es jedenfalls nicht, sonst hätte sie Khaled auch alleine nach Askalon schicken können. Bei Montbard war er nicht sicher, was der Templer tatsächlich im Schilde führte. Vielleicht hatte er wirklich Mitleid mit Hannah, Freya und Amelie, obwohl er sie doch gar nicht kannte.

Draußen wunderte sich Arnaud, wie anpassungsfähig Rona und Lyn auf ihre Umgebung reagierten. Von weitem sahen sie allein wegen ihrer Größe wie Männer aus. Sie trugen den gleichen Turban aus langen, schwarz gefärbten Leinenschals, mit deren unterem Ende sie Kinn, Mund und Nase bedeckten. Beigefarbene Hosen, Kaftane und kniehohe Stiefel ergänzten das trügerische Bild eines männlichen Beduinen. Routiniert erklommen sie ihre Kamele und machten es sich im Sattel bequem, bevor der Diener den Tieren den Befehl gab, sich zu erheben.

Arnaud schwang sich gleichzeitig mit Struan und Khaled auf einen der Araberhengste und neigte sein Haupt vor Montbard und der Königin, bevor er kurz die Hand zum Abschied erhob und dann seinen Hengst zum Davidstor hinaustrieb. Auch Struan grüßte Montbard und die Königin ein letztes Mal. Nur Khaled verzichtete auf jegliche Abschiedsgeste und blickte noch nicht einmal zurück, nachdem er die Spitze des Trupps übernommen hatte.

Im Grunde hatte Arnaud nichts dagegen einzuwenden, dass Khaled, obwohl er kein Christ war, die Führung übernahm. In seiner Familie hatte es schließlich auch Sarazenen gegeben. Aber dieser hier war kein gewöhnlicher Muslim. Er war Assassine – und diese Sorte von Sarazenen hatte zu Arnauds Zeiten einen ausgesprochen schlechten Ruf genossen. Als Meuchelmörder, Frauenschänder, kurz – Satansbrut.

Dass die Königin sich vor Khaled fürchtete, war Arnaud nicht entgangen.

Khaled hasste sie, weil sie laut Lyn eine Mitschuld an seinem grausamen Schicksal trug. Aber galt seine Abneigung dann nicht auch den übrigen Christen? Wobei ... Rona und Lyn waren gar keine Christen, sie waren ... Sie glaubten an nichts. Und auf wessen Seite sie sich schlagen würden, wenn es zu Kämpfen zwischen Christen und Sarazenen kam, durfte erst noch abgewartet werden.

Khaled führte sie bis zum frühen Morgen quer durch Judäa über Hochebenen und hinein in flache Täler, immer bemüht, die vielen kleinen Dörfer zu umgehen.

Bei einer Rast am Abend wagte Arnaud, dem Assassinen eine Frage zu stellen. Sie hatten kein Feuer entzündet, aber der Mond war hell genug, dass er den Umriss seines markanten Gesichts erkannte. »Wo hast du gelernt, dich so gut an den Sterne zu orientieren?«

»Einem Nizâri wird so etwas in die Wiege gelegt«, erwiderte Khaled, während er die Pferde aus dem Wasserschlauch versorgte.

»Bedeutet das, alle Assassinen können sich von Geburt an am Sternenhimmel orientieren?«

»Das kann ich dir nicht sagen«, entgegnete Khaled düster und verschnürte den Schlauch. »Ich kenne nur die Bruderschaft der Nizâri.«

»Dann bist du also gar kein Assassine«, beeilte sich Arnaud zu sagen. »Ich hatte keine Ahnung ...«

»Aber davon mehr als genug...« Khaleds Augen funkelten verräterisch, als er den Schlauch zur Seite legte und seinen Gebetsteppich nahm, der ihn ständig begleitete und den er nun auf den steinigen Boden legte.

»Was?« Arnaud glaubte sich verhört zu haben. Er packte Khaled am Arm und riss ihn herum. »Was denkst du eigentlich, wen du hier vor dir hast?«

»Einen nichtsahnenden Ungläubigen.«

Khaled störte sich nicht an Arnauds empörtem Schnauben. Mit einem Ruck befreite er sich aus dessen Umklammerung und kniete nieder, um in aller Seelenruhe Allah zu preisen.

Doch Arnaud packte noch einmal zu. Einen Moment später stürzte er zu Boden, und Khaled saß über ihm und hielt ihm einen Dolch an die Kehle. »Wag es nicht, mich noch einmal bei meinen Gebeten zu stören«, zischte der Assassine ihm zu.

»Lass ihn los!«, befahl eine dunkle Stimme. Struan drückte Khaled die Spitze seines Anderthalbhänders ins Genick.

»Was soll das werden?« Plötzlich tauchte Rona hinter ihm auf, gefolgt von ihrer Schwester. »Seid ihr noch klar im Hirn, oder hat euch die Sonne eure Synapsen verschmort?«

»Was?« Khaled schaute irritiert auf und ließ seinen Dolch sinken.

Lyn warf einen Blick auf ihr Armband. »Unkontrollierter Adrenalinanstieg und ein erhöhter Testosteronspiegel.« Seufzend schüttelte sie den Kopf.

Khaled stieg schnaubend von Arnaud ab, der sofort aufsprang und eine kampfbereite Haltung einnahm.

Khaled ignorierte ihn mit abweisender Miene, nahm seinen Teppich und ging ein Stück weiter.

»Worüber habt ihr euch gestritten?«, wollte Rona von Arnaud wissen.

»Offenbar stört es ihn, dass ich ihn als Assassinen bezeichnet habe.«

»Du hast ihn einen Assassinen genannt?« Lyn schenkte ihm ein mitleidiges Lächeln. »Ich glaube, es gibt kaum etwas, auf das er heftiger reagiert.«

Rona schüttelte verständnislos den Kopf. »Wie sollen wir in der Festung mit den Fatimiden fertig werden, wenn ihr jetzt schon gegeneinander antretet?«

Bis sie den nächsten Rastplatz, eine alte Ruine aus byzantinischer Zeit, erreichten, war die Stimmung reichlich gedrückt. Niemand sagte ein Wort, als Khaled sie in eine verfallene, aus riesigen Steinblöcken erbaute Festung führte, zwischen deren geborstenen Deckenpfeilern der Morgenhimmel hervorschimmerte. Lyn pflückte ein paar Feigen von einem uralten Baum.

Khaled versicherte sich mit einem Rundgang, dass niemand sonst hier sein Lager aufgeschlagen hatte. Erst danach befahl er, die Tiere anzubinden. An einer Klärung des Streits schien er nicht interessiert zu sein.

Arnaud half Rona, die Gepäckstücke in die Ruine zu tragen und die

Tiere hinter zwei großen Terpentinbüschen zu verstecken. Danach suchte er sich einen Platz direkt neben Rona.

Khaled machte es sich unterdessen mit Lyn neben einem gewaltigen Steinquader gemütlich. Einzig der Schotte stand draußen und starrte in die Nacht. Er hatte sich bereiterklärt, die erste Wache zu übernehmen.

Arnaud erhob sich noch einmal, um vor den Mauern hinter einem Busch seine Notdurft zu verrichten. Er wollte sich gerade niederlassen, als ein Dolch durch die Luft sauste und in bedenklicher Nähe zu seinem Hinterteil im sandigen Untergrund stecken blieb. Erschrocken sprang er auf und schaute sich hektisch um. Dann sah er, wie Khaled mit einem selbstzufriedenen Lächeln auf ihn zuschritt.

»Du Hurensohn!«, blaffte Arnaud ihn an und wollte schon auf ihn zustürmen, als Khaled eine abwehrende Haltung einnahm.

»Vielleicht blickst du erst mal zurück, bevor du mich in tausend Stücke zerreißt?«

Irritiert schaute Arnaud auf jene Stelle, wo nun eigentlich seine Exkremente liegen sollten. Als er sich bückte, um das zusammengerollte, bräunliche Etwas näher zu betrachten, begriff er, in welcher Gefahr er sich befunden hatte.

»Eine Sandviper«, bestätigte Khaled seine schlimmsten Befürchtungen.

»Sie schleicht sich an, ohne ein Geräusch zu machen. Ein einziger Biss, der übrigens ziemlich schmerzhaft sein soll, und du wähnst dich in der Hölle.«

»Hab Dank.« Arnaud hielt seinen Blick immer noch auf die an sich harmlos wirkende Schlange gerichtet, in deren Kopf der Dolch steckte.

Als er aufblickte, lächelte Khaled. »Glaubst du mir jetzt, mein ungläubiger Bruder, dass ich dir und deinem Kameraden nichts Böses will?«

Arnaud ging auf ihn zu und reichte ihm die Hand. »Meine Großmutter gehörte selbst zu den Sarazenen«, bekannte er in fließendem Arabisch. »Obwohl ich zugeben muss, auch sie hat mir erzählt, dass deinem Volk ein miserabler Ruf anhängt.«

»Und womit begründete sie diese Ansicht?« Khaled begleitete ihn ein Stück auf dem Weg zur Ruine, dabei schaute er Arnaud interessiert in die Augen.

»Soweit ich mich erinnere, werden deine Leute in einigen Jahren einen neuen Anführer gewinnen. Ihm wird es gelingen, eure Stämme zu einem einzigen zu vereinen. Auch er wird nicht damit aufhören, Morde an hochrangigen Herrschern anzuordnen. Nicht nur andersgläubige Sarazenen, auch ein paar Christen werden darunter sein. Das macht den Leuten Angst. Ist doch verständlich, oder?«

Khaled war stehen geblieben. Er wirkte nachdenklich. »Und was wird sein, wenn wir den Kelch finden? Wenn wir das Geheimnis der Lade entdecken? Wird dann alles gut werden? Die Alten sagen, dass eines Tages der Erlöser erscheinen wird. Sahib-ul-zaman – der Fürst der Zeit. Er wird die Lade besitzen und das heilige Schwert des Propheten. Er könnte die Völker vereinen. Den Frieden bringen. Hast du eine Ahnung, was das für die Menschheit bedeutet?«

»Allein Jesus ist im Stande, uns zu erlösen«, erklärte Arnaud mit bedächtiger Stimme.

»Und was ist, wenn es doch anders kommt und es uns mithilfe des Kelches gelingt, all das Unglück abzuwenden, von dem Lyn und Rona berichtet haben?« Khaled sprach leise und eindringlich. »Er könnte unser aller Seelen retten, auch die der Christen, verstehst du das nicht?«

Arnaud sah ihn aus schmalen Lidern an. »Wieso glaubst du, ausgerechnet ein Sarazene könnte dieses Wunder vollbringen? Denkst du, ihr könnt uns zu eurem Glauben bekehren? Willst du deshalb den Kelch für dich haben?«

»Du bist ein Narr«, schimpfte Khaled bedrückt. »Alle Christen sind Narren. Vielleicht mit Ausnahme von Montbard«, lenkte er ein. »Wenigstens machen er und seine eingeweihten Brüder keine Unterschiede zwischen Christen, Sarazenen und Juden. Ganz im Gegensatz zu Tramelay und seinen Rittern, die ihm wie Lämmer in eine Schlacht folgen, die nicht zu gewinnen ist.«

»Sprichst du vom Hohen Rat der Templer, wenn du Montbards Vertraute erwähnst?« Arnauds Interesse war geweckt. Der Hohe Rat war von Beginn an ein Mysterium des Ordens gewesen, zu dem herkömmliche Brüder keinen Zugang hatten. Selbst das Amt des Meisters war keine Garantie dafür, dass man im Rat der zwölf Weisen aufgenommen wurde. Montbard hatte bei allem Entgegenkommen gegenüber Gero und seinen Brüdern keine Anstalten gemacht, sie in die Geheimnisse der verborgenen Bruderschaft einzuweihen, obwohl man getrost davon ausgehen durfte, dass er der Kopf dieser Organisation war.

»Deren Mitglieder sind über den halben Outremer und das Abendland verteilt«, erklärte Khaled. »Einige von ihnen sind längst verstorben, und ich weiß nicht, ob es angesichts Montbards schwindender Macht fähige Nachfolger gibt, die jenseits des eigenen Ruhms etwas bewirken wollen und können. Deshalb ist es fraglich, ob er und seine Getreuen überhaupt noch die Kraft haben, sich gegen das Schicksal zu stemmen und diesem Land weitere Kreuzzüge zu ersparen.«

Arnaud sah Khaled noch eine Weile hinterher, als der ohne weiteren Kommentar davonging, um zu Lyn in die Ruine zurückzukehren.

Mit einem leisen Seufzer verzog Arnaud sich wenig später hinter die schützenden Mauern, in die gleiche Ecke, wo Rona sich mit ihrem Gepäck ausgebreitet hatte. Zuvor schaute er unter jeden Stein, um sicherzugehen, dass sich dort weder Schlangen, Ratten oder Skorpione versteckten, vor denen sie Montbard eindringlich gewarnt hatte.

Gott sei Dank war alles in Ordnung.

Rona lächelte ihn einladend an, als er sich, eingerollt in seine Kameldecke, neben sie legte. Sie lag bereits auf dem Rücken, die Decke bis zur Nasenspitze hochgezogen, und verfolgte jede seiner Bewegungen mit Blicken. Sie so nah neben sich zu wissen ließ sein Herz höher schlagen. Ihr süßer Leib ging ihm seit Tagen nicht mehr aus dem Kopf, seit sie sich vor ihm ausgezogen hatte.

»Woran denkst du?«, fragte sie ihn so unvermittelt, dass er sich vor Schreck verschluckte, weil er fürchtete, dass sie vielleicht sogar seine Gedanken lesen konnte.

»Ich denke an das, was Khaled zu mir gesagt hat«, log er.

»Was hat er denn gesagt?«

»Dass der Kelch und sein Geheimnis in der Lage sein könnte, die Zukunft doch noch zum Guten zu wenden.«

Sie schwieg einen Moment. »Du meinst, den großen Krieg zu vermeiden, der durch die verschiedenen Glaubensrichtungen ausgelöst wird?«

»Ist es das, was uns die Bilder in eurer Maschine gezeigt haben?«, fragte er leise.

Rona drehte sich zu ihm hin und sah ihm in die Augen.

»Du hast die Bilder gesehen? Wann?«

»Im Jahr des Herrn 1307, im Herbst, als ich eure Maschine zum ersten Mal erblickte und später, 2005, bevor wir auf diese Reise geschickt wurden«, antwortete er zögernd. »Offenbar waren die Menschen zu dieser Zeit bereits auf dem besten Weg, ihre Welt zu vernichten.«

»Hertzberg hat uns angedeutet, dass sie durch unsere Prophezeiungen wissen, was in der Zukunft geschieht. Aber dass sie noch nicht wissen, was sie dagegen unternehmen können«, erklärte Rona. »Er sagte, sie haben all ihre Hoffnungen auf uns gesetzt. Das ist nach allem, was wir in den letzten fünf Jahren hier erleben mussten, nicht gerade ermutigend.«

Arnaud sah, dass Rona fror. Hastig befreite er sich von seiner Decke und breitete sie über sie und sich aus. Darunter ergriff er ihre kalten Hände und rieb sie zwischen seinen Fingern, bis sie warm wurden.

»Gott lenkt«, sagte er schließlich. »Das weiß doch jeder.«

»Und was macht der Mensch?«

»Ist es nicht so, dass wir alle Gottes Helfer sind?« Er rückte noch ein wenig näher an Rona heran, die sich auf die Seite gedreht und ihm ihr Gesicht zugewandt hatte. Es fehlte nicht viel, und ihre Nasen berührten sich. Ihr glattes, schwarzes Haar duftete nach Rosenwasser. Noch vor der Abreise hatten sie und ihre Schwester im Hamam der Königin ein Bad genommen.

»Wobei«, räumte er mit einem verlegenen Lächeln ein, »Gottes Helfer nicht unbedingt fehlerfrei sind und mitunter von finsteren Mächten geleitet werden.« Sein Daumen streichelte ihren Handrücken. Er grinste verlegen.

»Khaled könnte mit seinen Vermutungen recht behalten«, sagte sie leise und erwiderte Arnauds zärtliche Geste. »In den heiligen Schriften seiner Bruderschaft ist eine Abfolge von Ereignissen aufgezeichnet, deren Inhalt in beängstigender Weise den genauen Verlauf des zukünftigen Untergangs beschreibt. Die Parallelen zur Realität sind erschreckend.«

»Was steht darin?«

»Bevor die drei großen monotheistischen Religionen sich gegenseitig zerstören, wird es zu Machtveränderungen innerhalb der arabischen Staaten kommen. Das wird zu Aufständen führen, die wie ein Brandherd die gesamte Weltpolitik erfassen werden. Danach folgt ein Chaos wegen der am Boden liegenden Wirtschaft. Die Finanzwelt wird aus dem Gleichgewicht kippen und eine große Armut unter den Menschen verbreiten. Die verschlechterten Lebensumstände werden einen weltweiten Krieg auslösen. Am Ende dieser Schlacht sind sämtliche Großmächte beteiligt, und die Weltordnung wird vollkommen zerstört. Danach werden Moral und Anstand unter den Menschen verschwunden sein, allein die Profitgier wird regieren. Es wird weder Freunde noch Feinde geben. Nur noch Herrschende und Beherrschte.«

»Das klingt ja wie die Apokalypse des Johannes«, flüsterte Arnaud und erschauerte bei dem Gedanken.

»Bleibt zu hoffen«, entgegnete Rona. »Dass diese Bundeslade hält, was sich alle erhoffen. Ansonsten haben wir ein echtes Problem.«

Arnaud näherte sich ihrem Gesicht so weit, dass er ihren Atem auf seinen Lippen spürte. »Das würde bedeuten, es gibt doch einen Gott, der alles lenkt.«

»Es würde bedeuten«, erwiderte sie leise, »dass deine Theorie von einer dem Menschen übergeordneten göttlichen Instanz, die sämtliche Zeitabläufe bestimmt und diese deshalb von Menschenhand nicht umkehrbar sind, zutreffen würde. Es hieße aber auch, dass wir durch diese Instanz vollkommen fremdbestimmt wären und nichts selbst steuern können, weil wir alle eine Stimme im Ohr hätten, die uns sagt, was als Nächstes zu tun ist. Im Umkehrschluss wäre diese Instanz dann aber auch für all unsere Sünden zuständig. Ob du sie Gott nennst, Allah oder das Universum, spielt dabei keine Rolle.«

»Du bist eine Ketzerin, das ist dir hoffentlich klar.« Arnaud bemühte sich um Strenge im Blick, was ihm angesichts ihres Lächelns, mit dem sie ihn versöhnlich stimmen wollte, schwerfiel. »Und was wäre, wenn man sein von Gott gelenktes Schicksal letztendlich doch selbst bestimmen kann?« Er drückte ihre Hände noch ein wenig fester.

»Also du meinst ein Prinzip, das sich normalerweise ausschließt und trotzdem funktioniert, so wie Teilchen und Welle in der Quantenphysik?«, fragte sie und schaute ihn dabei an wie eine Schlange, die ihr Opfer betört. Arnaud verlor sich in ihrem rätselhaften Blick. Er hatte ihren Vergleich nicht verstanden. Sie erschien ihm um einiges klüger als er. Aber selbst wenn zwischen ihnen ein Gleichstand an Wissen bestanden hätte, so war er kaum fähig, in ihrer Nähe einen einzigen klaren Gedanken zu fassen.

»Meinst du vielleicht, wenn man etwas tut, das gegen alle Regeln verstößt, und gleichzeitig Gottes Segen erwartet?« Ohne noch weiter darüber nachdenken zu wollen, küsste er sie zart. Zu seiner Überraschung entzog sie sich nicht, was ihn ermutigte, noch einen Schritt weiterzugehen. Er presste seinen leicht geöffneten Mund auf ihre vollen, noch unerfahrenen Lippen. Ihre Zunge berührte die seine, und Arnaud schoss schmerzhaft das Blut in die Lenden. Er zog sie fest zu sich heran und küsste sie mit ungezügelter Leidenschaft. Rona erwiderte seine Küsse mit der gleichen Begeisterung. Für eine Frau, die angeblich noch nie etwas mit einem Mann gehabt hatte, schmiegte sie sich unerwartet willig in seine Arme.

»Vergiss die Zeit«, sinnierte sie flüsternd an seine Lippen. »Lass uns die Gegenwart auskosten, bevor wir an ein Morgen denken, das eigentlich schon ein Gestern ist.«

Kapitel 20

Im Namen des Herrn

Juli 1153 – Gaza/Askalon

Der Harem war ein Paradies für Männer, nicht aber für Frauen, wenn man von schönheitsfördernden Maßnahmen, wie Massagen, heißen Bädern, und duftenden Ölpackungen einmal absah, von denen man im Palast von Askalon trotz des anhaltenden Belagerungszustandes durch die Christen offenbar nicht lassen wollte.

Den ganzen Tag über spielten ein paar junge Mädchen auf verschiedenen orientalischen Zupfinstrumenten oder schlugen ein Tamburin, was in Anbetracht der aussichtslosen Lage ziemlich nervtötend war.

»Wir werden alle sterben«, wisperte Amelie, als sie Agil, den rundlichen, stark geschminkten Obereunuchen, dabei beobachtete, wie er Elaine, ein hellhäutiges, schwarzhaariges Mädchen aus dem Land der Seldschuken, aus dem Frauengemach zerrte, um sie einem Gast des Wesirs für die Nacht anzubieten. Als sie sich am Ausgang zur Treppe, die zu Maliks Privatgemächern führte, immer noch widerspenstig zeigte, befahl er zwei Wachen, die draußen vor dem Tor dafür sorgten, dass niemand den Harem betreten oder daraus fliehen konnte, sie festzuhalten. Vor den Augen aller Frauen hob er ihren durchscheinenden Rock so weit an, bis sich ihr nackter, weißer Hintern zeigte. Agil spreizte mit einer Hand ihre zierlichen Rundungen und rammte der jungen Frau den Knauf seines Lederstöckchens mit einem gezielten Stoß so hart in den Anus, dass sie mit einem schrillen Aufschrei zusammenfuhr. Beinahe allen Frauen, die Zeuge dieser brutalen Vorführung geworden waren, stand der Schock ins Gesicht geschrieben. Nur wenige wandten sich ab, ohne eine Regung zu zeigen, wahrscheinlich aus Angst, sie könnten die Nächsten sein. Während Agil den Stock im Innern seines Opfers hin und her bewegte, murmelte er etwas, das niemand verstand, worauf das vor Schmerzen winselnde Mädchen jedoch sogleich verstummte. Selbst nachdem er den Stock aus ihrem Hintern gezogen hatte, kam kein Laut mehr über ihre Lippen. Danach ließ Agil sie abführen.

Dass der Eunuch seine eigenen Methoden anwendete, die Frauen dieses Harems gefügig zu machen, stand außer Frage. Aber bisher war keine der Frauen so sehr von ihm misshandelt worden, dass es ihre Makellosigkeit beschädigt hätte. Was jedoch nicht bedeutete, dass manche der Sklavinnen nach einer anstrengenden Nacht ohne Blessuren zurückkehrten. Bisswunden im Hals- und Brustbereich und blaue Flecke an der Innenseite der Schenkel waren keine Seltenheit und führten dazu, dass die Mädchen von den übrigen Konkubinen eine Weile getrennt wurden, bis die Male verschwunden waren. Überhaupt gab es anscheinend einen Unterschied zwischen Frauen, die als Sklavinnen für jedermann gehalten wurden, und solchen, die ausschließlich dem Wesir vorbehalten waren.

»Wir können froh sein«, sinnierte Freya, »dass wir offensichtlich zu jenen gehören, die der Wesir für sich selbst reserviert hat. Allein das hat uns eine solche Behandlung bisher erspart.«

»Das haben wir ganz alleine deinem selbstlosen Einsatz zu verdanken.« Hannah lächelte Freya dankbar an. »Ich möchte mir nicht ausdenken, was geschehen wäre, wenn du Amelie nicht vor diesem Scheusal gerettet hättest.«

»Wer weiß, wie lange er sich mit mir zufriedengibt«, bemerkte Freya mit zweifelnder Miene. Hannah ahnte, dass der Wesir seine Vorlieben jederzeit ändern konnte. Im Gegensatz zu manchen jungen Frauen unter ihnen, die es offenbar als Ehre ansahen, wenn sie vom Herrscher für eine Nacht erwählt wurden, versuchten sich Hannah und Amelie möglichst unauffällig zu verhalten. Ihre langen Haare hielten sie konsequent unter einem Schleier verborgen, und sie steckten sich heimlich

Kissen unter die Kleidung, um möglichst unförmig zu wirken. Langes, kräftiges Haar von möglichst heller Farbe, eine grazile Gestalt und große Brüste erfreuten den Gebieter, wie es allgemein hieß. Man munkelte, dass der Wesir seine Frauen aussuchte, indem er sie, hinter einem Paravent versteckt, von der Balustrade aus beobachtete.

»Wenn seine Wahl auf mich fiele, könnte ich für nichts garantieren«, gab Hannah zu bedenken. »Außerdem bin ich schwanger und habe Angst, das Kind zu verlieren.« Besorgt war sie vor allem über die vielen grassierenden Krankheiten. Gegen Tuberkulose, rote Ruhr, Cholera und einiges mehr war in dieser Zeit kein Kraut gewachsen. Jeden Tag starben Menschen in ihrer neuen Umgebung an irgendwelchen Seuchen, die meist mit Durchfall, Fieber und rötlichem Ausschlag einhergingen. Erst gestern hatte man ein achtjähriges Mädchen zu Grabe getragen, von dem man nicht wusste, ob es vom Sumpffieber hinweggerafft worden war, was nichts anderes als Malaria bedeutete.

»Ich könnte nicht so abgebrüht sein wie du«, sagte Amelie an Freya gewandt. »Ich kann mir gar nicht vorstellen, mit einem anderen Mann als Struan das Lager zu teilen.«

»Was heißt hier abgebrüht?« Freya fühlte sich offenbar missverstanden und warf ihr einen schrägen Blick zu. »Denkst du, es macht mir Spaß, jede Nacht mit diesem selbstgefälligen Galan zu verbringen? Erst gestern hat er verlauten lassen, dass es ihn wegen der immer härter werdenden Belagerung durch die Franken nach weiteren Erben verlangt, die ihn überdauern, sollte er im Kampf fallen. Ich möchte doch bitte möglichst bald einen Sohn von ihm empfangen, der seine Kampfkraft mit meiner Schönheit vereint.« Sie schüttelte sich bei dem Gedanken. »Ich glaube, er hat wirklich etwas für mich übrig. Keine Ahnung, wie lange ich ihm noch die begeisterte Nebenfrau vorspielen kann.«

»Ich frage mich, wie du das alles verkraftest?« Hannahs mitleidiger Blick traf die rothaarige Begine aus tiefster Seele, aber Freya, die halbnackt auf einem Divan lag und sich von einer jungen Dienerin den Rücken massieren ließ, wischte die Bedenken mit einer Geste hinweg. »Solange die alte Wächterin mich mit Zitronensaft und Schwämmen versorgt, damit der Traum dieses Despoten nicht in Erfüllung geht, will ich mich nicht beklagen. Und was den Wesir betrifft, so habe ich schon weitaus schlechtere Kerle gehabt. Wenigstens weiß er, wie man mit einer Frau umgeht, damit sie auch ihren Spaß hat.«

»Ist es das Gleiche wie mit Johan? Oder hast du ihn schon vergessen?« Amelie setzte eine missbilligende Miene auf. Sie hatte der Wächterin sofort klargemacht, dass sie eher sterben wollte, als sich einem Sarazenen hinzugeben.

»Hör zu, mein kleiner Blondschopf«, giftete Freya hinter vorgehaltener Hand. »Du hast es ganz allein meiner Großzügigkeit zu verdanken, dass der Wesir mich und nicht dich zu seiner Lieblingsfrau erkoren hat. Wenn ich mich ihm nicht angedient hätte, wärst du vielleicht diejenige, die demnächst sein Kind unter dem Herzen tragen soll. Mit ein bisschen Glück sähe es dann so aus wie Struan, und du könntet es später als seines ausgeben – falls du ihn je wiedersiehst.«

»Du bist grausam«, murmelte Amelie den Tränen nahe.

Hannah seufzte gereizt. Sie wusste, was in den beiden Frauen vorging. Tag und Nacht dachte sie darüber nach, ob es nicht vielleicht doch eine Möglichkeit gab, diesem Alptraum zu entkommen.

»Und wenn du es genau wissen willst«, schob Freya ärgerlich hinterher. »Es gibt niemanden, der mir Johan ersetzen könnte. Weder im Bett noch im Herzen. All das hier nehme ich auf mich, damit wir unsere Männer eines Tages lebend wiedersehen.«

»Wir sind alle vollkommen überfordert«, versuchte Hannah zu beschwichtigen. »Amelie hat bloß Angst wie wir alle. Glaub mir, Freya, wir wissen, was wir dir schuldig sind.«

Gegen Nachmittag entstand einige Aufregung im Harem, weil Adiba, die allgemein die Wächterin genannt wurde, in einer Wolke aus hellgrüner Seide hereinschwebte und von allen Anwesenden mit durchdringender Stimme Aufmerksamkeit forderte. Sie gab an, eine Liste verlesen zu müssen, auf der jene Frauen genannt wurden, die in den nächsten Tagen mit einem Schiff nach Ägypten in Sicherheit gebracht werden sollten.

Hannah war zu nervös, um richtig zuhören zu können, außerdem sprach Adiba Arabisch, was noch nicht einmal Freya verstand.

Erst auf Nachfrage übersetzte Adiba ihre Aufforderung in Latein.

»Der Wesir hat entschieden, die kostbarsten Blüten unter euch dem Kalifen von Kairo zum Geschenk zu machen, um ihn wohlgesinnt zu stimmen, damit er uns neue Schiffe und Truppen übersendet, um die Franken ein für alle Mal in die Flucht schlagen zu können. Also dürft ihr euch glücklich schätzen, euren Gebieter bei seinem Sieg gegen die Ungläubigen unterstützen zu können.«

»Was soll das heißen?«, fragte Freya die Frau. »Sind wir dabei oder nicht?«

»Du nicht«, erwiderte Adiba mit einer gewissen Befriedigung im Blick. »Deine Freundinnen schon.«

Hannah hatte genug verstanden, um zu wissen, dass es brenzlig wurde.

»Was hat sie gesagt?« Amelie stand die nackte Panik in den Augen. »Werden wir getrennt?«

»Sie wollen euch nach Ägypten verschiffen«, erklärte Freya. »Ich werde versuchen, ob ich Malik becircen kann, damit wir zusammenbleiben können.«

Hannah spürte, wie sie den Boden unter den Füßen verlor. So rasch wie möglich suchte sie nach einer Sitzgelegenheit und ließ sich auf einem gepolsterten Hocker nieder. Ihr war das erste Mal wieder übel, seit sie von ihrer Schwangerschaft erfahren hatte.

»Euer Schiff geht in drei Tagen«, rief Adiba über die schwatzende Menge hinweg. »Bis dahin müsst ihr gezupft und rasiert, gebadet und geölt werden, dazu muss ich euch die passenden Kleider heraussuchen. Also, es ist keine Zeit zu verlieren, das Beste aus euch herauszuholen.« Sie klatschte in die Hände, während sie sich in Richtung Hamam entfernte.

»Drei Tage«, murmelte Hannah mit Blick auf Freya, der man ansehen konnte, dass sie fieberhaft nachdachte. »Sieh zu, dass du bei unserem Wesir tausendundeine Nacht daraus machst«, forderte sie ihre rothaarige Freundin mit einem freudlosen Lächeln auf.

»Wie soll mir das denn gelingen?«, gab Freya voller Entsetzen zurück. »In spätestens einer Woche müssen wir alle verschwunden sein«, fügte sie leise hinzu, »denn soweit ich mich erinnere, wird dann die Festung von den Templern erstürmt, und ich bin überzeugt, dass die Franken die Ersten sein werden, an denen die Fatimiden Rache üben werden.«

Eine weitere unruhige Nacht neigte sich ihrem Ende zu, als Gero und seine Männer noch vor Sonnenaufgang vom Horn des wachhabenden Lagerverwalters geweckt wurden. Johan erhob sich stöhnend und sprach hastig sein erstes Morgengebet. Schon seit geraumer Zeit konnte er nicht mehr damit aufhören, sich zu kratzen. Ein geringschätziger Blick auf die verlauste, graue Pferdedecke entlarvte die Übeltäter. »Flöhe«, fluchte er laut.

»Warum sollte es dir besser ergehen als uns?«, rief ein dunkel gelockter Genueser, der sich bereits den Bart blutig gekratzt hatte.

»Sie suchen sich immer das zarteste Fleisch«, spottete ein blonder Hüne mit lothringischem Dialekt.

Gero warf Johan einen mitleidigen Blick zu, als der seine lange Unterwäsche hochkrempelte und seine rötlich behaarten Arme und Beine vorführte, die bald mehr Flohbisse aufwiesen als Sommersprossen.

Auch Tanner hatte es erwischt.

»Na prima«, schimpfte er, als er die kirschroten Flecken sogar unter seinen Armen entdeckte. »Übertragen Flöhe nicht die Pest?«

»Sei froh, wenn es keine Mücken sind«, gab Anselm zu bedenken. »Hab irgendwo gehört, dass hier früher die Malaria grassierte.«

»Was meinst du mit ‚früher'?« Tanner schaute alarmiert auf.

»Na, jetzt«, antwortete Anselm und grinste schwach. »Fragt sich, was besser ist, oder?«

»Ihr macht euch zu viele Sorgen um die falschen Dinge.« Gero erhob sich, nur mit einer unbequemen Unterhose bekleidet, die in dieser Zeit üblich war, und reihte sich in die Schlange derer ein, die sich auf den morgendlichen Weg zur Latrine begaben. Das Waschzelt war primitiv und weder mit den Hamams der Sarazenen zu vergleichen noch mit dem Komfort, den er in Hannahs Welt kennengelernt hatte. Aber aus seinem alten Leben in der Komturei von Bar-sur-Aube war er nichts Besseres gewöhnt. Eine Katzenwäsche mit mehrfach genutztem Wasser über einem Bottich musste ausreichen, damit man hier draußen nicht total verdreckte.

Gero hatte die halbe Nacht kein Auge zugetan und dabei unentwegt an Hannah gedacht. Ob es ihr gutging und wie man sie und die anderen Frauen am schnellsten aus dieser Hölle befreien konnte. Mit Stephano de Sapin hatte er abwechselnd Wache geschoben, damit ihnen niemand etwas Belastendes unterschieben oder etwas antun konnte, während sie schliefen.

Schließlich teilten sie das Zelt mit etlichen anderen Templern, die Gero allesamt loyal genug erschienen, um Tramelays Befehle in die Tat umzusetzen.

Nach der heiligen Messe, die für alle unter freiem Himmel stattfand, ging es zum Frühessen, und nachdem ein jeder sein Fladenbrot mit einem Becher verdünntem Wein hinuntergeschlungen hatte, gab Kommandeur de la Trenta seiner Rotte, wie eine unvollständige Formation von Reitern genannt wurde, den Befehl, das Gepäck zu sammeln und aufzusitzen. Danach ritt die Truppe in einen neuen, glühend heißen Tag hinein.

Askalon und die davorliegende Hügellandschaft hatten sie in südlicher Richtung weitläufig umrundet, als sie die weite Ebene hin zur ägyptischen Grenze erreichten. Ein trockener Wind stob über die steinige, kalkweiße Landschaft, die sich zum Meer hin in einem breiten ockerfarbenen Dünenstreifen absetzte. Im grellen Sonnenlicht wirbelten ein paar Staubhosen auf, hinter denen sich die weißen, erst kürzlich errichteten Türme der Templerfestung von Gaza erhoben. Manche der Ritter nannten den Ort auch Gadris, genau wie die Ruinenstadt, deren Trümmerfeld die trutzige, noch im Bau befindliche neue Templerbehausung umgab. Das Gelände war dem Orden vor eineinhalb Jahren von König Balduin zuerkannt worden, und erst vor ein paar Monaten hatte man mit dem Innenausbau der Festung begonnen; inzwischen war das Refektorium fertiggestellt worden. Auch ein Teil des Dormitoriums, das den Rittern als Schlafstatt diente, konnte als bewohnbar bezeichnet werden, wie de la Trenta betonte. Natürlich war alles noch nicht so, wie man es sich später einmal vorstellen wollte, aber der momentane Komfort reichte aus, um König Balduin III. und seinen Baronen als würdiger Befehlskopf in einer seit sieben Monaten währenden Belagerung zu dienen. Von hier aus würde man in wenigen Tagen das letzte Bollwerk der Fatimiden erobern, das wie eine dicke Eiterpustel am Hintern des Heiligen Landes saß, wie de la Trenta verächtlich hinzufügte. Askalon lag von Gaza etwa eineinhalb Stunden entfernt, und außer dem kristallklaren Meer, das die Festung wie eine Halbinsel umspülte, sah Gero in der Ferne die gewaltigen Belagerungsmaschinen, mit denen zurzeit wohl weit mehr Handwerker beschäftigt waren als mit der Aufschichtung der imposanten Kalksteinblöcke zur weiteren Befestigung der Burg Gaza.

Hinter den flirrenden Luftspiegelungen tauchten in der Ferne die Zinnen und zahlreichen mehrgeschossigen Häuser der letzten Sarazenenzuflucht auf. Wie Schwalbennester klebten die steinernen Aufbauten auf der Meeresseite am Felsen und verbanden sich mit der Schutzmauer, die das Innere der Stadt und den Palast schützte. Gero bemerkte an Johans sehnsüchtigen Blicken, was in dem Flamen vorging und dass dessen Gedanken über die Mauern der feindlichen Fatimiden wanderten. Zu wissen, dass Hannah so nah war und doch so unerreichbar, brach Gero schier das Herz. Gern hätte er seinem Hengst die Sporen geben und wäre gegen die Mauern gestürmt, nur um sich selbst zu beweisen, dass er fähig war, die angeblich uneinnehmbaren Wälle allein mit der Kraft seiner Liebe zu sprengen. Dass dies eine ziemlich törichte Idee gewesen wäre, davon zeugten zwei Katapulte, die man bis auf achthundert Fuß an die Festung herangeschoben hatte und die anscheinend noch nichts hatten bewirken können.

Dass man bis zum Sieg lieber auf die Kraft des fließenden Blutes setzte, belegten die mit Männern und Waffen überfüllten, hohen Rundzelte mit Rittern und Söldnern aus aller Herren Länder. Mindestens dreitausend Krieger hatten sich in Gaza versammelt und noch mal zweitausend in Bayt Dschibril, einer Festung weiter südlich, auf der man nicht nur den Nachschub verwaltete, sondern auch ein weiteres Kommando der Hospitaliter für den Einfall aus dem Süden bereithielt. De la Trenta erwähnte beiläufig, dass Balduin und seine Verbündeten die Stadt von drei Seiten angreifen wollten.

Der portugiesische Kommandeur führte seine Truppe auf das gut zehn Meter hohe Spitzbogentor der Burg Gaza zu, in das man bereits eine eiserne Falltür eingebaut hatte. Deren Spieße zeigten sich wie bedrohliche schwarze Zähne, die jeden abschrecken sollten, der nicht befugt war, die Burg zu betreten. Mehrere Templer standen am Ende der Brücke mit Schwertern und Lanzen bewaffnet Wache, ungeachtet der prallen Sonne, denen sie in voller Rüstung gnadenlos ausgesetzt waren. Auch um das verlauste Gesindel abzuhalten, wie de la Trenta die heruntergekommenen Zivilisten und Huren nannte, die sich vor den Zelten tummelten.

Als die Truppe in den gepflasterten, riesig anmutenden Innenhof ritt, wurde Gero und seinen Begleitern bewusst, dass sie sich von nun an in höchst erlauchter Gesellschaft bewegten.

Neben König Balduin III. hatten offenbar sämtliche seiner Barone im Refektorium Quartier bezogen. Bernard von Tramelay gab sich als Oberhaupt der Templer hier ebenso die Ehre wie Raymond du Puy, seines Zeichens Großmeister der Hospitaliter, sowie Patriarch Fulko von Jerusalem als Oberhaupt aller römischen Bischöfe, die im Outremer vertreten waren. Die Anwesenheit dieser Würdenträger war an den einzelnen Wappen zu erkennen, die über einem Eingangsportal aufgehängt worden waren.

Anselm, der sich mit Heraldik beschäftigt hatte, erkannte unter anderem das rote Kreuz auf gelbem Grund des Hauses Ibelin sowie den roten Löwen auf gelbem Grund des Hauses du Puy. Außerdem entdeckte er das Wappen des Guido von Beirut, dessen Bruder Berengar der ihnen verhasste Hauskomtur von Jerusalem war, und das Wappen des Walter von Saint-Omer, dessen Vorfahre maßgeblich an der Gründung des Templerordens beteiligt gewesen war.

Ein paar Knappen sprangen herbei und nahmen ihnen die Pferde ab. Dann folgten Diener, die sie mit verdünntem Wein versorgten.

Gero dachte an Matthäus, der sich unter Tränen von ihm verabschiedet hatte und dass er dem Jungen einen Eid gegeben hatte, zu ihm zurückzukehren. Ein Blick zu den Burgzinnen bestätigte ihm, dass man dort das mannshohe, vergoldete Silberkreuz aufgerichtet hatte, von dem auch in seiner Zeit immer wieder die Rede gewesen war. Verborgen unter dem blank polierten Metall, befand sich in einem Hohlraum angeblich ein armlanger Splitter jenes Holzbalkens, den Jesus durch die Straßen der Via Dolorosa geschleppt hatte und an den er später auf dem Hügel von Golgatha gekreuzigt worden war.

Jemand hatte die prunkvolle Umhüllung mit der Reliquie darin an die erst kürzlich erbauten Zinnen gekettet, um ein Zeichen zu setzen.

Anselm war Geros Blicken gefolgt. »Also wenn ihr mich fragt«, bemerkte er vieldeutig, »verleihen die Ketten dem Ganzen eine ziemlich zweifelhafte Symbolik.«

»Du hast recht«, erwiderte Johan. »Es sieht aus, als hätten sie unseren Herrn Jesus persönlich geknechtet, damit er es sich nicht anders überlegen kann.«

»Seit der Eroberung von Jerusalem verzichtet kein König im Outremer auf dieses Symbol, wenn er in eine Schlacht zieht«, wusste Stephano leise zu berichten, während sie de la Trenta über den Hof folgten.

»Und? Hat's was genützt?« Tanner grinste provozierend, schwieg aber sofort wieder, als er bemerkte, dass seine gotteslästerliche Einstellung nicht das war, was man hier hören wollte.

Gero war nicht sicher, ob er darauf etwas erwidern sollte. Zumal de la Trenta ihnen allen einen mahnenden Blick zuwarf, weil an diesem Ort ein noch strengeres Schweigegebot herrschte als sonst und niemand etwas sagen durfte, der nicht ausdrücklich von seinem Vorgesetzten Redeerlaubnis erhalten hatte. Tramelay hatte sich mit seinen Offizieren an die Spitze des Zuges gesetzt und marschierte auf die Anmeldung zu, ein schlichtes Holzpult, hinter dem ein Bruder der Verwaltung stand, der sich zu jedem Ankömmling Notizen machte. Vor dem Pult hatte sich eine längere Schlange gebildet, und offensichtlich wurde der Großmeister der Templer bei der Eintragung bevorzugt, der Rest musste jedoch geduldig abwarten, bis er an die Reihe kam.

Gero nutzte die Zeit, um sich umzuschauen. Während sein Blick über die mehrstöckigen Gebäude wanderte, überlegte er, ob Tanner vielleicht recht hatte, wenn er die Wirkung des Kreuzes anzweifelte. In gut dreißig Jahren würde Balduins Sohn Jerusalem an Saladin verlieren, obwohl ihm das Kreuz auch dann zur Seite stehen würde. Ein bitterer Einschnitt, was den Machterhalt der Christen in diesem Land betraf, und Gero fragte sich immer noch, ob Gott sie dadurch von ihrem Hochmut hatte erlösen wollen.

Unter Beifall und Hurrarufen aller Anwesenden trat der König ins Freie, um die neuangekommenen Templer zu begrüßen. Balduin von Jerusalem war ein ausgesprochen gut aussehender Mann. Gekleidet in die Ehren-Chlamys eines Templers, war er mindestens genauso groß wie Gero. Sein blondes Haar war dicht und reichte ihm bis auf die Schulter. Sein Bart über dem breiten Kinn war kurz und gepflegt. Er besaß die klaren, grünblauen Augen seiner Mutter, aber im Gegensatz zu ihr einen vollen, breiten Mund. Wenn er sprach, zeigten sich seine wohlgeformten Zähne und tiefe Grübchen in den Wangen, wenn er lachte. Die Stimme war kraftvoll und sein majestätisches Auftreten dem eines Königs überaus würdig. Alles in allem ein junger Mann in den besten Jahren, der sein Amt zu genießen schien.

Hinter ihm schob sich ein pickliger, etwa sechzehnjähriger Bursche vor, der nicht weniger prachtvoll gekleidet war. Sein dunkles, schulterlanges Haar hatte einen Stich ins Rötliche, ebenso wie sein Gesicht, dessen Haut allem Anschein nach empfindlich auf die Sonne reagierte. Aus den Tuscheleien eines Nebenmannes erfuhr Gero, dass es sich um Aimery I. handelte, Balduins sechs Jahre jüngeren Bruder, den er vor zwei Jahren mit der Grafschaft Jaffa belehnt hatte.

Balduin kümmerte sich nicht um seinen Bruder, sondern begrüßte Tramelay mit einem herzlichen Lächeln, und es schien, als ob die beiden recht vertraut miteinander wären. Tramelay stellte ihm die neueingetroffene Truppe vor, und Gero entging nicht, wie der Großmeister dem König etwas zuflüsterte und dessen Blick auf Gero und seine Männer lenkte. Balduin wirkte plötzlich nachdenklich, als er sich ans bärtige Kinn fasste, anstatt etwas zu erwidern, doch im nächsten Moment lächelte er schon wieder und machte ein paar Schritte in Geros Richtung.

»Gott sei mit Euch, mein König«, sagte Gero und machte einen Kniefall, dabei senkte er artig sein Haupt und den Blick. Die anderen Templer taten es ihm gleich. Keiner würde dem König in die Augen blicken, wenn er es nicht ausdrücklich wünschte.

»Erhebt Euch«, befahl Balduin, und Gero löste sich aus seiner unterwürfigen Erstarrung. Als er aufblickte, befand er sich mit dem König auf Augenhöhe.

»Dann haben wir es also Euch zu verdanken, dass meine Mutter, diese geizige Ziege, endlich ihre Schatullen geöffnet hat.«

Gero erwiderte nichts, sondern blickte den König lediglich an, ganz so, als ob er diese Ungeheuerlichkeit überhört hätte.

»Was habt Ihr an Euch, das sie so großzügig macht? Seid Ihr etwas Besonderes? Eine Art Geheimwaffe wie das griechische Feuer? Oder sind es Eure himmelblauen Augen, die das kalte Herz des alten Mädchens erwärmt haben?«

Gero schwieg standhaft. Was hätte er Balduin auch sagen sollen? Eure Mutter hat es gar nicht auf Euren Sieg über die Sarazenen abgesehen, sondern auf den Kelch von Askalon? Deshalb sind wir hier. Nicht um Euch zu unterstützen, sondern um Euch auszuspionieren und um Euren Triumph zu bringen?

»Vielleicht sollten wir sie mit de la Trenta auf Patrouille gegen die Fatimiden schicken«, schlug Tramelay vor, nachdem er mit einem linkischen Grinsen hinzugetreten war. »Dann können sie unter Beweis stellen, was in ihnen steckt.«

Was immer Tramelay damit auch gemeint hatte, für Gero klang es besser, als einfach auf dieser Festung zu hocken und abzuwarten, was geschah.

»Brillant«, erklärte der König. Seine Miene war mit einem Mal wie eingefroren. »Im Pakt meiner Mutter habe ich keinen Passus entdecken können, der besagt, dass wir sie keinerlei Gefahr aussetzen dürfen.«

Arnaud schrak auf. Ein Geräusch hatte sich in seine ohnehin verworrenen Träume geschlichen. Es war das heisere Blöken eines Kamels, wie er beruhigt feststellte, als er die Augen aufschlug. Ungläubig blinzelte er in die Sonne, die sich bereits dem späten Nachmittag zuneigte. Hatte er nach der Wachablösung am Vormittag tatsächlich so lange geschlafen, oder war das auch nur ein Traum?

Plötzlich war alles wieder präsent. In den frühen Morgenstunden hatte er Rona geküsst, so lange und leidenschaftlich, dass er beinahe um einiges weitergegangen wäre, wenn ihn der trostlose Anblick des Schotten, der einsam auf der Mauer gesessen hatte, nicht davon abgehalten hätte. Khaled hingegen schien die Einsamkeit und die Furcht seiner christlichen Begleiter ziemlich gleichgültig zu sein. Der Assassine hatte sich zusammen mit Ronas Schwester seiner Leidenschaft hingegeben. Wobei die beiden zumindest so viel Anstand besessen hatten, sich hinter einer Mauer zu verbergen. Somit hatte Arnaud zwar nichts gesehen, aber sehr wohl gehört. Das Rascheln ihrer Kleidung, hier und da ein verhaltenes Kichern. Dann leises, aber immer intensiver werdendes Stöhnen, und zum Ende hin ein Schwall arabischer Liebesschwüre, die in einem erstickten Keuchen untergegangen waren. Nun ja, die beiden liebten sich anscheinend wirklich und hatten sich fünf lange Jahre nicht gesehen. Und wer wusste schon, wie lange sie noch Gelegenheit haben würden, beieinander zu liegen?

Rona hatte mit geschlossenen Augen in Arnauds Armen gelegen und so getan, als habe sie die Wonnen ihrer Schwester glatt überhört.

Nun stand sie über ihm, gekleidet wie eine arabische Prinzessin und in ihrem enganliegenden Kaftan so schön anzusehen, dass es ihm den Atem verschlug. Die hellgrüne Seide umspielte ihre schlanke Gestalt und zeigte jede ihrer Rundungen so deutlich, als ob der Stoff eine zweite Haut wäre. Ihr Haar war unter einem goldfarbenen Turban verborgen, und ihr Gesicht wurde von einem durchsichtigen Schleier verhüllt, der nur ihre malachitfarbenen Augen erkennen ließ.

»Du hast dich schon umgezogen«, sagte er. Eigentlich hätte er ihr zuerst ein Kompliment machen sollen, doch ihm kam kein vernünftiger Satz über die Lippen, solange er rätselte, was sie tatsächlich für ihn empfand.

»Gut geschlafen?«, fragte sie mit dem Lächeln, das zu einer Heiligen gepasst hätte. Bis gestern hatte sie sich zumeist ziemlich abweisend und spröde gegeben, doch nun lag ein sanftes Leuchten in ihren Augen.

»Ich sollte jetzt sagen, an deiner Seite kein Wunder, aber das könntest du als Beleidigung missverstehen.« Er grinste lässig, und dabei mühte er sich auf, um zu schauen, was die anderen machten.

Khaled hatte die Tiere gesattelt, und Struan schärfte sein Schwert. Wie er es tat, verbissen und mit zusammengekniffenen Lippen, verriet seine Anspannung. Es musste schrecklich sein, wenn man sich ernsthaft um sein geliebtes Weib sorgte.

Lyn hatte sich ebenfalls umgezogen. Sie trug einen rosafarbenen Seidenkaftan und eine lange, weit geplusterte Hose. Ihre veilchenblauen Augen leuchteten regelrecht hinter dem gleichfarbigen Schleier. Nur wenn die Sarazenen keine richtigen Männer waren, würden sie auf diese Aufmachung nicht hereinfallen.

Khaled schnaubte verächtlich, als Arnaud den Frauen seine offene Bewunderung zeigte.

»Wir gehen auf keine Hochzeit«, bemerkte er abfällig. »Wir haben eine Verabredung mit dem Tod.«

»Wie weit ist es noch bis Askalon?«, fragte Arnaud. Er wollte dem Gespräch eine harmlosere Wendung geben.

»Gut zwei Stunden zu Pferd.« Khaled sah ihn nicht an, sondern schulterte sein Gepäck und die Waffen, um sie zu den Kamelen zu tragen. Arnaud wollte ihm helfen, doch er winkte ab.

»Das heißt, bei Einbruch der Dunkelheit erreichen wir die Stadt?«

»Ja, aber bis dahin kann noch so manches geschehen«, erwiderte Khaled und runzelte die Stirn. Mit einem Ruck zog er einem der Kamele den Sattelgurt enger um den Bauch. Das Tier protestierte mit einem Blöken und tänzelte unruhig hin und her.

»Und wie willst du vorgehen?« Arnaud hatte gehofft, dass Khaled seine weitere Planung mit ihnen besprechen würde. »Oder willst du alles mit dir allein abmachen?«

Struan war hinzugekommen. Auch er erwartete anscheinend nähere Erläuterungen, wie es nun weitergehen sollte.

»Wenn ich einen Alleingang geplant hätte, wären wir jetzt nicht gemeinsam hier.« Khaled seufzte und hielt einen Moment in seinen Bemühungen inne, das Geschirr der Tiere zu überprüfen.

»Also, ich habe beschlossen, dass Arnaud offiziell unser Anführer sein wird«, erklärte er zur Überraschung aller. »Du sprichst ein verständliches Arabisch, und von den Fatimiden hat dich noch keiner zu Gesicht bekommen. Struan wird dein Leibwächter sein, dem man einst wegen eines grausamen Vergehens die Stimme genommen hat. Das lässt ihn als deinen Beschützer umso gefährlicher wirken und erklärt, warum er nicht antworten kann. Ansonsten hätten wir ein Problem, weil er die Sprache des Propheten nicht spricht, was spätestens bei den Gebeten erwartet wird. So reicht es, wenn er die Lippen bewegt.«

»Wir sollen eure heidnischen Gebete aufsagen? Ich glaube, ich habe mich verhört!« Struans Brauen zogen sich über seinen schwarzen Augen zusammen.

Khaleds Blick richtete sich auf den riesigen Schotten, der ihn betrachtete, als ob er den Verstand verloren hätte. »Zu Allah beten tut nicht weh, hörst du?« Langsam verlor er die Geduld. »Viel schlimmer ist, dass Er euer Gebrabbel ertragen muss. Aber du kannst ja gerne versuchen, den Fatimiden das ›Gegrüßest seiest du Maria‹ näherzubringen.« Er grinste spöttisch. »Mal schauen, wie lange wir das überleben.«

»Und was machst du?« Arnaud konnte seine Verblüffung über diese Entwicklung nicht verbergen.

»Ich werde euer Diener sein. Es macht mich unauffällig, weil niemand einem Diener Beachtung schenkt. Das ist wichtig, weil ich zwar bis auf den kurzen Kinnbart glatt rasiert bin und einen halbwegs vernünftigen Anblick biete, aber genau das könnte mir auch zum Verhängnis werden, wenn mir die falschen Leute über den Weg laufen. Ich weiß nicht, ob auf der Festung nicht doch jemand weilt, der mich wiedererkennen könnte.«

»Wer sollte das sein?« Lyn schaute ihn fragend an.

»Es gab da einen fatimidischen Offizier, sein Name war Abu Aziz Maulā. Er war es, der uns in Damaskus gefangen genommen hat. Meinen Bruder Mahmud hat er vor meinen Augen zu Tode foltern lassen. Er hatte eine Menge Helfer, die ihm bei seinen teuflischen Spielchen zur Seite standen. Später habe ich den Mann und seine Schergen nie wiedergesehen. Was nicht unbedingt bedeutet, dass sie inzwischen von der Hölle verschluckt worden sind.«

Lyn berührte Khaled sacht am Arm. »Du hast mir nicht erzählt, dass Mahmud im Kerker gestorben ist«, sagte sie leise. »Es tut mir leid, dass du das mitansehen musstest.«

»Ich habe noch ganz andere Dinge mitansehen müssen«, entgegnete er hart. »Aber ich werde diese Geister erst wecken, wenn sie mir nützlich sind.«

Was König Balduin mit seiner zweideutigen Bemerkung gemeint hatte, bekamen Gero, Johan, Stephano und Jack Tanner nach der Sext zu spüren, dem Mittagsgebet, für das sich fünfzig Templer und zweihundert Ritter anderer Orden in der kleinen Kapelle drängten.

Die letzte Strophe des Chorals war kaum verklungen, als Xavier de la Trenta eine Truppe von acht Rittern zusammenstellte, deren Führung er auf Geheiß Tramelays ab sofort übernahm.

»Was wird das jetzt?«, flüsterte Anselm, als er von einem fremden Ritterbruder mit einer ruppigen Geste angehalten wurde, noch fehlende Morgensterne herbeizuschaffen.

»Keine Ahnung«, sagte Johan leise. »Tu einfach, was er sagt, und dann kommst du zu uns zurück.«

Aber bevor Anselm aus der »chevestrerie en la carravane«, der sogenannten Rüstkammer, geeilt kam, den Arm voller Totschläger, die er so umsichtig hielt, als wäre es ein Strauß äußerst dorniger Rosen, hatten Gero und seine Kameraden schon aufsitzen müssen.

Die Köpfe der Morgensterne steckten zum Schutz in harten Ledermanschetten, die mit Schlaufen an den Sätteln befestigt wurden. Anselm half, die noch fehlenden Waffen an die betreffenden Ritter zu verteilen. Auch Stephano gehörte zu denen, die bisher noch keinen Morgenstern empfangen hatten.

»Kannst du mir vielleicht verraten, wen ihr damit erschlagen sollt?« Anselm riskierte einen Blick zu dem blonden Ritter, den er mit Fug und Recht als guten Freund bezeichnen durfte.

»Mal den Teufel nicht an die Wand«, raunte Stephano, dem die ganze Geschichte genauso wenig geheuer war wie den übrigen vier Brüdern.

Plötzlich erschien ein weiteres bekanntes Gesicht auf dem Hof und musterte die abmarschbereiten Ritter so intensiv, als ob es seine eigenen Söhne wären: Hugo Salomonis de Quily, derzeitiger Ordensmarschall der Templer, dessen blankpolierte Glatze und der zottelige, bis zur Brust reichende, angegraute Bart einen gewissen Wiedererkennungswert garantierten. Voll ausgerüstet in Kettenhemd und Chlamys, trug er ein Schwert am Gürtel, auf dessen Scheide neben dem roten Kreuz das Wappen seiner Familie in farbigem Leder aufgezogen war.

»Männer«, erhob de Quily seine Stimme. »Auf Geheiß des Königs werdet ihr die umliegenden Dörfer nach Sarazenen und aufständischen Anhängern der Fatimiden durchkämmen. Dabei habt ihr alle Freiheiten, gegen den Feind vorzugehen. Frei nach dem Grundsatz: Nur ein toter Fatimide ist ein guter Fatimide. Wer von euch dabei sein Schwert gegen Unschuldige erheben muss, soll wissen, dass ihm spätestens in der nächsten heiligen Messe der Ablass gewiss ist. Ihr kämpft nicht wie unsere Feinde im Namen des Satans, sondern im Namen des Herrn! Vergesst das nie!« Der Marschall streckte die rechte Faust gegen den Himmel und schlug sich mit der linken wie ein römischer Feldherr vor die Brust.

»Non nobis Domine, non nobis, sed nomini tuo da gloriam!«, schallte der Schlachtruf der Templer aus unzähligen Kehlen über den Hof und von den Festungsmauern wider. Zum Glück für Gero und seine Männer, denn sie waren auf dieses Ritual nicht vorbereitet. Obwohl ihnen die Losung bekannt war, hatte man zu ihrer Zeit auf solch theatralische Auftritte verzichtet und lediglich ein gemeinsames Gebet gesprochen, bevor man sich in einen gefahrvollen Einsatz begab.

Einzig Xavier de la Trenta, der die Truppe anführen sollte, war aufgefallen, dass die Neuen die Losung zur Ehre des Ordens verpasst hatten. Mit misstrauischem Blick inspizierte der dunkelbärtige Portugiese seine Neuzugänge. Als Kommandeur wusste er, was Gero und seinen Brüdern zur Last gelegt wurde und warum sie eine zweite Chance in der Truppe bekommen hatten, anstatt längst in der Hölle zu schmoren.

Mit einem Handzeichen mahnte Bruder Xavier zur Aufstellung, wobei er die Lanze mit dem schwarzweißen Beaucéant – dem Kriegsbanner der Templer – an einen jungen Leutnant aus Marseille weiterreichen ließ, der das Ende des Lanzenstiels aufrechtstehend in einen Einschub an seinem Sattel steckte und ihn so zur Kennzeichnung der Truppe vor sich hertragen würde.

Nachdem alle noch einmal sichergestellt hatten, dass die Wasserflaschen gefüllt und fest mit Leder verschlossen waren, ging es zum Tor hinaus in die gleißende Sonne.

Gero schaute sich noch einmal nach Anselm um und winkte ihm aufmunternd zu, doch der Kamerad aus der Zukunft sah alles andere als glücklich darüber aus, dass er bei diesem Haufen fremder Barbaren zurückbleiben musste.

De la Trenta führte sie westlich von Askalon zu den Bergen Samsons hin. Dort wollte er einen Ort inspizieren, der sich Baala nannte. Angeblich standen dessen Bewohner im Verdacht, die Fatimiden zu unterstützen, indem sie Waffenschmugglern aus Damaskus Unterschlupf gewährten.

Während die Truppe durch zerklüftete Felsen und ausgedörrte Wadis ritt, in denen sich im Winter das Wasser staute, erklärte der Portugiese den Neuen, von welchen Gefahren man in dieser Gegend ausgehen durfte, angesichts der zahlreichen Höhlen und der hier üblichen Waldbestände aus uralten Olivenbäumen, Weihrauchsträuchern, Pinien und Zypressen, in denen nicht selten Verstecke von Aufständischen und Schmugglern lagen.

»Wir wissen, dass die Bevölkerung der Dörfer rund um Askalon unter dem Einfluss ihrer fatimidischen Wurzeln die Heiden bei der Beschaffung von Waffen und Lebensmitteln unterstützt«, bemerkte er abschätzig. »Diese Zuneigung zum Feind gilt es mit Stumpf und Stiel auszurotten. Deshalb schickt uns Tramelay im Auftrag des Königs beinahe täglich auf Patrouille.« Er stieß ein unechtes Lachen aus. »Nur wenn sich die Heiden vor uns noch mehr fürchten als vor den Fatimiden, können wir sicher sein, dass sie auf unserer Seite stehen.«

Gero schwante nichts Gutes, als sie von weitem auf eine Ansiedlung mit geschlossenen Flachbauten und halboffenen Scheunen aus weiß getünchtem Lehm zuhielten. Auf dem freien Platz in der Mitte des Dorfes tummelten sich ein paar Knaben, die mit lautem Gelächter einer Horde Ziegen hinterherstoben. Eine alte Frau kam mit einem Besen hinzugehumpelt und versuchte vergeblich einen der Jungen mit ausladenden Schlägen zu erwischen. Die Jungs rannten lachend in alle Richtungen und begannen ihr Spiel von neuem, indem sie die Verfolgung der Ziegen wieder aufnahmen.

Der Wind wehte aus südwestlicher Richtung, und die Frau, die viel zu beschäftigt damit war, der ungezogenen Bande Herr zu werden, bemerkte die Truppe von acht martialisch gerüsteten Templern auf ihren temperamentvollen Hengsten erst, als sie so weit herangekommen waren, dass die riesige Staubwolke, die sie hinter sich herzogen, nicht mehr zu übersehen war. Für einen Moment von der Sonne geblendet, hielt die Frau inne und wischte sich über die Augen, als ob sie ihnen nicht trauen wollte.

Von plötzlicher Panik ergriffen, blieb sie wie erstarrt stehen und stieß einen spitzen Schrei aus, mit dem sie die restlichen Dorfbewohner alarmierte.

Die Jungen reagierten sofort, indem sie zu den Hütten stürmten und hinter den halbgeöffneten Türen verschwanden.

De La Trenta gab seinem Hengst die Sporen und verdoppelte damit das Tempo der Truppe. Wie eine Lawine aus Pferden und Rittern walzten sie die eben noch vollkommen friedlich wirkende Dorfstraße hinunter. Dabei übersprang de la Trenta mit seinem Hengst mühelos eine halbhohe Mauer, die das Dorf umgab.

Die Alte selbst hatte es aus Angst um ihre Ziegen nicht geschafft, sich rechtzeitig in ihrer Hütte zu verschanzen. Der Kommandeur umkreiste die schmächtige Frau mit seinem Pferd, die schweren Hufe des steigenden Tieres eine Armlänge von ihrem knochigen Körper entfernt. Die Alte drehte sich in immer wilder werdender Verzweiflung, bis sie sich vollkommen entrückt auf den Boden warf und lautstark zu schluchzen begann.

Gero sprang von seinem Hengst und stellte sich wie ein Bollwerk mit erhobenen Händen vor die weinende Frau.

»Lasst sie in Ruhe«, herrschte er de la Trenta an. »Sie ist alt und krank. Ihr bringt sie um! Wie wollt Ihr für Euch in Anspruch nehmen, ein Christ zu sein?«

De la Trenta sah Gero aus hasserfüllten Augen an. »Aus dem Weg, Bruder Gerard!«, herrschte er ihn an und zog sein Schwert. Seine Vertrauten, ein syrischer Turkopole christlichen Glaubens, ein Spanier aus Navarra und der junge Bannerträger aus Marseille, ritten derweil über den Hof, immer näher an den Häusern vorbei. Gero und seinen Männern offenbarte sich wenig später, warum de Quily auf die Mitnahme des Morgensterns bestanden hatte. Unvermittelt schlugen de la Trentas Leute auf die inzwischen fest verschlossenen Holztüren ein, bis sie splitternd nachgaben und sich mit einem knarrenden Geräusch öffneten.

Johan erkannte sofort, dass die Sache eskalieren würde, wenn er

Gero nicht beistand, und auch Stephano war halb aus dem Sattel, als de la Trenta gegen Gero und die alte Frau mit dem Schwert ausholte.

Mit einem gewagten Sprung riss Johan den Kommandeur von seinem Pferd, während Stephano dem Portugiesen mit einem gezielten Hieb das Schwert aus der Hand schlug, so dass er entwaffnet auf dem Boden landete.

»Das wird ein Nachspiel haben!«, brüllte de la Trenta außer sich vor Wut.

Jack Tanner war ebenfalls abgestiegen. Er hielt die scheuenden Pferde am Zügel fest.

Bruder Xaviers Männer hatten inzwischen zwar sämtliche Türen beschädigt, aber angesichts der misslichen Lage ihres Kommandanten waren sie nicht sicher, was sie als Nächstes tun sollten. Johan und Stephano hielten sie mit gezogenen Schwertern auf Abstand, während Gero der alten Frau auf die Füße half. Sie jammerte immer noch und brabbelte irgendetwas von Allah und dass er Gero und seine Brüder segnen würde.

De la Trenta rief ein paar ruppige Befehle in Richtung seiner wartenden Männer, dann wandte er sich erneut Gero zu.

»Seid Ihr von Sinnen?«, brüllte er. »Das nenne ich Befehlsverweigerung, darauf steht der Ausschluss aus dem Orden und bei Euresgleichen lebenslange Kerkerhaft, wenn nicht sogar die Vollstreckung des zurzeit ausstehenden Urteils.«

Wutentbrannt stand er auf und klopfte sich den Staub aus der Chlamys.

Einer seiner Männer reichte ihm sein Schwert

Bevor Gero reagieren konnte, trieben de la Trentas Leute mehrere dunkel gelockte Dorfbewohner aus ihren Hütten. Wahrscheinlich hatten die Sarazenen zuvor ihre übliche Mittagsruhe gehalten oder waren von den Templern beim Gebet überrascht worden.

Ein spanischer Bruder eilte plötzlich mit zwei Säcken herbei und warf sie seinem Kommandanten vor die Füße. Nachdem de la Trenta den Befehl gegeben hatte, die Säcke zu öffnen, kamen frisch geschmiedete Krummschwerter zum Vorschein.

»Wahrscheinlich ein Lager für syrische Verbündete«, vermutete der Turkopole, der es wissen musste, weil seine Vorfahren aus Damaskus stammten.

»Sagte ich es doch«, stieß Bruder Xavier voller Genugtuung in Richtung Gero hervor. »Das hier sind alles Verbrecher, die unsere Feinde unterstützen. Und Ihr wollt diese Leute verschonen?« Schnaubend wandte er sich an jene drei Brüder, denen er sein volles Vertrauen schenkte. »Durchsucht jeden Winkel!«, befahl er. »Wer sich wehrt, wird auf der Stelle enthauptet.«

»Ich weiß, was jetzt kommt«, murmelte Tanner, der dicht hinter Johan stand und die Situation interessiert beobachtete. »Ich habe so etwas schon Dutzende Male erlebt.«

»Du?« Johan warf ihm einen erstaunten Blick zu. »Wo denn?«

»Kosovo, Irak, Afghanistan«, raunte er, ohne den Blick von de la Trenta zu nehmen. »Unserem portugiesischen Freund bleibt gar nichts anderes übrig, als die Männer entweder alle gefangen zu nehmen oder an einem der Dorfbewohner ein Exempel zu statuieren, um bei der Bevölkerung den Respekt gegenüber seinen Truppen zu erhalten.«

»Los!«, forderte de la Trenta und warf einen Blick auf Tanner, der von den neuen Ordensbrüdern bisher den geringsten Widerstand gezeigt hatte. »Nimm die Stricke und fessele den Schurken Hände und Füße, damit sie nicht entkommen können!«

Tanner übergab Stephano die Zügel der Pferde und schickte sich an, Bruder Xaviers Befehl auszuführen.

»Warum tust du das?«, fragte Gero leise auf Deutsch, als Tanner an ihm vorbeimarschierte.

»Ich tue es für uns«, sagte Jack und ging zu seinem Pferd, das er zusammen mit den anderen Tieren an einem Pfahl angebunden hatte. »Und ich tue es, damit wir möglichst schnell wieder von hier verschwinden können. Denn meiner Erfahrung nach wird es nicht lange dauern, bis irgendeinem, dem die Flucht gelungen ist, auf dumme Gedanken kommt.«

Zügig fesselte er die Gefangenen mit den groben Hanfseilen, die zur Ausstattung eines jeden Templers gehörten. Dabei achtete er darauf, dass die Seile den Betroffenen das Blut nicht abschnürten und gleichzeitig fest genug saßen, damit sie sich nicht selbst befreiten.

Derweil brachten Xaviers Leute weitere Männer, Frauen und Kinder ans Tageslicht, wobei er von Gero und seinen Kameraden Beistand einforderte.

»Sperrt Frauen, Kinder und Alte in eines der Häuser, solange wir die Verhöre vornehmen!«, befahl er mit lauter Stimme.

Widerwillig zogen Gero und Johan im Angesicht von weinenden Müttern, Kindern und Greisen ihre Schwerter und forderten die völlig verängstigten Menschen auf, in das nächstbeste Haus zu gehen. Deren verbliebenen Männer, Brüder und Söhne verharrten auf dem Hof. Da Gero nicht sicher war, zu welchen Methoden Bruder Xavier greifen würde, um etwas über die Herkunft der Krummschwerter zu erfahren, schloss er die Tür hinter den jammernden Angehörigen und schob einen Eselkarren davor.

De la Trenta und seine drei Verbündeten sonderten zwei junge Sarazenen aus und schleiften sie mitten auf den Dorfplatz. Die übrigen dreizehn männlichen Gefangenen blieben dort hocken, wo Tanner sie gefesselt zurückgelassen hatte, und verfolgten Bruder Xaviers weiteres Vorgehen mit versteinerten Gesichtern.

Der Kommandeur hatte seinen Morgenstern gezückt und bedrohte damit einen am Boden liegenden älteren Mann.

»Wo kommen die Schwerter her und für wen waren sie bestimmt?«, brüllte er auf Arabisch.

Stille.

Bruder Xavier schaute in die Runde und sah in die ängstlichen Gesichter. »Wollt ihr wirklich, dass dieser Mann nie wieder seinen Arm benutzen kann?«, begann er gefährlich leise. »Die Waffen wurden in einer Grube unter seinem Haus gefunden. Also müsste er eigentlich wissen, wer sie dorthin gelegt hat. Und wenn er es nicht war, so muss es einer von euch gewesen sein. Also …«

Niemand sagte etwas.

Noch einmal drehte er sich langsam zu den Gefangenen um und lächelte jedem einzelnen ins Gesicht.

Dann machte er eine blitzschnelle Bewegung mit dem Morgenstern und zertrümmerte dem Mann den Schädel. In Nu breitete sich eine Lache aus dunklem Blut um den Kopf des Getöteten aus. Ein Aufstöhnen lief durch die Gefesselten. Gero und seine Männer starrten auf den Toten, dessen Blut in der steinigen, ausgetrockneten Erde nicht einmal versickerte.

Geros entsetzter Blick fiel auf Xavier de la Trenta, der aufgestanden war und wie ein stolzer Stierkämpfer in einer Arena umherstolzierte und seine Trophäe, den blutbesudelten Morgenstern, in der erhobenen Faust präsentierte.

»Wer will der Nächste sein?«, fragte er mit einem überheblichen Grinsen.

Niemand antwortete ihm, und Gero überlegte bereits fieberhaft, wie er diesen Wahnsinnigen von einem Massaker abhalten konnte, ohne selbst Hand an ihn legen zu müssen.

Xavier wandte sich unterdessen seinem nächsten Opfer zu. Einem braungelockten Kerl, kaum achtzehn Jahre alt, hielt er das Schwert in den Nacken.

Dem jungen Mann stand die nackte Angst ins Gesicht geschrieben. Krampfhaft versuchte er, ein Zittern zu unterdrücken.

»Eure Sturheit kann seinen Kopf kosten. Ein hoher Preis, findet ihr nicht?«

Gero hielt den Griff seines Schwertes fester. Er würde nicht zulassen, dass Xavier den Mann enthauptete.

Xavier sah sich suchend um, so, wie er es bei dem Mann zuvor getan hatte, doch plötzlich schien ihm eine bessere Idee zu kommen. Er senkte das Schwert und marschierte zu dem Haus, in das Gero und Johan die Dorfbewohner gesperrt hatten.

»Entzündet eine Fackel«, rief er einem spanischen Bruder zu. Sein Blick reichte aus, und Gero hatte plötzlich Gewissheit, dass de la Trenta vom Satan gelenkt wurde. Er würde nicht davor zurückschrecken, das Haus anzuzünden, in dem Dutzende unschuldige Menschen ausharrten, falls er nicht die Information bekam, die er hören wollte.

Ein Blick reichte aus, und Gero wusste, dass er sich auf seine Kameraden verlassen konnte. Bis auf Tanner, der kein hervorragender Schwertkämpfer war, würden sie es mit de la Trentas Verbündeten mühelos aufnehmen können.

Der spanische Bruder hatte bereits den Feuerschläger bemüht und eine Fackel entzündet.

»Was habt Ihr vor?«, rief Gero in de la Trentas Richtung, obwohl er genau wusste, was dem düster dreinblickenden Kommandeur im Sinn stand.

»Wir werden ihnen das nehmen, was ihnen am wertvollsten ist«, antwortete de la Trenta mit größter Selbstgefälligkeit. »Wenn sie uns nicht verraten, auf welchen Wegen die Waffen hierhergekommen sind und wann und von wem sie abgeholt werden, wird sie die gerechte Strafe ereilen.«

»Das können meine Brüder und ich nicht zulassen!«, erwiderte Gero mit fester Stimme. »Wir sind Christen und keine herzlosen Barbaren.«

»Ihr seid Templer«, entgegnete Bruder Xavier beinahe amüsiert. »Und ihr habt eurem Kommandeur zu gehorchen.«

»Wir gehören zum Orden«, bestätigte Gero und machte einen Schritt auf ihn zu. »Aber das bedeutet nicht, dass wir den Versuchungen des Satans erliegen.«

Xavier hob sein Schwert, und sein Blick forderte Gero zum Kampf.

»Es sind Heiden, Bruder Gero …«, zischte er, »… und wir töten im Namen des Herrn. Offenbar hast du das in deinem Hochmut vergessen.«

Er gab einen Wink, und der Spanier warf die Fackel auf das mit Stroh gedeckte Dach. Doch Johan war schneller. Er sprang hoch und wehrte die Fackel mit seinem Schwert ab, so dass sie ihr Ziel verfehlte und stattdessen zu Boden ging.

»Nein!«, schrie Gero, der gesehen hatte, dass der Spanier es auf Johan abgesehen hatte. Im nächsten Moment musste er den Schlag des Portugiesen abwehren, der so hart kam, dass sein Schlagarm erzitterte.

Der Schlag des Spaniers sauste knapp an Johans Kopf vorbei. Johan reagierte sofort und versetzte dem Spanier einen kräftigen Hieb. Stahl prallte auf Stahl, und Johan parierte geschickt die Schläge des Gegners.

Stephano rannte dem Turkopolen hinterher, der mit gezogenem Schwert zu seinem Bogen eilte, mit dem er Gero und Johan aus der Entfernung ohne Mühe tödlich verletzen konnte. Doch bevor es dazu kam, schwirrte der Pfeil eines Unbekannten durch die Luft und rammte sich durch de la Trentas Kettenhemd mitten ins Herz. Ein zweiter Pfeil traf den spanischen Fackelträger in den Rücken. Beide Männer fielen zu Boden und starben einen schnellen Tod.

»Runter!«, brüllte Gero und sah sich verzweifelt nach einem Ort um, wo sie Schutz finden konnten. Ein dritter Pfeil bohrte sich durch die Kehle des Turkopolen. Der Mann packte sich in Panik an den Hals, aus dem das Blut in hohem Bogen pulsierte. Er ging zu Boden, nicht fähig, die Blutung mit den Fingern zu stoppen, während seine bernsteinfarbenen Augen sich im Todeskampf weiteten.

Dass es feindliche Bogenschützen waren, stand außer Frage. Die

Gefesselten hatten sich zwar ängstlich geduckt, aber keiner von ihnen war getroffen worden.

Gero erkannte die Gefahr für den jungen Ritter aus Marseille, dessen Blick panisch umherirrte. Im Vorbeilaufen riss er ihn zu Boden, stieß ihn hinter eine Mauer und befahl ihm, dort liegen zu bleiben, während er sich selbst einen Überblick verschaffen wollte, wo die Gefahr herkam und was mit seinen Brüdern geschehen war. Johan hatte inzwischen die Pferde hinter einer Scheune in Sicherheit gebracht, und Tanner hatte sich mit Stephano hinter einem Eselskarren verschanzt.

Wundersamerweise hatte der Pfeilhagel aufgehört. Auf einem Hügel erspähte Gero drei Reiter, von denen einer auf der Höhe zurückblieb und zwei auf ihn zutrabten. Der Kleidung nach mussten es Sarazenen sein.

»Warte hier und rühr dich nicht vom Fleck!«, befahl er dem jungen Bruder, dessen Namen er noch nicht einmal kannte.

Geduckt rannte er über den Hof. Hinter dem Stall traf er auf Johan, der ihm seinen schwarzweißen Schild übergab, der ihn vor weiteren Pfeilattacken schützen sollte. »Wir werden uns ihnen stellen müssen«, sagte er hastig, das Schwert fest in der Hand, und meinte damit die unsichtbare Sarazenenarmee, deren Krieger er hinter dem Hügel vermutete.

Tanner und Stephano waren hinter der Karre hervorgekommen und hatten dem toten Turkopolen den syrischen Bogen und einen Köcher voller Pfeile abgenommen. Stephano hatte bereits angelegt und die Sehne gespannt, als zwei Reiter in geduckter Haltung über die steinige Straße zum Dorfeingang einbogen. Beide trugen einen schwarzen Turban und hatten den Mundschutz entfernt. Einer von ihnen schwenkte ein weißes Tuch zum Zeichen, dass sie in friedlicher Absicht kamen. Seltsam …

»Warte!« Johan rannte zu Stephano. Als er bei ihm angelangt war, hielt er ihn am Arm fest. »Ich bin mir nicht sicher, aber …«

»Das ist Arnaud«, vollendete Gero den Satz. »Bei unserer Heiligen Jungfrau Maria, wie ist das möglich, dass er in der Kleidung eines heidnischen Soldaten hier auftaucht?«

»Und was ist das für ein Kerl, der ihn begleitet?« Johan hob verblüfft eine Braue.

»Der sieht aus wie ein echter Sarazene. Wir sollten also trotzdem vorsichtig sein.«

Zögernd traten sie aus ihrem Versteck hervor.

Arnaud hatte Mühe, sich ein Grinsen zu verkneifen, als Khaled die überraschten Brüder mit einem »as-salāmu 'alaikum« begrüßte. Von »Friede sei mit euch« konnte angesichts der Leichen beim besten Willen keine Rede sein.

»Und mit euch«, entgegnete Gero, weil er gesehen hatte, dass der junge Bruder aus Marseille aus seiner Deckung aufgetaucht war und sie vermutlich belauschte.

Deshalb trat er hinter Arnauds prachtvollen, weißen Hengst, um mehr zu erfahren, ohne sein wahres Verhältnis zu dem vermeintlichen Sarazenen preisgeben zu wollen.

»Mit dir hätte ich am wenigsten gerechnet«, sagte er flüsternd und deutete auf den neugierigen Bruder. »Tu so, als ob wir uns nicht kennen.«

»Tja«, erwiderte Arnaud. »Wunder geschehen immer wieder …«

»Und welchem Wunder haben wir euren gelungenen Auftritt zu verdanken?«, fragte Gero leise.

Arnaud beugte sich vor. »Mein Assassinenfreund«, flüsterte er hinter vorgehaltener Hand, »hat euch zufällig schon eine ganze Weile beobachtet und war sich nicht sicher, ob er eingreifen sollte. Als ich dich und die anderen erkannt habe und sah, was euer seltsamer Kommandeur so treibt, war mir klar, dass Khaled in deinem Sinne handelt, wenn er seine Bogenkünste zum Einsatz bringt.«

»Assassinenfreund?« Gero schaute auf, um einen Blick auf den grimmig dreinschauenden Kerl neben Arnaud zu werfen.

»Pssst … nicht so laut«, mahnte Arnaud, »er mag dieses Wort nicht. Montbard hat uns mit Wissen von Melisende nach Askalon entsandt«, erklärte er weiter, »damit wir zusammen mit Struan und den beiden Frauen aus der Zukunft als verkleidete Sklavenhändler in die Festung gelangen können. Sie hoffen, dass wir vielleicht noch vor euch und den Templern an den Kelch herankommen.« Arnaud lachte spöttisch.

»Was soll das?« Gero fluchte leise. »Denkt ihr alle nur noch an diesen verdammten Kelch? Was ist mit Hannah, Freya und Amelie?«

»Ruhig Blut, Bruder.« Arnaud tätschelte beiläufig seinen Arm.

»Was denkst du, warum Struan und ich diesen Auftrag mit Freuden angenommen haben? Für uns ist einzig die Rettung unserer Mädchen wichtig. Danach wird man sehen.«

»Dem Herrgott sei Dank!« Gero blickte zum Himmel. »Und ihr habt die beiden Frauen aus der Zukunft dabei?« Er war sichtlich überrascht. »Ist das nicht viel zu gefährlich?«

»Sie wollten es so«, raunte Arnaud. »Ich denke, auch sie sind an dem Kelch interessiert, weil sie hoffen, damit etwas zum Besseren wenden zu können. In jedem Fall werden sie uns hilfreich sein.« Er grinste breit. »Sie verfügen über magische Kräfte.«

»Vielleicht könnte ich mich euch anschließen?«, fragte Gero hoffnungsvoll.

»Und was wird dann aus den anderen?« Arnauds Blick richtete sich auf Tanner, Johan und Stephano, die in gebührendem Abstand die Umgebung taxierten. »Wo ist Anselm?«

»Er ist als Waffenknecht auf der Festung zurückgeblieben. Die anderen könnten Tramelay erklären, dass ich von Fatimiden gefangen genommen wurde. Später könnten sie zusammen mit Anselm versuchen zu fliehen.«

»Denkst du wirklich, Johan würde das wollen? Und was machst du mit dem Jungen? Montbard hat ihn zwar in seiner Obhut, aber solange er nur ein des Amtes enthobener Templer und noch kein Großmeister ist, kann Berengar von Beirut jederzeit die Oberhand gewinnen und den Jungen als Unterpfand für eure Untreue fordern.«

»Ich habe wahnsinnige Angst um Hannah.« Die Verzweiflung in Geros blauen Augen wollte so gar nicht zum harten, kantigen Gesicht eines Ordensritters passen. »Ich habe schon einmal eine Frau an den Tod verloren, und Hannah bedeutet mir mehr als alles auf der Welt. Der Gedanke, dass diese Heiden ihr Gewalt antun könnten …« Er machte eine wegwerfende Geste. »Ich darf gar nicht drüber nachdenken … Ich muss sie von dort wegholen!«

»Keine gute Idee, Christ.« Khaleds dunkle Stimme erhob sich kaum, und sein Blick streifte Gero, bevor er wieder zum Horizont zurückkehrte, um die Umgebung nach Feinden zu erkunden. »Du sprichst kein Arabisch und musst nur die Augen aufschlagen, und jeder weiß, dass er einen Franken vor sich hat. Tut mir leid, dich enttäuschen zu müssen, aber wir haben unsere eigenen Pläne.«

Gero wollte protestieren, doch Arnaud kam ihm zuvor. »Khaled hat die letzten fünf Jahre im Kerker von Askalon verbracht. Er weiß genau, was dort vor sich geht. Wenn du Hannah, Freya und Amelie helfen willst, tust du, was er sagt. Oder willst du ihre Rettung wegen deiner vermaledeiten Ungeduld aufs Spiel setzen?«

»Nein, natürlich nicht«, erwiderte Gero zerknirscht. »Du hast ja recht. Das Beste wird sein, wir bringen die Leichen nach Gaza zurück und erklären Tramelay, dass wir in einen Hinterhalt geraten sind, damit wenigstens das Dorf nicht seiner Rache anheimfällt.«

»Viel wichtiger ist«, bekräftigte Arnaud, »dass Tramelay in spätestens drei Tagen seinen Angriff auf die Festung unternimmt. Wir könnten den allgemeinen Wirbel, der dadurch in Askalon entsteht, nutzen, um das zu bekommen, was wir wollen.« Arnaud versuchte sich an einem ermutigenden Lächeln. »Ich habe mir gedacht, dass wir uns an der Bruchstelle der Festungsmauer treffen könnten, wenn alles so verläuft, wie die Geschichte es lehrt?«

»Hoffentlich übernimmst du dich nicht mit deinem Optimismus.« Gero seufzte.

»Tut mir einen Gefallen«, meinte Arnaud mit einem unfrohen Lächeln, »ganz gleich, was geschieht, haltet euch möglichst von Tramelay fern, sollten er und seine Leute tatsächlich den Kopf verlieren.«

»Worauf du dich verlassen kannst.« Gero klopfte seinem Kameraden beruhigend auf den Oberschenkel und warf dem Assassinen einen Blick zu. »Ma'a salama – auf Wiedersehen.«

»Insha'allah – so Gott will«, murmelte Khaled und wendete sein Pferd.

Johan, Stephano und Tanner standen immer noch da, wie vom Donner gerührt, als Arnaud und der fremde Sarazene wieder davontrabten.

Gero hatte seine Gefühle rasch wieder unter Kontrolle und forderte den jungen Bruder aus Marseille auf, ihm zu helfen, die toten Templer auf die Pferde zu hieven. Die anderen Kameraden bat er, die Fesseln der Dorfbewohner zu lösen und darauf zu achten, dass die Krummschwerter in den Säcken blieben.

Unter lautem Palaver befreiten die entlassenen Gefangenen ihre Angehörigen aus den Häusern, und die Frauen brachen in hysterisches Wehklagen aus, als sie den Mann mit dem zertrümmerten Schädel entdeckten. Immerhin war der junge Kerl, den de la Trenta hatte enthaupten wollen, am Leben geblieben. Mit seinen braunen Augen schaute er dankbar zu Gero auf.

Der blonde Bruder aus Marseille mit dem noch kindlichen Gesicht half als einziger Überlebender aus de la Trentas persönlichem Gefolge beim Festzurren der Leichen. Die Hände des jungen Rekruten zitterten, und Gero vermochte nicht zu sagen, ob aus Furcht, Trauer oder Hass. »Werdet Ihr mich töten?«, wollte der junge Kamerad wissen.

Gero sah an seinen angespannten Gesichtszügen, wie sehr er sich hatte überwinden müssen, diese Frage zu stellen.

»Wie kommst du darauf?«

Der junge Templer zuckte mit den Schultern.

Gero legte dem bleichen Bruder eine Hand auf den Arm und zog ihn zu sich heran. »Wie heißt du?«

Der Junge war ehrlich bemüht, Geros Blick nicht auszuweichen. »Florentin«, antwortete er.

»Hör zu, Florentin«, begann Gero mit ruhiger Stimme. »Ich habe mit den beiden Sarazenen um unser Leben verhandelt.« Das war gelogen, und Gero bat den Allmächtigen sogleich um Vergebung, aber es ging nun mal nicht anders. »Sie sagten uns, dass hinter dem Hügel noch Dutzende andere Sarazenen lauern, die uns alle töten würden, wenn wir nicht sofort von hier verschwinden. Ich konnte erwirken, dass sie uns kampflos abziehen lassen, wenn wir den Menschen im Dorf ihren Frieden wiedergeben. Hast du verstanden?«

Florentin nickte beflissen. »Und was werden wir dem Großmeister sagen?«

»Wir sagen ihm nichts von den Geschehnissen hier im Dorf. Das könnte unnötige Fragen aufwerfen und uns selbst in einem schlechten Licht dastehen lassen, nicht wahr?«

Wieder nickte Florentin, doch sein Blick schien verwirrt.

Gero sah ihn immer noch durchdringend an. »Wenn man uns in Gaza nach dem Ablauf der Geschichte befragt und warum Bruder Xavier und die anderen sterben mussten, wie wirst du dann antworten?«

»Ich sage …«, der junge Bruder zögerte einen Moment, als ob er nachdenken musste, »… dass wir in den Bergen Salomons von Sarazenen überfallen wurden und dass Ihr uns mit Eurer Diplomatie vor dem Schlimmsten bewahrt habt.«

»Ich sehe, du bist ein verständiger Bursche.« Gero nickte zufrieden.

Johan, Tanner und Stephano waren inzwischen aufgesessen und abmarschbereit. Die Pferde mit den Toten hielten sie am Zügel. Die

Krummschwerter ließen sie zurück. Gero und Florentin folgten den anderen schweigend und ohne ein Wort des Abschieds an die Dorfbewohner.

Freya bebte vor Nervosität, als sie am Abend von Adiba wie gewöhnlich in die Gemächer des Wesirs geführt werden sollte. Es musste ihr gelingen, Malik al-Russak davon zu überzeugen, dass er ihre beiden Freundinnen auf der Festung behielt und nicht nach Ägypten verschiffte. Doch die Probleme begannen schon damit, dass Adiba ihr das mit Zitrone getränkte Schwämmchen verweigerte.

»Er will, dass du ein Kind von ihm empfängst«, zischte sie, als Freya ihr die übliche Unterstützung abverlangte. »Denkst du«, fuhr sie mit gereizter Stimme fort, »ich will wegen einer fränkischen Hure meinen Kopf verlieren? Wenn er herausbekommt, dass du seinen Samen verschmähst, werden wir es beide bitter bereuen.«

Freya war verzweifelt. Ein Kind vom Wesir? Falls sie Johan je wiedersehen sollte, würde er dafür kein Verständnis haben. Andererseits war es unmöglich, sich Malik al-Russak zu verweigern.

Mit einem unguten Gefühl folgte sie der Wächterin zu seinen Gemächern.

Der Wesir schien bester Laune zu sein, als Freya nach Jasmin duftend in ihrem neuen, durchscheinenden Gewand an sein Bett trat. Einladend streckte er die Arme nach ihr aus und bedeckte sie mit Küssen, nachdem er sie besitzergreifend an sich gezogen hatte. Voller Wonne löste er die perlenbesetzten Spangen aus ihrem Haar und fuhr mit seinen gepflegten Händen durch ihre rote Lockenpracht.

Mit einem genüsslichen Seufzen begann er, sie zu entkleiden.

Freya bemühte sich, ihre Verzweiflung zu unterdrücken, als er sie in die seidenen Kissen zog.

Maliks Hände ergötzten sich wie immer an ihren Brüsten, an ihrem schlanken, weißen Hals und ihrem prachtvollen Hintern. Freya blieb jedoch teilnahmslos, wohl weil sie sich plötzlich der Gefahr bewusst wurde, in der sie schwebte. Adiba würde sie kaum mit den passenden Kräutern versorgen, wenn es tatsächlich zu einer Schwangerschaft kommen sollte und sie das Kind wieder loswerden musste.

Der Wesir schien von ihren Bedenken nichts zu bemerken. Er war viel zu sehr damit beschäftigt, seine Qualitäten als Liebhaber aufs

Neue unter Beweis zu stellen. Er liebte es, sie von hinten zu nehmen, wie ein Hengst seine Stute, wie er gerne lachend betonte. Dabei ging er so hart und kompromisslos zu Werke, dass ihre Brüste im Takt seiner Stöße erzitterten.

Freya biss sich auf die Lippen und nahm es klaglos hin, dass ihr Wesir sich offenbar prächtig amüsierte und sie selbst vor Angst fast verging.

Gott sei Dank, dauerte es nicht mehr lange, bis er sich in ihr ergoss. Keuchend sank er über ihr zusammen.

Danach überhäufte er sie mit Komplimenten, nachdem er sie an der Schulter gefasst hatte, damit sie sich auf den Rücken drehte und er ihren prachtvollen Körper erneut mit Küssen bedecken konnte.

Freya strich ihm über sein Haar, das ihm bis über die Schultern reichte.

»Du kannst alles von mir haben«, flüsterte er heiser. »Den Mond, die Sterne und die Sonne, wenn du danach verlangst. Alles, was ich besitze.« Er lächelte selig, während seine Finger über ihre Brüste glitten und mit den rosigen Knospen spielten.

»Ich würde mir nichts lieber wünschen, als wenn du meine Schwestern nicht nach Ägypten entsendest und ich sie hier bei mir behalten darf.« Freya setzte ein süßliches Lächeln auf.

Maliks Miene verfinsterte sich. »Das tut mit ausgesprochen leid«, erklärte er zerknirscht und küsste ihr Ohr. »Ich benötige die Frauen dringend, um den Kalifen zu überzeugen, dass er uns seine Truppen schickt, nicht nur auf Schiffen, sondern auf Pferden und Kamelen, ansonsten sind wir erledigt.«

»Was haben die Frauen mit fehlenden Soldaten zu tun?«

»Der Harem eines Mannes bedeutet Prestige. Nicht wenige dieser Frauen sind Geschenke eines bedeutenden Emirs oder eines Stammesoberhauptes der Berber. Wir sind auf die Unterstützung des Kalifen angewiesen. Mit was könnte ich ihm meine Gunst mehr bezeugen als mit meinem kostbarsten Besitz?«

»Mit Gold?« Freya startete einen letzten Versuch.

Der Wesir brach in schallendes Gelächter aus. »Wenn einer genug Gold und Edelsteine besitzt, dann ist es Az-Zafir bi Dinillah. Ich würde mich lächerlich machen, selbst wenn ich ihm alles Gold anböte, das ich besitze.«

»An seiner Stelle würde ich mich außerordentlich freuen, wenn mir jemand noch mehr Gold und Edelsteine schenkt.« Freya setzte ein unschuldiges Lächeln auf.

Die Augen des Wesirs nahmen einen begeisterten Ausdruck an.

»Dann weiß ich, womit ich dir meine Liebe bezeugen kann«, verkündete er freudig. »Morgen Nachmittag werde ich dich in meine Schatzkammer führen, und dann darfst du dir aussuchen, was dein Herz begehrt.«

Kapitel 21

Unter Wölfen

Juli 1153 – Askalon

Jack Tanner schnalzte mit der Zunge und gab seinem Hengst einen Schenkeldruck, um ihn näher an Geros Araber heranzuführen.

»Bin neugierig, ob dein Großmeister und sein Marschall nicht glauben, dass wir die Brüder erledigt haben.« In seiner Stimme lag eine gehörige Portion Ironie, während er einen prüfenden Blick auf die drei toten Templer warf.

»Tramelay ist nicht *mein* Großmeister«, erwiderte Gero entschlossen, »und Hugo Salomonis de Quily ist auch nicht mein Marschall.«

Er blickte zurück auf Johan und Stephano, die in einigem Abstand die Pferde mit den Leichen führten. Leiber und Gesichter der Toten hatten sie mit deren Chlamys bedeckt, damit die Fliegen kein leichtes Spiel hatten.

Als Letzter folgte Bruder Florentin, dem Gero mit purer Berechnung die Weisung erteilt hatte, die Nachhut zu bilden, damit er ihre Gespräche nicht mithören konnte.

»Jacques de Molay war *mein* Großmeister«, fügte Gero hinzu, »und er wird es auf ewig bleiben.« Sein vorwurfsvoller Blick streifte den Agenten aus dem 21. Jahrhundert, der so gar keine Ahnung hatte, was in einem echten Templer vor sich ging. Jacques de Molay hatte stets die Auffassung vertreten, dass man Glauben und Kampf zu einem sinnvollen Ganzen vereinte und bei allem, was man tat, die friedliche Verhandlung oberste Priorität haben sollte. Genau das war ihm letztendlich zum Verhängnis geworden. »Molay würde sich im Grabe herumdrehen, wenn er gewusst hätte, was Tramelay und seine Verbündeten tatsächlich treiben.«

»Er muss es gewusst haben«, bemerkte Jack mit einem lakonischen Grinsen. »Oder glaubst du ernsthaft, dein Orden hat seine Historie so schlecht dokumentiert, dass man über die einzelnen Vorgänger nicht bis ins letzte Detail informiert war?«

»Natürlich wurde alles aufgezeichnet und verwahrt.« Gero schenkte ihm einen schrägen Blick. »Aber wahrscheinlich ist es überall gleich. Wer dokumentiert schon gern die Fehler seiner Vorgänger, es sei denn, sie waren so grässlich und es gibt so viele Zeugen, dass man nicht umhinkann, sich mit ihnen auseinanderzusetzen. Wobei …« Er sprach den Satz nicht zu Ende, weil er noch einmal darüber nachdachte, was er selbst soeben erlebt hatte. Der grausame Tod des Dorfbewohners war so grässlich gewesen, dass der Anblick sogar Gero eine Gänsehaut über den Rücken getrieben hatte. »Ganz gleich, wie sehr man sich auch damit beschäftigt«, sagte er leise, »es bedeutet nicht, dass man es jemals entschuldigen, geschweige denn wiedergutmachen könnte.«

»Denkst du, Montbard weiß nicht, was Tramelay und seine Leute für Spielchen mit den Sarazenen treiben?« Jack hob eine Braue, wobei er abwechselnd Gero ansah und dann wieder nach vorne in die steinige Ebene blickte, wo man in der Ferne schon das Meer erahnen konnte.

»Natürlich weiß er das«, gab Gero mit abgeklärter Miene zu verstehen. »Ansonsten hätte er sich nicht so bereitwillig auf unsere Seite gestellt. Obwohl es mir manchmal merkwürdig vorkommt, wie wenig Bedeutung er dem an sich ungeheuerlichen Umstand beimisst, dass wir aus der Zukunft stammen, und wie selbstverständlich er sich mit all diesen Wundern beschäftigt, die jeden normalen Christenmenschen in den Wahnsinn treiben würden, wenn er unvorbereitet damit konfrontiert würde.«

»Vielleicht weiß er weit mehr, als wir vermuten.« Jack zügelte seinen Hengst und schaute Gero fragend an.

»Das ist es, was ich von Beginn an befürchtet habe.« Gero entledigte sich seines Normannenhelms und wischte sich den Schweiß von der Stirn. »Manchmal mache ich mir Sorgen, dass dieser gerissene Hund nicht nur Tramelay sehenden Auges in den Tod schickt, sondern auch uns …«

»Denkst du, er hat uns absichtlich auf eine falsche Fährte geschickt?«

»So gern ich auch wollte, ich kann es nicht beschwören.« Gero setzte – wenn auch widerwillig – den Helm wieder auf. »Aber der Kelch und die Lade sind, was mich betrifft, ohnehin in den Hintergrund gerückt, seit ich weiß, dass Hannah und die anderen Frauen auf der Festung gefangen gehalten werden. Allein deshalb empfinde ich es als göttliche Fügung, dass ich – so Gott will – bei der Eroberung der Festung dabei sein darf.«

Gero hätte lügen müssen, wenn er behauptet hätte, dass ihn kein mulmiges Gefühl beschlich, als er sich mit seiner verbliebenen Truppe in leichtem Trab der Festung von Gaza näherte. Jeder Reiter und jeder Fußsoldat, jedes Waschweib und jeder Hurensohn blieb stehen und gaffte auf die Pferde mit den toten Templern darauf. Irgendjemand schlug Alarm, indem er in ein Signalhorn blies, das von den oberen Zinnen ertönte, als sie den Brückenkopf zum Eingang der Festung erreichten. Die Wachen salutierten hilflos, und auch sie verfolgten die Leichen auf dem Rücken der drei Araberhengste mit verwirrten Blicken.

Im Burghof wurden sie von allen Seiten mit aufgeregten Fragen bedrängt. Gero sprang von seinem Hengst ab und salutierte vor dem Festungskommandanten. Ranulf von Bergamo, ein rotbärtiger Lombarde, der ihn an Roland von Briey, den Vogt seines Vaters, erinnerte, schlug ein Kreuzzeichen und wollte von Gero wissen, was geschehen war.

Hektisch rief er seinem herbeieilenden Adjutanten zu, dass er sofort den Großmeister benachrichtigen müsse, der sich in einer Besprechung mit den Heerführen des Königs befand. In der Zwischenzeit wurde der Pulk von entsetzten Ritterbrüdern, die sich um die Leichen scharten, immer größer. Auch Anselm kam hinzu. Zum einen froh, dass Gero und die anderen unversehrt zurückgekehrt waren, zum anderen sichtlich schockiert, dass es offenbar Tote gegeben hatte.

Ranulf drängte auf alle Einzelheiten, die zu dieser Katastrophe geführt hatten. Gero blieb weitestgehend bei der Wahrheit, alleine schon, weil er damit rechnen musste, dass man vor allem Bruder Florentin in die Mangel nehmen würde, weil er der Einzige war, der bezeugen konnte, dass es nicht Gero selbst gewesen war, der de la Trenta und seine Vertrauten auf dem Gewissen hatte.

»Wir waren auf dem Weg in dieses Dorf«, berichtete Gero so ruhig wie möglich. »Kurz bevor wir den Versammlungsplatz erreichten, wurden wir von Sarazenen angegriffen. Den Uniformen nach zu urteilen, waren es Fatimiden. Der erste Pfeil, den sie abgeschossen haben, hat Bruder Xavier direkt ins Herz getroffen. Bevor auch nur irgendwer von uns etwas dagegen unternehmen konnte, hatte es auch schon den Turkopolen und den Spanier erwischt. Sie sind so schnell gestorben, wir konnten nichts mehr für sie tun.«

»Habt ihr wenigstens die Verfolgung aufgenommen?«, brüllte Tramelay hasserfüllt über den Hof. Zusammen mit ein paar gräflichen Verbündeten des Königs bahnte er sich seinen Weg durch die Masse. Sein verächtlicher Blick traf auf de la Trentas Leiche, die man inzwischen von seiner Chlamys befreit hatte. Tramelays fleischige Hand krallte sich in den Bart des Portugiesen und hob dessen leblosen Kopf an, als ob er sich persönlich von dessen Tod überzeugen wollte.

»Mit Verlaub, Beau Seigneur«, antwortete Gero mit fester Stimme und richtete dabei, wie vorgeschrieben, seinen Blick geradeaus, anstatt in Tramelays gerötetes Gesicht zu schauen. »Eine Verfolgung war nicht möglich, weil sich hinter dem Hügel noch Hunderte Fatimiden befanden, die uns im Handumdrehen getötet hätten«, log er, ohne mit der Wimper zu zucken. »Es war mir möglich, mit zweien von ihnen zu verhandeln und einen freien Abzug zu bewirken, mit der Auflage, dass wir uns unverzüglich aus dem Gebiet zurückziehen.«

Obwohl Tramelay die nackte Wut ins Gesicht geschrieben stand, konnte er gegen eine solche Vorgehensweise nichts ausrichten. Aus den bisher festgelegten Regeln ging hervor, dass Menschen und Material nicht leichtsinnig aufs Spiel gesetzt werden durften. Somit hatte Gero vollkommen richtig gehandelt.

Inzwischen war König Balduin hinzugekommen und betrachtete nachdenklich die Leiche des durchaus geschätzten portugiesischen Templerkommandeurs.

»Wenn wir nicht bald etwas unternehmen«, krächzte Tramelay, »tanzen uns die Heiden vollends auf der Nase herum. Wir müssen gegen sie vorrücken, und zwar sofort.«

»Wenn die Festung so leicht einzunehmen wäre«, erwiderte der junge König scharf, »hätten wir es schon längst getan.«

»Wie wäre es denn«, führte Tanner, der hinter Gero stand, völlig überraschend ins Feld, »wenn man eine Bombe herstellt und sie gegen die Mauern schleudert?«

»Wer hat Euch denn erlaubt, das Wort zu ergreifen, mein vorlauter Bruder?«

Tramelays Laune hatte den Gefrierpunkt erreicht, und Gero blieb nur zu beten, damit Jack die Suppe nicht auslöffeln musste, die er sich soeben eingebrockt hatte.

»Ich werde euch …«

Weiter kam Tramelay nicht, weil der junge König die Hand erhoben hatte. »Lasst ihn sprechen«, befahl er dem verblüfften Templermeister. »Tretet vor!«, forderte er Jack mit einer eindeutigen Geste auf.

Tanner lockerte sich verlegen in den Schultern, als ob er sich auf seinen Auftritt erst vorbereiten müsse.

»Schmiedet hohlförmige Eisenkugeln und füllt sie mit Schwarzpulver. Dann schleudert Ihr sie mit großer Kraft gegen das Mauerwerk. Dort werden sie explodieren und Löcher in die Wälle reißen – dann braucht Ihr nur noch anzugreifen.«

»Schwarzpulver?« Balduin kratzte sich verwundert den blonden Bart.

»Donnerkraut«, kam Gero Tanner zu Hilfe. »Ein Gemisch aus gemahlener Kohle, Schwefel und Salpeter. Ich habe gehört, bei den Sarazenen ist dieses Wundermittel schon länger gebräuchlich.«

Balduin war hellhörig geworden. »Wisst Ihr, wie man es genau mischen muss, damit es möglichst stark in der Wirkung ist?«

Tanner nickte, und Gero ahnte, dass der Soldat aus der Zukunft noch viel gefährlichere Waffen herstellen konnte, falls er genügend Zeit dafür gehabt hätte.

»Warum«, befand Tramelay schnaubend, »müssen wir dann noch Eisenkugeln bemühen? Nehmt einen Belagerungsturm und schiebt ihn direkt an die Stadtmauer. Füllt ihn bis zum Rand mit Fässern, in denen sich das besagte Donnerkraut befindet, und bringt es zur Explosion. Sobald wir eine Bresche in die Mauer geschlagen haben, werden wir mit unserem Templercorps in die Stadt eindringen und den Weg zur Eroberung für die übrigen Truppen bereiten.«

Einen Moment lang herrschte gespenstisches Schweigen. Tanner warf Gero einen bedeutungsschwangeren Blick zu.

»Und wer soll die Truppen anführen?« Balduins Frage hatte einen rein rhetorischen Charakter.

»Der Großmeister«, erwiderte Tramelay beinahe beleidigt. »Wer sonst?«

Mit einem Nicken widmete er sich Gero, der stumm aufatmete, dass Tramelay die Sache tatsächlich selbst in die Hand nahm. Alles fügte sich bestens. Tramelay und seine Leute würden sich in die bereits bekannte Katastrophe stürzen, und Gero und seinen Brüdern blieb genug Zeit, sich – auf welche Weise auch immer – während des Kampfes Einlass in die Festung zu verschaffen.

»Und Ihr«, bestimmte Tramelay unerwartet, wobei er seinen Blick immer noch fest und unbeirrt auf Gero richtete, »werdet de la Trenta ersetzen, indem Ihr mit Euren Leuten bei dem Angriff als Kommandeur Eurer Rotte in vorderster Linie reitet.«

Gero spürte den Rammbock, den Tramelay ihm mit dieser Äußerung in den Magen gefahren hatte, nur allzu heftig, doch er ließ sich nichts anmerken.

»Zu Befehl, Beau Seigneur«, stieß er schneidig hervor.

Für einen Moment fing er das entsetzte Funkeln in Johans Augen auf.

Diese Entscheidung konnte ihr Todesurteil bedeuten. Somit würden sie keine Möglichkeit haben, hinter Tramelays Vorhut zurückzubleiben.

Tanner begriff anscheinend nicht, was Tramelays Befehl bedeutete. Ansonsten hätte er panischer dreinschauen müssen. Er war ja noch nicht mal in der Lage, eine Lanze gerade zu halten, geschweige denn Mann gegen Mann vom Pferd aus mit einem Schwert zu kämpfen. Tramelay beabsichtigte, sie während des Angriffs unter seiner Kontrolle zu halten. Wenn man bedachte, dass er noch vor Balduin und irgendjemand sonst an den Kelch gelangen wollte, kein Wunder.

Khaled führte seine Truppe bis kurz vor Nàlia, einen kleinen Ort vor Askalon, der noch nicht von den Vorposten der Kreuzritter besetzt war, vielleicht weil die Bewohner zu arm und zu unbedeutend waren, als dass man deren Loyalität gegenüber den Fatimiden für gefährlich hielt. Im Schutz eines Pinienwaldes, der im Licht des Mondes und von

Myriaden von Sternen gespenstische Schatten warf, warteten sie den Einbruch der Nacht ab.

Dabei fürchtete Khaled weniger die Fatimiden als irgendwelche Räuberbanden, die sich hier in der Gegend herumtrieben und das aufsammelten, was die beiden kriegerischen Parteien übrig gelassen hatten.

Deshalb hatten sie kein Feuer gemacht, als sie ihr provisorisches Lager aufgeschlagen hatten, sondern saßen im Halbdunkel und nahmen eine letzte Mahlzeit ein, bevor sie sich in die Höhle des Löwen wagen wollten.

Khaled nutzte die Zeit, um seinen Begleitern noch einmal zu erklären, dass sie über einen geheimen Zugang versuchen mussten, in die Festung zu gelangen. Aus seiner Zeit im Kerker wusste er, dass Schmuggler und Sklavenhändler dieses Schlupfloch von der Landseite her nutzten, um Menschen und Material unerkannt von den Christen in die Festung hineinzubringen.

»Was machen wir, wenn uns die Wachen von Askalon abweisen?«, fragte Struan, der eine Dattel nach der anderen aß, um seine Ungeduld zu bekämpfen.

»Ich habe mir eine Strategie überlegt«, antwortete Khaled und nahm noch einen Schluck Wein, den sie in Schläuchen auf den Kamelen transportierten. Normalerweise verabscheute er die Wirkung von Alkohol, doch nun half sie ihm, seine Nervosität zu überwinden.

»Al-Russak wartet seit Monaten vergeblich auf die Unterstützung Nur ad-Dins«, führte er mit dunkler Stimme aus.

»Nur ad-Din?« Arnaud, der dicht neben Rona saß und einen Arm um ihre Taille gelegt hatte, schaute überrascht auf. »Meinst du den Nur ad-Din, der Vorgänger von Saladin war?«

Khaled schnaubte verdrossen. »Nimm's mir nicht übel, Arnaud, aber manchmal habe ich meine Schwierigkeiten damit, dass ihr über Dinge sprecht, die für euch längst Vergangenheit sind, hier aber noch gar nicht geschehen sind.«

»Tut mir leid«, sagte Arnaud, »Ich vergesse gelegentlich, dass du einhundertfünfzig Jahre vor mir geboren wurdest.«

»Also«, fuhr Khaled fort. »Unser Nur ad-Din ist zurzeit der rechtmäßige Herrscher über große Teile von Syrien und als Sohn einer einflussreichen türkischen Seldschuken-Dynastie der stärkste Gegner der

Christenheit. Bisher wartet Askalon leider vergebens auf seine Unterstützung, weil Ägypten aufgrund unterschiedlicher politischer Auffassungen von Syrien isoliert ist. Deshalb habe ich mir gedacht, dass wir Lyn und Rona als diplomatische Geste ankündigen; ein besonderes Geschenk von Nur ad-Din sozusagen, als Beginn einer neuen Allianz gegen die Christen.« Er lächelte. »Immerhin waren die beiden dem Emir von Damaskus eine Million Goldbezant wert.« Er gab Lyn, die sich ganz dicht an ihn geschmiegt hatte und aufmerksam zuhörte, einen Kuss, als ob er sich für seinen Plan bei ihr entschuldigen wollte.

»Das ist gefährlich«, entgegnete Arnaud. »Es ist hohe Politik, und falls herauskommt, dass es nicht stimmt, wird die Rache umso hässlicher ausfallen.«

»Es ist sehr wirkungsvoll«, widersprach ihm Khaled. »Und wir werden nicht lange genug bleiben, als dass es Konsequenzen für uns haben könnte.«

Khaled atmete auf, als sie sich um Mitternacht endlich in Marsch setzten, um wie Schmuggler und Waffenhändler für ihr Vorhaben den Schutz der Dunkelheit zu nutzen.

Nach kurzer Zeit erreichten sie den Mesh-hed Sidna el Husein, einen Hügel vor Askalon, der direkt hinunter nach el-Jurah führte, einem verlassenen Dorf in der umkämpften Zone. Die Nacht war mild, und die leichte Seeluft strich wie ein Seidenschleier über die Haut. Pferde und Kamele standen in einträchtiger Ruhe nebeneinander, und ein jeder starrte auf das Lichtermeer von brennenden Fackeln, das sich rund um die Festung verteilte. Überall hatten die christlichen Söldner ihre Zelte aufgeschlagen, um die Belagerungstürme zu bewachen und um Stellung gegen die stoßweise aus der Festung hervorbrechenden, fatimidischen Truppen zu beziehen.

Auch auf der Festung herrschte offenbar kein Mangel an Holz, weil überall Feuerkörbe brannten.

»Noch könnt ihr es euch überlegen«, gab Khaled mit rauer Stimme den anderen zu verstehen.

Sein Blick fiel auf Lyn, die aufrecht in ihrem Kamelsattel saß und nicht den Eindruck erweckte, als ob sie Zweifel hatte, dort hineingehen zu wollen.

»Da gibt es nichts zu überlegen«, sagte sie. »Wir vertrauen dir, auf dass du uns zum Erfolg führst.«

Khaled wollte nicht widersprechen. Er hatte mit Struan, Arnaud und den Frauen alles Notwendige beraten. Der Rest war pures Risiko.

»Jallah!«, rief er dumpf und gab seinem Hengst die Sporen. Die anderen folgten ihm. Er wusste, dass sie das letzte Drittel der Distanz galoppierend zurücklegen mussten, damit sie nicht von Kreuzrittern entdeckt und aufgebracht werden konnten. Auf einem Schleichweg zwischen den Felsen erreichten sie einen unscheinbaren Seiteneingang, der ins Innere der Festung führte.

Als Khaled mit den Knauf des Schwertes sechs Mal in einem bestimmten Rhythmus gegen das kleine Portal donnerte, befürchtete er zuerst, dass niemand öffnen würde. Doch dann quietschte die Tür, und ein Lichtstrahl fiel durch den Spalt nach draußen.

»As-salāmu 'alaikum«, grüßte Khaled den Fackelträger, der ihm prüfend ins Gesicht schaute.

»Wa-l-hamdu lil-la – Lob sei Allah«, antwortete der andere, nachdem er Khaled augenscheinlich für einen vertrauenswürdigen Bruder befunden hatte.

»Wa-l- lahu'akbar – Allah ist größer«, entgegnete Khaled.

Zögernd wurde das Portal geöffnet, und ein zweiter, argwöhnisch dreinblickender Wachsoldat mit einer Lanze in der Rechten und einem Krummschwert in der Linken trat hervor.

Khaled erklärte, dass sie ein besonderes Geschenk für den Wesir bereithielten, und natürlich wollte der hässliche, vernarbte Kerl die beiden Sklavinnen unbedingt sehen, bevor er ihnen Einlass gewährte. Khaled zwang sich zur Ruhe, als er die Kamele niederknien ließ und mit einer Hand den Gesichtsschleier von Lyn ein wenig zu Seite hielt, so dass ihre Augen zu erkennen waren.

Der Mann leuchtete in ihr Gesicht und schrak zurück, als er das typische Glimmen darin entdeckte, das normalerweise nur bei einer Katze in der Dunkelheit zu sehen war.

»Sie sind wahrlich außergewöhnlich«, schmeichelte Khaled dem verunsicherten Wachmann. »Ich denke nicht, dass Malik al-Russak es schätzen wird, wenn Ihr ihm die beiden Damen noch länger vorenthaltet.«

»Habt Ihr Papiere, die Eure Herkunft beweisen?«, murrte der andere, der das Zögern seines Kameraden bemerkt hatte.

»Wo denkt Ihr hin!«, widersprach ihm Khaled. »Dies ist eine geheime Mission. Glaubst du, Nur ad-Din will, dass die Christen Verdacht schöpfen und sie wissen lassen, dass er den Fatimiden Geschenke macht? Hier gilt einzig das persönliche Wort. Aber an der Erlesenheit dieser beiden wunderbaren Stuten wird Euer Gebieter jeden Zweifel vergessen, dass dies ein unehrenhaftes Angebot der Ergebenheit Nur ad-Dins ihm gegenüber sein könnte.«

Selbst wenn deren Herrscher im Angesicht dieser Frauen jeden Zweifel vergaß, diese beiden hier waren anscheinend nicht so leicht zu überzeugen. Immer noch misstrauisch beäugten sie Struan und Arnaud, die beide eine möglichst neutrale Miene aufsetzten.

»Gut«, befand der ältere der beiden Wachen. Mit einem raschen Blick nach draußen, ob ihnen auch niemand gefolgt war, öffnete er das Portal.

Ein weiterer Wachhabender mit Pluderhose und Lederwams führte sie durch eine schmale Gasse zwischen schwindelerregend hohen Häusern zu einem riesigen Freiplatz, auf dem – obwohl es schon nach Mitternacht war – immer noch das Leben brodelte. Musiker spielten auf, und halbnackte Bauchtänzerinnen sorgten für die nötige Stimmung unter den Kriegern, die mit glasigen Augen auf die sich windenden Leiber starrten. Die meisten von ihnen waren berauscht. Anstatt Wein wurde vergorene Kamelmilch ausgeschenkt. Nicht gerade das, was Khaled bevorzugte, für den Fall, dass er sich einen antrinken wollte. Manche Männer kauten mit vollen Wangen Qat, um ihre Laune noch weiter zu heben, wobei Khaled sich fragte, ob es auf der Festung eine eigene Plantage gab, weil die optimale Wirkung nur bei frisch geernteten Blättern einsetzte.

Der Wachhabende zog sie durch die Menge hin zu einem Mietstall, der zehn Silberdirham forderte, wenn sie dort ihre Tiere unterstellen wollten.

Khaled bezahlte, ohne zu murren, und Arnaud tat wenigstens so, als müsse er den beiden Frauen aus den breiten Kamelsätteln helfen.

Die Augen des Wachhabenden huschten an ihren schlanken Körpern entlang, und ein Grinsen lockerte seine ansonsten strengen Lippen.

Rona und Lyn machten ihm nicht die Freude, den Schleier noch einmal zu lüften, und bedeckten züchtig ihre Gesichter.

»Ich kann die beiden zum Harem bringen«, sagte der Wachhabende.

Seine stolzgeschwellte Haltung ließ darauf schließen, dass ihm dies eine Ehre sein würde.

»Nicht nötig«, erwiderte Arnaud. »Wir möchten sie selbst zum Wesir führen, schließlich sind sie ein Geschenk unseres Herrschers, und wir möchten ihm seine Grüße überbringen.«

»Wie Ihr wünscht«, erwiderte der Soldat und nickte enttäuscht.

Wieder ging es zurück. Quer über den Hof. Khaled warf einen Blick zum Osttor, dorthin, wo die Christen schon morgen einfallen würden, wenn alles nach Plan lief. Rechts davon war der Abgang zum Hafen zu sehen, der in Khaled unschöne Erinnerungen weckte. Dort war er vor fünf Jahren zusammen mit Mahmud aus Damaskus eingeschifft worden. Danach hatte eine Zeit des Leidens begonnen, die ihn jeden Tag, den er in diesem Hades verbracht hatte, ein kleines Stück mehr hatte sterben lassen. Im Gemenge hatte Lyn seine Hand ergriffen, und er drückte sie sanft. Er war tatsächlich zurückgekommen und hatte das Wichtigste in diese Hölle mitgebracht, was es je in seinem Leben gegeben hatte. Vielleicht war er im Kerker doch wahnsinnig geworden und hatte es nicht einmal bemerkt.

Der Wachhabende brachte ihn und die anderen zur Kommandantur, weil er zunächst seinen Vorgesetzten fragen wollte, ob er Khaled und seinen Herrn, wie er Arnaud vorgestellt hatte, ohne weiteres in den Palast einlassen durfte. Das von Fackeln illuminierte Gebäude lag von der prunkvollen Behausung des Wesirs einen Steinwurf entfernt. Der Zugang führte durch ein vergittertes, hohes Spitzbogentor, das so schmal war, dass nur einzeln eintretende Personen hindurchpassten.

Khaled verdrängte seine Unruhe, als sie die langen Gänge zum Zimmer des Kommandeurs entlangliefen. Struan war der Einzige, der ihm ein wenig Sicherheit vermittelte. Mit seinen fast sieben Fuß und dem Blick eines Schlächters hatte er sogar den Wachmann beeindruckt. Blieb zu hoffen, dass er die Nerven behielt, wenn es ihnen tatsächlich gelang, zum Wesir vorzudringen. Mit Arnaud hatte er die wahnwitzige Idee geschmiedet, dass sie versuchen wollten, den Mann als Geisel zu nehmen, um ihn zur Herausgabe des Kelches zu zwingen. In der Zwischenzeit sollten Rona und Lyn nach den Frauen suchen und mit ihnen zum geheimen Tor fliehen. Von dort aus wollten sie mit dem Kelch in Richtung Gaza reiten, um Gero davon abzuhalten, dass er sich zusammen mit Tramelay und seinen Leuten ins Verderben stürzte.

Als Khaled eine Stimme hörte, die aus dem Kommandeurszimmer erscholl, glaubte er, zu Eis zu erstarren, obwohl ihm Schweißtropfen von der Stirn in die Ränder seines schwarzen Turbans sickerten. Kein Zweifel, die Stimme gehörte Abu Aziz Maula, dem Mann, der den Tod seiner Kameraden verschuldet hatte, und auch sein eigenes Leid war viel zu eng mit diesem Dämon verknüpft, als dass er ihn je hätte vergessen können. Dabei hatte er gehofft, der Mann sei längst tot. Im Kerker hatte man gemunkelt, er hätte als Sympathisant des getöteten Kalifen al-Hafiz das gleiche grausame Schicksal erlitten wie sein Gebieter. Lange konnte er noch nicht in den Diensten al-Russaks stehen, sonst wäre er im Kerker aufgetaucht, als Khaled dort noch einsaß, und hätte ihn aufs Neue gequält. Warum man ihn nun auf die Festung zurückbeordert hatte, blieb Khaled ein Rätsel.

Instinktiv zog er das schwarze Tuch ins Gesicht und ließ Arnaud den Vortritt. »Da ist jemand, den ich nur allzu gut kenne«, zischte er dem provenzalischen Templer gerade noch rechtzeitig zu, bevor er eine gebeugte Haltung einnahm, die dem obersten Befehlshaber der Festungstruppe statt des strahlenden Helden einen alternden, buckligen Mann präsentierte. Kommandeur Abu Aziz Maula, wie er von den Wachhabenden mit salbungsvoller Stimme vorgestellt wurde, war ganz in Weiß gekleidet, mit einer goldenen Schärpe und einem roten Turban. Die Arme in die Hüften gestemmt, stand er im Türrahmen, breit und feist wie eh und je.

Struan ahnte, dass Khaled gute Gründe haben musste, wie eine Schabe in einem Loch zu verschwinden, deshalb stellte er sich demonstrativ vor ihn, um ihn zu schützen, als der Kommandeur mit gemessenen Schritten näher kam.

»Wir kommen im Auftrag Nur ad-Dins«, verkündete Arnaud selbstbewusst. »Und bringen ein Geschenk für den edlen, weisen und erhabenen Wesir von Askalon.« Er verbeugte sich so tief, dass er beinahe Abu Aziz Stiefelspitzen hätte küssen können, und erhob sich erst wieder, nachdem der Kommandeur mit den Fingern geschnippt hatte.

»Was habt ihr denn da Schönes?«, fragte Abu Aziz höchst interessiert.

Als dessen Hand den Schleier von Lyn entfernte, umfasste Khaled den Dolch, den er unter seinem Gewand trug. Er würde Abu Aziz töten, wenn nicht jetzt, so doch bald, dachte er grimmig.

Abu Aziz stieß einen leisen Pfiff aus, als er Lyn ins Gesicht sah. »Bei Allah«, murmelte er. »Das ist wirklich etwas Besonderes.«

Arnaud verengte seine Lider, als der Kommandant sich über die Lippen leckte und den Schleier von Ronas Gesicht entfernte. Sie blickte ihm starr in die Augen, wie eine Schlange, die ihr Opfer fixiert. Arnaud ahnte, was in ihr vorging, und er wusste spätestens seit der Flucht aus Sankt Lazarus, über welche Kräfte sie verfügte. Mit einer einzigen raschen Bewegung hätte sie Abu Aziz das Genick brechen können, doch sie tat es nicht. Auch sie wusste, dass zu viel auf dem Spiel stand, um dem ersten Impuls zu folgen.

Abu Aziz' Blick strich fasziniert über ihre makellose Haut, die großen glänzenden Augen und die leicht feuchten, blühenden Lippen.

»Exquisit«, hauchte er, und niemandem in seiner Nähe konnte entgehen, wie sich sein Atem beschleunigte. »Nur ad-Din muss es wirklich gut mit uns meinen«, entfuhr es ihm heiser.

Plötzlich stürmte ein weiterer Soldat um die Ecke. Man sah dem Kommandanten an, wie ungelegen er ihm kam.

Irritiert blieb der Mann vor seinem Kommandeur stehen und salutierte.

»Was willst du?«, herrschte Abu Aziz ihn an.

»Die Christen«, keuchte der Mann, ohne sich um die Fremden zu kümmern.

»Was ist mit den Christen?« Abu Aziz setzte eine unverständliche Miene auf.

»Sie schieben einen neuen Belagerungsturm heran.«

»Es ist mitten in der Nacht.« Abu Aziz schüttelte ungläubig den Kopf. »Die Christen sind müde Trottel, die sich streng an ihre Gebetszeiten halten. Um diese Zeit kriechen sie allenfalls aus ihren Betten, um die Mitternachtsmesse zu halten. Warum sollte sich daran etwas geändert haben?«

»Kommt mit zur Wehrmauer!«, stieß der Soldat panisch hervor. »Ihr müsst es Euch ansehen. Sie bewegen sich in völliger Dunkelheit, es müssen Hunderte sein.«

Abu Aziz wandte sich verärgert dem Wachhabenden zu. »Tarek, sieh zu, dass du die Frauen zu Adiba bringst, damit sie sich um ihr Wohlergehen kümmert.«

Dann fiel sein Augenmerk auf Arnaud und dessen merkwürdiges

Gefolge, bestehend aus einem Krüppel und einem Riesen. »Und was Euch betrifft, so amüsiert Euch ein bisschen, bevor ihr den Weg nach Hause antretet.

Spätestens morgen früh könnt Ihr Euch in meiner Wachstube ein Dankesschreiben für Euren Herrn abholen, falls der Wesir nicht mit Euch persönlich sprechen will.«

Mit einem »Ma'a salama – auf Wiedersehen« machte er sich davon, um seinem Untergebenen zur Festungsmauer zu folgen.

Khaled und Arnaud warfen sich einen wissenden Blick zu. Der Wachhabende wandte sich direkt an Arnaud: »Sagt Euren Sklavinnen, dass ich sie nun in den Harem bringen werde. Und sagt ihnen, dass sie sich nicht zu ängstigen brauchen, es wird alles zu ihrem Besten sein.«

»Ist schon in Ordnung«, brummte Arnaud. Sein Blick fiel auf Rona, deren Augen im Schein der Fackel wie Diamanten glitzerten. Sie nickte unmerklich. Der Plan musste also geändert werden. Wenn sie schon Malik al-Russak nicht zu Gesicht bekamen, mussten sie wenigstens nach den Frauen Ausschau halten. Struan war die Anspannung anzusehen. Seine schwarzen Augen huschten nervös durch die Gänge, als sie den Wachmann noch eine Weile begleiteten, bis sie das Hauptportal des Palastes erreichten.

Struan hätte sich wohl am liebsten in ein Haremsgewand gehüllt und wäre den beiden Frauen und ihrem Aufpasser gefolgt.

Arnaud hielt ihn am Arm fest, als Lyn und Rona über eine Marmortreppe hinauf zu einem hängenden Garten entschwanden.

»Spätestens morgen wirst du Amelie wieder in deinen Armen halten«, erklärte er. »Du hast doch gehört, dass Tramelay und seine Truppen bereits im Anmarsch sind.«

Lyn versuchte, ihre Sorge um Khaled zu verdrängen, als sie über eine künstliche Brücke hin zu einem regelrechten Paradies geführt wurden.

In goldenen Käfigen zwitscherten Nachtigallen, und überall wuchsen Blumen an Sträuchern und Ranken, die sich über Brunneneinfassungen aus Marmor schlängelten.

Ein paar junge Knaben kamen herbeigeeilt, als ihr Begleiter eine unverständliche Losung rief. »Holt eure Herrin!«, befahl er barsch, und mit einem Nicken bedeutete er Rona und Lyn, dass sie auf einem der roten Polster Platz nehmen sollten, die neben einem wasserspeienden Marmorbrunnen zur Rast einluden.

Die Frau, die kurz darauf in einem langen, gelben Gewand erschien, nannte sich Adiba und sah trotz ihrer prunkvollen Aufmachung verschlafen aus. Stumm nahm sie von den beiden Neuankömmlingen Notiz. Dabei schien es ihr gleichgültig zu sein, dass die beiden sie um mindestens einen Kopf überragten.

»Ich zeige Euch Eure Gemächer«, sagte sie kurzangebunden. »Morgen werde ich Euch in die hiesigen Örtlichkeiten einweisen. Wollt Ihr noch ein Bad nehmen, bevor Ihr zu Bett geht?« Sie rannte stur geradeaus, und es schien sie nicht zu interessieren, ob Rona und Lyn auf ihre Erläuterungen etwas erwiderten.

Als sie nach rund einhundert Schritten einen weiteren Aufgang erreichten, bog sie nach links durch ein Tor, vor dem zwei weitere Wachleute standen, die keinerlei Notiz von ihnen nahmen. Lyn speicherte den gesamten Weg in ihrem zusätzlichen Erinnerungschip, den Lion ihr kurz vor dem Abflug noch implantiert hatte, so konnten wenigstens keine brauchbaren Daten verschwinden. Auf diesem Chip hatte sie auch die Gesichter der Gesuchten gespeichert, die Arnaud und Struan ihr eindrücklich beschrieben hatten.

Blond, kastanienfarben und rothaarig mussten sie sein. Allesamt wahre Schönheiten wie sie selbst, hatte Arnaud ihnen mit einem Augenzwinkern erklärt.

»Ihr werdet in einem gemeinsamen Schlafgemach mit den anderen Frauen untergebracht«, flüsterte Adiba, nachdem sie ihnen erfolglos Brot und Wein zur Stärkung angeboten hatte. »Dann wird Euch wenigstens nicht langweilig sein.« Erst als sie ein weitläufiges Areal betraten, geprägt von dicken, bunt gewebten Teppichen, die überall die Marmorböden bedeckten, und purpurfarbenen Vorhängen an den hohen Fenstern, hatte Lyn eine Vorstellung davon, was ihre Begleiterin mit gemeinsamem Schlafgemach meinte. Etwa fünfzig Frauen schliefen zu mehreren zusammen in ausladenden Betten. Adiba wies den beiden Neuankömmlingen ein Lager am Ende des Raumes zu, mit dem Hinweis, dass noch nicht entschieden sei, was weiter mit ihnen geschehen werde.

»Morgen wird es leerer werden. Die meisten Frauen, die Ihr hier seht, werden nach Kairo verschifft. Über Euer Schicksal entscheidet der Wesir«, gab sie gähnend zu verstehen. »Und der hat im Moment andere Sorgen.«

Als sie ging, nahm sie die Öllampe mit sich und schloss leise die Tür. Lyn und Rona schalteten auf Nachsichtmodus und machten sich auf die Suche.

Bett für Bett scannten die beiden die Gesichter der Schlafenden ab, bis sie endlich fündig wurden. Es musste Amelie sein, die Frau des imposanten Schotten. Niemand hatte so lange, so hellblonde Locken wie dieses Mädchen. Daneben erkannten sie Hannah, die im schwachen Mondlicht, das durch die Dachfenster hereinfiel, aussah, als ob sie einer dieser gemalten Heiligenscheine zierte. Sie hatte gleichmäßige Züge und halblanges, kastanienfarbenes Haar. Arnaud hatte sie als nicht ganz so zierlich wie Amelie beschrieben. Sie war tatsächlich größer als die anderen Frauen.

Rona beschloss, sie als Erste zu wecken. »Sie wird am ehesten begreifen, worum es uns geht«, flüsterte sie ihrer Schwester kaum hörbar zu. Dann kniete sie sich in einer katzenhaften Bewegung zu Boden und legte der jungen Frau eine Hand auf die Stirn. Hannah riss voller Panik die Augen auf und wollte sie im Reflex von sich stoßen. Rona hielt ihr den Mund zu und presste sie mit der anderen Hand derart stark in ihr Kissen, dass sie sich nur minimal bewegen konnte.

»Pssst«, flüsterte sie Hannah ins Ohr. »Ich soll dich von Gero grüßen, er erwartet, dass wir dich und die anderen lebend aus der Festung herausbringen.« Sie hatte fließend Hochdeutsch gesprochen.

Ein Moment grenzenloser Verblüffung zeichnete sich in den großen, hellgrünen Augen ihres Gegenübers ab. Sofort gab Hannah jede Gegenwehr auf. Rona wartete noch einen Augenblick, bis sie es wagte, ihre Hand zurückzuziehen, um ihr zu erklären, wer sie waren und warum sie nicht anders vorgehen konnten.

Am Lager der blonden Nachbarin hatte Lyn ihr Glück versucht, und auch ihr war es gelungen, das Mädchen allein durch die Erwähnung des Namens Struan zum Schweigen zu bringen.

»Wer seid ihr?«, flüsterte Amelie verstört.

»Die beiden Frauen aus der Zukunft«, gab Lyn zur Antwort. »Ich bin Lyn, und das ist meine Schwester Rona. Von uns habt ihr den Timeserver.«

»Wo sind Gero und die anderen Männer?«, fragte Hannah, die nur langsam zu begreifen schien, was hier vor sich ging, und sich leise erhoben hatte. Wie Amelie trug auch sie einen hochgeschlossenen Seidenkaftan, der bis fast zu den Knien ging, und darunter eine weite Hose.»Arnaud und Struan sind hier auf der Festung, die anderen lagern in Gaza, wo sie darauf warten, dass wir zusammen mit euch von hier fliehen können.«

»Und was ist mit Anselm und dem Jungen?«, fragte Hannah atemlos.

»Keine Sorge«, entgegnete Rona. »Den beiden geht es gut. Nachdem ihnen die Flucht aus dem Kerker gelang, sind sie zum Tempelberg geflohen. Anselm haben die Templer zusammen mit Gero und den anderen nach Gaza abkommandiert … und Matthäus befindet sich in der Obhut von André de Montbard in Jerusalem.«

»Bei wem?« Hannah schien noch Zeit zu benötigen, um diese Neuigkeiten zu verarbeiten.

»Dem zukünftigen Templergroßmeister. Er gibt darauf acht, dass dem Jungen nichts geschieht.«

»Wir müssen hier weg«, sagte Rona. »Lyn und ich werden euch den Weg weisen. Schon morgen werden die Christen die Stadt angreifen.«

Hannah schaute auf das leere Bett neben ihr. Dann sah sie zu Rona auf. »Was ist mit Johan?«

»Ist das einer von den Templern, die sich in Geros Begleitung befunden haben?«

Hannah nickte nervös.

»Dann ist er wie Gero nach Gaza geritten. Es gibt also keinen Anlass zur Sorge.«

»O doch, seine Frau ist nicht hier.« Hannahs Blick fiel abermals auf das leere Bett. »Wir müssen auf Freya warten. Wir können nicht einfach verschwinden und sie ihrem Schicksal überlassen.«

»Wann wird sie zurück sein?«, fragte Rona.

»Ich weiß es nicht«, gestand Hannah. »Sie ist beim Wesir, er will immer, dass sie bis zum Morgen bleibt.«

»Sie schläft mit ihm?« Rona zog überrascht eine Braue hoch, als Hannah nickte.

»Aber kein Wort zu Johan, wenn er uns irgendwann über den Weg laufen sollte.«

»Tut sie das freiwillig?«

»Natürlich nicht«, erwiderte Hannah mit Nachdruck in der Stimme.

»Er hat sie zu seiner Geliebten erkoren. Freya wollte ihn davon überzeugen, dass er uns nicht nach Kairo verschifft.«

Rona besprach sich kurz mit ihrer Schwester, und beide waren sich einig, dass sie trotz allem keine Zeit verlieren durften und sie sich im Zweifel auf die Suche nach der dritten Frau begaben.

»Ich kann es kaum fassen«, flüsterte Hannah. »Manchmal habe ich befürchtet, dass ihr gar nicht existiert.«

Rona ließ sich von ihrer Verwunderung nicht beirren. »Kannst du uns sagen, wo deine Freundin und der Wesir zu finden sind?«

»Im ersten Stock des Gebäudes«, erwiderte Hannah. »Aber dort können wir nicht hingehen. Die Treppenaufgänge, die Gemächer, alles wird von Eunuchen und Soldaten bewacht.«

»Lass das unsere Sorge sein.« Rona warf einen Blick auf die übrigen Mädchen, die anscheinend den Schlaf des Gerechten schliefen. »Zieht euch was an, und dann folgt uns.«

Auf Zehenspitzen schlichen sie aus dem Schlafsaal hinaus. Hannah und Amelie hatten sich ihre Haremskleidung übergeworfen, und Rona und Lyn trugen immer noch ihre Gesichtsschleier.

Hannah stellte sich zweifelnd die Frage, wie ihre beiden Retterinnen es schaffen sollten, die Wachen zu überlisten. Schönheit und Anmut halfen da wenig. Im Harem setzte man ausschließlich auf Eunuchen, deren Interesse an Frauen man auf grausame Weise Einhalt geboten hatte. Die Wachmannschaften, die den Harem schützten, besaßen zwar noch ihre Männlichkeit, wurden aber von der Furcht in Schach gehalten, im wahrsten Sinne des Wortes ihren Kopf zu verlieren, wenn sie auch nur einen Blick auf al-Russaks Frauen warfen.

Doch es war kein Mann, sondern Adiba, die von Rona als Erste in einer beängstigenden Geschwindigkeit überwältigt wurde, als sie unvermittelt vor ihnen stand. Bevor die Wächterin Alarm schlagen konnte, lag sie auf dem Bauch, einen Seidenknebel im Mund und Hände und Füße mit einem Schal fest verzurrt. Rücklings landete sie unsanft in einem Gesinderaum, zwischen Putzeimern, Leinenfeudeln und gestapelten Handtüchern. Rona verriegelte die Tür von außen und schob einen imposanten Tontopf mit einer Fächerpalme davor. Eilig zogen sie weiter, die breite Marmortreppe hinauf, wo aller Wahrscheinlichkeit nach weitere Wachen auf sie warteten.

Rona und Lyn nutzten die Überraschung der Männer, unvermittelt mit einer Gruppe harmlos aussehender Haremsdamen konfrontiert zu werden.

Ehe sich die Männer versehen hatten, lagen sie bewusstlos und entwaffnet am Boden. Alles ging so rasch, dass Hannah und ihre Freundin es kaum nachvollziehen konnten. Mit gemeinsamen Kräften wurden die Männer, gefesselt und geknebelt, in einem kleinen Aufenthaltsraum abgelegt, der sich in unmittelbarer Nähe zu den Gemächern des Wesirs befand.

Lyn verspürte eine leichte Nervosität, als sie sich den Räumlichkeiten al-Russaks näherten, weil sie noch die emotionalen Schwingungen spürte, die kurz zuvor dieses Zimmer erfüllt hatten. Eine merkwürdige Mischung aus bedingungsloser Zuneigung und Hass.

Rona öffnete die Tür zunächst nur einen Spalt, und Lyn schaute vorsichtig hinein. Mit einem knappen Wink gab sie ihrer Schwester zu verstehen, dass sie gefahrlos nachrücken konnten. Lautlos stürmten sie das Schlafzimmer – und fanden lediglich zwei entgeisterte, dunkelhäutige Knaben in bunten Gewändern vor, von denen einer vor Schreck seinen Palmwedel fallen ließ. Lyn nutzte die Verblüffung der beiden Jungs und fragte nach dem Verbleib des Wesirs.

»Er wollte mit seiner Dame zur Schatzkammer gehen«, stammelte der Kleinere von beiden, »weil er ihr ein Geschenk machen wollte.«

Der andere hielt ihm sogleich den Mund zu. »Bist du verrückt?«, zischte er seinen Gefährten an. »Du weißt doch, dass man uns die Zunge herausschneidet, wenn wir einem Fremden verraten, was hier geschieht!«

»Wir verraten euch nicht«, beruhigte ihn Lyn. »Wenn ihr uns versprecht, ebenfalls den Mund zu halten, und vergesst, dass wir hier waren. Habe ich euer Wort?«

Der Ängstlichere von beiden nickte und ließ erleichtert die Schultern sinken.

Lyn dachte einen Moment nach. »Nur noch eins. Wie viele Schatzkammern gibt es denn hier?«

»Eine einzige, im Ostflügel der Festungsanlage, gleich neben dem Kerker«, erwiderte der verdatterte Junge. »Wenn ihr ihnen dorthin folgt, wird jeder wissen, dass wir geredet haben!« Seine Stimme überschlug sich fast

»Keine Sorge! Wir tun nichts, was euch verraten könnte. Und Allah wird dir vergeben, er ist barmherzig«, beruhigte Lyn den Jungen. Dann entfernte sie sich zusammen mit Rona genauso lautlos, wie sie gekommen waren.

»Die beiden sind angeblich in der Schatzkammer«, flüsterte Rona den Frauen zu, die draußen voller Anspannung auf sie gewartet hatten.

»In der Schatzkammer?«, wiederholte Hannah mit ungläubiger Miene. »Und was tun sie da?«

»Wahrscheinlich will sich der Wesir für die Dienste eurer Freundin erkenntlich zeigen, so was ist in dieser Kultur und in dieser Zeit nicht unüblich«, erklärte Lyn.

»Dumm ist nur«, fügte Rona hinzu, »dass Arnaud, Struan und Khaled auch dort hinwollten und sie sich durchaus begegnet sein könnten.«

»Was hat Struan in der Schatzkammer verloren?«, rief Amelie mit einer leichten Verwirrung im Blick. »Ich denke, er ist hierhergekommen, um mich zu retten?«

»Das ist eine längere Geschichte«, beschwichtigte Rona die aufgebrachte Französin. »Nun sollten wir sehen, dass wir so schnell wie möglich von hier wegkommen. Könnt ihr klettern?«

»Nicht unbedingt«, entgegnete Hannah, die nicht schwindelfrei war. »Was habt ihr vor?«

»Wir müssen versuchen, über die Balkone außen am Palast und die darunterliegenden Dächer zum Ostflügel zu gelangen, damit wir rechtzeitig eurer Freundin habhaft werden, um dieses gemütliche Nest schnellstens gemeinsam verlassen zu können.«

Khaled hatte drei Dinge im Sinn, als er die beiden dunkelhaarigen Templer antrieb, ihm hinunter zum Osttor zu folgen: die Unversehrtheit von Lyn und ihrer Schwester, den Kelch und den Tod seines Widersachers.

Die Stadt hatte sich geleert, weil nun doch viele Menschen in hohen Häusern verschwunden waren, die sich bis hinauf zu fünf Etagen erstreckten. Zudem war auf den Stadtmauern ein Tumult ausgebrochen, der anscheinend durch die Aktivitäten der Christen ausgelöst worden war und nach einer Verstärkung durch weitere Soldaten verlangte.

»Scheint doch was vor dem Tor los zu sein«, bemerkte Arnaud, während sie einer Meute von Bewaffneten folgten.

»Allah ist uns gnädig«, rief Khaled und meinte damit, dass die Kerkerwachen, die auch für die Schatzkammer zuständig waren, wenig Aussicht auf Verstärkung haben würden, solange deren Kameraden anderweitig beschäftigt waren.

Immer wieder spähte er in die Umgebung, um sicherzugehen, dass niemand ihre Absichten erahnte. Als sie den Zugang zu den unterirdischen Katakomben erreichten, in denen der Schatz von Askalon verborgen wurde, kam ihnen eine Truppe von debattierenden Männern entgegen. Khaled und seinen Begleitern gelang es gerade noch, im Schatten von ein paar Säulen zu verschwinden. Augenscheinlich handelte es sich um Malik al-Russak, den Khaled nicht nur an seiner noblen Kleidung erkannte. Gefolgt von mindestens zehn Soldaten, die erpicht darauf schienen, ihn einerseits mit den neusten Informationen zur Lage vor den Festungsmauern zu versorgen, andererseits um seinen Schutz bemüht waren, rannte er nach draußen.

Khaled konnte sein Glück kaum fassen, als er seinen beiden Begleitern das Zeichen gab, die engen, mit Fackeln beleuchteten Treppen nach unten zu laufen, wo sie auf keinerlei Widerstand stießen.

Erst ganz am Ende der Stufen, bevor sie in eine mit Marmor verkleidete Vorhalle gerieten, zog er sich jäh zurück, weil dort plötzlich zwei Menschen standen: ein bewaffneter Mann und eine wunderschöne, halb verschleierte Frau in einem hochgeschlossenen, grünlich schillernden Kaftan, die ihn ein wenig an Melisende in jungen Jahren erinnerte. Das offene, rote Haar unter einem durchscheinenden Perlentuch versteckt, stand sie abwartend dort, offenbar nicht wissend, was sie mit dem Mann an ihrer Seite anfangen sollte. Keiner von beiden ergriff das Wort. Arnaud und Struan, die Khaled beinahe umgerannt hätten, hielten den Atem an.

»Das ist Freya«, keuchte Arnaud leise.

»Bist du sicher?«, raunte Struan.

»Aber ja, ich erkenne sie trotz ihrer ungewohnten Aufmachung.«

»Ist sie eine von den gesuchten Frauen?«, fragte Khaled leise.

»Ja«, bestätigt Arnaud, »nur was tut sie hier und wo sind die anderen?«

»Das werden wir gleich herausfinden.« Khaled zog seinen Dolch und machte einen gewaltigen Sprung, wie ein Löwe, der sich auf seine Beute stürzt. Bevor Freya reagieren konnte, hatte er dem Fatimiden neben ihr die Kehle durchschnitten. Arnaud war ihm gefolgt und hatte Freya geistesgegenwärtig gepackt und ihr Augen und Mund zugehalten.

Struan sicherte derweil den Aufgang nach oben, bis Khaled die Leiche des Mannes in einen dunklen Seitengang gezogen und dort abgelegt hatte.

Das Mädchen wehrte sich immer noch wie wild, hatte aber gegen Arnaud keine Chance.

»Freya, ich bin's«, keuchte Arnaud der völlig aufgelösten Begine ins Ohr, als er spürte, wie sie sich in ihrer Panik ihm zu entwinden versuchte. »Du brauchst keine Angst zu haben. Wir sind gekommen, um dich und die anderen aus den Klauen dieser Heiden zu befreien.«

Als er bemerkte, wie ihre Angst der Verblüffung wich, ließ er sie frei.

»Und was tut ihr dann hier?« Freya schnellte herum.

»Was ist mit Amelie und Hannah?« Struan schaute Freya aufgebracht an. »Sind sie noch hier? Geht es ihnen gut?«

»Ja, es geht ihnen gut, sie schlafen oben im Harem.«

»Ich hoffe allein?«

»In Gottes Namen, Struan!« Sie schnaubte verärgert. »Typisch Kerl! Ja – nein, niemand hat sie berührt. Sag bloß, das ist deine einzige Sorge?«

Ihr Blick fiel wieder auf Arnaud.

»Wo ist Johan?«

»Nicht hier, aber es geht ihm gut, und er weiß, dass wir dich und die anderen hier rausholen wollen.«

»Und wie seid ihr hier hereingekommen?« Nun erst registrierte sie ihre Aufmachung. »Sagt bloß, als Sarazenen verkleidet? Das muss man euch lassen, ihr habt wirklich Mut! Aber was habt ihr in der Schatzkammer zu suchen? Ihr konntet doch gar nicht wissen, dass ich hier bin.«

»Das Gleiche könnte ich dich fragen?«

»Ich … äh …« Freya schien verlegen und zuckte mit den Schultern. »Ob du es glaubst oder nicht, der Kerl, dem das alles gehört, wollte mir was aus Gold und Edelsteinen schenken und …«

»Bei Allah und all seinen Propheten!«, fiel Khaled ihr ins Wort. »Was für eine Fügung!« Plötzlich strahlte er über das ganze Gesicht. »Du musst verdammt gut sein, Mädchen. Und?«, fuhr er fort. »Hast du schon eine Morgengabe erwählt.«

Freya schaute Arnaud begriffsstutzig an. »Sag nur, der Kerl gehört zu euch? Ist er etwa ein Sarazene?«

»Um es genau zu sagen«, erwiderte Arnaud mit einem ironischen Grinsen. »Er ist sogar ein Assassine. Und jetzt sag, warst du schon in der Schatzkammer?«

»Nein«, entgegnete sie. »Der Wesir wurde plötzlich gerufen und meinte, ich solle mit dem Kerl, dem euer Assassine soeben den Garaus gemacht hat, abwarten, bis er zurückkehrt. Es könne nicht lange dauern.«

»Los, was stehen wir hier noch herum!«, rief Khaled und machte sich auf, tiefer in das Gewölbe vorzustoßen. Arnaud packte Freya am Arm und zog sie hinunter in einen weiteren Gang. Struan folgte ihnen, das gezogene Schwert in der Hand.

»Warum wollte er ausgerechnet dir etwas schenken?«

»Ich glaube, das möchtest du nicht wissen«, antwortete Freya und verdrehte die Augen. »Wo gehen wir hin?«

Von weitem war die eiserne Tür der Schatzkammer zu sehen und daneben ein bulliger Schlüsselmeister, der wohl mit so ziemlich allem gerechnet hatte, aber nicht mit drei fremden Kriegern und einer durchaus ansehnlichen Konkubine.

»Bleibt, wo ihr seid!«, forderte er die Ankömmlinge mit erhobenem Krummsäbel auf.

»Das hättest du wohl gerne!« Arnaud zog sein Schwert und stieß Freya zur Seite, damit sie aus der Kampfzone geriet. »Dem Mädchen wurden von deinem Gebieter Juwelen versprochen, und genau die möchte sie sich nun holen.«

Der Kampf war kurz und blutig. Gegen zwei bestens ausgebildete Templer und einen Krieger der Nizâri hatte der Mann keine Chance.

Khaled zog den Toten in eine Ecke und nahm ihm den Schlüssel vom Bund.

Dabei spürte er Freyas zweifelnden Blick auf sich.

»Was tut ihr hier eigentlich?«, fragte sie mit angewidertem Blick auf den Toten.

»Wir suchen einen Kelch, der sich hier unten befinden soll.«

»Einen Kelch?«

»Ja – einen Kelch«, wiederholte Khaled und runzelte die Stirn, während er den schweren Schlüssel im Schloss umdrehte. Mit einiger Kraftanstrengung öffnete er das große Portal.

»Gib mir eine Fackel!«, forderte er Arnaud auf.

Der Templer nahm gleich drei brennende Fackeln von der Wand, und gemeinsam folgten sie Khaled in eine imposante Halle. Doch wenn sie geglaubt hatten, dass Gold und Edelsteine zum Greifen nah auf dem Boden herumlagen, so hatten sie sich gründlich getäuscht. Alles war fein säuberlich in Zedernholzkisten verpackt, und in den daraufgenagelten Pergamentlisten war der Inhalt einer jeden Kiste verzeichnet.

»Los, schaut nach, was darauf geschrieben steht!«, forderte Khaled sie auf.

»Ich kann kein Arabisch«, erwiderte Freya.

Khaled holte seinen Dolch hervor und schnitzte stellvertretend für »Kelch« das Wort für Becher ins weiche Holz – قَدَح. »Halte einfach nach diesem arabischen Schriftzeichen Ausschau.«

»Ach, du liebe Güte!«, stöhnte Freya. »Wie soll man sich das denn merken können?«

Ihr Blick strich über mindestens fünfzig Regale mit aufgestapelten Kisten, bis er an einem Regal mit kostbaren Tüchern und Kissen hängen blieb. Während die Männer hektisch damit begannen, Kisten aufzubrechen, und ausschließlich auf Münzen und Goldbarren stießen, schenkte die Begine ihre Aufmerksamkeit einem Behältnis, aus dessen Ritzen ein wenig Stroh hervorlugte.

Nachdem sie den Deckel gehoben hatte, entdeckte sie kostbares chinesisches Porzellan. »Wunderbar«, sagte sie leise. Wider Erwarten war sie beim Hausrat gelandet und ehrlich entzückt. »Kommt mal hierher!«, rief sie den Männern begeistert zu.

»Warum?«, Khaled schaute hoffnungsvoll auf. »Hast du den Kelch entdeckt?«

»Noch nicht«, sagte sie bedauernd, »aber ich habe da eine Idee.«

Die Vorstellung, dass der Kelch unter dem Geschirr und den Gläsern zu finden war, schien gar nicht so abwegig, zumal es hieß, der Wesir wisse nicht, welche Bedeutung er habe.

Kiste für Kiste wurde durchsucht, und bald standen überall Töpfe, Teller und kostbare syrische Gläser am Boden. Es sah aus wie in einem orientalischen Hochzeitsbazar. Aber die Zeit drängte. Ewig würden al-Russak und seine Leute nicht auf den Festungsmauern gebunden sein.

»Ich glaub, ich habe da was.« Freya war auf eine Reihe von goldenen Kelchen gestoßen. »Aber welcher könnte es sein?«

»Lass mich mal sehen«, sagte Arnaud, der von Geros Beschreibungen ziemlich genau wusste, wonach er suchen musste. Auch Khaled hatte eine vage Ahnung, wie der Kelch aussehen konnte.

»Ich glaube, das könnte er sein«, sagte Arnaud. Wie gebannt hielt er den Blick auf einen mit Ornamenten verzierten Goldbecher gerichtet, wobei er plötzlich völlig abwesend wirkte.

»Hey, Arnaud, was ist mit dir?« Freya bemerkte als Erste, dass mit ihm etwas nicht stimmte.

Khaled riss ihm den Kelch aus der Hand, und Arnaud schüttelte sich wie ein nasser Hund, nachdem er aus einer regelrechten Trance erwacht war.

»Das Ding ist kein Spielzeug«, herrschte Khaled den provenzalischen Templer an.

Khaled warf einen kurzen Blick hinein und erkannte den Stein am Boden, dessen mächtige Kraft sogleich seinen Geist erfasste.

Dass sie das Objekt der Begierde endlich gefunden hatten, daran bestand nicht der geringste Zweifel.

Khaled ließ den Becher in der Seitentasche seines Gewandes verschwinden.

»Und jetzt?«, fragte Arnaud. »Sag nur, du willst den Kelch für dich behalten?« Seine Stimme klang aggressiv.

»Ich werde ihn hüten wie meinen Augapfel«, versprach Khaled, doch das reichte Arnaud offenbar nicht.

»Wenn du mit dem Ding verschwindest, bevor wir die Lade gefunden haben, bring ich dich eigenhändig um, das schwöre ich dir.«

»Könnten die Herren mir vielleicht sagen, um was es hier eigentlich geht?«

Freya hatte die Hände in die Hüften gestemmt und warf ihren Mitstreitern einen unfreundlichen Blick zu.

»Es geht um das Auffinden der Bundeslade«, erklärte Arnaud, ohne Khaled aus den Augen zu lassen.

»Die Bundeslade?«, krächzte Freya erstaunt. »Ja, wenn es sonst nichts ist, vielleicht schauen wir uns noch mal rasch in der Möbelabteilung um und finden sie dort.« Sie schaute sich noch einmal theatralisch um, weil sie die Aussage der Männer offensichtlich nicht ernst nahm.

»Ob du es nun glaubst oder nicht«, bekräftigte Arnaud seine Behauptung. »Die Bundeslade – nichts Geringeres. Nur dass sie nicht hier ist. Der Kelch ist der Schlüssel zu ihrem Aufbewahrungsort.«

Freya schnappte nach Luft. »Warum hat mir das niemand gesagt?«

»Was hätte es geändert?«, erwiderte Khaled und machte sich auf den Weg nach draußen.

»Und was ist nun mit den anderen?«, rief ihm Freya hinterher.

»Das regeln wir noch«, sagte Arnaud. »Du musst uns vertrauen.«

Vor der Schatzkammer erwartete sie die nächste Überraschung. Malik al-Russak kam mit zwei Soldaten die Treppe hinabgelaufen. Man sah ihm nicht an, ob er beunruhigt war. Sein erwartungsfroher Blick traf auf Freya, die inmitten des Vorraums stand, wo er sie mit dem Wachmann zurückgelassen hatte.

In einem Versteck warteten Arnaud und seine Begleiter. Freya biss sich vor Angst auf die Lippen. Der Wesir bemerkte zu spät, dass etwas nicht stimmte. Im Nu waren er und seine zwei Begleiter umkreist. Blitzschnell zogen Khaled, Struan und Arnaud ihre Schwerter. Al-Russak stellte sich schützend vor Freya, weil er nicht annehmen konnte, dass es Franken waren, die sein Leben bedrohten.

Freya blieb ganz starr vor Verwirrung, während um sie herum die Säbel durch die Luft sirrten. Ohnmächtig musste sie zusehen, wie die Männer sich gegenseitig bis aufs Blut bekämpften. Struan hatte einen der Wächter mit einem gewaltigen Schlag ins Jenseits geschickt, während der andere mit Arnaud um sein Leben stritt. Al-Russak war ein exzellenter Kämpfer, und Khaled war weit davon entfernt, ihn einfach töten zu können. Doch er hatte Glück. Al-Russak rutschte auf dem Blut seines Getreuen aus und verlor dabei seinen Säbel. Die goldglänzende Waffe schlitterte Freya bis vor die Füße. Al-Russaks hilfloser Blick forderte sie auf, ihm den Säbel mit dem Fuß zurückzuschieben, doch das tat sie nicht. »Bitte«, formten die Lippen des Wesirs, und ihr blieb nichts weiter, als den Kopf zu schütteln.

Khaled war schneller und versetzte dem verblüfften Wesir einen tödlichen Streich. Dessen sterbender Blick war auf Freya gerichtet.

»Verdammte Hure«, röchelte er, »sei verflucht!«

Noch in seinen gebrochenen Augen glaubte Freya die Anklage zu sehen.

»Was habe ich getan?«, flüsterte sie und hielt sich vor Entsetzen die Hand vor den Mund.

»Er war kein guter Mensch«, rechtfertigte Khaled seine Tat. »Vielleicht sollte ich dich in den Kerker führen, damit du weißt, wie er seine Feinde gequält hat.«

»Schnell!«, rief Arnaud, der seinen Gegner ebenfalls ins Jenseits geschickt hatte. »Wir müssen verschwinden.«

Gemeinsam hasteten sie die Treppen hinauf und erreichten den kleinen Vorraum, von wo es nach draußen auf den Festungsplatz ging. Plötzlich verdeckte ein Schatten das Licht, das von den Feuerkörben hereinleuchtete.

Khaled schaute nach oben, und ihm fiel ein, dass er vergessen hatte, das Blut vom Säbel zu wischen. Hastig versteckte er die Waffe unter seinem Kaftan und nahm eine gebückte Haltung ein. Keinen Moment zu früh.

Abu Aziz Maulā war seinem Befehlshaber gefolgt und schickte sich an, die Treppe hinunterzugehen. Abrupt blieb er stehen und musterte die seltsame Truppe.

»Euch kenne ich!«, rief er überrascht. »Habe ich euch nicht gesagt, ihr solltet euch ein wenig amüsieren? Hier seid ihr vollkommen falsch. Das ist gesperrtes Terrain.«

»Wir haben uns wohl verlaufen«, antwortete Arnaud und zog sich mit einer unterwürfigen Verbeugung zum Ausgang zurück. Die anderen folgten ihm, bis auf Khaled, dessen Herz raste und der seine Chance gekommen sah, endlich mit einem seiner ärgsten Feinde abzurechnen.

Sein Zögern blieb auch Abu Aziz nicht verborgen. »Hast du ein Problem?«

Khaled, der immer noch gebeugt vor ihm stand, das Gesicht halb verdeckt vom herabfallenden Ende seines Turbans, schüttelte den Kopf. »Nein«, krächzte er.

Als Abu Aziz sich mit einem knurrenden Laut von ihnen abwandte und die Treppe hinunterlief, war Khaled versucht, ihm zu folgen.

»Bleib hier!«, fuhr Arnaud ihn an. »Denk an den Kelch und an die Frauen!«

»Ich muss ihn töten!« Khaled war hin und her gerissen. Wenn er Abu Aziz folgte, war es die beste Gelegenheit, ihn alleine zu stellen.

»Verdammt!«, fluchte Arnaud. »Was wird sein, wenn ihm noch andere Krieger folgen? Du wirst deine Rache schon noch bekommen, wenn wir die Lade gefunden haben!«

Khaled richtete sich schweren Herzens auf. Arnaud hatte recht. Wenn sie es nicht schafften, so rasch wie möglich die Festung zu verlassen, würde auch der Kelch nichts mehr nützen. Schweigend folgte er den Templern und dem Mädchen auf den Vorplatz.

Rona und Lyn trieben Hannah und Amelie über den Balkon des Wesirs nach draußen in die milde Nachtluft und nahmen dabei wenig Rücksicht darauf, ob die beiden schwindelfrei waren.

Hannah raffte ihr Übergewand, trat die Schuhe von den Füßen und steckte sie unter ihren Gürtel, als Rona sie aufforderte, ein Bein über die Brüstung zu schwingen. Gott sei Dank trug sie diese praktischen Pluderhosen. In einem langen Kleid wäre es weitaus schwieriger gewesen, über einen schmalen Steg zu einem weiteren Dachvorsprung zu balancieren. Unter ihr ging es mindestens zwanzig Meter in die Tiefe, und sie war froh, dass das Mondlicht nur die Dächer beleuchtete und nicht die Abgründe, die sich darunter auftaten. Amelie machte indessen eine erstaunlich gute Figur, als es darum ging, in schwindelnder Höhe über einen schmalen Kamm zu laufen, der die Verbindung zum nächsten Dach herstellte. Als Lyn nach einem Weg suchte, hielt Hannah inne. Draußen in der Wüste sah man Lichter, die im warmen Wüstenwind flackerten. Es waren Hunderte, und wenn man genau hinschaute, bewegten sie sich wie ein Lindwurm in Richtung Festung. Instinktiv dachte sie an Gero. Hoffentlich ließ er sich zu keinem Risiko hinreißen, nur um sie wiederzusehen. Sie machte sich jeden Tag Vorwürfe, dass sie nach ihrem Transfer nicht besonnener vorgegangen waren.

Rona schob sie zu einem weiteren Überstand. »Dort unten müssen wir hin«, sagte sie und zeigte über einen Vorplatz, auf dem einige Menschen an Lagerfeuern saßen, zu einer dunklen Gasse, die zwischen zwei hohen Häusern verschwand.

»Da! Das ist doch Struan!«, rief Amelie und zeigte nach unten, wo in gut fünfzig Meter Entfernung zwei Menschen im Schutz einer Mauer voranliefen. Sie führten drei Pferde mit sich.

Amelie hatte den Templer trotz Turban erkannt, weil es in diesem Land wohl kaum einen anderen Mann gab, der so groß und so breitschultrig war wie der Schotte. Als er einen Moment in ein flackerndes Feuer blickte, konnte auch Hannah seine markanten Gesichtszüge erkennen. Auf einmal tauchte Arnaud hinter den beiden auf, er führte zwei Kamele am Zügel.

»Ja, zusammen mit Arnaud«, bestätigte Rona, die beide nun auch entdeckt hatte. »Aber wer ist die Frau neben ihnen?«

»Das muss Freya sein.« Hannah verengte für einen Moment ihre Lider, um die rothaarige Begine in der Dunkelheit besser erkennen zu können.

»Aber wo ist Khaled?« Lyn schaute besorgt.

»Hier!«, sagte eine dunkle Stimme, die Hannah zu Tode erschreckte.

Als sie sich umdrehte, sah sie einen hochgewachsenen, gut aussehenden jungen Mann, der einen hellen Kaftan und einen schwarzen Turban trug. »Ich habe euch im Harem gesucht und eure Spur bis hierher verfolgen können.«

Ohne Zögern nahm er Lyn in den Arm und küsste sie leidenschaftlich.

Hannahs Blick fiel auf das breite Schwert, das neben einem mörderisch aussehenden Dolch an seinem Gürtel steckte.

Als er sich von Lyn gelöst hatte, lächelte Khaled in die Runde. »Ich glaube, wir sollten uns beeilen, von hier fortzukommen.

Khaled half Hannah, eine Kuppel hinunterzurutschen, indem er sie am Ende auffing, weil es hinter ihm fünf Meter in die Tiefe ging, dabei sicherte er sie mit seinem ausgerollten Turban. In abenteuerlicher Weise arbeiteten sie sich Dach für Dach und Überstand für Überstand nach unten.

Inzwischen hatte auf der Festung jemand Alarm geschlagen. Hörner schallten von den Türmen, und die Umgebung unter ihnen schien regelrecht zu brodeln. Soldaten liefen mit gezogenen Waffen aus ihren Unterkünften. Die letzten drei Meter zum Boden hangelten sich Khaled und seine Begleiterinnen an einem Bleirohr in die Tiefe, das Regenwasser von den Dächern in eine Zisterne beförderte. Hannah wurde von Arnaud aufgefangen, der sie stürmisch begrüßte, indem er sie an sich drückte und ihr einen Kuss auf die Wange gab.

»Habt ihr den Kelch?«, fragte Rona, die hinter Hannah gelandet war, in einem barschen Ton. Khaled bejahte die Frage mit einem triumphierenden Lächeln.

»Was für einen Kelch?« Hannah schaute Arnaud fragend an.

»Das erkläre ich dir später«, sagte er nur. »Im Moment haben wir andere Sorgen.«

Amelie flog Struan regelrecht in die Arme. Die Freude des Mädchens, ihren Liebsten wiederzusehen, war nahezu unbeschreiblich, und auch dem Schotten standen Tränen in den Augen, als er sie innig küsste. Aber die Zeit drängte.

Freya begrüßte ihre Freundinnen und die beiden Frauen, die ihr als die beiden Gesuchten aus der Zukunft vorgestellt wurden, mit einem erleichterten Lächeln. Doch bevor sie weitere Fragen stellen konnte, ertönte noch mal das Horn. »Bestimmt haben sie den toten Wesir schon entdeckt und suchen nach uns«, vermutete sie und schaute ängstlich zurück durch die enge Gasse, die zum Hauptplatz führte.

»Wieso?«, fragte Hannah. »Was ist denn geschehen?«

Während sie hinter den Männern und den Tieren zum Ausgang eilten, berichtete ihr Freya, was vorgefallen war. Fassungslos erfuhr Hannah von al-Russaks Tod und dem großen Geheimnis, das Gero zwar angedeutet, dessen Hintergründe er ihr aber stets verschwiegen hatte.

Hannah versuchte diese Informationen immer noch zu verdauen, als hinter einer Biegung plötzlich das geheime Tor auftauchte, durch das sie vor mehr als einer Woche auf die Festung gelangt waren.

»Ihr könnt hier nicht durch«, bestimmte der Ältere der beiden Wachleute, als sie gemeinsam das verborgene Schlupfloch erreichten. Misstrauisch hielt er die Fackel empor, um zu sehen, wer zu so später Stunde Ausgang begehrte. »Die Stadt ist auf Befehl unseres Festungskommandanten hermetisch abgeriegelt. Niemand kommt rein, und niemand kommt raus. Bis der Alarm aufgehoben wird. So einfach ist das.«

Während Khaled und Struan ihre Schwerter zogen, um die beiden Wachmänner vom Gegenteil zu überzeugen, waren Lyn und Rona bereits einen Schritt weiter. Blitzartig waren sie hervorgeschnellt und hatten den Männern mit der bloßen Hand gegen die Schläfen geschlagen, so dass sie zu Boden gingen und bewusstlos auf das Pflaster schlugen. Struan raunte ein Kompliment für diese beeindruckende Vorstellung und schob mit Leichtigkeit den schweren Balken aus der Verankerung, der ungebetene Gäste am Einlass hinderte.

Vor den Stadtmauern stiegen sie auf Pferde und Kamele, um sich erst einmal in Sicherheit zu bringen.

»Wir werden uns in den Pinienwäldern verkriechen müssen, bis wir beraten haben, wie es weitergehen soll«, erklärte Khaled mit düsterer Miene. »Sobald der Verdacht auf uns fällt, wird Abu Aziz Fährtenleser entsenden, um den Tod al-Russaks zu rächen.«

Kapitel 22

Totenklage

Juli 1153 – Gaza

Gegen halb fünf Uhr morgens tat Thibault, der als Glücksbringer berüchtigte Festungshahn, seinen ersten Schrei. Zu diesem Zeitpunkt waren die meisten der rund einhundert Templer, die zusammen mit ihren Waffenknechten und Knappen die Nacht im provisorisch eingerichteten Dormitorium der Templer-Festung in Gaza verbracht hatten, schon längst auf den Beinen. Tanners Plan, eine Belagerungsmaschine mit mehreren hundert Pfund Donnerkraut in geschlossene Fässer zu füllen, um sie dann in unmittelbarer Nähe zur Festungsmauer von Askalon mithilfe eines Brandpfeils zur Explosion zu bringen, war auf fruchtbaren Boden gefallen.

Jack war entsprechend nervös, als er sich neben Gero erhob und auf das geschäftige Treiben um sie herum blickte. Nachdenklich rieb er sich den Nacken und begann sich anzukleiden. Beim Anblick seines Schwertes und des danebenliegenden Kettenhemdes stieß er ein Schnauben aus. »Vielleicht hätte ich einfach mal meine vorlaute Klappe halten sollen«, sinnierte er laut und beobachtete Gero, der über seinem weißen Wappenrock mit dem roten Kreuz auf der Brust nun den doppelten Schwertgürtel um die Hüfte legte.

»Wenn das funktioniert, was du vorgeschlagen hast«, sagte Anselm, der übernächtigt auf seiner Pritsche hockte, »bekommst du wahrscheinlich einen Orden, der mehr wert ist als alle Auszeichnungen der US Army.«

Tanner lachte freudlos. »Falls ich es überleben sollte …«

»Mensch«, munterte Anselm ihn auf, »stell dir vor, du bist es, der die Geschichte verändert.«

»… oder dazu beiträgt, dass sie sich wiederholt.«

Tanner ließ seinen Blick durch die kahle, hohe Halle schweifen, durch deren offene Spitzbogenfenster die erste Morgenröte hereinleuchtete. Von draußen wehte ein frischer Wind durch die Ritzen, und das Rauschen des Meeres entfaltete eine beruhigende Wirkung, die das Aufstehen erschwerte. Die meisten Männer bereiteten sich davon unbeeindruckt auf ihren Tagesdienst vor. »Meinst du nicht, die Jungs hier wären früher oder später von selbst auf die Möglichkeit mit dem Schwarzpulver gekommen?«

Gero schüttelte den Kopf. »Diese Idee hatte bisher noch niemand, obwohl sie so naheliegend scheint. Noch in der Nacht hat Balduin den Befehl gegeben, die notwendigen Rohstoffe für die von dir vorgeschlagene Mischung aus den übrigen Festungen herbeizuholen. Außerdem hat er die Belagerungsmaschine bis auf dreitausend Fuß in eine vorläufige Position bringen lassen. Jetzt muss er sie nur noch mit dem Sprengstoff füllen und dafür sorgen, dass die Fatimiden ihm mit ihren Brandpfeilen nicht zuvorkommen.«

Tanner stützte seine Ellbogen auf die Knie und schlug die Hände vor das Gesicht. »Wieso musste mir so was auffallen?«

»Gestern Abend auf der Lagebesprechung waren alle ziemlich beeindruckt von dir«, ermunterte ihn Gero. »Wundere dich also nicht, wenn Tramelay dir eine Beförderung zukommen lässt.«

»Die er mir spätestens dann wieder nimmt, wenn er mich im Zweikampf mit einem Sarazenen beobachtet«, erwiderte Tanner.

»Ich habe gehört«, wandte Johan ein, der bereits mit Stephano für das Frühessen bereitstand, »dass die Fatimiden durchaus Ausfallkontingente stellen, die kurz und zielgerichtet aus der Festung hervorstoßen und damit versuchen, die Christen auf Abstand zu halten.«

»Was will er uns damit sagen?« Tanner schaute fragend in die Runde.

»Dass du am Arsch bist, wenn dir einer von denen zu nahe kommt.« Anselm hob eine Braue und grinste schadenfroh.

»Danke für den Hinweis«, sagte Tanner und beeilte sich, das schwere Kettenhemd überzuziehen, wobei ihm Johan bei der seitlichen Schnürung half. Gero reichte ihm den Waffengürtel. Als Jack seine

Chlamys anlegte, fiel sein Blick auf das rote Kreuz, und er seufzte. »Hoffentlich kann ich damit genug Eindruck schinden, dass mich die Heiden erst gar nicht herausfordern«, scherzte er.

Gero wusste, was in ihm vorging. Tanner hatte Angst, würde es aber nicht sagen, selbst wenn er direkt in die Hölle einfahren müsste.

»Glaub mir«, sagte Gero und schlug Tanner auf die Schulter. »Das ist normal, uns geht es auch nicht anders. Lass uns zur Messe gehen, das hilft.«

Die Glocken hatten bereits zur Prim geläutet, dem ersten Morgengebet um sechs Uhr. Danach stand das Frühessen auf dem Plan, bei dem nicht allzu viel Kulinarisches erwartet werden durfte. Allerdings war offenbar in den letzten Tagen eine überraschende Besserung eingetreten. Nachdem Melisende ihr Schatzkästlein Geros und seiner Brüder wegen geöffnet hatte, hatte man endlich wieder Brot, Bier und Wein und auch Obst und Fleisch für die Ordensbrüder kaufen können. Hafer und Heu für die Pferde sollte ebenfalls per Schiff aus Marseille herangeschafft werden.

Nach dem Frühessen gab es eine weitere Lagebesprechung, an der Gero als neuer Kommandeur teilnehmen musste, und um neun Uhr läuteten schon wieder die Glocken zur Terz.

»Ich bin kein Christ«, gestand Tanner, als er Gero zum zweiten Mal an diesem Tag hinaus zur Kapelle folgte.

»Nicht?« Gero war überrascht. Über Tanners Glauben hatten sie sich nie unterhalten.

»Was denkst du denn, wer die Welt erschaffen hat?« Es war mehr eine Frage der Höflichkeit, als dass Gero sich wahrhaftig für Tanners Gedanken interessiert hätte.

»Ich halte die Möglichkeit, dass das Universum in einem Urknall entstanden ist und wir vielleicht von Außerirdischen abstammen, die einst auf unserem Planeten gelandet sind, für viel wahrscheinlicher.«

»Außerirdische!« Geros tonlose Bestätigung bezeugte, für wie irrsinnig er diese Äußerung hielt.

»Er meint menschenähnliche Wesen, die mit fliegenden Untertassen auf der Erde gelandet sind«, fügte Anselm hinzu, wobei er sich ein Grinsen nicht verkneifen konnte.

Gero versuchte trotzdem ernst zu bleiben. Immerhin ging es um

Tanners religiöse Glaubensgrundsätze, denen er nicht respektlos begegnen wollte.

»Du meinst also, wir stammen von Engeln ab?«, versuchte er ihm entgegenzukommen.

»Nein.« Tanner schüttelte den Kopf. »Anselm ist der Sache schon nahegekommen, obwohl er sich ziemlich dämlich ausgedrückt hat. Ich denke, dass unsere Vorfahren vor Tausenden von Jahren von anderen Sternen auf die Erde gekommen sind, in einer Art Flugzeug, und dann sind sie hier gelandet und haben die menschliche Rasse begründet.«

»Und warum haben sie ihr Wissen nicht an die Menschheit weitergegeben?«

Johan, der neben ihnen schlenderte, warf Tanner einen fragenden Blick zu. »Ich meine, zu unserer Zeit, im Jahre des Herrn 1307, wusste niemand, wie man ein Flugzeug baut. Und hier freut man sich über Donnerkraut, das zu meiner Zeit gar keine Frage mehr wert war. Es ist doch merkwürdig, wenn du sagst, dass unsere Vorfahren angeblich bereits vor Tausenden von Jahren Flugzeuge bauen konnten und dass sie ihre nachfolgenden Generationen mit Steinschleudern haben hantieren lassen?«

Tanner überlegte einen Moment, furchte die Stirn und blieb Johan eine Antwort schuldig.

Auch Stephano war plötzlich munter geworden. Seine blaugrauen Augen leuchteten. »Werden dir diese … äh … Außerirdischen … wenigstens im Kampf beistehen, wenn du zu ihnen betest?«

Tanner stieß ein Schnauben aus und hob abwehrend die Arme. »Vergesst den Blödsinn«, meinte er, »ich habe einen Spaß gemacht.«

Für einen Moment herrschte betretenes Schweigen. Doch dann wurden sie mit einem Pulk von übermüdeten Kriegern mitgerissen, die unterschiedlich gerüstet aus sämtlichen Lagern zum Steinportal der großen Kapelle strömten. Unterdessen dröhnte vom Turm ein harter, sich ständig wiederholender Glockenschlag, der noch einen halben Tagesmarsch entfernt auch dem letzten Heiden klarmachen würde, dass die Christen sich soeben göttlichen Beistand sicherten.

Im Innern der voll besetzten Kapelle herrschte bis auf ein verhaltenes Husten hier und da absolutes Schweigen. Laut hallten die Schritte von Nachkömmlingen über den glatten Steinboden.

Balduin hatte mit seinen Grafen und Baronen in der ersten Reihe der

Kirchenbänke direkt am Altar Platz genommen. Den gewöhnlichen Rittern blieben Stehplätze. Gero stand mit seinen Leuten am Rande neben dem Eingangsportal und beobachtete aufmerksam das Geschehen.

Vor dem großen Opfertisch huschten Bischöfe und Kirchendiener umher, die dem Patriarchen dabei halfen, dessen goldene Insignien an die richtige Stelle zu platzieren. Über dem massiven Marmorblock, der mit einem juwelenbesetzten Tuch bedeckt war, baumelte in schwindelnder Höhe ein ausladender, schmiedeeiserner Rundleuchter, in dem zwölf armdicke weiße Kerzen brannten, für jeden Apostel eine. Der Geruch von verschwitzten Männern mischte sich mit dem von Bienenwachs, abgebrannten Dochten und Weihrauch. Hinter dem Altar hatte man das mannshohe silberne Kreuz aufgestellt, das man eigens von den Zinnen heruntergeholt hatte, damit es Balduin und seine Truppen wie immer in die Schlacht begleiten konnte.

Der Patriarch, ein gebücktes, uraltes Männchen mit schlohweißem Haar und einer runzligen Hakennase, erschien in einem blutroten Umhang und besprengte das Kreuz unter sonorem lateinischem Gemurmel mit einem, kunstvoll gefertigten goldenen Sprengel. Unermüdlich schöpfte er damit geweihtes Wasser aus einem goldgeschmiedeten Eimer, den ein Messdiener an einem Henkel neben ihm her trug.

Das Kirchengeläut ebbte ab, und der Patriarch kam endlich zu seiner eigentlichen Berufung – der Segnung der Ritter und Fußsoldaten. Aus eigener Erfahrung wusste Gero, dass der Segen der Mutter Kirche, der vor der Messe erteilt wurde, nicht nur die Kampfkraft stärkte, sondern auch die Gewissheit eines jeden einzelnen Söldners, im Paradies zu landen, falls die Schlacht nicht so glimpflich ablief, wie man es sich erhoffte.

Trotz seines hohen Alters und seines angegriffenen gesundheitlichen Zustandes eilte der Patriarch durch die engen Reihen der Krieger, um ja niemanden auszulassen. Stoisch ertrugen die Männer den stetigen Weihwasserregen, der mit einem »In nomine Patris et Filii et Spiritus Sancti« auf sie und ihre Schwerter herniederprasselte. Gero tropfte es auf die Lippen, und an dem Salzgehalt, den er schmeckte, als seine Zunge darüber fuhr, stellte er fest, dass es sich nicht um Süßwasser, sondern Meerwasser handelte. Bei der Wasserknappheit, die in der Festung und im gesamten Umland herrschte, sicher kein Frevel. Tanner rieb sich den salzigen Segen irritiert aus den Augen, was sein Nachbar als gutes Zeichen wertete.

»Zumindest dein Augenlicht bleibt dir erhalten«, brummte er freudig.

Immer noch strömten Soldaten und Bedienstete anderer Orden in das überfüllte Gotteshaus. Offenbar hatte der Patriarch alles im Blick, weil er auch die Neuankömmlinge zuverlässig mit dem gesegneten Nass beglückte.

Insgesamt hatte Balduin mehr als fünftausend Soldaten unter Waffen, die nicht alle in die Kapelle passten, was bedeutete, dass der Patriarch noch einige seiner Bischöfe nach draußen ins Feld entsandt hatte, um die Fußsoldaten, Waffenknechte, Knappen und sogar Pferde und Maulesel zu segnen. Etwa zweieinhalbtausend Krieger würden am Angriff beteiligt sein. Der Rest hielt sich in Gaza und Umgebung bereit, um den Nachschub zu sichern oder einen Angriff aus dem Hinterhalt abzuwehren.

Plötzlich erscholl eine Fanfare. Selbst der fast hundertjährige Patriarch, der aufgrund seines Alters ein wenig schwerhörig war, hielt mitten in seinem Segen inne und schaute interessiert Richtung Eingangsportal.

Jemand stieß mit einem Zermonienstock hart auf den Steinfußboden und brüllte: »La Reine – die Königin!«

Geros überraschter Blick glitt zu Balduin, an dessen Lippen man ablesen konnte, was er dachte … *»Il ne plus que ça* – das hat gerade noch gefehlt.«

Sobald die Königin sich anschickte, die Kirche zu betreten, fielen sämtliche Ritter der Reihe nach demonstrativ auf die Knie. Melisende rauschte davon unbeeindruckt mit hocherhobenem Haupt, in einen blauen Samtumhang gehüllt, durch die Mitte des Kirchenschiffs und steuerte auf den Altar zu, wo ihre beiden Söhne mit sämtlichen Würdenträgern des Königreiches Platz genommen hatten. Sie ergatterte den letzten noch freien Stuhl neben Aimery, ihrem jüngsten Sohn, der wie Balduin und die übrigen Adligen zwar aufgestanden war, aber keine Anstalten machte, ihr seinen Platz zu überlassen. Beide Söhne neigten vorschriftsmäßig ihr Haupt und küssten der Mutter eher zögernd die Hand, die sie ihnen demonstrativ entgegenhielt.

Erst als Melisende ein kurzes, herrisches Zeichen gab, erhoben sich die übrigen Adligen und Ritter wieder aus ihrer unterwürfigen Erstarrung. Die meisten von ihnen hielten jedoch nach wie vor ehrerbietig den Kopf gesenkt.

Gero spürte eine Hand an seiner Schulter, und als er sich umdrehte, war er überrascht, in Montbards graubraune Augen zu schauen. Nicht weit entfernt entdeckte er ein anderes Augenpaar, das einem Falken glich, der auf seine Beute lauert. Berengar von Beiruts teuflisch anmutender Blick sollte ihn wohl ängstigen, doch Gero schaute unbeeindruckt an ihm vorbei. Als er sicher sein konnte, dass er den Komtur von Jerusalem mit seiner Gleichmütigkeit verärgert hatte, wandte er sich wieder Montbard zu, wobei er allerdings die weiteren Geschehnisse am Altar nicht aus den Augen ließ.

»Wo habt ihr den Alten und meinen Knappen gelassen?«, flüsterte Gero Montbard von der Seite her zu. Nach wie vor war er beunruhigt, dass das Schicksal des Jungen nicht in seiner Hand lag.

»Ich habe Eure beiden Angehörigen in die Obhut meines treuen Bruders Godefroy Bisol gegeben«, raunte Montbard ihm zu. »Falls die Sache hier wider Erwarten schiefgehen sollte und Ihr zu Tode kommt, wird er sich um das Wohlergehen der beiden kümmern.«

»Wie beruhigend«, zischte Gero verärgert. »Ihr wollt mich also mit dem Leben der beiden unter Druck setzen?«

»Wo denkt Ihr hin, Bruder!«, beschwichtigte Montbard. »Ich habe sie nur vor Bruder Berengars Gier und Melisendes Rachegelüsten in Sicherheit bringen wollen, damit ihnen so lange nichts geschieht, bis ich dauerhaft für ihre Sicherheit garantieren kann.«

»Und was wird aus ihnen und uns, wenn Euer Plan nicht funktioniert und wir trotzdem am Leben bleiben?« Gero hatte Mühe, seine Gereiztheit zu unterdrücken. »Bruder Arnaud und Euer Assassine sind mir nach einem Zwischenfall, bei dem de la Trenta getötet wurde, in den Bergen begegnet. Durch Zufall habe ich von Arnaud erfahren, dass Ihr ihn und seine Begleiter, als Sarazenen verkleidet, im Auftrag der Königin zur Festung von Askalon entsandt habt, um das Geheimnis von dieser Seite zu lüften. Was geschieht, wenn sie zum Zeitpunkt unseres Angriffs noch auf der Festung sind? Und warum müssen meine anderen Brüder und ich unser Leben aufs Spiel setzen, wenn es Eurem Assassinen gelingen sollte, den Kelch schon vor Erstürmung der Festung für Euch in seine Obhut zu bringen?« Gero setzte eine unduldsame Miene auf, bevor er fortfuhr. »In meinen Kreisen würde man sagen, Ihr spielt ein doppeltes Spiel, in dem am Ende alle die Verlierer sind – nur Ihr nicht.«

Montbard legte einen Finger auf die Lippen, während der Patriarch den feierlichen Choral anstimmte. »Euch geht es doch sowieso in erster Linie um die Rettung Eurer Frauen. Denkt Ihr, ich wüsste das nicht?«

Gero schwieg für einen Moment. Der Alte hatte ins Schwarze getroffen.

»Daher solltet ihr kein Risiko eingehen«, flüsterte Montbard mit einem lächerlich treuen Blick. »Vertraut mir einfach und fügt Euch Gottes Willen!«

Ohne das von Montbard empfohlene Gottvertrauen ging Gero zurück ins Dormitorium und verteilte seine Befehle.

»Anselm, du gehst in die Stallungen und sattelst unsere Pferde. Danach kontrollierst du unser Gepäck und unsere Wasserrationen. Auch das Verbandzeug muss überprüft werden. Unser Marschall besteht übrigens darauf, dass die Waffenknechte mit in den Kampf ziehen. Ihr werdet dem Haupttrupp in sicherem Abstand folgen, um bei Waffenverlusten oder wenn ein Tier zu Schaden kommt, für Ersatz zu sorgen.«

Gero sah dem deutschen Kameraden aus der Zukunft an, dass ihm seine Aufgaben nicht behagten. Rasch ging er dazu über, den übrigen Rittern die weitere Vorgehensweise zu erläutern.

Zur Mittagszeit wollte man den Belagerungsturm so nahe an die Festung herangebracht haben, dass eine einzige Sprengung die volle Wirkung entfalten konnte, um die Mauern zum Einsturz zu bringen. Dafür mussten zuvor syrische Turkopolen mit ihren schnellen Reflexbögen dafür sorgen, dass die Festungsmauern von fatimidischen Bogenschützen gesäubert wurden. Mit ihren Brandpfeilen bildeten die Fatimiden nicht nur eine Gefahr für die Belagerungstürme und deren Personal, sondern auch für das darin enthaltene Schwarzpulver und die Verteidigungslinien der Ritter, die möglichst zügig von allen Seiten herangeführt werden mussten, um Menschen und Material gegen die plötzlichen Reiterattacken der Fatimiden zu schützen.

»Ich würde etwas darum geben, wenn ich noch Zeit hätte, um bei den Jungs eine Keramik-Titanium-Weste einführen zu können«, scherzte Jack Tanner, nachdem Templer-Marschall und Oberbefehlshaber Hugo Salomonis de Quily noch einmal höchstpersönlich in den Mannschaftsräumen erschienen war, um den donnernden Befehl zu erteilen, dass jeder kämpfende Ordensbruder zusätzlich Eichenholzplatten in der Waffenkammer zu empfangen habe, die ihn, vor Brust und Rücken verschnürt, gegen Armbrust- und Bogenpfeile schützen sollten.

Gero fragte sich schon seit dem Abmarsch aus Jerusalem, was mit dem Verbandmaterial und den Medikamenten geschehen war, die sie aus der Zukunft mitgebracht hatten. Nach ihrer Verurteilung blieb es spurlos verschwunden, und niemand hatte ein weiteres Wort darüber verloren.

»Und wenn der Feind dich ins Auge trifft, bist du verloren«, höhnte Johan leise.

»Ich nicht«, meinte Tanner. »Mir wurde das Weihwasser des Patriarchen direkt in die Pupille gespritzt.«

Gero hatte Jack bereits zuvor beim Anlegen der Leder- und Kettenbeinlinge geholfen. Beiläufig reichte er ihm nun die gepolsterte Sturmhaube und riet ihm, die Kettenkapuze darüberzuziehen, bevor er den im Feuer gestählten Normannenhelm mit Nasenschutz aufsetzte. Gero prüfte noch einmal den richtigen Sitz der Waffe in der hölzernen Schwertscheide, die mit einem Lederriemen gesichert war, damit sie nicht herausrutschen konnte.

Tanners Blick wirkte gequält, als er an sich herabblickte. »Als ehemaliger Angehöriger der US Marines bin ich schweres Gerät durchaus gewöhnt«, gab er nörgelnd zum Besten, »aber das hier ist mit Abstand die unbequemste Ausrüstung, die ich je getragen habe.«

»Wenn ich mich recht erinnere«, bemerkte Johan mit einem Augenzwinkern, »schützt eure Ausrüstung in deiner Zeit ebenso wenig vor dem Tod.«

»Da hast du recht«, musste Tanner bedauernd zugeben. »Andere Zeiten, andere Sitten und immer die gleichen Risiken für jene, die ihren Arsch hinhalten. Ist doch seltsam, oder?«

Geros Blick fiel auf den Eingang des Dormitoriums, dessen offenes Tor direkt zum Festungshof führte, wo bereits am Morgen die Sonne die Luft so weit aufgeheizt hatte, dass man auf den Mauern ein Ei braten konnte.

»Sei froh, dass du wenigstens diese Rüstung hast. Ohne sie könnte es noch unbequemer werden«, prophezeite Gero und gab Johan und Stephano, die auf Tanner gewartet hatten, ein Zeichen, mit ihnen gemeinsam zu den Stallungen zu gehen, dann quer über den Hof durch ein weiteres Tor zu einem riesigen, mit Holz überdachten Bau, der Platz für Hunderte Reittiere bot.

Auf dem Weg dorthin brach Tanner der Schweiß aus. Erst recht, als sie am Eingang der Stallungen auf Anselm trafen, dessen verschwitzter Kopf wirkte, als hätte man ihn in kochendes Wasser getaucht.

»Ich habe die Pferde schon gesattelt, und einer der Knappen hat mir geholfen, Wasserflaschen, Proviant und Verbandzeug in die Satteltaschen zu packen«, vermeldete er mit einem gewissen Stolz. Auch er trug ein Schwert, das aber – so hoffte Gero – nicht zum Einsatz kommen würde. Wegen der vielen Tiere, die ihre Exkremente einfach unter sich gehen ließen, und der Menschen, die anstatt auszumisten, damit beschäftigt waren, ihren Abmarsch vorzubereiten, stand die Luft so sehr vor Feuchtigkeit und Dreck, dass es einem den Atem nahm.

Ausreichend Wasser in Lederschläuchen oder Holzkalebassen war das Gebot der Stunde, doch die Versorgung mit Wasser war auf Burg Gaza genauso schlecht wie alles andere. Anselm hielt das mit wattierten Decken und Kettenringen gepanzerte Pferd ruhig, damit Tanner sich in den Sattel hieven konnte.

»Ich fühle mich wie Prinzessin auf der Erbse«, jammerte Tanner. »Ich spüre jeden einzelnen Kettenring unter meinem Hintern, ist das normal?« Fragend schaute er Gero an, der unter seinem Helm kaum zu erkennen war.

»Du musst das Hemd unter dem Hintern wegziehen«, riet ihm Gero, der wie Tanner seine Kettenbeinlinge an ledernen Strapsen trug und die beiden Enden des knielangen, seitlich geschlitzten Hemdes lose über Steiß und Oberschenkel gelegt hatte.

Er machte ein Zeichen, als ob er ein Visier heben müsste, das es zu dieser Zeit überhaupt noch nicht gab, und steuerte seinen unruhig tänzelnden Araberhengst in eine Reihe, direkt hinter Johans Pferd, um vor einer eigens eingerichteten Waffenstation hinter einer langen Schlange von mindestens weiteren einhundert Rittern auf die Zuteilung der Lanzen zu warten.

Nicht alle auf der Festung anwesenden Ordensritter waren zur ersten Attacke eingeteilt. Montbard, der ohnehin nicht offiziell zur

Truppe gehörte, war im Gästehaus bei der Königin verblieben, die sich aus der Ferne über den Verlauf des Angriffs unterrichten lassen wollte. Aber auch Berengar von Beirut machte keinerlei Anstalten, mit seiner Truppe die Festung zu verlassen.

Gero überlegte, nachdem er seinen nervösen Braunen beruhigt hatte, wann er jemals so gerüstet zu einem Einsatz aufgebrochen war. In seiner Zeit hatte es keine Kreuzzüge mehr gegeben. In den Jahren zwischen 1303 und 1307 hatten sie vorwiegend Raubritternester ausgehoben, Geldtransporte überwacht und den Papst auf seinen Reisen gegen Angriffe von Plünderern und Feinden der Kirche geschützt. Dabei hatten sie völlig andere Taktiken verfolgt, als bei einem großangelegten Kampf im freien Feld notwendig waren. Tanner jonglierte immer noch in abenteuerlicher Weise mit seiner Lanze herum, während sich Hunderte Ritter vor der Festung reihenweise zu Bataillonen formierten.

Gero ritt noch einmal die Aufstellung seiner eigenen Leute ab und nutzte die letzte Gelegenheit, um Johan und Stephano zu ermahnen, nicht ihr Leben für einen Krieg aufs Spiel zu setzen, der nicht ihr eigener war.

»Ihr wisst, was danach zu tun ist?«

»Es geht um unsere Frauen.« Johan nickte. »Mehr als um alles andere.«

Stephano fasste mit einer Hand an seine Satteltasche. Noch kurz vor Einbruch der Dunkelheit hatte Gero am Abend zuvor Anselm auf den Bazar außerhalb der Festungsmauern geschickt. Dort hatte er den Auftrag gehabt, jedem von ihnen einen braunen Kaftan und ein schwarzes Tuch für einen fatimidischen Turban zu kaufen, damit sie sich zu gegebener Zeit in Sarazenen verwandeln konnten, wenn Tramelay und seine Leute damit beschäftigt waren, in Askalon einzudringen und die Fatimiden auf Abstand zu halten.

Als ob ihn der Teufel gerufen hätte, ritt Tramelay auf einem feurigen, weißen Hengst an Gero vorbei und forderte ihn mit einer herrischen Handbewegung auf, endlich seine Position hinter Marschall de Quily einzunehmen, der die Speerspitze des Angriffs mit rund einhundert Templern führte. Der Marschall, der den gesamten Angriff koordinierte, würde in wenigen Augenblicken zum Abmarsch blasen lassen. Nachdem Gero seine Truppe ins Feld vor der Festung geführt hatte, wo sich sämtliche Reiter nach ihrer Zugehörigkeit formierten, schaute er sich um und blickte in die Gesichter der vorwiegend jungen Männer, die hinter ihm die Hände zu einem letzten Gebet falteten. Nach einer Schweigeminute bekreuzigten sie sich, wobei vereinzelte Ritter ihre kleinen Silberkreuze unter ihren Kettenhemden hervorholten und sie küssten.

Spontan fasste Gero einen Entschluss. Er wusste noch nicht wie, aber er musste es Tramelay sagen. Selbst wenn er diesen Mann hasste wie das Beulenfieber, wollte er junge Männer wie Florentin nicht einfach einem grausamen Tod überlassen.

Als Gero seinen temperamentvollen Araber wendete und an den ähnlich hitzigen, weißen Hengst des Großmeisters heranritt, erkannte er das Erstaunen in den Augen des Reiters. Tramelay leitete die Truppe wie üblich von rechts außen, im Gegensatz zu Gero, den er an vorderster Front in der Mitte der ersten Reihe postiert hatte.

»Was wollt Ihr denn jetzt noch, Bruder Gerard?«, fragte er mit einem ungeduldigen Zug um die Mundwinkel. »Anstatt mich zu behelligen, solltet Ihr eher Jakobus von Tannenberg zur Räson bringen, damit er endlich seine Lanze aufrecht stellt. Ich habe selten so einen ungeschickten Nichtsnutz in meiner Truppe gehabt.

»Meister Bernard.« Gero hatte seine Stimme unbotmäßig erhoben, ohne die Erlaubnis zum Sprechen zu haben, doch er musste sich bei Tramelay Gehör verschaffen, selbst wenn die Aussicht darauf, dass er ihm glauben würde, eher gering stand. Sein Herz ließ ihm keine andere Wahl.

»Ich muss unbedingt mit Euch reden.« Er sah, dass Tramelay ihm trotz seines Unmutes Aufmerksamkeit schenkte. Wahrscheinlich rechnete er damit, Gero würde ihm nun endlich sein wahres Geheimnis offenbaren.

»Ich höre«, sagte der Großmeister und hob arrogant seine Nase, ohne ihn anzuschauen.

»Wenn der Turm tatsächlich eine Bresche in die Mauer sprengt, so rate ich Euch dringend, auf die Truppen Balduins zu warten, bevor Ihr uns das Kommando zum Angriff gebt.« Gero überlegte fieberhaft, wie er sein Wissen an diesen Mann heranbringen sollte, ohne sein Geheimnis preisgeben zu müssen. »Ich hatte heute Nacht eine Vision«, begann er mutig. »Ich sah, dass Ihr die Festung im Alleingang genommen habt und vierzig Templer dabei ihr Leben lassen mussten. Ihr wart auch dabei. Seigneur, ich bitte Euch, die Fatimiden sind zu stark, als dass wir die Festung alleine mit unseren Brüdern erobern könnten. Sie werden uns gefangen nehmen, köpfen und unsere Kadaver an den Festungsmauern zur Schau stellen.«

Tramelays Blick zeigte eiskalte Berechnung, und seine blassblauen Augen, die ohnehin schon hervorstanden, traten noch mehr aus ihren Höhlen. »Wer seid Ihr, Bruder Gerard?«, geiferte er gefährlich leise. »Dass Ihr es wagt, mir taktische Ratschläge zu geben? Seid Ihr etwa doch mit dem Teufel im Bunde wie unser ungeliebter Bruder André de Montbard, der offenbar auf Euch setzt und dabei seine ganz eigenen Pläne schmiedet?«

Gero versuchte, gelassen zu bleiben. Tramelay hatte Montbards Absichten offenbar durchschaut, und doch würde er keine Chance gegen den verhassten Bruder haben, wenn die Prophezeiungen recht behielten. Aber vielleicht konnte man ihn wenigstens davon abhalten, seine Leute blindlings ins Verderben zu führen.

»Beau Seigneur«, versuchte es Gero ein letztes Mal. »So hört … wenn die Bresche geschlagen ist, wartet einfach ab, bis uns der König mit seinen Truppen zu Hilfe kommt. Tut Ihr es nicht, sind alle beteiligten Templer des Todes.«

»Eine Vision …« Tramelay schüttelte boshaft lachend den Kopf. »Wahrscheinlich entspringt diese Vision nicht Eurem, sondern Montbards krankem Hirn. Ich bin nicht blöd, Breydenbach. Denkt Ihr ernsthaft, ich will bei einem Erfolg auf meinen Triumph verzichten? Im Übrigen steht Ihr aus purer Berechnung an vorderster Front. Den Teufel kann man nur mit dem Einsatz von Teufeln bezwingen«, höhnte er abfällig. »Ihr und die Euren werdet meinen Befehlen gehorchen und uns entweder den Weg zum Sieg bereiten oder – wenn es Gott dem Herrn gefällt – uns in den Untergang folgen. Und nun zurück in die Reihe!«

Einen Moment lang waren nur der Wind und das Flattern des Banners zu hören.

»Im Namen Gottes, Beau Seigneur!«, bestätigte Gero den Befehl seines Vorgesetzten resigniert. Schweigend lenkte er sein Pferd in die vorderste Reihe seines Bataillons zurück und ließ sich nicht anmerken, wie unglaublich töricht er das Verhalten des Großmeisters fand.

Für die Reiter galt es zunächst, eine Stunde lang hügeliges Gelände zu überwinden und dann noch mal dreitausend Fuß durch eine weiße

Geröllebene, die sich an den Felsen von Askalon wie ein Teppich aus spiegelnder Hitze schmiegte.

Der Marschall hob die Hand zum Signal, und ein Sergeant im schwarzen Mantel stieß in ein Horn, dessen langgezogener Ton die Truppe dazu ermunterte, ihren gepanzerten Pferden sacht in die Flanken zu treten. Die Tiere tänzelten nervös und schnaubten noch einmal, bevor sie trotz ihrer schweren Last in Richtung Festung davonstoben, als ob es ein Rennen zu gewinnen gäbe.

Die harten, donnernden Schläge der Hufe betäubten Geros Ohren und übertrugen sich wie ein dunkles Summen auf jede Faser seines Körpers. Ihn ergriff das Gefühl, mit den Pferden und Reitern in seiner Umgebung zu verschmelzen, und bald stellte sich jener Rausch ein, der unter den älteren Rittern das himmlische Feuer genannt wurde, das angeblich dafür sorgte, dass man jegliche Furcht und auch sein Gewissen verlor, wenn es in der Konfrontation mit dem Gegner darum ging, ihn mit größtmöglicher Brutalität und Entschlossenheit zu schlagen.

Von weitem waren bereits die riesigen, hölzernen Belagerungsmaschinen zu erkennen, wie sie unaufhörlich nach vorne rückten, gezogen von einem Himmelfahrtskommando aus Tieren und Menschen, die offenbar weder Tod noch Teufel scheuten. Es würde nicht mehr lange dauern, bis sie auf Gegenwehr stießen. Die Fatimiden konnten schließlich nicht seelenruhig dabei zusehen, wie die verhassten Franken ihre Festung bedrohten. Gero gab ein weiteres Zeichen, das die Reiter dazu brachte, nach allen Seiten an den Maschinen vorbei Richtung Festung zu strömen.

Noch waren sie nicht nahe genug, um vom Beschuss der Brandpfeile betroffen zu sein, als sich plötzlich das Haupttor von Askalon öffnete und eine Truppe von Hunderten schwarz gekleideter Reiter aus der Festung hervorquoll, um sich ihnen mit aller Macht entgegenzustellen.

Den Rest der Nacht nach ihrer Flucht hatten Khaled und seine Gefährten ungeduldig am Rande eines Pinienwaldes unterhalb von N'alia verbracht. Geschützt von einer Schäferhöhle, in der sich bereits ein provisorisches Lager aus Ästen und Schilfstroh befand, hatten sie den Morgen abgewartet. Und obwohl Rona und Lyn durchaus in der Lage waren, auch im Dunkeln zu sehen, hatte Khaled, dem diese Gabe unheimlich erschien, davor gewarnt, zu früh aus ihrem Versteck hervorzukommen, weil sie nicht sicher sein konnten, ob Abu Aziz sie trotz der fränkischen Bedrohung von Spähern hatte verfolgen lassen. Die Christen näherten sich seit Mitternacht in Scharen der fatimidischen Festung.

Er selbst hatte sich über Stunden mit dem Kelch beschäftigt und war mitunter in eine Art Trance verfallen, dabei hatte er eine Karte gesehen, die direkt zum Geheimnis der Lade führte. Am liebsten wäre er sofort aufgebrochen, um das Geheimnis zu lüften, doch davon hielten ihn seine Versprechungen ab.

Im ersten Morgenlicht trat er an den Rand der Anhöhe, um sich einen Überblick zu verschaffen. Dabei nahm Rona ihm unvermittelt das Gefäß aus der Hand.

Khaled fuhr ärgerlich herum, weil sie ihn nicht um Erlaubnis gefragt hatte. Sie reagierte mit einem zweideutigen Lächeln. »Ich sehe keinen Grund, warum wir uns dieses umstrittene Artefakt nicht auch einmal ansehen dürfen, schließlich haben auch wir unser Leben dafür aufs Spiel gesetzt.«

Zähneknirschend ließ Khaled sie gewähren und beobachtete fasziniert, wie sie mit ihrem magischen Armband über den eingefassten Stein am Boden des Kelches strich und danach in einem schwach leuchtenden Feld darin etwas ablas.

»Holla«, sagte sie und wiederholte den Vorgang, weil sie offenbar dem Ergebnis misstraute. »Die Abstrahlungsfrequenz ist signifikant höher als alles, was ich im Zusammenhang mit unseren Kristallen bisher gesehen habe.« Ihr Blick fiel auf Lyn, die sich auf Khaled konzentrierte und dabei seine Hand hielt, als müsse sie ihn beruhigen.

»Komm her, das musst du dir anschauen«, forderte Rona ihre Schwester auf, ohne den Blick vom Innern des Kelches abzuwenden. »Sieht ganz so aus, als ob das gute Stück aus dem gleichen Material besteht wie unsere Frequenzkristalle.«

Hannah beobachtete interessiert, wie Lyn den Kelch von ihrer Schwester entgegennahm und ihn von allen Seiten inspizierte. Dann steckte sie ihre Nase in das Innere, als ob sie den darin befindlichen Kristall beschnuppern wollte.

Nach einem kurzen Moment des Erstaunens stieß sie den Kelch unvermittelt von sich, als ob sie sich daran verbrannt hätte. Hannah wich erschrocken zurück. Der ansonsten harmlos aussehende, goldene Becher war scheppernd zu Boden gegangen, und niemand bückte sich, um ihn aufzuheben, als ob irgendeine Gefahr von ihm ausging.

»Was machst du da?«, rief Khaled und bedachte Lyn mit einem unverständlichen Blick. Er war sogleich zur Stelle, um den Kelch wieder an sich zu nehmen.

»Puh«, sagte Lyn und wischte sich mit einer Hand über das Gesicht. »Wenn das ein Vorgeschmack auf die Bundeslade sein soll, möchte ich nicht wissen, was sich tatsächlich dahinter verbirgt. Ich wurde noch nie bei der Untersuchung eines Kristalls mit einer solch starken Energiequelle konfrontiert.«

Hannah näherte sich interessiert. »Was ist mit dem Kelch?« Ihr Blick glitt zwischen den beiden Schwestern hin und her. »Hat er tatsächlich irgendwas Magisches an sich.«

Rona räusperte sich, dann schaute sie Hannah mit ihren grünen Augen an, als ob sie nicht sicher war, ob die ihre Erklärungen verstand. »Ich versuche es einfach zu formulieren«, begann sie zögernd. »Du und Arnaud habt uns berichtet, dass man in der Zukunft Probleme mit unserem Server hat. Die Energiezufuhr ist nicht mehr ausreichend gedeckt, um jemanden aus der Vergangenheit in die Zukunft zurück zu transferieren. Habe ich recht?«

Hannah nickte. »Ja, so habe ich es jedenfalls verstanden.«

»Ich vermute«, fuhr Rona fort, »dass bei der Explosion, die nach dem Transfer der Männer aufgetreten ist, einer der inneren Frequenzkristalle im Server zerstört wurde. Und so, wie es aussieht, ist der Stein am Fuße des Kelches ein ebensolcher Frequenzkristall. Allerdings von einer wesentlich besseren Qualität, als wir ihn je besessen haben.«

»Heißt das …« Hannah wagte den Gedanken fast nicht auszusprechen.

»… Tom könnte uns damit zurückholen?«

»Ja«, bestätigte Lyn ihre Vermutung. »Der Stein könnte eventuell den zerstörten Kristall ersetzen. Doch dafür müssten eure Leute in der Zukunft, den Stein erst mal haben, und ihnen müsste klar sein, dass man mit dessen Frequenzwellen auf chemischem Wege eine kalte Fusion herbeiführen kann. Das war 2005 noch Science Fiction, ebenso wie die Möglichkeit, zum Mars zu reisen, um an solche Kristalle heranzukommen.«

»Wenn der Stein vom Mars stammt, wie kommt er dann in diesen Kelch hinein?« Hannah konnte ihre Verwunderung nicht verhehlen.

»Das wüsste ich auch gerne«, sinnierte Rona. »Es muss ein irdisches Vorkommen geben, das uns bisher unbekannt war.« Ihr Blick fiel auf Khaled. »Vielleicht gibt es für euer biblisches Geheimnis eine rein wissenschaftliche Erklärung?«

Arnaud und Khaled hatten aufmerksam zugehört, doch man konnte beiden ansehen, dass sie Mühe hatten, Ronas Überlegungen zu folgen.

Arnaud sah sie aus schmalen Lidern an. »Bedeutet das: Wenn der Kelch mit dem Stein in der Zukunft in die Hände von Tom gelangen könnte«, führte er nachdenklich aus, »wäre der Maleficus in der Lage, die Maschine mithilfe des Steins zu reparieren und uns in seine Zeit zurückzuholen?« Ihm war anzusehen, dass er nicht sicher wusste, ob ihm diese Möglichkeit wirklich behagte.

»Im Grunde genommen schon«, bestätigte Lyn die Ausführungen ihrer Schwester. »Vorausgesetzt, er weiß, wie man den Stein in den energetischen Regelkreis einbaut und die elektrochemischen Verbindungen nutzt.«

Hannah hob den Blick und sah Arnaud direkt in die Augen. »Aber hast du mir heute Nacht nicht erzählt, dass Gero den Kelch in unserer Zeit in seinen Händen gehalten hat?« Sie konnte kaum verbergen, dass sie immer noch wütend und verletzt war, weil Gero ihr den Fund des Kelches verschwiegen hatte.

»Das bedeutet, Kelch und Stein existieren noch immer irgendwo in der Zukunft, und wir müssten Tom und seinen Leuten nur eine Botschaft zukommen lassen, wo das Ding zu finden ist und was es damit auf sich hat.«

»Möglicherweise wäre das eine Lösung«, erwiderte Arnaud. »Aber Gero wollte nicht, dass jemand davon erfährt, und wir haben ihn in dieser Meinung bestätigt. Wir befürchteten, dass die Amerikaner hinter das wahre Geheimnis des Kelches kommen könnten und damit noch mehr Unheil anrichten würden, als ohnehin schon seit dem Untergang des Ordens geschehen ist. Allein der Kelch war der Grund, warum wir uns überhaupt auf diese Reise eingelassen haben.« Er warf Rona einen schuldbewussten Blick zu. »Es ging uns nicht in erster Linie darum, euch zu retten und in die Zukunft zurückzuholen. Es ging uns um unsere eigene Rettung. Wir dachten, Montbard und sein Hoher Rat wüssten um das Geheimnis und könnten uns vielleicht helfen, einen Weg aus unserer Knechtschaft zu finden.« Er hielt inne. Auch ihm war die Aufregung anzusehen.

»Und wie habt ihr euch das vorgestellt?«, fragte Hannah mit einem Hauch von Ironie. »Wolltet ihr ohne uns Frauen hier leben?«

»Nein, natürlich nicht«, entgegnete Arnaud aufgebracht. »Gero ist davon ausgegangen, dass wir wieder zurückkommen würden. Wir hegten die Hoffnung, dass das Geheimnis der Bundeslade uns vielleicht helfen könnte, irgendwo gemeinsam und unerkannt ein neues, freies Leben zu beginnen.«

»O mein Gott!«, entfuhr es Hannah. »Und ich habe geglaubt, dass es euch Kerlen in erster Linie um die Rettung des Templerordens ging. Gero hat zwar ein paar Andeutungen gemacht, dass er einen Weg finden wollte, uns von der Überwachung der Amerikaner zu erlösen, aber ich dachte, er hoffte dies damit zu erreichen, dass er ihnen ein letztes Mal zu Willen war.« Hannah kniff die Lippen zusammen und schaute in die Runde der fragenden Gesichter. Rona und Lyn war anzusehen, dass ihnen Hannahs Offenbarungen über die Amerikaner des Jahres 2005 immer suspekter wurden. Amelie hatte ein leises, aber energisches Gespräch mit Struan begonnen, indem sie ihm Vorwürfe machte, warum er nicht ehrlich zu ihr gewesen war.

»Und was ist nun mit dem Kelch in der Zukunft?«, fragte Hannah schließlich. »Habt ihr ihn wenigstens irgendwo versteckt, damit ihn niemand finden kann?«

»Soweit ich weiß«, antwortete Arnaud, »ist das gute Stück in ein Museum gewandert, und unsere amerikanischen Gastgeber wissen ebenso wenig darüber wie unsere fatimidischen Freunde.«

Hannah schüttelte den Kopf. »Warum hat Gero den Kelch überhaupt den Amerikanern überlassen? Wäre es nicht besser gewesen, er hätte ihn einfach an sich genommen und versteckt?«

»So, wie Johan und er uns erklärt haben, war das nicht möglich. Hertzberg hat den Kelch kurz in Händen gehalten und Gero sogar gefragt, ob er eine Bedeutung habe, und Gero ist nichts anderes übrig geblieben, als den wahren Hintergrund zu verleugnen und sich unwissend zu stellen. Danach hatte er keine Möglichkeit mehr, an den Kelch heranzukommen. Aber er wusste aus Legenden, um welche Kostbarkeit es sich handeln musste und dass es hieß, Montbard und seine Ritter hätten um die Macht des Kelches gewusst.«

»Wahrscheinlich war ihm die Geschichte zu heikel«, beantwortete Rona die Frage. »Offensichtlich war ihm klar, welche Kraft in dieser winzigen Probe lag, und er hat geahnt, dass man mit dem, was dahintersteckt, womöglich die ganze Welt vernichten kann, falls das Geheimnis in die falschen Hände gerät.«

»Oder sie retten«, mischte Khaled sich ein. »Das Geheimnis der Bundeslade ist offenbar so mächtig wie die Schöpfung selbst. Es in eine simple Fassung pressen zu wollen käme einer gewaltigen, nicht wiedergutzumachenden Sünde gleich.«

»Kann uns der Kelch denn wenigstens irgendwie aus unserer Misere heraushelfen?« Hannah schaute den Assassinen mit einer Mischung aus Hoffnung und Misstrauen an.

»Der Kelch nicht«, antwortete Khaled, »aber vielleicht das, was dahintersteckt.«

»Was wird nun aus Gero und den anderen?« Hannahs Stimme zitterte, als sie sich eine Haarsträhne aus dem Gesicht strich und ihren Blick in die weite, staubige Ebene richtete. Von Arnaud wusste sie, dass Gero und seine Kameraden dort unten im Heer zu finden waren, und auch Matthäus und Hertzberg befanden sich immer noch in Gefahr, jedenfalls solange sie noch bei diesem obskuren Templer in Jerusalem festsaßen.

»Wir müssen sie irgendwie warnen und ihnen sagen, dass ihr gerettet seid und wir den Kelch haben«, sagte Arnaud. »Ich habe nur leider noch keine Ahnung wie. Vor allen Dingen weiß ich nicht, was aus Hertzberg und dem Jungen werden soll, wenn wir, wie Khaled vorschlägt, einfach abhauen und Montbard und die Königin ohne Kelch zurücklassen.«

»Montbard bekommt den Kelch nicht eher, bis wir selbst das Geheimnis der Lade entschlüsselt haben«, bestimmte Khaled düster. »Keiner weiß, ob wir ihm wirklich trauen können. Wegen eines Paktes mit der Königin hat er mich schon einmal im Stich gelassen. Wahrscheinlich würde er auch ein zweites Mal so handeln, wenn es ihm nützlich ist.«

»Du kannst doch für so einen Kelch nicht einfach zwei Menschenleben opfern?« Hannah war außer sich vor Sorge wegen Matthäus.

»Und ob ich das kann«, brummte der Assassine stur. »Für die Entdeckung dieses Geheimnisses sind ganze Völker gestorben. Bevor ich nicht weiß, was sich in Wahrheit dahinter verbirgt, werde ich niemandem den Vortritt lassen.«

Hannah biss sich vor Verzweiflung auf die Lippen. Wenn Gero doch nur hier wäre, dachte sie.

Rona stand neben ihr auf der Anhöhe und schützte ihre empfindlichen Augen gegen die aufgehende Morgensonne, indem sie die Handfläche wie einen Schirm darüber hielt.

»Was kannst du sehen?«, fragte Arnaud, der hinzugekommen war und mit ihr die Staubwolken verfolgte, die ein Reiterheer verursachte, das durch die Ebene preschte.

»Von Gaza nähert sich an der Spitze ein Templerbataillon«, erklärte Rona und zögerte einen Moment, als ob sie jeden einzelnen Reiter nachzählen müsste. »Schätze, ungefähr fünfzig Ordensritter, gefolgt von weiteren einhundert Reitern. Dahinter positionieren sich mindestens zweitausend Fußsoldaten, die zu Balduins Truppen gehören müssen. Man kann sie an ihren blauen Überwürfen erkennen. Es scheint tatsächlich so zu sein, dass sie mit dem Angriff auf Askalon begonnen haben.«

»Denkst du, dass unsere Männer dabei sind?« Hannah versuchte die Angst in ihrer Stimme zu unterdrücken. Doch sie war nicht die Einzige, die sich Sorgen machte.

»Ich frage mich ernsthaft, worauf ihr noch wartet«, schimpfte Freya. Mit ihren wirren, roten Haaren und dem Blut des Wesirs an ihrem Seidenkaftan erweckte sie den Eindruck, eine leibhaftige Furie zu sein.

Khaled hob irritiert eine seiner schwarzen Brauen und trat näher an sie heran.

Freya, die sich weder von seinem düsteren Ruf noch von seinem guten Aussehen beeindrucken ließ, trat ihm verärgert entgegen. »Wir hätten längst einen Boten entsenden müssen, der nach unseren Männern sucht und ihnen sagt, dass wir gerettet sind und sich dieser vermaledeite Kelch in unseren Händen befindet. Woher sollen sie wissen, dass sie ihr Leben vollkommen umsonst aufs Spiel setzen, wenn sie diesem größenwahnsinnigen Großmeister folgen?«

»Ich habe dir doch gesagt«, verteidigte sich Khaled, »dass das nicht so einfach ist, wie es klingt. Wir wissen nicht, wo Abu Aziz sich gerade aufhält. Und ich habe nicht die geringste Ahnung, ob wir Tramelay geradewegs in die Arme laufen, wenn wir dort hinunterreiten. Er weiß, dass wir nicht auf seiner Seite stehen, und wird sich umso mehr wundern, wenn wir auf dem Schlachtfeld auftauchen und ein paar seiner Templer zur Fahnenflucht überreden. Wenn er auch nur ahnt, dass wir etwas über den Kelch wissen, kommt er womöglich sogar auf die Idee, seine Pläne, die Festung zu erobern, zu ändern und uns verfolgen zu lassen. Außerdem ist so ein Kampf kein Spaziergang. Wenn man zwischen die Fronten gerät und nicht aufpasst, wird man zermalmt wie ein Käfer unter einem Stiefelabsatz.«

»Ach ja?« Freya wollte sich mit dieser Antwort keineswegs zufriedengeben.

»Wenn ihr Kerle zu feige seid, gehen Hannah und ich eben allein. Wir geben uns als Marketenderinnen aus, die dem Tross folgen. Vom Heerlager aus werden wir uns nach vorne arbeiten. Irgendwo werden Johan, Gero und die anderen schon sein, wenn es stimmt, dass Montbard sie wegen des Kelches in diese Mission entsandt hat und sie befürchten müssen, dass wir uns immer noch auf der Festung befinden.«

»Ich glaube, der Kelch ist ihnen inzwischen ziemlich gleichgültig«, berichtigte Arnaud die Lage. »Aber es trifft zu, wenn du sagst, dass wir sie davon abhalten müssen, zusammen mit Tramelay die Festung zu erstürmen.« Über seinen wachen, braunen Augen hatten sich Sorgenfalten gebildet. »Ich habe nur noch keine Vorstellung, wie wir am schnellsten und am unauffälligsten an sie herankommen können.«

»Ich mache das.« Struan war aufgestanden und hatte dabei Amelie, die sich immer noch schutzsuchend an ihn schmiegte, sanft zur Seite geschoben.

Die ganze Nacht über hatte er seine Frau in den Armen gehalten. Von früheren Erlebnissen traumatisiert, war sie nicht so leicht zu beruhigen. Groß und breit baute er sich nun vor Freya und Khaled auf und schaute sie abwechselnd an. »Arnaud wird mich begleiten. Wenn wir keine Turbane tragen, könnten wir uns durchaus als Waffenknechte und Knappen in die hinteren Reihen schmuggeln und von dort aus nach vorne durchbrechen.« Er klopfte seinem provenzalischen Bruder kameradschaftlich auf die Schulter.

Khaled musterte die beeindruckenden Arme des Schotten, dessen kantiges Gesicht und den gefährlichen Blick, der sogar die Fatimiden nervös gemacht hatte. »Klar«, sagte er tonlos und lächelte ironisch.

»Wenn die denken sollen, dass du ein Knappe bist, war meine Mutter ein Dschinn.«

Amelie war aufgesprungen und klammerte sich an Struans Unterarm.

»Sosehr ich mir wünsche, dass Gero, Johan, Stephano und Anselm nichts Böses geschieht«, stieß sie ängstlich hervor, »bitte, Struan, lass mich nicht noch einmal alleine.«

»Sie werden euch entweder für Sarazenen halten oder für fahnenflüchtige Krieger «, bekräftigte Khaled seine Bedenken.

Rona schüttelte den Kopf. »Ich denke, das müssen wir selbst irgendwie hinbekommen.« Sie warf ihrer Schwester einen angespannten Blick zu.

»Lyn und ich würden euch gerne helfen, aber Tramelay und seine Leute dürfen uns keinesfalls erkennen, sonst wissen sie sofort, dass wir etwas mit der Sache zu tun haben. Und verschleiert brauchen wir da unten im Moment nicht aufzutauchen, dafür ist das Misstrauen gegenüber den Fatimiden zu groß. Man würde uns an jedem Kontrollposten auffordern, unsere Gesichter zu zeigen, um sicherzustellen, dass wir keine Spione sind.«

»Wenn uns sonst niemand unterstützen kann«, gab Hannah mit einem zerknirschten Blick Richtung Struan und Arnaud zurück, »gehen Freya und ich eben alleine dort hinunter.« Ihr Wille, Gero möglichst bald unversehrt in ihre Arme schließen zu können, war ungebrochen. Was danach geschah, würde man sehen. Ob es einen Sinn hatte, den Versuch zu starten, Tom eine Nachricht über die Bedeutung des Kelches zuzuspielen, oder ob man sich zunächst einmal dem Geheimnis dieser sagenumwobenen Bundeslade zuwenden wollte, sollten Gero und seine Kameraden entscheiden.

»Jeanne d'Arc hat es schließlich auch geschafft, sich ohne Blessuren in einen Krieg einzumischen«, argumentierte Hannah trotzig, ohne darüber nachdenken zu wollen, dass die französische Nationalheldin später dafür mit dem Leben bezahlt hatte.

»Gut«, entschied Freya, erleichtert, endlich etwas tun zu können, und ging zu den Tieren. Ohne die Meinung der anderen abzuwarten, sattelte sie zwei der Pferde und band sie los.

»Bei der Heiligen Mutter«, stöhnte Arnaud und warf Freya einen zweifelnden Blick zu, bei dem er ihre kostbare, wenn auch züchtige Haremskleidung begutachtete, die aus einem dicht gewebten, grünlichen Seidenkaftan und einer langen Hose bestand, die so weit wie ein Rock fiel. Hannah trug ein ähnliches Gewand, allerdings in blauer Farbe.

»In dieser Aufmachung könnt ihr unmöglich alleine losziehen. Ihr werdet überall auffallen.«

Während Hannah noch zweifelnd an sich herabblickte, kam Rona hinzu und übergab den beiden Frauen die Männerkleidung, die sie und ihre Schwester auf dem Weg von Jerusalem nach Askalon getragen hatten.

»Ich komme trotzdem mit euch«, entschied Arnaud, nachdem Freya und Hannah sich umgezogen hatten. »Im Notfall werde ich mich als euer Sklave ausgeben.« Er grinste verhalten. »Ich nehme dein Pferd«, sagte er zu Khaled, der keinen Widerspruch einlegte, als er auf dessen silbergrauen Hengst aufsaß. »Ich lasse dir unsere Freundinnen und meinen schottischen Kameraden zur Unterhaltung zurück. Solltest du auf die Idee kommen, dich mit dem Kelch aus dem Staub zu machen, werden sie auch noch ein Wörtchen mitzureden haben.«

»Denkst du ernsthaft, ich würde einfach abhauen und meine Frau im Stich lassen?« Khaled war beleidigt, weil Arnaud ihm unterstellte, dass er ein Versprechen brach, das er Lyn aus tiefster Seele gegeben hatte.

»Du wärst nicht der Erste, dem so etwas einfiele«, spottete Freya und schwang sich in den breiten Rittersattel von Arnauds Hengst. Auch Hannah hatte bereits einen Fuß in den Steigbügel von Struans feurigem Araber gesetzt und saß auf. Sie versuchte, sich mit dem nervös tänzelnden Tier anzufreunden, indem sie ihm den Hals tätschelte und beruhigend auf es einredete.

»Deine Frau betrügst du vielleicht nicht«, erwiderte Arnaud, nachdem er die Zügel gestrafft hatte, um ein Lospreschen des Tieres zu vermeiden. »Aber uns.«

Khaled schnaubte verächtlich. »Ein Nizâri hält immer sein Wort, im Guten wie im Bösen, dafür sind wir bekannt.«

Gero dachte an Hannah, als er immer näher an die Belagerungstürme herangaloppierte und die Welt um ihn herum in einem gelben Nebel verschwand. Alle Geräusche, das Donnern der Hufe, die von Tramelay und de Quily gebrüllten Befehle, das Bataillon zu teilen und zwischen den Türmen nach vorne Richtung Mauer hindurchzureiten, gingen darin unter. Wie in einem schlechten Traum strömten ihnen unzählige feindliche Reiter entgegen. Fatimiden, die einen letzten verzweifelten Versuch unternahmen, die unermüdlich heranrückende Bedrohung der Franken im Keim zu ersticken.

Gero gab dem Bannerträger ein Zeichen zum Angriff, der daraufhin nach rechts ausscherte und den nachfolgenden Truppen damit den Befehl erteilte, die Lanzen zu senken, um die entgegenstürmenden Heiden im ersten Anlauf und im vollen Galopp von ihren Pferden zu stoßen.

Die Schenkel eng an den Sattel gepresst, ließ Gero die Zügel seines Hengstes los und hielt mit der einen Hand die gesenkte Lanze, mit der anderen seinen schwarzweißen Schild in der vorschriftsmäßigen Haltung. Nicht zu hoch, damit er ihm nicht die Sicht versperrte, und nicht zu tief, damit sein Oberkörper vor einem Frontalangriff eines Gegners optimal geschützt war. Schemenhaft erkannte er Johan und Stephano, die auf seiner Höhe ritten. Irgendwo hinter ihnen musste sich Tanner befinden, der zwar ein hervorragender Reiter war, aber leider kein vorschriftsmäßig ausgebildeter Ordensritter.

Bevor es zum Zusammenprall zwischen Gero und dem ersten Fatimiden kam, wurde er durch einen Pfeilhagel irritiert, der über ihn hinweg in Richtung Askalon seinen tödlichen Weg nahm. Die rund fünfzig syrischen Turkopolen, die ihnen folgten, funktionierten beinahe mechanisch, als sie ihre Reflexbögen im rasenden Galopp erneut spannten und die nächste Salve in Richtung Festung entließen. Im gleißenden Licht der Morgensonne sah Gero, wie die ersten Heiden vor einem klaren, blauen Himmel auf der Mauerkrone getroffen sechzig Fuß in die Tiefe stürzten und leblos im Sand liegen blieben. Mit einem Gegenbeschuss war so lange nicht zu rechnen, wie sich die fatimidische Reiterei unmittelbar vor ihnen befand. Es war davon auszugehen, dass die Heiden kaum ihre eigenen Leute gefährden würden.

Der Angriff fand in scheinbarer Lautlosigkeit statt, weil die donnernden Geräusche der Pferdehufe alles verschluckten. Niemand schrie, niemand rief, niemand stöhnte, selbst die Pferde wieherten nicht. Erst als Gero den immensen Aufprall seiner Lanze auf dem

Schild seines Gegners spürte, beendete Krachen und Splittern von Holz diesen Zustand. Schreien, Wiehern und Stöhnen setzten fast gleichzeitig ein, als hätte jemand dafür ein Zeichen gesetzt. Gero schwankte und bemerkte sofort, wie seine Armmuskeln unter der weichenden Anspannung zu zittern begannen, aber er war unversehrt. Sein Hengst brach kurz aus, fing sich dann wieder und gab ein hartes Wiehern von sich, als Gero ihm in die Flanken trat, um den nächsten Feind ins Visier zu nehmen: einen kräftigen Fatimiden, der zu Pferd auf ihn zustürmte. Auch sein Gegner besaß eine Lanze. Aber Gero lenkte seinen Hengst ganz leicht nach rechts, bevor es zum Aufprall kam, und erwischte den anderen mit seiner Lanze am unteren Rand des Schildes, worauf es zur Seite schnellte und der Lanzenklinge einen Durchlass erlaubte. Der geschliffene Stahl bohrte sich erbarmungslos in die Seite des Gegners. Der Mann kippte mit einem Aufschrei aus dem Sattel, und Gero schnellte die Lanze aus den Händen, weil er es nicht schaffte, sie rechtzeitig aus dem Leib des Mannes herauszuziehen. Das Ende des Schafts schlug ihm unter das Kinn. Betäubt vor Schmerz, hielt er sich den Unterkiefer, der für einen Moment gefühllos zu sein schien. Bevor Gero an den Toten heranreiten konnte, um der Lanze wieder habhaft zu werden, wurde er von einem plötzlich herannahenden Fatimiden überrascht, der seinen Krummsäbel gezogen hatte und ihm die Waffe im Vorbeireiten so dicht über den Kopf zog, dass sie seinen Helm streifte. Gero zog sein Schwert und wehrte geschickt die Schläge des anderen ab. Dabei drehten sich ihre beiden Araberhengste wie in einem Tanz um sich selbst. Gero sah für einen Moment die braunen Augen und das sonnengebräunte Gesicht des Mannes vor sich und den Schweiß, der ihm in Strömen über die Stirn und in die Augen lief. Dabei fühlte er sich an seinen beinahe aussichtlosen Kampf auf Antarados im Herbst 1302 vor der syrischen Küste erinnert, als ihn ein ähnlicher Gegner beinahe einen Kopf kürzer gemacht hatte. Auch damals hatte er zuerst einen Schlag an den Kopf erhalten. Und als ob ihm Gott mit diesem Gedanken eine Warnung hatte geben wollen, riss er instinktiv seinen Schild hoch und wurde von der Brachialgewalt eines Kampfhammers getroffen, allerdings nicht von vorne, sondern von der Seite. Ein weiterer Fatimide hatte sich an ihn herangemacht. Mit einer schnellen, überlegten Bewegung versetzte Gero seinem Vordermann einen Schlag zwischen die Rippen, der das Kettenhemd des Mannes sprengte und ihn zumindest so schwer verletzte, dass er eine Weile außer Gefecht sein würde. Als er sich jedoch nach dem Gegner mit dem Kampfhammer umsah, war kein Fatimide mehr zu sehen, sondern Tramelay, der offenbar einem Feind im Vorbeireiten den Schädel zertrümmert hatte. Überall lagen nun Leichen herum, und Gero sah, dass sich einige Brüder ihrer Pferde entledigt hatten und in einen erbarmungslosen Bodenkampf verwickelt waren. Er hielt einen Moment inne, um nach Tanner oder Johan und Stephano Ausschau zu halten.

Erst nach längerem Suchen bemerkte er, dass sich Tanner tatsächlich in arger Bedrängnis befand. Er saß zwar wie auch sein Gegner immer noch auf seinem Pferd, aber der andere hatte ihn an der linken Hand erwischt. Tanner hatte allem Anschein nach seinen Handschuh verloren und blutete stark. Und weil Jack wie Gero auch Linkshänder war, konnte er kaum noch sein Schwert halten und versuchte nun mit dem Schild verzweifelt, die Schläge des anderen abzuwehren. Gero trat seinem Hengst in die Flanken, um das Tier an die beiden heranzubringen. Der Angreifer hob seinen Krummsäbel, um Tanner den Rest zu geben. Gero schlug ihm im Vorbeireiten mit einer solch kraftvollen Bewegung den Arm ab, dass der Arm samt Schwert vor die Hufe von Tanners Hengst stürzte. Tanner schaffte es mit Mühe, das Tier zu bändigen, und als er es wieder im Griff hatte, schaute er auf den sterbenden Mann hinunter und machte ein Gesicht, als ob er den Verstand verlieren würde.

»Folge mir!«, rief Gero ihm zu und führte ihn in einem Zickzackkurs durch die feindlichen Linien, bis er Johan und Stephano im Gewimmel der Kämpfenden entdeckte. Stephano hatte eine Traube von vier Fatimiden an sich hängen und Johan weitere drei. In einem abenteuerlichen Schlagabtausch hoben sie ihren Schild gegen die herniederprasselnden Schläge und teilten gleichzeitig mit dem Schwert aus. Gero ritt heran, um die Gegner davon abzubringen, von allen Seiten auf die beiden einzudreschen, indem er mit seinem Schwert zwischen die Angreifer ging und die aufeinandertreffenden Klingen mit einem einzigen Schlag auseinandersprengte. Johan nutzte die Irritation, um einen der Fatimiden zu köpfen. Ein weiterer wurde von Stephano ins Paradies geschickt, als er ihn so schwer in der Seite traf, dass er aus dem Sattel stürzte und mit aufgeschlitztem Leib liegen blieb. Für einen Moment war Stephano zu abgelenkt, um sich auf einen dritten konzentrieren zu können. Gero sah den Schatten hinter ihm und trat seinem Hengst so arg in die Flanken, dass er sich aufbäumte und seitlich gegen das Tier des Angreifers sprang. Das Pferd strauchelte, und der Mann schnellte herum, wobei sein Säbel sich eher unbeabsichtigt in Geros linke Schulter grub. Das Kettenhemd zersprang, und auch wenn es die größte Wucht des Schlages abgehalten hatte, so fügte die Schneide ihm doch eine Fleischwunde zu, aus der sofort das Blut herausschoss. In Stephanos Augen spiegelte sich pures Entsetzen, als er sah, dass es Gero erwischt hatte. Und obwohl die erste Lektion eines jeden Ritters lautete, sich zunächst um die eigene Sicherheit zu kümmern und dann erst um die des Kameraden, war er zu gebannt, um einen weiteren Angreifer zu bemerken, dessen Lanze sein Ziel nur verfehlte, weil Stephanos Hengst einen erschrockenen Satz zur Seite machte. Trotzdem streifte die Lanzenspitze Stephanos Bein und schlitzte ihm die Kettenhose und seinen Oberschenkel auf. Der blonde Templer, der in Friedenszeiten für seine Sanftmut bekannt war, verlor die Balance und stürzte mit einem Aufschrei aus dem Sattel auf den harten Wüstenboden, wo er für einen Moment reglos liegen blieb.

Gero und Johan stürmten von beiden Seiten auf den Fatimiden zu. Als er erkannte, dass er es mit zwei Templern zu tun bekam und sich keiner seiner Kameraden in der Nähe befand, um ihm zu helfen, entfernte er sich johlend mit erhobenem Säbel in Richtung Stadttor.

Johan und Gero ließen ihn ziehen, weil ihnen der Zustand von Stephano wichtiger war. Johan kniete neben seinem vor Schmerz keuchenden Bruder nieder und begutachtete die Verletzung. Die Wunde des Bruders war tief, aber nicht tödlich.

Tanner hatte sich den Schnitt in der Handinnenfläche bereits selbst notdürftig verbunden, als er sich daranmachte, Stephano mit Verbandmaterial aus seiner Satteltasche zu helfen, während Johan die Umgebung sicherte. Der Amerikaner war offenbar versiert, was die Behandlung von Verletzten betraf. Gero hatte Stephano von seiner beschädigten Kettenhose befreit und schnitt danach mit einem Dolch seine Lederhose auf. Dann half er Tanner dabei, Stephano einen Druckverband anzulegen, um die Blutung zu stoppen. Gero ließ den Amerikaner gewähren und versorgte sich selbst, indem er ein mehrfach gefaltetes Stück Leinen aus seiner Satteltasche nahm und sich den festen Stoff auf seine Armwunde presste. Erst dann fiel ihm auf, wie nah sie schon an die Festung herangekommen waren und dass die Belagerungsmaschine dicht an der Mauer stand, höchstens neunhundert Fuß von ihnen entfernt. Die überlebenden, fatimidischen Reiter hatten sich geschlagen hinter die Festungsmauern zurückgezogen.

Hier und da fanden noch vereinzelte Scharmützel zwischen versprengten, muslimischen Soldaten und fränkischen Rittern statt. Tramelay hatte seine Leute auch ohne Geros Unterstützung rund um den Hauptbelagerungsturm verteilt, als wollte er damit seinen Besitzanspruch wahren. Von Süden war zudem eine Verstärkung von mindestens einhundert Templern herangerückt, die nachfolgende Truppen auf Abstand hielten, dahinter steckte angeblich Balduins Plan, die eigenen Leute zu schützen, weil niemand wissen konnte, wie heftig die bevorstehende Explosion ausfallen würde. Die wahren Absichten, so wusste Gero inzwischen, lagen eher in der gemeinsamen Habgier des jungen Königs und des Templergroßmeisters, die den in der Festung vermuteten Schatz keinesfalls mit Pisanern, Genuesen, Rittern vom Heiligen Grab oder gar Hospitalitern teilen wollten.

Tanner stand plötzlich neben Gero und half ihm, das Kettenhemd auszuziehen und seine Verletzung ordentlich zu verbinden. Danach zog Gero sich wieder an und beobachtete aus der Ferne das weitere Vorgehen seiner ahnungslosen Ordensbrüder aus dem zwölften Jahrhundert.

Dass Tramelay Gero und seinen Leuten plötzlich keinerlei Beachtung mehr schenkte, ließ vermuten, dass er sein Ziel erreicht hatte und keine unliebsamen Begleiter gebrauchen konnte bei dem, was nun folgen sollte.

Stephano war ohnehin nicht mehr in der Lage zu kämpfen. Nachdem Gero ihm auf die Beine geholfen hatte, humpelte er zu seinem Hengst. Gero blickte zweifelnd zur Festung, dann wandte er sich Tanner und Stephano zu. »Reitet ins Lazarett und versucht, Anselm zu finden. Sagt ihm, dass wir uns nach der Eroberung außerhalb der Kampfzone in den Olivenhainen unterhalb jenes Ortes treffen, in dem de la Trenta sein Leben lassen musste. Unterwegs dorthin habe ich einige Höhlen gesehen, in denen man sich leicht verstecken kann.«

Tanner warf ihm einen zweifelnden Blick zu. »Und was wird mit Hertzberg und dem Jungen?«

»Wir holen sie uns, wenn wir die Frauen befreit haben«, erklärte Gero.

Tanner runzelte die Stirn. »Und was wird, wenn euch dort drin etwas zustößt? Montbard hat die beiden noch immer in seiner Gewalt. Wenn wir ihm diesen verdammten Kelch nicht liefern, wird er sie wohl kaum herausrücken. Zumal ihm die Königin mit ihren Forderungen im Nacken sitzt.«

Gero schnaubte verdrossen. »Bis es so weit ist, müssen Johan und ich erst mal abwarten, ob wir überhaupt in die Festung hineingelangen können. Wobei wir es in jedem Fall versuchen werden, mit oder ohne Tramelay. Und auch wenn es uns nicht gelingen sollte, den Kelch zu finden, bei der Heiligen Mutter, wir werden Freya, Hannah und Amelie aus den Klauen dieses Heiden befreien.«

Johan lächelte dankbar. »Ich dachte schon, du hättest aufgegeben.«

»Wo denkst du hin?« Gero klopfte demonstrativ auf seine Satteltasche, in der sich die muslimische Kleidung befand. »Notfalls versuchen wir einen Durchbruch als Fatimiden verkleidet von der Meerseite her.«

»Passt gut auf euch auf!«, empfahl Tanner beunruhigt. »Ich möchte mir nicht vorstellen, ohne euch in diesem Wahnsinn zurückbleiben zu müssen.«

»Zu dumm«, stieß Stephano zwischen zusammengebissenen Zähnen hervor, »dass wir nicht wissen, ob es Arnaud und sein muslimischer Freund inzwischen geschafft haben, mit den beiden Frauen aus der Zukunft in die Festung zu gelangen.«

»Ich gebe dir recht«, witzelte Tanner. »Ein Königreich für ein Satellitentelefon.«

»Ach, dafür benötigt man auch einen Satelliten?« Johan hatte einiges in den paar Monaten gelernt, in denen er sich in der Zukunft aufgehalten hatte. Die Kommunikation jener Zeit, mit Telefon, Fernsehen und Computern hatte ihn am meisten fasziniert.

»Ich glaube, Brieftauben sind in einem solchen Fall zuverlässiger«, warf Gero ein.

»Die haben wir aber nicht«, nahm ihm Johan den Wind aus den Segeln.

»Wir werden auf Gottes Hilfe und Güte vertrauen«, presste Gero mit gespielter Zuversicht hervor, als Stephano und Tanner auf ihren Pferden saßen und sich anschickten, durch die eigenen Linien zum Hauptlager zu reiten, in dem sich Anselm mit dem Proviant und dem Nachschub befand.

Plötzlich sirrten riesige Brandpfeile über ihre Köpfe hinweg, dazu Kugeln aus griechischem Feuer, die sich jedoch hauptsächlich gegen die Belagerungsmaschinen richteten.

Tramelay und sein Marschall gaben den Befehl zum kurzzeitigen Rückzug auf fünfzehnhundert Fuß, um dem Brandangriff, aber auch der zu befürchtenden Detonation zu entgehen. Der Großmeister hatte allen Rittern befohlen, für den Sieg zu beten, was sie denn auch mit mehr Enthusiasmus taten.

Die Heiden schossen unterdessen, was das Zeug hielt. Gero hatte mit Johan und den Pferden hinter einem Katapult Schutz gesucht, als zwei der Türme unter dem frenetischen Freudengeschrei der Fatimiden in Flammen aufgingen. Johan hielt sich bereits die Ohren zu. Gerade als er die Hände wieder herunternehmen wollte, traf eine Kugel den Turm mit dem Schwarzpulver, und ein ohrenbetäubenden Knall setzte dem vorübergehenden Rückzug der Franken ein jähes Ende. Für einen Moment erzitterte die Erde, und der Luftdruck der Explosion schleuderte die fatimidischen Feuerschützen ins Innere der Festung. Steine flogen wie große Geschosse umher. Die Pferde scheuten und traten nach allen Seiten aus. Gero und Johan hatten Mühe, die Tiere davon abzuhalten, sich loszureißen und einfach davonzustürmen. Für einen Moment war das Prasseln von Steinen zu hören und ein sonores, fernes Rumpeln, das den Zusammenbruch eines größeren Gebäudes ankündigte.

Als Gero vorsichtig um die Ecke des massiven Eichenholzgestells spähte, sah er, dass die von Tanner eingebrachte Idee ein voller Erfolg gewesen war. Auf einer Länge von drei Metern Breite und dreißig Metern Höhe war die Festungsmauer aufgebrochen, und mit den herabgestürzten Steinen war ein schmaler Einfall entstanden, durch den Tramelays Truppen hineinströmen konnten. Die Fatimiden waren offenbar zu entsetzt, um eine direkte Gegenwehr zu organisieren. Tramelay und Hugo Salomonis de Quily ließen sich nicht lange bitten und gaben den Befehl zum Angriff. Etwa vierzig Templer bahnten sich mit brutaler Gewalt Zutritt zu der plötzlich entstandenen Bresche. Einzelne fatimidische Krieger, die versuchten, deren Eindringen zu verhindern, wurden niedergemetzelt. Gleichzeitig war es für Balduins Truppen unmöglich, Tramelay und seinen Rittern zu folgen, weil der Großmeister offenbar seinen nachrückenden Templerbrüdern den Befehl gegeben hatte, niemanden durchzulassen, der nicht zum Orden gehörte. Somit war die gesamte Gegend rund um die zerstörte Festungsmauer für andere Ritter und Fußsoldaten unerreichbar.

Johan stieß ein missmutiges Geräusch aus. »Als Muslim verkleidet kommen wir da schon gar nicht hinein«, meinte er düster, als er sah, dass Tramelay sogar direkt an der Bresche kontrollieren ließ, wer sich Zugang verschaffte. Wenn überhaupt, würde man sie also nur als Ordensbrüder hindurchlassen.

»Wir müssen dort hinein, egal wie«, bestimmte Gero mit entschlossener Stimme. »Dann ziehen wir die muslimische Kleidung eben unter unsere Chlamys und entkleiden uns in einem unbeobachteten Moment, wenn wir im Innern der Festung angelangt sind.«

Im Schutz des Katapultes versicherten die beiden sich, dass sie niemand bei ihrem hastigen Kleiderwechsel beobachtete.

Johan half Gero wegen seiner Verletzung beim An- und Ablegen von Kettenhemd und Chlamys, und dann machten sie sich, immer noch als Templer zu erkennen, eilig zu Fuß auf den Weg.

Tramelay hatte längst damit begonnen, mit den vor Ort befindlichen Brüdern in die Stadt einzurücken. Brutal gingen sie gegen die verzweifelten Fatimiden vor, die sich ihnen kraftlos entgegenstellten, weil sie für einen Moment jeglichen Mut verloren hatten, die Festung gegen die Franken halten zu können.

Gero und Johan näherten sich der Öffnung, die wegen der heruntergefallenen Steine nur kletternd zu bewältigen war. Aus dem Innern der Festung drangen Schreie von Männern, Frauen und Kindern, und Gero spürte sein Herz davonrasen bei dem Gedanken, dass sich die davongekommenen Fatimiden an den noch auf der Festung befindlichen, gefangenen Franken für ihre getöteten Landsleute rächen könnten.

»Ihr bekommt keinen Durchlass«, sagte eine kehlige Männerstimme, und schon sahen sich Gero und Johan mit fünf jungen Templern konfrontiert, die ihnen die Schwerter vor die Nase hielten. »Befehl von Meister Bernard.«

Einer der Männer war Bruder Florentin, der Gero mit Häme angrinste.

»Der Großmeister hat auch ausdrücklich befohlen, dass wir euch festsetzen sollen, sobald ihr hier auftaucht«, schnarrte ein älterer Bruder, den Gero in der Truppe bisher noch nicht bemerkt hatte. »Ihr habt euch der

Kollaboration mit dem Feind verdächtig gemacht. Er hat bereits einen Boten entsandt, damit man euch abführt, sobald ihr hier auftaucht.«

»Das Urteil gegen uns wurde aufgehoben«, erwiderte Johan barsch. »Außerdem hat Tramelay es allein uns zu verdanken, dass die Sprengung der Mauer überhaupt möglich war. Und jetzt lasst uns durch.« Er wollte sich an den Brüdern vorbeidrängen, hatte jedoch sofort zwei blutbesudelte Klingen an der Kehle.

»Wenn du uns nicht einlässt, werde ich dich töten«, sagte Gero ruhig und hob sein Schwert.

»Dann musst du uns alle fünf töten«, erwiderte ein dritter Templer und stellte sich Gero mit gezogenem Schwert in den Weg.

»Außerdem nähert sich just eure Eskorte.« Der ältere Templer deutete mit der Spitze seines Schwertes in die verstaubte Ebene hinein, wo sich zwei Ordensbrüder in rasendem Galopp näherten.

»Verdammt, ihr Idioten!«, brüllte Gero ihn an. »Ihr werdet alle draufgehen da drin, wenn ihr den Zugang weiter blockiert und auf unsere Hilfe verzichten wollt. Die Fatimiden sind zu stark, als dass man ihnen mit einer Handvoll Brüder beikommen könnte.«

»Befehl ist Befehl.« Die Ordensbrüder zeigten sich stur, und Gero und Johan blieb zunächst nichts anderes übrig, als sich abzuwenden, zumal sich die beiden anderen Brüder bereits auf dreißig Fuß genähert hatten.

»Macht keine Dummheiten und folgt den beiden Gesandten ohne Widerspruch nach Gaza. Dort werdet ihr unter Arrest auf die Rückkehr des Großmeisters warten!«, rief der ältere Templer.

Gero spuckte aus und wandte sich den beiden Ankömmlingen zu. Es würde ihnen keine große Mühe machen, die beiden auszuschalten, und dann würden er und Johan versuchen, die Festung vom Hafen her zu erstürmen. Anselm hatte ihm verraten, über welchen Zugang er von der Festung zum Meer gelangt war.

Der ältere Templer nickte den beiden herbeireitenden Brüdern zu. »Bringt sie nach Gaza und sorgt dafür, dass sie unter Arrest bleiben!«, rief er ungeduldig, weil er sich des Problems so schnell wie möglich entledigen wollte, um hinter Tramelay nachrücken zu können.

Gero beobachtete die beiden Neuankömmlinge auf ihren Hengsten mit zusammengekniffenen Lidern. Irgendwie kamen ihm die beiden seltsam vor. Zumal der schmächtigere von beiden einen offensichtlich zu großen Helm trug, der mit einer Nasenmaske das halbe Gesicht bedeckte. Dazu hatte er einen weißen Schal, wie er eigentlich nur bei muslimischen Reitern üblich war, den er über Kinn und Mund gezogen hatte. Johan schien ebenfalls irritiert zu sein, zumal der Größere von beiden einen ähnlichen Helm trug und ihm in seiner aufrecht trotzigen Haltung irgendwie bekannt vorkam.

»Los, ihr beiden!«, rief der Größere zu ihnen herüber. »Seht zu, dass ihr auf eure Gäule kommt und folgt uns zum Versorgungslager.«

Arnaud! Kein Zweifel, Gero erkannte ihn an der dunklen melodischen Stimme. Sein Herz hüpfte einen Moment vor Freude. Dem alten Poulani war es also tatsächlich gelungen, die Templer zu überlisten und deren Schutzwall zu durchbrechen. Aber hatte er es auch geschafft, Hannah und die Frauen zu befreien? Und wer war der zweite Templer an Arnauds Seite?

»Struan kann es nicht sein«, flüsterte Johan ihm zu. »Der Schotte ist viel kräftiger.«

Beim Näherkommen blickte Gero in das Gesicht des unbekannten Bruders. Erst jetzt sah er, dass dessen Arme und Hände zitterten, als ob tiefster Winter wäre.

Von unten herauf blickte er in klare, hellgrüne Augen. Sie waren mit Tränen gefüllt. Ihn durchlief ein Schauer. Jedoch bevor er seine Vermutung aussprechen konnte, flüsterte sie seinen Namen.

»Gero.«

»Kein Wort«, zischte Arnaud durch seine zusammengekniffenen Lippen. »Seht zu, dass ihre eure Pferde findet und dann nichts wie weg von hier.«

Gero hob eine Braue und nickte. Im Moment hätte er ohnehin nicht sprechen können, so dick war der Kloß, der seine Kehle versperrte.

Sein Mädchen lebte, und sie war hier, nur einen Schritt von ihm entfernt.

Nun hatte auch Johan erkannt, wer der zweite Templer war.

»Was ist mit Freya?«, formten seine Lippen stumm.

»Es geht ihr gut«, raunte Arnaud. »Den anderen auch.«

Johan stieß einen Seufzer aus, als er Gero zu den Pferden folgte.

Tramelays Meute beobachtete zufrieden, wie sie ihre Hengste bestiegen und mit den vermeintlichen Wachleuten davontrabten.

In gut dreihundert Fuß Entfernung beschleunigte Arnaud das Tempo und wechselte die Richtung. Dann galoppierten sie am Belagerungsring vorbei in Richtung Hauptlager, und auch dort schlugen sie einen Haken und verschwanden in einem Olivenhain, an den sich ein Pinienwäldchen anschloss.

Erst dort berichtete Arnaud seinen deutschen Brüdern, was im Hauptlager vorgefallen war. »Anselm hat Tanner und Stephano im Hauptlager in einem Lazarettzelt mit Wasser, Brot und Verbandmaterial versorgt, als plötzlich vier unbekannte Templer aus einem anderen Bataillon auftauchten, die unsere beiden Brüder ohne Anklage unter Arrest stellen wollten. Hannah, Freya und ich sind auf der Suche nach euch zur rechten Zeit hinzugekommen, gerade als die vier Anselm und unsere beiden Brüder überwältigen wollten. Gemeinsam ist es uns gelungen, Tramelays Schergen vorübergehend unschädlich zu machen. Zuvor ging aus Gesprächen der Männer hervor, dass man zwei von ihnen auf Befehl Tramelays Richtung Askalon schicken wollte, um euch beide gefangen nehmen zu lassen. Mithilfe der Frauen haben wir die vier bewusstlosen Brüder geknebelt und gefesselt unter einer gewachsten Zeltplane versteckt.«

Arnaud grinste verhalten. »Wahrscheinlich sind sie darunter weichgekocht, wenn sie vor heute Abend niemand findet. Anselm ist mit Freya, Tanner und Stephano auf dem Weg zu einer Höhle, hier ganz in der Nähe, wo die anderen bereits mit dem Kelch auf uns warten.«

Als der Pinienwald ein wenig dichter wurde, zügelten sie die Pferde, und Gero ritt an Hannahs Hengst heran und ergriff die Zügel. Einen Moment lang wusste er trotz aller Erleichterung nicht, ob er wütend sein oder sich freuen sollte.

»Warum hast du sie bis an die Festung herangeschleppt?«, herrschte er Arnaud unvermittelt an. »Du hättest Tanner oder Anselm nehmen sollen. Es hätte weiß Gott was passieren können, wenn Tramelays Männern der Betrug aufgefallen wäre.«

»Er kann nichts dafür«, rief Hannah ihm atemlos zu. »Freya musste den Verwundeten helfen, ansonsten wären wir beide aufs Feld geritten, um euch zu suchen.« Rasch befreite sie sich von ihrem weißen Schal und riss sich den Helm vom Kopf, worauf ihr kastanienbraunes Haar über ihre Schultern flutete. »Außerdem hatte ich Bedenken, dass du Arnaud vielleicht nicht glaubst, wenn er dir sagt, dass es ihnen gelungen ist, uns zu befreien.« Sie glitt aus dem Sattel und stand plötzlich vor ihm. »Dafür kenne ich dich inzwischen zu gut. Ich weiß doch, wie stur du sein kannst.«

Die anderen warteten geduldig, als Gero aus dem Sattel sprang, um sie zu umarmen, obwohl Johan anzusehen war, dass auch er darauf brannte, Freya endlich wieder in seine Arme zu schließen.

Großer Gott, dachte Gero und atmete tief durch, als er ihren Kopf an seiner Brust spürte. In der viel zu großen Chlamys, mit ihren erhitzten Wangen und den nass glänzenden Augen war Hannah noch schöner, als er sie in seinen kühnsten Fantasien vor sich gesehen hatte. Sofort löste er den Gurt seines Helms unter dem bärtigen Kinn und befreite sein Haupt von der Kettenkapuze und der wattierten Haube, die völlig durchnässt war. Ein warmer Luftzug kühlte sein verschwitztes, kurzgeschorenes Haar, als er sich zu ihr hinabbeugte und sie küsste.

Obwohl sie nicht klein war, kam sie ihm nun geradezu zierlich vor. Ihr Gesicht war etwas schmaler geworden, was vielleicht daran lag, dass die Fatimiden ihr nichts zu essen gegeben hatten.

»Geht es dir gut«, flüsterte er und sah, dass sie nickte. »Haben die fatimidischen Schweine dir und den anderen Frauen ein Leid zugefügt?«

»Nein, du musst dir keine Sorgen machen.« Ihre Stimme hatte diese unglaubliche Sanftheit.

Er drückte sie noch fester an sich, als ob er sichergehen wollte, dass er sie nie wieder hergeben musste.

»Autsch, ist das unbequem«, neckte sie ihn lächelnd, und gleichzeitig schlang sie ihre Arme um seinen Hals. Er küsste sie hemmungslos, und als sie ihm ihre kleine rosige Zunge zwischen Lippen schob, bemerkte er ein heftiges Ziehen in den Lenden.

Hannah war sensibel genug, um zu spüren, dass er nicht ganz auf der Höhe war. Besorgt zog sie sich zurück und schaute ihn prüfend an.

»Was ist?«, fragte sie und begann sogleich sein verdrecktes Gesicht zu inspizieren, dabei entdeckte sie die blutunterlaufene Schwellung unter seinem Kinn. Vorsichtig fuhren ihre zarten Finger darüber. »Das sieht nicht gut aus«, entschlüpfte es ihr. Dann entdeckte sie den Verband an seinem Arm, der inzwischen wieder durchgeblutet war.

»Du brauchst einen Arzt!«

»Hier wimmelt es von Ärzten, mein Herz«, scherzte Gero leichthin und schaute ihr in die Augen. »Mach dir keine Sorgen.«

»Wenn wir nicht bald von hier verschwinden«, mahnte Arnaud, »wimmelt es nicht von Ärzten, sondern von aufgebrachten Templern.«

»Du hast recht«, sagte Gero und löste sich widerwillig von seiner Frau.

»Irgendwann in ein paar Stunden, wenn das Schicksal sich grausam wiederholt«, prophezeite Arnaud mit wachsender Ungeduld, »werden Tramelay und seine Leute massakriert von den Festungsmauern Askalons baumeln. Und wenn dessen überlebende Verbündete uns zufällig entdecken, kann es durchaus geschehen, dass man uns die Schuld dafür gibt. An den Hass der Königin, wenn sie ihren Kelch nicht bekommt, möchte ich gar nicht erst denken.«

»Kommt«, sagte Johan, den es vor Unruhe kaum noch im Sattel hielt. »Die anderen warten schon auf uns.«

»Liebst du mich?«, hauchte Hannah Gero ins Ohr.

»Wie kannst du je daran zweifeln?« Gero half Hannah beim Aufsteigen auf den nervös tänzelnden Hengst. Für einen Moment hielt er ihre Hand und schaute sie beinahe tadelnd an.

Mit einem geradezu ängstlichen Blick sah sie ihn an.

»Ich dachte, du bist mir böse, weil ich dir gefolgt bin und damit so viel Unheil angerichtet habe. Aber ich war nicht fähig, mit dem Gedanken zu leben, dich vielleicht nie wiederzusehen.«

»Du hättest meinetwegen nicht dein Leben aufs Spiel setzten dürfen«, erwiderte er sanft und küsste ihre Finger.

»Ich habe es nicht für dich getan«, flüsterte sie und beugte sich zu ihm herab, um seine bärtige Wange zu streicheln. »Ich habe es für unser Kind getan. Ich wollte nicht, dass es ohne seinen Vater aufwächst.«

Kapitel 23

Die Zehn Gebote

August 1153 – Sinai

Mit einem Gefühl der Unwirklichkeit, das sie seit dem Sprung in diese Epoche nicht verlassen hatte, registrierte Hannah in der Ferne das azurblaue Meer unter einem goldenen Himmel. Eine perfekte Urlaubsidylle, wie sie sich für einen winzigen verrückten Moment einzureden versuchte. Wenn da nicht die drei Templer auf den Araberhengsten an ihrer Seite gewesen wären. Und die Tatsache, dass sie noch in der Nacht der Gewalt eines Mannes entronnen war, der seine Vorliebe für fränkische Frauen mit dem Leben bezahlt hatte.

Sicherheit ist das Einzige, was zählt, dachte Hannah, als sie in der warmen Nachmittagssonne Richtung N'alia galoppierten. Dass Gero an ihrer Seite ritt, hätte sie glücklich stimmen können, aber ohne Matthäus, dessen Schicksal nicht geklärt war, hatte die Angst sie immer noch fest im Griff.

Solange der Kampf um den Kelch nicht ausgefochten war, durfte sie nicht davon ausgehen, den Jungen lebend wiederzusehen.

Geros Erklärung, dass er sich bei einem Ordensbruder von André de Montbard in sicherer Obhut befand, überzeugte sie jedenfalls nicht. Denn Geros Ansicht, dass Templer Ehrenmänner seien, traf allem Anschein nach nicht auf jeden zu, der zum Orden gehörte.

Das rote Kreuz auf dem Umhang der Reiter erinnerte sie an Henri Dunant, den Begründer des Roten Kreuzes. Ob er diese Männer im Sinn gehabt hatte, als er dieses Zeichen als Symbol des Friedens und der Sicherheit in Kriegszeiten aus der Taufe gehoben hatte?

Falls es so war, konnte auch er nur ein Realist gewesen sein, der wusste, dass im Krieg andere Gesetze herrschten.

Hannah ahnte, dass Gero an diesem Tag irgendjemanden getötet hatte. Davon zeugte nicht nur das Blut an seinem Mantel. Auch die Verletzungen der übrigen Männer verrieten, dass sie in Kämpfe auf Leben und Tod verwickelt gewesen waren. Dazu kam, dass Khaled, Arnaud oder Struan den Tod des Wesirs auf dem Gewissen hatten. Was bedeutete, dass sie die gleiche Gewalt an den Tag legen konnten wie ihre Gegner und dass sie immer noch Feinde hatten. Menschen, die sie abgrundtief hassten und die kein Problem damit hatten, mit ihnen das Gleiche zu tun, wenn sie in deren Hände fielen. Plötzlich fühlte sie sich vor der ockerfarbenen Wüstenlandschaft in ihrem geborgten, weißen Mantel wie auf einem Präsentierteller. Horrorszenarien von massakrierten Menschen tauchten vor ihrem geistigen Auge auf. Hannah ließ dem temperamentvollen Araber die Zügel, was nicht sonderlich riskant war, weil das Tier nicht mehr die gleiche Begeisterung zeigte wie am Morgen. Sie hatte das vage Gefühl, dass es nicht mehr weit sein konnte, bis sie die Höhlen erreichten, in denen die anderen hoffentlich noch auf sie warteten und sie wenigstens vorübergehend Schutz suchen konnten.

Gero ritt auf ihrer Höhe und zwinkerte ihr aufmunternd zu. Woher er diesen Optimismus nahm, war ihr schleierhaft. Genaugenommen konnten sie nirgendwohin. André de Montbard, der ehemalige Templergroßmeister, würde auf die Auslieferung des Kelches bestehen, ansonsten würde er wohl kaum sein Versprechen halten und Matthäus und Hertzberg endgültig aus den Händen der Templer befreien. Die Königin, die es – soweit Arnaud erzählt hatte – auch auf den Kelch abgesehen hatte, würde Montbard unangenehme Fragen stellen, wenn die von ihr angeheuerten Männer erfolglos geblieben waren. Und die überlebenden Templer von Jerusalem erinnerten sich mit Gewissheit an die sechs abtrünnigen Brüder und ihren leicht korpulenten Waffenknecht.

Khaled weigerte sich unterdessen strikt, den Kelch herauszurücken, jedenfalls nicht, bevor er selbst das Geheimnis des Artefakts gelüftet hatte. Das Interesse von Rona und Lyn war Hannah bisher rätselhaft geblieben, aber vielleicht erhofften die beiden sich von dem Kelch und seinem Geheimnis eine Art Wunder, das ihre Chancen auf eine baldige Heimkehr erhöhte.

Hannah überlegte, ob dieses Wunder auch sie selbst und ihre Leidensgenossen wieder dorthin zurückbringen konnte, wo sie hergekommen waren. Ansonsten musste ihnen ein verdammt guter Trick einfallen, wie sie Tom in knapp eintausend Jahren den im Kelch befindlichen Kristall zuspielen konnten.

Gemeinsam mit Gero und den anderen tauchte Hannah in den erlösenden Schatten der Bäume ein. Sie musste dringend etwas trinken und sich ausruhen. Immerhin war sie im zweiten Monat schwanger. Die Zunge klebte ihr am Gaumen, und der Rücken schmerzte.

Als die Schritte der Pferde sich verlangsamten, reichte Gero ihr einen Wasserschlauch aus Ziegenleder herüber, ganz so, als ob er ihre Nöte erkannt hatte. Sein Blick, als sie zurückhaltend trank, war seltsam entrückt.

»Ist es wirklich wahr?«, fragte er leise, nachdem Arnaud sie in eine versteckte Schlucht geführt hatte, wo Einheimische im Laufe der Jahrhunderte unzählige Höhlen in die hohen Kalksandsteinfelsen gehauen hatten.

Gero ritt so dicht neben ihr, dass er ihr wie zufällig die flache Hand auf den Bauch legen konnte. Trotz aller widrigen Umstände huschte ein Grinsen über sein Gesicht. »Wir bekommen wirklich ein Kind?«

»Ich hatte Angst, du würdest mir Vorwürfe machen.« Hannah lächelte tapfer zurück, wenn auch etwas gequält. Stunde um Stunde, die sie in dieser Zeit verbrachte, wurde ihr mehr bewusst, dass es für ein Neugeborenes wohl kaum eine feindlichere Umgebung geben konnte.

»Warum sollte ich?«, erwiderte er. »Wenn Gott es so gewollt hat, werden wir dieses Geschenk mit Freuden annehmen.« Geros liebevolles Lächeln erlosch, als ein hochgewachsener Mann aus dem Schatten eines Granatapfelbaumes hervortrat. Er trug einen golden blitzenden Krummsäbel an seiner Hüfte, und sein ebenmäßiges, stolzes Gesicht, umrahmt von schwarzen, schulterlangen Haaren, wirkte nicht gerade einladend. Erst als der Mann Arnaud erkannte, entspannten sich seine Züge, und er gab seine kriegerische Haltung auf.

Hannah hatte ihn sofort erkannt, aber Gero hatte den Assassinen bisher nur einmal flüchtig gesehen, wie Arnaud ihr erzählt hatte.

Khaled begrüßte die Neuankömmlinge mit dem ihm eigenen *»as-salāmu 'alaikum«.* Dabei legte er die Rechte auf sein Herz und verbeugte sich leicht.

Dass Gero ihm misstraute, konnte Hannah mühelos erkennen. Doch zumindest gingen sie höflich miteinander um, nachdem Khaled sie in die Höhle hineingeführt hatte.

Die Begrüßung mit den anderen fiel weitaus herzlicher aus.

Freya stürmte Johan, kaum dass er sich seines Helms und seiner Handschuhe entledigt hatte, mit einer Wucht entgegen, dass es ihn von den Füßen hob. Die Begine auf seinem Schoß, landete er unsanft auf dem Hintern. Sie küssten sich so leidenschaftlich, dass Arnaud sich genötigt sah, amüsiert Beifall zu klatschen. »Und wer küsst mich?«, fragte er und grinste Rona von der Seite an, wobei sie sich ein seltenes Lächeln abrang und verlegen die Lider senkte.

Gero hob eine Braue und betrachtete Rona und ihre Schwester eingehend.

»Wir haben wohl einiges verpasst während unserer Abwesenheit«, bemerkte er, den Blick fragend auf Hannah gerichtet, die ihm daraufhin die beiden Frauen vorstellte, die, ohne es zu wissen, über ihr Schicksal entschieden hatten.

Danach ging er auf Struan zu und begrüßte ihn mit einem überkreuzten Handschlag, bevor er Amelie eine herzliche Umarmung zuteilwerden ließ. Tanner und Anselm kümmerten sich unterdessen im hinteren Teil der Höhle um Stephano. Seine Beinverletzung hatte sich trotz eines neuen, sauber angelegten Verbands entzündet. Lyn hockte auf Knien neben dem blonden Templerbruder und unterzog dessen tiefe Fleischwunde einer Analyse mit ihrem Armband, um Gero zu zeigen, wo das Problem lag.

»Einige wichtige Muskeln sind betroffen, und die Umgebung zeigt bereits den Befall mit Bakterien«, stellte sie fest. »Er benötigt dringend ein Medikament, das ihm hilft, die Entzündung zu bekämpfen, sonst könnte es noch schlimmer werden und zu einer Blutvergiftung kommen.«

Gero und seine Kameraden hatten inzwischen zumindest eine Idee, was das Wort Bakterien bedeutete, und auch sonst hatten sie, was medizinisches Wissen betraf, deutliche Fortschritte gemacht, seit sie in der Zukunft gelandet waren.

Khaled hatte bereits zuvor mehr über die inneren Prozesse des Körpers gewusst, weil die Muslime den Christen in Sachen Medizin um Jahrhunderte voraus waren. »Um eine solche Verletzung ausreichend zu kurieren, müssten wir ihn in den Maristan von Damaskus bringen«, erklärte er.

»Montbards Hoher Rat verfügt meines Wissens auch über Salben und Tinkturen, die eine Heilung versprechen«, meinte Rona und betrachtete dabei die offene Wunde. »Spätestens seit wir sie über unser Wissen informiert haben, experimentieren sie mit allerlei Möglichkeiten, die unter den hiesigen Bedingungen herbeigeführt werden können. Aber auch der Rat ist zu weit weg, um uns helfen zu können.«

»Was ist mit eurem Wundermittel?«, fragte Khaled hoffnungsvoll.

»Davon haben wir nichts mehr«, gab Lyn mit Bedauern zurück.

Stephanos Augen waren leicht fiebrig, und an seinem schmerzverzerrten Gesicht konnte jeder sehen, wie sehr er unter der Wunde litt.

»Freya kennt sich mit pflanzlichen Heilmitteln aus.« Hannah bedachte die ehemalige Beginenschwester, die immer noch turtelnd mit Johan am Boden saß und nun aufschaute, weil sie ihren Namen gehört hatte, mit einem fragenden Blick. »Kannst du Stephano helfen?«

In ihrer ersten Freude, Johan lebend wiederzusehen, hatte Freya für einen Moment Stephanos Zustand verdrängt.

»Ich hab's schon versucht«, sagte sie und näherte sich dem Templer, der vor Fieber und Schmerzen halb ohnmächtig war. »Aber ohne Kräuter kann auch ich nicht viel ausrichten.«

»Wir können nach draußen gehen und schauen, was wir finden«, bot Khaled ihr an.

»Kommt gar nicht in Frage«, knurrte Johan und stellte sich dem Assassinen in den Weg. »Oder glaubst du tatsächlich, dass ich meine Frau alleine mit einem Sarazenen durch die Berge irren lasse?«

Khaled sagte nichts und hob eine Braue. Sekundenlang musterten Johan und der Assassine sich feindselig.

Amelie warf Hannah einen vielsagenden Blick zu.

Hoffentlich erfährt Johan niemals, dass Freya – wenn auch aus der Not heraus – etwas mit dem Wesir von Askalon gehabt hatte, dachte Hannah.

»Ich komme mit«, sagte Gero und entspannte dadurch die Lage.

Nach einer Weile kamen sie zu dritt zu Stephano zurück. Khaled kniete neben ihm nieder und hielt ihm ein Sträußchen wild wachsender Blätter entgegen.

»Kau das!«, riet er ihm. »Es hilft gegen die Schmerzen und betäubt deine Sinne.«

Stephano riss ihm die Blätter regelrecht aus der Hand. «Danke, Bruder«, stieß er heiser hervor. Ohne zu zweifeln oder Freya um Rat zu fragen, stopfte er sich die Blätter einzeln in den Mund.

Anselm reichte ihm den Wasserschlauch, damit er seinen Mund befeuchten konnte.

»Was ist das?«, fragte er und schaute zu Khaled auf, der sich wieder erhoben und Lyn zugewandt hatte. Er drehte sich zu Anselm um und sagte: »Qat. Ich habe die Blätter ganz in der Nähe gepflückt. Wenn sie welk werden, verlieren sie leider rasch ihre Wirkung. Deshalb werden sie uns keine Hilfe sein können, wenn wir nach Süden aufbrechen. Es sei denn, wir finden unterwegs welche.«

»Nach Süden?« Gero warf ihm einen fragenden Blick zu.

»Sinai, wo uns die Vision des Kelches hinführen wird«, antwortete Khaled, als ob es die selbstverständlichste Sache der Welt wäre, zu wissen, wo es langging.

»Woher weißt du das?«, fragte Gero den Assassinen.

Ohne ein Wort ging Khaled zum Höhleneingang, dorthin, wo er die Satteltasche mit dem Kelch abgestellt hatte, und zog ihn mit dem Tuch heraus, das ihn einhüllte. Als er zu Gero zurückkehrte, übergab er dem deutschen Templer den Kelch mit den Worten: »Du musst einen Augenblick tief hineinschauen, dann offenbart sich dir das Wunder.«

»Ich weiß«, flüsterte Gero und wagte einen vorsichtigen Blick. »Ich habe schon einmal hineingeschaut, aber offenbar nicht lange genug.«

Hannah sah den eigentümlichen Glanz in Geros Augen, als er sich anschickte, das Innere des Bechers zu inspizieren. Sie trat an seine Seite, weil sie diese Erfahrung teilen wollte.

»Warum hast du mir nichts davon erzählt?«, flüsterte sie. »Damals, als ihr aus Frankreich zurückgekommen seid?«

»Weil du geredet hättest«, antwortete er, ohne sich von dem Kelch abzuwenden. »Falls dich die Amerikaner aus irgendeinem Grund einem Verhör unterzogen hätten. Ich konnte ein solches Risiko nicht eingehen.«

»Misstraust du mir, weil ich eine Frau bin?«, fragte sie leise.

Gero schaute missmutig auf. »Natürlich nicht«, sagte er tonlos. »Vielmehr stand zu befürchten, dass du die Bedeutung des Kelches nicht verstehst und ihn dem Grunde nach für wertlos hältst, weil du keine gläubige Christin bist. Oder wärst du bereit gewesen, für ein solches Geheimnis dein Leben zu opfern?«

Sein freundlicher Blick versöhnte sie nicht. »Du denkst also, ich halte deinen Glauben für Blödsinn.«

»Es tut mir leid, wenn ich mich falsch ausgedrückt habe«, erklärte er bedauernd. »Aber du hast der heiligen Kirche aus freien Stücken den Rücken gekehrt und hältst Beten für einen nutzlosen Zeitvertreib. Wie hätte ich dir jemals klarmachen können, welches göttliche Geheimnis sich hinter der Botschaft des Kelches verbirgt, ohne von dir für verrückt erklärt zu werden?«

Er berührte sie mit der freien Hand an der Schulter und sah ihr beinahe flehend ins Gesicht. »Hättest du mich gehen lassen, wenn ich dir verraten hätte, dass ich allein wegen der möglichen Macht eines Kelches all das hier auf mich nehme?«

»Nein, du hast recht«, antwortete Hannah resigniert. »Ich hätte die ganze Geschichte für sinnlos gehalten. Und wenn du ehrlich zu dir selbst bist: Was ist das für ein Gott, der zulässt, dass sich seine Anhänger gegenseitig massakrieren? Sieh dir doch nur das Misstrauen an, das ihr Khaled entgegenbringt, weil er für euch nicht zur richtigen Seite gehört. Wobei ich nicht behaupten möchte, dass es umgekehrt besser wäre. Dabei fußt euer Glauben auf denselben Wurzeln. Ist es nicht paradox, sich wegen unterschiedlicher religiöser Ansichten zu hassen?«

»Ja«, sagte Gero mit betretener Miene. »Dabei haben gerade Montbard und seine Leute immer für Toleranz gegenüber Andersgläubigen geworben.«

»Dann nimm dir daran ein Beispiel«, antwortete Hannah. »Und im Übrigen wäre es schön, wenn ihr diese Toleranz auch auf nichtgläubige Frauen ausdehnen könntet.«

Ohne ein weiteres Wort ließ sie Gero stehen, um noch einmal nach Stephano zu schauen.

Zufrieden beobachtete sie aus einiger Entfernung, wie Gero sich zusammen mit Khaled, Johan, Arnaud, Tanner und den übrigen Frauen in seltener Eintracht um ein frisch entfachtes Lagerfeuer versammelte, während Khaled ihnen erklärte, welchen Weg sie nehmen mussten, wenn sie den Anweisungen des Kelches folgten. »Wir reiten nach Süden zum Berg Sinai«, erklärte der Assassine so selbstverständlich, als ob es sich um einen Ausflug handelte. »Dort, wo Moses von Gott die Zehn Gebote empfangen hat. Ganz in der Nähe muss sich das Geheimnis der Bundeslade befinden. Der Kelch wird uns leiten, wenn wir dort angelangt sind.«

»Sinai?«, fragte Tanner voller Unverständnis. »Weißt du, was du da redest? Das sind mindestens dreihundert Kilometer quer durch die Wüste! Mit Pferden und Kamelen sind wir bestimmt eine Woche unterwegs. Stephano geht's wirklich nicht gut, und soweit ich weiß, haben wir keine ausreichenden Vorräte mehr.« Mit fragendem Blick wandte er sich an Gero und die anderen.

»Ja«, sagte Gero kurz angebunden. »Aber uns bleibt gar nichts anderes übrig, als es zu versuchen. Welche Alternative haben wir denn? Außer uns zu ergeben oder in dieser Höhle sitzen zu bleiben, bis wir sterben?«

»Und was ist mit dem Jungen?« Hannah war hinzugetreten und hatte sich hinter Gero gestellt. »Wir können doch nicht einfach hier verschwinden und Matthäus und Hertzberg bei diesen Barbaren zurücklassen?«

»Das habe ich längst bedacht.« Gero schaute zu ihr auf, und seinem Gesichtsausdruck nach zu urteilen, war er beleidigt, dass sie annehmen konnte, er würde den Jungen einfach im Stich lassen. »Ich werde bei

Anbruch der Dunkelheit zu Montbard nach Gaza reiten und ihn zur Herausgabe des Jungen zwingen.«

»Wie willst du das machen?« Hannah schaute ihn zweifelnd an. »Hast du nicht gesagt, er hält den Jungen in Jerusalem gefangen?«

»Können wir nicht einfach dorthin reiten«, fragte Freya hoffnungsvoll, »und ihn befreien, bevor wir zum Sinai aufbrechen?«

»Einfach geht gar nichts«, meldete sich Arnaud zu Wort. Er hatte unterdessen ebenfalls einen Blick in den Kelch geworfen und ihn nun an Johan weitergegeben. »Montbard wird den Kleinen nur gegen den Kelch herausgeben, doch unser Freund Khaled, dem wir einiges zu verdanken haben, hat dagegen votiert, dass wir den Kelch an wen auch immer abtreten, bevor wir nicht selbst das Geheimnis ergründet haben.«

»Ich denke, Khaled weiß nun, wo der Schatz begraben liegt, und Gero hat immerhin eine Ahnung«, warf Hannah dazwischen. »Also, warum geben wir dem alten Templer nicht einfach, was er haben will? Dann übernehmen wir Hertzberg und den Jungen und reiten dorthin, wo wir das Geheimnis lüften können?«

Khaleds bernsteinfarbene Augen nahmen einen rebellischen Ausdruck an.

»Erstens benötigen wir den Kelch, um den genauen Platz zu finden, und zweitens hätte Montbard alle Zeit der Welt, uns eine Armee von Templern hinterherzuschicken, um uns als Mitwisser töten zu lassen, bevor wir auch nur einen Fuß auf den Sinai gesetzt haben. Wenn er den Kelch besitzt, benötigt er uns nicht mehr. Solange er ihn nicht in Händen hält, muss er sich berechtigte Sorgen machen, dass wir den Kelch – auf welche Weise auch immer – vernichten könnten und damit das Geheimnis für immer unauffindbar machen.«

»Glaubst du, zu so etwas wäre Montbard fähig?« Johan schaute Khaled zweifelnd an, doch der lachte nur.

»Wie kann ein gestandener Ritter, noch dazu ein Templer, wie du es bist, so naiv sein«, raunte er kopfschüttelnd. »Bruder André ist im Sternzeichen des Skorpions geboren. Er ist ein gerissener Hund, dem nichts fremd ist, wenn es um die Abgründe der menschlichen Seele geht. Obwohl ich ihn und seine freizügigen Ansichten schätze, ist mir das bei unserer Unterredung im Palast wieder einmal bewusst geworden. Wenn es um die Durchsetzung seiner Ideen – sprich der Ideale des Hohen Rates – geht, nimmt er jede Sünde in Kauf. Er lügt, betrügt, nimmt Geiseln, betört dümmliche Weiber und geht über Leichen. Kurz, die Zehn Gebote, die Gott Moses offenbarte, sind ihm ziemlich egal.«

Für einen Moment herrschte betretenes Schweigen.

Gero kniff die Lippen zusammen. Ihm war anzusehen, wie es hinter seiner breiten Stirn arbeitete, weil ihn das Schicksal von Matthäus nicht losließ. »Ich muss den Jungen zuvor aus den Händen dieser Aasgeier befreien«, murmelte er. »Ich könnte es nicht ertragen, wenn ihm etwas zustößt.« Das Wort »Sterben« wollte ihm nicht über die Lippen kommen. Zu groß war die Angst, den Tod des Jungen durch sein unbedachtes Verhalten provozieren zu können. Natürlich bestand auch die Möglichkeit, dass ihre Widersacher den Jungen in die Sklaverei verkauften, aber das würde in etwa aufs selbe hinauslaufen. Er schluckte schwer, und sein Blick fiel auf Hannah, der ein schmerzlicher Seufzer entwich. Matthäus war zwar schon dreizehn und in Geros Augen beinahe erwachsen, aber er gehörte zu ihrer kleinen Familie wie ein eigenes Kind.

»Und was wird mit Hertzberg?« Tanner, der die Entwicklung der vergangenen Tage rund um den Kelch mit Erstaunen zur Kenntnis genommen hatte, glaubte sich offenbar für seinen einzigen Verbündeten einsetzen zu müssen.

»Werdet ihr euch jetzt an uns rächen, für das, was Lafour euch im Auftrag unseres Präsidenten angetan hat?« Tanner brachte die Dinge mit entwaffnender Offenheit auf den Punkt. »Ich meine, wo Hertzberg und ich ja offensichtlich die eigentlichen Bösen in diesem Spiel sind.«

»Red keinen Unsinn, Jack.« Gero legte ihm versöhnlich eine Hand auf die Schulter. »Du hast dir alle Mühe gegeben, uns zu helfen. Außerdem bist du auch nur ein Befehlsempfänger, wie wir alle es einmal waren – oder noch sind. Dass ich Hertzberg unerwähnt gelassen habe, liegt vor allem daran, weil mir der Junge weitaus wichtiger ist.«

»Ich denke, uns würde es trotz der Vorgeschichte leidtun, wenn Hertzberg etwas geschieht«, fügte Hannah hinzu. »Aber er ist ein alter Mann, und Matthäus hat sein Leben noch vor sich.«

»Was hast du vor?« Khaled hatte die Konversation in einer Mischung aus Altfranzösisch und Deutsch, so gut es ging, verfolgt. Er konnte sich denken, dass Gero sich weder das Geheimnis des Kelches noch den Jungen entgehen lassen wollte. Und er würde darum kämpfen, falls er, Khaled, eine andere Meinung vertreten sollte.

»Ich werde noch heute Abend als einheimischer Händler getarnt nach Gaza reiten«, erklärte Gero bestimmt. »Dort werde ich Montbard vor ein Ultimatum stellen. Er bekommt den Kelch, wenn er mir vorher den Jungen überlässt und – doch erst, nachdem wir selbst das Geheimnis des Kelches ergründet haben.«

»Ich komme mit.« Arnaud baute sich vor Gero auf, als ob er ihn im Zweifel persönlich davon abhalten würde, ein solches Risiko alleine einzugehen. Struan nickte bedächtig, und mit einem entschlossenen Blick hin zu Amelie sagte er: »Ich werde meinen Bruder ebenfalls begleiten. Wenn Khaleds Vermutungen zutreffen und Montbard eine List im Schilde führt und dich ebenfalls festsetzen lässt, sind wir keinen Schritt weiter.«

»Selbst wenn er mich festsetzen würde, hätte er keinen Gewinn, wenn ihr ohne mich und den Jungen losreitet. Aber wenn er gleich drei Leute von uns erwischt, sieht die Sache schon anders aus. Warum, glaubst du wohl, ist es üblich, einen Unterhändler alleine zu schicken, anstatt gleich eine ganze Horde?«, fragte Gero. »Hast du dir darüber schon einmal Gedanken gemacht?«

»Weil bei Nichtgefallen des Angebotes nur einer den Tod findet und nicht alle drei«, gab Johan stellvertretend für die anderen zur Antwort.

»Genau«, bestätigte Gero mit grimmiger Genugtuung. »Und deshalb werde ich alleine gehen. Entweder Montbard folgt meinen Forderungen und ich bekomme den Jungen, oder er und seine Hintermänner können sich den Kelch sonst wohin schieben. Daran würde auch eure Gesellschaft nichts ändern.«

Hannah half Gero Kettenhemd und Templerchlamys gegen ein unauffälligeres Gewand zu tauschen. Als sie seinen durchgebluteten Verband am rechten Oberarm betrachtete, seufzte sie. »Es sieht viel schlimmer aus, als ich dachte«, sagte sie leise. »Freya soll deine Armwunde wenigstens noch mal ordentlich verbinden.«

Gero ließ sich nicht anmerken, ob er Schmerzen hatte. »Im Vergleich zu Stephanos Verletzung ist das ein Kratzer«, wiegelte er die Besorgnis der Frauen ab.

Lyn analysierte den Schnitt, ähnlich wie bei Stephano. »Du solltest die Wunde wenigstens mit irgendetwas desinfizieren«, riet sie Freya, die sich bereits bei Stephano einer Essigflasche bedient hatte, deren Inhalt zum einen zum Auswaschen von Wunden genutzt wurde, zum anderen, mit Wasser verdünnt, als schmackhafte Erfrischung diente.

Gero biss auf die Zähne, als sie mit der unverdünnten Version die Wunde gründlich spülte und anschießend eine doppelt gefaltete Mullbinde daraufdrückte, um die Verletzung anschließend mit frischen Leinenstreifen zu verbinden.

»Gut gemacht, Mädchen«, sagte Gero augenzwinkernd. »Was täten wir ohne dich.« Zum Dank drückte er Freya einen flüchtigen Kuss auf die Wange. Anschließend schlüpfte er in die braunen Hosen und den schneeweißen Kaftan, die Johan ihm aus den Satteltaschen geholt hatte.

Nachdem er seine Stiefel übergezogen hatte, sah er auf und blickte Hannah in die Augen. Er umarmte sie fest und wandte sich dabei ein wenig von den anderen ab. Er küsste sie lange und intensiv, und sie spürte, wie sein Herz schlug, gleichmäßig und kräftig.

»Ich werde den Jungen frei bekommen, ich verspreche es dir und unserem Kind«, versicherte er ihr mit rauer Stimme und strich ihr über den noch flachen Bauch.

Hannah kämpfte mit den Tränen. »Pass auf dich auf«, flüsterte sie mit bebender Stimme, als er zu den Pferden marschierte und eines der Tiere ohne Brandzeichen bestieg, das aus den geheimen Stallungen der Königin stammte. Zaumzeug und Sattel waren mit farbenprächtigen Troddeln versehen, wie es hierzulande bei reichen Adligen und Händlern üblich war. Von weitem würde ihn niemand für einen Soldaten halten.

Arnaud gab Gero noch eine gut gefüllte Kalebasse mit Wasser, und Khaled fügte einen Beutel mit getrockneten Datteln hinzu, die er noch aus ihrem Vorrat übrig hatte. »Damit du nicht auf die Gastfreundschaft deiner Ordensbrüder angewiesen bist«, sagte er mit einem ironischen Grinsen.

»Deren Verpflegung war ohnehin nicht empfehlenswert«, witzelte Johan, doch auch ihm war anzusehen, dass er sich in Wahrheit ganz andere Sorgen machte.

»Wenn ich zum Anbruch der Nacht nicht zurück sein sollte«, sagte Gero, »müsst ihr ohne mich und den Jungen aufbrechen. Denn dann könnt ihr getrost davon ausgehen, dass man euch bis zum Jüngsten Gericht jagen wird.«

»Denk dran«, flüsterte Hannah, als sie zum Abschied noch einmal seine Hand drückte, »es gibt da noch jemanden, der auf deine Rückkehr wartet.«

Dichter Rauch lag über der steinigen Ebene vor Askalon, als Gero, von der untergehenden Sonne geblendet, am Hauptlager der Franken vorbei in Richtung Gaza ritt. Überall auf dem Schlachtfeld hatte man Feuer entzündet. Es stank nach verbranntem Fleisch, menschlichem Fleisch. Er hatte diesen Geruch schon öfter in der Nase gehabt, wenn man in seiner Zeit Ketzer verbrannt hatte, und er würde ihn nie mehr vergessen, solange er lebte. Im Vorbeireiten sah er einen Knappen, der allem Anschein nach zu einer versprengten Truppe ausländischer Ritter gehörte, die ganz in der Nähe ihre Zelte stehen hatten.

»Was ist die Ursache dieses Feuers?«, fragte Gero den Jungen, während er von seinem Pferd aus in die Ferne schaute.

»Was interessiert Euch das?« Der pausbäckige Kerl, kaum sechzehn mit kurzgeschorenen, roten Haaren und Sommersprossen, schaute ihn misstrauisch an. »So, wie ihr ausseht, habt Ihr doch ohnehin nicht an der Schlacht teilgenommen.«

»Es gab eine Schlacht?« Gero gab sich betont unwissend.

Der Junge setzte eine ungeduldige Mine auf und rang nach Atem. »Heute Morgen hat der Sturm gegen die Festung von Askalon begonnen, und was Ihr dort seht, ist das Ergebnis.«

»Und?«, fragte Gero. »Wurde die Festung eingenommen?«

»Nein«, sagte der Junge mit zusammengekniffenen Lippen. »Die Templer haben den Arsch vollbekommen, und aus purer Rache werden gerade die auf dem Schlachtfeld übrig gebliebenen Heiden verbrannt – ganz gleich, ob sie tot oder lebendig sind.« .

»Was bedeutet, den Arsch vollbekommen?«

»Ihr wollt es aber genau wissen«, beschwerte sich der Junge. Dann seufzte er. »Tramelay und seine Leute wollten die Festung im Alleingang erstürmen. Jedenfalls durften die unseren nicht nachrücken. Um die Heiden zu besiegen, hat das aber offenbar nicht gereicht. Vierzig Templer sind im Innern der Festung von den Fatimiden massakriert worden, und bevor der Nachschub organisiert werden konnte, haben sie die Bresche von innen mit den herabgefallenen Steinen wieder geschlossen.«

»Und woher wisst ihr, dass die Templer getötet und nicht gefangen genommen wurden?«, fragte Gero.

»Sie haben die Köpfe der Templer mit einem Katapult über die Festungsmauern geschleudert und ihre nackten, kopflosen Kadaver an den Zinnen aufgehängt. Es heißt, der Kopf des Großmeisters sei sechshundert Fuß weit geflogen. – Selbst schuld, diese Idioten«, schimpfte der Junge. »Das Schicksal hätte sie für ihre Einfältigkeit und Habgier ruhig noch schlimmer bestrafen sollen.«

Damit gab der Junge offensichtlich die Meinung seiner grimmig dreinblickenden Herren wieder, die sich, immer noch voll bewaffnet, in sicherer Entfernung einen Rausch angetrunken hatten und genuesische Hurengesänge grölten.

Gero bedankte sich knapp für den Bericht und trieb seinen Hengst an.

Von weitem war das riesige Heerlager vor Gaza zu sehen. Auf dem Weg dorthin überholte Gero ganze Karawanen, die nach der Niederlage bereits wieder ihren Weg zurück vom Hauptversorgungslager zum eigentlichen Heerlager angetreten hatten. Überall sah er betrübte bis wütende Gesichter und jede Menge Betrunkene. Wortfetzen drangen an sein Ohr, und irgendwie erzählte jeder eine andere Variante von den vermeintlich wahren Geschehnissen. Aber niemand schien zu begreifen, warum die Templer die Frontlinie nach hinten dichtgemacht und niemanden sonst zur Festung hatten vordringen lassen.

Am Lager vor Burg Gaza gab Gero sein Pferd bei einem Wechselstall in Obhut, wo man seine Tiere gegen bare Münze unterstellen konnte, wenn man keinem Orden angehörte und keinen eigenen Pferdeknecht besaß. Auch hier torkelten überall Betrunkene herum, und wenn die Fatimiden die Gunst der Stunde für einen Angriff genutzt hätten, wäre das christliche Morgenland zumindest in dieser Region hoffnungslos verloren gewesen.

Gero hatte seinen dunkelblonden Schopf unter einem Turban versteckt und den Schal zum Schutz gegen fliegenden Sand so hochgebunden, dass nur sein halbes Gesicht zu erkennen war. Auf dem Weg zur Burg überlegte er, wie er am besten unerkannt zu Montbard vordringen konnte. Das riesige Spitzbogentor zwischen den beiden Haupttürmen wurde streng bewacht, und nach der Niederlage gegen die Fatimiden würde man niemandem ohne Begründung Einlass gewähren. Unauffällig inspizierte er das weitläufige Gelände unterhalb der Zugbrücke und beobachtete dabei einen alten Berber, der mit einem mit Säcken voll beladenen Maultier in Richtung Templerburg marschierte. Er ließ den Kopf hängen, als sei seine Aufmerksamkeit bereits getrübt, und so schaute er ein wenig desorientiert auf, als Gero plötzlich neben ihm auftauchte und ihm anbot, dass er sich getrost ausruhen könnte, während er den Muli mitsamt den Säcken zur Festung führte.

Der Alte fixierte Gero mit seinen eisgrauen Augen, als ob er ein Schwerverbrecher wäre. »Du willst mich um mein Geld bringen«, krächzte er, weitaus wachsamer, als es von weitem den Anschein gehabt hatte. »Das hier sind fünf Säcke Hafer, die Fatima und ich unter Einsatz unseres Lebens aus Akko herbeigeschleppt haben. In diesen lausigen Zeiten ist das ein wahres Vermögen, verstehst du, mein Junge?«

Prüfend kroch sein Blick über Geros Gesicht, der seinen Schal ein wenig gelockert hatte, so dass der Alte seinen Mund und den blonden, kurzgeschorenen Bart zu sehen bekam. »Aber sicher verstehst du das«, setzte der Berber hinzu, »deshalb willst du mir die Ware so kurz vor dem Ziel abspenstig machen.«

»Aber wo denkst du hin!«, widersprach Gero und zückte demonstrativ einen der Goldbyzantiner aus seinem Beutel, die ihm Arnaud in weiser Voraussicht zugesteckt hatte. »Damit wären der Maulesel und der Hafer beglichen. Und ich bringe dir den Esel und den Gewinn für die Säcke zurück, sobald ich meine Geschäfte erledigt habe. Sag, was hältst du davon?«

Der Alte biss auf die Münze und grinste zufrieden, als das Material kaum merklich nachgab. »Entweder seid Ihr ein Irrer oder ein Gauner oder beides«, bemerkte er in einem lakonischen Tonfall.

»Oder ein Heiliger«, fügte Gero scherzhaft hinzu. »Nun, was ist?«

»Amüsiert euch gut«, sagte der Alte und übergab ihm die Zügel des Tieres. »Ihr Name ist Fatima, und wenn sie nicht will, gebt ihr einen leichten Schlag auf den Hals, das mag sie nämlich überhaupt nicht.« Er lächelte, während Fatima wie zur Bestätigung mit ihren Ohren wackelte. »Soll ich hier vor der Brücke auf euch warten?«

»Ja, das wird das Beste sein«, sagte Gero, nicht wissend, welchen Weg nach draußen er würde nehmen müssen. »Sollte ich aus irgendeinem Grund nicht mehr hier auftauchen, versucht hineinzukommen, unter dem Vorwand, dass ihr Fatima abholen wollt.«

»Ihr seid ein Gauner? Hab ich recht?«

»Ob ihr's glaubt oder nicht«, erwiderte Gero mit einem Lächeln, »ich bin ein Templer.«

»Das läuft auf dasselbe hinaus«, sagte der Alte.

Ohne noch etwas zu entgegnen, machte Gero sich mit der durchaus willigen Fatima auf den Weg über die Brücke. Der Wachposten, der ihn kontrollierte, ein Sergeant im schwarzen Habit, schien an seiner Herkunft nicht sehr interessiert zu sein, nachdem Gero ihm in gebrochenem Altfranzösisch den Inhalt der Säcke aufgezeigt hatte. In Erwartung des dringend benötigten Pferdefutters verzichtete der Mann auf weitere Fragen und erklärte Gero stattdessen, wie er am schnellsten zu den Stallungen kam und zum dortigen Bruder der Verwaltung, der für den Einkauf des Futters zuständig war.

Gero führte den Maulesel bis vor die Tore des Pferdestalls und band Fatima an einem Pfahl fest. Dann nahm er den schnellsten Weg zum Dormitorium und zu Montbards Gemächern, die sich im ersten Stock des Gebäudes befanden, wo man entsprechende Unterkünfte eigens für hohen Besuch eingerichtet hatte. Gero nahm zwei Stufen auf einmal, als er das finstere Treppenhaus hinaufhastete, um so schnell wie möglich zu Montbard zu gelangen. Auf dem Weg dorthin musste er einen Haken schlagen, nachdem er die erste Etage erreicht hatte, und sich hinter einer Marmorsäule verstecken, weil er plötzlich die Stimme Peter von Vezelays zu hören glaubte. Aus einer Nische heraus beobachtete er, wie tatsächlich Vezelay und Berengar von Beirut den Gang herunter an ihm vorbeimarschierten, um zum Treppenhaus zu gelangen. Allem Anschein nach hatte Tramelay die beiden Offiziere bei seinem Sturmangriff nicht dabeihaben wollen, was ihnen einen grausamen Tod erspart hatte. Aber welche Rolle spielten sie jetzt?

»Was ist, wenn sie Montbard tatsächlich schon morgen zum Großmeister wählen?«, mutmaßte de Vezelay. »Was wirst du dann tun?«

»Was soll ich schon tun?«, knurrte Berengar missmutig. »Dass der alte Fuchs uns beide übergehen will, ist doch so klar wie Quellwasser. Montbard muss irgendetwas in der Hinterhand haben, das ihn für den König als Großmeister interessant macht. Warum sonst sollte er ihn als Nachfolger Tramelays vorgeschlagen haben? Immerhin war er bisher am königlichen Hofe eine Persona non grata. Erst mit Auftauchen dieser merkwürdigen Ritter hat sich das Blatt für ihn gewendet. Dabei hat er sich merkwürdigerweise nicht im Kapitel für deren Freilassung stark gemacht, sondern erst über Melisende, und es interessiert mich brennend, mit welcher Gegenleistung er ihr das Geld für diese fünf seltsamen Taugenichtse aus der Tasche gelockt hat.«

Berengar von Beirut war mitten im Chorgang stehen geblieben und sah sich mit einem verschwörerischen Blick um. Erst als er sicher war, von niemandem belauscht zu werden, fuhr er fort. »Vielleicht steckt da etwas Größeres dahinter?«

»An was denkst du?« Offenbar konnte Vezelay seinem Ordensbruder nicht folgen.

»An den Kelch, den Bruder Bernard im Auftrag des Königs beschaffen sollte. Vielleicht haben Montbard und die Königin unsere Absichten durchschaut? Vielleicht hatten sie ähnliche Pläne. Und jetzt, wo Bruder Bernard einen sinnlosen Tod gestorben ist, schmiedet man neue Pläne, um in den Besitz des Geheimnisses zu gelangen.« Berengar zuckte mit den Schultern. »Vielleicht weiß Montbard etwas, das wir nicht wissen.«

»Was ist denn mit seinen Günstlingen geschehen?«, wollte Vezelay wissen. »Sie haben Meister Bernard bei dem Angriff auf Askalon begleitet. Sind sie tot?«

Berengar kniff seine ohnehin schmalen Lippen zusammen und schüttelte den Kopf. »Ihre Leichen wurden nicht gefunden, und ihre Köpfe waren bei den Katapultgeschossen auch nicht dabei.«

»Das ist merkwürdig«, murmelte de Vezelay. »Ich denke, wir sollten dem nachgehen.«

»Fürwahr«, erwiderte Berengar. »Und zwar bevor der Papst in Rom ausgerechnet Montbard zum neuen Großmeister vorschlägt.«

Gero zwängte sich tiefer in seine Nische, als die beiden ihn mit düsterer Miene passierten.

Dass Montbard das Wissen um den Kelch an den jungen König verkaufen könnte, um seine Position innerhalb des Ordens als Großmeister zu stärken, war Gero noch gar nicht in den Sinn gekommen.

Nachdem de Vezelay und Berengar von Beirut im Treppenhaus verschwunden waren, hastete Gero zu den Gästeunterkünften. Vorsichtig öffnete er eine Tür nach der anderen. Keinesfalls wollte er dabei auf die Königin oder ihr weibliches Gefolge stoßen.

Nach der vierten Tür wurde er fündig. Er erkannte Montbards lederne Aktentasche, die er vor Gericht bei sich gehabt hatte, und außerdem hing eine zweite, saubere Chlamys an einem Haken, in deren Kragen sein Name eingestickt worden war: Frater André de Montbard.

Draußen läutete man anstatt zur Vesper zur Totenmesse, und Gero wurde mit einem Mal bewusst, dass es ebenso ihn und seine Kameraden hätte erwischen können. Wahrscheinlich hatte Montbard im Moment Wichtigeres zu tun, als in seiner Klause zu fasten und zu beten. Der Kampf um die Nachfolge Tramelays schien in vollem Gange. Aber wenn er wissen wollte, wo Matthäus zu finden war, blieb Gero gar keine andere Wahl, als Montbard noch einmal zur Rede zu stellen. Ungeduldig wanderte er in dem kleinen Zimmer umher und warf einen Blick durch ein offenes, schmales Fenster auf die abendliche Brandung. Unten im Lager hatte man schon einige Feuer entzündet, und es roch nach gebratenem Fisch. Nach all der Hektik vom Mittag war es nun erstaunlich ruhig. Männer und Frauen, die gestern noch dort unten gelacht und gefeiert hatten, wirkten mit einem Mal wie gelähmt.

Plötzlich waren Schritte zu hören. Gero versteckte sich hinter der Tür. Stimmen von einem Mann und einer Frau erklangen. Melisende! Herrgott, was trieb ausgerechnet sie hierher? Als die Tür aufsprang und Montbard ins Zimmer trat, war sie es, die ihm in seine Klause folgte und ihm dabei verhaltene Vorwürfe machte.

»Was ist jetzt mit unserem Plan?«, keifte sie. »Tramelay ist tot, und wo sind deine ach so fähigen Ritter? Wir haben weder etwas von deinen Spionen gehört noch von Khaled und deinen mongolischen Prinzessinnen? Und verdammt, was ist mit dem Kelch und wie soll es nun weitergehen?«

Gero hörte, wie die Königin offenbar mit ihren zierlichen Stiefelchen auf dem Marmor aufstampfte. »Denkst du, ich werde deine Wahl zum Großmeister mit einem Haufen Geld unterstützen, wenn du mir bloß heiße Luft dafür bietest?«

Der zukünftige Großmeister stieß einen Seufzer aus. »Komm erst mal herein«, zischte er. »Es muss dich ja nicht jeder hören.«

»Wer sollte mich hören?«, keifte sie weiter. »Sie hocken alle unten beim Patriarchen und versuchen, die verbliebenen Heerführer für einen weiteren Angriff zu begeistern. Was uns jedoch nichts nützen wird, weil wir niemanden mehr haben, der für uns den Kelch sichern könnte.«

Durch einen Spalt konnte Gero sehen, wie Montbard die Geduld verlor und Melisende am Ärmel ihres Gewandes in seine Unterkunft zog und die Tür hinter ihr ins Schloss fallen ließ. In diesem Augenblick stand Gero schutzlos da, und Montbard starrte ihn an, als ob er ein Gespenst gesehen hätte. Sofort war seine Hand am Knauf seines

Schwertes, doch inzwischen hatte auch Melisende bemerkt, dass hier irgendetwas nicht stimmte, und fuhr hastig herum.

»Ihr?« Sie erbleichte, und ihre großen, grünen Augen weiteten sich. »Was ist mit Euren Gefährten?«

»Wir haben den Sturm mit Gottes Hilfe überlebt«, entgegnet Gero, »und nun bin ich gekommen, um den Jungen zu holen.«

»Den Jungen?« Melisende sah ihn begriffsstutzig an und hatte wohl vergessen, dass es da noch einen dreizehnjährigen Knappen gab, den Montbard im Auftrag der Templer faktisch als Geisel hielt. »Viel wichtiger als irgendein dahergelaufener Bengel ist die Frage: Wo habt Ihr den Kelch?«

Gero blickte an ihr vorbei zu Montbard. »Bevor ich irgendetwas zu dem Kelch sage, will ich den Jungen haben«, erklärte er mit Nachdruck.

»Ihr habt den Kelch also«, triumphierte die Königin. »Ihr müsst aus ganz besonderem Holz geschnitzt sein, dass es Euch gelungen ist, diesen blutrünstigen Heiden zu entkommen und dabei Euren Auftrag zu erfüllen.« Sie ging einen Schritt auf Gero zu, und ihre Augen spiegelten ein unverhohlenes, körperliches Interesse wider. »Jetzt müsst ihr uns das gute Stück nur noch aushändigen, und Ihr seid ein gemachter Mann, der sich auf Lebzeiten der Gunst seiner Königin erfreuen kann.« Sie lächelte anzüglich. »Die Sache mit Eurem Knappen regelt sich dann von ganz alleine.«

»Seid Ihr taub, Gnädigste?« Gero vergaß jegliche Höflichkeit. Er tat einen Schritt vor und baute sich zu voller Größe vor ihr und Montbard auf, wobei er mit seinem breiten Rücken den Ausgang versperrte. »Ich will den Jungen, und zwar sofort. Erst wenn ich ihn in Sicherheit weiß, überlege ich mir, ob Ihr es überhaupt wert seid, eine solche Kostbarkeit wie den Kelch in Händen zu halten. Immerhin haben vierzig bedauernswerte Männer dafür ihr Leben gelassen.«

Melisendes Gesicht lief rot an, jeden Moment würde sie nach den Wachen rufen. »Ich werde Euch in den Kerker werfen und foltern lassen«, giftete sie, »wenn Ihr nicht tut, was ich verlange!«

»Das heißt«, erwiderte Gero grimmig, »Ihr wollt, dass alle Welt erfährt, warum Ihr in Wahrheit Euren Sohn mit Unsummen bei der Eroberung von Askalon unterstützt habt?« Er räusperte sich mit einem ironischen Lächeln.

»Die Barone werden interessiert zuhören, wenn ich ihnen unter der Folter gestehe, dass es Euch nicht um die Bekämpfung der Heiden ging, sondern um die Durchsetzung Eurer persönlichen Machtansprüche.«

Montbard machte eine beschwichtigende Geste. »Wir wollen uns doch nicht unnötig aufregen. Ich mache Euch einen Vorschlag zur Güte.« Er zwinkerte Gero verschwörerisch zu. »Ihr beschafft uns die Bundeslade und bekommt dafür Hertzberg und den Jungen, unversehrt und in bester Verfassung.«

Gero nickte zögernd. »Und wer garantiert mir, dass Tramelays Anhänger ihre Wut über den Tod ihres Anführers und unser Verschwinden nicht an den beiden auslassen und sie auf dem nächstbesten Sklavenmarkt verkaufen?«

»Ich«, entgegnete Montbard fest. »Wenn ich, so Gott will, schon morgen zum Großmeister bestimmt werde, habe ich alle Macht, um den Orden von jeglichem Gesindel zu säubern. Bis dahin darf es keine Skandale geben. Ansonsten wäre meine Ernennung gefährdet.« Sein Blick fiel auf Melisende, die nicht zu wissen schien, was sie von Montbards Argumenten halten sollte.

»Nun gut.« Gero nahm eine entspanntere Haltung ein. »Und wohin sollen wir euch die Lade bringen?« Er legte dabei einen harmlos anmutenden Plauderton an den Tag. Melisende schien die darin versteckte Ironie nicht zu bemerken.

»Ihr wisst sogar schon, wo sich die Lade befindet?« Ihre grünen Katzenaugen glühten vor Gier. »Bringt sie nach Nablus!«, kam sie Montbard zuvor. »In meinen Palast, ich werde euch reichlich entlohnen!«

»Aber das kann einige Zeit in Anspruch nehmen«, gab Gero zu bedenken.

»Ich gebe Euch vier Wochen, keinen Tag mehr«, erwiderte die Königin bestimmt. »Spätestens dann will ich wissen, was genau hinter ihren göttlichen Verheißungen steckt.«

Montbard hatte sie reden lassen, doch Gero war das leichte Kopfschütteln des künftigen Großmeisters der Templer nicht entgangen. »Schickt zuvor einen Boten nach Jerusalem«, sagte er mit ruhiger Stimme, »damit ich die Übergabe Eurer Gefährten vorbereiten kann. Ich denke, es ist eine gute Idee, wenn Ihr uns die Arbeit mit der Lade abnehmt und sie unversehrt an uns übergebt. Weder die Königin noch ich wären in der momentanen Situation in der Lage, uns vom Hof zu entfernen, ohne Aufmerksamkeit zu erregen. Und je eher wir ohne Mitwisser in den Besitz der Lade gelangen, umso besser.«

Gero war mit diesem Kompromiss alles andere als glücklich, wie offenbar auch Montbard erkannte.

»Ihr braucht Euch nicht zu sorgen«, bekräftigte der zukünftige Großmeister nochmals. »Dem Jungen wird nichts geschehen. Ihr werdet ihn schon bald wohlbehalten an Eure Brust drücken können.«

»Wenn dem Jungen ein Leid geschieht«, raunte Gero, »werde ich Euch dafür zur Rechenschaft ziehen. Und dabei ist es mir ziemlich egal, ob Ihr inzwischen Großmeister seid. Wenn es sein muss, werde ich in einem solchen Fall persönlich dafür sorgen, dass die Geschichte des Ordens einen anderen Verlauf nimmt. Habe ich mich klar ausgedrückt, Beau Seigneur?«

Sich vorsichtig umschauend, trat Gero kurz darauf in die Halle, immer noch erstaunt darüber, wie willfährig Montbard bei seiner Drohung genickt hatte. Der alternde Templer hatte einzig darauf bestanden, dass er sich zügig aus Gaza entfernte. Niemand durfte ihn sehen, und schon gar nicht durfte man ihn mit Montbard oder der Königin in Zusammenhang bringen. Offiziell würde Montbard ihn und seine Kameraden für tot erklären lassen, auch wenn ihre Köpfe nicht über die Mauer katapultiert worden waren.

Hastig eilte Gero zum Ausgang. Ob Hannah enttäuscht war, weil er sein Versprechen, Matthäus zurückzubringen, nicht hatte halten können? Natürlich hatte Montbard es am Ende nicht auf den Kelch, sondern auf die Lade abgesehen. Angeblich hatten die Templer unterhalb des Berges Moriah jahrelang danach gesucht und nichts gefunden.

Blieb für Gero zu hoffen, dass sie die Lade tatsächlich fanden und sie transportabel genug war, um sie gegen Hertzberg und den Jungen austauschen zu können.

Es dämmerte bereits, als Gero den Innenhof überquerte, um sich dem Maulesel zuzuwenden, den er dem Alten draußen vor der Brücke zurückbringen musste. Unversehens stieß er mit einem Schatten zusammen, der wie aus dem Nichts aufgetaucht war.

»Bei der Heiligen Mutter«, entfuhr es dem anderen mit rauer Stimme, als er Geros Profil im Schein der Feuerkörbe erkannte. Berengar von Beirut, der Komtur von Jerusalem! Herr im Himmel, wie konnte man so viel Pech haben? Gero war bemüht, kein Aufsehen zu erregen, und versuchte rasch weiterzukommen, doch der andere bekam ihn am Ärmel zu fassen.

Gero riss sich los und schwang sich auf das Maultier, das sich jedoch nicht von der Stelle bewegte.

»Alarm!«, brüllte sein Verfolger. »Breydenbach«, zischte er und zog sein Schwert. »Wie kann es sein, dass du dieser Hölle entkommen bist?«

Gero hatte sein Schwert ebenfalls gezogen, jedoch nicht um Berengar zu parieren, sondern um dem Maultier mit der flachen Seite auf den Hals zu schlagen. Gero schickte ein Stoßgebet zum Himmel, dass es half, und tatsächlich, das Tier machte einen gewaltigen Satz, und Berengars Klinge verfehlte Geros Bein um Haaresbreite.

Das Maultier besann sich auf seinen Fluchtinstinkt und galoppierte mit Gero hinunter auf die Brücke. Dabei schien die gute Fatima völlig vergessen zu haben, dass sie einen Reiter trug. Gero spürte bereits die ersten Verfolger hinter sich – Hunde, die bei der Bewachung der Burg eingesetzt wurden und sich nun an die Flanken von Fatima hefteten. Kurz hinter der Brücke brachte Gero das Tier mit grober Gewalt zum Stehen und sprang ab. Seinem verblüfften Besitzer drückte er die Zügel in die Hand, dann verschwand er in der Menschenmenge.

Zielstrebig wandte sich Gero an den Wechselstall und löste seinen Araber aus. Als er das Lager in Richtung Süden verließ, musste er sich beherrschen, den Hengst nur langsam antraben zu lassen, um sich nicht den Anschein eines Flüchtenden zu geben.

»Was ist nach uns geschehen?«, fragte Tanner, der sich inzwischen wie Johan seiner Templerchlamys entledigt hatte und zur Tarnung die Sarazenenkleider trug, die Anselm ihnen noch vor dem Angriff auf die Festung beschafft hatte. Sein interessierter Blick fiel auf Ronas außergewöhnlich ebenmäßige Gesichtszüge, deren Künstlichkeit im flackernden Licht noch mehr zur Geltung kam. Sie starrte nachdenklich ins Feuer, das Khaled mit trocknen Sträuchern am Leben erhielt, damit sie im Innern der Höhle nicht völlig im Dunkeln saßen. »Und wie kam es«, bohrte er weiter, »zur Entwicklung des Timeservers, und warum seid ihr ausgerechnet in diese Epoche gereist?«

»Meinst du den Krieg oder das, was danach geschehen ist?« Ronas Stimme klang leicht provozierend, dabei schaute sie ihn nicht an, sondern starrte weiter ins Feuer. Inzwischen wusste sie, dass Tanner zu denen gehörte, die im zwanzigsten Jahrhundert geboren worden waren, also zu jener Generation, die eher eine Verantwortung für den großen Krieg trug als alle Generationen zuvor.

»Alles«, antwortete Jack. Er fixierte sie mit einem so intensiven Blick, als ob er sie beschwören wollte, ja nichts auszulassen.

Leise und gefasst erzählte Rona ihre Geschichte. »Zuerst war da der Krieg zwischen den monotheistischen Religionen. Sie haben sich gegenseitig fertiggemacht bis hin zu einer atomaren Katastrophe. China, Russland und Indien haben sich zunächst aus der Sache herausgehalten und auf eine Chance gelauert, um die durch den Krieg freigewordenen Ressourcen übernehmen zu können. Russland hat versucht, mitzuspielen, musste dann aber, als die terroristischen Anschläge im eigenen Land zunahmen, zwangsläufig Partei für die Christen ergreifen, was wiederum dazu führte, dass die Wirtschaftsbosse des Landes endgültig die Regierung übernahmen. Hinzu kamen klimatische Probleme. Es gab große Temperaturschwankungen, bedingt durch einen Polwechsel und verstärkte Aktivitäten von Sonnenflecken. Das stürzte zusammen mit dem Krieg, der alles in der westlichen Welt zerstörte, die gesamten Wirtschaftssysteme vorübergehend ins Chaos. Die Folge war die Entstehung eines weltumspannenden, neuen politischen Systems, das die überlebenden, völlig entmündigten Erdbewohner in eine konsumabhängige Knechtschaft zwang. Um sie unter Kontrolle zu halten, pflanzte man ihnen bereits bei der Geburt diverse Kontrollchips ins Hirn. Somit konnte man sie jederzeit manipulieren. Damit niemand aus der Reihe tanzte, wurde eine Eliteeinheit geschaffen, die dafür sorgte, dass keiner diesen Kreislauf durchbrach. Lyn und ich wurden als Soldaten in sogenannten Brutfarmen gezeugt. Wir haben nie etwas anderes kennengelernt als den Kampf gegen die Rebellion und das Töten von systemuntreuen Subjekten.« Ihre Blicke wanderten über das Feuer hinaus, um die flackernden Schatten an der Wand zu beobachten, als ob dort alles noch mal in einem Film zu sehen sei. »Lion war Rebellenführer, er stand ganz oben auf der Vernichtungsliste der Neuen Welt. Er war es, der mich und meine Schwester und viele andere aus diesem Elend befreit hat. Er hat uns den Chip entfernt und uns damit unsere Gefühle zurückgegeben. Er besaß die Gabe, aus ehemaligen Biorobotern wieder Menschen zu machen. Er hat die Pläne für den

Server in einem versteckten Bunker der Amerikaner gefunden. Ohne ihn säßen wir jetzt nicht hier.«

Tanner räusperte sich. »Denkst du, wir könnten etwas an dieser Entwicklung ändern, wenn wir es schaffen, in meine Zeit zurückzukehren, und rechtzeitig etwas dagegen unternehmen?«

Rona wandte sich ihm nun doch zu. Ihre grünen Augen leuchteten unnatürlich. Als sie seine Irritation bemerkte, lachte sie leise. »Katzen-Gene – sie ermöglichen uns, auch bei stockfinsterer Nacht etwas sehen zu können«, erklärte sie, wohlwissend, dass die Genmanipulation zu seiner Zeit noch in den Kinderschuhen steckte. »Ich weiß es nicht, Jack«, fuhr sie fort. »Ich habe mich mehr als einmal gefragt, warum uns Lion ausgerechnet in diese Zeit geschickt hat und nicht achthundert Jahre später in eure. Dort hätten wir vermutlich viel direkter Einfluss nehmen können als in diesem Chaos, wo diese verblendeten Bibelfreaks jeden als Ketzer verurteilen, der nicht ihre kindische Unwissenheit teilen will.« Sie atmete tief ein und wieder aus. »Aber wer weiß das schon? Jetzt, wo wir ohnehin alle in der gleichen Scheiße sitzen.« Als sie aufschaute, bemerkte Jack zum ersten Mal, dass ihre Augen vollkommen gleich geschnitten waren und ihre Haut keinen einzigen Makel aufzeigte. »Vielleicht kann uns diese Bundeslade eine Antwort liefern.« Sie hob ihre Hand, um ihn auf ihr Armband aufmerksam zu machen. »Der Stein in dem Kelch hat eine enorm starke Frequenzstrahlung. In jedem Fall könnte eine naturwissenschaftliche Sensation hinter der Sache stecken. Wer weiß, vielleicht kann man damit sogar physikalische Grundsätze außer Kraft setzen. Wundern würde es mich nicht.« Sie lächelte ihn zum ersten Mal an.

»Löscht das Feuer!« Khaled, der nach draußen gegangen war, um sich zu erleichtern, stürmte zur Höhle hinein und wartete nicht ab, bis jemand seinen Befehl ausführte, sondern zertrat die spärliche Flamme.

»Hey, was soll das?«, fragte Tanner, der Khaled immer noch misstraute.

»Fatimiden«, antwortete der Assassine knapp.

Struan, Arnaud und Johan zogen ihre Schwerter und begaben sich zum Ausgang, wo der aufgehende Mond ein wenig Licht spendete.

Im Flüsterton forderte Khaled seine Begleiter auf, ihre Sachen zusammenzupacken. »Wir müssen davon ausgehen, dass sie nach uns suchen«, erklärte er. »Abu Aziz ist an ihrer Spitze. Nachdem die Franken so ruhmreich besiegt worden sind, muss er im Moment nicht befürchten, von ihnen angegriffen zu werden. Man darf getrost davon ausgehen, dass er der neue Wesir werden möchte, und seine Chancen stehen gar nicht so schlecht, wenn er dem aufgebrachten Mob die Köpfe der Mörder seines Vorgängers auf einem goldenen Tablett serviert.«

»Und wo sollen wir hin?«, fragte Arnaud und sprach damit aus, was die anderen dachten. »Außerdem ist Gero noch nicht zurückgekehrt. Wir können nicht einfach verschwinden, ohne ihm eine Nachricht zu hinterlassen.«

»Wenn Abu Aziz unsere Spur verfolgt«, stieß Khaled warnend hervor, »und uns hier findet, sind wir alle des Todes. Er führt mindestens fünfzig Krieger mit sich. Selbst wenn jeder von uns ein ausgebildeter Kämpfer wäre, kämen wir gegen eine solche Übermacht nicht an.«

Khaled dachte einen Moment lang nach. »Gero weiß, dass wir uns Richtung Süden wenden und die Grenze nach Ägypten am Gabal al-Sabha passieren müssen. Er braucht uns nur zu folgen.«

Hannah protestierte lautstark. »Gero kennt sich in dieser Gegend nicht aus. Bis zum Sinai gibt es Hunderte Berge und Täler. Was ist, wenn er sich ohne uns in der Wüste verirrt?«

»Wir könnten versuchen, uns Abu Aziz und seinen Leuten entgegenzustellen«, brummte Struan, doch Arnaud winkte ab. »Denk an unsere Frauen. Im Gegensatz zu Rona und Lyn können sie sich wohl kaum gegen eine solche Übermacht zur Wehr setzen. Was wäre, wenn sie erneut in Gefangenschaft geraten? Nein«, er schüttelte den Kopf, »das ist zu gefährlich. Ich bleibe hier und warte auf Gero. Zu zweit kann man sich besser gegen wilde Tiere und Räuber zur Wehr setzen. Wir folgen euch dann so schnell, wie wir können.«

»Räuber? Wilde Tiere?« Hannah glaubte, den Verstand zu verlieren.

»Ich bleibe auch hier und werde dir Gesellschaft leisten«, erklärte Rona. Sie würde Arnaud nicht einfach seinem Schicksal überlassen, dafür mochte sie ihn inzwischen zu sehr.

»Schön«, sagte Hannah, »dann wären wir schon zu dritt.«

»Soll das heißen, du willst auch hier auf ihn warten?« Anselm hatte sich mit einem erstaunten Gesicht von Stephanos Lager erhoben.

»Klar, wieso nicht?«, antwortete sie. »Du würdest Stephano ja auch nicht einfach hier liegen lassen, oder irre ich mich da?«

»Das ist doch ganz etwas anderes«, setzte sich Anselm zur Wehr. »Er ist schwer verletzt, ihn alleine zurückzulassen wäre ein Akt der Barbarei.«

Hannah ging nicht näher auf das Verhältnis zwischen den beiden ein. Anselm und der blonde Templer aus der Nähe von Reims waren inzwischen gute Freunde geworden, aber vielleicht waren sie auch schon mehr als das.

»Es ist besser, wenn du mit uns kommst«, sagte Johan, der sich Khaled anschloss, nicht weil er Angst um sich selbst hatte, sondern weil er wusste, dass weder Freya noch Amelie zur Flucht zu bewegen sein würden, wenn sie ihre Männer nicht an ihrer Seite wussten. Auch Struan schien ein Einsehen zu haben.

Eilig packte die kleine Gruppe ihre Sachen zusammen. Anselm half dem fiebernden Stephano auf eines der Kamele, während die anderen die Pferde sattelten. Khaled ließ Arnaud und den Frauen zwei Pferde zurück, weil sie selbst nicht genug Tiere hatten, um jedem ein eigenes Pferd oder Kamel zu überlassen.

Hannah fror, obwohl die Nacht verhältnismäßig lau war, nachdem sie sich von Freya, Amelie und den anderen verabschiedet hatte.

Arnaud, der mit ihr und Rona zurückgeblieben war, übernahm die Rolle des Beschützers, indem er Hannah tröstend in den Arm nahm und ihr Mut zusprach, dass Gero wohl nicht mehr lange auf sich warten lassen würde. Gemeinsam mit Rona, die wegen ihrer besonderen Fähigkeiten bei Nacht alles weitaus besser im Blick hatte, postierten sie sich auf einem Felsüberhang oberhalb der Höhle. Hannah schrak zusammen, als sie in der Ferne das Fauchen eines wilden Tieres hörte und das Jaulen eines Wüstenschakals, der in dieser Zeit in Israel und Ägypten so häufig vertreten war wie der Wolf in Mitteleuropa. Dass es auch Löwen gab, wusste sie von Rona, die ihr von Arnauds Zustand erzählt hatte, als er mit beinahe tödlichen Bisswunden im Lazarus-Kloster aufgetaucht war.

»Was ist, wenn Gero von einem wilden Tier angefallen wurde?« Hannah glaubte kaum atmen zu können, so sehr beunruhigte sie dieser Gedanke.

»Ich glaube, die Menschen hier sind gefährlicher als die Tiere«, brummte Arnaud, aber trösten konnte er sie damit nicht.

»Da kommt ein Reiter«, stellte Rona unvermittelt fest. »Aber ich kann nicht sehen, ob es Gero ist. Und Khaled hatte recht«, fuhr sie fort. »Von Askalon nähert sich ein Kontingent weiterer Reiter. Und es sieht ganz danach aus, als ob der einzelne Reiter von weiteren verfolgt würde.«

»Wir sollten die Pferde klarmachen«, empfahl Arnaud. »Wir können unmöglich hier bleiben.«

»Heißt das, ihr wollt Gero nun doch im Stich lassen?« Hannah spürte all ihre Hoffnungen schwinden.

»Es heißt, dass wir dem Weg der Vernunft folgen«, erwiderte Arnaud. »Gero hat nichts davon, wenn wir in ein Scharmützel hineingeraten.«

Widerwillig folgte Hannah den beiden zu den Pferden. Nur ungern ließ sie sich von Arnaud auf den nervös tänzelnden Araber helfen.

»Wir könnten Gero eine Nachricht hinterlassen.« Hannah klammerte sich an jeden Strohhalm.

»Und was sagen wir ihm?« Arnaud hatte sich hinter ihr in den Sattel geschwungen.

»Dass wir vorausgeritten sind.«

»Das kann er sich denken, wenn er uns nicht antrifft.«

»Aber so denkt er vielleicht, dass uns etwas zugestoßen sein könnte!« Hannah ließ nicht locker.

Arnaud kniff die Lippen zusammen und seufzte. »Was willst du tun?«

»Ich schreibe ihm eine Botschaft in den Sand, direkt neben dem Feuer.«

»Also gut«, sagte Arnaud, »tu, was du nicht lassen kannst, aber beeil dich.« Er half Hannah vom Pferd und wartete mit Rona, die das zweite Pferd genommen hatte, vor der Höhle auf sie.

Arnaud hatte das Feuer bereits vor einer Weile ausgetreten, damit niemand Rückschlüsse ziehen konnte, wann sie die Höhle verlassen hatten. Hannah suchte sich ein Stück Holzkohle, und im fahlen Mondlicht begann sie, ihre Botschaft für Gero an die Höhlenwand zu kritzeln. Ob er sie finden würde, blieb fraglich. *Uns geht es gut,* schrieb sie in Deutsch. *Wir sehen uns …*

»Komm!«, drängte Arnaud. Der Klang seiner Stimme reichte aus, um ihr zu zeigen, dass sie keine Sekunde länger warten durften. Ein metallisches Geräusch alarmierte sie. Arnaud hatte sein Schwert gezogen, wahrscheinlich weil auch er das dumpfe Klopfen der Hufe gehört hatte. Hannah ließ die Kohle fallen und rannte zu Rona, die ihr die Hand reichte, um sie auf ihr Pferd zu ziehen, damit Arnaud mehr

Handlungsspielraum blieb, falls es zu einem Kampf kam. Hastig zogen sie sich hinter den Felsen zurück.

Aus dem Augenwinkel sah Hannah, wie ein Reiter den Hügel hinaufstürmte und direkt auf die Höhle zuhielt. Dort verharrte er einen Moment, als ob er nach etwas suchen würde. Dann sprang er aus dem Sattel und rannte zum Eingang. »Hannah?«

»Gero«, stieß sie atemlos hervor, und obwohl sie einen Moment lang zweifelte, warf sie Arnaud einen auffordernden Blick zu. »Es ist Gero!«

Arnaud gab seinem Braunen zu verstehen, dass er getrost zur Höhle vorpreschen durfte. Als Gero ihn sah, rief er ihm leise Anweisungen zu.

»Heilige Mutter, ihr seid noch da!« Fließend schwang er sich auf den Rücken seines Pferdes. »Wo sind die anderen?«

»Hannah und Rona warten hinter dem Felsen«, gab Arnaud zur Antwort. »Was ist mit dem Jungen?«

»Das ist eine längere Geschichte«, antwortete Gero gehetzt. »Aber bevor ich alles erkläre, sollten wir schnellstens verschwinden. Unten vor dem Hügel tummeln sich nicht nur Fatimiden, sondern auch eine Abordnung von Bruder Berengars Verbündeten. Ich fürchte, sie haben meine Verfolgung aufgenommen, als ich aus Gaza fliehen musste.«

Hannah fiel ein Stein vom Herzen, als Gero an ihrer Seite auftauchte.

»Du lebst!«, stieß sie atemlos hervor.

»Was sonst?«, antworte er grinsend und gab ihr mit einem Wink zu verstehen, dass sie auf sein Pferd wechseln sollte.

»Die anderen sind vorausgeritten«, erklärte sie ihm, während er sie mit seinem starken Arm auf sein Pferd zog.

Als sie hinter ihm zu sitzen kam, schmiegte sie sich an ihn, das Ohr an sein klopfendes Herz gelegt. Es war wunderbar, den festen rhythmischen Schlag zu hören. Seine Hand lag über ihren Händen und wärmte sie, während er sein Pferd antrieb, damit sie zusammen mit Rona und Arnaud durch den dichten Pinienwald entkamen.

»Wo ist Matthäus?« Diese Frage konnte nicht warten.

»Immer noch in der Obhut Montbards«, antwortete Gero mit einem Hauch von Resignation in der Stimme. »Bruder André will, dass wir ihm zuerst die Lade bringen, erst dann sollen wir den Jungen bekommen.«

»Vertraust du ihm?« Hannah war nicht sicher, ob der berüchtigte Templer sein Wort halten würde.

»Was bleibt uns anderes übrig«, gab Gero zu bedenken und ließ seinem Hengst die Zügel, um Arnaud und Rona, die hinter dem provenzalischen Templer saß und ihm den Weg wies, zu folgen. Das Tier stob in abenteuerlicher Weise im Dunkeln davon.

»Um überhaupt etwas finden zu können, müssen wir zunächst unsere Verfolger abhängen«, rief Gero.

Nachdem sie mindestens eine Stunde geritten waren, zügelte Gero mitten in der Einöde sein Pferd und gab Arnaud und Rona zu verstehen, dass sie sich neu orientieren mussten. Anhand der Sterne berieten sie darüber, wohin sie ihren Weg fortsetzen mussten.

Anschließend lenkten sie die Pferde zu einem ausgetrockneten Flusstal hinunter, das in der Dunkelheit schwach zu erkennen war. Arnaud und Rona waren dicht neben ihnen.

»Habt ihr eine Vorstellung, wo es langgeht?«, fragte Hannah, die den Überlegungen der anderen nur vage hatte folgen können.

»Mach dir keine Sorgen«, erwiderte Gero. »Die Vision des Kelches hat sich regelrecht in meinen Geist eingebrannt. Ich hätte nicht vermutet, dass dessen Anweisungen so präzise in meinem Gedächtnis verblieben sind. Jetzt müssen wir lediglich unsere Verfolger loswerden und die anderen finden, dann sind wir schon beinahe am Ziel unserer Träume.«

»Beinahe«, sagte Hannah und erinnerte sich daran, dass ihnen nicht nur Löwen, Schakale, rachsüchtige Templer und blutrünstige Fatimiden das Leben schwermachen konnten. Ihre Wasservorräte gingen zur Neige, und sie hatten kaum noch etwas zu essen.

Kapitel 24

Im Tal der Unendlichkeit

August 1153 – Sinai

Zwei Tage vergingen, in denen sie unentwegt auf den Pferden saßen, in der Hoffnung, Khaled und die anderen zu finden.

Währenddessen hatte sich Hannah an Geros Rücken geschmiegt, als ob er eine Festung wäre, hinter deren Mauern sie Schutz suchen konnte. Gegen die angsteinflößende Weite des Landes, gegen die unerbittliche Hitze, gegen Tod und Verderben, aber vor allem gegen die Vorstellung, dass ihre Flucht in diese Zeit und an diesen Ort vollkommen umsonst gewesen war und sie einfach irgendwo in diesem Labyrinth aus Tälern und Bergen verdursten würden.

Dabei hatte sie nicht geglaubt, dass es ihnen gelingen konnte, den Assassinen und die restliche Truppe in diesem Nirwana zu finden. Gero und Arnaud hatten jedoch einmal mehr bewiesen, dass in ihnen nicht nur Schwerter schwingende Barbaren steckten.

Anhand des Sonnenstandes und der Sterne war es ihnen gelungen, sich zu orientieren, und jede noch so kleine Spur am Boden hatte ihnen die Gewissheit gegeben, auf dem richtigen Weg zu sein.

Trotzdem empfand Hannah es als kleines Wunder, als sie in einer Senke plötzlich auf zwei Kamele und mehrere Pferde stießen und Anselm, der nicht weit davon entfernt mit den anderen an einem Lagerfeuer gesessen hatte, ihnen mit Erleichterung in der Stimme verkündete, dass man schon voller Ungeduld auf sie gewartet habe.

Eine weitere Woche benötigten sie, bis sie gemeinsam den Watia-Pass überquerten.

»Wir werden immer noch verfolgt«, bemerkte Khaled, während er nach ein paar weit entfernten Staubwolken Ausschau hielt. Am Horizont zeigte sich eine Spiegelung von mindestens dreißig Pferden mit Kriegern, die mit Lanzen bewaffnet waren.

»Denkst du, es ist Abu Aziz?« Lyn sprach aus, was alle befürchteten.

Khaled zog das Tuch, das ihn gegen Hitze und Staub schützte, bis über seine Nase, als ob er damit rechnete, dass sein Gegenspieler ihn selbst aus dieser Entfernung erkennen könnte. »Das grüne Banner lässt lediglich darauf schließen, dass es sich um Sarazenen handelt.« Ohne eine weitere Einschätzung zu treffen, wendete er sein Kamel und gab die Richtung vor, in der sich womöglich das von allen ersehnte Geheimnis verbarg.

»Warum müssen wir auch immer so ein Glück haben?«, beschwerte sich Arnaud, der neben Khaled ritt.

»Was hast du erwartet?«, entgegnete Khaled und grinste ironisch. »Die zerklüftete Landschaft des Sinai gehörte nun mal zum ägyptischen Kalifat. Es wäre ungewöhnlich, an jeder Ecke auf Christen zu treffen. Und es würde unsere Mission nicht eben leichter machen. Ich traue keinem über den Weg, ganz gleich, ob Christ oder Muslim. Es sei denn, es handelt sich um mein eigenes Volk.«

Arnaud warf ihm einen spöttischen Blick zu. Doch von den Templern reagierte niemand auf diesen unterschwelligen Angriff. Der Assassine nannte die Dinge gerne beim Namen, und es wäre töricht gewesen, sich ausgerechnet in dieser Situation mit ihm zu streiten. Denn das größte Problem waren nicht die Fatimiden – das größte Problem war der Durst. Die wenigen Wasserlöcher, die Khaled als Sohn der Wüste für sie ausmachen konnte, reichten kaum aus, um die dreizehn Menschen und zehn Tiere ausreichend zu versorgen. Und die großen Oasen waren zu gefährlich, weil dort entweder fatimidische Späher lauerten oder Wegelagerer, die es in der Umgebung der Wasserlöcher auf unvorsichtige Kaufleute abgesehen hatten. Erst am Tag zuvor hatten sie potentielle Angreifer mit Pfeil und Bogen in die Flucht geschlagen.

Ein Pferd war bereits verdurstet. Gegen den massiven Protest der Frauen hatte sein Kadaver den Speiseplan aller bereichert, der ansonsten vornehmlich aus getrockneten Datteln und steinhartem Fladenbrot bestand. Khaled, Struan und Arnaud hatten sogar das Blut getrunken, solange es noch warm war. Nun mussten Hannah und Freya, Lyn und Rona zu zweit auf einem Pferd reiten, weil sie leichter waren als die Männer. Stephano hatte man auf einem der zwei Kamele festgezurrt, damit er in seinem Fieberwahn nicht hinunterfiel. Auf dem anderen Kamel thronte Khaled, der mithilfe des Kelches für die richtige Orientierung sorgte.

»Ich würde mir weniger Sorgen machen«, brummte er, »wenn ich sicher wüsste, dass unsere Verfolger auf Abstand bleiben oder es gar nicht auf uns abgesehen haben. Aber bis zum Sinai sind wir noch gut eine Tagesreise unterwegs, und bis dahin kann noch vieles geschehen.«

»Du hast recht«, seufzte Gero. Die Sonne war schon fast untergegangen, doch es war immer noch brütend heiß. Aufrecht saß er auf seinem Hengst und wischte sich den Schweiß von der Stirn. Sein Blick fiel auf den Wasserschlauch, der an seinem Sattel befestigt war und ihn – knapp halbvoll – an ein gehäutetes, totes Tier erinnerte. Obwohl ihn der Durst plagte, entschloss er sich, nicht zu trinken. Als Templer war Gero es gewohnt, lange ohne Wasser auszukommen. In Zypern hatten endlos erscheinende Märsche durch die glühende Sonne zu ihrer Ausbildung gehört. Aber schließlich war er nicht allein unterwegs. Hannah war von ihrem Pferd abgestiegen, das sie sich mit Freya teilte, und setzte sich erschöpft in den Schatten. Ihr Turban hatte sich gelöst, und sie fuhr mit den Fingern durch ihr langes, kastanienbraunes Haar.

»Wir rasten hier«, entschied Khaled, trotz seiner Sorge, von den Männern mit dem grünen Banner eingeholt zu werden. Der Felsvorsprung, an dem sie angelangt waren und der sie wie ein schützendes Dach vor Angriffen schützte, war ideal, um ein paar Stunden Schlaf zu finden.

Gero war von seinem Hengst abgestiegen und beschwerte die Zügel des Tieres mit einem dicken Stein. Hannah beobachtete, wie er sich etwas Wasser in die hohle Hand goss und dem Tier mehrfach daraus zu trinken gab. Erst danach kam er zu ihr und reichte den Schlauch an sie weiter. Ihre Zunge fühlte sich geschwollen an, und sie hatte Kopfschmerzen, was sicher eine Folge des chronischen Wassermangels war. Sie war versucht, alles zu trinken, nahm aber nur einen Schluck, weil sie wusste, wie kostbar jeder einzelne Tropfen war. Dankend reichte sie Gero den Schlauch zurück, und anstatt selbst zu trinken, schnürte er ihn wieder zu. Dabei konnte es ihm kaum besser ergehen als ihr selbst. Sie fühlte sich vollkommen erledigt, und die Hoffnung auf Besserung schwand von Stunde zu Stunde. Ihre Reserven waren völlig verbraucht. Was konnte ein Mensch alles aushalten? Diese Frage begleitete sie, seit sie aus Askalon geflohen waren. Schwarze Punkte tanzten vor ihren Augen, und die Angst, das Kind zu verlieren, wurde größer, je länger sie unterwegs waren. Ein Blick in die Runde versicherte ihr, dass die anderen Männern und Frauen genauso litten.

Freya und Amelie hingen in den Sätteln und holten sich Trost bei Struan und Johan, die ebenfalls zu Gunsten ihrer Pferde und Frauen auf Wasser verzichteten.

Lediglich Rona und Lyn hielten sich wacker. Ihre Körper waren genetisch so konstruiert, dass sie tagelang ohne Nahrung und mit kaum Flüssigkeit auskommen konnten. Aber am schlimmsten hatte es Stephano erwischt.

Er fieberte stark und war total dehydriert. Immer wieder verlor er das Bewusstsein. Aus Anselms ängstlichem Blick las Hannah, wie viel ihn mit dem jungen Templer verband. Stephano war zum Sterben verurteilt, falls kein Wunder geschah.

Khaled organisierte in routinierter Weise die Aufstellung der Wachen. Seine Miene war dabei wie versteinert. Wahrscheinlich hatte er sich diese Reise auch einfacher vorgestellt. Oder er hatte sie absichtlich im Unklaren gelassen, wie schwierig die Bedingungen waren, damit sie keinen Rückzieher machten.

Nachdem er beschlossen hatte, selbst die erste Wache zu übernehmen, hielt er nach Lyn Ausschau, die erklärt hatte, zu Fuß zusammen mit ihrer Schwester nach Gestrüpp und Feuerholz suchen zu wollen. Arnaud hatte sie begleitet, um auf sie aufzupassen, wie er beiläufig erklärte. Dabei wusste jeder, dass die beiden Frauen hervorragend auf sich selbst achtgeben konnten. Khaleds Blick traf auf Gero, der inzwischen die Pferde abgesattelt hatte und Hannah eine Decke unterschob, damit sie es auf dem glatten Felsplateau bequemer hatte.

»So Allah, er ist groß und erhaben, es will, werden wir morgen, um diese Zeit unser Ziel erreicht haben«, erklärte Khaled, und Hannah kam es so vor, als ob er mit seiner Aussage allen noch einmal Mut machen wollte.

»Wo müssen wir überhaupt hin?« Sie schaute aus müden Augen zu ihm empor. Langsam verlor sie die Geduld. Zu Anfang hatte es geheißen, man wolle zum Berg Sinai, dann hieß es, das Geheimnis sei ganz in der Nähe des Berges, aber man müsse es mithilfe des Kelches erst einmal finden. Nun war man kaum einen Tagesritt vom Kloster der heiligen Maria Theotókos entfernt, dem Katharinenkloster, wie es später einmal genannt werden würde, und es stand immer noch nicht fest, wo der Kelch sie genau hinführen würde. Einzig der Gedanke, dass im Kloster Hilfe zu erwarten war, hielt sie noch aufrecht.

»Bis dahin müssen wir noch durchhalten.« Gero setzte sich neben Hannah und legte einen Arm um ihre Schultern. »Dann haben wir es fürs Erste geschafft.« Er küsste sie vor Khaleds Augen auf den Mund, obwohl ihre Lippen spröde waren wie Reibeisen. »Ich bin mir sicher, dass das Wunder der Bundeslade uns beschützen wird«, sagte er zuversichtlich. »Immerhin hat es den Kindern Israels den rechten Weg aufgezeigt, also warum nicht auch uns?«

Khaled nickte, als ob er ihm zustimmen würde, und wandte sich ab, um ein eigenes Lager aufzuschlagen.

»Dumm ist, dass wir nicht die Kinder Israels sind.« Hannah beobachtete mit zusammengekniffenen Lippen die feindliche Umgebung.

»Gott lenkt all seine Kinder«, erwiderte Gero unbeirrt. »Selbst wenn es Heiden sind.« Er nahm ihre Hand in seine großen Hände und drückte sie sanft. »Denk an unser Kind. Was sollte es von uns halten, wenn wir einfach aufgeben?«

Sie strich ihm besänftigend über die bärtige Wange, deren blonde Stoppeln sich durch Staub und Schweiß dunkel verfärbt hatten.

»Es tut mir leid«, sagte sie und ließ ihren Kopf auf seine breite Schulter sinken. »Ich wollte nicht sarkastisch sein. Aber ich kann mir beim besten Willen nicht vorstellen, wie uns ein Wunder aus dieser Misere helfen soll. Irgendwie ist alles schiefgelaufen. Und ich frage mich inzwischen, ob wir je eine Wahl hatten, es besser zu machen, und ob ich vielleicht eine Mitschuld trage, dass alles so gekommen ist.«

»Ich habe immer auf Gott vertraut«, sagte er leise. »Und ich habe es bisher nicht bereut. Dabei sind mir im vergangenen Jahr mehr Wunder widerfahren als manch einem Menschen im ganzen Leben.«

Er blickte auf sie herab, und seine Augen leuchteten aus seinem verdreckten Gesicht so blau wie der Himmel. »Du bist eines davon.« Seine von Narben gezeichnete Hand fuhr sacht über ihren noch flachen Bauch. »Und da wächst gerade das nächste heran.« Er schwieg einen Moment. Dann küsste er sie und drückte sie so fest an sich, dass sie kaum noch atmen konnte. Sie schmeckte das Salz auf seiner Haut und spürte, wie seine Kehle erzitterte. »Er muss uns einfach helfen. Seine Güte, dass er uns über die Grenzen der Zeit zueinandergeführt hat, kann doch nicht vergebens gewesen sein.«

Hannah dachte, was er dachte. Dieser Gott, auf den er so schwor, hatte ihm schon einmal alles genommen. Seine Frau, sein Kind und all seine Hoffnung – sie waren allesamt eines unglaublich barbarischen Todes gestorben.

»Nein«, sagte er fest, und schaute sie an, als ob er ihre Gedanken erraten hätte. »Diesmal wird Er mir nicht alles nehmen. Denn dann wäre er wirklich ein grausamer Gott und mein Vertrauen nicht wert.«

»Ich werde ihn persönlich zur Verantwortung ziehen«, flüsterte sie. »Wenn er nicht das tut, worum du ihn bittest.«

Gero bot Hannah noch etwas von dem Wasser an, das sie vor zwei Tagen gesammelt hatten. Dankend lehnte sie ab. »Trink du etwas«, bat sie ihn. »Du hattest noch gar nichts, und mein Magen schlägt Purzelbäume, wenn ich mir laufend diese Brühe einverleibe.«

Beunruhigt dachte sie daran, was sie ihrem Körper in dieser Einöde alles zumutete. Inzwischen fühlte sie sich wie eine Hundertjährige. Wie die anderen Frauen hatten sie massiv an Gewicht verloren, und ihre Gesichter waren von der Sonne verbrannt.

Khaled schien beunruhigt, weil Lyn, Rona und Arnaud immer noch nicht zurück waren. Und obwohl er seinen Teppich bereits ausgebreitet hatte, um zu Allah zu beten, machte er sich zu Pferd auf, um nach ihnen zu suchen. Hannah erschien es wie eine Ewigkeit, bis sie endlich Hufgetrappel hörte.

»Wir haben eine Wasserstelle gefunden!«, rief Khaled. Die Begeisterung über dieses unverhoffte Glück war in seiner Stimme zu hören. Etwa achthundert Meter entfernt plätscherte eine natürliche Quelle direkt aus dem Felsen, der von einer kleinen, verfallenen Moschee umbaut war.

Im Nu brachen die Männer auf, um die Tiere zu tränken und die Schläuche zu füllen. Trotzdem beschloss man, das Lager nicht zur Quelle zu verlegen, um der Gefahr einer Entdeckung durch Soldaten und Räuber zu entgehen.

Hannah trank wie eine Ziege, als Gero zurückkehrte und ihr den prall gefüllten Schlauch an die Lippen setzte. Das Wasser schmeckte leicht säuerlich, wahrscheinlich weil es mit Mineralien angereichert war, aber im Vergleich zu dem, was ihr bisher zur Verfügung gestanden hatte, war es herrlich.

Als die Nacht hereinbrach, nutzten Gero und seine Kameraden die Stille und stimmten am Feuer einen leisen Gesang zu Ehren der Heiligen Jungfrau an, indem sie ihr dankten und um weitere Unterstützung baten.

Anselm hockte zusammen mit Tanner, der ihn offenbar mit fachmännischen Ratschlägen aus seiner Zeit als Armeesanitäter nervte, bei Stephano und flößte ihm das frische Wasser ein. Danach wusch er ihn mit nassen Lappen ab. Freya half ihm dabei, indem sie dem Schwerverletzten immer wieder kühlende Umschläge bereitete. Als ehemalige Beginenschwester war sie eine erfahrene Krankenpflegerin und wusste, wie man mit solchen Fällen umzugehen hatte.

»Wie geht's ihm?«, fragte Hannah, obwohl jeder sehen konnte, dass Stephano mit dem Tod rang.

Anselm nahm ihre Hand und führte sie zu Stephanos Stirn. Der junge Templer war glühend heiß. »Ich bin kein Arzt«, flüsterte Anselm, weil er wohl befürchte, Stephano könne ihn hören, »aber wenn es so weitergeht, wird er den morgigen Tag kaum überstehen. Ohne ärztliche Hilfe und Medikamente kann er nicht überleben.«

»Morgen erreichen wir das Kloster«, gab Hannah zu bedenken. »Ich bin mir sicher, dass man ihm dort helfen kann.«

Als sie zu Gero ans Feuer zurückging gewann sie den Eindruck, dass mit Ausnahme von Stephano, dessen Zustand trotz des Wassers unverändert blieb, nicht nur die Menschen, sondern auch die Tiere schlagartig lebendiger geworden waren.

»Und?«, fragte Gero, als er sich mit ihr gemeinsam in ihre Decke schmiegte. »Glaubst du immer noch nicht an Wunder?«

»Möglicherweise hast du eine bessere Verbindung nach oben als ich«, gab sie unumwunden zu. »Zumindest das Beten scheint geholfen zu haben. Aber richtig glücklich bin ich erst, wenn wir unseren Auftrag erledigt haben und Matthäus wieder bei uns ist.«

»Mir geht es genauso«, murmelte er und beugte sich zu ihr hinab, um ihren Hals zu küssen. Um sie herum war es plötzlich still geworden.

Struan und Amelie schmusten ein wenig abseits so heftig auf ihrem Lager, dass Gero meinte, sich räuspern zu müssen. »He, Schotte, denk dran, dass du besser schlafen solltest, du hast die zweite Wache.«

Struan brummte einen unverständlichen, gälischen Fluch und ließ sich nicht weiter beirren, Amelie ein wenig Ablenkung zu verschaffen.

Die erste Wache hatten Khaled und Lyn übernommen, aber auch sie turtelten mehr, als dass sie die Umgebung im Blick hielten. Mit einem Mal war eine ausgelassene Stimmung angebrochen. Die Aussicht, dem Ziel so nahe zu sein und dabei nicht mehr verdursten zu müssen, ließ alle euphorisch werden. »Lass Struan und Amelie in Frieden«, murmelte Hannah und schmiegte sich schläfrig an Geros harten Körper. Ihre Hand wanderte abwärts, und er atmete tief und konzentriert, als sie begann, seine Erektion zu streicheln.

»Ohne Wasser wäre das kaum möglich gewesen«, scherzte er und lächelte schwach. »Doch wir sollten ein Opfer bringen und keusch bleiben, bis wir alle in Sicherheit sind.«

»Was du nicht sagst«, flüsterte Hannah amüsiert und schüttelte den Kopf. »Glaubst du wirklich, es hilft uns weiter, wenn wir auf Zärtlichkeiten verzichten.«

»Nein, du hast recht«, erwiderte er und zog sie ganz nah zu sich heran.

Am nächsten Tag durchquerten sie im Morgengrauen ein zerklüftetes Tal. Der Weg hindurch war schmal und steinig, und die Felswände ragten seitlich mehr als einhundert Meter hoch. Bis zum Kloster waren es laut Khaled nur noch wenige Meilen, als ein paar herabfallende Steine die Pferde scheuen ließen. Obwohl nichts auf einen Angriff deutete, zogen Gero und die übrigen Männer ihre Waffen. Von einem zum anderen Moment spürte Hannah, wie ihr Herz davonraste.

»Bleibt zurück!«, rief Gero, und mit Struan und Khaled übernahm er eine kleine Vorhut, die sich auf ein breites Plateau zuwagte, das am Ende des schmalen Passes lag.

Ein paar arabisch klingende Flüche hallten durch die Schlucht, und im Nu wurde die Geräuschkulisse zu einem brodelnden Stimmenvulkan.

Zögernd begriff Hannah, dass sie von fremden Reitern umzingelt waren.

Tanner schoss in vollem Galopp an ihr vorbei. »Araber«, brüllte er heiser. Kurz danach folgte Johan. »Mindestens fünfzig Mann«, rief er ihnen zu. »Seht zu, dass ihr verschwindet!«

»Leichter gesagt, als getan«, flüsterte Hannah zu sich selbst und lenkte ihr Pferd in einen seitlichen Felskorridor hinein, um Anselm zu helfen, der sich hektisch um Stephano und das Kamel kümmern musste, das ihn trug.

Mit vereinten Kräften zerrten sie das Tier in das notdürftige Versteck hinein.

»Was machen wir jetzt?«, fragte Freya, die hinter Hannah aufgesessen war, nachdem sie ihren Verfolgern fürs Erste entkommen waren.

»Am liebsten würde ich Gero und den Männern hinterherreiten«, antwortete Hannah, »aber das wäre in Anbetracht der Lage wohl ziemlich töricht. Sie müssen sich erst einmal selbst verteidigen.«

Als Hannah sich umschaute, sah sie, wie eine ganze Horde von Fatimiden an dem schmalen Zugang vorbeigaloppierten. Johan hatte nicht übertrieben, es waren mindestens fünfzig. Der Hengst schien ihre Panik zu spüren, jedenfalls gehorchte er anstandslos, als sie ihn durch die Furt hindurch in ein unscheinbares Seitental trieb. Anselm folgte ihnen schweigend.

»Und nun?«, fragte Hannah, als sie unvermittelt ein sonnendurchflutetes Plateau erreichten.

»Das Kloster liegt südlich von uns«, keuchte ihr Freya ins Ohr. »Wenn wir nicht nur unser eigenes, sondern auch Stephanos Leben retten wollen, müssen wir nach Süden.«

Gero wusste nicht, ob er überrascht oder maßlos wütend sein sollte, weil weder er noch die anderen die Annäherung der Fatimiden bemerkt hatten. Im Nu waren sie eingekreist.

»Ergebt euch, und legt die Waffen nieder!«, hallte es von den Felswänden. »Dann wird euch nichts geschehen.«

»Eine Lüge«, murmelte Tanner, der anstatt Stephano zusammen mit Anselm in Sicherheit zu bringen, unversehens mit in die Falle getappt war. Natürlich würden die Sarazenen sie erledigen, sobald ihnen danach war.

»Wir können uns nicht ergeben«, sagte Gero, »denn das bedeutet nichts anderes als den sicheren Tod.« Die Entscheidung, um jeden Preis zu kämpfen, wäre einfacher gewesen, wenn Stephano und die Frauen nicht dabei gewesen wären. Wobei, wenn er sich unter seiner verbliebenen Truppe umschaute, entdeckte er nur Amelie, die sich völlig verängstigt an Struan klammerte. Von Hannah, Freya und den beiden Frauen aus der Zukunft fehlte jede Spur, auch Anselm und Stephano schien die Flucht aus dem Kessel gelungen zu sein. Sollten sie es tatsächlich geschafft haben, den Fatimiden zu entkommen?

Resigniert beobachtete Khaled, wie in den zerklüfteten Felsen oberhalb des Tals fatimidische Bogenschützen Aufstellung genommen hatten.

Eine Delegation von zehn Reitern quoll zudem durch den einzig möglichen Ausgang, so dass an Flucht nicht zu denken war. Die feindlichen Truppen waren von zwei Seiten gekommen, somit stand fest, dass man sie verfolgt und beobachtet hatte.

An ihrer Spitze ritt Abu Aziz Maulā. Er saß auf einem prachtvollen, schwarzen Araber, umringt von seinen Offizieren und Fahnenträgern.

»Allahu akbar«, brüllte er ihnen entgegen. »Gott hat uns entsandt, um den Mörder Malik al-Russaks seiner gerechten Strafe zuzuführen. Zudem sind wir gekommen, um die feigen Diebe seiner Schätze zu richten!«

Khaled schnaubte und spuckte verächtlich zu Boden. Dann trat er hervor, um sich dem Fatimidenführer zu stellen.

»Sag, dass du meinen Kopf willst, und lass die anderen gehen!«

Abu Aziz brach in schallendes Gelächter aus. »Denkst du ernsthaft, Assassine, ich wäre so einfältig, dir einen schnellen und gnädigen Tod zu schenken? Ich weiß, dass du und deine Brüder nicht umsonst hier seid. Ich werde dir nicht den Gefallen tun, euch zu töten, bevor ihr mich nicht in eure Geheimnisse eingeweiht habt.«

Khaled dankte Allah, dass Lyn und Rona allem Anschein nach entkommen waren. Er hatte die Ankunft der Verfolger befürchtet, aber niemandem davon etwas gesagt. Es hätte keinen Sinn ergeben, so, wie es nun keinen Sinn ergab, sich gegen eine Übermacht von fünfzig Kriegern zu stellen. Es sei denn, sie wollten schnell sterben.

Wenn sie sich ergaben, hatten wenigstens einige von ihnen die Möglichkeit zur Flucht. Danach würde alleine Allah darüber entscheiden, was mit ihnen zu geschehen hatte.

Dass die fünf Templer seine Überlegungen nicht teilten, verrieten ihre entschlossenen Blicke und wie sie ihre Schwerter und Schilde hielten.

Johan hatte demonstrativ seine Armbrust gespannt.

»Was willst du damit ausrichten?«, fragte ihn Khaled und ließ seinen Blick über die zahllosen Bogenschützen schweifen, die Abu Aziz hatte aufstellen lassen. Dann schaute er auf Amelie. »Denk an das Mädchen! Sie wird die Erste sein, die stirbt.«

Hannah zögerte noch, mit Anselm und Stephano zum Kloster zu reiten, solange sie nicht sicher sein durfte, ob auch den anderen die Flucht gelungen war.

»Wir haben Lyn und Rona verloren«, rechtfertigte sie sich gegenüber Anselm, der vor Sorge ganz bleich war. »Ich habe gesehen, wie sie den Fatimiden entkommen konnten. Aber dann waren sie plötzlich verschwunden. Wir müssen sie suchen!«

»Wir werden uns noch verirren«, jammerte Freya, die ansonsten ganz und gar nicht zaghaft war.

»Werden wir nicht«, erwiderte Hannah und lenkte den Hengst

zurück in die Berge, dorthin, wo sie hergekommen waren. »Gero wird uns dort suchen, wo wir uns zuletzt gesehen haben.«

Umso erschrockener reagierte sie, als sie plötzlich den Hufschlag eines weiteren Pferdes hörte. »Das müssen unsere Männer sein«, flüsterte Freya aufgeregt. Hannah war sich da nicht so sicher. »Es ist nur ein Pferd und nicht mehrere.« Hastig drängte sie den Hengst in eine Nische und legte den Zeigefinger auf ihre Lippen, um die anderen zum Schweigen aufzufordern.

Das Pferd trabte vorbei, und obwohl sie enttäuscht war, dass es sich nicht um Gero handelte, erfasste sie eine freudige Erregung. »Rona! Lyn!« Rasch brachte sie den Hengst auf den Weg zurück.

»Wo sind Amelie und unsere Männer?«, fragte sie aufgebracht.

»Nicht weit von hier«, bemerkte Rona tonlos. »Abu Aziz hat sie und das Mädchen in seiner Gewalt. Wenn wir ihnen helfen wollen, müssen wir bis zum Abend warten. Nur in der Dunkelheit können wir uns nahe genug an das Lager heranschleichen, um sie zu befreien.«

»Auch das noch!«, entfuhr es Anselm, der verzweifelt nach einem Platz Ausschau hielt, wo er mit Stephano warten konnte, bis der Weg hinunter ins Tal wieder frei sein würde.

»Um ...Himmels willen«, stotterte Hannah, als sie Lyns versteinerte Miene bemerkte. »Was haben sie mit ihnen gemacht?«

»Komm!«, sagte Lyn und forderte Hannah auf, ihr lautlos zu folgen.

Während Anselm sich um Stephano kümmerte, indem er den bewusstlosen Templer im Schatten eines Überhangs lagerte, schlichen Hannah und Freya den beiden Schwestern hinterher.

Als sie sich über die Abbruchkante des Felsens beugten, zu der Lyn sie in geduckter Haltung geleitet hatte, drehte sich Hannah der Magen um. Inmitten von johlenden Fatimiden lag Khaled nackt auf dem steinigen Wüstenboden. Ausgestreckt auf dem Bauch liegend, hatte man ihn an Händen und Füßen an Pflöcke gefesselt. Ein fatimidischer Söldner stand neben ihm und hielt eine gewaltige Axt in der Hand.

»O mein Gott«, flüsterte Freya. »Wird er ihn töten?«

Khaleds Rücken war mit blutigen Striemen übersät.

»Sie haben ihn gefoltert«, verriet Lyn mit belegter Stimme, »und wenn er ihnen nicht gesteht, was sie in dieser Einöde zu suchen haben, will man ihn vor den Augen der Templer enthaupten lassen.«

Hannahs panischer Blick glitt über das Lager hinweg zum anderen

Ende der schmalen Schlucht, in der man Gero und seine Kameraden, an Händen und Füßen gefesselt, sich selbst überlassen hatte. Wegen ihres langen, blonden Haares hatte Amelie, so, wie es aussah, die besondere Aufmerksamkeit der Feinde erfahren. Abu Aziz wusste anscheinend, dass sie aus dem Harem geflohen war, und beanspruchte sie nun für sich. Es war eine Frage der Zeit, bis er ihr gegenüber seine Männlichkeit unter Beweis stellen würde. Für Struan musste es unerträglich sein, zu beobachten, wie man sie, völlig apathisch, dem fatimidischen Anführer überließ.

»Wieso leben sie noch?«, fragte Hannah mit bebender Stimme. Es musste einen Grund geben, warum der Fatimidenführer sie nicht einfach abgeschlachtet hatte. Lyn, die neben ihr in der Deckung lag, kramte in ihren Kleidern und holte ein goldschimmerndes Gefäß hervor. Der Kelch.

»Wissen sie, was er wert ist?« Hannah überlief ein Schauer bei dem Gedanken, dass Khaled den Angriff der Fatimiden offenbar vorausgeahnt hatte, als er den Kelch Lyn überließ.

»Sie wissen nicht einmal, was genau gestohlen wurde, nehme ich an«, antwortete Rona anstelle ihrer Schwester. »Aber wer kann schon glauben, dass es um nichts geht, wenn man bereit ist, dafür einen Wesir vor seiner weit geöffneten Schatzkammer zu töten und ansonsten nichts mitgehen lässt, obwohl man die Gelegenheit dazu gehabt hätte.«

»Immerhin ging es um mich«, fiel Freya ihr empört ins Wort.

»Glaub mir, ich bin lange genug in dieser Zeit«, entgegnete Rona ein wenig spöttisch, »um zu wissen, dass Typen wie Abu Aziz den Wert einer Frau ein wenig anders einschätzen als zum Beispiel ein fränkischer Ritter – oder ein Assassine, dem die Vielweiberei aus Überzeugung ein Fremdwort ist.«

Unter ihnen hatte der von Abu Aziz abgestellte Folterknecht zur nächsten Runde geblasen. Lyn kniff die Lider zusammen und wandte sich ab, als er Khaled in die Haare fasste und seinen Kopf in den Nacken riss. Ein Schwall arabischer Bosheiten schwappte über ihn hinweg, und ein Dolch wurde an seine Kehle gesetzt.

»Sie werden ihn umbringen«, keuchte Hannah.

»Nicht solange sich niemand von dieser Vorführung beeindrucken lässt und Gero und seine Begleiter dichthalten.« Rona spähte in den blauen Vormittagshimmel und rechnete, wie lange es wohl dauern würde, bis sich der Abend herabsenkte, als Freya plötzlich aufzuspringen versuchte. Lyn riss sie geistesgegenwärtig zu Boden.

»Bist du verrückt? Duck dich!«, zischte Rona verärgert.

»Ich habe Pferde gehört! Viele Pferde!«, verteidigte Freya ihr Vorgehen.

»Das kann nicht sein«, beschwichtigte Lyn sie. »Mein Gehör ist weitaus ausgeprägter als das eines normalen Menschen. Ich hätte es auch hören müssen.«

Freya ignorierte ihren Widerspruch und zog den Dolch vom Gürtel, den Johan ihr überlassen hatte. Mit einer gewissen Gnadenlosigkeit im Blick rammte sie ihn in den Boden und legte ihr Ohr an den metallischen Knauf. »Hah!«, triumphierte sie, »ich kann das Donnern von Hufen hören, auch wenn sie noch weiter weg sind.« Mit einer herrischen Geste forderte sie Lyn auf, es ihr nachzutun.

»Tatsächlich, Reiter«, tat Lyn ihre Verblüffung kund, die, dieser uralten Methode folgend, nun auch etwas vernommen hatte. »Leider lässt sich nicht sagen, ob es weitere Fatimiden sind oder nur eine Horde Berber, die sich an schutzlosen Kaufleuten gütlich tun wollen.«

»Vielleicht sollten wir nachsehen«, empfahl Hannah. »Möglicherweise sind es Christen, die uns helfen können.«

»In dieser Gegend halte ich das für ziemlich ausgeschlossen«, erwiderte Rona. »Du hast doch gehört, was Khaled erklärt hat. Dieses Land steht unter der Herrschaft des ägyptischen Kalifen. Falls sich christliche Kreuzritter in diese Gegend wagen, müssen sie schon einen triftigen Grund haben.«

»Womit du recht behalten könntest.« Für einen Moment glaubte Hannah, an einem gegenüberliegenden Bergkamm das Banner der Templer gesehen zu haben. »Vielleicht ist es André de Montbard, der uns zu Hilfe eilen will.« Hoffnung keimte in ihr auf. »Wir sollten ihnen entgegenreiten, damit sie sich beeilen.«

Nachdem Lyn diesem Vorschlag zugestimmt hatte, lief Hannah zu Anselm hin, der ganz in der Nähe hockte.

»So gern ich euch und den anderen helfen würde«, flüsterte Anselm heiser, wobei sein Blick auf den todkranken Templer fiel. »Ich muss mit ihm hierbleiben und auf eure Rückkehr vertrauen. Ich will nicht, dass er einsam und allein sterben muss.«

Lyn, die für Anselms Haltung Verständnis aufbrachte, wusste nicht, ob es eine gute Idee war, auf unbekannte Reiter zu vertrauen, als sie zu Pferd eine Kuppe erreichten, von der aus der Trupp mit den Ordensrittern gut zu sehen war. Im Schutz eines Überhangs beobachteten sie die Weißmäntel mit den roten Kreuzen auf Brust und Schulter, die wie eine Zielscheibe leuchteten.

»Es muss einen Grund haben, warum die Truppen des Königs plötzlich auf mindestens zwanzig Templer verzichten können«, bemerkte Rona leise.

»Wenn es stimmt, was Gero gesagt hat«, gab Hannah zu bedenken, »müsste Askalon inzwischen erobert worden sein.«

Plötzlich hellten sich Ronas Gesichtszüge auf. »Vielleicht weiß Abu Aziz noch gar nichts von seinem Glück und ist uns nur deshalb gefolgt, weil er dachte, die Christen hätten es aufgegeben, seine Stadt einnehmen zu wollen?«

»Und du denkst, er hat die Revanche verpasst, und nur deshalb haben die Christen gewonnen?« Lyn sah sie fragend an.

»Möglich ist alles.« Rona übergab die Zügel des Pferdes an ihre Schwester.

Behände kletterte sie auf einen Vorsprung und spähte in die Ferne.

Der Verdacht, dass die Männer ihnen nicht wohlgesinnt sein könnten, bestätigte sich, als sie in gut tausend Meter Entfernung das vernarbte Gesicht von Berengar von Beirut erkannte. An seiner Seite ritt die dürre Gestalt des Peter de Vezelay, der keinen Argwohn zu haben schien, dass hier irgendwo eine Bedrohung lauern könnte. Wahrscheinlich folgten sie den Spuren der Fatimiden und glaubten, dass es sich um Gero und seine Truppe handeln musste.

»Wenn sie auf die Fatimiden treffen, sind wir gerettet«, frohlockte Rona.

»Meinst du nicht, wir sollten sie warnen?« Hannah verstand die Welt nicht mehr. »Ich meine, es sind schließlich Templer. «

»Diese Templer«, erklärte Lyn mit abschätzigem Blick, »wollten Gero und seine Männer hängen, wegen eines Verbrechens, das sie gar nicht begangen haben. Man hat versucht, ihnen den Mord an einigen Ordensbrüdern anzulasten, die ihrerseits als Sarazenen getarnt ein jüdisches Dorf überfallen und sämtliche Einwohner getötet haben. Allein Montbard haben eure Männer es zu verdanken, dass es nicht so weit gekommen ist.«

Hannah stockte der Atem. »Davon hat Gero mir gar nichts erzählt.«

»Wahrscheinlich wollte er dich nicht beunruhigen.« Lyn warf ihr einen mitfühlenden Blick zu. »Außerdem macht er mir nicht den Eindruck, als ob er gern über Dinge spricht, die für ihn längst erledigt sind.«

»Also steht André de Montbard doch auf unserer Seite?« Hannah war sich nicht im Klaren darüber, was sie von diesem Mann zu halten hatte. Einerseits hielt er Matthäus und Hertzberg in seiner Gewalt, anderseits hatte er Gero das Leben gerettet?

»Wenn du mich fragst, besitzt er einen schillernden Charakter«, bestätigte ihr Lyn. »In erster Linie geht es ihm um den Kelch und in zweiter um das Widererlangen seiner Macht im Orden. Manchmal zweifle ich daran, ob er für die Menschen, die ihm helfen, zu bekommen, was er will, tatsächlich Verantwortung empfindet.«

»Und wie steht er zu unseren Verfolgern?«

»Berengar von Beirut und sein Vertreter Peter de Vezelay sind für André de Montbard nichts weiter als gefährliche Konkurrenz. Sie haben es zusammen mit dem getöteten Großmeister zu verantworten, dass Montbard vor drei Jahren seines Postens enthoben wurde. Würde mich nicht wundern, wenn der gute André sie nach Tramelay aus dem Feld schlagen will und ihnen einen Tipp gegeben hat, uns zu folgen.«

»Denkst du, so etwas würde er tun?« Hannah warf Lyn einen fragenden Blick zu. »Ich meine, was wäre, wenn so ein Plan schiefgeht und der Kelch in feindliche Hände gerät?«

»Keine Ahnung.« Lyn beschirmte ihre schrägstehenden Augen vor der Sonne und warf einen weiteren Blick in die Ferne. »Ich weiß nur, dass Vezelay und Berengar ebenso hinter dem Kelch her sind wie alle anderen. Zumindest das haben sie mit Montbard gemeinsam.«

Mit einer gewissen Anspannung, was als Nächstes geschehen würde, kehrten die vier Frauen zu ihrem Ausgangspunkt zurück und lauerten darauf, dass das Templercorps und die Fatimiden zwangsläufig in der nächsten halben Stunde aufeinandertrafen. So viele Ausweichmöglichkeiten, um auf den Heiligen Berg oder zum Kloster der Heiligen Mutter zu gelangen, gab es nicht, als dass sie einander verfehlen konnten.

Wie Hyänen lauerten Rona und Lyn oberhalb des Gefangenenlagers der Fatimiden, um – wenn es zum Kampf zwischen Christen und Sarazenen kommen sollte – hinabzustoßen und Khaled aus seinen Fesseln zu erlösen. Dann wollten sie Gero und seine Kameraden befreien und mit ihnen fliehen.

Freya, Hannah und Anselm blieben bei Stephano und hielten ihre Tiere in einem Unterstand versteckt, um sie bei einer Flucht so rasch wie möglich zum Ausgang der Schlucht führen zu können. Hannah hatte die ehrenvolle Aufgabe übernommen, den Kelch zu hüten.

Ein Horn warnte Abu Aziz vor den anmarschierenden Ritterbrüdern, und da er keine Ahnung hatte, ob ihm seine Gefangenen beim bevorstehenden Überfall der Christen gefährlich werden konnten, befahl er deren sofortige Hinrichtung.

Lyn dachte nicht lange nach, als der Sarazene die Axt hob, um Khaled zu köpfen. Mit ausgebreiteten Armen sprang sie mindestens sechs Meter hinab, dem Fatimiden, der seine Waffe erhoben hatte, in den Nacken. Obwohl sie kein Schwergewicht war, stürzte der Mann mit ihr zu Boden. Seine Axt schrammte im Fallen haarscharf an Khaleds linker Hand vorbei und kappte die Fessel. Hastig befreite er sich von den anderen Stricken, indem er dem am Boden liegenden Söldner den Dolch abzog.

Bevor der Mann sich aufrichten konnte, um sich auf Lyn zu stürzen, hatte Khaled ihm rasch und lautlos die Kehle durchschnitten.

Rona hatte von der anderen Seite angegriffen und mit einem heftigen Tritt zwei der Wachen außer Gefecht gesetzt, die Gero und seine Männer beinahe mit ihren Krummsäbeln ins Jenseits geschickt hätten. Dann zückte sie einen Dolch und durchschnitt sämtliche Seile.

Gero, Struan, Johan und Arnaud griffen sich die am Boden liegenden Schwerter. Mit brutaler Entschlossenheit schlugen sie eine Bresche in die herandrängenden Männer. Beiläufig registrierte Gero, dass sie unverhoffte Verstärkung bekommen hatten. Plötzlich strömte gut ein Dutzend Templer in den Kessel und lieferte sich mit den völlig überraschten Fatimiden ein erbarmungsloses Gemetzel. Zu seiner Verblüffung sah Gero, dass Berengar von Beirut unter den Angreifern war.

Lyn rannte mit Khaled, der Hose und Stiefel seines getöteten Feindes übergezogen hatte, quer über den Platz. Sie nutzte den Tumult, um einen Bogen samt Köcher an sich zu reißen, und hielt Khaled und Geros Leuten mit dieser Waffe weitere Feinde vom Hals. Gemeinsam kämpften sie sich zu den Pferden vor.

Struan war bereits bei den Tieren angekommen, er trug Amelie auf dem Arm und hatte Blutspritzer im Gesicht, ein Zeichen dafür, dass ihre Befreiung nicht kampflos verlaufen war.

»Los, los, los!«, rief Rona und bändigte die scheuenden Tiere, damit die Männer aufsitzen konnten.

Gero, Johan und Arnaud hatten Tanner in ihre Obhut genommen.

Plötzlich erscholl ein markerschütternder Schrei. »Breydenbach!«, brüllte Berengar von Beirut quer über den Platz und stieß einen Fluch aus, als er an der Verfolgung des deutschen Kreuzritters durch Abu Aziz gehindert wurde. Die beiden lieferten sich einen gnadenlosen Kampf, bei dem Berengar von Beirut überraschend den Kürzeren zog. Abu Aziz' Krummsäbel rammte sich tödlich in seine Brust. Röchelnd fiel Berengar zu Boden, und bevor er noch einen Laut von sich geben konnte, enthauptete der Fatimidenführer den verhassten Templer.

Durch Berengars Ruf war Abu Aziz auf die Flüchtenden aufmerksam geworden.

»Sieh an!«, brüllte er. »Der Assassine will sich aus dem Staub machen. Wird höchste Zeit, dass ich dir eine Lektion erteile, damit du wieder weißt, wer du bist und wo du hingehörst.« Dann entdeckte er Lyn, die ihn hasserfüllt anstarrte. »Deine kleine Freundin wird entzückt sein, wenn sie sieht, mit welcher Wonne du es dir von meinen Männern besorgen lässt.«

Er lachte hässlich, und ungeachtet der Schlacht in seinen eigenen Reihen, die sich seine Männer mit den Templern lieferten, hob er seinen Krummsäbel. »Komm her«, krächzte er heiser. »Und lass dich von meinen Männern in den Arsch ficken!« Sein Blick richtete sich triumphierend auf Lyn, die plötzlich Mühe hatte, ihren Bogen zu spannen, so sehr zitterten ihre Hände. »Ich habe dafür gesorgt, dass man ihn zur Frau gemacht hat«, höhnte Abu Aziz boshaft in ihre Richtung und schwang den Säbel. »Du hättest sehen sollen, wie es ihm gekommen ist, als ich seine Rosette von meinem stattlichsten Hengst entjungfern ließ. Er hat geschrien wie ein Mädchen. Offenbar liebt er es, von harten Kerlen genommen zu werden.«

Lyn biss sich die Lippe auf, als Khaled auf Abu Aziz losging, wie ein Löwe, der wochenlang nichts zu fressen gehabt hatte.

»Khaled, bleib stehen!«, zischte sie. Endlich war es ihr gelungen, den Bogen zu spannen. »Geh aus dem Weg! Ich werde ihn töten.«

»Nein«, raunte Khaled, »das ist eine Sache zwischen ihm und mir, ich will nicht, dass du dich da einmischst!«

Abu Aziz war ein exzellenter Kämpfer. Und während Gero und die anderen gegen weitere Fatimiden kämpften, raste Abu Aziz' Krummsäbel auf Khaled hernieder, und nur mit Allahs Hilfe gelang es ihm, rechtzeitig zu parieren.

Wie zwei tanzende Libellen umrundeten sich die Männer und forderten sich Schlag auf Schlag. Lyn zog Luft durch die Zähne, als Khaled eine Verletzung am Rippenbogen davontrug, weil er im Gegensatz zu Abu Aziz kein Kettenhemd anhatte, sondern mit nacktem Oberkörper kämpfte. Hieb auf Hieb revanchierten sich die Männer für ihren Hass, den sie füreinander empfanden. Jedoch Khaleds Hass musste größer sein. Als Abu Aziz einen Moment unkonzentriert war, erwischte Khaled ihn an der Halsschlagader. Im hohen Bogen spritzte das Blut, und Abu Aziz, dem die Überraschung ins Gesicht geschrieben stand, hielt sich im Reflex die Hand auf die Stelle, an der das Schwert des Assassinen ihn getroffen hatte. In heftigen Stößen pulsierte das Blut aus der Wunde. Khaled war wie in einem Rausch und hob sein Schwert, um den Kommandeur der Fatimiden, der wie ein hilfloser Käfer am Boden zuckte, zu enthaupten.

Doch dann traf sein Blick auf Lyn, und er hatte das Bild im Kopf, das sie ein Leben lang in ihren Gedanken tragen würde, wenn sie zusehen müsste, wie er einen Wehrlosen köpfte.

Erschöpft ließ er das Schwert sinken und packte Lyn wortlos beim Arm, um den anderen zu folgen. Er sprach kein Wort, aber Lyn wusste, was in ihm vorging. Er schämte sich, weil er es hatte zulassen müssen, dass man ihm vor ihren Augen die Würde genommen hatte und sie nun wusste, was mit ihm geschehen war. Er hatte ihr einiges erzählt, was ihm in seiner Gefangenschaft widerfahren war, aber nicht, dass man ihn zu Beginn beinahe täglich vergewaltigt hatte, um seinen Stolz zu brechen.

»Ich liebe dich«, flüsterte sie und küsste ihn zärtlich. »Du musst die Narben annehmen und dann vergessen, auch die auf deiner Seele«, sagte sie sanft.

Niemand folgte ihnen, während hinter ihnen immer noch eine Schlacht zwischen Fatimiden und Templern tobte, in der auch Peter de Vezelay sein Leben verlor.

Hannah hatte den Kampf zusammen mit Freya in atemloser Anspannung verfolgt. Erst nachdem es Gero und den anderen gelungen war, ein paar Pferde zu ergattern und zum Ausgang der Schlucht zu reiten, stieg sie auf einen der Hengste und galoppierte mit Freya zu Tal, während Anselm mit Stephano bereits vorausgeritten war.

»Gepriesen sei der Herr«, jubelte Gero, als er die beiden entdeckte und kurz danach Hannah und Freya auftauchten und ihnen mit grenzenloser Erleichterung entgegenritten. Johan stieß einen Freudenschrei aus, als er Freya erblickte, und ließ es sich trotz der noch immer währenden Bedrohung nicht nehmen, seine Frau auf sein Pferd zu ziehen und sie mit einer leidenschaftlichen Umarmung zu begrüßen.

Hannah musste sich mit einem innigen Kuss von Gero begnügen, für ausgedehnte Liebesbeweise hatten sie keine Zeit.

Stephano benötigte dringend eine ausreichende Versorgung, und niemand konnte wissen, ob nach der Schlacht mit den Templern noch Fatimiden am Leben geblieben waren, die vielleicht Boten entsandten, die Verstärkung anforderten.

Lyn hatte den Kelch an Khaled zurückgegeben, der immer noch mit nacktem Oberkörper ritt und das Metall des heiligen Artefaktes an sich drückte, als ob er mit ihm eine unsichtbare Verbindung aufnehmen wollte. »Wir reiten zum Kloster«, befahl er kurzerhand, »um euren Bruder zunächst einmal in Sicherheit zu bringen.« Dass dies dringend notwendig war, sah er an der Staubwolke, die sich hinter ihnen gebildet hatte.

»Wahrscheinlich haben doch ein paar Unerschrockene das Gemetzel überlebt«, überlegte Johan laut und trieb seinen Hengst zur Eile an.

Gero vergewisserte sich immer wieder, ob es Hannah, die nun wieder hinter ihm saß, auch wirklich gutging. Und auch, ob Anselm mit Stephano auf dem Kamel folgen konnte. Gero wandte sich in eine seitliche Schlucht, die seiner Vision am Lac d'Orient zum Verwechseln ähnlich sah. Er hielt abrupt inne, so dass seine Kameraden beinahe in ihn hineingeritten wären.

»Verdammt!«, fluchte Jack Tanner, der das Kamel am Zügel führte, auf das man Stephano festgebunden hatte.

»Du bist falsch!«, brüllte Gero Khaled hinterher, der immer noch auf die südliche Achse Richtung Kloster zuhielt. »Da geht's lang!« Es war, als ob er eine magische Anziehungskraft spürte, die ihn lenkte.

Nach einem kurzen Moment der Besinnung folgte Khaled dem Tross in die von Gero angegebene Richtung. Hinter einem schmalen Pass lag ein breites Tal, das üppig mit Palmen bewachsen und von hohen, steil aufragenden Bergen umgeben war.

Plötzlich sah Gero den ganz in schwarz gekleideten Mann. Er trug ein langes Gewand und eine schwarze Kappe. Von weitem sah es in der spiegelnden Mittagshitze so aus, als könnte er über Wasser wandeln.

Wie in Trance hielt die Truppe aus völlig erschöpften Männern und Frauen auf ihn zu. Seine Gestalt blieb jedoch rätselhaft, weil sie ihre Größe nicht veränderte, selbst als sie ihr immer näher kamen.

Offenbar der Einsiedler, dachte Gero, den er in seiner Vision gesehen hatte. Der Mann war beleibt und grauhaarig. Mit einem einladenden Lächeln winkte er sie zu sich heran.

Hannah glaubte zu halluzinieren, als sich die Schemen des Mannes auflösten und er ihnen plötzlich aus einer völlig anderen Richtung zuwinkte.

War das eine Vision oder schlichtweg die Wirkung der Hitze?

Offensichtlich sahen die anderen das Gleiche, denn Gero und Khaled wendeten ihre Pferde und waren offenbar genauso irritiert wie Hannah. Merkwürdig war, dass die Gestalt nicht näher kam. Eher schien es, dass sie sich ihnen entzog, und zwar so weit, bis sie vor einer glatt aufragenden Felswand landeten. Ängstlich schaute sich Hannah um, ob ihnen die Fatimiden noch auf den Fersen waren. Noch war niemand zu sehen, aber gewiss würde man sie finden.

»Hier ist ein Einstieg«, rief Khaled, als sich hinter einem Busch plötzlich ein schmaler Spalt aufgetan hatte. Dem Assassinen war die Verwunderung über diese Entdeckung in der Stimme anzumerken.

»Wir müssen hindurchgehen«, entschied Gero, obwohl die Öffnung im Felsen so eng war, dass ein Pferd nur ohne Reiter hindurchpasste. »Der Durchlass wurde uns von Gott gezeigt«, flüsterte er Hannah zu. »Es kann nicht mehr lange dauern, bis unsere Verfolger hier auftauchen.«

Der Pfad, der sich dem Durchgang anschloss, löste allgemeines Erstaunen aus. Er führte zu einer üppig bewachsenen Schlucht, die man angesichts all der Dürre, die sie umgab, niemals an dieser Stelle vermutet hätte.

»Gero! Johan!«, rief Struan, der mit Amelie als Letzter durch die Öffnung hindurchgegangen war. »Das müsst ihr euch ansehen!« Seine Stimme klang – anders als sonst – nicht gelassen, sondern überaus nervös.

Gero und auch die anderen Männer wandten sich zu dem Schotten um und mussten erstaunt feststellen, dass die Felsspalte sich augenscheinlich geschlossen hatte. Jedenfalls war sie nicht mehr zu finden.

Die Männer bekreuzigten sich schweigsam, und Khaled richtete seinen Blick in den Himmel, wobei er ein paar für Hannah unverständliche arabische Worte aufsagte.

Hannah war mulmig zumute. Das alles war nicht real. Je weiter sie in die dichte Vegetation aus üppigen Bäumen und Büschen vordrangen, umso mehr verschlug es ihr den Atem. Die Felswände der Schlucht standen so eng zueinander wie die Wände einer riesigen Kathedrale, durch deren offenes Dach die Sonne senkrecht hereinbrach. Dort, wo die Strahlen den Boden berührten, blühten nie gesehene Blumen. Darüber hinaus bahnte sich das Licht seinen Weg hinab bis zu den schmalen Wasserfällen, die aus höheren Felsnischen herabstürzten, und zauberte im aufsteigenden Sprühnebel gleich mehrere Spektralbögen, über denen sich exotische Vögel in die Lüfte erhoben. Wohin waren sie nur geraten?

Ein Blick zur Seite verriet Hannah, dass Geros Augen von einem schimmernden Glanz erfüllt waren. Khaled erging es ganz ähnlich, und auch Arnaud und Johan gaben sich keine Mühe, ihre grenzenlose Faszination zu verbergen. Eine seltsame Stille umfing sie, die nur vom Rauschen des Wassers, dem Zwitschern einzelner Vögel und dem dumpfen Hufschlag der Pferde durchbrochen wurde. Niemand sagte ein Wort.

Nachdem sie ein natürliches Wasserreservoir mit einem kristallklaren Teich passiert hatten, kamen sie zu einem breiten Höhleneingang, an dem der vermeintliche Einsiedler, der wie ein Mönch gekleidet war, sie zur Überraschung aller mit einem breiten, gutmütigen Lächeln empfing.

»Tretet ein«, sagte er. »Ich habe bereits auf euch gewartet.«

»Wie kann das sein?«, ergriff Gero das Wort. »Wir haben doch selbst nur durch Zufall hierhergefunden.«

»In Gottes Reich gibt es keine Zufälle, mein Freund. Diese Lektion solltet ihr bereits gelernt haben.« In der Stimme des Mönchs schwang ein Hauch von Tadel, doch er lächelte gleich wieder. »Ihr wurdet mir angekündigt«, klärte er die verblüffte Truppe auf. »Wenn ihr mir bitte folgen wollt.«

»Wir haben hier einen Schwerverletzten, der dringender Versorgung bedarf«, rief Anselm ihm zu.

Der Mönch reckte den Hals und begutachtete Stephanos erbarmungswürdigen Zustand. Rona kam hinzu, um die Vitalfunktionen des jungen Templers noch einmal zu überprüfen. »Er wird sterben«, sagte sie mit bleierner Stimme. »Er ist bereits so gut wie tot.«

Der Alte ließ sich nicht beirren. »Schnallt ihn ab und legt ihn auf den Boden.«

Tanner und Anselm taten, was er ihnen gesagt hatte, und legten den Templer direkt vor die Füße des Mönchs.

»Wer glaubt, dass allein Gottes Güte ihn heilen kann?«, fragte der Alte mit einem listigen Lächeln in die Runde.

»Ich«, sagte Anselm mit fester Stimme, wobei ihm anzusehen war, wie er mit den Tränen kämpfte.

»Warum glaubst du daran?«, fragte der Mönch.

»Weil …« Anselm lag augenscheinlich etwas anderes auf der Zunge, doch dann brach es regelrecht aus ihm heraus. »Weil ich ihn liebe!«

»Und wer glaubt noch daran?« Aufmerksam schaute der Mönch in die Runde, während Hannah beinahe das Herz stehenblieb, so sehr trauerte sie um den sterbenden Mann, der bleich und mit geschlossenen Augen am Boden lag.

»Ich glaube«, sagte Gero im Brustton der Überzeugung.

»Ich glaube«, folgte ihm Johan.

»Ich glaube«, sagte Arnaud.

»Ich glaube«, brummte Struan, ohne eine Miene zu verziehen.

»Was soll der Blödsinn?«, blaffte Tanner den Alten verärgert an. »Anstatt ihm zu helfen, zelebrieren wir lieber das Glaubensbekenntnis?«

Der Alte sagte nichts, er lächelte nur, dann bückte er sich hinunter zum Teich und schöpfte mit der hohlen Hand etwas von dem klaren Wasser.

Ganz langsam ließ er es Stephano über das Gesicht rinnen.

Hannah bekam eine Gänsehaut, als sie sah, wie Stephanos eben noch bleiche Haut an Farbe gewann. Es dauerte nicht lange, und er schlug die Augen auf.

»Wo sind wir?«, krächzte er heiser.

»Das wüsste ich auch gerne«, flüsterte Rona und warf ihrer Schwester einen verwunderten Blick zu.

Anselm weinte vor Freude, als er Stephano auf die Beine helfen durfte. Wackelig, aber immerhin am Leben stand er da und betrachtete fassungslos wie alle anderen die vollkommen geschlossene Wunde an seinem Bein.

»Kommt«, sagte der Alte, »ihr werdet erwartet.«

»Von wem?«, fragte Hannah leise an Gero gerichtet, doch er schien ihren Einwand überhört zu haben.

Ihr seltsamer Gastgeber bat sie im nächsten Moment, ihm weiter in die Höhle hinein und dann einen breiten Weg abwärts zu folgen, der alle drei Meter mit Fackeln beleuchtet war.

»Was ist mit unseren Tieren?«, fragte Gero, der nichts sah, wo man sie hätte anbinden können.

»Macht euch keine Gedanken«, versicherte der Mönch. »Ihr könnt eure Tiere frei umherlaufen lassen. Wir werden uns gut um sie kümmern.«

Hannah spürte, wie ihr das Adrenalin durch die Adern rauschte, als sie gemeinsam in dieses unterirdische Reich eintauchten und sie Rona und Lyn dabei beobachtete, wie sie sich gegenseitig auf die Anzeigen ihrer Armbänder aufmerksam machten. Ob es ein gutes Zeichen war, dass sie keinen Widerspruch einlegten und dem Mönch anstandslos folgten?

Der Mönch führte sie zu einem beleuchteten Platz, an dem die Höhlendecke wie die Kuppel eines Doms in die Höhe reichte. Von hier aus verzweigten sich die Wege in mehrere Gänge, die keinen Zweifel darüber aufkommen ließen, dass sie in einem Labyrinth gelandet waren, dessen Ausmaß sich in einem Bildnis zeigte, das am Boden unterhalb der Kuppel in einem Mosaik aus glänzenden, verschiedenfarbigen Steinen ausgelegt war.

»Es sieht genauso aus wie das Labyrinth der Kathedrale von Chartres«, flüsterte Anselm andächtig.

Plötzlich schoss eine schlanke, blondgelockte Gestalt aus einem Schatten und warf sich Gero an den Hals, der erschrocken zusammenzuckte.

»Mein Herr!«, jubelte eine jugendliche Stimme.

Gero packte den jungen Burschen und hielt ihn misstrauisch auf Abstand, doch dann klärte sich seine Miene, und er riss Matthäus mit Inbrunst an sein Herz.

»Mattes!«, krächzte er fassungslos. »Bist du es wirklich?«

Der Junge nickte. »Wir haben eine ganze Woche gebraucht, um hierherzukommen. Ich wäre beinahe verdurstet, und der Professor hat seit gestern einen Sonnenstich. Ich habe schon nicht mehr geglaubt, dass man uns wirklich zu euch bringen will.«

Gero schaute sich fragend um, weil er dem »uns« einen Namen geben wollte. Dabei schämte er sich nicht seiner Tränen.

Hannah war versucht, diese Idylle zu stören, weil sie glaubte, ihr Herz würde zerspringen, wenn sie Matthäus nicht augenblicklich in die Arme schließen durfte. Allem Anschein nach war der Junge gesund und munter, und das war das Wichtigste. Vergeblich versuchte sie, ihre Tränen zurückzuhalten, als Matthäus sie bemerkte und sich aus Geros Umarmung löste, um auf sie zuzustürmen. Es war, als ob sich in ihrem Innern eine Schleuse geöffnet hätte. Sie weinte hemmungslos, als der Junge in ihren Armen lag.

»Wie … wie kommst du hierher?«

Neben dem Mönch waren zwei weitere Männer aufgetaucht.

Mit ihren schlohweißen Haaren und den langen Gewändern nährten sie Hannahs Vorstellung von biblischen Heiligen, die zu dieser Gegend dazuzugehören schienen wie Dattelpalmen und Ziegen.

Einen davon kannte sie allzu gut, und obwohl er das passende Alter besaß und ihm nur noch der Druidenkelch fehlte, wäre ihr nicht in den Sinn gekommen, ihn als Heiligen zu bezeichnen.

»Professor Moshe Hertzberg«, flüsterte sie, als müsse sie seinen vollständigen Namen aussprechen, um sicherzugehen, dass er nicht bloß eine Erscheinung war.

»Professor!« Tanner wirkte wahrhaft erleichtert.

Gero war an Hannah und den Jungen herangetreten und hatte seine mächtigen Arme um die beiden gelegt. Trotz aller Freude richtete er seinen misstrauischen Blick auf den zweiten Mann, der den Haushabit und die weiße Kappe der Templer trug, jedoch ohne Kreuz.

»Godefroy Bisol«, rief Khaled aus. Auch er konnte sein Erstaunen nicht zurückhalten. »Engster Vertrauter André de Montbards, Mitglied des Hohen Rates und Hüter all seiner Geheimnisse. Was für eine Überraschung!«

Bisol nickte bedächtig. »Habt Ihr den Kelch?«

»Ja, wir haben ihn«, bestätigte Gero seine Frage in strengem Ton. »Aber erklärt mir eins: Wenn ihr bereits wusstet, wohin der Kelch uns führen würde, warum dieses ganze Spektakel? Ihr hättet uns und anderen viel Leid ersparen können, wenn Ihr den Kelch dort belassen hättet, wo er war! Warum mussten all diese Menschen sterben, obwohl Euch dieser Ort längst bekannt war?«

»Weil Montbard das Geheimnis des Kelches allem Anschein nach allein für den Hohen Rat des Ordens sichern wollte«, kam Lyn einer Antwort Bisols zuvor. »Er wusste nicht nur von dessen Existenz. Er wusste auch, was das Schicksal für ihn bereithielt, und wahrscheinlich auch, welche Rolle wir darin spielen würden. Das war der Grund, warum er vor fünf Jahren bei unserer Ankunft nicht überrascht reagiert hat. Allein bleibt die Frage, woher er sein Wissen bezog?« Ihr Blick fiel auf Khaled. »Hast du dich nicht auch immer gefragt, warum der gute Bruder André nicht mit Furcht oder Panik reagiert hat, als wir ihm die Bilder des Servers zeigten? Ebenso wenig wie Bruder Godefroy?«

Ihr Blick fiel auf Godefroy Bisol, von dem sich alle eine Bestätigung dieser Annahme und weitere Erklärungen erhofften.

»Das ist fürwahr eine interessante Theorie«, fügte Gero ungeduldig hinzu. »Könnt Ihr sie bestätigen, Bruder Godefroy?«

Godefroy hüllte sich in Schweigen, womit er Geros Zorn schürte und ihn ermutigte, sogar zum Schwert zu greifen. »Sprecht gefälligst, oder muss ich erst Eure Zunge lösen?«

Rona richtete sich zu voller Größe auf und überkreuzte die Arme, als Bisol trotz der Bedrohung zu lange mit einer Antwort wartete.

»Vielleicht weiß er es aus der Zukunft? Oder sollte ich lieber sagen: aus der Vergangenheit? Möglicherweise ist es uns doch gelungen, oder wird uns noch gelingen, noch weiter in die Vergangenheit zu reisen, ihn dort persönlich zu treffen und ihm unsere Erkenntnisse zu präsentieren?«

»Wenn es so wäre, wie du sagst«, spekulierte Gero, »muss Montbard gewusst haben, dass wir alle eine wichtige Rolle für seine weitere Karriere spielen.«

Die Erkenntnis, von André de Montbard eiskalt benutzt worden zu sein, damit er allein an den Kelch gelangte und Tramelay aus dem Weg räumen konnte, um Großmeister zu werden, nahm ihm beinahe den Atem. »Dieser elende Hund!«, krächzte er. »Und er hat keinen Ton zu uns gesagt, um seine eigene Vorsehung nicht zu gefährden.«

Khaled verzog sein Gesicht zu einer ironischen Grimasse. »Das wird einer der Gründe sein, warum er nicht wollte, dass jemand anderes den Kelch findet und damit Zutritt zu dieser Höhle erlangt. Weder die Königin noch ihr Sohn und schon gar nicht Bernard von Tramelay, der mit seiner Habgier alles ins Gegenteil hätte verkehren können.«

Er hielt inne und schaute sich demonstrativ in der Höhle um, deren Gestein im Flackern des Feuers grüngelblich glitzerte. »Doch warum bilden wir eine Ausnahme? Oder sind wir am Ende hier, um die Zeche endgültig zu zahlen?« Khaled zog seinen Krummsäbel und versuchte, den Mönch in seine Gewalt zu bringen, um ihn stellvertretend für Bisol, der als Templer lieber sterben würde, zu einer Antwort zu zwingen.

Doch der Mönch hatte schneller seinen Platz gewechselt, als Khaled seiner habhaft werden konnte, und stand nun an einer völlig anderen Stelle, direkt hinter Lyn.

Khaled schlug das Herz bis zum Hals. Was wäre, wenn der unscheinbare Mann in der Lage war, Lyn kraft seiner übernatürlichen Fähigkeiten einfach zu töten?

»Fürchtet Euch nicht!«, wiederholte sich der Alte und lächelte dabei wie ein Engel. »Allein Euer Wille hat euch hierher geführt und wird Euch den rechten Weg weisen.«

»Der rechte Weg«, rief Arnaud verärgert aus. »Was ist denn der rechte Weg? Dass Montbard unser Leben aufs Spiel setzt, nur um seine Karriere im Orden zu befördern? Sagt mir nicht, dass wir achthundert Jahre hin und her gereist sind, um die Erfüllungsgehilfen von André de Montbard zu sein? Das wäre ja noch perfider als das, was die Amerikaner mit uns angestellt haben!« Er warf dem Einsiedler einen auffordernden Blick zu. »Und dann bleibt noch die spannende Frage, die uns bisher niemand beantwortet hat: Besitzt Ihr die Lade?« Arnauds aufgebrachter Blick glitt zwischen Godefroy Bisol und dem Mönch hin und her.

»Es gibt keine Lade«, klärte ihn der Mönch auf. »Sie wurde bereits im Jahr 586 v. Chr. beim Überfall auf den Tempelberg zerstört. Aber die Tafeln, die sich darin befunden hatten, waren aus einem besonderen Stein geschlagen, dessen Wirkung schon damals nur Eingeweihten bekannt war.«

»Aus dem Gestein dieser Höhle?« Khaled kannte wie alle Anwesenden die Antwort, aber er wollte eine Bestätigung.

Der Mönch bejahte diese Frage nicht. Seine hellen Augen ruhten auf Arnaud, als ob er ihn beschwören wollte. »Der Stein besitzt eine ungeheure Macht, die mit nichts auf der Welt zu vergleichen ist. Er kann Berge versetzen und Meere teilen, Menschen über Wasser gehen lassen und Wasser zu Wein und Steine in Brote verwandeln. Er hilft euch, das möglich zu machen, woran ihr in euren kühnsten Träumen nicht zu glauben gewagt hättet.« Er machte eine Pause, bevor er hinzufügte: »Im Guten wie im Schlechten, wenn ihr versteht, was ich meine.«

»Ist das so?« Gero nahm nicht den Hüter des Geheimnisses, sondern Godefroy Bisol erbarmungslos in die Pflicht, dem er wohl am ehesten zutraute, die Aussage des Mönchs zu bestätigen.

»Dieser Ort ist nicht nur eine Quelle der Liebe«, bemerkte Bisol mit düsterem Blick. »Er kann sich unter dem falschen Einfluss in den Hort der Hölle verwandeln. Es kommt ganz darauf an, mit welchen Gedanken die Seele des einzelnen Besuchers behaftet ist.«

»Wollt Ihr damit sagen, dass der Mensch unter dem Gebrauch des Steins – in welcher Form auch immer – Einfluss auf die Geschehnisse in der Welt nehmen kann, die ihn umgibt?«

»Findet es selbst heraus«, antwortete Godefroy Bisol ungerührt. »Und nun möchte ich euch bitten, mir, wie verabredet, den Kelch zu übergeben.«

»Woher wusste Montbard, wer ich bin?« Diese Frage ließ Lyn keine Ruhe, und die plötzliche Erkenntnis, dass Bisol als Gründungsmitglied der Templer in den letzten fünfunddreißig Jahren jeden Schritt Montbards miterlebt hatte, ließ sie hoffen, dass er um die Gründe wusste.

»Findet es selbst heraus«, wiederholte Bisol mit kryptischer Gelassenheit, dabei hielt er fordernd die Hand auf.

Widerwillig überließ ihm Khaled den Kelch. Sie benötigten ihn ohnehin nicht mehr. Der Assassine senkte enttäuscht den Blick. Also keine Bundeslade, sondern nur ein Fels, dessen seltsame Einflussnahme er nicht verstand. Es war nicht das, was er erwartet hatte.

»Und was wird mit uns?« Arnaud machte einen Schritt auf Bisol zu.

»Sollen wir zum Dank für unsere Dummheit mit leeren Händen ins Nirgendwo gehen?«

»Nein«, antwortete der Mönch mit sanfter Stimme. »Nachdem Ihr Eure Bestimmung erfüllt habt, dürft Ihr mit vollen Händen nach Hause gehen. Falls dies immer noch Euer Wunsch ist.«

»Nach Hause? Wie meint Ihr das?« Gero schaute ihn ungläubig an.

»So, wie ich es sage. Wenn Ihr mir bitte folgen wollt?« Der Mönch lächelte wieder, wofür Gero ihn am liebsten erschlagen hätte.

Sein ratloser Blick traf auf die leicht verstörten Gesichter der übrigen Männer und Frauen. Während die Kameraden allesamt eine Hand an den Knauf ihrer Schwerter gelegt hatten, drängten sich die Frauen schutzsuchend zwischen sie. Sollten sie diesem undurchsichtigen Kerl tatsächlich vertrauen?

»Und was ist, wenn wir Euch nicht folgen wollen?« Geros entschlossener Blick ließ keinen Zweifel, dass er sich zu nichts zwingen lassen würde.

Der Alte schaute ihn nachdenklich an und sah dann in die Runde. »War es nicht so, dass Ihr ausnahmslos hierhergekommen seid, um einem anderen Übel zu entfliehen?«

»Woher könnt Ihr das wissen?« Gero betrachtete ihn misstrauisch.

»Hier gibt es keine Geheimnisse«, erwiderte sein Gegenüber. »Ihr könnt gerne gehen, wenn Ihr wollt. Aber Ihr wisst nicht wohin. Das ist es doch, oder?«

»Wenn Ihr es wisst, müsst Ihr nicht fragen«, antwortete Gero.

»Ich verspreche Euch«, versicherte der Alte. »Ihr werdet es nicht bereuen.«

Gero fragte mit stummem Blick seine Kameraden, und auch die Frauen und den Assassinen ließ er nicht aus.

»Wir sollten ihm eine Chance geben«, gab Johan zu bedenken. »Was er sagt, ist die Wahrheit. Zu Montbard können wir nicht, weil uns die Königin verfolgen lassen würde, wenn wir ihr den Kelch versagen. Und wer von uns hätte schon Lust dazu, sich zu dieser Zeit in irgendeinem christlichen Heer als Söldner zu verdingen? Am besten noch im Abendland, wo wir allesamt Ritter ohne Land wären. Oder denkt ihr ernsthaft, ich könnte bei meinem zwanzigjährigen Urgroßvater auftauchen und ihm sagen, dass ich sein Urenkel bin und die Grafschaft vorzeitig als mein Erbe beanspruche?«

»Wohl kaum«, bestätigte Gero mit einem Seufzen. Die Miene des Mönchs blieb bemerkenswert neutral, als er ihm zunickte und ihm damit zu verstehen gab, dass sie seinem Vorschlag zustimmten.

Matthäus ging dicht an Gero gedrängt hinter dem Mönch her, der ihm freundlich zuzwinkerte.

»He, Moshe, was ist mit dir?«, fragte Gero, als er bemerkte, dass Hertzberg als Einziger bei Bisol zurückblieb. »Bist du nicht neugierig, was sich hinter dem Geheimnis verbirgt? Vielleicht kann es uns helfen, Kontakt zu Tom und seinen Leuten aufzunehmen, und dafür sorgen, dass auch du nach Hause zurückkehren kannst.«

»Nein.« Hertzberg schüttelte den Kopf. »Ich habe beschlossen, bei Bruder Godefroy zu bleiben und mit ihm zurück zu Montbard nach Jerusalem zu reisen. Ich durfte in den letzten Tagen Dinge sehen und hören, die ich in meinen kühnsten Träumen nicht für möglich gehalten hätte. Ich habe entschieden, eines Tages hier zu sterben, und bis dahin will ich nur noch echte Geschichte erleben. Allein hier finde ich Antworten auf all meine Fragen und muss mich nicht mehr mit Mutmaßungen zufriedengeben.«

Hannah zitterte am ganzen Körper, als sie immer tiefer hinunter in die Höhle gingen und es auch ohne Fackeln heller wurde.

»Fragt Euch auf dem Weg in den Felsen, was Euch wirklich am Herzen liegt«, empfahl der Mönch mit monotoner Stimme. »Dieser Ort ist in der Lage, Eure geheimsten Wünsche zu erfüllen. Deshalb solltet Ihr vorsichtig sein mit dem, was Ihr Euch vorstellt.«

»Was hat das zu bedeuten?«, fragte Hannah mit einem Blick auf Lyns Armband, das inzwischen regelrecht verrückt spielte.

»In diesem Felsmassiv existiert augenscheinlich eine gewaltige Schwingungsfrequenz«, erklärte Lyn sachlich. »Es würde mich nicht wundern, wenn diese Frequenz nicht nur eine kalte Fusion in Gang setzen kann, sondern auch die Quantenabläufe im menschlichen Gehirn zu beeinflussen vermag.«

»Ihr seid weise Frauen«, erklärte der Mönch und blieb stehen, als sie einen Raum erreichten, dessen unebene Wände taghell aufleuchteten. »Aber es verhält sich umgekehrt. Eure Gedanken bestimmen Euer Schicksal und werden durch den Einfluss des Steins lediglich so weit verstärkt, dass jeder Zweifel, der einer Umsetzung Eurer Wünsche entgegensteht, verschwindet. Ihr glaubt, dass der Felsen fest ist und das

Wasser weich und durchlässig. Doch das sind sie bloß in Eurer Vorstellung. Der Stein kann Euch helfen, diese Schranke zu überwinden und den Felsen weich und das Wasser so hart werden zu lassen, dass Ihr darüber gehen könntet, wenn Euer Vertrauen in Eure Macht groß genug ist.«

»Ihr wollt uns tatsächlich glauben machen, dass es so einfach ist?« Lyn blickte ihn erstaunt an.

»Glaube ist das richtige Wort«, erläuterte der Alte. »Alles, woran Ihr glaubt, kann wahr werden. Wenn Ihr Gott vertraut und Euren Weg klar genug vor Euch sehen könnt, wird Euer Glaube genau die Welt manifestieren, die Ihr im Herzen tragt. Aber Eure Gedanken sind nicht die Einzigen, die in diesem Meer von Licht und Schatten miteinander verschwimmen«, mahnte er. »Auch die Gedanken der anderen beeinflussen Eure Welt. Sie füllen sie nicht nur mit Liebe, sondern nicht selten mit Zweifeln, Ängsten, Hass und Verderbnis. Wenn sich diese Gedanken wie ein großer Schwarm silbriger Fische zu einem einzigen, großen Leib vereinen, können Revolutionen ausbrechen, große Kriege geführt werden und die Menschen zu wilden Bestien mutieren, die sich untereinander die schlimmsten Alpträume bescheren. Es ist allein die Kraft der Gedanken, die unsere Welt für jeden Einzelnen bis in den Untergang treiben kann. Erst wenn sich die Mehrheit der Menschen auf die Liebe besinnt, werden wir der Hölle auf immer entkommen.« Mit einem intensiven Blick sah er in die staunende Runde.

»Das bedeutet, selbst der Stein ist auch nur Teil einer selbstgeschaffenen Illusion?« Rona schien verstanden zu haben, was er ihr sagen wollte. Jeder bestimmte sein Schicksal selbst, war aber nicht fähig, gewisse Grenzen zu überschreiten, solange ihm die Macht des eigenen Einflusses nicht bewusst wurde.

Der Alte nickte bedächtig. »Jedoch vermag die Kraft dieses Steins Euch von jeglichen Zweifeln reinzuwaschen und Euch die Macht über Euch selbst und Euer Leben zurückzugeben und zugleich über das Leben anderer, die zur Erfüllung Eurer Glückseligkeit beitragen. Allein deshalb müsst Ihr verantwortungsvoll mit Eurem Wissen um diesen heiligen Ort umgehen. Er ist eine mächtige Waffe und zugleich die Eintrittskarte ins Paradies.«

»Das macht mir Angst«, gestand Freya, die Johans Hand fest umklammert hielt. Der Flame beruhigte sie, indem er sie an sich drückte und sie auf den Scheitel küsste. »Alles ist in Gottes Hand«, erklärte er leise. »Nichts anderes hat er gesagt. Mein Herz sagt mir, dass wir ihm vertrauen sollten.«

Die Höhle wurde mehr und mehr zu einem Tunnel, von dessen Ende ein grünlich schimmerndes Licht zu ihnen heraufleuchtete.

»Dort müsst Ihr hindurchgehen«, empfahl ihnen der Alte, »Lasst Euch von Eurer reinen Seele leiten und denkt an das, was Euch wirklich glücklich macht. Es hat keinen Zweck, sich selbst zu belügen, deshalb solltet Ihr weder aus Pflichtgefühl noch aus Scham den für Euch falschen Weg einschlagen. Denn die Welt dort draußen ist Eure Welt, nicht die eines haltlosen Gottes. Ihr seid ein Teil dieser Welt, die in der Unendlichkeit des Alls aus Licht erschaffen wurde, und damit seid Ihr ein Teil dieses Lichts.«

Lyn hatte dem Mönch aufmerksam zugehört. »Ihr geht also tatsächlich so weit, zu behaupten, dass Materie nur eine Illusion ist, weil die Welt lediglich aus kollektiven Gedanken konstruiert wird. Das bedeutet, auch der Fels existiert in Wahrheit nur in unserer Vorstellung?«

Der Alte nickte. »Es zählt allein, was Ihr glaubt und dass Ihr die Widerstände, die diesen Glauben behindern, überwinden könnt.«

»Bedeutet das, ich könnte genauso gut eine gelbe Plastikente benutzen«, warf Tanner mit einem ironischen Grinsen ein. »Hauptsache, ich glaube daran, dass sie mir dazu verhilft, mein Denken und damit meine komplette Wahrnehmung zu beeinflussen?«

»Na ja …«, wandte Lyn ein und betrachtete immer noch voller Faszination die glitzernden Wände. Deren Schwingungen wurden, wie die Anzeige ihres Armbands signalisierte, immer stärker, je näher sie dem Leuchten kamen. »Sofern die Plastikente die Fähigkeit besitzt, das Schwingungsmuster deiner Gedankenströme zu beeinflussen und dich damit in die Lage versetzt, die Welt komplett nach deinen Vorstellungen zu kreieren.«

»Es würde erklären, warum Moses kraft seiner Steintafeln, die er auf dem Berg Sinai erhalten hat, das Meer teilen konnte.« Arnaud hatte die Debatte interessiert verfolgt. »Weil er an Gott glaubte und die Israeliten an ihn geglaubt haben.«

Die Kraft des immer stärker werdenden Lichts zog sie regelrecht an. Wie Motten, die sich daran verbrennen können, wirbelte es Hannah durch den Kopf, während ihr Herz davonraste und ihr Atem schneller ging. Irgendetwas Fremdes nahm von ihrem Bewusstsein Besitz und veränderte es. War der Timeserver schon beängstigend genug gewesen, so war dieses Monstrum hier noch tausendmal beängstigender.

»An was denkst du?«, fragte Gero sie leise, während sie Hand in Hand zusammen mit Matthäus in die gleißende Helligkeit schritten.

»An uns«, flüsterte sie. »An dich – und den Jungen und unser Kind – und dass ich irgendwo glücklich und zufrieden mit euch leben möchte.«

»Irgendwo?«, fragte er, und die Antwort wurde zusammen mit der materiellen Welt um sie herum von einem gigantischen Lichtermeer verschluckt, bei dem sie das plötzliche Gefühl überkam, mit allem, was je in ihrer Welt eine Rolle gespielt hatte, zu verschmelzen. Eine gewaltige Welle von Emotionen erfasste sie, und all das Leid und all die Freude, die ein jeder von ihnen jemals empfunden hatte, durchfluteten ihren Geist. Zurück blieb ein tiefes Gefühl der Liebe.

Epilog

Die Bilder sind dem Menschen offenbart, aber
das Licht, das in ihnen ist, ist verborgen im Bild.
(Auszug Thomasevangelium, 83)

August 1315 – Schottland – MacDhoughaills Land

»Bei der Heiligen Mutter?« Amelie schwankte einen Moment, als ob sie das Gleichgewicht verlieren würde, doch dann fand sie an Struans Arm Halt und erkundete mit ungläubigen Blicken Berge, Täler und reißende Wasserfälle, die wie aus dem Nichts von den Felsen stürzten. »Was in Gottes Namen ist *das*?« Tiefhängende Wolken jagten über das weite, grüne Land. Über allem brach eine strahlende Sonne aus dunklen Wolken hervor und beschien die hohen, mit Pinien bewaldeten Berghänge, grasendes Wild und munter sprudelnde Gebirgsbäche, die wie glitzernde Seidenschnüre zwischen den schroffen Felsen hervorblitzten. All das stand in einem direkten Gegensatz zur kahlen, ausgetrockneten Felsenlandschaft des Sinai, die sie noch vor kurzem durchwandert hatten.

Struans unergründlicher Blick streifte über das fruchtbare Land. Er hielt immer noch den schwarzen Hengst am Zügel, den er Abu Aziz und seinen Männern während der Flucht gestohlen hatte. Nur der Teufel wusste, wie das Tier mit ihnen hierhergekommen war. Sichtlich überrascht blähte es seine Nüstern, um die Mischung von Salzwasser, frischem Gras und fetter, dampfender Erde in sich aufzunehmen. In der Ferne konnten sie das Meer sehen, wie es die Insel mit seiner blau glitzernden Farbe umspülte. Nordöstlich davon erhob sich unterhalb der nebelumwölkten Bergspitzen eine mächtige Burg.

»Das ist Meudarloch – MacDhoughaills Land«, erklärte Struan mit einer ausschweifenden Geste. »Meine Heimat. Dort oben auf der Burg meiner Vorfahren wurde ich geboren.« Verhaltener Stolz klang in seiner Stimme, als er auf seine staunende Frau herabblickte. Dann bückte er sich, um mit der offenen Hand über das hohe Gras zu streichen, als ob er es liebkosen wollte.

»Heißt das …« Amelie stockte der Atem. »… wir sind in Schottland?«

»Ich denke schon«, bemerkte Struan mit seiner rauen Stimme und grinste ungläubig. »Offenbar hat der Mönch die Wahrheit gesagt.«

»Das bedeutet«, stellte Amelie fest, »du hast dir gewünscht, hierher zurückzukehren, und ich habe mir gewünscht, bei dir zu sein, ganz gleich, wohin es uns verschlägt.«

»So wird es sein«, antwortete er, und auf seinen Lippen zeichnete sich ein breites Lächeln ab.

Er half Amelie aufs Pferd und führte den Hengst mit der gebotenen Vorsicht in Richtung der Burg, die einst sein Zuhause gewesen war.

»Jetzt müssen wir nur noch zu Gott beten, dass man uns freundlich empfängt.«

»Hast du Zweifel daran?«, fragte sie zaghaft. Mit ihren blonden Locken und dem zarten Gesicht sah sie aus wie ein Engel.

»Ich … äh …« Struan zuckte entschuldigend mit den Schultern. »Vielleicht gefällt es dir nicht, wie wir leben. Notfalls müssen wir nach einer anderen Lösung suchen.« Bei ihrem Anblick haderte Struan mit sich, ob man einer vornehmen Französin, die obendrein noch eine Weile in der Zukunft gelebt hatte, ein solches Chaos zumuten durfte. Auf der Burg seines Vaters war es immer kalt und zugig gewesen, das Essen war knapp, und die Sitten waren verroht.

Sein Vater hatte ihn stets einen Bastard genannt, und falls der Alte noch lebte, musste er aufpassen, dass er Amelie nicht an die Wäsche ging.

»Mein Vater Duncan ist ein Tyrann«, bekannte er ehrlich. »Und er hat mich gehasst. Er war der Meinung, dass ich meine Ehre nur durch den Dienst bei den Templern wiedererlangen könne.«

»Was hast du getan?«, fragte sie leise.

»Ich habe meine hilflose Mutter gegen diesen Schwachkopf verteidigt und ihn in einem Zweikampf beinahe in die Hölle geschickt.«

»Und wo ist deine Mutter jetzt?«

»Sie ist aus Angst vor ihm zu ihrer Familie geflohen und später am Fieber gestorben. Damals konnte sie nichts für mich tun, außer um

Gnade zu winseln, aber das hätte die Sache fast noch schlimmer gemacht.«

»Denkst du, er hat sich gebessert?« Amelie standen arge Zweifel ins Gesicht geschrieben, als sie sich nach einer Weile einer Brücke aus grauen Steinen näherten, die über einen gemächlich dahinfließenden Fluss führte. Rechts und links wurde der Brückenkopf von Weiden und Erlen gesäumt. Von weitem war das Burgtor zu sehen. Ein paar zottelige, braune Kühe hielten beim Wiederkäuen inne und gafften zu ihnen herüber, ansonsten schien sich niemand für ihre unerwartete Ankunft zu interessieren.

Als Struan jedoch unvermittelt sein Schwert zog und der Hengst vor Schreck einen Satz machte, stieß Amelie einen erstickten Schrei aus. Plötzlich wurde die Umgebung lebendig. Gut ein Dutzend zerlumpter Gestalten sprang halbnackt und mit bloßen Füßen hinter den Büschen hervor. Im Nu hatten sie Struan und Amelie umringt. Die meisten waren jung und kräftig und hatten nur ein abgetragenes, kariertes Tuch um die Hüften, das sie mit einem Ledergürtel auf Taille gebracht hatten. Den Schwertgürtel trugen sie jeweils überkreuzt um die muskulöse Brust geschlungen, und oberhalb der Schulter kam das T-Heft einer gewaltigen Waffe zum Vorschein.

Einer der Männer trat näher, ein junger Kerl mit schwarzen, glatten, schulterlangen Haaren und einem wilden Bart. Wenn man genau hinschaute, hätte er die jüngere Ausgabe von Struan sein können.

»Müsst ihr der Dame so einen Schreck einjagen«, wies ihn Struan unfreundlich zurecht. »Es könnte euch nicht schaden, wenn euch jemand ein wenig französisches Benehmen beibringt!«

Die ansonsten so rebellische Miene seines Gegenübers verwandelte sich in ein breites Grinsen, und aus dem schmutzigen Gesicht strahlten ein paar braune Augen und weiße, kräftige Zähne hervor. »Struan!« Der junge Mann rang nach Luft, dann lachte er glücklich.

»Malcolm, mein Bruder! Komm her und lass dich umarmen!«, rief Struan. Er strahlte nicht weniger, als er sein Schwert sinken ließ und den Jüngeren mit einem harten Schlag auf den Rücken umarmte. Auch die übrigen Angreifer gaben ihre feindliche Haltung auf, obwohl sie dem Frieden noch nicht so ganz zu trauen schienen.

Malcom verdrückte verlegen eine Träne, als sie sich anschließend voller Freude die Schultern klopften. Sein Blick fiel auf Amelie. »Sag nur, du hast uns diese Schönheit aus Frankreich mitgebracht?«, fragte er neugierig.

»Darf ich vorstellen?«, erwiderte Struan voll Stolz. »Das ist Amelie Bratac, mein vor Gott angetrautes Eheweib.«

»Dein Weib«, staunte Malcolm. »Ich dachte, als Templer ist es dir nicht erlaubt zu heiraten?«

»Der Papst hat den Orden verboten, und ein wahrhaftiger Großmeister hat mir die Absolution erteilt, den Habit ablegen zu dürfen, also muss ich mich nicht mehr an die Regeln halten.« Struan lächelte zufrieden.

»Wenn das so ist, bist du spät dran«, erklärte Malcolm. Für einen Moment blieb sein Augenmerk auf Amelies grazile Gestalt gerichtet. »Im letzten Jahr haben uns geflohene Templer in der Schlacht von Bannockburn zur Seite gestanden. Da hätten wir dich gut gebrauchen können.«

Struan, der aus der Zukunft wusste, was damals geschehen war, ging nicht weiter darauf ein. Es gab Wichtigeres, was ihn interessierte.

»Sprich, was ist mit dem Alten?«, fragte er in Anspielung auf seinen vermaledeiten Vater. Dabei spürte er unangenehm, wie sein Herz schneller schlug. »Ist er noch am Leben?«

»Du hast Glück«, erwiderte der Jüngere mit einem Grinsen. »Du hättest dir keinen besseren Moment aussuchen können, um von den Templern zurückzukehren. Unser Vater ist in der Schlacht auf Seiten Edwards II. gefallen. Roderic und Angus hat's an der Seite von Robert the Bruce erwischt. Wie du weißt, konnten die beiden ebenso wenig mit dem Alten wie du und haben plötzlich eine Gelegenheit gesehen, ihn loszuwerden, indem sie sich gegen ihn gestellt haben. Dass sie dabei selbst dran glauben mussten, konnte niemand vorhersehen.«

Struan schluckte, weil der Tod seiner beiden älteren Brüder ihn weitaus schlimmer traf als der Tod seines Vaters. Malcom warf ihm einen hoffnungsvollen Blick zu. »Jetzt steh ich mit unseren Jungs ganz alleine da, und Onkel Hamish macht mir unseren Besitz streitig, weil er meint, ich sei noch zu jung, um den Clan zu führen.«

Struan ließ die Worte seines Bruders für einen Moment auf sich wirken. Dann blickte er zu Amelie hinüber, die offenbar kein Sterbenswörtchen verstand, weil Malcom Gälisch gesprochen hatte. Die Frage blieb, ob er ihr das gefahrvolle Leben an der Seite eines Clanchiefs auf

Dauer zumuten konnte. Und doch wünschte er sich nichts mehr, als Herr dieser Burg und dieser Familie zu sein, mit einer schönen Frau an seiner Seite und als stolzer Vater von Söhnen und Töchtern.

»Und was sagst du?«, drängte Malcolm. »Kannst du dir vorstellen, unser neues Oberhaupt zu werden?«

Wieder schaute Struan zu Amelie hin. Er hätte sie gerne gefragt, aber das war nicht möglich, wenn er sich den Respekt der übrigen Männer erhalten wollte, die ihn alle hoffnungsvoll anstarrten.

Amelie schien instinktiv zu verstehen, um was es hier ging. »Ich habe mir gewünscht, dort zu sein, wo du sein willst«, bekannte sie leidenschaftlich. »Und selbst wenn es in der Hölle wäre.«

Struan spürte, wie pures Glück seine Adern durchflutete. »Ja«, sagte er aus vollem Herzen und grinste seinen jüngeren Bruder und dessen Begleiter verheißungsvoll an. »Bei der Heiligen Muttergottes. Ich bin euer Mann!«

August 1315 – Breydenburg – Lichtertanz

Die plötzliche Kühle war verwirrend, und das Rauschen des Flusses klang im Gegensatz zum heißen, unbarmherzigen Wüstenwind wie eine ferne, unwirkliche Symphonie. Das gleißende Leuchten, das Gero noch einen Moment zuvor geblendet hatte, verwandelte sich in eine goldene Sonne, deren Strahlen in unzähligen Lichtern auf der Oberfläche eines schnell dahinfließenden Wassers tanzten.

»Sind wir im Paradies?« Matthäus stierte mit weit aufgerissenen, blauen Augen in die dicht bewaldete Umgebung.

Gero war nicht minder irritiert und hielt den Jungen und Hannah bei der Hand, als ob sie mit ihm verwachsen wären. Hannah schaute ihn hilfesuchend an, und ihre grünen Augen leuchteten durch das einfallende Licht unnatürlich auf.

»Wo sind wir?«, flüsterte sie und blickte verwundert in die fremde und doch irgendwie vertraute Umgebung.

Vor ihnen lag ein dampfender Wald, in dem es kurz zuvor geregnet hatte. Der modrige Geruch von verrotteten Blättern und feuchter Erde stieg darin auf wie ein wabernder Nebel, der alles umhüllte. Aber da waren noch ein paar andere, bekannte Gerüche, die den ersten Eindruck überdeckten: glimmende Holzkohle und der Duft nach frisch gebrautem Bier.

»Nein, Matthäus, das ist nicht das Paradies«, flüsterte Gero wie benommen. »Das ist was Besseres.« Sein fassungsloser Blick fiel auf Hannah, die langsam zu begreifen schien, was ihnen widerfahren war. »Wenn mich nicht alles täuscht«, erklärte er mit belegter Stimme, »sind wir wirklich zu Hause.« Mit den Augen folgte er dem Weg hinauf durch den Wald zu einem nackten Felsen, der in einer gigantisch anmutenden Burg gipfelte.

Hohe Mauern, ein Bergfried und drei stattliche Aussichtstürme. »Wir sind tatsächlich zu Hause!«, schrie Gero außer sich vor Freude und machte einen Luftsprung, der sämtliche Vögel aus den Bäumen aufschreckte und sie laut protestierend davonfliegen ließ. Dann packte er Hannah und wirbelte sie herum, bis ihr ganz schwindlig wurde. Keuchend setzte er sie ab und küsste sie.

»Ich kann kaum glauben, dass der Mönch die Wahrheit gesagt hat und unsere Wünsche mithilfe des Gesteins in Erfüllung gegangen sind.«

»Bist du sicher, dass wir uns in der richtigen Zeit befinden?«

Hannah fürchtete, dass so viel Glück irgendwo einen Haken haben musste.

Gero legte einen Arm um sie und deutete in die Ferne. »Siehst du den Kirschbaum, dort, wo der Weg die Biegung macht?« Seine Stimme verriet seine Aufregung. »Der ist mindestens auf das Doppelte gewachsen, seit wir von hier fortgegangen sind.«

»Das bedeutet, es sind ein paar Jahre vergangen, seit wir das letzte Mal hier waren?« Hannah glaubte zu träumen. »Hast du dir das so vorgestellt?«

»Ich weiß es nicht«, antwortete Gero verunsichert. »Ich weiß nur, dass ich mit dir und dem Jungen hierher zurückwollte, und meine einzige Bedingung war, dass Phillip IV. von Franzien das Zeitliche gesegnet hat und die Verfolgung des Ordens Vergangenheit ist.«

Hoffentlich leben wenigstens seine Eltern noch, dachte Hannah, als Gero sie und den Jungen erwartungsfroh den Berg hinaufzog. Vor Jahren hatten sie sich noch bester Gesundheit erfreut. Allerdings war es in dieser Zeit alles andere als normal, dass man uralt wurde. Sie schritten vorbei an holpernden Ochsenfuhrwerken, an keuchenden Mägden mit

Körben voller Birnen und Äpfel und an einem Ziegenhirten, dem bei ihrem Anblick die Kinnlade herunterfiel. Gero trug immer noch einen Turban und Hannah eine für diese Zeit absolut unakzeptable Hose sowie einen abgetragenen orientalischen Kaftan, Kleidung, die es in dieser Umgebung sicher nicht oft zu sehen gab.

Geros Herz hämmerte, als er sich am Burgtor den Turban vom Kopf riss und den völlig verblüfften Wachen seine kurzgeschorenen Haare präsentierte. Irgendjemand von den finster dreinblickenden Männern erkannte ihn. »Der junge Herr ist nach Hause gekommen!«, rief der Wächter aus und stieß vor Freude dreimal in eine Fanfare, die eigentlich zur Warnung oder Ankündigung von hohem Besuch gedacht war. Aus allen Ecken liefen Menschen auf dem Burghof zusammen, und als die Ersten erkannten, dass es wahrhaftig Gero war, der zusammen mit Hannah und dem Jungen mitten im Hof stand, wurde das Stimmengewirr so laut, dass man sein eigenes Wort nicht mehr verstehen konnte. Als Gero seinen Vater erblickte, wie er schlohweiß, aber ansonsten ganz der Alte, aus dem Hauptportal des Pallas heraustrat und beim Anblick seines jüngsten Sohnes komplett die hochherrschaftliche Fassung verlor, wusste er, dass es kein Traum war.

»O herrlicher Heiland, Junge!« Richard von Breydenbach fiel seinem Sohn um den Hals und drückte ihn so fest, dass er beinahe nicht mehr atmen konnte. Beide Männer sanken in die Knie und gaben sich hemmungslos ihren Gefühlen hin. Schluchzend legte Richard von Breydenbach seinen Kopf auf die Schulter seines Sohnes, und so hockten sie auf den kahlen Steinen und hielten sich stumm umarmt in der warmen Nachmittagssonne. Dabei waren sie so sehr in ihre Wiedersehensfreude vertieft, dass sie nicht einmal bemerkten, wie Jutta von Breydenbach nach Atem ringend Hannah und Matthäus in Empfang nahm.

Die Burgherrin sah im Gegensatz zu ihrem Mann deutlich älter aus als beim letzten Mal. Für eine Frau verhältnismäßig groß und doch zart von Gestalt, wirkte sie zerbrechlich, aber immer noch schön. Ihr war anzusehen, dass sie ihren Sohn schmerzlich vermisst hatte. Ihre grünblauen Augen leuchteten vor Freude aus dem blassen Gesicht heraus, als Gero auf sie zutrat und sie voller Liebe umarmte.

»Heilige Muttergottes, steh mir bei«, schluchzte sie. »Wie kommt ihr denn hierher?« Immer noch rannen ihr Tränen über die geröteten

Wangen, als sie Matthäus noch einmal an sich drückte, als ob es ihr eigenes Kind wäre. Dann schaute sie zu Hannah auf und blinzelte ungläubig, weil sie offenbar nicht fassen konnte, was hier soeben geschah. Hastig putzte sie sich die Nase mit einem Tüchlein, das sie im Ärmel trug, und trocknete ihre Tränen. »Meine Tochter«, krächzte sie heiser, und als Jutta von Breydenbach sie in den Arm nahm, holte Hannah der vertraute Duft von Rosenwasser endlich in die Wirklichkeit zurück. Sie waren tatsächlich auf der mittelalterlichen Breydenburg gelandet.

»Wie kann es sein, dass ihr den Weg zu uns zurückgefunden habt?«, wisperte Geros Mutter. »Richard hat mir anvertraut, dass es euch an diesen fernen Ort verschlagen hat …« Sie schwieg und schaute sich ängstlich um, als ob sie von der Hölle sprechen würde. »Ich konnte es nicht glauben … ach …« Ihre Stimme erstarb in einem weiteren Schluchzen. »Ganz gleich wie … die Muttergottes hat meine Gebete erhört«, stieß sie mit erstickter Stimme hervor.

»Es ist anders als das letzte Mal …«, versuchte Hannah ihr zu erklären. »Diesmal hat uns allein Gott und unser Glaube hierhergeführt … und ich hoffe, dass wir für immer bleiben können.« Sie verschluckte sich beinahe an dem Satz, weil sie niemals damit gerechnet hatte, dass ihr ein solcher Ausspruch je über die Lippen kommen würde.

Leicht zerknirscht musste sie einsehen, dass dieses Wunder weitaus schwieriger zu erklären war als ein Timeserver. Sie dachte an Tom. Und was er wohl sagen würde, wenn er vielleicht eines Tages von der Wirkung dieser Höhle erfahren sollte. Ja – ob sie in ihrer Zeit überhaupt noch existierte? Und da blieb die Frage, warum d'Our und seine Templer eher auf den Timeserver gesetzt hatten als auf die Wirkung dieses unglaublichen Geheimnisses. Vielleicht lag es daran, dass man im Jahr 1307 aufgrund des verlorenen Heiligen Landes keinen Zugang mehr zur Höhle gehabt hatte und nicht genug Menschen mit dem Gestein in Kontakt bringen konnte, die kraft ihrer Gedanken etwas zum Positiven hätten bewegen können. Vielleicht war es aber auch ganz anders, und das, was sie sah, war nur eine Illusion – ihre Illusion, so, wie der Mönch es ihnen zu verstehen gegeben hatte. »Wenn Ihr Gott vertraut und Euren Weg klar genug vor Euch sehen könnt, wird Euer Glaube genau die Welt manifestieren, die Ihr im Herzen tragt …«

»Gottes Güte ist größer als alles«, flüsterte Jutta von Breydenbach und fasste sie bei der Hand.

Gero half seinem Vater auf die Beine. Wie zwei Ertrinkende hielten die beiden sich aneinander fest und richteten sich gegenseitig auf.

»Ich habe es geahnt«, raunte Richard von Breydenbach.

»Was hast du geahnt?« Gero schaute ihn überrascht an.

»Ich habe gewusst, dass in den nächsten Tagen ein Wunder geschehen würde.« Hastig rieb sich der alternde, aber immer noch stattliche Burgherr die Tränen aus den Augen. Erst danach begrüßte er Hannah mit einem Kuss auf die Wange und Matthäus mit einem väterlichen Schulterklopfen.

Gero legte seiner Mutter einen Arm um die Schulter und führte sie, gefolgt von seiner Familie, durch ein Spalier von Gesinde zum Eingang des Pallas. »Wie konnte er unsere Ankunft voraussehen, Mutter?«, fragte er leise.

»Heute Morgen kam ein Bote«, erklärte Jutta von Breydenbach. »Er überbrachte uns diese merkwürdige Depesche, von der wir zunächst glaubten, sie sei ein schlechter Scherz.«

Richard von Breydenbach zog ein zusammengerolltes Pergament vom Gürtel und übergab es seinem Sohn, der innehielt und es mit der gebotenen Aufmerksamkeit studierte: »Graf Johan Bechtold van Elk und das Edelfräulein Freya Maria Rosamunde von Bogenhausen geben sich anlässlich ihrer Vermählung die Ehre … Im Jahre nach der Fleischwerdung des Herrn 1315 …«

»Kaum zu fassen«, flüsterte Gero und warf Hannah einen ungläubigen Blick zu. »König Phillip IV. ist tatsächlich tot, ebenso wie Papst Clemens V., der Templerorden ist aufgelöst, und Johan und Freya sind bei Johans Familie in Flandern in Sicherheit und haben geheiratet!«

»… und die Amerikaner«, führte Hannah seine Aufzählung in lakonischem Tonfall fort, »… hocken siebenhundert Jahre in der Zukunft und versuchen vergeblich, den Server wieder in Gang zu bringen. André de Montbard hat als Großmeister längst das Zeitliche gesegnet, und Königin Melisende ist in Sankt Lazarus eines einsamen Todes gestorben. Die Fatimiden wurden 1171 durch Saladin gestürzt …«

» … und kein Hahn kräht je wieder nach ihrem Verbleib«, beendete Gero den Satz.

Mit einem überwältigenden Glücksgefühl widmete er sich dem Brief, indem er ihn Hannah und den anderen laut vorlas:

»Lieber Gero, solltet Ihr es geschafft haben, dorthin zu gelangen, wo ich

glaube, dass Eure Sehnsucht Euch hingeführt hat, so schickt uns baldmöglichst einen Boten, der ein Lebenszeichen von Euch überbringt …

Struan ist mit Amelie in Schottland gelandet, wie ich gestern durch einen Boten erfuhr – nur von Arnaud, Stephano und den anderen habe ich nichts mehr gehört …

Ich bete mir Gottes Segen für ihre Unversehrtheit und auch für Dich, Hannah und den Jungen …

In Liebe

Euer ergebener Freund und Bruder

Graf Johan van Elk«

»Die Prophezeiung hat sich also nicht nur für uns erfüllt«, murmelte Gero und hielt Hannah und seine Mutter fest im Arm, während sie gemeinsam Matthäus hinterherschauten, der voller Ungeduld zu den Stallungen lief.

Richard von Breydenbach hatte ihm erzählt, dass dort Atlas auf ihn wartete, Geros altes Streitross, für das er vor Jahren verantwortlich gewesen war.

»Obwohl acht Jahre vergangen sind«, stellte Geros Mutter verblüfft fest, »der Junge ist gar nicht älter geworden, seit ich ihn das letzte Mal gesehen habe.«

»Dasselbe gilt für dich«, erklärte Gero im Brustton der Überzeugung. Seine Mutter strahlte übers ganze Gesicht, und dann legte er seine Hand auf Hannahs Bauch. »Ich denke nicht, dass sich das je ändern wird, auch wenn du schon bald Großmutter bist.«

August 2005 – Eifel – Grenzenlos

»Wir sind in deinem Haus?« Stephano schaute sich verwundert um, als er Anselm zwischen Schilden und Schwertern in der Waffenkammer seines ansonsten modernen Anwesens in der Eifel stehen sah.

Fahles Nachmittagslicht fiel durch die kleinen Fenster, die typisch waren für das aufwändig renovierte Fachwerkhaus.

Alles stand noch an seinem Platz, so, wie Anselm sein Zuhause vor seinem Aufbruch nach Israel verlassen hatte.

Hektisch löste er sich aus seiner Erstarrung und registrierte nur zögernd, dass er mit Stephano alleine war. Sein Blick fiel auf die Einstellung einer digitalen Uhr, den einzigen modernen Luxus, den er sich in seinem Lagerraum für antiquierte Waffen und Kostüme leistete. 15. August 2005. Laut dieser Uhr war er beinahe vier Wochen weg gewesen.

»Wo sind die anderen?«, fragte er irritiert.

»Woanders«, mutmaßte Stephano. »Anscheinend hat jeder das bekommen, was er sich gedacht hat.«

»Warum bist du meinen Vorstellungen gefolgt?«, fragte Anselm fassungslos. »Du hättest nach Hause gehen können. Nach Reims oder Sapin? In deine Zeit, dorthin, wo du alles kennst. Warum wolltest du ausgerechnet bei mir bleiben?«

Stephano trat auf ihn zu und sah ihm ernst in die Augen. Anselm und er waren in etwa gleich groß, obwohl Stephano etwas schlanker war. »Weil ich dich liebe«, flüsterte er, »und weil ich diese Liebe in meiner Zeit niemals leben könnte.«

»Ich liebe dich auch«, gestand Anselm stockend und schaute ihm wie hypnotisiert in die blaugrauen Augen.

Stephano legte seine Arme um Anselm und zog ihn näher zu sich heran. Anselm spürte die weichen, warmen Lippen des Mannes auf seinem Mund. Er inhalierte seinen Atem, während Stephano ihn lange und ausdauernd küsste.

»Darauf habe ich solange gewartet«, gestand Stephano leise und liebkoste Anselms Hals, seine Kehle und die kleine Vertiefung dort, wo das Blut pulsierte.

»Komm«, sagte Anselm und befreite sich vorsichtig aus der Umarmung des blonden Templers. Mit einem ungläubigen Kopfschütteln zog er seinen Geliebten ins Haupthaus, wo er in einem gesicherten Tresor eine nicht unbedeutende Summe Geld aufbewahrte.

»Ich habe es eigentlich für die Cash-Abwicklung meiner Firmengeschäfte zurückgelegt«, erklärte er, während er dem verdutzten Templer einhunderttausend Euro in bar vorzeigte. »Doch was spielt das nun für eine Rolle. Der Himmel hilft uns, unsere Träume zu erfüllen, da wollen wir ihm doch nicht im Weg stehen, oder? Den Rest hole ich mir morgen von der Bank. Ich werde eine Hypothek auf das Haus aufnehmen. Dabei müssten auch noch mal locker siebenhunderttausend Euro rumkommen.«

Stephano sah ihn entgeistert an. »Warum tust du das? Es handelt sich um dein Haus, deine Heimat.«

»Irgendwann werden die Amerikaner hier auftauchen«, erklärte Anselm, »und spätestens dann sollten wir über alle Berge sein.«

»Wo sollen wir hin?«, fragte Stephano stirnrunzelnd.

»Irgendwohin, wo sie uns nicht finden«, antwortete Anselm, während er das Geld in einem Koffer verstaute. Lächelnd blickte er auf. »Wir sind nur zu zweit. Und falls Tanner auch im Jahr 2005 gelandet sein sollte, weiß er nicht, dass wir hier sind. Aber er könnte es ahnen, und bis dahin müssen wir handeln.«

»Und was tun wir als Nächstes?«

»Eine Dusche, etwas zum Essen und frische Kleidung sind die halbe Miete«, fuhr Anselm fort. »Dann sehen wir weiter.« Rasch trat er ans Fenster und schob die Gardine beiseite. Die Sonne schien, und das Eifeldörfchen, in dem sein Anwesen stand, gab sich wie üblich vollkommen unverdächtig.

Einen Moment lang überlegte er, ob er seiner Schwester einen Brief hinterlassen sollte, doch dann entschied er sich dagegen. Vielleicht kassierte sie so wenigstens irgendwann ohne schlechtes Gewissen seine Lebensversicherung. Jedenfalls gab es nichts, das ihn an die Amis verriet, wenn man von der Hypothek einmal absah. Aber bis Lafour und seine Leute das herausbekamen, waren er und Stephano schon fort.

Stephano folgte ihm ins Bad und führte willig Anselms Anweisungen aus, sich seiner Kleider zu entledigen, um sich frischzumachen. Anselm, der ebenfalls nackt war, zog ihn unversehens unter die Dusche und drehte das warme Wasser auf. Von all den zwanghaft zurückgehaltenen Gefühlen überrumpelt, begannen sie sich gegenseitig einzuseifen, um ihre erhitzten Körper zu erforschen.

»Wir sind tatsächlich im Himmel«, keuchte Stephano und strich Anselm voller Verlangen über die behaarte Brust, während sein Freund ihn näher an sich zog. Später, nachdem sie völlig außer Atem im ausladenden Baldachinbett des Hausherrn gelandet waren, küsste Anselm ihn zärtlich und ermunterte ihn, sich unter seinen Liebkosungen vollkommen zu entspannen.

»Es ist verboten, was wir hier tun«, flüsterte Stephano mit erstickter Stimme.

»Wir sind im Himmel«, berichtigte ihn Anselm schwer atmend. »Hier ist nichts verboten.«

»Ich meine vor Gott«, erwiderte Stephano mit zitternder Stimme, die den Grad seiner Erregung verriet.

»Du hast doch gehört, was der Mönch gesagt hat«, entgegnete Anselm. »Wir sind Teil dieses Gottes und erschaffen unsere Wirklichkeit selbst.«

Stephano lag in Anselms Armen und schmiegte sich an ihn. »Das heißt, in dieser Welt ist unsere Liebe keine Sünde?«

»Nicht im Geringsten.« Anselm lachte und fuhr ihm mit einer Hand durch den blonden Bart, der wie Stephanos Haar in den letzten beiden Wochen ein ganzes Stück gewachsen war.

»Morgen fahren wir gemeinsam nach Luxemburg«, erklärte Anselm. »Dort wohnt ein guter Freund von mir. Ein Meister der Urkundenherstellung. Er unterhält gewisse Beziehungen, von denen ich bisher nichts wissen wollte. Aber nun hat der Wind sich gedreht. Wir besorgen dir neue Papiere und reisen irgendwohin, wo man sich nicht für uns interessiert. Seychellen, Malediven, die Galapagos-Inseln. Hast du schon einmal einen lebendigen Leguan gesehen? Er sieht aus wie ein kleiner Drachen. Alles ist möglich, wir müssen nur auf uns selbst vertrauen.«

Als Stephano keine Antwort gab, sah Anselm, dass er eingeschlafen war. »Ab heute«, flüsterte Anselm, »bin ich endgültig davon überzeugt, dass es keine Grenzen gibt. Weder in der Zeit noch im Raum.«

August 2005 – Texas – Ahnentafel

Jack Tanner blinzelte in das gleißende Sonnenlicht, und einen Moment lang glaubte er, wieder in der Wüste des Sinai gelandet zu sein. Doch dann sah er die hölzerne Koppel. Ein Palomino-Hengst schnaubte so dicht an seinem Ohr, dass er vor Schreck zur Seite sprang. Angespannt schaute er sich um. Die Hitze war immer noch da, und auch der Staub war der gleiche, aber sonst war nichts wie vorher.

Ein Gewirr von weiß getünchten Holzstangen verriet ihm, dass er sich auf einer Farm befand, wo man unter anderem Pferde züchtete.

Das Stimmengewirr einiger Männer, die aus den Stallungen kamen, war eindeutig texanisch, und je mehr er sich orientierte, umso mehr wurde ihm klar, dass dies nicht irgendeine Farm war, sondern die seines Vaters.

Fünfzehn lange Jahre hatte er sich hier nicht mehr blicken lassen. Nach einem Familienstreit hatte er sich entschieden, zur Army zu gehen, und war seitdem nicht wieder hierher zurückgekehrt. Seine Mutter war kurz zuvor verstorben, und wahrscheinlich wäre sie die Einzige gewesen, die den Frieden hätte wiederherstellen können.

Jack hielt inne und schüttelte ungläubig den Kopf, als er an sich heruntersah. Seine Kleidung glich eher der eines afghanischen Bauern und hatte so gar nichts von einem amerikanischen Pferdezüchter. Merkwürdigerweise fehlte ihm die Bewaffnung. Warum war er hier in dieser Zeit gelandet und nicht irgendwo anders?

Eine Horde Cowboys stob auf ihren Pferden an ihm vorbei. Die Männer ritten zu fünft auf eine riesige Koppel hinaus, deren Ende hinter dem nächsten Hügel verschwand. Sie störten sich nicht an ihm. Er kannte sie nicht, und sie mussten ihn, so, wie er aussah, für einen mexikanischen Tagelöhner halten, der wie so viele heruntergekommene Wanderarbeiter aus dem Süden nach einem Job suchte. Einen Moment lang fragte Jack sich, wo wohl seine Begleiter aus der Höhle abgeblieben waren. Hatte der alte Mönch nicht gesagt, man solle durch das Licht gehen und sich auf das besinnen, was einem wirklich wichtig war, und nicht auf das, was andere von einem verlangten?

War die Farm seines Vaters tatsächlich das, wovon er in Wirklichkeit träumte? Hatte er sich all die Jahre etwas vorgemacht, als er unter Einsatz seines Lebens diversen Generälen und ihren Befehlen gefolgt war? Im Nachhinein erschien ihm der Krieg, so wie er ihn in der Gegenwart und in der Vergangenheit erlebt hatte, so, ohne jeden Zweck und erst recht ohne Ziel. Wenn er genau darüber nachdachte, hatte er sich von Beginn an einer Sache verpflichtet, die im Grunde genommen keinen Sinn ergab. Jagen und gejagt werden, töten und getötet werden. Und am Ende, wenn alles vorbei war, gingen die anderen, die diesen Krieg angezettelt und selbstverständlich überlebt hatten, wieder zur Tagesordnung über. Sein Gang zur Armee war eine einzige Flucht gewesen. Eine Flucht vor sich selbst und seiner Vergangenheit, hin zu einem Meer von Flüchtenden, die im Kampf um Anerkennung und Achtung ihre Seele an jene verrieten, die in den allermeisten Fällen nicht an der Rettung der Welt, sondern nur an ihrer eigenen Macht interessiert waren. Wenn es so weiterginge, käme am Ende jenes Chaos zu Tage, von dem die Johannes-Apokalypse bereits berichtet hatte und was ihm von Rona und Lyn eindrucksvoll bestätigt worden war.

Entschlossen richtete Jack seinen Blick auf die Backsteinvilla. Ein imposantes, weißes Gebäude, mit einer von dicken Säulen gestützten Veranda, das sein Vater vor mehr als fünfzig Jahren erbaut hatte. Es bildete das Herzstück der beeindruckenden Anlage aus kleineren Häusern, Scheunen und Stallungen.

Ohne Scheu schritt Jack voran. Irgendetwas in ihm hatte ihn hierhin geführt, etwas Göttliches, etwas Unbegreifliches, und es würde ihn auch darüber hinaus leiten.

Als er die Tür zum Sekretariat öffnete, kam ihm eine hübsche Blondine im Minirock entgegen, ein richtiges Südstaatenmädchen. Wobei sie in Wahrheit kein Mädchen mehr war. Sie hatte bereits ein paar Fältchen um die Augen, aber immer noch eine perfekte, leicht füllige Figur, auf die Jack so sehr stand. Er mochte keine Hungerhaken, wie er es nannte, aber selbst dafür war ihm in den letzten Jahren kaum Zeit geblieben.

»Jack?« Die Frau schaute ihn prüfend an. »Mein Gott, Jack?« Sie lächelte ein strahlendes und doch unsicheres Lächeln, während sie seine merkwürdige Aufmachung mit ihren großen, blauen Augen scannte. »Trägt man so was jetzt bei der Army?«

Er rang sich ein gequältes Lächeln ab. »Bella Lacrosse, ich glaube es nicht«, erwiderte er und rollte das R länger als nötig. Indem er ihr einen Namen gab, wurde sie automatisch Realität. Sie waren zusammen zur Highschool gegangen und hatten sich nach einem harmlosen Flirt aus den Augen verloren. Jetzt schien sie für seinen Vater zu arbeiten. Sie trug keinen Ring. Das sah er sofort. »Wusste gar nicht, dass eine Highschool-Queen wie du mit einer Schreibmaschine umgehen kann?«

Sie schluckte die Anspielung auf ihre heiße Vergangenheit ohne ein Wort und schaute ihm neugierig ins Gesicht. »Weiß dein Vater, dass du hier bist?«

»Nein.« Er schüttelte energisch den Kopf. »Ist eine Überraschung:«

»Die wird dir gelingen«, sagte sie und lachte hell auf. »Vielleicht sollte ich schon mal seine Herztabletten bereitlegen.«

Jack schaute alarmiert auf. »Geht's ihm nicht gut?«

Sie grinste frech und griff zum Telefon. »Ich glaube, es gibt kaum einen Siebzigjährigen, der fitter ist als er.«

Als der weißhaarige Arthur Hilarius Tanner wenige Minuten später im Sekretariat seiner Ranch eintraf, gerieten seine ansonsten vitalen Knie so unvermittelt ins Zittern, dass er sich am Türrahmen festhalten musste. Wie vom Donner gerührt, betrachtete er seinen Sohn, der entgegen seiner sonstigen Gewohnheit nun einen blonden Vollbart trug.

»Dad?« Jacks Stimme bebte ungewollt, als er dieses Wort aussprach, als ob es selbstverständlich wäre – was es nicht war.

Schnell hatte der alte Tanner zu seiner gewohnten Fassung wiedergefunden, als feststand, dass es tatsächlich sein Sohn war, der sich da vor ihm aufbaute. Mit krächzender Stimme bat er ihn in sein privates Sprechzimmer. »Haben sie dich in Afghanistan rausgeschmissen?«, fragte er trocken.

»So ungefähr, Dad«, erwiderte Jack mit einem flüchtigen Grinsen. »Die Sache mit dem heiligen Krieg ist mir mit der Zeit auf den Magen geschlagen, und deshalb würde ich nun gerne bei dir anheuern.«

»Du bist dir tatsächlich sicher, dass dir lieber Pferdeäpfel um die Ohren fliegen sollen statt Granaten?« Hilary, wie ihn hier alle scherzhaft nannten, schaute seinen Sohn immer noch an, als ob er an dessen Verstand zweifeln würde. »Aber du bist nicht irgendwie krank, oder?« Er blickte ihn mit schmalen Lidern an und tippte sich an die faltige Stirn. »Ich meine im Kopf. So was soll bei Leuten, die aus dem Krieg zurückkommen, keine Seltenheit sein, habe ich mir sagen lassen. Ich kenne es noch von Vietnam, und schließlich war es der Grund, warum ich nicht wollte, dass du zur Armee gehst. «

»Nein«, antwortete Jack. »Mach dir keine Sorgen, Dad. Ich habe mich nie besser gefühlt.«

Hilarius schien dem Braten immer noch nicht zu trauen. »Okay«, sagte er gedehnt. »Dann halt dich an diese bezaubernde Lady dort draußen in meinem Empfang. Sie wird dir den Plan für die Woche diktieren, du fängst Montag an, wie alle anderen. Denk bloß nicht, dass dir hier jemand ein extra Steak brät, nur weil du der Sohn des Chefs bist.«

»Dad?«

»Ja?« Hilarius war bereits bei der Tür, um sie zu öffnen und seinen Sohn höflich, aber bestimmt hinauszukomplimentieren. Jack konnte beinahe körperlich spüren, wie viel Kraft es seinen Vater kostete, zumindest nach außen hin gleichgültig zu bleiben. Doch so leicht kam er Jack nicht davon. Jacks Blick fiel auf die Ahnentafel, die über dem Schreibtisch hing. Er war Hilarius' Erstgeborener und hätte eigentlich nach dessen Tod Anspruch auf die Farm gehabt. Doch das war ihm nun nicht mehr wichtig. Viel wichtiger war ihm, dass ihm der Alte vergab. Er ging auf ihn zu, und als er nahe genug war, fiel er seinem überraschten Vater um den Hals und drückte ihn fest. In einem Spiegel konnte er sehen, wie sein Vater tatsächlich ein paar Tränen wegblinzelte. Als er sich von Jack löste, räusperte er sich und wandte sich zur Tür. »Du stinkst nach Kamelmist, Junge, hat dir das schon jemand gesagt? Vielleicht solltest du ein Bad nehmen, bevor du anfängst zu arbeiten, sonst irritierst du mir noch die Stuten.«

Als Jack der attraktiven Bella in eines der Arbeiter-Apartments folgte, wo er auf eigenen Wunsch einziehen würde, fiel sein Blick beim Eintreten auf das altmodische Schnurtelefon, das im Eingang auf einem Schränkchen verstaubte. Nachdem Bella gegangen war und er sie beim Abschied nach ihrer privaten Mobiltelefonnummer gefragt hatte, mit dem Hinweis, dass man gelegentlich mal zusammen einen Drink nehmen könnte, um an alte Zeiten anzuknüpfen, zog es ihn zu dem lindgrünen, an sich harmlos aussehenden Apparat.

Einen Moment lang haderte er mit sich, bevor er zum Hörer griff und ihm ein Freizeichen bestätigte, dass das Telefon tatsächlich funktionierte.

Zögernd wählte er eine altbekannte Nummer.

»Ist da das Pentagon?«

»Ja. Wen möchten Sie sprechen?«

»Geben Sie mir bitte den Sonderbeauftragten für Israel und die arabischen Staaten. Ich hätte da eine wichtige Mitteilung zu machen.«

August 1119 – Damaskus

Lyn schmiegte sich immer noch in Khaleds Umarmung, in die er sie spontan gezogen hatte, als plötzlich das geheimnisvolle Licht aufgeleuchtet hatte. Erstaunt blickte sie über seine Schulter hinweg in ein zerklüftetes Land, das von Kirchen und Klöstern dominiert wurde. Inmitten einer riesigen Talsenke lag eine weitverzweigte Stadt mit etlichen Türmen und kleinen Palästen.

»Nablus«, flüsterte er. »Warum hat uns das Wunder des Steins ausgerechnet hierhergeführt?«

»Keine Ahnung«, antwortete Lyn, immer noch ganz ergriffen von der jähen Veränderung. »Ich habe mir nur vorgestellt, für immer bei dir zu sein, ganz gleich, wohin es uns verschlägt.«

»Bei Allah, er ist groß und erhaben, es ist das Gleiche, was ich gedacht habe.« Seine dunkle Stimme jagte ihr einen wohligen Schauer über den Rücken. Sie spürte seinen warmen, feuchten Atem an ihrem Ohr und wie er die Stelle dahinter küsste.

»Damaskus wäre mir lieber gewesen.« Er lachte leise. »Ich habe mir so fest gewünscht, meinen Vater noch einmal lebend zu sehen, ihn vielleicht vor seinen Mördern warnen zu können.«

»Wer sagt dir, dass das nicht mehr möglich ist? Wer den Felsen berührt, für den ist alles möglich.« Sie küsste sein bärtiges Kinn, und dann stellte sie sich auf die Zehenspitzen und traf seinen Mund. Seine Lippen verführten sie zu mehr, und sie verlor sich mit ihm in einem intensiven Kuss.

»Lass uns nicht länger warten«, sagte sie schließlich und fasste ihn bei der Hand. »Wir sollten herausfinden, wo wir sind und was uns widerfahren ist.«

»Hast du Geld?«, fragte Khaled.

»Natürlich.« Lyn fasste in ihre Taschen und zog ein Säckchen mit Goldmünzen hervor. »Außer an dich habe ich an alles gedacht, was wir benötigen, um angemessen leben zu können«. Sie lächelte verschwörerisch.

Gemeinsam wanderten sie mit unzähligen Menschen zum Stadttor, bezahlten den Zoll, und Lyn fragte beiläufig einen Soldaten, welches Jahr man schrieb. »1119 Jahre nach der Fleischwerdung unseres Herrn«, brummte der Wachhabende, ein struppiger Kerl, der nur einen Speer und einen zerschlissenen Wappenrock des Königs von Jerusalem trug.

»Ist es die richtige Zeit?« Lyn schaute Khaled fragend an.

»Ich denke ja«, murmelte Khaled. »Mein Vater müsste nun fast dreißig Jahre alt sein. Ich war der Zweitjüngste in meiner Familie und werde erst in zehn Jahren geboren.«

Der Soldat hatte das Gespräch interessiert verfolgt und schaute verwundert hinter ihnen her.

»Könnt Ihr uns eine Herberge für die Nacht empfehlen«, fragte Lyn einen Kamelhändler, während sie ihm die zwei Goldmünzen für das Tier hinzählte, das sie sich bis Damaskus ausleihen wollten, und noch eine Silbermünze dazu, damit er es noch bis zum nächsten Tag in seine Obhut nahm.

»Die einzige Herberge, die Zimmer vermietet, steht dort drüben«, sagte der Mann und deutete auf einen mehrstöckigen Flachbau, der von hohen Dattelpalmen umgeben war und vor dessen Eingang mehrere angebundene Pferde standen.

Gelächter schallte herüber. »Franken«, zischte der Kamelwirt und spuckte verächtlich aus. »Sie sind eben erst von der Küste gekommen und benehmen sich bereits, als ob ihnen die ganze Stadt gehörte.«

Khaled sagte kein Wort, als Lyn und er die staubige Straße hinuntergingen.

Er als ihr Ehemann immer einen Schritt voraus, wie er ihr erklärt hatte, damit niemand dumme Fragen stellte oder sie für eine Dirne hielt, was leicht geschehen konnte, wenn sie Hand in Hand umhergestreift wären.

Im Untergeschoss der Herberge hatte der Wirt ein paar Tische und Stühle aufgestellt und ein Fass Wein geöffnet, aus dem der syrische Rote in Strömen floss. Eine Schar von Männern, grobschlächtig, bärtig und bis an die Zähne bewaffnet, vergnügte sich mit ein paar halbangezogenen Weibern, die jedes Mal in anzügliches Kreischen verfielen, wenn ihnen grobe Männerhände unter die Kleider langten und ihnen Brüste und Hintern quetschten.

Als die Männer Lyn entdeckten, grölten sie ein paar anzügliche Bemerkungen. Khaled wollte das nicht auf sich sitzen lassen und bedrohte einen von ihnen mit seinem Krummschwert. Im Nu brach ein Tumult aus. Lyn wurde gegen einen Tisch gestoßen, und Khaled hielt ein paar Männer mit Schwertern in Schach. Der Wirt machte eine ängstliche Geste, weil er um sein Mobiliar fürchtete.

»Lasst die beiden in Ruhe«, rief jemand auf Altfranzösisch aus dem Hintergrund.

Dort saß eine Gruppe von neun im Vergleich friedlich wirkenden Männern, obwohl mit Schwertern und Dolchen bewaffnet und in verschiedenfarbigen Wappenröcken, die allesamt französischer Herkunft waren, wie Khaled bemerkte. Einer der Männer hatte sich erhoben. Im Nu war es still, und Khaled verharrte wie ein sprungbereites Raubtier vor Lyn, um sie im Zweifel vor sämtlichen Kerlen zu schützen.

Obwohl der Mann, der das Wort ergriffen hatte, schon älter war und mit seinen kurzen rotbraunen Haaren und dem kurzgeschorenen Bart eher unscheinbar wirkte, ging von ihm eine besondere Schwingung aus, die nicht nur Lyn mühelos spüren konnte.

»Wer seid Ihr?«, fragte sie und warf einen raschen Blick auf seine Gefährten, die sich mit ihm erhoben hatten. Obgleich sie ausnahmslos jünger waren, strahlten sie eine ähnliche, stille Würde aus wie ihr Anführer. Er lächelte steif. »Wenn Ihr mir verraten wollt, mit wem ich die Ehre habe, junge Dame, sage ich Euch gerne meinen Namen.«

»Mein Name ist Lyn«, antwortete sie. »Mein Ehemann und ich wollen nichts weiter als ein wenig Ruhe, um zu essen und zu trinken und ein Zimmer für die Nacht.«

»Meine Männer und ich werden dafür sorgen, dass Euch niemand behelligt.« Sein strenger Blick fiel auf die Meute, die nun murmelnd zur Ruhe gefunden hatte. »Setzt euch doch zu uns.«

Nachdem Lyn und Khaled Platz genommen und ihre Bestellung aufgegeben hatten, räusperte sich ihr Beschützer, der immer noch aufrecht neben ihnen stand.

»Zu unserer Ehre muss ich gestehen: Die Männer gehören eigentlich nicht zu uns. Es sind angeheuerte Söldner des Königs, die uns nach Jerusalem begleiten, wo wir am Königshof erwartet werden.« Er verbeugte sich formvollendet. »Hugues de Payens, Herr von Montigny-Lagesse, Begründer eines neuen Ordens zu Ehren der Heiligen Mutter.«

Lyn rang vor Überraschung nach Atem. Payens war der Begründer des Ordens der Templer. Nur dass sie nun noch nicht so hießen. Schließlich stand die Übergabe des Ordenshauses auf dem Tempelberg erst unmittelbar bevor. Aber dieser Mann war unzweifelhaft derjenige, nach dem Rona und sie laut Lion hätten suchen sollen. Sein Name war es, den sie Jahre später auf einem Templer-Grabstein lesen würde.

Rasch fuhr ihr Blick über seine Begleiter. Und nun erst sah sie, dass einer von ihnen André de Montbard sein musste. Viel jünger, als sie ihn in Erinnerung hatte. Ein stattlicher Jüngling, groß, athletisch, mit kurzem, braunem Haar und klaren, graubraunen Augen, die eine unergründliche Begeisterung ausstrahlten. Ein anderer war Godefroy Bisol. Schlaksig wie auch später noch, fiel ihm das blassblonde Haar in die hohe Stirn, und in seinen hellen Augen lag eine leichte Verwirrung, die er auch im Alter nicht ablegen würde. Noch hatten die jungen Ritter keine Ahnung, was in den nächsten Jahren alles auf sie zukommen würde.

»Wenn Ihr der seid, der Ihr vorgebt zu sein«, erwiderte sie leise, »geht mit mir nach nebenan, in einen abgeschlossenen Raum, ich muss dringend mit Euch unter vier Augen sprechen.«

»Denkst du, Payens hat dir alles geglaubt«, wollte Khaled wissen, als sie nach einer kurzen Nacht im Dunst des anbrechenden Tages ihr Kamel abholten.

Die Templer waren bereits im Morgengrauen aufgebrochen. »Er hat meine Prophezeiungen merkwürdig kommentarlos zur Kenntnis genommen«, erwiderte Lyn. »Ich habe ihm alles erzählt, über uns und meine spätere Begegnung mit Montbard und Bisol. Er war sehr interessiert, aber ich konnte nicht spüren, ob es ihn nachhaltig beeindruckt hat.« Sie seufzte. »Wenigstens hat er mich nicht verflucht. ›In Gottes Namen‹ war das Einzige, was er gesagt hat. Und dass ich mit niemandem sonst darüber sprechen soll.«

Khaled lächelte schwach. »Immerhin hat er dich nicht ausgelacht oder dich wegen Häresie gefangen nehmen lassen, das ist doch schon was.«

Lyn saß hoch oben auf dem Kamel und lächelte.

»Er hat es nicht für sich behalten«, sagte sie. »Bruder André war nicht nur über das Versteck des Kelches informiert – er wusste, wo das Geheimnis der Lade zu finden war, und es muss der Grund gewesen sein, warum er nicht überrascht reagiert hat, als er uns zum ersten Mal begegnet ist.«

»Denkst du, dass der Überfall auf uns im mauretanischen Viertel geplant war? Ich meine, wenn jemand gewusst hat, dass wir kommen, könnte er es auch auf uns abgesehen haben.«

»Das werden wir nicht mehr herausfinden. Ich glaube, nur die Eingeweihten wussten um das Geheimnis. Und trotzdem haben sie nichts geändert«, bemerkte Lyn nachdenklich.

»Wer weiß«, sagte Khaled. »Vielleicht haben sie ja etwas geändert, aber für uns ist es unbemerkt geblieben.«

Als sie inmitten von Damaskus vor dem Herrschaftssitz der Familie al-Mazdaghani haltmachten, schlug Khaled das Herz bis zum Hals. Er und Lyn hatten sich neu eingekleidet, um nicht wie Bettler daherzukommen. Khaled trug eine goldbraune Hose, einen golddurchwirkten Kaftan und neue Stiefel. Lyn hatte eine bodenlange, veilchenblaue Seidentunika gewählt, die ihre einzigartige Augenfarbe unterstrich, dazu einen passenden Schleier und goldene Lederpantoffeln. Außerdem hatten sie ein paar Geschenke eingekauft: Parfüm, seldschukischen Honig und etwas Weihrauch. In dem weißen, palastähnlichen dreistöckigen Gebäude hatte Khaled seine kurze Kindheit verbracht. Nur noch vage erinnerte er sich an die Palmenhaine, die das Haus umgaben, und den kühlen Innenhof, in dem ein Springbrunnen mit einem Löwenkopf an heißen Tagen für die nötige Erfrischung sorgte.

Eine Dienerin huschte hinaus und war ganz erschrocken, als Khaled sie am Arm packte, um sie aufzuhalten. Als sie an ihm hochschaute, war ihr Blick noch verwirrter. »Seid Ihr ein Verwandter meines Herrn?«, fragte sie verblüfft.

»Ich denke schon«, gab Khaled geistesgegenwärtig zurück. »Jedenfalls sagte mir das meine verstorbene Mutter, die vor ihrem Tod meinte, in diesem Haus würde ein entfernter Oheim von uns leben.«

»Bei Allah und seinem Propheten, Ihr seht genau aus wie unser Herr«, erwiderte die Frau lächelnd. »Ihr könntet glatt sein jüngerer Bruder sein.«

Mit einer leichten Verlegenheit bat sie ihn und Lyn, die Khaled als seine Frau vorstellte, ins Haus. Dann verschwand sie hinter einer der vielen Türen.

Khaled und Lyn warteten gemeinsam eine Weile in der prächtigen Halle, die an Decken und Wänden mit reichen Goldornamenten geschmückt war.

Lyn ergriff Khaleds Hand, die trotz der Hitze eiskalt war.

»Man sagte mir, ich habe Besuch.« Die Stimme war dunkel und wohltönend.

Die beiden fuhren herum. Der Mann klang wie Khaled, und er sah aus wie Khaled. Nur dass er im Gegensatz zu seinem Sohn eine blütenweiße Hose und einen Kaftan trug, der mit Goldborten verziert war. Auch ihm war die Verblüffung über Khaleds Aussehen anzumerken.

»Kennen wir uns?« Mahmud Al-Mazdaghani Ibn Asnar schaute seinen Gästen prüfend ins Gesicht.

»Ich fürchte nein«, entgegnete Khaled und wunderte sich über sich selbst, dass seine Stimme so fest blieb. »Mein Name ist Khaled, und man sagte mir, wir seien verwandt.«

»Das glaube ich gerne«, erwiderte der Mann und breitete seine langen Arme aus. »Wer immer du auch bist, mein Bruder, wenn ich dich so ansehe, gibt es keinen Zweifel, dass du zu unserer Familie gehörst. Komm zu mir und lass dich umarmen.«

Khaled machte einen Schritt nach vorn, und als der Mann ihn an sich drückte, spürte er dessen Herz schlagen. Ein dumpfes Pochen, das in seinem eigenen Herzen ein Echo fand. »Vater«, flüsterte er lautlos, und während er Lyn, die abseits stand, anschaute, rann ihm eine Träne über das Gesicht.

August 2151 – Sinai – Lion

»Es ist ausgesprochen mutig von dir, dass du mit mir gehen willst«, hatte Rona noch soeben gesagt, als sie durch das Licht gegangen waren. Sie hatte dabei Arnauds Hand so fest umklammert, dass es ihn schmerzte. Immerhin war sie so stark wie fünf Kerle, und ihre Zartheit war nur eine Tarnung. Dass er sie mehr als anziehend fand, stand nicht zur Debatte, und für die Entscheidung, sie nicht verlieren zu wollen, ganz gleich, was er mit ihr durchleben musste, hatte es keines Wimpernschlags gebraucht. Dabei hatte er sich keine Illusionen gemacht, was sie womöglich erwartete. Nach allem, was er von ihrer Welt in den Aufzeichnungen des Timeservers gesehen hatte und nach all ihren düsteren Erzählungen über das Chaos, das dort herrschte, rechnete er mit einer Hölle, doch nun standen sie inmitten eines Paradieses.

Rona schien selbst total überrascht. »Was …«, stammelte sie und sah sich staunend um. Umgeben von einer blühenden Landschaft, trafen ihre Blicke ausschließlich auf gepflegte Parkanlagen, und die Menschen um sie herum trugen bequeme, helle Kleidung und wirkten äußerst entspannt. Die Sonne schien, der Wind strich warm und weich über Büsche und Blumen. Überall herrschte ein geschäftiges Treiben, und die Häuser ringsumher hatten seltsam glatte Formen mit großen Fenstern und runden Dächern, die sich harmonisch in die Natur einfügten. Der Himmel war klar und blau, und die Luft roch sauber und frisch, denn so, wie es aussah, gab es hier weder Autos noch Flugzeuge.

Rona hielt Arnaud immer noch an der Hand gefasst und zog ihn mit sich, hinauf zu einem Hügel, auf dem ein monumentales Gebäude thronte, davor war das metallisch funkelnde Denkmal eines Mannes zu sehen. Er sah aus wie ein griechischer Gott. Groß und athletisch, mit kurzgeschnittenem Haar. Allerdings trug er im Vergleich zu den Fußgängern, die den großen Platz ringsumher überquerten, einen altmodischen Anzug, wie er zu Beginn des einundzwanzigsten Jahrhunderts üblich gewesen war.

Rona hielt nach jemandem Ausschau, der ihr geeignet erschien, um ihr eine Auskunft über ihren Aufenthaltsort zu erteilen. Dass sie sich weit in der Zukunft befanden, daran bestand kein Zweifel. Es gab Teleportationskammern, die offenbar die Funktion von Bushaltestellen übernahmen, und holographische Anzeigen gehörten flächenübergreifend zum Alltag. Jedoch die Botschaften, die sie überbrachten, waren so ganz anders, als Rona es aus ihrem Leben gewohnt war.

Arnaud war vor der Statue stehen geblieben und rieb sich ungläubig die Augen, als er den Bronzemann näher betrachtete.

»Das ist doch Tanner, oder sind meine Augen durch das Licht aus der Höhle geblendet?«

Rona schaute flüchtig zu der Figur hoch. »Seltsam, er sieht Tanner tatsächlich verblüffend ähnlich.« Völlig irritiert hielt sie eine Passantin an. Die Frau strahlte eine unablässige Freundlichkeit aus. »Friede sei mit dir, meine Schwester«, sagte sie und schaute an Rona hinab, als ob sie höchstpersönlich für deren heruntergekommenen Aufzug verantwortlich wäre.

»Ich benötige dringend eine Auskunft.« Rona nahm die Frau ein wenig beiseite, weil sie nicht wollte, dass jemand ihr Gespräch belauschte. »Wir sind nicht von hier, wie du dir vielleicht denken kannst«, begann sie vorsichtig. »Ich wüsste gerne, wo wir sind, welches Jahr wir schreiben und wer hier die politische Führung innehat.«

Die Frau warf ihr einen seltsam berührten Blick zu. »Kommt ihr aus einer anderen Zeit?«

»Woher weißt du …?« Rona verschlug es beinahe die Sprache.

»Du siehst so aus, als ob du aus der Ära vor der großen Wende kommst. Manchmal tauchen Gestrandete hier auf, die das Geheimnis des Steins noch vor seinem eigentlichen Entdecker gefunden haben. Ihre Vorstellung von einer besseren Welt trägt sie hierhin.«

»Entdecker?« Rona sah sie begriffsstutzig an. »Welcher Entdecker?«

»Jack Tanner«, bekannte die Frau mit einem merkwürdigen Glanz in den Augen. »Ihm haben wir es zu verdanken, dass sich die Welt von einer Hölle in ein Paradies verwandelt hat. Er hat damals die Höhle mit den heiligen Steinen gefunden.« Sie deutete auf einen von Glas eingefassten Felsen, der Teil des monumentalen Gebäudes war. »Seither hat die Menschheit einen Gedankenwechsel vollzogen und lebt nun ohne Gewalt, ohne Hunger und ohne Angst.« Sie lächelte milde. »Es muss ziemlich furchtbar gewesen sein, dort, wo ihr herkommt.«

Rona musste sich einen Moment fassen, bevor sie weitersprechen konnte. »Kennt man hier vielleicht einen Lion Ho Chang?« Sie musste es einfach wissen, ob er noch lebte – ja, überhaupt je gelebt hatte –, immerhin war er ein gefürchteter Rebellenführer gewesen, vielleicht kannte die Frau ihn noch aus historischen Aufzeichnungen.

»Kennen?« Die Frau lachte herzhaft. »Er ist unser Präsident, und das nun schon seit mehr als fünfzig Jahren. Wenn ihr Fragen an ihn habt – dort drüben ist das Parlamentsgebäude. Er hält dort einmal am Tag eine holographische Audienz, um mit den Bewohnern des gesamten Planeten zu sprechen. Aber soweit ich weiß, sind die Rückmeldungen wegen fehlender Probleme ziemlich gering. Deshalb verfügt er über eine Menge Zeit.«

Rona bedankte sich mit einem sprachlosen Nicken. Ihr hatte es die Stimme verschlagen. Arnaud sah sie aufmunternd an. »Offenbar sind Gottes Wege doch unergründlich, und sie lassen sich sogar verändern, wenn man über den richtigen Zugang verfügt.«

»Ich weiß nicht, ob ich damit zurechtkomme«, murmelte Rona und starrte selbstvergessen auf den in Glas gefassten Felsen.

»Womit?« Arnaud sah sie herausfordernd an. »Mit dem Frieden?«

»Damit, dass es hier nichts mehr gibt, wofür ich kämpfen muss.«

»Da möchte ich dir widersprechen.« Er lächelte sie an. »Wenn du willst, können wir um die Liebe kämpfen, jeden Tag. Ich stelle mich freiwillig als dein Trainingspartner zur Verfügung.« Ohne ihre Zustimmung abzuwarten, zog er sie in seine Arme und küsste sie. Er hielt inne und seufzte. »Ich hoffe, du bist mir nicht böse. Dich und den Frieden, das war alles, was ich mir gewünscht habe.«

Gemeinsam gingen sie auf den Präsidentenpalast zu und traten in eine Art Thronsaal. Aus irgendeinem Grund fühlte sich Rona zwischen den glatten, weißen Mauern nicht wohl. Arnaud erschrak leicht, als das blaue Licht vor ihm in eine fließende Bewegung überging und ein mongolisch anmutender Mann vor ihm saß, den er nur aus Ronas Erzählungen kannte.

»Meine Tochter, mein Sohn, was kann ich für euch tun?«

Rona starrte ihr holographisches Gegenüber an, als habe sie einen Geist vor sich stehen. Er hatte sich nicht sehr verändert, jedoch in seinen Augen fehlte das Feuer, für das sie ihn immer so bewundert hatte.

»Ich bin's, Rona ... Erkennst du mich noch? Hat Tanner von uns erzählt?« Sie wartete eine gefühlte Ewigkeit, doch er reagierte nicht. »Lion, sieh mich an, du hast uns damals in die Vergangenheit entsandt, um die Welt zum Guten zu verändern. Glückwunsch, offenbar ist es dir mithilfe unseres Kameraden Jack Tanner tatsächlich gelungen.«

Auf dem Gesicht ihres ehemaligen Vorbilds zeichnete sich eine leichte Irritation ab, doch dann fing er sich wieder. »Das heißt, du und dein Begleiter, ihr wart mit Jack zusammen auf dieser Mission?«

Rona nickte. Nervös schaute sie sich um. Sie spürte die Gefahr, konnte jedoch nicht sagen, woher. Sie drückte Arnauds Hand, damit er bemerkte, dass etwas nicht in Ordnung war, schließlich trug er immer noch sein gewaltiges Schwert.

Als plötzlich vier weißgekleidete Männer wie aus dem Nichts auftauchten und sie mit einem Fusionslaser bedrohten, stieß sie einen Fluch aus. »Was soll das, Lion?«, schrie sie das Hologramm an. »Was hast du mit uns vor?«

»Du musst das verstehen, Rona. Ich kann hier niemanden dulden, der mit Gewalt konfrontiert worden ist. Es ist wie ein Virus, der um sich greifen könnte. Wir müssen entweder alle eure Erinnerungen löschen oder euch töten. Es bleibt mir keine andere Wahl.«

Ronas panischer Blick fiel auf den glitzernden Felsen, der von der durchsichtigen Scheibe geschützt wurde. Blitzschnell zog sie Arnaud das Schwert vom Gürtel und griff einen der Männer an, der einen Fusionslaser auf sie gerichtet hielt. Mit einem gezielten Hieb schlug sie ihm die Waffe aus der Hand.

Arnaud, der kaum wusste, wie ihm geschah, duckte sich gerade noch rechtzeitig, bevor ihn der helle Strahl eines Angreifers erwischte. Rona hielt ihren Gegner mit dem Schwert auf Abstand und griff sich den Laser. Im Grunde hatte sich überhaupt nichts verändert, ging es ihr durch den Kopf, als sie ihn mühelos scharf stellte. Es war alles noch wie in jenen Tagen, als sie vor den Agenten der Neuen Welt geflohen waren, mit der Ausnahme, dass die Menschen in dieser Welt nicht hungerten und offenbar ein merkwürdiger Friede herrschte und dass Lion nun der Chef dieser vermeintlichen Idylle war.

Mit einem gezielten Schuss zerstörte sie die Scheibe, die den Felsen umhüllte, und im Nu breitete sich ein gleißendes Licht aus, das all ihre Sinne erfasste. Lions Schergen wurden wie sie selbst von der Frequenz des freigelegten Steins erfasst und hielten sich ihre Köpfe.

Arnaud war mit Rona zu Boden gegangen. »Was ist hier los?«, brüllte er im allgemeinen Tumult.

Rona blieb ihm eine Antwort schuldig. »Wo wärst du mit mir hingegangen, wenn nicht hierher?«, schrie sie zurück, die Waffen ihrer Angreifer, die jeden Moment wieder zu sich kommen konnten, immer noch im Blick.

»Nach Hause, in den Languedoc, in die Zeit nach dem Tod Phillips IV. von Franzien«, rief er ihr atemlos zu.

»Rasch, stell dir vor, dort zu sein!« Sie schloss die Augen und krallte sich in seine Kleider, als ob sie eine Ertrinkende wäre.

»Kein Problem«, raunte Arnaud und schloss die Augen.

Dann war es plötzlich still. Eine Nachtigall zwitscherte, ein Wolf heulte, und ein warmer Nachtwind rauschte von den Bergen herab durch die dunklen Täler.

»Wo sind wir?«, krächzte Rona und stellte beruhigt fest, dass Arnaud neben ihr auf einem steinigen Vorsprung hockte.

»In meiner Heimat«, flüsterte er und deutete mit aufgerissenen Augen auf die schwarze Silhouette einer stattlichen Burg, die sich unter einem strahlenden Vollmond auf dem gegenüberliegenden Felsplateau erhob. »Darf ich vorstellen«, er grinste entrückt, »der Familiensitz der Herren von Mirepaux. Wenn du willst, könnte das unser neues Zuhause werden.«

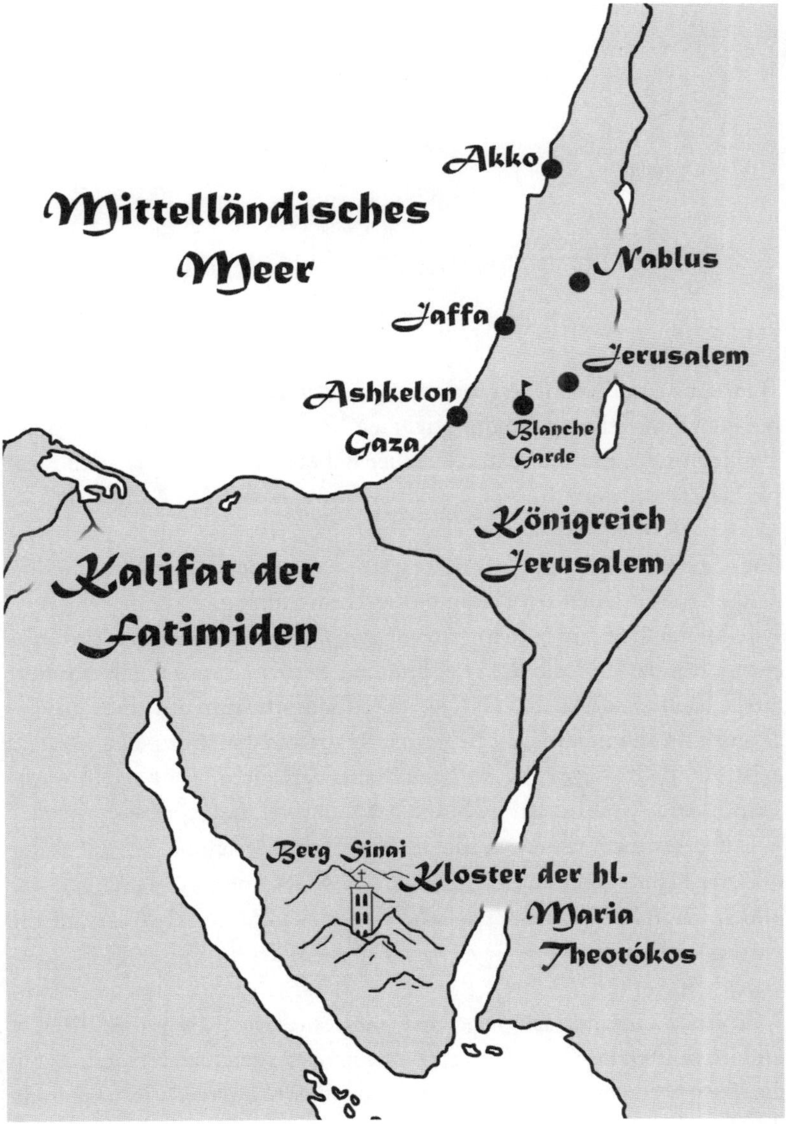
Akko
Mittelländisches
Meer
Nablus
Jaffa
Jerusalem
Ashkelon
Gaza
Blanche
Garde
Königreich
Jerusalem
Kalifat der
Fatimiden
Berg Sinai
Kloster der hl.
Maria
Theotókos

Danksagung und Nachwort:

»Und das ist alles nur in meinem Kopf …« Andreas Bourani trifft in meinem derzeitigen Lieblingstitel ziemlich genau, was in mir vorgeht, wenn ich schreibe, und damit – sicher unbeabsichtigt – auch die Philosophie dieses Romans.

Die »Die Rückkehr der Templer« ist eine erfundene Geschichte. Ähnlichkeiten mit lebenden Personen sind rein zufällig.

Jedoch haben einige historische Ereignisse in dieser Story durchaus stattgefunden und die dazugehörenden Personen im 12. Jahrhundert tatsächlich existiert, beides wurde jedoch von mir mitunter abweichend von der historisch belegten Realität dargestellt. Damals real existierende Protagonisten mögen es mir verzeihen, wenn ich ihre Absichten und Ambitionen im Sinne der Story verändert habe.

Dabei habe ich versucht, die tatsächlich historisch belegten Zusammenhänge entsprechend zu würdigen, soweit es der Story dienlich war und mich dafür auf wissenschaftlich seriöses Material sowie auf die Aussagen von Fachleuten gestützt, denen ich an dieser Stelle ausdrücklich danken möchte.

So ist es eine historisch belegte Tatsache, dass Königin Melisende und ihr Sohn Balduin III. um 1152 eine heftige Auseinandersetzung um die Thronfolge ausgefochten haben, die das Königreich Jerusalem an den Rand eines Bürgerkrieges getrieben und zur Destabilisierung der damaligen, politischen Verhältnisse geführt hat.

Auch die Rolle des späteren Templergroßmeisters André de Montbard in diesem Zwist ist nicht endgültig geklärt. Ob sein freundschaftliches Verhältnis zu Königin Melisende zur Enthebung von seinem

Amt als Seneschall der Templer geführt hat oder zur Tatsache, dass der Templerorden andere Kandidaten ihm gegenüber zunächst als Großmeister bevorzugt hat, kann nur vermutet werden.

Historisch belegt ist, dass Großmeister Bernhard de Tramelay im August 1153 beim Angriff auf Askalon zusammen mit vierzig Templern unter tragischen Umständen gefallen ist und der Grund dafür wahrscheinlich darin liegt, dass er und seine Ordensbrüder die Festung im Alleingang nehmen wollten. Über die Hintergründe darf weiterhin spekuliert werden. Für mich war diese Wendung eine ganz wunderbare Vorlage für eine – zugegeben – phantastische Verschwörungstheorie.

Auch die Geschichte der sogenannten »Assassinen« war und ist es wert, näher beleuchtet zu werden. Deren Traditionen waren meiner Recherche nach mitnichten so brutal und tödlich, wie oft gerne dargestellt wird. Vielmehr haben die Nizâri – wie sie auch genannt wurden – wie alle Religionsgruppen in der religiösen Landschaft des Heiligen Landes im 12. Jahrhundert versucht, ihren Platz zu finden und zu verteidigen.

Wie immer möchte ich mich nach Abschluss eines Buches bei den zahlreichen Helfern danken, die es mir ermöglicht haben, diese Story zu Papier zu bringen und/oder mich anderweitig unterstützen. Ich danke von ganzem Herzen:

Adrian, Amelie, Anke, Anna, Andrea, Annette, Angela und Herrn H., Birgit, Daniela, Daniel, Elke, Gabi, George, Heidi, Heinrich, Heike, Ingo, Inka, Josef, Jörg, Jürgen, Julia, Karin, Katherina, Lutz, Mairi, Martin, Melanie, Monika, Oliver, Patrizia, Paul, Ricarda, Rita, Ronald, René, Sabine, Sandra, Sylvia, Sylvie, Simone, Tobias, Uschi, Walter u. v. m.

Meinen lieben Kolleginnen und Kollegen von der Autorenvereinigung Delia – Vereinigung deutschsprachiger Liebesromanautoren danke ich für die vielfältige fachliche und moralische Unterstützung http://www.delia-online.de.

Ferner danke ich den Mitarbeiterinnen und Mitarbeitern der Dörnerschen Verlagsgesellschaft ganz herzlich für die Vermittlung dieses Buches an einen Verlag und die damit verbundene Betreuung. Meinem Lektor Reinhard Rohn und dem Verlag Rütten & Loening bzw. Aufbau Verlag danke ich dafür, dass sie die Veröffentlichung des Romans möglich gemacht haben.

Mein ganz besonderer Dank gilt auch den Mitarbeiterinnen und Mitarbeitern von Radioropa Hörbuch – Division of TechniSat http://www.hoerbuchnetz.de/ –, in der Hoffnung, dass unsere überaus erfolgreiche Zusammenarbeit noch lange andauert. Ihr seid der beste Hörbuchverlag, den man sich als Autor wünschen kann!

Danken möchte ich auch Tobias Daniel Wabbel – www.tobiasdanielwabbel.com – einem wahren Templerexperten, der die »Kleine Templerkunde« im Anhang dieses Buches verfasst hat.

Von Herzen danke ich meinem Mann, ohne dessen vielfältige Unterstützung es kaum möglich wäre, ein so umfangreiches Buch zu schreiben, und meinem talentierten Sohn, der sich nicht nur um alles Technische kümmert, sondern auch die wunderbare Musik zu meinen Recherche-Trailern komponiert und arrangiert.

Last but not least danke ich meinen treuen Fans und allen Leserinnen und Lesern, die mich mit ihrer Begeisterung unterstützen und meinem Schreiben erst den nötigen Sinn verleihen.

Um es in einem Satz zu sagen: »Ich liebe euch!«

Personenverzeichnis der wichtigsten handelnden Personen:

* erfundene Personen

** historisch belegte Personen (die Schreibweise der Namen ist in den Urkunden teilweise unterschiedlich dargestellt – die Autorin hat sich für eine ihr passende Version entschieden)

Templer

Gero von Breydenbach, Trier* – bis 1307 Kommandeur der Templerkomturei von Bar-sur-Aube

Johan van Elk, Flandern* – bis 1307 Templer der Komturei von Bar-sur-Aube

Struan MacDhoughaill nan t-Eilan Ileach, Schottland* – bis 1307 Templer der Komturei von Bar-surAube

Arnaud de Mirepaux, Frankreich* – bis 1307 Templer der Komturei von Bar-sur-Aube

Stephano de Sapin, Frankreich* – bis 1307 Templer der Komturei von Bar-sur-Aube
(1307 wurden die fünf Templer gegen ihren Willen ins Jahr 2004 transferiert)

*André de Montbard*** – 1148 Seneschall der Templer von Jerusalem und 1153 Großmeister der Templer

*Everhard de Barres*** – 1148 designierter Templergroßmeister

*Godefroy Bisol*** – Ordensmitbegründer der Templer um 1119 in Jerusalem und späterer Vertrauter von André de Montbard

*Bernard de Tramelay*** – Großmeister der Templer 1151–1153

*Peter de Vezelay** – 1153 Seneschall der Templer
*Berengar von Beirut** – 1148 Kommandeur der Templer – 1153 Komtur von Jerusalem
*Hugo Salomonis de Quily*** – 1153 Templer-Marschall
*Xavier de la Trenta** – 1153 portugiesischer Templerkommandeur in Gaza
*Florentin** – 1153 junger Templerbruder in Gaza
Hugo de Payens, Herr von Montigny-Lagesse** – um 1119 erster Großmeister der Templer

Zivile Protagonisten

*Hannah Schreyber** – ehemalige Buchhändlerin und seit dem Jahr 2005 Ehefrau von Gero von Breydenbach
*Freya von Bogenhausen** – 1307 Angehörige eines Beginenordens – 2005 Ehefrau von Johan van Elk
*Amelie Bratac** – 1307 Tochter eines Weinhändlers in der Champagne – 2005 Ehefrau von Struan MacDhoughaill
*Anselm Stein** (Anselmo de Caillou) – 2005 Mittelalterexperte und Mitwisser des Geheimprojektes C.A.P. U.T.
Matthäus von Bruch, genannt Mattes* – 1307 Knappe des Gero von Breydenbach – 2005 wissbegieriger 13-jähriger, der die Familie von Hannah und Gero komplettiert
*Samira** – 1153 hilfreiche Frau in Jerusalem
*Jussuf** – 1153 deren kleiner Bruder
*Onur** – 1153 Wirt der syrischen Herberge in der Kadhiya-Gasse in Jerusalem
*Jutta von Breydenbach** – 1315 Geros Mutter
*Richard von Breydenbach** – 1315 Geros Vater
*Arthur Hilarius Tanner** – 2005 Jack Tanners Vater
*Bella Lacrosse** – 2005 Mitarbeiterin von Jacks Vater
*Malcolm MacDhoughaill** – 1315 Struans jüngerer Bruder
*Mahmud Al-Mazdaghani Ibn Asnar*** – 1119 Khaleds Vater (Name leicht verändert)
*Binah** – 1153 jüdisches Mädchen aus dem überfallenen Dorf
Isaak* – 1153 deren Bruder

Sarazenen/Fatimiden

*Malik al-Russak** – 1153 Wesir von Askalon
*Abu Aziz Maula** – 1148 Heerführer der Fatimiden in Damaskus – 1153 Kommandant in Askalon
*Adiba** – 1153 Haremswächterin auf der Festung von Askalon
*Tarek von Aleppo** – 1153 zwielichtiger Händler in Jaffa
*Omar al-Mumkin** – 1153 Anführer einer Räuberbande
*Mahmud al-Mazdaghani Ibn Asnar** – Wesir von Damaskus 1129 und Khaleds Vater

Angehörige der Nizâri

(damalige religiöse Gruppe der Isma'ilijja, die wegen diverser politischer Attentate unter der christlichen und muslimischen Bevölkerung später auch als »Assassinen« bezeichnet wurden)

*Khaled al-Mazdaghani Ibn Mahmud** – 1148/1153 Assassine in den Diensten von Königin Melisende
*Azim** – 1148 Khaleds Adjutant
*Mahmud** – 1148 Khaleds Kamerad
*Ahmed** – 1148 Khaleds Kamerad
*Djamal** – 1148 Khaleds Kamerad

Angehörige des Königlichen Palastes von Jerusalem und sonstige Würdenträger

*Königin Melisende von Jerusalem*** – 1148/1153 fränkische Königin in Jerusalem
*Balduin III. von Jerusalem*** – 1153 Sohn von Melisende und König von Jerusalem
*Aimery I. von Jerusalem*** – 1148/1153 jüngerer Sohn von Königin Melisende
*Manasses von Hierges***– 1148 Konstabler/Oberbefehlshaber der königlichen Truppen – Cousin und Vertrauter von Königin Melisende
*Nesha** – 1148/1148 junge Hofdame in den Diensten von Königin Melisende 1148 und 1153

*Fulcher von Angoulême*** – 1148/1153 Patriarch/Bischof von Jerusalem
*Ioveta von Bethanien*** – 1153 Äbtissin von Sankt Lazarus und Schwester von Königin Melisende
*Ralph*** – 1153 Bischof von Bethlehem

Angehhörige des amerikanischen Geheim-Projektes C.A.P. U.T.

*Professor Moshe Hertzberg** – 2005 weltweit anerkannter Historiker und Betreuer der in die Zukunft transferierten Templer
*General Alexander Lafour** – 2005 Chef der National Security Agency (NSA) – Sektion Deutschland
*Agent Jack Tanner** – 2005 Einsatzleiter der NSA Deutschland
*Dr. Tom Stevendahl** – 2005 dänischer Quantenphysiker und ehemaliger Verlobter von Hannah Schreyber
*Paul Colbach** – 2005 luxemburgischer Computerspezialist und Lebensgefährte von Dr. Baxter
*Dr. Karen Baxter** – 2005 Medizinerin und Molekularbiologin – Lebensgefährtin von Paul Colbach
*Agent Mike Tapleton** – 2005 NSA-Kollege von Jack Tanner
*Major Dan Simmons** – 2005 offizieller Vertreter des Pentagon
*Senator K. J. Dekker** – 2005 Regierungsbeobachter der US-Regierung
*Colonel Decks Humphrey** – 2005 Adjutant von General Lafour

Protagonisten aus dem Jahr 2151
Angehörige der National Rebels – Untergrundorganisation der »Neuen Welt«

Die Geschwister* *Lyn* – junge Rebellin aus dem Jahr 2151
Rona – junge Rebellin aus dem Jahr 2151
Mako – junger Rebell aus dem Jahr 2151
Deren Anführer* – *Lion Ho Chang* – Rebellenführer der National American Rebels im Jahr 2151
Deren Ausbilder* – *Red Collart* – Drill-Instructor der Anti-Revolutionstruppen der Neuen Welt 2151

Glossar

Chlamys – Weißer Templer-Umhang mit rotem Kreuz
Cotte – mittelalterliches Kleidungsstück für Frauen

Dormitorium – Schlafsaal der Templer

Goldbezant oder auch *Byzantiner* – Geldstück von hohem Wert (Leider lässt sich nicht genau ermitteln, was man dafür im Jahre 1153 in Jerusalem kaufen konnte – laut historischen Urkunden kostete das damals teuerste Haus in Jerusalem etwa 800 Goldbezant, das billigste 50 – die Jahresmiete für einen Laden betrug durchschnittlich drei Goldbezant – aus Christiane Tischlers, Die Burgeneses Jerusalems im 12. Jahrhundert)
Golddenar – arabische Variante des Goldbezant

Jilbab – Bezeichnung aus dem Koran für den Ganzkörperschleier muslimischer Frauen

Kapitelversammlung – wöchentliche Zusammenkunft der Templer
Komturei – Sitz einer Templerkommandantur
Königselle – 95 cm

Refektorium – Versammlungsort der Templer zur Einnahme der Mahlzeiten und bei Besprechungen

Miswak – arabisches Holzstäbchen zur Zahnreinigung
Mittelalterliche Meile – ca. 12 Kilometer – oder eine Stunde Ritt

Die Geschichte zwischen den Zeilen

Eine kleine Templerkunde

Die *wahre* Geschichte des Mittelalters steht zwischen den Zeilen der historisch überlieferten Texte geschrieben. Das Leben damals war anders, als wir es uns durch die Lektüre der wenigen noch vorhandenen Texte erschließen können, denn der Großteil der Dokumente existiert nicht mehr – oder wurde niemals verfasst. Das, was wir also unter dem Begriff »Geschichte« verstehen, ist nur ein Bruchteil der Wirklichkeit, wie sie sich tatsächlich zugetragen haben mag.

Dieser Grundsatz gilt vor allem für den legendären Orden der Tempelritter. Die moderne Geschichtsschreibung ist sich sicher, dass die Aufgabe der Tempelritter darin bestand, die Pilgerwege zwischen Jaffa und Jerusalem zu sichern. Nach der Eroberung Jerusalems durch die Kreuzritter im Jahre 1099 schien es notwendig zu sein, Heerscharen von Pilgern, die nach unsäglichen Strapazen mehr oder weniger lebend im Heiligen Land ankamen, vor Mördern und Dieben zu schützen. Doch lässt sich der Templerorden wirklich auf diesen Allgemeinplatz reduzieren? Schauen wir uns die Fakten an.

Der Gründer des Ordens, Hugo, wurde 1080 in Payns, wenige Kilometer nordwestlich der Stadt Troyes in der Champagne, geboren. Den überlieferten Dokumenten zufolge war er Besitzer von Ländereien in Montigny-Lagesse und Tonnerre. Er diente während des Ersten Kreuzzugs dem Grafen von Blois und Champagne und kehrte ein Jahr nach der Eroberung Jerusalems im Jahr 1100 in seine Heimat zurück. Hugos Vetter Balduin von Bourg war der Graf von Edessa und sollte später als Balduin II. König von Jerusalem werden. Hugos Frau Katharina hingegen war mit der Familie Montbard verwandt.[1]

Der Ort Payns befand sich auf dem Land des Grafen Hugo I. von

Champagne. Der Graf ernannte Hugo von Payns zu seinem Offizier.[2] Dieser Freund Hugos war der mächtigste Adlige seiner Zeit, der über größere Ländereien verfügte als der französische König.[3] Um 1074 als dritter Sohn von Theobald I. geboren, durfte er sich erstmals Graf von Champagne nennen. Er trieb regen Handel mit den jüdischen Kaufleuten der Region. Auch schenkte Graf Hugo I. den Templern gewaltige Grundstücke südöstlich von Troyes.

Beide Hugos schienen ein lebhaftes Interesse an Jerusalem zu teilen. Um 1104 brachen Hugo von Payns, sein Bruder Stephan und Graf Hugo I. von Champagne nach Jerusalem auf (auf Letzteren wurde vorher ein Attentat verübt, das er überlebte). Erst 1108 kehrten sie in die Champagne zurück. Unmittelbar danach suchten Hugo von Payns und Graf Hugo I. von Champagne den dritten Abt des Klosters des benediktinischen Reformordens der Zisterzienser in Cîteaux, Stephan Harding, auf. Zu diesem Zeitpunkt war Harding damit beschäftigt, die Fehler der lateinischen Bibel – der *Vulgata* – anhand von Originaltexten aus dem Hebräischen zu korrigieren.[4] In einer Zeit, in der Juden verfolgt wurden, ist es äußerst bemerkenswert, dass Stephan Harding angab, mit den burgundischen Rabbinern jüdische Texte des Talmud zu studieren.[5] Stephan Harding wurde so in jüdische Geheimnisse eingeweiht – Geheimnisse, die Hugo von Payens und sein Herr Hugo I. von Champagne nun ebenfalls erfuhren. Mit diesen neuen – unbekannten – Informationen machten sich die beiden Hugos im Jahr 1114 erneut auf den beschwerlichen und gefährlichen Weg nach Jerusalem. Doch Hugo von Payns blieb nun in Jerusalem, während der mächtige und reiche Graf Hugo I. nach Frankreich zurückkehrte.

Um 1120 kam es dann in Jerusalem zu einer geheimnisvollen Zusammenkunft.[6] Hugo von Payns und sein Stellvertreter, der Ritter Gottfried von St. Omer, baten König Balduin II., seinen Palast als Wohnstätte nutzen zu dürfen – was ihnen der König merkwürdigerweise ohne Umschweife gestattete. Der König verließ den Palast Ende 1120 sogar völlig, um sich in der Davidsburg niederzulassen.[7] Hugo und Gottfried folgten die Adligen Andreas von Montbard, Payen von Montdidier, Archambaud von St. Amand und Gottfried Bisol – sowie drei weitere Männer mit den Namen Roral, Gundemar und Gottfried.[8]

Andreas von Montbard war verwandt mit dem Grafen von Burgund und durch seine Schwester ein Onkel von Bernhard von Clairvaux.

Gottfried von St. Omer, Payen von Montdidier und Archambaud von St. Amand entstammten dem mittleren Adel der Picardie. Über die Herkunft von Gottfried Bisol, Roral, Gottfried und Gundemar ist so gut wie nichts bekannt. König Balduin II. gestattete Hugo von Payns und seinen Männern, sich im einem Teil seines Palastes in der ehemaligen al-Aqsa-Moschee einzurichten, die sich auf den Ruinen des Salomonischen Tempels befindet.[9]

Die acht Ritter bezeichneten sich als *Arme Bruderschaft Christi vom Salomonischen Tempel zu Jerusalem*[10]. Heute kennt man sie unter dem Begriff »Templer« oder »Tempelritter«. Die Templer gelobten Keuschheit, Armut und Gehorsam, gemäß den asketischen Regeln des Benediktinerordens.

Zwischenzeitlich unterstützte Graf Fulko V. von Anjou, der künftige König von Jerusalem von 1120 bis 1121, die Templer mit dreißig angevinischen Silberstücken.[11] Von Armut kann hier nicht die Rede sein, denn dreißig angevinische Silberstücke entsprechen mehreren tausend Euro heutiger Währung. Auch schien Hugos von Payns Vetter Balduin II. den Templerorden finanziell zu unterstützen.[12]

1125 taucht dann Graf Hugo I. von Champagne in Jerusalem auf.[13] Er hatte zuvor seinen gesamten Besitz an seinen Neffen Theobald II. übertragen und seine Frau verstoßen, die ein Kind von ihm erwartete, indem er ihr mitteilte, dass er eigentlich unfruchtbar sei und er daher niemals Vater des Kindes war, das sie erwartete …

Noch merkwürdiger ist jedoch, dass sich die neun Ritter an keinerlei Kämpfen beteiligten. Anlässe gab es genug: 1119 attackierten die Seldschuken und Fatimiden das Königreich Jerusalem. König Balduin II. schlug die feindlichen Truppen zurück – jedoch ohne die »Kampfkraft« der acht Templer um Hugo von Payns. Von 1123 bis 1124 nahmen die Seldschuken den König von Jerusalem gefangen – doch die Templer schien diese Notsituation nicht zu interessieren. Als Balduin II. das syrische Aleppo belagerte, hielten sich die Templer ebenso zurück. Ein Jahr später, im Jahr 1125, besiegte Balduin II. die Seldschuken in Azaz. Auch hier »drückten« sich die Templer. Tatsächlich sind die neun Templer um Hugo von Payns nicht im Geringsten an der Sicherung der Pilgerwege interessiert gewesen. Wie konnten auch neun Ritter Tausende von Wegelagerern und feindliche Armeen abwehren? Eine Absurdität, die von der Geschichtsschreibung unhinterfragt übernommen wurde und eigentlich jeden vernunftbegabten Historiker aufhorchen lassen muss. Die Templer lebten stattdessen zurückgezogen in den Gemäuern der al-Aqsa-Moschee. Sie kämpften nicht.

Erst 1137 berichtete der Burgkastellan von St. Omer, dass der Patriarch Garimond und die Barone der Fürstentümer den Templern angeboten hätten, Jerusalem zu verteidigen – siebzehn Jahre nach der Templergründung.[14] Die ursprüngliche Mission der Templer war also eine völlig andere, als sie sich auf dem Tempelberg niederließen. Dafür spricht, dass König Balduin II. ohne Umschweife seinen Palast räumte. Dafür spricht auch, dass Graf Hugo I. von Champagne dreimal eiligst nach Jerusalem reiste und seinen Eid auf Hugo von Payns als ersten Großmeister des Ordens schwor. Der mächtigste Mann Frankreichs gelobte seinem ehemaligen Vasallen Hugo von Payens nun Treue und Gehorsam? Eine weitere Absurdität. Was unternahmen also Hugo von Payns und seine Männer in der Zeit zwischen 1120 und 1128 in Jerusalem?

Zeitgenössische Chroniken wie die von Fulcher von Chartres berichten, dass die Templer einen großen Teil des westlichen Tempelbezirks baulich veränderten. Auch gruben sie die sogenannten *Ställe des Salomo* unterhalb der al-Aqsa-Moschee frei. Diese Ställe konnten den Aussagen des Pilgers Johannes von Würzburg zufolge etwa 2000 Pferde und 1500 Kamele fassen.[15] Die Räumlichkeit sei so groß, dass ihn selbst ein Pfeil eines Langbogens nicht durchmessen könne, so Theoderich, ein anderer Pilger. Außerdem hätten die Templer in und westlich der al-Aqsa-Moschee Bauarbeiten durchgeführt.[16]

So ist es nicht verwunderlich, dass der israelische Archäologe Meir Ben-Dov in den 1980er Jahren unterhalb des Tempelberges einen Tunnel auf das 12. Jahrhundert datierte, der zuvor im 19. Jahrhundert vom Londoner *Palestine Exploration Fund* unter der Leitung von Charles Warren entdeckt worden war. Der Gang verläuft direkt unterhalb des ehemaligen Hauptquartiers der Templer und diente zur Erkundung der Höhlensysteme des Tempelbergs von Jerusalem[17]. Meir Ben-Dov interpretierte den Gang als geheimen Tunnel – er verläuft *unterhalb* der Ställe des Salomo – und identifiziert ihn zweifelsfrei als das Werk der Templer.[18]

König Balduin II. entsandte Hugo von Payns im Jahre 1127 mit einem Empfehlungsschreiben, um Adlige in ganz Europa für den neu gegründeten Orden anzuwerben. Darunter waren solche erlauchte Persönlichkeiten wie etwa König David I. von Schottland. Kurz darauf wurden Andreas von Montbard und Gundemar mit einem Sendschreiben in die Champagne zurückgeschickt. Ziel der Reise war es, Bernhard von Clairvaux dafür zu gewinnen, eine Verfassung für den Templerorden zu formulieren.[19]

Schließlich versammelten sich sieben der acht Templer am 13. Januar 1129 in Troyes, um an der dortigen Bischofssynode teilzunehmen – Graf Hugo I. von Champagne war im Jahr 1126 gestorben. Sein Neffe Theobald II. wohnte jedoch dem Konzil bei. Hier wurden die von Hugo von Payns vorgetragenen Regeln des Templerordens von den höchsten Würdenträgern des Landes abgesegnet und durch einen Schreiber protokolliert. Die Regeln orientierten sich an den strengen Statuten des Zisterzienserordens, die Keuschheit, Armut und Gehorsam vorschrieben und strikte Verhaltensregeln enthielten. Ein besonderes Privileg wurde dem Templerorden mit dem Besitz von eigenem Grundstück, der Annahme von finanziellen Zuwendungen und der Erhebung eines eigenen Zinses zugesprochen. Der unermessliche Reichtum, der am 13. Oktober 1307 zur gewaltsamen Auflösung des Ordens durch die Milizen von König Philipp IV. sorgen sollte, wurde mit diesen großzügigen Paragrafen begründet.

Bemerkenswert ist jedoch, dass die Sicherung der Pilgerwege in der zunächst 72 – und später über 686 – Paragrafen umfassenden Templerregel mit keinem Wort erwähnt wurde. Es findet sich auch kein einziger Hinweis auf die Sicherung der Pilgerwege durch die Templer in der sogenannten Lobrede des Bernhard von Clairvaux. Hugo von Payns hatte Bernhard darum gebeten, einige vorteilhafte Worte zur Gründung der neuen Ritterschaft zu verfassen. Das Resultat war *Liber ad milites templi – De laude novae militiae.* Ein Lob auf die neue Ritterschaft.

Bernhard, der zu seiner Zeit mehr politischen Einfluss als alle Könige und der Papst zusammen genoss, ging darin mit dem weltlichen Rittertum hart ins Gericht und schwärmte von der neuen Aufgabe der Templer: den Kampf für Gott. Er sah die Templer als »neue« Israeliten – jene zwölf Stämme der Hebräer, die durch den Sinai irrten und deren Anführer Moses auf dem Sinai von Gott die Steintafeln mit den Zehn Geboten empfing, die anschließend in die Bundeslade gelegt wurden. So wundert es nicht, dass Bernhard in seiner Lobrede den Salomonischen Tempel, wo später die Bundeslade mit den anderen Schätzen im Allerheiligsten aufbewahrt wurde, als oberstes Ziel anpreist, den es zu sichern gilt – weit vor der Grabeskirche oder der Geburtstätte Jesu in Bethlehem. Bernhard von Clairvaux rief in *De Laude Novae Militae* die Templer auf, die Schätze des Heiligen Landes zu sichern, bevor sie den vermeintlich ungläubigen Moslems in die Hände fielen. Ein klarer Aufruf zur Reliquienjagd. Die Adligen Europas jauchzten vor Begeisterung und überhäuften den Orden mit Land- und Geldgeschenken.

Von nun an ging es Schlag auf Schlag: Papst Innozenz II. veröffentlichte am 29. März 1139 seine Bulle *Omne datum optimum*, in der die Templer nur noch der Weisung des Papstes unterstanden. Außerdem wurden sie vom Zehnten befreit, so dass sie keine Steuern mehr entrichten mussten. In seiner Bulle *Militia Dei* gestattete Papst Eugen III. den Templern am 7. April 1145 eigene Kirchen zu errichten. Der Aufstieg des Ordens zum ersten europäischen Kreditinstitut, das den bargeldlosen Zahlungsverkehr einführte und dadurch unermesslich reich wurde, schien nicht aufzuhalten zu sein. Hugo von Payns starb zwar 24. Mai 1136 im Kampf gegen sarazenische Truppen – und die Templer fochten und verloren viele Schlachten in den kommenden zweihundert Jahren bis zu ihrer Auflösung –, doch Hugos Erbe ist noch immer die Quelle für viele Spekulationen. Eines ist gewiss: Die neun Templer um Hugo von Payns sicherten nicht die Pilgerwege, wie uns das die Geschichtsschreibung weismachen will. Vielmehr suchten sie unter dem Tempelberg nach einem unbekannten Objekt, vielleicht einer Reliquie.

Tobias Daniel Wabbel
Mehr unter: www.tobiasdanielwabbel.com

1 Demurger, Alain, Die Templer, München, 2000, S. 22
2 Barber, Malcolm, The Origins of the Order of the Temple, Studia Monastica 12, 1970, S. 221–224
3 Demurger, Alain, Die Templer, München, 2000, S. 22
4 Dinzelbacher, Peter, Bernhard von Clairvaux, Darmstadt, 1998, S. 22; vgl. Auberger, Jean-Baptiste, L'Unanimité Cistercienne Primitive – Mythe Ou Réalité, Achel, Belgium, 1986, S. 327; Zaluska, Yolanta, L'Enluminure et le Scriptorium De Cîteaux au XIIe Siècle, Cîteaux, 1989, S. 274 f.
5 Stephen Harding, The Admonition of Stephen Harding, in: The Cistercian World: Monastic Writings of the Twelfth Century, übersetzt und herausgegeben von Pauline Matarasso, London, 1993, S. 11 f.

6 Hiestand, Rudolf, Kardinalbischof Matthäus von Albano, das Konzil von Troyes und die Entstehung des Templerordens, in: Zeitschrift für Kirchengeschichte 99, 1988, S. 295 ff. Rudolf Hiestand glaubt, nachgewiesen zu haben, dass die Templer sich im Jahr 1120 formierten. Viel wahrscheinlicher ist es, dass die Templer bereits 1114 existierten, als Hugo von Payns und Graf Hugo I. von Champagne nach Jerusalem reisten. Die »Militia Christi« wird bereits 1114 erwähnt.

7 Fulcher von Chartres, Historia, I., 26, S. 291

8 Die Schreibweise der Namen der Templergründer variiert. John Charpentier bezeichnet Archambaud von St. Amand in seinem Werk »Die Templer« als Archambaud von St. Agnan. Manfred Barthel bezeichnet Gottfried Bisol in seinem Werk »Die Templer« als Gottfried Bisot. In der Templerregel von 1128 werden jedoch die Namen Gottfried Bisol und Archambaud von St. Amand genannt.

9 Bulst-Thiele, Marie-Louise, The Influence of St. Bernard of Clairvaux on the Formation of the Order of the Knights Templar, in: The Second Crusade and the Cistercians, New York, 1992, S. 7

10 Die lateinische Bezeichnung lautet: Pauperes commilitones Christi templique Salomonici Hierosalemitanis.

11 Wilcke, Ferdinand, Die Geschichte des Ordens der Tempelherren, Wiesbaden, 2005, S. 44

12 Ebd., S. 43

13 Barber, Malcom, Die Templer, Düsseldorf, 2005, S. 18

14 Dokument CG, Nr. 141, S. 99, genannt in Barber, Malcolm, Die Templer, Düsseldorf, 2005

15 Johannes von Würzburg, Descriptio, Kapitel 5, S. 129–130

16 Fulcher von Chartres, Historia, 1. 26, S. 291

17 Der Tunnel ist im sogenannten *Cambria-Manuskript* aus dem 12. Jahrhundert verzeichnet, wo auch eine Tür genannt wird, die mit Poterna angegeben ist.

18 Ben-Dov, Meir, In the Shadow of the Temple, New York, 1985, S. 346 f. Vgl. auch: Gibson, Shimon und Jacobsen, David M., Below the Temple Mount in Jerusalem, Oxford: Tempus Reparatum, 1996 (BAR International Series 637); Palestine Exploration Fund, London bzw. Wilson, Charles, Ordnance Survey of Jerusalem, Authority of the Lord's Commissioners of her Majesties Treasurers, London, 1886

19 Wilcke, Ferdinand, Die Geschichte des Ordens der Tempelherren, Wiesbaden, S. 44